적절한 균형

A FINE BALANCE

적절한 균형

A FINE BALANCE

로힌턴 미스트리 지음 | 손석주 옮김

차례

적절한 균형

일러두기

1. 이 책은 장편소설 『적절한 균형(A Fine Balance)』(McClelland & Stewart, 1995, 캐나다 토론토)을 우리말로 옮긴 것이다.
2. 인도 인명과 지명은 인도어 발음에 최대한 가깝게 표기하였다.

"이 책을 손에 들고 부드러운 안락의자에 몸을 파묻으면서 당신은 혼잣말로 이 책이 재미나겠다고 할 겁니다. 그리고 엄청난 불행에 관한 이 이야기를 읽고 난 후에도 당신은 식사를 잘 할 것이고 본인의 무감동에 대해서 작가를 탓하고 그의 지나친 과장과 상상의 비약을 비난할 것입니다. 그러나 믿어주십시오. 이 비극은 허구가 아니라 모두 진실입니다."

오노레 드 발자크의 「고리오 영감」 중에서

프롤로그 1975년

승객들로 부풀어 오른 아침 급행열차가 속도를 줄이고 꾸물거리다가 전속력을 낼 듯 갑자기 앞으로 흔들렸다. 기차의 짧은 속임수에 승객들만 세차게 흔들렸다. 문밖에 우르르 매달려서 불룩 튀어나와 있던 사람들은 터지기 일보 직전의 비누 거품처럼 위험천만하게 팽창했다.

객차 안에서 많은 사람들 틈에 끼여 안전하게 서 있던 마넥 콜라는 머리 위의 손잡이를 꼭 붙들었다. 그는 누군가의 팔꿈치가 그의 손에 들린 교과서들과 부딪치는 것을 느꼈다. 근처 좌석에서 깡마른 청년이 맞은편에 앉아 있던 남자의 두 팔로 튕겨져 나갔다. 마넥의 책들이 그들 위로 떨어졌다.

"아얏!" 책 한 권이 등에 세게 떨어지자 청년이 소리쳤다.

청년과 그의 삼촌이 웃으면서 엉킨 몸을 풀었다. 왼쪽 뺨에 흉터가 있는 이시바 다르지가 조카를 자신의 무릎에서 일으켜 자리에 다시 앉혔다. "옴, 괜찮니?"

"등이 움푹 파인 것 말고는 괜찮아요." 옴프라카시 다르지는 갈색 종이에 싸인 책 두 권을 집었다. 그러고는 가느다란 두 손으로 책들을 들어 올려 책을 떨어트린 사람이 누군지 찾으려고 주위를 둘러보았다.

마넥이 자기 것이라고 했다. 무거운 교과서들이 그의 가냘픈 등뼈에 세게 부딪쳤다는 생각에 마넥은 소름이 돋았다. 그는 몇 년 전에 돌멩이로 죽인 참새가 생각났다. 그 후로 그는 그 생각만 하면 기분이 편치 못했다.

그는 미안한 마음에 진심으로 사과했다. "정말 죄송합니다. 책이 그만 미끄러져서……"

"괜찮소. 댁의 잘못이 아니니까." 이시바가 말했다. 그런 다음 그는 조카에게 말했다. "기차가 반대로 움직이지 않아서 다행이다, 그렇지? 그랬더라면 내가 네 무릎으로 날아가서 내 몸무게 때문에 네 뼈가 부서졌을 텐데." 그들이 웃자, 미안한 마음에 마넥도 따라 웃었다.

이시바는 뚱뚱하지 않았다. 단지 옴프라카시의 바싹 야윈 몸과 비교돼서 그런 농담이 가능했을 뿐이었다. 그런 재치 있는 말들이 때로는 삼촌, 때로는 조카로부터 번갈아 나왔다. 저녁 식사 때면 이시바는 조카의 에나멜 그릇에다가 반드시 더 많은 양을 떠 주었다. 거리 노점에서도 조카가 물을 먹으러 가거나 화장실에 간 사이에, 그는 재빨리 자신의 음식을 덜어 조카의 잎사귀로 넘겨주었다.

옴프라카시가 항의하면 이시바는 이렇게 말하곤 했다. "고향에 돌아가면 사람들이 뭐라고 하겠냐? 내가 도시에 나가서 조카는 굶기고 혼자서 음식을 다 먹었다고 할 거 아니냐. 그러니 잔말 말고 어서 먹어! 내 명예를 지키는 유일한 방법은 너를 살찌게 만드는 거니까!"

그러면 옴프라카시는 삼촌을 놀리곤 했다. "걱정 마세요. 삼촌 명예는 삼촌 몸무게 반만 나가도 충분할 테니까요."

그러나 옴프라카시의 몸은 이시바의 노력에도 아랑곳없이 성냥개비처럼 여전히 깽말랐다. 또한, 그들의 삶 역시 여전히 배고프고 빈약한 모습을 벗어나지 못해서 금의환향하겠다는 꿈은 아직도 요원했다.

남쪽으로 가는 급행열차가 또다시 속도를 줄였다. 압축 공기가 내는 쉿 소리와 함께 기차가 철컥하고 멈춰 섰다. 열차는 아직 다음 역에 도착하지 않았다. 열차의 공기 브레이크가 몇 분 동안 헐떡거리다가 마침내 조용해졌다.

열차가 멈춰 선 곳이 어딘지 알아보려고 옴프라카시는 창밖을 내다봤다. 철도 울타리 너머에는 하수 오물이 흐르는 시궁창을 따라 엉성한 판잣집들이 늘어서 있었다. 아이들이 막대기와 돌멩이를 가지고 놀고 있었고, 흥분한 강아지 한 마리가 아이들 주위를 껑충껑충 뛰어다니며 함께 놀고 싶어 했다. 근처에는 상의를 벗은 남자가 소젖을 짜고 있었다. 어느 곳에서나 흔히 볼 수 있는 모습이었다.

똥으로 지핀 불의 역한 냄새가 기차로 날아들었다. 바로 앞 건널목에 사람들이 많이 모여 있었다. 남자들 몇몇이 기차에서 뛰어 내려 선로를 따라서 걷기 시작했다.

"제시간에 도착했으면 좋겠어요. 우리보다 먼저 도착하는 사람이 있으면 정말 큰일인데." 옴프라카시가 말했다.

마넥이 그들에게 아직 갈 길이 많이 남았느냐고 물었다. 이시바가 그들이 내릴 역 이름을 말해 주었다. "아, 저도 거기서 내립니다." 마넥이 옅은 콧수염을 손가락으로 만지면서 말했다.

손목시계를 찾으려고 이시바가 천장으로 뻗은 많은 손목들을 올려다봤다. "지금이 몇 시쯤 됐습니까?" 그는 어깨너머로 누군가에게 물었다. 남자가 손목 윗부분을 멋지게 밖으로 빼내며 손목시계를 보여 주었다. 8시 45분이었다.

"기차야, 제발 좀 가자!" 옴프라카시가 넓적다리 사이의 좌석을 때리면서 말했다.

"우리 마을 황소가 말을 더 잘 듣지, 그지?" 이시바의 말에 마넥이 웃었다. 이시바는 어렸을 때부터 축제 날이면 벌어지는 소달구지 경기에서 그들의 마을은 한 번도 진 적이 없다고 했다.

"열차에 아편을 좀 먹이면 황소처럼 잘 달릴 거예요." 옴프라카시가 말했다.

머리빗 장수가 큰 빗의 플라스틱 이빨들을 퉁기면서 복잡한 객차 안을 비집고 들어왔다. 귀찮은 존재가 나타나자 사람들이 투덜대며 으르렁거렸다.

"여기요!" 옴프라카시가 빗 장수를 불렀다.

"부러지지 않는 플라스틱 머리띠와 머리핀, 꽃 모양, 나비 모양의 화려한 빗 있습니다. 부러지지 않습니다." 진짜 손님인지 그냥 시간을 때우려고 장난을 치는 건지 확신이 서지 않았던 빗 장수는 단조로운 목소리로 대충 설명했다. "큰 빗, 작은 빗, 분홍색, 오렌지색, 고동색, 녹색, 푸른색, 노란색 빗이 있습니다. 부러지지 않습니다."

옴프라카시는 시험 삼아 빗으로 자신의 머리를 빗어 보고는 호주머니에 들어가는 빨간색 빗을 골랐다. 그런 다음 바지 주머니를 뒤져서 동전 하나를 꺼냈다. 머리빗 장수는 험악한 팔꿈치와 어깨 들에 맞서서 잔돈을 찾았다. 돌려받은 빗들에 묻은 머릿기름을 셔츠 소매로 닦아 가방에 다시 집어넣고서, 그는 양쪽에 큰 이빨이 난 빗을 한손에 쥐고 다시 부드럽게 퉁기며 객차를 지나갔다.

"전에 있던 노란색 빗은 어쨌냐?" 이시바가 물었다.

"두 동강이 났죠."

"이찌디기?"

"뒷주머니에 넣어 뒀는데 깔고 앉았어요."

"빗은 그런 데다 두면 안 돼. 옴, 빗은 네 궁둥이가 아니라 머리에 쓰는 거란다." 그는 화가 났을 때 말고는 조카 옴프라카시를 항상 옴이라고 불렀다.

"삼촌 궁둥이에 깔렸더라면 빗이 백 조각으로 부서졌을 거예요." 조카가 되받아치자 이시바가 웃었다. 그의 왼쪽 뺨에 난 흉터는 웃음을 방해하기는커녕, 정박항처럼 굳건히 자리 잡은 그 주위로 잔물결을 이루며 미소로 번졌다.

그는 조카의 턱 밑을 가볍게 쳤다. 이시바는 마흔여섯 살이었고 옴프라카시는 열일곱 살이었지만, 그러한 나이 차이는 실제로 그들이 서로를 대하는 태도와는 별 상관이 없었다. "옴, 웃어 봐. 성난 입이랑 네 멋진 머리 모양은 서로 안 어울리잖아." 그는 마넥에게 윙크를 하며 장난에 끌어들이려고 했다. "너처럼 머리를 그렇게 부풀려 놓으면 여자애들이 많이 따라다닐 거야. 하지만 옴, 걱정 말거라. 내가 너를 위해서 훌륭한 신붓감을 골라 줄 테니까. 두 사람 덩치는 되는 크고 튼튼한 여자로 말이다."

옴프라카시는 씩 웃으면서 새로 산 빗으로 다시 머리에 멋을 부렸다. 열차는 여전히 꼼짝하지 않았다. 열차 밖으로 나갔던 남자들이 돌아와서 건널목 근처 선로에서 시체 한 구가 또 발견됐다고 전했다. 마넥은 자세히 들으려고 문으로 살짝 다가갔다. 그는 기차와 정면으로 충돌하는 것도 빨리 죽을 수 있는 괜찮은 방법이라고 생각했다.

"아마도 국가비상사태와 관련이 있는 것 같은데." 누군가 말했다.

"국가비상사태라뇨?"

"오늘 아침 일찍 총리가 라디오 연설을 했소. 국가가 내부로부터 위협받고 있다고 말이오."

"정부에서 또 무슨 속임수를 쓰는 것 같은데요."

"다들 왜 철로에서 죽고 난리죠?" 한 사람이 투덜거렸다. "우리 같은 사람들은 생각도 않고 말이죠. 살인, 자살, 낙살라이트의 테러 살해, 경찰에 체포돼서 죽는 경우 등, 이 모든 일들이 결국 기차를 지연시키는 겁니다. 독약이나 높은 빌딩 혹은 칼을 사용하면 안 되나요?"

마침내 오랫동안 기다린 덜커덩 소리가 객차에 울리고, 쇠로 만든 긴 척추를 지닌 열차가 몸을 떨었다. 안도감으로 승객들의 얼굴이 밝아졌다. 객차가 건널목을 지나자 모두들 목을 길게 빼고 열차 지연의 원인을 찾아보았다. 제복 입은 경찰 세 명이 서둘러 가리개를 덮어 영안실로 갈 채비를 마친 시체 옆에 서 있었다.

승객들 몇몇이 이마를 만지거나 두 손을 하나로 모으고 중얼거렸다. "아이고, 세상에."

이시바와 옴프라카시의 뒤를 따라 마넥이 내렸고, 그들은 함께 승강장을 빠져나왔다. "실례합니다만, 제가 여기는 처음이라 그런데 이 주소로 가려면 어떻게 해야 하나요?" 호주머니에서 편지를 꺼내며 마넥이 물었다.

"사람 잘못 골랐소. 우리도 여기가 처음이오." 이시바가 편지를 보지도 않고서 말했다.

그러나 편지를 흘긋 본 옴프라카시가 말했다. "어, 같은 주소네!"

이시바가 주머니에서 누더기가 된 네모난 종이를 꺼내 맞춰 보았다. 조카의 말이 맞았다. 거기에는 디나 달랄, 그리고 그녀의 집 주소가 적혀 있었다.

옴프라카시가 갑자기 마넥을 적대적으로 바라봤다. "디나 달랄한테는 왜 가는 거죠? 재봉사예요?"

"재봉사요? 아뇨, 그분은 제 어머니의 친구입니다."

이시바가 조카의 어깨를 가볍게 쳤다. "거봐, 너 괜히 겁먹었지. 자, 어서 그 아파트나 찾아보자."

역 밖으로 나와서 이시바가 설명할 때까지 마넥은 무슨 영문인지를 몰랐다. "옴과 나는 재봉사라오. 디나 달랄이 재봉사 두 명을 찾고 있다고 해서 지원하려고 가는 참이오."

"그래서 제가 일감을 뺏으러 가는 줄 아셨던 거군요." 마넥이 미소를 지었다. "걱정 마세요. 전 그냥 학생입니다. 달랄 부인과 제 어머니는 학교를 같이 다니셨어요. 그분께서 몇 달 동안 자기 집에 머물도록 해 주셨어요. 그게 다예요."

그들은 빤 장수에게 길을 묻고, 그가 가르쳐 준 거리를 걸었다. 옴프라카시는 여전히 미심쩍은 듯했다. "그 집에 몇 달간 머물 거라면서 여행 가방이랑 소지품은 어디 있어요? 딸랑 책 두 권이 다예요?"

"오늘은 그냥 달랄 부인을 만나기만 할 겁니다. 짐은 다음 달에 대학 기숙사에서 옮겨 올 거구요."

그들은 땅에서 약 10센티미터쯤 떨어진, 바퀴 달린 작은 손수레 위에 웅크린 거지를 지나갔다. 거지의 양손에는 손가락이 하나도 없었고, 그의 두 다리는 거의 엉덩이 부근까지 잘려 있었다. "아이고, 선생님, 1파이사만 주십시오!" 거지는 붕대를 감은 손바닥 사이에 있는 깡통을 흔들며 구걸했다. "아이고, 선생님! 아이고, 선생님! 선생님, 제발 1파이사만 주십시오!"

"도시에 와서 본 것 중 최악이군." 이시바의 말에 나머지 두 사람도 동의했다. 옴프라카시가 걸음을 멈추고 깡통에다가 동전 하나를 던졌다.

그들은 도로를 건너고서 다시 길을 물었다. "이 도시에서 두 달째 살고 있는데도 너무 크고 혼란스러워요. 전 큰 거리 몇 개만 알아볼 수 있습니다. 작은 골목길은 다 똑같아 보여요." 마넥이 말했다.

"우리도 여섯 달째 도시 생활을 하지만 똑같은 문제를 겪고 있소. 처음에는 완전히 헤맸소. 맨 처음에는 기차도 못 탔어요. 두 번인가 세 번째쯤 지나고 나서야 사람들 미는 법을 배웠지."

마넥은 도시가 싫다며, 내년에 대학을 마치고 산이 있는 고향으로 돌아갈 날을 손꼽아 기다린다고 했다.

"우리도 여기 잠깐만 머물려고 왔소. 돈을 벌어서 고향 마을로 돌아갈 거라오. 이렇게 큰 도시가 무슨 소용이 있소? 소음에 사람들에, 살 데도 없고 물도 귀하고 온 천지에 쓰레긴데. 끔찍하지." 이시바가 말했다.

"우리 마을은 여기서 멀어요. 거기까지 가려면 기차 타고 아침부터 밤까지 꼬박 하루가 걸리죠." 옴프라카시가 말했다.

"당연히 돌아가야지. 태어난 곳보다 좋은 곳이 있나." 이시바가 말했다.

"제 고향은 북부 지방입니다. 가는 데 하루 하고도 한나절이 더 걸리죠. 고향집 창문에서 눈 덮인 산꼭대기가 보여요." 마넥이 말했다.

"우리 마을 근처에는 강물이 흐르오. 강물이 반짝이면서 노래하는 소리를 들을 수가 있소. 참 아름다운 곳이지." 이시바가 말했다.

고향 생각으로 그들은 잠시 아무 말 없이 걸었다. 옴프라카시가 수박 셔벗을 가리키며 침묵을 깨트렸다. "이런 더운 날에 저거 먹으면 좋겠다."

셔벗 장수가 국자를 통에 넣고 휘젓자 진홍색 바다 위를 떠다니는 얼음 덩어리들이 부딪치면서 소리를 냈다. "먹어요. 맛있겠는데요." 마넥이 말했다.

"우린 됐소. 오늘은 아침밥을 많이 먹이니서." 이시바가 재빨리 말하자 옴프라카시의 얼굴에서 갈망하는 표정이 지워졌다.

"아, 그렇군요." 마넥은 미심쩍었지만 그냥 큰 컵 하나를 주문했다. 그리고 유혹하는 셔벗통과 자신의 시원한 컵에서 눈을 돌린 채 서 있는 재봉사들을 살펴보았다. 그들의 지친 얼굴, 싸구려 옷, 닳아빠진 가죽 샌들이 보였다.

그는 반쯤 먹고 나서 말했다. "배가 부르네요. 좀 드실래요?"

그들은 고개를 가로저었다.

"그럼 버려야겠네요."

"아, 그렇다면 먹을게요." 옴프라카시가 셔벗 컵을 받았다. 꿀꺽꿀꺽 마신 후 삼촌에게 남은 셔벗을 넘겼다.

이시바는 컵을 깨끗이 비우고 셔벗 장수에게 돌려주었다. "정말 맛있군." 그가 밝게 웃으면서 말했다. "우리한테까지 그럴 필요 없는데 정말 고맙소. 정말 잘 먹었소." 그의 지나친 감사에 못마땅한 표정을 지으며 옴프라카시가 그만하라는 신호를 보냈다.

셔벗 조금 가지고 이렇게 고마워하다니 저 사람들은 평범한 친절에 굶주려 있었나 보구나, 하고 마넥은 생각했다.

* * *

현관문에 황동 문패가 달려 있었다. 러스텀 K. 달랄 부부. 글자들에 세월의 푸른 녹이 진하게 서려 있었다. 초인종 소리를 듣고 나온 디나는 구겨진 종잇조각을 받아들고서 자신의 필체를 알아보았다.

"재봉사들인가요?"

"네, 그렇습니다." 이시바가 고개를 세게 끄덕였다. 그녀의 안내를 받고 베란다로 들어선 그들은 어색하게 서 있었다.

한때 뻥 트여 있었던 베란다는 디나의 남편이 어렸을 때 방으로 개조됐다. 그의 부모님은 비좁은 집에 아이의 놀이 공간을 만들고자 했다. 그래서 베란다에다가 벽돌을 쌓고 쇠창살이 달린 창문을 달았다.

"그런데 재봉사는 두 명만 필요한데요." 디나가 말했다.

"실례지만, 저는 재봉사가 아닙니다. 제 이름은 마넥 콜라입니다." 마넥은 이시바와 옴프라카시 뒤에서 앞으로 나왔다.

"아, 네가 마넥이구나! 잘 왔다! 널 못 알아봐서 미안하구나. 네 엄마를 마지막으로 본 지도 오래됐고, 넌 본 적도 없어서."

디나는 재봉사들을 베란다에 두고 마넥을 거실로 데려갔다. "내가 저 사람들과 얘기하는 동안 잠깐 여기 있겠니?"

"그럼요."

주위의 초라한 가구들이 마넥의 눈에 들어왔다. 닳아 해진 소파, 좌석이 너덜너덜한 의자 두 개, 긁힌 자국이 있는 다탁, 금이 간 데다가 색이 바랜 모조 가죽 식탁보를 씌운 식탁. 그녀가 이곳에 살리는 없을 테고, 아마도 가업인 하숙집일 거라고 그는 생각했다. 벽은 페인트가 심하게 벗겨져 있었다. 구름을 쳐다보면서 그러듯이, 그는 변색된 모르타르 얼룩들이 동물이 있는 풍경이라고 상상해 보았다. 개가 악수하는 모습, 매가 급강하하는 모습, 지팡이를 든 남자가 산을 올라가는 모습 등이 보였다.

아직 흰머리의 공격을 받지 않은 검은 머리를 손으로 넘기면서 디나는 베란다에서 재봉사들과 마주했다. 마흔두 살인 그녀의 이마는 여전히 매끄러웠고, 16년 동안 혼자 힘으로 살아온 세월도 오래전에 오빠 친구들이 서로 경쟁을 벌였던 그녀의 용모를 손상시키지는 못했다.

그녀는 그들의 이름과 재봉 경력을 물었다. 재봉사들은 여성 의류에 대해서는 모르는 게 없다고 주장했다. "손님의 몸에서 바로 치수를 재서 어떤 스타일로도 옷을 만들 수가 있습니다." 이시바가 혼자서 자신 있게 말하는 동안 옴프라카시는 고개만 끄덕였다.

"여기서 손님의 치수를 재는 일은 없을 거예요." 그녀가 설명했다. "재봉은 종이 본보기 디자인대로만 하면 되고요. 매주 스물네 개, 서른여섯 개 등 회사에서 원하는 대로 똑같은 스타일로 만들면 됩니다."

"애들 장난이군요. 하겠습니다." 이시바가 말했다.

"당신은요?" 그녀는 떨떠름한 표정의 옴프라카시에게 물었다. "아직까지 한마디도 안 하네요."

"조카 녀석은 반대할 때만 입을 엽니다. 침묵하면 좋다는 표시죠." 이시바가 말했다.

그녀는 이시바처럼 사람들을 편하게 하고 대화를 유도하는 타입의 얼굴을 좋아했다. 그러나 입을 꽉 다문 나머지 한 사람은 말을 붙이기가 어려웠다. 얼굴 생김새에 비해서 그의 턱은 매우 작았지만, 웃을 때는 조화로워 보였다.

그녀는 근로 조건을 명시했다. 재봉틀은 직접 가져와야 하며, 모든 봉제 작업은 일한 분량만큼 돈을 지급한다고 설명했다. "옷을 더 많이 만들면 돈을 더 많이 벌게 되는 겁니다." 그녀의 말에 이시바가 온당하다며 동의했다. 금액은 종이 본보기 디자인의 난이도에 따라서 결정될 것이다. 근무 시간은 오전 여덟 시부터 오후 여섯 시까지로, 그 이하는 안 되며 더 오래 일하는 것은 환영한다고 했다. 그리고 그녀는 일하는 도중에 담배를 피거나 빤을 씹어서는 안 된다고 못 박았다.

"저희는 빤은 씹지 않습니다. 하지만 비디는 가끔 핍니다."

"그럼 밖에서 피워야 해요."

조건은 괜찮았다. "가게 주소는 어딥니까? 재봉틀을 어디로 가져가야 되죠?" 이시바가 물었다.

"바로 여기예요. 다음 주에 오면 안쪽 방 어디다가 놓아야 될지 가르쳐 줄게요."

"네, 알겠습니다. 고맙습니다. 월요일에 꼭 오겠습니다." 그들은 떠나면서 마넥에게 손을 흔들었다. "그럼 조만간 또 보세."

"물론이죠." 마넥도 손을 흔들었다. 묻지는 않았지만 궁금해하는 디나를 보고서 마넥은 그들이 기차에서 만난 사연을 설명했다.

"아무나하고 이야기하면 안 된다. 사기꾼들한테 걸릴지도 몰라. 여기는 네가 살던 산속의 작은 마을과는 다르단다."

"저 사람들은 좋아보였어요."

"음, 그래." 그녀는 판단을 유보했다. 그녀는 아까 재봉사로 오해해서 미안하다고 다시 한 번 사과했다. "네가 그 사람들 뒤에 서 있어서 제대로 볼 수가 없었어. 시력이 안 좋거든." 그녀는 바보같이 이런 사랑스러운 소년을 오다리의 재봉사로 착각하다니. 게다가 몸도 굉장히 튼튼한데. 틀림없이 그 유명한 산 공기와 몸에 좋은 음식과 물 때문일 거야, 하고 생각했다.

그녀는 머리를 한쪽으로 약간 기울이고 마넥을 좀 더 가까이서 자세히 보았다. "20년이 넘었는데도 네 얼굴에서 네 엄마의 모습을 찾아 볼 수가 있겠는걸. 아반하고 내가 학교를 같이 다닌 건 알고 있지?"

"네." 그는 그녀가 그렇게 빤히 보는 게 불편했다. "어머니께서 편지에서 말씀하셨습니다. 그리고 제가 다음 달에 이사한다는 걸 알려 드리라고 하셨고 방세는 수표를 우편으로 보내겠다고 하셨습니다."

"그래. 알았다." 그녀는 세세한 것에 관한 그의 걱정을 물리치고 다시 과거로 빠져 들었다. "학교 다닐 때, 제노비아하고 우리는 정말 대단한 골칫거리였어. 선생님들은 우리 셋이 같이 있으면 정말 끔찍하다고 말씀하곤 하셨지." 과거에 대한 기억과 함께 그녀의 얼굴에서 그리움의 미소가 묻어났다. "그건 그렇고, 너한테 우리 집을 보여줘야겠구나. 그리고 네 방도."

"여기서 사세요?"

"그럼 어디서 살겠니?" 작고 더러운 아파트를 보여 주면서 그녀는 그에게 대학에서 뭘 전공하고 있는지 물었다.

"냉장고와 에어컨입니다."

"그렇다면 네가 이 더운 날씨를 좀 어떻게 했으면 좋겠구나. 그리고 이 집도 좀 살기 편하게 만들고 말이야."

그녀가 사는 집 때문에 우울해진 그는 힘없이 웃었다. 대학 기숙사보다 별로 나을 게 없었다. 하지만 그는 이곳에서의 생활이 기대됐다. 기숙사에서 생긴 일 이후로다. 어디라도 상관없었다. 그 순간 그는 몸서리를 치면서 다른 것을 떠올리려고 노력했다.

"여기가 네가 쓸 방이야."

"정말 좋네요. 달랄 부인, 고맙습니다."

한쪽 구석의 벽장 위에는 긁힌 자국이 있는 보기 흉한 여행 가방이 있었다. 벽장 옆에는 작은 책상이 놓여 있었다. 그곳도 거실과 마찬가지로 천장은 어둡고 칠이 벗겨져 있었으며, 변색된 벽의 여러 곳에서 모르타르 덩어리가 떨어져 나가 있었다. 최근에 시멘트만 바르고 페인트칠을 하지 않은 부분들은 새로 치료된 상처들처럼 도드라졌다. 1인용 침대 두 개가 벽을 따라서 직각으로 놓여 있었다. 그는 그녀가 같은 방에서 잘 것인지 궁금했다.

"내 침대는 다른 방으로 옮길 거야."

그는 문밖 너머로 (역시 여행 가방이 위에 놓여 있는) 벽장, 낡은 탁자, 의자 두 개, 그리고 버팀 다리 위에 쌓여서 녹슬고 있는 여행 가방 세 개 때문에 어지러운 더 작고 더 열악한 방을 흘끗 보았다.

"저 때문에 이 방에서 쫓겨나시는군요." 주위 환경 때문에 점점 더 우울해진 마넥이 중얼거렸다.

"그런 소리 마라. 하숙할 사람을 원한 건 나고, 내 동창생의 아들인 멋진 파르시 청년이 들어와서 얼마나 큰 행운인데."

"달랄 부인, 정말 고맙습니다."

"그리고 한 가지 더. 앞으론 나를 디나 아주머니라고 불러라."

마넥이 고개를 끄덕였다.

"네 짐은 언제든지 가져와도 좋아. 기숙사가 맘에 안 들면 언제든지 이 방을 쓰면 된단다. 다음 달 몇 일까지 꼭 기다릴 필요는 없어."

"아뇨, 괜찮습니다. 고맙습니다, 달랄…"

"이런, 조심해야지."

"네, 디나 아주머니." 둘은 함께 웃었다.

마넥이 아파트를 떠난 후, 그녀는 마치 갑작스레 긴 항해라도 떠나는 사람처럼 안절부절못하며 방 안을 왔다 갔다 했다. 이제 더 이상 오빠를 찾아가서 다음 달 집세를 구걸할 필요가 없었다. 그녀는 깊은숨을 들이쉬었다. 다시 한 번 그녀는 불안한 독립을 지킬 수 있었다.

그녀는 내일 오레보아 수출 회사에서 첫 번째 일감을 집으로 가져올 것이다.

1장 바닷가 도시

디나 달랄은 좀처럼 후회하거나 슬퍼하면서 삶을 되돌아보지 않았고, 디나 쉬로프라는 이름으로 학교를 다닐 때 모든 사람들이 예측했던 자신의 밝은 미래를 앗아가 버린 일들이 왜 일어나게 됐는지 질문해 보는 일도 여간해서는 없었다. 그리고 설령 그런 기분에 빠져든다 하더라도 금방 빠져나왔다. 그런 이야기를 계속 해 봐야 무슨 소용이 있냐고 자신에게 물었다. 그 이야기는 언제나 똑같은 결론에 이르렀다. 어떤 통로로 들어가든 결국은 같은 방으로 되돌아왔다.

디나의 아버지는 다른 의사들보다 히포크라테스의 선서를 더 열정적으로 따랐던 작은 병원의 일반의였다. 개업의 생활 초기에 쉬로프 박사의 일에 대한 헌신을 동료들이나 가족들, 선배 의사들은 젊음의 열정과 정력의 전형적인 모습이라고 진단했다. "젊은 의사의 이런 열정이 얼마나 참신한가." 현자들처럼 고개를 끄덕이고 웃으면서 그들은 시간이 지나면 그런 이상주의의 불꽃이 건전한 냉소와 가족에 대한 책임감 때문에 꺼질 것이라고 확신했다.

그러나 결혼 후 아들을 낳고 11년 뒤에는 딸도 낳았지만 쉬로프 박사는 전혀 변하지 않았다. 오히려 시간이 흐를수록 환자들의 고통을 없애

주려는 그의 열정과 안락한 수입을 얻으려는 그의 욕망 사이의 불균형이 깊어갔다.

"세상에 이럴 수가." 친구들과 친척들은 고개를 가로저었다. "우리가 그렇게 기대했건만, 아직도 인생을 즐길 줄 모르고 노예같이 일만 하다니. 불쌍한 쉬로프 부인. 휴가도 안 가고 파티도 안 하니, 인생에 무슨 낙이 있을까."

대부분의 일반의들이 한나절만 일하거나, 값싼 젊은 의사를 고용하거나, 또는 일찍 은퇴하려고 병원을 파는 방법을 생각할 나이인 쉰한 살에, 쉬로프 박사는 은행 잔고도 없었고 그러한 사치를 누릴 생각도 없었다. 대신에 그는 내륙지방으로 향하는 의과대학 졸업생들의 캠페인에 앞장서겠다고 자진했다. 과학이나 기술의 도전을 받지 않는 장티푸스와 콜레라가 여전히 마을 주민들의 목숨을 수확해 가는 그곳에서, 쉬로프 박사는 죽음의 낫들을 없애고 싶었고, 아니면 적어도 그 칼날들을 무디게 하고 싶었다.

그러나 쉬로프 부인은 전혀 다른 캠페인을 시작했다. 그것은 바로 남편이 죽음의 길로 들어서는 일을 단념시키는 것이었다. 그녀는 딸에게 남편의 마음을 되돌릴 수 있는 말을 하도록 시킬 작정이었다. 열두 살인 딸 디나를 남편은 그 누구보다 사랑했다. 쉬로프 부인은 아들인 누스완이 그 일에 전혀 도움이 되지 않는다는 걸 잘 알았다. 아들에게 도움을 청해 봐야 남편의 마음을 돌릴 수 있는 가능성만 사라질 뿐이었다.

아버지와 아들의 관계에 위기는 7년 전 누스완의 열여섯 번째 생일날 찾아왔다. 삼촌과 고모 들을 초대한 저녁 식사 자리에서 누군가가 말했다. "누스완, 너도 공부해서 곧 아버지처럼 의사가 돼야지."

"전 의사가 되는 건 싫어요. 수출입 사업을 하고 싶어요." 누스완이 대답했다.

몇몇 사람들은 긍정적으로 고개를 끄덕였다. 다른 사람들은 놀라는 척하며 쉬로프 박사에게로 몸을 돌렸다. "정말입니까? 아들이 아버지의 일을 물려받지 않는 건가요?"

"물론이지. 내 아이들은 자기가 하고 싶은 일을 마음대로 할 수 있으니까." 그가 말했다.

그러나 당시에 다섯 살이었던 디나는 아버지의 얼굴에 상처가 드러났다 감춰지기 전에 그것을 보았다. 그녀는 그에게로 달려가 무릎으로 기어 올라갔다. "아빠, 난 커서 아빠처럼 의사가 될래요."

모두들 웃으면서 박수를 쳤고, 디나를 아빠의 마음을 사로잡을 줄 아는 똑똑한 딸이라고 했다. 그러고는 누스완이 그의 아버지처럼 좋은 재목이 아닌 게 분명하다고 속삭였다. 그들은 그가 야심이 전혀 없어서 큰 성공을 거두지는 못할 것이라고도 했다.

그 후로도 수년 동안 디나는 아버지를 사람들을 건강하게 회복시키고 질병에 맞서 싸우며 때로는 일시적으로 죽음도 막아낼 수 있는 일종의 신으로 여기며, 거듭 의사가 되겠다는 바람을 내세웠다. 쉬로프 박사는 그러한 딸이 자랑스러웠다. 수녀원 부속학교에서 열리는 부모님의 밤 행사에서 교장과 교사들은 항상 디나를 가장 많이 칭찬했다. 쉬로프 박사는 딸이 원하기만 한다면 성공할 거라고 확신했다.

쉬로프 부인은 신도 포기한 벽촌에서 일하겠다는 남편의 어리석은 박애주의 계획에 반대하는 캠페인에 디나를 동참시키기로 했다. 그러나 디나는 협조를 거부했다. 그녀는 사랑하는 아버지를 집에 머물게 하려고 속임수를 쓰는 데 반대했다.

그러자 쉬로프 부인은 어차피 실패할 게 뻔하지만 남편을 설득하고자 돈이나 개인의 안녕, 가족이 아닌 다른 이유를 댔다. 그녀는 환자들을 가리키며 그가 늙고 힘 없고 의지할 데 없는 그들을 버리려 한다고 주장했다.

"당신이 가버리면 이 사람들은 어떻게 해요? 환자들은 당신만 믿고 의지하고 있어요. 당신 어떻게 그렇게 잔인할 수가 있어요? 이들에게 당신이 얼마나 소중한지 몰라서 그래요?"

"무슨 소리야. 그건 문제가 안 돼." 쉬로프 박사가 말했다. 그는 사랑하는 남편 때문에 아내가 만들어내는 간교한 주장을 잘 알았다. 그러하기에 인내심을 갖고 이 도시에는 환자들의 통증을 치료할 의사들이 넘쳐난다고 설명하고서, 자신이 가려는 곳에는 의사가 전혀 없다고 말했다.

평소와는 달리 그는 아내를 껴안고 키스하면서 잠깐 동안만 하는 일이 될 거라고 달랬다. "곧 돌아온다고 약속할게. 당신이 내가 없는 걸 익숙해하기 전에 말이야."

그러나 쉬로프 박사는 그 약속을 지킬 수 없었다. 의료봉사활동에 참가한 지 3주 만에 그는 장티푸스나 콜레라가 아니라, 생명을 구할 수 있는 해독제를 구하기에는 너무나 멀리 떨어진 곳에서 코브라에 물려 죽고 말았다.

쉬로프 부인은 그 소식을 침착하게 받아들였다. 사람들은 그녀가 다른 사람들보다 죽음에 익숙한, 의사의 아내였기 때문이라고 했다. 쉬로프 박사가 환자들의 사망 소식을 자주 전했기 때문에 그녀는 그런 피할 수 없는 일에 단련된 게 틀림없다고 추론했다.

그녀가 너무나 능숙하고 기운차게 모든 장례 절차를 진행하자 사람들은 그녀의 행동에 조금이라도 이상한 점이 없는지 찾으려 했다. 그녀는 여기저기 돈을 지불하는 짬짬이 주문을 받고, 슬퍼하는 친척들을 위로했으며, 쉬로프 박사의 침대 머리맡에 있는 석유 등불을 살폈다. 또한 자신의 흰색 사리를 씻고 다리면서 집에 향과 백단향나무가 떨어지지 않게 챙겼다. 그리고 개인적으로 요리사에게 다음 날 먹을 채식주의자용 요리를 특별히 주문하기도 했다.

사흘간의 장례식을 치르고도 디나는 여전히 울고 있었다. 침묵의 탑 기도실 비용을 계산하느라 바빴던 쉬로프 부인이 활기차게 말했다. "디나, 이제 정신 차려야지. 아빠도 그런 모습은 안 좋아하실 거다." 디나는 울음을 참고자 최선을 다했다.

그때 쉬로프 부인이 수표를 쓰면서 건성으로 말했다. "그러게 네가 아빠를 말렸어야지. 아빠도 네가 하는 말은 들었을 텐데."

디나는 다시 엉엉 울었다. 그 눈물에는 아버지에 대한 슬픔과 더불어 어머니에 대한 분노와 증오마저 더해졌다. 몇 달이 지나서야 비로소 디나는 어머니의 말에 어떠한 악의나 비난도 없었으며, 단지 어머니가 본 사실 그대로에 대한 슬프고 간략한 언급이었음을 이해했다.

쉬로프 박사가 죽고 여섯 달 후, 모든 사람들이 의지할 수 있는 버팀목이었던 쉬로프 부인이 서서히 무너지기 시작했다. 일상에서 손을 뗀 그녀는 집안 꾸리기나 자기 자신에 대해서도 거의 관심이 없었다.

자신의 미래를 준비하느라 바빴던 스물세 살 누스완은 별 변화가 없었다. 그러나 열두 살 디나는 아버지가 몇 년만 더 함께 있어 주었더라면 하고 바랐다. 그녀는 아버지가 미치도록 보고 싶었다. 어머니의 은둔 후로 그녀의 그리움은 더욱 깊어졌다.

***

누스완 쉬로프는 그의 아버지가 세상을 떠나기 2년 전부터 사업으로 돈을 벌고 있었다. 미혼으로 부모와 함께 살면서 저축하던 그는 적당한 아파트와 신붓감을 찾고 있었다. 아버지가 죽고 어머니가 은둔하면서 그는 아파트를 구할 필요는 없어졌지만 신붓감을 구하는 데는 절박해졌다.

이제 그는 집안의 가장 역할을 맡았고 디나의 법적인 보호자가 됐다. 친척들 또한 그래야 한다고 부추겼다. 그의 헌신적인 결정을 칭찬하고, 자신은 그의 능력을 잘 몰랐음을 인정했다. 누스완은 집안의 돈 관리도 떠맡고 어머니와 여동생에게 부족한 것이 없도록 하겠다고 약속했다. 자신이 번 돈으로 그들을 돌보겠다고 했다. 그러나 말은 그렇게 하면서도 그럴 필요가 없다는 걸 그는 알았다. 쉬로프 박사의 병원을 판 돈으로 충분했기 때문이었다.

가장으로서 누스완의 첫 번째 결정은 일꾼의 고용 비용을 줄이는 것이었다. 한나절 동안 두 끼의 음식을 준비하는 요리사는 그대로 뒀지만, 숙식하며 일하던 가정부 릴리는 내보냈다. "이전과 같은 사치를 계속 누릴 순 없습니다. 봉급을 감당할 수가 없어요." 그가 선언했다.

쉬로프 부인은 변화가 걱정스러웠다. "청소는 누가 하고? 내 손과 발이 예전 같지가 않단다."

"어머니, 걱정 마세요. 우리 모두 조금씩 나눠서 하면 됩니다. 어머닌 가구에 먼지 털기 같은 쉬운 일을 하시면 되고요. 먹고 난 그릇과 컵은 각자 씻으면 돼요. 그리고 디나가 젊고 힘이 넘치잖아요. 디나한테 가사 일을 가르치면 본인에게도 좋을 거예요."

"그래, 네 말이 옳구나." 쉬로프 부인은 돈을 아껴야 할 필요성에 어렴풋이 공감하며 답했다.

그러나 디니는 다른 이유가 있다는 걸 알았다. 일주일 전 자정이 훨씬 넘은 시각에 그녀는 화장실에 가려고 부엌을 지나다가 누스완이 가정부와 함께 있는 걸 목격했다. 식탁 한쪽 끄트머리에 앉아 있던 릴리의 발이 식탁 모서리에 걸쳐 있었다. 파자마를 발목까지 내린 누스완은 릴리의 엉덩이를 두 손으로 움켜쥐고 그녀의 넓적다리 사이에 서 있었다. 졸린 눈으로 호기심에 그의 벌거벗은 엉덩이를 지켜보던 디나는 얼굴을 붉힌 채, 화장실로 가는 대신 살금살금 걸어서 침대로 되돌아갔다. 그러나 그녀가 미처 돌아서기도 전에 누스완이 그녀를 보고 말았다.

그 일에 대해서는 한마디 말도 없었다. 릴리는 (쉬로프 부인이 모르게 약간의 보너스를 받고서) 눈물을 흘리며 다시는 이처럼 좋은 가족을 위해 일 할 기회가 없을 거란 말을 하고 떠났다. 디나는 그녀가 가엾기도 했고, 또한 경멸스럽기도 했다.

그리고 새로운 집안 계획이 펼쳐졌다. 모두들 정성껏 노력했다. 자립을 위한 실험은 재밌어 보였다. "캠프에서 생활하는 것 같구나." 쉬로프 부인이 말했다

"바로 그겁니다." 누스완이 답했다.

시간이 흐르자 디나의 일이 늘어나기 시작했다. 누스완은 일하러 가기 전에 형식적으로 자신이 사용한 컵과 받침 접시, 아침 식사 그릇을 계속 씻었다. 그 이외에 그는 아무것도 하지 않았다.

어느 날 아침, 누스완이 차를 꿀꺽꿀꺽 마시더니 말했다. "디나, 오늘은 너무 늦었구나. 내 것도 좀 씻어 줘."

"난 오빠 하인이 아냐! 오빠가 쓴 더러운 그릇은 알아서 씻으라고!" 몇 주 동안 참아 왔던 분노가 한꺼번에 쏟아져 나왔다. "각자 일은 알아서 하기로 했잖아! 그런데 왜 나한테 오빠의 더럽고 냄새나는 일은 죄다 맡기는 거야!"

"아이고, 이런 사자 같은 녀석 좀 보게." 그는 재미있다는 듯 말했다.

"오빠한테 그렇게 말하면 못써." 쉬로프 부인이 점잖게 타일렀다. "모두가 똑같이 나눠서 일하기로 한 거 잊지 마라."

"오빠가 속이고 있잖아요! 오빠는 아무 일도 안 해요! 내가 다 한다고요!"

누스완이 그의 어머니를 껴안았다. "어머니, 그만 갈게요." 그리고 그는 기분을 풀라고 디나의 어깨를 친근하게 쳤다. 그녀는 몸을 움츠렸다. "사자가 아직도 화가 났구나." 그렇게 말하고 그는 사무실로 떠났다.

쉬로프 부인은 디나를 달래주려고, 누스완과 상의해 파트타임 가정부를 부르도록 설득해 보겠다고 했지만 그러한 결심은 몇 시간 만에 사라지고 말았다. 상황은 그대로 계속됐다. 몇 주 후, 쉬로프 부인은 집안일의 형평성을 바로잡기는커녕 디나가 해야 할 늘어가는 일거리 중 하나로 전락하고 말았다. 이제 쉬로프 부인은 시키는 대로 해야 할 처지가 됐다. 자기 앞에 놓인 음식을 먹기는 했지만 별 소용도 없이 그녀의 몸무게는 계속 줄었다. 목욕을 하고 옷을 갈아입는 것도 챙겨 줘야 했다. 치약을 짜서 칫솔에 묻혀 주어야만 양치질을 할 수 있었다. 디나는 무엇보다 어머니의 머리를 감기기가 가장 힘들었다. 욕실 바닥에 머리카락들이 덩어리째 떨어졌고, 머리를 빗어줄 때면 더 많은 머리카락들이 떨어져 나왔다.

한 달에 한 번씩 쉬로프 부인은 불의 사원에서 열리는 남편의 기도식에 참석했다. 그녀는 남편의 영혼을 위해 기도하는 늙은 프람지 사제의 위로하는 목소리를 들으면 크게 위안이 된다고 말했다. 혹시나 길을 잃고 헤매지나 않을까 걱정이 된 디나는 학교를 빼먹고 어머니와 함께 불의 사원으로 갔다.

의식을 시작하기 전에 프람지 사제는 쉬로프 부인과 부드럽게 악수하고, 디나와는 소녀나 젊은 여자 들에게 하듯이 오랫동안 포옹했다. 꽉 쥐고 만지는 것으로 유명한 그는 '애무 사제'라는 별명이 있었으며, 동료들 사이에서는 포옹할 때 아버지처럼 혹은 정신적인 관심으로 교묘히 위장하지 않는다고 해서 원성의 대상이 됐다. 그들은 언젠가는 그가 여성이 괴로울 만큼 도가 지나치게 군침을 흘리거나 아니면 다른 일로라도 불의 사원의 명예를 더럽힐 것이라고 걱정했다.

그가 머리를 쓰다듬고 목을 문지르고 등을 두드리고는 몸을 밀착하는 바람에 디나가 움찔했다. 얇은 코코넛 껍질같이 아주 짧은 턱수염이 그녀의 뺨과 이마를 비볐다. 디나가 용기를 내 그의 팔에 갇힌 몸을 떼내고 나서야 비로소 그는 그녀를 풀어 주었다.

불의 사원을 다녀와서 디나는 온종일 어머니에게 집안일과 요리법 등에 대한 조언을 구하며 말을 걸어 봤지만 실패하고는, 아버지와 그들의 신혼 생활에 대해서 물었다. 어머니의 꿈꾸는 듯한 침묵에 디나는 무기력해졌다. 그러나 머지않아 어머니에 대한 걱정은 젊음의 본능에 의해서 진정됐다. 때가 되면 자신도 반드시 슬픔과 비애를 겪게 될 것이니 너무 서둘러서 그 짐을 떠맡을 필요는 없다는 생각이 들었다.

쉬로프 부인은 퉁명스럽게 말하거나 한숨을 쉬면서, 자신을 빤히 들여다보는 디나의 얼굴에서 대답을 찾는 듯했다. 가구의 먼지를 털어낼 때도 남편의 졸업 사진이 담긴 액자를 닦는 것 말고는 아무것도 할 수 없었다. 그녀는 대부분의 시간을 창밖을 바라보며 지냈다.

누스완은 어머니가 무너지는 것이 삶의 찌꺼기를 벗어던지고 정신적인 것에 몰두하려는 과부에게 적절한 체념이라고 생각했다. 그는 디나를 키우는 데 관심을 쏟았다. 자신의 어깨에 얹힌 막대한 책임감 때문에 그는 끊임없이 걱정했다.

항상 아버지를 엄격한 원칙주의자라고 생각했던 누스완은 그를 경외

했으며, 심지어 약간은 두려워하기도 했다. 아버지의 빈자리를 메우려면 다른 사람들에게 그와 같은 두려움을 불러일으켜야 한다고 생각하고는 자신의 행동에 용기와 가르침을 달라고 자주 기도를 올렸다. 그는 삼촌과 고모 들에게 디나의 반항과 고집 때문에 미치겠으며 오직 신만이 자신의 의무를 실천할 힘을 얻게 한다고 털어놓았다.

그의 진실함에 친척들은 감동했다. 그들은 그를 위해서 기도하겠다고 약속했다. "누스완, 걱정 말거라. 다 잘될 거야. 우리가 불의 사원에 등불을 밝혀 놓으마."

그들의 지원에 고무된 누스완은 일주일에 한 번씩 디나를 불의 사원에 데려가기 시작했다. 그곳에서 백단향나무 한 자루를 그녀의 손에 쥐어 주면서 그는 귀에다 대고 무섭게 속삭였다. "이제 제대로 기도를 올려라. 신에게 착한 아이로 만들어 달라고, 말 잘 듣게 해달라고 말이야."

그녀가 제단 앞에서 머리를 숙이고 있는 동안 그는 많은 사제들과 대사제들의 사진이 걸린 외벽을 따라 돌아다녔다. 전시품들을 둘러보고 화환들을 만져보고 액자들을 껴안고 유리에 입을 맞춘 후, 끝으로 매우 큰 자라투스트라의 사진에 1분 동안 입술을 꼭 붙이고 있었다. 그런 다음 제단 출입구에 놓인 그릇에서 재를 조금 집어 들어 이마와 목에 문지르고 나서 셔츠의 윗 단추 두 개를 풀고 가슴에다가 재를 한 주먹 발랐다.

고개를 숙이고 곁눈질로 지켜보던 디나는, 그가 마치 활석 가루를 바르는 것처럼 보여서 웃음을 참으려고 애썼다. 그가 그 기괴한 짓을 끝낼 때까지 그녀는 고개를 들지 않았다.

"기도를 제대로 올렸니?" 밖으로 나오자 그가 물었다.

그녀는 고개를 끄덕였다.

"좋았어. 이제는 모든 나쁜 생각들이 네 머리에서 떠났으니 마음속에 평화와 고요만을 느낄 수 있을 거다."

디나는 더 이상 휴일에 친구들 집에서 놀도록 허락받지 못했다. "학교에서 매일 보는데 그럴 필요가 있나." 누스완이 말했다. 그의 허락을 얻은 후에야 친구들은 그녀를 방문할 수 있었고, 그가 항상 곁에서 맴돌고 있었기 때문에 재미가 없었다.

한 번은 옆방에서 그녀의 친구 제노비아가 누스완의 치아를 놀리는 걸 그가 엿듣게 됐다. 이로써 작은 악마들은 항상 감시해야 할 필요가 있다는 그의 믿음이 입증됐다. 제노비아는 그가 말처럼 생겼다고 했다.

"맞아, 싸구려 틀니를 한 말이지." 디나가 말했다.

"코끼리였다면 상아가 많아서 자랑스러웠을 텐데." 제노비아가 한술 더 떴다.

그들이 한참 웃고 있는데 누스완이 들어왔다. 그들을 차례로 뚫어지게 노려보던 그는 천천히 위협적으로 등을 돌리고 침묵과 불행을 남기고 떠났다. 그는 놀라움과 승리감을 느끼며 깨달았다. 그래, 두려움이 효과가 있구나.

치아 상태가 좋지 않은 데 항상 민감했던 누스완은 십 대 후반에 치아 교정을 해보려고 했다. 당시에 여섯 살이나 일곱 살이었던 디나는 그를 사정없이 놀려댔다. 그러나 치아 교정이 너무나 고통스러워서 포기하고만 그는 아버지가 의사였음에도 어린 시절에 치아 관리를 제대로 해주지 않았다는 게 놀랍다고 불평했다. 그는 불공평함의 증거로 디나의 완벽한 치아를 가리켰다.

그가 입은 마음의 상처에 괴로웠던 쉬로프 부인이 설명했다. "아들아, 그건 다 내 탓이란다. 애들은 이를 매일 안으로 부드럽게 밀면서 마사지를 해줘야 한다는 걸 몰랐어. 디나를 낳았을 때는 늙은 간호사가 알려줬지만 너한테는 이미 너무 늦었던 거야.”

누스완은 결코 납득할 수가 없었다. 이제 친구가 떠난 후에 디나는 그 대가를 치러야 했다. 그는 아까 했던 말을 다시 해보라고 했다. 그녀는 대담하게도 그 말들을 다시 했다.

“넌 항상 그 싼 입에서 나오는 대로 지껄이는 습관이 있어. 하지만 넌 이제 더 이상 어린애가 아니야. 넌 존경심을 배워야 해.” 그는 한숨을 쉬었다. “이것도 내가 해야 할 의무다.” 그는 갑자기 그녀의 뺨을 때리기 시작했다. 그녀의 아랫입술이 찢어지고 나서야 그는 멈췄다.

“오빠 돼지야!” 디나는 눈물을 흘렸다. “내가 오빠처럼 못생기길 바라는 거지!” 그러자 그는 자를 들고서 닥치는 대로 때리기 시작했고 그녀는 매를 피하려고 이리저리 뛰어다녔다.

그때서야 쉬로프 부인은 뭔가 이상하다는 걸 알아챘다. “디나, 왜 울고 있니?”

“저 멍청한 드라큘라 때문에요! 날 때려서 피가 나게 했어요!”

“쯧쯧, 불쌍한 것.” 딸을 안아 주고 그녀는 다시 창가의 자기 자리로 돌아갔다.

그 일이 있고 이틀 후에 누스완은 디나와 화해하려고 리본 한 묶음을 사다 주었다. “땋은 머리에다가 달면 예쁠 거다.” 그가 말했다.

그녀는 책가방에서 미술 공예에 사용하는 가위를 꺼내서 리본들을 싹둑싹둑 잘라버렸다.

“어머니, 이것 좀 보세요!” 그는 거의 울 것처럼 말했다. “원한을 품은 디나 좀 보시라고요! 힘들게 번 돈으로 사 줬더니 이런 식으로 고맙다고 하네요.”

디나를 길들이기 위한 도구로 그는 항상 자를 이용했다. 그녀가 벌을 받은 가장 흔한 이유는 그의 옷 때문이었다. 옷을 빨고 다리고 개어서 그의 벽장에다가 흰색 셔츠, 색깔 있는 셔츠, 흰색 바지, 색깔 있는 바지 등 네 가지를 각각 구별해서 쌓아 두어야 했다. 때때로, 그녀는 고의로 흰색 셔츠들 사이에 가는 세로 줄무늬 셔츠를 놓거나 흰색 바지들 사이에 톱니 모양의 격자무늬 바지를 놓기도 했다. 매를 맞으면서도 그녀는 그를 자극하는 행동을 결코 멈추지 않았다.

"디나의 행동을 보면 가슴에 악마가 숨어 있는 게 아닌가 생각됩니다." 그는 최근의 상황을 알고 싶어 하는 친척들에게 지친 표정으로 말했다. "아마도 디나를 기숙학교로 보내야 할까 봐요."

"안 된다. 그러지 마라. 그렇게 극단적인 방법은 안 돼." 친척들이 간청했다. "기숙학교는 많은 파르시 여자아이들을 타락시켰어. 신께서 분명히 너의 인내와 헌신에 보답할 거다. 그리고 디나도 나이가 들면 다 자신을 위해서였다는 걸 알고서 너한테 고마워할 거고." 그들은 누스완이 성자라고 수군거리며 돌아갔다. 모든 여자아이들이 그와 같은 오빠를 두는 행운을 타고나진 않는 법이라면서.

친척들의 격려로 기분이 나아진 누스완은 참고 견뎠다. 어린 여자애에게 어울리는 옷이 무엇인지를 스스로 결정하며 그는 디나의 모든 옷을 직접 골랐다. 디나와 함께 쇼핑을 하지 않았기 때문에 그가 사온 옷들은 대개가 맞지 않았다. "난 가게 주인이 있는 데서 귀찮은 논쟁을 벌이기 싫다. 넌 항상 날 난처하게 만들어." 그녀에게 새 교복이 필요할 때면 그가 재단사들이 오는 날짜에 맞추어 함께 학교로 가, 치수 재는 것을 감독했다. 교장이 얼마나 상납을 받는지 알아보려고 그는 재단사들에게 가격과 천에 대해 꼬치꼬치 캐물었다. 같은 반 친구들 앞에서 또 무슨 망신을 당할지 몰라, 디나는 그 연례행사가 두려웠다.

친구들이 다들 단발머리를 하자 디나도 같은 머리를 하게 해달라고 졸랐다. "머리를 자르게 해주면 이틀에 한 번이 아니라 매일 식당을 걸레질할게. 아니면 매일 밤 오빠 구두를 닦을게." 그녀는 흥정을 시도했다.

"안 돼." 누스완이 말했다. "멋 부리기는 열네 살짜리가 하기엔 너무 일러. 넌 땋은 머리가 어울려. 그리고 미용사에게 줄 돈도 없고." 그러나 그는 즉시 구두 닦기를 그녀가 해야 할 일의 목록에다 추가했다.

마지막으로 호소하고 일주일 후, 디나는 제노비아의 도움으로 학교 화장실에서 두 갈래로 땋은 머리채를 잘랐다. 장래 희망이 미용사였던 제노비아는 친구의 머리가 자신의 손에 맡겨진 행운에 어쩔 줄 몰랐다. "몽땅 한꺼번에 잘라버리자. 아주 짧은 단발머리로 말이야."

"미쳤어?" 디나가 말했다. "우리 오빠가 길길이 날뛸 거야." 그래서 어깨 언저리에서 안쪽으로 말아 넣는 머리 모양을 만들기로 하고, 제노비아가 어깨에서 약 2.5센티미터 정도 위까지 머리를 잘랐다. 약간 덥수룩해 보였지만 둘 다 결과에 만족했다.

디나는 자른 머리채를 쓰레기통에 버리기가 망설여졌다. 그녀는 머리채를 가방에 집어넣고 집으로 달려갔다. 집 안을 자랑스럽게 활보하며 그녀는 다른 각도에서 머리 모양을 보려고 계속 거울 앞을 지나갔다. 그런 다음 어머니 방으로 들어가서 기다렸다. 그녀는 어머니가 놀라든지 기뻐하든지, 아니면 무슨 반응이라도 보이기를 기대했다. 그러나 쉬로프 부인은 아무것도 눈치채지 못했다.

"엄마, 새로 한 머리 모양 어때요?" 마침내 그녀가 물었다.

쉬로프 부인은 감긴 멍히게 보았다. "얘야, 아주 예쁘구나. 아주 예뻐."

누스완은 그날 저녁 집에 늦게 도착했다. 어머니에게 인사하며 사무실에 일이 너무 많았다고 했다. 그때 그는 디나를 보았다. 그는 숨을 깊이 들이쉬면서 손을 이마에 갖다 댔다. 너무 피곤했던 그는 싸우지 않고 문제를 해결할 방법이 있길 바랐다. 그러나 그녀의 오만하고 반항적인 태도는 벌을 필요로 했다. 그렇지 않다면 그가 어떻게 거울에 비친 자신의 모습을 똑바로 볼 수 있겠는가?

"디나, 이리 와. 왜 내 말을 안 들었는지 설명해 봐."

그녀는 머리카락 부스러기들 때문에 가려운 목을 긁었다. "내가 무슨 말을 안 들었다는 거야?"

누스완이 그녀의 뺨을 때렸다. "내가 물을 때는 대답만 해."

"오빠가 내 머리를 잘라 줄 돈이 없다면서. 이건 내가 공짜로 한 거야."

그는 다시 뺨을 때렸다. "경고한다. 말대꾸하지 마." 그는 자를 가져와 손바닥을 때리고, 그녀의 그 큰 잘못 때문에 자의 모서리로 다시 손가락 마디를 때렸다.

"오빠 머리 거울로 본 적 있어? 꼭 광대 같아." 그녀는 겁먹지 않고 말했다.

누스완은 자신의 머리 모양이 품격 있고 우아하다고 생각했다. 가운데는 가르마를 타고 머리 양쪽에는 머릿기름을 듬뿍 발라서 균형을 잡았다. 디나의 조롱은 원칙주의자의 분노를 폭발시켰다. 종아리와 팔을 자로 힘껏 때리며 그는 그녀를 화장실로 끌고 가서 옷을 잡아 찢었다.

"입 열지 마! 한 마디도 듣기 싫으니까! 오늘 넌 넘지 말아야 할 선을 넘었어! 이 더러운 것, 먼저 목욕부터 해! 집에다가 머리카락을 뿌려서 우리한테 불행이 닥치기 전에 어서 빨리 씻어!"

"걱정 마. 오빠 얼굴만 보면 불행도 겁먹고 도망갈 테니까." 그녀가 벌거벗은 채 타일 위에 서 있었지만 그는 떠나지 않았다. "뜨거운 물이나 줘." 그녀가 말했다.

그는 뒤로 물러서더니 양동이에 담긴 찬물을 퍼서 끼얹었다. 젖꼭지가 단단해진 그녀는 몸을 벌벌 떨면서 그를 무섭게 노려보았다. 그가 젖꼭지 하나를 세게 꼬집자 그녀가 움찔했다. "작은 가슴이 커지고 있다고 해서 벌써 다 큰 여자라도 된 줄 아는 모양이지. 그 사악한 혓바닥과 함께 가슴도 잘라 버려야겠다."

그가 이상한 눈으로 보자 그녀는 겁이 나기 시작했다. 자신의 앙칼진 말대꾸에 그가 격분했으며, 또한 자신의 다리 사이에 갓 자라난 털을 그가 빤히 보고 있는 것과도 그것이 어느 정도 연관이 있음을 알았다. 복종하는 척해서 그의 화를 가라앉히는 것이 안전하겠다는 생각이 들었다. 그녀는 고개를 돌려 손으로 얼굴을 가리고 울기 시작했다.

만족한 그는 그제야 사라졌다. 그녀의 침대 위에 놓인 책가방이 그의 시선이 끌었다. 가방을 열어보니 두 갈래로 땋은 머리채가 들어 있었다. 머리채를 엄지와 검지로 쥔 채, 이를 갈던 그의 화난 얼굴에 천천히 미소가 번졌다.

디나가 목욕을 마치자, 그는 검정 접착테이프를 가져와서 땋은 머리채를 그녀의 머리에 붙였다. "이렇게 하고 있어. 머리가 다시 자랄 때까지 매일 학교에 갈 때도 이렇게 하고 가."

그녀는 그 불쾌한 머리채를 학교 화장실에 버리지 않은 것을 후회했다. 마치 머리에 죽은 쥐들이 매달린 느낌이었다.

다음 날 아침, 그녀는 접착테이프를 학교로 몰래 가져갔다. 교실에 들어가기 전에 머리채를 떼 냈다. 검정 테이프가 세게 들러붙어 있어서 고통스러웠다. 학교가 끝나면 그녀는 세노비아의 도움을 빌아서 머리채를 다시 붙였다. 그런 식으로 그녀는 평일에는 누스완의 벌을 피할 수가 있었다.

그러나 며칠 후, 인도와 파키스탄이 분리되고 영국인들이 떠나자 도시에서 폭동이 일어나서 디나는 누스완과 함께 집에 틀어박혀 지내야 했다. 어디나 할 것 없이 밤낮으로 통행금지가 실시됐다. 사무실, 기업, 대학, 학교가 모두 문을 닫아서 끔찍한 머리채로부터의 휴식은 없었다. 그는 목욕할 때만 머리채를 떼도록 허락했고, 목욕이 끝난 즉시 다시 붙이도록 감독했다.

아파트에 갇힌 누스완은 끝없이 투덜대며 국가의 재앙을 한탄했다. "매일 이렇게 집에 앉아서 돈을 잃는군. 이런 빌어먹을 교양 없는 야만인들은 독립할 자격이 없어. 서로를 난도질해서 죽이려면 다른 곳에 가서 조용히 그렇게 하면 안 되나? 자기들 고향으로 가서 그렇게 하면 되잖아. 왜 바닷가의 아름다운 우리 도시를 혼란스럽게 만드는 걸까."

통행금지가 해제되자 누스완이 존재하지 않는 혼자만의 여덟 시간을 열망하며 디나는 새장에서 빠져나온 새처럼 행복하게 학교로 갔다. 그리고 누스완 역시 사무실로 돌아가게 돼서 기뻤다. 도시가 정상으로 돌아온 첫날 저녁, 그는 매우 유쾌한 기분으로 집에 도착했다. "통금이 끝났으니 너의 벌도 끝났다. 이제 머리채는 집어던져 버려." 그는 또한 자상하게 다음과 같이 말했다. "너한텐 짧은 머리가 어울려."

그는 서류 가방을 열고 새로 산 머리띠를 꺼냈다. "이제부터는 테이프 대신에 이걸 써라." 누스완이 농담조로 말했다.

"오빠나 써." 그녀는 머리띠를 거부했다.

누스완은 아버지가 죽고 3년 후에 결혼했다. 결혼식이 있고 몇 주 후, 그의 어머니는 완전히 은둔했다. 이전에는 일어나서 차를 마시고 손을 씻고 약을 삼키라는 지시에 잘 따랐지만 이제는 몰이해의 벽만이 그녀를 가로막고 있었다.

어머니를 돌보는 건 디나의 능력으로는 어쩔 도리가 없었다. 쉬로프 부인의 방에서 나는 냄새가 무시할 수 없을 정도가 되면 누스완이 그의 아내에게 살짝 그 문제를 끄집어냈다. 감히 아내에게 직접적으로 도움을 청할 수가 없었던 그는 착한 성품의 그녀가 자발적으로 도와주기를 바랐다. "여보, 어머니 상태가 점점 더 안 좋아지고 있어. 항상 많은 관심을 기울여야 할 것 같아."

"양로원에 보내드려요. 거기가 더 편하실 거예요."

알았다고 고개를 끄덕이던 그는, 야박한 친척들이 분명히 노인 공장이라고 매도했을 곳으로 어머니를 보내는 대신에 비용은 덜 들고 보다 인간적인 방법으로 간병인을 고용하기로 했다.

그러나 간병인의 고용도 얼마 가지 못했다. 쉬로프 부인은 그해 후반에 죽었고 사람들은 의사의 아내도 다른 사람들과 마찬가지로 슬픔에 대한 면역 기능이 없다는 걸 마침내 깨달았다. 그녀는 조로아스터교 달력으로 남편이 사망한 날과 같은 날에 세상을 떠났다. 그들을 위한 기도가 불의 사원에서 프람지 사제에 의해서 차례로 이루어졌다. 이제 디나는 사제의 지나치게 친근한 포옹을 피할 방법을 터득한 상태였다. 그가 다가오자 그녀는 공손하게 한 손을 내밀면서 한 발을 뒤로, 또 한 발, 그리고 또 한 발 뒤로 물러섰다. 백단향나무가 큰 향로들에 담겨 불타는 기도실 주위를 도는 그녀를 따라잡기가 여의치 않자 사제는 멋쩍게 웃으며 추격을 포기할 수밖에 없었다.

어머니를 위한 한 달 동안의 기도 의식이 끝나자 누스완은 더 이상 디나가 학교를 다닐 필요가 없다고 결정했나. 지난 학기 성석표는 형편없었다. 쉬로프 부인을 생각해서 교장 선생님이 디나가 잠시 공부를 등한

시한 걸로 여기지 않았더라면 그녀는 유급했을 것이다.

"램 여사가 좋으셔서 유급 안 된 줄 알아. 그래도 네 성적이 형편없다는 사실은 변하지 않아. 더 이상 학비를 낭비할 생각은 없다." 누스완이 말했다.

"오빠가 항상 청소나 하게 만들잖아. 하루에 한 시간도 공부할 수가 없다고! 도대체 어쩌라는 거야?"

"변명하지 마! 튼튼한 애가 집안일 조금 하는 게 공부랑 무슨 상관이냐? 네가 얼마나 축복 받은 건 줄 알기나 하니? 이 도시에는 가난한 아이들 수천 명이 기차역에서 구두를 닦거나 신문, 병, 비닐을 수집하고 밤에 학교를 다녀. 그래도 불평이냐? 네가 부족한 건 교육에 대한 열망이야. 그러니 이제 넌 학교를 그만 다녀도 돼."

디나는 그냥 물러서고 싶지 않았다. 올케가 그녀를 위해 나서주기를 바랐다. 그러나 루비가 싸움에 끼어들려고 하지 않았으므로 디나는 다음 날 아침 장을 보러 나갔을 때 할아버지의 아파트로 달려갔다.

삼촌 중 한 명과 함께 살던 할아버지의 방에서는 상한 향유 냄새가 났다. 숨을 멈추고 할아버지를 껴안으며 그녀는 쉴 새 없이 말을 쏟아냈다. "제발, 할아버지! 누스완이 그렇게 못하도록 도와주세요!"

이미 치매 증상을 보이던 할아버지는 디나를 알아보는 데 시간이 걸렸고, 그녀가 원하는 것이 무엇인지 이해하는 데는 더 오랜 시간이 걸렸다. 틀니를 끼지 않아서 그가 하는 말을 이해하기가 어려웠다. "할아버지, 틀니 갖다드릴까요?" 그녀가 물었다.

"아냐, 아니다, 됐다!" 위로 치켜든 그의 손이 격렬하게 떨렸다. "틀니 필요 없다. 입에 맞지도 않고 아프기만 해. 빌어먹을 멍청한 치과 의사는 아무짝에도 쓸모가 없어. 차라리 목수가 만든 틀니가 더 낫겠다."

디나가 다시 한 번 천천히 설명하자 마침내 할아버지가 알아들었다.
"학교? 누구, 너 말이냐? 당연히 학교는 다녀야지. 물론이지, 그렇고말고.
학교는 다녀야지. 그러고 나서 대학도 가고. 암, 그래야지. 내가 그 녀석한
테 널 학교에 보내라고 하마. 내가 그 나우저, 아니지 네빌인가, 그래 누스
완한테 그러라고 하마."

할아버지는 하인을 보내서 누스완에게 가능한 빨리 자신을 방문하라
고 일렀다. 누스완은 거절할 수가 없었다. 그는 가문의 평판에 매우 신경
썼다. 사무실에 일이 많다는 핑계를 대며 며칠을 꾸물대다가 아내를 대
동하고서 할아버지를 찾아갔다. 그는 아내에게 할아버지의 환심을 사도
록 행동하라고 당부했다.

디나가 다녀간 후로 할아버지의 기억력은 더 나빠졌다. 그는 손녀와
의 대화를 전혀 기억하지 못했다. 이번에는 틀니를 끼고 있었지만 그는
할 말이 없었다. 여러 번 일러주고 기억을 되살린 다음에야 그들을 알아
보았다. 그런 다음 그는 루비를 완전히 무시하고서 갑자기 누스완과 디
나가 부부라고 했다. 아무리 디나가 달래고 설득해도 할아버지는 자신의
믿음을 포기하지 않았다.

루비는 소파에 앉아서 할아버지의 손을 잡고 있었다. 그녀가 발을 주물
러 드릴지 물어보았다. 대답을 기다리는 대신 그녀는 할아버지의 왼발을
쥐고 주무르기 시작했다. 오랫동안 발톱을 깎지 않아서 발톱이 노랬다.

몹시 화가 난 할아버지가 발을 잡아 뺐다. "뭐하는 짓이야? 저리 가!"

할아버지가 갑자기 힌디어로 말하자 깜짝 놀란 루비가 입을 딱 벌리고
멍하게 앉아 있었다. 할아버지가 누스완에게 말했다. "쟤가 무슨 말인지
못 알아듣나? 내 가정부는 이느 지방 인이를 쓰냐? 내 소피에서 일어나
서 부엌에서 기다리라고 해라."

루비가 씩씩거리며 일어서더니 문가에 섰다. "무례한 늙은이 같으니! 내 살색이 좀 까맣다 이거지?"

퉁명스럽게 작별 인사를 하고 아내를 따라나서던 누스완이 잠깐 멈추고 돌아서더니, 혼란스러워하는 디나를 의기양양하게 바라봤다. 그녀는 할아버지가 숨겨진 힘을 발휘해서 자신을 도와주기를 기대하며 남아 있었다. 한 시간 후, 그녀는 포기하고 할아버지의 이마에 입을 맞추고 자리를 떠났다.

할아버지가 살아 있는 걸 본 것은 그때가 마지막이었다. 그는 바로 다음 달에 잠을 자던 중 사망했다. 장례식장에서 디나는 얼굴 외에는 모든 것을 가린 흰 천 밑으로 할아버지의 발톱이 얼마나 길게 자랐을지 궁금했다.

***

누스완은 디나의 결혼 비용을 마련하고자 4년 동안 성실히 저축했다. 상당한 돈이 모였기에 그는 가까운 장래에 그녀를 결혼시킬 계획이었다. 좋은 신랑감을 찾기가 어렵진 않을 거라고 확신했다. 디나가 아름다운 여인으로 자라서 내심 자랑스러워하던 그는 그녀에게는 최고의 신랑감이 어울린다고 생각했다. 성공한 사업가의 여동생에게 걸맞은 성대한 결혼식이 될 것이며 사람들이 오랫동안 그 이야기를 하게 될 것이다.

디나가 열여덟 살이 되자 누스완은 신랑감 후보들을 집으로 초대하기 시작했다. 그들은 오빠의 친구들이었고 말과 행동이 오빠를 연상시켰기 때문에 그녀는 그들이 언제나 싫었다.

누스완은 조만간 그녀가 좋아할 사람이 생길 거라고 확신했다. 그는 더 이상 어린애가 아닌 여동생의 외출을 제약할 수도 없었다. 디나가 집안일을 하고 루비의 목록에 맞추어 매일 시장을 다녀오기만 하면 집은 조용했다. 싸움이 난다면, 그건 마치 누스완이 그의 아내에게 권한을 물려주기라도 한 듯이 루비와 디나 사이에 벌어졌다.

장을 보면서 디나는 때때로 자기 멋대로 배추 대신에 꽃양배추를 사거나, 갑자기 사포딜라가 먹고 싶으면 오렌지 대신에 사기도 했다. 그러면 즉시 루비가 조심스럽게 계획된 식사를 고의로 방해하려고 한다며 공격했다. "사악하고 심술궂은 동생이 오빠의 저녁 식사를 망쳐놨구먼." 충실한 아내의 역할을 하려던 루비는 인정머리 없고 딱딱하게 자기 생각을 말했다.

그러나 그들 사이에 항상 말다툼과 싸움만 있던 건 아니었다. 그들은 점점 더 화목하게 함께 일했다. 결혼과 함께 루비가 집으로 들여온 것들 중에는 손잡이가 달린 조그만 재봉틀이 있었다. 루비는 디나에게 사용법을 알려 주며 베갯잇, 침대보, 커튼 같은 간단한 것들을 만드는 방법도 가르쳐 주었다.

루비가 첫 아이로 아들을 낳자 크세르크세스라고 이름 붙였고, 디나는 조카를 돌봐 주었다. 그녀는 재봉틀로 아기 옷을 만들고 뜨개질로 작은 모자와 스웨터를 만들었다. 조카의 첫돌에 맞춰서는 털실 신을 짜 주었다. 그 행복한 첫돌 아침에 그들은 크세르크세스에게 장미와 백합으로 만든 화환을 씌우고 이마에다가 커다란 빨간 점을 찍어 주었다.

"아이고, 귀여워라!" 디나가 즐겁게 웃으면서 말했다.

"아가씨가 만든 털실 신이 너무 예뻐요!" 루비가 그녀를 꼭 껴안았다.

그러나 말다툼이 전혀 없이 지나가는 날은 드물었다. 집안일을 끝내면 디나는 가능한 많은 시간을 집 밖에서 보내고 싶어 했다. 외출 비용은 장 보는 돈을 아껴서 마련했다. 일을 하고 자신이 받아야 할 돈의 극히 일부라고 생각했기 때문에 그녀는 양심의 가책을 전혀 느끼지 않았다.

루비는 1파이사 동전 하나까지도 계산했다. "물건 산 계산서와 영수증 좀 몽땅 보여줘요." 그녀가 주먹으로 식탁을 내려치자 냄비 뚜껑이 덜거덕거렸다.

"언제부터 행상하는 생선 장수와 채소 장수 들이 영수증을 줬대요?" 디나가 맞받아쳤다. 그녀는 올케에게 가게에서 산 물건들의 계산서와 함께 물건 값을 흥정하고 남겨둔 잔돈을 내던졌다. 올케가 마루를 뒤져서 동전들을 줍고 세는 동안 그녀는 부엌을 떠났다.

몰래 모아둔 돈은 버스비를 내기에 충분했다. 디나는 공원을 가고 박물관과 시장을 돌아다녔으며 (그냥 밖에서 영화 포스터만 보려고) 극장을 갔으며 용기를 내 공공 도서관에 가기도 했다. 책 위로 숙여진 머리들을 보며 그녀는 자신이 그곳에 어울리지 않는다고 느꼈다. 그곳에 있는 모든 사람들이 많이 배운 듯 보였지만 자신은 고등학교도 마치지 못했기 때문이었다.

그러나 진지한 사람들의 손에 쥐여진 책 중에는 발음하기조차도 힘든 존 밀턴의 『아레오파기티카』도 있었지만 주간 인도 사진 잡지도 있다는 걸 알게 되면서 그녀의 그런 기분은 사라졌다. 결국, 천장이 높고 마루가 삐걱거리고 어두운색 판벽이 붙어 있는 거대한 낡은 열람실이 그녀가 가장 좋아하는 은신처가 되었다. 장대에 매달린 위엄 있는 천장 선풍기들은 안락한 휙 소리와 함께 공기를 쓸어 갔고, 깊숙한 가죽 의자들과 곰팡내 그리고 책장을 넘기는 바스락 소리는 마음에 위안을 주었다. 무엇보다도 좋았던 점은 사람들이 작은 목소리로 이야기한다는 것이었다. 디나가 고함 소리를 들었던 유일한 순간은 문지기가 안으로 몰래 들어오려는 거지를 꾸짖을 때였다. 백과사전들을 훌훌 넘기고 예술 책들을 들여다보고 먼지투성이의 두꺼운 의학책들을 신기한 듯 펴 본 다음, 원하기만 하면 시간을 멈추게 할 수도 있을 것 같은 오래된 건물의 어두운 구석에서 눈을 감은 채 몇 분 동안 앉아 있다 도서관에서 나올 때면 몇 시간이 훌쩍 지나갔다.

보다 현대적인 도서관에는 음악실이 딸려 있었다. 또한 형광등, 포마이카 탁자, 에어컨이 있고 벽은 밝게 칠해져 있어서 항상 사람들로 붐볐다. 그곳은 왠지 춥고 쓸쓸하다는 생각이 들어서 디나는 음반을 들어 보고 싶을 때만 갔다. 그녀가 아는 음악가들이라고는 어릴 적 아버지가 라디오나 축음기를 틀고 자신을 무릎에 앉히고는 "음악을 들으니까 세상 근심이 다 사라지지, 그지?"라고 말할 때 진지하게 고개를 끄덕이면서 들었던 브람스, 모차르트, 슈만, 바흐가 고작이었다.

도서관에서 마구잡이로 음반들을 고른 디나는 다음번에 오면 다시 들을 수 있도록 좋아하는 음반의 이름을 외우려고 했다. 그러나 교향곡, 협주곡, 소나타는 Op., K., BWV 같은 글자들 다음에 번호만 매겨져 있어서 무슨 말인지 알 수가 없었다. 운이 좋은 날에는 기억을 선명하게 울리는 이름의 음반을 발견할 수 있었다. 그리고 익숙한 음악이 머리를 채울 때면 그녀는 잠시 과거를 잊고 마치 잃어버린 손발 하나를 되찾은 것처럼 완벽한 황홀감으로 마음이 아파왔다.

그녀는 이러한 강렬한 음악적 경험을 갈망하면서도 두려워했다. 누스완과 루비의 세계로 돌아갈 때면 음악실에서의 완벽했던 행복이 항상 알 수 없는 분노로 바뀌었다. 그녀가 음악실을 방문한 날이면 심한 다툼이 벌어졌다.

잡지와 신문은 훨씬 단순했다. 일간지들을 통해 그녀는 도시에서 열리는 연주회를 후원하는 문화 단체들이 있다는 걸 발견했다. 현지의 아마추어들이나 무명의 외국인들 공연은 대개가 무료였다. 공연을 보러 가는 데 버스비를 쓰기 시작한 그녀는 도서관과는 또 다른 멋진 경험을 하게 되었다. 연주자들 역시 좀처럼 사람들이 모여들지 않는 저녁 행사에 참석한 그녀에게 매우 고마워했다.

로비에 모인 사람들 주변을 서성이던 그녀는 마치 사기꾼이 된 기분이 들었다. 연주회 차례표를 들고서 곡목들을 가리키는 세련된 솜씨로 볼 때, 모두들 음악과 연주자들에 대해서 아주 잘 알고 있는 듯했다. 그녀는 빨리 공연장 문이 열려서 실내의 어두운 불빛으로 들어가 자신의 단점을 감출 수 있기를 바랐다.

공연장에서의 음악은 도서관에서 홀로 듣는 음악처럼 그녀를 감동시키지는 못했다. 그곳에서는 음악뿐만 아니라 인간들이 펼치는 코미디가 벌어지고 있었다. 공연장에 몇 번 가본 후 그녀는 관객들 중에서 자주 오는 사람들을 알아볼 수 있었다.

한 노인은 연주회 때마다 첫 번째 곡이 시작되고 나서 정확하게 4분 후에 잠이 들었다. 늦게 온 사람들은 그와 무릎이 부딪치는 것을 피하려고 그가 앉은 줄을 피해서 자리에 앉았다. 7분 후에는 그의 안경이 코에서 흘러내리기 시작했다. 그리고 (노인이 박수 소리에 깨지 않을 정도로 음악이 길어서) 11분이 지나면 그의 틀니가 튀어나왔다. 그 모습에 디나는 돌아가신 할아버지가 생각났다.

오십 대로 보이는 키가 크고 턱이 뾰족하며 깡마른 자매 둘은 항상 첫 번째 줄에 앉아서 종종 연주가 끝나지도 않았는데 박수를 쳐서 노인의 잠을 불필요하게 방해하곤 했다. 디나 자신도 소나타와 악장에 대해서 아는 바가 없었지만, 음악이 멈췄다고 해서 연주가 끝난 것은 아니란 사실을 깨닫게 됐다. 그녀는 둥근 쇠테 안경에 베레모를 써서 전문가처럼 보이는 데다가 언제나 박수 칠 때를 잘 아는 염소 턱수염을 기른 남자를 따라서 박수를 쳤다.

그리고 모든 사람들과 친했으며 항상 똑같은 갈색 양복을 입고 연주회에 나타나는 재밌는 중년 남자도 있었다. 그는 미친 듯이 로비를 뛰어다니며 흥분해서 머리를 꾸뻑 숙여 인사를 하고는 정말 멋진 공연이 될 거라며 사람들을 안심시켰다. 그의 넥타이는 항상 연구 대상이었다. 어떤 날은 와이셔츠를 완전히 가리고 길게 매달려서 가랑이 위를 팔랑거리고 있었다. 또 어떤 날은 배꼽 위에만 간신히 닿았다. 매듭 역시 아주 작은 것에서부터 사모사처럼 부피가 큰 것에 이르기까지 다양했다. 그리고 공연이 시작되기까지 시간이 얼마 없었지만 가능한 많은 사람들과 인사를 해야 했기 때문에, 그는 말을 간단하게 하고 이 사람에서 저 사람으로 껑충껑충 뛰어다녔다.

디나는 로비에서 자신과 마찬가지로 음악 애호가들의 즐거운 어울림을 한쪽 구석에서 열심히 관찰하는 젊은 남자를 발견했다. 집에서 벗어나고 싶어서 보통 일찌감치 그곳에 도착했던 그녀는, 그가 자전거를 타고 정문으로 힘차게 달려와서 능숙하게 내린 후에 문 안으로 자전거를 밀고 들어서는 모습을 볼 수 있었다. 수위는 팁을 받고 그렇게 하도록 허락했다. 건물 한쪽에서 자전거에 자물쇠를 채우고 난 후 그는 항상 뒤쪽 짐받이에서 서류 가방을 풀었다. 그런 다음 바지 집게를 떼어내 가방에 집어넣었다. 남자는 언제나처럼 로비 한쪽 구석으로 가서 연주회 차례표와 사람들을 유심히 살펴봤다.

때때로 눈이 마주칠 때면 그들은 은밀히 뭔가에 동의하는 표정을 지었다. 갈색 양복을 입은 재밌는 남자의 인사 대상에 디나는 빠져 있었지만 그는 포함되어 있었다. "어이, 러스텀! 잘 있었나?" 중년 남자가 크게 외쳐서 그녀는 그의 이름을 알게 되었다.

"아주 잘 있습니다. 고맙습니다." 러스텀은 중년 남자의 갈색 양복 어깨너머로 디나가 흥미롭게 지켜보는 것을 보았다.

"오늘 피아니스트에 대해서는 어떻게 생각하나? 느린 악장에서 필요한 깊이를 소화할 능력이 있을까? 그리고 라르고 악장에서, 아이고 이런, 미안하네. 저기 메도라 씨에게 인사하고 곧 돌아오세." 그가 떠나자 러스텀은 디나에게 미소를 지으며 못 말리는 사람이니 어쩌겠냐며 고개를 가로저었다.

종이 울리고 공연장의 문이 열렸다. 키가 큰 자매 둘이 발을 맞추어 총총걸음으로 서둘러 첫 번째 줄로 가더니 밤색 덮개를 씌운 좌석을 펼치고 보란 듯이 털썩 주저앉으며, 연주회 좌석을 차지하는 그들의 비밀 놀이가 또다시 성공했다며 서로에게 환한 웃음을 지어 보였다. 디나는 공연장 거의 중간쯤에 자신이 자주 앉는 가운데 줄 통로 좌석에 앉았다.

자리가 차기 시작할 즘에 러스텀이 그녀 옆으로 다가왔다. "혹시 이 자리가 비었습니까?"

그녀가 고개를 끄떡였다.

그가 앉았다. "토디왈라 씨 정말 괴짜죠, 안 그래요?"

"그게 그 사람 이름인가요? 네, 그분 정말 재밌어요."

"연주회가 그저 그러면 그 사람만 봐도 재밌어져요."

불빛이 어두워지고 연주자 두 명이 산발적인 박수를 받으면서 무대 위에 등장했다. "참, 제 이름은 러스텀 달랄입니다." 피아노의 실버A 연주에 플루트가 답례로 골든A를 마칠 때, 그가 가까이 다가와 손을 내밀며 말했다.

어두워서 그가 내민 손을 보지 못한 그녀는 그냥 "디나 쉬로프예요"라고 작은 목소리로 말했다. 그의 손을 보았을 때는 이미 늦어서 그가 손을 거두고 있었다.

휴식 시간에 그는 그녀에게 커피나 시원한 차를 마시겠느냐고 물었다.

"고맙지만 전 괜찮아요."

그들은 화장실을 가거나 간식을 사러 가려고 통로에 있는 사람들을 지켜봤다. 그가 다리를 꼬면서 말했다. "공연을 보러 오시는 걸 자주 봤습니다."

"네, 전 공연이 너무 좋아요."

"직접 연주도 하시나요? 피아노나 뭐……?"

"아뇨, 못해요."

"손가락이 정말 예뻐서 피아노를 연주하시는 줄 알았습니다."

"아뇨, 못해요." 그녀는 뺨을 붉히며 자신의 손가락을 내려다보았다. "전 음악에 대해선 아무것도 몰라요. 그냥 듣기만 할 뿐이죠."

"그게 제일 좋은 거죠."

무슨 말인지 모르고 고개만 끄덕이던 그녀가 물었다. "그쪽은요? 악기를 연주하시나요?"

"좋은 파르시 부모님들이 그러시듯이 우리 부모님도 제가 어렸을 때 바이올린을 배우도록 하셨죠." 그가 웃었다.

"이젠 안 하세요?"

"아, 가끔 합니다. 스스로를 고문하고 싶어질 때면 케이스에서 꺼내 깽깽거리게 만들죠."

그녀가 웃었다. "연주하는 걸 부모님께서 들으시면 행복해하시겠어요."

"아뇨, 두 분 다 돌아가셨습니다. 전 혼자 살고 있습니다."

웃음이 사라지고 그녀가 애도의 말을 하려는 참에 그가 재빨리 덧붙였다. "이젠 제가 연주하면 이웃들만 고통스럽죠." 그들은 또다시 웃었다.

그 후로 그들은 항상 함께 앉았고, 그다음 주 휴식 시간에 그녀는 망고 음료수를 받았다. 찬 이슬이 잔에 맺히는 걸 보면서 그들이 로비에서 시원한 음료수를 홀짝거릴 때 토디왈라 씨가 다가왔다.

"러스팀, 전반부 어땠나? 난 아슬아슬하더라고. 플루트 연주자가 공연하기 전에 호흡 연습을 더 해야 할 것 같아." 그는 좀 더 꾸물거리다가 그들에게로 온 진짜 목적이었던 디나와 인사를 나눴다. 그런 다음 그는 다음 희생자들을 향해서 껑충껑충 뛰어갔다.

공연이 끝나고 러스팀은 자전거를 끌면서 그녀를 버스 정류장까지 바래다주었다. 집으로 돌아가던 관객들이 그들을 눈여겨보았다. 침묵을 깨려고 그녀가 말했다. "차가 많은 데서 자전거 타고 다니면 무섭지 않으세요?"

그는 고개를 저었다. "몇 년 동안 계속 타고 다닌 걸요. 이젠 없으면 못 살 지경이에요." 버스가 도착하기를 기다린 후 그는 자전거를 타고서 길이 나뉠 때까지 빨간색 이층 버스를 뒤따라갔다. 버스 이층에서 그녀가 지켜보는 것을 그는 볼 수 없었다. 그의 작아지는 모습을 따라가던 그녀의 눈이 때로는 그를 놓치고 가로등 아래에 있는 그를 발견하기도 했으며 오직 상상만으로 그것이 그라고 할 수 있는 작은 점이 될 때까지 시선을 떼지 않았다.

몇 주가 지나자 공연장을 자주 찾던 사람들은 그들을 연인 사이라고 생각하게 되었다. 그들의 일거수일투족을 관심과 호기심을 가지고 지켜봤다. 러스팀과 디나는 그들의 관심에 즐거워했지만 토디왈라 씨처럼 익살스러운 짓이라며 개의치 않았다.

한번은 도착하자마자 러스텀이 디나를 찾으려고 주위를 둘러보고 있었다. 맨 앞줄에 앉은 자매들 가운데 한 명이 즉시 그의 곁으로 다가와서 작은 목소리로 수줍어하면서 말했다. "여기 와 있으니까 걱정 말아요. 방금 화장실에 갔어요."

비가 억수같이 쏟아져서 흠뻑 젖었던 디나는 화장실에서 몸단장을 다시 하려고 했지만 손수건이 너무 작아서 제대로 되질 않았다. 걸이에 걸려 있던 수건은 마음에 내키지 않았다. 할 수 있는 한 최선을 다하고 나서 그녀는 여전히 머리에서 물을 떨어트리면서 밖으로 나갔다.

"무슨 일이에요?" 러스텀이 물었다.

"우산이 바람에 날려서 뒤집혔는데 재빨리 바로 펴질 못했어요."

그는 자신의 큰 손수건을 내밀었다. 그런 중요한 순간을 구경꾼들이 놓칠 리 없었다. 그녀가 그 손수건을 받을까 안 받을까?

"고맙지만 괜찮아요." 그녀는 젖은 머리를 손으로 넘겼다. "곧 마를 거예요." 음악 애호가들이 숨을 죽였다.

"걱정 말아요. 깨끗한 손수건이니까." 그가 웃었다. "어서 들어가서 닦아요. 난 가서 뜨거운 커피 두 잔을 사 올게요." 그녀가 여전히 망설이자 그는 셔츠를 벗어서 머리를 말려 주려는 시늉을 했다. 그녀는 웃으면서 손수건을 받아 화장실로 다시 들어갔다. 구경꾼들은 행복한 한숨을 내쉬었다.

화장실에서 디나는 그의 손수건으로 머리를 닦았다. 손수건에서 좋은 향기가 났다. 향수는 아니고 깨끗한 사람 냄새였다. 바로 그의 체취였다. 그의 옆에 앉아 있을 때 똑같은 냄새가 나곤 했다. 그녀는 손수건을 코에 갖다 대고 숨을 깊이 들이쉬다가 그만 부끄러워져서 떼고 말았다.

연주회가 끝났을 때도 비는 조금씩 내리고 있었다. 그들은 버스 정류장까지 걸어갔다. 가랑비를 맞는 나뭇잎들이 마치 기름에 튀겨지듯 지글

지글 소리를 냈다. 디나는 몸을 후들후들 떨었다.

"추워요?"

"약간요."

"감기에 걸리면 안 되는데. 몸을 흠뻑 적셔놨으니. 디나 씨가 제 비옷을 입고 제가 디나 씨 우산을 쓸게요."

"무슨 소리예요. 우산이 부서졌는데. 그리고 우산을 쓰고 어떻게 자전거를 타겠다고 그래요."

"아뇨, 할 수 있어요. 필요하다면 물구나무를 서고도 탈 수 있답니다." 그가 계속 고집을 부리자 그들은 버스 정류장 지붕 아래에서 비옷과 우산을 교환했다. 덕백 상표 비옷을 입는 걸 도와주면서 그의 손이 그녀의 어깨를 스치고 지나갔다. 그녀의 차가운 피부에 그의 손가락들이 부드럽게 느껴졌다. 비옷은 소매가 약간 길었지만 그런대로 잘 맞았다. 그리고 그의 체온으로 잘 데워져 있었기에 자신의 몸에서 천천히 한기가 빠져나가는 걸 알 수 있었다.

가로등 불빛에 바늘처럼 가느다란 빗줄기가 비스듬히 기울어져 내리는 걸 지켜보면서 그들은 서로 가까이에 서 있었다. 처음으로 손을 잡는 것은 너무나도 자연스러운 일인 듯했다. 버스가 도착했을 때 그들은 손을 놓기가 쉽지 않았다.

그 후로 러스텀은 일하러 갈 때만 자전거를 이용했다. 저녁에 버스를 타고 온 그는 그녀와 함께 버스를 타고 집까지 바래다주었다.

디나는 자전거를 타고 오지 않는 그를 만날 때가 더 행복했다. 도시에서 자전거를 타는 건 너무나 위험했기 때문에 그녀는 그가 자전거 타기를 완전히 그만두었으면 했다.

"나 결혼할 거예요." 저녁 식사 때 디나가 선언했다.

"그래? 좋아, 그래야지. 누구냐? 솔리 아니면 포루스?" 솔리와 포루스는 누스완이 가장 최근에 소개한 사람들이었다.

디나는 고개를 가로저었다.

"그럼 다라 아니면 피르도시겠군요." 루비가 의미심장하게 웃으며 말했다. "둘 다 아가씨한테 푹 빠져 있어요."

"그 사람 이름은 러스텀 달랄이에요."

누스완은 깜짝 놀랐다. 지난 3년 동안 그가 디나 앞에 데려온 수많은 신랑감들 중에 그런 이름은 없었다. 아마도 그가 증오하는 가족 모임에서 그녀가 만난 사람일지도 몰랐다. "그 사람을 우리가 어디서 만난 거냐?"

"우리가 아니라, 내가 만난 거예요."

누스완은 그 대답이 싫었다. 그의 모든 노력과 선택들을 무시하고 그녀가 전혀 모르는 이방인을 택한 것에 마음이 상했다. "그 사람하고 결혼하고 싶다는 거냐? 그 사람과 가족에 대해서 알고는 있니? 그 사람은 너와 우리 가족에 대해서 알고 있고?"

"다 알아요." 그의 신경을 거슬리게 하는 말투로 그녀가 말했다. "러스텀과 만난 지는 1년 반 정도 됐어요."

"그렇군. 들키지 않고 용케 만났구먼." 그가 빈정대면서 말했다. "달랄 어쩌고 하는 네가 숨겨놓은 러스텀이라는 사람의 직업은 뭐냐?"

"약제사예요."

"뭐, 약제사라고! 빌어먹을 조제사잖아! 말은 제대로 해야지? 계산대 뒤에서 하루 종일 처방약이나 섞는 게 그 사람 일이야."

아직 화를 내 봐야 소용없다고 그는 스스로 다짐했다. "그래, 언제 니의 백만장자를 우리가 만나 볼 수 있냐?"

"왜요? 면전에서 그 사람한테 모욕을 주려고요?"

"내가 그 사람에게 모욕을 줄 이유가 없지. 그 사람을 만나보고 너에게 타당한 충고를 해주는 게 내 의무야. 결국 너한테 모든 게 달린 거지만."

약속한 날 러스텀은 누스완과 루비에게 줄 사탕 과자 상자를 들고 와서 이제 세 살배기인 크세르크세스의 손에 쥐어 주었다. 디나에게는 새 우산을 선물했다. 그것이 의미하는 바를 잘 아는 그녀는 미소를 지었다. 다른 사람들이 보지 않을 때 그는 그녀에게 윙크를 했다.

"정말 예뻐요." 우산을 펴 보면서 그녀가 말했다. "아주 예쁜 탑 모양이군요." 천은 푸른 바다 색깔이었고, 스테인리스 우산대 끝에는 무시무시한 송곳이 달려 있었다.

"완전히 흉기네. 아무한테나 가리키지 마라." 누스완이 농담을 했다.

루비와 디나가 준비한 치즈 샌드위치와 버터 비스킷과 함께 차를 마시면서 그들은 불쾌하지 않은 시간을 보냈다. 그러나 그날 밤 러스텀이 떠나자 누스완은 디나의 머리에 뇌가 들어 있는 건지 톱밥이 들어 있는 건지 모르겠다고 했다.

"잘생기지도 않고, 돈도 없고, 전망도 없는 사람을 고르다니. 어떤 약혼자들은 다이아몬드 반지를 주고, 어떤 약혼자들은 금시계를 주거나 적어도 조그만 브로치를 주는데 이 작자는 뭘 들고 왔냐? 빌어먹을 우산! 내가 너한테 집안 좋은 변호사, 회계사, 경찰 총경, 공학자들을 소개시켜 주느라 그 많은 시간과 정력을 낭비하다니! 내 여동생이 아무 전망도 없는 약이나 섞는 바보와 결혼한다고 사람들이 들으면 내가 어떻게 머리를 들고 다니겠냐? 내가 기뻐하거나 결혼식에 갈 거라고 기대하지 마라. 나한테 네 결혼식은 깊은 슬픔의 장례식 날이 될 테니까."

그는 자신에게 상처 주기 위해서 디나가 자기 인생을 망치고 있으니 슬픈 일이라며 한탄했다. "내가 하는 말 명심해라. 네가 앙심을 품고 하는 일이 언젠가는 널 괴롭힐 날이 올 거다. 더 이상 네가 어린애도 아니고 스물한 살이나 됐으니까 널 말릴 힘이 내게는 없다. 네가 네 인생을 시궁창에 내팽개치기로 결심했다면 난 네가 하는 일을 무기력하게 지켜볼 수밖에 없어."

디나는 그 모든 일을 예상했다. 물결치며 밀려오는 그의 말들은 콸콸 소리를 내며 망각 속으로 사라졌고 그녀는 아무런 느낌도 없었다. 그 아름다웠던 밤 러스텀의 사랑스러운 비옷을 타고 굴러 떨어지던 빗소리 같다는 생각이 들었다. 그러나 그녀는 오빠가 어디서 그렇게 능숙하게 절규하는 법을 배웠는지 언제나처럼 궁금했다. 그들의 어머니나 아버지도 그런 재능은 없었다.

며칠 지나자 누스완은 조용해졌다. 디나가 결혼을 하고 영원히 떠난다면 큰 소란 없이 좋은 분위기에서 그렇게 하는 것이 나을 터였다. 그는 내심 러스텀 달랄이 대단한 신랑감이 아니라서 기뻤다. 더 나은 사람이라서 자신의 친구들이 거절당했더라면 견디기 힘들었을 것이다.

디나가 예상했던 것보다 그는 더 열성적이고 관대하게 결혼 준비를 거들었다. 그는 결혼식장을 예약하고 여동생을 위해 모아둔 돈으로 모든 비용을 지불하고 싶어 했다. "해가 지고 나서 결혼식을 올리고 저녁을 먹을 거다. 사람들한테 보여 주면 모두들 널 부러워할 거야. 4인조 밴드에다가 꽃 장식을 하고 빛으로 꾸며야지. 삼백 명 정도는 부를 수 있는 여유가 있다. 하지만 술은 너무 비싸고 위험하니까 안 돼. 금주령 단속 경찰들이 사방에 깔려서 한 명한테 뇌물을 주면 열 명이 더 나타나서 돈을 달라고 하니까."

그날 밤 두 번째 아이를 임신 중이던 루비는 침대에서 누스완의 사치에 큰 우려를 표시했다. "결혼 비용을 얼마 쓰느냐는 러스텀이 결정할 문제예요. 당신 책임이 아니라고요. 특히나 아가씨가 당신한테 신랑감을 택하도록 하지도 않았잖아요. 당신이 해주는 일에 아가씨는 고마워하지도 않아요."

그러나 러스텀과 디나는 결혼식을 간단하게 치르고 싶었다. 결혼식은 아침에 올렸다. 디나의 요청으로 결혼식은 매년 부모님의 추모식이 열리는 불의 사원에서 조용하게 치러졌다. 늙어서 어깨가 굽은 프람지 사제는 결혼식을 거행하도록 요청받지 않은 것에 분노하며 사람들의 눈에 띄지 않는 곳에서 지켜봤다. 한때는 젊은 여성들을 민첩하게 포옹했지만 이제는 세월이 흘러 몸이 둔해져 그는 좀처럼 그렇게 할 수가 없었다. 모든 것이 시들어갔어도 '애무 사제'라는 별명은 초로의 나이에도 불구하고 여전히 그를 따라다녔다. "이런 말도 안 되는 일이 있나." 그는 동료 사제에게 불만을 터뜨렸다. "사람이 죽었을 때는 나를 찾아와서 장례식 기도를 올려 달라고 하더니, 결혼식 같은 행복한 일이 생기니까 나를 찾지도 않는구먼. 정말 염치없는 일이야."

저녁에 누스완의 집에서 잔치가 벌어졌다. 그 정도 축하 자리는 반드시 마련해야 한다고 누스완이 고집을 부려서 연회업체를 불렀다. 손님은 총 마흔여덟 명이었고 그중에는 러스텀의 친구 여섯 명과 쉬린 숙모와 다랍 삼촌도 있었다. 나머지는 누스완이 아는 사람들이었다. 친척들이 뒤에서 몰래 흉을 보는 데 매우 민감했기 때문에 그는 먼 친척들까지도 초대했다.

식당과 응접실, 누스완의 서재, 그리고 침실 네 개를 모두 사용해 손님들이 어울릴 수 있도록 했고 탁자들을 펼쳐 먹을 것과 마실 것을 내놓았다. 어린 크세르크세스와 그의 친구들은 모험과 발견에 열광하며 이 방

저 방으로 뛰어다니며 소리치고 웃었다. 이전에는 크세르크세스의 엄한 아버지의 감시 때문에 감옥 같다고 느꼈던 집에서, 아이들은 갑자기 찾아온 자유를 즐기느라 흥분했다. 누스완은 아이들이 부딪칠 때마다 속으로는 불평했지만 미소를 보이며 등을 토닥거렸다.

그날 저녁 그는 사람들의 갈채 속에서 스카치위스키 네 병을 꺼냈다. "자, 이제 분위기 좀 살리고 신혼 부부 분위기도 띄워 봅시다." 남자들은 고개를 끄덕이고 웃었고, 여자들이 못 듣도록 서로 귓속말로 속삭였다.

"이봐, 자네." 누스완이 러스텀 앞에 빈 잔 두 개를 맞부딪쳐 쨍 소리를 내며 말했다. "자네가 전문가니까 이 조니 워커 약을 모든 사람들을 위해서 섞어 보게나."

"그러죠." 러스텀이 얌전하게 말하고 잔을 받아들었다.

"아닐세, 그냥 농담한 걸세." 누스완이 술병을 놓지 않고 말했다. "어떻게 결혼식 날 신랑한테 일을 시킬 수가 있겠어?" 그것이 그날 저녁 그의 유일한 러스텀의 직업에 대한 빈정거림이었다.

스카치위스키가 나오고 한 시간 후, 루비는 부엌으로 갔다. 저녁 식사를 대접할 시간이었다. 벽으로 밀쳐진 식탁 위에 뷔페가 차려져 있었다. 연회업체 직원들이 뜨겁고 무거운 그릇들을 들고 비틀비틀 걸으며 "옆으로 비켜주세요!"라고 외쳤다. 모두들 공손하게 음식에 길을 내주었다.

입맛을 돋우는 음식 냄새가 온 집 안을 저녁 내내 감싸며 콧구멍과 혀를 자극하더니, 마침내 잔치에 모인 모든 사람들을 사로잡았다. 방 안에 침묵이 흘렀다. 파르시인들에게는 음식이 제일 중요하고 대화가 두 번째라고 누군가가 큰소리로 낄낄거리며 말했다. 그러자 다른 누군가가 대화는 세 번째리면서 여자들과 아이들이 있어서 두 번째는 입 밖으로 꺼낼 수 없다고 했다. 그 말을 들은 사람들이 케케묵은 농담에 크게 웃었다.

루비가 손뼉을 치며 말했다. "자, 여러분! 저녁이 준비됐습니다! 부끄러워하지 말고 마음껏 드세요. 음식이 아주 많습니다!" 주최자로서 오랜 전통에 따라 그녀는 돌아다니며 모든 손님 앞에서 유감의 뜻을 전했다. "제대로 대접해 드리지 못해서 정말 죄송합니다."

"루비, 무슨 말이에요. 정말 훌륭해요." 그들이 대답했다. 마음껏 먹으면서 그들은 루비의 임신과 출산 예정일에 대해 물었다.

누스완은 자기 앞을 지나가는 접시들을 살피며 음식을 너무 적게 가져가는 손님들을 기분 좋게 나무랐다. "미나, 이게 뭐냐? 장난치는 거냐. 이 정도밖에 안 먹으면 내가 기르는 참새도 배고파 한단다." 그는 미나에게 브리야니 볶음밥을 더 떠 주었다. "호사, 잠깐만. 케밥 하나 더 먹어야지. 정말 맛있어. 자, 착하지. 하나 더 먹어라." 마지못해 내밀어진 접시에 케밥 두 개를 능숙하게 담아 주었다. "더 먹어라, 알았지?"

모든 사람들이 음식을 먹고 있을 때 디나는 러스텀의 삼촌과 숙모가 다른 사람들과 떨어져서 베란다에 있는 걸 발견하고 그곳으로 갔다. "많이들 드세요. 양은 충분하셨나요?"

"아가, 정말 많이 먹었다. 음식이 정말 맛있구나." 디나에게 더 가까이 오라고 손짓하던 쉬린 숙모는 디나의 귀가 자신의 입에 닿을 만큼 몸을 숙이도록 했다. "아가, 뭐든지 필요한 게 있으면 꼭 우리 집으로 찾아오너라."

다랍 삼촌도 고개를 끄덕였다. 그는 귀가 매우 밝았다. "무슨 문제든지 생기면 찾아와. 러스텀은 우리한테 친자식이나 다름없단다. 너도 우리 딸이나 진배없고."

"고맙습니다." 디나는 그들의 말이 의례적인 인사말 이상이라는 걸 알았다. 그들이 식사하는 동안 그녀는 함께 앉아 있었다. 식탁 근처에 있던 누스완이 접시와 포크를 가지고 몸짓으로 음식을 좀 먹으라는 신호를 보냈다. 나중에 먹겠다는 몸짓을 보낸 후 그녀는 쉬린 숙모와 다랍 삼촌과 함께 있었다. 식사하는 동안 그들은 사랑스러운 눈빛으로 그녀를 지켜보았다.

　손님들이 몇 명 남아 있었지만 누스완은 연회업체 직원들에게 이제 그만 치우라는 신호를 보냈다. 남아 있던 사람들은 눈치를 채고서 고맙다고 말하고는 작별 인사를 했다.

　밖으로 나가던 누군가가 러스텀의 옷깃을 잡고 낄낄 웃으면서 장모와 시어머니가 없어서 신랑과 신부는 운이 좋은 거라며 위스키 냄새를 풍기며 속삭였다. "불공평해! 불공평하다고! 첫날밤에 물건이 제대로 작동했는지 물어볼 사람도 없으니, 자넨 정말 행운아야! 세상에 침대 시트를 점검할 사람도 없다니!" 그는 러스텀의 배를 손가락으로 찔렀다. "자네, 너무 쉽게 빠져나가는 거야!"

　"다들, 잘 가요. 와줘서 정말 고마워요." 누스완과 루비가 작별 인사를 했다.

　마지막 손님이 떠나고 나자 러스텀이 말했다. "정말 훌륭한 저녁이었습니다. 저희를 위해서 베풀어 주셔서 두 분께 고맙습니다."

　"네, 정말 좋았어요. 정말 고마워요." 디나가 말했다.

　"천만에, 별말을 다 듣겠네." 누스완의 말에 루비가 고개를 끄덕였다. "우리가 해야 할 일을 했을 뿐이야."

　원래 계획은 누스완의 제안에 따라서 디나와 러스텀은 저녁을 그곳에서 보내려고 했었다. 그러나 산지가 끝나고 방들을 다시 정리해야 했기 때문에 곧장 러스텀의 아파트로 가는 것이 편하겠다고 결정했다.

"아무 걱정할 것 없어. 여긴 이 사람들이 다 치울 거야. 그러라고 다 돈을 주는 거니까." 누스완이 말했다. "자 어서들 가 봐." 그는 그들을 껴안았다. 그날 디나에게는 그와의 두 번째 포옹이었다. 아침에 사제가 결혼식 기도를 마치고 난 후 첫 번째 포옹이 있었다. 7년 만에 처음 하는 포옹이었다.

그녀는 목이 메었다. 누스완이 손가락으로 자신의 두 눈을 재빨리 문지르자 그녀는 울먹였다. "행복하게 잘 살아라." 그가 말했다.

그녀는 그날 밤을 위해서 싸 둔 가방을 가져왔다. 나머지 물건들은 나중에 배달될 것이다. 누스완은 부모님의 물건들 가운데서 그녀에게 가구 몇 개를 줄 계획이었다. 자갈길에서 그들이 택시 타는 걸 배웅하던 그는 손을 흔들며 작별 인사를 했다. "잘 살아라! 신의 가호가 함께하기를 바란다!" 디나는 그의 목소리가 떨리는 것에 놀랐다.

* * *

그들은 다음 날 아침 늦게 일어났다. 러스텀은 직장에서 일주일간의 휴가를 얻었지만 그들은 신혼여행을 갈 만한 돈이 없었다.

디나가 어두운 부엌에서 차를 만드는 모습을 그는 걱정스러운 눈으로 지켜보았다. 부엌은 아파트에서 가장 음침한 공간으로 천장의 벽토가 연기에 그을려 있었다. 러스텀의 어머니는 평생토록 석탄불 위에다 요리를 했다. 그녀는 잠시 동안 석유를 사용하기도 했지만 결과가 좋지 않았다. 석유를 엎지른 적도 있었고 불길이 치솟기도 했으며 허벅지 아래를 데기도 했다. 그의 어머니는 석탄이 더 다루기 쉽다는 결론을 내렸다.

러스텀은 결혼 전에 다른 방들과 함께 부엌도 페인트칠을 하고 싶었지만 금전 사정상 그렇게 할 수가 없었다. 그는 아파트 상태에 대해서 그녀에게 사과했다. "이런 데 사는 거 익숙지 않을 거예요. 이런 끔찍한 벽들 좀 보세요."

"난 괜찮아요." 그녀는 행복하게 말했다. "나중에 페인트칠하면 되죠."

아마도 평소와는 달리 디나가 아침 식사 시간에 아파트에 함께 있어서 그런지, 유달리 부족한 점들이 그의 눈에 새로 띄었다. "부모님이 돌아가시고 나서 물건들을 치워버렸어요. 너무 난장판 같았죠. 보다시피 바이올린만 달랑 가지고 수도승처럼 살려고 했죠. 고행을 위해서 못으로 만든 침대 대신에 바이올린의 날카로운 비명 소리를 들으면서 말이죠."

"바이올린 줄은 정말 고양이 창자로 만드는 건가요?"

"옛날에는 그랬대요. 그리고 그보다 더 옛날에는 바이올린 연주자들이 밖으로 직접 나가서 줄 때문에 사냥을 했대요. 당시에는 푸르타도나 고딘 같은 악기점들이 없었으니까. 유럽의 모든 위대한 음악 학교들에서는 음악뿐만 아니라 동물의 창자를 빼내는 기술도 가르쳤대요."

"아침 일찍부터 무슨 헛소리예요." 그녀는 말로는 꾸짖었지만 그의 특이한 유머를 굉장히 좋아했다.

"어쨌든 난 나의 아름다운 천사를 찾았으니 수도승 생활은 이제 끝났군요. 바이올린이 이젠 쉬어도 되겠어요."

"난 당신이 연주하는 게 좋아요. 더 연습해요."

"농담하는 거죠? 지난주에 파트카 강당에서 연주했던 사람보다 내가 더 못해요. 그 사람이 f자 구멍이 꽉 막힌 것처럼 연주를 했잖아요."

"으웩, 더러워요!"

그는 그녀의 얼굴 표정을 보고 웃었다. "사람들이 그렇게 부르니까 난들 어쩔 수 없죠. 자, 그럼 내 악기의 울림 구멍을 보여줄게요." 그는 벽장 위에서 바이올린 케이스를 내렸다. "여기 공명판에 난 구멍 두 개 보이죠?"

"아, 꼭 필기체로 f자를 써 놓은 것 같군요." 그녀는 손가락으로 곡선을 더듬은 후에 줄들을 부드럽게 만졌다. "이왕 열었으니까 연주해 봐요."

그는 케이스를 닫고 살며시 발가락을 디디고 서서 벽장 위로 밀어 올렸다. "연주, 연주, 연주. 부모님이 항상 하시던 말이죠." 그는 그녀의 손을 쥐고 자신의 입술에 갖다 댔다. "부모님의 2인용 침대를 보관해 뒀어야 했는데." 그런 다음 그는 수줍어하면서 물었다. "어젯밤엔 편안했어요?"

"아, 네." 둘이서 함께 달라붙어 잤던 좁은 1인용 침대의 생생한 기억에 그녀는 얼굴을 붉혔다.

오믈렛과 버터를 바른 토스트로 아침을 먹은 후 그는 현관문을 열더니 그녀에게 놀랄 만한 일이 있다고 했다. "어젯밤엔 너무 어두워서 보여줄 수가 없었어요."

"뭘요?"

"밖으로 나와 봐요."

그녀는 햇빛에 번쩍이는 러스텀 K. 달랄 부부라고 새겨진 새로운 황동 문패를 보았다. 그녀가 기뻐하자 그도 기뻤다. "이틀 전에 붙였어요."

"예쁘네요."

"문패를 바꾸는 건 쉬워요." 그가 싱글싱글 웃었다. "방세 영수증의 이름을 바꾸는 게 훨씬 더 어렵죠."

"그게 무슨 말이에요?"

"아버지가 돌아가신 지가 9년이 됐는데도 방세를 아버지 이름으로 걷어가요. 집주인은 내가 안달이 나서 돈을 내고 아파트를 내 이름으로 변경하기를 바라죠. 계속 눈치를 줘요."

"그럴 거예요?"

"물론 아니죠. 세입자 보호법이 우리를 지켜 주고 있으니까 주인은 어쩔 도리가 없어요. 방세 영수증이 누구 이름으로 나오든지 중요하지 않죠. 그리고 당신은 내 아내니까 이 집에 살 권리가 있는 거구요. 내가 내일 당장 죽는다고 해도 말이에요."

"러스텀! 그게 무슨 말이에요!"

그가 웃었다. "아버지 이름의 영수증을 집세 걷는 사람이 가지고 올 때면 아버지가 계신 천국으로 가 보라고 말하고 싶을 때가 있어요."

디나는 그의 어깨에 머리를 기댔다. "나한테는 이 아파트가 천국이에요."

러스텀이 그녀를 가까이 당기며 끌어안았다. "그건 나도 마찬가지예요." 그런 다음 그는 소매로 문패를 닦았다. 그들이 문패를 보며 기뻐하는 동안 누스완의 집에서 온 물건으로 가득 찬 수레 두 대가 집 앞에 멈췄다.

아버지가 쓰던 태양과 꽃 장식이 조각된 큰 자단나무 옷장을 갖고 싶다고 누스완에게 부탁했기 때문에 러스텀은 처음에 작은 트럭을 준비시켰다. 그 옷장 하나면 다른 건 필요 없다고 디나는 말했다. 누스완은 생각해 보겠다고 하더니 결국은 거절했다. 러스텀의 좁은 현관문으로 옷장을 밀어 넣다가는 손상될 것이고, 그러면 아버지에 대한 기억에도 좋지 않을 거라고 했다. 또한, 옷장이 너무 커서 아파트의 작은 방에는 맞지 않을 거라고 했다.

그래서 그는 그것보다 작고 수수한 벽장 하나와 작은 책상 하나, 그리고 1인용 침대 두 개를 주기로 했다. 그리고 루비는 러스텀의 부엌에 뭐가 있는지 신중하게 알아본 다음, 부엌살림들이 든 큰 상자 하나를 준비했다. 새로 살림을 시작하는 그들을 위해 그녀는 솥, 냄비, 풍로, 나이프와 포크, 도마, 밀방망이 등을 넣어 주었다.

그들은 수레 두 대에서 짐을 내리고 일인용 침대들을 조립했다. 짐꾼 한 명이 러스텀이 쓰던 오래된 일인용 침대를 사겠다고 제안했다. 러스텀은 30루피를 받고 침대를 팔았고, 또 다른 짐꾼에게 10루피를 받고 매트리스를 팔았다.

　짐꾼들이 옛날 침대를 가져가는 걸 지켜보던 디나에게 그가 말했다. "무슨 생각하는지 알아요. 하지만 이 아파트에는 남는 침대를 놔둘 공간이 없어요." 일인용 침대 두 개를 사용하면 둘이 가까이서 잘 수 있을지 그녀는 걱정스러웠다.

　그러나 결혼 이틀째 아침에 그들이 깨어났을 때 침대 하나는 사용하지 않은 것과 다름없었다. 마음이 놓인 그녀는 그날 신혼집을 자신이 원하는 대로 바꿨다. 먼저 세바사단 단체에 연락해서 러스텀의 저녁 식사를 더 이상 배달할 필요가 없다고 통보했다. 그리고 점심은 그가 다음 주부터 출근하게 되면 도시락을 싸 줄 계획이었다.

　"더 이상 밖에서 먹거나 굶으면 안 돼요." 그녀는 의자 위에 올라서서 부엌 선반을 살폈다. 놋쇠와 구리로 만든 그릇들, 주전자, 식칼 세트가 있었다.

　"못 쓰는 것들이에요." 러스텀이 말했다. "고물상에 팔려던 중이었어요. 내일 내가 처리할게요."

　"무슨 소리예요. 튼튼한 옛날 물건들인데. 수리해서 양철을 입히면 돼요. 요즘엔 이런 물건 살 수도 없어요."

　나중에 땜장이가 창밖에서 소리치자 그를 불러서 새는 그릇들을 고치고 떨어진 주전자 손잡이를 못으로 고정시키도록 했다. 일을 제대로 하는지 확인하려고 그녀는 옆에서 지켜봤다. 그가 솥 하나를 고칠 때마다 그녀는 화장실로 가져가서 물로 테스트했다.

칼 가는 사람이 회전 기구를 어깨에 걸치고 지나갔다. 그를 부르려고 그녀가 손뼉을 두 번 치는 동안 땜장이가 망치질을 멈췄다.

무딘 칼날들에서 곧 날카롭게 번쩍번쩍 빛이 났다. 앞으로 러스텀과 수십 년 동안 함께할 축복된 결혼을 위해서, 그녀는 온갖 노력과 정성, 노동을 즐겁게 받아들이며 집을 가꾸었다. 다른 것과 마찬가지로 그들이 함께 하는 삶도 정교하게 가꾸어야 한다고 그녀는 생각했다. 최고로 만들기 위해서는 틀을 만들고 두드리고 광을 내야 했다.

회전 숫돌에서 불꽃이 튀자 칼 가는 사람이 얼굴을 돌렸다. 그녀는 디왈리 축제의 불꽃놀이 같다고 생각했다. 땜장이의 망치질이 그녀의 귀에 경쾌하게 울렸다.

디나와 러스텀은 결혼 1주년 기념으로 영화를 보고 외식을 했다. 그들은 윌리엄 홀덴이 한국에서 미국 해군 사령관으로 주연한 영화 〈잠수함 사령부〉를 봤다. 영화를 보는 내내 그들은 손을 잡고 있었으며, 나중에는 웨이사이드 식당에서 닭고기 브리아니 볶음밥을 먹었다.

다음 해에 그녀는 가벼운 영화를 보고 싶었다. 그래서 그들은 새로 나온 영화인 빙 크로스비 주연의 〈상류 사회〉를 보았다. 영화를 보러 갈 때 입으려고 그녀는 걸음을 걸을 때마다 팔랑거리는 발랄한 페플럼이 달린 파란색 원피스를 샀다.

"그걸 꼭 입어야겠어요?" 러스텀이 그녀의 뒤에 서서 엉덩이를 어루만졌다.

"입으면 안 돼요?" 그를 골려 주려고 그녀는 웃으면서 엉덩이를 흔들었다.

"길거리 남자들이 미쳐버릴 거라고요. 몸을 보호하려면 끝이 뾰족한 탑 모양의 우산을 들고 다녀야 할 걸요."

"당신, 남자들과 싸워서 날 지켜 주지 않을 작정이에요?"

"그래야죠. 그럼 내가 그 창을 들고 가죠. 더 좋은 방법이 있어요. 내 바이올린을 가져가서 날카로운 소리를 내면 사람들이 더 무서워할 거예요."

그 영화는 정말 재미있었다. 저녁 내내 그들은 질투하는 여자들과 음탕한 남자들이 디나의 파란색 원피스를 서로 뺏으려고 한다는 농담을 몰래 하면서 즐거운 시간을 보냈다. 그리고 디저트가 맛있기로 유명한 몬지니 식당에서 저녁을 먹었다.

결혼 3주년 기념으로 그들은 누스완, 루비, (이제 두 명인) 그들의 아이들을 저녁 식사에 초대하기로 했다. 결혼 후로 그들과 누스완 가족의 관계는 좋았다. 디나와 러스텀은 항상 아이들의 생일 파티에 초대받았고, 파르시 달력으로 새해가 되거나 자라투스트라 탄신일에도 초대받았다. 디나는 때로는 혼자, 때로는 러스텀과 함께 조카들에게 줄 사탕 과자를 가지고 들르거나 그냥 안부만 전하기도 했다. 안 좋은 감정들은 완전히 사라져서 그런 일이 있었는지조차도 기억하기 힘들었다. 누가 보면 그런 일은 과대망상일 뿐이었다고 말할 정도였다.

결혼기념일 파티는 매우 유쾌했다. 새 옷을 살 여유가 없었던 디나는 작년에 입었던 파란색 원피스를 입었다. 루비는 그 옷이 예쁘다고 했고 디나의 요리도 칭찬했다. 특히 풀라오 볶음밥과 콩 수프가 맛있다고 했다. 디나는 정중하게 올케한테서 많이 배운 덕분이라고 대답했다. "그래도 아직 언니 수준에 따라가려면 한참 멀었어요."

각각 여섯 살, 세 살인 조카들을 위해 디나는 향신료를 쓰지 않은 별도의 음식을 만들었다. 그러나 크세르크세스와 자리르는 어른들이 먹는 걸 먹겠다고 고집을 부렸다. 루비가 아이들에게 약간 맛을 보여 주자 그들은 매워서 혀를 내밀고서도 더 달라고 했다.

"신경 쓰지 마세요. 아이스크림을 먹으면 괜찮아질 테니까." 디나가 웃으면서 말했다.

"지금 먹으면 안 돼요?" 아이들이 일제히 말했다.

"고모부가 나중에 가서 사올 거야." 디나가 말했다. "너희 집에 있는 아이스크림을 보관하는 냉장고가 우리는 없단다. 자, 그때까지 이거나 좀 먹고 있어라." 그녀는 꽃과 코코넛으로 장식이 된 접대용 쟁반에서 설탕 알갱이들을 집어 조카들의 입에 넣어 주었다.

나중에 루비와 디나가 식탁을 함께 치우고 있을 때 러스텀이 콸리티 아이스크림을 사러가야겠다고 했다. "딸기 맛이 없으면 초콜릿이나 바닐라 맛 중에서 뭘 사올까?"

"초콜릿요." 크세르크세스가 말했다.

"라닐라요." 자리르의 발음에 모두들 웃었다.

"그래, 라닐라로 사 오마!" 러스텀이 놀렸다. "넌 항상 특이하다, 그지?"

"쟤가 누굴 닮았는지 모르겠어. 절대로 날 닮은 건 아닌데 말이야." 누스완의 말에 모두들 웃었다. 그러자 그가 그 기회를 틈타서 물었다. "자네도 애를 가져야지? 3년이면 충분히 둘이서 재밌는 시간을 보냈을 테니까 말이야."

그 얘기를 하고 싶지 않았던 러스텀은 그냥 웃기만 했다. 그가 나가려고 현관문을 열자 누스완이 갑자기 일어섰다. "내가 같이 갈까?"

"아닙니다. 그냥 쉬세요. 손님이신데요. 그리고 걸으면 시간이 많이 걸리니까, 혼자서 자전거를 타고 가면 10분 만에 돌아올 수 있습니다."

디나는 아이스크림을 먹을 때 쓸 깨끗한 접시와 숟가락을 꺼내고 수선자를 불에 올렸다. "그이가 돌아올 때쯤엔 맛있는 차가 준비돼 있을 거야."

15분이 지난 후에도 그는 돌아오지 않았다. "도대체 어디서 뭘 하는 거지? 차가 점점 진해지는데. 오빠하고 언니 먼저 드세요."

"아뇨. 기다릴게요." 루비가 말했다.

"차가 막히거나 아이스크림 가게에 무슨 일이 있는 모양인데." 누스완이 말했다.

디나는 차를 희석시키려고 주전자에 물을 다시 끓였다. 그녀는 주전자에 차 보온 마개를 다시 씌웠다. "떠난 지가 벌써 45분이나 됐어요."

"그 가게에서는 다 팔린 모양이다. 딸기 맛이 인기가 많으니까 항상 물건이 없어. 멀리 있는 다른 가게에 간 모양인데." 누스완이 말했다.

"아뇨. 내가 걱정할 줄 알기 때문에 그러진 않았을 거예요."

"타이어에 펑크가 났을지도 몰라요." 루비가 말했다.

"타이어에 펑크가 나서 걸어와도 20분밖에는 안 걸려요."

멀리서 자전거 페달을 밟으면서 그가 오고 있는지 살펴보려고 그녀는 베란다로 나갔다. 연주회가 끝나고 그와 헤어지고 나면 이층 버스에 앉아서 사라지는 그의 자전거를 끝까지 지켜봤던 밤들이 생각났다.

옛 기억에 그녀는 미소를 지었지만 현재의 걱정 때문에 미소는 곧 사라지고 말았다. "무슨 일인지 가서 보고 와야겠어요."

"아니다, 내가 가 볼게." 누스완이 말했다.

"오빤 가게가 어딘지 모르잖아요. 그리고 그이가 다니는 도로도 모르고. 서로 길이 엇갈릴지도 몰라요."

결국 두 사람은 같이 가기로 했다. 디나가 너무 긴장해서 누스완이 계속 반복해서 말했다. "별일 아닐 거야." 그녀는 빠르게 걸으며 고개만 끄덕였다. 그녀를 따라잡느라고 누스완은 힘이 들었다.

아홉 시가 넘어서 거리는 조용했다. 골목길 끝에 있는 아이스크림 가게의 보도 근처에 사람들이 몇 명 모여 있었다. 가까이 다가가자 경찰들도 보였다.

"무슨 일이지." 놀라움을 감추려고 애쓰면서 누스완이 말했다.

디나가 먼저 자전거를 발견했다. "그이 자전거예요." 그녀의 목소리는 자신의 귀에도 어색한 낯선 사람의 것으로 변해 있었다.

"확실하냐?" 그는 디나가 확신하고 있음을 알았다. 자전거는 찌그러져 있었지만 안장은 그대로였다. 그는 사람들을 밀치고 경찰들에게 갔다. 사나운 폭풍이 그녀의 귀를 가득 채우고 있어서 그들의 목소리는 마치 아주 멀리 떨어져 있는 것처럼 희미하게 들렸다.

"빌어먹을 트럭 운전사 같으니라고." 경사가 말했다. "뺑소니를 쳤어요. 불쌍한 사람 같으니, 살 가망이 영 없을 것 같네요. 머리가 완전히 뭉개졌어요. 그래도 다행히 앰뷸런스가 곧장 병원으로 데리고 갔습니다."

똥개 한 마리가 자전거 근처에 있는 걸쭉한 분홍색 액체를 핥고 있었다. 딸기 맛 아이스크림이 가게에 있었구나 라고 그녀는 멍하게 생각했다. 경찰 한 명이 누런색 똥개를 걷어찼다. 똥개는 깽깽거리면서 뒤로 물러섰다가 다시 돌아왔다. 경찰이 다시 똥개를 걷어차자 디나가 소리쳤다.

"그만해요! 개가 무슨 잘못이 있어요? 그냥 먹게 내버려 둬요!"

"네, 알겠습니다." 놀란 경찰이 뒤로 물러섰다. 경찰의 발에서 경계의 눈초리를 거두지 않은 채 똥개는 만족감으로 훌쩍거리며 허겁지겁 아이스크림을 핥아먹었다.

누스완이 병원 이름을 알아냈다. 그에게 집주소를 물은 경사가 찌그러진 자전거를 바라보던 디나에게도 주소를 물었다. 경사는 트럭 운전사가 잡힐 경우를 대비해서 자전거는 당분간 증거로 보관하고 있겠다고 진질하게 설명했다. 그는 그들에게 병원까지 태워다 주겠다고 했다.

"고맙습니다만, 집에서 무슨 일인지 걱정하고 있을 겁니다." 누스완이
말했다.

"걱정 마십시오. 일단 제가 순경을 보내서 걱정 말라고 전하고 사고가
있어서 병원으로 갔다고 전하도록 하겠습니다." 경사가 말했다. "가족들
께는 나중에 직접 설명하시면 될 겁니다."

경사의 도움으로 병원 절차가 신속히 처리돼서 누스완과 디나는 금방
떠날 수 있었다. "택시를 타자." 누스완이 말했다.

"아뇨, 전 걸을래요."

그들이 집에 도착했을 때 그녀의 뺨에서 눈물이 조용히 흘러내리고 있
었다. 누스완은 그녀를 껴안고 머리를 쓰다듬었다. "가여운 내 동생. 내
가 널 위해서 그 사람을 되살릴 수 있다면 좋겠구나. 울어라, 괜찮아. 실
컷 울어." 루비에게 귓속말로 사고 소식을 전하면서 그도 눈물을 흘렸다.

"이런, 세상에!" 루비가 흐느꼈다. "무슨 이런 불행이 있담! 단지 몇 분
만에 아가씨의 모든 게 파괴되다니! 어떻게 이럴 수가 있죠? 신께서 어떻
게 이런 일이 생기게 한단 말이에요?" 디나가 옷을 갈아입으러 간 사이
에 그녀는 마음을 가라앉히고 아이들을 깨웠다.

"지금 딸기 맛 아이스크림 먹어도 돼요?" 잠에서 아직 덜 깬 크세르크
세스와 자리르가 물었다.

"고모부가 몸이 안 좋아서 그만 집에 가야 해." 차차 설명하는 게 낫겠
다고 생각한 루비가 말했다.

디나가 곧 방에서 나오자 누스완이 옆으로 갔다. "우리 집으로 같이 가
자. 여기 혼자 있을 순 없어."

"그럼요. 같이 가요." 루비가 그녀의 손을 잡고 꽉 쥐었다.

디나는 고개를 끄덕이며 부엌으로 가서 남은 풀라오 볶음밥과 콩 수프를 포장했다. 이상하기도 하고 약간 겁이 나기도 했던 루비가 지켜보다가 물었다. "아가씨, 좀 도와줄까요?"

디나는 고개를 가로저었다. "음식을 낭비하면 안 되죠. 집으로 가는 길에 거지에게 주면 돼요."

나중에 그 사건에 대해서 사람들에게 설명해 줄 기회가 생겼을 때 누스완은 그 잔인했던 날 밤에 여동생의 품위 있는 모습에 정말 감동했다고 말했다. "그런 충격과 상실을 겪은 여자들이 흔히 하는 울부짖음도 가슴을 치는 일도 머리를 쥐어뜯는 일도 없었어." 그러나 그는 그와 비슷하게 어머니가 보였던 위엄과 그 후의 무너짐이 떠올랐다. 그는 디나가 그러한 전철을 밟지 않기를 바랐다.

디나는 가방에 며칠 동안 필요한 흰 사리와 함께 몇 가지 물건들을 챙겨 넣었다. 3년 전 결혼식 날 밤에 들고 왔던 가방이었다.

* * *

장례식과 나흘간의 기도가 끝난 후 디나는 아파트로 돌아갈 준비를 했다. "서두를 필요 있니? 여기서 좀 더 지내거라." 누스완이 말했다.

"그래요. 여기도 아가씨 집이에요. 거기 가서 혼자서 어쩌려고요?" 루비가 거들었다.

아직 돌아갈 준비가 돼 있지 않았던 디나는 쉽게 마음이 흔들렸다. 가장 힘든 시간은 새벽녘이었다. 그녀는 팔 하나를 베개 위에 올리고 잤다. 때로는 팔꿈치로 베개를 슬쩍 찔렀다. 자기를 안아 달라고 러스딤에게 보내던 신호였다. 사람의 손길이 닿지 않으면 그녀는 공허함에 눈을 뜨고 해가 뜨기 전의 어둠 속에서 상실감을 다시 깨달았다. 가끔씩 그녀가 그의 이름을 외치는 소리를 듣고서 루비나 누스완이 방으로 달려와 그녀를 꼭 껴안고 머리를 쓰다듬어 주었다.

"여기 있다고 해서 우리한테 짐이 된다고 생각지 마라." 누스완이 말했다. "사실 루비한테 네가 도움이 될 테니까."

그래서 디나는 그곳에 머물렀다. 그녀가 오빠 집에 머무른다는 소문이 돌자 많은 친척들이 애도의 뜻을 전하러 들렀다. 형식적인 인사가 끝나면 대화는 다정한 모임의 분위기를 띄었고, 누스완과 루비도 그러한 어울림을 즐겼다. "이런 건 디나한테 아주 좋은 일이야." 두 사람이 같은 생각이었다.

나흘간의 침묵의 탑 기도식에 꼬박꼬박 참석했던 러스텀의 삼촌과 숙모가 일주일 후에 다시 들렀다. 잠시 앉아서 레몬주스를 마시고 나서 그들이 입을 열었다. "우리한테는 아들을 잃은 거나 다름없어. 하지만 넌 아직도 우리한테는 딸이야. 필요한 게 있으면 언제든지 우리한테 오너라. 언제든지 필요하면 말이다."

이 말을 엿들은 루비가 발끈했다. "정말 좋으신 말씀입니다만, 남편과 제가 아가씨를 돌보고 있습니다."

"그럼요, 물론이죠. 신께 감사를 드려야죠." 루비의 날카로운 목소리에 크게 당황한 노부부가 말했다. "신의 축복으로 두 분 다 오래오래 건강하게 사실 겁니다. 두 분과 함께 있어서 디나는 정말 행운입니다." 루비의 감정이 누그러지기를 바라면서 그들은 서둘러 떠났다.

한 달이 지나자 디나는 옛날에 그 집에서 하던 일을 그대로 다시 하고 있었다. 하인은 내보냈다. 길고 공허한 날들을 채울 수 있는 일이 생겼기 때문에 디나는 개의치 않았다. 물론, 크세르크세스와 자리르는 디나 고모와 함께 살게 되어서 매우 행복했다. 크세르크세스는 초등학교 2학년이었고 자리르는 이제 막 유치원에 들어갔다. 그녀는 아이들을 학교와 유치원에 데려다 주는 일을 자청했다. 아침에 시장 가는 길에 유치원이 있어서 쉬운 일이었다.

일요일 저녁에는 누스완이 카드 게임을 하자고 했다. 어른 셋이서 카드 게임을 하는 동안 아이들은 구경을 했다. 때로는 디나가 크세르크세스와 자리르에게 자신의 패를 쥐고 있도록 했다. 일곱 시가 되면 루비와 디나는 저녁을 만들기 시작했고 누스완은 아이들과 함께 카드로 집짓기 놀이를 하거나 일요일자 신문을 다시 한 번 대강 훑어보기도 했다.

일주일에 한 번씩 디나는 러스텀의 빈 아파트로 가서 먼지를 털고 닦았다. 그곳에서 그녀는 러스텀이 살아 있을 때 했던 것처럼 행동했다. 청소가 끝나고 나면 차를 만들었다. 음침한 부엌에서 그녀는 혼자서 찻잔을 들고 앉아 기억을 더듬다가 때로는 조용히 울음을 터뜨리기도 했으며, 찻잔은 차갑게 식어 갔다. 대개 그녀는 차를 반 정도 마시고 그냥 부어버렸다.

이런 비밀스러운 애도를 몇 주 동안 계속하다 보니 그녀는 모든 게 정상이라는 착각에 빠지기 시작했다. 아파트에는 누군가 살고 있었고 그들의 헤어짐은 일시적이라는 생각이 들었다. 그러한 상상은 그녀에게 어떠한 해도 되지 않았으며 큰 위안이 되었다.

그러던 어느 날 저녁 땅거미가 지고 차의 헤드라이트가 켜지기 시작할 무렵, 그녀는 베란다 밖을 내다보면서 러스텀의 자전거를 기다리는 자신의 모습을 발견했다. 순간 등골이 오싹했다. 자신이 너무 지나치다는 생각이 들었다. 광기를 가지고 노는 것과 광기에 놀림을 받는 것은 친지 차이였으므로 이제 그 모든 일을 중단해야 했다.

그녀는 매주 꼬박꼬박하던 청소를 그만두었다. 아파트를 방문해야 할 필요가 있으면 혼자 가지 않고 어린 조카들을 데려갔다. 크세르크세스와 자리르는 사람이 살지 않는 공간을 탐험하는 걸 좋아했다. 익숙했던 방들에는 여전히 가구가 들어차 있었지만 이해할 수 없는 공허함 때문에 동떨어지고 신비한 느낌이 갑자기 들기도 했다. 박물관 같은 고요함에 아이들은 당혹스러워했다. 그들은 소리를 지르고 아파트 구석구석을 껑충껑충 뛰어다니며 공허함을 내쫓으려 했다.

어느 날 오후, 디나가 몇 가지 물건을 가지러 아파트에 들렀다가 집주인에게서 온 편지를 발견했다. 조카들은 집 구석구석을 횡단하려는 계획을 세웠고 크세르크세스가 그 경로를 짰다. "베란다에서 시작해서 부엌으로 뛰어간 다음에 화장실로, 그런 다음에 다시 돌아와서 방들을 통과하는 거야. 자리르, 알았지?"

"응, 알았어." 자리르가 말했다. 디나가 제자리에, 준비, 출발! 하고 외쳤다. 그녀는 거실의 창문을 열고 편지를 읽었다. 아파트에 더 이상 아무도 살지 않으므로 물건을 모두 치우고 30일 내로 열쇠를 반납하라는 통지서였다.

그날 밤 그녀가 편지를 보여 주자 누스완이 노발대발했다. "이런 염치없는 악당 같은 집주인을 봤나! 불쌍한 러스텀이 죽은 지 석 달도 채 안 됐는데, 뱀처럼 사악한 작자가 뒤통수를 때리다니. 절대 아파트를 비워 주면 안 돼."

"네, 다음 주에 아파트로 돌아갈래요." 그녀가 동의했다.

"내 말은 그런 말이 아니야. 우리 집엔 1년이고 2년이고 네가 원하는 만큼 있어도 괜찮아. 하지만 네 권리를 포기해서는 안 된다는 거야. 내 말 명심해. 좀 있으면 이 도시에서 집을 구하는 건 불가능할 거다. 네 아파트는 오래되긴 했지만 보물이 될 거라고.”

“맞아요. 푸틀리 마시의 아들도 집을 계약하는 데 이만 루피를 썼다고 들었어요. 그리고 한 달에 월세만 오백 루피래요. 그 사람 아파트가 아가 씨 아파트보다 훨씬 작아요.”

“알았어요. 하지만 월세는……”

“걱정마라. 월세는 내가 낼 테니까.” 누스완이 말했다. “그리고 내 변호사가 이 편지에 대한 답장을 보낼 거다.”

그는 미리 생각해 둔 것이 있었다. 곧 디나를 재혼시킬 생각이었다. 아파트가 없어서 재혼에 지장이 생긴다면 큰일이었다. 그는 결혼한 부부가 그들과 함께 사는 건 결코 받아들일 수 없었다. 갈등과 마찰이 일어날 게 뻔했기 때문이다.

러스텀의 사망 일주년에 맞추어 누스완은 아침 휴가를 냈다. 그 전날 그는 크세르크세스의 학교와 자리르의 유치원에 편지를 써서 “아이들의 사망한 고모부를 위한 불의 사원 기도에 참석하기 위해서 결석합니다” 하고 알렸다. 디나는 온 가족이 참석해서 고마웠다.

“벌써 1년이나 흘렀다니 믿기질 않는구나. 시간 참 빨리 간다.” 집으로 돌아왔을 때 누스완이 말했다.

며칠 후 그는 공식적으로 초상이 끝났다는 신호로 친구들을 불러서 차를 마셨다.

그들 중에는 그가 몇 년 전에 디나에게 신랑감으로 강력히 추천했던 포러스와 솔리도 있었다. 아직도 미혼인 두 사람은, 누스완에 따르면 불룩 튀어나오기 시작한 배와 흰머리 같은 작은 결점들만 용서한다면 여전히 괜찮은 신랑감들이었다.

그는 디나와 단둘이 있을 때 딴에는 에둘러서 말한다고 하면서 말했다. "포러스나 솔리는 너와 결혼할 기회만 찾고 있어. 포러스의 법률 사무실은 믿기 어려울 만큼 번창하고 있지. 그리고 솔리는 회계 회사의 공동 경영자이고. 네가 과부라도 아무 상관없다는구나."

"정말 좋은 사람들이군요."

그는 그녀의 빈정거림이 마음에 들지 않았다. 이미 새사람으로 바뀌었다고 생각했던 그녀에게서 고집 세고 무례하고 반항적인 옛 모습이 떠올랐다. 그러나 그는 화를 참으며 침착하게 계속 말했다.

"디나, 난 네가 정말 자랑스럽다. 어느 누구도 네가 초상을 치르는 데 부족했다고 비난하지 못할 거다. 지난 1년 동안 넌 너무나 격식에 맞고 완벽하게 연기했어."

"난 연기한 적 없어요. 그리고 힘들지도 않았고."

"그래, 맞다." 자신의 단어 선택에 후회하면서 그가 서둘러 말했다. "내 말 뜻은 너의 존엄성을 존중한다는 뜻이었어. 그러나 중요한 건 넌 아직 너무 젊다는 거야. 벌써 1년이 지났어. 너도 미래를 생각해야지."

"걱정 마세요. 무슨 말인지 알겠으니까."

"다행이다. 이걸로 내가 하고 싶은 말은 끝났다. 자 그럼 카드 게임이나 하자. 여보, 어서 와!" 그가 부엌으로 소리를 질렀다. "여보, 카드 게임할 시간이야!" 이제 뭔가 일에 진전이 있을 것으로 그는 확신했다.

그다음 몇 주 동안 그는 이전에 디나에게 소개했던 신랑감 후보들을 다시 초대했다. "디나, 이리 와. 소개할 사람이 있단다." 그런 다음 그는 잠깐 잊었던 척하면서 외쳤다. "잠깐만! 이런, 내가 바보도 아니고! 디나, 이전에 이미 템튼을 만났었지. 그럼 내가 한 번 더 소개해 주마."

깊은 관계는 다시 시작될 수 있고 열정은 다시 불타오를 수 있다는 식으로 이 모든 일이 진행됐다. 디나는 매우 짜증이 났지만, 차를 따르고 샌드위치를 만들어 주는 동안에 인상을 쓰지 않으려고 노력했다. 방문객들이 떠나고 나면 누스완은 그들의 용모와 직업을 칭찬하고 물려받을 재산이 많다는 점을 지적하며 우격다짐하듯 말했다.

넉 달 동안 신랑감들을 소개시켜 줘도 디나에게서 반응이 없자 그는 그만 인내심을 잃고 말았다. "난 세련되고 친절하고 이치에 맞게 행동했다. 그런데 넌 도대체 어떤 왕자님을 기다리고 있는 거냐? 내가 소개해 주는 사람마다 넌 고개를 돌리고 다른 방으로 들어가 버리잖아. 도대체 네가 원하는 게 뭐냐?"

"원하는 거 없어요."

"어떻게 원하는 게 없어? 인생을 망치고 싶냐? 좀 말이 되는 소리를 해."

"오빠가 나를 위해서 그러는 줄은 알아요. 하지만 난 관심 없어요."

그 대답에 누스완은 옛날의 배은망덕했던 어린 여동생이 떠올랐다. 그녀가 자신의 친구들을 무시한다고 생각했다. 그들 모두 훌륭한 친구들이었다. 신경 쓰지 말자. 이런 일로 화내지 않으리라고 그는 다짐했다.

"알겠다. 아까 말한 대로 난 이치에 맞게 행동하는 사람이다. 네가 그 사람들이 싫다면 어느 누구도 강요하지 않을 거야. 네가 스스로 찾아라. 아니면 우리가 중매쟁이를 고용해 주마. 긴왈라 부인이 결혼 성공 실적이 제일 좋다고 하더라. 어느 쪽으로 하고 싶으냐?"

"난 이렇게 빨리 재혼하고 싶지 않아요."

"빠르다고? 이게 빠른 거냐? 넌 스물여섯 살이야. 도대체 원하는 게 뭐냐? 러스텀이 기적적으로 살아 돌아오기라도 바라는 거니? 조심해, 아니면 너도 뱁시 고모처럼 머리가 돌아버릴 지도 몰라. 고모는 선착장이 폭발히고 남편의 시체가 발견되지 잃있다는 구실이라도 있있어."

"무슨 그런 끔찍한 말을 하는 거예요!" 디나는 역겨움에 고개를 돌리며 방에서 나가버렸다.

디나가 아주 어렸을 때 그 사건이 일어났지만, 그녀는 전쟁 중에 선착장에 정박한 영국 탄약 배 두 척이 폭발해서 항구 주변에 있던 수천 명의 목숨을 앗아갔던 날을 똑똑히 기억했다. 폭발이 계속되고 있을 때 나치 스파이에 관한 소문이 나돌기 시작했다. 당국에서는 끔찍한 폭발과 함께 많은 사람들이 사라져 버렸다고 했지만, 뱁시 고모는 그 이론을 받아들이지 않았다. 남편이 살아서 기억상실증으로 어딘가에서 방황하고 있다고 믿었던 고모는 그를 찾는 건 시간문제일 뿐이라고 했다. 그렇지 않다면, 나쁜 수도승이 남편에게 최면을 걸거나 뭔가를 먹인 다음에 끌고 가 노예로 삼았을 것이라고 주장했다. 어떤 경우든 그녀는 남편을 찾을 거라고 믿었다. 그러한 불행에도 불구하고 그녀는 믿음을 버리지 않고 17년의 세월을 보냈다. 침대 머리맡에 놓인 은으로 만든 무거운 액자에 든 그의 사진과 열심히 대화를 하면서 그녀는 매일 있었던 소식과 소문을 상세히 들려주었다.

"너의 침울한 행동을 보면 뱁시 고모가 생각나." 누스완이 그녀를 쫓아 다른 방으로 들어가며 말했다. "도대체 이유가 뭐냐? 넌 장례식을 치렀고 러스팀의 시신도 봤고 기도도 들었어. 그는 죽었고 독수리 배 속에서 소화가 된 지 1년이 넘었다." 그 말을 한 순간 그는 눈을 하늘로 향하고 불경한 말을 한 것에 용서를 구했다.

"네가 파르시 공동체에 속해 있어서 얼마나 행운인 줄 모르니? 무식한 인간들은 과부들을 쓰레기처럼 내버려. 네가 힌두교도로 태어났다면 옛날 같았으면 화장용 장작더미로 뛰어들어서 남편과 함께 태워져야 했을 거다."

"오빠를 행복하게 할 수만 있다면 언제든지 침묵의 탑으로 가서 독수리들의 밥이 될게요."

"못된 것 같으니라고! 터진 입이라고 말을 함부로 하는구나! 그런 불경스러운 말을 하다니! 내 말은 네 처지에 감사하라는 소리야. 넌 재혼하고 자식들을 낳고 완전히 새로운 인생을 살 수 있어. 아니면 나한테 영원히 얹혀 살 작정이냐?"

디나는 그 질문에 대꾸하지 않았다. 그러나 다음 날 누스완이 일하러 간 사이에 그녀는 짐들을 다시 러스텀의 아파트로 옮길 준비를 했다.

루비가 방마다 쫓아다니며 애원하고 말렸다. "아가씨, 오빠 성격이 원래 급하잖아요. 오빠가 한 말을 액면 그대로 다 믿으면 안 돼요."

"오빠는 하고 싶은 말을 다 안 하기도 하죠." 그렇게 대답하고 그녀는 계속 짐을 쌌다.

저녁에 루비가 누스완에게 그 일에 대해 말했다. "하하하!" 그는 디나가 들을 수 있도록 크게 비웃었다. "하고 싶은 대로 하게 내버려 둬. 혼자서 어떻게 사는지 구경이나 한 번 해보자고."

저녁 식사 후 식탁에서 그는 목청을 가다듬었다. "집안의 가장으로서 난 네가 지금 하는 일에 찬성할 수 없다고 말해야 할 의무가 있다. 넌 나중에 후회하게 될 큰 실수를 저지르고 있는 거야. 바깥세상은 힘든 곳이다. 하지만 난 네게 이곳에 머물라고 애원하지는 않겠다. 네가 분별 있게 행동한다면야 여기에 있는 건 환영이다."

"오빠 연설은 잘 들었어요." 디나가 말했다.

"그래, 날 놀려라. 네 평생토록 그래왔으니까 지금 와서 멈출 이유가 없겠지. 잘 기억해. 이건 네가 한 결정이고 그 누구도 널 내쫓지 않았어. 친척 중에 어느 누구도 날 비난하지 못할 거다. 난 널 도와줄 수 있는 모든 일을 했어. 그리고 앞으로도 그럴 거고."

곧 아이들이 디나가 떠난다는 사실을 알았다. 처음에는 당황하던 아이들은 나중엔 화를 냈다. 크세르크세스는 그녀의 가방을 숨기고 소리를 질렀다. "고모, 가지 마! 아무 데도 못 가!" 디나가 가방을 두고 떠나려고 하자 자리르가 눈물을 흘리며 숨겨둔 곳에서 가방을 꺼내 왔다.

"언제든지 고모 집에 놀러와." 그녀는 조카들을 껴안고 달래며 눈물을 닦아 주었다. "토요일, 일요일, 그리고 방학 때 언제든지 좋아. 아주 재밌을 거야." 그러한 기대에 아이들은 흥분했지만 그녀가 영원히 그들과 함께 있어 주기를 바랐다.

아파트로 돌아온 다음 날 아침, 디나는 러스텀의 삼촌과 숙모를 만나러 갔다. "여보! 여기 누가 왔는지 봐요!" 쉬린 숙모가 흥분해서 외쳤다. "우리 디나가 왔어요! 우리 아기, 어서 들어오너라."

다랍 삼촌이 잠옷을 입고서 밖으로 나와 디나를 껴안으며 오랫동안 그녀가 오기를 기다렸다고 했다. "아이고, 내가 아직도 잠옷 차림이구나." 그는 그녀의 맞은편에 앉으며 활짝 웃었다.

자신을 보면 행복해하는 그들의 모습에 그녀는 언제나 감격했다. 그들의 사랑이 마치 손으로 만져질 듯 자신에게 쏟아지는 느낌이었다. 장미꽃잎들이 떠다니는 따뜻한 우유 반 컵이 옅은 갈색 피부의 얼굴, 목, 그리고 가슴 위를 하얗고 조그만 시냇물처럼 타고 흘러내리던, 어릴 적 생일에 어머니가 해 주시던 우유 목욕이 떠올랐다.

"제일 힘들었던 건 어린 조카들을 남겨두고 오는 거였어요. 너무 정이 많이 들었거든요." 디나가 말했다.

"맞아, 애들이란 게 그렇지." 쉬린 숙모가 말했다. "러스텀이 그러던데 네가 결혼하기 전에 오빠가 널 아주 못됐게 다뤘다면서."

"나쁜 사람은 아니에요." 디나가 작은 목소리로 말했다. "오빠는 매사에 자기 생각이 있을 뿐이죠."

"물론, 그렇겠지." 그녀한테서 가족애의 부담감이 느껴지자 쉬린 숙모가 말했다. "어쨌든 우리하고 같이 있으면 되겠다. 네가 와서 너무 좋구나."

"숙모님, 실은 이제부터 러스텀의 아파트에서 살기로 했어요. 혹시 일을 찾을 수 있을까 해서 왔습니다." 디나는 오해가 더 커지도록 하고 싶지 않아서 단도직입적으로 말했다.

그 말을 들은 다랍 삼촌의 입이 움직였다. 갑자기 입 안에 가득 찬 실망감을 억지로 삼키느라고 그는 침묵을 깨며 작은 소리로 쩝쩝거렸고, 쉬린 숙모는 실내복 끄트머리를 절망적으로 매만지고 있었다.

"일이라." 제대로 생각지도 못한 채 그녀는 멍하게 말했다. "아가……그래 일, 일을 해야지. 여보, 무슨 일이 있을까요? 디나한테 맞는 일이 뭐가 있을까요?"

디나는 미안한 마음으로 조용히 그의 대답을 기다렸다. 그러나 그는 여전히 입속에 든 실망감 때문에 힘겨워하고 있었다. "어서 가서 옷이나 갈아입어요." 쉬린 숙모가 그를 꾸짖었다. "오후가 다 됐는데 아직도 잠옷을 입고 돌아다니면 어떡해요."

그는 순순히 일어나 방으로 들어갔다. 쉬린 숙모는 실내복 끄트머리를 놓고 얼굴을 두 손으로 비비고 똑바로 앉았다. 푸른 줄무늬 잠옷을 카키색 바지와 사파리 셔츠로 갈아입고 다랍 삼촌이 돌아올 즈음에 그녀는 디나를 위한 해결책을 말하기 시작했다.

"아가, 재봉은 할 줄 아니?"

"네, 조금요. 올케 언니가 재봉틀 사용하는 방법을 가르쳐 줬어요."

"잘됐구나. 그렇다면 너한테 맞는 일이 있어. 나한테 싱어 재봉틀이 한

대 더 있으니까 가져가거라. 아주 오래됐지만 잘 돌아간단다."

국영 운송 기업에 다니던 남편의 수입에 보탬이 되고자 쉬린 숙모는 오랫동안 재봉을 했다. 남자 잠옷, 여자 잠옷, 아기 옷, 침대 시트, 베갯잇, 식탁보 같은 간단한 것들을 만들었다. "나랑 함께 일하자꾸나. 이젠 늙고 눈이 나빠서 나 혼자 하기에는 일이 너무 많아. 내일부터 당장 시작하자꾸나."

디나는 손가방을 들고 쉬린 숙모와 다랍 삼촌을 껴안았다. 그들은 현관문까지 그녀를 배웅했다. 그때 거리에서 소동이 벌어지자 모두 발코니로 갔다. 거리를 가득 메운 대규모 시위대가 행진하고 있었다.

"공용어와 관련해서 또 바보 같은 시위를 벌이는구먼." 그들의 슬로건을 본 다랍 삼촌이 말했다. "멍청이들이 언어에 따라서 나라를 갈라놓으려고 하고 있어."

"모두들 바꾸려고만 해요. 사람들은 왜 있는 그대로 만족할 수 없는 거지? 어쨌든, 들어가요. 디나가 지금은 갈 수 없으니까. 길이 완전히 막혔어." 쉬린 숙모가 매우 기뻐하며 디나와 두 시간을 더 함께 보낸 후에야 도로가 정상으로 돌아왔다.

그 후 며칠 동안 디나는 여기저기 손님들에게 인사를 하러 다녔다. 가는 곳마다 그녀는 쉬린 숙모 옆에 긴장하고 서서 살짝 웃으며 많은 사람들의 이름과 요구 사항을 익히려고 애썼다. 쉬린 숙모는 새로운 일감의 대부분을 그녀에게 넘겨주었다.

일주일이 지난 후 디나가 마침내 항의를 했다. "이렇게 많이 받을 순 없습니다. 숙모님 수입을 제가 어떻게 뺏어요."

"아가, 넌 나한테 아무것도 뺏고 있는 게 아니야. 다랍 삼촌의 연금으로 우린 충분해. 안 그래도 일이 너무 힘들어서 재봉을 그만두려고 하던 참이었단다. 여기 이 새로운 디자인 잊지 말거라."

일감과 함께 쉬린 숙모는 손님들을 다루는 데 도움이 될 만한 것들을 일러주었다. "문시 댁이 최고야. 항상 돈을 빨리 주거든. 파렉스 댁도 좋은데 값을 깎으려고 한단다. 물러서지 말고 가격이 정해져 있다고 하렴. 또 누가 있지? 오, 그래, 사북쇼 씨가 있구나. 이 사람이 술을 하도 많이 마시니까 불쌍한 그 집 부인이 월말이면 돈이 남아 있질 않아. 그러니 항상 선금을 꼭 받도록 하렴."

수르티 씨 집은 매우 독특했다. 수르티 부부가 싸울 때마다 그 집 부인은 저녁을 만들어 주지 않았다. 대신에 그녀는 벽장에서 그의 잠옷들을 모두 꺼내 불을 지르고 타고 남은 재와 숯을 접시에 담아서 일을 마치고 돌아온 남편 앞에 갖다 놓았다.

"결국은 너한테 일감으로 돌아오는 거지. 두 달이나 석 달에 한 번씩 화해하고 나면 수르티 부인이 잠옷을 만들어 달라고 일감을 많이 줄 거다. 평상시와 똑같은 척해라. 안 그러면 널 안 찾아올 거야."

쉬린 숙모가 다바스 댁, 코트왈라 댁, 메타 댁, 파브리 댁, 밧차 댁, 시르바이 댁 등에 대한 설명을 하고 고객 명단에 포함시키자, 고객들의 가정사에 대한 디나의 이해가 점점 빨라졌다. "이런 시시콜콜한 얘기가 지겨울 거다. 끝으로 가장 중요한 건 남자들 가랑이 치수를 절대로 직접 재면 안 된다는 거야. 재봉할 견본을 달라고 해야 돼. 그게 안 되면 반드시 그 사람의 부인이나 어머니 혹은 여동생이 있는 데서 치수를 재도록 해라. 안 그러면 너도 모르게 남자들이 이쪽저쪽으로 움직여서 네가 원치 않는 걸 손에다가 밀어 넣는단다. 나도 어리고 순진했을 때 안 좋은 일을 당했지."

혼자 사는 총각 프레둔의 집으로 찾아갔을 때 쉬린 숙모의 마지막 충고가 그녀의 머릿속에 가장 먼저 떠올랐다. 쉬린 숙모는 그의 아파트에 절대로 혼자 가서는 안 된다고 했다. "그 사람이 정말 신사이긴 하지만 사람들의 입이 무섭단다. 뭔가 이상한 일이 벌어지고 있다고 수군대면 네 명예가 더럽혀질 테니까."

디나는 사람들의 혀가 무섭지 않았고 프레둔에게서 어떠한 위험도 느끼지 않았지만, 그가 가랑이 치수를 재 달라고 요청하면 당장이라도 뛰쳐나올 준비를 했다. 쉬린 숙모를 안심시키기 위해서 그녀는 항상 친구가 함께 있다고 했다. 그러나 그녀는 그 친구가 바로 프레둔이라는 건 말하지 않았다. 둘은 금방 친구가 됐다. 그의 주문은 주로 원피스와 반바지 그리고 앞치마였다. 디나를 도와주려고 그는 친구들과 친척들의 아이들 생일이 되면 봉투에 돈을 넣어 주는 대신에 그녀가 만든 옷을 선물했다.

그들의 우정은 깊어갔다. 디나는 자주 그를 따라서 직물 가게에 들러 선물에 맞는 옷감을 골라 주었다. 쇼핑이 끝나고 나면 그들은 바스타니 찻집에 들러서 차를 마시고 케이크를 먹곤 했다. 때로는 프레둔이 양고기 튀김과 돼지고기 볶음을 사서 집으로 저녁 식사 초대를 하기도 했다. 그는 항상 그녀에게 새로운 원피스 디자인을 시도하고 고객들에게 당당하게 자기주장을 펼치며 가격을 인상할 것을 주문했다.

몇 달 후 그녀는 자신의 능력에 더 큰 자신감이 생겼다. 루비에게서 받은 훈련 덕분에 재봉은 쉬웠다. 그리고 어려운 일이 있으면 쉬린 숙모와 상의했다. 디나가 가면 노부부가 매우 기뻐해서 그녀는 주름 장식 옷깃, 래글런형 외투 소매, 또는 아코디언 모양 주름 같은 것에 대해서 잘 모르는 척하며 정기적으로 찾아갔다.

쉬린 숙모는 재봉을 하고 매일 남는 천 조각들을 모아두라고 일렀다. "버릴 게 아무것도 없단다. 모든 것에는 목적이 있는 법이지. 이 천 조각들도 아주 유용하게 쓸 수가 있어." 그녀는 재빨리 조잡한 생리대를 만들어 보였다.

"숙모님, 정말 대단하세요!" 디나가 말했다. 생활비가 쪼들렸던 그녀는 어떤 도움이라도 절실히 필요했다. 옷감을 채워 넣어 집에서 만든 생리대는 전에 사용하던 생리대만큼 흡수력이 좋지 못했지만 비용이 전혀 들지 않았기 때문에 자주 바꿀 수가 있었다. 그러나 만약을 대비해서 생리 기간 동안에 그녀는 매우 짙은 치마를 입었다.

일을 할 때면 조그만 아파트에서의 시간이 매우 빨리 지나갔다. 눈과 손가락들을 재봉 일에 몰두하고 있을 때 그녀는 이웃에서 들려오는 소음에 매우 민감해졌다. 그 소리들을 모으고 정리하고 재생해서 그녀는 치수를 재서 옷을 만드는 것처럼 이웃들의 삶의 모습을 완성했다.

러스텀은 이웃들을 가능하면 피하려고 했었다. 그는 간단한 인사 정도면 충분하다고 했고, 그렇지 않으면 소문과 뒷말로 걷잡을 수 없게 된다고 했다. 그러나 솥과 냄비를 씻는 소리, 초인종 소리, 장사꾼들과 흥정하는 소리, 비눗물에 옷을 던지고 문지르는 세탁 소리, 가족끼리 말다툼하는 소리, 하인들과 싸우는 소리 등, 이 모든 것들 역시 소문 거리였다. 그리고 그녀의 집에서 들리는 소음들 역시 그것들을 귀 기울여 듣는 이웃들에게 자신의 삶을 이야기해 준다는 걸 깨달았다. 삶이란 매혹된 관객들로 들어찬 공연장의 연주회와도 같아서 완벽한 사생활이란 게 없었다.

때때로 그녀는 옛날처럼 공짜 연주회에 가서 기분 전환을 하고 싶은 유혹이 들 때도 있었지만 그러고 싶지 않았다. 옛날을 붙드는 듯한 그 어떤 행동도 그녀는 경계했다. 자립에 이르는 길은 과거를 통해서는 도달할 수 없었다.

이윽고 디나에게 재봉이 편안한 일상으로 정착하기 쉬런 숙모가 스웨터 짜는 법을 가르쳐 주었다. "옷을 짜달라고 하는 주문은 많이 없단다.

그래도 어떤 사람들은 멋을 부리거나 휴가 때 북부 지방으로 피서를 떠날 때 필요해서 주문을 하지." 복잡한 디자인을 익힐 정도가 되자 쉬린 숙모는 디나에게 가지고 있던 모든 디자인 책과 뜨개질바늘을 넘겨주었다.

마지막으로 그녀는 디나에게 자수 놓는 법을 가르쳐 주었다. "식탁용 냅킨과 작은 식탁보 자수가 아주 인기가 많단다. 그리고 돈도 많이 받을 수 있고. 하지만 눈에 부담이 많이 가지. 자수 일은 너무 많이 하지 말거라. 안 그러면 마흔이 넘어서 몸에 무리가 가니까."

그로부터 3년 후 쉬린 숙모가 세상을 떠났고 몇 달 후에는 다랍 삼촌도 그 뒤를 이었지만, 디나는 혼자서 삶을 꾸려 나갈 수 있는 자신감이 생겼다. 그러나 그녀는 마치 부모님을 한 번 더 잃은 것처럼 매우 허전했다.

디나가 떠난 걸 두고 어느 누구도 자신을 비난하지 못할 거라는 누스완의 확신과는 달리 친척들은 재빨리 두 진영으로 나뉘었다. 중립을 공언한 몇몇 친척들은 중간 입장으로 편안했지만, 적어도 친척들의 절반이 강력하게 디나의 편이었다. 그들은 그녀의 독립 정신을 지지하며 돈을 벌 수 있는 사업에 대한 많은 의견을 제시했다.

"버터 비스킷 장사는 어때? 그러면 돈을 정말 많이 벌 텐데."

"탁아소를 해보지 그러니? 보모 말고 너한테 애들을 맡길 엄마들이 많을 텐데."

"맛있는 장미 셔벗을 만들면 후회하지 않을 거다. 사람들이 엄청나게 사 먹을 거야."

그들이 계획을 설명할 때면 그녀는 흥미 있게 귀를 기울이고 모든 이야기를 고맙게 들었다. 그녀는 확실한 의견은 말하지 않고 고개만 끄덕였다. 그리고 재봉 작업이 바쁘지 않을 때면 그들이 주문한 케이크나 음식을 만들어 주었다.

그즈음 그녀의 친구 제노비아가 집에서 아이들의 머리를 깎아 주는 일을 하자는 묘안을 냈다. 제노비아는 학창시절의 야망을 실현했다. 이제 그녀는 비너스 미장원의 수석 미용사였다. 저녁에 가게 일을 마치고 나서 그녀는 석고 머리에 붙인 가발로 디나를 가르쳤다. 빗이 싸구려 가발의 엉킨 머리카락에 자꾸 끼었다.

"걱정 마. 진짜 머리로 하면 훨씬 쉬우니까." 그녀는 디나를 달래 주었다. 가게에서 남는 것들로 그녀는 가위, 바리캉, 솔, 빗, 활석 가루, 분첩 등을 모아 장비를 갖추었다. 그런 다음 그들은 실험 대상인 아이들이 있는 친구들과 친척들의 명단을 만들었다. 크세르크세스와 자리르의 이름은 뺐다. 비록 누스완이 이발 비용을 아낄 수 있는 기회라며 환영했겠지만 이제 디나는 그의 집에 가는 게 불편했다.

"이젠 아이들을 하나씩 잡아서 머리를 깎기만 하면 되겠다." 제노비아가 말했다. "연습을 얼마나 하느냐가 중요하거든." 결과물을 검토한 그녀는 디나의 훈련이 마무리됐으며 머리 깎을 준비가 됐다고 선언했다. 디나는 집집마다 돌아다녔다.

그러나 며칠 후 그들은 머리 한 번 깎지 못하고 사업을 접어야 했다. 대부분의 사람들이 집 안에서 머리 깎기를 매우 불길하게 생각한다는 걸 잊었던 것이다. 머리카락이 집 바닥에 떨어진다는 생각에 사람들이 얼마나 화를 냈는지 디나가 제노비아에게 설명했다. "'아주머니, 도대체 생각이 있는 겁니까 없는 겁니까? 우리가 당신한테 무슨 짓을 했다고 우리 집에 불운을 가져다주려는 겁니까?' 글쎄 이러더라고."

그녀에게 아이들의 머리를 깎으라고 한 사람들도 있었다. "하지만 밖에서 깎아야 됩니다"라는 조건으로. 디나는 거절했다. 그렇게까지는 하고 싶지 않았다. 그녀는 실내에서 아이들의 머리를 깎아 주는 미용사지

밖에서 일하는 거리의 이발사가 아니었다.

　그 후로도 그녀는 가위를 완전히 손에서 놓지는 않았다. 친구들의 아이들이 계속 그녀의 혜택을 받았다. 연습으로 머리를 깎인 일을 기억하고 있던 어떤 아이들은 디나가 나타나면 숨었다. 그녀의 기술이 향상되자 아이들의 두려움도 줄어들었다.

　그럼에도 집세나 전기세를 내기 힘들 때가 있었다. 쉬린 숙모와 다랍 삼촌이 살아 있을 때는 그들에게 자주 40루피나 50루피를 빌려서 위기를 모면했다. 이제 남은 건 누스완뿐이었다.

　"물론, 내가 해야 할 일이지." 그는 선심 쓰듯이 말했다. "정말 60루피면 충분하겠니?"

　"네, 고마워요. 다음 달에 갚을게요."

　"서두를 필요 없다. 그래, 마땅한 사람은 찾았니?"

　"아뇨." 그녀는 그가 혹시 프레둔에 대해 아는지 궁금했다. 누군가 그들이 함께 있는 걸 보고 누스완에게 말한 게 아닐까?

　쉬린 숙모가 세상을 떠난 후 2년 동안 프레둔과는 친구에서 연인 사이로 발전했다. 비록 그녀가 아직 결혼을 생각하기는 어려웠지만 그와 함께 있는 건 즐거웠다. 그도 그녀와 함께 있으면 잘난 척하는 대화도, 다른 연인들처럼 밖으로 돌아다닐 필요도 없어서 매우 만족했다. 그의 아파트에서 앉아 있거나 정원을 걸어 다니는 것만으로도 그들은 행복했다.

　그러나 그들이 육체적 관계라는 비밀의 정원으로 들어가려고 했을 때 문제가 발생했다. 그녀가 내키지 않아 하는 것들이 있었다. 결혼한 부부들에게만 허락된 성스러운 곳인 침대를 (어떤 침대라도) 사용할 수가 없었다. 그래서 그들은 의자를 이용했다. 그러던 어느 날, 그녀가 다리 하나를 들어 프레둔에게 걸터앉았을 때 갑자기 그 행동 때문에 자전거 위에 다리를 걸치는 러스텀의 모습이 떠올랐다. 이제 침대와 마찬가지로 의자도 사용할 수가 없었다.

"이런, 세상에!" 프레둔이 낮은 신음 소리를 내면서 괴로워했다. 그는 바지를 입고 차를 만들었다.

며칠 후 그는 디나에게 서서 하는 자세를 취하자고 했고 그녀도 반대 하지 않았다. 가능한 그 일을 매끄럽게 하려고 그는 그녀를 위해 발을 딛 고 설 수 있는 낮은 단상을 준비했다. 서로를 껴안자 키 높이가 얼추 맞았 다. 다음 단계로 그는 의자를 사서 치수를 재고 정확하게 5.7센티미터를 잘라내 디나가 다리 하나를 올릴 수 있는 적당한 높이로 만들었다. 그녀 는 오른발과 왼발을 차례로 올려 보았다. 이 장치들을 벽에 붙이고 나서 프레둔은 디나가 머리와 등 그리고 엉덩이를 기댈 수 있도록 천장에다가 베개들을 알맞은 높이로 매달았다.

"편안해요?" 그가 감미롭게 묻자 그녀는 고개를 끄덕였다.

그러나 그건 어디까지나 침대를 흉내 낸 것일 뿐이었다. 정상적인 메 뉴에다가 변화를 주기 위해서 가끔씩 추가하는 양념 같은 것이 그들에게 는 주요리인 셈이어서 그 맛은 혼란스럽거나 만족스럽지 못했다.

프레둔의 방 반대편 벽에는 작은 창문이 하나 있었다. 창문 밖에는 가 로등이 서 있었다. 어느 날 해질녘에 그들이 서서 사랑을 나누고 있을 때 비가 내리기 시작했다. 창문으로 젖은 풀 냄새가 스며들어 왔다. 눈을 반 쯤 뜬 디나는 가랑비가 안개처럼 가로등 주위를 떠다니는 걸 보았다. 이 따금 팔이나 팔꿈치, 등이 베개들 밖으로 빠져나가 빈 벽에 닿으면 차가 운 시멘트가 그들의 뜨거운 육체에 시원하게 느껴졌다.

"으으음," 모두 감각을 느끼며 즐기고 있던 디나가 신음 소리를 내사 그는 기뻤다. 비가 더 많이 내리기 시작했다. 그녀는 바늘처럼 가느다란 빗줄기가 비스듬히 기울어져 가로등을 적시는 걸 보았다.

잠시 그 장면을 본 그녀의 몸이 굳어졌다. "그만해요." 그녀가 속삭였지만 그는 계속 몸을 움직였다.

"그만하라고요! 프레둔, 제발, 그만해요!"

"왜 그래요? 또 무슨 일이에요?" 그가 애원하듯이 물었다.

그녀는 떨고 있었다. "비가……"

"비요? 그럼 창문을 닫고 올게요."

그녀는 고개를 가로저었다. "미안해요. 러스텀 생각이 났어요."

그녀의 얼굴을 감싼 프레둔의 두 손을 그녀는 밀쳐냈다. 그의 품에서 빠져나온 디나는 오래전 그 밤의 기억으로 빠져들었다. 우산이 세찬 비바람에 부러져서 그녀는 러스텀의 따뜻한 비옷을 입고 있었다. 연주회가 끝나고 버스 정류장에서 그들은 처음으로 손을 잡았고 그들의 손바닥은 가랑비에 젖어 있었다.

디나는 그때 그 순간의 순수함과 현재를 비교해 보았다. 그 방에서 프레둔과 한 일이 추잡하고 기묘한 장치로 가득한 짓거리로 보이자 수치심과 후회가 밀려왔다. 그녀는 진저리를 쳤다.

프레둔이 조용히 브래지어와 팬티를 건넸다. 그에게서 몸을 돌리고 베개가 붙은 벽 쪽으로 움츠리며 그녀는 속옷을 입었다. 그는 바지를 입고 차를 만들었다.

나중에 그는 그녀를 위로했다. "빌어먹을 인도 영화에서는 비만 오면 남자 주인공과 여자 주인공이 만나죠. 그것 때문에 내 인생이 망가졌어요." 그가 불만을 터뜨리자 그녀는 웃었다. 그러자 용기를 얻은 그가 덧붙였다. "신경 쓰지 마세요. 내가 이 창문을 없애고 우리의 사랑을 위해서 새로운 창문을 달 테니까요."

프레둔은 계속 노력했다. 창의력을 발휘하고 섹스와 관련한 책들을 비밀리에 참고하기도 했지만 그녀에게서 과거를 떼어 놓는 일은 성공할 수 없었다. 그녀의 과거란 어떤 핑계를 대고서라도 강력한 방어막을 피해 현재로 몰래 건너오는 도무지 종잡을 수 없는 것이었다.

그러나 그는 불평하지 않았고 디나는 그의 그런 점이 좋았다. 그녀는 그의 존재에 대해서 누스완에게는 가능한 오랫동안 비밀로 하고 싶었다.

"아직 남자 친구는 없냐?" 지갑에서 꺼낸 돈을 세면서 누스완이 물었다. "네 나이 이제 서른 살이야. 나이가 들면 애 낳기도 힘들어. 난 아직도 너한테 좋은 신랑감을 찾아 줄 수 있다. 뭣 때문에 그렇게 노예처럼 힘들게 일하면서 사니?"

그녀는 60루피를 지갑에 넣으며 그가 하고 싶은 대로 말하도록 내버려 두었다. 돈을 빌려주는 대신에 그가 거둬 가는 이자라고 그녀는 철학적으로 생각했다. 약간 비싸다 싶은 고율의 이자였지만 그녀가 지불할 능력이 되고 그가 받아들이는 유일한 방법이었다.

* * *

러스텀의 바이올린은 5년 동안 손도 안 댄 채 벽장 위에 그대로 있었다. 반년마다 아파트를 청소할 때면 디나는 흰 수건을 머리에 두르고 손잡이가 긴 빗자루로 벽과 천장의 먼지를 쓸었는데, 바이올린의 검정색 케이스는 건드리지 않고 벽장 위를 쓸었다.

그로부터 6년이 더 흘렀지만 그녀는 계속 그렇게 청소했고 바이올린의 존재에 대해서 거의 인식하지도 못했다. 러스텀이 세상을 떠난 지 12주년이 되던 날 그녀는 바이올린을 그만 팔아야겠다고 결심했다. 먼지가 쌓인 채 있는 것보다 누군가가 바이올린으로 음악을 연주하는 게 더 낫다는 생각이 들었다. 그녀는 의자에 올라가 바이올린 케이스를 내렸다. 녹슨 걸쇠들을 손가락으로 끄르자 끽끽거리는 비명 소리가 났다. 뚜껑을 여니 숨이 막혔다.

울림구멍들 주위의 공명판이 완전히 내려앉아 있었다. 바이올린의 줄 네 개는 줄 걸이와 줄감개 사이에 힘없이 주저앉았고, 케이스의 펠트 안감은 벌레들의 습격으로 갈기갈기 찢어져 누더기가 되었다. 부르고뉴 양모 조각들이 손에 들러붙었다. 그녀는 속이 메스꺼웠다. 떨리는 손으로 뚜껑 안의 칸막이에서 활을 꺼냈다. 얇고 길게 한 줄로 땋은 머리채 모양의 말 털이 활 한쪽 끝에 매달려 있었다. 대략 열두 개 가닥만이 끊어지지 않고 남아 있었다. 그녀는 그것들을 모두 제자리에 집어넣고 푸르타도 악기점으로 가져가기로 했다.

악기점으로 가는 길에, 그녀는 잠시 도서관에 몸을 숨겨야 했다. 시위대가 가게 창문들을 깨고 거리에서 날뛰면서, 도시로 밀려들어와 일자리를 빼앗는 남쪽 지방 사람들을 반대하는 구호를 외쳐 댔다. 시위대가 행패를 부리고 떠날 때쯤에야 경찰 지프차들이 도착했다. 디나는 몇 분 더 기다렸다가 도서관을 떠났다.

큰 판유리 창이 깨진 푸르타도 악기점에서는 마스카렌하스 씨가 기타 둘, 밴조 하나, 작은 북들, 그리고 클리프 리처드의 최신곡 악보들에 흩어진 유리 조각들을 치우는 일을 감독하고 있었다. 디나가 바이올린을 들고 가게로 들어서자 그는 계산대로 돌아왔다.

"어떻게 이럴 수가 있죠." 그녀가 창문을 가리켰다.

"요즘 여기서 장사하려면 어쩔 수 없습니다." 그는 그녀가 내려놓은 케이스를 열었다. 안에 든 내용물을 보더니 그가 굳은 표정으로 잠시 침묵했다. "어째서 이렇게 됐죠?" 아주 오래전에 바이올린 줄을 사러 러스템과 함께 한 번 들렀을 뿐이었기 때문에 그는 디나를 알아보지 못했다. "아무도 연주를 안 하나요?"

"몇 년 동안 안 썼어요."

오른쪽 귀를 긁던 마스카렌하스 씨의 얼굴이 두꺼운 검은 안경테 주위로 사납게 찡그러졌다. "바이올린을 보관할 때는 줄과 활을 느슨하게 해 둬야 합니다." 그가 엄숙하게 말했다. "사람들도 집에 가서 쉴 때는 허리띠를 풀어두죠, 안 그렇습니까?"

디나는 부끄러워하며 고개를 끄덕였다. "수리가 가능할까요?"

"수리는 가능합니다. 문제는 수리하고 나서 어떤 소리가 나느냐죠."

"어떤 소리가 날까요?"

"마치 고양이가 싸우는 듯한 끔찍한 소리가 나죠. 하지만 케이스는 펠트로 안감을 다시 댈 수 있겠군요. 아주 단단한 케이스예요."

그녀는 50루피에 케이스를 팔고 바이올린도 맡겨 두었다. 그는 바이올린을 처음 배우는 사람이 수리된 악기를 싼 값에 사 갈지도 모른다고 했다. "배우는 사람들이야 연주해 봐야 꽥꽥 비명 소리밖에 안 나니까 음정이야 상관없죠. 바이올린이 팔리면 50루피 더 드리겠습니다."

음악에 열성적인 젊은이가 그 바이올린을 사 갈지도 모른다는 생각에 디나는 안심이 됐다. 러스템도 자신의 바이올린이 인류를 계속 괴롭히는 일에 대해서 찬성할 거라는 생각이 들었다.

가끔씩 디나는 바이올린 때문에 죄책감이 들어 괴로웠다. 벽장 위에 12년 동안이나 방치해 망가뜨려 놓다니 징밀로 어리석었다는 생각이 들었다. 크세르크세스와 자리르에게 줘서 레슨을 받게 했어도 됐을 텐데,

하고 그녀는 후회했다.

그러던 어느 날 아침, 아파트로 누군가가 찾아와 디나라는 사람 앞으로 소포가 왔다고 했다.

"난데요." 그녀가 말했다.

몸에 달라붙는 유행하는 바지와 윗 단추 세 개를 푼 밝은 노란색 셔츠를 입은 젊은이가 물건을 가지러 승합차로 돌아갔다. 디나는 혹시나 바이올린인지 궁금했다. 푸르타도 악기점에 맡겨 둔 지도 여섯 달이 지났다. 아마도 수리가 불가능해서 되돌려 보내는 것일지도 몰랐다.

젊은 남자는 러스텀의 망가진 자전거를 끌고 현관문에 다시 나타났다.

"경찰서에서 보냈습니다."

그가 사인을 받고 물품 수령 확인을 하기도 전에 디나의 손이 문설주를 따라 미끄러지더니 몸이 바닥으로 우아하게 주저앉았다. 그녀는 기절했다.

"아주머니!" 배달원이 당황했다. "구급차를 부를까요? 어디가 편찮으세요?" 그는 배달 명부로 여러 각도로 그녀의 얼굴에 미친 듯이 부채질을 하면서, 그중에 어느 한 바람이라도 그녀의 콧구멍으로 다시 숨을 불어넣을 수 있기를 바랐다.

디나가 몸을 움직이자 그는 더 세게 부채질을 했다. 그녀의 상태가 나아지자 고무된 그는 맥박을 재려는 듯이 그녀의 손목을 잡았다. 정확하게 손목을 가지고 어떻게 해야 하는지는 몰랐지만 그는 의사가 주인공이고 성실하고 가슴이 풍만한 간호사가 여주인공인 영화에서 몇 차례 그런 동작을 취하는 걸 본 적이 있었다.

디나가 다시 움직이자 배달원은 자신의 첫 번째 의학적 성과에 만족하며 그녀의 손목을 놓았다. "아주머니! 왜 그러세요? 누굴 불러드릴까요?"

그녀는 고개를 가로저었다. "더워서…… 이제 괜찮아요." 비틀어진 자전거 뼈대와 핸들이 다시 그녀의 시야에 들어왔다. 잠시 그녀는 경찰이 왜 자전거에 고동색 페인트칠을 했는지 궁금했다. 이전에는 검은색이었다.

그때 흐릿함이 사라지고 집중력이 되돌아왔다. "자전거가 완전히 녹이 슬었네." 그녀가 말했다.

"네, 그렇습니다." 배달원이 고개를 끄덕이며 서류 번호와 날짜가 적힌 꼬리표를 확인했다. "당연하군요. 12년 동안이나 유리가 깨져 있고 벽에서 물이 새는 증거 보존실에 있었군요. 장마철을 열두 번이나 거치고 나면 사람의 뼈라도 녹슬고 말 겁니다."

속이 부글부글 끓어오른 디나는 배달원을 호되게 꾸짖었다. "중요한 증거를 그런 식으로 다뤄도 되나요? 범인을 잡으면 파손된 증거물로 어떻게 법정에서 유죄를 입증할 수가 있죠?"

"맞는 말씀입니다. 하지만 건물 전체가 물이 새거든요. 거기서 일하는 사람들도 증거물처럼 물에 젖죠. 중요한 서류에도 잉크가 번지구요. 제일 높은 관리만 물이 새지 않는 사무실에서 일합니다."

자신의 설명에 그녀가 만족하지 않자 그가 또다시 말했다. "한 번은 밀한 가마를 보관소에 뒀습니다. 밀 한 가마를 훔치려고 주인을 살해한 사건이었죠. 포대에 핏자국이 묻어 있었습니다. 재판이 진행될 즈음에는 쥐들이 포대를 뚫고 밀을 거의 다 먹어 버린 상태였죠. 판사가 증거 불충분으로 사건을 기각했습니다." 이야기를 마친 그는 조심스럽게 웃으며 그녀도 재밌어하기를 바랐다.

"그게 웃을 일이에요?" 디나가 무섭게 말했다. "범죄자가 자유롭게 활보하면 정의는 어떻게 되는 거죠?"

"맞는 말씀입니다. 정말 끔찍한 일이죠." 그는 배달 명부를 건네고 사인을 받은 후 그녀에게 고맙다고 말하고 떠났다.

그녀는 영수증을 자세히 들여다봤다. 사건이 종료돼서 소유물을 상속인에게 돌려준다고 쓰여 있었다.

디나는 미신을 믿지 않았다. 그러나 러스텀의 바이올린을 없애고 난 후에 그의 자전거가 다시 나타나자 그녀는 더 이상 견디기 힘들었다. 거기에 뭔가 자신에게 전하는 메시지가 있다고 생각했다. 프레둔이 질녀에게 선물할 파티 원피스를 마지막으로 주문받아 완성하여 전달하고 악수를 하면서 그녀는 재봉을 그만두고 결혼을 하게 돼, 더 이상 그를 만날 수 없게 됐다고 했다.

* * *

그 후로 디나는 프레둔을 만나지 않았다. 서로 마주치는 것을 피하려고 그녀는 그와 같은 건물에 사는 다른 고객들의 일도 포기했다. 나머지 고객들로부터 생계를 유지할 수 있는 충분한 일감이 들어왔다.

그런 식으로 꼬박 5년의 세월이 흘렀다. 바로 그때 쉬린 숙모의 예언이 들어맞았다. 마흔두 살의 나이에 디나는 시력에 문제가 생겼다. 1년 사이에 디나는 안경을 두 번이나 갈아야 했다. 렌즈가 매우 두꺼워졌다.

"눈을 계속 혹사시키면 장님이 될 겁니다." 의사가 말했다. 몸집이 작고 단단한 의사는 주변 시력을 잴 때 손가락들을 사방으로 흔드는 재밌는 버릇이 있었다. 디나는 아이들이 손으로 나비 모양을 만들며 노는 모습이 떠올랐다.

하지만 그의 느닷없는 무뚝뚝한 경고에 그녀는 화가 났고 약간은 무섭기도 했다. 재봉을 못하게 되면 뭘 해야 될지 몰랐다.

제시간에 맞춰 찾아온 행운 덕분에 해결책이 생겼다. 제노비아가 큰 직물 공장의 수출 담당 관리자를 안다고 했다. "굽타 부인은 내 단골손님이야. 내가 친절을 많이 베풀었으니까 분명히 너한테 쉬운 일을 찾아줄 수 있을 거야."

그 주 어느 날 오후, 과산화수소를 비롯한 미용용 화학 물질들의 기분 나쁜 냄새가 나는 비너스 미장원에서 디나는 헤어드라이어 밑에서 편하게 누워 있는 굽타 부인을 기다리고 있었다. "조그만 더 기다려." 제노비아가 속삭였다. "내가 근사한 불림 머리를 만들고 있으니까 굽타 부인의 기분이 최고로 좋아질 거야."

디나는 대기실 의자에 앉아서 제노비아가 수출 담당 관리자의 머리를 건축하듯이, 심지어 조각하듯이 만져서 작품을 만드는 걸 지켜보았다. 작업이 진행되는 동안 디나는 곁눈질로 거울을 힐끗 보면서 자기 머리도 그런 우아한 모양으로 바뀌는 걸 상상해 보았다.

이윽고 쌓아 올린 머리핀들과 파마 기구들을 조심스럽게 해체하자 머리 모양이 완성됐다. 두 사람이 대기실로 왔다. 굽타 부인은 환하게 웃고 있었다.

"정말 예뻐요." 서로 소개가 끝나고 나자 디나는 의무감에 그렇게 말했다.

"고마워요." 수출 담당 관리자가 말했다. "모두 재능이 뛰어난 제노비아 덕택이죠. 난 그냥 원재료만 공급했을 뿐이에요."

그들은 웃었고 제노비아는 자신의 재능과는 아무 상관이 없다고 했다.

"굽타 부인의 얼굴 모양, 여기 광대뼈와 우아한 자태 좀 보세요. 이런 것들 때문에 예쁜 머리 모양이 나온 거죠."

"아이고, 그만해요! 사람 정말 부끄럽게 만드네!" 굽타 부인이 새된 목소리로 말했다.

수입 샴푸와 헤어스프레이의 요술에 관해 얘기하다가 제노비아는 마치 파마를 하듯이 솜씨 좋게 대화를 의류 산업 쪽으로 이끌어 갔다. 굽타 부인은 오레보아 수출 회사에서 자신이 이룬 업적에 대해서 매우 행복하게 말했다.

"내가 1년 만에 매출을 두 배로 올렸어요." 그녀가 말했다. "전 세계 유명 상표 회사들이 내 물건을 주문하죠." 그녀는 대화 내내 '내 회사'란 말을 쓰며 미국과 유럽의 양품점들에 여성 의류를 수출한다고 했다. 외국 바이어들의 요구 사항에 맞추어 현지에서 재봉을 하는데 조금씩 용역을 준다고 했다.

"우리한텐 경제적이에요. 파업으로 차질을 빚을 수 있는 큰 공장을 운영하는 것보다 낫죠. 할 수만 있다면 누가 노동조합 악당들을 상대하고 싶겠어요? 특히나 요즘처럼 나라에 시끄러운 일이 많을 때 말이에요. 제이 프라카시 나라얀 같은 지도자들은 시민 불복종을 유도하면서 문제만 일으키고 있어요. 자기가 무슨 마하트마 간디 2세쯤 되는 줄 알죠."

제노비아가 디나를 추천하자 굽타 부인은 그 일에 딱 맞을 거라며 동의했다. "맞아요. 그냥 재봉사들을 고용해서 감독만 하면 되죠. 직접 힘들게 일할 필요 없어요."

"근데 전 복잡한 거나 최신 유행은 다뤄보질 않아서요. 그냥 간단한 옷만 만들었거든요. 아이들 원피스, 교복, 잠옷 같은 거요." 디나의 말에 제노비아가 얼굴을 찡그렸다.

"이것도 간단한 거예요." 굽타 부인이 그녀를 안심시켰다. "그냥 종이 본보기 디자인대로만 재봉하면 되거든요."

"맞는 말씀이시네요." 디나의 망설임에 짜증이 난 제노비아가 말했다.

"얘, 투자도 필요 없고 재봉사 두 명만 안쪽 방에 들이면 만사 오케이잖아."

"집주인은 어쩌고? 집을 작업장으로 쓰면 크게 문제 삼을 텐데." 디나가 말했다.

"주인한텐 뭣하러 알려? 그냥 조용히 하고 이웃들이나 아무한테도 알리지 마." 제노비아가 말했다.

굽타 부인은 일반적으로 재봉사들이 재봉틀을 직접 가져온다고 했다. 그리고 일한 분량만큼 돈을 지불하는 게 낫다고 했다. 하루치로 일당을 주면 시간만 낭비할 거라고 했다. "이거 한 가지는 반드시 명심해요. 당신이 사장이니까 규칙을 만들어야 해요. 절대 통제력을 잃으면 안 돼요. 재봉사들은 아주 이상한 사람들이죠. 아주 작은 바늘을 가지고 일하면서 마치 큰 칼을 갖고 다니는 것처럼 으스대니까."

자신감을 얻은 디나는 도시의 구석지고 혼잡한 더러운 골목들을 뒤지며 재봉사들을 찾아 나섰다. 그녀는 매일 낡은 카드로 만든 집처럼 위태롭게 서 있는 황폐한 건물들과 가게들로 들어갔다. 많은 재봉사들이 비좁은 다락방에 쪼그려 앉거나, 지하 굴 같은 판잣집에 웅크려 앉거나, 냄새나는 칸막이 방에 몸을 구부리고 있거나, 혹은 거리 구석에서 가부좌를 틀고 앉아서 매트리스 덮개에서부터 결혼 의상에 이르기까지 다양한 일을 하고 있었다.

그녀와 함께 일하고자 하는 재봉사들은 수출 업무를 할 수 있을 것 같아 보이지 않았다. 그들은 옷깃을 비뚤게 만들고, 감침질이 고르지 않았고, 소매의 짝을 제대로 맞추지 못했다. 괜찮은 기술을 지닌 재봉사들은 일감을 배달해 달라고 했다. 그러나 굽타 부인이 제시한 엄격한 조건은 바로 계약자의 감독 하에 재봉일이 이루어져야 한다는 것이었다. 오레보아 수출 회사 디자인은 일급비밀이었기 때문에 제노비아의 친구라고 해도 예외는 없었다.

디나가 할 수 있는 일이라고는 작은 사각형 종이에 주소를 적어서 품질이 괜찮은 가게에다가 맡겨 놓는 것뿐이었다. "당신처럼 능력 있는 사람이 일이 필요하면 나한테 보내주세요." 그녀가 말했다. 그녀가 떠나자마자 대부분의 가게 주인들은 그 쪽지를 버렸다. 어떤 사람들은 그 쪽지를 단단하고 뾰족하게 말아서 귀를 후빈 후 버렸다.

그 와중에 제노비아는 디나에게 하숙할 사람을 찾아보자고 했다. 그냥 침대, 벽장, 욕실 같은 기본적인 것만 제공하면 된다고 했다. 그리고 음식은 디나가 먹는 데다가 조금만 더 만들면 될 거라고 했다.

"하숙? 그건 절대 안 돼. 사람을 들이는 일이 얼마나 골칫거린데. 피로즈샤 바그 아파트에서 일어난 사건 몰라? 불쌍한 사람들이 얼마나 끔찍한 고생을 했는데."

"너무 과민 반응하지 마. 사기꾼들이나 미친 사람들을 안 들이면 되니까. 매달 고정 수입으로 방세가 들어온다고 생각해 봐."

"아니, 싫어. 난 위험한 일은 하고 싶지 않아. 얼마나 많은 노인들과 혼자 사는 여자들이 괴롭힘을 당하는데."

그러나 얼마 남지 않은 저축이 줄어들자 디나는 고집을 꺾었다. 제노비아는 돌아갈 집이 있고 잠시 도시에 온 믿을 수 있는 사람을 받으면 된다고 안심시켰다. "넌 재봉사들을 찾아봐. 난 하숙할 사람을 알아볼 테니까."

그래서 디나는 기차를 타고 북쪽 교외와 42년 동안 도시에 살면서 단한 번도 가보지 않은 점점 더 먼 지역을 다니며 계속해서 재봉사들에게 자신의 이름과 주소를 남겼다. 반정부 시위와 행렬로 교통이 막힐 때면 일이 지연되기도 했다. 때로는 2층 버스에서 떠들썩한 군중들의 모습이 잘 보이기도 했다. 총리의 실정과 부패를 비난하는 깃발과 구호들은 선거 부정에 대해 유죄 판결을 내린 법원의 결정에 따라 총리가 사임할 것을 촉구했다.

총리가 사임한다면 상황이 나아질지 디나는 궁금했다.

어느 날 저녁 완행열차가 신호 대기를 하고 있을 때, 기차역 담장 너머로 시커먼 하수구 찌꺼기가 지하 배수관에서 줄줄 새 나오는 것이 보였다. 남자들이 땅 밑으로 들어간 밧줄을 끌어당기고 있었다. 그들의 팔은 팔꿈치까지 시커멨고, 시커먼 하수 찌꺼기가 손과 밧줄에서 뚝뚝 떨어지고 있었다. 그들 뒤로 보이는 빈민굴에서는 음식을 하느라 피워 놓은 불들이 연기를 내며 하늘을 시커멓게 물들였다. 일꾼들은 넘치는 하수구를 막으려고 애를 썼다.

그때 한 소년이 밧줄 끝을 붙잡고 땅 밑에서 나왔다. 끈적끈적한 하수구 찌꺼기를 뒤집어 쓴 소년이 일어서자 그는 햇빛을 받아서 소름끼치는 아름다움으로 빛이 났다. 오물로 뻣뻣해진 소년의 머리는 시커먼 불꽃으로 만든 왕관처럼 타올랐다. 소년의 뒤로는 빈민굴에서 나오는 연기가 하늘로 굽이쳐 올라가 완벽한 지옥의 모습을 만들어 냈다.

전율하며 소년의 모습을 지켜보던 디나는 열차가 그곳을 완전히 빠져나갈 때까지 악취 때문에 코를 막고 있었다. 그러나 지옥 같은 그 장면이 저녁 내내, 그리고 며칠 동안 그녀를 따라다니며 괴롭혔다.

길고 침울한 여행과 비참한 모습들에 디나는 지쳤다. 그녀는 너무 우울했다. 제노비아는 그녀의 눈에서 그것을 읽을 수 있었다. "왜 그렇게 얼굴에 힘이 없어?" 그녀의 볼을 가볍게 꼬집으며 제노비아가 말했다.

"난 이제 지쳤어. 더 이상 못하겠어."

"지금 포기하면 안 돼. 하숙하겠다고 나한테 연락한 사람들이 많아. 그리고 그중에 한 명은 아반의 아들인 마넥 콜라야. 아반 기억나니? 우리랑 학교를 같이 다녔잖아. 마넥이 대학 기숙사가 너무 싫어서 옮기고 싶어 난리라고 나한테 편지를 썼어. 내가 괜찮은 사람으로 뽑을 테니까 두고 봐."

"괜히 기차표 값만 날렸어." 제대로 듣지도 않고 디나가 말했다. 그녀는 자신의 영혼을 고갈시키는 여행을 그만둘 수 있도록 제노비아가 승낙해 주기를 바랐다.

"그런데 한 번 생각해 봐. 일단 재봉사 두 명만 구하면 네 삶이 얼마나 편해지겠니. 독립을 포기하고 누스완과 살고 싶다는 거야 뭐야?"

"그런 말은 농담이라도 하지 마." 그런 가능성 때문에 그녀는 더 많은 재봉사들에게 집주소를 남겼다. 책 제목은 잊어버렸지만 동화 속의 길 잃은 어린아이들이 된 기분이었다. 아이들은 구조를 바라며 빵조각들을 남겼지만 새들이 다 먹어치워 버렸다. 그녀는 구조될 수 있을까? 아니면 남겨 둔 주소 쪽지들을 바람이, 시커먼 시궁창 찌꺼기가, 또는 자루를 들고 거리를 배회하는 배고픈 넝마주이들이 집어삼켜 버릴까?

지치고 좌절한 그녀는 오물이 개울을 이루어 길 한가운데서 흐르는 골목으로 들어섰다. 채소 껍질들, 담배꽁초들, 달걀 껍데기들이 둥둥 떠다녔다. 조금 더 들어가자 골목길이 좁아지더니 거의 시궁창으로 바뀌었다. 아이들이 폐수 위에 띄운 느린 종이배들을 쫓아다니고 있었다. 가게와 집 입구에는 걸어 다닐 수 있도록 널빤지들이 깔려 있었다. 종이배가 널빤지 밑을 지나서 안전하게 건너편에 도착하자 아이들이 기뻐하며 박수를 쳤다.

디나는 문간 어딘가에서 익숙한 재봉틀 소리가 나는 걸 들었다. 조심스럽게 널빤지를 건너며, 그녀는 그날 마지막으로 만나 볼 재봉사라며 그런 다음 곧장 집으로 가리라 다짐했다. 반쯤 건넜을 때 그녀의 발이 널빤지의 썩은 부분을 밟았다. 그녀는 짧은 비명을 질렀다. 균형을 잃지는 않았지만 신발 한 짝을 잃어버렸다. 아이들이 소리를 지르며 시궁창을 건너와 시커먼 하수 밑으로 손을 집어넣어 더듬으며 서로 신발을 찾겠다고 경쟁했다.

가게 출입문에 도착한 그녀는 물에 젖은 신발을 받고 그것을 찾은 흥분한 꼬마에게 25파이사짜리 동전을 건넸다. 재봉틀 소리는 멈췄고 시끄러운 소리 때문에 나온 재봉사가 문간에 서 있었다.

"이 녀석들, 또 무슨 짓이냐?" 그가 아이들에게 소리쳤다.

"저를 도와줬습니다." 디나가 말했다. "가게로 오다가 신발을 빠트렸어요."

"아, 그래요." 약간 겸연쩍었는지 그가 투덜거렸다. "실은 저놈들이 항상 나쁜 짓을 하거든요." 손님일지도 모른다는 생각에 그의 말투가 바뀌었다. "어서 이리로 들어오십쇼."

재봉사들에 관한 문의를 듣고 그는 실망했다. "알았소. 한번 알아보죠." 그녀가 이름과 주소를 적고 있는 동안 그는 줄자를 만지작거리며 별 관심 없다는 듯이 말했다.

그때 갑자기 그의 얼굴이 밝아졌다. "실은 잘 찾아오셨습니다. 훌륭한 재봉사 두 명이 있습니다. 내일 보내드리죠."

"정말요?" 갑자기 그가 마음을 바꾸자 그녀가 미심쩍어하면서 물었다.

"아, 그럼요. 정말 훌륭한 재봉사들입니다. 나와즈라는 제 이름을 걸고 말하는 겁니다. 실은 두 사람이 자기 가게가 없어서 밖에 나가서 일을 하죠. 그래도 기술이 아주 뛰어납니다. 같이 일하면 아주 만족할 겁니다."

"좋습니다. 내일 만나보죠." 그녀는 큰 기대 없이 자리를 떴다. 지난 몇 주 동안 그런 약속이 몇 번 있었지만 실현되지 않았다.

집에 도착하자마자 발을 씻고 신발을 닦던 그녀는 아이들이 종이배를 가지고 놀던 골목길이 생각나 다시 구역질이 났다. 재봉사 나와즈의 약속이나 하숙할 사람이 곧 구해질 것이며 동창생의 아들인 마넥이 조만간 들러서 방을 점검할 것이라는 제노비아의 확신에도 그녀는 희망을 걸지 않았다.

그래서 다음 날 아침 초인종이 울렸을 때 디나는 쌍수를 들고 운명의 변화를 환영했다. 어제 남긴 쪽지의 결실인 두 명의 재봉사 이시바, 옴프라카시와 함께 하숙인이 현관에 서 있었다.

제노비아가 잘 쓰는 표현을 빌리자면, 몽땅 한꺼번에 그 세 사람이 디나의 아파트에 나타난 것이다.

2장 커가는 꿈

삼베로 싼 옷감 꾸러미들이 바닥에 산처럼 쌓여 있어서 오레보아 수출 회사의 사무실들은 마치 창고처럼 보였고, 또 그런 냄새도 났다. 새 직물의 화학 약품 악취가 코를 찔렀다. 투명 비닐, 종이, 실, 그리고 포장 재료 등의 조각들이 먼지투성이인 바닥에 어질러져 있었다. 디나는 철제 선반 뒤에 가려진 책상 앞에 앉은 수출 담당 관리자를 발견했다.

"안녕하세요! 제노비아의 친구 달랄 부인이시군요! 어떻게 지냈어요?" 굽타 부인이 말했다.

그들은 악수를 했다. 디나는 솜씨 좋은 재봉사 두 명을 찾았다면서 일할 준비가 됐다고 했다.

"이야, 정말 잘됐네요!" 굽타 부인이 기분이 좋았던 건 분명히 디나의 일 때문만은 아니었다. 그녀는 곧 진짜 이유를 흥분해서 말하기 시작했다. 그날 오후 비너스 미장원에 가기로 되어 있었다. 지난 일주일 동안 삐져나와 있던 지저분한 파마머리를 바로잡고 원상 복귀 시킬 참이었다.

그것만으로도 굽타 부인은 충분히 행복할 수 있었지만, 더 좋은 소식이 있었다. 그녀의 삶에서 작은 골칫거리들두 사라지고 있었던 깃이나. 즉, 어제 총리가 국가비상사태를 선포한 덕분에 대부분의 야당 의원들과 함께 수천 명의 노동조합원들, 학생들, 그리고 사회 운동가들이 구속되었다. "좋은 소식 아녜요?" 그녀는 기뻐서 활짝 웃었다.

디나는 미심쩍었지만 고개를 끄덕였다. "그런데 그 여자가 부정 선거를 저질렀다고 법원에서 유죄 판결을 내리지 않았나요?"

"아뇨! 절대 그렇지 않아요. 그건 다 헛소리예요. 항소할 거예요. 그리고 이젠 총리를 부당하게 비난했던 작자들이 감옥으로 갔으니 더 이상 파업도, 시위도, 어리석은 소동도 없을 거고요."

"아, 잘됐군요." 디나가 머뭇거리며 말했다.

굽타 부인은 장부를 펼치고 첫 번째 작업을 위한 디자인을 선택했다. "먼저 처음이니까 시험 삼아 옷을 서른여섯 벌 만들어 오세요. 깔끔하고 정확하고 일관성이 있어야 됩니다. 당신 재봉사들이 테스트에 합격하면 계속 일감을 줄게요. 주문량은 이보다 훨씬 많을 거예요." 그녀가 약속했다. "저번에 말한 대로 난 개인이 운영하는 곳에다 용역을 줘요. 노동조합의 게으름뱅이들은 일은 적게 하고 돈은 많이 받으려고 해요. 게으름이 바로 이 나라의 불행이죠. 그리고 멍청한 지도자들은 그걸 선동하고, 경찰과 군대에도 불법 명령을 따르지 말라고 하죠. 아니, 법을 어떻게 불법이라고 할 수가 있어요? 말도 안 되는 헛소리죠. 감옥에 들어갔다니까 속이 다 후련하네요."

"네, 잘됐어요." 옷 디자인에 정신이 팔려 있던 디나가 맞장구쳐 주었다. 그녀는 수출 담당 관리자가 정치 얘기로 빠지지 말고 업무 얘기를 계속하기를 바랐다. "굽타 부인, 잠깐만요. 견본 옷에는 감침질 넓이가 7.6센티미턴데 종이 본보기 디자인에는 5센티미터예요."

굽타 부인에게 그런 차이는 아주 하찮았다. 그녀가 고개를 끄덕이며 어깨를 으쓱하는 바람에 사리가 흘러내렸다. 그러자 그녀는 잽싸게 손을 들어 사리를 잡았다. "총리가 그런 엄격한 조치를 취한 게 얼마나 좋은지 몰라요. 이렇게 위험한 시기에 강력한 지도자가 있어서 다행이에요."

그녀는 더 이상의 질문에 대해서는 손사래를 쳤다. "달랄 부인을 믿을 게요. 내가 준 견본대로만 하세요. 그건 그렇고 오늘 새로 나붙은 벽보 봤어요? 사방에 있던데."

디나는 벽보를 보지 못했다. 그녀는 혹시나 옷 숫자가 모자랄까 봐 서른여섯 벌에 할당된 옷감을 재어 보고 싶었다. 다시 생각해 보니 그러지 않는 게 좋을 것 같았다. 굽타 부인이 기분 나빠할 수도 있었다.

"'지금 필요한 건 규율이다'라고 총리의 메시지가 벽보에 붙어 있어요. 정말 맞는 말이죠." 굽타 부인이 몸을 가까이 붙이더니 귀엣말로 속삭였다. "회사 출입구에다 벽보를 몇 장 붙여놓아도 괜찮을 것 같네요. 저기 구석에 두 사람 보이죠. 선반을 채우라니까 잡담이나 하면서 시간을 보내고 있죠."

그녀의 말에 동의하며 디나가 혀를 차면서 고개를 가로저었다. "일주일 후에 다시 오면 되나요?"

"그렇게 해요. 행운을 빌어요. 그리고 재봉사들한테는 엄하게 하세요. 안 그러면 당신 머리 위에 앉을 테니까."

그녀는 옷감 꾸러미들을 싸는 디나에게 그냥 두라고 했다. 굽타 부인이 손가락을 두 번 맞부딪쳐 소리를 내자 한 일꾼이 와서 그것들을 화물 기중기에 실었다.

"오후에 제노비아에게 당신이 왔었다고 전할게요. 나한테도 행운을 빌어줘요." 굽타 부인이 낄낄대며 좋아했다. "내 불쌍한 머리가 또 수술을 받게 될 테니까."

"그럼요. 잘되길 바랄게요."

옷감 꾸러미들을 집으로 가져온 디나는 안쪽 방에다 재봉사들을 위한 공간을 만들었다. 하숙생이 다음 달까지는 들어오지 않을 테니 당분간 은 한 가지에만 집중할 시간이 있다. 그녀는 종이 본보기 디자인을 자세 히 살펴보며 상표를 점검했다. 뉴욕의 찬탈 부티크였다. 긴장한 그녀는 종이 디자인을 오려서 월요일까지 준비를 마치기로 했다. 그녀는 국가비 상사태가 뭔지 궁금했다. 폭동이 일어난다면 재봉사들이 오지 못할 수도 있다. 그녀는 그들이 어디에 사는지도 몰랐다. 시범 일감을 제때에 못 마 친다면 끔찍한 인상을 남기게 될 것이다.

이시바와 옴프라카시는 각자 재봉틀을 들고 월요일 아침 여덟 시에 택 시를 타고 도착했다. "할부로 샀습니다." 이시바가 싱어 재봉틀을 자랑 스럽게 두드리면서 말했다. "3년 동안 돈을 다 내면 저희가 갖는 거죠."

재봉사들이 버는 돈은 모두 첫 번째 할부금을 내는 데 써야 했으므로 그녀가 택시비를 내줄 수밖에 없었다. "이번 주에 받는 봉급에서 떼 가십 시오." 이시바가 말했다.

그들은 재봉틀을 안쪽 방으로 옮겼다. 벨트를 걸고 여러 장치들을 알 맞게 조절하고 나서 실패를 달고 바느질 자리를 시험하기 위해 못 쓰는 천에 솔기를 만들었다. 15분 후, 그들은 일할 준비가 됐다.

마침내 그들이 재봉을 시작했다. 디나에게 그들은 마치 천사와도 같았 다. 싱어 재봉틀의 발판이 흔들리고 속도 조절 바퀴가 윙윙 소리를 내자, 바늘이 천의 가지런한 좁은 줄 위에서 춤을 췄고 펄럭이던 옷감 더미가 소매, 옷깃, 앞면, 뒷면, 주름, 그리고 치마로 바뀌었다.

그녀는 관리자이므로 일에 참여해서는 안 된다고 계속 자신에게 상기 시켰다. 그냥 주위를 맴돌며 완성된 옷들을 점검하고 격려하거나 충고를 했다. 그녀는, 이마를 잔뜩 찌푸린 채 재봉틀에 몸을 바싹 붙이고 있는 재봉사들을 자세히 관찰했다. 새끼손가락에 기른 2.5센티미터 길이의 손톱이 인상적이었다. 그들은 솔기를 접고 주름을 잡을 때 긴 손톱을 이용했다. 이시바의 뺨에는 흉터가 있었다. 디나는 무슨 일로 그런 상처가 생겼는지 궁금했다. 칼부림에 끼어들 사람 같아 보이지는 않았다. 그의 미소와 우스꽝스럽고 엉성한 콧수염 때문에 흉터는 그다지 흉해 보이지 않았다. 그녀는 말이 없는 옴프라카시에게로 눈을 돌렸다. 날카롭고 각진, 뼈만 앙상한 그의 모습은 마치 재봉틀 기계의 한 부분처럼 보였다. 크리스털 유리 그릇처럼 허약해 보여서 걱정스럽기조차 했다. 그리고 그녀는 그의 머릿기름이 옷감을 더럽히지 않기를 바랐다.

점심시간이 지났지만 그들은 물 한 잔 달라고 한 것 말고는 쉬지 않고 일을 했다. "고맙습니다." 물을 꿀꺽꿀꺽 들이키며 이시바가 말했다. "정말 맛있고 시원하네요."

"점심은 언제 먹어요?"

그녀의 질문이 터무니없다는 듯이 그는 고개를 세차게 가로저었다. "밤에 한 끼만 먹으면 충분합니다. 그 이상 먹으면 시간 낭비, 음식 낭비죠." 잠시 후에 그가 물었다. "디나 아주머님, 요즘 말하는 국가비상사태라는 게 뭡니까?"

"정부의 문제예요. 권력을 가진 사람들이 하는 게임이죠. 우리 같은 평범한 사람들하고는 상관없어요."

"내가 뭐랬어요. 삼촌은 괜히 걱정만 해." 옴프라카시가 중얼거렸다.

그들은 다시 싱어 재봉틀로 돌아갔고 디나는 일한 분량만큼 돈을 주는 것이 훌륭한 생각이라는 느낌이 들었다. 그녀는 유리산을 닦고 나서 따로 보관했다. 지금부터 그것은 재봉사들이 사용할 유리잔이었다.

오후가 깊어지자 재봉틀에 앉은 이시바가 불편해 보였다. 그는 배가 아픈 듯이 다리를 붙이고 등을 구부린 채 앉아 있었다. 재봉틀 발판에 놓인 그의 두 발이 흔들리고 있었다.

"무슨 일이에요?" 그녀가 물었다.

"아이고, 아무것도 아닙니다." 그는 겸연쩍은 미소를 지었다.

옴프라카시가 새끼손가락을 들어 보이며 삼촌을 구해 주었다. "화장실에 가야 해요."

"왜 빨리 말하지 않았어요?"

"말하기가 좀 그래서요." 이시바가 부끄러워하면서 말했다.

그녀는 그를 화장실로 안내했다. 문이 닫히자 그녀는 오줌 줄기가 변기에 닿는 소리를 들었다. 방광이 가득 차서 오줌이 나왔다가 안 나왔다가 했다.

이시바가 돌아오자 옴프라카시가 화장실로 갔다. "변기가 고장 났으니까 양동이에 있는 물을 부어." 화장실로 들어가는 그에게 그녀가 말했다.

화장실에서 나는 냄새 때문에 그녀는 신경이 쓰였다. 내가 너무 오랫동안 혼자 살아서 지나치게 까다로워졌나, 하고 그녀는 생각했다. 먹는 것도 다르고 습관도 다른 그들의 오줌에서 이상한 냄새가 나는 건 너무나 당연했다.

***

매일 아침 문을 열어 주는 것 이외에 디나는 아무 일도 하지 않았지만 완성된 옷들은 쌓여갔다. 이시바는 그녀에게 인사를 하거나 미소를 지었지만 빼빼 마른 옴프라카시는 아무 말 없이 재빨리 지나갔다. 그는 토라진 작은 올빼미처럼 의자에 앉아 있었다.

예정된 날짜보다 빨리 서른여섯 벌의 옷이 완성됐다. 굽타 부인은 결과에 매우 만족했다. 이번에는 옷을 일흔두 벌 만들어 오라는 새로운 임무를 부여받았다. 그리고 디나의 지갑에는 첫 번째 일감을 건네고 받은 돈이 고스란히 들어 있었다. 거의 공짜로 번 돈인 것 같아서 그녀는 약간 죄책감을 느꼈다. 재봉과 자수를 하느라고 손과 눈이 항상 바빴던 고된 날들에 비해서 너무나 쉬웠다.

수출 회사에 납품이 성공했다는 소식을 들은 재봉사들은 매우 안심했다. "첫 번째 주문이 괜찮으면 나머지도 문제없을 겁니다." 그녀가 그들에게 줄 돈을 셀 때 이시바가 갑자기 자신 있게 말했다.

"그래요. 하지만 그 사람들이 항상 품질 점검을 하니까 방심하면 안 돼요. 그리고 기한에 맞추어서 납품해야 하고요."

"알겠습니다. 걱정 마십시오." 이시바가 말했다. "항상 최고의 품질을 제 시간에 만들어 내겠습니다." 그 말에 디나는 자신에게 힘들고 괴로웠던 시절은 이제 끝날 거라고 감히 믿었다.

재봉사들이 점심을 규칙적으로 먹기 시작했다. 이시바가 지난주에 말했던 하루에 한 끼를 먹는다는 생활 습관은 금욕주의나 엄격한 노동 윤리라기보다는 그들의 주머니 사정 때문이었다고 디나는 결론 내렸다. 하지만 그녀는 자신의 사업으로 그들의 영양 상태가 호전되고 있다는 사실에 흐뭇했다.

한 시기 되면 옴프라카시가 즉시 말했다. "배고파요. 밥 먹으러 가요." 그들은 작업하던 옷들을 옆으로 치우고 애지중지하는 핑킹 장식용 가위를 서랍에 넣은 후 나갔다.

그들은 골목에 있는 비쉬람 채식주의 식당에서 밥을 먹었다. 식당은 모든 게 공개되어 있어서 비밀이 없었다. 한 명은 야채를 썰고, 다른 한 명은 바닥이 시키면 큰 냄비에다가 야채를 튀기고, 소년 하나는 설거지를 했다. 작은 식당에는 테이블이 하나밖에 없었기 때문에, 이시바와 옴프라카시는 자리가 나기를 기다리지 않고 그냥 밖에서 사람들과 함께 서서 먹었다. 그런 다음 그들은, 녹슨 바퀴가 삐걱거리는 작은 손수레를 타고 왔다 갔다 하는 다리 없는 거지를 지나서 일터로 돌아갔다.

곧, 디나는 작업이 이전처럼 무서운 속도로 진행되지 않음을 알아챘다. 휴식 시간은 점점 더 많아졌고, 재봉사들은 현관문 밖에 서서 비디를 피웠다. 돈을 좀 벌면 느슨해지기 시작하는 전형적인 모습이라고 그녀는 생각했다.

그녀는 제노비아와 굽타 부인의 충고가 생각났다. 고용주는 엄격해야 한다고 했다. 나름대로 단호한 목소리로 그녀는 일이 기한보다 지체되고 있음을 지적했다.

"걱정 마십시오. 제때 모든 일을 끝낼 겁니다." 이시바가 말했다. "하지만 원하신다면 시간을 아끼기 위해서 일을 하면서 비디를 피울 수도 있습니다."

디나는 담배 연기라면 질색이었다. 게다가 불똥이 잘못 튀면 옷감에 구멍이 날 수도 있었다. "집 안이든 밖이든 담배 같은 건 피우면 안 돼요. 암이 생겨서 폐에 구멍이 날 거라고요."

"우린 암에 대해서는 걱정할 필요가 없어요." 옴프라카시가 말했다.

"이 도시에 사는 게 너무 비싸서 우리가 먼저 산 채로 잡아먹힐 테니까요."

"뭐야? 너도 말을 할 줄 아는 거니?"

이시바가 낄낄거렸다. "제가 뭐라고 했습니까. 조카 녀석은 반대할 때만 입을 연다고 했잖습니까."

"돈에 대해서는 걱정할 필요 없어. 열심히 일한 만큼 벌 테니까." 그녀가 말했다.

"그렇게 벌어 가지곤 안 돼요." 옴프라카시가 작은 목소리로 불평했다.

"뭐라고?"

"아, 아무것도 아닙니다." 이시바가 서둘러 말했다. "저한테 하는 소립니다. 머리가 아프답니다."

그녀는 아스프로 두통약 한 알을 먹겠느냐고 물었다. 옴프라카시는 거절했지만 그때부터 점점 말이 많아졌다.

"일감을 가지러 멀리까지 가야 하나요?" 그가 물었다.

"그렇게 멀지는 않아. 한 시간쯤 걸려." 그가 적응하고 어울리게 돼서 그녀는 기뻤다.

"거기로 옷을 가지고 갈 때 도움이 필요하면 말씀하세요."

정말 착한 아이라고 그녀는 생각했다.

"회사 이름이 뭐죠?"

그의 심술궂은 침묵이 끝나서 기뻤던 나머지 그녀는 하마터면 회사 이름을 불쑥 말할 뻔했지만 그냥 못들은 척했다. 그가 다시 물었다.

"이름은 알아서 뭐하려고? 내가 관심 있는 건 일뿐이야."

"맞는 말씀입니다. 저희도 일에 관심이 있을 뿐입니다." 이시바가 말했다.

그의 조카가 얼굴을 찌푸렸다. 잠시 후 그가 다시 시도했다. 회사가 하나인지 아니면 여러 곳인지, 디나가 일정한 수수료를 받는 건지 아니면 주문량에 따라 정해진 금액을 받는 건지를 물었다.

이시바는 당황했다. "옴프라카시, 이제 그만 얘기하고 일어나 하자."

디나는 그가 다시 조용해지기를 바랐다. 그가 원하는 게 뭔지 알게 된 그녀는 그날부터 오레보아 수출 회사에서 가져온 물건에 어떤 표시도 남아 있지 않도록 했다. 꾸러미에서부터 이름이 적힌 꼬리표들을 떼어 냈다. 명세서들은 벽장에다가 넣고 열쇠로 잠갔다. 그 일로 인해 재봉사들 덕분에 꿈꾸었던 그녀의 희망찬 미래에 금이 가기 시작했다. 이제 험난한 길이 앞에 놓였음을 그녀는 알았다.

* * *

이시바와 옴프라카시는 멀리 떨어진 곳에 살고 있어서 기차에 의지해야 했다. 재봉사들이 늦으면 디나는 혹시라도 돈을 더 많이 주는 곳으로 가버렸는지 걱정했다. 그리고 자신의 두려움을 알릴 수는 없었기 때문에 그녀는 지각한 그들을 불쾌한 표정으로 바라보면서 안도감을 감추어야 했다.

납품 기한 하루 전에 재봉사들이 10시가 지나서야 도착했다. "사고 때문에 열차가 지연됐습니다." 이시바가 설명했다. "불쌍한 사람이 또 선로에서 죽었답니다."

재봉사들의 입 밖으로 스며 나오는, 빈속에서 나는 냄새는 단어들을 담고 있는 누에고치 같아서 역겨웠다. 그녀는 그들의 변명에 관심이 없었다. 그들이 빨리 재봉틀 앞에 앉기를 바랐다.

하지만 침묵한다면 약한 모습으로 오해할 수도 있기 때문에 그녀는 쌀쌀맞게 말했다. "국가비상사태 때문에 정부에서는 기차가 제시간에 도착한다고 하던데, 당신들이 타는 기차만 계속 늦는군요."

"정부가 약속을 지키면 하늘에서 신들이 내려와 그들의 목에다가 꽃을 걸어 줄 겁니다." 이시바가 고개를 살래살래 흔들며 웃었다.

그의 화를 풀라는 농담에 그녀도 즐거웠다. 그녀가 웃자 이시바는 마음이 놓였다. 그는 안정된 수입을 놓치는 것은 어리석은 일이며 디나를 위해서 일하는 조카와 자신이 매우 운이 좋다고 생각했다.

그들이 나무 의자를 꺼내고 실패를 새로 달며 재봉 준비를 할 때 하늘에서는 비가 내리려고 했다. 우울한 잿빛 구름이 안쪽 방으로 스며들었다. 옴프라카시는 40와트짜리 전구가 너무 어둡다고 했다.

"한 달 치 할당량을 초과하면 계량기가 끊겨. 그렇게 되면 암흑 속에서 살아야 해." 그녀가 말했다.

이시바는 싱어 재봉틀을 훨씬 밝은 거실로 옮기면 어떻겠냐고 했다.

"그건 안 돼요. 그러면 밖에서 재봉틀이 보일 거고 집주인이 문제를 삼을 거예요. 비록 재봉틀이 두 대밖에 안 되지만 아파트에 작업장을 차리는 건 불법이에요. 집주인은 이미 다른 이유들로 나를 괴롭히고 있어요."

재봉사들은 그 문제를 이해했다. 그들 역시 집주인들이 부리는 행패에 대해서 알고 있었다. 배에서 계속 꼬르륵 소리가 났지만 그들은 아침 내내 착실하게 일하며 점심시간을 기다렸다. 그들은 아침에 일어난 이후로 아무것도 먹지 못했다.

"오늘은 차를 곱빼기로 마실래요. 그리고 버터 빵도 같이 먹을래요." 옴프라카시가 말했다.

"재봉틀에나 신경 써. 안 그러면 차를 곱빼기로 마시는 대신에 손가락들이 곱빼기로 커질 테니까." 이시바가 말했다. 그들은 계속 시계를 보았다. 구원의 시간이 되자 그들은 재봉틀 발판에서 발을 떼고 샌들을 찾았다.

"지금 가면 안 돼요." 디나가 말했다. "이건 급한 일이에요. 오늘 아침에 늦게 왔잖아요. 옷이 늦게 도착하면 관리자가 화를 낼 거예요." 그녀는 납품 기한이 걱정됐다. 재봉사들이 내일 또 늦게 오면 어쩐단 말인가? 강해져야 해, 엄격해야 해, 하고 그녀는 속으로 다짐했다.

이시바는 망설였지만 옴프라카시는 그녀의 말을 곱게 받아들이려고 하지 않았다. 삼촌이 묻는 얼굴로 힐긋 보자 조카가 성난 눈초리로 노려보았다.

"가요. 배고파요." 디나를 보지도 않고 옴프라카시가 말했다.

"당신 조카는 항상 배가 고프군요." 그녀가 이시바에게 말했다. "배 속에 기생충이라도 든 거 아녜요?"

"아이고 아닙니다. 옴은 괜찮습니다."

디나는 그 말을 믿을 수가 없었다. 그들이 일을 시작한 첫 주부터 의심하고 있었다. 바싹 마른 옴프라카시가 머리가 아프고 배가 고프다고 항상 불평하는 것 이외에도 항문이 가려워서 손가락으로 긁는 것을 그녀는 자주 목격했다. 그건 가장 확실한 증거였다.

"의사에게 데려가서 진찰을 받으세요. 걸어 다니는 윔코 성냥 광고처럼 너무 말랐잖아요."

"아이고 아닙니다. 옴은 괜찮습니다. 의사한테 갈 돈이 있나요."

"열심히 일하세요. 그러면 돈이 많이 생길 테니까. 이 일부터 얼른 끝내요. 빨리 납품하면 할수록 더 빨리 돈을 받게 되니까." 그녀가 달랬다.

"차 마시는 데 5분이면 충분해요." 옴프라카시가 쏘아붙였다.

"항상 5분이라면서 35분이잖아. 잘 들어, 좀 있다가 내가 차를 만들어

줄게. 골목 구석에서 파는 너무 많이 끓인 쓴 독약 같은 차 말고 특별한 고급차로. 그러니까 먼저 일을 끝내. 그렇게 하면 당신들, 나, 관리자 모두 행복해질 테니까."

"알겠습니다." 이시바가 샌들을 벗고 자기 자리로 돌아갔다. 아침 내내 발로 달구었던 무쇠 발판이 채 식지도 않았다.

싱어 재봉틀이 다시 돌아가기 시작하자 옴프라카시의 화난 속삭임이 탕탕거리는 바늘 소리를 뚫고 이시바의 귀로 날아들었다. "삼촌 때문에 항상 아줌마가 우리를 괴롭히는 거라고요. 도대체 왜 그래요. 앞으로는 내가 말할래요."

조카를 달래주려는 듯 이시바가 고개를 끄덕였다. 디나가 듣는 데서 조카와 말다툼을 하거나 꾸짖는 것은 부끄러운 일이었다.

재봉틀 소리로 관자놀이가 띵했던 그녀는 두 시가 되자 완성된 옷들을 갖다 주기로 했다. 그녀는 자신에게 화가 났다. 부탁하고 차로 매수하는 것은 엄한 고용주의 좋은 본보기가 아니었다. 재봉사들을 다루는 데 더 많은 연습이 필요했다.

그녀는 작업대 밑에서 오레보아 수출 회사에서 옷감 꾸러미들을 담아 왔던 투명 비닐과 갈색 포장지를 꺼냈다. 쉬린 숙모의 충고를 기억하며 그녀는 절대 아무것도 그냥 버리지 않았다. 작은 천 조각들이 계속 쌓여서 엄청난 양이 모였다. 수녀원의 수녀들이 모두 사용할 만큼의 생리대를 충분히 만들 수도 있을 것 같았다. 큰 조각들은 따로 모으고 있었다. 그것들을 어떻게 사용할지는 아직 확실히 정하지 않았지만, 아마도 이불을 만드는 데 쓸 수 있을 것이다.

완성된 옷들을 담고 그녀는 돈지갑을 준비했다. 납품 기한보다 하루 먼저 갖다 주면 굽타 부인이 좋아할 것이다.

그때 옴프라카시가 꼬치꼬치 캐묻던 게 생각난 그녀는 혹시나 그가 자신을 미행할까 봐 밖에서 현관문을 자물쇠로 채웠다.

* * *

엉덩이가 쑤시고 눈이 흐릿해진 재봉사들은 거실로 가서 휴식을 취했다. 아침 내내 딱딱한 나무 의자에 앉아 있던 그들에게 낡은 소파는 비록 스프링이 부서졌지만 달콤한 쾌락이었고, 그것이 몰래 하는 짓이었기에 더욱 달콤했다. 작업 때문에 뻣뻣해진 뼈들은 쿠션에 몸을 파묻자 풀어졌다. 맨발을 다탁에 올린 그들은 비디를 꺼내 불을 붙이고 욕심껏 길게 빨았다. 비디갑에서 찢어낸 종잇조각에 재를 털었다.

옴프라카시는 머리를 긁고 손가락 끝에 묻은 비듬을 살펴봤다. 새끼손가락의 2.5센티미터 길이의 손톱으로 그는 다른 손톱들 밑을 긁으면서 머릿기름이 묻은 비듬을 바닥에 털었다. 그는 지루하다는 걸 인정하고 싶지 않았다. 왜냐하면 시간을 낭비함으로써 디나의 의표를 찔렀다고 생각했기 때문이었다. 그녀가 쟁기에 매인 황소처럼 그들을 부릴 수 있다고 생각했다면 오산이었다. 비록 삼촌이 때때로 다르게 행동할지 몰라도 자신은 불알 달린 남자라고, 옴프라카시는 마음을 독하게 품었다.

이시바는 조카가 놀도록 내버려두었다. 둘 다 배가 고파서 몸이 돌덩이처럼 무거웠다. 조카가 디나의 소파에서 최대한 많은 즐거움을 얻고자 쿠션에 몸을 파묻고 옴죽거리는 걸 이시바는 즐겁게 지켜보았다. 생각에 잠긴 그는 흉터 때문에 웃음을 반밖에 지을 수 없는 자신의 뺨을 어루만졌다.

웃고 하품하고 기지개를 켜고 비디를 피우며 시간을 보내던 그들은,

잠시 동안만이라도 부서진 소파의 왕이자 작은 아파트의 주인 행세를 했다. 그러나 그러한 불법적인 휴식은 현관문을 거칠게 두드리는 소리에 끝나고 말았다.

"거기 있는 거 다 알아!" 누군가가 소리쳤다. "밖에다가 자물쇠를 채웠다고 내가 속을 줄 알아!"

재봉사들은 순간 얼어붙었다. 거칠게 두드리는 소리가 계속되었다. "집세를 낸다고 다 해결되는 줄 아시오! 자물쇠를 잠가 놓고 뭘 하는지 다 알아! 당신이 저지르는 불법 사업 때문에 거리로 쫓겨날 거요!"

재봉사들은 무슨 일인지 감을 잡았다. 집주인과 관련된 일이었다. 그런데 자물쇠라니? 문을 세차게 두드리는 소리가 멈췄다. "빨리 바닥으로 내려와!" 문을 두드리는 사람이 혹시나 창문으로 들여다볼까 봐 이시바가 낮은 목소리로 말했다. 우편물 구멍으로 뭔가가 떨어지고 침묵이 흘렀다. 그들은 몇 분 더 기다렸다가 위험을 무릅쓰고 현관문으로 갔다. 달랄 부인 앞으로 보내는 큰 봉투가 바닥에 떨어져 있었다. 이시바가 손잡이를 돌렸다. 문이 1센티미터 가량 열리더니 밖에 있는 자물쇠에 걸렸다. 문이 밖에서 자물쇠로 잠겨 있다는 사실이 확인됐다.

"우릴 가뒀어요. 도대체 이 아줌마는 무슨 생각을 하는 거죠?" 옴프라카시가 씩씩거렸다.

"이유가 있겠지. 화내지 마라."

"편지나 뜯어보세요."

이시바가 조카의 손에서 편지를 낚아채 옆으로 치웠다. 그들은 다시 비디에 불을 붙이고 소파에 앉아서 안락함을 즐기려고 했지만 조금 전 기친 노그 소리 때문에 이미 흥이 깨지고 말았다. 편안히고 푹신힌 쇼피가 불편한 혹 덩어리처럼 딱딱해졌다. 옷에 달라붙은 실밥들을 보자 그들은 안쪽 방에서 기다리는 일감이 생각났다. 시계 역시 경고하고 있었다. 곧 디나가 집으로 돌아올 시간이었다. 즉시 이 모든 금지된 행동이 중단되어야 했다.

"아줌마가 우릴 속이고 있어요." 옴프라카시가 투덜댔다. "수출 회사에 우리가 직접 재봉일을 해야 해요. 왜 아줌마가 중간에 끼는 거죠?" 불이 붙은 비디를 입 한쪽에 불안하게 물고서 그는 입술을 조심스럽고 조그맣게 움직이며 말했다.

이시바가 너그럽게 웃었다. 조카의 입에 건방지게 물려 있는 비디는 장난감 총처럼 디나를 겨누고 있는 듯했다. "아주머니가 곧 돌아오실 거야. 넌 꼭 시큼한 라임 열매를 씹은 표정이구나."

그는 좀 더 심각한 말투로 말을 이었다. "우리가 가게가 없으니까 아주머니가 중간에 낀 거야. 우린 여기서 재봉을 하고 아주머니는 회사에서 주문을 받아서 옷을 가지고 오잖아. 그리고 일한 만큼 돈을 받으니까 독립성도 있고……"

"제발, 그만하세요. 아줌마는 우릴 노예 취급하는데 삼촌은 독립 얘기가 나와요? 자기 손으로 바느질 한 번 안 하고 우리가 흘린 땀으로 돈을 벌잖아요. 이 집 좀 보세요. 전기에, 물에, 모든 게 다 있잖아요. 그런데 우린 가진 게 뭐예요? 빈민가의 냄새나는 판잣집에서 살잖아요. 고향으로 돌아갈 돈을 절대 모으지 못할 거라고요."

"벌써 포기하는 거냐? 그렇게 해서는 인생에서 절대 이길 수 없어. 옴, 삶에 지쳐 쓰러지더라도 싸우며 투쟁해야지." 이시바는 약지와 새끼손가락 사이에 비디를 끼우고 손을 살짝 오므려서 입술로 가져갔다.

"두고 보세요. 아줌마가 어디로 가는지 알아낼 테니까." 옴프라카시가 머리를 반항적으로 쳐들었다.

"그렇게 하니까 연기가 멋지게 올라가는구나."

"잠깐만요. 회사 주소를 알아낼 방법이 있어요."

"어떻게? 아주머니가 너한테 말해줄 것 같으냐?"

옴프라카시가 안쪽 방으로 가서 끝이 뾰족한 큰 가위를 들고 돌아왔다. 그는 가위를 두 손으로 쥐고 연기를 하듯이 하늘로 들어 올렸다. "이걸 아줌마 목에다가 대면 우리가 알고 싶은 모든 걸 털어놓을 거예요."

이시바가 그의 머리를 세게 때렸다. "네 아버지가 그 말을 들었으면 뭐라고 했겠냐? 네 입에서 멍청한 말들이 재봉틀 바느질처럼 튀어나오는구나. 넌 그렇게도 생각이 없냐?"

부끄러워진 옴프라카시는 가위를 치웠다. "조만간 아줌마를 중간에서 없앨 거라고요. 회사까지 따라갈 거예요."

"위대한 고기아 파샤 마술사처럼 네가 자물쇠가 잠긴 문을 뚫고 나갈 수 있는지는 몰랐구나. 아니면 네가 옴프라카시 파샤라도 되냐?" 비디를 한 모금 빨고 콧구멍으로 연기를 내보내면서 이시바는 조카의 찌푸린 얼굴을 보고 웃었다. "조카야, 내 말 좀 들어 봐라. 세상은 그렇게 움직이는 거란다. 어떤 사람들은 중간에 있고, 어떤 사람들은 변두리에 있는 거야. 꿈이 자라고 열매가 맺는 데는 인내심이 필요한 법이다."

"인내심은 수염을 기를 때나 좋은 거죠. 아줌마가 주는 돈으로는 장례식 화장용 장작더미에 필요한 버터기름과 나무도 살 수 없어요." 옴프라카시는 머리를 사납게 긁었다. "삼촌은 아줌마한테 왜 항상 그렇게 시골에서 온 무식한 사람처럼 바보 같은 말투로 말하는 거예요?"

"내가 그런 사람인 거 몰랐냐? 사람들은 남보다 잘나기를 좋아해. 내가 그렇게 말해서 아주머니가 기분이 좋으면 니 쁠 게 뭐가 있어?" 줄어드는 비디를 마지막까지 즐기면서 그는 다시 한 번 강조했다. "옴, 인내심을 가져라. 어떤 것들은 바꿀 수가 없어. 그냥 받아들여야 해."

"도대체 어떡하라는 거죠? 처음에는 투쟁하고 포기하지 말라고 하더니, 이제는 그냥 받아들이라뇨? 궁둥이 없는 솥단지처럼 이리저리 흔들리면 어떡해요."

"네 할머니께서도 그렇게 말씀하셨지." 이시바가 웃었다.

"삼촌, 결정해요. 한 가지만 선택하라고요."

"어떻게 그렇게 하니? 난 그냥 사람일 뿐인데." 이시바가 다시 한 번 웃으면서 말했다. 웃음이 중간에 기침으로 바뀌자 그는 몸을 심하게 떨었다. 그는 창문으로 가서 커튼을 젖히고 침을 뱉었다. 가까이서 살펴봤더라면 자주 나오는 핏자국을 발견할 수 있었을 것이다.

그가 창문에서 머리를 넣고 있을 때 택시 한 대가 오고 있었다. "어서 가자. 아주머니가 돌아왔어!" 그가 쉰 목소리로 속삭였다.

그들은 악행의 흔적들을 지우기 시작했다. 쿠션들을 불룩하게 만들고 다탁을 제자리에 놓고 성냥과 담뱃재를 호주머니에 집어넣었다. 마치 조금 전 자신의 불을 뿜는 분노를 흉내 내기라도 하듯이 옴프라카시가 입에 문 비디에서 불똥이 날아 나왔다. 그는 소파에 불꽃이 닿지 않도록 손부채질을 했다. 안쪽 방으로 달려가며 비디 한 모금을 마지막으로 빨고서 그들은 불을 끄고 뒤쪽 창문 밖으로 휙 던졌다.

디나는 택시비를 내고 손가방 안에 손을 넣어 열쇠고리를 찾았다. 녹슨 놋쇠 자물쇠가 무섭고 묵직하게 매달려 있었다. 속마음은 전혀 교도관이 되고 싶지 않았던 그녀는 양심의 가책을 느끼면서 열쇠를 넣고 돌렸다.

옴프라카시가 두 팔을 내밀며 꾸러미를 받았다. "도착하는 소리를 들었어요.”

“이번에는 훨씬 많단다.” 현관문 밖에 쌓인 꾸러미들을 가리키면서 그녀가 말했다. 회사 이름이나 주소를 찾으려고 그는 꾸러미들을 살폈다.

짐을 모두 안으로 옮기고 나자 이시바가 봉투를 건넸다. “누가 와서 문을 세게 두드리며 자물쇠를 채워 놔도 안 속는다고 하던데요. 이걸 두고 갔습니다.”

“집세 걷는 사람일 거예요.” 그녀는 봉투를 뜯지도 않고 옆으로 치웠다.

“그 사람한테 들켰어요?”

“아뇨. 저흰 숨어 있었습니다.”

“잘했어요.” 그녀는 지갑을 갖다 놓고 신발을 갈아 신으러 갔다.

“떠나실 때 저희를 가둬 놓고 가신 건가요?” 이시바가 물었다.

“몰랐어요? 네, 어쩔 수 없었어요.”

“왜죠?” 옴프라카시가 무섭게 물었다. “우리가 도둑질이나 할까 봐 그런 건가요? 집에 있는 물건을 가지고 도망갈까 봐서요?”

“그게 무슨 소리야. 내가 걱정해야 할 비싼 물건이 어디 있다고. 집주인 때문에 그런 거야. 내가 없는 동안에 쳐들어와서 널 거리로 내쫓을 수도 있어. 하지만 자물쇠가 있으면 감히 못 그러지. 자물쇠를 부수는 건 불법이거든.”

“옳으신 말씀입니다.” 이시바가 말했다. 그는 새 일감의 디자인이 보고 싶었다. 옴프라카시가 노려보는 동안에 식탁에서 식탁보가 벗겨지고 종이 본보기 디자인을 펼쳐 놓을 공간이 마련됐다.

“이번에는 옷 하나당 얼마죠?” 새 보플린 옷감을 만지면서 옴프라카시가 끼어들었다.

그녀는 그의 질문을 무시했고, 이시바는 종이 디자인의 여러 부분들을 이리저리 돌려 보았다. 조각 그림 맞추기를 하는 어린아이처럼 그는 곧 복잡한 디자인에 빠져들었다. 옴프라카시가 다시 말했다. "정말 어려운 디자인이군요. 치마에 플레어를 달려면 천조각들을 많이 집어넣어야 하죠. 이번에는 정말 돈을 더 받아야 해요."

"잔소리 좀 그만해." 그녀가 꾸짖었다. "어른들이 일하고 있잖아. 날 존중하지는 않더라도 네 삼촌은 존중해야지."

이시바는 종이 디자인들을 견본 옷에 맞춰 보면서 혼잣말을 했다. "소매가 여기고. 등에는 중간에 솔기가 있군. 쉽구먼." 옴프라카시는 삼촌의 말에 얼굴을 찡그렸다.

"그럼요. 정말 쉬워요." 디나가 말했다. "저번에 한 것보다 훨씬 간단하죠. 그리고 좋은 소식은 회사에서 이번에도 한 벌에 5루피씩 준대요."

"5루피로는 안 돼요." 옴프라카시가 말했다. "비싼 옷을 가지고 온다고 약속했잖아요. 이런 건 시간 낭비라고요."

"난 회사에서 주는 대로 가져오는 거야. 안 그러면 회사에서 우리한테 물건을 안 줄 거고."

"우린 할 겁니다." 이시바가 말했다. "일을 걷어차는 건 죄를 짓는 거죠."

"삼촌이나 하세요. 난 5루피 받고는 못하니까." 옴프라카시가 말했다. 그러나 이시바는 디나에게 안심하라는 듯이 고개를 끄덕였다.

그녀는 약속했던 차를 만들어 주려고 부엌으로 갔다. 재봉사들 간의 의견 불일치는 문제될 게 없었다. 삼촌이 반항하는 조카를 통제할 것이다. 그녀는 찻잔들과 받침 접시들 그리고 장미 테두리 장식을 곁눈질로 보았다. 분홍색으로 할까 아니면 빨간색으로 할까? 재봉사들에게 분홍색 장미 장식 잔을 쓰도록 하고, 나중에 따로 보관하던 물잔과 함께 두기로 했다. 빨간색 장미 장식 찻잔은 자신이 사용할 것이다.

차가 끓기를 기다리면서 그녀는 부서진 창유리 위에 쳐 놓은 철망을 살피다가 구멍을 발견했다. 또 성가신 고양이들이 한 짓에 그녀는 분통을 터뜨렸다. 몰래 들어와서 먹이를 찾거나 비를 피하기 위해서였다. 고양이들이 시궁창에서 병균을 옮길지도 몰랐다.

그녀는 못 주위의 철망을 비틀어서 막았다. 주전자가 건강한 김을 내뿜으며 차가 준비됐음을 알렸다. 차를 펄펄 끓이려고 조금 더 기다리던 그녀는 점점 더 짙어지는 김과 쉴 새 없이 재잘대는 물소리 속에서 수다를 떨고 친구를 만나고 분주한 삶을 사는 환영을 보았다.

그녀가 마지못해 불을 끄자, 산만하게 풀어헤친 머리카락들처럼 흰 구름이 흩어졌다. 그녀는 찻잔 세 개에 차를 채우고 분홍색 장미 장식 잔 두 개를 들고 나갔다.

"이야." 이시바가 감사히 차를 받았다. 여전히 부루퉁해 있는 옴프라카시는 쳐다보지도 않고 계속 재봉틀을 돌리고 있었다. 그녀는 그의 옆에 찻잔을 놓았다.

"난 안 마셔요." 그가 투덜거렸다. 디나는 아무 말 없이 자신의 찻잔이 있는 부엌으로 돌아갔다.

"맛있습니다." 그녀가 돌아오자 이시바가 말했다. 그는 소리를 쩝쩝 내면서 차를 마시며 조카를 유혹했다. "비쉬람 식당보다 훨씬 낫습니다."

"거기서는 하루 종일 차를 끓여 둘 거예요." 디나가 말했다. "그러면 차 맛이 사라져요. 피곤할 때는 남방 짙인 차가 최고죠."

"맞는 말씀입니다." 차를 한 모금 더 마신 그는 다시 한 번 감탄사를 내뱉으며 유혹했다. 옴프라카시가 찻잔에 손을 뻗었다. 두 사람은 모른 척했다. 그는 성난 얼굴 그대로 목이 마른 듯이 차를 꿀꺽꿀꺽 들이켰다.

그날 나머지 두 시간을 옴프라카시는 투덜거리며 솔기를 비뚤하게 박으면서 보냈다. 이시바는 여섯 시를 가리키는 시계에 감사했다. 조카와 아주머니가 평화롭게 지내도록 하기가 점점 더 힘들어졌다.

* * *

집세를 걷는 이브라힘이 디나를 찾아가 어제 배달한 편지에 대한 대답을 얻으려고 인도를 천천히 터벅터벅 걷고 있을 때는 이미 정오 무렵이었다. 밤색 페즈모를 쓰고 긴 검정 윗옷을 입은 당당한 모습의 그는 길에서 세입자들을 만날 때면 웃으면서 말을 건넸다. "안녕하십니까. 어떻게 지내세요?" 말을 하려고 입을 열 때마다 그는 항상 웃는 얼굴이었다. 그러나 그런 행복한 표정은 밀린 집세를 받기 위해서 약간 찌푸린 인상으로 엄숙한 표정을 지어야 할 때면 불리하게 작용했다.

이브라힘은 늙은이였지만 실제보다 나이가 더 들어 보였다. 어제 현관문을 두드리느라 아직도 아픈 그의 왼손에는 큰 고무줄 두 개로 묶어 놓은 비닐 서류철이 들려 있었다. 집세 영수증, 청구서, 수리 요구서, 그리고 그가 관리하는 건물 여섯 채에 관련된 분쟁과 법원 소송 자료 등이 들어 있었다. 몇몇 분쟁들은 그가 열아홉 살의 청년이었을 때, 현재 집주인의 아버지와 일을 시작했을 때 일어난 사건이었다. 어떤 분쟁들은 그보다 더 오래된 것으로 그의 전임자로부터 물려받은 것이었다.

모든 문서들은 매우 철저히 기록되어 있어서 이브라힘은 때로는 건물들을 옆에 끌고 다니는 듯한 기분이 들었다. 은퇴한 전임자에게서 반세기 전에 물려받은 서류철은 원래 비닐이 아니라, 나무판 두 개를 길고 가는 모로코 가죽으로 엮어서 대강 만든 것이었다. 옛 주인의 냄새가 묻어 있었다. 가죽에 달린 낡은 면테이프를 동여매면 내용물들은 안전했다. 금이 간 검정색 나무판은 심하게 휘어졌고 서류철을 열 때면 삐걱삐걱 소리가 나고 땀에 전 담배 냄새가 났다.

당시 젊고 야심찼던 이브라힘은 그런 유물을 들고 다니는 자신을 사람들이 보는 게 부끄러웠다. 비록 집세 영수증들이 그 속에 들어 있다고 할지라도, 그것이 평판이 좋지 못한 시장통의 점성술사들이나 점쟁이들이 가짜 도표나 그림들을 보관하기 위해서 들고 다니는 더러운 서류철과 닮았기 때문에 그는 사람들이 자신의 겉만 보고 판단할 것이라고 생각했다. 자신이 그런 가증스러운 사기꾼으로 오해 받을 수도 있다는 생각에 그는 굴욕감을 느꼈다. 그는 수상한 서류철을 들고 다녀야만 하는 그 일에 심각한 회의를 품게 되었는데, 마치 노점 상인이 저울을 조작해서 무게를 속일 때 드는 억울한 심정이었다.

그러던 어느 날 다행히도 모로코 가죽끈이 끊어졌다. 그는 집주인의 사무실에서 부서진 곳을 보여 주었다. 살펴보던 사무실 직원이 자연적으로 수명이 다한 것을 확인하고 알맞은 요구서를 작성해 주었다. 그는 서류 작업이 진행되는 동안 임시로 사용할 끈을 받았다.

2주 후에 새로운 서류철이 도착했다. 견고한 버크럼 판지로 만든 고상한 밤색으로 매우 맵시 있고 현대적인 모양의 서류철이었다. 이브라힘은 매우 기뻐했다. 자신의 직업이 만족스러워졌다.

새로운 서류철을 팔에 끼고서 그는 마치 변호사처럼 거만하게 고개를 쳐들고 뽐내며 길어 나섰나. 옛날 서류철보다 훨씬 더 세련돼서 주머니가 크고 칸이 많았다. 지시 사항, 불만 사항, 편지 등을 체계적으로 관리

할 수 있었다. 때마침 직장과 가정에서 해야 할 일이 늘어났던 이브라힘에게는 잘된 일이었다.

늙은 부모님을 모시던 이브라힘은 결혼해서 아버지가 되었다. 그리고 집세 걷는 일에 다른 부가적인 업무도 생겨났다. 그는 집주인의 스파이, 공갈 협박자, 그리고 세입자들을 다양한 방법으로 괴롭히는 사람이 되었다. 또한 그는 건물 여섯 채에서 벌어지는 간통과 같은 추악한 비밀들을 들추어서 집세를 올리는 법을 집주인에게서 배웠다. 죄를 지은 쪽은 결코 항의를 하거나 감히 세입자 보호법을 들먹이지 못했다. 때에 따라서 집주인이 너무 심하게 해서 법적인 보복 조치가 취해지면 이브라힘은 청탁을 하고 감언이설로 속이는 역할도 했다. 집세 걷는 사람의 눈물을 본 세입자는, 처음부터 해를 끼칠 생각이라고는 없었던 현대 주택 공급의 피해자인 불쌍한 집주인을 동정하고 물러서도록 설득 당하곤 했다.

자신이 맡은 다양한 역할을 정리하기 위해서 이브라힘은 서류철의 주머니와 칸이 반드시 필요했다. 그러나 그즈음에 그는 자신의 타고난 상냥하게 웃는 얼굴이 점점 더 방해되는 걸 깨달았다. 밝게 웃는 얼굴로 위협과 무서운 경고를 전달하는 건 좋은 전략이 아니었다. 위협적인 웃음을 지을 수만 있다면 완벽할 것이었다. 그러나 문제가 되는 얼굴 근육은 그가 어떻게 해볼 도리가 없었다. 지체된 수리에 대해서 유감을 표시하거나 세입자 가족의 죽음에 애도를 표하는 경우도 어렵기는 마찬가지였다. 곧, 통제할 수 없는 그의 싱글벙글 웃음은 냉혹하고 무례하고 무능하며 덜떨어졌으며 심지어 악마 같다는 부당한 평판을 낳게 되었다.

그리하여 불행하게도 그는 그렇게 웃으면서 버크럼으로 만든 밤색 서류철 세 개를 사용하며 24년 세월을 더 보냈다. 그 세월 동안 단조롭고 고된 일과 박탈감에 시달리고 나자 젊음은 사라졌고 황금 같던 시절의 빛나던 야망도 슬픔으로 그 빛이 바랬다. 그는 더 이상 어떤 전망도 없다는 확실한 사실에 절망하고 상처받았지만, 아내와 두 아들 그리고 두 딸이 그를 여전히 믿고 있었기 때문에 근심은 커져만 갔다. 도대체 무슨 짓을 했기에 이렇게 진부하고 희망 없는 삶을 살게 되었는지 그는 자신에게 묻곤 했다. 아니면 모든 인간들이 이렇게 느끼는 걸까? 우주를 다스리는 신은 저울을 평평하게 만드는 일에는 관심이 없는 걸까? 공평한 저울 같은 건 존재하지 않는 걸까?

회교 사원에 자주 가 봐야 아무 소용없는 듯했다. 그는 더 이상 금요일 예배에 꼬박꼬박 참석하지 않았다. 그리고 무식한 사람들이나 하는 짓이라고 한때 경멸했던 방식으로 구원을 구하기 시작했다.

그는 시장통의 점성술사들과 점쟁이들에게서 큰 위안을 얻었다. 그들은 돈 문제에 대한 해법과 놀라운 속도로 과거가 되어 가는 미래를 향상시킬 수 있는 방법에 대한 조언을 했다. 그들의 확신에 찬 견해는 그에게 진통제와도 같았다.

그가 손금쟁이나 점성술사만 찾아간 건 아니었다. 더 강력한 진통 효과를 얻고자 그는 변칙적인 방법들을 이용했다. 카드를 집어 드는 비둘기, 도표를 읽는 앵무새, 의사소통을 하는 소, 그림으로 예언을 하는 뱀 등을 찾아갔다. 혹시나 아는 사람이 수상한 나들이를 하는 자신을 발견할까 봐 항상 걱정이 되었던 그는 눈에 잘 띄는 페즈모를 마지못해서 벗고 나갔다. 마치 절친한 친구를 버리는 것 같았다. 그가 매일 쓰는 그 모자를 벗었던 유일한 때는 인도와 파키스탄이 분리되던 1947년이었다. 새로운 국경선 때문에 공동체 학살이 벌어지고 전국에서 폭동이 일어나서, 힌두교도들이 사는 곳에서 페즈모를 쓰는 일은 이슬람교도들이 사는 곳에서 포경수술을 하지 않은 것과 마찬가지로 목숨에 위협이 되었다.

페즈모, 흰색 모자, 터번 가운데서 잘못 선택하게 되면 머리통을 잃어버리릴 수도 있었기 때문에 어떤 지역에서는 아예 모자를 쓰지 않는 게 최선이었다.

다행히 새를 가지고 점을 치는 곳이 상대적으로 비밀을 잘 지켰다. 사람들의 눈에 띄지 않도록 새 주인과 함께 골목 구석에 웅크리고 앉아 질문을 하면 비둘기나 앵무새가 새장에서 튀어나와 그에게 가르침을 주었다.

반면에 소를 이용한 방법은 많은 사람들이 몰리는 큰 행사였다. 북을 든 남자가, 화려한 무늬를 넣어 짠 천으로 만든 장식의 삼베옷을 입히고 목에다가는 작은 은방울들을 매단 소를 구경꾼들이 둘러앉아 있는 곳으로 끌고 나왔다. 남자의 셔츠와 터번도 밝은색이었지만 화려하게 꾸민 소에 비하면 단조로웠다. 지금까지 정확하게 맞아떨어진 예언과 예측을 특별히 강조하며 남자는 소의 이력을 열거하면서 아무리 많은 시간이 걸리더라도 소와 함께 원을 그리며 주위를 한 번, 두 번, 또는 세 번을 돌았다. 두 눈이 충혈된 남자의 목소리는 귀청을 뚫을 듯이 컸으며 그의 동작은 마치 미친 사람 같아서 소의 침착한 태도와 완벽한 대조를 이루었다. 소에 대한 간략한 소개가 끝나면 남자의 어깨에 조용히 걸려 있던 북이 살아났다. 때리는 것이 아니라 문질러서 소리를 내는 북이었다. 원을 그리며 계속 소를 걷게 하면서 남자는 북채로 북을 문질러 끔찍한 울음소리, 신음 소리, 울부짖는 소리를 냈다. 그 섬뜩하고 무서운 소리는 죽은 자들을 깨우고 산 자들을 놀라게 했으며, 저승의 영혼들과 세력들을 불러내어 소의 예언을 지켜보고 도와달라는 호출이었다.

북소리가 멈추면 남자는 돈을 낸 손님의 질문을 둘러앉은 모든 사람들이 들을 수 있게 큰소리로 소의 귀에다 대고 외쳤다. 그러면 소가 복잡하게 장식된 머리를 끄덕이거나 가로저으며 대답을 했고 목 주위에 매달린 작은 은방울들이 딸랑딸랑 소리를 냈다. 구경꾼들은 놀라움과 존경심으로 박수를 쳤다. 그때 북을 문지르는 소리가 다시 들리고 구경꾼들이 낸 돈을 걷어갔다.

어느 날, 이브라힘의 질문이 큰소리로 소의 연약한 갈색 귀로 들어갔지만 아무런 반응이 없었다. 남자가 더 큰소리로 다시 한 번 질문을 외쳤다. 이번에는 소가 반응을 보였다. 오랜 세월 동안 참아온 짜증나는 북소리 때문이었는지, 아니면 매일 귓속으로 들려오는 거친 외침 때문이었는지 소는 주홍색으로 물들인 두 뿔로 주인을 힘껏 받았다.

잠시 구경꾼들은 소가 평소보다 조금 더 열정적으로 질문에 반응을 한다고 생각했다. 그때 소는 주인을 땅바닥에 내팽개치고 사정없이 짓밟았다. 남자의 피가 쏟아져 나오기 시작하자 그제야 구경꾼들은 소가 예언을 한 게 아니란 걸 깨달았다.

소가 미쳤다! 소가 미쳤어! 비명을 지르며 구경꾼들이 흩어졌다. 그러나 자신을 괴롭히던 주인을 처치하고 난 후의 소는 침착하게 서서 긴 속눈썹이 달린 유순한 눈을 껌뻑이며 젖통에 달라붙는 파리들을 꼬리로 쳐내고 있었다.

남자의 기묘한 죽음으로 이브라힘은 더 이상 그것이 신성한 조언을 얻을 수 있는 신뢰할 만한 방법이 아님을 확신하게 됐다. 며칠 후 새로운 북 치는 남자와 소가 등장했지만 이브라힘은 구경하러 가지 않았다. 그에게는 초자연적인 도움을 얻을 수 있는 다른 안전한 방법들이 있었다.

미친 소 사건의 기억이 아직도 생생했던 그는 또 다른 죽음을 목격하게 되었다. 이번에는 독액을 제때 짜내지 않고 마술 뱀을 다루던 사람이 죽었다. 그 후로 이브라힘은 그 장면만 생각하면 몸서리를 쳤다. 짐을 치는 뱀의 신비한 움직임을 보려고 가까이에 웅크리고 앉아 있었기 때문에 코브라가 그를 물 수도 있었다.

두 사람이 죽는 모습을 보고서 충격 받은 그는 동물로 점을 보기를 그만두었다. 마치 악몽에서 깨어난 것처럼 그는 다시 페즈모를 쓰고 잃어버린 자아를 찾으러 나섰다. 긴 둑길 끝에서 떠다니는 지는 해의 바다 빛이 회교 사원을 물들일 때, 그는 바닷가에 앉아서 자신의 불경스런 중독 때문에 가족들에게 필요한 돈을 얼마나 많이 낭비했는지를 깨달았다. 그는 바다 밑에 있는 비밀들을 드러내며 밀려나는 파도를 지켜보다가 전율을 느꼈다. 혼란과 좌절의 음울한 구렁텅이로부터 자신의 더러운 비밀들도 밀려 올라왔다. 그는 그것들을 눌러서 다시 아래로 가라앉혀 익사시키고 싶었다. 그러나 그것들은 뱀장어처럼 미끄러져 빠져나간 후 다시 나타나서 그를 괴롭혔다. 그것을 극복할 수 있는 유일한 방법은 죄를 뉘우치고 회교 사원으로 돌아가 자신을 기다리는 어떠한 운명이라도 받아들이는 것뿐이었다.

그러한 운명 중에 하나가 바로 비닐 서류철이었다. 그가 24년간 버크럼 판지를 사용하고 나자 집주인의 사무실에 비닐의 시대가 찾아왔다. 이브라힘은 더 이상 신경 쓰지 않았다. 위엄이 복장이나 액세서리에서 얻어지는 것이 아니라는 걸 그는 이제 알았다. 그것은 인내할 줄 아는 능력으로부터 자라났고, 요구하지 않아도 찾아왔다. 쿨리들이 사용하는 바구니를 주고서 머리에 서류들을 이고 다니라고 해도 그는 아무런 불평 없이 따를 것이었다.

그러나 비닐 서류철은 장마철에도 빗물에 젖지 않는 장점이 있었다. 이제는 잉크와 빗물이 장난을 쳐서 미친 듯이 소용돌이를 일으킨 서류들을 다시 베낄 필요가 거의 없었다. 수전증에 걸린 그에게 이것은 축복이었다. 또한, 젖은 걸레로 한 번만 문지르면 재채기와 담배로 인해 생긴 황록색이나 갈색 얼룩을 모조리 깨끗이 닦을 수 있어서 집주인과 만날 때면 더 이상 당황할 필요가 없었다.

그리고 그는 가정에서 일어난 변화들을 순순히 받아들였다. 달리 무슨 선택을 할 수 있겠는가? 큰딸이 결핵으로 죽자 그의 아내도 세상을 떠났다. 그러자 그의 아들들은 암흑가로 사라졌고 가끔 그를 찾아와서 괴롭혔다. 모든 것을 회복시켜 줄 것으로 기대했던 그의 막내딸은 집을 떠나 창녀가 되었다. 그의 삶은 마치 해피엔드로 끝나지 않는 재미없는 인도 영화의 줄거리 같았다.

그런데 그는 왜 계속 건물 여섯 채를 돌면서 집세 걷는 일을 하는 걸까? 왜 건물 꼭대기에서 뛰어내리지 않은 걸까? 왜 영수증들과 돈을 모아 불을 지르고 몸에 기름을 끼얹고 뛰어들지 않았을까? 어째서 그의 심장은 터지지 않고 계속 뛰었으며, 어째서 그의 정신은 떨어진 거울처럼 산산조각 나지 않고 그대로 보존되었을까? 이 모든 것이 부서지지 않는 비닐 서류철처럼 튼튼한 합성 물질로 만들어진 걸까? 그리고 위대한 파괴자인 시간은 왜 이렇게 무관심한 것일까?

그러나 비닐 역시 시간이 정해져 있었다. 그는 버크럼과 마찬가지로 비닐도 쪼개지고 찢어지고 금이 가는 걸 발견했다. 피부나 뼈와 마찬가지여서 그는 안심이 되었다. 단순히 인내의 문제였다. 그리하여 현재 사용하는 비닐 서류철은 21년 만에 세 번째였다.

때때로 비닐 서류철을 살피던 그는 닳은 표지에 비친 자신의 이마에서 깊게 패인 주름들을 보았다. 안에 든 비닐 경계선들이 찢어지기 시작했고 깔끔한 칸막이들도 떨어질 것 같았다. 그 칸막이들처럼 여러 부위로 나누어진 자신의 몸은 이미 떨어지기 시작했다. 아파트에 도착한 그는 콧구멍과 손가락에 묻은 코담배 찌꺼기를 닦고 초인종을 울리면서 비닐과 자신의 육체의 우스꽝스러운 경주에서 과연 누가 이길지 궁금했다.

문구멍으로 고동색 페즈모를 발견한 디나는 재봉사들을 조용히 시켰다. "저 사람이 여기 있는 동안 아무 소리도 내면 안 돼요." 디나가 작은 목소리로 말했다.

"안녕하시오?" 이빨 두 개가 빠진 샛노란 치열을 드러내며 이브라힘은 늙은 천사처럼 상냥하고 순박한 미소를 지었다.

그의 인사를 받지도 않고 그녀가 말했다. "왜요? 집세 내려면 아직 멀었는데요."

그는 서류철을 다른 손으로 옮겼다. "그 문제가 아니오. 집주인이 보낸 편지에 대한 대답을 들으려고 왔소."

"그렇군요. 잠깐만요." 그녀는 현관문을 닫고 아직 뜯지 않은 편지를 찾으러 갔다. "혹시 편지 못 봤어요?" 그녀가 재봉사들에게 낮은 목소리로 물었다.

세 사람은 뒤죽박죽이 된 탁자 위를 뒤졌다. 옴프라카시는 손을 이리저리 움직이며 찾았다. 그의 앙상하고 날카로운 모습에 그녀는 더 이상 불안하지 않았다. 오히려 그에게서 새처럼 보기 드문 아름다움을 발견했다.

이시바가 옷감 더미 밑에 있는 봉투를 찾았다. 디나가 봉투를 뜯고 읽었다. 처음에는 재빨리, 그런 다음 천천히 다시 읽으면서 법률 용어들을 이해하려고 했다. 곧, 요점이 분명해졌다. 주거지에서 사업을 하는 것이 금지되어 있으므로 즉시 상업적인 행위를 중단하라 그렇지 않으면 퇴거시키겠다고 했다.

얼굴이 화끈 달아오른 디나는 현관문으로 달려갔다. "이게 무슨 헛소리죠? 집주인한테 이런 괴롭힘은 안 통할 거라고 전하세요!"

이브라힘은 한숨을 쉬고 어깨를 으쓱거리며 목소리를 높였다. "달랄 부인, 경고했소! 법을 어기는 건 용서받지 못합니다! 다음번엔 편지가 아니라 퇴거 통지서가 배달될 거요! 그러면……"

디나가 현관문을 꽝하고 닫았다. 더 이상 말할 필요가 없게 되자 그는 안심하고 즉시 소리 지르기를 중단했다. 그는 숨을 헐떡거리며 이마를 닦은 후 자리를 떴다.

당황한 디나는 편지를 다시 읽었다. 재봉사들이 일한 지 겨우 3주밖에 안 됐는데 벌써 집주인과 문제가 생겼다. 그녀는 편지를 누스완에게 보여 주고 조언을 구해야 할지를 생각했다. 아냐, 오빠는 문제를 너무 심각하게 만들지도 몰라. 무시해 버리고 조심하면서 계속 일하는 게 나을 거야.

재봉사들에게 비밀을 털어놓고 재봉 작업을 절대 비밀로 해야 한다고 명심시키는 수밖에 없었다. 그녀는 이시바와 그 문제를 상의했다.

집세 걷는 사람이 재봉사들이 아파트를 드나드는 것을 발견하게 되면 요리나 청소를 하기 위해서라고 변명하기로 그들은 합의했다.

옴프라카시는 모욕감을 느꼈다. "난 재봉사예요. 집을 쓸고 닦는 씹할 하인이 아니라고요." 그날 저녁 일을 끝내고 그가 말했다.

"옴, 유치하게 굴지 마라. 이건 그냥 집주인과의 문제를 막기 위해서 꾸며낸 이야기일 뿐이야."

"누구의 문제요? 그건 아줌마의 문제잖아요. 내가 왜 걱정을 해야 해요? 우린 아줌마한테서 제대로 돈도 못 받고 있는데. 우리가 내일 죽는다고 해도 아줌마는 재봉사 두 명을 새로 구할 거라고요."

"자꾸 아무 생각 없이 말할래? 아주머니가 아파트에서 쫓겨나면 우린 일감이 없어져. 도대체 왜 그러니? 우리가 도시에 오고 나서 처음 얻은 괜찮은 직장이잖아."

"그래서 기뻐해야 하나요? 일만 있으면 모든 게 다 괜찮은 거냐고요?"

"3주밖에 안 됐잖아. 옴, 좀 참아 봐. 도시에는 기회가 많으니까 네 꿈을 이룰 수 있을 거야."

"난 도시라면 신물이 나요. 여기 온 이후로 불행밖에 없었잖아요. 그냥 고향 마을에서 죽었으면 좋았을 거예요. 다른 식구들처럼 불에 타서 죽었으면 좋았을 거라고요."

이시바의 얼굴이 어두워지고 흉터가 난 뺨이 조카의 아픔 때문에 부르르 떨렸다. 그는 조카의 어깨를 팔로 감싸며 달랬다. "옴, 괜찮아질 거야. 괜찮아질 테니까 날 믿어. 고향 마을로 곧 돌아갈 수 있을 거다."

3장 강 옆 마을

　고향 마을에서 재봉사들은 무두장이였다. 즉, 그들의 가족은 무두질과 가죽 세공을 하는 차마르 카스트에 속했다. 그러나 옴프라카시가 태어나기도 전인 오래전—그의 아버지 나라얀이 열 살 그리고 이시바 삼촌이 열두 살이었을 때— 형제는 재봉사가 되기 위한 훈련을 받으러 도제에게로 보내졌다.

　소년들의 아버지 친구들은 걱정했다. "둑히 모치가 미친 모양이야." 그들이 한탄했다. "두 눈을 멀쩡하게 뜨고서 가족들을 파괴하려고 하다니." 그리고 온 마을 사람들 역시 깜짝 놀랐다. 감히 카스트의 영원한 사슬을 끊으려고 하다니 곧 천벌을 받을 거라고 누군가가 말했다.

　자신의 청춘을 카스트 제도의 전통에 복종하면서 보낸 둑히 모치가 두 아들을 재봉사로 만들고자 했던 결정에는 대단한 용기가 필요했다. 조상들처럼 그는 어렸을 때부터 현생에서 미리 정해진 직업을 받아들였다.

　둑히 모치가 다섯 살 때 그는 아버지 옆에서 가죽 세공을 배우기 시작했다. 그 지역에는 이슬람교도의 수가 매우 적었기 때문에 차마르들이 가죽을 얻을 수 있는 도살장이 근처에 없었다. 따라서 소나 들소가 마을에서 자연사할 때까지 기다려야만 했다. 그럴 경우에 차마르들을 불러서 시체를 치우도록 했다. 카스트가 높은 소 주인이 한 해 동안 차마르들로부터 공짜 노동력을 충분히 얻었느냐에 따라서, 때로는 시체를 공짜로 주기도 했고 때로는 돈을 받기도 했다.

소의 가죽을 벗기고 난 후 차마르들은 고기는 먹고 가죽은 무두질을 해서 샌들, 채찍, 마구, 가죽 부대를 만들었다. 둑히는 죽은 동물들로 식구들의 생계를 유지시키는 법을 배웠다. 그러한 기술을 숙달하는 동안 그의 몸에서는 모든 걸 정화시켜 주는, 강물에서 아무리 씻고 문질러도 없어지지 않는 무두장이의 악취이자 아버지에게서도 났던 미세하지만 강렬한 냄새가 배었다.

어느 날 어머니가 자신을 포옹하면서 코를 찡그리며 자부심과 슬픔이 뒤섞인 목소리로 말할 때까지 둑히는 그런 냄새가 몸에 밴 것을 알아채지 못했다. "아들아, 너도 어른이 되어 가는구나. 냄새가 달라졌어."

그 후로 얼마 동안 그는 팔뚝을 들어 코에 갖다 대고는 아직도 냄새가 나는지 살폈다. 그는 피부를 벗겨내면 악취를 없앨 수 있을지 궁금했다. 아니면 피부보다 더 깊숙한 곳까지 스며든 것일까? 바늘로 찔러서 피 냄새를 맡아 보았지만 손가락 끝에 묻은 작은 피로는 부족했기 때문에 결론을 내리지 못했다. 근육과 뼈에도 악취가 숨어 있는 걸까? 그 당시에 그는 냄새가 사라지기를 원했던 것이 아니라 아버지와 같은 냄새가 난다는 것이 행복했다.

무두질과 가죽 세공 이외에도, 둑히는 불가촉천민인 차마르로 마을에서 사는 게 어떤 것인지를 배웠다. 이러한 교육을 위해서 특별한 가르침이 필요치는 않았다. 아버지와 함께 일할 때 두 사람을 둘러싼 죽은 동물들의 오물처럼, 사방에 카스트 제도의 분위기가 묻어 있었다. 그리고 그것만으로 부족하면 어른들의 이야기, 아버지와 어머니의 대화를 통해서 자신의 세계에 대한 지식의 빈틈을 채웠다.

마을은 작은 강 옆에 있었는데, 차마르들은 브라만들과 지주들이 사는 곳에서 떨어진 강 하류 지역에 살도록 허락받았다. 저녁이면 둑히의 아버지와 다른 차마르 남자들이 주거 구역 내에 있는 나무 밑에 앉아서 비디를 피우며 저무는 하루와 밝아올 내일에 대해서 이야기를 나눴다. 잡담하는 그들 주위로 새들이 울면서 날아다녔다. 강둑 너머로 음식 만드는 연기가 피어오르자 그들은 배가 고팠고, 카스트가 높은 사람들이 버린 쓰레기가 느린 강물 위를 흘러가고 있었다.

둑히는 멀리서 지켜보며 아버지가 집으로 돌아오기를 기다렸다. 어스름이 짙어지자 남자들의 형체가 희미해졌다. 곧, 손들이 움직이면 빨갛게 타오르는 담뱃불들이 개똥벌레처럼 재빨리 날아다니는 모습만이 보였다. 담뱃불이 하나씩 꺼지고 남자들이 흩어졌다.

둑히의 아버지는 밥을 먹는 동안 아내에게 그날 알게 된 모든 소식을 들려주었다. "판디트 씨네 소가 건강이 안 좋대. 죽기 전에 팔려고 한다는데."

"죽으면 누가 가져요? 이번은 당신 차례예요?"

"아냐, 볼라 차례야. 그런데 볼라가 일하는 데서 도둑질을 했다고 죄를 씌웠대. 판디트 씨가 볼라한테 소를 가지도록 해도 내 도움이 필요할 거야. 오늘 볼라의 왼손 손가락들이 잘렸다는군."

"볼라는 운이 좋군요." 둑히의 어머니가 말했다. "똑같은 이유로 작년에는 차건이 손목을 잘렸는데."

둑히의 아버지는 물을 한 모금 마시고 입안을 헹군 후 삼켰다. 그리고 손등으로 입술을 닦았다. "도수가 우물에 너무 가까이 갔다고 채찍질을 당했어. 도수는 도무지 말을 안 들어." 잠시 동안 말없이 밥을 먹으며 그는 습한 저녁에 개구리들이 큰소리로 우는 소리를 듣다가 아내에게 물었다. "당신은 안 먹어?"

"오늘은 단식하는 날이에요." 그녀는 음식이 충분치 않다는 말을 그렇게 표현했다.

한 입 더 먹으며 그가 고개를 끄덕였다. "최근에 부두의 마누라 봤어?"

그녀는 고개를 가로저었다. "본 지가 오래됐네요."

"앞으로도 오랫동안 못 볼 거야. 오두막에서 숨어 있을 테니까. 지주의 아들하고 들판으로 나가는 걸 거부해서 그들이 그 여자의 머리를 빡빡 깎고 옷을 다 벗겨서 광장에서 걸어 다니게 했어."

둑히는 그렇게 매일 저녁 아버지가 가감 없이 들려주는 마을에서 일어난 일들에 대해서 들었다. 어린 시절에 그는 하층 카스트의 사람이 저지를 수 있는 실제와 상상의 범죄 목록을 완벽하게 터득했으며, 그에 상응하는 벌을 머릿속에 새겼다. 십 대에 접어들었을 때 그는 결코 넘을 수 없는 보이지 않는 카스트의 선을 파악하고 조상들처럼 치욕과 인내를 영원한 동반자로 삼으며 마을에서 살아남기 위해서 필요한 모든 지식을 얻게 되었다.

둑히 모치가 열여덟 살이 되자, 그의 부모는 곧 그를 열네 살 차마르 소녀 루파와 결혼시켰다. 그녀는 결혼하고 6년 동안 딸 셋을 낳았다. 그러나 모두 몇 달을 넘기지 못하고 죽었다.

그런 다음 그들이 아들을 낳자 가족들은 뛸 듯이 기뻐했다. 아이의 이름을 이시바라고 지었고, 루파는 사내아이에게 들이는 특별한 열성과 헌신으로 그를 돌보았다. 그녀는 반드시 아들이 항상 충분히 먹을 수 있도록 했다. 자신이 굶는 일은 당연했으며 남편을 먹이기 위해서도 자주 그렇게 했다. 그러나 아들을 위해서 그녀는 도둑질도 서슴지 않았다. 그녀가 아는 한 자신의 아들을 위해서 그런 위험을 무릅쓰지 않으려는 어머니는 없었다.

젖이 마르자 루파는 밤을 틈타서 지주들의 소를 찾아가기 시작했다. 둑히와 아들이 잠자는 동안 그녀는 자정과 닭 우는 시간 사이에 작은 놋쇠 냄비를 들고 오두막집을 몰래 빠져나갔다. 등불은 너무 위험했기 때문에 낮에 외워 두었던 칠흑같이 어두운 밤길을 그녀는 넘어지지 않고 걸었다. 어둠이 거미줄처럼 그녀의 뺨을 스쳤다. 때로는 진짜 거미줄도 스쳤다.

그녀는 소 한 마리에서 우유를 조금씩만 짰다. 그래야 주인이 생산량이 줄었다는 것을 눈치채지 못할 것이었다. 아침에 우유를 본 둑히는 무슨 일인지 알았다. 밤에 그녀가 나갈 때 잠이 깨더라도 그는 아무 말도 하지 않았고, 그녀가 돌아올 때까지 몸을 떨면서 누워 있었다. 그는 종종 자기가 대신 가겠다고 나서야 하는 건 아닌지 궁금했다.

곧 이시바에게 젖니가 나자, 루파는 수확을 앞둔 과수원을 매주 찾아가기 시작했다. 어둠 속에서 그녀는 과일이 익었는지 손으로 만져 보고 땄다. 나무 한 그루에서 몇 개씩만 따서 표가 나지 않도록 했다. 주위의 어둠은 루파의 숨소리와 그녀를 피해서 안전한 곳으로 달아나는 작은 벌레들 소리로 가득했다.

어느 날 저녁, 그녀가 자루에 오렌지를 담고 있을 때 나무들 사이에서 갑자기 등불이 보였다. 작은 공터에서 한 남자가 대나무를 엮어서 만든 간이침대에 앉아서 그녀를 지켜보고 있었다. 그녀는 자루를 놓고 도망갈 준비를 하면서 이제 죽었구나, 하고 생각했다.

"겁내지 마." 남자가 말했다. 그는 손에 무거운 몽둥이를 쥐고서 낮은 목소리로 말했다. "그거 좀 가져간다고 해도 난 상관 안 해." 무서워서 숨을 헐떡이며 돌아선 그녀는 그 말을 믿어야 할지 궁금했다.

"어서, 몇 개 더 따." 그가 웃으면서 말했다. "주인이 과수원을 지키라고 날 고용했지. 그런데 난 상관 안 해. 어차피 그놈은 부잔데 뭐."

루파는 조심스럽게 자루를 쥐고 다시 과일을 따기 시작했다. 자루 입구로 오렌지를 넣으려고 했지만 손이 떨려서 땅바닥으로 떨어트리고 말았다. 그녀는 어깨너머로 힐끗 보았다. 그가 탐욕스러운 눈으로 그녀의 몸을 관찰하고 있었다. 그녀는 불안했다. "고맙습니다." 그녀가 말했다.

그가 고개를 끄덕였다. "내가 여기 있어서 다행인 줄 알아. 난 나쁜 사람이 아니니까. 계속 따고 싶은 만큼 따." 그는 박자에 맞지 않게 뭔가를 흥얼거렸다. 신음 소리와 한숨 소리가 섞인 것 같았다. 그는 흥얼거림을 멈추고 휘파람을 불렀다. 그래도 여전히 박자가 맞지 않았다. 그는 하품을 하고 조용히 그녀를 계속 관찰했다.

과일을 충분히 딴 루파는 그에게 고맙다고 하고 떠나야겠다고 생각했다. 그러한 움직임을 알아채고 그가 말했다. "내가 소리만 지르면 그들이 달려올 거야."

"네?" 그녀는 그의 미소가 갑자기 사라지는 것을 보았다.

"내가 소리만 지르면 주인하고 그의 아들들이 즉시 여기로 올 거야. 그들이 널 발가벗기고 도둑질한 대가로 채찍질을 할 거라고."

그녀가 몸을 떨자 그의 얼굴에 미소가 돌아왔다. "걱정 마. 소리치지는 않을 테니까." 그녀는 자루 입구를 단단히 묶었고, 그가 말을 이었다. "채찍질을 하고 나면 그들이 아마도 널 욕보이고 명예를 더럽히겠지. 차례로 너의 사랑스럽고 부드러운 몸에 부끄러운 짓을 할 거라고."

루파는 감사와 작별의 표시로 두 손을 하나로 모았다.

"아직 가면 안 돼. 따고 싶은 만큼 따." 그가 말했다.

"고맙습니다. 이제 충분해요."

"정말이야? 원한다면 내가 충분히 더 줄 수도 있는데." 그는 몽둥이를 내려놓고 간이침대에서 일어났다.

"고맙지만 이걸로 충분합니다."

"정말이야? 기다려. 그렇게 가면 안 되지." 그는 웃으면서 말했다. "아직 나한테 보답을 안 했잖아." 그는 그녀에게로 다가갔다.

그녀는 뒤로 물러서면서 억지로 미소를 보였다. "전 아무것도 가진 게 없어요. 그래서 아이를 위해서 밤에 여기로 온 겁니다."

"네가 왜 가진 게 없어." 그는 손을 내밀어 그녀의 왼쪽 가슴을 주물렀다. 그녀는 손을 쳐냈다. "내가 한 번만 소리치면 넌 끝장이야." 경고와 함께 그는 손을 윗옷 속으로 집어넣었다. 그의 손길에 몸서리를 쳤지만 그녀가 할 수 있는 일이라고는 아무것도 없었다.

그는 움츠린 그녀를 간이침대로 끌고 가서 윗단추 세 개를 잡아 뜯었다. 그녀는 두 팔을 가로질러 앞을 막았다. 팔을 밑으로 끌어내린 그는 꿈틀거리며 벗어나려는 그녀의 가슴에 입술을 묻으며 조용히 웃었다. "내가 너한테 오렌지를 많이 줬잖아. 그런데 달콤한 네 망고 맛도 못 보게 할 거야?"

"제발, 보내 주세요."

"내 보즈푸리 가지를 너한테 먹이고 나면 금방 보내 줄게. 옷 벗어."

"제발, 부탁입니다. 보내 주세요."

"내가 한 번만 소리 지르면 넌 끝장이야."

옷을 벗으면서 숨을 죽이며 울다가 그녀는 그의 지시대로 누웠다. 그가 위에서 움직이며 숨을 헐떡이는 동안에도 그녀는 계속 울었다. 쓸모

없는 파수꾼처럼 서 있던 나무들의 잎이 산들바람에 바스락거리는 소리가 들렸다. 개 한 마리가 짖자 나머지 개들이 따라서 짖었다. 남자의 머리에서 야자유가 묻어서 그녀의 얼굴과 목에 자국을 남겼고 가슴을 더럽혔다. 그 악취가 그녀의 콧구멍 속에서 진동했다.

몇 분 후, 그녀의 몸에서 그가 굴러 내려왔다. 옷과 오렌지가 든 자루를 쥐고 루파는 벌거벗은 채 과수원을 달렸다. 그가 따라오지 않는다는 걸 확신한 후에야 그녀는 자리에서 멈추고 옷을 입었다.

그녀가 오두막집으로 돌아왔을 때 둑히는 자는 척했다. 밤새 여러 번 그녀가 숨을 죽여 흐느끼는 소리를 들은 그는 그녀의 몸에서 나는 냄새로 밖에서 무슨 일이 있었는지 알 수 있었다. 그는 말로써 그녀를 위로해주고 싶었다. 그러나 무슨 말을 해야 할지 몰랐고 너무 많은 것을 알까 봐 두려웠다. 그는 조용히 울면서 자신의 부끄러움과 분노, 굴욕을 눈물로 풀었다. 그날 밤 그는 죽고 싶은 심정이었다.

다음 날 아침 루파는 아무 일도 없었던 것처럼 행동했다. 둑히는 아무 말 없이 오렌지를 함께 먹었다.

이시바가 태어나고 2년 후에 루파와 둑히는 아들을 또 낳았다. 둘째 아들은 나라얀이라고 이름을 지었다. 그의 가슴에 난 진홍색 반점을 보고 루파의 출산을 도왔던 이웃 노파가 이전에도 그런 반점을 본 적이 있다고 했다. "용맹하고 넓은 가슴을 가졌다는 뜻이야. 이 아이가 자네를 매우 자랑스럽게 만들 걸세."

그들이 둘째 아들을 낳았다는 소식에, 비슷한 시기에 결혼하고도 아직 아이가 없거나 아들을 학수고대하던 카스트가 높은 여자들이 질투했다. 그들이 화를 참기는 어려웠다. 딸을 낳은 여자들은 남편이나 남편의 가족들로부터 매질을 당했다. 때로는 갓난아이를 몰래 버리고 오라는 명령을 받기도 했다. 그러면 여자들은 할 수 없이 젖먹이를 강보에 싸서 질식시켜 죽이거나 독살하거나 굶어죽도록 방치했다.

"도대체 세상이 어떻게 된 거지? 왜 불가촉천민의 집에는 아들이 둘씩이나 있는데 우리 집에는 하나도 없는 거야?" 그들이 불평했다. 도대체 차마르가 아들에게 물려줄 게 뭐가 있다고 신들이 그런 상을 내리는 걸까? 뭔가 잘못됐어. 마누법전이 뒤집어진 거야. 분명히 마을에 있는 누군가가 신들을 분노케 한 행동을 한 게 틀림없어. 신들을 달래 주고 빈 그릇들을 아들로 채우기 위해서는 특별한 의식이 필요하다고 했다.

그러자 자식이 없는 여자들 가운데 한 명이 사내아이를 못 낳는 보다 현실적인 이론을 제시했다. 그녀에 따르면 두 아들이 사실은 둑히의 자식이 아닐지도 모른다고 했다. 아마도 둑히가 멀리까지 가서 브라만의 갓난아이들을 유괴했을지도 모른다고 했다. 그제야 모든 게 설명되는 듯했다.

그런 소문이 번지기 시작하자 둑히는 가족들의 안전이 걱정되었다. 예방책으로 그는 더욱더 몸을 낮추었다. 길에서 카스트가 높은 사람들을 볼 때마다 그는 비굴하게 엎드렸다. 그러나 자신의 그림자로 그들을 더럽혔다는 비난을 받지 않으려고 안전한 거리를 두고 몸을 엎드렸다. 또한, 카스트가 높은 사람들의 하늘로 멋지게 솟은 거만한 콧수염과는 달리 길이와 모양이 카스트 규칙에 맞고 양끝이 겸손하게 아래로 쳐진 자신의 콧수염마저 밀어 버렸다. 그리고 자신과 아이들은 가난한 살림살이 중에서도 가장 더러운 누더기를 걸쳤다. 오염시킨다는 비난을 피하기 위해서 그는 루파에게 마을 우물 근처에는 일절 모습을 드러내지 말라고 했다. 그녀의 친구 파드마가 마실 물을 떠다 주었다. 둑히는 맡은 일은 무엇이든지 아무런 불평 없이 했고 돈을 받을 생각도 하지 않았으며, 눈은 항상 카스트가 높은 사람의 얼굴에서 떼고 자신의 발에다가 고정시켰다. 누군가 자신에게 조금이라도 불편한 감정을 느낀다면 가족들을 집어삼킬 불길로 변할 수 있다는 걸 그는 잘 알고 있었다.

다행히 대부분의 카스트가 높은 사람들은 자식을 못 낳는 여자들의 문제에 대해서 매우 철학적인 태도를 취하는 것으로 만족했다. 세상이 칼리유가, 즉 암흑의 시대를 지나고 있으므로 우주의 질서에서 아들을 못 낳는 여자들만 이상한 건 아니라고 했다. "최근에 가뭄을 봐라. 우리가 올바른 의식을 거행해도 가뭄이 들잖아. 그리고 비가 내리면 폭우가 쏟아지고. 홍수가 나서 오두막집들이 쓸려 내려가잖아. 이웃 지역에서는 머리가 둘 달린 송아지가 태어났다는군." 그들이 말했다.

그곳에 가서 해질녘까지 집으로 돌아오기에는 거리가 너무 멀었기 때문에 마을 사람들 중에서 머리가 둘 달린 송아지를 본 사람은 없었다. 그러나 모두들 그 끔찍한 소식을 이미 들었다. "그럼, 그렇고 말고. 판디트들 말씀이 백번 지당하지. 칼리유가 때문에 이런 문제들이 생기는 거라고."

해결 방법은 질서를 더욱더 잘 지키는 것이라고 판디트들이 말했다. 세상에는 모든 사람들에게 알맞은 위치가 있으며, 각자가 그 위치를 잘 지키면 칼리유가의 암흑을 견뎌내고 아무런 피해도 입지 않고 벗어날 수 있다고 했다. 그러나 질서를 어겨서 오염이 된다면 어떠한 재앙이 우주에 닥칠지 알 수 없었다.

이러한 의견 일치가 이루어지고 난 후에 판디트들과 타쿠르들이 채찍질로 세상을 제대로 이끌고자 했기 때문에 마을에서는 불가촉천민들에게 가해지는 매질의 숫자가 크게 늘어났다. 죄목은 가지각색이었고 상상에 의한 것들이었다. 잡일을 하는 벙기 카스트 중 한 명은 감히 불결한 눈을 브라만의 눈과 마주쳤다고 해서, 차마르 한 명은 사원으로 가는 길에서 잘못된 방향으로 걷다가 신성모독을 했다고 해서, 또 어떤 차마르는 종교 의식이 거행 중인 곳으로 길을 잘못 들어서 성스러운 기도 소리를 더러운 귀로 엿들었다고 해서, 벙기 여자아이는 타쿠르의 집에서 일을 마치고 안마당 흙에 묻은 자신의 발자국들을 없애지 않았다고 해서 (빗자루가 다 닳아서 어쩔 수 없었다는 그녀의 간청은 받아들여지지 않은 채) 매질을 당했다.

둑히 역시 암흑의 마수에서 우주를 구하는 데 자신의 몸을 약간 보시했다. 그는 염소 떼를 데리고 풀을 먹이고 오라는 명령을 받았다. 주인이 볼 일이 있어서 출타할 예정이었다. "조심해서 돌봐. 특히 저기 뿔이 부러지고 수염이 긴 놈을 잘 살펴. 저놈이 정말 골칫거리니까." 주인이 말했다. 일을 해주는 대가로 염소 우유 한 잔을 받기로 했다.

둑히는 아침에 염소들을 돌보면서 이시바와 나라얀에게 우유를 갖다주면 얼마나 좋아할지를 상상했다. 그러나 오후가 되어 더워지자 그는 그만 잠이 들고 말았다. 돌아다니던 염소들이 이웃집으로 들어갔다. 저녁에 주인이 돌아왔을 때 둑히는 우유 대신에 채찍질을 당했다.

주인이 더 심하게 때려서 더 안 좋은 결과가 생길 수도 있었기 때문에, 그는 그것이 치러야 할 작은 대가라고 생각했다. 그날 저녁 루파는 남편의 등과 어깨에 부어오른 채찍 자국들에 바를 버터를 훔치려고 몰래 나갔다.

루파는 별 죄책감 없이 버터를 훔쳤다. 사실, 그녀는 그것을 훔친다고 생각지 않았다. 크리슈나 신께서도 아주 오래전 마투라에서 청년 시절에 늘 그렇게 하지 않았던가?

적당한 나이가 된 아이들에게 둑히는 그들이 족쇄처럼 차고 태어난 일을 가르쳐 주기 시작했다. 이시바가 일곱 살 때 처음으로 죽은 동물에게 데려갔다. 나라얀도 함께 가고 싶어 했지만 둑히는 너무 어려서 안 된다고 했다. 그 대신 가죽을 소금에 절이고, 무딘 칼로 털과 썩은 살을 벗겨 내고, 무두질을 하는 데 쓸 가자나무 열매를 모으는 일 등을 돕도록 허락하겠다고 약속했다. 그러자 나라얀이 기뻐했다.

다른 차마르 몇 명과 함께 타쿠르 프렘지의 농장에 도착한 후 둑히와 이시바는 물소가 누워 있는 들판으로 갔다. 해오라기 한 마리가 작은 산처럼 솟아 있는 검은 물소 위에 앉아서 가죽에 붙은 벌레들을 쪼아 먹고 있었다. 사람들이 다가오자 해오라기는 날아갔다. 구름처럼 모인 파리 떼들이 물소 위로 윙윙거리며 날고 있었다.

"죽었습니까요?" 둑히가 물었다.

"당연히 죽었지." 타쿠르의 일꾼이 말했다. "우리가 살아 있는 소를 그냥 줄만큼 여유가 있는 줄 알아?" 그는 고개를 가로저으며 불가촉천민들의 명청함에 대해서 투덜거리더니 그들에게 일을 맡기고 떠났다.

둑히와 그의 친구들은 물소 뒤에 수레를 갖다 댔다. 나무판을 수레에서 물소로 경사지게 놓았다. 나무판을 축축하게 만들어 물소가 쉽게 미끄러지도록 하고 나서 그들은 물소의 다리를 쥐고 나무판 위로 조금씩 밀어 올렸다.

"저것 봐!" 누군가가 말했다. "소가 살아 있어! 숨을 쉰다고!"

"이봐, 초투, 소란 피우지 마. 안 그러면 소를 못 가져가게 할 거야. 거의 다 죽었잖아. 겨우 몇 시간밖에 숨이 남지 않았다고." 둑히가 말했다.

그들은 다시 땀을 흘리면서 끙끙거리며 일을 했고 초투는 낮은 목소리로 타쿠르를 욕했다. "빌어먹을 위선자! 등이 부러지도록 일을 시키네.

소를 여기서 죽이고 가죽을 벗겨서 작게 토막을 내면 일이 훨씬 쉬울 텐데."

"맞는 말이야." 둑히가 말했다. "카스트가 높은 놈이 그렇게 하겠어? 순결한 자기 땅을 더럽힌다고 할 텐데."

"그 작자가 유일하게 카스트가 높은 거라곤 고기를 먹는 조그만 좆뿐이라고. 매일 밤마다 자기 마누라의 카스트가 높은 거시기를 처먹지." 초투가 말했다.

그들은 낄낄거리다가 다시 일을 시작했다. 누군가가 말했다. "그 작자는 일주일에 한 번씩 마을에 나타난다는데. 닭고기, 양고기, 쇠고기, 좋아하는 건 뭐든지 다 처먹는데."

"다들 마찬가지야." 둑히가 말했다. "말로만 채식주의자고 다들 몰래 고기를 먹지. 자, 어서 밀어!"

어른들의 말에 귀를 기울이던 이시바가 고사리 같은 손으로 거들자 어른들이 격려했다. "자, 거의 다 됐다! 이시바, 어서 밀어! 더 세게, 더 세게!"

그들이 농담하고 욕하고 놀리는 와중에 물소가 갑자기 살아나서 마지막으로 머리를 치켜들더니 죽었다. 어른들은 놀라서 비명을 지르며 소뿔을 피하려고 뒤로 물러섰다. 그러나 소뿔 끝에 왼쪽 뺨이 찔린 이시바는 정신을 잃고 쓰러졌다.

둑히는 아들을 팔에 안고 집으로 달려갔다. 그는 쉴 새 없이 다리를 움직이며 뛰어갔다. 아버지와 아들이 합쳐진 쪼그라든 한낮의 그림자가 둑히의 발뒤꿈치를 계속 따라왔다. 그의 이마에서 흘러내린 땀이 아들의 얼굴을 적셨다. 그러자 이시바가 몸을 움직이며 혀를 내밀어 입술에 묻은 아버지의 땀을 핥았다. 살아 있다는 신호에 힘이 난 둑히는 안도의 한

숨을 내쉬었다.

"오, 신이시여!" 피를 흘리는 아들을 본 루파가 비명을 질렀다. "세상에, 아버지란 사람이 도대체 무슨 짓을 한 거예요! 뭐가 급하다고 오늘 애를 데리고 간 거냐고요? 이런 어린애를! 나이가 들 때까지 좀 기다리면 안 돼요?"

"일곱 살이야." 둑히가 조용히 대답했다. "난 다섯 살 때 아버지가 데려갔어."

"그게 이유예요? 그럼 당신이 다섯 살 때 다쳐서 죽어도 아들한테 똑같이 할 거예요?"

"내가 다섯 살 때 죽었으면 아들을 어떻게 낳아." 훨씬 작아진 목소리로 둑히가 대답했다. 그는 밖으로 나가 상처를 치료할 이파리들을 따와 아주 얇게 저미서 거의 반죽이 될 정도로 만들었다. 그런 다음 다시 일을 하러 갔다.

루파는 아들의 깊이 베인 상처를 닦고 그 위에다가 검푸른 반죽을 감쌌다. 얼마 후 그녀는 마음이 진정되자 둑히에 대한 분노가 수그러들었다. 브라만 여자들의 사악한 눈이 이시바를 해친 거라고 생각한 그녀는 아이들의 팔에다가 부적을 묶었다.

아이를 낳지 못한 여자들은 안심했다. 우주가 정상으로 돌아가고 있으며, 불가촉천민 소년의 얼굴이 더 이상 예쁘지 않고 보기 흉하게 된 것은 당연하다고 했다.

저녁에 집으로 돌아온 둑히는 방바닥 구석의 밥 먹는 자리에 앉았다. 아버지를 바싹 끌어안은 이시바와 나라얀은 가죽과 타닌 그리고 썩은 동물 냄새를 일시적으로 약하게 만드는 그의 비디 냄새가 좋았다. 루파가 차파티를 만들자 빵을 굽는 향기에 그들은 배가 고팠다.

며칠 동안 곪던 상처가 아물기 시작하자 걱정거리가 사라졌다. 그러나 상처는 이시바의 왼쪽 뺨이 영원히 움직이지 못하도록 만들었다. 분위기를 가볍게 하려고 둑히가 말했다. "신께서 우리 아들이 다른 사람들보다 절반만 울기를 원하시는 모양이다."

이시바의 얼굴 반쪽에만 미소가 만들어진다는 사실을 그는 애써 무시하고 싶었다.

이시바가 열 살, 나라얀이 여덟 살이 되던 해에 비가 억수같이 쏟아졌다. 둑히는 오두막집에 물이 새지 않도록 짚을 찾으러 다니면서 장마철을 힘겹게 보냈다. 들판에는 가뭄이 사라졌고 소들은 살이 찌기 시작했다. 둑히는 동물들이 죽어서 가죽을 남기기를 기다렸지만 허사였다.

좋은 날씨가 계속되자 지주들은 풍년을 기대했지만 땅이 없는 불가촉천민들은 슬펐다. 추수가 시작되면 그들에게도 일감이 생기겠지만, 그때까지는 자선이나 지주들이 알아서 던져주는 하찮은 일에 의지해야 했다.

며칠 동안 일이 없다가 타쿠르 프렘지의 부름을 받자 둑히는 기뻤다. 그는 갈아서 가루로 만들어야 하는 말린 빨간 고추 한 포대가 있는 지주의 뒤뜰로 갔다. "해 질 때까지 할 수 있겠냐?" 타쿠르 프렘지가 물었다. "못하겠으면 한 명 더 부를 거고."

둑히는 자신의 몫으로 떨어질 아무리 작은 보상이라도 다른 사람과 나누고 싶지 않다. "걱정 마십시오. 해가 지기 전에 전부 다 해 놓겠습니다요." 그는 고추를 큰 돌절구에 채우고 옆에 놓인 길고 무거운 공이 세 개 중에 하나를 골랐다. 그는 잠시 지켜보던 타쿠르 프렘지에게 자주 미소들 보이며 힘차게 빻기 시작했다.

그가 떠나고 나자 둑히는 속도를 줄였다. 그렇게 빠른 속도는 절구통에 세 사람이 붙어서 공이를 차례대로 찧을 때나 가능한 일이었다. 점심 시간까지 자루의 절반을 마친 그는 밥을 먹으려고 일을 멈췄다. 누가 보고 있는지 주위를 둘러서 살펴보고 나서, 그는 절구에 손을 넣어 차파티에다가 고춧가루를 살짝 뿌렸다. 하마터면 타쿠르 프렘지가 물을 한 통 들려서 보낸 하인에게 들킬 뻔했다.

자루가 거의 바닥을 드러낸 오후 늦게 사고가 발생했다. 그는 하루 종일 하던 대로 공이를 찧고 다시 올렸는데, 갑자기 절구통이 정확하게 둘로 갈라지며 내려앉았다. 절구통 한 쪽이 둑히의 왼발에 떨어져 발등을 뭉갰다.

타쿠르 프렘지의 아내가 부엌 창문에서 지켜보고 있었다. "이런, 여보! 빨리 와 봐요!" 그녀가 소리쳤다. "당나귀 같은 차마르 놈이 우리 절구통을 부쉈어요!"

집 앞 차양 밑에서 손자를 팔에 안고 꾸벅꾸벅 졸던 타쿠르 프렘지가 아내의 비명 소리에 잠을 깼다. 그는 자고 있는 손자를 하인에게 맡기고 뒤뜰로 달려갔다. 바닥에 드러누운 둑히는 평소에 터번처럼 간단하게 머리에 두르던 천을 가지고 피가 나는 발을 감고 있었다.

"이런 멍청한 놈아, 무슨 짓을 한 거냐! 이렇게 하라고 너한테 일을 맡겼냐?"

둑히가 위를 올려다봤다. "제발, 용서해 주십시오. 전 아무 짓도 안 했습니다. 돌절구에 문제가 있어서 그런 겁니다."

"거짓말 할래!" 그가 몽둥이를 무섭게 들어 올렸다. "절구통을 부수고 나한테 거짓말까지 해! 아무 짓도 안했는데 절구통이 어떻게 부서져? 단단한 돌로 만든 저렇게 큰 절구통이 어떻게 부서져! 유리로 만들어져서 이렇게 부서진 거냐?"

"자식들 머리를 걸고 약속드립니다. 전 그냥 하루 종일 고추만 빻고 있었습니다. 보십시오. 자루가 거의 다 비었습니다. 일은……"

"어서 일어나! 내 땅에서 썩 꺼져! 다시는 나타나지 마라!"

"하지만 일은……"

그는 몽둥이로 둑히의 등을 때렸다. "일어나라고 했다! 어서 썩 꺼져!"

둑히는 매를 피하려고 절뚝거리며 뒤로 물러섰다. "용서해 주십시오. 며칠간 일이 없어서 제가 아무것도……"

타쿠르 프렘지는 몽둥이를 거칠게 휘둘렀다. "야 이 개자식아! 네가 내 재산을 파괴했어. 그런데도 그냥 보내주는 거야! 내가 바보처럼 마음이 약하지만 않다면 널 경찰에다가 넘길 테다. 썩 꺼지지 못해!" 그는 계속 몽둥이를 휘둘렀다.

둑히는 피했지만 아픈 발로는 빨리 움직일 수가 없었다. 대문을 빠져나오기 전에 그는 몽둥이 몇 대를 맞았다. 타쿠르 프렘지와 그의 가족들을 욕하면서 둑히는 절뚝거리며 집으로 갔다.

"건드리지 마!" 루파가 무서워하면서 묻자 둑히가 씩씩거렸다. 그의 옆에서 계속해서 물으며 다친 발을 보자고 조르자 그는 그녀를 때렸다. 화가 나고 창피스러웠던 그는 저녁 내내 집에서 말없이 앉아 있었다. 이시바와 나라얀은 무서웠다. 지금껏 아버지의 그런 모습을 본 적이 없었다.

나중에 그는 아내가 상처를 닦고 붕대를 감도록 하고 그녀가 차린 음식을 먹었지만, 여전히 아무 말도 하지 않았다. "나한테 말하고 나면 기분이 나아질 거예요." 그녀가 말했다.

이틀 후에야 그는 자신의 발에서 나오는 더러운 고름처럼 분노를 뿜어

내면서 그녀에게 설명했다. 염소들이 길을 잃어서 맞았을 때는 괜찮았다. 잠을 잔 건 그의 잘못이었다. 그러나 이번에는 아무런 잘못도 하지 않았다. 하루 종일 힘들게 일했지만 매를 맞고 돈도 받지 못했다. "거기다가 발을 다쳤어. 그 비열한 타쿠르 도둑놈을 죽여 버렸어야 했는데. 타쿠르 놈들은 다 마찬가지야. 우리를 짐승처럼 다뤄. 우리 조상들 때부터 항상 그랬어."

"쉿, 조용히 해요." 그녀가 말했다. "애들이 들으면 안 좋아요. 절구통이 부서진 건 운이 안 좋아서 그런 것뿐이에요."

"카스트가 높은 놈들 얼굴에다 침을 뱉을 거야. 이제부터 그놈들이 시키는 비참한 일 따위는 필요 없다고."

발이 낫고 나자 둑히는 마을에 등을 돌렸다. 새벽에 집을 떠나서 소달구지와 트럭을 얻어 타고 정오가 되기 전에 읍내에 도착했다. 그는 근처에 구두장이가 없는 거리 구석에 자리를 잡았다. 쇠로 만든 구두 골, 송곳, 망치, 못, 징, 가죽 조각들을 반원 모양으로 주위에 늘어놓고 그는 인도에 앉아서 사람들의 신발을 고쳐주려고 기다렸다.

다양한 디자인과 색깔의 구두, 뒤축 없는 신, 슬리퍼 등을 신은 사람들이 지나가자 그는 호기심이 생기기도 하고 걱정이 되기도 했다. 그들 중에 한 명이 온다면 과연 수리를 할 수 있을까? 이전에 만지던 단순한 가죽 샌들보다 복잡해 보였다.

잠시 후 누군가가 둑히 앞에 멈춰서 오른발을 흔들어 가죽 샌들을 벗고 엄지발가락으로 뜯어진 X자 끈을 가리켰다. "고치는 데 얼마야?"

둑히가 샌들을 들고 뒤집어 보았다. "2아나 주십시오."

"2아나? 미쳤어? 너 같은 구두장이한테 2아나를 주느니 샌들을 새로 사는 게 낫겠다."

"아이고, 선생님, 누가 2아나에 새 샌들을 줍니까?" 흥정이 끝나고 1아나를 받기로 했다. 둑히는 바느질이 끊긴 홈을 찾으려고 밑창을 긁었다. 더러운 흙이 납작한 큰 덩어리로 벗겨져서 떨어졌다. 고향 마을의 흙과 읍내의 흙은 아무런 차이도 없었다. 냄새도 모양도 똑같았다.

그는 갈라진 틈에다가 끈을 다시 집어넣고 새로 바느질을 했다. 샌들을 신어 보기 전에 남자는 수리된 부분을 잡아당겨 보았다. 몇 발짝 걸으며 발가락을 흔들어 보더니 그는 괜찮다고 투덜거리며 돈을 냈다.

여섯 시간 동안 다섯 손님이 다녀가고 나서야 둑히는 집으로 돌아갈 준비를 했다. 그는 그날 번 돈으로 밀가루 약간, 양파 세 개, 감자 네 개, 매운 풋고추 두 개를 사서 집으로 향했다. 아침보다 소달구지나 차가 드물었다. 한참을 걷고 난 후에 그는 탈것을 발견했다. 마을에 도착하자 저녁이었다. 루파와 아이들은 그를 애타게 기다리고 있었다.

읍내 거리에서 일한 지 며칠 후에 둑히는 친구인 아시라프가 인도에서 큰 걸음으로 다가오는 걸 보았다. "이웃에서 일하는지는 몰랐는데." 그를 보고 놀란 아시라프가 말했다.

이슬람교도인 아시라프는 읍내에서 재봉 가게를 하고 있었다. 아주 드물긴 했지만 둑히가 아내와 아이들에게 옷을 만들어 줄 돈이 생기면 동갑내기인 그에게 찾아가곤 했다. 힌두교도 재봉사는 불가촉천민들을 위해서 바느질을 해 주지 않았다.

마을에서 겪은 둑히의 불행에 대해서 듣고 나서 아시라프가 물었다.

"다른 걸 해 보지 않겠나? 돈을 더 많이 벌 수 있는 것 말이야."

"어디서!?"

"나하고 같이 가세."

그는 작업 도구들을 모은 후에 서둘러 아시라프를 따라갔다. 그들은 철길을 건너 읍내 반대편에 있는 저목장으로 걸어갔다. 그곳에서 둑히는 저목장을 관리하는 아시라프의 삼촌을 소개받았다.

그 후로 그는 저목장에서 일했다. 트럭에 짐을 싣고 내리거나 배달을 하는 걸 도왔다. 하루 종일 바닥에 웅크리고 앉아서 이방인들의 발과 대화를 나누는 것보다 짐을 싣고 나르고 사람들과 함께 똑바로 걸어 다니는 일이라서 매우 마음에 들었다. 그리고 싱싱한 나무 향기는 더러운 신발에서 나는 악취로부터의 해방이었다.

어느 날 아침 저목장으로 가는 길에 둑히는 많은 차들을 보았다. 그가 타고 가던 소달구지를 구름 같은 흙먼지가 집어삼켰다. 소달구지는 갓길에 자주 멈춰 서야 했고, 한 번은 큰 버스가 지나가서 하마터면 도랑에 빠질 뻔했다.

"무슨 일이오? 다들 어디로 가는 거죠?" 그가 소달구지를 모는 사람에게 물었다. 남자는 어깨를 으쓱거리며 소달구지를 다시 도로로 옮기는 데 집중했다. 소를 막대기로 찔러도 안 되자 두 사람이 내려서 소를 도왔다.

읍내에 도착하자마자 둑히는 거리가 온통 깃발과 구호로 장식된 걸 보았다. 국민회의당 지도자들이 방문한다고 했다. 그는 어슬렁거리다가 아시라프의 가게로 가서 그 소식을 전했고 두 사람은 군중들에 합류하기로 했다.

지도자들의 연설이 시작됐다. 자유와 정의를 위한 투쟁에 관한 마하트마 간디의 메시지를 전하기 위해서 왔다고 했다. "우리는 너무나 오랫동안 우리의 조국에서 노예로 살아왔습니다. 이제 자유를 위해서 싸울 때가 왔습니다. 이 싸움에서 우리는 총이나 칼이 필요하지 않습니다. 우리는 거친 말이나 증오가 필요치 않습니다. 진실과 비폭력으로 우리는 영국인들에게 이제 떠나야 할 때가 왔다는 것을 설득할 것입니다."

군중들이 박수를 쳤다. 연설이 계속됐다. "노예의 멍에를 벗기 위해서는 우리가 강해져야 한다는 것을 여러분들은 동의하실 겁니다. 그 어느누구도 이에 반대할 수 없습니다. 그리고 오직 진정으로 강한 사람들만이 진실과 비폭력의 힘을 사용할 수 있습니다. 하지만 우리가 병이 있는데 어떻게 강해질 수 있겠습니까? 먼저 우리는 우리 모국의 몸을 괴롭히고 있는 이 질병으로부터 벗어나야 합니다.

"그게 무슨 병인지 여러분들은 궁금하실 겁니다. 형제 그리고 자매 여러분, 바로 이 병은 우리를 수 세기 동안 파괴해 오고 우리와 똑같은 인간들에게 존엄성을 거부해 온 불가촉천민이라는 개념입니다. 이러한 병은우리 사회, 우리 마음, 우리 머릿속으로부터 사라져야 합니다. 우리들 모두는 같은 신의 자녀들이기 때문에 어느 누구도 불가촉천민이 될 수 없습니다. 한 방울의 비소가 우유에 독이 되듯이 불가촉천민이라는 말이힌두교를 타락시킨다는 간디 선생님의 말씀을 기억하십시오."

그다음 연사들은 자유를 위한 투쟁에 관련한 문제들과 부당한 법을 지키기를 거부하는 시민 불복종 운동을 했다는 이유로 명예롭게 감옥에 갇힌 사람들에 대해서 연설했다. 지도자들이 군중들에게 카스트의 모든 편견을 생각과 말과 행동에서 없앨 것을 맹세해 달라고 요청한 집회의 마지막까지 둑히와 아시라프는 자리를 지켰다. "우리는 이 메시지를 가지고 전국을 돌면서 모든 사람들에게 힘을 합쳐서 이러한 사악한 편견과악의 제도와 맞서 싸우기를 촉구할 것입니다."

군중들은 마하트마 간디가 요청한 맹세를 받아들이고 열정적으로 구호들을 복창했다. 집회가 끝났다.

"난 우리 마을 지주들도 카스트 제도를 없애자는 연설에 박수를 칠지가 궁금해." 둑히가 아시라프에게 말했다.

"그들도 박수야 치겠지만 계속 옛날처럼 행동할 거야." 아시라프가 말했다. "악마가 그들의 정의감을 훔쳐갔어. 아니, 그들은 보거나 느낄 수가 없는 거야. 자네도 마을을 떠나고 가족들을 여기로 데려와."

"그럼 우리는 어디서 살고? 적어도 거기엔 오두막집이라도 있어. 게다가 우리 조상들도 거기서 계속 살았고. 어떻게 내가 그 땅을 떠나겠나? 고향 마을에서 멀리 떠나는 건 좋지 않아. 그럼 내가 누군지도 잊어버린다고."

"맞는 말이야. 하지만 적어도 자네 아들들은 잠깐만이라도 이곳으로 보내게. 기술을 배우도록 말이야."

"마을에서 장사를 하도록 허락하지 않을 거야."

아시라프는 둑히의 부정적인 태도에 화가 났다. "이봐, 상황이 바뀔 거야. 집회에서 그 사람들이 하는 말 들었잖아. 나한테 자네 아이들을 보내게. 내 가게에서 재봉을 가르칠 테니까."

미래의 전망을 상상하던 둑히의 눈에서 잠시 빛이 났다. "아냐. 그냥 우리가 속한 곳에 있는 게 낫겠어."

추수 준비가 시작되자 둑히는 저목장에 가기를 그만두었다. 읍내까지 교통편이 마땅치 않을 때는 너무 멀어서, 지주들을 피하고자 했던 그의 다짐이 약해졌다. 해가 뜨기 전에 들판으로 나가 곡식을 거두고 해가 진 후에야 아픈 어깨를 하고 집으로 돌아온 그는, 지난 몇 달 동안 놓쳤던 인근 마을들의 소식을 접할 수 있었다.

둑히가 어릴 때 저녁마다 듣던 것과 똑같은 소식이었다. 단지 이름만 달랐을 뿐이었다. 거리에서 카스트가 높은 사람들이 걷는 쪽으로 걸었다고 해서 시타는 거의 죽을 정도로 돌을 맞았다. 피가 나자 돌팔매질이 멈췄다. 그보다 운이 나빴던 감비르는 감히 기도 소리가 들리는 사원 근처에 있었다고 해서 귀에 뜨거운 납이 부어졌다. 다야람은 지주의 밭을 갈아 주겠다는 약속을 어겼다고 해서 마을 광장에서 지주의 똥을 먹어야 했다. 디라즈는 하루 일의 대가로 장작 몇 조각을 가져가는 것으로 만족하지 못해서, 판디트 간쉬얌과 장작을 패는 품삯을 미리 흥정하려고 했다. 그러자 화가 난 판디트 간쉬얌이 디라즈가 자신의 소들을 독살했다고 비난하며 그를 목매달아 죽였다.

둑히는 들에서 힘들게 일했지만 가죽 세공일이 귀해서 아이들은 할 일이 없었다. 루파는 이시바와 나라얀을 바쁘게 만들려고 땔감을 구해오라고 했다. 가끔씩 그들은 소치는 사람들이 두고 간 임자 없는 소똥을 줍기도 했지만, 소 주인들이 그 귀중한 물자를 열심히 모았기 때문에 그런 일은 드물었다. 루파는 소똥을 연료로 쓰지 않고 오두막집 입구에다가 평평하게 발랐다. 소똥이 말라서 단단하고 매끄러워지면 그녀는 잠시 동안만이라도 테라코타처럼 단단해진 문간이 소 주인들의 안마당이라도 되는 양 행복해했다.

잡일을 하면서도 소년들은 강 옆에서 뛰어놀거나 산토끼들을 잡으러 다닐 수 있는 시간이 많았다. 그들은 자신의 카스트가 허락하고 금지하는 것이 무엇인지 정확하게 알고 있었다. 본능적으로 그리고 어른들의 대화를 엿들으면서, 그들의 의식에는 돌담과 같은 분명한 경계선이 그어졌다. 그래도 루파는 그들이 말썽을 일으킬까 걱정했다. 도리깨질과 키질이 끝나기를 애타게 기다렸다가 그녀는 자신이 보는 데서 아이들이 겨에서 버려진 낟알들을 가려내도록 했다.

때때로 그들은 아침에 마을 학교 근처에서 놀았다. 카스트가 높은 아이들이 알파벳을 외우고 색깔, 숫자, 장마철 등에 관한 동요들을 부르는 걸 들었다. 새된 목소리가 참새 떼처럼 창문 밖으로 날아왔다. 나중에 소년들은 강 옆 나무들 사이에 숨어서 아이들이 불렀던 노래들을 기억했다가 따라하곤 했다.

호기심 때문에 학교에 너무 가까이 간 이시바와 나라얀을 발견한 학교 선생은 즉시 그들을 쫓아 버렸다. "염치없는 당나귀 같은 녀석들! 당장 꺼져, 안 그러면 뼈를 분질러 놓을 테다!" 그러나 소년들은 매우 능숙하게 수업을 엿보았다. 분필이 석판에 찍찍 긁히는 소리가 들릴 정도로 가까이 갔다.

그들은 분필과 석판에 매혹됐다. 백묵을 손에 쥐고서 다른 아이들처럼 작은 하얀 글씨들을 갈겨쓰고 오두막집, 소, 염소, 꽃을 그려 보고 싶었다. 아무것도 없는 곳에 뭔가를 만들어 내는 게 마치 마술 같았다.

어느 날 아침 이시바와 나라얀이 관목들 뒤에 숨어 있을 때, 학생들이 앞마당으로 나와서 추수 감사 축제를 위한 춤 연습을 했다. 하늘에는 구름 한 점 없었고 멀리 들판에서 한바탕 노랫소리가 들려왔다. 일꾼들의 노래 속에는 쑤시는 등과 태양 아래에서 지글지글 타는 피부의 고통이 담겨 있었다. 이시바와 나라얀은 아버지의 목소리가 들리는지 귀를 기울여 보았지만 다함께 부르는 노래여서 목소리를 분간할 수가 없었다.

맨발인 학생들은 손을 잡고 동심원 두 개를 만든 다음에 서로 반대 방향으로 움직였다. 때때로 동심원이 도는 방향이 바뀌었다. 늦게 방향을 튼 아이들 때문에 서로 엉키고 혼란이 일어나서 모두들 매우 재밌어했다.

잠시 동안 지켜보던 이시바와 나라얀은 갑자기 학교가 텅 비었다는 걸 깨달았다. 그들은 기어서 앞마당을 돌아 오두막 건물 뒤로 가서 창문을 통해 들어갔다.

한쪽 구석에는 아이들의 신발들이 줄을 맞춰서 가지런히 놓여 있었고, 다른 한쪽 구석에는 아이들의 점심 도시락들이 칠판 옆에 놓여 있었다. 음식 냄새가 분필 가루들과 뒤섞였다. 그들은 석판들과 분필들이 보관되어 있는 벽장으로 갔다. 각자 분필과 석판을 하나씩 쥐고서 아이들이 하던 대로 바닥에 가부좌를 하고 앉아서 무릎에 석판을 올렸다. 그러나 소년들은 그다음에 뭘 해야 할지를 잘 몰랐다. 나라얀은 형이 먼저 시작하기를 기다렸다.

석판에 분필을 올리고 있던 이시바는 약간 긴장했고 무슨 일이 생길까 봐 무서웠다. 그는 신중하게 분필을 석판에 대고 선을 하나, 또 하나, 그런 다음 또 하나를 그렸다. 그는 나라얀을 보고 씩 웃었다. 자신의 흔적을 남기는 일이 얼마나 쉬운가!

흥분해서 손을 떨고 있던 나라얀이 분필로 짧은 하얀 선 하나를 그려서 자랑스럽게 보여 주었다. 더 대담해진 소년들은 곧은 선 말고도 원, 곡선, 다양한 모양과 크기의 낙서로 석판을 채우고 감탄하면서, 손쉽게 그린 후에 손으로 문질러 닦고 다시 마음대로 그릴 수 있는 것에 놀랐다. 그리고 손바닥과 손가락에 묻은 분필 가루를 보고서 그들은 킥킥댔다. 브라만 카스트의 계급 표시처럼 이마에다가 재밌는 굵은 선을 만들 수도 있었다.

나머지 내용물들을 살펴보려고 벽장으로 다시 간 그들은 알파벳 도표들과 그림책들을 펼쳐 보았다. 금지된 세계에 몰입한 그들은 앞마당에서 학생들의 춤이 끝난 줄도 몰랐고 학교 선생이 뒤에서 몰래 다가오는 것도 몰랐다. 그는 그들의 귀를 잡고 밖으로 끌어냈다.

"이 자마르 악당늘아! 점점 더 간이 부어서 감히 학교로까지 들어와!" 그는 아이들이 아파서 비명을 지르고 울 때까지 귀를 비틀었다. 겁먹은 학생들이 모여들었다.

"니들 부모가 이렇게 하라고 가르쳤냐? 배움과 지식의 도구들을 더럽히라고 가르쳤어? 대답 해! 그래, 안 그래?" 그는 그들의 귀를 놓고 머리를 세게 때리고는 다시 귀를 움켜쥐었다.

흐느껴 울면서 이시바가 말했다. "선생님, 아닙니다. 그런 게 아닙니다."

"그런데 여긴 왜 들어왔어?"

"우린 그냥 보고 싶어서……"

"보고 싶었다고! 그래, 내가 한 번 보여 주마! 내 손등 맛을 보여 주지!" 나라얀을 잡은 채 그는 이시바의 뺨을 여섯 번 연속으로 재빨리 때린 다음에 나라얀도 똑같이 때렸다. "그리고 이 나쁜 놈들아, 이마에 있는 건 뭐냐? 신을 모독하는 거냐!" 다시 그들의 뺨을 때리고 나자 그의 손이 부었다.

"벽장에서 회초리를 가져오너라!" 그가 한 소녀에게 명령했다. "너희 두 놈들은 바지 벗어. 매를 맞고 나면 불가촉천민 놈들이 절대로 만져서는 안 되는 것들을 가지고 장난치는 일은 꿈도 꾸지 못할 게다."

회초리를 받아든 학교 선생은 나이 많은 학생 네 명에게 침입자들의 손과 발목을 잡고 얼굴을 아래로 향하게 하고 바닥에 눕히라고 지시했다. 그는 이시바와 나라얀을 번갈아 가면서 때렸다. 벌거벗은 엉덩이에 회초리를 내려칠 때마다 지켜보던 아이들이 몸을 움찔했다. 어린 소년 한 명이 울기 시작했다.

소년들을 각각 열두 대씩 때리고 나서야 학교 선생은 멈췄다. "이제 정신이 들었을 거다." 그가 숨을 헐떡이면서 말했다. "이제 꺼져. 그리고 다시는 불결한 얼굴을 이곳에 보이지 마라."

이시바와 나라얀은 바지도 제대로 입지 못하고 우스꽝스럽게 비틀거리고 넘어지면서 도망쳤다. 그 모습에 학생들은 안심하며 웃었다.

둑히는 저녁이 되어서야 아이들이 벌을 받은 걸 알게 됐다. 그는 루파에게 차파티 만드는 걸 멈추라고 무섭게 말했다. "왜 그래요?" 놀란 그녀가 물었다. "하루 종일 밖에서 일하고 배고프지 않아요? 어딜 가는 거예요?"

"판디트 랄루람 댁에. 그 사람이 이번 일에 대해서 뭔가 조치를 취해야 해."

"나중에 해요." 그녀가 간청했다. "그렇게 중요하신 분을 저녁 식사 시간에 귀찮게 하면 안 돼요." 그러나 둑히는 손에 묻은 먼지를 씻고 밖으로 나갔다.

판디트 랄루람은 그냥 브라만이 아니라, 순혈 브라만 중에서도 가장 깨끗한 '성스러운 지식'의 수호자들의 후손인 칫파반 브라만이었다. 그는 마을 촌장도 아니었고 정부 관리도 아니었지만 그의 나이와 공정함 그리고 크고 빛나는 머릿속에 든 '성스러운 지식' 때문에 동료 브라만들에게 확고한 존경을 받고 있었다.

땅, 물, 동물 등 어떤 종류의 분쟁이라도 그에게 중재를 의뢰했다. 복종하지 않는 며느리, 고집 센 아내, 바람피우는 남편 등에 관한 가정 문제들 역시 그의 관할이었다. 그에 대한 완벽한 믿음 때문에 모든 사람들은 만족하며 떠났다. 피해자는 정의에 대한 환상을 가질 수 있었고, 가해자는 자유롭게 옛날대로 할 수 있었기 때문이었다. 판디트 랄루람은 그에 대한 대가로 상측으로부터 옷, 곡식, 과일, 사탕 과자를 빌었다. 힉식 있는 그는 마을의 화합을 이루어내는 것으로 명성이 자자했다. 예를 들어서,

이슬람교도들과 소 도살에 반대하는 시위가 이따금씩 열릴 때 그는 동료 힌두교도들에게 쇠고기를 먹는 사람들을 비난하는 건 옳지 않다고 설득했다. 이슬람교도는 불쌍하게도 율법에 따라서 네 명의 아내를 떠맡아야 하는 짐을 지고 있기 때문에 육식을 통해서 피를 끓게 하여 아내들에게 봉사해야 한다고 설명했다. 따라서 이슬람교도는 쇠고기를 좋아하거나 힌두교도들을 괴롭히기 위해서가 아니라, 필요에 의해서 육식을 하기 때문에 종교적 욕구를 만족시켜 주기 위해서 불쌍히 여기고 그냥 내버려둬야 한다고 했다.

그의 흠잡을 데 없는 경력 때문에 많은 사람들이 판디트 랄루람을 지지했다. 그는 너무나 정직하고 공평하기 때문에, 심지어 불가촉천민조차도 그에게 가면 정의를 이룰 수 있다고 했다. 불가촉천민들 가운데서 어느 누구의 기억도 이러한 주장을 정확히 입증할 수는 없었지만 상관없었다. 사람들은 벙기 카스트 중에 한 명이 지주의 집 똥을 치우러 해가 지고 나서 한참 후에 도착했다고 해서 맞아 죽은 사건을 어렴풋이 기억했다. 판디트 랄루람이…… 아니면 그의 아버지였던가 할아버지였던가…… 그 죄가 심각하기는 했으나 죽일 정도까지는 아니라고 해서 지주에게 보상으로 벙기의 아내와 아이들에게 옷과 음식 그리고 집을 6년 동안 제공하라고 판결했다. 아니면 6개월이었던가, 6주였던가?

정의와 관련된 이러한 전설적인 그의 명성에 의지한 채, 둑히는 판디트 랄루람의 발밑에 앉아서 이시바와 나라얀이 맞은 일에 대해서 들려주었다. 막 저녁 식사를 끝낸 학식 있는 판디트 랄루람은 안락의자에 앉아 쉬면서 그가 말하는 동안에 여러 번 크게 트림을 했다. 둑히는 트림 소리가 들릴 때마다 공손하게 말을 멈췄고, 판디트 랄루람은 강력한 소화 능력으로 축복받은 자신의 영양 섭취 기관에 대한 감사의 표시로 "오, 신이

시여" 하고 중얼거렸다.

"그 사람이 너무 심하게 아이들을 때렸습니다. 선생님께서 아이들의 부은 얼굴을 보셔야 하는데." 둑히가 말했다. "아이들의 궁둥이는 성난 호랑이가 발톱으로 할퀸 것 같습니다."

"불쌍한 녀석들." 판디트 랄루람이 위로했다. 그는 일어서서 안쪽에 있는 선반으로 갔다.

"여기 이 연고를 아이들한테 발라 주거라. 심한 통증은 가라앉을 거야."

둑히는 머리를 숙였다. "선생님, 고맙습니다. 정말 친절하시군요." 그는 머리에 두른 천을 풀어서 작고 납작한 깡통을 감쌌다. "선생님, 얼마 전에 저도 타쿠르 프렘지 씨에게 제 잘못이 아닌 이유로 심하게 맞았습니다. 그러나 그때는 선생님께 오지 않았습니다. 귀찮게 해드리고 싶지 않아서요."

판디트 랄루람은 눈썹을 치켜올리며 손가락으로 엄지발가락을 문질렀다. 고개를 끄덕이던 그의 손가락에서 땀과 때로 반죽된 시커먼 덩어리가 떨어졌다.

"그때는 조용히 견뎠습니다." 둑히가 말했다. "하지만 자식들을 위해서 선생님께 찾아왔습니다. 아이들은 부당한 매질을 당하지 말아야 합니다."

아무 말 없이 판디트 랄루람은 엄지발가락을 문지른 손가락들의 냄새를 맡았다. 그는 한쪽 궁둥이를 들더니 방귀를 뀌었다. 브라만이 뿜은 가스의 흐름을 방해하는 죄를 범하면 어떤 처벌을 받게 될지 몰라서 둑히는 상체를 뒤로 섲혀서 방귀가 사유롭게 시나가노톡 했다.

"아직 어린아이들입니다. 그리고 아무런 해도 끼치지 않았고요." 그는 간청하며 반응을 기다렸다. "선생님, 아이들은 아무런 해도 끼치지 않았습니다." 그는 학식 있는 사람이 적어도 그의 말에 동의하기를 바라며 다시 한 번 말했다. "학교 선생은 자신이 한 일에 벌을 받아야 합니다."

판디트 랄루람은 길고 거친 한숨을 내쉬었다. 그는 몸을 옆으로 숙이고 코를 풀더니 진한 콧물을 마른 땅으로 날렸다. 콧물이 땅에 떨어지는 순간 작은 먼지가 휙 일었다. 그는 코를 비비며 또다시 한숨을 내쉬었다. "둑히 모치야, 너는 열심히 일하는 훌륭한 사람이다. 나는 너를 오랫동안 알아왔다. 주어진 카스트에 따라서 너는 항상 의무를 다하려고 하지, 그렇지?"

둑히는 고개를 끄덕였다.

"그것이 행복으로 가는 길이니 현명한 일이다. 안 그러면 우주에 대혼란이 온다. 사회에는 네 가지 카스트가 있다는 걸 너도 알고 있을 것이다. 브라만, 크샤트리아, 바이샤, 그리고 수드라. 우리는 이 네 가지 카스트에 속하고 이들은 서로 섞이지 못한다. 그렇지?"

둑히는 조바심을 감추며 또다시 고개를 끄덕였다. 그는 카스트 제도에 관한 강의를 들으러 온 것이 아니었다.

"가죽 세공하는 사람으로서 너는 정해진 법에 따라서 가족과 사회에 의무를 다해야 한다. 학교 선생도 그렇게 해야 하고. 이 점을 부인하겠느냐?"

둑히는 고개를 가로저었다.

"네 자식들이 잘못한 일에 벌을 주는 것은 학교 선생의 의무 가운데 하나다. 그는 어쩔 도리가 없어. 무슨 말인지 알겠느냐?"

"선생님, 압니다. 벌이 때로는 필요하지요. 하지만 그런 끔찍한 매질이 필요합니까?"

"아이들이 저지른 끔찍한 죄······"

"하지만 아직 어린아이들이고 다른 아이들과 마찬가지로 호기심이 많아서······"

판디트 랄루만은 자기가 말하는데 끼어든 것에 눈알을 굴리며 오른손 집게손가락을 하늘로 들어 둑히를 조용히 시켰다. "어떻게 하면 내가 널 이해시킬 수 있겠느냐? 이런 문제를 이해할 만한 지식을 너는 가지고 있질 않구나." 인내하며 참던 그의 목소리가 강한 어조로 바뀌었다. "네 자식들이 교실에 들어가서 그곳을 오염시켰어. 배움의 도구들을 만졌단 말이다. 카스트가 높은 아이들이 만지는 석판과 분필을 더럽혔어. 벽장에 '바가바드기타' 같은 성스러운 책들이 없어서 다행인 줄 알아라. 그랬더라면 더 끔찍한 벌을 받았을 테니까."

둑히는 침착하게 판디트 랄루람의 샌들을 만지며 작별 인사를 했다. "선생님, 잘 알겠습니다. 제게 설명해 주셔서 고맙습니다. 저 같은 무식한 차마르에게 선생님 같은 칫파반 브라만이 귀중한 시간을 낭비하시다니 정말 고맙습니다."

판디트 랄루만은 잘 가라고 멍하니 손을 들었다. 그는 마음속으로 칭찬을 받는 건지 모욕을 당한 건지 모를 의심이 생겼다. 그러나 곧 강렬한 트림이 또다시 울컥 올라와 의심은 사라지고 마음과 배가 편안해졌다.

집으로 가는 길에 둑히는 강 옆 나무 밑에서 아직도 비디를 피우고 있는 친구들을 만났다. "둑히, 이렇게 늦게 거긴 왜 간 거야?"

"칫파반 브라만을 만나러 갔어." 둑히가 그를 만난 일을 상세하게 설명했다. "그 작자를 앞으로는 똥 먹는 브라만이라고 불러야 되겠어."

그들은 크게 웃있고 조두가 똥 믹는 브라민이 침으로 이울리는 이름이라고 했다. "밥 먹을 때마다 버터기름 반 킬로그램과 사탕 과자 1킬로그램을 처먹는다는데 어떻게 또 그런 식욕이 생기는지 궁금해."

"애들한테 바르라고 이 연고를 주던데." 둑히가 말했다. 그의 친구들이 깡통을 돌려보며 자세히 살펴보고 냄새를 맡았다.

"구두약 같은데." 초투가 말했다. "그 작자는 매일 아침 이걸 머리에 바를 거야. 그러니까 머리가 태양처럼 빛나지."

"이 사람아, 그 작자 머리하고 똥구멍을 헷갈리면 어떡해. 그 작자는 똥구멍에다 그걸 바른다고. 그러니까 그 작자 카스트 형제들 말대로 거기가 태양처럼 빛나지. 그래서 똥을 먹는 작자들이 전부 다 거길 핥으려고 하는 거고."

"내가 그놈들을 위한 충고를 시로 한 번 읊어 볼까." 다야람이 산스크리트어 경전을 읽는 설교자의 과장된 박자를 흉내 내며 읊었다. "동물들과 하지 말지어다! 흘레붙지 말지어다!"

수간과 성교를 암시하는 말에 그들은 크게 웃었다. 둑히는 깡통을 강에 던졌다. 판디트 랄루람의 배에 둘둘 말린 비곗덩어리 밑에는 도대체 뭐가 있을지 궁금해하는 친구들을 내버려두고 둑히는 집으로 갔다.

그는 루파에게 다음 날 아침 일찍 읍내로 갈 거라고 했다. "마음을 정했어. 재봉사 아시라프에게 말할 거야."

그녀는 이유를 묻지 않았다. 이번에는 아이들의 궁둥이에 바를 버터를 구하러 어느 집 우유통을 밤에 습격해야 할지 마음속으로 궁리하느라 그녀는 바빴다.

아시라프는 둑히의 아이들을 도제로 삼는 데 돈을 받기를 원치 않았다. "나한테 도움이 되는 일인데 뭐. 조그만 애들이 얼마나 먹겠어? 우리가 요리하는 걸 같이 먹으면 될 거야. 괜찮지? 못 먹는 음식은 없지?"

"아무거나 다 잘 먹는다네." 둑히가 말했다.

2주 후에 그는 이시바와 나라얀과 함께 재봉 가게로 찾아갔다. "아시라프 씨는 나와 형제나 다름없단다. 그러니까 항상 아시라프 아저씨라고 불러라." 그가 아이들에게 설명했다.

아저씨라는 호칭을 듣게 되자 아시라프는 기뻐서 밝게 웃었다. 둑히가 계속 말했다. "아시라프 아저씨하고 당분간 함께 지내면서 일을 배우거라. 아저씨 말 잘 듣고 나한테 하는 것처럼 잘 해야 한다."

소년들은 이미 떨어져서 살 것이라는 통보를 아버지로부터 받은 터였다. 그곳에서는 단지 형식적인 선언을 들었을 뿐이었다. "네, 아버지." 그들이 대답했다.

"아시라프 아저씨가 너희들을 재봉사로 만들어 줄 거다. 지금부터 너희들은 무두장이가 아니야. 누가 이름을 물어보면 이시바 모치나 나라얀 모치라고 하지마라. 이제부터 너희는 이시바 다르지 그리고 나라얀 다르지야."

아이들의 등을 한 번씩 두드리고 나서 둑히는 마치 다른 사람의 품으로 가라는 듯이 그들을 살짝 밀었다. 그들은 아버지 곁을 떠나 손을 내민 재단사 쪽으로 걸어갔다.

아이들의 어깨를 꽉 쥔 아시라프의 따뜻한 손을 둑히는 지켜보았다. 아시라프는 착하고 좋은 사람이었기 때문에 아이들을 잘 돌볼 것임을 그는 알았다. 그럼에도 그의 마음속에는 얼음처럼 차가운 아픔이 번지고 있었다.

마을로 돌아오는 길에 둑히는 소달구지 위에서 축 늘어져 기진맥진해서 수레바퀴늘이 뭄을 뉘은늘며 울퉁불퉁한 길을 딜컹서리면서 딜리는 것을 거의 인식하지 못했다. 소달구지에서 뛰어내려 돌아가고 싶은 미칠 듯한 욕구가 치솟았다. 자식들을 위해서 할 수 있는 가장 최선의 일을 했으며 큰 짐을 덜었다는 것을 그는 잘 알고 있었다. 그런데 왜 마음이 가볍지 않은 걸까? 그를 짓누르고 있는 또 다른 것은 대체 뭘까?

오후 늦게 마을 길 옆에 도착한 그는 소달구지에서 뛰어내렸다. 그의 그림자가 문간에 나타났을 때 루파는 오두막집을 내다보며 한가하게 앉아 있었다. 그는 모든 일이 잘됐다고 했다.

그녀가 원망하듯이 보았다. 그는 아내의 인생에서 그 어떤 것으로도 메울 수 없는 구멍을 내고 말았다. 그녀는 두 아들이 멀리 떨어진 곳에서 이방인, 그것도 이슬람교도와 함께 산다고 생각하니 슬픔이 목구멍까지 밀려와 숨이 막힐 지경이라고 했다. 그러자 그는 이슬람교도인 친구가 힌두교도 형제들보다 자신을 더 잘 대해 주었다고 쓸쓸하게 말했다.

무자파 재봉 가게는 소규모 상점들이 위치한 거리에 있었다. 철물점, 석탄 가게, 식료품점, 방앗간이 한 줄로 늘어서 있었는데, 모양과 크기가 동일한 가게들은 내부의 소음과 냄새로만 구별할 수 있었다. 무자파 재봉 가게만이 유일하게 간판을 걸고 있었다.

비좁은 아시라프의 가게 위층에는 방 하나와 부엌이 딸린 숙소가 있었다. 작년에 결혼한 그는 낳은 지 한 달 된 딸이 있었다. 그의 아내 뭄타즈는 먹여 살릴 입이 두 개 더 늘어난 것이 썩 탐탁지 않았다. 소년들은 가게에서 재우기로 했다.

이시바와 나라얀은 갑작스러운 삶의 변화에 몹시 당황했다. 건물들, 전깃불, 수돗물 등 모든 것이 고향 마을과는 많이 달랐고 너무 놀라웠다. 첫날에 그들은 가게 바깥의 돌계단에 놀란 채로 앉아서 거리와 무서운 대혼란의 우주를 지켜보았다. 점차 그들은 거리에서 넘치는 차들의 홍수

속에 손수레, 자전거, 소달구지, 버스, 때로는 트럭의 물결이 흐르고 있음을 알게 되었다. 이제 그들은 그러한 거친 홍수의 성격을 간파했다. 그것이 모두 광기와 소음이 아니라 어떤 유형을 가지고 있다는 사실에 안심했다.

그들은 사람들이 식료품 가게에 들러서 소금, 향료, 코코넛, 콩, 초, 기름 등을 사는 걸 지켜봤다. 곡식이 방앗간에서 가루가 되는 것도 보았다. 방앗간 주인이 일하는 동안 팔이 서서히 하얗게 변했고, 때로는 그의 얼굴과 눈썹도 하얗게 되었다. 석탄 장수의 팔과 얼굴은 시간이 지날수록 검게 변했다. 배달하는 소년들은 석탄 바구니를 들고 하루 종일 왔다갔다 뛰어다녔다. 저녁에 이시바와 나라얀은 낮에 묻은 때를 씻고 난 이웃들이 갈색 피부로 바뀐 모습을 즐겁게 지켜보았다.

아시라프가 이틀 동안 그냥 내버려두자 그들의 관심이 저절로 재봉작업으로 쏠렸다. 물론 그들의 갈망의 초점은 재봉틀이었다. 그들을 만족시키려고 그는 바늘 밑으로 헝겊 조각을 밀어넣어 주며 차례대로 발판을 굴러 보도록 했다. 소년들은 기계를 움직이게 할 수 있다는 것에 몹시 흥분했다. 마치 분필로 석판에 표시를 하는 것처럼 감격적이었다.

그들은 실을 바늘에 꿰고 손으로 꿰매는 덜 흥분되는 일을 할 준비가 되었다. 더 배우고 싶은 욕망에 그들은 일을 빨리 끝마쳐서 아시라프를 감동시켰다. 손님이 가게로 들어오자 그는 이시바가 치수를 받아 적도록 했다.

손님은 셔츠를 만들려고 줄무늬 옷감을 가지고 왔다. 주문 기록부의 새 페이지를 펼치고 손님의 이름을 기록한 다음에 아시라프가 줄자를 뽑내며 휘두르자 소년들이 감탄했다. 그들이 이미 몰래 그 동작을 연습하고 있어서 아시라프는 흐뭇했다.

"목, 14에 반 인치." 그가 이시바에게 받아쓰게 했다. "가슴, 30인치." 매우 심각한 표정으로 혀를 밖으로 낸 채 장부 위로 몸을 구부린 이시바를 힐끗 보았다. 다시 손님을 보며 아시라프가 말했다. "소매는 길게 할까요, 아니면 짧게 할까요?"

"길게 해주시오. 친구 결혼식에 입고 갈 거니까." 남자가 말했다. 형식적인 절차가 끝난 후 다음 주 결혼식 전에 셔츠가 만들어질 거란 말을 듣고 손님은 떠났다.

"자, 치수를 적은 걸 보자." 아시라프가 말했다.

이시바가 자랑스럽게 웃으면서 장부를 건넸다. 갈겨쓰고 휘갈긴 것들로 종이가 가득 차 있었다.

"음, 그래, 알겠다." 소년의 등을 두드리며 아시라프는 놀라움을 감추었다. "그래, 아주 잘했다." 그는 암기한 치수들만 재빨리 적었다.

저녁 식사 후에 그는 아이들에게 알파벳과 숫자를 가르치기 시작했다. 뭄타즈는 기분이 좋지 않았다. "이젠 학교 선생 노릇까지 하는 거예요? 그다음엔 뭐죠? 애들이 크면 신붓감도 구해줄 건가요?"

다음 날 그는 결혼식에 입고 간다는 손님의 셔츠를 완성했다. 남자는 주말에 셔츠를 찾으러 와서 치수를 확인하려고 입어 보았다. 길이만 빼고 완벽했다. 셔츠가 무릎에 너무 가깝게 내려왔다. 뭔가 미심쩍던 남자는 왼쪽 오른쪽으로 돌아보며 거울을 보았다.

"정말 완벽합니다." 아시라프가 감탄을 했다. "북쪽 파탄 지방 스타일이 요즘 대유행이거든요." 여전히 미심쩍어 하면서 남자가 떠나자 세 사람은 웃음을 터트렸다.

도제들이 일을 시작한 지 한 달 후에 아시라프는 희미한 울음소리에 잠을 깼다. 그는 똑바로 앉아서 귀를 기울였지만 더 이상 아무 소리도 들리지 않았다. 그는 다시 누워서 잠을 청했다.

몇 분 후에 울음소리가 또다시 그의 잠을 깨웠다. "왜 그래요?" 뭄타즈가 물었다. "왜 자꾸 깨는 거예요?"

"무슨 소리가 들렸는데. 아기가 우는 건가?"

"아뇨. 당신이 자꾸 일어나면 울지도 몰라요."

그때 낮은 흐느낌 소리가 또다시 들렸다. "아래층에서 나는 소리군." 그는 침대에서 일어나 등불을 켰다.

"왜 그래요? 당신이 쟤들 아버지라도 되나요?"

그가 가게로 이어지는 계단을 내려가자 그녀의 비난이 뒤따랐다. 가게로 들어서서 그는 등불을 높이 들었다. 불빛에 눈물로 반짝이는 나라얀의 뺨이 보였다. 바닥에 무릎을 꿇고 그의 옆에 앉은 아시라프가 소년의 등을 부드럽게 문질렀다.

"나라얀, 왜 그래?" 조만간 향수병이 찾아올 거라고 예상했었기 때문에 그는 이미 이유를 알고 있었지만 그래도 물었다. "우는 소리를 들었단다. 어디 아프니?"

소년은 고개를 가로저었다. 아시라프가 그를 팔로 감쌌다. "네 아버지가 여기 없을 때는 내가 대신하는 거야. 그리고 뭄타즈 아주머니가 네 어머니 대신이고, 알았지? 우리한테 말하고 싶은 걸 털어놔."

그 말에 나라얀은 울음을 터트렸다. 그러자 잠에서 깬 이시바가 눈을 비비며 등불을 막았다.

"동생이 왜 우는지 아니?" 아시라프가 물었다.

이시바가 심각하게 고개를 끄덕였다. "매일 밤마다 집 생각을 해요. 저도 마찬가지지만 울진 않아요."

"그래 넌 용감하구나."

"저도 울고 싶지 않아요." 나라얀이 말했다. "하지만 어두워지고 모두 잠이 들면 아버지와 어머니가 생각나는 걸요." 그는 코를 훌쩍이며 눈물을 닦았다. "우리 집도 생각나고 해서 너무 슬퍼지면 눈물이 나요."

소년을 자신의 무릎에 앉히고 아시라프는 부모님이 생각나는 건 당연하다고 했다. "하지만 슬퍼하지 마라. 몇 주 후면 아버지가 너희들을 데리러 올 거야. 그리고 너희들이 재봉 일을 다 배우고 나면 가게도 열고 돈도 많이 벌게 될 거다. 부모님이 얼마나 너희들을 자랑스러워하겠니?"

그는 소년들에게 슬플 때마다 그들의 고향, 강, 들, 친구들에 대해서 들려줘도 좋다고 했다. 함께 이야기하고 나면 슬픔이 행복으로 바뀔 거라고 그가 안심시켰다. 그들이 잠들 때까지 곁에 누워 있다가 그는 등불을 낮추고 발소리를 죽이며 위층으로 올라갔다.

뭄타즈가 어둠 속에 앉아서 기다리고 있었다. "당신 괜찮아요?" 그녀가 걱정스럽게 물었다.

그녀의 걱정에 안심하며 그가 고개를 끄덕였다. "아이들이 외로웠던 모양이야."

"내일부터 위층에서 재우는 게 어때요?"

그녀의 제안에 감동한 그의 눈이 사랑으로 가득 찼다. "용감한 아이들이니까 혼자서 자는 법을 배우게 될 거야. 그리고 강해지는 게 도움이 될 테고."

둑히의 아이들이 가죽 세공 말고 다른 일을 배우고 있다는 소식이 마을에 곧 알려졌다. 옛날 같았으면 카스트를 벗어난 데 따른 벌은 죽음뿐이었다. 둑히는 목숨은 건졌지만 매우 힘든 삶을 살게 됐다. 더 이상 동물의 시체를 얻지 못하자 그는 일거리를 찾기 위해서 멀리까지 가야했다.

때로는 동료 차마르들에게서 가죽을 몰래 얻기도 했지만 발각되면 그들이 위험해질 수도 있었다. 이러한 불법적인 가죽으로 만든 물건들은 그의 가족에 대해서 모르는 멀리 떨어진 곳에서 팔아야 했다.

"당신 때문에 이게 무슨 고생이에요." 루파는 매일같이 투덜댔다. "일도 없고, 음식도 없고, 아들도 없고. 내가 무슨 죄를 지어서 이런 벌을 받아야 하죠? 내 인생은 이제 영원히 그림자일 뿐이에요."

그러나 아이들이 방문할 날이 다가오자 그녀의 삶이 밝아졌다. 꿈을 꾸며 계획을 세우자 마음 아픈 것이 사라지고 아이들을 대접하고픈 욕심이 생겨났다. 돈이 없어서 그러한 대접을 할 형편이 안 되면 어둠을 틈타서 얻어내고 말리라고 그녀는 결심했다.

아이들이 태어난 후 처음으로 둑히는 그녀가 밤에 나가서 뭘 하는지 안다고 고백했다. 자정이 지나서 그녀가 몰래 일어나자 그가 말했다. "이봐, 나라얀 엄마, 나가면 안 돼."

루파가 소스라치게 놀랐다. "세상에, 깜짝 놀랐잖아요! 자는 줄 알았어요!"

"그렇게 위험한 일을 하는 건 멍청한 짓이야."

"지금까진 왜 한마디도 안 한 거예요?"

"그땐 상황이 달랐어. 이젠 버터나 복숭아나 설탕이 없다고 해서 애들이 굶어 죽지 않아."

그래도 루파는 이번이 마지막이라고 자신에게 약속하면서 밖으로 나갔다. 아이들이 석 달 동안이나 떨어져 있었기 때문에 그녀는 뭔가 특별한 것을 주고 싶었다.

오랫동안 기다리던 그날이 되자, 둑히는 새벽에 집을 떠나 일주일 동안 함께 머물 아이들을 데려 왔다. 집으로 돌아오는 내내 아버지 곁에 바짝 붙어 양쪽으로 기대앉아서 나라얀은 그의 무릎을 붙잡고 이시바는 그의 팔을 꽉 쥐고 있었다. 아이들은 쉴 새 없이 얘기했고, 오후 늦게 집에 도착했을 때 어머니에게도 똑같은 말을 쉴 새 없이 반복했다.

"재봉틀은 정말 대단해요." 이시바가 말했다. "큰 바퀴가……"

"발을 이렇게, 이렇게 해요." 나라얀이 손뼉을 부딪치며 발판을 밟는 걸 흉내 내면서 말했다. "그러면 바늘이 위아래로 빨리 움직여요. 정말 대단……"

"난 빨리할 수 있어요. 그런데 아시라프 아저씨는 진짜 빨리해요."

"난 작은 바늘이 좋아요. 내 손으로 옷을 쉽게 꿰맬 수 있어요. 정말 끝이 뾰족해요. 한 번은 엄지손가락을 찔렸어요."

루파가 즉시 엄지손가락을 보자고 했다. 영구적인 상처를 입은 게 아니란 걸 확인하고서야 그녀는 이야기를 계속하도록 했다. 저녁 식사 시간이 되자 아이들은 기진맥진해서 음식을 앞에 두고 졸기 시작했다. 루파가 그들의 손과 입을 닦아 주고 둑히가 그들을 잠자리로 데리고 갔다.

오랫동안 그들은 자는 아이들을 지켜보다가 자신들의 자리를 깔았다. "아이들이 건강하고 좋아 보이네요." 그녀가 말했다. "이 뺨 좀 보세요."

"설마 못 먹어서 부은 건 아니겠지." 둑히가 말했다. "흉년에는 애들이 헛배가 불러 오잖아."

"여보, 그게 무슨 헛소리예요? 엄마의 본능으로 아이들이 아픈 건 금방 알아볼 수 있다고요." 그러나 그녀는 남편의 의심이 아이들이 집에서 살 때보다 남의 집에서 더 건강하게 자란다는 분노 때문이라는 걸 알았다. 그녀 역시 부끄러웠다. 그들은 기쁨과 슬픔을 함께 느끼면서 잠이 들었다.

다음 날 아침에도 그들의 흥분은 계속됐다. 소년들은 가게에서 가져온 줄자, 종이, 연필을 가지고 아버지와 어머니의 치수를 쟀다. 아시라프로부터 그들은 목, 허리, 가슴, 소매의 치수를 표기하는 방법을 배웠다.

소년들의 키가 닿지 않자 둑히와 루파는 몸을 굽히거나 바닥에 앉았다. 루파가 먼저 치수를 재고, 둑히의 차례가 왔다. 소년들이 아버지의 치수를 재는 동안 어머니는 이웃집 친구들을 불러서 구경하도록 했다. 주위를 의식하게 된 이시바는 수줍게 웃었지만 나라얀은 사람들의 관심을 즐기면서 줄자를 휘두르며 더 과장된 행동을 했다.

그들이 일을 마치자 모두들 기뻐하며 박수를 쳤다. 저녁에 둑히는 그 종이를 빌려서 강 옆 나무 밑에 있던 친구들에게 보여 주었다. 그 주 내내 그는 그 종이를 들고 다녔다.

어느덧 소년들이 무자파 재봉 가게로 돌아갈 시간이 왔다. 둑히와 루파는 또다시 그들의 가정과 삶에 찾아올 적막감이 무서웠다. 이시바가 아버지에게 치수를 적은 종이를 달라고 했다.

"내가 그냥 가지고 있으면 안 될까?" 둑히가 물었다. 그 부탁을 생각해 보던 소년들이 종잇조각 하나를 찾아내서 숫자를 옮겨 적고 난 후 아버지가 원본을 가지도록 했다.

또다시 석 달이 흐르고 소년들이 다시 집으로 왔다. 이번에는 부모님을 위한 선물을 가지고 왔다. 이시바와 나라얀은 부유한 읍내 사람들처럼 큰 상점에서 선물을 샀다고 장난을 칠 계획이었다.

"아니, 이게 뭐냐?" 루파가 불안해하며 물었다. "돈이 어디서 났어?"

"엄마, 돈 주고 산 게 아녜요! 우리가 직접 만든 거라고요!" 미리 계획했던 농담을 잊어버리고 나라얀이 사실을 말해버렸다. 아시라프 아저씨가 손님 옷을 만들고 남은 천을 가지고 옷을 만들 수 있도록 도와주었다고 이시바가 흥분해서 말했다. 흰색 포플린 옷감 자투리가 많았기 때문에 둑히의 조끼를 만드는 건 쉬웠다. 그러나 루파의 촐리는 약간의 계획이 필요했다. 옷 앞부분은 빨간색과 노란색 꽃무늬로, 뒷면은 완전히 빨간색으로, 그리고 소매는 주홍색 천조각으로 만들었다.

루파는 촐리를 입자마자 울음을 터트렸다. 놀란 이시바와 나라얀이 둑히를 보자, 그는 그녀가 행복해서 우는 것이라고 했다.

"그래, 정말 행복하다!" 흐느껴 울면서 루파가 남편의 말에 동의했다. 그녀는 아이들 앞에 무릎을 꿇고 앉아 차례대로 그들을 껴안고 나서 둘을 한꺼번에 안았다. 둑히가 지켜보는 걸 본 그녀는 아이들을 그에게로 데려갔다. "아버지도 안아 보거라. 오늘은 아주 특별한 날이니까."

그녀는 밖으로 나가 이웃들을 불렀다. "파드마! 사비트리! 이리 와서 이것 좀 봐! 암바! 피아리! 너희들도 이리 와 봐! 우리 아이들이 가져온 것 좀 봐!"

둑히는 아이들을 보고 씩 웃었다. "오늘은 저녁을 못 먹겠구나. 새 촐리를 입어서 니들 엄마가 정신이 없어서 하루 종일 자랑만 할 거야." 그는 자신의 조끼 앞과 옆을 가볍게 두드렸다. "옛날 것보다 훨씬 잘 맞는구나. 옷감도 훨씬 좋고."

"아버지, 여기 호주머니도 있어요." 나라얀이 말했다.

루파와 둑히는 일주일 내내 새 옷을 입었다. 그 후 소년들이 읍내로 돌아가자 그녀는 촐리를 벗고 그에게도 조끼를 벗으라고 했다.

"왜?" 그가 물었다.

"빨려고요."

그러나 그녀는 빨래가 마르고 나자 돌려주려고 하지 않았다. "찢어지면 어떡해요?" 그녀는 옷들을 접어서 천에 싼 다음 끈으로 묶었다. 빗물과 쥐들로부터 안전하게 그녀는 꾸러미를 오두막집 천장에 매달았다.

이시바와 나라얀의 오랜 도제 생활은 석 달 간격으로 일주일간 고향을 방문함으로써 어느 정도 진정됐다. 이제 열여덟 살과 열여섯 살이 된 그들의 훈련은 거의 끝나가서 장마철이 지나면 무자파 재봉 가게를 떠날 예정이었다. 아시라프의 가족이 늘어나서 이제 딸이 넷이었다. 막내딸이 세 살, 큰 딸이 여덟 살이었다. 뭄타즈는 도제들이 떠난다는 계획에 관심이 컸다. 비록 두 청년들이 조용하고 항상 도움이 돼서 좋아하기는 했지만, 계획이 빨리 결실을 맺을수록 딸아이들이 쓸 공간을 확보할 수 있었기 때문이다.

나라얀은 고향 마을에 자리를 잡고 재봉을 하고 싶었다. 이시바는 읍내나 다른 곳에서 머물며 재봉 가게의 점원으로 일하고 싶었다. "고향에서는 돈을 못 벌어." 그가 말했다. "다들 가난하잖아. 큰 곳에 있어야 기회가 더 많지."

한편, 인도와 파키스탄의 분리가 현실화되자 독립의 논의와 함께 시작된 산발적인 폭동들이 더 크게 번지고 있었다. "당분간은 그냥 있는 게 좋겠다." 뭄타즈가 노려보는 가운데 아시라프가 말했다. "우리 읍내에는 아직 악마의 악행이 저질러지지 않고 있단다. 너희들은 이웃들을 다 알고 여기서 오랫동안 살았잖니. 비록 너희 고향 마을이 평화롭다고는 하지만 새로운 사업을 시작하기에는 시기가 좋지 않아."

이시바와 나라얀은 읍내를 다녀가는 인편을 통해서 사정이 나아질 때까지 아시라프 아저씨와 함께 있겠다는 말을 아버지와 어머니에게 전했나. 무파는 절망했나. 오랜 세월 동안 떨어져 지낸 자식들의 귀향이 늦어지다니 도대체 언제쯤 신들이 자비를 베풀어서 그녀에게 내린 벌을 거둔

단 말인가?

둑히 또한 실망했지만 그 결정이 최선이라며 받아들였다. 주위에서 불안한 일들이 벌어지고 있었다. 흰색 셔츠와 카키색 바지를 입은 힌두교 조직원들이 마치 군인들처럼 행진하며 그 지역을 찾아왔다. 그들은 인도 곳곳에서 힌두교도들을 공격하는 이슬람교도들에 관한 이야기들을 들려주었다. "우리 스스로를 방어할 준비를 해야 합니다." 그들이 말했다. "그리고 복수해야 합니다. 그들이 우리 힌두교도 형제들의 피를 흘리게 한다면 이 나라에는 이슬람교도의 피가 강물처럼 시뻘겋게 흐르게 될 겁니다."

둑히의 마을에는 이슬람교도들의 수가 너무 적어서 위협이 되지 못했지만 지주들은 이방인들의 경고에 귀가 솔깃했다. 그들은 상상의 위협으로 사람들을 선동하려고 최선을 다했다. "집에서 산 채로 불타기 전에 이슬람 놈들을 쫓아내야 합니다. 수 세기 동안 이슬람교도들이 우리를 침략하고 사원을 파괴하고 재산을 빼앗아 갔습니다."

흰색 셔츠와 카키색 바지를 입은 남자들이 며칠 더 머물렀지만 주민들은 반응이 없었다. 카스트가 낮은 사람들은 그들의 말에 귀를 기울이지 않았다. 그들은 이슬람 이웃들과 항상 평화롭게 살아왔다. 게다가 그들은 자신의 목숨을 연명하기에도 바빴다.

그래서 마을에서 이슬람교도들을 쫓아내려는 계획은 흐지부지되고 말았다. 배신자 두목인 모한다스 카람찬드 간디를 포함한 나머지 배신자들에 대한 보복을 다짐하면서 힌두교 조직원들은 다른 곳으로 사라졌다. 인구가 많고 상업이 활발한 도시에서는 성공할 확률이 높았고 자신을 숨길 수 있는 익명성의 가면을 쓸 수 있었으며, 또한 속임수와 소문이 잘 자랄 수 있는 토양이 있었다.

어느 날 저녁, 둑히와 친구들은 강 옆에서 최근의 상황에 대해서 이야기를 나눴다. 그들은 먼 읍내들과 마을들에서 벌어지는 일들에 대한 여러 이야기들 때문에 혼란스러웠다.

"지주들은 항상 우리들을 동물처럼 다루잖아."

"동물보다 더 못하지."

"그런데 그 이야기가 사실이면 어떡하지? 카키색 바지를 입은 사람들이 말한 대로 이슬람 사람들이 떼로 몰려와서 우리 마을을 습격한다면 어쩌지?"

"지금까지 한 번도 우리를 괴롭힌 적이 없잖아. 그런데 왜 지금 그러겠어? 이방인들이 와서 그런 얘기를 한다고 해서 우리가 그 사람들을 해쳐야 하는 건가?"

"맞아, 우리 모두가 갑자기 힌두 형제들이 된 것도 이상해."

"빌어먹을 브라만들이나 타쿠르들보다 이슬람 사람들이 우리하고 더 형제처럼 지냈잖아."

그러나 소문은 계속 커져갔다. 누군가는 읍내 시장에서 칼에 찔렸고, 수도승이 버스 정류장에서 난도질을 당해서 죽었으며 어떤 마을은 완전히 파괴됐다고 했다. 온 마을에 긴장감이 감돌았다. 게다가 지난 며칠 동안 신문에서 보던 것과 같은 상황이었기 때문에 믿을 만했다. 큰 마을과 도시에서는 방화와 폭동이 일어났고, 양측에서 폭력과 학살을 자행했으며 새로운 국경선을 넘어서 끔찍한 대규모 인구 교환이 벌어지고 있다고 신문에서 전했다.

***

읍내의 가난한 지역에서 시작된 학살이 번지기 시작하자 다음 날 시장은 텅 비었다. 과일과 야채를 살 수 없었고 우유 장수도 없었으며 이슬람 교도가 소유한 읍내의 유일한 빵집은 이미 잿더미가 됐다.

"빵이 금보다 더 귀하게 됐구나." 아시라프가 말했다. "완전히 미쳤어. 이 사람들은 여러 세대 동안 웃고 웃으면서 함께 살았어. 그런데 지금은 서로를 죽이고 있어." 그날 그는 아무 일도 하지 않고 마치 무서운 일이 벌어지기를 기다리는 사람처럼 버려진 거리를 문밖으로 오랫동안 바라봤다.

"아시라프 아저씨, 저녁 드세요." 뭄타즈의 신호에 나라얀이 말했다. 그는 하루 종일 아무것도 먹지 않았다. 그녀는 이제 남편도 함께 식사를 하기를 바랐다.

"당신한테 할 말이 있어." 그가 뭄타즈에게 말했다. "그리고 너희들한테도." 그는 이시바와 나라얀을 보았다.

"식사부터 하고 얘기해요." 그녀가 말했다. "오늘은 콩 수프랑 차파티뿐이에요. 그래도 좀 드세요." 그녀는 풍로에서 솥을 내렸다.

"난 배 안 고파. 당신하고 애들 먼저 먹어." 딸들을 식탁으로 데려가며 아시라프가 말했다. 부모의 근심을 알아차린 아이들은 망설였다. "이시바, 나라얀, 너희들도 어서 먹어라."

"힘들여서 요리를 했더니 아버지라는 사람이 손도 안 대려고 하네." 뭄타즈가 불평했다.

지금 같은 기분에는 그가 평소에 늘 듣던 아내의 불만도 사악하게 들렸다. 그는 평소와 달리 고함을 질렀다. "배가 안 고픈데 나더러 어쩌라는 거야? 접시라도 배에다가 묶어 둘까? 제발 좀 말이 되는 소리를 해!" 막내딸과 셋째 딸이 울기 시작했다. 그들 중 한 명의 팔꿈치가 물 잔을 엎질렀다.

"이제 속이 시원해요?" 엎질러진 물을 걸레로 훔치며 뭄타즈가 비웃으면서 말했다. "큰소리쳐서 날 겁주려고 해 봐야 아이들만 무서워해요."

아시라프는 울고 있는 아이들을 안았다. "괜찮다, 괜찮아. 울지 마. 자, 다 같이 밥 먹자." 그는 접시에서 음식을 떠서 딸들에게 먹이다가 아이들이 자기 입을 가리키자 한입 먹었다. 그 새로운 게임에 아이들이 즐거워했다.

저녁 식사가 빨리 끝나자 뭄타즈는 설거지를 하려고 솥과 국자를 수도가 있는 밖으로 가져 나가려고 했다. 아시라프가 말렸다. "저녁 먹기 전에, 당신이 소리치기 전에 할 말이 있었어."

"말해요. 듣고 있으니까."

"그러니까…… 지금 사방에서 일어나고 있는 일에 대해서 말이야."

"네?"

"애들 앞에서 설명했으면 좋겠어?" 그가 사납게 속삭였다. "왜 바보처럼 구는 거야? 조만간 여기도 문제가 닥칠 거라고. 무슨 일이 일어나든지 간에 두 공동체 사이는 절대 옛날 같지 않을 거란 말이야."

이시바와 나라얀이 당황하며 듣고 있는 걸 발견한 그는 서둘러 덧붙였다. "얘들아, 우린 그렇지 않을 거야. 비록 우리가 떨어져서 지내더라도 언제나 가족처럼 지낼 테니까."

"하지만 아시라프 아저씨, 우린 헤어질 필요가 없어요. 형하고 전 아직 안 떠납니다." 나라얀이 말했다.

"그래, 나도 안다. 하지만 뭄타즈와 아이들과 내가 떠나야 해."

"당신 완전히 미친 거 아니에요? 떠난다고요? 어린애들 넷을 데리고요? 어디로 가고 싶은데요?'"

"국경 넘어 다른 사람들이 가는 곳으로 가야지. 당신은 어떻게 하고 싶어? 그냥 여기 앉아서 칼, 몽둥이, 석유를 들고 증오심으로 가득 찬 미친 놈들이 오기를 기다릴 거야? 난 내일 아침 역에 가서 기차표를 살 거야."

뭄타즈는 그가 어리석은 늙은이처럼 행동한다고 했다. 그러나 그는 위험을 외면하고 일시적으로 편하게 살려고 해서는 안 된다고 했다. 그는 상황이 정상인 척하기보다 밤새 싸울 각오가 되어 있었다.

"난 가족을 지키기 위해서 뭐든지 할 거야. 어떻게 그렇게 장님이야? 필요하다면 당신 머리채를 쥐고서라도 기차역으로 끌고 갈 거야." 그의 협박에 아이들이 또 울기 시작했다.

뭄타즈는 몸에 두른 두파타로 아이들의 눈물을 닦아 주며 마침내 남편의 계획을 받아들였다. 위험에 눈을 감을 수 있는 문제가 아니었다. 남편의 말이 옳았다. 몇 킬로미터 근방에서 위험의 냄새가 맡아졌다. 다만 그녀가 보게 될지도 모르는 것 때문에 눈가리개를 벗는 것이 힘들 뿐이었다.

"급하게 떠나면 많이 못 들고 갈 거예요." 그녀가 말했다. "옷, 풍로, 솥 몇 개는 가지고 가야죠. 지금부터 짐을 쌀게요."

"그래, 내일 떠날 수 있도록 준비해." 아시라프가 말했다. "나머지는 가게에다가 두고 잠가 두면 되니까. 알라의 뜻이라면, 언젠가는 다시 돌아와서 찾을 수 있겠지." 그는 아이들을 재우려고 했다. "자, 오늘밤은 일찍 자야 한다. 내일부터 긴 여행이 시작될 테니까."

나라얀은 그들의 계획을 듣고 지켜보는 것이 견디기 힘들었다. 무슨 말을 한들 소용없을 것이란 생각이 들었다. 가게로 가는 척하면서 그는 뒷문으로 몰래 빠져나와 옆집 이웃에게 그들의 계획을 알렸다.

"정말이냐?" 철물점 주인이 물었다. "오늘 아침에 얘기할 때까지만 해도 여기는 문제없다고 했는데."

"마음을 바꾸셨어요."

"잠깐만 기다려라. 내가 당장 가 보마."

그는 석탄 장수, 식료품 장수, 방앗간 주인을 모아서 아시라프 가게의 문을 두드렸다. "이 시간에 귀찮게 해서 미안하네. 들어가도 되겠나?"

"물론이지. 뭐 좀 먹겠나? 마실 거라도 줄까?"

"고맙지만 됐네. 우리를 슬프게 하는 소식을 들어서 이렇게 찾아왔네."

"왜 그러나, 무슨 문젠가?" 혹시나 이웃에서 폭동으로 인한 피해자가 생겼나 싶어서 아시라프가 흥분했다. "내가 도와줄 일이라도 있나?"

"그럼 물론이지. 사실이 아니라고 말해 주게나."

"뭐가 사실이 아니란 말인가?"

"여기를 떠난다는 거 말이야. 자네가 태어나고 자네 아이들이 태어난 곳을 떠난다는 게 사실이 아니길 바라네. 우린 너무 슬프네."

"자네들은 정말 좋은 사람들이야." 아시라프의 눈가가 젖기 시작했다. "하지만 난 다른 방법이 없어."

"우리하고 앉아서 차분하게 생각해 보세." 아시라프의 어깨를 팔로 감싸며 철물점 주인이 말했다. "맞아, 상황이 좋지 않아. 하지만 떠나는 건 미친 짓이야."

다른 사람들도 동의하며 고개를 끄덕였다. 석탄 장수가 아시라프의 무릎에 손을 얹었다. "매일 기차가 시체들을 싣고 새로운 국경을 지나고 있어. 어제 북쪽에서 도착한 내 중개상이 자기 두 눈으로 직접 봤대. 역에서 기차를 세우고 사람들을 다 학살한다는군. 양쪽 국경에서 다 그래."

"그럼 난 어떡하지?"

그의 목소리에서 절망감이 들리자 철물점 주인이 다시 손을 그의 어깨로 가져갔다. "여기에 그냥 있게. 친구들과 함께 있는 거야. 자네 가족에게는 어떤 일도 생기지 않도록 하겠네. 우리 동네에 무슨 문제가 있나? 우린 여기서 항상 평화롭게 살아왔잖아."

"하지만 외부에서 문제를 일으키는 사람들이 오면 어쩌지?"

"여기서 이슬람교도가 운영하는 가게는 자네 집뿐이야. 우리가 이렇게 많이 있는데 자네 가게 하나쯤 지켜 주지 못할 것 같은가?" 그들은 그를 껴안으면서 아무 걱정할 필요 없다고 했다. "밤이나 낮이나 언제라도 걱정이 되면 자네 아내와 아이들을 데리고 우리 집으로 오게나."

이웃들이 떠나고 난 후 나라얀에게 좋은 생각이 떠올랐다. "밖에 간판 있잖아요. 무자파 재봉 가게요. 거기다가 다른 간판을 붙이면 어떨까요?"

"왜?" 아시라프가 물었다.

나라얀이 망설였다. "새 간판을 달면……."

그러자 아시라프가 무슨 말인지 알아들었다. "그래, 이름을 다시 짓자. 힌두식 이름으로 말이야. 아주 좋은 생각이다."

"지금 하시죠." 이시바가 말했다. "아저씨의 삼촌 저목장에 가서 새 판자를 얻어 오겠습니다. 자전거를 타고 가도 될까요?"

"물론이지. 하지만 조심해라. 이슬람교도들이 사는 지역은 통과하지 말고."

한 시간 후 이시바가 목적지에 도착하지도 못한 채 빈손으로 돌아왔다. "많은 가게들과 집들이 불타고 있었습니다. 천천히, 천천히 가고 있었는데 사람들이 도끼를 들고 있는 걸 봤어요. 그들이 남자 한 명을 도끼로 찍고 있었어요. 너무 무서워서 그냥 돌아왔습니다."

아시라프가 힘없이 주저앉았다. "잘 돌아왔다. 그런데 이제 어쩌지?"

그는 너무 무서워서 생각조차 할 수가 없었다.

"새 판자가 왜 필요해요? 옛날 간판의 뒷면을 사용하면 되죠. 페인트만 조금 있으면 된다고요." 나라얀이 말했다.

그가 다시 옆집으로 찾아가자 철물점 주인이 뚜껑이 열린 파란색 깡통을 주었다. "좋은 생각이구나. 그래, 무슨 이름으로 할 거냐?" 그가 물었다.

"크리슈나 재봉 가게요." 나라얀이 생각나는 대로 말했다.

"파란색이 딱 좋겠다." 철물점 주인이 연기와 빨간 불꽃이 하늘에 가득한 지평선을 가리켰다. "저목장이 당했다는구나. 아직 아시라프에게는 말하지 마라."

글자를 다 쓰고 간판을 다시 달자 벌써 밤이었다. "나무는 아주 오래됐는데 페인트칠이 너무 새것 같구나." 아시라프가 말했다.

"내일 아침에 페인트칠이 마르고 나면 위에다가 재를 한줌 문질러야겠습니다." 이시바가 말했다.

"자는 동안에 모든 게 재로 변하지나 않았으면 좋겠구나." 아시라프가 낮은 목소리로 말했다. 이웃들의 격려로 만들어진 불안한 안도감이 허물어지기 시작하고 있었다.

침대에 눕자 어둠 속에서 모든 소음은 가족을 위협하면서 다가오는 위험을 알리는 소리처럼 들렸지만, 그는 그것이 해롭지 않은 소리임을 곧 알 수 있었다. 그는 평생 동안 잠들면서 들었던 익숙한 소리들을 다시 배웠다. 뒤뜰에서 잠자기를 좋아했던 석탄 장수의 간이침대가 쿵하는 소리(그는 빈대들을 털어 내려고 매일 밤 간이침대를 내리쳤다). 잠자기 전에 문단속을 하는 식료품 장수가 문을 쾅하고 잠그는 소리(문이 물에 붇고 들러붙어서 세게 닫아야만 했다). 무슨 일인지 누구인지는 몰라도 그 늦은 시간에 물통이 쨍그렁 울리는 소리도 났다.

자정이 지나서 깜짝 놀라 잠을 깬 그는 아래층 가게로 내려가 작업대 뒤 벽에 걸려 있는 코란 인용문이 담긴 액자 세 개를 떼어 냈다. 어둠 속에서 나는 소리에 잠이 깬 이시바와 나라얀이 불을 켰다.

"괜찮다. 그냥 자거라." 그가 말했다. "갑자기 액자들이 생각났어." 액자들이 걸려 있던 벽의 페인트색이 더 진하게 남아 있었다. 아시라프가 젖은 걸레로 닦아 보았지만 별 소용이 없었다.

"대신 걸어 둘 수 있는 게 있어요." 나라얀이 말했다. 그는 작업대 밑에서 여행 가방을 끌어내서 벽에 걸 수 있는 작은 고리 모양의 줄이 달린, 판지처럼 빳빳한 그림 세 개를 찾았다. "람과 시타, 크리슈나, 락슈미예요."

"그래, 아주 좋구나." 아시라프가 말했다. "그리고 내일 우르두어 잡지들과 신문들을 불에 태워 버리자."

다음 날 아침 8시 30분에 아시라프는 평소대로 가게문을 열고 밖에 달린 자물쇠를 풀었지만 접는 철제문을 열지는 않았다. 대신에 안에 있는 나무문을 조금 열어 두었다. 전날과 마찬가지로 거리에는 아무도 없었다.

열 시쯤에 석탄 장수의 아들이 철제문 창살 틈으로 소리쳤다. "아버지께서 시장에서 필요한 게 있냐고 물으세요. 아주머니는 집에 있는 게 좋다고 하시면서요."

"고맙구나. 신의 축복을 받을 거다." 뭄타즈가 말했다. "가능하다면 애들 먹이게 우유나 조금 사다 다오. 그리고 감자나 양파 같은 채소가 있으면 구할 수 있는 걸로 부탁할게."

15분쯤 후에 소년이 빈손으로 돌아왔다. 시장에 아무것도 없다고 했다. 나중에 석탄 장수가 소에서 직접 짠 우유 한 주전자를 보내왔다. 뭄타즈는 얼마 남지 않은 밀가루와 콩으로 음식을 만들었다. 땅거미가 지기 훨씬 전에 아시라프는 철제문을 자물쇠로 채우고 모든 문에 빗장을 걸었다.

저녁 식사 시간에 어린 딸들이 아시라프에게 어제처럼 먹여달라고 졸랐다. "아, 그래, 그렇게 먹으니까 맛있지." 아시라프가 웃었다.

식사가 끝나자 이시바와 나라얀은 아시라프의 가족들이 잘 수 있도록 아래층으로 내려가려고 일어섰다. "아직 시간이 이르구나. 좀 더 있으려무나." 아시라프가 말했다. "손님들이 없으니까 시간이 너무 천천히 가는구나."

"내일부터는 괜찮아 질 겁니다." 이시바가 말했다. "사람들이 그러는데 곧 군인들이 들어올 거래요."

"알라의 뜻이라면." 막내딸이 자기가 천으로 만들어 준 인형을 가지고 노는 걸 보면서 아시라프가 말했다. 큰딸은 교과서를 읽고 있었다. 나머지 두 딸은 옷 만드는 놀이를 하면서 천조각들을 가지고 놀고 있었다. 그는 이시바와 나라얀에게 아이들의 과장된 동작을 보라며 신호를 보냈다.

"너희들이 여기 처음 왔을 때도 저랬어. 그리고 줄자를 휘두르며 딱딱 소리를 내는 걸 좋아했지." 옛 생각에 웃던 그들은 다시 침묵했다.

가게 문을 맹렬히 두드리는 소리에 침묵이 깨졌다. 아시라프가 벌떡 일어섰지만 이시바가 막았다. "제가 가 보겠습니다."

위층 창문에서 그는 스무 명 혹은 서른 명의 남자들이 길에 모여 있는 것을 보았다. 그를 알아보고 그들이 소리쳤다. "문 열어! 이야기 좀 하자!"

"알았습니다. 잠깐만요!" 그가 대답했다. 그런 다음 아시라프에게 말했다. "아저씨, 가족들을 데리고 위층 길을 따라서 옆집으로 조용히 가세요. 나라얀과 제가 내려가 볼게요."

"아, 알라시여!" 뭄타즈가 낮게 소리를 질렀다. "기회가 있을 때 떠났어야 했는데! 여보, 당신이 옳았어요. 내가 당신을 바보라고 부르다니, 내가 정말 바보……"

"입 닥치고 빨리 따라오기나 해!" 아시라프가 말했다. 딸아이 하나가 코를 훌쩍이기 시작했다. 뭄타즈가 아이를 팔에 안고 조용히 시켰다. 이시바와 나라얀이 가게로 내려가는 동안에 아시라프가 식구들을 밖으로 이끌었다. 단단한 물체로 철제문 창살 사이의 나무문을 세게 두드리는 소리가 났다.

"좀 기다리세요!" 이시바가 외쳤다. "자물쇠를 먼저 풀어야 해요!"

철제문 창살 틈으로 두 사람의 모습이 보이자 밖이 조용해졌다. 대부분의 사람들은 몽둥이나 작살 모양의 조잡한 무기를 들고 있었고, 어떤 사람들은 칼을 들고 있었다. 몇몇 사람들은 사프란색 셔츠를 입고 삼지창을 들고 있었다.

그들을 본 이시바가 몸을 떨었다. 잠시 그는 그들에게 사실대로 말하고 길을 비켜주고 싶은 유혹이 생겼다. 그런 생각이 든 것을 부끄러워하며 그는 철제문의 자물쇠를 풀고 문을 밀어서 약간 열었다. "형제 여러분, 안녕하십니까."

"넌 누구냐?" 앞에 서 있는 남자가 물었다.

"아버지께서 크리슈나 재봉 가게 주인이십니다. 여긴 제 동생이구요."

"그런데 너희 아버지는 어디 있어?"

"고향에 가셨습니다. 친척 중에 한 명이 아파서요."

그들끼리 논의를 한 후에 주동자가 말했다. "여기가 이슬람교도의 가게라는 정보를 가지고 왔다."

"뭐라고요?" 이시바와 나라얀이 동시에 말했다. "여긴 20년 동안 저희 아버지의 가게였어요."

뒤에 있는 사람들로부터 불만이 터져 나왔다. 그런 이야기 따위는 필요 없어! 불태워! 여기가 이슬람교도 가게가 맞아! 가게를 지키려고 거짓말하는 놈들도 불태워!

"가게에 이슬람교도들이 일하냐?" 주동자가 물었다.

"장사가 잘 안 돼서 사람을 쓰지는 못합니다." 이시바가 말했다. "저랑 동생이 하기에도 일이 충분치 못하거든요." 남자들이 그의 옆을 지나며 가게 안을 들여다봤다. 이시바는 숨을 거칠게 쉬는 그들의 땀 냄새를 맡을 수 있었다. "마음껏 보십시오." 그가 옆으로 비키며 말했다. "아무것도 숨길 게 없으니까."

재빨리 훑어보던 사내들의 눈에 작업대 뒤 벽에 걸린 힌두교 신들이 들어왔다. 사프란색 셔츠를 입은 사람들 가운데 한 명이 앞으로 나왔다. "요 녀석아, 만약에 네가 거짓말을 한다면 내 삼지창 칼날 끝에다가 널 꽂아 버릴 테다."

"제가 왜 거짓말을 하겠습니까?" 이시바가 말했다. "저도 힌두교도입니다. 제가 이슬람교도를 살리기 위해서 죽을 것 같아요?"

가게 밖에서 그들끼리 다시 논의가 있었다. "둘 다 여기로 나와서 잠옷 벗어." 주동자가 말했다.

"네?"

"빨리, 서둘러! 안 그러면 잠옷이 더 이상 필요 없도록 만들 테다!"

뒤에 선 사람들은 인내심이 없었다. 땅에다가 작살을 두드리며 가게에 불을 지르라고 고함을 질렀다. 이시바와 나라얀이 순순히 잠옷을 벗었다.

"너무 어두워서 안 보이잖아. 등불 이리 줘." 뒤에서 등불이 넘어왔다. 그는 쪼그리고 앉아서 등불을 그들의 사타구니 가까이 갖다 대더니 그제야 만족했다. 나머지 사람들도 보려고 몰려들었다. 포경을 하지 않았다고 다들 인정했다.

그때 철물점 주인이 위층 창문을 열고 소리쳤다. "무슨 일이오? 아니 왜 힌두교도 애들을 괴롭히고 난리요? 이슬람 사람들은 못 찾았소?"

"그런데 당신은 누구요?" 그들이 소리쳤다.

"누구라니? 내가 니들 아버지나 할아버지뻘 되는 사람이다. 무슨 말인지 알겠냐! 그리고 이 철물점 주인이야! 내 말 한마디면 온 동네 사람들이 하나로 뭉쳐서 네 놈들을 잘게 토막내 버릴 거야! 썩 딴 데로 가지 못해!"

주동자는 괜히 싸워 봐야 쓸데없는 짓이라고 생각했다. 남자들은 체면을 차리려고 욕설을 내뱉으면서 떠나기 시작했다. 자기들끼리 허탕을 쳤다며 중얼거리며 잘못된 정보 때문에 바보가 됐다고 투덜댔다.

"정말 훌륭한 연기였다." 이시바와 나라얀의 등을 힘차게 때리면서 철물점 주인이 말했다. "위에서 다 지켜보고 있었다. 너희들이 다치기라도 하면 모두들 불러서 도와주려고 했어. 하지만 아무런 마찰 없이 너희들이 그들을 설득해서 조용히 떠나보낼 수 있다면 좋겠다고 생각했지." 그는 주위를 둘러보며 모두들 자기 말을 믿고 있는지 살폈다.

뭄타즈는 이시바와 나라얀 앞에 무릎을 꿇고 앉았다. 두파타가 그녀의 목에서 미끄러져 내려와 그들의 발을 감쌌다. "뭄타즈 아주머니, 제발 이러지 마세요." 이시바가 뒤로 물러서며 말했다.

"앞으로 영원히, 나와 아이들 그리고 남편의 목숨과 우리 집과 모든 것들이 너희들에게 갚아야 할 빚이다!" 그녀가 울면서 그들에게 매달렸다.

"이 은혜를 어떻게 갚아야겠니?"

"제발 일어서세요." 그녀의 손목을 잡고 일으켜 세우면서 이시바가 애원했다.

"이제부터 이 집은 너희가 우리와 함께 머물러 주기만 한다면 너희들 것이다."

마침내 이시바가 그녀의 손에서 발목을 빼내는 데 성공했다. "아주머니는 저희에게 어머니나 다름없습니다. 7년 동안이나 저희가 밥을 함께 먹고 같이 살았잖아요."

"알라의 뜻이라면, 70년이라도 더 우리와 함께 같이 먹고 살아도 된다." 여전히 흐느끼던 그녀는 두파타를 목에 다시 걸치고 한쪽 끝을 들어 올려 눈물을 닦았다.

이시바와 나라얀은 아래층으로 내려갔다. 딸아이들이 잠들고 난 후 아시라프도 아래층으로 내려왔다. 아직 그들은 자리를 깔지 않고 있었다. 세 사람은 잠시 조용히 앉아 있었다. 그때 아시라프가 말했다. "문을 두드리는 소리가 들렸을 때 난 다 끝난 줄 알았다."

"저도 무서웠어요." 나라얀이 말했다.

그들은 이전보다 더 긴 침묵에 빠져들었다. 아시라프가 헛기침을 했다. "한 가지만 말하려고 내려왔단다." 눈물이 그의 뺨을 타고 흘러내렸다. 그는 말을 멈추고 눈물을 닦았다. "내가 너희들 아버지를 만난 날, 그러니까 둑히에게 재봉을 배우러 너희들을 내게 보내라고 말했던 그날이 내 인생에서 가장 운이 좋았던 날이었단다." 그는 그들을 껴안고 뺨에다가 세 번 입을 맞추고 난 후 위층으로 올라갔다.

아시라프는 이시바와 나라얀이 고향으로 돌아가겠다는 데 동의하지 않았고 뭄타즈도 마찬가지였다. "돈을 받고 조수로 계속 일을 하도록 해라." 비록 그럴 여유가 없다는 걸 잘 알고 있었지만 그가 제의했다.

루파는 둑히에게 아들들이 이제는 돌아와야 할 때라고 강하게 말했다. "당신이 아이들을 도제로 보냈잖아요. 이제 기술을 다 배웠는데 왜 아직도 이방인들과 함께 살아야 해요? 걔들 부모가 죽기라도 한 거예요 뭐예요?"

그러나 차마르에서 재봉사가 된 아이들이 마을에서 어떤 대접을 받게 될지는 어느 누구도 예측할 수 없었다. 사실 새로운 시대는 희망으로 가득 차 있었고 변화의 기운이 감돌았으며, 독립과 함께 온 낙관주의가 밝게 빛나고 있었다. 아시라프마저도 안전하다고 생각해서 크리슈나 재봉 가게 간판을 뒤집어서 무자파 재봉 가게로 다시 바꿔 놓았다.

그러나 수 세기에 걸친 전통이 그렇게 쉽게 뒤집어질지는 확실치 않았다. 그래서 이시바는 아시라프의 조수로 남고 나라얀은 사정을 살피러 고향으로 돌아가기로 합의했다. 모두에게 흡족한 결정이었다. 무자파 재봉 가게는 간신히 한 명만을 조수로 고용할 여유가 있었고, 둑히는 읍내에서 보내주는 돈의 도움을 받게 되었으며, 루파는 작은 아들과 함께 살수 있게 되었다.

그녀는 7년 동안 천장에 매달아 두었던 꾸러미를 끌어내렸다. 매듭을 지어 놓은 끈이 오그라들어서 풀리지를 않았다. 그녀는 끈을 자르고 겉을 감쌌던 천을 풀어서 조끼와 촐리를 꺼내 빨았다. 그녀는 남편에게 아들의 귀향을 환영하기 위해서 그 옷들을 다시 입어야 한다고 말했다.

"약간 헐렁한데." 그가 말했다.

"내 것도 그래요." 루파가 말했다. "천이 늘어났나 봐요."

그는 그녀의 설명이 마음에 들었다. 힘든 세월 때문에 둘 다 몸이 줄었다고 생각하는 것보다 나았다.

마을의 차마르 공동체는 나라얀을 소리 없이 자랑스러워했다. 비록 새 옷을 해 입을 여유가 없어서 나라얀에게 지불할 돈은 많지 않았지만 그들은 점점 용기를 내서 그의 손님이 되었다. 그들은 카스트가 높은 사람들이 버린 옷을 입었다. 그래서 그는 대부분 옷의 치수를 고치거나 수선하는 일을 했다. 그는 아시라프가 구해 준, 손으로 굽은 자루를 돌리는 낡은 재봉틀을 사용했다. 직선 박음질밖에 할 수 없었지만 그걸로 충분했다.

가죽 세공 대신에 재봉이라는 상상도 할 수 없는 일을 한 사람에 대한 소문이 이웃 마을들로 퍼지자 장사가 나아졌다. 그들은 옷을 수선하는 것뿐만 아니라 차마르 출신 재봉사라는 모순된 직업을 가진 용감한 그를 보려고 오기도 했다. 많은 사람들은 그를 방문한 다음에 실망했다. 오두막집 안에는 특별한 게 없었고 그저 젊은 남자가 줄자를 목에 걸고 연필을 귀 뒤에 꽂고 있을 뿐이었다.

나라얀은 아시라프에게서 배운 대로 이름, 날짜, 받아야 할 돈 등의 업무와 거래 내역을 꼼꼼히 기록했다. 그가 손님의 치수를 재고 장부에다가 숫자를 기록하는 동안 루파는 거드름을 피우며 곁에 서서 자진해서 사업을 관리했다. 그녀는 과일칼을 가지고 그의 연필 끝을 뾰족하게 깎았다. 그의 기록부를 읽을 수는 없었지만 그녀는 머릿속에 정확한 계산을 해 두었다. 돈을 지불하지 않은 사람이 일을 더 가지고 오면 그녀는 손님 뒤에 서서 엄지손가락과 다른 손가락 하나를 함께 비비면서 아들에게 상기시켜 주었다.

나라얀이 고향 마을로 돌아온 지가 6개월쯤 되던 어느 날 아침, 병기 카스트 한 명이 용기를 내서 오두막집으로 오고 있었다. 절거덕거리는 둔탁한 재봉틀 소리를 행복하게 들으며 밖에서 불 위에다가 물을 끓이던 루파가 조심스럽게 다가오는 남자를 보았다. "도대체 어딜 가는 거야?" 그를 막아서며 그녀가 소리쳤다.

"재봉사 나라얀을 찾고 있습니다." 겁에 질린 남자가 누더기를 들어 올리며 말했다.

"뭐라고?" 그의 **뻔뻔함**에 그녀는 소스라치게 놀랐다. "재봉사고 나발이고 그 입 다물어! 끓는 물로 네 놈의 더러운 몸을 지져 줄 테다! 내 아들은 너 같은 놈들을 위해서는 일하지 않아!"

"어머니! 왜 그러세요?" 나라얀이 오두막집에서 나오며 소리쳤을 때 남자는 달아나고 있었다. "잠깐만 기다려요!" 그는 남자를 따라가며 소리쳤다. 보복이 따를까 무서웠던 벙기는 더 빨리 달렸다.

"이봐요, 돌아와요! 괜찮아요!"

"다음에 오겠습니다. 내일쯤요." 겁에 질린 남자가 말했다.

"그래요, 기다리고 있을게요. 꼭 오세요." 오두막집으로 돌아간 나라얀은 고개를 가로저으며 그를 무섭게 노려보는 어머니를 무시해 버렸다.

"나한테 고개 젓지 마!" 화가 난 그녀가 소리쳤다. "이게 무슨 짓이냐. 내일 다시 오라고 왜 부른 거야? 우린 그런 낮은 카스트 사람들을 상대하면 안 돼! 사람들 집에서 똥이나 실어 나르는 작자의 몸 치수를 어떻게 재겠다는 거야?"

나라얀은 아무 말도 하지 않았다. 잠시 일을 하고 난 후에 그는 밖으로 나가 여전히 화가 나서 씩씩거리며 솥을 젓고 있는 어머니가 있는 불 옆으로 갔다.

"전 어머니가 틀렸다고 생각해요." 딱딱 소리를 내면서 타는 불 때문에 거의 들리지 않을 정도의 낮은 목소리로 그가 말했다. "전 브라만이든 벙기든 찾아오는 모든 사람들을 위해서 일해야 한다고 생각해요.”

“그래, 그게 네 생각이냐? 네 아버지가 집에 돌아오면 뭐라고 하시는 지 들어 보자! 브라만은 돼도 벙기는 안 돼!”

그날 저녁 루파는 둑히에게 아들의 터무니없는 생각에 대해서 말해 주었다. “네 엄마 말이 맞다.” 그가 나라얀에게 말했다.

나라얀은 굽은 자루를 돌리던 손을 떼고 속도 조절 바퀴를 멈췄다. “왜 저에게 재봉을 배우라고 보내셨던 거죠?”

“무슨 그런 멍청한 질문이 있냐. 네 인생이 잘되라고 그런 거지. 그것 말고 다른 이유가 있니?”

“그럼요. 카스트가 높은 사람들이 우리를 함부로 다루기 때문이죠. 그런데 지금 아버지와 어머니께서는 그들처럼 행동하고 계세요. 그런 걸 원하신다면 전 읍내로 돌아가겠습니다. 전 이렇게는 더 이상 살 수 없습니다.”

루파는 그의 최후통첩에 깜짝 놀랐으며, 둑히가 그녀를 보면서 “쟤 말이 맞아”라고 하자 공포에 질렸다.

“이시바 아버지, 정신 차려요! 처음에는 내 말이 맞다더니 이제는 쟤가 맞다니! 이랬다 저랬다 궁둥이 없는 솥단지처럼 왜 그래요! 그리고 애를 읍내로 보내서 이렇게 된 거예요! 마을의 법도를 다 잊었잖아요! 문제만 생길 거라고요!” 부글부글 끓으며 집을 나선 그녀는 암바, 피아리, 파드마, 사비트리에게 어서 와서 불행한 자신의 집에서 나오는 미친 소리를 들어 보라고 외쳤다.

“세상에, 세상에!” 사비트리가 말했다. “불쌍한 루파가 너무 화가 나서 몸을 다 떠는구나.”

“아이고, 세상에, 애들이 이렇게 쉽게 엄마 생각을 잊어버리는구나.”

피아리는 두 손을 하늘로 올리며 말했다.

"어쩌겠어. 어릴 때야 젖을 먹여서 키우지만 이제는 제정신을 먹여줄 수도 없는 노릇인데." 암바가 말했다.

"좀 더 참아 봐. 다 괜찮아질 테니까." 파드마가 말했다.

그들의 쏟아지는 위로에 루파는 마음이 가라앉았다. 아들을 두 번째로 잃게 될지도 모른다는 생각에 그녀는 생각이 조심스러워졌다. 그래서 한 가지 조건을 달고 그의 정신 나간 제안에 동의하기로 했다. 오두막집 출입에 대한 통제권은 여전히 그녀가 가지며 어떤 손님들의 경우에는 밖에서 업무를 보도록 했다.

* * *

2년 후에 나라얀은 부모님 집 옆에 자신의 오두막집을 지을 여유가 생겼다. 루파는 아들이 그들을 버린다면서 울었다. "또다시 네가 부모의 마음을 찢어 놓는구나. 이러면 어떻게 내가 너와 네 사업을 돌보겠니? 왜 따로 살아야 하는 거냐?"

"어머니, 고작 9미터 떨어진 거리예요." 나라얀이 말했다. "언제라도 와서 연필을 깎아주세요."

"연필을 깎아달라고! 그게 전부인 것처럼 말하네!"

그러나 결국 그녀는 아들의 생각을 받아들였고 친구들에게는 다른 오두막집이 그의 공장이라고 자랑했다. 그는 커다란 작업대, 옷걸이, 그리고 직선과 지그재그 박음질을 할 수 있는 발로 작동하는 새 재봉틀을 샀다.

그는 재봉틀을 구입하기 위해서 아시라프의 조언을 얻으러 갔다. 그가 떠난 이후에 작은 읍내는 커졌고 무자파 재봉 가게는 장사가 잘됐다. 이시바는 가게 근처에 방을 얻었다. 그는 조수에서 아시라프의 동업자로 승진했다. 형과 아우는 이제 더 이상 아버지가 일할 필요가 없다는 데 합의하고 둘이서 부모님의 생활비를 대주기로 했다.

"기특한 녀석들 같으니라고." 나라얀의 설명에 둑히가 말했다. "우린 정말 신의 축복을 받았구나."

루파가 오래전에 아이들이 만든, 이제는 빛이 바랜 조끼와 촐리를 가져왔다. "이거 기억나니?"

"그걸 아직도 가지고 계셨어요?"

"너하고 이시바가 이걸 가지고 왔던 날 둘 다 얼마나 어렸는지." 그녀가 울기 시작했다. "그때도 난 마음속으로 모든 게 결국 잘될 거라고 생각했다." 그녀는 친구들에게 좋은 소식을 알렸고, 그들은 그녀를 껴안으면서 이제 곧 부자가 되면 아는 척도 하지 않을 거라며 놀렸다.

"그런데 한 가지 분명한 건, 결혼할 때가 다 됐다는 거야." 파드마가 말했다.

"괜찮은 신붓감들을 찾아봐야지." 사비트리가 말했다.

"더 이상 지체하면 안 돼." 피아리가 말했다.

"우리가 다 도와줄 테니까 걱정하지 마." 암바가 말했다.

그러한 행복한 소식은 차마르 공동체와 외부에도 퍼졌다. 카스트가 높은 사람들 사이에서는 여전히 차마르가 이룬 업적에 대한 분노와 원한이 남아 있었다. 그중에서도 특히, 선거 때가 되면 항상 지역 투표소들을 관리하며 자신이 선택한 정당으로 표들을 몰아주던 타쿠르 다람시가 주기적으로 나라얀을 놀렸다.

"죽은 소가 널 기다리고 있다"라고 그는 하인을 보내서 나라얀에게 알렸다. 그러면 나라얀이 그 소식을 다른 차마르들에게 넘겨주었고 그들은 기쁘게 일을 처리했다. 한 번은 타쿠르 다람시 땅의 도랑에 염소 한 마리가 빠져 죽자, 그는 사람을 보내서 나라얀에게 막힌 걸 뚫으라고 했다. 그러자 나라얀은 제안은 고맙지만 더 이상 그런 일을 하지 않는다고 공손한 대답을 들려서 보냈다.

이제 나라얀은 마을의 차마르 카스트의 대변자로, 즉 그들의 선출되지 않은 지도자로 대접받았다. 아들의 성공을 눈에 띄지 않게 겸손하게 받아들이던 둑히는, 가끔 친구들과 강 옆 나무 밑에서 비디를 피우며 앉아 있을 때만 자랑했다. 점차 나라얀은 대부분의 카스트가 높은 사람들보다 더 부자가 되었다. 그는 마을의 불가촉천민 구역에 자기 돈을 들여서 우물을 파게 했다. 그는 오두막집 두 채가 서 있던 땅을 빌려서 그곳에다가 마을 전체에서 일곱 채밖에 없던 벽돌집을 지었다. 그 건물은 부모님과 그의 사업을 다 수용할 만큼 컸다. 그리고 루파는 머지않아 며느리와 손자를 볼 것이라며 기분 좋은 상상을 했다.

둑히와 루파는 큰아들이 먼저 결혼하기를 바랐다. 그러나 이시바에게 신붓감을 찾아 주겠다고 하자 그는 결혼엔 관심 없다고 분명히 못을 박았다. 루파는 아들이 원치 않는 일을 강요하는 것이 얼마나 부질없는 짓인지를 이미 깨달았다. "읍내에서 살더니 옛날 방식은 다 잊어버렸어." 그녀가 투덜댔다. 그리고 더 이상 그 문제를 꺼내지 않고 관심을 나라얀에게로 돌렸다.

수소문 끝에 그들은 다른 마을에 사는 괜찮은 신붓감을 소개받았다. 남자 가족이 여자 가족을 방문하는 상견례 날짜가 잡혔다. 루파는 암바, 피아리, 파드마, 사비트리 등이 가족과 다름없었기 때문에 상견례에 반드시 포함되도록 했다. 이시바는 가지 않기로 했지만, 신붓감을 보러 가는 사람들을 태워 줄 27인승 레이랜드 차량을 마련해 주었다.

아침 아홉 시에 마을에 도착한 찌그러진 작은 버스가 구름먼지를 일으키며 멈춰 섰다. 버스를 타 볼 기회가 생기자 경사스러운 행사를 위해서 자원하는 사람들의 수가 작은 차량이 수용할 수 있는 인원보다 훨씬 많아졌다.

"나랴얀은 나한테 아들이나 다름없어." 누군가가 말했다. "난 의무적으로 가야 해. 이렇게 중요한 때에 어떻게 내가 걔를 실망시킬 수 있겠어?"

"날 데려가지 않으면 난 고개를 들고 다니지 못할 거야." 반드시 버스에 타야겠다면서 다른 누군가가 간청했다. "제발 태워 줘!"

"난 지금껏 우리 차마르 공동체에서 신붓감을 보여 주는 행사에 빠진 적이 없다고. 나의 전문적인 평가가 필요할 거야." 또 다른 사람이 허풍을 떨며 말했다.

많은 사람들이 가는 것을 당연하게 생각하고 둑히나 루파에게 물어보지도 않고 차에 올라탔다. 한 시간 후에 출발 준비를 하자 38명이 버스 안에 끼여 있었고 12명은 지붕에 책상다리를 하고 앉아 있었다. 시골길에서 낮은 나뭇가지들 때문에 일어난 끔찍한 사고들을 목격했던 운전사가 출발하기를 거부했다. "지붕에서 내려와요! 다들 내려와요, 내려와!" 가부좌를 틀고 침착하게 앉아 있던 사람들에게 운전사가 소리를 질렀다. 그래서 지붕에 앉아 있던 열두 명이 내려오고 나서야 버스는 구물구물 조심스럽게 천천히 출발했다.

두 시간 반 만에 그들은 목적지에 도착했다. 신붓감의 부모와 온 마을이 버스와 방문객의 숫자에 감명받았다. 서른여덟 명의 사람들은 불안하게 서 있었다. 집 안에는 모두가 들어갈 수 있는 공간이 없었다. 고민 끝에 둑히는 제일 친한 친구들인 초투와 다야람을 포함해서 일곱 명만 데리고 들어가기로 했다. 파드마와 사비트리는 뽑혔지만 암바와 피아리는 나머지 불운한 서른 한명과 함께 밖에서 기다리며 문간을 통해서 진행 상황을 지켜봐야 했다.

집 안으로 들어간 사람들은 신붓감의 부모와 차를 마시며 여행에 대해서 말했다. "여기 오다가 보니 경치가 정말 좋더군요." 둑히가 신붓감의 아버지에게 말했다.

"한 번은 갑자기 버스가 큰소리를 내며 멈췄습니다. 다시 출발하는 데 시간이 걸렸죠. 늦는 줄 알고 걱정했습니다." 초투가 말했다.

이윽고 신붓감의 부모가 족보와 가족사를 비교하자 루파가 나라얀의 성공에 대해서 신붓감의 어머니에게 겸손하게 말했다. "손님이 정말 많답니다. 이 나라에 다른 재봉사가 없는 것처럼 모두들 나라얀한테 옷을 만들어 달라고 하죠. 불쌍한 아들은 아침부터 저녁까지 재봉일만 한답니다. 하지만 아들의 비싼 재봉틀이 너무 좋아서 뭐든지 다 할 수 있죠."

그런 다음 신붓감을 보여 주는 시간이 됐다. "딸아, 이리 나오너라. 손님들에게 달콤한 먹을 걸 좀 내오렴." 그녀의 어머니가 평상시 목소리로 말했다.

열여섯 살이던 라다가 사탕 과자 접시를 들고 들어오자 대화가 멈췄다. 그녀가 머리를 약간 숙이고 눈을 피하며 주위를 돌자 모두들 자세히 보았다. 바깥에서는 수군덕거리며 신붓감을 보려고 자리싸움이 벌어졌다.

그녀가 나라얀의 앞에 멈추었을 때 그는 사탕 과자만 계속 보고 있었다. 그는 쳐다보기가 민망했다. 그녀의 부모가 그의 반응을 살피고 있었다. 접시가 거의 한 바퀴 다 돌았다. 지금 보지 않는다면 그녀가 다시 돌지 않을 것이 확실했기 때문에 두 번 다시 기회가 없을 것이었고, 그렇다면 그는 얼굴을 보지도 않고 결정을 해야 하는 상황이었다. 보자, 꼭 봐야 해! 그는 자신을 설득했다. 그리고 보았다. 그녀가 자신의 어머니 앞에서 몸을 숙일 때 그는 그녀의 옆모습을 보았다.

"딸아, 난 됐다." 그 말과 함께 그녀가 사라졌다.

그러자 집으로 돌아가야 할 시간이었다. 돌아가는 버스 안에서, 밖에 있어서 보지 못하고 듣지 못했던 사람들이 안에서 무슨 일이 있었는지 상세한 이야기를 들었다. 이제 모든 사람들이 진상을 알게 되었으니 마을로 돌아가서 마지막 토론을 벌일 수 있었다. 나이 순서대로 의견을 개진했다.

"몸 크기도 좋고 피부색도 좋더라."

"그쪽 가족도 정직하고 근면해 보이던데."

"최종 결정을 내리기 전에 점을 여러 번 보지그래."

"아니 점을 뭐하러 봐! 점 같은 걸 왜 봐? 그거 다 브라만들이 하는 헛소린데. 우리 차마르 공동체는 그딴 거 안 해."

토론이 계속되었고 나라얀은 잠자코 들었다. 꼭 필수적인 것은 아니었지만 끝으로 그가 동의하자, 둑히와 루파는 안심했고 사람들의 박수 속에서 결혼에 대해서 만장일치가 이루어졌다.

이제 결혼 준비가 진행됐다. 나라얀이 고집을 피워서 전통적인 경비 몇 가지는 제외되었다. 그는 라다의 가족이 고리대금업자에게 영원히 빚을 지고 살도록 하고 싶지 않았다. 그들로부터 받겠다고 한 것은 바닥이 둥근 놋쇠 그릇 세 개와 바닥이 평평한 놋쇠 그릇 세 개가 전부였다.

루파는 매우 화를 냈다. "네가 신부 지참금 같은 복잡한 것에 대해서 도대체 아는 게 뭐냐? 결혼해 본 적이라도 있어?"

둑히 역시 화를 냈다. "그릇 여섯 개로는 너무 부족해. 이건 우리의 권리라고."

"우리 차마르 공동체에서 언제부터 신부 지참금을 받았습니까?" 나라얀이 조용히 물었다.

"카스트가 높은 사람들이 그렇게 하면 우리도 할 수 있어."

그러나 이시바의 지원을 받은 나라얀은 물러서지 않았다. "읍내에서 살더니 우리 마을 방식은 다 잊어버렸구나." 또다시 좌절한 루파가 투덜댔다.

막판에 힘든 일이 생겼다. 결혼 이틀 전에 타쿠르 다람시와 다른 사람들의 강요로 마을 악사들이 결혼식 연주를 포기했다. 그들은 너무 겁이 나서 나라얀의 가족과 만나서 그 문제를 상의하지조차 못했다. 그래서 이시바가 읍내 악사들을 섭외했다. 나라얀은 악사들과 악기들을 운송하는 비용에 대해서는 개의치 않았다. 지주들을 좌절시키는 작은 대가라고 그는 생각했다.

읍내 악사들은 마을의 결혼식 노래들을 잘 알지 못했다. 손님들 중에서 노인들이 매우 걱정했다. 이상한 축가와 노래가 결혼에 불길하다고들 했다. "특히 자손을 보는 일에 좋지 않아." 몸이 건강할 때 산파 노릇을 했던 노파가 말했다. "절차를 정확하게 하지 않으면 자궁에 애가 쉽게 들어서질 않아."

"맞아." 다른 노파가 말했다. "난 내 두 눈으로 직접 봤어. 노래를 제대로 못 부르니까 부부가 불행하더라고." 걱정이 된 사람들이 모여서 다가올 불행을 막을 수 있는 방법에 대해서 토론했다. 그들은 이상한 음악과 춤을 즐기고 있는 사람들을 못마땅하게 보았다.

결혼 축하가 계속된 사흘 동안 마을의 차마르 가족들은 지금껏 살면서 최고로 맛있는 음식을 먹었다. 아시라프와 그의 가족들이 주빈으로 참석해서 나라얀의 집에서 머물며 보살핌을 받자 어떤 사람들이 불편해했다. 이슬람교도들이 있어서 불길하다는 수군거림이 있었지만 그러한 항의는 드물었고 드러나지 않았다. 그리고 셋째 날 밤이 되자 악사들은 마을 노래들을 많이 연주할 수 있었고 노인들은 안심했다.

라다와 나라얀에게 아들이 태어나자 옴프라카시라고 이름을 붙였다. 그 행복한 날에 사람들이 찾아와 노래를 부르며 그들과 함께 기뻐했다. 의기양양해진 둑히는 마을의 모든 집에 찾아가 사탕 과자를 나누어 주었다.

그 주 후반에 둑히의 친구 초투가 아내와 함께 새로 태어난 아기를 보러 왔다. 둑히와 나라얀을 한쪽으로 데리고 간 후 초투가 낮은 목소리로 말했다. "카스트가 높은 사람들이 사탕 과자를 쓰레기에다가 버렸어."

그들은 그 말을 의심하지 않았다. 카스트가 높은 사람들 집의 쓰레기를 치우는 초투가 그걸 모를 리 없었기 때문이었다. 그 소식에 상처를 입었지만 나라얀은 웃어넘겼다. "사탕 과자 봉지를 발견한 사람들이 더 먹으면 되겠네요."

찾아온 많은 손님들은 차마르의 아기임에도 불구하고 정말로 건강하고 항상 웃고 있다면서 감탄했다. "배가 고파도 보채거나 울지 않아요." 라다가 자랑했다. "그냥 작게 옹알거리다가 젖만 물려주면 금방 멈춰요."

옴프라카시 다음으로 딸만 셋을 더 낳았다. 그중에서 둘만 살아남았다. 그들의 이름은 릴라와 레카였다. 사탕 과자를 돌리지 않았다.

나라얀은 재봉을 하면서 아들에게 읽기와 쓰기를 가르쳤다. 아이는 석판과 분필을 들고 앉았고 그는 재봉틀에 앉아 있었다. 옴프라카시가 다섯 살이 되자 나라얀을 흉내 내며 폼을 잡고는 실에 침을 묻혀서 바늘귀에 꽂고 바늘로 천을 꿰어 아주 멋지게 단추를 달았다.

"쟤는 하루 종일 아빠한테만 붙어 있네." 아버지와 아들의 다정한 모습을 바라보며 라다가 행복하게 투덜댔다.

그 장면을 본 루파는 매우 기뻐했다. "딸은 엄마가 키우는 거고 아들은 아버지가 키우는 거란다." 마치 새로운 계시라도 받은 것처럼 루파가 선언하자 라다가 진지하게 고개를 끄덕였다.

옴프라카시의 다섯 번째 생일 후 일주일 동안, 나라얀은 그를 차마르들이 열심히 일하는 무두질 일터로 데려갔다. 고향에 돌아온 이후로 그는 정기적으로 그들의 노동에 참가해서 껍질을 벗기거나 경화시키거나 무두질을 하거나 염색하는 작업을 도왔다. 그리고 이제는 자신의 아들에게 그 일을 하는 법을 자랑스럽게 가르쳐 줄 참이었다.

그러나 옴프라카시는 주저했다. 나라얀은 그런 행동이 마음에 들지 않았다. 아들에게 계속 손을 갖다 대라고 했다.

"더러워요! 냄새나요!" 옴프라카시가 비명을 질렀다.

"냄새가 나는 건 나도 알아. 어서 해." 그는 아이의 양손을 움켜쥐고 무두질 통에 넣고 팔꿈치까지 담갔다. 그는 동료 차마르들 앞에서 보이는 아들의 행동이 부끄러웠다.

"이거 하기 싫어요! 집에 가고 싶어요! 아빠, 제발, 집에 가요!"

"울건 말건 넌 이 일을 배워야 해!" 나라얀이 엄하게 말했다.

흐느끼며 울부짖던 옴프라카시가 손을 잡아 빼며 미친 듯이 화를 냈다. 그러나 나라얀은 그의 두 팔을 계속 적시면서 위협했다. "어서 안 하면 네 몸을 통 속에다가 집어넣을 테다."

사람들이 나라얀에게 그만하라고 했다. 그들은 발작적으로 비명을 지르는 아이가 졸도라도 하게 되면 큰일이라고 걱정했다. "오늘은 첫날이잖아. 다음 주면 나아질 거야." 그들이 말했다. 그러나 나라얀은 멈추지 않았고 한 시간 후에야 그만두었다.

그들이 집에 돌아왔을 때도 옴프라카시는 여전히 울고 있었다. 라다는 현관에서 야자유로 시어머니의 머리를 마사지하고 있었다. 아이를 달래 주려고 달려 나가다가 그들은 병을 엎질렀다. 루파가 손자를 안아 주려고 했지만 이마 위에 기름투성이로 뻣뻣하게 매달려 있는 얇은 흰 머리카락들 때문에 옴프라카시가 뒤로 물러섰다. 그는 할머니가 너무 무서웠다.

"무슨 일이니? 웃고 잘 노는 우리 불쌍한 아기한테 무슨 짓을 한 거냐?"

나라얀이 오전에 무슨 일이 있었는지 설명하자 둑히가 웃었다. 이야기를 다 듣고 난 라다는 화를 냈다. "왜 아이를 괴롭히는 거예요? 옴이 그런 더러운 일을 해야 하는 이유가 뭐예요?"

"더러운 일이라니? 당신도 차마르의 딸이면서 더러운 일이라니!"

그녀는 그의 분노에 깜짝 놀랐다. 나라얀이 그녀에게 소리를 지른 것이 처음이었다. "그러니까 왜 쟤가 그걸 해야……"

"조상들이 하던 일을 배우지 않으면 어떻게 쟤가 현실에 감사하겠어? 일주일에 한 번씩 나하고 같이 나갈 거야! 애가 좋아하든 말든 상관없어!"

라다는 조용히 시아버지에게 도움을 청하며 엎질러진 야자유를 닦기 시작했다. 둑히는 고개를 까닥거리며 알았다고 했다. 나중에 나라얀과 단둘이 있을 때 둑히가 말했다. "아들아, 나도 네 생각에 동의한다. 그렇다고 해도 일주일에 한 번씩 그냥 놀듯이 하려무나. 우리처럼 그렇게까지 할 필요는 없으니까. 그런 점에서 신께 감사해야지."

옴프라카시는 그날 오후를 부엌에서 라다에게 매달려 비참하게 보냈다. 라다는 일을 하면서 아들의 머리를 계속 쓰다듬었다. "절 떠나려고 하질 않아요." 그녀는 시어머니에게 행복한 불평을 했다. "시금치도 다 듬고 차파티도 만들어야 하는데. 언제 다 하죠?"

루파의 이마에 주름이 잡혔다. "아들은 불행하면 엄마를 기억하는 법이니까."

저녁에 나라얀이 현관에서 눈을 감고 쉬고 있을 때 옴프라카시가 살금살금 다가와서 엄마가 하는 걸 본 대로 그의 발을 주무르기 시작했다. 깜짝 놀란 나라얀이 눈을 떴다. 아래를 보자 아들이 웃고 있었다. 그는 아들에게 팔을 내밀었다.

옴프라카시가 그의 품으로 달려들며 팔을 내뻗어 그의 목을 감쌌다. 그들은 아무 말 없이 서로를 껴안은 채 몇 분 동안 가만히 있었다. 그런 다음 나라얀이 아들의 손을 펴서 냄새를 맡았다. 그리고 자신의 손을 아들에게 갖다 댔다. "자, 우리 둘 다 같은 냄새가 나지? 이건 정직한 냄새란다."

옴프라카시가 고개를 끄덕였다. "아빠, 발 마사지 더 해 드릴까요?"

"그래." 아들이 라다가 하듯이 뒤꿈치를 꽉 쥐고 발바닥 한가운데를 비비고 발바닥과 발가락을 주무르는 것을 그는 기분 좋게 지켜보았다. 문간에 숨어 있던 루파와 라다가 서로를 보며 밝게 웃었다.

일주일에 한 번씩 하던 가죽 세공일은 3년 동안 계속되었다. 옴프라카시는 가죽을 경화시키기 위해서 소금으로 절이는 법을 배웠다. 그는 가자나무 열매를 모아서 타닌 용액을 만들었다. 염료를 만드는 법도 배우고 가죽에 물을 들이는 법도 배웠다. 염색이 가장 더러운 일이어서 그는 헛구역질이 났다.

그가 여덟 살이 되었을 때 그러한 시련은 끝이 났다. 무자파 재봉 가게에서 보다 많은 기술을 익히도록 하기 위해서 그는 이시바 삼촌에게 보내졌다. 게다가 마을에 있는 학교는 여전히 차별이 있었지만 읍내에 있는 학교는 이제 카스트가 높건 낮건 상관없이 모두를 받아들였다.

* * *

자식들이 아시라프의 도제가 되기 위해서 떠났을 때 루파와 둑히가 슬펐던 것만큼 라다와 나라얀은 슬프지 않았다. 길이 새로 뚫리고 버스가 다녔기 때문에 마을과 읍내의 거리는 줄어들었다. 그들은 옴프라카시가 자주 찾아올 것이라고 기대했다. 그리고 집에는 어린 두 딸도 있었다.

그래도 라다는 아들이 곁에 없자 왠지 모를 부당함과 박탈감을 느꼈다. 항상 곁에 있다가 알 수 없는 이유로 날아가 버린 새에 관한 유행가를 그녀는 매우 좋아하게 되었다. 그 익숙한 음악이 흘러나오면 모두를 조용히 시키고 새로 산 머피 트랜지스터라디오로 달려가 볼륨을 높였다. 아들이 집에 있었을 때 그 노래는 아무런 의미도 없었다.

옴프라카시의 여동생들은 그가 집에 오는 것을 싫어했다. 오빠가 집에 있으면 어느 누구도 그들에게 신경을 쓰지 않았다. 그가 문간에 들어서는 순간 시작되었다.

"아이고, 아들아! 왜 이렇게 말랐니?" 라다가 불평을 했다. "삼촌이 너한테 밥은 세내로 먹이는 거니?"

"키가 커져서 말라 보이는 거야." 나라얀이 설명했다.

그러나 라다는 그걸 구실로 옴프라카시에게 크림, 말린 과일, 사탕 과자 등 특별한 음식을 듬뿍 먹이고, 그가 먹고 있을 때면 행복에 넘쳤다. 때로는 접시에 손을 뻗어 음식을 떠서 그의 입에다가 살갑게 넣어 주었다. 자신의 손으로 아들에게 뭔가를 먹여주지 않으면 식사가 끝나지 않았다.

　　루파 또한 밥을 먹는 손자의 모습에 흐뭇했다. 마치 심판처럼 앉아서 그녀는 그의 입가에 묻은 음식 부스러기를 닦아 주고, 빈 접시를 다시 채워 주고, 라씨 요구르트를 가까이 밀어 주었다. 그녀의 주름진 얼굴에 미소가 번졌고, 오래전 이시바와 나라얀을 위해서 먹을 것을 구하러 적들의 영토로 몰래 기어들어 갔던 칠흑 같은 밤에 대한 기억이 번뜩이며 떠올랐다.

　　옴프라카시의 여동생들은 그런 식사 시간의 의식을 조용히 구경했다. 릴라와 레카는 어른들에게 불평을 하거나 애원하기보다는 그저 부러워하면서 바라볼 뿐이었다. 아무도 옆에 없는 드문 순간이 오면 옴프라카시가 동생들에게 맛있는 것들을 나눠 주었다. 그러나 대개 그의 여동생들은 밤에 잠을 자면서 소리 없이 울었다.

　　해 질 무렵에 나라얀은 현관에 앉아서 둑히의 늙은 발을 자신의 무릎에 올리고 그의 갈라지고 지친 발바닥을 주무르고 있었다. 이제 열네 살이 된 옴프라카시가 내일 집에 도착해서 일주일 동안 머무를 예정이었다.

　　"아이고!" 둑히가 만족스러운 탄성을 내질렀다. 그는 아들에게 새로 태어난 송아지를 봤냐고 물었다.

　　아무런 대답도 없자 그가 나라얀의 가슴을 엄지발가락으로 슬쩍 찌르며 다시 물었다. "아들아, 내 말 듣고 있냐?"

"네, 아버지. 생각 좀 하느라고요." 황혼을 바라보면서 그가 다시 발을 주무르기 시작했다. 침묵에 대한 보상이라도 하려는 듯이 그는 손가락을 더 세게 움직였다.

"왜 그러냐? 무슨 문제라도 있니?"

"그냥…… 아무것도 바뀌질 않는다는 생각이 들어서요. 세월은 가는데 아무것도 바뀌질 않아서요."

둑히가 다시 탄성을 내뱉었지만 이번에는 만족감 때문이 아니었다. "그게 무슨 소리냐? 얼마나 많은 게 변했는데. 네 삶과 내 삶. 네 직업이 가죽 세공일에서 재봉사로 바뀌었고. 그리고 네 집과 네……"

"맞습니다. 그런 건 바뀌었죠. 하지만 그것보다 중요한 건 어떻게 됐습니까? 정부에서 새 법을 만들어서 더 이상 불가촉천민은 없다고 하지만 모든 게 다 똑같잖습니까. 카스트가 높은 놈들은 아직도 우리를 동물보다 천하게 여깁니다."

"그런 건 바뀌는 데 시간이 걸린다."

"나라가 독립하고 20년이 넘게 지났습니다. 얼마나 더 기다려야 하죠? 저도 마을 우물에서 물을 마시고 싶고 사원에서 기도를 하고 싶고 마음대로 걸어 다니고 싶어요."

둑히가 나라얀의 무릎에서 발을 빼고 똑바로 앉았다. 그는 자식들을 아시라프에게 보냈던 시절 자신의 카스트 제도에 대한 반항심이 생각났다. 그는 나라얀의 말에 자부심을 느꼈지만 또한 두렵기도 했다. "아들아, 그런 걸 바라는 건 위험해. 넌 차마르에서 재봉사가 됐어. 그걸로 그만 만족해야지."

나라얀이 고개를 가로저었다. "그건 아버지가 이룬 승리였습니다."

주위에 땅거미가 짙어가고 있을 때, 그는 다시 아버지의 발을 주무르기 시작했다. 집 안에서는 라다가 다음 날 옴프라카시의 도착을 행복하게 준비하느라 여념이 없었다. 잠시 후 그녀가 등불을 현관으로 가져왔다. 곧 날벌레들이 모여들기 시작했다. 그러자 갈색 나방 한 마리가 날아와 불 주위를 맴돌았다. 둑히는 나방이 등불 유리를 뚫고 들어가려고 연약한 날개를 퍼덕거리는 것을 지켜봤다.

그 주에 국회의원 선거가 있어서 마을에는 정치인들, 구호를 외치는 사람들, 아첨꾼들로 넘쳐났다. 늘 그렇듯이 각양각색의 정당들과 그들의 선거 유세 오락으로 마을이 흥에 넘쳤다.

어떤 사람들은 공기가 너무 뜨거워서 폐가 다 탈 지경이라면서 제대로 즐기기가 힘들다고 불평했다. 정부에서 비가 오기를 먼저 기다렸어야 했다고 했다. 나라얀과 둑히는 친구들과 함께 집회에 참석했고 옴프라카시도 데려가서 재밌는 장면을 보도록 했다. 루파와 라다는 아이가 오랜만에 왔는데 시간을 뺏긴다며 싫어했다.

연설에는 모든 종류의 약속이 담겨 있었다. 학교를 새로 짓고 깨끗한 물을 공급하고 건강을 지켜 주며, 땅이 없는 사람들에게는 재분배와 땅 상한제 법을 엄격하게 실시하여 땅을 주고, 카스트가 높은 사람들에 의한 차별과 괴롭힘을 방지하기 위해서 보다 강력한 법을 제정하며, 노예 제도, 아동 노동, 남편을 따라서 함께 죽는 것, 혼인 지참금 제도, 어린이 결혼 등을 금지시키겠다고 했다.

"우리나라에는 똑같은 법들이 엄청나게 많은 모양이다." 둑히가 말했다. "선거 때마다 20년 전에 만든 것과 똑같은 법을 만들겠다고 하니 원. 이젠 그런 법들을 실행할 때라고 누군가가 알려줘야 할 텐데."

"정치인들한테 법을 통과시키는 건 오줌 누는 거나 마찬가지죠. 죄다 하수구로 들어가서 도로 아미타불이죠." 나라얀이 말했다.

선거일이 되자 마을의 유권자들이 투표소 밖에 줄을 섰다. 늘 그렇듯이 타쿠르 다람시가 투표를 관리했다. 그는 다른 지주들의 도움을 받아서 오랜 세월 동안 완벽하게 자기 방식대로 일을 해오고 있었다.

선거 담당 공무원에게 선물을 주고 나서 음식과 마실 것을 대접하려고 다른 곳으로 데리고 갔다. 문이 열리고 유권자들이 줄을 서서 들어왔다. "손가락 내밀어요." 줄을 관리하던 일꾼이 말했다.

사람들이 손가락을 내밀었다. 책상에 앉아 있던 사무원이 작은 병의 뚜껑을 열고 부정 방지를 위해서 지워지지 않는 검정색 잉크를 손가락에 묻혔다.

"자, 엄지손가락 지문을 여기 찍어요." 사무원이 말했다.

그들은 투표를 했다는 표시로 기록부에 지문을 찍고 떠났다.

그런 다음 빈 투표용지들을 지주들의 사람들이 기입했다. 투표를 마칠 시간에 선거 담당 공무원이 돌아와서 투표 상자들을 개표소로 옮기는 걸 감독하고 투표가 공정하고 민주적인 방식으로 이루어졌다고 증명했다.

때때로, 마을의 경쟁 지주들이 의견 일치를 보지 못하고 다른 후보들을 지지하게 되면 소란이 벌어졌다. 그러면 그들의 패거리들이 필사적으로 싸웠다. 당연히 가장 많은 투표소를 차지하고 가장 많은 투표 상자를 채운 쪽의 후보가 당선됐다.

그러나 올해는 싸움도 충격전도 없었다. 대체로 따분한 하루였으며 아버지와 할아버지와 함께 집으로 돌아오던 옴프라카시는 침울했다. 내일이면 그는 다시 무자파 재봉 가게로 돌아가야 했다. 일주일이 너무 빨리 지나갔다.

그들이 집 밖에 있는 간이침대에 앉아서 저녁 공기를 즐기는 동안에 옴프라카시가 물을 떠왔다. 나무들은 새들의 미친 듯한 노랫소리로 시끌 벅적했다. "다음번에 선거가 있으면 투표용지에 직접 표시를 하고 싶어 요." 나라얀이 말했다.

"그 사람들이 그렇게 해주겠냐." 둑히가 말했다. "그런데 갑자기 왜 그 러니? 그런다고 뭐가 바뀔 것 같아? 그래봐야 넌 몇 백 년 된 깊은 우물에 빠진 두레박 꼴이야. 첨벙 소리는 보이지도 않고 들리지도 않을 거라고."

"그건 제 권리예요. 그리고 다음 선거에는 꼭 그 권리를 행사하고 말 겁니다."

"요즘 네가 너무 권리에 대해서 생각이 많은 모양이구나. 그런 위험한 습관은 빨리 버리도록 해!" 둑히는 잠시 말을 멈추고 간이침대 다리로 줄 지어 몰려오는 붉은 개미떼를 손으로 털어냈다. 개미들이 사방으로 흩어 졌다. "설령 네가 투표를 한다고 한들 그들이 상자를 열고 맘에 들지 않 는 투표용지들을 없앨 거라는 생각은 안 해 봤니?"

"그렇게는 못해요. 선거 담당자가 모든 투표용지를 세야 하니까요."

"그런 생각은 하지도 말거라. 시간 낭비야. 네 인생을 왜 낭비하려고 하니?"

"존엄이 없는 삶은 가치가 없습니다."

비록 어두워서 둑히가 볼 수는 없었지만 붉은 개미들이 다시 모였다. 라다가 어둠이 집어삼킨 현관으로 등불을 가지고 나오자 즉시 그림자들 이 생겨났다. 장작을 땐 연기의 향기가 그녀의 옷에 묻어 있었다. 그녀는 잠시 침묵 속에서 꾸물거리며 남편의 얼굴을 유심히 살펴보았다.

"정부가 제정신이 아니구먼." 사람들은 주의회 선거에 대해서 불만을 터트렸다. "말도 안 돼. 땅이 갈라지고 공기가 불에 타는 이런 달에 누가 선거를 한단 말이야? 2년 전에도 똑같은 실수를 하더니만."

나라얀은 2년 전에 아버지에게 했던 약속을 잊지 않았다. 그날 아침 그는 혼자서 투표를 하러 갔다. 투표를 하러 나온 사람들의 숫자는 매우 적었다. 들쭉날쭉한 줄이 투표소로 차려진 학교 건물 출입구 옆으로 늘어서 있었다. 안으로 들어서자 분필 가루와 상한 음식 냄새 때문에 카스트가 높은 아이들의 석판과 분필을 만졌다고 해서 이시바와 함께 학교 선생에게 맞았던 어린 시절의 기억이 떠올랐다.

그는 두려움을 집어삼키고 투표용지를 달라고 했다. "아냐, 됐어." 탁자에 앉아 있던 사내들이 말했다. "여기다가 엄지손가락 지문을 찍으면 우리가 알아서 할 거야."

"지문을 찍으라고요? 내 이름을 다 서명할 겁니다. 투표용지를 주세요."

나라얀의 뒤에 서 있던 남자 두 명도 용기가 생겼다. "그래요, 투표용지를 주세요. 우리가 직접 투표할 겁니다."

"그렇게는 못해. 그런 지시를 못 받았어."

"우린 지시 같은 건 필요 없어요. 이건 유권자로서 우리의 권리예요."

사내들이 자기들끼리 숙덕거리다가 말했다. "좋다. 기다려." 사내들 가운데 한 명이 투표소를 떠났다.

그는 곧 10여 명의 사내들과 함께 돌아왔다. 16년 전에 나라얀의 결혼식에서 악사들이 연주하지 못하도록 했던 타쿠르 다람시가 그들과 함께 있었다. "뭐야, 뭐가 문제야?" 그는 밖에서 큰소리로 물었다.

그들은 문밖에서 나라얀을 가리켰다.

"오, 그래." 디루르 다람시가 중얼거렸다. "그런 줄 알았다. 그리고 나머지 두 명은 누구야?"

그의 하인은 그들의 이름을 알지 못했다.

"됐어, 그런 건 중요치 않으니까." 타쿠르 다람시가 말했다. 그와 함께 사내들이 안으로 들어서자 매우 혼잡해졌다. 그는 이마를 닦고 젖은 손을 나라얀의 코 밑으로 갖다 댔다. "이렇게 더운 날 너 때문에 집을 나와서 땀을 흘리다니. 왜 날 모욕하려는 거냐? 재봉할 옷이 없냐? 아니면 약을 써서 가죽을 벗길 소가 없어?"

"투표만 하고 갈 겁니다." 나라얀이 말했다. "이건 우리의 권리입니다."

타쿠르 다람시가 웃자 사내들도 따라 웃었다. 그가 웃음을 멈추자 그들도 멈췄다. "농담 그만 해. 지문 찍고 얼른 돌아가라."

"우린 투표를 해야 갈 겁니다."

이번에는 그가 웃지 않고 마치 작별 인사를 하듯이 손을 들고 자리를 떴다. 사내들이 나라얀과 다른 두 사람을 잡았다. 그리고 그들의 엄지손가락에 억지로 잉크를 묻히고 등록을 마쳤다. 타쿠르 다람시는 하인에게 귓속말로 그들을 농장으로 데려오라고 명령했다.

그들은 벌거벗겨져서 반얀나무 가지에 발목이 묶여서 거꾸로 매달린 채 온종일 매질을 당했다. 의식이 들었다가 잃었다가 하던 그들의 비명 소리가 점점 더 희미해졌다. 타쿠르 다람시는 어린 손자들을 집 안에만 있도록 했다. "얘들아, 숙제를 해야지. 책을 읽든지 장난감을 가지고 놀거라. 할아버지가 멋진 새 기차 장난감을 사 줬잖니."

"할아버지, 오늘은 휴일이에요." 그들이 졸랐다. "밖에서 놀고 싶어요."

"오늘은 안 돼. 나쁜 사람들이 밖에 있단다." 그는 뒤쪽 창문으로부터 그들을 쫓았다.

멀리 들판에서는 사내들이 거꾸로 매달린 머리통 세 개에다가 오줌을 갈겼다. 의식이 반쯤 나간 상태에서 바싹 마른 그들의 입은 물기가 고마웠고 졸졸 흐르는 오줌을 절박함 때문에 힘없이 핥았다. 타쿠르 다람시는 일꾼들에게 당분간, 특히 강 하류의 거주지에 소문이 나지 않도록 조심하라고 일렀다. 투표에 지장이 생기고 선거관리위원회에서 투표 결과를 취소해 버리면 몇 주 동안에 걸친 작업이 허사가 되고 말 것이었다.

투표함들을 옮기고 난 후 저녁에 그들의 성기는 석탄불로 지져지고 입에는 불타는 석탄이 집어넣어졌다. 그들의 입술과 혀가 다 녹을 때까지 마을 전체에 비명 소리가 울려 퍼졌다. 움직임이 없는 조용한 몸뚱이들을 나무에서 끌어내렸다. 그들의 몸이 움직이기 시작하자 발목에 묶었던 끈을 목에다가 옮겨서 그들의 목을 매달았다. 마을 광장에 그들의 시체가 전시됐다.

선거 업무에서 자유로워진 타쿠르 다람시의 악당들은 천민들을 공격할 준비를 했다. "불가촉천민 놈들에게 버릇을 가르쳐 줘야 해." 다음 임무를 앞두고 그는 사내들에게 술을 나눠 주면서 말했다. "옛날처럼 우리 마을에 존경심과 규율과 질서가 있도록 만들어야 한다. 그리고 차마르 재봉사 놈 집을 잘 살피고 아무도 도망 못 가도록 해라."

악당들은 불가촉천민들이 사는 곳으로 쳐들어갔다. 그들은 거리에서 마구잡이로 사람들을 패고 여자들의 옷을 벗기고 강간하고 오두막집들을 불태웠다. 이러한 만행이 곧 알려졌다. 사람들은 폭풍이 가라앉기를 기다리며 숨었다.

"잘했다." 밤에 사내들이 성공했다는 소식이 전해지자 타쿠르 다람시가 말했다. "오랫동안 오늘을 기억하게 될 거다." 그는 이름도 모르는 두 남자의 시체를 강둑 옆에다가 두고 가족들이 찾아가도록 하라고 지시했다. "이자들이 누구든지 간에 가족들에게 안됐다는 생각이 드는구나. 이자들은 충분히 고통을 받았다. 죽음을 슬퍼하고 화장하도록 해 주거라."

그것으로 그들의 벌은 끝났지만 나라얀의 가족들에게 벌은 끝나지 않았다. "이놈은 화장을 해 줄 가치도 없다." 타쿠르 다람시가 말했다. "그리고 아들놈보다 그 아비 놈의 잘못이 더 크다. 그놈의 오만함이 우리가 성스럽게 모시는 모든 것을 위반했다." 둑히가 오랜 세월 동안 지켜왔던 것을 산산조각 냈다고 했다. 무두장이를 재봉사로 만들어서 옛날부터 전해내려 온 균형을 망가트렸다고 했다. 카스트의 선을 넘는 것은 가장 엄한 벌로 다스려야 한다고 타쿠르 다람시가 말했다.

"이놈의 부모, 계집, 그리고 아이들을 모두 잡아라. 한 놈도 놓치지 마라." 그가 사내들에게 말했다.

악당들이 나라얀의 집으로 쳐들어가자 암바, 피아리, 사비트리, 파드마가 현관에서 비명을 지르며 그들을 괴롭히지 말라고 했다. "저 사람들을 왜 괴롭히는 거요? 아무것도 잘못한 게 없는 사람들한테 왜 그래요!"

그러자 여자들의 가족들이 겁을 먹고서 그들을 집으로 끌어넣었다. 이웃들은 부끄러움과 두려움으로 오두막집에 웅크려서 감히 밖을 내다보지도 못했고, 더 이상 폭력으로 죄 없는 사람들이 다치지 않고 밤이 빨리 지나가기만을 기도했다. 초투와 다야람은 경찰에게 도움을 청하려고 몰래 빠져나가려다가 추격을 당해서 칼을 맞았다.

둑히, 루파, 라다, 그리고 나라얀의 두 딸은 몸이 묶인 채 큰방으로 끌려갔다. "두 놈이 없는데." 타쿠르 다람시가 말했다. "아들 한 놈하고 손자가 없잖아." 누군가가 찾아보더니 읍내에서 산다고 전했다. "됐다. 다섯이면 충분해."

만신창이가 된 시체가 포로들 앞에 놓였다. 그러나 방이 어두웠다. 타쿠르 다람시가 가족들이 시체를 볼 수 있도록 등불을 가져오라고 했다.

불빛이 친절한 어둠의 가면을 벗겨냈다. 벌거벗은 시체의 얼굴은 불에 타고 부서져서 형체를 알아볼 수가 없었다. 가슴에 있는 붉은 반점을 보고서 그들은 그것이 나라얀임을 알았다.

라다의 입에서 긴 울부짖음이 터져 나왔다. 그러나 슬픈 곡소리는 곧 가족들의 죽음의 고통과 뒤섞였다. 집이 불에 타고 있었다. 불길이 그들의 묶인 몸을 핥았다. 그날 밤 불길을 사납게 부추기던 건조한 바람만이 그들에게 유일한 자비였다. 세차게 타오르는 불꽃이 순식간에 나라얀과 그의 가족들을 집어삼켰다.

* * *

이시바와 옴프라카시가 읍내에서 그 소식을 듣게 되었을 때는 이미 재가 차갑게 식었고 시커멓게 탄 시체들은 부서져서 강에 뿌려진 뒤였다. 뭄타즈가 옴프라카시를 꼭 껴안고 있는 동안에 아시라프가 이시바와 함께 경찰서로 가서 피해자 신고를 했다.

귀앓이를 하던 경사가 계속 새끼손가락으로 귀를 후볐다. 그는 집중하기가 힘들었다. "이름이 뭐라고? 철자를 불러보쇼. 천천히."

화가 치밀어 오른 아시라프는 집중하지 않는 경찰의 따귀를 때려 주고 싶었지만, 그의 비위를 맞추려고 가정 요법을 가르쳐 주었다. "따뜻한 올리브유를 쓰면 나아질 겁니다. 어머니께서 저한테 그렇게 해주셨지요."

"정말이오? 얼마나? 두 방울 아니면 세 방울?"

경찰들은 마지못해서 피해자 신고의 주장을 확인하러 현장으로 갔다.

경찰들은 방화와 살인을 뒷받침할 만한 어떤 증거도 못 찾았다고 보고했다.

경사가 이시바에게 화를 냈다. "이게 무슨 짓이야? 피해자 신고서를 거짓말로 채운 거야? 더러운 불가촉천민들은 항상 문제야! 허위 신고로 감옥에 처넣기 전에 어서 꺼져!"

너무 기가 차서 말문이 막힌 이시바가 아시라프를 보자 그가 끼어들었다. 그러자 경사가 그의 말을 무례하게 막았다. "이건 당신네 공동체하고는 상관없는 거요. 이슬람교도들이나 이슬람교 학자들이 당신네 공동체 문제를 상의할 때 우리가 언제 끼어들었소?"

자신의 무기력함에 좌절한 아시라프는 이틀 동안 가게문을 닫았다. 뭄타즈와 그는 감히 옴프라카시나 이시바를 위로할 수조차 없었다. 그렇게 큰 슬픔과 어마어마한 불의를 당한 사람들에게 도대체 무슨 말을 할 수 있단 말인가? 그들이 할 수 있는 최선은 그들과 함께 우는 것뿐이었다.

사흘째 되던 날 이시바가 가게문을 열자고 했다. 그리고 그들은 다시 재봉을 시작했다.

"차마르들을 모아서 작은 군대를 만들고 무기를 줘서 지주들의 집으로 행진할 거예요." 재봉틀을 돌리면서 옴프라카시가 말했다. "사람들을 모으는 건 쉬울 거예요. 극좌파 낙살라이트들처럼 하면 되니까." 일감에 머리를 파묻고서 그는 이시바와 아시라프에게 동북쪽에서 일어난 농민들의 반란 때 사용된 전략에 대해서 설명했다. "결국에는 우리가 그들의 머리를 베고 꼬챙이에 꽂아서 장터에 걸어 둘 거예요. 그런 놈들이 감히 우리 공동체를 다시는 억압하지 못하도록 말이죠."

이시바는 조카가 복수를 다짐하도록 내버려두었다. 자신도 처음에는 그런 욕구가 들었다. 그러니 어떻게 조카를 탓할 수 있겠는가? 두 손은 재봉을 하느라 바쁘게 만들 수 있었지만 고통스러운 마음을 분노에서 자유롭게 하는 것은 힘들었다. "옴, 어떻게 그런 걸 그렇게 잘 아는 거냐?"

"신문에서 읽었어요. 그런데 이런 건 상식이잖아요? 카스트가 낮은 가족들 중에 지주들에게 학대당하지 않은 사람이 있나요? 분명히 그들도 복수하고 싶을 거라고요. 우리도 그 타쿠르 놈들과 악당들을 죽이고 말 거예요. 그리고 악마 같은 경찰들도."

"그래 그런 다음엔 어쩔 거냐?" 조카가 죽음에서 삶으로 생각을 돌려야 할 때라고 생각한 이시바가 조용히 물었다. "그들이 널 법정으로 데려가서 교수형을 시킬 거야."

"상관없어요. 가게에서 안전하게 있지 않았더라면 부모님과 함께 이미 죽었을 텐데요 뭘."

"옴, 애야." 아시라프가 말했다. "복수는 너무 생각지 말거라. 살인자들은 벌을 받을 거야. 알라의 뜻이라면, 이 세상에서 아니면 저 세상에서라도 말이다. 아마도 이미 벌을 받았을지도 모르지. 그건 아무도 모르는 거란다."

"그럼요, 맞아요. 그걸 누가 알겠어요?" 옴프라카시가 빈정거리고는 잠을 자러 갔다.

6개월 전 그 끔찍한 밤 이후로 이시바는 아시라프의 집요한 권유로 하숙집에서 나왔다. 딸들이 다 결혼해서 떠났으므로 가게에 이제 충분한 공간이 있다고 그가 고집을 부렸다. 그는 위층 방에 칸막이를 쳐서 한쪽은 뭄타즈와 자신이 쓰고 다른 한쪽은 이시바와 옴프라카시가 쓰도록 했다.

그들은 옴프라카시가 잘 준비를 하면서 위층에서 움직이는 소리를 들었다. 뭄타즈는 가게 뒤쪽에 앉아서 기도를 하고 있었다. "그냥 말만 하는 거라면 복수에 관한 이야기는 괜찮습니다." 이시바가 말했다. "하지만 만약에 쟤가 마을로 돌아가서 어리석은 짓이라도 한다면."

그들은 몇 시간 동안 소년의 미래에 대해서 걱정하고 고민하다가 잠을 자러 위층으로 올라갔다. 그들은 칸막이 근처로 가서 잠자는 옴프라카시를 잠깐 동안 함께 지켜보았다.

"가엾은 녀석." 아시라프가 작은 목소리로 말했다. "너무 힘든 고통을 당했어. 어떻게 저 아이를 도울 수 있을까?"

무자파 재봉 가게가 운이 다해가고 있었으므로 그에 대한 해답이 곧 나타났다.

마을에서 학살이 벌어지고 1년 후에 기성복 가게가 읍내에 들어섰다. 그러자 얼마 지나지 않아서 아시라프의 손님이 줄어들기 시작했다.

이시바는 일시적인 현상이라고 했다. "쌓아 놓은 셔츠에서 마음대로 고를 수가 있어서 손님들이 큰 새 가게로 많이 갑니다. 여러 디자인들을 입어 볼 수 있으니까 자기들이 뭐라도 된 느낌이 들 거예요. 하지만 색다른 맛이 사라지고 옷이 맞지 않으면 다시 여기로 돌아올 겁니다."

아시라프는 그렇게 낙관적이지 못했다. "가격이 너무 싸서 우리가 당해내질 못 할 거다. 도시에 있는 큰 공장에서 수백 벌씩 옷을 만드는데 무슨 수로 우리가 경쟁을 하겠니?"

곧 그들은 일주일에 한 번만 일을 해도 행운이라고 생각하게 됐다. "이상하지 않니?" 아시라프가 말했다. "단 한 번도 본 적이 없는 것 때문에 45년 동안 해 오던 사업이 망하게 생겼구나."

"기성복 가게는 보셨잖아요?"

"그게 아니라, 도시에 있는 공장들 말이다. 도대체 공장들이 얼마나 큰 거냐? 누가 가진 거야? 공장들 때문에 거지가 되어간다는 것 말고는 아는 게 없으니 원. 내가 이 늙은 나이에 도시로 가서 공장에서 일을 해야 될지도 모르겠다."

"절대로 안 됩니다. 제가 가면 또 몰라도요." 이시바가 말했다.

"가긴 어딜 가, 아무도 못 가!" 아시라프가 주먹으로 작업대를 내려쳤다.

"그냥 농담 삼아 한 말이야. 우린 여기서 일하고 함께 나눠 갖는 거야. 내가 내 자식들을 정말로 내보낼 것 같으냐?"

"아시라프 아저씨, 화내지 마십시오. 그런 말이 아닌 거 저도 압니다."

그러나 손님들이 계속 기성복 가게로 가자 그들의 농담은 심각한 고민거리가 되고 말았다. "이런 식으로 계속 가다가는 우리 셋이서 아침부터 저녁까지 앉아서 파리나 잡아야 되겠다." 아시라프가 말했다. "난 괜찮아. 난 인생의 단맛 쓴맛 다 보고 살 만큼 살았으니까. 하지만 옴에게는 너무 불공평해." 그는 목소리를 낮추었다. "옴이 다른 곳에서 일을 하는 것도 괜찮을 것 같은데."

"하지만 조카가 가는 곳엔 저도 가야 됩니다. 아직 너무 어리고 머릿속에 너무 어리석은 생각들만 가득 차 있어요."

"옴의 잘못이 아니야. 악마 같은 놈들 때문에 그런 거지. 당연히 네가 함께 가야지. 이젠 네가 옴의 아버지니까. 너희 둘이서 잠시 동안만 나가 있는 게 어떨까? 영원히 그럴 필요도 없고 1년이나 2년 정도만 말이다. 열심히 일해서 돈을 벌어서 돌아오면 되잖아."

"네, 맞습니다. 사람들이 그러는데 도시에 가면 돈을 아주 빨리 벌 수 있대요. 일도 많고 기회도 많답니다."

"바로 그거야. 돈을 벌어서 돌아오면 여기다가 가게를 차리면 돼. 빤 가게나 과일 가게나 장난감 가게 같은 거 말이다. 혹시 모르지. 기성복을 팔게 될지도." 그 말에 그들은 웃으며 옴프라카시를 위해서 2년 정도만 도시에 나가 있는 것이 좋겠다고 합의했다.

"그런데 문제가 있습니다. 전 도시에 아는 사람이 아무도 없는데, 어떻게 일을 시작하죠?"

"걱정 마라, 자리를 잡을 테니까. 너희들에게 일거리를 찾아 줄 아주 친한 친구가 한 명 있단다. 이름은 나와즈야. 재봉사고 거기에 자기 가게도 있어."

자정이 지나서도 그들은 꼿꼿이 앉아서 계획을 짰고, 큰 건물들과 넓고 훌륭한 도로들 그리고 아름다운 정원들로 가득 차 있으며 수백만 명의 사람들이 열심히 일해서 부를 축적하는 바닷가 옆 도시에서의 미래를 상상했다.

"이런 세상에, 내가 너하고 함께 떠나는 것처럼 이렇게 흥분이 되는구나." 아시라프가 말했다. "내가 조금만 더 젊었으면 그렇게 했을 텐데. 너희들이 없으면 외로울 거야. 난 너와 옴이 내가 죽는 날까지 함께 있어 줬으면 하고 바랐단다."

"그럼요, 그래야죠. 옴과 제가 곧 돌아올 겁니다. 그게 우리 계획이니까요."

아시라프는 친구에게 편지를 써서 이시바와 옴프라카시가 도착하면 숙박을 부탁하고 도시에서 자리를 잡을 수 있도록 힘써 달라고 부탁했다. 이시바는 우체국에서 저금을 찾아 기차표를 샀다.

출발하기 전날 밤 아시라프가 자신이 아끼는 핑킹가위를 선물로 주었다. 이시바는 너무 큰 선물이라며 받을 수 없다고 했다. "저희 가족들은 이미 30년 이상 아저씨로부터 너무나 큰 은혜를 입었습니다."

"아무리 큰 은혜를 베풀어도 너와 나라얀이 우리 가족들을 위해서 한 일을 보답할 수는 없어." 눈물을 참으며 아시라프가 말했다. "어서 가위를 가방에 넣어라. 그래야 늙은 내가 행복해지지." 그는 눈가를 닦았지만 다시 촉촉해졌다. "명심해라. 일이 제대로 되지 않으면 언제라도 돌아와도 좋아."

이시바가 그의 손을 꼭 쥐고 자신의 가슴에 갖다 댔다. "저희가 다시 돌아오기 전에 도시 구경을 한 번 하셔야죠."

"알라의 뜻이라면. 죽기 전에 한 번은 메카로 성지 순례를 꼭 가보고 싶단다. 도시에서 큰 배들이 떠나니까, 혹시 그럴지도 모르지."

다음 날 아침 뭄타즈는 빨리 일어나서 그들을 위해서 차를 끓이고 여행을 하면서 먹을 수 있도록 도시락을 만들었다. 그들이 식사하는 동안에 아시라프는 감정에 북받쳐서 아무 말도 하지 못하고 그냥 앉아 있었다. 그는 딱 한 번 입을 열었다. "나와즈의 주소는 호주머니에 잘 넣었지?"

그들은 찻잔을 비웠고 옴프라카시가 씻으려고 잔을 모았다. "그냥 놔둬라." 울음 섞인 목소리로 뭄타즈가 말렸다. "나중에 내가 할 테니까."

떠날 시간이 됐다. 그들은 아시라프와 뭄타즈를 껴안고 뺨에 세 번 입을 맞췄다. "아이고, 이런 늙고 쓸모없는 눈구멍 같으니라고." 아시라프가 말했다. "자꾸 이렇게 물이 새니 원, 병인 모양이다."

"저희도 옮았나 봅니다." 조카와 함께 눈물을 닦으면서 이시바가 말했다. 그들이 가방과 침구를 들고 철도로 걸어갈 때도 해는 아직 떠오르지 않았다.

재봉사들이 도시에 도착했을 때는 밤이었다. 신음 소리를 내고 덜커덩

거리면서 기차가 역에 들어서자 확성기에서 뭐가 뭔지 알아들을 수 없는 안내 방송이 울려 퍼졌다. 승객들은 기다리고 있던 많은 친구들과 가족들 품으로 쏟아져 들어갔다. 서로를 알아보고 지르는 함성이 들렸고 행복한 눈물이 흘렀다. 승강장에는 인파들이 굽이치며 소용돌이쳤다. 짐꾼들이 일을 하겠다고 밀치고 들어왔다.

이시바와 옴프라카시는 그러한 소란의 끄트머리에 얼어붙은 채 서 있었다. 여행을 하는 동안에 달갑지 않게 솟아올랐던 모험심이 수그러들었다. "세상에 이렇게나 사람들이 많다니." 한 명이라도 낯익은 얼굴이 있었으면 하고 바라며 이시바가 말했다.

"삼촌, 어서 가요." 옴프라카시가 말했다. 그곳을 빠져나가기만 하면 모든 것이 괜찮아지고 그 마지막 난관 너머에 약속의 도시가 있을 것이라고 확신하는 듯 그는 가방을 들고 사람들과 짐들의 장벽을 넘고자 다급하게 움직였다.

그들이 승강장을 헤치고 나가자, 천장이 하늘만치 높고 기둥이 하늘을 찌를 듯한 나무처럼 솟은 거대한 기차역 대합실이 나왔다. 그들은 멍하니 주위를 돌아다니며 길을 묻고 도움을 청했다. 그들의 질문에 사람들이 너무 빨리 대답하거나 손으로만 가리키자 그들은 고마워하면서 고개를 끄덕이긴 했지만 제대로 이해할 수 없었다. 한 시간이 지나서야 아시라프의 친구에게 가기 위해서는 완행열차를 타야 한다는 걸 알았다. 기차를 타고 20분 후에 그 역에 도착했다.

방향을 물어보자 누군가가 오른쪽 길을 따라가라고 했다. 가게와 집이 붙어 있는 그곳은 역에서 걸어서 10분 거리였다. 보도는 노숙자들로 가득했다. 엷은 노란색 가로등 불빛이 더러운 비처럼 누더기를 걸친 몸뚱이들에 떨어지자 옴프라카시가 진저리쳤다. "시체들 같아요." 그가 낮은 목소리로 말했다. 살아 있는지 보려고 그는 몸뚱이들을 뚫어져라 보았다. 그러나 가슴이 올라가고, 손가락이 떨리고, 눈꺼풀이 실룩거리는 등의 미세한 움직임을 살펴보기에는 가로등 불빛이 너무 약했다.

아시라프의 친구 집에 가까워지자 두려움이 안심으로 바뀌기 시작했다. 악몽이 끝날 참이었다. 가게로 가기 위해서 그들은 시궁창 위에 얹힌 널빤지를 건너야 했다. 옴프라카시의 발이 하마터면 널빤지의 썩은 부분을 밟을 뻔했다. 이시바가 그의 팔꿈치를 잡았다. 그들이 문을 두드렸다.

"안녕하십니까." 그들은 은인을 대하는 표정으로 나와즈를 바라보며 인사를 건넸다.

나와즈는 인사를 받는 둥 마는 둥 했다. 그는 그들이 오는 것에 대해서 전혀 모르는 척했다. 계속해서 부인을 하다가 마침내 그는 아시라프로부터 편지를 받았음을 인정하고, 마지못해서 그들이 거처를 찾을 때까지만 부엌 뒤에 있는 차양 밑에서 며칠 동안 잠을 자도록 허락했다. "아시라프 때문에 이렇게 해주는 거야." 그가 강조했다. "우리 가족들이 지낼 공간도 충분치가 않아."

"나와즈 씨, 고맙습니다. 물론이죠, 며칠만 머물겠습니다. 고맙습니다." 이시바가 말했다.

음식 만드는 냄새가 났지만 나와즈는 그들을 초대하지 않았다. 건물 밖에서 수도꼭지를 찾은 그들은 손과 얼굴을 씻고 손을 모아서 물을 받아 마셨다. 부엌 창문을 통해서 집으로부터 불빛이 흘러나왔다. 그 밑에 앉아서 그들은 주위의 건물에서 나는 소음을 들으며 뭄타즈가 싸 준 차파티를 마저 먹었다.

차양 아래에 있는 땅에는 나뭇잎들, 감자 껍질들, 이름을 알 수 없는 과일 씨들, 생선뼈들, 그리고 멍한 눈알이 붙어 있는 생선 머리 두 개가 어

질러져 있었다. "여기서 어떻게 자요? 이렇게 더러운데." 옴프라카시가
말했다.

그는 주위를 둘러보다가 나와즈의 뒷문 옆에 수직 홈통에 기대 놓은
마당비를 발견했다. 그는 마당비를 가져와 쓰레기를 치웠고 이시바는 물
을 떠서 땅에 뿌리고 마당비로 한 번 더 쓸었다.

소리가 나자 나와즈가 나와서 무슨 일인지 살펴봤다. "여기가 마음에
안 드나? 싫으면 다른 데로 가고."

"아이고, 아닙니다. 완벽합니다. 그냥 좀 치웠습니다." 이시바가 말했
다.

"지금 쓰고 있는 거 내 물건 아닌가?" 그가 마당비를 가리켰다.

"맞습니다. 저희가 청소를······"

"뭘 쓰면 먼저 물어 봐야지." 그가 쏘아붙이고는 안으로 들어가 버렸
다.

그들은 차양 밑이 마르기까지 기다렸다가 이부자리를 깔고 담요를 폈
쳤다. 주위의 건물들에서 들리는 소음은 가라앉지 않았다. 라디오 소리
가 울려 퍼졌고, 여자에게 고함을 지르고 때리던 남자는 여자가 살려달
라고 비명을 지르자 멈췄다가 다시 때리기 시작했다. 술꾼이 욕설을 퍼
부었으나 시끌벅적한 웃음소리에 파묻혔다. 차 소리가 끊임없이 들렸다.
어느 창문에서 깜박이는 불빛이 새어 나오자 옴프라카시는 호기심이 발
동했다. 그는 일어서서 안을 들여다봤다. 그는 이시바에게 와서 보라는
손짓을 했다. "텔레비전이에요!" 그는 흥분된 목소리로 속삭였다. 잠시
후, 안에서 누군가가 그들이 텔레비전을 훔쳐보는 것을 발견하고 꺼지라
고 했다.

그들은 자리로 돌아와서 선잠을 잤다. 한 번은 동물을 도살할 때 나는

듯한 비명 소리에 잠이 깼다.

아침에 집 안에서 아무도 차를 마시겠냐고 묻지 않자 옴프라카시는 매우 불쾌했다. "도시에서는 풍습이 다르단다." 이시바가 말했다.

그들은 씻고 물을 마시고 나서 나와즈가 가게문을 열 때까지 근처에서 기다렸다. 그들이 계단에 앉아서 목을 길게 빼고 안을 들여다보는 걸 그가 발견했다. "뭐야, 왜 그래?"

"귀찮게 해서 죄송합니다만, 혹시 저희도 재봉사란 걸 아시나 싶어서요." 이시바가 말했다. "저희가 가게에서 재봉일을 해 드리면 안 될까요? 저희한테 아시라프……"

"일감이 충분하질 않아." 안으로 들어가면서 나와즈가 말했다. "다른 곳에서 일을 찾아봐야 할 거야."

바깥 계단에 앉아 있던 이시바와 옴프라카시는 기가 차서 말이 안 나왔다. 도대체 이게 나와즈가 도와준다는 건가? 그러나 잠시 후 나와즈가 종이와 연필을 들고 돌아와서 재봉 가게들의 이름과 약도를 불러 주었다. 그들은 그에게 고맙다고 했다.

"아 참, 그런데 어젯밤에 끔찍한 비명소리를 들었습니다. 혹시 무슨 일인지 아십니까?" 이시바가 물었다.

"노숙자들이야. 한 놈이 다른 놈 자리에서 자고 있었거든. 그래서 노숙자들이 벽돌을 집어 들고 머리를 내리친 거야. 짐승 같은 놈들이지." 그는 일을 하러 돌아갔고 이시비와 옴프라카시도 자리를 떴다.

거리 한쪽 구석에 있는 노점에서 차를 마신 후, 그들은 주소들을 찾아다니느라고 하루를 무섭고 허망하게 보냈다. 거리 표지판들은 사라졌거나 정치 전단들과 광고들로 덮여 있었다. 그들은 자주 멈춰서 가게 주인들과 행상인들에게 길을 물었다.

두 사람은 '보행자들은 인도에서 걸으시오!'라고 표지판에 쓰인 지시를 따르려고 했다. 그러나 보도에 가게를 차린 행상인들 때문에 힘들었다. 결국, 그들은 자동차들과 버스들이 무서웠지만 다른 사람들처럼 도로에서 걸었다. 차들을 민첩하게 피하며 상황에 따라서 길을 비켜주는 본능을 지닌 사람들이 정말 놀라웠다.

"연습만 좀 하니까 되네요." 옴프라카시가 젠체하며 말했다.

"무슨 연습? 길에서 죽고 싶니? 잘난 척하지 마. 그러다가 차에 치인다."

그러나 그들이 그날 목격한 유일한 사고는 끈이 끊어져서 수레 위에 쌓은 상자들이 떨어진 것이었다. 그들은 남자가 수레에 상자들을 다시 담는 걸 도와주었다.

"안에 뭐가 들었어요?" 덜거덕거리는 소리에 호기심이 생긴 옴프라카시가 물었다.

"뼈요." 남자가 말했다.

"뼈요? 소하고 물소 뼈인가요?"

"당신들과 나와 같은 사람들의 뼈요. 수출하는 거죠. 아주 큰 사업이죠."

수레가 멀어지자 그들은 안심했다. "안에 뭐가 들었는지 알았더라면 절대로 도와주지 않았을 거다." 이시바가 말했다.

저녁이 되자 명단에 있던 주소들은 바닥이 났고 일도 희망도 생기지 않았다. 그들은 나와즈의 가게로 돌아가려고 했다. 아침에 같은 길을 걸었지만 지금은 전혀 익숙지가 않았다. 아니, 모두 다 똑같아 보였다. 그게 뭐든지 간에 혼란스러웠다. 어둠이 깔리기 시작하자 상황이 더 나빠졌다.

이정표로 삼으려고 했던 영화 간판들도 갑자기 너무 많아져서 혼란스러 웠다. 영화 〈보비〉의 광고판에서 오른쪽이었나 왼쪽이었나? 빗발치듯이 쏟아지는 총알에 맞서서 기관총을 휘두르는 악당의 얼굴을 발로 차는 아 미타브 바찬의 포스터가 붙은 골목길이던가, 아니면 참하고 소박한 처녀 에게 영웅의 미소를 보이고 있는 그의 포스터가 붙은 골목길이던가?

배고프고 지친 그들은 마침내 나와즈가 사는 거리를 발견했고, 차양 밑으로 돌아가기 전에 음식을 사야 할지를 의논했다. "음식은 사지 않는 게 좋겠다." 이시바가 말했다. "나와즈 씨와 그의 부인이 오늘 우리하고 같이 먹겠다고 기다리고 있으면 기분 나빠할 거야. 어젯밤에는 미처 준 비가 안 됐을 거다."

그들이 가게를 지날 때 나와즈는 재봉틀에서 일을 하고 있었다. 그들 이 손을 흔들었지만 그는 보지 못한 듯했고 그들은 가게 뒤쪽으로 갔다. "아이고, 정말 피곤하다." 옴프라카시가 자리를 깔고 누우면서 말했다.

등을 대고 누운 그들은 나와즈 부인이 부엌에서 일하는 소리를 들었 다. 수돗물 소리, 잔이 부딪치는 소리, 그리고 쩽그렁 소리가 났다. 곧 나 와즈가 "미리엄!" 하고 부르는 소리가 들렸다. 부엌 밖에서 들리는 그녀 의 말소리는 너무 희미했다. 그가 크고 무뚝뚝한 목소리로 말했다. "그럴 필요 없다고 내가 이미 말했잖아."

"그냥 차만 조금 주려고요." 미리엄이 말했다. 나와즈와 그녀는 부엌 으로 들어갔다.

"야, 이년아! 어디서 말대꾸야! 하지 말라면 하지 마!" 뺨을 때리는 날 카로운 소리가 들리자 옴프라카시가 움찔했다. 그녀는 비명을 질렀다. "식당에 가도록 내버려 둬! 잘해주면 절대로 떠나지 않을 거라고!"

흐느끼는 소리 때문에 그들은 그녀의 말을 제대로 들을 수 없었다. "하지만…… 아시라프의 가족이라고……"

"우리 가족이 아냐." 그가 내뱉듯이 말했다.

그들은 차양 밑을 떠나서 아침에 차를 마셨던 노점으로 갔다. 야채 튀김을 한 접시 허겁지겁 먹어 치우고 나서 옴프라카시가 말했다. "어떻게 아시라프 할아버지가 저렇게 나쁜 사람을 친구로 둔거죠?"

"사람들은 언제나 똑같질 않아. 게다가 나와즈 씨가 도시에서 오랫동안 살았으니까 변했겠지. 너도 알다시피 장소가 사람을 변하게 하잖아. 좋게든 나쁘게든."

"그럴 수도 있겠죠. 하지만 아시라프 할아버지가 이 얘기를 듣는다면 속상해하실 거예요. 다른 데 있을 데라도 있으면 좋을 텐데."

"옴, 좀 참아라. 오늘은 첫날이잖니. 곧 일을 찾을 거야."

그러나 한 달이 지났지만 재봉 가게 한 곳에서 딱 사흘만 일할 수 있었다. 고급 재봉 가게의 주인 지반은 납품 기한을 맞추기 위해서 그들을 고용했다. 일은 간단했다. 허리에 둘러서 걸쳐 입는 도티와 셔츠를 각각 백 개씩 만드는 것이었다.

"누가 이렇게 많이 필요하죠?" 옴프라카시가 놀라서 물었다.

지반은 악기를 조율하듯이 손가락 하나로 오므린 입술을 만졌다. 그는 뭔가 중요하다 싶은 말을 할 때면 그런 행동을 했다. "딴 사람한테는 말하지 마라. 뇌물을 주려는 거야." 보궐선거에 출마하는 사람이 주문한 거라고 했다. 후보자는 그것들을 지역구의 중요한 사람들에게 나눠줄 것이다.

가게에는 딱 한 사람만 들어갈 공간이 있었지만, 가게 뒤에 있는 재료들을 이용해서 지반은 세 사람이 들어갈 수 있는 공간으로 재빨리 개조했다. 그는 바닥에서 1.2미터 높이에 널빤지들을 수평으로 벽에 있는 선반받이에 걸어서 임시 다락을 만들었다. 널빤지들 밑으로 대나무 장대들을 받쳐 두었다. 그런 다음 지반은 재봉틀 두 대를 빌려와 다락으로 올리고 이시바와 옴프라카시도 따라 올려 보냈다.

두 사람은 매우 조심스럽게 의자에 앉았다. "겁내지들 말게." 지반이 입술을 만지며 말했다. "아무 일 없을 테니까. 이전에도 많이 해 봤어. 이것 봐, 난 자네들 밑에서 일하고 있잖아. 위에서 무너지면 난 완전히 박살나는 거야."

구조물은 비틀거렸고 발판을 밟자 심하게 떨렸다. 거리에서 차들이 지나가자 의자에 앉은 두 사람이 위아래로 흔들렸다. 어디선가 문이 세게 닫히자 가위가 덜거덕거렸다. 그러나 곧 그들은 존재의 불안함에 적응했다.

사흘 동안 하루에 꼬박 20시간씩 일하고 나서 단단한 땅으로 내려오자 흔들리지 않는 게 오히려 이상하게 느껴졌다. 그들은 지반에게 고맙다고 하고 다락을 해체하는 것을 돕고는 기진맥진해서 차양 밑으로 돌아왔다.

"삼촌, 이제 좀 쉬어요. 하루 종일 잠만 자고 싶어요." 옴프라카시가 말했다.

그들이 쉬고 있을 때 나와즈가 계속 불만을 터뜨렸다. 그는 뒷문에 서서 못마땅한 표정을 짓거나 미리엄에게 한심하고 게으른 사람들이라고 투덜댔다. "일은 정말로 그걸 원하는 사람들한테만 찾아오는 거야. 변변치 못한 사람들 같으니라고." 그가 설교를 했다.

이시바와 옴프라카시는 너무 지쳐서 화를 낼 수도 다른 감정을 느낄 수도 없었다. 하루를 쉬고 나서 그들은 다시 일상으로 돌아갔다. 아침에 나가서 길을 묻고 저녁때까지 일을 찾아 다녔다.

"세상에, 도대체 언제까지 저 두 작자가 우릴 괴롭히려는 거지?" 부엌 창문에서 불평하는 소리가 들렸다. 나와즈는 목소리를 낮추려고 하시노 않았다. "아시라프의 부탁을 거절하라고 했잖아. 왜 말을 안 들은 거야?"

"우릴 괴롭히진 않잖아요." 그녀가 작은 목소리로 말했다. "그냥……"

"조심해, 아파. 그러다가 발가락 베겠다!"

재봉사들이 무슨 일인지 궁금한 표정을 짓고 있을 때 나와즈가 계속 열변을 토했다. "그러니까 우리 집 차양 밑에 사람이 살게 하려면 돈을 받고 세를 줘야 한다고. 오랫동안 데리고 있으면 얼마나 위험한 줄 알기나 해? 저기가 자기들 소유라고 주장하면 우린 꼼짝없이 법원으로 가야 돼. 아얏! 이년아! 조심하라고 했잖아! 칼로 베서 날 병신으로 만들 작정이야!"

그들은 깜짝 놀라서 똑바로 앉았다. "무슨 일인지 볼게요." 옴프라카시가 속삭였다.

그는 발끝을 딛고 서서 부엌 창문을 들여다봤다. 나와즈는 발을 낮은 발판에 올리고 의자에 앉아 있었다. 그 앞에 무릎을 꿇고 앉아서 미리엄은 안전면도기로 발의 티눈과 굳은살을 긁어내고 있었다.

창문에서 내려온 옴프라카시가 무엇을 봤는지 설명했다. 그들은 오랫동안 낄낄거렸다. "참 나, 하루 종일 재봉틀에 앉아 있는 저 바보가 어떻게 티눈이 생긴 거죠?" 옴프라카시가 물었다.

"아마 꿈속에서 많이 걸어 다니는 모양이지." 이시바가 말했다.

도시에 도착하고 약 넉 달이 지난 어느 날 아침, 나와즈가 도움을 요청한 그들을 꾸짖기 시작했다. "너희들은 매일 일하고 있는 나를 괴롭히는구나. 여기가 얼마나 큰 도시인 줄 알아? 내가 여기 있는 재봉사들 이름을 다 안다고 생각하는 거야? 직접 가서 찾아봐! 그리고 재봉 일을 못 찾으면 다른 걸 해보든지. 기차역에서 짐꾼이 되든가. 식료품 가게 손님들을 위해서 머리로 쌀이나 밀을 나르든가. 아무거나 뭐라도 하라고."

이시바가 화가 나서 얼굴이 일그러지는 걸 본 옴프라카시가 재빨리 반박했다. "우린 상관없어요. 하지만 그러면 오랜 세월 동안 우리에게 기술을 가르쳐 준 아시라프 할아버지한테 누가 될 거예요."

나와즈는 아시라프라는 이름을 듣자 뜨끔했다. "그러니까 난 지금 아주 바빠. 이제 그만 가 봐." 그가 중얼거렸다.

거리로 나오자 이시바가 조카의 등을 두드렸다. "옴, 잘했다. 이번에는 아주 제대로 대답했다." 거리 한쪽 구석에서 그들은 웃으면서 반씩 채운 찻잔을 들고 작은 승리를 축하했다. 그러나 그러한 기쁨도 잠시였을 뿐 그들은 돈이 줄어들고 있는 현실을 걱정해야 했다. 절박함에 이시바는 주문 구두와 가죽 샌들을 전문으로 하는 구두 가게에서 두 주간 일했다. 그는 밑창과 뒤축에 쓸 가죽을 만드는 일을 했다. 가죽을 단단하게 만들기 위해서 가게에서는 야채로 타닌을 먹였다. 이시바가 고향 마을에 있을 때 하던 일과 매우 유사했다.

이시바가 매우 부끄러워했기 때문에 그들은 그 일을 비밀로 했다. 손에서 나는 악취가 심해서 그는 나와즈와 거리를 두었다.

전망은 여전히 어두웠고 또 한 달이 지나서 도시에 온 지 6개월이 되었을 때, 어느 날 저녁 나와즈가 뒷문을 열고 말했다. "어서, 이리 와 봐. 나하고 차나 한 잔 하자. 여보, 차 세 잔 만들어!"

그들은 다가가서 문간에 머리를 갖다 댔다. 그들이 제대로 들은 건지 궁금했다.

"거기 서 있지 말고 들어와서 앉아." 그가 기분 좋게 말했다. "좋은 소식이 있다. 일을 찾았어."

"아이고, 고맙습니다!" 이시바가 고마워하면서 즉시 말했다. "최고로 좋은 소식입니다! 후회하지 않으실 겁니다. 가게 손님들을 위해서 재봉을 아주 잘할……"

"내 가게 말고. 다른 곳이야." 그는 무례하게 희망을 꺾었다. 그는 다시 웃으면서 기분 좋게 말했다. "이 일을 아주 좋아하게 될 거다. 좀 더 자세하게 말해 줄게. 여보! 차 세 잔 가져오라니까! 도대체 어디 간 거야?"

미리엄이 차 석 잔을 들고 왔다. 이시바와 옴프라카시가 일어나 두 손을 하나로 모으고 인사를 했다. "아주머니, 고맙습니다." 그녀의 부드럽고 은방울 같은 목소리를 자주 듣기는 했지만 이렇게 얼굴을 마주하기는 처음이었다. 그러나 말이 마주했다는 것이지 그녀의 얼굴은 검정색 부르카로 가려져 있었다. 망으로 된 구멍 두 개 뒤에 갇혀 있는 그녀의 눈이 반짝반짝 빛나고 있었다.

"오, 그렇지. 드디어 차가 나왔네." 나와즈가 말했다. 그는 그녀에게 잔을 놓을 곳을 가리키고 무뚝뚝하게 손을 흔들어 물러가라는 신호를 보냈다.

차를 몇 모금 홀짝거리더니 그가 다시 말했다. "너희들이 없을 때 부잣집 파르시 부인이 오늘 오후에 찾아왔었다. 신발을 시궁창에 빠트렸지." 그가 킬킬거렸다. "그 부인이 아주 큰 수출 회사를 가지고 있어서 괜찮은 재봉사 두 명을 찾고 있대. 이름은 디나 달랄이고 주소는 여기 남겨 두고 갔지." 그는 셔츠 주머니에서 쪽지를 꺼냈다.

"무슨 일감인지는 말하던가요?"

"최고 품질의 최신 유행이라고 하던데. 하지만 하기 쉬울 거야. 그 부인 말로는 종이 본보기를 준다니까." 그는 그들을 불안하게 바라봤다. "거기 갈 거지, 그렇지?"

"그럼요, 물론이죠." 이시바가 말했다.

"좋아, 좋았어. 그러니까 그 부인이 그런 옷들을 많은 가게에 공급한

대. 그래서 많은 재봉사들이 지원을 한다더군." 쪽지 뒤에다가 그는 약도를 그리고 내려야 할 역 이름을 적어 주었다. "거기 가다가 길이나 잃지 말라고. 오늘은 빨리 자고 내일 일찍 일어나야지. 말끔한 정신으로 상쾌한 모습으로 가야 일자리를 얻지."

등교 첫날 애들에게 잔소리를 하며 재촉하는 엄마처럼 나와즈는 새벽에 뒷문을 열고 그들의 어깨를 흔들어 깨우고는 잠에서 덜 깬 그들의 눈꺼풀에 큰 미소를 들이밀었다. "늦으면 안 되잖아. 얼른 씻고 양치질하고 들어와서 차 마셔야지. 여보! 이 친구들한테 차 좀 줘!"

그들이 차를 마시는 동안 그는 격려와 충고 그리고 주의 사항을 주절댔다. "그러니까 그 부인한테 잘 보여야 한다는 거야. 그렇다고 해서 잘난 척하지 말고. 그 부인이 묻는 질문에 공손하게 대답하고 절대로 말할 때 끼어들지 마. 머리나 다른 부위를 긁지도 말고. 그 부인처럼 교양 있는 여자들은 그런 습관을 좋아하지 않아. 자신 있게 중간 정도 크기의 목소리로 말하고. 그리고 빗을 가지고 가서 현관문 초인종을 누르기 전에 반드시 깔끔하고 깨끗하게 보이도록 해. 머리가 엉망이면 첫인상이 안 좋으니까."

그들은 열심히 들었고 옴프라카시는 주머니 빗을 새로 하나 사야겠다고 마음속으로 다짐했다. 지난주에 가지고 있던 빗이 부러졌다. 차를 다 마시고 나자 나와즈는 그들을 서둘러 보냈다. "잘 갔다 와. 빨리 돌아오고. 성공해서 돌아오라고."

세 시가 지나서 돌아온 그들은 걱정하고 있던 나와즈에게 제 시간에 그곳에 도착했지만 돌아오는 기차역을 찾기가 힘들었다고 부끄러워하며 말했다.

"아침에 내렸던 기차역과 같은 곳이잖아."

"맞습니다." 이시바가 부끄러워하며 미소를 지었다. "무슨 영문인지를 모르겠습니다. 너무 멀고 한 번도 가본 적이 없어서 저희가……"

"괜찮아." 나와즈가 관대하게 말했다. "새로 가는 곳은 항상 실제보다 멀어 보이는 법이니까."

"거리가 전부 같아 보입니다. 사람들한테 물어도 방향이 헷갈려요. 기차에서 만난 그 착한 대학생도 똑같은 문제가 있답니다."

"사람들을 조심해야 돼. 여긴 고향 마을이 아니니까. 착한 사람도 돈을 훔치고 목을 베서 몸통을 하수구에다가 던져버리니까."

"알겠습니다. 그런데 그 대학생은 정말 착해요. 덕분에 수박 셔벗도 먹고……"

"그러니까 일은 구한 거야?"

"예, 그럼요. 월요일부터 일을 시작하기로 했습니다." 이시바가 말했다.

"잘됐군. 아주 잘됐어. 정말 축하해. 자, 들어와서 앉아. 지쳤을 텐데. 여보, 차 세 잔 가져와!"

"우리한테 정말 너무 친절하시네요. 아시라프 할아버지 같군요." 옴프라카시가 말했다.

나와즈는 그의 빈정거림을 눈치채지 못했다. "무슨 소리야, 아시라프의 친구들을 돕는 건 내 의무야. 그리고 너희들이 이제 일을 찾았으니까 내 다음 의무는 머물 곳을 찾아주는 거야."

"서두르실 필요 없습니다." 이시바가 약간 놀라며 말했다. "지금 있는 곳에서도 행복합니다. 차양 밑은 아름답고 정말 편합니다."

"그건 나한테 맡겨 둬. 그러니까 도시에서 집을 구하는 건 거의 불가능해. 뭐라도 있으면 잡아야 된다고. 자, 어서 차를 비우고, 가 보자고."

"종점이요!" 버스 차장이 개찰용 펀치를 크롬 도금 난간에 부딪쳐 땡그렁 소리를 내면서 외쳤다. 버스는 우중충한 빈민굴 골목길들을 지나서 모퉁이를 돌더니 신음 소리를 내며 멈췄다.

"여기가 바로 새로 생긴 지역이야." 나와즈가 빈민굴과 합쳐지고 있는 들판을 가리키며 말했다. "관리하는 사람을 찾아보자."

세 사람은 두 줄로 늘어선 판잣집들 사이로 들어갔고 나와즈가 누군가에게 나발카가 어디 있냐고 물었다. 여자가 손으로 가리켰다. 그들은 그가 사무실로 쓰고 있는 판잣집을 발견했다.

"잘 왔소." 나발카가 말했다. "세를 놓을 곳이 아직 몇 군데 남아 있소." 그가 입을 열자 멋대로 난 수염이 자신의 입 앞에서 매우 과장되게 실룩거렸다. "날 따라오시오."

그들은 두 줄로 늘어선 판잣집들 사이로 다시 나왔다. "여기 모퉁이 집이 비어 있소. 어서 와서 안을 보쇼."

그가 판잣집의 문을 열자 통개 한 마리가 뒤로 난 구멍으로 달아났다. 진흙 바닥에는 널빤지들이 드문드문 깔려 있었다. "필요하면 나무를 더 깔면 돼요." 나발카가 말했다. 벽은 합판과 판금을 날림으로 엮어 놓았다. 낡은 골함석 지붕의 부식된 부분들은 물이 들어오지 못하도록 투명 비닐로 방수 처리를 해 놓았다.

"수돗물은 밖에 골목 한가운데 있소. 아주 편리해요. 다른 안 좋은 지역처럼 물을 뜨러 멀리까지 갈 필요가 없어요." 그는 팔을 뻗어 벌판을 가리켰다. "새로 개발이 돼서 사람들이 많지 않아요. 집세는 선불로 한 달에 100루피요."

가슴을 살펴보는 의사처럼 손으로 벽을 두드리던 나와즈는 바닥의 널빤지를 발로 굴려서 흔들어 보았다. 그는 괜찮다는 표정을 지었다. "잘 지었구먼." 그는 이시바와 옴프라카시에게 작은 목소리로 말했다.

나발카가 고개를 좌우로 까딱거렸다. "더 좋은 곳도 있소. 보시겠소?"

"본다고 해서 해가 될 건 없으니까." 나와즈가 말했다.

양철과 비닐로 만든 판잣집들을 지나서 그들은 벽돌로 만든 집 여덟 채가 있는 곳으로 갔다. "여기는 한 달에 250루피요. 그 돈이면 튼튼한 바닥에 전깃불도 쓸 수가 있소." 그는 가로등 전원에서 훔쳐온 전기선을 집에다가 연결한 기둥을 가리켰다.

나와즈는 안으로 들어가서 벽돌들을 살펴보고 엄지손가락손톱으로 벽돌 하나를 긁어 보았다. "품질이 아주 좋구먼. 내 생각에는 첫 달에는 싼 집에 있다가 일이 잘되고 여유가 생기면 여기로 옮기는 게 어떨까 싶다."

나발카가 다시 고개를 좌우로 까딱거렸다. 이시바와 옴프라카시가 아무 말도 없자 나와즈는 긴장했다. "왜 그래? 마음에 안 들어?"

"아뇨, 아주 좋습니다. 그런데 돈이 문젭니다."

"돈 문제야 모든 사람이 가지고 있는 거죠." 나발카가 말했다. "정치인이나 암상인이 아니면 말이오."

억지로 웃음을 짓던 이시바가 말했다. "집세를 선불로 내기는 힘들겠습니다."

"100루피도 없어?" 나와즈가 못 믿겠다는 듯이 말했다.

"그 주인 아주머니 때문입니다. 저희가 재봉틀을 직접 가져와야 한다고 했어요. 그래서 대여 보증금으로 쓸 돈밖에는 없습니다. 몇 달 동안 일이 없어서 쓰기만 하고……"

"이런 변변치 못한 놈들 같으니라고!" 그들을 없애려는 계획이 수포로 돌아갈 듯하자 나와즈가 내뱉듯이 말했다. "돈을 그렇게 낭비하면 어떡해!"

"조금만 더 아저씨 집에 있도록 허락해 주십시오." 이시바가 간청했다.

"그러면 충분히 돈을 모아서……"

"이런 집이 그냥 기다리고 있을 줄 알아!" 그가 버럭 소리를 지르자 나발카가 즉시 고개를 가로저었다.

다급해진 나와즈가 나발카에게 부탁했다. "좀 봐주시면 안 되겠소? 오늘 내가 25루피를 내고, 매주 이 사람들이 25루피씩 내면 어떻겠소?"

나발카는 입술을 오므리고 아래쪽 앞니로 콧수염을 깨작거렸다. 그러다가 손등으로 젖은 콧수염을 쓸어 넘겼다. "이번에만 특별히 그렇게 하는 거요. 당신을 믿기 때문에 이러는 겁니다."

어느 한쪽이라도 마음이 바뀌기 전에 나와즈가 얼른 돈을 세었다. 나발카는 첫 번째 집으로 돌아가서 합판으로 만든 문에 자물쇠를 걸고 이시바에게 열쇠를 주었다. "이제 당신 집이오. 잘 사시오."

그들은 벌판의 갈라진 땅을 조심해서 걸어서 버스 정류장에 도착했다. 이시바와 옴프라카시는 걱정스러운 표정이었다. "다시 한 번 정말 축하한다." 나와즈가 말했다. "하루 만에 일도 찾고 집도 얻었구나."

"아저씨 덕분입니다." 이시바가 말했다. "나발카 씨가 집주인인가요?"

나와즈가 웃었다. "나발카는 큰 악당을 위해서 일하는 작은 악당이지. 이 지역의 술, 해시시, 마약 음료 같은 모든 걸 장악하고 있는 빈민굴 주인은 토크레이라는 작자야. 폭동이 일어나면 토크레이가 누가 불에 타고 누가 살아남는가를 결정하지."

이시바의 걱정스러운 얼굴을 보며 그가 다시 말했다. "그 사람을 상대할 일은 없을 거야. 집세만 잘 내면 아무 문제도 없을 테니까."

"그런데 여기는 누구 땅이죠?"

"누구의 땅도 아니지. 시에서 소유하고 있어. 시청, 경찰, 수도 점검자, 전기 관리자한테 뇌물을 주고 너희 같은 사람들한테 세를 주는 거야. 누구한테도 해가 되는 건 아니니까. 쓸모없이 놀고 있는 빈 땅에 집 없는 사람들이 살겠다는데 뭐가 잘못이겠어?"

마지막 날 밤 나와즈는 안심이 되었는지 더 큰 자비를 베풀었다. "자, 다 같이 식사를 하자고." 그가 이시바와 옴프라카시를 초대했다. "떠나기 전에 적어도 한 번은 나한테 이런 기회를 줘야지. 여보! 저녁 가져와!"

그는 차양 밑에서 행복했느냐고 물었다. "원한다면 오늘밤은 안에서 자도 돼. 그러니까 너희들이 처음 도착했을 때 그러려고 했어. 그런데 생각해 보니까 집이 비좁고 복잡해서 공기가 좋은 바깥이 낫겠더라고."

"네, 훨씬 좋았습니다." 이시바가 말했다. "여섯 달 동안 친절을 베풀어 주셔서 고맙습니다."

"벌써 그렇게 됐나? 정말 시간 한 번 빠르네."

미리엄은 식탁에 음식을 갖다 놓고 떠났다. 비록 부르카에 가려져 있었지만 그녀의 두 눈이 남편의 위선 때문에 부끄러워서 흐려지는 걸 이시바와 옴프라카시는 볼 수 있었다.

4장 작은 장애들

이시바는 거울, 면도칼, 면도용 솔, 플라스틱 컵, 작은 금속 단지, 구리로 만든 냄비 등을 판잣집 한쪽 구석에 뒤집어 놓은 판지 상자 위에 정리했다. 여행 가방과 침구가 나머지 공간의 대부분을 차지했다. 그는 합판 벽에서 삐져나온 녹슨 못들에 옷가지를 걸었다. "자, 이제 모든 게 제대로 됐구나. 일도 찾았고 집도 있으니까 너한테 곧 신붓감을 얻어 줘야겠어."

옴은 웃지 않았다. "삼촌, 난 여기가 싫어요."

"나와즈 씨의 차양 밑으로 돌아가고 싶냐?"

"아뇨. 아시라프 할아버지 가게로 돌아가고 싶어요."

"불쌍한 아시라프 아저씨. 손님들이 다 떠났잖아." 이시바가 물통을 들고 문으로 갔다.

"제가 물을 떠올게요."

골목길 수돗가로 간 옴이 물을 틀려고 수도꼭지를 더듬거리고 있는 걸 흰머리의 여자가 지켜보았다. 물이 나오질 않았다. 옴이 급수탑을 발로 차고 수도꼭지를 흔들자 물 몇 방울이 떨어졌다.

"아침에만 물이 나오는 거 몰라?" 여자가 말했다.

옴은 몸을 돌려서 누가 말하는 건지 보았다. 키가 매우 작은 여자가 어두운 문간에 서 있었다. "물은 아침에만 나온다고." 그녀가 또 말했다.

"아무도 그런 말은 안 하던데요."

"네가 어린애냐, 일일이 다 말해 주게?" 여자가 야단을 치며 판잣집에서 나왔다. 그러자 옴은 그녀가 키가 작은 것이 아니라 등이 심하게 굽었다는 것을 알게 되었다. "넌 머리도 없냐?"

그는 어떻게 해야 머리가 있다는 걸 증명할 수 있을지 생각해 보았다. 말대꾸를 해야 하나, 아니면 그냥 자리를 떠야 하나? "따라와." 그녀가 안으로 들어갔다. 그는 문간을 힐끔 보았다. 그녀가 다시 어두운 곳에서 말했다. "수돗가에서 새벽까지 기다릴 작정이야?"

바닥이 둥근 흙으로 만든 단지의 뚜껑을 열고 그녀가 물 두 잔을 떠서 그의 물통에 담아 주었다. "아침에 일찍 일어나야 하는 걸 잊지 마라. 늦게 일어나면 물이 없으니까. 해와 달과 마찬가지로 물은 어느 누구도 기다려 주질 않는단다."

아침에 이시바와 옴이 차례를 기다리려고 칫솔과 비누를 들고 나왔을 때 수돗가에는 이미 줄이 길게 늘어서 있었다. 이웃 판잣집에서 한 남자가 웃으면서 나와 그들을 가로막았다. 그는 허리 위로는 아무것도 입고 있지 않았고 머리가 어깨까지 닿아 있었다. "안녕하십니까. 그런데 그렇게 가면 안 됩니다."

"왜요?"

"수돗가에서 이를 닦고 비누칠을 하고 씻으면 큰 싸움이 나요. 사람들은 수돗물이 끊기기 전에 물을 채워야 되거든요."

"그럼 어떡하죠? 우린 양동이가 없는데." 이시바가 말했다.

"양동이가 없다고요? 그거야 작은 장애일 뿐이죠." 이웃집 남자가 안으로 들어가더니 양철통 하나를 가지고 나왔다. "하나 구할 때까지 이걸 쓰세요."

"당신은 어쩌고요?"

"아, 하나 더 있습니다. 전 물 한 통이면 충분하거든요." 그는 머리를 손으로 모으고 당기더니 다시 풀어서 펼쳤다. "그럼 이제 뭐가 또 필요하십니까? 화장실에서 필요한 작은 깡통 같은 건 있나요?"

"작은 금속 단지가 하나 있소. 그런데 어디로 가야 되죠?" 이시바가 물었다.

"따라오세요. 가까워요." 물을 길러서 양철통을 판잣집에 두고 이시바와 옴은 작은 금속 단지를 들고 벌판 너머에 있는 철도로 걸어갔다. 깨진 콘크리트와 부서진 유리 조각들이 작은 언덕처럼 쌓여 있는 곳을 올라갈 때는 단지에 담은 물이 약간 튀어 올랐다. 쓰레기 더미 속에서 악취가 나는 회색빛을 띤 노란색 액체가 조금씩 흘러나왔고, 그 걸쭉한 진물 속에는 다양한 쓰레기들이 떠다녔다.

"오른쪽으로 갑시다." 이웃집 남자가 말했다. "저기 왼쪽은 여자들이 써요." 이시바와 옴은 고마워하며 길잡이를 따라갔다. 실수로 다른 쪽으로 갔더라면 큰일 날 뻔했다. 아이들을 어르는 엄마들과 여자들의 목소리가 악취와 함께 왼쪽 방향에서 들려왔다. 좀 더 밑으로 내려가자 선로에 쪼그리고 앉거나, 철길 쪽으로 등을 돌린 채 가시덤불과 쐐기풀 근처의 시궁창 옆에 쪼그리고 앉은 남자들이 보였다. 시궁창은 판자촌에서 버리는 쓰레기들이 흐르는 길가 하수구와 연결되어 있었다.

세 사람은 쪼그리고 앉은 남자들을 지나 적당한 장소를 물색했다. "쇠로 만든 선로가 아주 유용하죠." 이웃집 남자가 말했다. "발판 구실을 해요. 땅보다 높아서 똥이 쌓여도 궁둥이에 닿질 않거든요."

"요령을 다 아는 모양이죠?" 그들이 바지를 내리고 철로에서 자세를 취할 때 옴이 이웃집 남자에게 물었다.

"아, 이거야 금방 배우지." 그는 덤불에 있는 남자들을 가리켰다. "지금은 저기 앉으면 위험해. 독이 있는 지네들이 저기서 기어 다니거든. 나라면 저기서 볼일을 안 볼 거야. 그리고 덤불에서 균형을 잃어버리면 궁둥이에 가시가 잔뜩 묻는다고."

"경험에서 말하는 건가요?" 웃으며 말하던 옴의 몸이 선로에서 흔들렸다.

"물론 다른 사람들이 겪은 일이지. 거기 물 단지 조심해." 그가 주의를 주었다. "물을 쏟으면 궁둥이가 끈적끈적한 채로 돌아가야 하니까."

이시바는 이웃집 남자가 잠시라도 좀 조용히 있었으면 했다. 사람들이 많은 곳에서 볼일을 보는 중이라 제대로 일처리를 못하고 있는데 그가 자꾸 농담을 하니까 더 불편했다. 이시바가 밖에서 용변을 보는 것은 어릴 때 이후로 수십 년 만이었다. 새벽 어스름에 아버지와 함께 나가던 일이 생각났다. 새들이 시끄럽게 울고 마을은 조용했다. 볼일을 보고 나서 강에서 씻었다. 하지만 아시라프와 함께 생활하면서 읍내의 방식대로 살아서 고향 마을의 방식은 잊어버렸다.

"그런데 선로에 쪼그리고 앉아 있으면 문제가 하나 있죠." 긴 머리의 이웃집 남자가 말했다. "기차가 오면 볼일이 끝났든 말든 무조건 일어서야 해요. 기차가 우리의 야외 화장실을 인정하지 않으니까요."

"그걸 지금 얘기하면 어떡하나!" 이시바가 목을 길게 빼고 선로를 위아래로 살피며 말했다.

"괜찮아요. 진정하세요. 적어도 10분 동안은 기차가 안 올 거니까. 그리고 덜거덕거리는 소리가 들릴 때 나오면 됩니다.”

“귀머거리만 아니면 괜찮겠구먼.” 이시바가 짜증을 냈다. “그런데 당신 이름은 뭐요?”

“라자람입니다.”

“당신을 우리의 구루로 모시게 돼서 행운이군요.” 옴이 말했다.

“그럼, 내가 똥의 구루지.” 그가 껄껄 웃었다.

이시바는 즐겁지 않았지만 옴은 크게 웃었다. “오, 똥의 구루님! 매일 아침 선로에 쪼그리고 앉으려면 기차 시간표를 사야 하는지 알려 주십시오!”

“나의 착한 제자야, 그럴 필요는 없단다. 며칠 후면 너의 똥구멍이 역장보다 기차 시간을 더 잘 알게 될 테니까.”

그들이 볼일을 마치고 씻고 바지를 올리자 기차가 오는 소리가 들렸다. 이시바는 내일 아침에는 라자람이 깨기 전에 몰래 오리라 다짐했다. 그는 똥에 대해서 이러쿵저러쿵하는 사람 옆에 앉기 싫었다.

남자와 여자 들이 선로에서 나와 시궁창 옆에서 기차가 지나가기를 기다렸다. 덤불 속에 있던 사람들은 그대로 있었다. 라자람은 기차가 천천히 그들 앞을 지나가자 객실 안을 가리켰다.

“저놈들 좀 봐.” 그가 소리쳤다. “자기들은 똥구멍도 없는 것처럼 똥 누는 사람들을 쳐다보네. 똥구멍에서 똥이 나오는 게 무슨 서커스 공연인 줄 아나.” 그가 승객들을 향해 외설적인 몸짓을 보이자 그들 중 몇몇은 고개를 돌렸다. 한 승객은 화를 내며 창문 쪽 좌석에서 침을 뱉었지만 바람이 불어서 침이 다시 기차로 날아갔다.

“똥구멍을 대고 조준해서 로켓탄처럼 저놈들 얼굴에다가 똥을 확 쏴 주고 싶다니까.” 라자람이 말했다. “똥에 지독하게 관심이 많으니까 많이 먹도록 해 줘야 하는데 말이야." 그들이 판잣집으로 돌아갈 때 그가 고개를 가로저었다. "저런 염치없는 행동을 보면 정말 화가 나."

"우리 할아버지 친구인 다야람 씨는 밭을 늦게 간다고 지주의 똥을 먹어야 했어요." 옴이 말했다.

라자람은 깡통에 남은 물을 모두 손바닥에 부어서 머리에 바르고 뒤로 넘겼다. "다야람인가 하는 사람이 나중에 신통력을 가지지 않았니?"

"아뇨, 왜요?"

"마법사 카스트 사람들에 대해서 들은 적이 있어서. 그들이 사람들의 똥을 먹으면 저주를 내리는 신통력을 가지게 된대."

"정말요?" 옴이 물었다. "그럼 우리가 사업을 하면 되겠네요. 선로에서 똥 덩어리들을 모아서 포장한 다음에 그 카스트들에게 파는 거예요. 뜨끈뜨끈 김이 나는 점심 도시락으로, 차를 마시면서 먹는 과자로 말이에요." 라자람과 옴은 함께 웃었지만 역겨워진 이시바는 못 들은 척하고 앞으로 성큼성큼 걸어 나갔다.

옴은 물을 한 통 더 받으려고 수돗가로 갔다. 줄이 많이 줄어 있었다. 약간 앞쪽에 큰 놋쇠 단지를 허리에 낀 소녀가 있었다. 소녀가 팔을 올려 단지를 머리에 이려고 할 때, 옴의 눈이 그녀의 불룩 솟아오른 상의에 이끌렸다. 머리에 짊어진 무게 때문에, 걸어가는 그녀의 엉덩이가 예쁘게 돋아났다. 물이 출렁거리며 단지에서 넘쳐 그녀의 이마를 따라서 졸졸 흘러내렸다. 반짝이는 물방울들이 그녀의 머리와 속눈썹에 매달려 있었다. 옴은 그게 마치 아침 이슬 같다고 생각했다. 우와, 예쁘다. 그날 하루 종일 그는 갈망과 행복으로 가슴이 터질 것만 같았다.

수돗물이 다 말라갈 즈음, 판자촌 사람들은 씻기를 마쳤고 땅에는 거품이 떠다니는 작은 개울 길들이 생겨났다. 기찻길 화장실에서 나는 냄새는 그보다 오래 지속되었다. 변덕스러운 바람이 방향을 바꾸기 전까지 악취는 몇 시간 동안이나 판자촌으로 불어왔다.

저녁 늦게 라자람이 밖에서 프라이머스 상표 풍로에 요리를 하고 있을 때 이시바와 옴은 빈민굴 주위를 살펴보고 돌아오는 길이었다. 프라이팬에서 기름이 튀는 소리가 들렸다. "식사는 했습니까?" 라자람이 물었다.

"역에서 먹었소."

"비쌀 텐데요. 어서 배급표를 얻어서 요리해 먹어요."

"우린 풍로도 없소."

"그거야 작은 장애죠. 내 꺼 빌려가세요." 그는 주택가에서 과일과 야채 행상을 하는 판자촌 여자에 대해 말해 주었다. "그날 일이 끝나고 바구니에 토마토, 완두콩, 가지 같은 뭔가가 남아 있으면 싸게 팔아요. 나처럼 그 여자한테 사면 돼요."

"거 좋은 생각이네." 이시바가 말했다.

"그 여자는 바나나는 절대 안 팔아요."

옴이 음담패설을 기대하며 키득거렸지만 그런 얘기가 아니었다. 판자촌의 원숭이를 키우는 남자는 행상 여자와 계약을 맺었다. 시커멓게 되거나 상한 바나나들은 원숭이 두 마리의 차지였다. "불쌍한 개는 스스로 먹을 걸 찾아야 되지." 라자람이 말했다.

"무슨 개요?"

"원숭이 주인이 개도 키워. 개가 원숭이들과 함께 연극을 하거든. 원숭이들이 개를 타고 놀지, 그런데 개는 항상 먹이를 찾아서 쓰레기 더미를 뒤져. 원숭이 주인이 개까지 먹일 여유가 없거든." 풍로의 불꽃이 두 번이나 꺼질 듯하자 그는 바람을 불어넣고 프라이팬을 저었다. "어떤 사람들은 원숭이 주인이 원숭이들하고 더럽고 이상한 짓을 한다고 수군거리지만 난 그 말 안 믿어. 그렇다고 해서 뭐 어쨌다는 거야? 우리 모두 위로가 필요하잖아. 원숭이든 창녀든 손으로 하든 그게 무슨 차이야? 모두 다 마누라를 얻을 수는 없으니까 말이야, 안 그래?"

야채를 찔러서 제대로 볶였는지 확인한 다음, 그는 풍로의 불을 끄고 접시에 야채를 한 그릇 담아서 재봉사들에게 권했다.

"아뇨, 우린 역에서 먹었소. 정말이오."

"손부끄럽게 왜 이러십니까. 한 입만 드셔 보세요."

재봉사들이 접시를 받았다. 아코디언을 목에 걸고 지나가던 한 남자가 그들의 대화를 우연히 엿들었다. "냄새가 좋군요. 나도 한 입 주쇼."

"그럼요. 어서 이리 와요." 그러나 남자는 아코디언을 한 번 울리더니 손을 흔들며 가던 길을 계속 갔다.

"저 사람 만났습니까? 두 번째 줄에 살죠." 라자람이 프라이팬을 저으며 음식을 먹었다. "저녁에 일을 하죠. 사람들이 밥을 먹고 쉴 때 노래를 하면 돈을 더 잘 준답니다. 좀 더 드시겠습니까?"

이번에는 재봉사들이 완강히 거절했다. 라자람은 남은 음식들을 마저 먹었다. "당신들이 여기 살아서 나로서는 다행입니다. 우리 집 맞은편에는 늘 술만 먹는 한심한 사람이 살아요." 그가 목소리를 낮추며 말했다. "구걸해서 돈을 벌어오지 않는다고 마누라와 다섯인가 여섯인가 되는 아이들을 때리죠."

그들이 그 집을 바라보았지만 지금은 아주 조용했다. 아이들은 눈에 띄지 않았다. "아마 자고 있을 겁니다. 내일 또 시작할 거예요. 마누라는 애들하고 거리에서 구걸하고 있을 거구요."

재봉사들은 저녁 내내 이웃집 남자와 앉아서, 그들의 고향, 무자파 재봉 가게, 그리고 월요일부터 디나 달랄과 시작하게 될 일에 대해서 얘기했다. 라자람은 어디서 많이 들어본 듯한 이야기에 고개를 끄덕였다. "정말 많은 사람들이 고향에서 살기 힘들어 도시로 오죠. 나도 같은 이유로 여기 왔으니까요."

"하지만 우린 오래 있지 않을 거요."

"누군들 안 그렇겠습니까. 도대체 어느 누가 이렇게 살고 싶겠습니까?" 라자람은 신물이 난다는 듯 손으로 반원을 그리며 더러운 판자촌, 울퉁불퉁한 벌판, 음식 연기와 산업 폐기물의 악취가 물씬 풍겨 오는 길 건너의 대규모 빈민굴을 가리켰다. "하지만 어쩔 수 없을 때가 있으니까요. 때로는 도시가 우리를 잡고 발톱으로 찍어 누르고 놓아 주질 않죠."

"우린 절대 그렇게 안 될 거예요. 돈만 좀 벌어서 얼른 돌아갈 거니까요." 옴이 말했다.

의심 때문에 부정이 탈까 봐 이시바는 그런 계획을 말하고 싶지 않다. "그건 그렇고 당신은 직업이 뭐요?" 그가 화제를 바꾸려고 물었다.

"이발삽니다. 하지만 얼마 전에 그만뒀죠. 불만 많은 손님들 상대하기에 신물이 났죠. 너무 짧다느니, 너무 길다느니, 너무 짧게 머리를 세웠느니, 구레나룻이 충분히 넓지 않다느니, 이거저것. 못생긴 놈들이 죄다 영화배우처럼 보이려고 하니까요. 그래서 더 이상 못하겠더라고요. 그 후로 이런저런 일을 많이 했죠. 지금은 머리털을 모으고 있습니다."

"그거 좋구먼." 이시바가 주저하며 말했다. "그런데 그건 어떻게 하는 거요?"

"그냥 머리털을 모으는 겁니다."

"그게 돈이 되나?"

"그럼요. 얼마나 큰 사업인데요. 외국에서 수요가 엄청납니다."

"그걸로 뭘 하는데요?" 옴이 미심쩍은 듯 물었다.

"많은 걸 하지. 대부분 가발로 써. 때로는 빨간색, 노란색, 고동색, 파란색 등 다른 색깔들로 물을 들이고. 외국 여자들은 다른 사람 머리를 쓰는 걸 아주 좋아하지. 그리고 대머리 남자들도 머리에 쓰고. 외국에서는 대머리를 싫어하거든. 외국 사람들은 돈이 너무 많아서 온갖 이상한 짓을 다 해."

"그런데 머리카락들을 어떻게 모아요? 사람들 머리에서 훔치나요?" 옴의 말투에는 비웃음이 묻어 있었다.

라자람이 껄껄 웃었다. "거리의 이발사들한테 가지. 면도칼, 비누, 또는 빗을 주고 얻어 오는 거야. 이발관에 가서 바닥을 쓸어 주면 공짜로 얻을 수도 있어. 자, 우리 집에 들어와 봐. 내가 보여줄게."

라자람이 등불에 불을 붙이자 판잣집 안에 어둠이 사라졌다. 흔들리던 불꽃이 침착해지며 오렌지색으로 타올랐고, 벽에 높이 쌓아 놓은 자루들과 비닐봉지들이 보였다.

"자루들은 거리의 이발사들에게서 얻어 온 것들이죠." 그가 자루 하나를 열어 그들의 호기심으로 가득 찬 눈에 보여 주었다. "여기 보이죠, 짧은 머리카락들."

재봉사들이 흉물스러운 것을 보고 움찔하자, 이웃집 남자가 손을 집어넣어 기름에 전 머리털 한 움큼을 꺼내 보여 주었다. "5센티미터에서 7.5센티미터 미만이죠. 수출하는 사람들한테 1킬로그램당 24루피씩 받습니다. 화학물질이나 약을 만드는 데 쓴다고 하더군요. 여기 이 비닐봉지 안을 보세요."

그는 끈을 풀고 긴 머리 다발들을 한 움큼 꺼냈다. "미용실에 얻은 겁니다. 정말 아름답죠? 이건 정말 귀한 겁니다. 정말 운이 좋았죠. 20에서

30센티미터까지 가져가면 1킬로그램에 200루피를 받습니다. 30센티미터 이상이면 1킬로그램에 600루피를 받죠." 자신의 머리를 손으로 만지더니 그가 바이올린처럼 내뻗었다.

"그래서 머리를 기르는 거군요?"

"그럼, 당연하지. 신이 주신 선물로 배 속에 음식을 채울 수가 있잖아."

짧은 머리털에 역겨워하던 것과는 달리 옴은 긴 머리채들을 쥐고 쓰다듬었다. "촉감이 좋네요. 부드럽고 매끈해요."

"그런데 이런 긴 머리를 찾으면 난 항상 그 여자를 한 번 만나고 싶어져. 밤에 잠을 못 이루고 누워서 그 여자에 대해 궁금해하지. 어떻게 생겼을까? 머리는 왜 잘랐을까? 멋을 부리려고? 아니면 벌을 받아서? 그것도 아니면 남편이 죽어서 그런 걸까? 긴 머리는 싹둑 잘렸지만 그래도 거기에는 온전한 생명이 연결되어 있지."

"이건 분명히 부잣집 여자의 머리 같은데요." 옴이 말했다.

"그래, 왜 그렇게 생각하지?" 신참을 시험하는 선임 같은 태도로 라자람이 물었다.

"향기가 나잖아요. 비싼 머리 영양제 냄새 같은데요. 가난한 여자 같으면 그냥 야자유를 쓰겠죠."

"정확하게 맞췄어." 그는 만족스럽게 옴의 어깨를 두드렸다. "머리를 보면 그들을 알 수 있어. 건강한지, 아픈지. 젊은지, 나이가 들었는지. 가난한지, 부잣지. 이 모든 것이 머리에 숨겨져 있지."

"종교와 카스트가 뭔지도요." 옴이 말했다.

"그렇지. 넌 머리털 수집가가 될 소질이 있구나. 재봉에 싫증나면 나한테 알려 줘."

"그런데 머리털이 여자한테 붙어 있을 때도 만질 수 있나요? 머리끝에서 발끝까지, 그리고 다리 사이에 있는 것까지 전부 다요?"

"허허, 영리한 악당일세, 안 그렇습니까?" 조카를 한 대 때려 주려는 이시바에게 라자람이 말했다. "난 아마추어가 아냐. 때로는 나도 머리 긴 여자를 보면 손가락으로 만지고 내 허리에다가 감고 싶어져. 하지만 자제해야 돼. 미용사가 그 긴 머리를 자를 때까지는 꿈만 꿀 뿐이지."

"그럼, 우리 사장을 보면 정말 꿈을 많이 꿀 텐데." 옴이 말했다. "디나 아줌마의 긴 머리는 정말 아름답죠. 아마도 할 일이 없으니까 하루 종일 머리 감고 기름 바르고 빗어서 완벽해 보이도록 만드나 봐요." 그는 긴 머리채들을 머리에 대고 익살을 떨었다. "어때요?"

"신붓감을 찾아 주려고 했더니 신랑감을 찾아줘야겠구나." 이시바가 말했다. 라자람이 웃으면서 긴 머리채들을 받아 조심스럽게 비닐봉지에 다시 넣었다.

"그런데 머리털 수집가라면 리시케시 같은 곳이나 하리드 같은 사원 도시에 가야 장사가 잘되지 않소? 거기서는 사람들이 머리를 밀어서 신에게 봉헌하지 않소?"

"맞습니다. 그런데 큰 장애가 있죠. 친구 중에도 머리털 수집가가 한 명 있는데 남쪽의 티루파티로 갔어요. 거기 있는 사원에 머리카락이 얼마나 있나 알아보려고요. 결과가 어땠는지 아세요? 하루에 대략 2만 명의 사람들이 머리털을 바치러 온답니다. 이발사 6백 명이 여덟 시간씩 교대로 일을 한대요."

"그럼 머리털이 쌓여서 거대한 언덕을 이루겠구면."

"언덕이라뇨? 히말라야 산이죠. 하지만 나 같은 중간 상인들은 거기서 머리털을 모을 수가 없어요. 머리털이 봉헌되고 나면 아주 고귀한 브라만 승려들이 매우 성스러운 창고에 보관하죠. 3개월마다 경매를 열어서 수출업체들에게 직접 팔아요."

"브라만들과 승려들에 대해서는 우리도 잘 알지." 이시바가 말했다. "카스트가 높은 사람들의 욕심이야 우리 마을에서도 아주 잘 알려져 있으니까."

"어딜 가나 마찬가집니다. 난 아직도 나를 똑같은 사람으로 대해 줄 카스트가 높은 사람을 만나기를 기다리고 있죠. 똑같은 인간으로 말입니다. 그것 말고는 원하는 게 없어요."

"이제부터 우리 머리털은 아저씨가 가지세요." 옴이 아량을 베풀듯이 말했다.

"고맙군. 까다롭지 않고 원하기만 한다면 내가 공짜로 머리를 깎아 주지." 그는 자루들을 치운 후에 가위와 빗을 꺼내 즉석에서 머리를 깎아 주겠다고 했다.

"잠깐만요." 옴이 말했다. "먼저 아저씨처럼 머리를 길게 기를 거예요. 그래야 돈을 더 받을 거 아녜요."

"안 돼!" 이시바가 말했다. "머리를 기르면 안 돼. 달랄 부인이 긴 머리 재봉사는 좋아하지 않을 거야."

"한 가지는 확실해요." 라자람이 말했다. 머리털에 대한 수요와 공급은 끝이 없다는 거죠. 언제나 큰 사업이죠." 그들이 다시 밖으로 나와 저녁 공기를 마실 때 그가 덧붙여 말했다. "때로는 큰 문제로 변하기도 하죠."

"무슨 문제요?"

"마호메드의 수염에 관한 일이 생각나는군요. 언젠가 카슈미르의 하즈랏발 사원에서 그 수염이 사라졌을 때 기억나세요?"

"그럼." 이시바가 말했다. "옴은 그때 아기였으니까 모르고."

"무슨 일이에요? 말해 줘요!"

"말한 그대로야. 어느 날 성스러운 수염이 사라져서 폭동이 일어났지." 이시바가 설명했다. "모두들 정부가 물러나야 한다고 하고 정치인들이 연관돼 있다고 했어. 카슈미르 사람들이 독립을 원하니까 그들이 문제를 일으키려고 했다고 말이야."

라자람이 끼어들었다. "그래서 2주일간 폭동이 일어나고 통행금지가 있고 나서야 정부 조사관들이 성스러운 수염을 찾았다고 발표했어. 하지만 사람들은 만족하지 않았지. 정부가 속인다면 어떡할 거야? 그냥 아무 수염이나 갖다 놓고 성스러운 수염이라고 위장한다면 어떡하냔 말이지. 그래서 정부에서 학식 있는 회교 학자들을 모아 수염을 점검하도록 모든 권한을 넘겼지. 그들이 그 수염이 진짜라고 하자 그제야 스리나가르 거리가 다시 평화로워졌어."

밖에서는 음식 만드는 불의 연기가 하늘을 뒤덮었다. 어둠 속에서 누군가가 소리쳤다. "샨티, 빨리 나무 가져와!" 그러자 소녀가 움직였다. 옴이 고개를 돌렸다. 큰 놋쇠 단지를 들고 다니던 그 소녀였다. 이웃집 남자의 이야기가 더 이상 재미없었던 옴은 샨티라는 이름을 조용히 외웠다.

바위 하나를 판잣집 문에다가 받쳐서 바람이 불어도 열리지 않도록 만들고 난 후에 라자람은 재봉사들을 데리고 근처를 둘러보러 갔다. 그는 철길 담장의 구멍을 지나서 기차역으로 가는 지름길을 가르쳐 주었다. "시궁창을 지나서 계속 걸으면 아물 버터와 현대식 빵이라는 큰 광고가 보일 겁니다. 일하러 가는 데 적어도 10분은 절약되죠."

그는 또한 인접한 빈민굴에 대해서 경고했다. "대부분의 그곳 사람들은 괜찮지만 몇몇 골목은 매우 위험해요. 거기로 걸어가다가는 살인이나 강도를 당할 수 있습니다." 빈민굴의 안전한 지역에서 그는 잘 아는 노점

찻집 주인을 소개해 주었다. 그곳에서는 차와 음식을 외상으로 먹고 매달 말일에 정산할 수 있었다.

그날 밤 늦게 재봉사들이 판잣집 밖에 앉아 비디를 피우고 있을 때 아코디언 연주 소리가 들려왔다. 일을 끝내고 돌아오던 남자가 재미로 연주하는 중이었다. 적막 속에서 아코디언의 높고 날카로운 선율은 마치 금으로 만든 플루트 소리처럼 낭랑했다. "나의 우정, 나의 사랑이여." 그의 사랑과 우정에 관한 노래는 계속 타오르는 메케한 연기의 혹독함을 진정시켜 주었다.

배급 담당관은 자리에 없었다. 사환은 그가 명상 중이라고 했다. "월요일에 돌아오세요."

"하지만 월요일에는 새 일을 시작해야 합니다." 이시바가 말했다. "명상은 언제 끝납니까?"

사환이 어깨를 으쓱거렸다. "한 시간, 두 시간, 세 시간. 마음의 짐이 얼마나 무거우냐에 달렸죠. 명상을 하지 않으면 한 주가 끝날 즈음에는 미쳐버릴 거라고 하더군요." 재봉사들은 줄을 서서 기다리기로 했다.

상대적으로 쉬운 주였던 모양이었는지 30분 후에 상당히 활기찬 모습으로 자리에 돌아온 배급 담당관은 재봉사들에게 배급표 신청서를 건넸다. 수수료를 조금 내면 신청서를 대신 작성해 주는 전문가들이 밖에 있다고 그가 말했다.

"괜찮습니다. 우리도 글을 쓸 줄 아니까요."

"성날이오?" 그는 무시당했다고 느끼면서 말했다. 그는 매일 책상 옆을 지나가는 신청자들을 한눈에 파악하는 자신의 능력을 자랑스럽게 생각했다. 고향, 재정적 능력, 교육, 카스트 등. 방금 끝낸 명상에도 불구하고 그의 얼굴 근육이 씰룩거리며 굳어졌다. 재봉사들이 글을 읽고 쓸 줄 안다는 것은 그의 전지적 능력에 대한 모욕이었다. "작성해서 가져와." 그는 불쾌하다는 듯이 손을 흔들어 그들을 물리쳤다.

이시바와 옴은 신청서를 복도로 들고 나가 창턱에 대고 작성하기 시작했다. 표면이 거칠어서 볼펜에 종이가 여러 번 구멍이 났다. 그들은 손톱으로 울퉁불퉁해진 면을 펴서 구멍이 난 종이를 보기 좋게 만든 다음 담당관을 만나러 다시 줄을 섰다.

서류를 훑어 본 배급 담당관은 거만한 미소를 지었다. 그들이 글을 쓰는 법을 배웠을지는 몰라도 깨끗하게 쓸 줄은 몰랐던 것이다. 서류를 읽던 그가 주소 칸을 보더니 의기양양한 표정으로 멈췄다. "이건 무슨 헛소린가?" 그가 니코틴에 절은 손가락으로 톡톡 두드렸다.

"저희가 사는 곳입니다." 이시바가 말했다. 그는 북쪽에 있는 판자촌으로 이르는 거리의 이름을 적었다. 건물 이름, 층, 번지수 등은 빈 칸으로 남겨 두었다.

"그러니까 정확하게 당신 집이 어디야?"

그들은 부가적인 정보를 설명했다. 가장 가까운 교차로, 빈민굴의 동쪽과 서쪽에 있는 거리들, 기차역, 근처 극장들의 이름, 큰 병원, 사람들이 자주 찾는 사탕 과자 가게, 어시장 등.

"그만 됐어." 귀를 막으면서 배급 담당관이 말을 끊었다. "그런 헛소리는 들을 필요 없으니까." 그는 도시 안내서를 꺼내 몇 장 휙휙 넘기더니 지도 하나를 자세히 들여다봤다. "생각했던 대로구먼. 집이 불법 무허가 지역에 있는 거 맞아?"

"그냥 잠시 있는 겁니다."

"그런 곳은 주소가 될 수 없어. 법에 따르면 배급표는 진짜 주소지가 있는 사람들에게만 발급할 수 있다고."

"진짜 집입니다. 직접 와서 보십시오." 이시바가 간청했다.

"내가 봐야 아무 소용없어. 중요한 건 법이니까. 법의 눈에는 당신의 무허가 집은 존재하지 않아." 그는 서류 더미를 들어서 이리저리 움직여 끝을 가지런히 맞추었다. 그런 다음 서류 더미를 다시 구석으로 던지자 흐트러지면서 먼지가 일었다. "하지만 원한다면 배급표를 받을 수 있는 다른 방법이 있기는 하지."

"제발 부탁입니다. 뭐든지 하겠습니다."

"정관 절제 수술을 하면 신청서가 즉시 처리되지."

"정관 절제 수술이요?"

"가족계획을 위한 절차야."

"아, 그런데 전 이미 했는데요." 이시바가 거짓말을 했다.

"가족계획인증서 꺼내 봐."

"네?"

"정관 절제 수술을 하고 나서 받은 증명서 말이야."

"아, 그건 없습니다. 고향집에 불이 나서 모든 게 다 없어졌거든요." 이시바가 재빨리 생각하며 말했다.

"그런 건 아무 문제도 아니지. 내가 보내주는 의사가 특별히 수술을 다시 하고 증명서를 다시 발급해 줄 거니까."

"같은 수술을 두 번 하면 안 좋지 않나요?"

"많은 사람들이 두 번씩 해. 혜택이 더 많아. 두 번하면 트랜지스터라디오기 두 개나 생기니까."

"라디오를 두 개씩이나 뭐하려고요." 이시바가 웃었다. "한쪽 귀에 하나씩 다른 채널을 들으라고요?"

"이봐, 별거 아닌 수술이 무서우면 이 젊은이를 보내면 되잖아. 내가 필요한 건 증명서 딱 한 장이야."

"하지만 얘는 겨우 열일곱 살입니다! 결혼도 해야 하고 자식도 낳아야 됩니다. 그런 다음에 수술을 해야죠."

"당신 알아서 해."

이시바는 충격적이고 모욕적인 제안에 화가 나서 씩씩거리며 자리를 떴고, 옴이 서둘러 따라가 삼촌을 진정시키려고 했다. 그러나 복도에는 이시바처럼 공무원들을 상대로 일을 처리하려다가 어쩔 줄 몰라 당황하고 있는 사람들로 가득 차 있어서 어느 누구도 신경 쓰지 않았다. 주위에 있던 그들은 다양한 고통의 단계에 처해 있었다. 어떤 사람들은 울고 있었고, 어떤 사람들은 관료주의의 부조리에 미친 듯이 웃고 있었고, 몇몇 사람들은 벽을 보고 서서 혼잣말로 기분 나쁘게 중얼거리고 있었다.

"정관 절제 수술을 하라고!" 이시바가 부글부글 끓어올랐다. "빌어먹을 놈 같으니라고! 어린애한테 정관 절제 수술을 하라니! 저놈이 명상하고 있을 때 누가 가서 저놈 정관을 끊어 버려야 돼!" 그는 재빨리 복도를 지나 계단을 내려가 건물을 나왔다.

그때 보도에 있던 사무원처럼 보이는 체구가 작은 남자가 화가 난 이시바를 보고 나무 의자에서 일어나 인사를 건넸다. 안경을 쓰고 흰색 셔츠를 입은 그는 필기도구를 자기 앞의 멍석에다가 펼쳐 놓고 있었다. "무슨 문제가 있습니까? 제가 도와드릴까요?"

"당신이 무슨 도움을 줄 수 있소?" 이시바가 귀찮다는 듯이 말했다.

남자는 이시바의 팔꿈치를 잡아 세우며 자기 말을 들어 보도록 했다. "전 공무 해결사입니다. 제 전문 분야는 사람들이 정부 관리들과 상대하는 걸 돕는 거죠." 코에서 콧물이 흐르자 그는 소개하던 도중에 재채기를 여러 차례 했다.

"정부에서 일하시오?" 뭔가 미심쩍었던 이시바가 방금 나왔던 건물을 가리키며 물었다.

"아뇨, 그렇지 않습니다. 전 당신과 저를 위해서만 일합니다. 공무원들이 얻기 힘들게 만드는 것을 얻도록 도와주는 거죠. 그래서 제 직업이 공무 해결사입니다. 출생증명서, 사망증명서, 결혼증명서 등 어떤 종류의 증명서와 허가서라도 만들어 주죠. 원하는 정보가 무엇인지만 말하시면 금방 만들어 드립니다." 안경을 벗고 가능한 매우 상냥한 미소를 짓다가 그는 그만 대여섯 차례 격렬한 재채기를 했다. 튀어나온 침을 피하려고 재봉사들이 재빨리 뒤로 물러섰다.

"해결사 양반, 우리가 필요한 건 배급표예요. 그리고 공무원 놈은 그 대가로 우리 거시기를 원하고! 밥을 먹거나 거시기를 없애거나 선택해야 하는 게 도대체 무슨 짓거리요?"

"아, 공무원이 정관 절제 수술 증명서를 원했군요."

"그렇다고 합디다."

"국가비상사태 이후로 새로운 규칙이 생겼습니다. 모든 공무원들이 정관 절제 수술을 권장해야 하죠. 할당량을 채우지 못하면 진급이 안 됩니다. 그러니 어쩌겠어요? 그들도 난처한 입장이죠, 안 그렇습니까?"

"하지만 우리한텐 너무 불공평해요!"

"그러니까 제가 여기 있는 겁니다. 배급표에 쓰고 싶은 이름을 여섯 명까지 고르고 원하는 주소를 고르세요. 비용은 총 200루피입니다. 지금 100루피 주시고, 나머지 100루피는 배급표 받고 내시면 됩니다."

"우린 그렇게 많은 돈이 없소."

공무 해결사는 돈이 생기면 언제든지 오라고 했다. "정부가 있는 곳에는 항상 제가 할 일이 있으니까요." 그는 코를 풀고 나서 자기 자리로 돌아갔다.

* * *

라자람이 가르쳐 준 지름길로 가려고 재봉사들은 승강장을 따라 철로와 타다 남은 찌꺼기가 있는 황무지로 재빨리 걸어가다가 기차가 역을 빠져나가 저녁 하늘 끝으로 사라지는 걸 지켜보았다. "마구간이 가까워질수록 지친 말은 전속력으로 달리는 법이란다." 이시바의 말에 옴이 고개를 끄덕였다.

디나와 함께한 첫날이 끝났다. 집으로 향하는 많은 사람들 틈에 끼어 걷던 그들은 열 시간의 재봉 작업으로 기진맥진했지만 군중들 사이에서 피로가 희망으로 바뀌는 신성한 순간을 경험했다. 곧 밤이 될 것이다. 그들은 라자람의 풍로를 빌려 요리를 하고 저녁을 먹을 것이다. 내일 아침에 기차를 타기 전까지 그들은 계획을 짜고 밝은 미래를 꿈꿀 것이다.

승강장 끝은 아래로 경사가 져서 철로를 품고 있는 자갈들과 하나가 됐다. 끝없이 펼쳐진 철제 담장에는 비바람에 부식 된 뾰족한 창살 하나가 사람의 손에 의해서 떨어져 나가 생긴 요긴한 구멍이 있었다.

검표원이 서 있는 출구에서 멀리 떨어져 있는 그 구멍을 통해서 점점 더 많은 사람들이 빠져나갔다. 기차표가 없는 어떤 사람들은 맨발이나 변변찮은 신발을 신고서 타다 남은 찌꺼기와 날카로운 자갈이 깔린 선로를 따라 민첩하게 한참을 더 달려 내려갔다. 그들은 낡은 침목과 침목 사이를 넘으며 선로를 달리다가 역에서 멀리 떨어진 곳에서 담장을 뛰어넘었다.

비록 옴은 기차표가 있었지만 그들의 자유를 향한 용감한 돌진에 합류하고 싶었다. 그는 혼자라면 날아오를 수도 있을 것 같았다. 그러나 그는 절대로 버릴 수 없는 삼촌 이상의 의미를 지닌 이시바를 곁눈질로 흘끗 보았다. 어스름 속에서 담장의 뾰족한 창살들은 마치 유령 군대의 녹슨 병장기처럼 서 있었다. 기차표가 없는 사람들은 적의 대열을 뚫고 철조망 가시 위를 날아올라서 다시는 땅에 내려오지 않을 것 같은 고대의 전사들처럼 보였다.

그때 지친 경찰들이 갑자기 황혼으로부터 나타나 구멍으로 빠져나가려는 사람들을 에워쌌다. 순경 몇몇은 멀리서 담장을 뛰어넘는 사람들을 형식적으로 잡아갔다. 그들 중에서 제대로 일을 하는 사람은 지팡이를 휘두르며 명령을 내리고 격려를 외치는 경위뿐이었다.

"다 잡아! 어서, 빨리 빨리 빨리 움직여! 한 놈도 놓치지 마라! 이놈들, 어서 승강장으로 다 올라가! 거기 너!" 경위가 지팡이로 가리켰다. "꾸물거리지 마! 무임승차하는 놈들에게 본때를 보여 주마!"

기차표가 있다는 사실을 누군가에게 말하려고 했지만 이시바와 옴의 노력은 고함과 혼동 속에 파묻히고 말았다. "저흰 그냥 지름길로 가려고 했을 뿐입니다." 그들은 가장 가까이 있는 경찰에게 애원했지만 다른 사람들과 함께 잡혔다. 그들이 열을 지어 지나가자 검표원이 손가락질을 했다.

밖으로 나간 범법자들은 경찰 트럭에 태워졌다. 마지막에 몇 사람들은 공간이 부족해서 트럭 뒷문에 꽉 끼어 앉았다. "이제 우린 끝장이야." 누군가 말했다. "국가비상사태 때문에 표 없이 기차를 타면 구치소에서 일주일간 갇혀 있어야 돼."

경위가 매표소에서 볼일을 보는 동안에 그들은 한 시간 동안이나 땀을 뻘뻘 흘리면서 트럭 안에 갇혀 있어야 했다. 드디어 트럭이 출발하고 경위의 지프차가 그 뒤를 따랐다. 10분간 달리다가 빈 공터로 들어서자 트럭 뒷문이 열렸다.

"나와! 모두 나와! 빨리 빨리 빨리 나와!" 같은 말을 세 번 반복해서 외치기를 좋아하는 경위가 지팡이로 트럭 타이어를 치면서 소리를 질렀다. "남자들은 이쪽에, 여자들은 저쪽에 서!" 그는 남자와 여자로 나눈 두 집단을 모두 여섯 줄로 만들었다.

"모두 차렷! 다들 귀 잡아! 어서, 귀 잡아! 귀 귀 귀 잡아! 귀 안 잡고 뭐하는 거야! 지금부터 앉았다 일어서기를 50회 실시한다! 준비, 시작! 하나! 둘! 셋!" 그는 줄을 돌아다니며 무릎을 제대로 굽히는지 보고 숫자를 세다가 갑자기 뒤로 돌아서서 허를 찔렀다. 제대로 쪼그리지 않거나 귀를 놓고 속이는 사람에게는 지팡이 맛을 보여 줬다.

"…… 마흔여덟, 마흔아홉, 쉰! 그만! 한 번만 더 무임승차하다가 잡히면 할머니가 보고 싶도록 만들어 줄 테다! 자, 다들 집으로 가! 어서 가! 안 가고 뭐하는 거야! 어서 가, 어서 가, 어서 가!"

사람들은 그들이 받은 벌과 경위에 대한 농담을 하면서 재빨리 사라졌다. "멍청한 라자람 때문이에요!" 옴이 말했다. "이제부터는 그 사람 입에서 나온 말은 안 믿을 거예요. 배급표 받는 게 쉽다고 하고. 지름길로 가면 시간을 아낄 수 있다고 하더니. 이게 뭐예요."

"아이고, 그래도 별 피해는 없잖니." 이시바가 기분 좋게 말했다. 기차역에서 그는 두려움에 떨었었다. "이것 봐라, 경찰 때문에 덜 걸어도 되잖아. 이제 집에 거의 다 왔다."

그들은 도로를 건너서 판자촌으로 계속 걸어갔다. 익숙한 광고판이 눈에 들어왔지만 그림이 달랐다. "무슨 일이죠?" 옴이 물었다. "아물 버터와 현대식 빵 광고는 어디로 간 거죠?"

광고 대신에 총리의 초상화와 '강철 같은 의지! 근면! 이것만 있으면 우리는 살 수 있다'라는 구호가 적혀 있었다. 도시 전체에 점점 더 많이 붙고 있는 포스터에 등장하는 전형적인 얼굴이었다. 뺨에는 극장 광고판에 쓰는 짙은 분홍색이 칠해져 있었다. 그림의 다른 부분은 더 형편없었다. 눈에서는 총리의 몸 어딘가가 너무 가려워서 긁어달라고 애원하는 듯한 불편함이 느껴졌다. 인자한 미소를 만들려던 화가의 야심도 실패했다. 교관이 짓는 심술궂은 근엄함과 냉소 사이의 어중간한 미소가 입가를 섬뜩하게 지나갔다. 그리고 검은 머리 사이에 이마 위로 당당하게 늘어뜨린 그 유명한 흰 머리 한줌은 아주 큰 새 한 마리가 전략적으로 똥을 싸질러 놓은 것처럼 보였다.

"옴, 저것 좀 봐라. 저 여자가 네가 화났을 때처럼 똥 씹은 얼굴을 하고 있구나."

옴은 그 표정을 따라해 보이며 웃었다. 높이 솟은 그림 속의 얼굴은 냉혹한 구호를 덜컹거리며 달리는 기차들과 다른 한쪽에서 배기가스 구름 속에 엉켜서 달리는 버스와 자동차 들에게 전달하고 있었다. 재봉사들은 판자촌을 향해 터벅터벅 걸었다.

그들이 판잣집 자물쇠를 열고 있을 때 이웃집 남자가 나타나 투덜댔다. "아니, 뭐 하다가 이렇게 늦었어요?"

"무슨……"

"괜찮아요. 작은 장애일 뿐이니까. 음식은 금방 데우면 돼요. 야채들이 흘러붙어서 풍로를 껐어요." 그가 안으로 들어가더니 프라이팬과 접시 세 개를 들고 나왔다. "야채 튀김하고 차파티. 그리고 오늘 일을 시작한 첫날을 기념하는 의미에서 망고 처트니와 매운 와다 과자를 만들었습니다."

"아이고 우리 때문에 번거롭게 왜 그래." 이시바가 말했다.

"무슨 별 말씀을요."

라자람은 1분 정도 음식을 데우고 나서 네 가지 음식을 둥글게 담은 접시를 건넸다. 프라이팬에는 아직도 많은 양이 남아 있었다. "음식을 너무 많이 했구먼." 이시바가 말했다.

"오늘 돈이 좀 남아서 야채를 많이 샀습니다. 쟤들한테도 주려고요." 그는 팔꿈치로 건너편 판잣집을 가리켰다. "술고래 양반집 아이들은 항상 배가 고프죠."

식사를 하면서 재봉사들은 무임승차한 사람들을 경찰이 단속한 이야기를 했다. 공짜 저녁 때문에 옴은 애당초 계획했던 비난의 목소리를 누그러뜨렸다. 그는 마치 여행하다가 겪은 모험담처럼 말했다.

라자람은 손으로 자신의 이마를 과장되게 때렸다. "이런 바보같이, 미리 경고한다는 걸 깜빡했네! 단속한 지 꽤 됐거든요." 그는 다시 이마를 때렸다. "어떤 사람들은 평생 표 한 번 안 사고 그냥 기차를 타는데, 당신들은 첫날에 기차표를 사고도 잡혔으니 원." 그가 낄낄 웃었다.

자신들의 얄궂은 운명에 이시바와 옴도 따라 웃었다. "그냥 운이 안 좋았던 거지 뭐. 국가비상사태 때문에 새로운 방침을 세웠나 보더군."

"하지만 완전히 쇼를 한 거잖습니까. 그렇게 엄격하게 할 거면 경위가 왜 다들 그냥 보내줬겠어요?"

음식을 씹으며 무슨 생각을 하던 라자람은 모두를 위해서 마실 물을 떠 왔다. "아마도 어쩔 수 없었을지도 모르겠네요. 듣기로는 감옥이 죄다 총리의 적들로 가득 찼다고 하던데. 노조원들, 신문 기자들, 학교 선생들, 학생들로 말입니다. 그러니 아마 감옥에 빈 공간이 없을 겁니다."

그 사건에 대해서 그들이 곰곰이 생각하고 있을 때 수돗가 주위에서 기쁨의 탄성이 터져 나왔다. 그렇게 늦은 밤에 수도꼭지에서 꼴록꼴록 소리가 났다. 사람들은 숨을 죽이고 수도꼭지를 지켜보았다. 물 몇 방울이 똑똑 떨어지더니 금세 흘러내리기 시작했다. 물살이 세게 용솟음치자 사람들은 경마에서 우승하기라도 한 것처럼 환호했다. 기적이다! 흥분한 판자촌 사람들이 박수를 치고 소리를 질렀다.

"이전에도 한 번 저런 적이 있었죠." 라자람이 말했다. "급수하는 사람이 실수로 밸브를 잘못 연 모양입니다."

"저런 실수는 자주 해야겠는걸." 이시바가 말했다.

여자들은 수돗가로 달려가서 뜻밖의 물벼락을 최대한 이용했다. 엄마 팔에 안긴 아기들은 시원한 물이 끈적끈적한 피부에 닿자 좋아서 소리를 내질렀다. 새벽에 조금씩 뜨던 물 대신에 흠뻑 젖기를 기대하던 아이들은 깡충깡충 주위를 즐겁게 뛰어다니다가 엉겁결에 춤까지 췄다.

"우리도 물 좀 채우죠. 그러면 새벽에 시간을 아낄 수 있잖아요." 옴이 말했다.

"아냐, 그냥 애들 놀게 놔둬. 언제 또 이런 기회가 오겠어." 라자람이 말했다.

축제는 한 시간도 채 되지 않아서 끝이 났다. 갑자기 물이 터져 나왔던 수도꼭지가 갑자기 말라버렸다. 좋아서 비누칠을 하던 아이들은 비누를 닦아내고 실망한 채 잠을 자러 갔다.

그 후 2주일 동안 빈민굴 주인은 들판에다가 50채의 판잣집을 더 지었으며, 니발기는 단 하루 만에 모두 세를 줘서 인구를 두 배로 늘려 놓았다. 이제 시궁창에서 나는 악취는 사라지지 않고 판자촌을 연기보다 짙게 감싸고 있었다. 길 너머의 거대한 빈민굴과 규모가 작은 판자촌을 구별하기란 힘들었다. 사실상 판자촌은 그 지옥 같은 곳과 합쳐져 있는 것과 다름없었다. 수돗가로 몰려드는 사람들은 마치 폭동이라도 일으킬 듯했다. 매일 아침 새치기를 하지 말라는 고성이 오갔고, 밀고 당기며 드잡이했고, 솥들이 뒤집어졌고 여자들이 비명을 질렀으며 아이들이 울부짖었다.

장마철이 시작되고 비가 내리던 첫날, 재봉사들은 지붕이 새서 빗물이 떨어지자 잠에서 깼다. 그들은 유일하게 비가 새지 않는 구석에 웅크리고 앉았다. 옆에서 꾸준히 쏟아지던 빗물 소리에 그들은 서서히 잠이 들었다. 잠시 후 비가 잦아들자 빗방울들이 기분 나쁘게 똑똑 떨어지기 시작했다. 옴은 머리에 튀기는 빗방울들을 세었다. 백 개, 천 개, 만 개······ 더 큰 숫자를 세어서 물을 마르게라도 할 작정으로 그는 세고 더하며 계산을 했다.

이시바와 옴은 결국 제대로 잠을 자지 못했다. 아침에 라자람이 지붕으로 기어 올라가서 골함석을 살펴봤다. 물이 새는 부분에 충분한 넓이는 아니었지만 그는 재봉사들이 비닐을 씌우는 것을 도와줬다.

그 주 후반에 디나로부터 봉급을 받은 재봉사들은 큰 비닐과 다른 물건들을 사러갈 계획을 즐겁게 세웠다. "옴, 어떠냐. 우리도 이제 집을 편리하게 만들 수 있겠다, 그지?"

이시바의 말에 옴은 침울한 침묵만을 지켰다. 그들은 폴리에틸렌으로 만든 그릇, 상자, 그리고 다양한 식기류를 파는 노점에 들렀다. "자, 그릇과 잔은 무슨 색깔로 살까?"

"전 상관없어요."

"수건도 사야지? 꽃무늬가 있는 노란색으로 살까?"

"전 상관없어요."

"가죽 샌들을 새로 살래?"

또다시 "전 상관없어요"라는 대답이 나오자 마침내 이시바가 인내심을 잃었다. "너 요즘 왜 그러니? 아주머니하고 항상 싸우고 실수하고, 재봉에는 관심도 없고. 묻는 말마다 상관없다 그러고. 옴, 제발 성의를 좀 보여." 이시바는 장보기를 중간에 마쳤고, 그들은 플라스틱 양동이 두 개, 프라이머스 풍로와 석유 5리터, 그리고 재스민 향 한 통을 사서 집으로 향했다.

원숭이를 키우는 남자의 익숙한 작은북 소리가 그들 앞에서 들려왔다. 그는 손목을 돌려서 끈이 달린 북채로 북 가죽을 두드렸다. 사람들을 모으려는 것이 아니라 동물들을 집으로 몰고 가기 위한 것이었다. 갈색 원숭이 한 마리가 그의 어깨에 올라타고 있었고 나머지 원숭이 한 마리는 힘없이 천천히 걷고 있었다. 여윈 개는 코를 킁킁거리며 음식을 쌌던 신문을 씹으면서 멀리서 따라오고 있었다. 남자가 휘파람을 부르며 "티카!" 하고 부르자 똥개가 재빨리 따라붙었다.

원숭이들이 티카의 귀와 꼬리를 비틀고 성기를 꼬집으며 괴롭히기 시작했다. 개는 원숭이들의 지분거림을 점잖게 참았다. 옴의 손에서 흔들리던 빨간색 플라스틱 양동이들에 원숭이들의 관심이 쏠리자 티카는 잠시 자유로워졌다. 뭐가 들었는지 알아보려고 원숭이들이 뛰어들었다.

"라일라! 마즈누! 그만둬!" 원숭이 주인이 가죽 끈을 당기며 꾸짖었다. 원숭이들이 양동이 테두리 밖으로 머리를 내밀었다.

"괜찮아요." 원숭이들의 장난에 즐거워하면서 옴이 말했다. "하루 종일 힘들게 일했을 텐데 좀 놀게 놔두세요."

재봉사들과 남자, 원숭이들과 개는 최면을 일으키는 북소리에 맞춰서 판자촌으로 걸어갔다. 곧 양동이에 싫증이 난 라일라와 마즈누는 옴에게 기어올라 어깨와 머리에 앉았다가 팔에 매달렸다가 다리에도 매달렸다. 집으로 가는 내내 옴은 웃었고 이시바도 즐거웠다.

원숭이들과 헤어지자 옴의 장난기도 사라졌다. 또다시 우울해진 그는 판잣집 밖에서 머리털이 든 봉지들을 분류하고 있던 라자람을 역겹게 바라봤다. 작고 검은 언덕들은 마치 털이 덥수룩한 사람의 머리통들을 한데 모아 놓은 듯이 보였다.

재봉사들이 물건을 잔뜩 산 걸 보자 라자람이 축하 인사를 건넸다. "번영의 길로 접어든 걸 보니 내 마음이 다 흐뭇하구나."

"이게 번영의 길로 보인다면 아저씨는 안경을 써야겠군요." 옴이 쏘아붙였다. 그는 집 안으로 들어가서 자리를 깔았다.

"옴이 왜 저러죠?" 마음에 상처를 입은 라자람이 물었다.

"그냥 좀 지친 것 같아. 그건 그렇고 오늘은 우리하고 같이 먹세. 새로 산 풍로를 축하할 겸 말이야."

"그럼요. 좋은 친구들이 부르는데 어떻게 거절할 수 있겠습니까?"

음식을 함께 만든 그들은 식사 준비가 되자 옴을 불렀다. 식사가 반쯤 끝날 무렵에 라자람이 10루피만 빌려줄 수 있는지 물었다. 그러한 요구에 이시바가 깜짝 놀랐다. 지난 두 주간 라자람의 열정적인 말로 미루어볼 때 이시바는 머리카락 수집이 꽤 잘되는 장사라고 생각하고 있었다.

이시바의 얼굴에 망설이는 표정이 보이자 라자람이 말했다. "걱정 마십시오. 일주일 후에 갚겠습니다. 요즘 장사가 잘 안 돼요. 하지만 새로운 스타일이 여자들에게 유행하고 있습니다. 모두들 긴 머리를 짧게 자를 겁니다. 뽕은 긴 머리채들이 내 무릎으로 곧바로 떨어질 거라고요."

"머리 얘기는 좀 그만해요. 토할 것 같으니까." 옴이 말했다. 저녁 식사가 끝난 후 옴은 밖에 앉아서 잡담을 나누며 비디를 피우는 대신에 머리가 아프다며 자러 들어갔다.

한 시간 후에 들어 온 이시바는 옴의 뒤통수를 잠시 동안 서서 바라보았다. 불쌍한 녀석. 끔찍한 기억을 안고서 힘들게 살아야 하다니. 건너다보던 그는 조카가 눈을 뜨고 있는 걸 발견했다. "옴, 머리 아픈 건 괜찮니?"

옴이 신음 소리를 내며 "아뇨"라고 대답했다.

"옴, 조금만 참아라. 금방 사라질 테니까. 결국 우린 성공할 거야. 모든 게 잘되고 있잖아, 그지?" 그는 조카의 기분을 풀어 주려고 했다.

"삼촌은 어떻게 그런 말도 안 되는 소리를 아직도 하세요? 우린 더럽고 냄새나는 집에 살고 있어요. 디나 아줌마가 우릴 독수리처럼 감시하고 괴롭히며 밥은 언제 먹고 트림은 언제 하는지도 참견하는 재봉 일도 끔찍하다고요."

이시바가 한숨을 내쉬었다. 옴이 암담한 기분에 빠져 있어서 달래기가 어려웠다. 그는 통에서 재스민 향 두 자루를 꺼내 불을 붙였다. "이렇게 하면 집에 냄새가 좋아질 거다. 잘 자고 나면 아침에 두통이 사라질 거야."

아코디언 연주 소리가 사라지고 티카가 짖기를 멈춘 밤늦은 시각에 이웃집 남자 집에서 들려오는 소음 때문에 옴은 잠을 이룰 수가 없었다. 방문객이 있었다. 여자가 낄낄 웃자 라자람이 따라 웃었다. 곧 그는 헐떡거리는 소리를 냈고 합판 벽을 통해서 들려오는 소리 때문에 옴은 괴로웠다. 그들이 기괴한 머리털이 든 봉지들 사이에서 벌거벗고 영화 포스터에 나오는 야한 자세로 몸이 뒤엉키는 모습을 옴은 상상했다. 그는 수돗가 옆에 있던 샨티와 그녀의 빛나는 아름다운 머리카락, 큰 놋쇠 단지를 머리에 올릴 때 윗옷이 꽉 죄는 모습, 그리고 철길 옆 덤불에서 그녀와 할 수 있는 일들에 대해서 상상했다. 옴은 깊이 잠든 이시바를 보았다. 잠자리에서 빠져나온 그는 판잣집 옆으로 가서 자위를 했다. 이웃집 남자의 집에서 여자가 막 떠나고 있었다. 옴은 그녀가 사라질 때까지 어둠 속에 숨어 있었다.

그는 자정이 지나서야 잠이 들었지만 귀를 찢는 듯한 비명 소리에 잠을 깼다. 이번에는 이시바도 잠에서 깼다. "이런 세상에! 무슨 일이지?"

밖으로 나간 그들은 만족한 표정으로 웃고 있는 라자람과 마주쳤다. 옴은 질투 반 역겨움 반으로 그를 매섭게 노려보았다. 그 줄에 있던 판잣집들에서 사람들이 모두 다 나왔다. 잠시 후 누가 애를 낳고 있다는 말이 돌자 모두들 잠을 자러 돌아갔다. 곧 비명 소리가 멈췄다.

아침에 그들은 새벽에 딸아이가 태어났다는 소식을 들었다. "가서 축복을 해 주자꾸나." 이시바가 말했다.

"삼촌이나 가세요." 옴이 침울하게 말했다.

"얘야, 너무 그렇게 우울해하지 마라. 내가 널 위해서 신붓감을 찾아 줄 테니까. 약속하마." 그는 조카의 머리를 헝클었다.

"삼촌 신붓감이나 찾으세요. 전 필요 없으니까." 이시바의 손에서 빠져나와 옴은 상자 위에 있는 빗을 집어 머리를 빗었다.

"이 분만 있다가 돌아오마. 그런 다음에 일을 하러 가자." 이시바가 말했다.

옴은 문간에 앉아서 어제 디나의 방에 떨어져 있던 헝겊들 가운데서 호주머니에 슬쩍 집어넣었던 시폰 조각을 만져 보았다. 매우 부드러운 천은 그의 손가락들 사이에서 매우 편한 느낌이 들었다. 왜 삶은 이렇게 부드럽고 매끄러울 수 없는 걸까? 헝겊으로 뺨을 문지르면서 그는 술주정뱅이의 자식들이 그들의 어머니와 함께 구걸을 나갈 때까지 사방을 뛰어다니고 땅바닥에 드러누워 놀면서 시간을 때우는 걸 지켜보았다. 아이 하나가 이상하게 생긴 돌멩이를 발견해서 다른 아이들에게 자랑삼아 보여 줬다. 그런 다음 아이들은 썩은 음식 덩어리를 살피던 까마귀 한 마리를 쫓았다. 고집 센 새가 날아가지 않고 깡총깡총 뛰어다니며 주위를 돌다가 썩은 음식으로 되돌아오자 아이들은 더욱 즐거워했다. 더럽고 발가벗고 굶주려 얼굴에는 부스럼이 나고 피부에는 뾰루지가 난 아이들이 어떻게 저렇게 행복할 수 있는지 옴은 궁금했다. 이런 비참한 곳에서 웃을 일이 뭐가 있을까?

그는 시폰 조각을 다시 주머니에 집어넣고 원숭이를 키우는 남자의 집으로 걸어갔다. 라일라가 마즈누의 몸에 붙은 이를 잡아주는 모습을 자리를 잡고 지켜보았다. 잠시 후 원숭이들이 그의 어깨로 뛰어올라와 아기처럼 작은 섬세한 손가락들로 그의 머리를 샅샅이 뒤졌다.

옴이 개의치 않는 걸 본 원숭이 주인은 웃으면서 그냥 내버려두었다. "원숭이들이 나한테도 그렇게 해. 널 좋아한다는 표시야. 머리를 청결하게 유지하는 가장 좋은 방법이지."

옴의 머리에서 뭔가를 발견한 라일라가 자세히 보려고 그걸 들어 올렸다. 그때 마즈누가 낚아채더니 자기 입에다가 집어넣었다.

디나의 아파트로 가던 길에 옴은 자전거 대여점에서 검은색 헤라클레스를 선택했다. 자전거 뒷바퀴 위에는 스프링이 달린 멋진 짐받이가 있었고 손잡이에는 크고 빛나는 벨이 달려 있었다.

"자전거는 왜 필요한 거냐?" 이시바가 집요하게 물었다. 주인이 스패너로 자전거 안장의 높이를 조절하는 동안 옴은 교활하게 웃고 있었다.

"우리가 아줌마를 위해서 일한 지가 한 달이 지났어요." 옴이 입을 열었다. "그걸로 이제 충분해요. 전 계획을 세웠어요." 새로 바람을 불어넣은 타이어들을 그가 손가락으로 눌러서 점검했다. 그는 자전거를 밀고 큰길로 나왔다. "오늘이 아줌마가 수출 회사로 가는 날 맞죠? 그래서 자전거로 아줌마가 탄 택시를 따라갈 거예요." 다리 하나를 가볍게 안장 위로 걸치며 그가 자전거를 타고 나갔다.

"조심해!" 이시바가 말했다. "여긴 차가 많이 다녀. 고향 마을 도로가 아냐." 그는 조카를 따라잡으려고 보도의 연석에서 발걸음을 재촉했다. "옴, 계획은 좋지만 한 가지 잊고 있는 게 있어. 자물쇠가 채워진 문을 어떻게 할 거니? 어떻게 빠져나갈 작정이냐?"

"그냥 두고 보세요."

이시바 옆에서 자전거를 타고 가던 옴은 기분이 매우 좋았다. 벨은 완벽하게 울렸지만 자전거의 흙받기에서는 덜걱덜걱 소리가 났고 브레이크는 제대로 작동하지 않았다. 따릉따릉, 따릉따릉. 그는 엄지손가락으로 벨을 눌렀다. 따릉따릉, 따릉따릉. 자신감에 넘친 그는 미래를 올바른 길로 이끌어 줄 자전거를 타고 벨을 울리면서 차들 사이로 뛰어들었다.

그가 안전한 연석으로 되돌아오자 이시바가 한숨을 돌렸다. 조카의 계획은 터무니없었지만 나름대로 즐거워하는 모습에 그는 행복했다. 그는 옴이 자전거 손잡이를 좌우로 흔들고 속력을 줄이려고 페달을 뒤로 밟는 걸 지켜봤다. 속력이 줄어들자 옴은 균형을 유지하려고 안장 위에서 난해한 춤을 추는 듯했다. 이시바는 조카가 조만간 말도 안 되는 생각들을 버리고 업주를 위해서 재봉이라는 힘든 일도 그렇게 잘 할 수 있기를 바랐다.

옴의 권유에 이시바는 안장 뒤의 짐받이에 올라탔다. 그는 다리를 펴고 옆으로 앉았다. 자전거가 달려 나가자 다리가 땅에서 몇 센티미터만 떨어져 있어서 때때로 도로 바닥에 스쳤다. 옴의 미래에 대한 희망은 따릉따릉 울려 퍼지는 벨 소리와 함께 커졌다. 잠시, 세상은 완벽했다.

곧 그들은 작은 손수레를 이리저리 굴리는 거지가 있는 모퉁이에 다다랐다. 그들은 자전거를 세우고 거지에게 동전 하나를 던져 주었다. 동전이 빈 깡통에 떨어지자 쨍그랑 소리가 났다.

그들은 디나의 집에서 멀리 떨어진 지린내와 술 냄새가 나는 거미줄투성이의 계단통에다가 자전거를 숨겨 뒀다. 사용하지 않는 가스관에다가 자전거를 묶어 놓고 손과 얼굴에 들러붙은 투명한 거미줄을 털어 내며 나왔다. 그러나 거미줄의 찝찝한 느낌이 그들을 얼마 동안 따라다녔다. 그들의 손이 자꾸 이마와 목으로 가 이미 사라지고 없는 거미줄을 떼 내려고 했다.

오레보아 수출 회사에 납품할 옷들을 접는 디나의 손은 마치 긴장한 나비처럼 재빨리 움직였다. 모든 게 제대로 됐는지 보려고 그녀는 종이 본보기 디자인과 대조했다. 굽타 부인은 종이 본보기 디자인에 매우 엄격했다. "목숨을 걸고 디자인을 지켜야 해요. 잘못 만들면 우리 회사 전체가 망하는 거니까." 그녀는 그 점을 항상 강조했다.

디나는 그 말이 약간 과장됐다고 생각했다. 그럼에도 불구하고, 몸통과 소매 그리고 옷깃의 갈색 종이 디자인을 자세히 살펴보던 그녀는 자신의 몸통, 팔, 목이 걸린 문제라는 느낌을 지울 수가 없었다. 최근에 그녀는 굽타 부인이 더 이상 서로가 동등한 입장이 아니라는 듯 거만해진 걸 느낄 수 있었다. 굽타 부인은 더 이상 디나를 맞이하거나 떠나보낼 때 자리에서 일어서지 않았으며, 차나 환타를 권하지도 않았다.

디나는 다시 긴장된 손으로 접은 옷들을 만지다가 무작위로 하나를 집어 솔기와 감침질을 점검했다. 굽타 부인의 검사를 통과할 수 있을까? 이번에는 얼마나 많이 퇴짜를 맞을까? 천사 같던 재봉사들은 타락했다. 그들의 재봉에 실수가 너무 많았다.

옴이 구석에서 디나가 매주 벌이는 초조한 작업을 마치는 걸 지켜보았다. 시간이 점점 다가오자 그는 마음을 다잡고 있었다.

이제 때가 됐다.

그녀가 손가방을 닫았다.

그는 가위로 왼손 집게손가락을 찔렀다.

예상보다 심한 고통에 그는 깜짝 놀랐다. 이미 예상된 통증이었기 때문에 미리 예상된 쾌락처럼 강도가 덜 할 거라고 그는 생각했다. 노란색 천 위에 선명한 붉은색 피가 반원을 그리며 뿜어 나왔다.

"이런 세상에! 무슨 짓을 한 거니!" 디나가 외쳤다. 그녀는 바닥에 있던 헝겊을 쥐고 상처 위를 눌렀다. "손을 위로 들어 올려. 그러면 피가 멈출 거야."

"아이고, 세상에!" 싱어 재봉틀 압착기 밑에 있던 피 묻은 옷을 치우면서 이시바가 외쳤다. 조카가 일을 잘하고 있다고 생각했는데 이런 일이 벌어지고 말았다. 수출 회사를 찾고 말겠다는 그의 집착은 좋지 못한 것이었다.

"옷은 빨리 양동이에 담아서 물에 적셔요." 디나는 구급상자에서 벤조인팅크를 꺼내 상처에 듬뿍 발랐다. 상처는 피가 난 만큼 심각하지 않았다. 그녀는 안심하고 실컷 야단을 쳤다.

"조심성 없게 왜 그래! 도대체 왜 그러는 거야? 정신을 어디다 놓고 있는 거니? 마른 사람은 피를 많이 흘리면 안 되는 거 몰라? 넌 어떻게 하는 일마다 그렇게 화를 내고 서두르니!"

가위로 인한 통증에 여전히 놀란 옴은 얼굴을 약간 찌푸릴 뿐이었다.

그는 손가락을 감싸고 있는 황갈색 액체의 자극적인 냄새가 마음에 들었다. 피가 거의 멈춰서 드문드문 나오자 디나는 상처 위에 솜뭉치를 대고 테이프를 세게 감았다.

"네 손가락 때문에 늦었어. 굽타 부인이 화를 낼 거야." 그녀는 피가 묻은 옷의 비용에 대해서는 언급하지 않았다. 일단 다시 사용할 수 있는지 알아본 다음에 보상에 대해서 얘기할 것이다. 그녀는 옷 꾸러미를 문으로 가져간 다음에 자물쇠를 집어 들었다.

"너무 아파요. 의사한테 가 봐야겠어요." 옴이 말했다.

그러자 이시바는 가위에 손가락이 찔린 것이 조카의 어리석은 계획의 일부임을 깨달았다.

"이런 걸 가지고 의사한테 간다고? 아기처럼 굴지 마. 잠시 손을 올리고 쉬면 나을 거야." 그녀가 말했다.

옴이 얼굴을 찡그리며 우스꽝스러운 아픈 표정을 지었다. "아주머니 충고 때문에 손가락이 썩어서 떨어져 나가면 어떡해요? 분명히 아주머니만 골치 아파질 거라고요."

디나는 그가 오후 일을 하기 싫어서 아픈 척하는 거라고 생각했지만 그래도 마음 한구석이 불안했다. "난 상관없어. 가고 싶으면 가." 그녀는 퉁명스럽게 대답했다.

재봉사들, 그리고 그들의 엉성한 작업과 게으름을 상대하느라 생기는 스트레스 때문에 그녀는 점점 더 지쳐갔다. 굽타 부인이 조만간 계약을 취소할 것이 분명했다. 그녀의 건강과 재봉사들 가운데 어느 것이 먼저 사라지느냐는 문제만 남았다. 그녀는 물이 새는 수도꼭지 두 개가 생각났다. 하나는 돈이라고 쓰여 있었고 나머지 하나는 건강이라고 쓰여 있었다. 둘 다 동시에 줄줄 새고 있었다.

마넥이 내일 도착하니 정말 다행이었다. 적어도 그의 하숙비는 100퍼센트 확실한 수입이 될 것이다.

디나가 택시 안으로 들어갈 때까지 옴은 상처 난 손가락을 위로 들고 멀리서 지켜보았다. 성공의 냄새에 도취된 그는 자전거를 숨겨 둔 곳으로 달려갔다.

옴이 자전거 자물쇠를 풀고 계단통에서 끌고 나올 때쯤 택시는 사라지고 없었다. 그가 옆 골목으로 급히 달려가자 택시가 빨간불에 멈춰 있었다.

그는 차 두 대를 사이에 두고 뒤따라갔다. 택시가 시야에 보이도록 하는 것만큼 자신이 보이지 않도록 하는 것도 중요했다. 속도를 냈다가 줄였다가 버스 뒤로 숨었다가 미친 듯이 차선을 바꿨다. 화가 난 차들이 경적을 울려댔다. 사람들이 그에게 고함을 지르고 불쾌한 몸짓을 했다. 택시와 자전거에만 집중해야 했던 옴은 그들을 무시했다.

추적해서 목적지를 찾는 데 매우 자신만만했던 옴은 온몸이 떨렸다. 사냥꾼의 흥분과 사냥감의 두려움이 뒤섞인 묘한 두근거림이었다.

큰 도로로 나가자 정신 나간 심술궂은 차들이 더 많아져서 최악이었다. 몇 분 지나지 않아서 그는 좌절감으로 씩씩거렸다. 택시를 대여섯 번이나 놓쳤다가 다시 찾았을 때는 거리가 더 멀어져 있었다. 커다란 미터기가 좌측에 튀어나온 노란색 줄무늬에 검정 피아트 자동차 택시 수십 대들이 똑같이 거리를 함께 달리고 있어서 일은 더욱 쉽지 않았다.

당황한 옴은 겁이 나기 시작했다. 이른 아침에 잠깐 기차를 타고 다니는 것만으로는 한낮의 흥분한 차들에 맞서는 건 역부족이었다. 마치 동물원 우리에 갇혀 있던 게으른 야생 동물들만 보다가 그들을 정글에서 마주친 듯한 기분이었다. 마지막으로 절박한 심정으로 차 두 대 사이에 끼어들었다가 그만 그는 자전거에서 떨어지고 말았다. 보도에 있던 사람들이 비명을 질렀다.

"세상에, 저 불쌍한 애가 큰일 났네!"

"깔려 죽었어!"

"조심해야지, 안 그러면 뼈가 박살 날 거야."

"운전사를 잡아! 달아나지 못하게 해! 악당 놈을 혼내 주자!"

쓸데없는 걱정을 너무 많이 유발하는 것 같아서 미안해진 옴이 자전거를 끌며 일어섰다. 팔꿈치에 찰과상을 입었고 한쪽 무릎에 멍이 들었을 뿐 다른 곳은 아무 이상이 없었다.

그러자 차 안에서 몸을 움츠리고 있던 운전사가 대담하게 나왔다. "눈은 어디다 두고, 정신은 어디다 둔 거야?" 그가 고함을 질렀다. "어디로 가는지 제대로 보지도 않냐? 너 때문에 재산에 피해를 입었잖아!"

경찰이 도착하더니 차 안에 있는 사람들을 유심히 살폈다. "모두들 괜찮으십니까?" 옴은 약간 어리둥절하고 겁이 난 채로 바라보았다. 사고를 일으킨 사람들은 감옥에 가는 걸까? 그의 손가락에서 다시 피가 났고 맥박이 미친 듯이 뛰고 있었다.

차 뒷좌석에 편안하게 앉아 있던 황토색 사파리 정장을 입은 남자가 지갑을 꺼냈다. 그는 경찰에게 돈을 건넨 후 운전사에게 창문 가까이로 오라는 손짓을 했다. 운전사가 옴의 손에 뭔가를 쥐어 주었다. "이제 꺼져! 앞으로 조심하지 않으면 너 때문에 사람이 죽게 될 거다! 태어날 때 달고 나온 두 눈을 좀 쓰라고!"

옴은 떨고 있는 자신의 손에 놓인 것을 보았다. 50루피였다.

"이 정신 나간 놈아, 어서 빨리 움직여!" 경찰이 소리쳤다. "자전거 가지고 어서 길에서 나와!" 경찰은 귀빈에게 올리는 가장 힘찬 경례를 붙이며 차를 보냈다.

옴은 자전거를 끌고 연석으로 갔다. 손잡이가 비틀어졌고 흙받기는 이전보다 덜걱덜걱 소리가 더 크게 났다. 그는 바지에서 먼지를 털고 바지 아랫단에 묻은 시커먼 기름얼룩을 살펴봤다.

"얼마나 받았냐?" 보도에 있던 구경꾼이 물었다.

"50루피요."

"너무 빨리 일어났어." 잘못했다는 듯이 고개를 가로저으며 남자가 말했다. "그렇게 빨리 일어나면 안 돼. 항상 누워서 신음 소리를 내야지. 의사와 앰뷸런스를 불러 달라고 큰소리로 외쳐야 해. 이 정도면 적어도 200루피는 건지는 건데 말이야." 남자는 마치 전문가처럼 말했다. 그의 비틀어진 팔꿈치가 자격증처럼 옆구리에 매달려 있었다.

옴은 돈을 주머니에 넣었다. 그는 무릎 사이에 자전거 앞바퀴를 고정시키고 손잡이가 바로 될 때까지 잡아당겼다. 군중들이 계속 사고를 분석하도록 내버려두고 그는 자전거를 끌고 옆 골목을 걸었다.

지금 아파트로 돌아가 봤자 시커멓고 무거운 자물쇠가 황소 불알처럼 매달려 있을 터여서 소용없는 짓이었다. 또한 그는 자전거를 일찍 돌려주고 싶지도 않았다. 이미 하루치 대여료를 선불로 지급했다. 그는 아침에 삼촌의 충고를 듣지 않은 걸 후회했다. 그러나 처음에 그 일을 상상했을 때는 자전거 손잡이를 금빛으로 물들이는 햇빛처럼 성공으로 빛나는 완벽한 계획처럼 보였다. 상상은 위험한 것이었다.

차들이 많이 다니지 않는 곳에서 옴은 자전거에 올라타 바다로 가는 도로를 달렸다. 더 이상 사냥감도 없었고 사냥꾼도 아니었기 때문에 그는 이제 자전거 타기를 즐길 수 있었다. 학교 밖에서 솜사탕 장수의 종소리가 딸랑딸랑 울렸다. 자전거를 멈추고 솜사탕 장수가 목에 맨 흐릿한 유리통을 곁눈질로 들여다보자 가장 깨끗한 쪽에서 분홍색, 노란색, 그리고 파란색의 솜털처럼 둥근 공 모양들이 보였다.

"얼마죠?"

"하나에 25파이사. 아니면 50파이사를 내고 제비를 뽑으면 솜사탕 한 개에서부터 열 개까지 당첨이 되지."

옴은 돈을 내고 갈색 포장지의 추첨 봉지에 손을 집어넣었다. 꺼낸 종이에 2라는 숫자가 휘갈겨 쓰여 있었다.

"무슨 색깔로 줄까?"

"분홍색이랑 노란색이요."

솜사탕 장수는 둥근 뚜껑을 열고 손을 집어넣었다. "그거 말고요, 그 옆에 있는 걸로 주세요." 옴이 가리켰다.

달콤한 솜털은 입에서 재빨리 녹았다. 빳빳한 10루피짜리 지폐 다섯 장 가운데 한 장을 꺼내며 옴은 큰 분홍색 솜사탕을 먹어서 행복했다. 솜사탕 장수는 목에 맨 줄에다가 손을 닦고 나서 돈을 받았다. 옴은 잔돈을 호주머니에 넣고 바다를 향해서 계속 달렸다.

해변에서 그는 잠시 멈추고 검은 돌로 만든 키가 큰 조각상 밑에 새겨진 이름을 읽었다. 명판에는 민주주의의 수호자라고 쓰여 있었다. 옴은 역사 수업 시간에 자유를 위한 투쟁에 관한 이야기가 나왔을 때 그 남자에 대해서 배웠다. 역사책에 실린 사진이 조각상보다 멋졌다고 그는 생각했다. 자전거를 주춧돌에 기대어 놓고 그는 조각상의 그늘에서 휴식을 취했다. 조각상 주춧돌의 모든 면에는 국가비상사태를 찬양하는 포스터들이 붙어 있었다. 의무적으로 붙이 있는 총리의 얼굴이 누르려져 보였다. 깨알 같은 글씨들은 기본권들을 왜 일시적으로 중지시켰는지를 설명하고 있었다.

옴은 해변의 사탕수수 노점에서 남자 두 명이 주스를 만드는 걸 지켜봤다. 한 명은 사탕수수를 압착기에 넣고 있었고 다른 한 명은 손잡이를 돌리고 있었다. 손잡이를 돌리는 남자는 상의를 벗고 있어서 기계를 힘껏 잡아당기자 근육이 잔물결을 일으키고 피부는 땀으로 빛이 났다. 그 남자의 일이 더 힘들었으므로 두 사람이 교대를 해야 하며 그렇지 않다면 불공평하다고 옴은 생각했다.

거품이 이는 황금빛 주스를 보자 옴의 입에서 군침이 돌았다. 호주머니에 돈은 있었지만 그는 망설였다. 노점에서 도마뱀 한 마리와 사탕수수를 함께 갈았다는 이야기를 최근에 시장에서 들은 적이 있었다. 그들은 도마뱀이 압착기 안에서 사탕수수들과 톱니바퀴들을 핥고 있다가 벌어진 사고라고 주장했지만 많은 손님들이 배탈이 났다.

도마뱀 즙과 황금빛 주스가 계속해서 옴의 머릿속을 교대로 맴돌았다. 결국 도마뱀이 승리하자 주스를 마시고 싶다는 욕구가 사라졌다. 대신에 그는 사탕수수 한 자루를 사서 껍질을 벗기고 열두 조각을 냈다. 그런 다음 하나씩 으드득으드득 깨물어 씹고는 행복하게 단물을 빨아먹었다. 껍데기가 입 안 가득히 모일 때마다 조각상의 발에다가 뱉어 내자 차곡차곡 쌓여 갔다. 턱이 금방 아팠지만 통증은 달콤함 못지않게 만족스러웠다.

호기심 많은 갈매기 한 마리가 마른 껍데기들에 관심을 보였다. 그러자 옴은 새를 향해서 껍데기를 뱉었다. 새는 날아오는 물체를 피하고, 잘게 부서진 껍데기들을 이리저리 쪼아서 차곡차곡 쌓인 작은 언덕을 흐트러트리고는 경멸적으로 돌아섰다.

옴은 씹지 않은 마지막 조각을 새에게 던져 주었다. 그러자 갈매기는 다시 관심을 보였다. 자신의 부리로는 사탕수수를 감당할 수 없음에도 불구하고 갈매기는 꼼꼼히 살폈다.

거리의 부랑아가 갈매기를 쫓아 버리고 사탕수수 조각을 집었다. 소녀는 그것을 노점으로 가져가서 사탕수수 장수들이 더러운 잔들을 씻는 양동이에 넣어 모래를 씻어 냈다. 부랑아가 사탕수수를 씹고 있는 걸 지켜보던 옴은 졸음이 왔다. 그는 사랑스럽고 반짝이는 머리칼을 가진 소녀 샨티와 함께 이곳에 왔으면 좋겠다는 상상을 했다. 그는 벨푸리 과자와 사탕수수를 살 것이다. 두 사람은 백사장에 앉아서 파도를 구경할 것이다. 해가 지고 산들바람이 불면 몸을 바짝 붙일 것이다. 서로를 팔로 감싸고 있다 보면 나중에는 분명히……

공상을 하던 그는 잠이 들었다. 잠에서 깼을 때는 아직도 햇살이 따가웠고 두 눈이 부셨다. 자전거 대여 시간이 한 시간 반 정도 남아 있었지만 그냥 반납하기로 했다.

옴이 싱긋 웃으면서 태연하게 싱어 재봉틀에 앉았으므로 이시바는 조카가 목적을 달성했다고 확신했다.

몇 시간 전에 돌아온 디나가 옴을 야단치기 시작했다. "시간만 낭비했구나. 도시를 한 바퀴 다 돌면서 구경이라도 한 거냐? 의사가 도대체 얼마나 멀리 있는 거야? 남쪽 끝 랑카에라도 간 거냐?"

"네, 하누만 신 덕분에 하늘을 날아다녔죠." 그녀가 자전거를 타던 자신을 발견했을지 그는 궁금했다.

"얘가 갈수록 막 나가네."

"예, 너무 막 나가네요." 이시바가 말했다. "조심하지 않으면 또 베일 텐데."

"그래, 썩어간다던 손가락은 어떻게 됐니? 아직 안 떨어지고 붙어 있는 거야?" 그녀가 물었다.

"이젠 괜찮아요. 의사가 봤어요."

"됐네. 그럼 일을 해야지. 새로 가져온 옷이 많으니까 빨리 움직여."

"네, 알겠습니다. 즉시 할게요."

"세상에, 더 이상 불평 안 하는 거야? 의사가 무슨 약을 처방했는지 몰라도 효과가 있구나. 매일 아침 넌 그 약을 먹어야겠다."

보통 하루 업무 중에서 가장 힘든 마지막 한 시간이 의외로 농담하고 웃으며 지나갔다. 디나는 매일 이랬으면 좋겠다고 바랐다. 재봉사들이 떠나기 전에 그녀는 좋은 분위기를 틈타서 침실에 있는 가구 몇 개를 재봉 작업실로 옮겨달라고 했다.

"집 정리를 새로 하시는 겁니까?" 이시바가 물었다.

"이 방만요. 손님 준비를 해야 되거든요."

"아, 그 대학생 말이군요." 옴이 생각났다는 듯 말했다. 그들은 먼저 침대에서 매트리스를 분리하고 침대 틀과 널들을 옮긴 후에 매트리스를 침대 위에 다시 깔았다. 재봉틀 두 대와 의자들 그리고 작업대를 최대한 밀착시켜서 공간을 만들었다. "언제 도착해요?"

"내일 저녁."

재봉사들이 떠난 후 그녀는 작업실에 홀로 앉아 천 부스러기들과 실들이 전깃불에 떠다니는 걸 지켜봤다. 재봉사들의 땀 냄새와 담배 냄새가 오레보아 수출 회사에서 가져온 두껍게 풀을 먹인 옷감의 물리도록 지겨운 달콤한 냄새와 뒤섞였다. 재봉사들이 바쁘게 일할 때는 그런 냄새가 좋았다. 그러나 공허한 저녁이 되면 옷감에서 뭔가 자극적인 냄새가 풍겨 나와 공기를 답답하게 만들고, 음침한 공장과 결핵을 앓는 노동자들 그리고 절망적인 삶에 대한 생각들로 뒤덮여서 그녀는 너무 우울해졌다.

그럴 때면 자신의 삶의 공허함도 적나라하게 드러났다.

* * *

"그래, 회사 이름이 뭐냐?" 이시바가 물었다.

"몰라요."

"주소는?"

"몰라요."

"그런데 왜 그렇게 기분이 좋은 거냐? 네가 말한 잘난 계획이 성공도 못했는데 말이야."

"삼촌, 좀 참아요." 그는 이시바의 말을 흉내 냈다. "그래도 뭔가 얻었다고요." 그는 돈을 자랑해 보이며 오후에 있었던 모험에 대해서 이야기했다.

이시바가 웃었다. "그런 일이 너한테만 생기는구나." 두 사람 모두 실망한 것 같지 않았다. 돈이 생겼기 때문일 수도 있고, 아니면 계획이 실패해서 안심한 것일지도 몰랐다. 수출 회사를 찾았더라면 더욱더 힘든 선택을 해야 했을 것이다.

그들이 집에 도착했을 때 이동 가족계획 병원이 판자촌 밖에 주차하고 있었다. 빈민굴에 사는 많은 사람들은 그 차량을 피했다. 직원들은 공짜로 콘돔을 나눠 주고 가족계획 수술 절차에 관한 전단을 돌리면서 현금과 그에 상응하는 보상을 지불하겠다고 설명했다.

"수술이나 받을까요?" 옴이 말했다. "부시 트랜지스터라디오도 받고 배급표도 받을 수 있잖아요."

이시바가 조카의 머리를 세게 때렸다. "그런 농담은 하지도 마!"

"왜요? 난 결혼 안 할 거니까 라디오라도 한 대 얻어야죠."

"내가 하라고 하면 결혼하는 거야. 따지지 마. 그리고 조그만 라디오가 뭐가 그리 중요하냐?"

"요즘에 그거 없는 사람이 어디 있어요." 옴은 라디오 노랫소리를 들으며 해가 지는 해변에서 샨티와 함께 앉아 있는 모습을 상상했다.

"모두 우물에 뛰어든다고 너도 따라 할래? 대도시의 방식은 배우고 작은 읍내의 좋고 겸손한 방식은 잊어버리는구나."

"그럼 삼촌이 수술하세요."

"에라, 이놈아. 그깟 멍청한 라디오하고 내 거시기를 바꾸라니!"

"아이, 그게 아니라니까요. 삼촌 거시길 원하는 게 아니라, 의사가 그 안에 있는 아주 작은 관을 자르는 거라고요. 아무 느낌도 없어요."

"내 불알에는 아무도 칼 못 댄다. 라디오가 갖고 싶냐? 그럼 아주머니를 위해 열심히 일해서 돈을 벌어."

이동 병원에서 받은 콘돔을 자랑하며 라자람이 다가왔다. 일인당 네 개씩 나눠 준다면서 필요 없으면 받아서 자기에게 줄 수 없겠냐고 그가 물었다. "저 차가 또 언제 이리로 올지 아무도 모르거든요."

"여자랑 얼마나 자주 하는 거죠? 오늘밤에도 우릴 못 자게 할 건가요?" 옴이 웃으면서 그러나 부러워하며 물었다.

"아이고, 요 녀석." 이시바가 다시 때리려고 하자 옴은 원숭이들을 보러 달아났다.

* * *

디나는 마넥의 이사 날짜에 맞춰서 지불한 첫 달치 방세 수표가 든 아반 콜라의 편지를 다시 한 번 읽었다. 편지지 세 장에 아반은 자신의 아들을 어떻게 보살펴야 할지에 대한 지침을 적어 놓았다. 아침 식사에 대한 조언도 들어 있었다. 마넥이 프라이팬에 들러붙는 질긴 테두리를 싫어하기 때문에 계란 프라이는 버터를 둥둥 띄워서 만들라고 했고, 계란 스크램블은 가볍고 부드럽게 만들어서 마지막에 우유를 첨가하라고 주문했다. "몸에 좋은 산 공기를 마시고 자라서 마넥은 식욕이 왕성해. 하지만 요구를 하더라도 계란은 두 개 이상 주지 말기 바란다. 균형 있는 음식 섭취를 위해서 신경 써 주길 바랄게."

아들의 공부에 대해서 아반은, 마넥이 열심히 공부하는 착한 아이지만 때때로 주의가 산만해지므로 매일 공부를 하라는 주의를 주라고 부탁했다. 또한 그는 풀을 먹여 다림질 할 정도로 옷에 대해 까다로우니 괜찮은 빨래하는 사람을 구해 주는 것이 그의 안녕에 필수적이라고 했다. 그리고 집에서는 다들 마넥을 맥이라고 부르니 디나도 부담 없이 그렇게 부르라고 했다.

디나는 콧방귀를 뀌며 편지를 치웠다. 버터를 둥둥 띄워서 계란 프라이를 만들라고! 거기다가 괜찮은 빨래하는 사람을 구하라고! 부모들이 아이들에게 강요하는 말도 안 되는 짓이야! 지난달 마넥이 찾아왔을 때 그는 편지에 쓰인 사람과는 전혀 달라 보였다. 하지만 이런 일은 항상 있었다. 부모들은 자식들을 있는 그대로 보는 법이 거의 없다.

그의 도착에 맞추어 방을 치우던 디나는 자신의 옷, 신발, 장신구 들을 재봉 기구들이 있는 곳으로 옮겼다. 집에서 만든 생리대들과 천 조각들은 버팀 다리 위에 있는 여행 가방에 집어넣었다. 최근에 이불로 만들기 시작한 큰 천들은 벽장의 맨 아래 서랍으로 옮겼다. 탑 모양의 우산은 하숙방의 벽장 꼭대기에 그대로 매달아 두었다. 거기 있으면 별로 신경 쓰이지 않을 것이다.

그녀의 옛날 방은 이제 텅 비었고 마넥을 맞을 준비가 되었다. 그녀의 새 방은 끔찍했다. 아마도 옷 더미들에 둘러싸여 숨이 막혀 잠을 한숨도 못 잘 거라는 생각이 들었다. 그러나 하숙생에게 재봉틀이 있는 방을 쓰게 할 순 없었다. 그러면 마넥은 대학 기숙사로 도망가고 말 것이다.

침대 밑에 있는 꾸러미에서 헝겊들을 꺼낸 디나는 이불을 만드는 데 쓸 천을 만들었다. 일에 집중하고 있으면 내일에 대한 걱정이 사라졌다. 디나는 아반 콜라, 그리고 북부 지방의 고향집에서 그가 누리는 사치와 경쟁하려고 생각하는 것 자체가 어리석은 짓이라고 생각했다. 마넥에게 자신의 침실을 내준 것 이상으로 양보를 할 생각은 없었다.

5장 산들

대학 기숙사에서 디나의 아파트로 짐을 옮긴 마넥은 땀으로 흠뻑 젖었다. 여행 가방과 상자들을 조용히 옮기고 물건들을 조심스럽게 내려놓는 것을 지켜보던 디나는 그의 팔이 튼튼하고 멋지다고 생각했다.

"정말 습기가 많은 날씨군요." 이마를 닦으며 마넥이 말했다. "달랄 부인, 목욕을 좀 해야겠습니다."

"지금 이 저녁에? 농담하는 거지? 물이 나오려면 아침까지 기다려야해. 그리고 왜 또 달랄 부인이니?"

"죄송해요, 디나 아주머니."

정말 잘생겼어, 웃을 때는 보조개가 생기는구나, 하고 디나는 또 생각했다. 그러나 윗입술에 콧수염을 만들려고 기르는 털은 깎는 편이 낫겠다고 생각했다. "내가 널 맥이라고 불러도 괜찮겠니?"

"전 그 이름이 싫습니다."

짐을 풀고 그가 셔츠를 갈아입고 나서 그들은 저녁을 먹었다. 한 번은 접시에서 고개를 든 그가 그녀와 눈이 마주치자 슬픈 미소를 짓기도 했다. 그가 거의 먹지를 않아서 그녀는 음식이 입에 맞지 않는지 물었다.

"아뇨. 정말 맛있습니다. 고맙습니다."

"내 오빠 누스완이 네 접시를 봤다면 자기 집에서 키우는 참새도 그렇게 먹으면 배가 고플 거라고 할 거다."

"너무 더워서 더 이상은 못 먹겠어요." 그는 미안한 듯 중얼거렸다.

"하기야 몸에 좋은 산 공기에 비하면 여기는 완전 찜통이지." 디나는 그를 편하게 대해 주고 싶었다. "학교생활은 어때?"

"좋아요."

"그런데 기숙사가 맘에 들지 않니?"

"네, 너무 떠들썩해서 공부하기가 불가능해요."

음식을 몇 입 먹는 사이에 또다시 침묵이 흘렀고 이번에는 마넥이 대화를 시도했다. "지난달에 제가 만났던 재봉사들이 아직도 여기서 일을 하나요?"

"그럼, 내일 아침에 올 거야."

"잘됐네요. 다시 보게 돼서 다행이에요."

"그래?"

그는 그녀의 말 속에 숨은 의아함을 알아채지 못하고 그녀가 식탁을 치우려고 하자 기분 좋게 고개를 끄덕였다. "제가 도와드릴게요." 그가 의자를 뒤로 밀면서 말했다.

"아냐, 괜찮아."

그는 내일 아침에 설거지를 하려고 그녀가 부엌에서 접시들을 물에 담그는 것을 지켜보았다. 처음 방을 보러 왔을 때처럼 그는 아파트 때문에 우울했다. 다행스럽게도 그곳을 떠날 날이 1년도 채 남지 않았다. 그러나 디나 아주머니에게 이곳은 집이었다. 더러운 것을 치우고, 정리정돈으로 가난의 비참함을 숨기려고 투쟁한 흔적이 집 안 곳곳에 보였다. 깨진 창유리에 쳐놓은 철망, 검게 그을린 부엌 벽과 천장, 벗겨지고 있는 모르타르, 그녀의 기운 블라우스 옷깃과 소매에서도 찾아볼 수 있었다.

"피곤하면 자러 가도 돼. 나를 기다릴 필요는 없어." 그녀가 말했다.

그 말을 이제 그만 가라는 친절한 말로 받아들인 그는 자신의 방(아니, 그녀의 방으로 죄책감을 느끼면서)으로 갔다. 뒤쪽에서 들리는 소리에 귀를 기울이고 앉아서 그는 그녀가 뭘 하는지 짐작해 보았다.

디나는 잠자리에 들기 전에 부엌 수도꼭지를 열어서 물이 나오는 소리에 아침잠에서 깰 수 있도록 했다. 그녀는 하숙생을 생각하느라 오랫동안 잠들지 못하고 그냥 누워 있었다. 그의 첫인상은 좋았다. 전혀 까다로워 보이지 않았고 예의 바르고 공손했으며 말수도 매우 적었다. 그러나 오늘은 매우 지쳐서 그랬을 수도 있으니 혹시 내일부터는 말을 많이 할지도 몰랐다.

마넥은 잠을 제대로 자지 못했다. 바람이 불어 한쪽 창문이 계속 쿵쾅거려서 그는 무슨 일인지 확인하고 싶었지만, 어둠 속에서 발을 헛디뎌 달랄 부인을 깨울까 봐 그냥 누워 있었다. 그는 대학 기숙사의 악몽에 시달리며 몸을 뒤척였다. 마침내 그곳에서 탈출했다. 하지만 그냥 집으로 갔더라면 훨씬 좋았을 텐데……, 하고 생각했다.

그는 일찍 일어났다. 수돗물 나오는 소리가 그에게도 자명종 역할을 했다. 양치질을 마치고 방으로 돌아온 그는, 부엌일을 마친 디나가 반쯤 열린 문으로 자신을 지켜보는 걸 모른 채 속옷만 입고 팔굽혀펴기를 했다. 그녀는 그의 몸이 위아래로 움직이는 데 따라 만들어졌다가 사라지는 말발굽 모양의 삼두근에 감탄했다. 어젯밤에 본 게 맞구나, 멋지고 튼튼한 팔이야, 하고 그녀는 생각했다. 그는 정말 멋진 몸을 가졌다. 그녀는 갑자기 당황하며 일굴이 빨개졌다 아빠과 나는 동창생인데……. 아들뻘 되는 애한테……. 그녀는 고개를 돌렸다.

"디나 아주머니, 안녕히 주무셨어요?"

조심스럽게 돌아선 그녀는, 그가 옷을 차려 입고 있어서 안심했다. "그래, 마넥. 너도 잘 잤니?"

"네, 잘 잤어요."

그녀는 욕실에서 물을 데우는 전열기의 사용법을 가르쳐 주었다. 그는 조그맣고 익숙지 않은 공간에서 조심조심 움직이며 문을 닫고 옷을 벗었다. 전열기 양동이에서 물이 부글거리며 김이 올라왔다. 그는 먼저 손끝을 대본 후 손목까지 담갔다. 그는 물이 알맞게 따뜻해서 매우 기뻤다. 단지 축축한 장마철 날씨 때문에 김이 자욱해서 위협적으로 보일 뿐이지, 사실은 지금쯤 고향의 산들을 꼭 껴안고 있을 몽환적인 안개처럼 전혀 뜨겁지 않다는 걸 그는 느꼈다.

눈을 감으면 금방이라도 그 모습을 떠올릴 수 있었다. 지금 이 시간에 안개는 눈 덮인 산 정상을 맴돌며 환상적으로 소용돌이치고 있을 것이다. 안개의 베일을 벗겨버릴 만큼 햇빛이 강하지 않은 동틀 무렵이 그 느린 춤을 구경하기에 가장 좋았다. 그럴 때면 그는 창가에 서서 분홍색과 주황색 해돋이를 구경하면서 안개가 산의 귀를 간질이고, 턱 밑을 가볍게 치고, 모자를 만들어 주는 모습을 상상했다.

곧, 아래층에서 아버지가 가게문을 열고 현관을 청소하러 밖으로 나가는 익숙한 소리가 들린다. 먼저, 아버지는 현관에서 잠을 잔 개들에게 인사를 한다. 똥개들과는 아무런 문제도 없었다. 아버지와 개들 사이에는 일종의 합의가 있었다. 개들이 아침에 떠나기만 한다면 그곳에서 잠을 자고, 먹다 남은 음식을 먹도록 허락했다. 그래서 동이 트면 개들은 그의 발목을 킁킁거리며, 내키지는 않았지만 언제나 순순히 사라졌다. 어머니는 부엌에서 윤기 나는 검은 숯으로 보일러에 불을 지피고, 찻주전자에 물을 채우고, 빵을 썰고, 풍로를 유심히 지켜본다.

프라이팬이 지글지글거리고 계란 프라이 냄새가 위층과 현관으로 전해진다. 식욕을 돋우는 밀사가 마넥과 그의 아버지에게 무언의 메시지를 전한다. 그러면 마넥은 안개가 움직여 만드는 풍경을 떠나 아래층으로 서둘러 내려와 부모님을 껴안고 안부를 물으며 아침을 먹으러 자리에 앉는다. 아버지는 아주 큰 컵에 담은 차를 꿀꺽꿀꺽 마시고 있다. 그는 항상 서서 첫 잔을 마시면서 부엌을 돌아다니고, 창밖으로 이른 아침의 계곡을 내다봤다. 마넥이 감기에 걸려서 아프거나 학교에서 시험을 볼 때면 그 컵으로 차를 마시도록 했다. 아버지의 그 잔은 너무 커서 다 마시지 못하고 바닥까지 비우지도 못할 것 같았지만, 마넥은 남은 액체를 흔들면 사라졌다 나타나며 그 색깔이 바뀌는 밑바닥의 별 모양을 보기 위해서 끝까지 포기하지 않았다.

젖은 팔뚝에서 물을 털고, 똬리쇠가 낡아서 물이 새는 수도꼭지를 잠그다가, 마넥은 따뜻한 물이 담긴 양동이를 후광처럼 감싸고 있는 수증기 소용돌이를 멍하니 바라봤다. 향수병에 걸린 머릿속 때문에 그는 언덕들이 안개 속을 떠다니다가 비구름 뒤로 사라지는 모습이 떠올랐다. 그는 한숨을 내쉬며 목욕하는 공간을 둘러싼 칸막이 바닥 위로 올라서서 수건 옆에 있는 빈 못에 옷을 걸었다. 세 번째 못에는 브래지어가 있었고, 그 뒤에 또 뭔가가 있었다. 엄지손가락이 없는 장갑처럼 생긴 강하고 거친 실로 만든 것이었다. 그는 호기심에 그것을 꺼내 살펴봤다. 때수건이었다. 그는 칸막이 바닥에서 내려와 양동이에서 물을 떠 몸에 끼얹으려고 했다.

그내 지렁이들이 보였다. 생물 수업 시간에 배웠던 환형동물들이었다. 길고 가늘고 검붉은 것들이 엄청난 숫자로 배수관에서 구물구물 기어 나와서, 회색 돌바닥 위를 반짝이며 황홀하게 미끄러져 다가왔다. 잠시 그 자리에서 꼼짝 못하고 얼어붙었던 마넥은 다시 안전한 칸막이 바닥 위로 재빨리 올라갔다.

* * *

몇 주 전에 제노비아가 찾은 하숙생이 동창생의 아들이라는 소식을 접한 디나는, 너무 오래전 일이라 그녀의 얼굴을 기억할 수가 없었다.

"걔 턱에 사마귀가 있었잖아. 그리고 코가 약간 비뚤어졌고. 난 그것 땜에 오히려 걔가 아주 귀엽다고 생각했는데." 제노비아가 디나의 기억을 되살려주려고 노력했다.

디나는 여전히 기억이 안 나는지 고개를 가로저었다.

"학급 사진 있어? 어디 보자…… 46년, 47년, 48년, 49년, 그렇지 1949년이네." 제노비아가 손가락으로 셈을 했다.

"누스완이 사진 살 돈을 안 줬어. 우리 아버지가 돌아가시고 나서 오빠가 어땠는지 생각나지?"

"당연히 기억하지. 나쁜 놈 같으니라고. 네가 그 우스꽝스런 긴 교복에다가 무겁고 못생긴 신발을 신고 다니도록 했잖아. 너도 고생이 참 많았지. 세월이 많이 지났는데 아직도 화가 나네."

"오빠 때문에 너 말고 다른 사람들하고는 연락도 끊겼지."

"그래, 알아. 네가 합창단, 연극, 발레, 어떤 것도 못하게 했잖아."

그날 저녁 내내 그들은 추억에 잠겨서 과거의 어리석은 짓들과 비극적인 일들을 생각하며 웃고 즐겼다. 어린 시절을 떠올리던 그들의 웃음에는 슬픔이 묻어났다. 좋아했던 선생님들을 기억했고, 그중에서도 학교를 항상 급하게 뛰어다녀서 람브레타 스쿠터라는 별명을 가졌던 교장 선생님 램 여사가 생각났다. 불어를 처음 배울 때 미스 불독이라는 별명의 선생이 일주일에 세 번씩 그들의 삶을 공포로 떨게 만들었던 6학년 시절에 몇 살이었는지도 계산해 보았다. 불어 선생의 별명은 여학생들의 잔인함을 보여 주는 것이라고들 생각하기도 했지만, 그것은 그녀의 목에 축 늘어진 살뿐만 아니라 동사 활용과 불규칙 동사에 대한 그녀의 표독스러운 접근법 때문이었다.

제노비아가 떠난 후 디나는 쌀 반 컵을 떠서 돌을 거르고 물을 끓였다. 마지막 남은 햇빛 한 조각마저 사라지자 부엌에 불을 켰다. 열린 창문으로 한 엄마가 아이들에게 이제 그만 놀고 들어오라며 부르는 소리가 들려왔다. 그때 양파를 튀기는 냄새가 갑자기 밀려 들어왔다. 사방에서 저녁을 만들고 있었다.

밥을 짓는 동안 그녀는 학창시절을 추억하는 일이 얼마나 즐거웠는지 생각했다. 누스완과 루비, 아버지의 집, 이제는 다 커서 스물두 살과 열아홉 살이 된 1년에 두 번 보기도 힘든 크세르크세스와 자리르에 대해서 생각하고 공상하는 것보다는 나았다.

저녁을 먹고 나서 그녀는 창가에 앉아서 길 건너의 풍선 장수가 지나가는 아이들을 유혹하는 걸 구경했다. 어딘가 라디오에서 국민들의 선택 테마 음악이 울려 나오기 시작했다. 비제이 코레아의 목소리가 첫 번째 노래를 소개하자 그녀는 여덟 시임을 알았다. 그녀는 한 시간 정도 이불을 만들었다. 잠자리에 들기 전, 아침에 빨려고 빨랫감에 비누칠을 해서 양동이에 담가뒀다.

다음 날 저녁, 비너스 미장원에서 집으로 가던 길에 들른 제노비아가 핸드백에서 큰 봉투를 꺼냈다. "어서, 뜯어 봐." 그녀가 말했다.

"어, 학급 사진이네!" 디나가 기뻐서 외쳤다.

"여기에 우리 모두가 다 있어." 제노비아가 옛 시절을 그리워하며 말했다. "우리가 열다섯 살쯤 됐을 때야." 그녀는 두 번째 줄에 있는 소녀를 가리켰다.

"이제 기억나네. 아반 소다왈라. 그래도 사진에는 사마귀가 없는데?"

"애들이 그것 땜에 얼마나 놀렸는데. 그리고 누군가 지었던 심술궂은 시 기억나? 아반 소다왈라가 못생겨서 청량음료로 얼굴을 씻어야 한다고 놀렸잖아."

"그리고 턱에 있는 사마귀를 뾰족한 핀으로 뽑아내야 한다고도 했지." 디나가 제노비아의 말을 받았다. "정말 그때는 왜 그렇게 어리석었을까. 그런 말도 안 되는 소리를 같이 외쳐댔으니."

"그러게 말이야. 열여섯 살 때쯤에는 애들이 몽땅 한꺼번에 아반의 사마귀를 흉내 내려고 했잖아. 세상에 그걸 얼굴에 그리려고 했다니 정말 웃겼지."

디나는 사진을 다시 한 번 유심히 살폈다. "4학년 때의 아반에 대한 기억이 제일 또렷이 나. 여덟 살인가 아홉 살 때였지. 그때 우리 셋이서 항상 함께 다녔잖아. 아반이 줄넘기를 제일 잘했었지, 그지?"

"그래, 맞아." 마침내 진한 우정이 다시 이어지자 제노비아는 기뻤다. "선생님이 우리를 정말 대단한 골칫거리들이라고 불렀지, 기억나?"

그들은 그 전날 중단했던 옛 추억의 발자취를 다시 따라갔다. 길거나 짧은 휴식 시간에 했던 게임들. 리본을 비교하고 머리핀을 교환하면서 서로의 머리를 즐겁게 땋아 주던 일. 가슴이 커지기 시작하자 등을 구부려서 망측하게 튀어나온 것들을 작게 보이려고 하거나, 심지어는 푹푹 찌는 더위에도 카디건을 입고서 가려보려고 했던 일. 첫 생리에 대해서 상의하며 생리대에 익숙해질 때까지 뒤뚱거리던 일. 남자 친구와의 첫 키스를 상상하며 서로 놀리면서도, 낭만적인 정원에서 달빛을 받으며 산책하는 공상을 하기도 했었다.

끔찍하리만치 순진했던 그 시절에 모두들 서로의 삶에 대해서 모르는 게 거의 없었다는 점이 무엇보다도 놀라웠다. "그때 네 아버지께서 돌아가셨잖아. 그리고 네 오빠라는 작자가 친구를 못 사귀게 했고. 하지만 넌 그렇게 많이 놓치진 않았어. 어쨌든 졸업하고 나서 대부분 연락이 끊겼으니까."

고등학교를 졸업하고 어떤 친구들은 집안 형편이 어려워서 일을 해야 했다. 몇몇 친구들은 대학에 갔지만, 어떤 친구들은 대학 교육이 곧 결혼해서 엄마가 될 사람에게 방해가 된다고 해서 집에서 부엌일을 도왔다. 학교 교복이었던 블라우스와 에이프런 드레스를 물려받을 여동생이 없으면, 그들은 옷을 잘라서 주방 행주로 만들어 풍로를 닦거나 뜨거운 솥이나 냄비를 옮길 때 사용했다. 그러다가 옛 친구들을 우연히 다시 만나면 할 말이 별로 없어 그냥 잠자코 있었다. 마치 어린 시절을 배신하기로 단체로 공모라도 한 듯이, 그들은 현재의 삶에 대해서 당혹스러워했다. 대부분 서로의 삶에 대해서 거의 모르게 됐다.

"너랑 아반이 내가 유일하게 연락을 유지한 친구들이었지." 제노비아가 말했다.

그녀는 계속해서 아반에 대한 이야기를 들려주었다. 졸업을 하고 얼마 후, 아반은 지인들을 통해서 먼 북부 지방 피서지에서 사업을 하며 때마침 도시를 방문한 파룩 콜라라는 남자를 소개받았다. 소다왈라 씨 가족들은 단박에 그가 마음에 들었다. 산에서 건강하게 생활한 덕분에 키가 크고 곧으며 바른 몸가짐을 지닌 젊은 파르시 신사라고 소다왈라 씨가 칭찬했다. 소다왈라 부인도 그의 밝은 피부색이 매우 마음에 들었다. 유럽 사람처럼 유령 같이 창백하지 않으며 살이 희고 황금빛이 난다고 그녀는 친구들에게 말했다.

가능성을 기대하며 전략적으로 소다왈라 씨 가족들은 다음 해에 북부지방 피서지에서 휴가를 보냈다. 그리고 때맞춰서 바라던 결과를 얻었다. 아반은 파록과 그곳의 아름다운 자연을 사랑하게 됐다. 그래서 그녀는 그와 결혼하고 그곳에 정착했다.

"아반은 아직도 1년에 한 번씩 나한테 꼭 편지를 써." 제노비아가 말했다. "그래서 아반이 아들을 위해서 방을 구한다는 걸 내가 알게 된 거야."

"내가 참 운이 좋은 거구나. 도와줘서 정말 고마워." 디나가 말했다.

"얘는 별말을 다 하네. 그런데 아반이 어떻게 그렇게 오랫동안 그 조그만 구릉지에서 사는지 모르겠어. 특히 여기 아름다운 우리 도시에서 태어나고 자랐는데 말이야. 솔직히 나 같으면 미쳐버리고 말거야."

"거기서 사업을 한다면 돈이야 많겠지." 디나가 말했다.

제노비아는 동의하지 않았다. "그런 구릉지에서 작은 가게를 하는데 지금 같은 때에 돈을 벌면 얼마나 벌겠어?"

* * *

그러나 한때 마넥의 가족은 매우 부유했다. 넓은 농지, 사과와 복숭아 과수원들, 그리고 국경지대의 군대에 식량을 납품하는 수지맞는 계약 등을 물려받은 파록 콜라는 그것들을 잘 돌보았고 미래의 아내와 아들을 위해서 재산을 불렸다.

그러나 그렇게 갈망하던 아들이 태어나기 오래전에, 한 나라가 둘로 쪼개지는 유혈이 낭자한 분만을 겪어야 했다. 지도 위에다가 마술처럼 선을 그은 외국인은 그걸 새로운 국경선이라고 했고, 그 땅은 피의 강으로 변했다. 그러자 국경선의 반대편에 있던 그의 과수원, 농지, 공장, 사업 들은 모두 백인 마술사가 휘두른 요술 지팡이 때문에 사라져버렸다.

10년 후 마넥이 태어났을 때도 역사의 함정에 빠진 파록은 여전히 수도에 있는 법원들을 자주 들락거렸지만, 두 나라 사이에 외교관들이 오가고 서류들이 이리저리 움직이는 동안에 그는 정부의 보상 계획이라는 복잡한 올가미에 갇힌 신세가 되고 말았다. 여행하는 틈틈이 그는 읍내에 있는 구식 잡화점을 아내가 운영할 수 있도록 도왔다. 지도 위에 마술처럼 그어진 선의 안전한 쪽에 위치했던 그 가게는 그의 막대한 재산 중에서 유일하게 국경선의 변화를 피하고 살아남았다.

오랜 세월 동안 그 가게는 사업체라기보다 취미나 사교 장소로 쓰이며 제대로 관리되지 못했다. 실질적인 수입은 잃어버린 재산과 함께 사라졌다. 이제는 그 가게에서 최대한의 수입을 올려야 했다.

아반이 당연히 잡화점의 경영을 맡게 됐다. "이런 일은 쉬우니까 제가 할게요. 당신은 보다 중요한 일을 하세요." 그녀가 남편에게 말했다.

그녀는 계산대 뒤에 요람을 설치해서 마넥을 보살필 수 있도록 만들었다. 물건을 주문하고 장부를 정리하고 선반에 물건을 채우고 손님들을 상대했으며, 그녀는 시간이 날 때면 가게 뒤로 보이는 계곡의 웅장한 경치를 감상했다. 구릉지에서의 삶은 그녀에게 완벽하게 어울렸다.

처음에 파록은 아내가 도시와 친척들을 그리워하지 않을까 걱정했다. 이국적인 풍경의 신기함이 사라지고 나면 불평이 시작될까 두려웠다. 그러나 그의 걱정은 한낱 기우에 불과했다. 시간이 지날수록 그곳에 대한 아반의 사랑은 커져만 갔다.

곧, 요람에서 벗어난 마넥은 계산대 주변을 기어 다니고 선반들 사이로 아장아장 걸어 다녔다. 그러자 아반의 조심성도 한계점에 다다랐다. 마넥이 혹시나 물건들을 머리 위로 쏟지나 않을까 무서웠다. 그러나 그녀가 등을 돌릴 때마다 손님들이 마넥이 안전하게 놀도록 봐주거나 같이 놀아 주기도 하고, 동전이나 열쇠고리 또는 손으로 만든 예쁜 색깔의 스카프와 숄로 그를 즐겁게 했다. "아가야, 안녕! 아가야, 여기 좀 봐, 까꿍!"

다섯 살이 되자 마넥은 자랑스럽게도 부모님의 가게일을 도왔다. 검은 머리가 보일락 말락 했지만 그는 계산대 뒤에 서서 손님이 주문하는 소리가 들리기를 기다렸다. "그거 어디 있는지 알아요! 제가 가져올게요!" 그는 아반과 손님이 따뜻한 시선으로 지켜보는 가운데 물건을 가지러 달려갔다.

이듬해 학교를 들어가고도 마넥은 계속해서 저녁에 가게일을 도왔다. 그는 단골손님들이 매일 찾는 물건들을 자기 나름의 방식으로 정리해 뒀다. 계란 세 개, 식빵, 작은 버터, 비스킷 등을 예상되는 시간에 계산대에 준비해 놓았다.

"우리 아들 좀 봐!" 파록이 자랑스럽게 말했다. "여섯 살밖에 안 됐는데 추진력과 조직력이 정말 대단해." 아들이 손님들을 맞이하고 잡담을 나누며, 그날 아침 통학 버스를 타고 가다가 본 사나운 긴꼬리원숭이 떼를 본 것을 묘사하거나 말라버린 폭포에 관한 토론에 끼는 것을 그는 재밌게 지켜보았다. 그곳에서 태어나고 자란 마넥은 동네 사람들의 느긋한 태도를 자연스럽게 받아들였고, 파록은 아들이 모두와 잘 어울려서 매우 기뻤다.

때때로 해 질 무렵 가게가 한창 바쁠 때, 아내와 아들, 그리고 친구들이

자 이웃들인 손님들에 둘러싸여 있을 때면 파록은 자신이 겪은 피해들을 거의 잊어버렸다. 그때 그는 삶이 여전히 괜찮다고 생각하곤 했다.

잡화점에서는 신문, 차 몇 종류, 설탕, 빵, 버터, 양초, 피클, 등불, 전구, 비스킷, 담요, 빗자루, 초콜릿, 스카프, 우산, 장난감, 지팡이, 비누, 밧줄 등을 팔았다. 대단한 물건 선정 방법이 있는 것도 아니었다. 그냥 기본적인 식료 잡화류, 살림살이에 필요한 물건들, 그리고 몇 가지 사치품이 있을 뿐이었다.

그 가게에서는 편하게 물건을 살 수 있었기 때문에 동네 사람들은 물론이고 이웃 동네 사람들도 즐겨 찾았다. 예를 들어서 비스킷 한 봉지를 다 살 돈이 없으면 아반은 봉지를 뜯어서 반만 팔았다. 그녀는 누군가 나머지 반을 사러 올 것이라고 믿었다. 남은 물건이 없으면 파록은 도착하는 날짜에, 까다롭지만 않다면 손님을 위해서 기꺼이 다시 주문을 했다. 비록 도착 날짜가 매우 중요하더라도, 배달은 도로에 좌우되고 도로는 날씨에 좌우되고 날씨는 하늘에 있는 신이 좌우한다는 걸 모든 사람들이 알고 있었으므로 별다른 방법도 없었다. 조간신문은 보통 초저녁이 돼서야 도착했다. 단골손님들은 현관에 모여서 담배를 피우거나 차를 마시면서 신문을 읽고 토론을 했으며, 파록이 가게 안에서 꾸물거리고 있으면 머리기사들을 큰소리로 읽어 주었다.

많은 종류의 물건을 팔면서도 사실 가게에서 가장 중요한 것은 4대에 걸쳐 콜라 가문에 전해 내려오는 비밀 청량음료 제조법이었다. 지하실 작은 공장에서 청량음료를 섞고 탄산가스를 주입하고 병에 담았다. 일꾼 한 명이 빈 병들을 씻어서 채울 준비를 마쳤고 배달을 위해서 나무 상자들을 실어 날랐다. 제조법의 비밀을 지키기 위해서 파록은 직접 음료를 섞어서 만들었다. 그 일을 하다가 탄산가스의 압력 때문에 불량 병이 폭발하면서 생긴 구멍을 가리기 위해서 그는 눈에 안대를 두르고 있었다.

사고 당시 그는 상처를 손수건으로 가리고 위층에 있는 아반에게 갔다. 결혼한 지 1년도 채 되지 않았을 때 찾아온 첫 번째 위기였다. 그녀는 울고불고 기절을 할까, 아니면 침착하게 있을까? 그는 자신의 눈만큼이나 아내의 반응이 궁금했다.

임신 7개월째였던 아반은 매우 침착했다. "여보, 우선 브랜디 한 잔 줄까요?" 그가 좋다고 했다. 그녀는 자신도 아주 조금 마신 후에 그를 태우고 계곡 밑에 있는 병원으로 차를 몰고 갔다. 의사는 그가 살아 있는 것만 해도 다행이라고 했다. 안경 덕분에 유리 발사체가 부딪치는 충격이 줄어서 뇌에까지는 닿지 않았다고 설명했다. 그러나 그의 눈을 치료하는 건 불가능했다.

파록은 괜찮다고 했다. "내가 보고 싶은 것들을 보는 데는 한쪽 눈이면 충분해." 아반의 부른 배를 만지면서 그가 웃었다. 그리고 이제는 세상의 추악한 모습에 반만 괴로울 것이라고도 했다.

눈구멍이 낫고 나서도 그는 의안을 달기를 거부했다. 안대가 그의 옷차림새의 일부가 되었다. 가게에서 일할 때나 사교 모임이 있을 때에도 그는 안대를 썼다. 그러나 언덕 중턱의 숲을 저녁에 오랫동안 산책할 때면 그는 안대를 주머니에 넣고 그곳의 아름다움에 쉴 새 없이 감탄하면서 당근을 으드득으드득 깨물어 먹었다.

한쪽 눈을 잃고 난 후 그는 자신이 좋아하는 당근을 실컷 먹을 수 있게 됐다. 아반은 당근이 몸에 좋기는 하지만 어떤 것이라도 지나치면 좋지 않다면서 많이 먹지 못하도록 했었다. 그러나 이제 그녀는 그가 좋아하는 당근을 마음껏 먹도록 했다. 그는 당근 주스, 당근 샐러드, 그리고 망고와 함께 당근을 먹거나 항상 주머니에 넣고 다니며 당근을 먹었다.

"난 당근이 필요해. 남은 눈 하나가 두 개의 역할을 하려면 항상 튼튼해야 하거든." 파록이 말했다.

무럭무럭 자라던 마넥은 곧, 아버지가 미치도록 좋아하는 것이 뭔지 알게 되었다. 잘못해서 야단을 맞고 나면, 그는 어머니로부터 혼날 위험을 무릅쓰고 부엌에서 당근 하나를 훔쳐와 화해의 표시로 아버지에게 건넸다.

사고 후에 파록은 지하실에서 더욱 조심했다. 낡은 기계가 덜거덕거리며 쉿쉿 소리를 내면서 청량음료를 빈 병들에 채우고 절실히 필요한 돈이 짤랑짤랑 계산대 서랍을 채우는 동안, 그는 아무도 근처에 못 오도록 했다.

그의 안전을 걱정한 친구들은 농담으로 근심을 표현했다. "파록, 조심해. 지하실에서 일하면 위험하니까. 지하에서 콜라 만들기는 석탄 캐는 것만큼 위험하다고." 그러나 그는 함께 웃으면서 그들의 조언을 무시했다.

그러자 친구들은 넌지시 알리는 대신에 낡은 기계를 교체하고 사업을 현대화시키고 확장할 것을 진지하게 고려해 보라고 했다. "이봐, 파록. 이성적으로 생각해 봐. 콜라 가문에서 만드는 콜라는 아주 훌륭해. 여기 조그만 동네뿐만 아니라 전국에 알릴 만한 가치가 있다고."

그러나 광고조차도 거부하는 그에게 사업 현대화와 확장은 이해할 수 없으며, 또한 이상한 생각이었다. 콜라 가문의 콜라(사람들에게는 케이시라는 이름으로 알려져 있었다)는 구릉지 반경 몇 킬로미터 내에 있는 이웃 마을들에 널리 알려져 있었다. 입소문이 퍼져서 파록의 조상들은 물론이고 자신도 득을 보았다.

때때로 경쟁자들이 화려한 선전을 하면서 새로운 상표를 가지고 등장했지만 콜라 가문의 제품과는 경쟁할 수가 없어서 곧 사업을 접고 말았다. 충성도가 높은 단골손님들은 케이시가 단연 으뜸이라고 했다. 그 맛은 그곳 산들의 공기만큼이나 독보적이었다. 파록의 청량음료와 가게는 번창했다.

마넥이 학교를 다니기 시작할 무렵에도 사업은 잘 되었다. 파록은 가족의 생계를 유지시켜 주는 제조법을 아무도 모르게 조심스럽게 다뤘고, 자신의 아버지가 그랬듯이 훗날 마넥에게 그 비법을 물려줄 날을 손꼽아 기다렸다. 이제 그는 삶에 만족했고 모진 시련을 이겨냈다는 데 은근한 자부심을 느꼈다. 이웃들이 저녁에 모여서 옛 시절의 이야기를 꺼낼 때면 그러한 그의 감정이 드러났다. 차례가 돌아오면 파록은 자기 연민이나 허풍, 또는 현재의 업적을 자랑하기 위해서가 아니라, 국경지대 삶의 한 교훈으로서 가문의 전성기에 대해서 들려주었다. 현대에 그어진 국경선이 그를 망칠 수는 있어도 가족을 위한 꿈을 빼앗을 수는 없다고 했다.

물론 그런 이야기들은 이전에도 많이 했지만, 항상 다시 할 수 있는 기회가 생겼다. 파록만이 같은 이야기를 반복하는 죄를 저지르는 건 아니었다.

파록 부부의 친구들은 영국식 병영 생활에 익숙해서 먼지 많은 평야나 냄새 나는 도시로 돌아갈 엄두를 내지 못하고 피서용 주둔지에 정착한 퇴역 군인들과 그들의 아내들이 대부분이었다. 그들은 지금과는 달리 규율이 엄격하고 철저히 지켜지던 옛 시절에 대한 이야기들을 반복해서 했다. 그때는 지도자들이 제대로 이끌었고, 모든 사람들이 자기 분수를 알아서 아무런 혼란 없이 매일매일 질서 있게 삶이 흘러갔다고 했다.

파록의 집에 퇴역 여단장들, 소령들, 대령들이 차를 마시러 올 때면 그들은 시계를 시곗줄에 달고 넥타이를 매고 옷을 차려입고 구두를 신었다. 이런 복장은 민족주의 성향을 지닌 사람에게는 우스꽝스러웠을지 몰라도, 그것을 입은 사람들에게는 부적과도 같은 효과를 지녔다. 임박한 무질서로부터 그들을 지켜 주는 유일한 수단이었다. 파록은 나비넥타이를 매는 걸 매우 좋아했다. 아반은 앤슬리 본차이나에 차를 대접했고 셰필드 나이프와 포크를 내놓았다. 그리고 파르시 조로아스터교 달력으로, 새해가 되거나 자라투스트라 탄신일 같은 특별한 저녁에는 웨지우드 도자기 세트를 사용했다.

"정말 아름다운 디자인이네." 그레왈 부인이 말했다. "인도는 언제쯤 이렇게 아름다운 것들을 만들 수 있을까?"

그레왈 여단장과 그의 부인은 파록 부부의 가장 친한 이웃이어서 매우 자주 놀러왔다. 그레왈 부인은 또한 군인 아내들의 우두머리였다. 그녀의 말에 누군가는 크리스털 잔을 가볍게 두드려 맑은 소리를 테스트했고, 또 다른 누군가는 접시를 뒤집어서 제조업체의 이름을 황홀하게 쳐다봤다. 그들은 그릇과 접시뿐만 아니라 음식에도 찬사를 아끼지 않았다. 그런 식으로 그날 또 하루, 그들은 임박한 혼란을 성공적으로 막을 수 있었다.

그리고 이전에 무수히 그랬던 것처럼 그들이 죽을 때까지 자신들을 쫓아다닐 악몽에 관한 이야기를 시작했다. 인도와 파키스탄의 분리를 상세히 분석하고 발생한 사건들의 연대기를 열거하면서 참혹한 학살을 한탄했다. 그레왈 여단장은 분리된 국가를 다시 합칠 수 있을지 궁금해 했다. 파록은 안대를 만지작거리며 뭐든지 가능할 거라고 했다. 옛 시절에 대한 향수 때문에 심하게 힐난하지는 않았지만, 그들은 적절한 해결책을 제시하지 못하고 서둘러 떠났던 식민지배자들을 은근히 비난하는 것으로 항상 위안을 삼았다.

그런 저녁이 끝나고 나면 파록은 왜 헝클어진 기분이 드는지 궁금했다. 비록 자신의 만족감이 훼손되지는 않았지만, 마치 누군가에 의해서 혹은 뭔가로 인해서 함부로 만져진 듯했다. 그는 저녁을 먹고 차를 마시는 동안 매우 즐거웠고, 그런 모임을 절대로 포기하지 않을 것이다. 그럼에도 불구하고 그곳에 있어서는 안 될, 뭔가 불쾌한 냄새 같은 불안감이 있었다.

그가 마음의 안정을 되찾는 데는 하루 혹은 이틀의 시간이 필요했다. 그러면 그는 구릉지를 떠나지 않은 것이 올바른 결정이었으며, 그곳이 여전히 가족들에게 좋은 곳이라고 또다시 확신했다. "공기와 물이 아주 맑고 산들이 매우 아름다우며 장사도 아주 잘됩니다. 마넥은 이곳에서 미래에 대한 가장 큰 꿈을 키울 수가 있습니다." 파록 부부는 종종 그곳을 떠날 것을 간청하는 친척들에게 이렇게 답장을 썼다.

마넥에게 물었더라면 그 말에 전적으로 동의했을 것이다. 그리고 현재가 바로 마넥 자신과 그의 행복한 어린 시절을 위한 충분한 이유였으므로 미래에 대해서는 신경 쓰지도 않았다. 그의 생활은 늘 바쁘고 꽉 찼다. 아침과 오후는 학교에서, 그 후에는 가게에서, 그런 다음 저녁 늦게는 아버지와 함께 산책을 나가서 뒤처지지 않으려고 남자답게 씩씩하게 걸어야 했다. 그러지 않고 뒤처지기라도 한다면 굼벵이라고 아버지가 놀려댔다.

그러나 가장 재밌는 날은 일요일이었다. 일요일이면 정원사 바누가 집 뒤에 있는 정원을 가꾸러 왔다. 그와 함께 밖으로 나가서 집 주위를 돌아다니며 그의 지시에 따라 잡일을 거드는 일요일이 빨리 오기를 마넥은 학수고대했다. 집에서 45미터쯤 떨어진, 비탈이 지기 시작하고 야생 관목과 나무, 짙은 풀숲이 있는 곳은 매우 흥미로웠다. 집 앞 근처에서 장미, 백합, 금잔화와 함께 자라지 않는 낯선 꽃과 식물 들의 이름을 마넥은 바누에게서 배웠다. 바누는 독이 있는 흰독말풀과 그것의 해독제로 쓰이는 식물, 뱀의 독을 완화시켜 주는 이파리들, 위장병을 치료하는 이파리들, 그리고 베인 곳과 상처를 아물게 하는 즙을 지닌 줄기들을 가르쳐 주었다. 그리고 그는 금어초를 꽉 쥐고 턱을 벌리는 법도 가르쳐 주었다. 한 해가 끝나 가고 날씨가 쌀쌀해지면, 하루가 저물 즘에 두 사람은 떨어진 잔가지들과 큰 가지들을 모아서 작은 모닥불을 피웠다.

때때로 바누는 마넥과 동갑인 자신의 딸 수라이야를 데려왔다. 그러면 마넥은 잡일과 놀이를 번갈아 가면서 했다. 정오가 되면 아반이 점심을 먹으라고 아이들을 불렀다. 그러나 수라이야는 식탁에서 먹는 것을 수줍어했다. 그녀의 집에는 의자가 없었다. 몇 번 방문한 후에야 그녀는 마넥과 함께 뛰어 들어와 기꺼이 의자에 앉았다. 바누는 계속 밖에서 음식을 먹었다.

어느 날 오후, 수라이야가 먼 비탈길의 관목들 사이에 쪼그려 앉았다. 안 보이는 곳에서 잠시 기다리던 마넥은 호기심이 생겨서 그녀를 찾아갔다. 그가 다가오자 그녀가 웃었다. 마넥은 몸을 숙이고 낮게 쉿 소리가 나는 곳을 보았다. 수라이야의 작은 물줄기가 거품이 이는 조그만 웅덩이를 만들었다.

그녀의 옆에서 그는 바지 단추를 열고 반원 모양으로 액체를 뿜어냈다. "난 서서 쉬할 수 있다." 그가 말했다.

웃으면서 그녀는 볼일을 다 보고 속옷을 올렸다. "내 동생도 할 수 있어. 걔도 너처럼 고추가 작아."

그 후로 수라이야는 바누와 함께 올 때마다 의례 마넥과 함께 관목들 사이로 갔다. 점차 그들의 호기심은 서로의 해부학적 탐색으로 이어졌다.

"왜 그래? 너희 둘은 왜 만날 낄낄 웃고 난리니?" 그들이 차를 마시러 들어왔을 때 아반이 물었다.

그 후 일요일마다 부엌 창문을 내다보던 아반은 아이들이 눈이 미치지 않는 비탈길로 계속 내려가는 걸 목격했다. 그들을 몰래 따라가 보려고 했지만 실패했다. 아반이 가까이 오는 발자국 소리를 들으면 아이들은 웃으면서 달아났다.

나중에 그녀는 남편에게 자신의 의심을 털어놓았다. "여보, 수라이야가 여기 있을 때 마넥을 좀 잘 지켜봐야겠어요."

"왜? 무슨 일이라도 저질렀어?"

"글쎄, 애들이 풀숲으로 들어가서……" 그녀는 얼굴을 붉혔다. "아직 아무것도 보지는 못했어요. 하지만……"

"요 녀석!" 파록이 미소를 지었다. 다음 일요일부터 그는 정원에 나가서 바누의 일을 감독하며 비탈을 둘러보았다. 그 해가 끝날 때까지 그는 계속 그렇게 했다. 아이들은 그의 눈을 피하기 위해 가능한 모든 잔꾀를 부렸다.

마넥이 4학년을 마치자 파록은 아들을 기숙학교로 보낼 수 있는 방법을 알아보기 시작했다. 지역 학교의 수준이 너무 낮았기 때문에 그레왈 여단장과 다른 사람들도 동의했다. "좋은 교육을 받는 것이 가장 중요하지." 그들이 말했다.

그들이 선택한 기숙학교는 버스를 타고 여덟 시간이 걸리는 곳에 있었다. 그 이야기를 들은 마넥이 기겁을 했다. 자신의 모든 우주인 구릉지를 떠난다는 생각에 그는 공황 상태에 빠졌다. "전 여기 학교가 좋아요. 거기로 가면 저녁에 가게 일은 어떡해요?" 그가 간청했다.

"가게 걱정은 하지 마라. 넌 이제 겨우 열한 살이야." 파록이 웃었다. "먼저 어린 시절을 즐겨야지. 네 나이 또래 애들과 함께 살면 정말 재밌을 거다. 학교도 마음에 들 거다. 그리고 가게는 휴일에 집에 와서 보면 되고."

마넥은 기숙학교를 참고 견뎠지만 좋아할 수는 없었다. 그는 배신감으로 마음이 아팠다. 단 하루도 고향 집, 부모님, 가게, 산들을 잊어 본 적이 없었다. 급우들은 그가 이전에 알던 아이들과 달랐다. 그들은 마넥보다 잘났다는 듯이 행동했다. 나이 많은 아이들은 여자들 얘기를 했고 어린 학생들을 건드렸다. 누군가는 그에게 여자 나체 사진들로 만든 카드 한 벌을 보여 주었다. 여자들 다리 사이에 난 시커먼 털을 본 그는 소름이 돋았다. 그럴 리가 없었다. 사진들은 가짜가 틀림없다고 그는 생각했다. 수라이야의 매끄럽고 달콤하게 속삭이는 구멍이 떠올랐다.

"저건 털이야. 나중에 다 저렇게 돼." 상급생 소년이 말했다. "이건 다 진짜 사진들이야. 자, 내가 보여 주지." 자신의 털을 보여 주려고 그는 바지를 내리고 발기된 성기를 꺼냈다.

"하지만 그건 남자 거잖아요. 여자들 거랑은 달라요." 마넥은 카드를 다시 한 번 자세히 보고 싶었다. 그러나 상급생 소년은 자기 부탁을 먼저 들어주지 않으면 안 된다고 했다. 마넥을 꼭 껴안은 그는 몸을 비비며 신음 소리를 냈다. 마치 똥을 누려는 듯이 이상한 소리를 낸다고 마넥은 생각했다. 상급생의 사정이 끝난 다음에야 마넥은 카드를 다시 볼 수 있었다.

디왈리 축제 휴일 동안 집으로 돌아온 마넥은 이틀을 지내고 나서 부모님에게 기숙학교로 돌아가지 않겠다고 했다. 그가 계속 조르자 마침내 파록이 화를 냈다. "더 이상 그 문제에 대해서 말하지 마라."

마넥은 부모님에게 취침 인사도 하지 않고 잠자리에 들었다. 그것 때문에 그는 괴로웠고 잠으로도 채울 수 없는 공허함을 느꼈다. 자정이 되자 그는 부모님의 방으로 가서 자신의 어리석었던 반항에 대해서 뉘우칠까 고민했다. 그러나 자존심과 아버지를 또 화나게 할지도 모른다는 두려움에 그냥 침대에 누워 있었다.

새벽에 일어난 그는 풍로 옆에 있던 어머니를 껴안고 아침 인사를 하고 나서, 부엌 창가에 서 있던 아버지를 피해서 자기 의자에 슬그머니 앉았다. "어린 황제께서 아직도 화가 안 풀린 모양이구먼." 파록이 웃으면서 말했다.

마넥은 컵을 내려다보면서 얼굴을 찡그렸다. 그는 입을 꽉 다물고 웃지 않으려고 애를 썼다.

그날은 일요일이어서 바누가 정원에서 일을 하고 있었다. 수라이야는 없었다. 마넥은 잠시 그를 따라다니다가 그녀에 대해서 물었다.

"수라이야는 엄마하고 있단다. 이제부터는 계속 엄마하고 있을 거야." 바누가 말했다.

마넥은 자신의 우주에서 또 한 부분이 무너지는 것 같았다. 점심을 먹고 난 후 그는 정원으로 돌아가지 않았다. 아반은 마넥을 불러서 그를 매우 사랑하는 아버지에게 공손해야 한다고 타일렀다. "다 네가 잘되라고 좋은 학교에 보내는 거야. 그걸 벌 받는다고 생각하면 안 돼."

그날 저녁 파록이 아들에게 자신의 소파 옆자리에 앉으라고 했다. "기숙학교에서 평생 있는 건 아니야. 네 엄마와 난 네가 없어서 더 허전할 거다. 하지만 어쩌겠니? 평생 춥고 배고프게 양이나 염소 몇 마리를 키우며 살아남으려는 불쌍한 정원사들처럼 문맹으로 무식하게 살고 싶지는 않을 거 아니냐. 남들보다 뒤처지는 굼벵이가 돼서는 안 돼. 일단 6년 후에 고등학교 졸업장을 따고 나면 아무도 널 멀리 보내지 않을 거다. 네가 이 가게를 맡게 될 거야. 사실 나한테는 빠르면 빠를수록 좋아. 쉬면서 하루 종일 등산이나 다닐 테니까." 그의 말에 마넥이 웃었다.

다음 날 아침 식사 시간에 파록은 아들에게 자신의 큰 컵을 사용하라고 했다. 그리고 손님들에게 잔돈을 건네도록 마넥을 계산대 뒤에 앉혔다. 마넥은 학교로 돌아가서도 그날의 기억을 늘 간직했다. 추방의 고통이 느껴질 때마다 그는 그 행복한 기억을 떠올리며 거부당하고 외롭다는 우울한 생각과 절망감을 물리쳤다.

*　*　*

처음에는 6년이 영원할 줄 알고 두려웠지만 세월은 쉼 없이 흘러가서 벌써 3년이 지났다. 열네 살이 된 마넥은 5월에 방학을 맞아서 집으로 돌아왔다.

그때 그의 부모님은 이틀간 결혼식에 참석하기 위해서 아들을 처음으로 혼자 남겨 둘 계획이었다. 가게문을 닫고 마넥을 이웃집으로 보내는 대신에 파록은 아들이 특별한 경험을 하도록 가게를 혼자서 운영하도록 했다.

"내가 여기 있을 때 우리가 하던 대로만 하면 된다." 그가 말했다. "다 잘 될 거야. 운전사가 청량음료 상자를 몇 개 가져가는지 숫자를 잘 세도록 해라. 그리고 내일 우유 배달 받을 거 전화하는 거 절대 잊지 말고. 정말 중요한 거니까. 혹시라도 문제가 생기면 그레왈 아저씨한테 전화하면 돼. 내가 아저씨한테 한 번씩 둘러보라고 말해 놨으니까." 그의 부모님은 다시 한 번 가게를 돌면서 아들에게 당부하고 지시한 후에 떠났다.

여느 날처럼 하루가 지나갔다. 한바탕 일을 치르고 난 후 조용해지자 마넥은 유리 진열장을 닦고 선반의 먼지를 털고 계산대를 청소했다. 단골손님들은 부모님이 어디에 계시는지 묻고는 그의 능력을 칭찬했다. "마넥이 막사 정리 정돈을 아주 깨끗이 잘하는구나. 훈장감이야."

"파록하고 아반은 당장 내일이라도 제대해도 되겠는걸." 그레왈 여단장이 말했다. "육군 원수 마넥이 이렇게 가게를 지키고 있으니까 아무 걱정할 필요가 없겠어." 그 말에 모두들 크게 웃었다.

저녁이 되자 햇살이 잦아들고 가게 앞이 조용해졌다. 현관 등불을 켜러 간 마넥은 하루 일에 자부심을 느꼈다. 가게 문을 닫아야 할 시간이 거의 다됐다. 남은 일이라고는 서랍에 있는 돈을 꺼내어 세고 장부에 액수를 기입하는 것뿐이었다. 현관에서 가게 내부를 들여다본 그는 잠시 멈췄다. 비누와 활석 가루가 담긴 가운데 있는 큰 유리 진열대를 앞에다 갖다 놓으면 훨씬 낫겠다는 생각이 들었다. 그리고 출입구 근처에 있는 보기 흉하고 삐걱거리는 낡은 신문 진열 탁자를 옆으로 치우면 더 낫지 않을까라는 생각도 들었다.

음식을 데우는 동안에도 그러한 생각이 마넥을 떠나지 않았고 그의 상상력을 사로잡았다. 생각하면 할수록 훨씬 멋진 진열을 할 수 있을 것 같았다. 오늘밤 혼자서라도 손쉽게 그 일을 할 수 있을 것 같았다. 아버지와 어머니가 돌아오시면 정말 놀라실 거야!

저녁을 먹고 나서 그는 어두운 가게로 돌아가 불을 켜고 낡은 탁자를 옮겼다. 유리 진열장은 무겁고 커서 다루기가 힘들었다. 그는 안에 든 물건들을 들어내고 진열장을 천천히 밀어서 잘 보이는 곳으로 옮겼다. 그런 다음 통조림 깡통들과 상자들을 지루하고 답답한 모양이 아니라 재밌는 피라미드와 나선형으로 쌓아 올렸다. 뒤로 물러서서 결과물을 보고 완벽하다고 감탄한 그는 잠을 자러 갔다.

다음 날 저녁 가게로 들어선 파록은 변화된 모습을 보았다. 마넥에게 인사를 하지도 상황을 묻지도 않고 그는 문을 닫고 영업이 끝났다는 간판을 내걸라고 명령했다.

"아직 한 시간 남았어요." 아버지의 칭찬을 갈망하면서 마넥이 말했다.

"나도 알아. 빨리 문 닫아."

그는 아들에게 모든 것을 이전대로 되돌려 놓으라고 명령했다. 그의 목소리에는 아무런 감정도 실려 있지 않았다. 마넥은 아버지가 차라리 꾸중을 하거나 뺨을 때리거나 하고 싶은 대로 벌을 내리기를 바랐다. 그러나 아예 그 문제에 대해서 언급하지 않으려는 그러한 경멸이 더 무서웠다. 마넥의 얼굴에서는 의욕이 사라지고 혼란스러운 번민만이 남아 있었다. 그는 울음을 터트리기 일보 직전이었다.

그러자 아반이 끼어들었다. "여보, 마넥이 해 놓은 게 멋지지 않나요?"

"겉모양은 중요하지 않아. 우리가 이틀 동안 가게를 맡겼을 때 뭐라고 했는지 기억 안 나? 얘가 이런 식으로 우리의 신뢰를 무너트렸어. 이건 겉모양의 문제가 아니라 규율과 명령을 따르는 문제라고."

물건들을 다시 옛날 장소로 옮긴 후 마넥은 방학 내내 가게에 가지 않았다. "아버지는 제가 필요하지 않아요. 거기 가기 싫어요." 그는 아반에게 쓸쓸하게 말했다. "아버지 가게에 필요한 건 하인이라고요."

밤에 침대에 누워서 아반은 남편에게 마넥의 감정이 매우 상했다고 말했다. "나도 알아." 베개를 베고 있던 그는 그녀에게서 얼굴을 돌리며 말했다. "하지만 마넥은 뛰기 전에 걷는 법을 먼저 배워야 돼. 때가 되기 전인 어린애가 모든 걸 다 안다고 생각하는 건 좋지 않다고."

참고 견디던 그녀는 마침내 방학이 끝나기 전에 결실을 보았다. 어느 날 아침, 남편이 유리 진열대 하나를 재배치한 후 마넥을 가게로 불러서 의견을 묻자 부자 간에 화해가 이뤄졌다. 개학일이 다가오자 그들은 지하실의 청량음료 공장에서 다시 함께 일하기 시작했다. 마넥은 깨끗이 씻은 빈 병들을 들고 내려와서 새 케이시를 병에 담아 채운 케이시 나무 상자들을 들고 올라왔다. 마지막 날 저녁, 파록이 기계의 전원을 끄면서 말했다. "내일 네가 떠나면 보고 싶을 거다." 기계의 꺼져가는 모터 소리 때문에 그의 말은 축축한 지하실 공기 속에서 무기력하게 울렸다. 계단을 함께 올라가다가 그는 아들을 껴안았다.

기숙학교는 마넥이 고향의 산들을 두 번째로 마지못해서 떠나게 된 이유였다. 첫 번째는 그가 여섯 살 때 어머니와 함께 이틀 동안 기차를 타고 도시에 있는 외갓집을 방문하러 갔을 때였다. 그는 높이 솟은 건물들과 화려한 극장들, 수많은 차들과 버스들과 트럭들, 밤이 되자 불이 켜지면서 밝아지는 거리들에 매혹됐다. 그러나 며칠이 지나고 나자 그는 아버지가 무척 보고 싶었다. 휴가가 끝나고 집으로 돌아오자 그는 매우 기뻐했다.

"난 절대로 여기 산들을 안 떠날 거예요. 절대, 절대로." 그가 말했다.

아반은 기차역 승강장에 마중 나와 있던 남편의 귀에 대고 뭔가를 속삭였다. 그는 웃으면서 아들을 껴안으며 자신도 그곳을 절대로 떠나지 않을 거라고 했다.

그러나 곧 산들이 그들을 떠나는 날이 오고 말았다. 처음에는 도로가 뚫렸다. 헬멧을 쓴 기술자들이 불길한 도구들을 가지고 나타나서 종이 위에다가 도안을 만들었다. 그들은 현대식 차들이 빠른 속도로 지나가는 현대식 도로가 될 거라고 약속했다. 국가 건설자들과 세계은행 관리들의 큰 비전을 실천하기에는 너무 좁은 아름다운 산길을 넓고 아주 튼튼한 도로들이 대신할 것이었다.

어느 날 아침, 작업장에서 악단의 연주와 함께 장관의 목에 화환이 걸리고 있었다. 금관 악기 세 개와 울림줄 한 쌍, 드럼 하나로 구성된 바가트바이 난카타이 행진 악단이었다. 흰색 유니폼의 등에는 금색 실로 악단 이름의 머리글자들이 새겨져 있었고, 드럼에는 머리글자들이 빨간색 페인트로 칠해져 있었다. 악단의 특기는 결혼 행렬 음악이었기 때문에 장관을 위한 행사에 신부 어머니의 찬가, 신부 시어머니의 비가, 신랑의 개선 행진가, 결혼 중매인에게 바치는 송시, 그리고 다산을 위한 찬가 등이 포함됐다. 그러나 악단은 행사에 맞도록 음악을 능숙하게 변주했다. 드럼은 군대식으로 둥둥 두드리며 진보의 행진을 알렸고, 트롬본은 애처로운 결혼 노래 활주법 대신에 햇살같이 반짝이는 스타카토로 연주했다.

직업이 없는 마을 사람들은 참가비를 받고 싶어서 신호에 맞춰서 환호했다. 임시로 만든 연단에서 연설이 이어졌다. 장관은 황금색 곡괭이를 휘둘렀지만 목표물을 맞히지 못했다. 그는 군중들을 향해서 싱긋 웃더니 다시 곡괭이를 휘둘렀다.

높은 관리들이 떠나고 나자 일꾼들이 들어왔다. 처음에는 일의 진척이 너무 더뎌서 파록과 구릉지 주민들은 무리한 희망을 품었다. 일이 결코 마무리되지 않아서 그들의 안식처가 상처 입지 않기를 바랐다. 그 와중에 그레왈 여단장과 파록은 주민들의 모임을 조직해서 잘못된 개발 정책, 근시안적인 행태, 국가의 아름다운 자연을 발전이라는 악마에게 희생시키는 욕심 등을 비난했다. 그들은 청원서에 서명하고 당국에 공식적으로 접수한 후 결과를 기다렸다.

그러나 노도는 계속 그 금싸 위로 올라와서 산길에 있던 모든 것을 집어삼켰다. 아름다운 구릉지의 옆구리가 깊이 베이고 상처를 입었다. 산

비탈 위에서 내려다보면, 위로 올라오는 도로가 중력을 무시하는 진흙탕 강물처럼 보여서 마치 자연이 미쳐버린 듯했다. 멀리서 들리는 천둥 같은 폭파 소리와 흙을 옮기는 기계들의 굉음이 이른 아침부터 올라와서 환상적인 새벽안개는 악몽으로 변했다.

아스팔트 포장이 시작되어 갈색 진흙탕 강물이 검정색으로 바뀌고 조상들이 천국처럼 살았던 사랑하는 고향의 모습이 완전히 바뀌는 것을 파록은 무기력하게 지켜보았다. 지도 위의 선들이 콜라 가문의 삶을 두 번째로 망치는 것을 그는 무능하게 지켜볼 수밖에 없었다. 단지 이번에는 외국인의 제국주의 지도가 아니라 같은 나라 사람인 측량기사의 통계 지도라는 점만 달랐을 뿐이었다.

공사가 끝나고 나자 테이프 커팅을 하러 장관이 다시 찾아왔다. 기공식 이후로 몇 년간 그는 더욱 뚱뚱해졌고 이전처럼 서툴렀다. 그는 발을 끌며 테이프로 다가가다가 황금색 가위를 땅에 떨어트렸다. 아첨꾼 일곱 명이 그를 도와주려고 재빨리 뛰어나왔다. 그러자 싸움이 벌어졌다. 일곱 명 가운데서 가장 힘센 아첨꾼이 가위를 빼앗아 장관에게 건넸다. 간단한 실수를 가지고 왜 큰 소란을 피우냐며 그들을 사납게 노려보다가 장관은 군중들을 향해서 미소를 지으며 과장된 몸짓으로 테이프 커팅을 했다. 군중들이 박수를 쳤고 행진 악단이 박자도 맞지 않는 시끄러운 금관악기를 연주했기 때문에, 아무도 장관이 가위에서 뚱뚱한 손가락들을 빼내느라 진땀을 흘리는 걸 알아채지 못했다.

그리고 약속된 보상들이 도로를 타고 올라와 구릉지로 들어오기 시작했다. 집채만큼 큰 트럭들이 도시에서 물건을 날랐고 배기가스로 공기를 오염시켰다. 도로를 따라서 차들과 운전사들을 위한 휴식처와 식당들이 많이 생겨났다. 그리고 개발 업자들이 고급 호텔들을 건설하기 시작했다.

그해에 방학을 맞아서 집으로 돌아온 마넥은 아버지가 끊임없이 화를 내는 걸 보고 처음에는 어리둥절하다가 나중에는 무서웠다. 두 사람이 하루도 말다툼을 하지 않고 넘어가는 날이 없을 정도였다. 심지어는 손님이 있는 데서도 언쟁을 벌였다.

"아버지가 왜 저러시죠?" 마넥이 어머니에게 물었다. "제가 여기 있으면 무시하거나 싸우다가, 학교로 돌아가면 보고 싶다고 편지를 쓰잖아요."

"네가 이해해라. 시간이 흐르면 사람은 변하는 법이란다. 아버지가 널 사랑하지 않아서가 아니야." 아반이 말했다.

그해 방학은 마넥이 그들을 껴안고 아침 인사를 속삭이는 습관을 멈춘 불행한 방학으로 아반에게 기억되었다. 그가 내려와서 처음으로 조용히 그냥 자리에 앉자, 아반은 아들의 거부로 인한 상심이 가라앉을 때까지 식탁에 등을 돌리고 있다가 다시 뜨거운 프라이팬으로 요리를 했다. 남편은 아무것도 눈치채지 못했다.

파록은 구릉지가 개발되는 것을 속상해하며 지켜봤다. 그와 친구들은 그것이 나쁜 발전이라고 생각했다. 가게 장사가 더 잘될지도 모른다는 가능성은 아무런 위안이 되지 못했다. 그의 모든 감각 기관은 그러한 침략에 공격을 당했다. 트럭이 뿜어내는 해로운 배기가스가 콧구멍을 그을리고, 추악한 엔진 소리가 고막을 갈가리 찢는다고 그는 아내에게 말했다.

이제 어디를 가든 오두막집들과 판잣집들이 늘어서 있는 걸 볼 수 있었다. 마치 자신이 아끼는 개에 옴이 득시글거리며 퍼지는 속도를 연상시켰다. 건설, 돈, 일자리에 대한 이야기를 듣고 사방에서 사람들이 몰려들어서 그들의 궁섭한 집들이 언덕의 줄턱을 갉아먹고 있었다. 그러나 언제나 일자리보다 실업자들의 숫자가 훨씬 많아서, 배가 고픈 사람들은 산비탈에 둥지를 틀었다. 땔감 때문에 숲이 급속히 사라졌고 구릉지에는 민둥민둥한 부분들이 생겨나기 시작했다.

그러자 자연이 반란을 일으켰다. 한때 만물을 자라고 익도록 만들었던 비가 벌거벗은 산들에 억수같이 쏟아져 진흙이 무너져 내리고 산사태가 일어났다. 산들을 푹신한 담요처럼 뒤덮었던 눈은 이제 충분히 내리지 않았다. 심지어 한겨울에 쌓인 눈도 누더기 옷처럼 여기저기 구멍이 숭숭 나 있었다.

파록은 자연의 반란에 심술궂은 만족감을 느꼈다. 그것은 일종의 자기 합리화였다. 끔찍한 약탈에 무서웠던 건 자신만이 아니었던 것이다. 그러나 비정상적인 일이 해마다 반복되자 그는 더 이상 자연의 반란을 위안으로 삼을 수 없었다. 눈이 더 적게 내리면 내릴수록 그의 마음은 더욱 무거워졌다.

산책하는 일이 이제는 전쟁터에 나가는 것 같다는 아버지의 말이 너무 지나치다는 생각이 들었지만 마넥은 아무 대꾸도 하지 않았다.

아반은 산책을 좋아하지 않았다. 남편이 산책을 하자고 할 때마다 그녀는 "부엌에서 경치를 구경하는 게 더 좋아요. 그러면 힘들지도 않고요"라고 대답했다.

그러나 혼자서 오랫동안 걷는 산책이 파록의 삶에서 가장 큰 즐거움이었다. 특히 겨울이 끝나면 산책을 할 때마다 다음번 모퉁이에서 어떤 즐거움이 기다리고 있을지 몰랐기 때문에 더욱 즐거웠다. 새로 개울이 생겼을지도, 어제 보지 못한 야생화들이 있을지도, 그리고 무엇보다도 거대한 바위에 관목이 박힌 채 자라고 있는 모습을 볼 수 있을지도 몰랐다. 그러한 달콤한 매복 공격의 피해자가 된 그는 지금껏 보지 못한 각도에서 계곡의 경치를 감상할 수 있었다.

그러나 이제 산책은 마치 죽음을 지켜보는 일처럼 그대로 남아 있는 것과 베어 넘어뜨려진 것을 알아보는 것이 되고 말았다. 좋아하는 나무를 만나면 그는 떠나기 전에 그 가지들 밑에 잠시 멈춰 섰다. 옹이가 많아서 울퉁불퉁한 나무 몸통을 손으로 만지면서 그는 오랜 친구가 또 하루를 살아남았다며 기뻐했다. 노을을 구경하기 위해 앉곤 했던 많은 바위 턱들이 다이너마이트로 인해서 사라졌다. 어쩌다 바위 턱 하나를 발견하면 그는 잠시 쉬다가 다음번에 올 때도 그 자리에 있을지가 궁금했다.

곧, 동네 사람들이 그에 대해서 수군거리기 시작했다. "콜라 씨의 머리가 좀 이상한 것 같아요. 나무하고 바위에 대고 말을 하고, 개한테 하는 것처럼 쓰다듬더라고요." 그들이 말했다.

그런 소문을 들은 마넥은 부끄러움으로 얼굴이 달아올랐으며 아버지가 그런 당혹스러운 행동을 그만두기를 바랐다. 또한 그는 분노로 부글부글 끓어오르며 무식하고 무감각한 동네 사람들의 뺨을 때려서 정신이 들도록 하고 싶었다.

새로 도로가 놓인 지 5주년이 되던 날 새로운 사업가들과 기업가들로 채워진 지역 의회에서 조그만 기념식을 개최해서 모든 사람들을 초청했다. 그러한 일 자체가 역겨웠던 파룩은 그날 저녁 일찍 가게를 떠났다. 그는 안대를 떼고 산책을 시작했다. 읍내 광장의 나뭇가지 위에 놓인 임대 확성기들에서 나는 거친 음악 소리와 공허하게 지껄이는 연설들이 한동안 그를 따라다녔다.

약 5킬로미터를 걸었을 때 저녁노을이 지기 시작했다. 분홍색, 주황색 빛깔 실들이 하늘을 덧없이 수놓았다 그 순간을 만끽하기 위해서 그는 발걸음을 멈추고 서쪽을 응시했다. 그런 순간이면 그는 두 눈이 다 있어서 아름다운 경치를 더 많이 볼 수 있었으면 하고 바랐다.

그때 그의 시선이 나무가 없는 언덕 중턱을 지나서 아래쪽으로 향했다. 수백 채의 오두막집들로부터 소박한 음식을 만드는 눈을 따갑게 만드는 회색 연기가 올라왔다. 엷은 연기가 지평선을 가렸다. 불어오는 바람에 독한 연기 냄새와 함께 그 뒤에서 필사적으로 숨으려던 똥오줌의 악취가 풍겨 왔다. 그는 불편하게 몸을 약간 움직였다. 발밑에서 잔가지 하나가 뚝 소리를 내며 부러졌다. 가만히 서서 그는 도대체 무엇을 기다리고 있는지 스스로에게 물었다. 엄마들이 부르는 시끄러운 소리, 아이들의 날카로운 외침, 그리고 똥개들이 짖는 소리가 들렸다. 굶주린 입들이 기다리는 동안에 불 위에서 시커멓게 타고 있는, 솥 속에 든 비참한 내용물들을 상상했다.

그는 돌연 땅거미가 졌음을 깨달았다. 저녁놀이 연기의 장막 뒤로 사라졌다. 어스름 속에서 모든 풍경이 너무나 하잘것없고 더러워 보여서 그는 도무지 받아들이거나 이해할 수가 없었다. 그는 어쩔 줄 몰랐고 무서웠다. 분노, 동정, 혐오, 슬픔, 실패, 배신, 사랑 같은 감정들이 파도처럼 솟구치다가 부서지며 자신을 난타하자 어리둥절해졌다. 도대체 무엇을? 누구를 위해서? 왜? 알 수만 있다면……

하지만 그는 자신의 기분을 이해할 수가 없었다. 가슴이 답답했고 숨이 막힐 듯이 목구멍이 조여 왔다. 무기력해진 그는 조용히 눈물을 흘렸다.

저녁이 되자 어둠이 깔렸다. 그는 손수건을 꺼내서 두 눈을 닦았다. 상상의 눈물까지 닦던 그는 곧 성한 한쪽 눈만 젖어 있음을 깨달았다. 하지만 이상하게도 그는 잃어버린 한쪽 눈마저도 울고 있을 거라고 확신했다.

암울함을 헤치고 집으로 돌아온 그는 이제 산책이 아무런 의미도 없다고 생각했다. 설령 어떤 의미가 있다고 해도 그것을 찾는 일은 너무나 무섭고 새로웠다.

도망갈 곳은 어디에도 없었다. 그에게 결코 그런 곳은 존재하지 않았다. 언제나 그랬듯이 그의 꿈들은 지난 세월과 충돌해 굴복하고 말았다. 그는 열심히 싸웠고, 승리했고, 실패했다. 그래도 그는 계속해서 싸울 것이다. 달리 무슨 도리가 있겠는가?

그러나 아들을 위해서 그는 처음으로 다른 방법들을 강구하기 시작했다.

마지막 학기를 남겨 두고 마넥이 두 주간 방학을 맞아 집으로 돌아왔을 때도 부자간의 관계가 나아지지 않았다. 그들은 가게 운영 문제로 가장 많이 다퉜다. 마넥은 광고와 선전에 대해서 생각이 많았지만, 파록은 모조리 거부했다.

"제 말을 제발 끝까지 들어 보세요." 마넥이 말했다. "왜 그렇게 고집을 부리시는 겁니까? 한 번쯤 시도해 봐도 되잖아요?"

"이건 그냥 한 번쯤 장난칠 수 있는 취미 생활이 아냐." 파록이 침울한 표정으로 말했다. "우리의 생계가 걸린 문제다."

"두 사람 또 싸우는 거예요? 계속 듣고 있다가는 내가 미치겠어요." 아반이 말했다.

"당신이 쟤를 어떻게 좀 해 봐." 파록이 더욱 침울하게 말했다. "왜 저렇게 항상 말도 안 되는 소리를 하는 건지 원. 내가 하는 말마다 반대를 하잖아. 이게 무슨 과학 실험이라도 되는 것처럼 자기가 무슨 새로운 성공 공식이라도 갖고 있다고 생각하는 것 같아."

그는 다른 곳에서 잘 팔리는 새로운 상표의 비누 또는 비스킷을 주문하도록 허락하지 않았다. 음침한 실내 분위기를 개선시키고 벽에 페인트칠을 하고 진열을 더 매력적으로 보이도록 선반과 유리 진열장을 고치자는 제안도 모두 불경하게 취급했다.

마넥은 그렇게 터무니없이 조심스러운 아버지, 어머니와 아버지의 친구들로부터 들은 이야기들로 떠올린 아버지의 모습의 차이를 받아들이기 힘들었다. 빗물로 불어난 골짜기를 밧줄을 타고 내려가 강아지를 구하던 용감한 아버지, 날아든 유리에 눈을 잃고도 모기에 물린 것처럼 아무렇지도 않았던 아버지, 그리고 남편이 지하실에서 청량음료 병을 채우고 있는 줄도 모르고 계산대 뒤에 홀로 앉아 있던 여자를 보고 쉬운 먹잇감으로 생각하고 가게로 들어온 도둑 세 명을 마치 쌀자루처럼 패대기쳤던 아버지.

그랬던 아버지가 이제는 바보 같은 도로 건설 때문에 무너지고 있었다. 마넥 역시 최근에 아버지를 둘러싼 세계가 완전히 변했다는 걸 깨달았다. 그러나 미래에 대한 희망으로 젊은 혈기가 끓었던 그는 일이 잘 해결되리라고 확신했다. 열다섯 살이던 그는 불멸이었고 산들은 영원했다. 그렇다면 가게는? 여러 세대에 걸쳐서 그곳에 있었던 가게는 앞으로도 여러 세대 동안 그곳에 있을 것임을 그는 전혀 의심치 않았다.

파룩 역시 내심 그렇게 되기를 바랐다. 그는 기적이 일어나서 과거를 되돌려 주기를 희망했다. 그러나 그는 이미 불길한 징조를 보았다. 기분 나쁜 트럭들이 산으로 운반한 물건들 가운데 치명적인 경쟁자가 있었다. 새로 생긴 가게와 호텔 들에 납품되는 청량음료들이었다.

처음에는 그것들이 조금씩 읍내로 스며들었다. 나무 상자 몇 개에 담긴 음료들은 항상 인기가 있던 케이시에 쉽게 밀려났다. 호기심에서 사람들이 새로운 청량음료를 가끔 맛보기는 했지만 어깨를 으쓱거리고 등을 돌렸다. 콜라 가문에서 만든 콜라가 여전히 최고였다.

그러나 공룡 기업들은 피서용 구릉지를 목표로 삼고 케이시를 겨냥했다. 그들은 중역 회의실의 거만함과 광고 그리고 흉악한 기술로 무장한 채 파록의 영역을 침범했다. 대리인들이 그를 찾아와 제안했다. "기계들을 다 정리하고 콜라 씨의 콜라에 대한 권리를 우리한테 넘기고 우리 회사의 대리점을 하십시오. 우리와 함께 성장하고 번영을 누립시다."

당연히 파록은 거절했다. 그것은 단순히 사업의 문제가 아니라, 가문의 이름과 명예의 문제였다. 게다가 그는 좋은 이웃들과 주민들이 변덕스럽지 않아서 자신의 청량음료를 계속 좋아할 것이라고 확신했다. 그는 경쟁에 맞서서 정정당당하게 싸울 준비가 되어 있었다.

그러나 파록이 모르는 사이에 나비넥타이나 회중시계의 쇠줄과 마찬가지로 정정당당한 싸움은 이미 유행에 뒤떨어졌다. 기업들은 공짜로 음료를 나누어 주었고 가격 전쟁을 벌였으며, 웃고 있는 부모들과 함께 행복한 아이들의 모습이나 남녀 연인이 빨대 두 개를 병 하나에 꽂고 입에 물고서 이마를 사랑스럽게 마주대고 있는 모습을 보여 주는 거대한 광고판을 세웠다.

조금씩 스며들던 새로운 음료들은 이제 홍수처럼 밀려들었다. 대도시에서 오랫동안 팔던 상품들이 읍내에 집중적으로 쏟아졌다.

"반격을 해야 됩니다. 우리도 저들처럼 광고를 하고 공짜로 음료를 나눠줘야 해요. 저들이 적극적인 판매 전략을 쓰면 우리도 똑같이 해야 돼요." 마넥이 주장했다.

"적극적인 판매 전략이라고?" 파록이 경멸적으로 말했다. "그게 무슨 소리냐? 정말 상스러운 말이구나. 구걸하는 것 같아. 도시의 큰 회사들이 원한다면 야만인들처럼 굴이도 좋아? 여기는 교양 있는 사람들이 사는 곳이야." 그런 제안을 한 것에 실망한 그는 아들을 침울하게 바라봤다.

"아버지 좀 보세요." 마넥이 아반에게 하소연했다. "또 저렇게 우울한 표정을 짓고 계세요. 제가 무슨 말만 하면 저런 표정으로 절 본다고요. 제가 말하는 건 듣지도 않아요."

콜라 가문의 콜라는 전혀 가망이 없었다. 가게의 기둥이 내려앉은 셈이었고 몇 세대를 걸쳐서 내려오던 비밀 제조법도 종말로 치닫고 있었다.

파록은 곧 고등학교를 졸업하는 아들을 위해서 다른 계획을 세웠다. 그는 우편으로 많은 대학에 문의해서 학교 안내 책자를 보내 달라고 요청했다.

"여보, 정말 이렇게까지 해야 해요?" 아반이 물었다.

"굼벵이는 뒤처지는 법이야. 그리고 난 우리 아들한테도 똑같은 일이 생기길 바라지 않아."

"여보, 그게 무슨 말이에요? 당신이 얼마나 성공했는데요. 인도와 파키스탄이 분리되고 나서 당신은 모든 걸 잃었지만 우리가 훌륭한 삶을 살도록 만들었잖아요. 그런데 굼벵이라뇨?"

"아마도 굼벵이가 아닐지도 모르지. 하지만 세상이 너무 빨리 변하고 있어. 그러니 결과는 똑같아."

그는 자신이 세운 목표에서 흔들리지 않고 친한 친구들과 어떤 직업이 좋을지를 상의했다. 친구들은 그런 가능성을 열어두는 것이 훌륭한 생각이라고 했다.

"자네 사업이 실패하지는 않겠지만 모든 전선에 준비를 해 두는 게 좋지. 큰 총을 예비로 남겨 두는 게 좋아." 그레왈 여단장이 말했다.

"내 말이 바로 그 말일세." 파록이 말했다.

"의사나 변호사가 되면 정말 좋을 텐데." 아반이 즉시 멋진 직업들을 들먹였다.

"아니면 공학자도 괜찮고."

"공인회계사도 아주 괜찮지." 그레왈 여단장이 말했다.

토론을 현실적인 방향으로 끌어가는 것은 군인 출신들이었다. "현실적인 문제가 있어. 사실 선택은 마넥의 성적에 달린 거니까."

"그렇다고 해서 마넥이 재능이 없다는 건 아니지."

"절대 그렇지 않지. 아버지를 닮아서 총검처럼 날카롭잖아."

"마넥은 손재주가 좋아." 칭찬을 정중히 받아들이며 파록이 말했다.

마넥에게는 기술과 관련된 일이 좋겠다고 모두들 동의했다. 국가가 발전함에 따라서 성장하게 될 산업이라면 더욱 좋을 것이다. 대부분의 사람들이 열대나 아열대 기후에 살고 있는 국가에서 답은 분명했고, 그 답에 아무런 이의가 없었다. "냉장고와 에어컨이지." 그 분야에 학위를 주는 가장 좋은 대학이 아반의 고향이자 파록과의 결혼을 위해서 떠났던 바닷가 도시에 있음을 그들은 발견했다.

마지막 학기를 끝내고 집으로 돌아온 마넥은 자신에게 결정된 것이 무엇인지 알고는 거칠게 항의했다. 두 번째 배신은 첫 번째와 달리 통증이 천천히 느껴지지 않았다. 그것은 그의 내부에서 폭발했다.

"고등학교 졸업장을 받으면 같이 일하게 해 주겠다고 약속하셨잖아요! 제가 사업을 물려받기를 원하신다고 말씀하셨잖아요!"

"진정해라. 그렇게 될 거야. 그렇게 될 거라고." 파록은 실제로 느끼는 것보다 더 큰 자신감을 보이면서 말했다. "이건 만약을 대비하는 거란다. 너도 알다시피 과거에는 미래를 계획하기가 훨씬 쉬웠어. 이제는 상황이 더 복잡해졌지. 불확실한 게 너무 많아."

"시간 낭비예요." 마넥이 말했다. 그는 아버지가 잡화점 일에 간섭하는 자신을 경쟁자로 여기고 없애기 위해서 그러는 것이라고 확신했다. "직업이나 다른 걸 배우길 원하신다면 만달라의 자동차 정비소에서 수리공으로 일하면 돼요. 왜 그렇게 멀리까지 가야 하냐고요?"

파록은 침울한 표정을 지었다. 그레왈 여단장이 마음씨 좋게 웃었다. "마넥, 네가 제2방어선을 계획하고 있다면 확실하고 튼튼하게 만들어야 해. 그렇지 않다면 아예 할 필요도 없어."

파록 부부의 친구들은 마넥이 매우 운이 좋으며 그러한 기회에 감사해야 한다고 했다. "네 나이에 전국에서 가장 현대적이고 국제적인 도시에서 1년을 지낼 수 있다면 우린 정말 흥분될 것 같다."

그렇게 마넥은 대학에 등록했고 떠날 준비를 했다. 여행 가방을 새로 샀다. 옷을 챙기고 여행을 위한 다양한 구간의 기차표를 예약했다.

"걱정하지 마라." 아반이 말했다. "1년 후에 돌아오면 모든 게 다 괜찮아질 거야. 아버지는 네 미래가 걱정돼서 그러는 거란다. 아버지에게는 이 모든 변화들이 너무 빨리 일어났어. 1년 후면 아버지도 차분해지실 거야."

그녀는 아들이 가져갈 물건들을 상자에 담았다. 뭔가를 빠트릴까 봐 그녀는 대학 안내서에 제시된 명부를 계속 참조했다. 그녀는 가방을 열었다 닫았다, 물건을 꺼냈다 다시 넣었다 하면서 숫자를 세고 다시 배열했다. 잡화점의 상품들을 손쉽게 다루던 그녀는 아들의 짐을 싸는 데는 엉망이었다.

그녀는 계속 남편의 조언을 구했다. "여보, 수건은 몇 개를 넣어야 하죠? 마넥이 회색 개버딘 바지가 필요할까요? 여보, 비누하고 치약은 얼마나 넣어요? 그리고 약은 뭘 넣어야 할까요?"

그의 답은 항상 똑같았다. "그런 걸로 날 괴롭히지 말고 당신이 알아서 해." 그는 마치 쌓여 가는 옷과 물건들이 존재하지도 않는 것처럼 근처에도 가지 않았다. 위층 복도의 탁자 위에 놓인 열린 가방을 지나갈 때면 그는 시선을 피했다.

아반은 남편의 행동의 의미를 완벽하게 잘 알고 있었다. 남편이 함께 계획하고 짐을 싼다면 모두에게 그토록 큰 고통을 주는 시간을 그가 훨씬 쉽게 견뎌낼 수 있으리라고 그녀는 생각했다.

남편이 퉁명스럽게 대답하자 그녀는 그냥 내버려두었다. 비록 그들이 마넥과 그렇게 오랫동안 떨어져 있었던 적은 없었지만, 어쨌든 그런 문제를 다루는 데 있어서는 아반이 남편보다 더 강한 편이었다. 떨어져 있는 것이 위험한 일이라는 걸 그녀도 알고 있었다. 떨어져 있으면 사람이 변한다. 그녀 자신의 경우도 마찬가지였다. 이제 그녀는 결코 도시에 있는 가족들에게 돌아가 살 수 없다. 그리고 기숙학교를 다닌 마넥은 그들을 껴안으면서 하던 아침 인사를 하지 않았다. 그전에는, 심지어 몸이 아플 때도 다정하게 내려와서 그녀를 껴안고 다시 침대로 돌아갈 정도로 절대 빼먹지 않던 습관이었다. 이렇게 다시 떨어져 있으면 마넥은 얼마나 더 달라질까? 아들은 이미 이전보다 고독했고, 말을 걸고 이야기를 나누기가 더 어려웠으며, 항상 매우 우울해 보였다. 그는 얼마나 더 변하게 될까? 도시의 생활이 아들에게 어떤 영향을 끼칠까? 그녀는 이제 그를 영원히 잃고 마는 것일까?

손님들을 상대하는 와중에 생각에 잠겨 걱정하던 그녀는 멍하니 가게에서 나와 마넥의 상자들이 있는 곳으로 갔다. 위층이 뭔가 이상하다는 느낌이 든 파록은 작동 중이던 청량음료 기계를 멈추고 지하실 계단을 뛰어 올라가 기다리고 있던 손님들에게 사과했다.

그날 아침 그는 화를 참았다. 그러나 다음번에 또 그런 일이 생기사 그는 그만 폭발하고 말았다. "여보! 도대체 방에서 무슨 급한 용무를 보는 건지 대답이나 좀 들을 수 있을까?"

그는 빈정거리는 짓을 잘 하지 못했고 그런 일도 드물었기 때문에 자신도 놀랐고 아반도 상처를 입었다. 그러나 그녀는 말싸움에 휘말리지 않으려고 상냥하게 대답했다. "아주 중요한 게 생각나서 그래요. 지금 당장 확인해야 하거든요."

"당신 집착 때문에 미칠 지경이야. 잊어버리면 소포로 붙이면 된다는 걸 제발 명심하라고."

그러나 아반의 걱정은 어디다가 담을 수도 소포로 보낼 수도 없었으며, 그것을 설명하는 일조차 뜻대로 되지 않아서 말이 헛나가고 말았다. "당신은 마넥이 짐을 싸는 데도 관심이 없고 책임지고 싶지도 않잖아요. 그런데 나더러 집착이니 미치겠다는 소리를 할 수 있어요? 당신은 애가 걱정되지도 않아요? 도대체 어떻게 된 거예요?"

화가 나고 혼란스러웠지만 그는 아내의 행동이 무엇을 뜻하는지 알고 있었다. 말다툼이 있고 일주일 후에 그는 아내가 한밤중에 방을 나가려고 일어나는 소리에 잠을 깼다. 몇 분 전에 시계가 자정을 알렸다. 그는 자는 척했다. 아반이 실내화를 찾느라고 더듬자 부스럭거리는 소리가 났다. 그녀가 문을 닫고 나가자 그는 조용히 일어나 뒤를 따라갔다.

그의 맨발이 차가운 마루에 닿았다. 어두운 복도를 살며시 걷던 그가 모퉁이를 돌자 여행 가방 앞에 서 있는 그녀가 보였다. 그는 한 발짝 뒤로 물러섰다. 그녀는 머리를 숙이고 마넥의 옷에 손을 넣은 채 꼼짝 않고 서 있었다. 구름에 가려진 달이 그 모습을 드러내자 달빛이 그녀의 얼굴을 비추었다. 올빼미 울음소리가 들렸다. 그녀는 세 사람의 삶을 자신의 존재에 합일한 채 그들이 함께한 세월을 떠올리며 그곳에 서 있었다. 그는 얼굴과 눈에 생기가 넘치는 모습으로 너무나 아름답게 생각에 잠긴 그녀를 바라보고, 그녀 몰래 조용히 뒤를 따라온 게 매우 기뻤다.

올빼미가 또다시 울었다. 구름 한 점이 살며시 지나가자 달빛이 너울대며 머뭇거렸다. 마넥의 가방에서 그녀의 손이 움직였다. 현관에 있던 개들은 유령이라도 본 듯이 짖어댔다.

파록은 똑딱똑딱 시계 소리와 12시 15분을 알리며 뎅하고 종이 한 번 울리는 소리를 들었다. 그런 광경을 볼 수 있도록 만들어 준 달빛이 비치는 밤에 그는 감사했다. 침대로 돌아온 그는 잠시 후 돌아온 아내가 이불 밑으로 살며시 들어오자 아무 말도 하지 않았다.

파록과 아반이 마지막 당부를 해야 할 순간이 왔다. 그들은 마넥이 떠나기로 한 이후 줄곧 했던 충고와 별다를 것 없이 대학에서 노름을 하거나 술을 마시거나 담배를 피우는 친구들과 어울리지 말라고 다시 한 번 일렀다. 또한 돈 관리를 조심할 것과 도시 사람들은 우리와 매우 다르기 때문에 건전한 의심이 필요하다고 했다. "네가 여기 있는 동안에 우리는 네 친근한 성격을 한 번도 억제하지 않았단다. 네 친구들이 부자든 가난하든, 그리고 무슨 종교와 카스트든 간에 그런 차이는 중요하지 않았어. 하지만 이제 넌 도시로 떠나니까 아주 중요한 차이에 직면하게 될 거다. 그러니까 매우 조심해야 한다."

파록은 아들과 함께 버스를 타고 계곡으로 가서 오토릭샤를 타고 기차역으로 가려고 계획했었다. 그러나 아침 일찍 와서 일을 거들어 주기로 했던 아르바이트 점원이 도착하지 않았다. 할 수 없이 마넥은 혼자서 하루 꼬박하고도 한나질이 걸리는 도시로 향하는 여행을 시작했다.

"역에서 짐꾼을 반드시 불러라. 혼자서 다 들려고 하지 말고. 짐을 맡기기 전에 먼저 흥정을 해야 한다. 3루피면 충분할 거야." 파록이 말했다.

"아버지를 안아 주지도 않을 거니?" 아버지와 아들이 악수를 하자 아반이 화를 내며 말했다.

"아, 알았어요." 마넥이 파록을 두 팔로 껴안았다.

덜덜덜 떨리는 오토릭샤가 정문에 도착했을 때 프론티어 메일호는 이미 기차역에 들어와 있었다. 마넥은 요금을 지불하고 짐꾼을 따라서 남행 열차 승강장에 이르는 육교를 건넜다. 그는 육교 위에 잠시 멈춰서 길고 가늘게 늘어서 있는 열차와 그 주위를 허둥지둥 달리는 사람들을 내려다보았다. 사람들이 마치 죽은 벌레를 옮기려는 개미들 같았다.

짐꾼은 계속 걸어갔고 마넥은 그를 따라잡으려고 뛰었다. 대합실 근처에서 노점 상인이 딱딱 소리를 내는 숯을 부채질하며 옥수수를 굽고 있었다. 마넥은 좌석을 잡은 다음에 사러 올 계획을 세웠다.

"지금부터는 50루피야." 마넥은 일주일치 자릿세인 공짜 옥수수와 돈을 걷고 있는 역장의 말을 엿들었다. "자리도 제일 좋은 데고 다른 사람들도 그 정도는 다 내려고 하니까."

"하루 종일 연기에 눈이 멀고 폐가 질식할 지경입니다요." 노점상이 말했다. "손가락 좀 보십쇼. 완전히 새까맣게 탔습니다. 선생님, 좀 봐주십시오." 그는 옥수수가 타는 것을 막으려고 속대를 능숙하게 뒤집었다. "50루피를 어떻게 냅니까요? 경찰한테도 줘야 되는 됩쇼."

"엄살떨지 마. 얼마 버는지 다 알고 있으니까." 역장이 풀을 먹인 흰색 유니폼 호주머니에 돈을 집어넣으며 말했다.

이따금 옥수수 알이 날카로운 소리를 내면서 터졌다. 그 소리와 냄새에 마넥은 어머니와 함께 친척들을 만나러 갔던 첫 번째 기차 여행이 생생하게 떠올랐다.

아버지가 배웅을 하러 기차역까지 왔었다. "이 녀석 이제 꽤 무겁네." 마넥이 증기 기관차를 잘 볼 수 있도록 위로 들어 올리면서 파록이 장난스럽게 끙끙댔다. 기관차는 정말 거대했고, 기차는 마치 방갈로를 연결해 놓은 것처럼 길고 멀리 뻗어 있었다. 파록은 아들을 씩씩거리며 철커덕 소리를 내는 그 괴물과 가까운 승강장 끝으로 데려갔다. 마넥은 옥수수를 열심히 먹고 있었다. 옥수수를 한입 베어 물자 우유처럼 하얀 즙이 아버지의 안경에 튀었다.

파록이 홱 잡아당기는 몸짓을 하자 기관차 운전사는 무슨 말인지 알아들었다. 그는 모자챙을 멋지게 치며 마넥을 위하여 경적을 울렸다. 귀를 찢을 듯한 날카로운 소리가 너무 가까이에서 들리는 바람에 마치 심장에서 울리는 것 같이 느껴졌다. 깜짝 놀란 마넥은 옥수수를 떨어트리고 말았다. "걱정 마라. 엄마가 또 사줄 테니까." 파록이 아들을 안심시켰다.

마지막 출발 신호가 울리자 그는 마넥을 창문으로 밀어 넣어 아반의 옆자리에 앉혔다. 열차가 움직이고 기차역이 서서히 그들 옆을 흘러가기 시작했다. 파록은 웃으면서 손을 흔들고 키스를 날려 보냈다. 그는 객차 옆을 걷다가 잠시 달려보았지만 곧 뒤쳐져서, 승강장에 떨어졌던 옥수수와 마찬가지로 사라졌다. 그리고 익숙한 모든 것이 순식간에 시야에서 사라졌다.

마넥은 객실을 찾고 짐을 챙긴 다음에 짐꾼에게 품삯을 지불했다. 어릴 때 봤던 바퀴 달린 방갈로는 줄어든 것 같았다. 시간은 환상적인 것을 평범한 것으로 바꿔 놓았다. 경적이 울렸다. 옥수수를 살 시간이 없었다. 그는 옆 좌석 승객 옆에 몸을 파묻었다.

옆 사람은 마넥이 말을 걸어도 별 반응 없이 고개를 끄덕이고 끙끙거리거나 모호한 손동작만을 취했다. 옷을 잘 차려 입은 남자는 머리 왼쪽으로 가르마를 탔다. 셔츠 호주머니에는 클립으로 고정된 펜과 사인펜으로 가득한 독특한 플라스틱 통이 있었다. 그들과 마주보는 두 좌석에는 젊은 여자와 그녀의 아버지가 앉아 있었다. 여자는 뜨개질을 하느라 바빴다. 뜨개질바늘에 매달린 완성된 부분을 보면서 마넥은 뭘 만들고 있는지 추측해 보려고 했다. 스카프, 스웨터 소매, 아니면 양말인가?

그녀의 아버지가 화장실에 가려고 일어섰다. "아버지, 잠깐만요. 제가 도와드릴게요." 아버지가 목발을 짚고 통로로 절뚝거리며 나가자 딸이 말했다. 잘됐다, 저 아가씨가 침대칸을 쓰겠구나, 하고 마넥은 생각했다. 자기 침대칸에서 아가씨를 볼 수 있겠구나 싶었다.

저녁에 그는 자신의 옆에 앉은 잘 차려입은 남자에게 글루코 비스킷 하나를 건넸다. 남자가 고맙다고 속삭였다. "천만에요." 남자가 낮은 목소리로 말하는 걸 좋아한다고 생각한 마넥 역시 속삭였다. 그러자 남자가 바나나 하나를 마넥에게 건넸다. 바나나 껍질이 더위 때문에 새까맸지만 그는 먹었다.

침대칸에서 잘 수 있도록 안내원이 객실을 돌면서 담요와 시트를 나누어 주었다. 안내원이 떠나고 나자 잘 차려 입은 남자가 바나나가 든 가방에서 자물쇠와 사슬을 꺼내 여행 가방을 좌석 밑의 선반에 묶었다. 마넥의 귀에다 대고 남자가 은밀하게 속삭였다. "승객들이 자고 있을 때 도둑들이 객실로 들어오죠."

"아, 네." 마넥은 순간 당황했다. 그건 처음 듣는 소리였다. 하지만 아마도 남자가 좀 걱정이 많은 성격일지도 몰랐다. "그런데 몇 년 전에 제 어머니와 함께 이 기차를 탔었는데 아무것도 도둑맞지 않았습니다."

"슬프게도 지금은 세상이 많이 변했소." 남자가 셔츠를 벗어 창문 옆에 있는 고리에 반듯하게 걸었다. 그런 다음 셔츠 호주머니에서 플라스틱 통을 떼서 가슴털이 강력한 스프링에 끼이지 않도록 조심하면서 속옷에 클립을 고정시켰다. 지켜보던 마넥을 보고서 남자가 웃으면서 속삭였다. "난 펜을 아주 좋아해요. 잠잘 때도 함께 자죠."

마넥도 웃으면서 속삭였다. "네, 저도 아끼는 펜이 있습니다. 아무한테도 빌려주지 않죠. 펜촉의 각도가 휘거든요."

앞에 앉은 아버지와 딸은 자기들을 빼놓고 속삭이는 소리가 달갑지 않았다. "아버지, 어쩌겠어요. 어떤 사람들은 저렇게 태어날 때부터 무례한걸요." 아버지에게 목발을 건네며 딸이 말했다. 그들은 맞은편 좌석들을 차갑게 노려보면서 다시 화장실로 향했다.

마넥은 가방에 신경이 쓰여서 그들의 시선을 느끼지 못했다. 펜을 사랑하는 남자가 도둑 이야기를 속삭인 이후로 그의 저녁은 망가졌고 침대칸에 있던 여자에 대해서도 완전히 잊어버렸다. 그가 정신을 차렸을 때는 아버지가 딸의 목까지 감싼 시트 때문에 그녀를 엿볼 수가 없었다.

침대칸으로 올라가기 전에 마넥은 가방의 한쪽 모서리가 위에서도 보이도록 만들었다. 잠이 들지 못한 그는 때때로 가방을 내려다보았다. 젊은 여자의 아버지는 그의 행동을 수상하게 여겼다. 새벽이 가까워 오자 마넥의 경계심도 잠에 압도당했다. 잠에 굴복하기 전에 그가 마지막으로 본 것은, 딸이 밑으로 내려올 때 종아리나 발목조차도 보이지 않도록 아버지가 목발을 짚은 채 침대 시트로 가리고 있는 모습이었다.

그는 안내원이 침구를 거두러 올 때까지 잠에서 깨지 않았다. 젊은 여자는 이미 뜨개질을 하느라 바빴고, 용도를 알 수 없는 완성된 양모가 그녀의 손가락 밑에서 춤을 추고 있었다. 차가 제공됐다. 이제 잘 차려입은 남자가 말을 많이 하기 시작했다. 펜이 가득 든 통이 다시 그의 셔츠 주머니에 꽂혀 있었다. 마넥은 어제 그가 말을 아꼈던 이유가 목이 아파서였다는 것을 알게 되었다.

"다행히 오늘 아침에는 좀 낫군요." 가래를 뱉을 듯이 기침을 하면서 그가 말했다.

남자가 쉰 목소리로 속삭일 때 뭔가 특별한 이유가 있을 것 같아서 따라했던 게 생각나자 마넥은 부끄러웠다. 그는 사과를 해야 할지 자초지종을 설명해야 할지 몰랐지만 펜을 사랑하는 남자는 전혀 화가 난 것 같지 않았다.

"상태가 아주 심각하죠. 그래서 전문가의 치료를 받으러 가는 중입니다." 그가 다시 헛기침을 했다. "아주 오래전에, 일을 시작했을 때는 이런 일이 일어나리라고는 상상도 못했죠. 하지만 어떻게 운명과 맞서 싸울 수 있겠소?"

마넥은 동의의 표시로 고개를 가로저었다. "공장에서 일하셨나요? 유독 가스 때문인가요?"

남자는 그 말에 비웃었다. "이래 봬도 난 법학과를 졸업한 변호사요."

"네, 그러시군요. 그러면 먼지가 많은 법정에서 오랫동안 말을 많이 해서 성대에 무리가 가서 탈이 난 거로군요."

"아니오. 정반대죠." 그는 잠시 망설였다. "말하자면 아주 긴 얘기죠."

"시간이 많습니다. 아주 긴 여행이니까요." 마넥은 그의 이야기를 듣고 싶었다.

맞은편의 아버지와 딸은 더 이상 서로 낮은 목소리로 말하는 사람들을 참을 수가 없었다. 그녀의 아버지는 그들의 낮은 웃음이 순진한 딸에 대한 음흉한 의사 표시라고 확신했다. 얼굴을 찌푸린 그는 목발을 짚고 딸의 손을 잡고서 한쪽 발을 세게 구르면서 통로를 걸어갔다. "아버지, 어쩌겠어요. 어떤 사람들은 저렇게 예의가 없는걸요."

"저 사람들 왜 저러죠?" 목발이 기계처럼 딱딱거리며 움직이는 걸 보면서 펜을 사랑하는 남자가 말했다. 그는 작은 녹색 병의 코르크 마개를 뽑아서 한 모금 마시고 옆으로 치웠다. 펜들을 사랑스럽게 만지면서 그는 약을 먹어서 상쾌해진 후두 상태를 점검하며 이야기를 시작했다.

"나의 첫 번째 일이자 내가 가장 좋아한 법조계 일은 아주 오래전에 시작됐소. 우리가 독립하던 해였으니까."

마넥이 재빨리 계산했다. "1947년부터 1975년이면 28년이네요. 정말 오랫동안 법조계 일을 하셨군요."

"아니오. 2년 만에 직업을 바꿨거든. 매일 법정의 사람들 앞에서 일하는 건 못 하겠더라고. 나처럼 수줍음이 많은 사람한테는 너무 스트레스가 심한 일이죠. 밤마다 침대에 누우면 다음 날 아침이 무서워서 식은땀을 흘리며 떨었으니까. 그래서 혼자서 할 수 있는 일을 찾았죠. 카메라로 할 수 있는 일이라면 괜찮았으니까."

"사진 찍는 거요?"

"아니오. 카메라는 라틴어로 혼자라는 의미가 있소." 마치 가려운 데를 긁어 주려는 듯이 펜들을 만지며 그는 미안한 표정을 지었다. "법률 공부를 할 때 생긴 나쁜 버릇인데 자꾸 좋은 말을 놔두고 바보 같은 단어들을 쓴다오. 어쨌든 혼자 할 수 있는 일을 찾다가 《인도타임스》에서 원고 교정을 하게 됐소."

마넥은 원고 교정이 어떻게 목을 상하게 한 건지 궁금했다. 그러나 이미 두 번씩이나 끼어들었다가 바보가 되었으므로 그냥 조용히 듣기로 했다.

"거기서 난 그야말로 최고 중의 최고였소. 가장 어렵고 중요한 건 내가 교정을 봤지. 사설, 법정 기사, 법률 문서, 주식 시세. 그리고 정치 연설도 교정을 봤는데 너무 지루해서 졸리고 잠이 왔죠. 졸음은 원고 교정의 가장 큰 적이오. 그것 때문에 망신당한 사람들을 여럿 봤어요.

"하지만 나한테는 별로 어려운 게 없었소. 글자들이 내 눈앞에서 한 줄 한 줄, 신문 용지의 바다 위에 떠 있는 질서 정연한 함대들처럼 지나갔죠. 때로는 내가 신문이라는 해군의 총사령관이 된 기분이었소. 몇 달 지나지 않아서 난 교정 총책임자로 진급했소.

"밤마다 식은땀을 흘리는 일이 사라졌고 잠을 아주 잘 잤죠. 24년 동안 그 직책을 맡았소. 난 조그만 칸막이 방에서 행복했어요. 책상과 의자 그리고 독서 등이 있는 내 왕국이었죠. 더 이상 바랄 것이 없었소.

"정말 좋으셨겠습니다."

"물론이오. 하지만 왕국은 영원하지 않는 법이고 내 보잘것없는 칸막이 방 왕국도 마찬가지였죠. 어느 날 갑자기 아무런 경고도 없이 그 일이 벌어졌으니까."

"뭐가요?"

"그건 재앙이었소. 가뭄 원조 계획에서 개인적인 부를 축적한 의원에 대한 사설을 교정하던 중이었소. 그런데 눈이 가렵고 눈물이 나는 거예요. 아무 생각 없이 난 눈을 비비고 눈물을 닦고 다시 일을 시작했소. 그런데 잠시 후에 또 눈물이 나는 거예요. 또 눈물을 닦았죠. 그래도 계속 그러는 거요. 그것도 이제는 한두 방울도 아니고 계속 쏟아졌지.

"그러자 걱정이 된 동료들이 주위로 몰려들었소. 칸막이 방에 들어찬 사람들은 내가 슬퍼한다고 생각하고 많은 위로를 건넸죠. 매일매일 부패, 자연 재해, 경제 위기에 관한 국가의 딱한 사정을 읽던 내가 마침내 무너지고 만 거라고 생각한 거지. 슬픔과 좌절로 완전히 힘을 잃었다고 말이오.

"물론 그들이 잘못 생각한 거죠. 난 절대로 개인적인 감정을 일에 개입시키지 않소. 혹시나 해서 하는 말인데, 원고 교정을 보는 사람이 냉혹하다는 말은 아니요. 나도 불행, 카스트의 폭력, 정부의 냉담, 관리의 거만함, 경찰의 야만에 관한 기사를 읽다 보면 울고 싶어질 때가 있소. 아마 많은 사람들이 그렇게 느낄 거고 그게 지극히 당연한 거죠. 그러나 내가 제일 좋아하는 시인이 말했듯이 너무 오랫동안 희생하다 보면 마음이 돌덩어리가 되죠."

"누가 한 말입니까?"

"W. B. 예이츠요. 그리고 인생을 계속 살아가려면 때로는 정상적인 행동을 자제해야 되오."

"글쎄요. 숨기는 것보다 정직한 것이 낫지 않나요? 이 나라의 모든 사람들이 화가 나거나 분노하면 뭔가 바뀌지 않을까요? 정치인들이 제대로 일을 할지도 모르구요."

마넥의 반론에 논쟁할 기회를 잡았다는 듯이 남자의 눈에서 빛이 났다. "이론상으로는 맞소. 나도 그 말에 동의해요. 그런데 실제로는 더 큰 재앙으로 이어지죠. 6억 명의 사람들이 분노하고 울부짖으며 통곡한다고 상상해 보시오. 항공기 조종사들, 기관사들, 버스와 전차 차장들을 포함한 모두가 그렇게 한다면 파국이죠. 비행기들이 하늘에서 떨어지고 기차들이 철로에서 벗어나고 배들은 가라앉고 버스들과 트럭들과 차들이 충돌하면 그야말로 혼돈이죠. 완전히 대혼란이 일어나는 거요."

그는 잠시 말을 멈추고 마넥에게 무정부 상태를 구체적으로 상상해 볼 시간을 주었다. "그리고, 이 점도 명심하시오. 과학자들은 여태까지 집단 히스테리와 집단 자살이 환경에 미치는 영향에 대해서 연구를 한 적이 없어요. 특히, 인도 아대륙 크기 정도 되는 곳에서 말이오. 나비의 날갯짓이 지구 반대편에 대기의 교란을 일으킨다면 우리의 경우에는 어떻게 되겠소? 폭풍? 사이클론? 해일? 땅도 동조해서 지진이 일어나지 않겠소? 산들은 폭발하지 않을까? 강들은 12억 개의 눈에서 흘러나온 눈물에 넘쳐서 홍수가 나지 않겠소?"

그는 녹색 병을 또 한 모금 마셨다. "그러니 너무 위험해요. 하던 대로 계속 살아가는 편이 나아요." 그는 병에 코르크 마개를 씌우고 입술을 닦았다. "다시 이야기로 돌아가자면, 그날 교정을 보다가 눈에서 눈물이 너무 많이 흘렀소. 단 한 글자도 읽을 수가 없었죠. 군기가 든 원고의 줄과 열이 갑자기 반란을 일으킨 거요. 글자들은 폭풍이 부는 종이 바다 위에서 심하게 요동치며 허물어졌소."

그 운명의 날을 회상하면서 그는 손으로 자신의 눈을 만진 후 마치 고통스러운 일들의 기억 때문에 펜들이 화가 나기라도 한 것처럼 달래듯이 쓰다듬었다. 그러자 이야기를 계속 듣고 싶었던 마넥이 그 때를 틈타 덕담을 건넸다. "전 원고 교정 보는 분은 처음 만나 뵙습니다. 그런 분들은 아주 재미가 없을 줄 알았는데 선생님은 말씀을 참…… 그러니까 정말 다르게 하시네요. 마치 시인 같으세요."

"당연하지! 24년 동안 조국의 승리와 비극을 보며 숨 가쁘게 살면서 기쁠 때는 맥박이 뛰며 노래를 하고 슬플 때는 맥박이 흔들렸소. 24년간 교정을 보면서 수많은 단어들이 내 영혼의 창을 통해서 머릿속으로 날아들었고, 그것들 중에 일부는 아직도 남아서 머릿속에 둥지를 틀었소. 항상 새로운 단어들로 자극을 받으니 언어를 내 뜻대로 사용해서 시인처럼 말하는 건 당연한 거 아니겠소?" 그가 크게 한숨을 내쉬며 말을 이었다. "그러다가 눈물이 쏟아지던 날 모든 게 끝났죠. 영혼의 창이 닫혀버린 거죠.

그리고 안과 의사가 장애를 선고하며 원고 교정은 더 이상 못 볼 거라고 하더군요.”

“의사한테 새로 안경을 맞춰 달라고 하면 되지 않나요?”

“그래도 어쩔 수 없소. 문제는 내 눈이 인쇄 잉크에 악성 알레르기 반응을 보인다는 거지.” 그는 아무 소용없다는 듯한 동작으로 손바닥을 펴 보였다. “나를 교육시켜 준 감미로운 잉크가 독약으로 변한 거죠.”

“그래서 어떡하셨어요?”

“그런 상황에서 뭘 어떻게 하겠소? 그냥 받아들이고 사는 거죠. 생존의 비결은 변화를 받아들이고 적응하는 거라는 걸 잊지 마시오. 인용하자면 ‘모든 것들은 무너지고 다시 만들어지며 그것들을 새로 만드는 일은 즐겁다.’”

“예이츠인가요?”

남자가 고개를 끄덕였다. “그러니까 선을 긋고 구획을 정해서 그것들을 넘지 않으려고 하면서 살 수는 없는 거요. 때로는 실패를 성공의 징검다리로 삼아야지. 희망과 절망의 적절한 균형을 유지해야 하죠.” 그는 잠시 말을 멈추고 자신이 한 말을 되새겨 보았다. “그렇지, 결국은 모든 게 균형의 문제지.”

마넥이 고개를 끄덕였다. “그래도 그 일이 무척 그리우시겠습니다.”

“글쎄, 꼭 그런 것만은 아니요. 일 자체는 그립지가 않아요. 신문에 나오는 대부분은 완전히 쓰레기죠. 그래서 내 영혼의 창으로 들어온 많은 내용을 즉시 다른 문을 통해서 내보냈으니까.”

마넥에게 남자의 말이 이전에 했던 말과 모순되게 들렸다. 원고 교정 일을 했어도 여전히 변호사여서 그런지 문제의 양쪽 면을 변호할 수 있는 듯했다.

"좋은 것들은 아직도 가지고 있소." 남자는 먼저 자신의 이마를, 그 다음에 플라스틱 통을 소리가 나도록 가볍게 두드렸다. "머릿속에는 쓰레기나 미친 소리를 담아 두지 않고 주머니의 펜은 항상 잉크가 마르질 않죠."

아버지와 딸이 돌아오는지 통로에서 목발이 쿵쿵거리는 소리가 들렸다. 마넥과 남자가 그들을 즐거운 미소로 맞았다. 그러나 아버지와 딸의 마음은 쉽게 달랠 수 없었다. 자리로 들어가던 아버지가 목발을 남자의 발에 들이밀었다. 남자가 공격을 예상치 않았더라면 그의 발이 목발에 찔릴 뻔했다.

"미안하오." 젊은 여자의 아버지가 실망하며 말했다. "어쩌겠소. 다리가 두 개인 사람들이 사는 세상에서 성한 다리가 하나밖에 없으니 이런 서투른 실수가 생깁니다."

"걱정 마십시오. 다치지 않았으니까요." 남자가 말했다.

딸이 다시 뜨개질을 시작했고 아버지는 무서운 시선으로 창밖을 응시했는데, 때때로 그의 성난 시선을 마주친, 들에서 일하는 농부들이 깜짝 놀랐다. 마넥은 남자가 이야기를 계속하기를 바랐다. "지금은 은퇴하신 건가요?"

그는 고개를 가로저었다. "그럴 만한 여유가 없소. 다행히도 편집장이 아주 좋은 양반이라 새 일자리를 구해줬죠."

"그러면 목이 아픈 건 어떻게 된 겁니까?" 마넥은 지금까지 그가 한 말이 약간 요점에서 벗어났다고 생각했다.

"새로 시작한 일 때문에 이렇게 됐죠. 편집장이 많은 정치인들과 친해서 시위를 조직하는 프리랜서 일자리를 구해 줬소." 마넥의 얼굴에서 무슨 말인지 모르겠다는 표정이 나타나자 남자가 설명했다. "구호를 만들고 군중을 동원하고 정당들에 집회나 시위를 조직해 주는 일이죠. 처음에 이야기를 들었을 때는 간단해 보였소."

"그런데요?"

"독창성이 필요한 분야는 전혀 문제가 없었소. 연설문을 쓰고 구호를 만드는 건 쉬웠죠. 오랜 세월 동안 원고 교정을 했으니까 정치인들이 좋아하는 허튼소리나 허세에 대해서는 잘 알고 있었죠. 나의 작업 방식은 간단해요. 먼저 세 가지 목록을 작성하죠. (진짜와 가짜로 이루어진) 후보의 업적들, (소문, 주장, 빈정거림, 그리고 거짓말을 포함해서) 상대방에 대한 비난, 그리고 (실현가능성이 적으면 적을수록 더 좋은) 헛공약들로 말이죠. 그런 다음 이 세 가지 목록에 있는 내용들을 다양하게 섞어서 호언장담을 하고 지방색에 맞는 내용을 곁들이면 바로 새로운 연설문이 탄생하는 거죠. 손님들한테 아주 인기가 좋았소." 성공담을 들려주는 남자의 얼굴에 미소가 번졌다.

"그런데 문제는, 마지막 단계인 바깥 거리로 나가는 데 있었소. 알다시피 난 평생을 사무실 안에서 조용히 일했으니까 목을 쓸 일이 없었죠. 그러다가 갑자기 지시사항을 외치고 구호를 불러주고 군중들에게 따라하라고 소리치려니, 이건 나 같은 사람한테는 완전히 미지의 영역이었죠. 그러다가 많이 쓰지 않은 후두에 너무 무리가 간 거죠. 성대를 너무 심하게 다쳐서 의사가 완전한 회복이 힘들다고 하더군요."

"정말 끔찍하네요. 다른 사람들에게 고함치고 소리치라고 맡기시지 그랬어요. 그렇게 하라고 군중들을 동원한 거 아닌가요?"

"맞소. 하지만 이전 직장에서 아무리 작은 사항이라도 혼자서 하던 습관이 들어 놔서 쉽게 고쳐지질 않아요. 동원된 군중들에게 그냥 맡겨 둘 수가 없었죠. 결국 시위의 성공 여부는 데시벨의 단위로 측정되는 거니까. 아무리 구호와 전단을 잘 만들어도 그것만으로는 충분치가 않죠. 그래서 난 내가 모범을 보여야 한다고 생각하고 빗발치듯이 열정적으로 고함을 지르고 하늘에 애원하고 악의 세력을 저주하고 후원자를 큰소리로 찬양하며 승리가 내 것이 될 때까지 포효하며 외치고 울부짖으며 환호한 겁니다!"

자신의 기억에 흥분한 남자는 목이 아프다는 걸 잊고서 목소리를 높였다. 호주머니에서 펜 하나를 꺼내더니 마치 지휘자의 지휘봉처럼 휘둘렀다. 그때 남자의 연주가 갑자기 격렬한 마른기침과 숨 막힘 그리고 헐떡거림 때문에 끊겼다.

혹시라도 지독한 기침에 감염이라도 될까 봐서 아버지와 딸은 몸을 움찔하며 좌석 뒤로 물러나 앉았다. "아버지, 어쩌겠어요. 어떤 사람들은 저렇게 주위 사람들을 개의치 않는걸요. 염치없이 병균이나 옮기고 말이죠." 딸이 사리로 코와 입을 가리고 쿵쿵댔다.

남자가 숨을 내쉬고 나서 말했다. "보다시피 내 지금 상태가 이렇소. 시위를 조직하는 일 때문에 이렇게 된 거죠. 이게 나의 두 번째 장애요." 그는 두 손을 올리더니 자신의 목을 꽉 쥐었다. "내 손으로 목을 벤 거나 다름없죠."

그 말을 듣고 마넥은 웃었지만 남자는 심각했다. "경험으로 배운 거죠." 그가 진지하게 말했다. "지금은 목이 튼튼한 조수를 옆에 두고 낮은 목소리로 지시를 해요. 조수에게 구호와 박자 그리고 강조해야 할 곳과 강조하지 말아야 할 음절도 알려 주죠. 그러면 조수가 내 대신 군중들이 고함을 지르도록 이끌죠."

"그럼 그 사람 목은 괜찮은가요?"

"아, 전반적으로 괜찮소. 내 조수는 육군 특무 상사로 제대를 했죠. 그래도 그를 위해서 멘톨이 함유된 사탕을 늘 준비해 둬요. 사실 내 조수가 역에 마중을 나오기로 되어 있소. 도시에는 항상 시위 조직을 위한 수요가 많죠. 많은 단체들이 언제나 선동을 하니까요. 음식을 더 달라, 세금을 깎아 달라, 월급을 올려 달라, 물가를 낮춰 달라 등. 그래서 병원에서 치료를 받으면서 일도 좀 할 거요.”

이야기가 끝나갈 무렵 그의 목소리가 지난밤처럼 희미한 속삭임으로 가라앉자, 마넥이 더 이상 무리하지 말라고 했다.

“맞소. 진작 말을 멈췄어야 했는데. 그건 그렇고 내 이름은 바산트라오 발믹이오.” 남자가 손을 내밀었다.

“마넥 콜라입니다.” 그들이 악수를 하자 아버지와 딸은 무례한 사람들이 나누는 인사에 끼고 싶지 않아서 고개를 돌렸다.

집을 떠난 지 36시간이 지난 후에야 도시에 도착한 마넥은 옷이 먼지에 덮여 있었고 눈이 따가웠다. 코도 아팠고 목은 부어 있었다. 그 여행으로 인해서 원고 교정을 보는 불쌍한 남자의 망가진 성대가 얼마나 더 상했을지 궁금했다.

“선생님, 안녕히 가십시오. 모든 일이 잘되기를 바랍니다.” 그는 바깥에서 여행 가방과 상자들을 힘들게 들며 말했다.

슬픈 표정으로 승강장에 서서 퇴역 특무 상사를 찾던 바산트라오는 대답하는 목소리조차 낼 수 없었다. 그는 손을 들어 작별 인사를 하고, 내리면서 펜들을 쓰다듬었다.

마넥은 기차역에서 대학 기숙사로 가는 택시를 탔지만 사고 때문에 길을 약간 돌아가야 했다. 한 노인이 버스에 치였다. 경찰과 앰뷸런스를 기다리며 버스 차장이 지나가는 버스들을 멈춰서 승객들을 옮겨 태웠다.

"길을 건너려면 젊고 빨라야 돼요." 상황을 살펴보던 택시 운전사가 말했다.

"그렇군요." 마넥이 대답했다.

"빌어먹을 버스 운전사들이 시험도 치지 않고, 뇌물을 주고 면허증을 사죠." 추월을 하려고 반대 차선으로 들어가며 택시 운전사가 화난 목소리로 말했다. "전부 감옥으로 보내야 돼요."

"그럼요." 건성으로 듣던 마넥이 대답했다. 기진맥진한 그에게 택시 창문 밖의 도시는 마치 영화 필름처럼 돌아가고 있었다. 보도에서는 아이들이 교미 중인 수캐와 암캐에게 돌을 던지고 있었다. 누군가가 개들을 갈라놓으려고 물통의 물을 부었다. 차도로 뛰어든 개를 택시가 간신히 피했다.

신호등에서는 경찰이 예닐곱 명의 젊은 사람들에게 얻어맞은 남자를 체포하고 있었다. 도로로 몰려나와 있던 이웃 주민들이 사건이 종결되는 걸 목격하고 있었다. "무슨 일이요?" 택시 운전사가 창밖으로 고개를 내밀며 구경하는 사람에게 물었다.

"자기 마누라 얼굴에 염산을 부었어요."

이유를 알기 전에 신호등의 불이 바뀌었다. 운전사는 아마도 여자가 다른 남자와 바람을 피웠거나 남편의 저녁을 태웠을 거라고 추측했다. "어떤 사람들은 정말 인간 같지 않아서 어떤 짓이라도 하죠."

"신부 지참금 때문에 싸웠을지도 모르죠." 마넥이 말했다.

"그럴지도 모르죠. 그런데 그런 경우에는 일반적으로 부엌에서 석유를 사용하죠."

저녁 늦게야 마넥은 기숙사에 도착했다. 기숙사 사감의 사무실에서 그는 열쇠와 함께 방 번호를 배정 받고 주의 사항을 들었다. 방은 항상 잠가 둘 것, 벽에다가 날카로운 도구로 낙서하지 말 것, 여성 방문객을 방으로 들이지 말 것, 창문으로 쓰레기를 버리지 말 것, 저녁에는 정숙할 것 등.

그는 사이클로스타일로 인쇄된 주의 사항을 구겨서 작은 책상 위에 던졌다. 너무 지쳐서 음식을 먹거나 씻을 기운조차도 없었던 그는 흰색 침대 시트를 펴고 잠이 들었다.

그는 종아리를 타고 뭔가가 기어 다녀 잠을 깼다. 그는 팔꿈치를 짚고 일어나 무릎 밑을 세게 때렸다. 밖이 어두컴컴했다. 갑자기 몸이 떨리며 자신이 지금 어디 있는 건지 몰라 깜짝 놀라서 심장이 쿵쾅거렸다. 왜 침실의 창문이 작아진 걸까? 그리고 밤이면 작은 빛들이 춤을 추고, 창문 너머로 보이던 계곡과 멀리서 어렴풋이 보이던 어두운 산들은 어디로 간 걸까? 왜 모든 것이 사라진 걸까?

바닥에 놓인 짐의 희미한 모습이 시야에 들어오자 안도감이 그를 담요처럼 감쌌다. 그는 기차를 타고 여행을 했다. 여행은 익숙했던 모든 것을 사라지게 했다. 얼마 동안이나 잠을 잔 걸까? 몇 시간 아니면 몇 분? 그는 수수께끼를 풀려고 손목시계의 야광 숫자들을 유심히 보았다.

자신의 잠을 깨운 것이 무엇인지 갑자기 떠오르자 그는 깜짝 놀랐다. 다리에 뭔가가 기어 다녔다. 침대에서 뛰쳐나온 그는 여행 가방과 의자에 부딪친 후 미친 듯이 벽을 더듬었다. 스위치를 찾았다. 손가락으로 스위치를 누르자 천장에 붙은 벌거벗은 전구에 불이 들어왔고 침대 시트가 방금 내린 눈처럼 눈부시게 빛났다. 그가 누웠던 부분만 얼굴과 옷에서 묻은 먼지로 더럽혀져 있었다.

그때 그는 하얗게 펼쳐진 침대 시트의 가장자리에 있는 뭔가를 보았다. 눈부신 불빛 아래에서 그것은 재빨리 침대와 벽 사이의 틈으로 도망갔다. 그는 신발 하나를 쥐고 힘껏 내리쳤다.

그러나 한참 빗나갔고 바퀴벌레는 사라졌다. 실망한 그는 피곤함과 싸우면서도 확실하게 그 문제를 해결하고 싶었다. 숨어 있는 바퀴벌레를 놀라게 하지 않으려고 그는 들어갈 공간이 생길 때까지 침대를 벽에서 천천히 끌어냈다.

드러난 바닥에는 바퀴벌레들이 모여 있었다. 그는 조심조심 몸을 굽혀 팔을 들고 연속으로 내리쳤다. 세 마리가 신발에 맞았고 나머지는 침대 밑으로 사라졌다. 도망간 바퀴벌레들이 또다시 자신을 괴롭히지 못하게 하려고 그는 손과 무릎을 바닥에 대고 쫓아갈 자세를 취했다. 그런 와중에 발목이 가려워서 손가락으로 긁다가 빨갛게 부어오른 것을 느꼈다. 그의 두 팔에도 부어올라 가려운 곳들이 있었다.

그때 문을 두드리는 소리가 났다. 바퀴벌레들을 두고 떠날 수가 없어서 그는 망설였다. 그들이 숨기라도 한다면 밤새도록 시달릴 것이다.

목소리가 들렸다. "이봐! 괜찮아!"

마넥은 침대 밑에서 기어 나와 문을 열었다. "안녕! 난 옆방에 사는 아비나시라고 해." 그가 오른손을 내밀었다. 그의 왼손에는 스프레이 통이 들려 있었다.

"마넥이라고 합니다." 그는 신발을 놓고 악수를 하면서 혹시라도 바퀴벌레가 도망갈까 봐서 어깨너머로 재빨리 흘끗 보았다.

"바닥을 치는 소리를 들었어. 바퀴벌레지?"

마넥이 신발을 다시 집어 들며 고개를 끄덕였다.

"진정해. 여기 진보된 기술이 있으니까." 아비나시가 싱긋 웃으며 스프레이 통을 들어 보였다.

"고맙지만 괜찮습니다." 두 팔에 빨갛게 부어오른 반점들을 세게 긁으면서 마넥이 말했다. "세 마리는 잡았으니까……"

"여길 잘 몰라서 그러는구나. 세 마리를 죽이면 서른여섯 마리가 복수를 하려고 일렬로 행진하며 나타난다니까. 히치콕 감독의 영화처럼 말이야." 웃으면서 가까이 다가온 그는 마넥의 팔에 빨갛게 부어오른 반점들을 가볍게 만졌다. "빈대한테 물렸구나."

그는 방에 소독약을 뿌리고 45분 동안 밖에서 기다리라고 충고했다. "그래야 오늘밤에 잠을 잘 수가 있어. 날 믿어. 난 3년째 여기 기숙사에서 살고 있으니까."

그들은 침대 시트를 벗기고 매트리스를 들고 나서 침대틀과 널에 약을 뿌렸다. 창턱과 벽장 구석구석까지, 방의 나머지 부분에도 약을 뿌렸다. 빈대와 바퀴벌레 들이 숨지 못하도록 여행 가방과 상자들은 아비나시의 방으로 옮겼다.

"소독약을 너무 많이 써서 미안해요." 마넥이 말했다.

"괜찮아. 너도 플리트 한 통은 사야 될 거야. 나중에 내 방에 좀 뿌려줘. 적어도 일주일에 한 번씩은 방에 소독약을 뿌려야 해."

마넥은 그 방의 유일한 의자에, 아비나시는 침대에 앉아서 벌레들이 죽기를 기다렸다. "이제 어떻게 하는지 알겠지?" 그가 팔꿈치를 짚고 몸을 기대며 말했다.

"도와줘서 고마워요."

"뭘, 그런 걸 가지고 그래." 무슨 대화를 해야 할지 몰라서 잠시 침묵이 흘렀다. 말이 없자 서로 어색했다. "체스나 두면서 시간을 보낼까?"

"그러죠." 마넥은 아비나시의 두 눈이 자신을 똑바로 쳐다볼 때의 모습이 마음에 들었다.

머리를 체스판 위로 숙인 채 게임을 시작하자 대화하기가 한층 쉬웠다.

"집이 어디야?" 아비나시가 첫 번째 왕을 처치하고 물었다.

마넥이 구릉지, 동네들, 산들, 긴꼬리원숭이들, 눈에 대해서 말해 주자 아비나시가 놀라워했다. 그는 게임을 이기고 판을 다시 짜면서 지금까지 한 번도 여행을 해본 적이 없다고 고백했다.

"고향집은 산 위의 언덕에다가 증조할아버지가 지으셨어요. 그리고 경사가 너무 가팔라서 강철 밧줄로 묶어 놨죠."

"잠깐만, 내가 바본 줄 아니?"

"정말이에요. 한 번은 지진이 있어서 비탈 밑의 토대가 흔들렸어요. 그래서 강철 밧줄을 연결한 거죠." 그는 수리 작업이 어떻게 이뤄졌는지 기술적인 부분까지 상세히 설명했다.

마넥의 진지한 설명에 그제야 아비나시가 믿었다. 집이 밧줄로 바위에 묶여 있다는 건 흥미로웠다. "마치 자살하려는 집 같구나."

그들은 함께 웃었다. 아비나시가 말 하나를 위로 움직였다. "장군." 몇 번 더 움직이더니 그가 또 이겼다. "아버지는 뭐 하셔?"

"가게를 하세요."

"아, 사업가시구나. 여기까지 유학을 보내시는 거 보니까 돈을 많이 버시나 봐."

그가 약간 조롱하는 목소리로 말해서 마넥은 기분이 상했다. "그냥 구멍가게예요. 부모님은 아주 열심히 일하세요. 절 유학 보낸 이유는 사업이 굴러떨어지는 중이라……"

굴러떨어진다는 말에 두 사람은 동시에 고개를 들고 함께 웃었다. 이제 마넥이 질문할 차례였다. "여기서 공부하시니까 아버지께서 부자이신 모양이죠?"

"실망시켜서 미안한데, 난 장학금으로 공부해."

"와, 축하드려요." 마넥은 체스의 다음 수에 대해서 생각했다. "아버지께서는 뭐 하세요?"

"직물 공장에서 일하셔."

"공장 감독을 하시나 봐요?"

아비나시가 고개를 가로저었다.

"회계사세요?"

"기계를 만지셔. 빌어먹을 직기를 30년 동안이나 돌리셨지. 이제 됐니?" 그의 목소리가 화를 낼 것처럼 떨리다가 가라앉았다.

"미안해요. 그런 뜻으로 물은 건 아니었는데……"

"뭐가 미안해? 난 그 사실이 부끄럽지 않아. 흥미로운 얘깃거리가 없으니까 오히려 내가 미안해야지. 산들도, 눈도, 위태로운 집도 없어. 평생 공장에서 일한 대가로 결핵에 걸린 아버지가 있을 뿐이지."

그들은 다시 체스판으로 얼굴을 돌렸고 아비나시가 계속 말했다. 장학금을 받은 후에야 비로소 그는 혼자서 방을 쓸 수 있게 되었다. 그때까지 그는 부모님, 세 여동생과 함께 공장에서 세를 내준 부엌이 딸린 방 한 칸에서 살았다. 몇 년째 결핵을 앓는 그의 아버지는 가족들을 부양하기 위해서 먼지와 실밥이 날리는 곳에서 계속 일할 수밖에 없었다. 게다가 그가 일을 그만두게 되면 공장에서 내준 방을 비워줘야 했는데 갈 곳이 없었다.

아비나시는 기숙사에 도착했을 때 더럽고 사방에 쥐와 바퀴벌레가 들끓어서 크게 실망했다고 말했다. "우리 집은 비록 부엌이 딸린 방 한 칸이지만 깨끗하거든." 그리고 학생회 회장과 기숙사 위원회 위원장이 되고 나서도 그는 실망했다. "뽑힌 게 후회돼. 대학 안내서에는 기숙사 생활에 도움 되는 내용이 없어."

"무슨 말이에요?"

"괜히 말했다가 기숙사 생활 첫날부터 네 기분을 망칠 생각은 없어. 지금까지 본 건 아무것도 아냐. 하지만 학생들이 관심을 갖고 개선을 요구하면 욕실과 변소는 쉽게 고칠 수 있어. 유지 비용이 모두 어떤 사람의 주머니로 들어가고 있으니까. 학교 식당도 마찬가지고. 음식 공급 업자가 돈을 많이 벌면서도 학생들에게 쓰레기를 먹이고 있지. 하지만 넌 쓰레기를 선택할 수가 있어. 채식 아니면 육식으로."

"난 음식은 안 가려요." 마넥이 용감하게 말했다.

아비나시가 웃었다. "그럼 어디 두고 보자. 사실 크게 가릴 것도 없어. 연골하고 뼈가 안 든 것 말고는 채식하고 육식이 다를 바 없으니까."

마넥은 체스에 집중했다. 그의 체스말들 중 하나가 마침내 방어선을 뚫을 수 있을 것 같았다.

"문제는 기숙사에 사는 대부분의 학생들이 가난한 집안 출신들이라는 거야. 불평하기를 두려워하지. 그들이 원하는 건 공부를 마치고 직업을 구해서 부모님과 형제들을 돌보는 거니까." 아비나시가 다가오는 마넥의 체스말을 해치우면서 말했다.

또다시 실패한 마넥은 아비나시에게 장군을 당하고 두 수 후에 지고 말았다. 아비나시가 잘난 척하지 않았기 때문에 마넥은 계속 졌어도 개의치 않았다.

"졸리는 것 같은데. 그러니까 당연히 게임에 집중할 수가 없지." 아비나시가 말했다.

"괜찮아요. 한 번 더 해요. 그런데 선배는 다른 학생들하고 달라 보이는데요."

아비나시가 웃었다. "그걸 어떻게 알 수 있지? 넌 여기에 방금 도착했잖아." 체스말의 표면에 있는 동심원 홈 주위를 손가락으로 문지르며 잠시 생각하다가 마넥이 대답했다. "왜냐하면…… 왜냐하면 선배가 방금 말한 걸로 봐서요. 뭔가를 낮게 만들기 위해서 학생회장이 된 거잖아요."

아비나시가 어깨를 으쓱했다. "내 생각은 달라. 그만둘 작정이야. 난 지금 공부에 시간과 정력을 쏟아야 해. 우리 가족들 중에서 내가 처음으로 고등학교를 마쳤어. 모두들 나를 의지하고 있지. 어린 세 여동생도 마찬가지고. 여동생들의 혼인 지참금을 모아야 해. 그렇지 않으면 여동생들이 결혼하지 못할 거야." 그는 미소를 지으며 잠시 말을 멈췄다. "여동생들이 어릴 때 어머니가 밥 먹이는 걸 도와줄 때면 그 애들은 내 손가락을 깨물곤 했었지." 그는 옛 생각에 웃었다. "아버지는 내가 학위를 따고 좋은 직장을 구하면 당신께서 내뱉은 피가 결코 헛되지 않을 거라고 말씀하셔."

두 사람은 체스판에서 얼굴을 들었고 아비나시는 아무 말도 하지 않았다. 그들의 눈이 체스판에 고정되어 있을 때가 말하기는 쉬웠다. 체스판에 열중하고 있을 때는 대화와 게임 둘 다 잘 굴러갔다. 이제 그 흐름이 끊어져 버렸다.

"짐을 풀어야겠어요."

"이제 네 방은 괜찮을 거야. 가서 확인해 보자."

그들은 여행 가방과 상자들을 옮긴 후 죽은 바퀴벌레들을 쓸어 내고 잠자리를 정리했다. "침대를 벽에다가 밀지 마. 적어도 30센티미터는 띄워 두는 게 안전해." 아비나시는 또한 벌레들이 못 올라오도록 침대 다리들을 물을 채운 깡통에다가 담그라고 제안했다. "내일 하면 되겠다. 오늘 밤은 이걸로 충분할 거야."

변기의 줄을 당겼는데도 물이 나오지 않는다고 마넥은 기숙사 사감의 사무실에 항의했다.

"물통에 물이 없어서 그래." 찢어진 서류들을 스카치테이프로 붙이다가 직원이 고개를 들며 말했다. "건물을 만든 업자가 돈을 아끼려고 수도관 연결을 안 했지. 학교에서 업자를 고소했어. 그래도 걱정할 필요 없어. 화장실 청소하는 사람이 문제를 해결하니까."

"어떻게요?"

"양동이로."

"청소부가 몇 시에 오죠?"

"기숙사 사람들이 깨기 전에 네 시나, 혹은 다섯 시쯤."

아무리 이른 시간이라고 하더라도 반드시 제일 먼저 일어나 화장실을 사용하기로 마넥은 굳게 결심했다.

다음 날, 새벽이 되기도 전에 마넥이 일어나는 소리를 들은 아비나시가 무슨 일인지 싶어서 찾아왔다. "왜 그래? 어디 아파?"

"아뇨, 전 괜찮아요. 왜요?"

"지금이 몇 신지 알아? 5시 15분이야."

"알아요. 하지만 화장실에 갔을 때 다른 사람의 똥이 나를 노려보고 있는 건 참을 수가 없어요."

아무 일도 아닌 것 때문에 잠을 깨서 아비나시는 처음에는 짜증이 났지만, 곧 웃었다. "부잣집 자식아, 언제쯤 현실에 적응할래?"

"부자가 아니라고 말했잖아요. 집에 있는 화장실도 여기처럼 평범해요. 그래도 물통에 물은 있어요. 악취도 나지 않고요."

"문제는 넌 너무 많은 걸 보고 너무 많은 냄새를 맡는다는 거야. 여긴 대도시야. 눈 덮인 아름다운 산들은 없다고. 넌 계집애 같은 눈과 코를 억제하는 법을 배워야 해. 그리고 하나 더. 신고식에 대비해야 할 거야."

"앗, 안 돼요." 기숙학교가 생각난 마넥이 말했다. "여긴 성인들이 다니는 학교 아닌가요? 도대체 무슨 짓을 하죠? 침대에 물을 뿌리나요? 차에 소금을 타나요?"

"뭐, 대충 그런 거야."

주말에 집으로 편지를 쓰면서 마넥은 불평하지 않으려고 노력했다. 편지를 돌려 보면서 그레왈 여단장 부부와 다른 이웃들이 자신을 혼자서 제대로 생활하지 못하는 얼간이라고 생각할까봐 두려웠다.

그러나 2주일이 지나고 아비나시와 친구가 되자, 집을 떠나기 전에 대학에서 재밌는 시간을 보내게 될 거라고 들었던 말이 거의 실현되는 듯했다.

어느 날 저녁, 체스를 하다가 마넥은 잘 둘 줄 모른다고 사실대로 고백했다. 아비나시는 사흘이면 충분히 배울 수 있다고 했다. "그러니까 네가 게임을 배우는 데 아주 흥미가 있다면 그렇다는 거지."

두 사람은 육식을 해서 식당의 같은 구역에 앉았기 때문에, 체스 레슨은 저녁 식사 시간에 종이와 연필로 이루어졌다. 마넥은 그렇게 하니까 식당의 싸구려 음식을 삼키기가 훨씬 쉽다고 했다.

"이제야 뭔가를 아는구나. 그게 바로 비결이야. 네 감각들을 딴 곳으로 돌리는 거지. 그것에 관한 내 이론을 말한 적 있던가? 우리의 시각, 후각, 미각, 촉각, 청각 모두는 완벽한 세계를 즐기기 위해서 맞춰져 있지. 그러나 세계가 완벽하지 않기 때문에 우리는 그러한 감각들에다가 가리개를 씌워야 하는 거야."

"기숙사라는 세상은 불완전 그 이상이에요. 아주 거대한 흉물이라고요.”

식사를 마치고 나서 그들은 아직 사람들이 많이 모이지 않은 휴게실로 갔다. 학생들 몇 명이 구슬치기용 탁자에 모여 있었다. 구슬이 모서리에 부딪쳐서 튕길 때마다 구경꾼들이 칭찬이나 동정의 표시로 뭐라고 중얼거렸다.

한 무리의 학생들이 웃고 떠들면서 들어와서 선풍기에 뚜껑 올리기 게임을 했다. 천천히 돌고 있는 천장 선풍기에 펜 뚜껑을 던져서 선풍기 날개 세 개 가운데 하나에 올리는 시합이었다. 몇 번 시도하다가 게임을 처음 제안한 사람이 의자 위로 올라가 선풍기를 잡고 펜 뚜껑을 올렸다. 환호성을 지르며 그들이 선풍기의 속력을 올리자 뚜껑이 날아갔다. 그런 다음 그들은 동료 중 한 명을 잡고 선풍기로 들어 올려서 날개로 밀어 넣겠다고 위협했다. 그러자 그가 두려운 척하면서 비명을 지르고 울부짖었다.

그들의 장난을 잠시 지켜보던 마넥과 아비나시는 체스 레슨을 계속하러 위층으로 올라갔다. 니스 칠을 해서 광이 나는 고동색 합판 상자 속에 든 체스말들은 아비나시의 책상 위에서 그들을 기다리고 있었다. 그는 미닫이 뚜껑을 열고 말들을 체스판에 부었다.

밖으로 나온 플라스틱 말들은 초록색 펠트로 밑바닥을 댄 조잡한 모양을 하고 있었다. 마넥은 상자 바닥에 엎어져 있는 종이를 발견하고 뒤집었다.

“야, 그건 개인적인 거야.”

“굉장하네요.” 마넥은 감탄하며 상장을 읽었다. 체스판과 말들은 1972년 학급 대항전 체스 대회의 일등상으로 받은 것이었다. “나를 가르치는 사람이 챔피언인 줄은 꿈에도 몰랐군요.”

“널 긴장시키고 싶지 않아서 그랬던 거야. 자, 어서 하자.”

사흘째 되던 날 마넥은 체스의 기본을 모두 익혔다. 학교 식당에서 아비나시가 제시한 흰색 칸에서 세 수만에 외통장군을 치는 문제를 살피고 있을 때, 갑자기 채식주의 구역에서 소동이 벌어졌다. 학생들이 자리에서 벌떡 일어서고 식탁들이 뒤집어지고 그릇과 접시 들이 깨지며 의자들이 부엌문으로 날아갔다. 곧, 식당에 있는 모든 사람들이 소동의 이유를 알게 되었다. 채식주의 학생이 먹던 콩 수프에서 고기 조각이 나왔다는 것이다.

자신의 파렴치한 지갑을 살찌울 목적으로 빌어먹을 음식 공급 업자가 그들의 종교적인 식습관에 장난을 치고 신념을 짓밟으며 몸을 더럽혔다는 소식이 퍼졌다. 잠시 후, 기숙사의 모든 채식주의 학생들이 식당으로 내려와 그의 사기 행각에 대해서 분노했다. 흥분해서 비명을 지르며 발작을 일으키던 어떤 이들은 손가락을 목구멍에 집어넣고 금지된 음식을 토해 내려고 하면서 기절하기 일보직전이었다. 몇 명은 그날 먹은 저녁을 토해 내는 데 성공했다.

그러나 그들의 손가락이 학기가 시작된 이후부터 삼킨 음식까지 닿기에는 역부족이었다. 그 나쁜 음식이 이미 몸으로 흡수되어 그들의 골수의 일부가 되었기 때문에 학생들은 고통스러웠다. 구역질을 하고 침을 뱉고 괴로워하던 그들은 머리를 감싼 채 재앙을 울부짖으며 원을 그리며 뱅뱅 돌면서, 자신들의 위가 이제 텅 비어서 더 이상 올릴 것이 없다는 사실조차 인정하려고 들지 않았다.

부엌에서 종업원들이 끌려 나오자 그들의 광란은 만족할 만한 먹잇감을 찾았다. 느끼한 기름, 땀, 뜨거운 풍로 냄새를 풍기는 종업원 여섯 명은 흥분한 학생들 앞에서 벌벌 떨었다. 그들의 흰색 유니폼에는 저녁 메뉴를 만들면서 묻은 갈색 콩 수프와 검푸른 시금치 자국들이 묻어 있었다.

복수에 대한 기대는 채식주의자들의 더렵혀진 내장에 제산제 역할을 했다. 메스꺼움이 사라지고, 토사물과 담즙, 초록빛 노란색 액체 대신에 거친 말들이 쏟아져 나왔다.

"씹할 악당들을 박살내자!"

"얼굴을 부쉬 버리자!"

"고기를 처먹게 만들자!"

종업원들이 영리하게 무릎을 꿇고 크게 울부짖었기 때문에 그러한 위협들이 즉시 실행되지는 않았다. 그들이 코를 훌쩍거리며 용서를 애걸복걸하는 모습은 채식주의자들이 구역질하려던 것처럼 우스꽝스럽고 종잡을 수 없었다.

잠시 그 모습을 지켜보던 아비나시가 의자를 뒤로 밀치고 일어섰다. "좋은 생각이 났어. 내 체스 세트 좀 챙겨 줄래?"

"다칠 거예요. 왜 끼어들려고 그래요?" 마넥이 말렸다.

"걱정 마. 괜찮을 테니까."

마넥은 말들을 상자에 집어넣고 구석에서 지켜봤다. 부엌 종업원들과 학생들은 여전히 각자의 위치에서 꼼짝 않고 있었다. 발각된 범죄자가 화가 난 심판자의 발밑에서 용서를 구하며 떨고 있는 꼴이었다. 종업원들이 사정없이 맞을지도 모른다는 절박한 위험 상황이 아니었다면 웃음이 나왔을 것이다. 그러나 지금까지는 가능성과 실제를 갈라놓은 보이지 않는 선이 유지되고 있었다. 마넥은 이상하게도 그 보이지 않는 선이 벽돌담처럼 강력하고 튼튼할지도 모른다고 생각했다.

"그만들 해요! 잠깐만!" 아비나시가 겁먹은 종업원들과 학생들 사이에 섰다.

"왜 그래요?" 학생회장이자 기숙사 위원회 위원장을 알아본 학생들이 성급하게 물었다.

"잠깐만 기다려요! 이 사람들을 때려 봐야 무슨 소용입니까? 못된 업자가 책임을 져야죠."

"일꾼들을 때리면 그 사람이 무슨 뜻인지 알아들을 거 아녜요. 감히 얼굴을 들고 여기에 나타나지 못하도록 말이에요."

"그렇지 않습니다. 그는 경찰의 보호를 받으면서 올 겁니다."

마넥은 굉장한 선공이라고 생각했다. 일단 보이지 않는 선이 강화됐다.

아비나시는 채식주의 학생들뿐만 아니라 음식이 마음에 들지 않는 모든 학생들이 대학 당국에 탄원서를 제출하는 일에 동참할 것을 촉구했다. "일을 민주적으로 해결합시다. 거리의 깡패들처럼 행동해서는 안 됩니다. 빌어먹을 정치인들이 그렇게 행동하는 것만으로 충분합니다."

장군이군, 하고 마넥은 또 생각했다. 기막힌 작전이야.

어떤 학생들은 찬성했고 어떤 학생들은 반대했다. 종업원들이 일제히 비굴하게 울먹이자 채식주의자들이 또다시 위협을 가했다. 그러나 양측의 강도는 이전과는 달리 약해져 있었다. 아비나시의 제안에 찬성하는 목소리가 더 많았다. 채식주의자들의 공세는 차츰 누그러졌고 종업원들은 필요에 따라서 재빨리 무릎을 굽힐 수 있는 자세를 유지했지만 더 이상 울부짖지는 않았다.

그들은 다음 날 아침 총장의 사무실 밖에서 대규모 시위를 벌이기로 계획을 세웠다. 이제 모두들 정해진 계획에 열성을 보였다. 심지어 가장 엄격한 채식주의자들조차도 토하는 것을 멈추고 정신을 가다듬은 후, 더러움을 정화시키는 목욕재계를 위해서 자리를 떠나며 다음 날 아침에 모일 것을 약속했다.

게임 끝, 마넥은 생각했다. 보이지 않는 선은 이제 확고했다.

"선배가 바로 타고난 지도자라는 거군요." 그날 밤 마넥은 반쯤 놀리며 반쯤 존경하며 아비나시에게 말했다.

"그렇지 않아. 타고난 바보지. 난 빨리 이 모든 것을 포기하고 학업에 전념하겠다는 결정을 지켜야 해. 자, 이제 위층으로 가자."

식당 사건의 성공으로 아비나시와 그의 추종자들은 깜짝 놀랐다. 총장은 업자에게 해고 통지서를 보냈다. 기숙사 위원회가 새로운 업자를 선택할 권한을 부여받았다.

기뻐하는 학생들은 승리를 축하하며 더 큰 야심을 품었다. 총장은 학교의 모든 문제들을 하나씩 제거하겠다고 약속했다. 직원 채용의 정실 인사, 입학에 뇌물을 받는 일, 돈을 받고 시험지를 파는 일, 정치인 가족들을 위한 특혜, 강의 요강에 정부가 간섭하는 일, 교수들을 협박하는 일 등. 부패가 뿌리 깊었기 때문에 목록도 길었다.

학교는 축제 분위기였다. 학생들은 그 사례가 전국의 대학들이 급진 개혁을 실천할 수 있는 계기가 되고, 또한 간디의 원칙들로 되돌아가자고 국민들에게 촉구하고 있는 자이 프라카시 나라얀의 민중 운동에도 도움이 되기를 진심으로 바랐다. 모든 사회에 활기를 불어넣는 그러한 변화들은 부패하고 죽어가는 것을 건강한 것으로 변모시키고, 고대의 풍부한 문명과 베다 경전과 우파니샤드 철학의 전통을 살려서 세계를 일깨우고 전 인류를 계몽의 길로 인도할 것이라고 했다.

식당 사건 이후 며칠 동안 고귀한 꿈들을 쉽게 꿀 수 있었다. 학생회 내부에서 굳은 의지와 좋은 의도가 우세했으므로, 수많은 분과 위원회들이 만들어지고 의제가 설정되고 의사록을 기록하고 결의안을 통과시켰다. 식당 음식이 향상됐다. 희망이 넘쳐났다.

그러나 마넥은 그만 질려버렸다. 그는 자신의 삶, 그리고 아비나시의 삶도 이전으로 돌아가기를 원했다. 끝없는 들썩임과 동요에 지쳤다. 그는 나름 교활한 수를 써서 아비나시를 새로운 열정으로부터 떼어 놓으려고 했다. 그는 아비나시의 가족을 들먹였다. "선배 말이 맞아요. 이전에 부모님과 여동생들의 혼인 지참금을 위해서 공부에 완전히 전념하겠다고 했잖아요. 선배는 정말 그래야 될 것 같아요."

그 말에 아비나시는 이맛살을 찌푸리며 괴로워했다. "나도 그것 때문에 자주 죄책감이 들어. 몇 가지 남은 일들만 해결하고 나면 곧 회장직을 그만둘 거야."

"무슨 문제요?" 마넥은 초조했다. "모임에서 선배는 단 한 번도 더러운 변기나 화장실에 대해서 언급하지 않았어요. 바퀴벌레와 빈대도 안건에 올려야 해요. 마하트마 간디는 선배의 방식을 좋아하지 않을 거라고요. 그 분은 청결에 대한 확고한 믿음을 가지고 육체적 순결이 정신적 순결을 앞서고, 정신적 순결이 영혼의 순결에 앞선다고 했어요."

그 말에 기뻐하면서 웃던 아비나시는 함께 안뜰을 가로지르며 마넥의 어깨를 팔로 감쌌다. "네가 간디 철학의 전문가인 줄은 몰랐는데. 바퀴벌레 분과 위원회 회장을 맡는 건 어때? 내가 밀어줄게."

마넥은 단지 아비나시를 지지하기 위해서 집회와 시위에 몇 번 참가했다. 얼마 후 그것 역시 충분한 이유가 되지 못했다. 너무 지루하게 반복되는 그런 모임에 그는 더 이상 참가하지 않았다.

아비나시는 더 이상 저녁에 체스를 둘 시간이 없었다. 그들은 여전히 함께 식사를 했지만, 다른 사람들도 함께 있어서 마넥은 싫었다. 많은 사람들이 아비나시의 주변에 붙어서 마넥이 이해하지 못하고 관심도 없던 것들을 논의하고 주장했다. 민주화, 헌법, 소외, 타락, 지방 분권, 집단 농장, 민족주의, 자본주의, 물질주의, 봉건주의, 제국주의, 공동체주의, 사회주의, 파시즘, 상대주의, 결정론, 프롤레타리아주의 등. 그들의 대화는 무슨 주의라는 말들로 가득차서 마넥의 주위를 벌레들처럼 앵앵거리며 날아다녔다.

마넥은 왜 그들이 보통 사람들처럼 말할 수 없는 건지 궁금했다. 그는 재미삼아서 주의가 몇 개나 되는지 세어 보다가 스무 개에서 멈췄다. 때로는 개들이 그들의 토론에 등장했다. 제국주의 개들, 자본주의 앞잡이 개들. 때로는 개들이 돼지들로 변하기도 했다. 자본주의 돼지들. 고리 대금업 하이에나들과 지주 자칼들 역시 때때로 등장했다. 그리고 최근에는 무슨 주의들 말고도 그들은 국가비상사태에 대해서 마치 하늘이 무너지기라도 한 듯이 계속 이야기했다.

무시당하는 것 같아서 마넥은 식사를 마치면 즉시 방으로 갔다. 아직도 플라스틱 체스말들을 가지고 있던 그는 혼자서 게임을 하곤 했다. 그는 한 번 움직이고 나서 판을 반대 방향으로 돌렸다. 그러나 곧 지겨워졌다. 그는 아비나시가 빌려준 체스 게임 종반 상황을 다룬 난이도가 점점 높아지는 책을 읽기도 했다.

비록 힘들었지만 마넥은 아비나시를 계속 피했다. 그러나 며칠 동안 외로워서 마음이 약해진 마넥은 그에게 다시 한 번 기회를 주기로 했다. 바로 그때 아비나시가 문을 두드렸다.

"잘 있었어? 별일 없고?" 그는 마넥의 등을 다정하게 두드렸다.

"게임 하고 있었어요."

"혼자서?"

"아뇨, 나랑 같이요." 마넥은 왕을 없애고 게임을 끝냈다.

"요즘 널 못 본 것 같아서 말이야. 상황이 어떻게 돌아가는지 궁금하지 않니?"

"학교 말이에요?"

"그래, 그리고 국가비상사태가 선포된 이후로 다른 곳도 말이야."

"아, 그거요." 마넥은 무관심한 표정을 했다. "난 그런 건 잘 몰라요."

"신문은 안 보니?"

"만화란만 봐요. 정치는 지겨워요."

"그렇다면 널 위해서 쉽고 빨리 정리해 줄게. 잠이 안 오도록 말이야."

"좋아요. 시간 잽니다." 마넥이 시계를 보았다. "준비, 시작."

아비나시는 숨을 깊이 들이쉬었다. "3주 전 고등법원에서 총리가 지난 선거에서 부정을 저질렀다고 유죄 판결을 내렸어. 그러니까 그 여자가 물러나야 한다는 거였지. 하지만 그 여자는 교묘하게 시간을 벌기 시작했어. 그래서 야당들, 학생회들, 노조들이 전국적으로 대규모 집회를 벌였지. 그 여자에게 사임하라고 촉구했어. 그러자 권력을 놓기 싫었던 그 여자는 국가의 안전이 내부의 소란으로 위협받고 있다고 주장하면서 국가 비상사태를 선포한 거야."

"29초 걸렸네요."

"잠깐, 조금 더 남았어. 국가비상사태라는 구실로 국민의 기본권이 중지되고 대부분의 야당 인사들이 체포되고 노조 지도자들이 감옥에 갇혔어. 그리고 심지어는 학생 지도자들도 말이야."

"선배도 조심해야겠네요."

"아, 걱정하지 마. 우리 대학은 그렇게 중요하지 않으니까. 최악은 언론이 검열을 당하고 있다는……"

"그럼 신문 읽어 봐야 별 소용없네요, 안 그래요?"

"그리고 그 여자가 선거법을 바꾸고 소급 적용해서 유죄를 무죄로 만들었어."

"이런 것 때문에 선배가 체스를 할 시간이 없는 거군요."

"난 항상 체스를 해. 내가 하는 모든 게 체스니까. 자, 그럼 네 실력이 얼마나 늘었는지 한 번 볼까." 그는 체스판을 펴고 흰색과 검은색 졸 하나씩을 등 뒤로 숨겼다. 정확하게 맞춘 마넥이 먼저 왕의 졸을 앞으로 움직여 게임을 시작했다. 반시간 후에 놀랍게도 마넥이 이겼다.

"널 너무 잘 가르친 내 탓이지 뭐." 아비나시가 말했다. "조만간 설욕전을 하자고."

마넥은 이전처럼 될 수 있겠구나 싶었다. 다시 한 번 그는 아비나시를 독차지할 수 있을 것이다. 총장이 국가비상사태를 핑계로 다른 대학들처럼 빌어먹을 학생회를 금지시키길 그는 내심 바랐다. 그러면 아비나시는 마음을 바로 잡을 수 있을 것이다.

그러나 마넥은 실망하고 말았다. 체스 시합은 재개되지 않았다. 며칠 밤 아비나시의 방문을 두드렸지만 아무런 대답도 없었다. 그는 문 밑으로 두 번이나 쪽지를 남겼다. '선배, 어디 숨어 있는 거예요? 나랑 체스 두는 게 두려워서 그런 거예요? 빨리 만나요. 마넥'

두 번째 쪽지를 남기고 식당에서 그를 발견했을 때 아비나시가 짧게 손을 흔들었다. "쪽지 봤어. 내일 어때?"

"좋죠."

다음 날 밤 마넥은 방에서 기다렸지만 아비나시는 나타나지 않았다. 화가 나고 마음이 상한 마넥은 이제 끝이라고 다짐하면서 침대로 갔다. 아비나시가 그를 만나고 싶다면 이제는 자기를 쫓아다녀야 할 거라고 다짐했다.

그는 아비나시가 그리웠다. 우정이란 게 어떻게 바퀴벌레와 빈대 때문에 어느 날 저녁 갑자기 시작될 수 있는지 정말 이상하다고 그는 생각했다. 그와 마찬가지로 우스꽝스러운 이유 때문에 그렇게 또 갑자기 끝나고 말았다. 아마도 처음부터 그것을 우정이라고 생각했던 것 자체가 어리석었던 것일지도 몰랐다.

여태껏 참고 견뎠던 기숙사의 모든 역겨운 것들이 다시 마넥을 못살게 굴었다. 해결 방법으로 그는 새로운 기상 습관을 개발했다. 잠에서 깨면 그는 다시 눈을 감고 머리를 베개에 뉘이고서, 산들, 소용돌이치는 안개, 현관에서 토닥거리는 개의 발소리, 살갗에 닿는 차가운 새벽 공기, 흥분한 긴꼬리원숭이의 재잘거림, 부엌에서 만들고 있는 아침 요리, 혀에 닿는 토스트와 계란 프라이를 상상했다. 모든 감각들이 고향집에 대한 상상으로 가득 채워지면 그는 다시 눈을 뜨고 침대에서 나왔다.

국가비상사태 선포 이후에 생겨난 '민주주의를 위한 학생들'이라는 새로운 조직이 캠퍼스에서 득세하고 있었다. 자매 조직인 '파시즘을 반대하는 학생들'이라는 조직은 그들에 반대하거나 국가비상사태를 비난하는 사람들을 침묵시킴으로써 두 조직을 떠받쳤다. 위협과 공격이 너무나 흔해서 마치 대학 교과 과정의 일부인 것 같았다. 이제 경찰이 항상 캠퍼스에 배치돼서 새롭고 불길한 법질서를 유지하고 있었다.

캠퍼스 폭력단원들을 비난한 교수 두 명이 반정부 활동을 했다는 이유로 국가안전보장법에 따라서 사복 경찰들에게 끌려갔다. 국가안전보장법으로 재판 없이 투옥이 가능했고 그러한 법에 도전한 사람들은 조만간 대가를 치른다는 사실이 널리 알려져 있었기 때문에 동료 교수들은 끼어들지 않았다. 그런 위험한 일에는 얽히지 않는 게 안전했기 때문이었다.

마넥은 아비나시가 걱정됐다. 원래 있던 학생회의 회장이었기 때문에 그는 분명히 캠퍼스의 새로운 단체들로부터 심각한 위험에 처해 있었다. 밤이면 그는 옆방에서 나는 소리를 들어 보았다. 문이 살짝 닫히고 철제 벽장이 덜걱거리고 소독약을 뿌리고 침대에서 털썩 소리가 나면, 아비나시가 공격을 당하거나 비밀 유치장으로 끌려가지 않고 안전하다는 걸 확인했다.

매일 벌어지는 위협, 아부, 복종의 희극을 보고 싶지 않아서 마넥은 기숙사와 학교만을 서둘러 오갔다. 대학 신문 사무실이 공격받았고, 기자들과 편집자들이 폭행을 당하고 쫓겨났다. 대학 신문은 가벼운 풍자를 하거나 때때로 정부와 대학 당국을 놀리기도 했다. 그러나 최근에는 그러한 풍자나 모순 기법을 활용하기가 점점 더 힘들어졌다. 왜냐하면 대학 신문보다 정부가 검열하는 언론 보도들이 그런 과장된 보도 기법을 훨씬 더 많이 사용했기 때문이었다.

대학 신문을 접수한 민주주의를 위한 학생들이라는 단체는 다음 호에서 성명서를 통해 신문의 새로운 목소리가 대학 구성원들의 보다 많은 의견을 반영하겠다고 발표했다. 신문의 나머지 면은 학생들과 교원들의 올바른 행동 규범에 관한 것으로 채워졌다.

어느 날 아침, 수업이 취소되고 안뜰에서 국기 게양식이 열렸다. 파시즘을 반대하는 학생들이라는 단체에서 전원 의무적으로 참석하도록 만들었다. 민주주의를 위한 학생들의 회장이 마이크를 잡았다. 그는 교원들이 앞으로 나와 애국심을 증명하고 애국적인 행동의 모범을 보일 것을 촉구했다.

신호가 떨어지자 마지못해서 강사들, 부교수들, 정교수들, 그리고 학과장들이 한꺼번에 연단으로 다가갔다. 그들의 지지가 진심에서 우러나

오는 것처럼 보이게 하려고 행사 조직자들이 몰래 속도를 줄여 보려고 했지만 이미 너무 늦었다. 마치 배급소에 온 손님들처럼 모든 교원들이 이미 탁자 앞에 줄을 섰다. 그들은 고분고분하게 총리와 그녀가 선포한 국가비상사태, 그리고 국가를 위협하는 내부의 반민주주의 세력들과 싸우겠다는 그녀의 목표를 지지한다는 성명서에 서명했다.

마넥은 두렵기도 했지만 그런 학교의 모습에 역겨웠다. 그러나 그는 교수들이 불쌍했다. 그들은 죄를 짓고 부끄러운 모습으로 국기 게양식을 슬며시 빠져나갔다.

그날 밤 마넥의 옆방은 조용했다. 익숙하던 소리들이 들리지 않았고 아비나시의 안녕을 확인해 주지 않았다. 마넥은 새벽까지 잠을 이루지 못하고 걱정했다. 그가 실종됐다고 기숙사 사감 사무실에 신고해야 하나? 하지만 가족을 방문하러 갔거나 아무 일도 없다면 어쩌지? 그렇다면 하루나 이틀 정도 기다리는 게 낫겠다.

저녁 시간에 그는 식당을 둘러보며 아비나시를 찾아보았지만 허사였다. 같은 식탁에 앉은 사람에게 그는 아무렇지도 않게 물었다. "요즘 학생회 집행부는 어떻게 됐나요?"

"그 친구들은 전부 흩어졌어. 지하로 숨었지. 여기서 나다니는 건 너무 위험하니까."

그 대답에 마넥은 안심했다. 아비나시가 공장에서 세를 내어 준 부모님의 집이나 다른 곳에 숨어 있다는 것을 그는 이제야 확신하게 되었다. 그리고 아비나시는 곧 돌아올 것이다. 국가비상사태와 폭력단원들이 언제까지 계속될 수 있겠는가? 게다가 그는 체스 시합을 할 때처럼 쉽게 잡히지 않을 것이다.

쫓겨났던 음식 공급 업자가 되돌아와서 학생들의 위에 보복을 가했다.

그 모든 것이 시작되었던 채식주의 식당 사건을 기억하면서 마넥은 자신이 옳았다고 생각했다. 그는 아비나시에게 다칠지 모르니 끼어들지 말라고 말했었다.

식당 음식이 정말 못 먹을 정도면 마넥은 학교 밖의 길거리 노점에서 샌드위치나 사모사를 사 먹었다. 집에서 약간의 용돈을 받았기 때문에 그는 대부분의 학생들보다 운이 좋은 편이었다. 토마토를 썰고 빵에 버터를 바르는 걸 지켜보며 풍로가 타오르고 기름에 뜨겁게 튀겨지는 소리를 들으면 마음이 편안해졌다.

어느 날 저녁, 길거리에서 음식을 사 먹고 기숙사로 돌아오던 마넥은 복도에서 "신고식! 신고식!"이라는 함성을 들었다. 휴게실에서 자동차 전공 1학년 학생 두 명이 열두 명에게 둘러싸여 코너에 몰려 있었다. 그들은 한 명의 바지를 벗기고 탁구대 위에 몸을 굽히게 만든 후, 나머지 학생에게 빈 청량음료 병을 건넸다. 수업 시간에 내연 기관의 피스톤과 실린더 운동에 대해서 배운 걸 실습해 보라는 명령이 떨어졌다. 시키는 대로 하지 않으면 실린더 역할을 하도록 만들겠다고 위협하자 그가 실행에 옮겼다.

겁에 질린 마넥은 슬며시 도망쳤다. 그 후로 그는 저녁 식사가 끝나면 곧장 방으로 가서 문을 걸어 잠갔다. 그는 신문, 도서관에서 빌린 책들, 물 등 필요한 모든 것을 갖추고, 신고식을 행하는 녀석들이 돌아다닐 때 밖으로 나가지 않도록 조심했다.

어느 날 밤, 잠옷으로 갈아입은 그는 갑자기 배가 심하게 아팠다. 분명히 길거리에서 사 먹은 사모사 처트니 때문일 것이었다. 맛이 좀 이상했지만 그냥 먹었던 게 잘못이었다.

그 시간이면 화장실이 더러웠지만 그는 어쩔 수 없이 급히 가야 했다.

그는 방문을 조심스럽게 열었다. 복도는 텅 비어 있었다. 그는 어깨너머로 보면서 재빨리 걸어갔다. 그러나 복도 중간쯤 창고에서 튀어나온 그들에게 붙잡혔다. 그는 저항했다. "제발! 화장실에 가야 해요! 정말 급해요!"

"나중에 가." 그들은 그의 팔을 등 뒤로 비틀어 저항을 못하게 만들었다.

"아아아아!" 마넥이 비명을 질렀다.

"잘 들어. 이건 그냥 게임이라고." 그들이 타일렀다. "왜 싸우려고 그래? 그럼 다치기만 할 뿐이야."

마넥이 저항을 멈추자 그들이 그의 팔을 풀었다. "착하지. 자 그럼 전공이 뭔지 말해 볼래?"

"냉장고와 에어컨요."

"좋아. 그럼 우리가 간단한 테스트를 하지. 공부를 열심히 하고 있는지 확인하는 거야."

"좋아요. 그런데 화장실에 먼저 가면 안 될까요?"

"나중에 가." 그들은 그를 큰 냉동실의 실제 모형이 있는 실습실로 데려가서 옷을 벗으라고 했다. 그는 가만히 있었다. 그들이 다가와서 옷을 벗기려고 했다.

"잠깐만요!" 마넥이 발버둥 치며 벗어나려고 애원했다. "제발, 하지 마세요! 제발, 부탁이에요!" 그는 아비나시가 채식주의자들에게서 종업원들을 구한 것처럼 기적적으로 나타나 자신을 구해 주기를 기도했다.

신고식을 행하는 녀석들은 매우 능숙해서 마넥을 누르고 옷을 벗기는데 1분도 채 걸리지 않았다. "자, 잘 들어. 첫 번째 테스트는 간단해. 우리가 널 10분 동안 냉동시킬 거야. 너무 놀라지 마." 그들은 그의 몸을 굽혀서 좁은 냉동실로 밀어 넣고 문을 힘껏 닫았다. 관 속 같은 어둠이 마넥을 에워쌌다.

그들은 그가 어떤 반응을 보일지 기대하며 기다렸다. 잠시 동안 아무 일도 없었다. 그런 다음 쾅쾅 두드리는 소리가 시작되었고 2분 동안 계속되더니 짧은 침묵이 흘렀다. 두드리는 소리가 다시 시작됐지만 이전보다 약했고 드문드문 주저하다가 빨라지더니 다시 약해졌다.

두드리는 소리가 매우 약해지더니 완전히 사라졌다. 그들은 시계를 보았다. 약속한 10분 가운데 고작 7분이 흘렀을 뿐이었다. 그들은 문을 열기로 했다.

"이런! 젠장!" 그들은 악취가 코를 찔러 뒤로 물러났다. "빌어먹을 놈이 냉동실에 똥을 쌌어!"

뻣뻣하게 굳어 있던 마넥은 밖으로 나올 수가 없었다. 그들은 몸을 웅크리고 있던 그를 끌어내고 냄새를 막으려고 문을 세게 닫았다. 몸을 바로 펼 수 없었던 마넥은 멍하니 주위를 둘러보았다.

그들은 조롱의 박수를 보냈다. "아주 잘했어. 첫 번째 테스트는 100점이다. 똥 싼 건 보너스 점수를 주지. 아주 좋아. 자, 그럼 이번에는 두 번째 테스트다."

마넥이 말을 하려고 했지만 새파란 입술이 떨렸다. 그는 잠옷을 주우려고 뻣뻣한 손을 뻗었다. 그러자 누군가가 잠옷을 낚아챘다. "아직은 안 돼. 두 번째 테스트에서는 너의 온도 조절 장치가 제대로 작동하는지를 직접 증명해 보여야 하거든."

몸이 언 마넥은 무슨 말인지 몰라서 멍하게 입을 벌리고 그들을 바라봤다.

"냉장고와 에어컨을 전공한다면서. 왜 그래, 온도 조절 장치도 모르니?"

마넥은 고개를 가로젓고 다시 한 번 느린 동작으로 불쌍하게 잠옷을 집으려고 했다.

"이게 바로 너의 온도 조절 장치라는 거야, 이 바보야." 그들 중에 누군가가 그의 무기력한 성기를 철썩 때렸다. "자, 이제 그게 제대로 작동하는지 보여 봐."

마넥이 마치 그것을 처음 보는 듯이 밑을 내려다보자 그들이 또다시 박수를 쳤다. "아주 좋아! 정확하게 온도 조절 장치를 찾았군! 그래, 제대로 작동하고 있니?"

그는 고개를 끄덕였다.

"증명해 봐." 그는 그들이 무엇을 원하는지 몰랐다. "어서, 작동해 봐. 흔들어 보라고." 그들이 다함께 외쳤다. "흔들어! 흔들어! 흔들어!"

그제야 무슨 말인지 알아들은 마넥은 입술이 녹자 입을 열었다. "전 못 해요. 제발 보내주세요."

"두 번째 테스트를 반드시 마쳐야 돼. 안 그러면 처음으로 다시 돌아가서 이번에는 똥하고 같이 얼려버릴 거야. 온도 조절 장치 점검은 필수야."

자신의 성기를 힘없이 쥔 마넥은 손을 몇 번 앞뒤로 움직이고는 그만 놓았다.

"작동을 안 하잖아! 더 세게 해 봐! 흔들어! 흔들라고!"

그들이 함께 외치자 그는 코를 훌쩍이며 귀두를 잡고 앞뒤로 움직였다. 치욕적인 상황을 빨리 끝내고 싶어서 팔목이 아플 정도로 세게 움직였지만 아무런 느낌도 없어, 그는 냉동실에 있을 때 뭔가 잘못된 게 아닌지 걱정이 되었다. 한참을 그렇게 한 후에야 비로소 제대로 발기도 안 된 상태에서 사정을 했다.

그들은 휘파람을 불고 야유를 보내며 환호성을 질렀다. 누군가가 그에게 잠옷을 돌려주고 그들은 사라졌다. 그들과 함께 걷기 싫었던 그는 바깥이 조용해질 때까지 실습실에 있었다.

그는 더럽혀진 사타구니와 다리를 씻고 나서 방으로 돌아갔다. 침대에 등을 대고 누운 그는 어둠 속에서 몸을 떨며 천장을 응시했다. 그는 교수가 냉동실을 열면 어떻게 될지 궁금했다.

한 시간이 지나도 팔다리가 떨리자 그는 벽장에서 담요를 꺼냈다. 이제 뭘 해야 할지 알았다. 몸이 따뜻해지자마자 그는 일어나서 짐을 쌀 것이다. 아침에 그는 택시를 타고 기차역으로 가서 프론티어 메일호를 타고 집으로 돌아갈 것이다.

그런데 부모님이 뭐라고 하실까? 그는 아버지의 반응을 짐작할 수 있었다. 아들이 겁쟁이처럼 도망쳤다고 하겠지. 그리고 어머니는 먼저 아들의 편을 들다가, 항상 그렇듯이 아버지의 말을 듣고서 마음을 바꿀 것이다. 원고를 교정하는 남자가 기차에서 말했듯이 항상 변해야 한다. 변화는 피할 수 없으며 그것에 적응해야 한다. 그렇다고 해서 안 좋은 쪽으로 변화를 받아들이라는 말은 아니었다.

그는 밤의 절반을 이런저런 생각을 하면서 천천히 여행 가방과 상자들을 싸면서 보냈다. 그리고 나머지 절반은 짐을 풀고 부모님에게 편지를 썼다. 지금까지 사실대로 말하지 못해서 죄송하지만 부모님께 걱정을 끼쳐 드리고 싶지 않아서 그런 것이라고 적었다. "기숙사는 정말 끔찍합니다. 더 이상 이런 곳에서 살 수 없습니다. 더럽고 악취가 나는 건 참을 수 있지만 사람들이 너무 역겨워요. 학생도 아닌 많은 사람들이 기숙사에 살고 있고, 어떻게 이런 폭력단원들이 이곳에 살도록 허락받았는지 이해를 못하겠습니다. 이들은 해시시와 마리화나를 피우고 술을 마시고 싸움을 벌입니다. 도박을 공개적으로 하고 학생들에게 마약을 팝니다." 그는 잠시 생각하다가 계속 써 내려갔다. "그들 중에 한 명이 제게도 마약을 팔려고 했습니다." 이렇게 하면 부모님이 다시 생각할 것이다. "모든 게 너무 끔찍해서 가능한 빨리 돌아가고 싶습니다. 아무런 간섭도 하지 않고 그냥 가게에서 일하고 싶어요. 시키는 대로 모두 다 하겠다고 약속드리겠습니다."

그 정도면 부모님이 조치를 취할 만큼 충분히 극단적이라고 생각했다. 실제로 무슨 부끄러운 일을 당했는지 밝힐 필요는 없었다.

*　*　*

파록과 아반은 아들이 집으로 돌아오고 싶다는 편지에 내심 매우 기뻤다. 그들은 아들이 무척이나 보고 싶었지만 감히 말을 꺼낼 수가 없었고, 서로 그 문제에 대해서 이야기를 나누지 않았다. 특히 이웃들이 함께 있을 때면 그들은 아들이 멀리서 훌륭한 교육을 받고 있어서 매우 자랑스럽고 행복한 척했다.

마넥의 절박한 편지도 그들의 이러한 태도를 바꿔 놓지는 못했다. 그들은 걱정스러운 척하며 조심스러운 반응을 보였다. "이렇게 빨리 돌아오면 어떡하나." 파록이 말했다.

"그러게요. 좋은 직장을 가질 수 있는 기회를 놓칠 텐데. 여보, 어쩌면 좋을까요?"

파록은 마음속으로 아들이 행복하지 않다면 즉시 집으로 돌아와야 한다고 생각했다. 그러나 비록 내키지는 않지만 뭔가 해결책을 찾으려는 노력은 해야 한다. 친구들도 모두 그렇게 생각할 것이다. 만약 그렇지 않다면 나약한 아버지라고 손가락질 받을 것이다.

"기숙사에 뭔가 문제가 있는 게 분명한 것 같은데." 그가 조심스럽게 말했다.

"그럼, 물론이죠! 우리 아들이 거짓말을 하겠어요! 그리고 그깟 졸업장을 따기 위해서 악당들과 깡패들이 우글거리는 그런 사악한 곳에서 살도록 그냥 내버려둘 순 없어요! 부모가 뭐가 되겠어요?"

"그래, 알았으니까, 진정해. 생각 좀 하게." 그는 이마를 주물렀다. "기숙사가 안 좋다면 다른 곳을 알아봐야 하는데. 개인적으로 아는 사람 집에 말이야. 그럼 문제가 해결되잖아."

"좋은 생각이네요." 아반이 맞장구를 쳤다. 그녀는 아들의 미래를 망친 욕심 많은 엄마라는 꼬리표를 평생 달고 다니고 싶지는 않았다. "내 친척들한테 물어보면 어떨까요?"

"안 돼. 학교에서 너무 떨어진 데서 살잖아. 기억 안 나?" 게다가 친척들이 마넥의 머릿속에 어떤 말도 안 되는 생각들을 불어넣을지도 알 수 없는 일이었다. 20년 세월이 흘렀지만 아직도 그들은 아반이 멀리 떨어져 산다는 사실에 적응하지 못했다.

"어딘가 안전하고 좋은 방을 구해줄 수 있으면 좋겠는데. 우리가 지불할 능력이 되는 곳으로 말이에요." 아반이 말했다. 그러나 수백만 명이 빈민굴이나 길거리에서 사는 도시에서 그건 거의 불가능하다고 그녀는 즐거운 상상을 했다. 거지들뿐만 아니라 집세를 낼 수 있는 직장이 있는 사람들도 마찬가지였다. 집세를 내고 얻을 방이 없었다. 그러니까 마넥은 곧 집으로 돌아올 수밖에 없었다. 그런 행복한 생각에 그녀는 갑자기 웃음이 났다.

"이런 큰 문제가 생겼는데도 웃음이 나와?" 파록이 물었다.

"내가 웃었어요? 아무것도 아네요. 그냥 마넥 생각이 났어요."

"흐음." 자신도 기쁨을 참기 힘들었던지 그도 끙끙거렸다. "당신 친구한테 편지를 한 번 써 보는 게 어때? 혹시 알지도 모르잖아."

"그거 좋은 생각이네요. 저녁 먹고 나서 오늘밤에 제노비아한테 편지를 쓸게요." 아반은 우표 값만 날리는 일이라면서도 즐겁게 말했다.

그들은 각자 맡은 일을 하러 돌아갔다. 실망한 표정으로 기쁨을 감춰야만 하는 시련은 이제 끝이 났다. 형식적인 노력이 실패하고 나면 아들이 집으로 돌아오기만 기다리면 될 것이다.

그러나 며칠 후 씁쓸하고 놀랍게도 마넥이 지낼 곳이 바로 마련돼 버려서, 그들은 이제 기쁜 표정으로 실망감을 감춰야 했다. 아들의 교육이 지속되는 것에 만족하는 척하면서 파록과 아반은 남아 있던 희망의 찌꺼기들을 쓸어버려야 했다.

화가 난 아반은 제노비아가 보낸 주소로 디나 달랄에게 감사의 편지를 보냈다. "여보, 디나가 고등학교 때처럼 여전히 아름다운지 궁금하네요." 그녀는 편지지철에서 다 쓴 편지를 뜯어낼 때 나는 소리가 마음에 들었다. 편지지를 거칠게 뜯어내는 소리가 그녀의 기분과 잘 들어맞았다.

"마넥한테 물어보면 되잖아. 거기 가서 살면 당신한테 다 알려줄 텐데 뭘 그래. 원한다면 최근에 찍은 사진도 부쳐 줄 거야." 책상에 앉은 그녀를 지켜보던 파록은 아내의 옛날 친구들이 가족의 삶에 간섭해서 아들을 낚아채 간다는 느낌을 지울 수가 없었다.

하지만 그는 곧 자신의 생각이 어리석음을 깨달았다. 그는 은행 통장을 가져와서 첫 달 월세를 수표로 작성했다. 아반이 수표를 디나에게 보내는 편지에 동봉했다.

욕실 안이 쥐 죽은 듯이 조용해서 디나는 소리를 들어 보려고 귀를 가까이 댔다. 도대체 무슨 일이지, 왜 물소리가 나질 않는 걸까? "마넥! 아무 일 없니? 물은 따뜻해?"

"네, 괜찮아요."

"물 뜨는 통은 찾았니? 양동이 옆에 있을 거야. 그리고 필요하면 나무 의자에 앉아서 해."

"알겠습니다." 그는 배수구에서 엄청나게 많은 지렁이들이 기어 나오고 있다고 말하기가 부끄러웠다. 지렁이들이 곧 자발적으로 땅 밑의 집으로 돌아가 주기를 바랐다. 그러나 집으로 자발적으로 돌아가야 했던 건 바로 자신일지도 모른다는 생각에 씁쓸해졌다. 아버지께 집으로 돌아가는 걸 허락하도록 바라는 멍청한 편지를 쓰다니!

디나는 물을 푸고 끼얹는 소리가 들리는지 확인하려고 계속 귀를 기울였다. 그래도 아무 소리가 없자 그녀의 인내심이 한계에 도달했다. "마넥, 무슨 일이니? 좀 서둘러! 재봉사들이 오기 전에 나도 씻어야 해."

그녀는 오늘 방세 수표를 현금으로 바꿀 수 있는 짬이 났으면 좋겠다고 생각했다. 하지만 우선은 마넥을 대학교까지 바래다주고 일을 제대로 시작할 수 있도록 도와줘야 했다. 일단 물을 끓이는 전열기 같은 현대식 장치들을 사용하는 법을 배우고 일상생활에 적응하면 마넥도 아무런 문제가 없을 것이다. 불쌍한 마넥은 전열기가 뭔지도 몰랐다. 집에서는 뜨거운 물을 어떻게 만들었냐고 묻자 그는 매일 아침 석탄으로 불을 때는 보일러를 사용했다고 설명했다. 정말 원시적이었다. 그러나 그가 자신의 잠자리를 정돈하고 모든 것을 깔끔하게 갤 줄 아는 것은 인상적이었다.

그녀는 욕실 문으로 가서 다시 한 번 물었다. "아무 문제없는 거야?"

"네, 그런데 배수구에서 지렁이들이 기어 나와요."

"아, 그거! 물을 약간 뿌려. 그러면 사라질 거야."

물소리가 나더니 다시 조용해졌다.

"괜찮아?"

"계속 나오는데요."

"그래, 그럼 내가 한 번 보자."

마넥이 옷을 입기 시작하는데 그녀가 또 문을 두드렸다. "자, 어서, 수건으로 감싸고 문을 열어. 아침 내내 여기 서 있을 시간이 없어."

그는 옷을 다 입고 나서야 문을 열었다.

"왜 그렇게 수줍어하니? 난 네 엄마랑 나이가 같아. 뭘 볼 게 있다고 그러니? 자, 널 무섭게 만든 지렁이들이 어디에 있는지 보자."

"무섭진 않아요. 역겨울 뿐이죠. 그리고 수가 너무 많아요."

"지렁이들이 나오는 계절이니까 당연해. 장마철이 되면 언제나 지렁이들이 생긴단다. 네가 살던 곳도 이렇지 않니? 산에는 야생 동물들이 많잖아."

"그래도 화장실에는 절대로 없어요."

"우리 집 화장실에 네가 적응하는 수밖에 없어. 물을 뿌려서 지렁이들을 물리쳐야 돼. 뜨거운 물은 아끼고 찬 물을 쓰도록 해." 그의 옆을 스치며 그녀가 양동이의 물을 떠서 뿌리자 지렁이들이 다시 배수구로 기어들어 갔다. "봤지? 다시 들어가잖아."

물을 뿌리는 기술보다 그녀가 뻗은 팔죽지의 부드러운 선에 그는 안심했다. 그녀가 칸막이 바닥 위로 몸을 숙이자 잠옷이 엉덩이에 딱 달라붙어서 속옷의 윤곽이 드러났다. 그녀가 몸을 일으키자 그는 시선을 돌렸다.

"됐지? 이젠 목욕할 수 있겠니? 아니면 내가 지렁이들을 막아 주러 너랑 함께 있어 줄까?" 그의 얼굴이 빨개졌고, 재봉사들이 도착할까 봐 걱정됐던 그녀가 덧붙여 말했다. "오늘은 첫날이니까 내가 특별한 조치를 취해 주마."

그녀는 화장실 밖의 선반에서 페놀 병을 가져와 코르크 마개를 열고 하얀 약제를 지렁이들에게 조금씩 떨어뜨렸다. 그러자 즉시 지렁이들이 빨간 덩어리로 뭉쳐져 몸부림치더니 생명력을 잃고 조그맣게 돌돌 감겼다.

"됐다. 하지만 페놀은 너무 비싸서 매일 사용할 수가 없어. 그러니까 지렁이들이 있는 데서 목욕하는 법을 배워야 해."

그는 문을 닫고 다시 옷을 벗었다. 자신의 옆에서 몸을 굽히고 손을 뻗던 그녀의 모습이 떠오르자 온몸이 두근거렸다. 그러나 욕실에 남은 페놀 소독제 냄새 때문에 그만 그런 생각이 사라지고 말았다.

6장 낮의 서커스, 밤의 빈민굴

새벽에 빈민굴 밖에 빨간색 2층 버스들이 모이는 것을 술주정뱅이 집의 아이가 맨 처음 발견했다. 어린 소녀는 뛰어가서 엄마에게 그 사실을 알렸다. 집 밖에 나와 있던 이시바와 옴을 본 여자가 그들에게도 그것을 말해 주었다. 그녀의 남편은 여전히 술에 취해 해롱거리며 자고 있었다.

주차하던 버스 운전사들은 연방 경적을 울리면서 서로 인사했다. 스물두 대의 버스가 두 줄로 질서정연하게 늘어섰다. 재봉사들은 물을 떠서 기차선로가 있는 곳으로 향했다. 간밤에 비가 내려서 땅이 부드러웠고, 진흙은 그들의 발을 입이 많이 달린 괴물처럼 빨아들였다.

"삼촌, 오늘은 아줌마한테 빨리 가요."

"왜?"

"마넥이 와 있을 테니까요."

그들은 이시바가 좋아하는 장소를 찾아서 쪼그리고 앉았다. 그는 쓸데없이 지껄이는 머리털 수집가가 보이지 않아서 기뻤다. 그는 볼일을 보는 동안에는 아무리 좋은 대화라도 싫었다.

그러나 이시바의 운은 그리 오래가지 않았고, 선로 곡선을 따라 걷고 있던 라자람이 시궁창 맨 끝에 앉아 있던 그들을 발견했다. 그늘 옆에 앉은 라자람이 버스들이 왜 모였는지 추측하기 시작했다.

"아마도 버스 종점을 새로 만든 것 같은데요." 옴이 말했다.

"그럼 우리한테는 편리하지."

"근데 사무실 같은 걸 먼저 만들어야 하는 거 아닌가요?"

그들은 밑을 씻고 나서 무슨 일인지 알아보려고 먼지를 뒤집어 쓴 버스들이 있는 곳으로 갔다. 카키색 유니폼을 입은 운전사들은 버스 문간에 기대거나 보도의 연석에 웅크리고 앉아서 신문을 읽고 담배를 피거나 빤을 씹고 있었다.

"안녕들 하십니까." 라자람이 아무한테나 인사를 건넸다. "오늘 빨간색 자동차들이 어디로 가는 겁니까?"

운전사들 가운데 한 명이 어깨를 들썩였다. "난들 알겠소. 주임이 버스를 대 놓고 특별 임무를 기다리라고 합디다."

다시 비가 내리기 시작했다. 텅 빈 버스들 지붕 위로 빗방울들이 후드득 소리를 내며 떨어졌다. 운전사들이 버스 안으로 들어가서 먼지 묻은 창문들을 닫았다.

곧, 무력한 앞 유리 와이퍼가 젖은 시계추처럼 헐렁하고 느리게 흔들거리는 스물세 번째 버스가 도착했다. 사람들로 가득 찬 그 버스의 2층에는 제복을 입은 경찰들이 타고 있었고, 아래층에서는 서류 가방과 팸플릿을 든 남자들이 차에서 쏟아져 나왔다.

기지개를 켠 후 가랑이가 치솟은 바지를 바로 펴고 나서 남자들은 빈민굴로 들어갔다. 어떤 남자들은 비가 내려 진흙탕이 된 들판에서 가죽 샌들을 더럽히지 않으려고 뒤꿈치를 높이 들고 발끝으로 걸으며 펼쳐든 우산 밑에서 균형을 잃지 않으려고 했다. 또 어떤 남자들은 신발 바닥을 더럽히지 않으려고 풀덤불, 돌, 깨진 벽돌 같은 곳을 찾으면서 발뒤꿈치로 철벅거리며 걸었다.

진흙탕 위에서 줄타기 곡예를 하는 것 같은 그들의 모습에 곧 사람들이 몰려들었다. 우산 위로 바람이 휙 불자 그들이 흔들렸다. 더 강한 돌풍이 불자 그들은 균형을 잃었다. 모여든 사람들이 웃었다. 아이들이 그들의 우스꽝스러운 걸음걸이를 흉내 냈다. 진흙탕 때문에 샌들을 그만 포기한 남자들은 체면을 차리며 수돗가에 줄을 선 사람들에게 걸어갔다.

가장 좋은 샌들을 신은 남자가 총리의 메시지를 전하는 당에서 일하는 사람들이라고 자신들을 소개했다. "총리께서 인사를 전하시며 오늘 큰 모임을 개최한다는 사실을 여러분 모두 알았으면 한다고 하셨습니다. 모두들 참가하도록 초청받았습니다."

한 여자가 빈 양동이를 수도꼭지 밑에 놓았다. 물이 떨어지며 부딪치는 소리에 자신의 말소리가 흐릿해지자 남자가 목소리를 높였다. "총리께서는 특히 여러분들처럼 정직하고 열심히 일하는 사람들에게 직접 말하고 싶어 하십니다. 이 버스들이 여러분을 집회 장소까지 공짜로 데려다 줄 겁니다."

줄을 선 사람들은 남자의 말에 관심을 기울이지 않고 앞으로 움직였다. 몇몇 사람들이 서로 귓속말로 속삭이며 웃었다. 남자가 다시 말했다. "총리께서는 여러분의 하인이며 여러분을 돕고 싶어 하십니다. 총리께서는 여러분의 입에서 나오는 말을 듣고 싶어 하십니다."

"총리에게 전하시오. 우리가 얼마나 이렇게 잘 살고 있는지 말이요!" 누군가가 외쳤다.

"옳소! 우리가 정말 행복하다고 전해요! 도대체 우리가 왜 가야 하는 거요?"

"총리가 우리의 하인이라면 여기로 직접 오라고 전해요!"

"당신들 사진사들한테 우리의 멋진 집들과 건강한 아이들의 모습을 찍어가라고 하시오! 그걸 총리한테 보여줘요!"

비웃음 소리가 들리더니, 물이 나오는 시간에 가난한 사람들을 괴롭히는 당원들에게 뭔가 본때를 보여줘야 하지 않겠냐는 속삭임이 들렸다. 방문객들은 잠시 물러나서 논의를 했다.

그러자 대장인 듯한 남자가 다시 입을 열었다. "1인당 5루피씩 돈을 지불받게 될 겁니다. 그리고 차와 과자도 무료로 주고요. 제발 7시 30분에 밖에서 줄을 서 주세요. 버스가 여덟 시에 떠납니다."

"5루피는 당신 똥구멍에나 집어넣어!"

"그런 다음에 그 돈에다가 불이나 질러!"

그러나 그 제안이 사람들의 관심을 끌자 욕지거리는 재빨리 줄어들었다. 당원들이 빈민굴로 흩어져서 그 소식을 퍼트렸다.

넝마주이 남자가 자신의 아내와 여섯 아이들도 갈 수 있느냐고 물었다.

"그럼요. 하지만 당신만 5루피를 받고 나머지 사람들은 받지 못합니다." 당원의 말에 풀이 죽어서 고개를 돌렸던 넝마주이는 가족들이 차와 과자는 공짜로 먹을 수 있다는 설명에 다시 구미가 당겼다.

"와, 재밌겠는데요. 삼촌, 가요." 옴이 말했다.

"미쳤니? 오늘 하루 재봉을 안 할 셈이냐?"

"그럼, 그럴만한 가치가 없어." 라자람이 이시바의 말에 동의했다. "이 사람들 말은 다 가짜라고."

"어떻게 알아요? 그런 데 가봤어요?"

"그럼, 항상 똑같아. 네가 실업자라면 가서 5루피를 받으라고 하고 싶어. 정부에서 하는 쇼를 처음 보면 재밌지. 하지만 재봉 작업이나 머리털 모으는 일을 하루쯤 포기할 정도는 아니라고."

7시 30분이 되었지만 버스 앞에 선 줄은 차 한 대를 다 채울 정도도 되지 않았다. 일이 없는 날품팔이 노동자들, 여자들과 아이들, 그리고 부상당한 조선소 육체노동자들 몇 명이 서 있을 뿐이었다. 상황을 논의하던 당원들은 비상 계획을 실행하기로 했다.

곧, 케사르 경장은 자신이 지휘하는 순경들에게 차에서 내리라고 명령했다. 순경 열두 명은 빈민굴 출입구를 봉쇄했고, 나머지 순경들은 경장을 따라서 안으로 들어갔다. 그는 으스대면서 천천히 걷고 싶었지만 평발이라서 미끄러운 진흙탕 위에서는 뒤뚱거리며 걸을 수밖에 없었다. 그는 확성기를 트럼펫처럼 양손으로 쥐고 입에 갖다 댔다.

"주목! 주목! 집집마다 두 명씩 반드시 버스에 타라! 5분의 시간을 줄테니 지체하지 마라. 안 그러면 모두 시유지에 무단 침입한 죄로 체포하겠다!"

사람들이 항의했다. 집세를 꼬박꼬박 내고 있는데 무슨 무단 침입이란 말인가? 판잣집 사람들이 나발카를 찾으러 갔지만 그의 집은 텅 비어 있었다.

"이 사람들이 강제로 이렇게 하는 걸 총리가 알기나 할까?" 이시바가 말했다.

"그 여자는 중요한 것만 압니다. 그 여자 친구들이 보고하는 것만 알죠." 라자람이 말했다.

경찰들이 사람들을 버스에 채우기 시작했다. 2층 버스가 천천히 차기 시작했고, 비 때문에 먼지와 흙이 씻겨 내려간 버스들은 더욱 빨갛게 보였다. 경찰들이 곤봉을 휘두르며 명령에 따르라고 하자 판잣집에서 벌어지던 논쟁은 쉽게 제압되었다.

원숭이를 키우는 남자는 원숭이들도 데려가고 싶었다. "원숭이들이 버스를 타고 가면 좋아할 겁니다. 일하러 갈 때 기차 타는 걸 정말 좋아하거든요." 그가 당원에게 설명했다. "차나 과자를 더 달라고 안 하겠습니다. 제 걸 나눠 먹으면 되거든요."

"쉬운 말도 못 알아들어? 원숭이는 안 된다니까. 이게 무슨 서커슨 줄 알아?"

라자람이 뒤를 돌아보며 친구들에게 귓속말로 속삭였다. "완전히 서커스 맞잖아."

"선생님, 제발 부탁입니다." 원숭이 주인이 간청했다. "개는 혼자 놔둬도 되지만, 라일라와 마즈누는 그렇지 못합니다. 제가 없으면 하루 종일 울거든요."

중재를 위해서 케사르 경장을 불렀다. "당신 원숭이들이 제대로 훈련되어 있나?" 그가 물었다.

"경찰 나리, 라일라와 마즈누는 정말 훌륭하게 훈련돼 있습니다! 말 잘 듣는 제 자식들입죠! 보십시오. 나리께 인사를 올립니다!" 그가 신호를 보내자 원숭이들이 일제히 앞발을 머리까지 들어 올렸다.

케사르 경장은 매우 즐거워하면서 답례를 하며 웃었다. 원숭이 주인이 가죽 끈을 땅에 내리치자 원숭이들이 무릎을 꿇었다. 경장이 매우 흡족해 했다.

"사실, 원숭이들을 데려가도 아무런 해도 되지 않을 거 아니요." 그가 당원에게 말했다.

"경장님, 잠깐만요." 당원이 그를 옆으로 데리고 갔다. "문제는 원숭이들이 일종의 정치적인 의견 표시로 간주될 수도 있다는 겁니다. 그리고 당의 적들이 우리를 웃음거리로 만들기 위해서 이걸 이용할 수도 있어요."

"그럴 수도 있겠네요." 케사르 경장이 확성기를 흔들며 말했다. "하지만 총리가 사람들뿐만 아니라 동물들과도 의사소통할 수 있다는 증거로도 사용될 수 있을 텐데요."

놀란 당원이 눈알을 굴렸다. "그러면 경장님이 책임지고 보고서를 세부 작성하시겠습니까?"

"사실, 이 일은 내 관할이 아니요."

케사르 경장은 슬픈 표정으로 원숭이 주인에게 돌아가 그 소식을 전했다. "미안하게 됐소. 이건 총리에게 중요한 집회야. 원숭이는 못 데려가."

"두고 보라고. 원숭이들로 무대가 가득할 테니까." 라자람이 줄을 선 사람들에게 작은 목소리로 말했다.

원숭이 주인은 경장에게 신경 써 줘서 고맙다고 했다. 원숭이들을 티카와 함께 판잣집에 가두고 그는 침울한 표정으로 돌아왔다. 버스들은 이제 거의 가득 찼고, 아직도 고집을 부리는 극소수의 사람들이 매질과 손찌검을 당하며 올라타자 떠날 준비가 되었다.

"세상에 이런 불공평한 경우가 다 있나. 아주머니가 뭐라고 생각할지 모르겠구먼." 이시바가 말했다.

"어쩔 수 없잖아요. 그냥 공짜로 가는 거니까 즐기자고요." 옴이 말했다.

"맞습니다." 라자람이 말했다. "어쩔 수 없이 가야 한다면 즐기는 게 낫죠. 작년에는 트럭에다가 싣고 갔어요. 양들처럼 실어서 말이에요. 이 버스는 훨씬 편한 거라고요."

"버스 한 대에 적어도 백 명은 탔겠는데." 이시바가 말했다. "다 합치면 2천 명은 되겠어. 무슨 큰 집회지?"

"우리 지역에서만 그렇죠. 버스들이 다른 곳에도 갔을 겁니다. 나중에 보세요. 집회에 만 5천 명이나 2만 명쯤은 모일 테니까."

 한 시간쯤 후 버스들은 도시 변두리를 달리고 있었다. 옴이 배가 고프다고 했다. "도착하면 차하고 과자를 줬으면 좋겠어요. 그리고 5루피도."

 "넌 어째 항상 배가 고프구나. 배 속에 기생충이라도 든 거냐?" 디나를 흉내 내며 이시바가 말했다. 그들은 웃으면서 라자람에게 그 농담에 대해서 설명했다.

 그들은 곧 시골길을 달렸다. 비는 이미 멈췄다. 그들은 사람들이 서서 버스들을 바라보는 마을들을 지났다. "난 이해가 안 돼. 우리를 왜 여기까지 끌고 오는 거지? 여기 마을 사람들을 집회에 데려가면 되잖아?" 이시바가 말했다.

 "너무 복잡해서 그럴 겁니다." 라자람이 말했다. "사람들이 흩어져 있는 많은 마을들에 가야 하니까요. 2백 명, 3백 명씩 여기저기서 끌어모아야 하니까요. 도시에 있는 판자촌에서 몽땅 끌고 오면 훨씬 쉽죠."

 그가 흥분하더니 말을 끊고 손가락으로 뭔가를 가리켰다. "저기 보세요! 저기 우물에 저 여자 좀 봐요!" 그는 한숨을 내쉬었다. "가위를 들고 시골을 돌아다니면 내가 원하는 걸 얻을 수 있는데 말이죠. 그럼 곧 부자가 될 텐데."

 교통량이 증가하고 총리의 동원된 관중들을 실은 다른 차들이 지나가자, 그들은 목적지에 거의 다 도착했음을 알았다. 때때로 버스들은 길을 비켜서 귀빈을 실은 깃발을 날리는 차가 요란스럽게 경적을 울리며 빨리 지나가도록 해 주었다.

 버스들은 광활한 들판 근처에 멈췄다. 승객들이 내리자 주최자가 집에 돌아가기 위해서는 버스 번호를 외워 둬야 한다고 했다. 그는 사람들에게 어디에 앉을지를 지시하고 언제 박수를 쳐야 할지에 대해서 반복해서 설명했다. "무대 위에 있는 귀빈들을 잘 지켜보세요. 그 사람들이 박수를 치기 시작하면 여러분도 그렇게 하면 됩니다."

"돈은 언제 줍니까?"

"집회가 끝나면 줄 거요. 우린 당신들의 속임수를 잘 알아요. 먼저 돈을 주면 나쁜 놈들이 연설 중간에 도망가죠."

"계속 가요! 계속 앞으로!" 안내원이 새로 도착한 사람들의 등을 두드리며 소리쳤다.

"밀지 마요!" 옴이 그의 손을 치우며 외쳤다.

"옴, 진정해라." 이시바가 말했다.

대나무 말뚝과 난간으로 들판을 여러 구역으로 나눴고, 멀리 끝에 있는 중앙 무대는 바닥에서 약 9미터 높이로 지붕이 씌워져 있었다. 무대 앞은 귀빈들을 위한 공간이었다. 그곳에는 의자들이 마련돼 있었고 그것들을 할당하느라고 언쟁이 벌어졌다. 세 가지 종류의 의자가 있었다. 최고 귀빈을 위해서는 팔걸이가 있는 푹신한 의자, 귀빈을 위해서는 팔걸이가 없는 푹신한 의자, 그리고 별 볼일 없는 귀빈을 위해서는 접는 철제 의자였다. 초대받은 사람들은 안내원들과 말싸움을 하고 다투면서 그들의 지위를 더 높여 달라고 압력을 행사했다.

"들판 가장자리에, 저 텐트 근처에 있어야 해요." 라자람이 말했다. "저기서 차와 과자를 먹는 거니까." 그러나 천으로 만든 동그란 3색기 배지를 단 자원봉사자들이 새로 도착한 사람들을 옆 구역으로 몰아넣었다.

"저기 좀 봐요!" 무대 오른쪽에 있던 24미터 높이의 총리의 그림을 보고 깜짝 놀란 옴이 소리쳤다. 판지와 합판으로 만든 그녀의 모습은 마치 군중들을 껴안을 듯이 양팔을 쭉 뻗고 서 있었다. 국가의 윤곽을 나타내는 지도가 그녀의 머리 뒤에서 낡은 후광처럼 걸려 있었다.

"저기 무대 주위에 무지개처럼 아치 모양으로 달아 놓은 꽃들 좀 봐라!" 이시바가 말했다. "아름답지 않니? 여기서도 향기가 나는 것 같은데."

"내가 재밌을 거라고 했잖아요." 라자람이 말했다. "처음에는 항상 재밌죠."

그들은 땅바닥에 편안하게 앉아서 근처에 있는 사람들의 얼굴을 살폈다. 사람들이 웃으면서 고개를 끄덕였다. 음향 효과 담당이 무대로 올라가 마이크를 점검하자 확성기들에서 날카로운 소리가 났다. 무슨 일인가 싶어서 군중들 사이에서 갑자기 침묵이 흐르다가 곧 사라졌다. 버스에서는 승객들이 몇 천 명씩 계속 쏟아져 나왔다. 이제 햇볕이 뜨거웠지만 이시바는 비가 내리지 않아서 다행이라고 했다.

두 시간 후 모든 구역들이 가득 찼고 들판에는 빈자리가 없었으며 햇볕에 쓰러진 사람들은 근처 나무 그늘 밑으로 실려가 휴식을 취했다. 사람들은 왜 하필 하루 중에서 제일 더운 시간에 집회를 열어야 했는지 궁금했다. 주최자들 가운데 한 명의 설명에 따르면 총리의 점성가가 천체 지도를 그려서 시간을 선택하기 때문에 어쩔 수 없다고 했다.

고위 관리 열 여덟 명이 무대 위에 마련된 자리에 앉기 시작했다. 열두 시가 되자 하늘에서 큰소리가 울렸고 2만5천 개의 머리가 일제히 위로 향했다. 헬리콥터 한 대가 들판을 세 번 돌더니 무대 뒤에 착륙했다.

몇 분 후에 흰색 사리를 입은 총리가, 간디 모자를 쓰고 흰색 쿠르타를 입은 누군가의 호위를 받으며 무대로 올라왔다. 고위 관리들이 차례로 총리에게 화환을 씌워 주고 절을 하며 그녀의 발을 만졌다. 그중에 한 명은 다른 사람들보다 심하게 온몸을 완전히 바닥에 엎드렸다. 그는 용서를 받을 때까지 그녀의 발밑에 그렇게 있겠다고 했다.

그녀의 얼굴을 둘러싸고 있던 열 여덟 개의 화환들 때문에 표정이 보이지는 않았지만 총리는 당황했다. 보좌관이 그가 저지른 작은 불충에 대해서 그녀에게 설명했다. "총리님, 저 사람이 뉘우치고 있습니다. 진심으로 사과하고 있습니다."

마이크가 켜져 있어서 햇볕에 그을리고 있던 군중들은 무대 위에서 펼쳐지는 코미디를 즐길 수 있었다. "그래요. 알았소." 그녀가 조급하게 말했다. "이제 그만 일어나서 바보짓을 그만하시오." 꾸중을 들은 남자는 공중제비를 마친 체조선수처럼 재빨리 일어섰다.

"봤죠? 서커스랑 똑같다고 내가 말했잖아요. 어릿광대들, 원숭이들, 곡예사들, 전부 다 있잖아요." 라자람이 말했다.

잘 꾸며진 아첨이 한바탕 끝나자 총리는 화환들을 하나씩 군중들에게 던졌다. 이러한 위엄 있는 행동에 귀빈석에 앉아 있던 사람들이 열렬히 환호했다.

"저 여자 아버지가 총리였을 때도 저렇게 하곤 했지." 이시바가 말했다.

"네. 저도 한 번 본 적이 있습니다. 하지만 그 사람이 저렇게 했을 때는 겸손해 보였죠." 라자람이 말했다.

"마치 우리한테 쓰레기를 던지는 것 같은데요." 옴이 말했다.

라자람이 웃었다. "그게 정치인의 특기지, 안 그래?"

지역구 국회의원이 축하 연설을 하면서 가난하고 보잘 것 없는 지역에 큰 관심을 보여준 총리에게 감사했다. "청중의 숫자는 적지만 마음이 따뜻하고 감사할 줄 아는 사람들입니다." 국회의원은 2만5천 명의 갇힌 군중들을 손으로 가리키면서 말했다. "저희들의 삶을 향상시키는 데 큰일을 하신 총리님께 위대한 사랑을 가지고 있습니다. 우리는 보잘것없는 마을에서 온 보잘것없는 사람들입니다. 그러나 우리는 진실을 알고 있으며, 오늘 우리의 지도자의 말씀을 들으러 여기까지……"

소매를 걷어 올린 이시바는 단추 두 개를 풀고 셔츠 속으로 입바람을 불어넣었다. "언제까지 계속 하려나."

"연설이 몇 개나 남았느냐에 따라서 두 시간, 세 시간, 네 시간이 걸릴지도 몰라요." 라자람이 말했다.

"…… 그리고 내일자 신문에 실릴 기사를 쓸 모든 기자분들은 명심하십시오. 특히 외국 기자분들에게 당부합니다. 무책임한 보도로 인해서 심각한 폐해가 있었습니다. 국민들의 이익을 위해서 선포한 국가비상사태에 관한 많은 거짓말들이 퍼져 있습니다. 보십시오! 총리님께서 가시는 곳마다 얼굴을 보고 연설을 듣기 위해서 수 킬로미터 근방에서 수천 명이 모여듭니다. 이것이야말로 진정으로 위대한 지도자라는 증거입니다."

동전을 꺼낸 라자람이 옴과 앞면인지 뒷면인지 맞추기 게임을 시작했다. 그들 주변의 사람들은 서로 인사를 하고 잡담을 하면서 장마철에 관한 이야기를 나눴다. 아이들은 게임을 하고 흙에다가 그림을 그렸다. 어떤 사람들은 잠을 잤다. 사리를 걸친 다리를 쭉 펴서 넓적다리 사이에 아기를 눕힌 한 엄마는, 작은 목소리로 노래를 부르면서 아기의 두 팔을 가슴 위로 모았다 폈다하고 두 발을 높이 들어 올리는 운동을 시켰다.

안내원들과 자원봉사자들이 구역별로 순찰을 했다. 사람들이 조심스럽게 즐기고 있는 것에는 그들도 상관하지 않았다. 유일한 금지된 행동은 자리에서 일어나 구역을 떠나는 것이었다. 게다가 첫 번째 연설이 아직 채 끝나지도 않았다.

"…… 그런데 총리께서 사임해야 하고 통치가 불법이라고 하는 사람들이 있습니다! 그런 거짓말을 하는 자들이 누굽니까? 형제자매 여러분,

그들은 대도시에 살면서 여러분과 제가 감히 꿈도 꾸지 못하는 사치를 누리고 있는 극소수의 방탕한 자들입니다. 그들은 자신들의 부당한 특권을 뺏길까 봐서 총리께서 만드는 변화들을 싫어하는 것입니다. 그러나 우리 국민들의 75퍼센트가 사는 작은 마을들에서는 사랑하는 총리님을 위한 완벽한 지지를 보내고 있습니다."

연설을 마칠 때쯤 국회의원이, 무전기를 들고 무대 옆에서 기다리고 있던 사람에게 손으로 신호를 보냈다. 몇 초 후, 무대에 아치 모양으로 엮어 놓은 꽃들 사이에 숨어 있던 다양한 색깔의 불빛들이 한낮의 태양에 필적할 정도로 강렬한 불빛을 번쩍였다. 국회의원의 연설에 대충 의무적으로 치던 박수 소리가 그러한 시각 효과 때문에 매우 열정적으로 변했다.

번쩍이는 불빛들로 여전히 눈부신 가운데, 무대 뒤에서 날아오르는 헬리콥터 소리가 하늘을 뒤덮었다. 소란스러운 기계의 배에서 뭔가가 떨어졌다. 꾸러미에서 뭔가가 흘러나왔다. 장미꽃잎들이었다!

군중들이 환호했지만 조종사는 타이밍을 놓쳤다. 꽃잎들이 총리와 고위 관리들이 아닌 무대 뒤의 목초지에 떨어졌다. 동물들에게 풀을 뜯어 먹게 하고 있던 염소지기가 하늘에 감사하며 가족들에게 기적에 대해서 들려주려고 서둘러 집으로 갔다.

무대 앞에 앉아 있던 귀빈들을 겨냥한 꾸러미는 목표물에 제대로 떨어졌지만 열리지 않았다. 누군가가 들것에 실려 나갔다. 세 번째 꾸러미가 일반 군중들 위로 떨어질 쯤에는 조종사가 기술을 완전히 습득해서 정확하게 떨어졌다. 때마침 산들바람이 불어와 꽃잎들을 사방으로 흩뿌렸다. 아이들은 꽃잎들을 쫓아다니면서 재밌는 시간을 보냈다.

무대 위에서 또 한 차례 몸을 굽실거리고 절을 하는 동작이 있고 나서, 총리가 마이크 앞에 섰다. 한 손으로 목에 걸친 사리를 쥐고 그녀가 연설을 시작했다. 한마디 할 때마다 무대와 귀빈 구역에서 우레와 같은 박수 소리가 터져 나왔고 군중들은 열심히 따라서 박수를 쳤다. 지나친 박수 소리 때문에 그녀의 연설이 묻힐 위기에 놓였다. 마침내 그녀는 연단에서 한 발짝 물러나 보좌관에게 귓속말을 했고, 보좌관은 다시 고위 관리들에게 지시를 내렸다. 효과가 즉시 나타났다. 그때부터 박수를 적절하게 나눠서 쳤다.

머리에서 흘러내린 흰색 사리를 다시 올리며 그녀는 연설을 계속했다. "국가비상사태가 선포됐다고 해서 걱정할 것 없습니다. 악의 세력과 싸우는 데 필요한 수단일 뿐입니다. 일반 시민들을 위해서는 더 좋은 일입니다. 오직 사기꾼들, 밀수업자들, 암상인들만이 걱정을 해야 할 겁니다. 우리가 곧 그들을 감옥에 쳐 넣을 테니까요. 그리고 일반 시민들을 위한 계획들을 도입하기 시작하자 벌어진 파렴치한 음모에도 불구하고 우리는 성공하고 말 것입니다. 우리에게 반대하는 외국 세력이 있으며, 우리가 번영하기를 원치 않는 적들이 있습니다."

라자람이 카드를 꺼내서 섞기 시작하자 옴이 매우 기뻐했다. "확실하게 준비를 했군요."

"당연하지. 연설이 길어질 것 같은데 안 하실래요?" 라자람이 이시바에게 패를 나눠 주었다. 구경거리가 생기자 근처에 있던 사람들이 생기가 넘쳤다. 그들은 주위에 모여 원을 그리고 앉아서 게임을 구경했다.

"…… 그러나 아무 문제없습니다. 우리는 분열적인 세력들이 진압될 것이라고 확신하고 있습니다. 정부는 이 나라의 민주주의에 더 이상 위험이 없을 때까지 계속해서 싸울 것입니다."

옴은 손바닥이 아프다면서 더 이상 박수를 치지 않았다. 그가 카드 한 장을 내자, 옆에 있던 누군가가 그렇게 하면 안 된다고 훈수했다. 옴은 실수를 깨닫고 카드를 다시 집어넣고 다른 카드를 냈다. 총리는 새로운 20개 항목 계획의 특징들에 대해서 간략하게 설명하고 있었다.

"우리가 하고자 하는 일은 사람들에게 집을 공급하는 것입니다. 그리고 충분한 음식을 공급해서 배고픈 사람들이 없도록 할 것입니다. 옷을 통제된 가격에 공급할 것입니다. 우리는 아이들을 위한 학교들과 아픈 사람들을 돌볼 병원을 지을 것입니다. 가족계획 역시 모든 사람들이 이용할 수 있을 것입니다. 정부는 인구가 지나치게 증가해서 모두의 자원이 고갈되는 상황을 좌시하지 않을 것입니다. 도시와 읍내 그리고 마을에서 가난을 퇴치할 것이라고 여러분들께 약속드립니다."

카드 게임은 점점 시끌벅적해졌다. 옴이 카드를 힘차게 내려놓으며 허세를 부렸다. 그는 다음 차례에서는 노래까지 불렀다. "짠짜라 짠!"

"겨우 그거야?" 라자람이 말했다. "그거 가지고 그렇게 시끄럽게 구는 거야? 작은 장애일 뿐이잖아! 요거 한 번 맛 좀 봐라!"

"허허, 이 사람아, 내 패를 기다려야지." 이시바가 패를 자랑하며 보이자 옴과 라자람은 기가 죽었다. 구경꾼들이 이시바의 똘똘한 경기 운영에 감탄했다.

이윽고 감시하는 사람이 와서 살펴봤다. "이거 뭐하는 짓이야? 총리께서 연설하시는데 제대로 듣지도 않고." 그는 제대로 연설을 듣지 않으면 돈과 과자를 주지 않겠다고 협박했다. 카드를 치우라고 명령했다.

"…… 그리고 우리가 새로 창설한 기동 경찰대는 금 밀수업자들을 체포하고 부패와 검은돈을 적발하고 우리나라를 가난하게 만드는 탈세자들에게 벌을 줄 것입니다. 정부가 이런 일을 하도록 믿고 맡겨주십시오. 여러분이 할 일은 매우 간단합니다. 정부를 지지하고 국가비상사태를 지지하면 됩니다. 지금 당장 필요한 것은 규율입니다. 우리가 국가를 새로

이 활기차게 하려면 모든 생활에서 규율이 필요합니다. 모든 미신을 버리고, 점성술과 성인들을 믿지 마십시오. 오직 자신과 근면만을 믿어야 합니다. 국가를 사랑한다면 소문과 헛소리를 믿지 마십시오. 무엇보다도 자신이 맡은 책임을 다 하십시오! 형제자매 여러분, 이렇게 호소 드립니다. 힌두인들 만세!"

무대에 있던 고위 관리들이 모두 일어나 총리에게 매우 감동적인 연설을 했다면서 축하했다. 또 한 차례 아부하는 모습이 벌어졌다. 마지막에 공식적으로 총리에게 감사 인사를 전하던 당원은 마이크를 잡고 능글맞은 억지웃음을 지었다.

"이런, 세상에! 또 연설이에요? 과자는 언제 주는 거죠?" 옴이 말했다.

진부한 감사 인사와 판에 박힌 찬사가 바닥나자 당원이 과장된 몸짓으로 들판 끝의 하늘을 손으로 가리켰다. "저기! 구름 속을 보십시오! 아, 우리는 정말 축복받았습니다!"

그가 왜 기뻐 날뛰며 발작을 일으키는지 보려고 청중들이 고개를 들어 살폈다. 이번에는 모터 소리가 요란한 헬리콥터는 없었다. 그러나 지평선에서 들판 쪽으로 거대한 열기구가 날아오고 있었다. 주황색, 흰색, 녹색이 섞인 풍선이 꿈결 같은 침묵 속에서 구름 한 점 없는 파란 하늘을 날고 있었다. 열기구의 고도가 낮아지고 가까워지자 눈이 좋은 사람들은 하늘에 있는 선글라스를 쓴 사람을 알아보았다. 그는 흰색 긴 소매 팔을 들어 흔들었다.

"아, 우리는 오늘 집회에서 두 번씩이나 축복을 받았습니다!" 연사가 마이크에 대고 외쳤다. "총리께서 무대에 우리와 함께 계시고 총리님의 아드님께서 우리 위의 하늘에 계십니다! 우리가 더 이상 무엇을 바라겠습니까?"

그 와중에 하늘에 있던 총리의 아들이 사람들의 머리 위로 전단을 뿌리기 시작했다. 극적인 효과를 위해서 그는 처음에는 전단을 한 장만 날려 보내 군중들을 감질나게 만들었다. 모든 시선이 급강하하다가 천천히 원을 그리면서 내려오는 종이에 고정됐다. 그런 다음 그는 전단 두 장을 더 뿌리고 난 후 두 팔을 흔들며 나머지 모두를 뿌렸다.

"형제자매 여러분! 인도의 어머니께서는 지금 저희와 함께 무대에 앉아 계시고, 인도의 아들은 우리 위의 하늘에서 빛나고 계십니다! 땅에서는 영광스러운 현재가, 하늘 위에서는 황금 같은 미래가 땅으로 내려와 우리의 삶을 맞이하기를 기다리고 있습니다! 우리나라는 정말 축복받은 국가입니다!"

땅에 떨어진 전단에는 총리의 사진과 함께 20개 항목 계획이 담겨 있었다. 아이들은 또다시 즐겁게 쫓아다니면서 누가 전단을 가장 많이 모으는지 내기를 했다. 열기구가 상공에서 사라지자 헬리콥터가 마지막으로 나타났다.

이번에는 헬리콥터가 이전보다 훨씬 낮게 날았다. 조금 위험할지라도 정확도에서는 성과가 있었다. 장미꽃잎들이 무대에 뿌려지면서 대단원의 막을 장식했다. 그러나 24미터 높이의 총리의 그림이 헬리콥터 날개의 돌풍 때문에 흔들리기 시작했다. 깜짝 놀란 군중들이 소리쳤다. 양팔을 쭉 뻗은 그림이 삐걱거렸으며 묶인 밧줄은 팽팽해졌다. 안전요원들이 밧줄과 버팀대를 붙잡으면서 헬리콥터에 미친 듯이 손을 흔들었다. 그러나 회오리바람은 너무 강했다. 그림의 얼굴이 앞으로 넘어가며 서서히 쓰러졌다. 판지와 합판으로 만든 거대한 그림의 주변에 있던 사람들이 도망쳤다

"총리의 품에 안기고 싶은 사람이 아무도 없나 보네." 라자람이 말했다.

"그래도 저 여자는 모든 사람들 위에 올라타고 싶어 하는데요."

"요 녀석!" 이시바가 말했다.

그들은 서둘러 다과 장소로 갔다. 끝도 없이 늘어선 줄을 안전요원들이 관리하고 있었다. 찻잔이 부족해서 줄이 빨리 줄어들지 않았다. 한 사람당 하나씩만 먹도록 한 튀김 과자는 이미 동이 났다. 차가 줄어들고 있어서 음식을 나눠 주는 사람들의 손이 인색해졌다. "차가 적은 게 아니오. 이건 진한 차예요." 인색하다고 항의하는 사람들에게 그들이 설명했다.

줄이 천천히 앞으로 움직이고 있을 때, 24미터 높이의 총리의 무너진 그림에 다친 사람들을 실으려고 앰뷸런스들이 사이렌을 울리면서 들판의 모서리를 급히 달리고 있었다. 한 시간을 기다렸지만 이시바, 옴, 라자람은 여전히 줄의 뒤편에 서 있었고, 마침내 차가 다 떨어졌다. 그와 동시에 버스가 10분 후에 출발한다고 알리는 소리가 들렸다. 혹시나 뒤에 남겨질까 봐서 모두들 음식을 나눠 주는 사람들과의 싸움을 중단하고 버스들이 대기하고 있는 곳으로 달려갔다.

"왜 네 개요? 올 때는 5루피를 준다고 하지 않았소?" 이시바가 따졌다.

"버스비, 그리고 차와 과자 비용에 1루피를 뗀 거요."

"우린 차와 과자를 먹지도 못했어요!" 성난 옴이 얼굴을 남자 앞으로 들이밀었다. "그리고 버스비는 공짜라고 했어요!"

"뭐? 버스를 공짜로 타겠다고? 네 아버지 이름이 디왈리 축제쯤이라도 되나?"

옴의 얼굴이 굳어졌다. "경고하는데 우리 아버지 이름 함부로 들먹이지 마세요."

이시바와 라자람이 옴을 달래고 버스에 태웠다. 몸은 벌레만 한 녀석이 말은 호랑이처럼 한다며 남자가 웃었다.

목이 마르고 지친 그들은 집으로 돌아가는 내내 침울했다. "완전히 하루를 공쳤네." 이시바가 말했다. "옷을 여섯 벌은 만들었을 텐데. 30루피를 손해 봤어."

"그러게요. 지금쯤이면 머리털을 얼마나 많이 모았을 텐데 말이에요."

"돌아가면 아주머니한테 잠깐 들러야겠다. 설명을 하고 내일 가겠다고 약속을 해야지." 이시바가 말했다.

두 시간 후에 버스가 낯선 곳에서 멈췄다. 운전사가 모두들 내리라고 명령했다. 자기도 그렇게 하라고 지시를 받았다고 설명했다. 만일의 사태에 대비해서 운전사는 창문을 올리고 운전석의 문을 잠갔다.

판자촌 사람들이 문을 두드리고 침을 뱉으며 버스를 발로 찼다. "이런 나쁜 놈들아! 공공기물 파손이야!" 버스 운전사가 소리쳤다.

다시 몇 차례 버스를 세게 때린 다음에야 사람들이 움직였다. 이시바와 옴은 그곳이 어딘지 몰랐지만 라자람은 길을 알고 있었다. 천둥이 치고 다시 비가 내리기 시작했다. 그들은 한 시간 정도 걸었다. 빈민굴에 도착했을 때는 밤이었다.

"뭘 좀 빨리 먹자. 그런 다음에 아주머니를 달래러 가야겠다." 이시바가 말했다.

그가 프라이머스 풍로에 공기를 불어넣고 성냥불을 켰을 때, 끔찍한 비명 소리에 어둠이 산산조각 났다. 사람의 것도 동물의 것도 아닌 듯했다. 이시바와 옴은 폭풍우용 등불을 들고 라자람과 함께 소리가 난 원숭이 주인이 있는 곳으로 달려갔다.

원숭이 주인은 판잣집 뒤에서 자신의 개를 목 졸라 죽이려고 하고 있었다. 남자가 모로 누운 티카를 무릎으로 누르고 있었고 개의 눈이 불룩 튀어나왔다. 발로 허공을 할퀴면서 개는 목을 누르는 불가해한 고통으로

부터 빠져나갈 힘을 찾고 있었다.

남자의 두 손이 더 세게 개의 목을 조았다. 그의 광란의 비명이 티카의 두려운 울부짖음과 뒤섞였다. 인간과 동물의 울부짖음의 끔찍한 조합이 계속해서 어두운 밤을 갈가리 찢었다.

이시바와 라자람이 남자의 손을 억지로 풀었다. 티카는 힘들게 일어섰다. 도망치지 않고 근처에서 충성스럽게 기다리면서, 개는 콜록거리며 자신의 얼굴을 앞발로 긁적였다. 원숭이 주인이 개를 다시 붙잡으려고 했지만 주위에 몰려든 사람들 때문에 실패했다.

"진정하세요." 라자람이 그를 달랬다. "도대체 어떻게 된 겁니까?"

"라일라와 마즈누가!" 말을 잇지 못한 남자가 판잣집을 가리키며 그만 울음을 터트렸다. 그는 키스하는 소리를 내면서 개를 유인하려고 했다. "티카, 티카, 내 새끼, 이리 온!"

용서를 구하듯이 개가 주인을 믿으며 다가왔다. 그러자 남자가 개의 배를 발로 찼고 다시 사람들이 말렸다. 그들은 등불을 들고 판잣집 안을 들여다봤다.

쉿 소리를 내면서 타는 등불이 벽을 비추고 바닥을 밝혔다. 한쪽 구석에 누워 있는 원숭이들의 시체가 보였다. 라일라와 마즈누의 원기 왕성했던 긴 갈색 꼬리들이 이상하게 줄어든 듯했다. 마치 닳아빠진 오래된 밧줄처럼 꼬리들이 흙바닥에서 질질 끌린 것 같았다. 원숭이 한 마리는 일부 잡아먹혀서 힘줄 투성이의 짙은 갈색 내장이 몸 밖으로 튀어나와 있었다. "세상에!" 이시바가 손으로 입을 막으며 말했다. "이런 비극이 있나."

"좀 봅시다." 누군가가 사람들 사이를 헤치고 들어오려고 했다.

첫날 수도가 말랐을 때 옴에게 물을 준 노파였다. 아코디언 연주자는 노파가 바가바드기타 경전을 읽는 스와미처럼 창자를 해석할 수 있기 때문에 빨리 모셔야 한다고 했다.

사람들이 길을 트자 노파가 들어왔다. 그녀는 등불을 더 가까이 비추라고 했다. 노파는 발로 원숭이의 시체를 살짝 밀어서 내장이 더 잘 보이도록 했다. 그런 다음 몸을 구부리고 잔가지로 창자를 휘저었다.

"원숭이 두 마리를 잃은 것으로는 그가 겪을 최악의 손실이 끝나지 않아." 그녀가 단언했다. "그리고 개를 죽이는 것으로 그가 저지를 가장 끔찍한 살인이 끝나지는 않는다."

"하지만 개는," 라자람이 말했다. "우리가 구했는데요. 그가······"

"개를 죽이는 것으로 그가 저지를 가장 끔찍한 살인이 끝나지는 않는다." 노파가 다시 한 번 짱짱하고 모질게 말하고는 자리를 떠났다. 사람들은 어깨를 들썩이면서, 단호한 태도에도 불구하고 노파가 그 사건 때문에 약간 혼란스럽고 화가 난 것 같다고 생각했다.

"죽여 버릴 테다!" 원숭이 주인이 또다시 울부짖었다. "내 새끼들이 죽었어! 빌어먹을 개를 죽이고 말 거야!"

누군가가 티카를 안전한 곳으로 데려갔고 다른 사람들이 남자를 설득했다. "개는 멍청한 동물입니다. 동물들은 배가 고프면 뭐든지 먹고 싶어 해요. 개를 죽여서 뭐하겠어요? 원숭이들을 개와 함께 가둬 놓은 당신 잘못입니다."

"티카는 원숭이들과 형제자매처럼 함께 놀았소." 그가 울면서 말했다. "세 녀석이 모두 내 자식이나 다름없었어요. 그런데 이런 짓을 하다니. 내가 그놈을 죽이고 말겠소!"

이시바와 라자람이 원숭이 주인을 집에서 떨어진 곳으로 데려갔다. 잔혹한 작은 시체들이 눈에 보이지 않으면 위로하기가 훨씬 쉬울 것이었다. 그들은 라자람의 집으로 들어갔다가 즉시 다시 밖으로 나왔다. 집 안 곳곳에 흩어져 있는 머리털 더미들이 마치 털이 난 섬뜩한 작은 시체들 같아서, 원숭이 주인의 현재 기분 상태로는 견디기 힘들 것 같아서였다. 그래서 재봉사들의 집으로 가서 그에게 물을 한 컵 떠다 주었다. 컵을 손에 쥐고 앉은 그는 울먹이며 몸을 떨면서 혼잣말로 중얼거렸다.

이시바는 이제 너무 늦어서 아주머니를 찾아가는 일이 불가능하다고 생각했다. "오늘 참 많은 일이 생기는구나. 아주머니에게는 내일 설명하자." 그가 조카에게 귓속말로 속삭였다.

그들은 원숭이 주인과 자정이 지난 후에도 함께 있으면서 그가 원하는 만큼 슬퍼하도록 내버려두었다. 라일라와 마즈누를 묻어 주기로 하고 그들은 그가 티카를 용서하도록 설득했다. 라자람이 그에게 앞으로 어떻게 생계를 꾸려나갈 것인지 물었다. "새 원숭이들을 훈련시키는 데 얼마나 걸립니까?"

"걔들은 내 친구들이자 자식들이었소! 새로 원숭이를 들이는 따위의 얘기는 하고 싶지 않아요!"

그는 잠시 침묵하다가 이상하게도 자신이 그 문제를 다시 끄집어냈다. "알다시피 난 재주가 많아요. 곡예, 외줄타기, 공 돌리기 요술, 곡예 장대 세우기 등. 원숭이들이 없어도 새로운 공연을 시작할 수 있소. 어떻게 살지는 나중에 생각할 거요. 지금은 우선 원숭이들의 상을 치러야 하니까."

마넥이 학교에서 늦게 돌아오자 디나가 불쾌함을 드러냈다. 게다가 바로 첫날부터 그런 일이 발생해서 더욱 그랬다. 아무도 더 이상 시간을 엄수하지 않았다. 아마도 굽타 부인의 말이 옳을지도 몰랐다. 국가비상사태로 인해서 사람들이 시간을 지키는 법을 배우게 된다면 그렇게 나쁜 일만은 아니었다.

"한 시간도 전에 차를 만들어 뒀다." 그의 잔에 차를 따르고 브리타니아
빵 한 조각에 버터를 발라 주면서 그녀가 말했다. "왜 이렇게 늦은 거니?"

"죄송해요. 버스 정류장에서 정말 오래 기다렸어요. 아침에도 수업에
늦었어요. 버스들이 거리에서 사라졌다고 모두들 투덜대던데요."

"사람들은 항상 투덜대지."

"재봉사들은 벌써 일이 끝났나요?"

"아예 오지도 않았어."

"무슨 일로요?"

"그걸 알면 내가 이렇게 걱정하고 있겠니? 늦게 오는 일은 늘 있었지만
아예 하루 종일 일을 빼먹은 건 이번이 처음이야."

마넥은 차를 급하게 마시고 자기 방으로 갔다. 신발을 벗고 그는 약간
냄새가 나는 양말에 코를 대고 킁킁거리고 나서 실내화를 신었다. 아직
짐을 풀어야할 상자들이 몇 개 남아 있었다. 지금 하는 편이 나았다. 옷가
지, 수건, 치약, 비누 등을 벽장에 넣었다. 선반에서 좋은 냄새가 풍겼다.
그는 숨을 깊이 들이쉬었다. 디나 아주머니가 생각났다. 사랑스러운 그
녀는 머리칼은 아름답고 얼굴은 상냥했다.

짐을 다 풀고 나자 마넥은 그다음으로 뭘 해야 될지 몰랐다. 벽장에 매
달려 있는 우산이 그의 눈길을 끌었다. 우산을 편 그는 탑 모양에 감탄하
며 디나 아주머니가 그걸 쓰고 거리를 걸어가는 모습을 상상했다. 마이
페어 레이디에 나오는 경마장의 여인들 같을 것이다. 어머니가 그들이
올해 마흔두 살로 동갑이라고 편지에 썼지만 디나 아주머니가 훨씬 젊어
보였나. 그녀는 젊어서 남편을 잃고 많은 불행을 겪으며 힘든 삶을 살았
기 때문에, 마넥은 비록 그녀가 어울리기 힘들더라도 다정하게 대해 줘

야겠다고 생각했다.

그는 모진 삶 때문에 디나 아주머니의 말하는 태도가 그렇게 된 거라고 생각했다. 너무 많은 풍파를 겪어서 그녀의 말은 이미 늙어 있었다. 그녀의 말은 언제나 날카로웠고 삶에 지치고 냉소적인 사람의 그것처럼 들렸다. 그는 그녀의 기분을 북돋고 가끔은 웃게 만들어 줄 수 있었으면 좋겠다고 생각했다.

작은 방 안에 있던 그는 갑갑하고 짜증이 나기 시작했다. 정말 따분했으며 나머지 학기 동안 내내 이렇게 지겨울 것 같았다. 그는 책을 집어서 홀홀 넘기다가 다시 책상에 내던졌다. 체스말들이 보였다. 그는 체스판을 펴고 몇 번 정해진 수대로 말을 움직였다. 그러나 플라스틱 말들에서 즐거움을 느낄 수 없었다. 그는 말들을 미닫이 뚜껑이 달린 고동색 상자에 다시 집어넣었다. 마치 체스판 위의 정사각형 감옥에서 관 속으로 들어가는 것 같았다.

그러나 그는 적어도 감옥을 탈출했으며 그 빌어먹을 기숙사를 다시는 보지 않을 것이라고 생각했다. 다만 아쉬운 점은 아비나시에게 작별 인사를 할 수 없었다는 것이다. 그의 방은 여전히 잠겨 있었고 조용했다. 아마도 그의 부모님 집에서 아직도 숨어 있을 것이다. 국가비상사태 체제가 캠퍼스를 지배하고 사람들이 계속 사라지는 마당에 학교로 돌아오는 일은 무모했다.

마넥은 그들의 우정이 처음 시작됐던 시절을 떠올렸다. 언젠가 아비나시는 자신이 하는 모든 일이 체스라고 말했었다. 지금 그는 심각한 공격을 당하고 있다. 졸 세 개와 차 하나를 가지고 제때에 왕을 지킬 수 있었을까? 그리고 디나 아주머니는 거실과 안쪽 방을 오가면서 재봉사들을 상대로 게임을 하고 있었고, 아버지는 게임의 규칙을 지키지 않는 청량음료 경쟁자들을 상대로 게임을 하고 있었다.

저녁이 되자 방의 그림자가 짙어졌지만 마넥은 불을 켤 생각을 하지 않았다. 체스에 대한 그의 변덕스러운 생각이 갑자기 어스름 속에서 음산하고 우울한 분위기를 띠었다. 모든 것이 위험에 처해 있었고 매우 복잡했다. 게임은 냉혹했다. 인생이라는 체스판에서 벌어지는 살육으로 인해서 인간들은 상처를 입는다. 아비나시의 아버지는 결핵에 걸렸고 그의 세 여동생들은 혼인 지참금을 기다리고 있다. 디나 아주머니는 자신의 불행을 이겨내려고 발버둥치고 있다. 아버지는 상심했고 희망이 꺾였지만 어머니는 그가 다시 강해져서 웃을 것이라고 가장했고, 아들이 1년 후 대학을 마치고 돌아와 지하실에서 콜라 가문의 콜라를 만들게 되면 그들의 삶이 기숙학교로 마넥을 보내기 전처럼 다시 한 번 희망과 행복으로 가득 차게 될 거라고 가장했다. 그러나 그렇게 가장하는 일은 동심의 세계에서나 통용될 뿐, 결코 예전 같은 시절은 돌아오지 않을 것이다. 삶은 모든 사람들에게 불행할 뿐이고 너무 절망적인 듯했다.

그가 접는 체스판을 세게 닫자 바람이 훅하고 불어와 얼굴에 닿았다. 눈물로 젖은 뺨에 부딪친 바람은 차가웠다. 그는 눈물을 닦고 체스판을 마치 풀무처럼 열었다가 다시 세게 접었다. 그런 다음 체스판으로 부채질을 했다.

디나 아주머니가 마침내 저녁 먹을 시간이라고 부르자 마치 감옥에서 해방되는 듯한 기분이었다. 즉시 식탁으로 나간 그는 어디에 앉을지를 정해줄 때까지 자리에 앉지 않고 망설였다.

"감기라도 걸린 거니?" 그녀가 물었다. "눈에 물기가 있는 것 같은데."

"아뇨, 그냥 쉬고 있었어요." 그는 그녀의 관찰력이 날카롭다고 생각했다.

"참, 어제 물어본다는 걸 깜빡했구나. 나이프와 포크를 쓰는 걸 좋아하니 아니면 손으로 먹는 걸 좋아하니?"

"아무거나 전 상관없어요."

"집에서는 어떻게 먹었니?"

"나이프와 포크를 썼어요."

그러자 그녀는 그의 접시 주위에만 나이프, 포크, 그리고 숟가락을 놓고 식탁으로 음식을 가져왔다.

"저도 손가락으로 먹어도 돼요. 저한테만 특별대우 하실 필요 없습니다." 그가 항의했다.

"너무 좋아하지 마라. 싸구려 스테인리스 제품이니까 특별할 것도 없어." 그녀는 그의 접시에 음식을 채우고 맞은편 자리에 앉았다. "내가 어렸을 때 우리 집에서는 항상 예의 바르게 각자 앞에 식기 한 벌씩을 놓고 식사를 했지. 순은으로 만든 거였어. 아버지께서 매우 까다로우셨거든. 아버지께서 돌아가시고 나자 습관이 바뀌었지. 특히 누스완 오빠가 루비와 결혼하면서 더욱 그렇게 됐어. 올케가 완전히 그런 습관을 없애버렸지. 신께서 우리들에게 완벽한 손가락들을 선사했기 때문에 외국인들을 흉내 낼 필요가 없다고 했지. 어떤 면에서는 옳은 말이야. 하지만 난 올케가 식기들을 씻는 게 귀찮아서 그랬다고 생각해."

식사를 반쯤 끝마쳤을 때 디나가 손을 씻더니 자신을 위해서도 나이프와 포크를 가져왔다. "네가 하는 걸 보니까 나도 하고 싶은 마음이 드는구나." 그녀가 미소를 지었다. "이걸 마지막으로 쓴 게 25년 전이구나."

그녀가 신경 쓸까 봐서 그는 고개를 돌렸다. "재봉사들이 내일은 오겠죠?"

"그랬으면 좋겠다." 그녀는 짧게 대답했다.

하지만 불안한 나머지 그녀는 다시 그 이야기를 꺼냈다. "재봉사들이 더 좋은 일을 찾아서 사라지지만 않았다면 말이야. 하지만 그런 사람들한테 뭘 더 바라겠니? 내가 이 재봉 사업을 시작하고 나서 그 사람들 때문에 내 인생이 불행해졌어. 옷을 기한 내에 다 만들 수 있을지 매일 걱정을 하느라 미칠 지경이야."

"아마 아프거나 무슨 일이 있겠죠."

"두 사람 다 한꺼번에? 아마 아프다면 술을 마시느라고 그랬겠지. 어제 봉급을 줬거든. 규율도 전혀 없고 책임감도 전혀 없어. 어쨌든 내가 왜 이런 문제를 가지고 널 괴롭히는지 모르겠구나."

"괜찮아요." 그는 그녀를 도와서 더러워진 음식 그릇들을 부엌으로 날랐다. 도둑고양이들이 밖에서 울고 있었다. 지난밤에 잠이 들면서 그 소리를 들었던 마넥은, 꿈속에서 고향 가게의 현관에 모인 똥개들에게 먹이를 주던 아버지가 개들을 위해서 가게 하나를 더 열어야겠다는 항상 하던 농담을 하는 걸 들었다.

"마넥, 창문 밖으로 버리면 안 돼. 쓰레기통에 버려야지." 그가 음식 찌꺼기를 밖으로 던지자 디나가 말렸다.

"고양이들에게 주고 싶어요."

"안 돼. 고양이들한테 잘해주면 안 돼."

"고양이들이 배고파해요. 보세요, 기다리고 있잖아요."

"말도 안 되는 소리 마. 창문 밖에 있는 골치 아픈 존재들일 뿐이야. 그리고 집 안으로 숨어들어서 부엌을 엉망으로 만들어 놓는다고. 고양이가 쓸모 있는 건 내장 밖에 없어. 바이올린 줄을 만드는 데 쓴다고 남편이 말하곤 했지."

마치 고양이들이 사람인 것처럼 매일 그들에 대해서 말한다면 그녀도 그렇게 생각하게 될 거라고 그는 확신했다. 그의 아버지 파룩이 쓰던 수법이었다. 그녀가 등을 돌리자 그는 나머지 음식 찌꺼기들을 밖으로 던졌다. 그는 이미 제일 마음에 드는 고양이가 생겼다. 못생긴 귀를 가진 갈색 줄무늬에 흰색 고양이가 시간이 없다면서 빨리 음식을 달라고 재촉하는 듯했다.

정리를 마친 디나는 그에게 거실에 앉아서 책을 읽거나 공부를 하거나 하고 싶은 걸 하라고 했다. "방 안에 틀어박혀 있을 필요 없어. 네 집이라고 생각해라. 그리고 필요한 게 있으면 부끄러워하지 말고 말하고."

"고맙습니다." 그는 취침 시간 전에 자신의 감방으로 돌아가는 것을 두려워하던 참이었다. 그는 그녀의 맞은편 안락의자에 앉아서 잡지를 펄럭펄럭 넘겼다.

"어머니 친척들은 만나 봤니?"

그는 고개를 가로저었다. "전 그분들 잘 알지도 못해요. 그리고 그분들이랑 잘 어울리지도 않았고요. 아버지께서는 항상 그분들이 너무 지루해서 죽을 지경이라고 하셨죠."

"쯧쯧쯧, 무슨 그런 말을." 자투리 천 조각들과 헝겊들을 분류하면서 디나는 얼굴을 찡그리고 웃으면서 혀를 찼다. 그녀는 한데 어울리도록 만들려는 정사각형 헝겊 여섯 개를 소파 위에 펼쳤다.

마넥이 가까이 왔다. "이게 뭐예요?"

"내가 모은 천이야."

"정말요? 뭘 하시려고요?"

"꼭 이유가 있어야 하니? 사람들은 모든 걸 다 모으잖아. 우표, 동전, 우편엽서. 난 사진첩이나 스크랩북 대신에 천을 모아."

"네." 그는 미심쩍은 듯이 고개를 끄덕였다.

그가 잠시 지켜보도록 한 후 그녀가 말했다. "걱정 마. 미치진 않았으니까. 이걸로 이불을 만들 거야. 내 침대에 잘 어울릴 거야."

"아, 그렇군요." 헝겊 조각들을 살피면서 그는 가장 잘 어울릴 것 같은 것들을 골랐다. 그의 손가락에서 시폰과 비단 조각 같은 천들의 느낌은 매우 훌륭했다. "그런데 색깔과 디자인이 너무 다양한데요."

"비평을 하려는 거니 뭐니?"

"아뇨, 그러니까 제 말은 제대로 어울리도록 만들기가 아주 힘들겠다는 거죠."

"그래, 어려워. 하지만 그런 데서 취향과 기술이 나오는 거야. 뭘 선택하고 뭘 **빼느냐**, 그리고 그 옆에다가 뭘 놓느냐에 달린 거지."

울퉁불퉁한 가장자리들을 가위로 자르고 난 후, 그녀는 나중에 새로운 안목으로 다시 볼 수 있도록 헝겊 여섯 개를 우선 임시로 시침질했다. "어떠니?" 그녀가 물었다.

"지금까지는 아주 좋은데요."

그녀는 마넥이 붙임성 좋은 아이라고 생각했다. 버릇없는 개구쟁이일지도 모른다는 자신의 두려움은 전혀 근거 없는 것이었다. 그리고 누군가 함께 이야기를 할 사람이 있다는 건 좋았다. 그녀도 물론 그들을 신뢰하지 않았지만, 자신을 믿지 못하는 재봉사들 말고 다른 누군가 말이다.

다음 날 오후 마넥이 학교에서 돌아오자 그녀는 베란다에서 그를 가로막고 재봉사들이 나타났다고 귓속말로 속삭였다. "그런데 내가 어제 화가 났었다는 말은 한마디도 해서는 안 된다, 알았지?"

"네." 책들을 침대에 던지면서 그는 그것이 여왕의 작전이라고 생각했다. 그가 거실로 나갔을 때 재봉사들이 차를 마시러 나오고 있었다.

"아이고, 저기 있네! 한 달이 지나서야 다시 만나는구먼." 이시바가 말했다.

그는 손을 내밀며 그동안 잘 지냈냐고 물었다. 옴은 싱글거리면서 옆에 서 있었다. 마넥이 잘 지냈다고 하자 이시바도 옴과 함께 아주 잘 지내고 있다고 했다. 특히 매우 훌륭한 고용주인 아주머니가 주는 정기적인 일감 덕분이라고 했다. 그는 그녀에게 미소를 지으며 대화에 끌어들였다.

오후 내내 그녀는 오랫동안 헤어진 친구들처럼 행동하는 세 사람을 못마땅하게 지켜보았다. 그들은 기차에서 딱 한 번 만나서 그녀의 아파트로 함께 찾아왔을 뿐이었다.

저녁에 재봉사들이 치마를 치울 준비를 하자 그녀는 그들이 떠나기 전에 충고를 했다. "총리에게 한 번만 더 집회에 데려가면 일자리를 잃게 될 거라고 전하세요. 나한테 일을 달라고 조르는 재봉사가 두 명 더 있으니까."

"무슨 말씀이십니까. 저희가 일을 해야지요. 저희는 여기서 일하는 게 행복합니다." 이시바가 말했다.

재봉사들이 떠난 후 디나는 혼자 안쪽 방에 앉았다. 그곳은 여전히 싱어 재봉틀로 진동하는 듯했다. 곧, 저녁 어스름이 밀려와 실밥으로 가득한 방 안을 검게 물들이고 침대를 감싸서 아침이 올 때까지 그녀를 우울하게 만들 것이다.

그러나 땅거미가 지고 가로등에 불이 켜졌지만 그녀는 여전히 명랑했다. 아파트에 사람 하나가 더 살아서 생기는 차이는 마술과도 같았다. 그녀는 마넥에게 해 줄 말이 있어서 거실로 돌아갔다.

여왕이 왕의 기사를 노리는 모습인데, 하고 마넥이 생각했다.

"내가 왜 재봉사들에게 엄격해야 되는지 알겠니? 내가 필사적인 걸 알면 그 사람들이 내 머리 위에 앉으려고 할 거야."

"네, 알겠어요. 그런데 혹시 체스 둘 줄 아세요?"

"아니. 그리고 지금 말해 둘 게 있는데. 난 네가 재봉사들과 너무 많이 어울리는 게 싫다. 그 사람들은 내가 고용한 사람들이고 넌 아반 콜라의 아들이야. 어느 정도 거리를 유지해야 해. 너무 어울리면 좋지 않아."

다음 날 오후 상황은 더 나빠졌다. 그녀는 자신의 귀를 믿을 수 없었다. 건방진 옴이 감히 마넥에게 함께 차를 마시러 가자고 했다. 게다가 마넥의 얼굴에서 그렇게 하겠다는 동의의 빛이 보이기까지 했다. 그녀는 자신이 끼어들어야 할 때라고 생각했다.

"마넥은 여기서 차를 마실 거야. 나와 함께 말이야." 디나의 목소리가 얼음장처럼 차가웠다.

"네, 그런데 저기…… 오늘 한 번만 가면 안 될까요?"

"부모님이 보내 주신 하숙비를 낭비하고 싶다면 그렇게 하든 말든 난 상관없어." 그녀가 대답했다.

비쉬람 채식주의 식당은 강렬한 요리 냄새로 가득했다. 음식 맛을 보려면 혓바닥만 내밀면 되겠다고 마넥은 생각했다. 그의 배에서 꼬르륵 소리가 요란하게 났다.

그들은 식당에 하나밖에 없는 탁자에 앉아서 차 세 잔을 주문했다. 수많은 매운 음식에서 흐른 액체로 나무에 얼얼한 기운이 서려 있었다. 호주머니에서 비디갑을 꺼낸 이시바가 마넥에게 권했다.

"고맙지만 사양하겠습니다. 전 담배는 안 피웁니다."

재봉사들이 불을 붙였다. "아줌마가 일하면서는 못 피우게 해." 옴이 말했다. "게다가 방에 아줌마 침대까지 들어와 있어서 너무 비좁아. 방이

지저분한 창고 같아."

"그래서 어쨌다는 거냐? 방에서 염소를 잡으러 돌아다닐 일이라도 있
니?" 이시바가 말했다.

식당 한쪽 구석에서 주방장이 솥과 냄비 들에 둘러싸인 채 일하고 있
었다. 뚜껑을 연 주전자에서 차가 부글부글 끓는 것이 보였다. 활활 타오
르는 풍로 세 대에서 기름진 연기가 구름처럼 천장으로 올라가고 있었
다. 불꽃은, 요리 준비를 마치고 위험스럽게 부글부글 끓는 기름으로 가
득 찬 거대한 솥의 시커먼 밑바닥을 핥고 있었다. 주방장의 반짝이는 이
마에서 땀 한 방울이 떨어지자 기름이 악랄하게 튀었다.

"방은 마음에 드는가?" 이시바가 물었다.

"네. 기숙사보다 훨씬 좋아요."

"우리도 머물 곳을 찾았어." 옴이 말했다. "난 처음에는 그곳이 싫었지
만 이젠 괜찮아. 이웃들도 좋고."

"언제 한 번 와야지." 이시바가 말했다.

"물론이죠. 멀어요?"

"그렇게 멀진 않아. 기차를 타면 45분쯤 걸리지." 찻잔을 놓으면서 차
가 넘쳐서 작은 받침 접시들에 갈색 액체가 고였다. 이시바는 받침 접시
에 넘친 차를 쩝쩝 소리를 내며 마셨다. 옴은 넘친 차를 다시 찻잔에 붓고
한 모금 마셨다. 마넥은 옴이 하는 대로 따라했다.

"대학 생활은 어떠냐?"

마넥이 얼굴을 찡그렸다. "끔찍해요. 하지만 부모님을 기쁘게 해 드리
기 위해서 어쨌든 학교를 마쳐야 해요. 그런 다음 첫 기차를 타고 집으로
돌아갈 겁니다."

"우리도 돈만 좀 모으면 곧 돌아가야지." 기침을 하고 가래침을 내뱉

으면서 이시바가 말했다. "옴에게는 신붓감을 찾아줘야지. 조카야, 좋지?"

"전 결혼 안 해요." 옴이 얼굴을 찌푸렸다. "삼촌, 도대체 몇 번이나 말해야 해요?"

"시큼한 라임 열매를 씹은 것 같은 저 표정 좀 봐라. 빨리 마셔. 시간 다 됐다." 이시바가 일어섰다. 옴과 마넥은 마지막 한 모금을 마시고 이시바의 뒤를 따라 작은 찻집을 재빨리 빠져나왔다. 디나의 아파트로 서둘러 돌아가던 그들은 손수레 위에 있는 거지를 지났다.

"저 사람 기억나니?" 옴이 마넥에게 물었다. "우리가 만난 첫날 봤었잖아. 이젠 친구가 됐어. 매일 여길 지나가면 우리한테 손을 흔들어."

"아이고, 선생님! 아이고, 선생님!" 거지가 노래를 불렀다. "아이고, 큰 부자 나리!" 그는 세 사람을 보고 미소를 지으며 양철 깡통을 흔들어댔다. 마넥이 비쉬람 식당에서 받은 잔돈을 깡통으로 던지자 짤랑 소리가 났다.

"이게 무슨 냄새니?" 화가 난 디나가 몸을 앞으로 숙이고 마넥의 셔츠에 코를 대고 킁킁거렸다. "저 사람들하고 담배를 피운 거니?"

"아뇨." 마넥은 안쪽 방에 있는 재봉사들이 혹시나 듣기라도 할까 봐서 낮은 목소리로 말했다.

"똑바로 말해. 난 네 부모님 대신 여기 있는 거야."

"그런 게 아녜요! 담배를 피운 건 재봉사들이고 전 그냥 옆에 앉아 있었다고요."

"경고하는데 만약 나한테 들키면 즉시 네 어머니한테 편지를 쓸 테다. 그리고 저 사람들이 지난번 일에 대해서 무슨 말이라도 하더냐? 일하러 안 온 진짜 이유 말이야."

"아뇨."

"그럼 무슨 얘기를 한 거니?"

그는 그런 심문이 정말 싫었다. "별 얘기 안 했어요. 그냥 이런저런 얘기요."

그가 더 이상 입을 열지 않고 무시하자 그녀는 더 캐묻지 않았다. "한 가지 더 알아 둬야 할 게 있어. 옴의 머리에 이가 있어."

"정말요?" 그가 궁금해하면서 물었다. "보셨어요?"

"불이 뜨거운지 알아보려고 꼭 손을 집어넣어 봐야 되니? 옴은 하루 종일 긁어 대. 머리뿐만 아니야. 한쪽 끝에는 머릿니가 다른 쪽 끝에는 기생충이 있어. 그러니 내 충고를 받아들이고 너 자신을 위해서 옴 곁에는 가까이 가지 마라. 이시바는 거의 대머리니까 안전하지만, 넌 머리숱이 아주 많으니까 이가 좋아할 거야."

디나의 충고는 소용이 없었다. 며칠이 지나고 몇 주가 흐르자 비쉬람 채식주의 식당에서 오후 휴식을 취하는 것이 세 사람에게 일상적인 일이 됐다. 한 번은 마넥이 학교에서 늦게 돌아오자 옴이 이시바에게 기다려야 한다고 속삭였다.

"이런, 세상에!" 어쩌다 그 말을 들은 디나가 말했다. "네가 차를 나중에 마시겠다고? 지금 어디 아픈 거 아니니? 네가 그렇게 오래 견딜 수도 있니?"

이시바는 그들이 함께 다니는 것에 아주머니가 왜 그렇게 화를 내는지 곰곰이 생각해 보았다. 마침내 마넥이 도착하고 옴이 싱어 재봉틀을 박차고 일어서자 이시바는 그냥 남기로 했다. "너희들끼리 가거라. 난 이

치마를 마저 만들어야 해."

디나는 입에 침이 마르도록 그를 칭찬했다. "네 삼촌 말 좀 들어 봐라. 삼촌한테서 좀 배워." 두 사람이 떠날 때 그녀가 옴에게 말했다. 그녀는 마넥에게 주려던 차를 따로 보관하던 분홍색 장미 찻잔에 부어서 이시바에게 갖다 주었다. "이거 마셔요."

그는 고맙다고 했다. 차를 한 모금 마시고 난 그는 마넥과 옴이 함께 잘 지낸다고 했다. "서로 동갑이고, 또 옴이 늙은 삼촌과 항상 같이 있는 게 지겨운 모양입니다. 밤이나 낮이나 나랑 붙어 있으니까 말이죠."

"그게 무슨 말이에요." 그녀는 옴에게 그를 바로잡아 주는 삼촌이 없다면 부랑아가 되고 말 거라고 했다. "난 그저 옴이 마넥에게 좋지 않은 영향을 주지 않았으면 하고 바랄 뿐이에요."

"아이고, 아닙니다. 걱정 마십시오. 옴은 나쁜 아이가 아닙니다. 때로는 말을 안 듣고 성질을 부리지만 그저 일이 뜻대로 안되고 불행해서 그러는 것뿐입니다. 옴은 아주 불운한 삶을 살았습니다."

"내 삶도 쉽진 않았어요. 그래도 현재에 최선을 다할 수밖에 없잖아요."

"그럼요. 다른 방법이 없죠."

그날 이후로 이시바는 점점 더 남아 있었고, 디나는 계속 마넥에게 주려던 차를 이시바의 찻잔에 따랐다. 두 사람은 재봉뿐만 아니라 그 밖의 다른 일들에 대해서도 이야기를 나눴다. 그녀는 받침 접시 테두리의 분홍색 장미 장식을 본 그의 얼굴 반쪽이 감사의 웃음을 환하게 짓고 고정된 나머지 반쪽마저 미소를 지으려고 애쓰는 모습을 항상 볼 수 있었다.

"아주머님, 옴의 재봉이 예전보다는 낫죠?"

"실수가 적어진 것 같네요."

"네, 맞습니다. 마넥이 오고 나서 훨씬 기분이 좋아요."

"그래도 난 마넥이 걱정돼요. 제대로 공부를 했으면 좋겠는데. 걔 부모가 기대하고 있거든요. 작은 가게를 하는데 장사가 제대로 안 된대요."

"아무 문제도 없는 사람은 없죠. 걱정 마십시오. 제가 마넥에게 열심히 공부하라고 이르겠습니다. 지금 젊은 애들 둘이 해야 되는 건 그저 열심히 공부하고 일하는 거죠."

아이들이 함께 차를 마시는 것에 디나가 더 이상 화를 내지 않는다는 걸 이시바는 눈치 챘다. 그녀가 이야기할 상대를 갈망한다는 그의 생각도 입증됐다.

둘만 있을 때면 마넥과 옴의 대화는 항상 딴 방향으로 흘러갔다. 옴은 마넥이 떠난 대학 기숙사가 궁금했다. "거기에 여학생들도 사는 거야?"

"여자들이 거기 살면 내가 떠났을 것 같아? 여학생들은 다른 기숙사에 살아. 남자들은 안으로 못 들어가."

비쉬람 식당에서 길 건너편 지붕 위의 권총 여왕이라는 영화 광고판이 보였다. 광고판은 두 쪽으로 된 그림이었다. 한쪽에는 남자 네 명이 한 여자의 옷을 찢고 있었다. 브래지어를 한 어마어마하게 큰 유방이 드러났고, 음탕한 웃음으로 벌어진 남자들의 입술에는 육식 동물의 이빨들과 새빨간 혀들이 보였다. 나머지 한쪽에는 갈기갈기 찢겨진 옷을 입은 바로 그 여자가 기관총으로 남자 네 명을 난사하고 있었다.

"근데 왜 권총이라는 거야?" 옴이 물었다. "저 여자 손에 든 건 기관총이잖아."

"글쎄, 위대한 기관총 여왕이라고 제목을 지었어도 되지만 어감이 별론데."

"재밌겠다."

"다음 주에 보러가자."

"돈이 없어. 삼촌이 저축해야 한다고 했어."

"괜찮아. 내가 낼게."

옴은 비디를 빨면서 마넥의 얼굴을 살피며 그 말이 진심인지 살폈다. "안 돼, 너한테 그럴 순 없어."

"난 괜찮은데."

"삼촌한테 물어볼게." 담뱃불이 꺼지자 옴은 성냥을 찾았다. "우리 집 근처에 여자애가 하나 살아. 걔 가슴이 저 여자 것 같아."

"그럴 리가."

마넥이 말도 안 된다고 하자 옴이 영화 포스터를 다시 한 번 살펴봤다. "아마 네 말이 맞는 것 같다." 그가 물러섰다. "저 정도로 크지는 않아. 사람들이 항상 가슴을 아주 크게 그리잖아. 그 여자애 가슴은 저것처럼 탱탱하고 아름다운 모양이야. 이따금씩 나더러 만져보라고 그래."

"야, 무슨 소리야. 내가 바본 줄 알아?"

"진짜라니까. 맹세해. 걔 이름은 샨티야. 상의를 열고 내가 원할 때면 꽉 쥐게 해줘." 옴이 상상의 날개를 펼치면서 말했다. 마넥이 웃으면서 무릎을 치는 걸 본 그는 왜 그러는지 모른 척하면서 물었다. "왜 그래, 넌 한 번도 여자 가슴을 만져본 적이 없니?"

"당연히 만져봤지." 마넥이 서둘러 대답했다. "그런데 넌 삼촌이랑 조그만 집에서 사는데 어떻게 그렇게 하냐?"

"그건 쉬워. 우리가 사는 곳 옆에 도랑이 있고 그 뒤에는 덤불이 많아. 우린 어두워지면 거기로 가, 하지만 아주 잠깐만 있다가 나오지. 너무 오래 있으면 걔 집에서 누가 찾으러 오거든." 멋을 부리며 연기를 내뿜으며 옴은 샨티의 머리카락과 손발을 만지고 치마와 상의에 손을 집어넣는 복잡한 과정을 꾸며냈다.

"넌 재봉사라서 좋겠다. 옷에 대해서 모르는 게 없을 거 아냐."

옴은 이야기를 계속하다가 최후의 과정만은 지어내지 못했다. "한 번은 내가 걔 위에 올라탔어. 그래서 거의 할 뻔했지. 그런데 덤불에서 이상한 소리가 나서 걔가 겁을 먹었지." 그는 받침 접시에 있던 차를 다 마시고 찻잔에서 더 따랐다. "넌 어때? 해 봤어?"

"나도 거의 할 뻔했어. 기차에서."

이번에는 옴이 웃었다. "너 정말 사기 잘 친다. 기차에서 어떻게 해!"

"진짜야. 몇 달 전에 고향을 떠나서 학교로 올 때였어." 이번에는 옴의 공상에 자극을 받은 마넥이 상상의 날개를 펼쳤다. "내 맞은편 침대칸에 매우 아름다운 여자가 있었지."

"디나 아줌마보다 예뻤어?"

그 질문에 마넥이 잠시 말을 멈추고 생각했다. "아니." 그는 디나의 편을 들었다. "내가 기차에 타자마자 아무도 안 볼 때면 그 여자가 날 계속 쳐다보면서 웃었어. 문제는 그 여자의 아버지가 함께 여행을 하고 있었다는 거야. 마침내 밤이 되고 사람들이 잠이 들기 시작했지. 그 여자와 나는 깨어 있었고. 그 여자의 아버지와 모두가 잠이 들자 여자가 침대 시트를 밀치더니 촐리에서 한쪽 가슴을 꺼냈어."

"그다음엔?" 상상의 쾌락을 즐기느라 행복했던 옴이 물었다.

"그 여자가 가슴을 주무르기 시작했지. 그런 다음 나더러 넘어 오라는 신호를 보냈어. 난 침대칸에서 내려가는 게 무서웠어. 누군가 잠에서 깰지 몰랐으니까. 그런데 그때 그 여자가 다리 사이로 손을 넣고 문지르기 시작했어. 그래서 난 건너가기로 결심했지."

"그럼 당연하지. 안 그러면 바보지." 옴이 숨을 거칠게 쉬었다.

"난 아무도 깨우지 않고 내려와서 잠시 후에 그 여자의 가슴을 쓰다듬었어. 그 여자가 내 손을 쥐고 자기 옆으로 올라오라고 애원했지. 그래서 그 위로 어떻게 올라가야 될지 생각했어. 밑에 있던 그 여자의 아버지 침대칸을 흔들면 안 되니까. 그런데 갑자기 그 사람이 움직이는 거야. 신음 소리를 내면서 몸을 뒤척였어. 그 여자가 깜짝 놀라서 나를 밀치고 큰소리로 코를 고는 척했지. 난 화장실에 가는 척했고."

"그놈만 계속 잠을 잤으면 됐을 텐데."

"그러게 말이야. 너무 안됐지. 그 여자를 다시는 만나지 못할 거야." 마치 그러한 상실감이 진짜인 것처럼 마넥은 갑자기 우울해졌다. "샨티가 근처에 살아서 넌 좋겠다."

"언젠가 너도 보게 될 거야." 옴이 인심 쓰듯이 말했다. "나랑 삼촌을 만나러 오면 말이야. 하지만 걔한테 말을 걸 수는 없어. 그냥 멀리서 바라봐야만 해. 아까 말했듯이 걔는 너무 수줍음이 많아서 나도 몰래 만나니까."

이미 시간이 너무 많이 지나서 그들은 차를 급하게 마시고 뛰어 나갔다.

옴은 이시바한테서 차 한 잔만 마실 돈을 받았기 때문에 고구마로 만든 와다 과자, 벨푸리 과자, 튀김 과자, 셔벗 같은 그들이 비쉬람 식당에서 먹는 과자와 음료는 모두 마넥이 계산했다. 더 이상 학교 식당의 음식을 보충할 필요가 없었기 때문에 부모님으로부터 받는 마넥의 용돈으로 충분했다. 그다음 주, 그는 재봉일을 마친 옴에게 영화 권총 여왕을 보여 주겠냐는 약속을 지키겠다고 했다. 이시바도 함께 데려가고 싶었지만, 그는 그럴 시간에 옷을 한 벌 더 만들겠다며 거절했다.

"디나 아주머니도 같이 가실래요?"

"돈을 주고 보라고 해도 그런 쓰레기 영화는 안 본다. 그리고 네 호주 머니에 든 돈이 그렇게 무거우면 나한테 말해. 네 엄마한테 돈을 그만 부치라고 알려줄 테니까."

"정말 옳으신 말씀입니다. 젊은 사람들은 돈의 가치를 몰라요." 이시바가 말했다.

그러한 비난에도 굴하지 않고 그들은 영화관으로 향했다. 디나는 마넥에게 저녁 식사가 기다리고 있으니 영화가 끝나면 곧장 집으로 돌아오라고 일렀다. 그는 알았다고 대답했지만 디나 아주머니가 자칭 보호자 역할을 너무 심각하게 받아들인다고 속으로 불평했다.

"노파의 예언이 실현됐어." 그들이 기차역으로 가고 있을 때 옴이 말했다. "어쨌든 반은 맞았어. 원숭이 주인이 마침내 복수를 했거든."

"그 사람이 어쨌는데?"

"어젯밤에 끔찍한 일이 벌어졌지." 티카가 원숭이 주인과 함께 살고 있었기 때문에 이웃들은 둘이 다시 친구가 된 걸로 생각했다. 그러나 판자촌 사람들이 자는 동안에 원숭이 주인이 집 밖에다가 나무 상자를 놓고 꽃들과 석유 등불로 장식을 했다. 그리고 라일라와 마즈누가 티카의 등에 타고 있는 사진을 가운데다가 놓았다. 오래전에 쇼에 감동한 미국인 관광객이 폴라로이드카메라로 찍은 사진이었다. 제단이 마련됐다. 원숭이 주인은 티카를 제단 앞으로 데리고 나와 눕힌 다음에 목을 땄다. 그런 다음 그는 주위를 돌아다니면서 마침내 자신이 해야 할 일을 마쳤다고 사람들에게 알렸다.

"끔찍했어. 거기 가니까 불쌍한 티카가 피에 흥건히 젖어 있었지. 그때까지도 몸을 씰룩씰룩 움직이고 있더라니까. 난 거의 토할 뻔했어."

"우리 아버지가 거기 계셨더라면 원숭이 주인을 죽여 버렸을 거야."
마넥이 말했다.

"자랑하는 거니 아님 불평을 하는 거니?"

"둘 다." 그는 보도에 있던 돌멩이를 발로 차서 도로로 날려 보냈다.
"우리 아버지는 나보다 똥개들을 더 좋아해."

"야, 헛소리하지 마."

"헛소리라고? 우리 아버지는 매일 현관에 있는 개들에게 먹이를 줘.
하지만 난 밖으로 쫓아냈어. 내가 거기 있을 때 항상 나랑 싸웠다고. 내가
거기 있는 걸 원치 않았지."

"헛소리 하지 마. 네 아버지는 미래를 위해서 널 공부하라고 여기에 보
낸 거야."

"네가 무슨 아버지에 대한 전문가라도 되니?"

"그럼."

"어째서?"

"왜냐면 우리 아버지는 돌아가셨으니까. 그러면 너도 금방 전문가가
될 거야. 내 말 믿어. 네 아버지에 대한 헛소리는 그만 하고."

"알았어. 우리 아버지가 성인이구나. 그런데 원숭이 주인은 어떻게 됐
어?"

"이웃들이 화가 나서 경찰에 신고해야 한다고 했어. 왜냐하면 원숭이
들이 죽고 나서 그 사람은 세 살, 네 살 된 아이들과 함께 살고 있었거든.
새로운 연기를 위해서 훈련시키던 여동생의 아들과 딸이지. 그러니까 원
숭이 주인이 미친 거면 애들한테 위험하다고 말이야. 그런데 어떤 사람
들이 경찰 사기꾼들한테 미친 사람을 맡겨 봐야 아무 소용없다고 했지.
어쨌든 원숭이 주인이 애들은 좋아하니까. 아직까지는 잘 돌보고 있어."

기차에서 내린 그들은 승차하려고 기다리던 사람들 사이를 헤집고 나왔다. 승강장 밖에서 한 여자가 작은 야채 바구니를 옆에 놓고 햇빛이 있는 곳에 앉아 있었다. 그녀는 물에 빤 사리를 입은 채로 반쪽씩 말리고 있었다. 젖은 반쪽으로는 허리와 쪼그라든 유방을 최대한 많이 감고 있었다. 말리고 있던 나머지 반쪽은 철길 울타리 위에 걸쳐져서, 마치 저녁 햇빛 속의 기도처럼 그녀의 몸에서 흘러나오고 있었다. 그녀가 옴에게 손을 흔들었다.

"우리 이웃에 살아." 도로를 건너 극장으로 가려고 차들 사이를 빠져나가면서 옴이 말했다. "야채 장사를 해. 사리가 하나밖에 없어."

영화는 생각보다 늦게 끝났다. 영화가 끝나고 제작자들의 이름이 올라가자 그들은 영화 음악을 다시 한 번 듣고 싶어서 통로를 천천히 걸으며 쉽게 떠나지 못했다. 그때 갑자기 펄럭이는 국기가 화면에 등장했다. "우리나라 만세" 하고 애국가가 시작되자 사람들이 출구를 향해 몰려갔다.

그러나 밖으로 나가던 관객들은 장애물을 만났다. 문을 지키고 있던 시브 세나 단원들이 길을 막았다. 왜 사람들이 멈췄는지 모르는 뒤에 있던 사람들이 소리를 지르기 시작했다. "좀 비켜요! 세상에, 좀 비키라고요! 아저씨, 좀 갑시다! 영화 끝났어요!"

그러나 앞에 있던 사람들은 시브 세나 단원들이 흔들고 있는 몽둥이와 구호들 때문에 겁이 나서 움직일 수가 없었다. 애국가를 존중하라! 당신의 모국은 국가비상사태 동안 당신을 필요로 한다! 애국심은 성스러운 의무다! 등의 구호들이 적혀 있었다. 화면에서 국기가 사라지고 불이 켜지기까지 아무도 밖으로 나갈 수 없었다.

"애국심이 왜 성스러운 의무지? 사람들을 겁줘서 애국심이 생기도록 해야 하는 건가?" 옴이 웃으며 말했다.

"이 바보들은 성스럽다는 게 무슨 뜻인지도 모르고 우리한테 그렇게 하라고 명령하는 거야." 마넥이 말했다.

옴은 관객의 숫자가 800명이 넘었고 단원들은 고작해야 50명 정도였다고 했다. "그놈들을 실컷 팰 수 있었는데. 팍팍팍! 영화에 나온 그 사람처럼 말이야." 가슴 위로 두 주먹을 꽉 쥐면서 그가 말했다.

기분이 좋아진 그들은 영화에 나온 멋진 대사들을 흉내 내기 시작했다. "피는 피로써 응징할 뿐이다!" 칼싸움을 하는 자세를 취하며 마넥이 으르렁거렸다.

"이 신성한 땅에 서서 나는 하늘을 증인으로 삼고 네가 다시는 새벽을 보지 못할 것이라고 맹세한다!" 옴이 외쳤다.

"야, 그건 내가 매일 늦잠을 자서 그런 거야." 마넥이 말했다. 갑자기 영화 대사에서 벗어나자 옴이 웃으며 연기 자세를 풀었다.

기차역 밖에는 아직도 여자가 야채 바구니를 두고 앉아 있었다. 마른 사리 반쪽을 이제 몸에 두르고 젖은 반쪽을 철길 울타리에 걸치고 있었다. 야채 바구니가 거의 비어 있었다. "이제 그만 집에 가셔야죠." 옴의 말에 그녀가 웃었다.

역 승강장에서 그들은 몸무게와 운세 25파이사라고 적힌 기계를 사용해 보기로 했다. 마넥이 먼저 올라갔다. 빨간색과 흰색 판이 뱅뱅 돌며 전구들이 번쩍이고 종소리가 나더니 작은 직사각형 마분지가 곡선 모양의 용기로 미끄러져 나왔다.

"61킬로그램." 몸무게를 읽고 마넥은 뒷면에 있는 운세를 읽었다. "'가까운 미래에 행복한 재회가 당신을 기다리고 있습니다.' 맞는 것 같은데. 학교만 미치면 집으로 돌아갈 테니까."

"아니면 기차에서 만난 그 여자를 다시 만나든가. 그 여자 가슴을 다시 만질 수 있을 거야. 자, 이제 내 차례다." 그가 올라서자 마넥이 호주머니를 뒤져서 25파이사짜리 동전을 찾았다.

"46킬로그램." 몸무게를 읽고 옴이 종이를 뒤집었다. "'당신은 곧 새롭고 흥미로운 많은 곳을 방문할 것입니다.' 말도 안 돼. 고향 마을로 돌아가는 건 새로운 곳에 가는 게 아닌데."

"샨티의 치마와 윗옷 속에 있는 그곳을 말하는 거 아냐?"

옴이 영화 대사로 다시 돌아가며 자세를 잡고 손을 치켜들었다. "이 손가락들로 네 목을 감고 너의 비참한 삶을 쥐어짤 때까지 나는 결코 쉬지 않을 테다!"

기차가 도착하자 그들은 매표소에서 달려갔다. "기차표가 몸무게가 적힌 카드하고 똑같이 생겼는데." 옴이 말했다.

"차표 값을 아낄 수 있었는데."

"아냐, 너무 위험해. 국가비상사태 때문에 요새 아주 엄격해." 옴은 삼촌과 함께 단속에 걸렸던 일을 들려주었다.

혼잡한 시간이 지나서 객실에는 사람이 거의 없었다. 그들은 빈 좌석에 발을 올렸다. 마넥은 끈을 풀고 신발을 벗어서 발가락을 주물렀다. "오늘 정말 많이 걸었다."

"야, 그런 꽉 끼이는 신발을 신으니까 그렇지. 내 가죽 샌들이 훨씬 편해."

"가죽 샌들을 신고 밖에 나가면 부모님께서 화를 내셨어." 발가락들과 발바닥을 주무른 후 마넥은 다시 양말을 신고 신발을 신었다.

"내가 우리 아버지 발을 주물러 주곤 했는데. 아버지는 할아버지 발을 주물러 드렸지."

"매일 해야 했니?"

"꼭 그럴 필요는 없었지만 전통이었어. 저녁에 밖에 있는 간이침대에 앉아 있으면 시원한 산들바람이 불고 새들이 나무에서 노래를 했지. 난 아버지 발을 주무르는 걸 좋아했어. 아버지께서도 정말 좋아하셨지." 기차가 흔들리면서 달리자 그들도 자리에서 약간 흔들렸다. "우리 아버지 오른발 엄지발가락 밑에 굳은살이 있었어. 재봉틀 발판을 밟아서 생긴 거였지. 어렸을 때 아버지가 엄지발가락을 꼼지락거리면 굳은살 때문에 내가 웃곤 했지. 꼭 사람 얼굴처럼 생겼었거든."

그 후로 옴은 구슬프게 창밖을 내다보면서 내내 말이 없었다. 영화에 등장한 사람들을 흉내 내면서 마넥이 그의 마음을 딴 데로 돌려 보려고 했지만 옴은 희미한 미소만 보일 뿐이어서 자신도 그만 입을 닫았다.

"같이 영화 보러 가시지 그랬어요. 재밌었는데. 정말 멋진 싸움이 많았거든요." 마넥이 말했다.

"난 괜찮다. 살면서 이미 싸움은 질리도록 봤으니까." 이시바가 말했다. "그런데 언제 우리 집에 올래?" 그는 마넥이 옴 때문에 계속 돈을 써서 빚을 많이 진 느낌이었다. 그래서 비록 보잘것없지만 답례를 해야겠다고 생각했다. "조만간 우리랑 저녁을 꼭 먹자꾸나."

"그럼요. 언제든지요." 마넥은 날짜를 정하지 않고 애매하게 대답할 수밖에 없었다. 디나 아주머니가 화를 낼 것임을 그는 알았다. 옴과 함께 영화를 보러 간 것만으로도 충분히 나빴다.

다행히 이시바는 바로 날짜를 잡지 않았다. 그는 싱어 재봉틀에 덮개를 씌우고 옴과 함께 떠났다.

"그래 재밌게 놀았니? 내가 그렇게 말했는데도 옴이랑 점점 더 많이 어울리는구나." 디나가 말했다.

"그냥 영화 한 편 본 거예요. 옴이 큰 극장에 간 게 처음이래요. 정말 흥분하더라고요."

"걔가 내일 재봉이나 제대로 할 수 있으면 좋겠구나. 그리고 넌 공부가 되겠니? 싸우고 죽이는 그런 영화는 뇌에 나쁜 영향을 끼쳐. 옛날에는 영화관이 참 좋았지. 춤과 노래, 코미디나 연애 이야기를 보여줬지. 지금은 그저 총이나 칼이야."

다음 날, 마치 디나의 이론을 입증이라도 하듯이 옴이 7사이즈 옷의 몸통 부분을 11사이즈 치마에 갖다 붙이고 헐렁한 부분은 꽉 눌러서 허리에 주름을 잡아버렸다. 그러한 실수가 옷 세벌에 반복됐고 오후가 돼서야 발견됐다.

"다른 건 그냥 두고 이것부터 고쳐." 그러나 옴은 디나의 말을 듣지 않았다.

"제가 떼서 재봉을 다시 하겠습니다." 이시바가 말했다.

"아뇨. 실수를 한 사람이 고쳐야죠."

"아줌마가 하세요." 옴이 머리를 긁으며 노려보았다. "난 머리가 아파요. 아줌마가 안 맞는 옷을 줬으니까 아줌마 실수예요."

"말하는 것 좀 봐! 뻔뻔하게 거짓말을 하다니! 그리고 옷에 기름이 묻기 전에 어서 머리에서 손 떼! 하루 종일 머리만 긁어대니!"

마넥이 학교에서 돌아왔을 때도 그들의 말다툼은 계속되고 있었다. 재봉사들은 차를 마시며 쉬지도 않았다. 마넥은 자기 방으로 들어가서 그들이 그만 싸우기를 바랐다. 오후 내내 그들의 언쟁이 문틈으로 조금씩 스며들어와 고통의 늪을 이루었다.

여섯 시가 되자 디나가 문을 두드리며 밖으로 나오라고 했다. "재봉사들이 갔어. 정상적인 사람과 얘기 좀 하자."

"왜 자꾸 싸우시는 거예요?"

"내가 싸우다니? 그게 무슨 말버릇이니! 내가 싸우다니, 무슨 일인지 알고나 하는 소리니?"

"죄송해요. 제 말은 뭣 때문에 그랬냐는 거죠."

"항상 일어나는 일이야. 실수를 하고 일을 대충하니까 그렇지. 그래도 이시바 때문에 다행이야. 그 사람이 없으면 어떻게 될지 모르겠다. 한 명은 천사고 나머지 한 명은 악마야. 문제는 천사가 악마와 함께 있을 때는 둘 다 믿을 수 없다는 거야."

"옴이 뭔가 화가 나서 그렇게 행동하는 건 아닐까요. 혹시 디나 아주머니가 나갈 때 문을 잠그고 나가서 그런 거 아닐까요?"

"그래? 걔가 너한테 그러든? 그리고 내가 왜 그러는지도 말하든?"

"집주인 때문에 그렇다고요. 하지만 옴은 그게 변명이라고 생각해요. 그것 때문에 죄수가 된 기분이 든답니다."

"뭔가 양심에 찔리는 게 있으니까 그런 기분이 드는 거겠지. 집주인의 위협이 심각하다는 건 너도 알아둬라. 집세 걷는 사람이 부드러운 미소를 짓는다고 해서 아무거나 말해 줘서는 안 돼. 항상 내 조카인 척해야 한다." 그녀는 방을 치우며 천 조각들을 주워서 선반 맨 밑에 집어넣었다. "이브라힘이라는 사람은 눈알을 굴리기만 하면 현관문에서 아파트 전체를 다 볼 수가 있어. 버스터 키턴의 눈알보다 빨라. 넌 너무 어려서 버스터 키턴을 모를 거다."

"어머니한테서 그 이름을 들은 적이 있어요. 로럴과 하디보다 웃기다고 하셨죠."

"그건 됐고. 두 번째 이유도 있어. 재봉사들을 잠가 두지 않으면 내 사업이 망할 거야. 옴이 수출 회사까지 나를 따라오려고 한 건 알고 있니?

그건 말 안 하디? 물론, 안 했겠지. 내가 쥐꼬리만큼 받는 수수료가 그들 목에는 가시야. 사실은 나도 간신히 살아가고 있단다."

"어머니한테 돈을 더 보내라고 할까요? 제 방세와 음식 값으로 말이에 요."

"그게 무슨 말이니? 난 공정한 금액을 요구하고 네 엄마가 그걸 지불하고 있어. 내가 자선을 바라서 너한테 이런 말 하는 줄 아니?"

"아뇨, 전 그냥……"

"내 문제는 거지들이 보여 주는 상처가 아냐! 거지들은 사람들을 놀라게 하려고 옷을 벗어서 팔다리가 잘린 걸 보여 주는 거야. 맥 콜라, 하지만 난 그렇지 않아. 난 네가 그토록 좋아하는 옴프라카시 다르지가 어떤 사람인지 더 잘 알았으면 해서 이런 말을 하는 것일 뿐이다."

*　*　*

다음번에 오레보아 수출 회사에 갈 때 디나는 마넥을 더 믿어 보기로 했다. "잘 들어, 오늘은 문을 잠그지 않을 거야. 네가 집에 있으니까 너한 테 맡기고 갈게." 책임감 때문에 그가 자기편이 될 거라고 그녀는 확신했다. 게다가 옴은 두 번 다시 자전거를 타고 뒤쫓아 오는 짓은 하지 않을 것이다.

그녀가 떠난 후에도 마넥이 있어서 소파에서 편한 휴식을 취하기가 힘들었기 때문에 이시바는 그냥 계속 재봉을 했다. 하지만 옴은 즉시 일을 멈추고 거실로 달려갔다. "두 시간 동안 자유다!" 그는 기지개를 켜고 소파에 있던 마넥 옆에 털썩 주저앉았다.

옴은 비디를 피우며 마넥과 함께 디나의 낡은 뜨개질 책들을 뒤적였다. 다양한 스타일의 스웨터를 입은 모델들이 책 속에 있었다. 광택지 모서리들이 접힌 책에 있는 육감적인 빨간 입술들, 매끄럽고 보드라운 피부, 화려한 머리치장을 보고서 그들은 넋을 잃었다. "여기 봐." 옴이 금발머리와 빨강머리를 가리켰다. "이 여자들 다리 사이의 털도 같은 색깔일까?"

"출판사에 편지를 써서 물어보지 그러니? '안녕하십니까. 당신 모델들의 음모 색깔에 관해 질문이 있습니다. 구체적으로 말씀드리자면 음모 색깔과 머리털 색깔이 일치하는지 궁금합니다. 궁금한 모델들은 발행일자' (그가 책의 표지를 살폈다) '1961년 7월호의 47쪽에 있습니다.' 포기해야겠다. 벌써 14년 전이야. 그때 털 색깔이 뭐였든 간에 지금쯤은 희끗희끗하거나 백발이 됐을 거야."

"머리털을 수집하는 라자람에게 물어봐야겠다. 그 사람이 털에 관해서는 전문가거든." 옴이 말했다.

그들은 뜨개질 책들을 다시 구석에 갖다 놓고 마넥의 방으로 갔다. 탑 모양의 우산에 한동안 흥미를 보이다가 그들은 부엌으로 가서 고양이들을 불렀지만 아직 저녁 식사 때가 아니라서 창문으로 다가오지 않았다. 옴은 고양이들에게 물을 뿌려서 우는 소리를 듣고 싶어 했지만 마넥이 말렸다.

안쪽 방에서 그들은 이불을 만들려고 모아 둔 헝겊 조각들을 살펴보았다. "요 녀석들아, 아주머니 물건에 손대면 안 된다." 이시바가 재봉틀에서 고개를 들며 경고했다.

"이 천 좀 보세요. 아줌마가 우리한테 돈도 제대로 안 주고 우리랑 회사로부터 훔친 거예요." 옴이 말했다.

"옴프라카시, 무슨 헛소리를 하는 거냐? 그건 버린 쓰레기를 아주머니가 재활용한 거야. 시간 낭비 하지 말고 어서 재봉틀로 돌아와."

이불 만드는 재료들을 제자리에 갖다 둔 옴은 구석의 버팀 다리 위에 있는 여행 가방을 가리켰다. 그의 대담한 제안에 놀란 마넥은 눈썹을 치켜 올렸다. 그들이 가방을 열자 디나가 직접 만든 생리대가 들어 있었다.

"이게 뭐하는 건지 아니?" 옴이 귓속말로 소곤거렸다.

"작은 베개들이잖아." 마넥이 싱긋 웃으며 두툼한 패드 두 개를 들어 올렸다. "작은 사람들을 위한 작은 베개잖아."

"나의 작은 물건도 여기다가 머리를 눕힐 수 있지." 옴이 자신의 다리 사이에 생리대 하나를 끼웠다.

"거기 있는 가방 가지고 장난치지 마!" 이시바가 말했다.

"알았어요." 그들은 생리대를 한 움큼씩 쥐고 거실로 가서 계속 장난을 쳤다.

"이건 뭐 게?" 마넥이 생리대 두 개를 머리 위에 올렸다.

"뿔?"

"아냐." 마넥이 생리대들을 흔들었다. "당나귀 귀야."

옴이 생리대를 엉덩이에다가 붙였다. "그럼 이건 토끼 꼬리다."

생리대를 가랑이에다가 성기처럼 꽂고 자위행위 동작을 크게 취하면서 그들은 거실을 껑충껑충 뛰어다녔다. 그때 마넥의 생리대 끝부분에서 매듭이 풀어졌다. 안에 채워진 내용물이 튀어 나오자 생리대가 그의 손에서 픽 쓰러졌다.

"저것 좀 봐!" 옴이 웃었다. "네 고추는 벌써 잠들었구나!"

마넥은 단단한 새 생리대를 쥐고 옴의 그것을 때렸다. 결투가 벌어졌지만 무기들이 곧 찌부러져서 거실에 천 조각들이 흩어졌다. 그들은 생리대를 바지 지퍼 사이에 창처럼 끼우고, 말을 타고 창 싸움을 하듯이 서로에게 전속력으로 달려들었다.

"짠짜라 짠짜라 짠짜라짜!" 그들은 나팔 소리를 내며 서로를 공격했다. 필요하면 구석으로 물러서서 다시 생리대를 가랑이 사이에 끼웠고, 옴은 재갈을 씹는 군마처럼 뒷다리로 서는 동작을 취하고 말울음 소리를 냈다.

그들이 다시 서로를 찌르려고 하는 순간, 디나가 현관문을 열고 베란다를 통해서 들어왔다. 그들이 생리대 창을 휘두르려는 순간 화려한 쇼는 막을 내렸다. 소파까지 온 그녀는 그 자리에서 얼어붙었다. 그녀는 할 말을 잃었다. 자신이 정성껏 만든 생리대의 천 조각들로 바닥이 어질러졌고, 망측한 장난감을 부여잡은 옴과 마넥은 죄책감으로 그 자리에 그냥 서 있었다.

그들은 손을 내리고 등 뒤로 생리대를 숨기려고 했지만 그래봤자 어리석고 부질없다는 것을 깨달았다. 그들은 고개를 떨어뜨렸다.

"이런 나쁜 놈들!" 그녀가 간신히 입을 열었다. "이런 나쁜 놈들!"

그녀는 안쪽 방으로 달려가서 거실에서 무슨 일이 벌어졌는지 영문도 모른 채 열심히 재봉틀을 돌리고 있던 이시바에게 떨리는 목소리로 말했다. "잠깐만요! 쟤들이 무슨 짓을 했는지 와서 좀 봐요!"

옴과 마넥이 이미 생리대를 치웠지만 그녀는 다시 하나씩 손에 쥐러 주었다. "어서 해 봐! 네 삼촌이 볼 수 있게 무슨 짓을 했는지 다시 해 보라고!"

이시바는 볼 필요도 없었다. 그녀가 그렇게 화가 났다면 무슨 더러운 일이 벌어졌는지 짐작하고도 남았다. 그는 옴에게 가서 뺨을 철썩 때렸다. 그리고 마넥에게 말했다. "내가 널 때릴 순 없지만 누군가는 널 위해서 그렇게 해야 할 거다."

그는 옴을 안쪽 방으로 데려가 의자에 내던졌다. "지금부터 단 한마디도 하지 마. 집에 갈 때까지 입 닫고 네 할 일이나 해."

저녁 식사는 침묵만이 흘렀다. 오직 나이프와 포크만이 소리를 낼 뿐이었다. 디나는 재빨리 치우고 안쪽 방으로 들어가 문을 걸어 잠갔다.

마넥은 자신이 섹스광이라도 된 것 같아서 비참한 기분이 들었다. 그녀가 문밖으로 나와 사과할 기회를 주기 바라면서 그는 거실에서 잠시 기다렸다. 그는 귀를 쫑긋 세우고 서랍이 여닫히는 소리를 들었다. 침대가 삐거덕거리고 머리솔이 탁 소리를 내고 재봉사 의자들을 치우는 소리가 쿵하고 났다. 여행 가방 뚜껑을 닫는 소리가 들리자 그의 얼굴이 부끄러움으로 달아올라 화끈거렸다. 그런 다음 문 밑으로 보이던 빛줄기가 사라지자 그의 온몸이 참담함에 휩싸였다.

그녀는 편지를 써서 그의 부모님께 이 사실을 알릴까? 그렇게 해도 그는 할 말이 없었다. 거의 두 달 동안 그녀의 아파트에 살면서 그는 너무나 대접을 잘 받았다. 하지만 그는 너무 역겨운 짓을 하고 말았다. 집을 떠난 후 처음으로 그는 디나 덕분에 평화롭고 안전하다고 느꼈다. 또한, 가슴이 답답하고 매일 아침 토할 것 같은 느낌을 주던 기숙사를 탈출할 수 있었다.

이제 자신의 실수 때문에 그런 모든 느낌이 다시 돌아오고 말았다. 소파 옆에 있는 전등 스위치를 끄고 그는 방으로 무거운 발걸음을 옮겼다.

아침에도 마넥은 어젯밤의 부끄러움을 떨치지 못했다. 아침 식사로 디나가 계란 프라이 두 개가 든 접시를 그의 앞에 털썩 내려놓자 다시 부끄러움으로 얼굴이 화끈거렸다. 학교에 갈 시간이 되자 그가 크게 말했다.

"디나 아주머니, 학교 다녀오겠습니다." 그녀는 손을 흔들러 나오지 않았다. 그는 텅 빈, 화가 난 베란다에 대고 슬프게 현관문을 닫았다.

저녁 식사가 끝나고 용서의 실마리가 감지되었다. 지난밤과 마찬가지로 그녀는 소파로 이불을 내오지 않고 안쪽 방에 틀어박혔다. 그러나 이번에는 문을 살짝 열어 놓았다.

희망을 가지고 거실에서 기다리던 마넥은 이웃집에서 나는 소리를 들으며 시간을 보냈다. 누군가 딸에게 벌을 내리며 경고했다. "야, 이년아!" 남자의 목소리였다. "이렇게 밤늦게 창녀처럼 기어 돌아다닐래! 열여덟 살이면 매를 안 맞을 만큼 다 큰 줄 아냐? 어디 맛 좀 봐라! 열 시까지 들어오라고 했으면 열 시까지 들어와야지!"

마넥은 손목시계를 흘끗 보았다. 10시 20분이었다. 아직까지 디나는 거실로 나오지 않았다. 방에는 불도 꺼지지 않았다. 10시 30분이면 그들이 주로 잠자리에 들었기 때문에 마넥은 살짝 들여다보고 인사를 하기로 했다.

그녀는 잠옷을 입고 문 쪽으로 등을 두고 있었다. 마음을 바꾼 그가 돌아서려고 했지만 문틈으로 그녀가 보고 말았다. 자신이 엿보고 있었다고 생각할까 봐 마넥이 기겁을 했다.

"왜?" 그녀가 날카롭게 말했다.

"그냥 잘 주무시라는 인사를 하려고요."

"그래. 잘 자라." 그녀의 목소리는 여전히 뻣뻣했다.

작별 인사를 한 번 더 하고 그는 돌아서다가 멈췄다. "저……" 그가 헛기침을 했다.

"또 뭐니?"

"어제 일은…… 죄송합니다……."

"밖에서 웅얼거리지 말고 들어와서 하고 싶은 말을 해."

그는 수줍어하면서 방으로 들어갔다. 잠옷에 드러난 그녀의 맨 팔은 너무나 아름다웠고, 얇은 면 잠옷을 통해서 보이는 가슴의 형상은…… 그는 시선을 돌리고 말았다. 사과를 하면서 느닷없이 어머니의 친구에게 그런 생각이 들자 그는 무서웠다.

"잘 들어. 난 네가 나한테 해를 끼치는 부끄러운 행동을 해서 화가 난 게 아냐. 네가 거리의 부랑아처럼 행동하는 걸 보고 부끄러워서 그런 거지. 옴프라카시한테는 더 이상 기대하는 게 없어. 하지만 넌 훌륭한 파르시 가문 출신이야. 널 믿었기 때문에 너한테 재봉사들을 맡긴 거고."

"죄송합니다." 그는 고개를 떨어뜨렸다. 디나가 손을 올려서 풀린 머리핀을 다시 끼워 넣었다. 그녀의 겨드랑이에 난 잔털에 마넥은 엄청난 성욕을 느꼈다.

"이제 그만 자러 가거라. 다음번에는 그런 일이 없도록 하고."

잠옷을 입은 디나를 생각하며 잠이 든 마넥은 그녀의 모습이 기차 침대칸에 있던 여자와 겹쳐지는 꿈을 꾸었다.

7장 떠돌이 생활

디나는 생리대 사건 이후로 재봉사들이 감히 집에서 마넥과 함께 저녁을 먹자고 못할 거라고 확신했다. 그리고 그들이 설령 그렇게 하자고 해도 마넥이 자신의 기분을 상하게 할까 봐서 거절할 거라고 확신했다.

그러나 며칠 후에 이시바와 옴이 다시 초대하자 마넥은 승낙할 듯했다. "세상에! 그날 그런 짓을 하고도 아직 충분치가 않니? 나를 더 화나게 만들고 싶은 거야?" 화가 난 그녀가 마넥에게 귓속말로 속삭였다.

"제가 사과드렸잖아요. 그리고 옴도 정말 미안해 한다고요. 이거하고 그게 무슨 상관이죠?"

"미안하다고 모든 게 다 괜찮아지는 줄 아니? 넌 뭐가 문젠지 몰라. 난 저 사람들한테 유감없다. 하지만 저 사람들은 재봉사들이고 내 밑에서 일하는 사람들이야. 거리를 둬야 한다고. 넌 파록과 아반 콜라의 아들이야. 저 사람들의 공동체와 너의 배경에는 엄연히 차이가 존재하고, 그게 존재하지 않는 척할 순 없다고."

"하지만 저희 어머니와 아버지께서는 상관 안 하실 거예요." 그는 자신이 그렇게 키워지지 않았으며, 부모님이 모든 사람들과 잘 어울리라고 가르쳤다고 설명했다.

"그래서 너는 지금 내가 편협하다고 말하는 거니? 네 부모는 넓은 마음을 가진 현대적인 사람들이고?"

그는 말싸움에 지쳤다. 그녀는 합리적으로 보이다가도 다시 터무니없는 말을 했다. "저 사람들이 그렇게 좋으면 아예 짐을 싸서 같이 살지 그러니? 네 엄마한테는 편지를 써서 다음 달 방세를 어디로 보낼지 금방 알려 줄 테니까."

"그냥 한 번 방문하려는 거예요. 자꾸 거절하면 무례한 것 같아서요. 재봉사들도 제가 자기들 집에 가기에는 너무 잘났다고 생각한다고요."

"그래, 한 번 방문하고 난 다음에 무슨 일이 생길지에 대해서는 생각해 봤니? 예의가 바른 건 아주 좋은 일이지만 건강과 위생문제는 어쩔 거냐? 저 사람들이 음식을 어떻게 만들 것 같니? 제대로 된 식용유라도 살 수 있을까? 아니면 대부분 가난한 사람들처럼 그냥 싼 불순물이 섞인 기름을 쓸까?"

"몰라요. 저 사람들이 아직 병이 나서 죽지는 않았잖아요."

"바보야, 그건 저 사람들의 위는 거기에 적응이 됐지만 넌 그렇지 않기 때문에 그런 거야."

마넥은 자신의 위가 견뎌 낸 끔찍한 학교 식당의 음식과 몇 주 동안 끊임없이 집어삼킨 길거리 음식을 떠올렸다. 그 말을 꺼내면 그녀의 요리에 관한 의견을 바꿀 수 있을지 그는 궁금했다.

그녀가 계속 말했다. "그리고 물은 어떡할 거니? 저 사람들 동네에 있는 게 깨끗한 물이겠니 아니면 오염된 물이겠니?"

"조심해야죠. 물은 절대 안 마실 거구요." 그는 거기 가기로 마음을 정했다. 그녀는 너무 위압적으로 굴었다. 자신의 어머니조차도 결코 그의 삶을 그렇게 통제하지는 않았다.

"그래, 네 마음대로 해. 하지만 네가 무슨 병에 걸리더라도 내가 간호해 줄 거라고는 절대로 생각지 마. 특급 배달로 네 부모에게 보내 버릴 테니까."

"그렇게 하세요."

이시바와 옴이 다시 한 번 초대하자 마넥은 알았다고 했다. 그녀는 얼굴을 붉히며 이를 갈았다. 마넥은 모른 척하고 웃었다.

"그럼 내일 오는 거다?" 이시바가 매우 기뻐하면서 말했다. "여섯 시에 다 함께 떠나자꾸나." 그는 마넥에게 뭐가 먹고 싶냐고 물었다. "쌀밥으로 할까 아니면 차파티로 할까? 네가 제일 좋아하는 야채는 뭐니?"

"아무 거나요." 마넥은 그가 물을 때마다 그렇게 대답했다. 재봉사들은 오후 내내 그들의 보잘것없는 축제를 위한 메뉴를 상의했다.

***

이시바는 음식을 만들고 나면 판자촌 위를 떠다녀야 할 연기가 안난다는 사실을 제일 먼저 발견했다. 두 눈을 부릅뜨고 지평선을 뒤지다가 그는 그만 움푹 파인 길에 발을 헛디뎠다. 이 시간이면 연기가 구름처럼 짙게 깔려 있어야 했다. "모두들 굶는 건가, 아니면 무슨 일이지?"

"삼촌, 사람들 걱정은 그만하세요. 배고파 죽겠어요."

"넌 항상 배가 고프잖아. 배 속에 기생충이라도 들었냐?"

옴은 웃지 않았다. 진부한 농담이었다. 연기가 나지 않아서 이시바는 걱정했다. 연기 대신에 중장비 소리인지 둔탁한 울림이 멀리서 들려왔다. "밤에 도로 수리라도 하는 건가?" 가까이 갈수록 소음이 커졌다. 그때 마넥을 초대한 것을 생각하며 그가 말했다. "내일은 아침에 장을 보고 모든 걸 준비해 둬야겠다. 일이 끝나고 나서는 시간이 없으니까. 네가 장가를 갔으면 네 아내가 음식을 만들고 손님을 기다릴 텐데."

"삼촌이 장가를 가지 그래요?"

"난 너무 늙었어." 그러나 장난이 아니라 이시바는 이젠 정말 옴이 결혼해야 할 때라고 생각했다. 그런 일을 너무 늦추는 건 현명치 못했다.

"삼촌에게 맞는 신붓감을 골라 뒀어요." 옴이 말했다.

"누구?"

"디나 아줌마요. 삼촌이 아줌마 좋아하는 거 다 알아요. 항상 아줌마 편만 들잖아요. 아줌마 한 번 찔러보세요."

"요런 나쁜 놈 같으니라고." 이시바가 옴의 머리를 가볍게 쳤다. 그리고 그들은 모서리를 돌아서 빈민굴 거리로 들어섰다.

어스름 속에서 조용하고 느리게 그들을 향해 오는 쿵쾅거리는 소리가 점점 더 크고 시끄러워졌다. 그때 폭발하는 소리가 들렸다. 갑자기 하늘이 고통과 공포와 분노의 소리들로 가득 찼다.

"이런, 세상에! 도대체 무슨 일이지?" 그들은 남은 거리를 달려가 전투가 벌어지는 현장에 도착했다.

판자촌 사람들이 길거리에 모여 집으로 되돌아가려고 싸우는 중이었다. 그들의 고함 소리는 안으로 들어오지 못하고 있는 앰뷸런스의 사이렌 소리들과 뒤섞였다. 그 순간 경찰들이 통제력을 잃었다. 주민들이 앞으로 밀어닥치자 경찰들이 밀려났다. 그러자 경찰들이 다시 기운을 차리고 주민들을 때려 뒤로 내몰았다. 사람들이 쓰러지며 짓밟혔고, 앰뷸런스들은 날카로운 사이렌 소리와 함께 경적을 울려댔다. 부모들과 떨어질까 봐서 두려웠던 아이들이 비명을 질렀다.

세찬 공격에 뿔뿔이 흩어진 판자촌 주민들은 기진맥진해서 절망적인 분노와 함께 슬픔을 토해냈다. "냉혹한 짐승들! 가난한 사람들에게는 정의도 필요 없다는 거냐! 가진 것도 거의 없는데 이제는 그마저도 없구나! 도대체 우리가 무슨 죄를 저질렀냐? 이제 우리는 어디로 가라고!"

잠시 잠잠해지고 이시바와 옴이 라자람을 발견했다. "처음부터 난 다 봤어요." 그가 숨을 헐떡이면서 말했다. "그놈들이 들어와서 그냥 다 부쉈어요. 모든 걸 그냥 다 부쉈다고요. 나쁜 놈들, 거짓말쟁이들……"

"도대체 누가 그런 거야?" 재봉사들은 그가 좀 천천히 말하도록 했다.

"안전 검사관들이라는 작자들이요. 그놈들이 우릴 속였어요. 판자촌을 점검하러 정부에서 보내서 왔다고 했거든요. 처음에는 사람들이 정부에서 관심을 가져 준다고 좋아했어요. 선거 때마다 약속한 대로 물, 화장실, 전기 같은 게 좋아지는 모양이라고 생각했죠. 그래서 그 작자들이 시키는 대로 다들 집에서 나왔어요. 그런데 판자촌이 텅 비고 나자 큰 중장비들이 들어왔죠."

불도저라는 것들은 대부분 낡은 지프차들과 트럭들의 앞 범퍼에다가 성벽 파괴용 망치처럼 철판과 짧은 나무통을 붙여 놓은 것이었다. 그들은 합판, 골함석, 비닐로 만든 집들을 부수기 시작했다. "그걸 본 우리가 막으려고 뛰어 들어갔죠. 그런데도 운전사들이 계속 밀어붙였어요. 사람들이 뭉개지고 피가 사방에 튀었죠. 그런데도 경찰들이 저 살인자들을 보호했어요. 안 그랬으면 저 놈들은 벌써 죽었을 겁니다."

"그런데 어떻게 우리 집을 그냥 저렇게 파괴할 수가 있는 건가?"

"저놈들 말로는 새로 만든 비상사태법이라던데요. 불법 판잣집들은 철거할 수 있답니다. 새로 만든 법은 도시를 아름답게 만들어야 한대요."

"그럼 나발카는? 그리고 두목인 토크레이는? 이틀 전에 이달 치 집세를 거둬 갔잖아."

"여기 있어요."

"그런데 왜 경찰들한테 항의하지 않는 거지?"

"항의요? 토크레이가 이 일의 책임잡니다. 저기 빈민굴 관리인이라는 배지를 달고 있잖아요. 그리고 나발카가 빈민굴 관리인 조수예요. 아무하고도 말을 안 하려고 해요. 우리가 곁에 가려고 하면 깡패들이 때리겠다고 위협을 합니다."

"그럼 집에 있던 우리 물건들은?"

"잃어버렸다고 봐야죠. 물건을 치우게 해 달라고 빌었는데도 거절했어요."

이시바는 갑자기 피로해졌다. 그는 길을 건너가 사람들로부터 떨어진 곳에 웅크리고 앉았다. 라자람이 바지를 끌어올리고 그의 옆에 앉았다. "저런 썩은 판자촌을 보고 울어봐야 소용없습니다. 작은 장애일 뿐이죠. 다른 곳으로 가면 되니까요. 옴, 안 그러냐? 같이 새 집을 찾아보자."

옴이 고개를 끄덕였다. "안을 좀 더 자세히 봐야겠어요."

"안 돼, 위험해. 여기 그냥 앉아 있어." 이시바가 말렸다.

"걱정 마세요. 여기 있을 테니까." 옴은 철거 현장을 살펴보러 갔다.

저녁은 이제 암흑으로 변하기 일보 직전이었다. 세찬 경찰봉으로 공격당해, 이제 판자촌 앞 근처에는 아무도 없었다. 사람들이 도망치다가 흘린 슬리퍼와 가죽샌들이 바닷가에서 놀다가 남겨진 쓰레기들의 흔적처럼 땅바닥에 어지럽게 던져져 있었다. 경찰 저지선에 막힌 주민들은 멀리서 분노를 부글부글 끓이고 있었다.

줄을 지어 늘어선 엉성한 판잣집들을 부수고 나서, 불도저들이 후진을 하더니 돌담을 허물고 방세가 비싼 집들을 무너뜨렸다. 옴은 아무런 느낌도 없었다. 판잣집은 그에게 아무런 의미도 없었다. 아마도 이제 삼촌이 아시라프 할아버지에게 돌아가자고 할지도 모른다. 그는 내일 방문하기로 한 마넥이 떠올랐다. 예기치 못하게 집이 사라져서 저녁 약속이 취소됐다고 해야겠다는 생각을 하자 서글픈 웃음이 나왔다.

케사르 경장의 확성기 소리가 어스름 속에서 울렸다. "작업이 30분 동안 중단될 것이다. 사실, 이건 당신들에게 개인 소지품들을 찾으라고 주는 기회라고 생각해라. 그런 다음 장비들이 다시 작업을 시작할 것이다."

주민들은 비웃었다. 그건 경찰들이 더 큰 문제를 피하기 위해서 보인 우호적인 제스처에 지나지 않았다. 그러나 대부분의 주민들은 얼마 안 되는 물건들이라도 건질 수 있는 기회에 고마워했다. 그러자 잔해 더미에서 처절한 다툼이 시작됐다. 옴은 매일 아침 기차를 타고 가면서 보던 쓰레기 더미의 아이들이 생각났다. 그는 이시바를 도우며 잔해 더미에서 소동을 벌이는 사람들과 하나가 되었다.

불도저들이 조심스럽게 정돈돼 익숙했던 판자촌 땅을 완전히 다른 곳으로 바꿔 놓았다. 자기 물건들을 찾으려고 땅을 헤집던 사람들은 매우 혼란스러웠다. 도대체 어느 자리가 누구의 집이었던가? 그리고 어떤 목재와 쇠가 자기 것인 줄 알고 뒤져서 찾는단 말인가? 혼란을 기회로 활용해서 닥치는 대로 집어가는 사람들 때문에 쪼개진 합판, 찢어진 렉신 모조 가죽 조각들, 투명 비닐을 두고 싸움이 벌어졌다. 아코디언 연주자가 옷을 찾느라고 땅을 헤집고 있을 때, 누군가가 그의 부서진 악기를 훔치려고 했다. 그는 쇠막대기를 휘두르며 도둑과 싸웠다. 그 싸움 때문에 아코디언은 더 많은 상처를 입어서 바람통이 찢어지고 말았다.

"내 이웃들이 강도로 변했구나. 한때는 내가 그들을 위해서 노래를 불러 주고 그들은 내게 박수를 쳤는데." 그는 눈물을 흘리면서 말했다.

자신의 물건을 지키느라 걱정됐던 이시바는 그에게 형식적인 위로의 말을 건넸다. "그래도 재봉틀이 아주머니 집에 안전하게 있어서 다행이다." 그는 옴에게 말했다. "우린 정말 운이 좋은 거야."

한때는 판잣집의 지붕이었던 골함석을 옆으로 끌어내자 여행 가방이 나왔다. 가방 뚜껑은 여러 군데가 움푹 들어가 있었다. 항의하듯이 끽끽대는 비명 소리와 함께 뚜껑이 마지못해 열리기 시작했다. 옴이 가장 크게 패인 곳을 발로 걷어차자 뚜껑이 조금 더 열렸다. 약간 치우고 나자 면도할 때 쓰던 작은 거울이 나왔다. 알루미늄 프라이팬이 헬멧처럼 그 위에 있어서 거울은 멀쩡했다.

"우린 그래도 다행이네요." 거울과 프라이팬을 가방에 집어넣으며 옴이 말했다. 그는 수리할 수 없을 정도로 망가진 프라이머스 풍로를 다시 바닥에 던졌다. 이시바는 연필 하나, 양초 하나, 에나멜 접시 두 개, 폴리에틸렌 컵 하나를 찾았다. 옴은 면도기를 찾았지만 면도칼 묶음은 찾지 못했다. 합판 조각들을 더 헤치자 구리로 만든 냄비가 보였다. 그때 동시에 그것을 발견한 누군가가 손에 냄비를 쥐고 달아났다.

"도둑이야!" 옴이 외쳤다. 그러나 아무도 관심을 갖지 않았다. 이시바는 도둑을 뒤쫓으려는 옴을 말렸다.

그들은 고리 버들 자리, 시트들, 담요들, 그리고 베게로 쓰던 수건 두 개를 찾았다. 자욱하게 쌓인 먼지를 털고 이시바는 그것들을 침구 꾸러미로 깔끔하게 말아서 자루에 쌌다.

라자람의 관심은 오직 머리털에만 있었다. 모아둔 머리카락 더미들은 비닐봉지가 찢겨졌고 내용물들이 튀어나와 있었다. "한 달 동안 모은 소중한 건데. 땅바닥에 다 흩어져 버렸으니." 그가 몹시 슬프게 말했다. 할당된 30분이 거의 다 끝나가고 있었다. 이시바와 옴은 가장 긴 머리채들을 찾는 데 집중하면서 최대한 그를 도왔다.

"소용없어요." 라자람이 씁쓸하게 말했다. "이 빌어먹을 놈들 때문에 난 망했어요. 머리채들이 부서져 버려서 다시 붙이는 건 불가능해요. 이 건 차에서 설탕만 따로 끄집어내는 거나 마찬가지죠."

세 사람이 경찰 저지선을 지나자, 그곳에서 빈민굴 관리인이 일꾼들에게 지시를 내리고 있었다. "이 들판을 매끄럽고 평평하게 만들어. 불법 건물들이 지어지기 전처럼 텅 비고 깨끗하게 말이야." 쓰레기 더미는 기차 선로 옆 시궁창에 버리도록 했다.

집을 빼앗긴 사람들은 좀처럼 떠나지 못하고 밖에서 멍하니 지켜보았다. 첫 번째 공격에서 살아남은 돌담들과 귀퉁이들을 부수고 난 인부들이 말하길, 지금 너무 어두워서 장비를 가지고 잔해를 시궁창으로 옮기다가는 굴러 떨어질 거라고 했다. 앞으로도 장비를 가지고 남은 일들을 해야 했고, 불법 건축물들을 계속 부숴야 했기 때문에, 관리인은 굳이 그런 위험을 무릅쓰지 않기로 했다. 다음 날 아침에 마지막 작업을 하기로 하고 인부들은 떠났다.

"난 여기서 밤을 보내야겠네요." 라자람이 말했다. "들판에 뭔가 값나가는 게 있을지도 모르니까요. 어떻게 하실 겁니까?"

"우린 나와즈 씨한테 가야겠는데." 이시바가 대답했다. "그 집 뒤의 차양 밑에서 자도록 해 줄지도 모르니까."

"삼촌, 그 사람이 우리한테 아주 못되게 굴었잖아요."

"그래도 지난번처럼 집을 구하도록 도와줄지도 몰라."

"그렇군요. 그렇게 하십쇼." 라자람이 말했다. "그러면 난 여기서 무슨 일이 일어나는지 볼 테니까요. 혹시 누가 압니까, 다른 깡패 두목이 판잣집들을 새로 지을지도 모르니까요."

그들은 다음 날 저녁에 만나서 정보를 교환하기로 했다. "그런데 부탁

하나 해도 될까요?" 라자람이 물었다. "얼마 안 되는 이 머리털을 좀 맡아 주십시오. 아주 가볍습니다. 보관할 데가 없어서요."

이시바가 알았다면서 여행 가방에 그것들을 집어넣었다.

***

나와즈의 집에는 모르는 사람들이 살고 있었다. 문을 열고 나온 남자는 나와즈에 대해서는 전혀 아는 바가 없다고 했다.

"나와즈 씨를 꼭 찾아야 합니다. 집주인이 정보를 가지고 있지 않을까요? 집주인의 이름과 주소를 알 수 있겠습니까?" 이시바가 말했다.

"그런 건 알아서 뭐하게!" 누군가가 안에서 소리쳤다. "이렇게 늦은 밤에 누가 우릴 괴롭히는 거야!"

"귀찮게 해서 죄송합니다." 이시바는 침구 꾸러미를 다시 짊어지고 계단을 내려갔다.

"이제 어떡해요?" 숨을 헐떡이는 옴의 얼굴에서 여행 가방의 무게가 느껴졌다.

"벌써 숨이 차냐?"

옴이 고개를 끄덕였다. "네, 찢어진 풍선 같아요."

"그래, 차나 한잔 하자." 그들은 몇 달 동안 차양 밑에서 지낼 때 자주 갔던, 구석에 있는 노점 찻집으로 갔다. 주인은 그들을 나와즈의 친구로 기억하고 있었다.

"오랜만이오. 경찰한테 잡혀간 나와즈 씨는 어떻게 지냅니까?"

"경찰요? 무슨 일로요?"

"아라비아에서 금을 밀수했다고요."

"정말요? 정말, 나와즈 씨가 그랬나요?"

"당연히 그런 건 아니죠. 그 양반이야 당신들처럼 그냥 재봉산데요."
나와즈는 딸을 시집보내려는 남자와 싸움을 벌였다. 어딘가에 연줄이 있
었던 남자 하나가 가족들이 결혼식에 입을 옷을 만들어 달라는 큰 주문
을 맡겼다. 그런데 결혼식이 끝나고 나서 그는 옷이 잘 맞질 않다면서 돈
을 지불하지 않았다. 계속 돈을 달라고 요구했지만 소용이 없자, 나와즈
는 남자의 사무실 주소를 알아냈다. 사무실로 찾아간 나와즈는 동료들
앞에서 그에게 망신을 주었다. "그런데 그게 큰 실수였지. 그놈이 복수를
한 거야. 그날 밤 경찰이 나와즈를 잡아갔지."

"무슨 그런 일이 다 있소? 어떻게 죄 없는 사람을 감옥에 가둘 수가 있
죠? 사기꾼은 따로 있는데."

"국가비상사태 때문에 모든 게 엉망이에요. 검은색이 흰색으로 바뀌
고, 낮이 밤으로 변했죠. 제대로 된 연줄과 돈만 조금 있으면 사람들을 감
옥으로 보내는 건 아주 쉬워요. 모든 절차를 간단하게 만들어 버린 국가
보안법이라는 새 법도 있으니까."

"국가보안법이 뭐요?"

"뭐라더라, 국가 안전이 뭐 어쩌고저쩌고 하던데 나도 잘 모르겠소."

차를 다 마시고 재봉사들은 짐을 가지고 떠났다. "불쌍한 나와즈 씨.
정말 그 사람이 나쁜 짓을 해서 그런 걸까?"

"그렇겠죠." 옴이 말했다. "아무 짓도 안 했는데 사람을 감옥에 보내겠
어요. 난 그 사람 정말 싫었는데. 그나저나 이제 어떡하죠?"

"기차역에서 잘 수 있을 것 같은데."

승강장은 자고 있는 거지들과 노숙자들로 가득했다. 재봉사들은 구석

진 자리를 골라 깨끗이 닦으려고 신문지로 먼지를 털었다.

"아이고, 조심해요! 내 얼굴로 날아오잖소!" 누군가가 외쳤다.

"이런, 미안합니다." 먼지를 털다 말고 이시바가 사과했다. 둘이 노숙자 신세이니 내일 아침에 해가 뜨면 뭘 해야 할지를 논의하고 싶었지만, 서로가 먼저 이야기를 꺼내지 않고 망설였다. "배고프냐?"

"아뇨."

그래도 이시바는 기차역 매점으로 갔다. 그는 양파, 감자, 콩, 고추, 고수풀을 튀겨서 향료를 넣은 작은 빵 두 개를 샀다. 옴에게 돌아오던 이시바는 승강장에 줄지어 있는 배고픈 눈들을 지나며 죄책감을 약간 느꼈다.

"자 먹자, 하나는 네 거, 하나는 내 거다."

빵을 싼 광택이 나는 잡지 종이가 축축했다. 따뜻한 작은 기름띠들이 보였다. 옴이 게걸스럽게 먹어치우자, 이시바는 천천히 먹으면서 조카에게 주려고 음식을 남겼다. "나는 배부르다. 이거 더 먹어라."

가방과 침구를 지켜야 했기 때문에 그들은 차례대로 물 마시는 곳으로 갔다. 그러고 나자 더 이상 기분전환으로 할 일이 없었다. "라자람이 내일 저녁에 좋은 소식을 전할지도 몰라요." 옴이 주저하면서 말했다.

"맞다. 이번 소동이 끝나고 나면 우리가 거기에 뭔가를 직접 지을 수도 있을 거야, 그렇지? 합판하고 나무토막하고 비닐로 말이다. 라자람은 똑똑하니까 어떻게 해야 할지 알 거야. 셋이서 함께 큰 오두막을 짓고 살아도 되고."

기차역 너머 공터로 가서 소변을 보고 난 후 그들은 물을 한 번 더 마시고 침구를 풀었다. 밤이 깊어지자 기차의 왕래가 줄어들었다. 그들은 여행 가방을 지키려고 발을 그 위에 올리고 누웠다.

자정이 지나서 그들은 가방을 발로 차는 기차역 경찰 때문에 잠에서 깼다. 경찰은 승강장에서 잠을 자는 것은 금지된 행동이라고 했다.

"기차를 기다리고 있습니다." 이시바가 말했다.

"여기는 그런 역이 아니야. 대합실이 없잖아. 아침에 다시 돌아와."

"그런데 여기서 자고 있는 이 사람들은 뭡니까?"

"이 사람들이야 특별한 허가를 받았지." 경찰이 주머니를 흔들자 짤랑짤랑한 동전소리가 났다.

"알겠습니다. 그럼 잠을 안 자고 그냥 앉아 있겠습니다."

경찰은 어깨를 으쓱거리며 떠났다. 재봉사들은 앉아서 침구를 말았다.

"휘익!" 그들 옆에 누워 있던 여자가 휘파람을 불며 불렀다. "휘익! 경찰한테 돈을 줘야지." 여자가 누워 있던 비닐은 조금만 움직여도 시끄럽게 버스럭거렸다. 그녀의 두 발이 짙은 진물로 노랗게 얼룩진 붕대로 감겨 있었다.

"뭣 땜에 경찰한테 돈을 줘요? 승강장이 저 사람 아버지 것도 아니잖아요."

그 말에 그녀가 웃자 얼굴에 묻어 있던 검댕이 떨어졌다. "영화다, 영화다!" 그녀가 흥분해서 승강장 벽에 붙은 영화 포스터들을 손으로 가리켰다. "거지는 1루피. 애들은 50파이사. 매일 밤 영화가 상영돼."

이시바가 한 손을 살짝 이마로 올리고 머리가 이상하다는 표시를 했지만, 그래도 옴은 계속 설명했다. "우린 거지가 아니라 재봉사라고요. 그리고 우리가 돈을 안 내면 경찰이 어쩔 거예요? 그렇다고 우릴 감옥에 집어넣겠어요."

여자가 모로 눕더니 그들을 조용하고 유심히 관찰하다가 이유 없이 낄낄거렸다. 반시간이 지나도 경찰은 보이지 않았다.

"이제 안전한 것 같은데요." 옴이 침구를 펴고 그들은 다시 누웠다. 그녀는 여전히 재밌다는 얼굴로 그들을 지켜보고 있었다. 붕대를 두른 그녀의 발에서 희미하게 썩은 냄새가 났다.

"밤새도록 우리를 보고 있을 거예요?" 옴이 말했다. 그녀는 고개를 가로저었지만 계속 빤히 보고 있었다. 이시바는 옴에게 조용히 하라고 했고 그들은 눈을 감았다.

그들이 잠들고 몇 분도 채 못 돼, 경찰이 찬물을 양동이 한 통에 담아와서 뿌렸다. 재봉사들은 소리를 지르며 벌떡 일어섰다. 경찰은 아무 말 없이 걸어가며 빈 양동이를 기분 좋게 흔들었다. 비닐에 누워 있던 여자는 몸을 떨며 웃고 있었다.

"짐승 같은 놈!" 옴이 씩씩거리자 이시바가 조용히 시켰다. 그러나 그럴 필요가 없었다. 여자의 신경질적이고 흥분한 웃음소리에 묻혀 옴의 목소리는 들리지 않았다. 여자가 기뻐하면서 두 손으로 비닐을 때리자 비닐이 펄럭였다.

"영화다, 영화다! 조니 워커의 코미디야!" 여자가 웃으면서 간신히 말했다.

"이 여자는 알고 있었어요! 미친년이 알고 있으면서도 우리한테 말을 안 한 거라고요!"

그들은 홀딱 젖은 채 짐을 들고, 오줌 냄새가 지독해 유일하게 비어있던 승강장 끝으로 자리를 옮겼다. 여행 가방에 든 마른 옷이 소중한 보물로 느껴졌다. 그들은 차례대로 옷을 갈아입었다. 그리고 가방 뚜껑 위에 젖은 물건들을 널었다. 시트와 담요는 승강장벽에 튀어 나온 부서진 간판에 걸었다.

고리 버들 자리는 금방 말랐지만 그들은 누워 있을 수 없었다. 바들바들 떨면서 소지품들을 지키며 앉아 있다가, 잠이 오면 그들의 몸이 흔들렸고 때때로 꾸벅꾸벅 졸았다. 몸이 흠뻑 젖은 채 그들은 공터를 여러 번 가야 했다. 기차역 전체가 잠들고 나자 선로로 걸어가지 않아도 됐다. 그들은 승강장 끄트머리에 서서 오줌을 누었다.

새벽 네 시가 되자 요란한 소리를 내며 기차역 매점의 철제 셔터가 열렸다. 찻잔들과 받침 접시들이 달그락거리고 솥과 냄비 들이 부딪치면서 꽝 소리가 났다. 물 마시는 곳에서 양치질을 하고 난 후 이시바와 옴은 차 두 잔과 껍질이 딱딱한 빵 한 덩어리를 샀다. 뜨거운 차를 마시자 멍한 머리가 맑아졌다. 그리고 하루의 계획이 섰다. 기차를 타고 일을 하러 가서 평소대로 오후 여섯 시까지 재봉일을 한 다음 라자람을 만나러 가기로 했다.

"오늘밤만 가방을 아주머니한테 맡겨 두자구나. 하지만 우리 집이 부서졌다고 말하지는 말자. 사람들은 집 없는 사람들을 무서워하거든." 이시바가 말했다.

"아줌마가 그렇게 하도록 해주면 삼촌한테 내 모든 걸 다 줄게요."

호박, 양파, 병어, 소금, 계란, 꽃 등이 담긴 바구니들을 머리에 짊어진 노점상들이 새벽 기차를 기다리는 걸 지켜보며 비디를 피우면서, 그들은 두 시간을 더 승강장에서 보냈다. 우산 수리공은 분해한 우산에서 쓸 만한 살과 손잡이들을 모아 작업을 준비하고 있었다. 사다리, 양동이, 붓, 모종삽, 나무통으로 무장한 도장공들과 벽돌공들을 거느린 건설업자가 지나가자 새로 페인트칠한 집의 냄새가 났다.

재봉사들은 6시 30분에 기차를 탔다. 그들은 일곱 시에 디나의 아파트에 도착했다. 잠옷 위에 겉옷을 걸친 그녀가 현관문을 열었다.

"이렇게 일찍 왔어요?" 정말 예익범절이라곤 모르는 사람들이라고 그녀는 생각했다. 이제 막 해가 떠서 설거지도 해야 하고 마녁의 아침도 차려야 하는데, 호의를 기대하긴.

"마침내 기차들이 제시간에 도착했어요. 국가비상사태 덕분이죠." 옴은 자신의 대답이 기발하다고 생각하며 말했다.

그녀는 그러한 뻔뻔한 대답이 자신을 일부러 화나게 만들려는 거라고 생각했다. 그때 이시바가 그녀를 달랬다. "오래 일을 하면 옷을 더 많이 만들 수 있잖습니까, 안 그렇습니까?"

맞는 말이었다. "그런데 그 큰 짐들은 다 뭐죠?"

"이건 다 저녁에 친구한테 가져갈 겁니다. 아, 마넥, 잊어버리기 전에 할 말이 있다. 정말 미안하지만 오늘은 저녁 식사가 불가능할 것 같아서 말이야. 아주 급한 일이 생겼거든."

"괜찮아요. 다음에 하죠." 마넥이 답했다.

디나는 재봉사들에게 가방과 침구를 현관문 옆에 두도록 했다. 벌레들이 기어 다닐 것처럼 보였다. 그리고 그들의 행동도 매우 수상했다. 이렇게 아침 일찍 온 걸로 봐서 정말 급한 일이었다면, 친구에게 갈 수도 있었을 텐데. 적어도 마넥의 저녁 초대가 취소된 게 다행스러웠다.

그날 내내 이시바는 평소의 착실한 모습이 아니었다. 한 번은 치마와 몸통의 뒤가 앞이 되도록 붙여 놓을 뻔했다. "멈춰요!" 재봉틀이 첫 번째 바느질을 끝냈을 때 그녀가 외쳤다. "아니, 당신이 어떻게 이럴 수가 있어요? 옴프라카시가 이렇게 했다면 놀랄 일도 아니지만, 당신이 어떻게 이럴 수가 있죠?" 이시바는 부끄러운 듯 웃으면서 면도칼로 잘못 박은 바느질을 떼어 냈다.

네 시가 되자 재봉사들은 평소보다 두 시간 일찍 떠나고 싶어했다. 디나는 옷을 더 만들기는 글렀다고 생각했다. 그들이 떠나자 알 수 없는 긴장감이 사라졌고, 그녀는 기분이 좋아졌다. 여행 가방을 두고 떠난 사실이 들통 나지 않게 재봉사들은 얼른 현관문을 닫고, 서둘러 기차역으로 향했다.

낮 동안 쏟아진 폭우 때문에 지난밤의 잔해가 작은 진흙탕 웅덩이들 속으로 가라앉아 있었다. 합판과 쇠 조각들이 마치 배의 돛과 난파선처럼 흙탕물을 뚫고 나와 있었다. 옛 모습에서 변해버린 빈민굴 위를 나는 갈매기들이 날카로운 울음을 내질렀다. 그곳에서 쫓겨난 사람들 몇 명이 밖에서 서성거리며 땅을 응시하고 있었지만, 라자람은 어디에도 보이질 않았다.

"라자람이 새로 집을 지을 가능성이 없다는 걸 깨달을지도 몰라." 이시바가 말했다.

뚱뚱한 케사르 경장은 보이지 않았다. 그의 팀에 속한 순경 여섯 명이 들판을 지키고 있었다. 그들이 재봉사들과 주위에서 서성이는 무리들에게 다가와 경고했다. "너희들, 만약 판잣집 새로 지으려고 하면 곧바로 감옥행이야."

"왜죠?"

"빈민굴을 막고 도시를 미화하는 것. 그게 바로 우리 임무야." 순경들은 구석에 있는 그들의 초소로 돌아갔다.

"돌아가서 아주머니한테 사실대로 말해야겠다." 이시바가 말했다.

"왜요?"

"우릴 도와줄지도 모르잖아."

"삼촌, 꿈 깨세요."

인부들은 도로 양쪽에 새로운 광고판을 하나씩 세웠다. 광고판에 총리의 얼굴을 붙인 후 그들은 무슨 글귀를 사용할지 토론했다. 선택할 글귀는 다양했다. 그들은 깃발들을 풀어 도로 위에 펼치고 돌멩이들로 눌렀다.

첫 번째 구호는 만장일치로 찬성했다. 도시는 당신들 것입니다! 아름답게 만듭시다! 두 번째 구호가 약간 문제였다. 관리자는 배고픈 사람들에게 음식을! 집 없는 사람들에게는 집을! 이라는 구호를 사용하고 싶어했다. 부하 직원들은 그에게 다른 걸 사용하는 게 더 낫지 않겠냐고 했다. 그들은 '국가는 전진하고 있다!'를 제안했다.

재봉사들은 간판들이 다 만들어질 때까지 주변에서 기다렸다. 거대한 간판들이 올라가자 모여든 사람들이 박수를 쳤다. 광고판 말뚝들을 구멍에 묻고 버팀대를 대각선으로 고정시키고 땅을 다졌다. 누군가가 옴에게 간판에 뭐라고 쓰여 있는지 읽어 달라고 부탁했다. 옴이 쉽게 설명해 주었다. 남자는 잠시 그 의미를 심사숙고 해보더니 정부가 완전히 미쳤다고 고개를 저으며 떠났다.

"다시 돌아올 줄 알았어요." 디나가 말했다. "가방을 놓고 갔더군요."

고개를 가로 젓는 재봉사들의 얼굴은 겁에 질리고 지쳐 보였다. "왜 그래요?"

"끔찍한 불행이 우리 머리 위로 떨어졌어요." 이시바가 말했다.

"안으로 들어와요. 물 좀 줄까요?"

"네, 고맙습니다."

마넥이 그들의 컵에다가 물을 담아 왔다. 그들은 물을 마시고 입을 닦았다.

"정말 불행한 일을 당했습니다. 아주머님의 도움이 필요합니다."

"나도 상황이 이러니까 얼마나 도움이 될지는 모르겠지만, 말해 봐요."

"저희 집이…… 사라졌습니다." 이시바가 작은 목소리로 말했다.

"그러니까 집주인한테 쫓겨났다는 거죠?" 그녀는 동정심이 들었다. "집주인들은 정말 불한당들이죠."

그는 고개를 가로저었다. "제 말은 그러니까…… 집이 완전히 없어졌습니다." 그는 손바닥으로 허공을 쓸어 보였다. "큰 기계들이 파괴했습니다. 들판에 있는 집들을 모두 다요."

"거기 사는 게 불법이라고 했어요." 옴이 끼어들었다.

"정말이에요? 어떻게 그럴 수가 있죠?" 마넥이 말했다.

"그 사람들은 정부에서 나왔고 하고 싶은 대로 다 할 수가 있어. 경찰들이 그게 새로운 법이라고 했고." 이시바가 설명했다.

지난주에 굽타 부인이 빈민굴 제거 계획을 입에 침이 마르도록 칭찬하던 사실을 떠올리며, 디나는 고개를 끄덕였다. 그러나 재봉사들에게는 얼마나 불행한 일인가. 가엾은 사람들. 적어도 그녀는 한 가지는 정확히 알고 있었다. 역시 그들은 비위생적인 곳에서 살고 있었다. 마넥이 그들과 함께 식사를 하지 않게 돼서 정말 다행이다. "정부가 아무 생각 없이 법을 만들다니 정말 끔찍한 일이군요." 그녀가 말했다.

"우리가 왜 저녁을 취소했는지 알겠지." 옴이 마넥에게 말했다. "아침에는 말하기가 좀 그랬어."

"진작 말하지 그랬어. 그랬으면 그동안 어떻게 도와줄지 생각했을 텐데……" 디나가 눈살을 찌푸리며 쳐다보자 마넥은 말을 끊고 침묵했다.

"이번 달 방세도 벌써 냈습니다." 이시바가 말했다. "이제는 집도 돈도 없고…… 며칠 밤만이라도…… 베란다에서 좀 잘 수 있을까요?"

디나가 대답을 생각하는 동안에 마넥이 간절한 눈빛으로 그녀를 바라봤다. "난 반대하지 않아요." 그녀가 입을 열었다. "하지만 집세 걷는 사람이 보면 문제가 생길 거예요. 그렇게 되면 내가 이 집을 불법 숙소로 만들었다는 구실로 이용할 거구요. 그러면 당신들, 마넥, 그리고 나, 또한 당신들 재봉틀까지 모두 길바닥에 나앉게 될 거예요."

"무슨 말씀인지 알겠습니다." 이시바가 말했다. 그는 자존심 때문에 더 이상 그녀를 설득하고 싶지 않았다. "다른 곳을 알아보겠습니다."

"가방 가져가는 것도 잊지 마세요." 디나가 말했다.

"오늘밤만 좀 두고 가면 안 될까요?"

"어디다가? 집에는 들여 놓을 공간도 없는데."

그녀의 대답에 화가 난 옴은 침구를 삼촌에게 넘기고 가방을 집어 들었다. 그들은 고개를 한 번 끄덕이고 떠났다.

재봉사들을 따라 나와 현관문을 잠그고 돌아온 그녀를 마넥이 비난의 눈초리로 노려보았다. "날 그렇게 보지 마라. 나도 어쩔 수 없었으니까." 그녀가 말했다.

"적어도 오늘밤만 머물도록 할 수도 있었잖아요. 제 방에서 잘 수도 있고요."

"그렇게 되면 정말 큰 문제가 생겨. 단 하룻밤에 주인이 나를 고발할 수도 있어."

"그러면 그 여행 가방은요? 그것도 여기에 두면 안 되는 건가요?"

"애, 이게 무슨 경찰 심문 받는 거니? 넌 지금껏 아주 안전한 삶을 살아서 이런 도시에서 어떤 나쁜 짓이 벌어지는지 전혀 모르는구나. 여행 가방, 핸드백, 심지어는 잠옷 두 개에 셔츠 하나가 든 작은 가방도 아파트로 침입하는 첫 번째 단계야. 남의 집에 개인 소지품들을 들여놓는 게 점유권을 주장하는 가장 흔한 방법이라고. 그리고 사법제도로 문제를 해결하려면 몇 년씩이나 걸리니까, 그 기간 동안에 사기꾼들이 아파트에 들어와서 살도록 허락을 받는 거라고. 물론 이시바와 옴이 그런 계획을 머릿속에 담고서 오늘밤 찾아왔다는 말은 아니야. 하지만 내가 어떻게 그런 위험을 무릅쓸 수가 있겠니? 나중에라도 그들이 그런 계획을 악당들에게서 들으면 어떻게 되겠어? 집주인과 조금이라도 문제가 생기면 난 누스완에게 도움을 청해야 해. 내 오빠가 얼마나 견디기 힘든 사람인지 알기나 해? 누스완이 얼마나 잘난 척하는지 넌 아마 상상도 못할 거다."

마넥은 창밖을 내다보았다. 그는 그녀의 경계심을 어느 정도 이해해 보려고 애썼다. 그는 그녀가 두려워하는 상상의 점령군인 더러운 옷들이 집 안으로 침입하는 장면을 떠올렸다.

"재봉사들은 너무 걱정 마. 지낼 곳을 찾을 테니까. 그런 사람들은 친척들이 사방에 있으니까." 그녀가 말했다.

"그렇지 않아요. 그 사람들은 몇 달 전에 먼 시골 마을에서 이곳으로 왔어요." 그녀의 얼굴에 걱정하는 기색이 서서히 드러나자 그는 기뻤다.

그러자 그녀가 화를 냈다. "대단하구나. 네가 그 사람들에 대해서 그렇게 많이 알고 있다니 정말 잘났다."

그날 저녁 대부분 그들은 서로를 무시했다. 저녁을 먹고 난 후 디나는 이불을 만들려고 헝겊 조각들을 펼치면서 마넥에게 말을 걸었다. "마넥, 이 모양은 어떠니?"

"끔찍하군요." 재봉사들이 지낼 곳이 없었던 그날 밤, 그는 그녀를 용서할 수 없었다.

* * *

간판에 바다 경치 여관이라고 쓰여 있었다. 눈에 보이는 바다라고는 낡은 간판에 그려진 파란색의 직사각형, 그리고 파도 위에 작은 돛단배 하나가 있을 뿐이었다.

안에서는 닳아빠진 흰색 유니폼을 입은 젊은이가 우산 보관함 옆 바닥에 앉아서 《필름페어》 잡지의 사진들을 보고 있었다. 그는 재봉사들이 들어와도 쳐다보지 않았다. 계산대 뒤에서 허겁지겁 식사를 하던 백발의 남자는 식빵 조각들을 떼서 스테인리스 종지 네 개에 재빨리 차례대로 살짝 담갔다. "하룻밤에 30루피요." 그가 음식을 입에 가득 담은 채 웅얼거리자 금니 하나가 보였다. 축축한 입술에서 음식 파편들이 계산대에 튀었다. 그는 음식 부스러기들을 바닥에 털고 팔꿈치 소매로 얼룩을 닦았다.

"봤지? 여관은 비싸다고 내가 그랬잖아." 밖으로 나오면서 이시바가 말했다.

"다른 곳으로 가 보죠."

그들은 다른 곳들을 하나씩 둘러봤다. 하룻밤에 20루피인 파라다이스 여관은 천장의 절연 상태가 나빠서 아래층 빵집에서 나오는 오븐의 뜨거운 열기가 위층에서도 느껴졌다. 모든 카스트 사람들을 환영한다는 간판이 달린 신의 여관은 바로 옆에 작은 화학 공장이 있어서 끔찍한 악취가 났다. 휴식 여관에서는 문의를 하던 재봉사들이 하마터면 가방을 도둑맞을 뻔했다. 그들이 현관 계단을 다시 내려갈 때 도둑은 그냥 달아났다.

"이제 됐지?" 이시바가 묻자 옴이 고개를 끄덕였다.

짐을 들고 기차역으로 향하며 그들은 쉼터가 될 만한 모든 출입구, 차양, 건물 정면을 살폈다. 그러나 쉴 만한 곳은 사람들이 이미 다 차지하고 있었다. 노숙자들을 막으려는 가게의 출입구에는 아침에 잠금장치를 풀어 접을 수 있도록 이음매들이 달려 있고 긴 못으로 박은 철 구조물이 깔려 있었다. 그러나 그 못 침대 역시 어떤 용감한 사람이 직사각형 합판을 먼저 그 위에 덮고 담요를 깔아서 사용하고 있었다.

"우리도 저런 걸 배워야겠구나." 이시바가 감탄스럽게 바라보면서 말했다.

그들이 지나가자 거지가 손수레 위에서 평소대로 깡통을 흔들며 인사를 했다. 주위를 살피느라고 바빴던 그들은 거지를 보지 못했다. 거지는 그들의 뒷모습을 쓸쓸하게 바라봤다. 아직까지 열려 있던 가구점 밖에 빈자리가 몇 군데 있었다. "저기 한 번 가보죠." 옴이 말했다.

"미쳤니? 남의 자리를 뺏다가 죽고 싶은 거냐? 나와즈 씨 가게 근처 길에서 무슨 일이 있었는지 벌써 잊었니?"

그들은 24시간 영업하는 약국을 지나갔다. 점원들이 떠나자 가게 한가운데의 불들이 꺼졌다. 근무 중인 조제 약제사가 있는 계산대에 불이 켜져 있었다.

"여기서 기다리며 상황을 살펴보자."

누군가가 나무 의자를 약국과 바로 옆 골동품 가게가 함께 쓰는 출입구에 놓았다. 창문 두 개 위로 철제 셔터가 눈꺼풀처럼 내려앉았다. 한쪽 창문에 있던 비누들, 활석 가루들, 기침약 시럽들, 그리고 다른 한쪽 창문에 있던 나타라자 청동상들, 무굴 제국 세밀화들, 상감으로 꾸민 보석 상자들이 시야에서 모두 사라졌다. 지배인 두 사람이 자물쇠를 채우고 열쇠를 야간 경비원에게 건넸다.

경비가 허리띠를 느슨하게 풀고 신발을 벗어서 나무 의자에 편하게 앉을 때까지 재봉사들은 기다렸다. 그들은 비디를 가지고 다가갔다. "성냥 있습니까?" 이시바가 손으로 불을 붙이는 동작을 취하면서 말했다.

야간 경비원은 종아리를 주무르는 걸 멈추고 호주머니를 뒤졌다. 이시바와 옴은 성냥 한 개비로 함께 불을 붙였다. 그들은 경비에게 비디를 권했다. 그러나 그는 고개를 가로저으며 파나마 담뱃갑을 꺼냈다. 세 사람은 잠시 조용히 담배를 피웠다.

"그러면 밤새 여기서 앉아 있는 겁니까?" 이시바가 물었다.

"그게 바로 내 일이오." 그는 문에 기대 놓은 야경봉을 손으로 가볍게 두 번 똑똑 두드렸다. 재봉사들은 고개를 끄덕이며 미소를 지었다.

"출입구에서 자는 사람은 없습니까?"

"아무도 없소."

"쉰다는 기분이 들 때도 있겠군요."

경비가 고개를 가로저었다. "그렇게는 못하지. 가게를 두 개나 돌봐야 하니까." 그는 재봉사들에게 몸을 가까이 붙이고 약제사를 가리키며 비밀을 털어 놓았다. "그런데 저 작자는 쉬지. 매일 밤 바닥에 자리를 깔고 안에서 잠을 실컷 자요. 그래도 저 악당 놈은 나보다 훨씬 더 월급을 많이 받소."

"우리는 잘 데가 없습니다." 이시바가 말했다. "우리가 살던 동네를 어제 정부가 파괴했어요. 기계들을 가지고 말입니다."

"요즘 그런 일이 많이 일어나고 있죠." 경비가 말했다. 그는 조제 약제사에 대한 불평을 계속했다. "저 작자는 밤에 거의 일이 없어요. 때때로 손님이 약을 사러 오면 내가 문을 열고 저 놈을 깨워서 처방약을 섞도록 만들지. 그래도 저 작자는 잠이 덜 깨 정신 못 차리고 약 이름도 제대로 못 읽어." 그가 다시 몸을 가까이 붙였다. "한번은 엉뚱한 약을 조제했죠. 손님이 죽고 경찰이 조사를 하러 왔지. 경찰하고 얘기를 하던 지배인이 그에게 돈을 줬고, 그 후로 모두 좋아졌지."

"다들 사기꾼이군요." 이시바의 말에 그들은 고개를 끄덕였다. "우리가 여기서 잘 수 있겠습니까?"

"그렇게 못하게 되어 있소."

"돈을 드리겠습니다."

"돈을 낸다고 해도 잘 공간이 어디 있소?"

"공간이야 충분합니다. 의자를 60센티미터만 옮기면 문 옆에다가 자리를 깔 수 있습니다."

"그러면 다른 물건들은? 여기엔 보관할 공간이 없소."

"물건이라고 해 봐야 여행 가방뿐인걸요. 아침에 다시 가져 갈 거구요."

그들은 의자를 옮기고 침구를 폈다. 딱 들어맞았다. "돈은 얼마나 내겠소?" 경비가 물었다.

"매일 밤 2루피 내겠습니다."

"4루피 내시오."

"우린 가난한 재봉사들입니다. 3루피로 하고 당신한테 공짜로 재봉일을 좀 해 주겠습니다. 유니폼을 고쳐드리죠." 이시바는 그의 닳은 바지무릎과 너덜너덜한 소맷부리를 가리켰다.

"좋소. 하지만 미리 경고하는데 때로는 여기가 밤에 아주 시끄럽소. 손님이 약을 사러 오면 움직여야 해요. 그렇다고 해도 내가 잠을 깨웠다고 원망하지는 마시오. 잠을 못 잤다고 해서 환불은 없으니까." 그리고 조제약제사가 자기 몫을 요구할지도 모르기 때문에 혹시 물어보면 2루피를 낸다고 대답하라고 시켰다.

"물론이죠." 재봉사들은 그가 제시한 조건들에 동의했다. 비디를 한 대 더 핀 후에 그들은 가방에서 실과 바늘을 꺼내서 일을 시작했다. 그들이 유니폼을 고치는 동안에 경비는 속옷만 입고 앉아 있었다.

"아주 좋구면." 경비가 바지를 입으며 말했다.

칭찬에 기분이 좋아진 이시바는 그와 그의 가족들을 위해서 다른 것도 기꺼이 고쳐 주겠다고 했다. "뭐든지 다 됩니다. 샬와르 카미즈, 가그라 촐리, 그리고 아이들 옷도요."

경비가 슬프게 고개를 가로저었다. "고맙소. 하지만 아내와 아이들은 고향에서 살고 있소. 여기는 일 때문에 나 혼자 와 있어요."

나중에 재봉사들이 잠들자 그는 의자에서 그들을 지켜보았다. 잠을 자던 옴프라카시가 몸을 씰룩거리자 그는 아이들이 생각났다. 가족과 함께 했던 특별한 저녁들, 그리고 아이들이 잠을 자며 꿈을 꿀 때 옆에서 지켜보던 시절이 떠올랐다.

날이 밝아오기 전 거리가 일찍 깨어나자 재봉사들도 잠에서 깼다. 야간 경비원의 설명에 따르면 이랬다. 밤을 잊은 도박판과 술판이 끝나고 신문과 빵, 그리고 우유가 배달되기 전인 새벽 두 시와 다섯 시 사이에 거리가 가볍게 졸았을 뿐 결코 잠들지는 않았다. "그래도 당신들은 정말 잘 자더구먼." 그는 자랑스럽게 말했다.

"이틀치 밤잠을 한꺼번에 다 잤으니까요." 이시바가 말했다.

"저기, 저 작자는 아직도 안에서 코를 골고 자고 있어." 그들이 창문 안을 들여다보자 조제 약제사가 갑자기 눈을 떴다. 그는 창문에 얼굴을 들이댄 세 사람을 보고 얼굴을 찌푸리더니 몸을 돌리고 다시 잠을 잤다.

그들은 출입구에서 함께 담배를 피우며 지난밤의 담배꽁초들을 줍고 있는 거리 청소부를 지켜보았다. 청소부의 빗자루가 흙에 예쁘장한 무늬들을 만들었다. 침구를 말고 나서 3루피를 지불한 재봉사들은 짐을 가지고 떠나면서 저녁에 다시 오겠다고 했다.

가방 때문에 왼쪽 어깨와 팔이 아팠지만 옴은 이시바의 도움을 거절했다. "오른손을 사용해. 양쪽에 똑같이 운동을 시켜야 둘 다 튼튼해지지."

이시바가 말했다.

"그러면 양쪽 다 못쓰게 될 텐데, 어떻게 재봉일을 해요?"

그들은 기차역에 들러 씻었다. 그리고 차와 빵을 먹으려고 비쉬람 채식주의 식당으로 갔다. "어제는 안 오셨죠." 출납원도 겸하는 웨이터가 말했다.

"집을 구하느라고 바빴네."

"집을 찾으려면 평생 걸릴 겁니다." 요란한 소리를 내며 푸른 불꽃을 뿜는 풍로들 위로 주방장이 외쳤다.

총리의 큰 사진이 새로 생겨, 20개 항목을 계획하는 전단지와 함께 창문에 걸려 있는 걸 옴이 보았다. "저건 새로 생긴 손님이에요 뭐예요?"

"손님이 아니라 보호의 여신이죠." 웨이터가 말했다. "저 여자의 은총이 사업하는 데 필요하거든요. 의무적인 숭배라고나 할까."

"그게 무슨 말이에요?"

"저 여자가 있어야 창문들이 박살이 안 나고 가게가 불에 타지 않거든요. 무슨 말인지 알죠?"

재봉사들이 고개를 끄덕였다. 웨이터와 주방장에게 그들은 강제로 끌려갔던 총리의 집회에 대해서 들려주었다. 헬리콥터, 장미 꽃잎들, 열기구, 그리고 거대한 그림에 대한 이야기를 듣고 난 주방장과 웨이터는 웃었다.

그들은 첫날 밤에만 푹 잘 수 있었다. 야간에 소란스럽다던 경비의 말은 사실임이 드러났다. 재봉사들을 흔들어 깨울 때마다 그는 미안하다고 했다. 경비는 사람에게 음식이나 잠을 빼앗는 것이 가장 비열한 짓이라고 믿었다. 문을 열기 위해서 그는 침구를 옮기는 것을 도왔다. 그리고 어둠 속에서 그들이 비틀거릴 때 위로의 말을 건넸다. 그는 옴이 졸린 머리를 그의 한쪽 어깨에 기대고 이시바가 다른 쪽 어깨에 몸을 기대도록 해 주었다.

손님들이 약을 기다리는 동안 그들은 투덜댔다. "이 사람들은 왜 꼭 밤에만 아픈 거지? 도대체 왜 우리를 못살게 구는 거야?" 이시바가 말했다.

"나도 정말 머리가 아파요." 옴이 신음 소리를 냈다.

경비가 그의 이마를 부드럽게 문질렀다. "조금만 참아. 2분만 더, 알았지? 그러면 아주 평화롭게 잘 수 있을 거야. 더 이상 손님들이 괴롭히지 못하도록 하겠다고 약속하마." 그러나 그는 약속을 지킬 수 없었다.

나중에 그들은 동네에서 파는 상한 우유를 마시고 사람들이 설사병에 걸렸다는 것을 알았다. 재봉사들이 낮에도 그곳에 있었더라면 그 질병이 밤낮 가리지 않고 사람들을 공격했다는 사실을 알았을 것이다. 55명의 어른들과 83명의 아이들이 공식적으로 사망했다는 사실을 약제사로부터 전해들은 경비원이 재봉사들에게 알려 주었다. 그러나 심각한 아메바 이질이 아니라 바실루스 이질이라서 다행스럽다고 했다.

여행 가방과 침구를 질질 끌면서 일을 하러 도착한 재봉사들은 쓰러지기 일보 직전이었다. 그들의 충혈된 눈 밑에는 그늘이 생겼다. 일은 더 늦어졌다. 완벽하게 맞았던 이시바의 솔기들은 자주 엇나갔다. 팔이 뻐근했던 옴은 제대로 일을 할 수가 없었다. 싱어 재봉틀의 박자가 엇나가서, 바느질은 길고 우아한 소리의 자연스러움을 잃었고 꽉 막힌 폐에 낀 가래처럼 발작적인 소리가 났다.

디나는 그들의 초췌한 얼굴을 보고 상태가 나빠졌음을 알았다. 그녀는 그들의 건강과 다가오는 납품 기한이 걱정되었다. 마치 그 두 개가 샴쌍둥이처럼 붙어 있는 듯했다. 여행 가방의 무게만큼 그녀의 양심이 무겁게 짓눌렸다.

　그날 저녁 옴이 힘들게 짐을 드는 모습에 그녀는 하마터면 가방을 두고 가라고 말할 뻔했다. 문간에서 그녀를 지켜보던 마넥은 그 말이 나오기를 기다렸다. 그러나 여러 가지 두려움들로 그녀는 차마 입이 안 떨어졌다.

　"잠깐만, 내가 도와줄게." 마넥이 서둘러 베란다로 갔다. 거절하던 옴이 마침내 가방을 그에게 맡겼다.

　디나는 마음이 놓이면서도 화가 났다. 마음이 아프기도 했다. 마넥이 도와주는 것은 좋았지만, 한마디 말도 없이 그렇게 밖으로 나감으로써 마치 자신이 냉혹한 사람이 된 듯했다.

　"여기가 바로 우리의 새로운 잠자리야." 그런 다음 옴이 야간 경비원을 소개했다. "여긴 새 집주인이시고."

　경비가 웃으면서 그들에게 출입구로 오라고 손짓을 했다. 그들은 함께 계단에 모여 앉아 담배를 피우며 도로를 지켜봤다. "내가 무슨 집주인이냐? 제대로 잠을 자게 해 주지도 못하는데."

　"아저씨 탓이 아니죠. 병이 나서 그런 거잖아요. 거기다가 전 자꾸 악몽을 꿔요." 옴이 말했다.

　"그건 나도 마찬가집니다. 소음과 유령들 그리고 환영으로 밤이 가득 차 있어서 너무 무서워요." 이시바가 말했다.

　"내가 여기 이렇게 몽둥이를 들고 앉아 있는데 뭐가 겁난다는 말이오?" 경비가 말했다.

　"꼭 꼬집어서 말하기는 힘들고." 이시바가 기침을 하면서 담뱃불을 껐다.

"삼촌, 그냥 고향 마을로 돌아가요. 이런 문제들로 비굴하게 사는 데 질렸어요." 옴이 말했다.

"넌 문제로 뛰어드는 걸 좋아하잖아?" 불을 확실히 끄려고 비디 끄트머리를 꽉 쥐고 나서 이시바는 꽁초를 갑에 집어넣었다. "조카야, 좀 참아라. 때가 되면 돌아갈 테니까."

"시간이 옷감이라면 나쁜 부분들은 모조리 잘라 버리고 싶어요." 옴이 말했다. "무서운 밤들은 잘라내고 좋은 부분들만 엮어서 시간을 견딜 만하도록 만들고 싶어요. 그러면 그걸 코트처럼 입고 항상 행복하게 살 수 있을 텐데."

"나도 그런 코트를 입었으면 좋겠다." 마넥이 말했다. "그런데 어떤 부분들을 잘라 버리고 싶은 거니?"

"정부가 우리 집을 부순 건 반드시 포함시켜야지. 그리고 디나 아줌마를 위해서 일하는 것도." 옴이 말했다.

"이 녀석아, 그럼 아주머니가 없으면 돈은 어디서 나오니?" 이시바가 나무랐다.

"맞네요. 그럼 봉급날은 빼고 나머지만 잘라내죠 뭐."

"또 뭐가 있어?" 마넥이 물었다.

"과거의 어디까지냐에 따라 다르지."

"처음부터 끝까지. 네가 태어났을 때부터."

"그건 너무 많은데. 잘라낼 게 너무 많아서 가위가 무뎌질 거야. 그러면 옷감도 거의 안 남을 거고."

"너희들은 무슨 그런 말도 안 되는 소리를 하고 있냐? 마리화나라도 피운 거니?" 이시바가 말했다.

저녁 하늘이 어두워지자 가로등에 불이 켜졌다. 찢어진 검정색 연이 호전적인 까마귀처럼 지붕에서 갑자기 떨어지자 그들은 깜짝 놀랐다. 옴은 연이 심하게 부서진 것을 보고는 그냥 버렸다.

"어떤 것들은 가위로 그냥 잘라 버리기에는 너무 복잡해. 좋은 것과 나쁜 것이 이렇게 복잡하게 얽혀 있으니까." 마넥은 두 손을 깍지 끼면서 말했다.

"예를 들자면?"

"내 고향의 산들처럼. 아름답지만 눈사태가 나기도 하지."

"그건 그래. 비쉬람 식당에서 차를 마시는 건 좋지만 창문에 있는 총리 때문에 배가 아프니까."

"판자촌에 사는 것도 괜찮았지. 옆집에 살던 라자람이 재밌었거든." 이시바가 말했다.

"맞아요. 하지만 빨리 달리는 기차 때문에 똥 누다가 일어서는 건 끔찍했죠." 옴이 말했다.

그들은 함께 웃었고, 이시바는 그런 일이 딱 한 번 일어났다고 했다. "그게 새 기차라서 라자람도 몰랐지." 그는 헛기침을 하고 침을 뱉었다. "라자람이 어떻게 됐는지 궁금하네."

어두컴컴해지자 노숙자들이 나타나기 시작했다. 판지, 비닐, 신문, 담요 등이 보도에 깔렸다. 몇 분 내로 모여든 노숙자들이 콘크리트 바닥에 들어찼다. 새로운 지형에 익숙해진 보행자들은 팔, 다리, 얼굴 들이 펼쳐진 곳을 천천히 조심조심 지나갔다.

"우리 아버지는 고향에 사람들이 많아지고 더러워졌다고 불평하셨어. 여기 와서 이걸 보셨어야 하는데." 마넥이 말했다.

"금방 익숙해질걸. 나도 그랬거든." 경비가 말했다. "매일 이 꼴을 보면 신경도 안 쓰게 되지. 특히 달리 다른 방도가 없을 때는 더욱 그렇지."

"우리 아버지는 안 그래요. 계속 불평을 하셨을 거예요."

이시바가 다시 기침을 하자 야간 경비원이 조제 약제사에게 가서 약을 얻으라고 했다.

"그럴 돈이 없습니다."

"그냥 가서 부탁하시오. 가난한 사람들을 위한 특별한 제도가 있으니까." 경비가 문을 열고 그를 들여보냈다.

약 한 병 살 돈도 없는 사람들을 위해서 조제 약제사는 약을 한 숟갈씩 혹은 한 알씩 팔았다. 가난한 사람들은 이러한 특별한 처방 조제에 감사했지만 그는 원래 가격의 여섯 배나 더 받아서 차익을 챙겼다. "입 벌려요." 그가 이시바의 입에 능숙하게 글리코딘 터르프 바사카 한 숟가락을 넣어 주었다.

"맛있네요." 이시바가 입술을 핥았다.

"한 숟가락 더 먹으러 내일 저녁에 오시오."

경비가 한 숟가락에 얼마를 냈냐고 물었다. "50파이사 냈습니다." 이시바가 말했다. 경비는 마음속으로 자기 몫이 얼마 떨어질 것인지 계산했다.

옴은 그 후 여행 가방을 들고 야간 경비원과 디나의 집을 사흘 더 오갔다. 거리는 짧았지만 무게 때문에 길게 느껴졌다. 어깨에서부터 손목까지가 쑤셔서, 옴은 재봉틀에 옷감을 미는 데 한 손을 사용할 수가 없었다. 탐욕스러운 바늘로 옷감을 정확하게 밀어 넣기 위해서는 두 손이 필요했다. 재봉틀 압착기 앞에는 오른손을, 그 뒤에다가는 왼손을 갖다 대야 했다.

"가방 때문에 몸이 마비됐어요." 옴이 포기하면서 말했다.

디나는 드러내놓고 표현은 못했지만, 그렇다고 해서 그를 동정하지 않는 것은 아니었다. 날뛰던 작은 참새 한 마리가 오늘은 정말 몸이 좋지 않고 부러진 날개를 질질 끌고 있네, 하고 생각했다. 더 이상 깡충깡충 뛰거나 짹짹거리지 않았고, 더 이상 거만지도 말싸움을 걸지도 않았다.

실들이 엉키고 솔기가 잔뜩 삐뚤어진 옷으로 가득 찬 아침 작업이 한창일 때, 현관의 초인종이 울렸다. 베란다로 나간 디나가 매우 화를 내며 돌아왔다. "누가 당신을 찾아요. 한참 일하고 있는데 방해하다니."

놀랍고 미안해하며 이시바는 서둘러 현관으로 갔다. "이런! 어떻게 된 거야? 그날 저녁에 우리가 판자촌으로 갔었는데. 어디 갔었어?"

"안녕하셨습니까." 라자람이 두 손을 하나로 모으고 인사를 했다. "정말 죄송합니다. 어쩔 수가 없었습니다. 새로 일거리가 생겨서 즉시 그 일을 해야 했거든요. 그런데 지금 고용주가 더 많은 일감이 있다고 해서 얼른 신청하시라고 이렇게 왔습니다."

이시바는 뒤에서 디나가 엿듣고 있는 것 같았다. "나중에 만나서 얘기하세." 그는 라자람에게 약국 주소를 주었다.

"알겠습니다. 오늘밤에 찾아가죠. 그리고 혹시 10루피만 빌릴 수 있을까요? 봉급 타면 갚겠습니다."

"5루피밖에 없네." 라자람의 돈 빌리는 습관이 골칫거리가 되는 건 아닌지 걱정하면서 이시바가 돈을 건넸다. 이전에 빌려 준 돈도 아직 받지 못했다. 그에게 일하는 곳을 알려 주지 말았어야 했다는 생각도 들었다. 이시바는 싱어 재봉틀 앞으로 돌아가 옴에게 누가 찾아왔는지 말했다.

"라자람이 왔든 말든 무슨 상관이에요. 난 지금 여기서 죽어가고 있는데." 옴이 도자기처럼 가냘프고 아픈 왼팔을 뻗었다.

그 모습에 마침내 디나의 마음이 무너지고 말았다. 그녀는 암루탄잔 진통제 병을 꺼내 왔다. "자, 이거 바르면 나아질 거야." 그녀가 말했다.

옴이 고개를 가로저었다.

"아주머님 말씀이 옳아. 내가 발라주마." 이시바가 말했다.

"당신은 바느질이나 하세요. 내가 발라줄 테니까." 디나가 말했다. "손 가락에 진통제 냄새가 나면 옷에 배니까요." 게다가 그가 시간을 낭비하면 다음 달 집세를 구걸해야 할지도 몰랐다.

"내가 직접 할게요." 옴이 말했다.

그녀는 병뚜껑을 열었다. "어서, 셔츠 벗어. 뭐가 부끄러워? 난 네 엄마뻘 되는 사람이야."

옴이 마지못해서 단추를 풀자 구멍이 많이 뚫린 속옷이 드러났다. 마치 스위스 치즈 같았다. 그의 몸에서 짜고 시큼한 악취가 났다. 병에서 검푸른 연고를 파낸 디나는 그의 어깨에서부터 팔꿈치까지 차가운 연고를 손가락으로 발라 내렸다. 옴이 몸을 떨었다. 차가운 연고 때문에 그의 피부에 소름이 돋았다. 그녀가 마사지를 하자 연고에서 열이 났고, 그의 팔과 그녀의 손이 따끔거렸다. 옴의 피부에 돋은 소름이 줄어들더니 사라졌다.

"어떠니?" 근육을 주무르면서 그녀가 물었다.

"처음에는 차갑더니 나중에는 뜨겁네요."

"그게 바로 진통제의 아름다움이지. 기분이 아주 상쾌해지지. 조금 있으면 고통이 금방 사라질 거다."

그의 몸에서 나던 악취도 진통제의 자극성에 묻혀서 사라졌다. 그의 피부가 정말 부드러웠다. 마치 아기 피부 같았다. 몸에는 털이 거의 없었고, 어깨도 마찬가지였다.

"이젠 어떠니?"

"좋아요." 그는 마사지 받는 것이 기분 좋았다.

"다른 데 아픈 데는 없어?"

그는 팔꿈치에서 손목을 가리켰다. "여기 전부 다요."

디나는 진통제 연고를 더 꺼내서 그의 팔뚝에 발랐다. "오늘밤에 이 약을 조금 가져가서 자기 전에 발라. 내일이면 팔이 새것처럼 좋아질 테니까."

손을 씻기 전에 그녀는 부엌 창문 옆의 먼지투성이 선반으로 갔다. 발끝으로 섰지만 여전히 안을 볼 수가 없어서 그녀는 손을 이리저리 더듬었다. 그러자 손에 부딪혀서 물건들을 받치고 있던 상자가 움직였다. 도마, 밀방망이, 둥근 톱니 모양의 칼날이 있는 코코넛 강판, 그리고 절구와 공이가 미끄러져 아래로 떨어졌다.

그녀는 몸을 피했고 그것들은 바닥으로 떨어지며 요란한 소리를 냈다. 재봉사들이 달려왔다. "아주머니, 괜찮으세요?" 옴이 얼굴에서 걱정하는 표정을 지우기 전에 그것을 본 디나는 기뻐하며 고개를 끄덕였다.

"저희가 선반을 약간 낮게 달아드릴까요?" 떨어진 물건들을 제자리에 놓는 그녀를 도우면서 이시바가 말했다. "그러면 쉽게 손이 닿을 수 있을 텐데요."

"아뇨, 그냥 놔두세요. 이 물건들은 15년 동안 사용하지 않은 거니까." 그녀는 찾으려고 했던 것을 발견했다. 러스텀의 점심을 싸는 데 썼던 파라핀 종이 두루마리였다. 입바람으로 먼지를 불어 날리고 손수건 크기의 정사각형 모양으로 종이를 찢어 낸 다음에, 그녀는 푸른색 진통제 연고를 거기에 약간 덜었다.

"자, 나중에 가져가는 거 잊지 마. 진통제가 사모사 모양이 됐구나." 종이를 삭은 심깍형 모양으로 접으면서 그녀가 말했다.

"고맙습니다." 이시바가 웃으면서 옴에게 고맙다는 표시를 하라고 눈치를 주었다. 옴의 의지와 상관없이 얼굴에 감사의 미소가 옅게 번졌다.

저녁에 그들이 떠날 때 그녀가 여행 가방에 대해서 말했다. "잠자는 곳에 놓고 다니면 안 되나요?"

"거기에 그럴 만한 공간이 없습니다."

"그러면 그냥 여기에 놓고 가세요. 무거운 걸 밤낮으로 들고 다니는 건 말이 안 되니까."

이시바는 그 제안에 감격했다. "아주머님, 정말 고맙습니다! 이 은혜는 잊지 않겠습니다." 안쪽 방에서 베란다로 나오는 동안, 그는 두 손을 하나로 모아 활짝 웃고 고개를 끄덕이면서 고맙다는 말을 여섯 번이나 했다. 옴은 아직도 고마움을 표시하는 걸 꺼려했다. 현관문이 닫힐 때 그는 조그맣게 속삭이는 목소리로 "고맙습니다"라는 말을 간신히 입 밖으로 꺼냈다.

"봤지? 아주머니는 네가 생각하는 것처럼 나쁜 사람이 아니야."

"우리한테 일을 시키고 돈을 벌려고 그런 거예요."

"아주머니가 너한테 진통제를 발라 준 걸 잊지 마라."

"우리한테 돈이나 제대로 주라고 하세요. 그러면 그 돈으로 진통제를 사면 되니까."

"옴프라카시, 이건 사고 말고의 문제가 아니야. 그걸 발라줬다는 걸 잊지 말라는 뜻이야."

라자람이 약국으로 자전거를 타고 오자 옴이 감격했다. "엄밀하게 말하면 내 게 아냐. 일을 하라고 고용주가 준 거니까."

"무슨 일인데요?"

"난 정말 운이 좋았지. 그날 밤 판자촌이 부서지고 나서 우리 마을 출신 사람을 만났어. 그는 빈민굴 관리인을 위해서 집을 부수던 장비를 운전하고 있었지. 그 사람이 새로운 직업에 대해서 말하고는 다음 날 아침에 나를 관청으로 데려갔어. 거기서 바로 일을 구한 거야."

"그러면 집을 부수는 일을 하는 건가요?"

"아냐, 그럴 리가 있나. 난 가족계획을 권유하는 일을 해. 관청에서 주는 전단을 돌리는 거지."

"그게 다예요? 그럼 봉급은 많아요?"

"상황에 따라 달라. 공짜로 한 끼 식사, 잠잘 곳, 그리고 이 자전거를 받았어. 내가 하는 일은 돌아다니면서 가족계획 절차를 설명해 주는 거야. 내가 수술하게 만드는 사람의 머릿수대로 수수료를 받는 거고."

라자람은 그 조건이 마음에 든다고 했다. 매일 정관 절제 수술 두 번 혹은 난관 절제 수술 한 번만 시키면 머리털 수집가로 번 수입과 맞먹었다. 대상자들에게 문서를 작성하고 병원으로 데려가기만 하면 자신의 책임은 끝난다고 했다. 수술 자격에는 아무런 제약도 없어서, 어리거나 나이가 많거나 기혼이거나 미혼이거나 상관없다고 했다. 의사들은 까다롭게 굴지 않았다.

"결국은 모두들 만족하죠. 환자들은 선물을 받고 나는 돈을 벌고 의사들은 할당량을 채우고. 그리고 국가에 대한 기여도 하고요. 가족의 숫자가 적으면 행복한 가정이 되니까 인구 억제는 아주 중요한 겁니다." 라자람이 설명했다.

"그래, 지금까지 수술을 얼마나 시켰나?" 이시바가 물었다.

"아직까지는 한 건도 못 올렸는걸요. 아직 사흘밖에 안 된걸요. 아직은 화술을 익히는 중이니까요. 걱정 없습니다. 난 성공할 겁니다."

"새 일을 하면서 옛날 일도 같이 하면 되겠네요." 옴이 말했다.

"어떻게? 머리털을 모을 시간이 없는데."

"환자들을 병원으로 데려가면 의사가 다리 사이에 난 털을 면도하지 않나요?"

"그건 모르겠는데."

"그럴 거예요." 옴이 말했다. "수술하기 전에는 항상 면도를 하니까. 그러면 그런 털을 모아서 팔면 되는 거 아녜요?"

"그런데 그런 짧고 꼬불꼬불한 털은 수요가 없는걸."

옴이 그 대답에 킬킬거리자 라자람이 무슨 뜻인지 알았다. "이 녀석, 날 가지고 놀다니." 그가 웃었다. "그건 그렇고, 관청에서 일할 사람들을 더 모으고 있습니다. 빨리 지원하세요."

"우리는 재봉일 하는 걸로 만족하는데." 이시바가 말했다.

"그 여자가 까다롭고 속인다고 말하지 않았나요?"

"그래도 재봉은 아시라프 아저씨한테서 배운 직업인데. 가족계획 권유라는 건 전혀 아는 바가 없는 거고."

"그거야 작은 장애일 뿐이죠. 가족계획 센터에서 어떻게 하는지 가르쳐 줄 겁니다. 변화를 두려워하지 마세요. 이건 아주 훌륭한 기회예요. 수백만 명의 잠재 고객이 있습니다. 산아 제한은 성장 산업입니다."

그러나 재봉사들과 야간 경비원을 설득하려는 라자람의 노력은 실패했다. 그는 자전거를 세우고 떠날 준비를 했다. "혹시 정관수술에 관심 있는 사람 없습니까? 제가 특별히 신경 써서 특별대우로 선물을 두 배로 주겠습니다."

세 사람 모두 그 제안을 거절했다.

"그건 그렇고, 우리 가방에 든 머리털은 어쩔 셈인가?" 이시바가 물었다.

"조금만 더 보관해 주시겠습니까? 일단 수습 기간이 끝나면 머리털 문제를 해결하겠습니다."

그는 손을 흔들고 작별 인사로 자전거 벨을 울리며 사라졌다. 어떤 면에서는 그 직업이 재밌을 것 같다고 옴이 말했다. "게다가 자전거가 생기면 멋질 텐데."

라자람처럼 수다스럽고 경솔한 혀를 가진 사람만이 그런 직업에서 성공할 수 있다고 이시바가 말했다. "우리가 변화를 두려워한다고? 도대체 자기가 뭘 안다고. 우리가 그랬으면 태어난 곳을 떠나서 여기까지 왔겠어?"

경비가 그 말에 동의했다. "그 문제에 관한한 어떤 사람도 선택권이 없죠. 좋든 싫든 간에 모든 것이 변하니까요."

***

저녁 동안 디나는 재봉사들의 움푹 팬 여행 가방을 계속 살폈다. 그러한 행동을 재밌어 하면서 지켜보던 마넥은 얼마나 오랫동안 그녀가 계속 그렇게 할지 궁금했다. "이제 행복하니?" 저녁 식사 후에 그녀가 물었다. "이제 내 친절이 상처가 돼서 돌아오는 일이 없도록 기도해라."

"너무 걱정 마세요. 그게 어떻게 상처로 돌아오겠어요?"

"내가 또 처음부터 설명해야겠니? 내가 그렇게 한 건 단지 그 불쌍한 빼빼 마른 재봉사가 저 찌그러진 여행 가방처럼 보여서 그랬던 거야. 넌 내가 그 사람들한테 몰인정하고 그 사람들의 문제들에 대해서 신경도 안 쓴다고 생각하지? 내가 이런 말하면 이상하게 생각할지도 모르지만 그 사람들이 저녁에 떠나고 나면 보고 싶어져. 그들이 이야기하고 재봉 작업하고 농담하는 게 말이야.”

마넥은 전혀 이상하게 생각지 않았다. “내일은 옴의 팔이 나았으면 좋겠어요.” 그가 말했다.

“걔가 아픈 척하는 게 아닌 건 확실해. 진통제를 바를 때 걔 근육이 움직이는 걸 보니까 알겠더라. 난 이전에 마사지를 좀 해봤거든. 남편에게 만성 요통이 있었지.”

당시에는 암루탄잔 진통제보다 효과가 좋은 슬로안 연고를 사용해서 그의 뭉친 근육을 자신의 손가락으로 풀어줬다고 했다. “남편은 경련을 멈추게 하는 의사의 근육 주사보다 내 손이 더 나은 마술을 부린다고 말하곤 했지.”

생각에 잠긴 그녀는 자신의 손을 내놓고 살폈다. “이 손가락들은 오랜 추억이 있어. 아직도 러스팀의 근육이 풀어지는 느낌을 기억하고 있으니까.” 그녀는 다시 손을 내렸다. “남편은 등이 아팠지만 자전거 타는 걸 좋아했어. 기회가 있을 때마다 자전거를 타고 다녔지.”

잠잘 시간이 될 때까지 디나는 계속 러스팀에 대해서 얘기했다. 그들이 어떻게 만났고, 바보 같은 누스완이 어떻게 반응했으며, 어떻게 그들이 결혼하게 됐는지에 대해서 말했다. 그녀의 두 눈이 반짝였고 마넥은 그 이야기에 감동했다. 그러나 그녀가 즐거워하면서 추억을 말하는 동안, 왜 또다시 자신이 익숙한 절망감의 무게에 짓눌리고 있는지를 마넥은 이해할 수가 없었다.

8장 미화

약 일주일 후, 시간은 마력을 발휘했다. 약국 밖 밤거리에서 나는 시끄러운 소리가 재봉사들에게 자장가 소리로 들리게 한 것이다. 이제 그들의 잠은 더 이상 악몽으로 방해받지 않았다. 한밤중에 우승 번호를 외치는 마권업자들, 기쁨의 함성을 지르는 우승자들, 울부짖는 개들, 귀신들과 사투를 벌이는 주정뱅이들, 우유병 걸이들이 쿵하는 소리, 빵집 승합차에 문이 쾅하고 닫히는 소리 등. 이 모든 것이 이시바와 옴에게는 충실한 시계가 알리는 종소리와 같았다.

"거리를 무서워할 필요가 없다고 했잖소." 경비가 말했다.

"맞는 말입니다. 소음도 사람과 마찬가지네요." 이시바가 말했다. "한번 알고 나면 친구가 되죠."

그들의 눈가에 진 그늘이 사라지기 시작했고 재봉의 상태가 좋아졌다. 또한 잠도 편하게 잤다. 이시바는 고향 마을에서 벌어지는 결혼식 꿈을 꿨다. 옴의 신부는 아름다웠다. 옴은 버려진 빈민굴의 꿈을 꿨다. 그는 샨티와 손을 잡고서 수돗가에서 물을 떴다. 그리고 꽃들과 나비들로 가득 찬 정원이 된 한때 황폐했던 들판을 뛰어다녔다. 그들은 노래를 부르고 나무 주위에서 춤을 추고, 구름으로 만든 마법 융단을 타고 날며 사랑을 나눴다. 또 케사르 경장과 그의 사악한 경찰들 그리고 빈민굴 관리인을 기관총으로 쏘고 판자촌 주민들을 이전에 살던 곳으로 되돌아가도록 하는 꿈을 꿨다.

약국은 재봉사들의 새로운 일상의 중심이었다. 그들은 일이 끝나고 디나의 집을 떠날 때 가방에서 바꿔 입을 옷을 골랐다. 비누와 칫솔은 몸에 지니고 다녔다. 비쉬람 식당에서 저녁을 먹고 난 후 그들은 기차역 화장실에서 빨래를 하고 약국 출입구에서 옷을 말렸다. 전봇대 없는 전선을 빨랫줄로 사용했다. 그들이 잠자는 동안에 바지와 셔츠들이 팔다리가 잘린 보초들처럼 흔들렸다. 바람이 세차게 부는 밤이면 옷들이 친근한 유령들처럼 전선에서 춤을 추며 줄타기를 하는 듯했다.

그러던 어느 날, 거리에 낯선 소음들의 밤이 찾아왔다. 경찰 지프차들과 트럭 한 대가 큰소리를 내며 거리를 달리다가 약국 건너편에 주차했다. 케사르 경장이 부하들에게 짧고 날카로운 목소리로 지시 사항을 외쳤다. 순경들이 보도에서 자고 있던 사람들의 피난처인 종이 상자들을 경찰봉으로 내리치자 속이 빈 소리가 났다. 경찰 신발들이 무거운 발걸음으로 보도를 쿵쿵거리며 지나갔다.

위협적인 침입자들의 소음이 재봉사들의 잠으로도 난입했다. 이시바와 옴은 마치 악몽에서 깨어난 것처럼 몸을 떨면서 두려워하며 야간 경비원의 뒤로 몸을 웅크렸다. "무슨 일입니까? 어떻게 돼 가고 있어요?" 그들이 경비에게 물었다.

그는 출입구 주변을 살폈다. "거지들을 전부 깨우는 것 같은데. 거지들을 때리고 트럭에다가 밀어 넣고 있어."

잠을 몰아낸 재봉사들은 두 눈으로 똑똑히 보았다. "저건 케사르 경장이에요." 옴이 눈을 비비면서 말했다. "난 또 우리가 살던 판자촌 꿈을 꾸는 줄 알았네."

"그리고 케사르 경장 옆에 있는 놈은 낯이 익은데." 이시바가 말했다.

몸집이 작고 사무원처럼 생긴 남자가 심한 감기에 걸려서 코를 훌쩍이며 토끼처럼 깡충거리며 함께 뛰어다니고 있었다. 그는 주기적으로 콧물을 들이마시고 꿀꺽 삼켰다. 옴이 조금 더 앞으로 나갔다. "저 사람은 우리한테 200루피에 배급표를 팔려고 했던 공무 해결사예요."

"그렇구나. 아직도 기침을 하고 코를 훌쩍이네. 돌아와. 여기 숨어 있는 게 안전해."

사람들이 트럭에 채워질 때 공무 해결사가 숫자를 세면서 필기판에 대고 뭔가를 적었다. "경장님, 잠깐만요!" 그가 항의했다. "저거 보세요! 완전히 불구잖습니까. 저 여자는 안 되니까 빼 주세요."

"당신은 당신 일이나 하쇼. 나는 내 일을 할 테니까. 그리고 시간이 남으면 당신 안경이나 보살펴요." 케사르 경장이 말했다.

"고맙습니다." 공무 해결사는 손을 올려서 안경이 미끄러져 내려오는 걸 막았다. 손을 내리면서 코끝에 매달려 있던 진주 모양의 콧물을 닦았다. 그 동작들이 자연스럽게 이어졌다. "제발 제 말 좀 들어주세요." 그가 코를 훌쩍였다. "이 거지는 이런 상태로는 아무런 쓸모가 없습니다."

"사실, 그건 내 알 바가 아니오. 난 명령에 따르는 거니까." 오늘밤 케사르 경장은 허튼소리를 참아낼 수 없었다. 일은 날마다 힘들어졌다. 정치 집회에 군중들을 모으는 건 나쁘지 않았다. 국가안전보장법 위반 용의자들을 검거하는 것도 괜찮았다. 하지만 판자촌들, 노점들, 빈민굴들을 부수는 일은 그의 마음에 있던 평화를 깨버렸다. 그리고 상급자들이 거지 문제 해결을 위한 혁신적인 전략을 수립하기 전에, 그는 노숙자들을 도시 밖의 공터로 쫓아내야 했다. 그러한 임무를 마치고 비참한 기분으로 집으로 돌아오면 취한 상태로 아내와 아이들을 학대하기 일쑤였다. 이제 자신의 양심을 회복하던 중이던 그는 이 코흘리개 얼간이가 문제를 복잡하게 만들도록 내버려두지 않을 작정이었다.

"하지만 저 여자가 제게 무슨 소용이 있습니까?" 공무 해결사가 따졌다.

"저런 불구자가 무슨 노동을 할 수 있단 말입니까?"

"당신은 왜 그렇게 항상 똑같은 불평을 하는 거요." 케사르 경장이 불룩 튀어나온 배 밑에 있는 검은 가죽 허리띠에 엄지손가락 두 개를 쑤셔넣었다. 그는 카우보이 영화와 클린트 이스트우드의 팬이었다. "이 사람들 모두 공짜로 일을 할 거란 걸 잊지 마쇼."

"경장님, 공짜는 아닙니다. 머릿수 대로 돈을 청구하고 있잖습니까."

"당신이 하기 싫으면 다른 사람들이 할 거요. 사실, 난 당신이 매일 밤 투덜대는 소리에 질렸소. 난 당신한테 건강한 사람들을 골라 줄 수가 없어. 여긴 소시장이 아니야. 난 거리를 정리하라는 명령을 받았소. 자, 이제 데려갈 거요 말거요?"

"네, 알겠습니다. 그럼 적어도 부하들한테 피가 나지 않게 살살 때리라고 해 주십시오. 안 그러면 일 시킬 데를 찾기가 정말 힘듭니다."

"그 점에는 나도 동의하오. 그런데 당신이 걱정할 필요가 없소. 내 부하들은 훈련이 잘 돼 있어서 상처가 안 보이게 가격하는 방법을 알고 있으니까."

작전은 계속되었고, 경찰들은 찌르고 쑤시고 발로 차면서 능숙하게 일을 처리했다. 비명 소리, 울부짖음, 또는 주정뱅이들과 미치광이들의 우스꽝스러운 협박 정도는 그들의 작업에 아무런 방해도 되지 않았다.

그런 경찰들의 초연한 태도에 이시바는 새벽 다섯 시에 쓰레기를 치우러 오는 거리 청소부를 떠올렸다. "이런, 세상에." 경찰들이 거리의 구석으로 가자 그는 몸서리쳤다. "손수레를 탄 불쌍한 거지를 뒤쫓다니."

다리 없는 거지는 달아났다. 그는 손바닥으로 땅을 밀며 손수레를 앞으로 몰았다. 경찰들은 재밌다는 듯이 응원하면서 바퀴 달린 작은 손수레가 얼마나 빨리 갈 수 있는지 지켜보았다. 탈출 시도는 약국 앞에서 기운을 잃었다. 순경 둘이 손수레를 들고 그를 트럭으로 날랐다.

"아니, 이건 뭡니까!" 흥분한 공무 해결사가 외쳤다. "손가락도 없고 발도 없고 다리도 없잖습니까. 정말 대단한 일꾼이 되겠군요!"

"당신이 하고 싶은 대로 하쇼." 순경 한 명이 말했다.

"필요 없으면 도시 밖에 나가서 버려요." 다른 순경이 말했다. 바퀴 달린 작은 손수레를 살짝 밀자 트럭 짐칸의 앞부분 끝까지 굴러가서 멈췄다.

"그게 무슨 말입니까? 어떻게 그렇게 할 수 있습니까? 난 이 사람들을 다 책임져야 해요." 그러나 케사르 경장의 최후통첩이 생각난 공무 해결사는 볼펜 뚜껑을 깨물며 어깨 너머로 조심스럽게 살펴보았다. 혹시 내가 하는 말을 들었나? 화해할 목적으로 그는 칭찬을 했다. "저기 장님들은 괜찮습니다. 눈이 안 보이는 건 전혀 문제가 안 됩니다. 손으로 일을 하면 되니까요. 아이들도 작은 일들이 많으니까 좋고요."

순경들은 그를 무시하고 사냥감을 뒤쫓았다. 처음에 느꼈던 공포심이 가라앉자 거지들은 순순히 따라갔다. 대부분의 거지들은, 경찰들에게 뇌물을 줘서 눈에 거슬리는 자들을 없애달라고 부탁하는 사업가들이나 집주인들 때문에 이런 일을 경험한 적이 있었다. 때로는 경찰들이 먼저 거지들을 그런 곳에다가 배치시켜서 돈을 벌 수 있는 요청이 들어오기를 간절히 기다리기도 했다.

노숙자들을 트럭 옆에 줄 세워서 숫자를 센 다음에, 공무 해결사는 이름, 성별, 나이, 그리고 신체 조건을 필기판에 대고 적었다. 한 노인네가 머릿속에 숨어 있는 자신의 이름을 찾지 못해서 침묵했다. 경찰이 그의 뺨을 때리며 다시 물었다. 뺨을 맞을 때마다 반백이 된 노인의 머리가 좌우로 흔들렸다.

그러자 노인의 친구들이 그를 부를 때 사용한 다양한 이름들을 부르며 도와주려고 했다. "부르피! 베브다! 420번!" 공무 해결사가 부르피라는 이름을 선택하고 명부에 적어 넣었다. 나이는 겉모습으로 대충 짐작했다.

다루기 힘든 주정뱅이들과 정신이상자들은 움직이려고 하지 않았고 종잡을 수 없는 욕설을 퍼부어서 경찰들을 웃겼다. 그때 주정뱅이 한 명이 난폭하게 두 주먹을 휘두르기 시작했다. "미친개들아!" 그가 고함을 질렀다. "성병에 걸린 창녀들한테서 태어난 놈들아!" 순경들이 웃음을 멈추고 경찰봉으로 그를 내려쳤다. 그가 쓰러지자 발로 짓밟았다.

"그만해요, 제발 그만해요!" 공무 해결사가 간청했다. "뼈라도 부러지면 일을 어떻게 합니까?"

"걱정 마쇼. 이런 놈들은 튼튼하니까. 경찰봉이 부러져도 이놈들은 안 부러져." 의식을 잃은 주정뱅이는 트럭으로 던져졌다. 말을 하면 경찰봉으로 콩팥을 맞았고 매우 수다스러운 경우에는 머리통에 금이 갔다.

"이건 상처가 안 보이는 게 아니잖습니까!" 공무 해결사가 케사르 경장에게 항의했다. "저 피 좀 보세요."

"때로는 이런 게 필요하니까." 케사르 경장은 말은 그렇게 했지만 부하들에게 성질을 죽이라고 다시 한 번 더 주의를 주었다. 안 그러면 의사와 붕대들, 병원 보고서들 때문에 밤일이 길어질 거라고 했다.

여전히 약국 출입구에 숨어 있던 재봉사들은 이제 무슨 일이 벌어질지 궁금했다. "이제 떠나는 건가요? 다 끝났나요?"

"그런 것 같은데." 경비가 말했다. 엔진 시동 소리가 그 사실을 확인해 주었다. "잘됐네. 다시 잘 수 있겠는걸."

케사르 경장과 공무 해결사가 명부를 확인했다. "경장님, 아흔네 명인데요. 할당량을 채우려면 두 사람이 더 필요합니다."

"사실, 내가 사람 여덟 다스라고 말했을 때는 대략적인 숫자를 말한 거요. 한 트럭이면 된다는 말이오. 무슨 말인지 알겠소? 내가 잡을 사람들의 숫자를 어떻게 정확하게 예측할 수가 있겠소?"

"하지만 전 계약자에게 여덟 다스, 아흔여섯 명이라고 말했습니다. 그 사람이 자기를 속인다고 생각할 겁니다. 두 명만 더 찾아 주시면 안 되겠습니까?"

"알았소. 두 명만 더 찾읍시다." 케사르 경장이 피곤해 하며 말했다. 다시는 이 작자를 상대하지 않으리라고 그는 맹세했다. 채찍에 맞은 개처럼 끊임없이 투덜대며 훌쩍였다. 딸의 시타르 교습비를 지불하는 문제만 없었더라면 그는 당장에라도 이런 초과근무를 그만뒀을 것이다. 또한, 공무 해결사 같은 인간쓰레기를 상대해야 할 뿐만 아니라 해가 뜨기 전에 일어나 한 시간씩 하던 요가를 야근 때문에 할 수가 없었다. 요즘 그가 화를 잘 내는 것은 당연했다. 게다가 위산 과다까지 생겼다. 하지만 어쩌겠는가? 딸이 결혼 조건을 잘 갖추게 하는 것은 그의 의무였다.

재봉사들과 야간 경비원은 발소리와 경찰봉이 쿵쾅거리며 다가오는 소리를 들었다. 얼굴 없는 실루엣 두 개가 출입구 안을 들여다봤다. "거기 누구야?"

"아무것도 아닙니다. 걱정 마십시오. 전 야간 경비원이고……"

"입 닥치고 어서 나와! 너희들 전부 다!" 케사르 경장의 인내심은 공무 해결사 때문에 완전히 고갈됐다.

의자에서 일어선 경비는 야경봉은 그냥 두고 보도로 걸어 나갔다. "걱정 마시오. 내가 설명해 줄 테니까." 그가 재봉사들에게 앞으로 나오라는 손짓을 했다.

"저희는 아무런 잘못도 하지 않았습니다." 이시바가 셔츠 단추를 채우면서 말했다.

"사실, 거리에서 잠을 자는 건 법을 어기는 거야. 어서 짐 가지고 트럭으로 가."

"하지만 경찰 나리의 부하들이 기계로 우리가 살던 판자촌을 부숴서 여기서 자고 있는 겁니다."

"뭐야? 판자촌에서 살았다고? 잘못을 두 번 저질렀다고 옳은 일이 되는 줄 알아. 가중 처벌을 받는 수가 있어."

"하지만 경찰 선생님." 경비가 끼어들었다. "이 사람들을 체포할 수는 없습니다. 거리에서 자고 있던 게 아니라 이 안에서……"

"입 닥치라는 말 못 들었어?" 케사르 경장이 경고했다. "당신도 감옥에 가고 싶어? 취침 금지 구역에서 자는 건 불법이야. 여긴 잠자는 곳이 아니라 출입구란 말이야. 그리고 누가 이 사람들을 체포한다고 했나? 정부가 거지들을 감옥에 보내려고 돌아다닐 정도로 정신이 나간 줄 알아?" 그는 갑자기 말을 멈췄다. 부하들의 경찰봉이 훨씬 빠른 결과를 가져올 수 있는데 뭣 하러 연설을 한단 말인가?

"우린 거지가 아니에요!" 옴이 항의했다. "우린 재봉사라고요. 여기 긴 손톱 좀 보세요. 솔기를 접을 때 쓰는 거고 우리는 일을……"

"네가 재봉사면 그 입이나 좀 꿰매! 그만 집어치우고 트럭으로 들어가!"

"저 사람이 우릴 압니다." 이시바가 공무 해결사를 가리켰다. "우리한테 200루피에 배급표를 판다면서 할부로도 지불할 수 있다고……"

"배급표라니 무슨 말이오?" 케사르 경장이 돌아보며 물었다.

공무 해결사가 고개를 가로저었다. "사기꾼하고 저를 혼동한 것 같은데요."

"당신이 맞잖아요!" 옴이 외쳤다. "재채기에 기침에 지금처럼 콧물을 흘리고 있었어요!"

케사르 경장이 순경 한 명에게 몸짓을 했다. 그러자 경찰봉이 옴의 종아리를 내리쳤다. 옴이 비명을 내질렀다.

"아이고, 제발, 때리지 마십시오." 경비가 애원했다. "말을 잘 들을 겁니다." 그는 재봉사들의 어깨를 가볍게 두드렸다. "걱정 말게. 이건 분명히 착오니까. 담당자들에게 설명하면 보내줄 걸세."

순경이 다시 경찰봉을 들었을 때 이시바와 옴은 침구를 싸기 시작했다. 야간 경비원은 그들이 끌려가기 전에 포옹을 했다. "빨리 돌아오게. 당신들 자리는 내가 지키고 있을 테니까."

이시바가 마지막으로 다시 한 번 시도했다. "우리는 정말 직업이 있습니다. 우리는 거지가 아니라……"

"닥쳐!" 오늘밤에 잡은 사람들의 자기 몫을 계산하고 있던 케사르 경장은 산수에 취약했다. 이시바가 방해하는 바람에 그는 계산을 처음부터 다시 해야 했다.

재봉사들이 김칸에 오르자 뒷문이 쾅하고 닫혔고 자물쇠가 채워졌다. 트럭을 호송하는 남자들이 경찰 지프차에 올라탔다. 공무 해결사는 케사르 경장과 최종 금액을 합의하고 트럭 운전사 옆자리에 앉았다.

최근 건설 현장에서 사용된 트럭에는 흙덩어리들이 끼여 있었다. 발밑에 흩어진 자갈들 때문에 짐칸에 실린 사람들은 찌르는 듯한 통증을 느꼈다. 운전사가 차를 돌려 왔던 곳으로 되돌아가려고 후진 기어를 세게 넣자, 서 있던 사람들이 한꺼번에 넘어졌다. 경찰 지프차가 바싹 뒤따랐다.

그날 밤 그들은 울퉁불퉁한 도로와 웅덩이들 때문에 끊임없이 서로 부딪치면서 트럭을 타고 달렸다. 거지는 바퀴 달린 손수레가 미끄러져 다른 사람에게 부딪칠 때마다 다시 떠밀려서 제일 심한 고생을 했다. 그는 재봉사들을 보고 불안하게 웃었다. "거리에서 자주 보던 분들이시군요. 제게 동전을 많이 주셨죠."

이시바가 별거 아니라는 손짓을 했다. "손수레에서 그만 내려오는 게 어떨까?" 그의 제안에 거지는 옴의 도움을 받아서 몸 밑에서 손수레를 치웠다. 그러자 옆에 있던 사람들이 안심했다. 시멘트 포대처럼 꼼짝 못하던 거지는, 손가락이 없는 두 손으로 작은 손수레를 가슴에 꼭 붙인 후 잘린 무릎 위에 조심스럽게 올렸다. 그는 따뜻한 밤이었음에도 몸을 떨었다.

"우리를 어디로 데려가는 거죠?" 거지가 시끄러운 엔진 소리보다 더 크게 외쳤다. "너무 무서워요! 이제 어떻게 되는 거죠?"

"걱정 마, 곧 알게 될 테니까." 이시바가 말했다. "어디서 그렇게 좋은 바퀴 달린 손수레를 얻었나?"

"우리 왕초가 준 겁니다. 선물로요. 정말 좋은 분이시죠." 두려움 때문에 거지의 새된 목소리가 더욱 날카로워졌다. "어떻게 왕초를 다시 찾아가죠? 왕초가 내일 돈을 걷으러 오면 내가 도망갔다고 생각할 거예요!"

"주변 사람들에게 물어보면 누군가가 경찰이 왔다고 말할 거야."

"그게 바로 제가 이해가 안 되는 부분입니다. 경찰이 왜 저를 잡습니까? 왕초가 매주 경찰에게 돈을 주는데. 왕초의 거지들은 괴롭힘을 당하지 않고 일하도록 허락받았거든요."

"이건 다른 경찰들이야." 이시바가 말했다. "도시 미화 경찰들이지. 도시를 아름답게 만드는 새로운 법이 생겼어. 아마 이 사람들은 당신 왕초를 모를 거라고."

그 말에 어처구니없다는 듯이 거지가 고개를 가로저었다. "세상에, 왕초를 모르는 사람이 어디 있어요?" 안절부절 못하며 손수레를 만지작거리던 그는 바퀴를 돌리면서 위안을 찾았다. "이 바퀴 달린 손수레는 왕초가 최근에 새로 준 겁니다. 옛날 건 부서졌거든요."

"어떻게?" 옴이 물었다.

"사고였죠. 비탈길이었는데 인도에서 떨어졌어요. 하마터면 자동차를 부술 뻔했죠." 사고를 기억하면서 거지가 낄낄거리며 웃었다. "이 새 것은 훨씬 좋아요." 그는 옴에게 손수레의 바퀴들을 살펴보라고 했다.

"정말 매끄럽네." 옴이 엄지손가락으로 바퀴 하나를 만졌다. "다리하고 손은 어쩌다 그렇게 된 거야?"

"정확히는 몰라요. 항상 이랬으니까. 그래도 난 불평 안 해요. 먹을 게 충분하고 보도에 내 자리도 있으니까요. 왕초가 모든 걸 돌봐 주거든요." 두 손에 감긴 붕대들을 살피던 거지가 입으로 그것들을 푸는 몇 분 동안 조용해졌다. 느리고 힘든 그 과정으로 목과 턱이 많이 움직여야 했다.

손바닥이 드러나자 거지는 재봉사들의 침구에다 대고 비비며 긁었다. 까칠한 마포 덕분에 가려움이 사라지고 유쾌해졌다. 그러자 거지가 다시 붕대를 감기 시작했다. 목과 턱의 힘든 움직임이 아까와는 반대 방향으로 이루어졌다. 동정심에서 옴은 자신의 머리를 위로, 아래로, 원을 그리고, 조심스럽게 다시 한 번 원을 그리다가, 그만 부끄러워져서 멈췄다.

"붕대가 피부를 보호해 줘요. 손으로 밀면서 손수레를 굴리거든요. 붕대가 없으면 땅에 닿아서 피가 나죠."

거지가 별생각 없이 말한 얘기는 옴을 불편하게 만들었다. 그러나 거지는 두려움과 불안감을 떨치고 계속 말했다. "손수레가 항상 있었던 건 아니에요. 혼자서 구걸하기가 너무 어렸을 때는 사람들이 나를 데리고 다녔죠. 그 당시의 왕초가 매일 돈을 받고 나를 빌려줬어요. 지금 나를 돌보는 왕초의 아버지였죠. 사람들이 정말 나를 많이 찾았죠. 왕초가 말하기를 내가 제일 돈을 많이 벌어다 준다고 했으니까요."

행복했던 시절의 추억 때문에 거지의 목소리에서 공포감은 완전히 사라졌다. 그는 자신을 빌린 사람들이 얼마나 잘 보살피고 먹여 주었는지를 회상했다. 왜냐하면 그를 제대로 돌보지 않으면 그 당시의 왕초에게 맞거나 다시는 일을 못하게 되었기 때문이었다. 운 좋게도 그는 작은 체구 때문에 열두 살 때까지 아기 행세를 할 수 있었다. "아주 어린 불구 아이가 돈을 많이 벌거든요. 그때 난 정말 많은 젖가슴에서 젖을 빨아 먹었죠."

거지가 짓궂게 웃었다. "옛날처럼 여자들 팔에 안겨서 돌아다녔으면 좋겠어요. 달콤한 젖꼭지를 입에다가 물고요. 하루 종일 손수레에 불알이 부딪치고 궁둥이가 닳는 것 보단 재밌었죠."

이시바와 옴은 처음에는 놀라다가 나중에는 안도하며 웃었다. 손을 흔들거나 동전을 던지며 거지를 지나가는 것과 그의 옆에 앉아서 잘린 손발을 찬찬히 보는 것은 완전히 달랐다. 그것은 매우 참혹했다. 그래도 그가 웃을 수 있다는 사실에 재봉사들은 기뻤다.

"마침내 아기 같던 내 얼굴과 몸이 사라졌죠. 들고 다니기에는 내가 너무 무거워졌고요. 그러자 왕초가 날 혼자 내보냈어요. 땅바닥에 등을 대고서 스스로 내 몸을 끌고 다녀야 했죠."

그는 시범을 보이려고 했지만 사람들로 꽉 찬 트럭에는 공간이 없었다. 다른 거지들을 훈련시켰던 것처럼 왕초가 어떻게 자신에게 가장 알맞은 독특한 기술을 가르쳤는지를 그가 설명했다. "걸어둘 벽이 있으면 우리한테 졸업장을 발급해 주겠다고 왕초가 농담하곤 했죠."

재봉사들이 다시 웃자 거지의 얼굴이 기쁨의 빛으로 가득 찼다. 그는 자신의 새로운 재능을 발견했다. "그래서 난 머리와 팔꿈치를 이용해서 등으로 기어 다니는 법을 배웠죠. 아주 천천히 가는 거예요. 먼저 깡통을 앞으로 밀고 나서 몸부림치면서 그걸 쫓는 거죠. 효과 만점이었죠. 사람들이 동정심과 호기심으로 지켜봤어요. 때로는 어린애들이 장난을 치는 줄 알고 따라했죠. 노름꾼 두 명은 내가 보도 끝까지 기어가는 데 시간이 얼마나 걸리느냐에 매일 내기를 걸었죠. 난 모른 척했어요. 이긴 사람이 항상 깡통에 돈을 던져 줬거든요.

"하지만 왕초가 나한테 정해준 다른 구역들로 옮기는 데는 시간이 많이 걸렸어요. 아침, 점심, 저녁때마다 사무실로 가는 사람들, 점심을 먹으러 가는 사람들, 쇼핑하는 사람들을 찾아서 옮겨야 했죠. 그래서 왕초가 이 바퀴 달린 손수레를 구해 준 거예요. 정말 좋은 분이라 어떻게 칭찬해야 할지 모르겠어요. 내 생일에는 사탕 과자를 줘요. 때때로 창녀에게 데려다 주기도 하고요. 왕초 밑에서 일하는 거지들이 많지만 나를 제일 좋아하죠. 할 일이 너무 많아서 왕초의 일이 쉽지는 않아요. 경찰에게 뇌물을 주고, 구걸하기에 제일 좋은 곳을 찾아서 아무도 그곳을 차지하지 못하도록 해야 하죠. 그리고 돌봐 주는 좋은 왕초가 있으면 아무도 감히 돈을 훔쳐가지 못해요. 돈을 훔쳐가는 게 제일 큰 문제죠."

트럭에 있던 한 남자가 투덜대더니 거지를 냅다 밀었다. "불붙은 고양이처럼 새된 목소리로 자꾸 지껄일래? 아무도 네 거짓말에 관심 없다고."

붕대들을 매만지거나 손수레 바퀴들을 가지고 놀면서 거지는 몇 분 동안 가만히 있었다. 졸린 재봉사들의 머리가 축 늘어지자 거지는 불안해졌다. 친구들이 잠들면 이 무시무시한 밤의 어두운 질주 속에 그는 혼자 남게 될 것이다. 그들의 잠을 쫓기 위해서 그는 다시 이야기를 시작했다.

"그리고 왕초는 상상력이 아주 풍부해야 하죠. 거지들이 모두 똑같은 상처를 가지고 있으면 사람들이 익숙해져서 동정심을 느끼지 못하거든요. 사람들은 다양한 걸 좋아하죠. 어떤 상처들은 너무 평범해서 더 이상 먹히질 않아요. 예를 들자면 아기의 두 눈을 멀게 한다고 해서 자동으로 돈이 벌리지는 않죠. 장님 거지들은 어디에나 있으니까. 하지만 눈알이 없고 얼굴에 텅 빈 눈구멍이 보이는 데다가 코까지 잘려 있으면 모두들 돈을 주죠. 질병도 유용해요. 목이나 얼굴에 큰 혹이 있고 노란 고름이 질질 흘러나오면 장사가 잘되죠.

"때로는 정상적인 사람들도 일거리가 없거나 병에 걸리면 거지가 되기도 하죠. 하지만 그런 사람들은 가망이 없고 전문적인 거지들에게 상대가 안 돼요. 생각해 보세요. 동전이 하나밖에 없는데 나랑 성한 몸을 가진 사람 중에서 선택해야 한다면 어떻게 하겠습니까?"

아까 거지를 밀었던 남자가 다시 입을 열었다. "이 원숭이 같은 놈아, 입 닥쳐! 안 그러면 밖으로 던져 버릴 테다! 지금 같은 상황에 우리가 네 놈 헛소리를 들어야겠냐! 우리처럼 좀 정직한 일을 해!"

"무슨 일을 하십니까?" 그를 진정시키려고 이시바가 공손하게 물었다.

"고물을 모아서 무게를 재서 팝니다. 그리고 몸이 아픈 불쌍한 내 마누라도 넝마주이로 일합니다."

"아주 훌륭하십니다. 우리도 머리털을 모으는 친구가 있죠. 최근에는 가족계획을 권유하는 일로 직업을 바꿨지만요."

"아이고, 선생님, 아주 훌륭하십니다. 하지만 고물상 선생님, 다리도 없고 손가락도 없는 제가 뭘 할 수 있겠습니까?"

"변명하지 마. 이렇게 큰 도시에서는 시체라도 일을 찾을 수가 있어. 네가 정말 원하면 진지하게 찾아봐야지. 너 같은 거지들이 길에서 문제를 일으키니까 경찰들이 모두를 괴롭히는 거야. 심지어 우리처럼 열심히 일하는 사람들도 말이야."

"아이고, 선생님, 거지들이 없으면 사람들이 어떻게 죄를 씻을 수 있습니까?"

"무슨 상관이야. 몸 씻는 데 필요한 물을 걱정해야 할 판에."

거지가 새된 목소리로 날카롭게 외치고 고물상이 그에게 호통을 치는 바람에 점점 더 시끄러워졌다. 다른 사람들이 편을 들기 시작했다. 주정뱅이들이 잠에서 깨더니 모두에게 욕을 퍼부었다. "염소를 씹할 멍청이들아! 미친 당나귀 종자들아! 어디서 굴러먹던 추잡한 고자들이냐!"

결국 소란 때문에 트럭 운전사가 길가에 차를 세웠다. "이렇게 소동이 심하면 운전을 못해요." 운전사가 불평했다. "사고가 생긴다고요."

헤드라이트가 돌이 많은 도로변과 풀덤불을 비추었다. 트럭에 침묵이 내려앉았다. 길 양옆에는 어둠이 깊어서 아무것도 보이질 않았다. 도로의 좁은 갓길 너머로 밤은 언덕들, 텅 빈 들판들, 우거진 숲, 또는 악한 괴물들을 감추고 있을지도 몰랐다.

경찰 한 명이 빛줄기에서 나와 그들에게 경고했다. "또 소란을 피우면 좋은 새집으로 데려가는 대신에 실컷 패버리고 바로 여기 정글에다가 버리고 갈 테다."

조용하던 짐칸의 사람들이 술렁이기 시작했다. 거지가 울었다. "아이고, 선생님, 전 정말 무섭습니다." 잠시 후 그는 기진맥진해서 깊은 잠에 빠져 들었다.

재봉사들은 완전히 잠이 깨버렸다. 다음 날 아침 그들이 일을 하러 나타나지 않으면 어떻게 될지 이시바는 궁금했다. "납품 기한을 또 못 맞출 텐데. 두 달 만에 벌써 두 번째야. 아주머니가 어떻게 할지 모르겠구나."

"새로 재봉사들을 구하고 우리를 잊어버리겠죠, 안 그래요?" 옴이 말했다.

트럭과 지프차가 고속도로를 벗어나 비포장도로로 들어서 작은 마을 근처에 멈췄을 때, 여명이 밤을 회색빛에서 분홍빛으로 바꿨다. 트럭 뒷문이 열렸다. 대소변을 보라는 명령이 떨어졌다. 그러나 몇몇 사람들한테는 이미 늦은 일이었다.

거지가 한쪽 궁둥이를 들자 옴이 그 밑으로 손수레를 밀어 넣었다. 스스로 손으로 밀어서 짐칸 끝으로 간 거지가 경찰 두 명에게 붕대를 감은 손을 흔들었다. 그들은 등을 돌리고 담배에 불을 붙였다. 재봉사들이 트럭에서 뛰어 내린 후 거지를 땅에 내려 주면서 그의 가벼운 몸무게에 깜짝 놀랐다.

남자들은 길 한쪽을 사용하고 여자들은 건너편에 쪼그리고 앉았다. 아이들은 아무데서나 볼일을 봤다. 아기들은 배가 고파서 울었다. 부모들은 전날 밤 쓰레기 더미에서 찾아낸 반쯤 상한 바나나와 오렌지, 그리고 음식 찌꺼기를 아기들에게 먹였다.

공무 해결사가 차를 준비하러 갔다. 마을의 차 장수가 트럭 옆에 임시 부엌을 차리고 불을 지핀 후 큰 솥에 물, 우유, 설탕, 찻잎을 넣고 끓였다.

모두들 목이 말라서 차 장수를 지켜보았다. 나무들 사이로 이른 아침 햇빛이 조금씩 삐져나와 끓고 있는 차를 비추었다. 몇 분 만에 차가 만들어져서 작은 흙 그릇에 담겼다.

그사이에 방문객들이 찾아왔다는 소문이 작은 마을에 재빨리 퍼졌고, 주민들이 구경하느라고 몰려들었다. 그들은 여행객들이 차를 마시면서 흡족해하자 자부심을 느꼈다. 공무 해결사에게 인사를 건넨 촌장은 시골 사람들의 일반적인 정겨운 질문으로 누구며, 어디서 왔고, 이유가 뭔지 묻고는 기꺼이 도움과 조언을 주겠다고 제안했다.

공무 해결사는 남의 일에 신경 쓸 필요가 없으니 사람들을 데리고 마을로 돌아가라고 했으며, 그렇지 않으면 경찰들이 해산시킬 거라고 했다. 그의 무례한 행동에 상처를 받은 마을 사람들이 자리를 떴다.

차를 다 마시고 흙 그릇들은 차 장수에게 돌려주었다. 그는 항상 하듯이 그릇들을 박살내려고 했다. 그러자 몇몇 노숙자들이 그것들을 구하려고 본능적으로 달려갔다. "잠깐, 잠깐만요! 필요 없으면 우리한테 주시오!"

그러나 공무 해결사가 허락하지 않았다. "목적지에 도착하면 필요한 걸 다 받을 거야." 트럭에 다시 오르라는 명령이 떨어졌다. 차가 멈춘 동안에 해가 나무 위로 떠올랐다. 아침 더위가 기세를 맹렬히 올리고 있었다. 시끄러운 엔진 시동 소리에 기겁을 한 새들이 나무에 앉아 있다가 날개를 퍼덕거리며 구름처럼 날아올랐다.

그날 오후에 트럭은 관개 공사 현장에 도착했고, 공무 해결사가 아흔여섯 명의 사람들에게 내리라고 했다. 공사 책임자가 사람들의 숫자를 세고 나서 배달 영수증에 서명을 했다. 작업장에 경비원들이 있었으므로, 경찰 지프차는 떠났다.

경비 대장이 아흔여섯 명의 사람들에게 호주머니에 든 것을 다 꺼내고 꾸러미들을 풀어서 모두 땅에 내려놓으라고 명령했다. 그의 부하 둘이 사람들 줄을 지나며 몸수색을 위해서 손으로 옷을 만지고 쌓여 있는 물건들을 살폈다. 그들 중에 반이 거의 벌거벗은 거지들이었고 소지품도 적었기 때문에 시간이 오래 걸리지는 않았다. 그러나 여자들이 있었기 때문에 경비원들이 몸을 더듬는 일을 마치는 데는 시간이 걸렸다.

그들은 드라이버, 큰 숟가락, 30센티미터 길이의 쇠막대기, 칼, 구리선, 부젓가락, 그리고 너무 크고 날카로운 이빨을 가진 뼈로 만든 빗을 압수했다. 경비원 한 명이 옴의 플라스틱 빗을 시험 삼아 구부려 보았다. 그러자 똑하고 둘로 부러졌다. 그는 옴에게 부러진 빗을 돌려주었다. "저랑 삼촌은 여기 잘못 온 거예요." 옴이 말했다.

경비원이 그를 줄로 다시 밀어 넣었다. "불만이 있으면 현장 감독에게 말해."

다 해진 누더기를 걸치고 있던 사람들은 반바지와 속셔츠, 또는 속치마와 윗옷을 지급 받았다. 바퀴 달린 손수레 위의 거지는 천으로 감싼 잘린 하반신에 맞는 바지가 없어서 속셔츠만 받았다. 이시바와 옴, 고물상과 넝마주이 부부는 새 옷을 받지 않았다. 끝이 날카로운 물건들을 많이 압수당한 한 부부는 불공평한 조치라며 화가 나 있었다. 새 옷의 바느질이 형편없다고 생각한 재봉사들은 그냥 입고 있는 옷이 낫겠다고 생각했다.

사람들은 한 집에 열두 명씩 들어가도록 되어 있는 양철 오두막집으로 보내졌다. 그러자 모두들 생김새가 똑같은 오두막집들 중에서 가장 가까운 곳으로 미친 듯이 달려가 안으로 먼저 들어가려고 싸웠다. 경비원이 사람들을 몰아내고 마구잡이로 자리를 배정했다. 모든 오두막집 안에는 말아 놓은 멍석들이 쌓여 있었다. 몇몇 사람들이 멍석을 펴고 누웠지만 곧 다시 일어나야 했다. 소지품들을 놓아두고 현장 감독에게로 모이라는 명령이 떨어졌다.

땀을 뻘뻘 흘리며 근심, 걱정에 찌든 얼굴을 한 현장 감독은 그들이 새 집에 온 것을 환영했다. 그는 몇 분 동안 정부가 가난한 사람들과 집 없는 사람들을 위해서 도입한 자비로운 계획에 대해서 설명했다. "그러니까 우리는 당신들이 이 계획을 잘 이용하기를 바라오. 아직 작업 시간이 두 시간 남았지만 오늘은 쉬어도 좋소. 내일 아침부터 새로 일을 시작하는 거요."

누군가가 봉급이 얼마며 계산은 날마다 하는 건지 아니면 주마다 하는 건지 물었다.

현장 감독은 얼굴에서 땀을 닦으며 다시 한 번 말했다. "아직도 내가 하는 말을 못 알아듣겠나? 음식, 집, 그리고 옷을 얻는 거야. 그게 바로 당신들 봉급이라고."

관개 공사 현장에 사고로 오게 되었음을 설명하려고 재봉사들이 살짝 앞으로 나갔다. 그러나 직원 두 명이 현장 감독에게 먼저 가서 회의를 하자며 데려갔다. 이시바는 그를 뒤쫓지 않았다. "내일 아침까지 기다리는 게 좋겠다." 그가 옴에게 귓속말을 했다. "지금 저 사람이 아주 바쁘니까 아마 화를 낼 거야. 하지만 경찰이 우리한테 실수한 게 틀림없어. 여기는 실업자들을 위한 곳이야. 우리가 재봉사라는 걸 알면 즉시 보내줄 거다."

몇몇 사람들은 과감하게 오두막집 안에 누웠고, 어떤 사람들은 밖에다가 멍석을 깔았다. 하루 종일 태양 아래서 타오른 양철 벽이 사나운 열기를 품고 있었다. 골함석 지붕의 그늘 밑은 시원했다.

땅거미가 질 즈음에 호각 소리가 울렸고, 일꾼들이 작업장에서 돌아왔다. 30분 후에 다시 호각 소리가 울리자 그들은 공사장 식당으로 향했다. 새로 온 사람들은 그들과 함께 갔다. 부엌 밖에 줄을 서서 그들은 콩 수프와 차파티 그리고 풋고추 하나가 옆에 놓인 저녁 식사 배급을 기다렸다.

"콩 수프가 거의 맹물이에요." 옴이 말했다.

음식을 퍼 주던 사람이 그 말을 듣고 감정을 드러냈다. "여기가 네 아버지 집이라도 되는 줄 아냐?"

"우리 아버지 이름 함부로 들먹이지 마세요."

"자, 가자." 이시바가 옴을 끌어당겼다. "내일 책임자한테 경찰이 실수했다고 말하면 돼."

다른 사람들처럼 음식 속의 이물질들에 신경 쓰면서 그들은 조용히 식사를 마쳤다. 차파티는 자갈이 섞인 밀가루로 만들어졌다. 사람들은 중간에 식사를 멈추고 작은 돌멩이들과 이물질들을 뱉어냈다. 뱉어낼 수 없는 작은 부스러기들은 음식과 함께 그냥 씹어서 삼켰다.

"재봉사들이 한 시간도 전에 도착했어야 하는데." 아침 식사가 끝나자 디나가 마넥에게 말했다.

그날 수업에 필요한 책들을 챙기면서 마넥은 그녀가 또 불쌍한 사람들을 다그친다고 생각했다. "일한 분량만큼 돈을 지급하는데 그게 중요한가요?"

"사업에 대해서 네가 뭘 아니? 네 부모가 수업료에다가 용돈까지 주고 있잖아. 직접 돈을 벌게 되면 알거다."

그가 오후에 돌아왔을 때 그녀는 현관문 옆에서 왔다 갔다 하고 있었다. 열쇠 구멍에서 그의 약간 구부러진 열쇠가 덜컥거리자 그녀가 문손잡이를 돌렸다. "오늘 하루 종일 안 나타나네. 이번에는 무슨 변명을 할는지 궁금하구나. 또 총리를 만나러 갔다고 할 건가?" 그녀가 투덜댔다.

오후가 지나고 저녁이 되자 그녀의 빈정거림이 걱정으로 바뀌었다. "전기세에 수도세도 내야 하고, 양식도 사야 하는데. 이브라힘이 다음 주면 집세를 걷으러 올 테고. 그 사람이 얼마나 귀찮게 하는지 넌 모를 거다."

저녁 식사 후에 그녀의 걱정은 소화불량처럼 부글부글 끓었다. 재봉사들이 내일도 나타나지 않으면 어떻게 될까? 얼마나 빨리 재봉사들을 새로 구할 수 있을까? 그리고 단순히 이번 옷들만 늦는 게 문제가 아니라, 두 번씩이나 납품 기한을 못 맞추게 되면 오레보아 수출 회사의 고귀하고 힘센 황후가 매우 화낼 것이다. 이번에는 그녀가 디나의 이름 옆에다가 '믿을 수 없음'이라고 시커먼 표시를 할 것이다. 그녀는 비너스 미장원에 가서 제노비아에게 굽타 부인을 구슬려 달라고 부탁해야겠다고 생각했다.

"이시바 아저씨와 옴이 이렇게 일을 빼먹을 사람들이 아닌데. 틀림없이 뭔가 급한 일이 생긴 것 같아요." 마넥이 말했다.

"말도 안 돼. 뭐가 그렇게 급해서 잠깐 들르지도 못한단 말이야?"

"아마도 방을 보러 갔거나 다른 일이 생긴 것 같은데요. 걱정 마세요. 아마 내일은 나타날 거예요."

"아마라니? 아마라는 말로는 충분치 않아. 난 아마도 옷들을 납품하지 못할 거고, 아마도 집세도 내지 못할 거다. 넌 아무런 책임이 없으니까 아마도 이해하지 못할 거고."

그는 그녀의 감정 폭발이 너무 심하다고 생각했다. "재봉사들이 내일도 안 나타나면 제가 가서 무슨 일인지 알아볼게요."

"그래. 네가 그 사람들이 어디 사는지 알고 있어서 다행이구나." 그녀는 안심하는 듯했다. 그때 그녀가 다시 말했다. "지금 찾아가 보는 건 어떠니? 밤새 걱정만 하고 있을 수는 없잖아."

"하지만 재봉사들이 아주머니가 필사적이라고 생각지 않기를 원한다고 계속 말씀하셨잖아요. 오늘밤 거기로 달려가면 재봉사들은 아주머니가 자기들 없이는 살 수 없다는 걸 알게 될 거라고요."

"난 필사적이지 않아." 그녀가 강하게 말했다. "단지 삶에서 어려운 일 하나가 더 생겼을 뿐이야. 그 이상도 그 이하도 아니다." 그러나 그녀는 아침까지 기다리기로 했다. 마넥이 학교에 가기 전에 그들이 사는 곳에 가 보기로 했다. 이불을 만들기에는 그녀의 마음이 너무 산란했다. 소파에 겹쳐져 쌓여 있어서 헝겊 조각들의 디자인이 보이질 않았다.

마넥은 약국에서 미친 듯이 뛰어 돌아왔다. 비쉬람 채식주의 식당 근처에서 그는 속도를 줄이고 재빨리 안을 들여다보며 이시바와 옴이 아침 차를 마시고 있기를 바랐다. 아무도 없었다. 그는 숨을 헐떡이며 아파트에 도착해서 디나에게 야간 경비원의 이야기를 들려주었다.

"세상에! 야간 경비원 말로는 재봉사들을 거지로 착각했대요. 경찰 트럭에 실려 끌려가서 지금 어디에 있는지 아무도 모른대요!"

"음, 그렇구나." 이야기의 내용과 진실성을 파악하면서 그녀가 말했다. "그러면 감옥에서 얼마나 있는 거지? 일주일, 아니면?"

그 악당들이 다른 곳에서 새로운 일자리를 찾으려고 시간을 벌고자 했다면 이보다 더 좋은 계략은 없을 거라고 그녀는 생각했다.

"글쎄요. 잘 모르겠는데요." 괴로워하던 마넥은 그녀의 질문에 담긴 냉소의 의미를 간파하지 못했다. "그 사람들만 잡혀 간 게 아녜요. 거리에 있던 모든 거지들과 노숙자들도 경찰이 잡아갔대요."

"웃기지 마. 그런 법은 없어."

"새로운 정책이래요. 국가비상사태 때문에 도시 미화 어쩌고 하는."

"무슨 국가비상사태? 이젠 정말 그 소리 듣기도 지겹구나." 여전히 의심이 가시지 않은 그녀는 숨을 깊이 들이쉬고 직접적으로 말했다. "마넥, 내 눈을 똑바로 봐." 그녀는 자신의 얼굴을 그에게 가까이 가져갔다. "마넥, 나한테 거짓말하는 거 아니지, 그렇지? 이시바와 옴이 친구라고 너한테 이렇게 말해 달라고 시킨 거 아니니?"

"부모님의 이름을 걸고 맹세합니다!" 충격을 받은 마넥이 그녀로부터 물러섰다. 그녀의 의심에 그는 화가 났다. "저를 믿을 필요는 없습니다. 마음대로 생각하세요. 다음번에는 절더러 이런 일 하라고 부탁하지 마십시오." 그는 방을 나갔다.

그녀가 쫓아갔다. "마넥." 그는 그녀를 무시했다. "마넥, 미안하다. 내가 얼마나 재봉 일 때문에 걱정하는지 알잖니. 내가 아무 생각 없이 그런 말을 했구나."

잠시 동안 침묵하더니 그가 그녀를 용서했다. "괜찮아요."

정말 착한 아이야. 계속 화를 내지는 못하는 아이구나, 하고 그녀는 생각했다. "그러니까 재봉사들이 뭐지, 그래 약국 밖에서 며칠이나 잤던 거지?"

"집이 부서진 날부터요. 기억 안 나세요? 베란다에 재워 달라고 했을 때 거절했잖아요."

그의 비난하는 말투에 그녀가 화를 냈다. "내가 왜 거절했는지 너도 잘 알잖니. 그런데 그 사람들이 어디서 자는지 알고 있었는데도 왜 나한테 말 안 한 거니? 이런 일이 일어나기 전에 말이야."

"말한 거 같은데요. 근데 지금 그게 무슨 소용이죠? 재봉사들이 이곳에서 지내도록 하셨을 거예요?"

그녀는 그 질문에 대답하지 않았다. "도무지 믿기지가 않는구나. 재봉사들을 위해서 그 야간 경비원이 거짓말을 하고 있는지도 모르지. 그나저나 어쩔 수 없이 집세를 부탁하러 오빠한테 가야겠다."

그녀가 힘겹게 숨기고 드러내지 않으려는 것들이 무엇인지 마넥은 느낄 수 있었다. 그것은 바로 걱정, 죄책감, 두려움이었다. "경찰에 확인해 볼 수도 있어요." 마넥이 제안했다.

"그래봐야 무슨 소용이 있겠니? 경찰이 재봉사들을 데리고 있다고 해도 내가 그렇게 하라고 해서 감옥에서 꺼내 줄 것 같니?"

"적어도 재봉사들이 어디에 있는지는 알 수 있잖아요."

"난 지금 당장 이 옷들이 더 걱정이다."

"그럴 줄 알았어요! 정말 이기적이세요. 아주머니는 자기 자신밖에 생각할 줄 몰라요! 어떻게 그렇게……"

"네가 감히! 네가 감히 어떻게 나한테 그렇게 말할 수가 있니!"

"재봉사들이 죽었을지도 모르는데, 걱정도 안 하잖아요!" 그는 방으로 들어가 방문을 세게 닫았다.

"문을 부수면 네 부모에게 변상을 하라고 편지를 쓸 테니까 그렇게 알고 있어!"

그는 신발을 벗고 침대에 쿵하고 쓰러졌다. 9시 30분이었고 이미 학교는 늦었다. 학교는 무슨 빌어먹을, 디나 아주머니도 지옥으로 꺼지라고 해. 더 이상 그녀에게 잘 해주기도 질렸다. 침대에서 벌떡 일어선 그는 벽장에서 집에서 입는 옷을 꺼내 갈아입었다. 벽장문의 아래쪽 경첩이 덜걱거리며 빠졌다. 그는 경첩을 흔들어서 홈으로 밀어 넣고 문을 세게 닫았다.

다시 매트리스 위에 쿵하고 쓰러진 마넥은 손가락으로 티크나무 머리

판에 새겨진 꽃무늬를 사납게 더듬었다. 그 침대는 재봉하는 방의 침대와 똑같았다. 디나와 그녀의 남편이 두 침대에 나란히 누워서 잠을 잤을 것이다. 아주 오래전에 그녀의 삶은 행복으로 가득 찼고 아파트는 사랑과 웃음소리로 가득 찼을 것이다. 지금은 조용하고 음침하다.

그녀가 옆방에서 왔다갔다 하는 소리를 들으면서 그는 발소리에서 그녀의 고민을 느낄 수 있었다. 그녀가 옴에게 암루탄잔 진통제를 주었던 불과 일주일 전만 해도 일은 순조로웠었다. 그의 팔을 마사지하던 그녀는 기분이 좋아져서 남편의 등과 그들의 삶에 대한 추억에 잠겼었다.

그녀가 마넥에게 들려줬던 모든 것들이 떠올라 이제 그의 방을 가득 채웠다. 음악 연주회가 있던 어느 향기로운 밤, 그녀는 러스텀과 함께 공연장을 나와서 고요한 거리를 거닐었다고 했다. 그때는 도시가 아름다웠고 보도는 깨끗했으며 노숙자들도 없었다. 하늘에서 별들이 반짝이는 모습이 보이던 시절, 그녀와 러스텀은 함께 바닷가를 걸으며 끝없는 파도 소리를 들었고, 공중 정원의 속삭이는 나무들 틈에서 결혼과 인생 계획을 세웠으며, 다가올 그들의 운명에 대해서는 전혀 모르고 있었다.

디나 아주머니는 그러한 기억을 얼마나 소중하게 간직하고 있는가. 어머니와 아버지 또한 옛 시절에 대해서 이야기하면서, 옛날 사진을 하나씩 사진첩에서 꺼내 사랑스럽게 살피다가 그것이 다시 흐린 기억 속으로 사라지면 슬프고도 행복한 미소를 짓곤 하셨다. 비록 때로는 필요에 따라서 그런 척하지만, 사실 어느 누구도 기억을 잊어버릴 수 없다. 기억은 영원하다. 슬픈 기억들은 시간이 지나도 그대로 슬픈 채 남아 있지만, 행복했던 기억들은 결코 똑같은 환희로 재현되지 않는 것이다. 기억은 자신만이 독특한 슬픔을 낳는다. 시간이 슬픔과 행복 모두를 고통의 원인으로 바꿔 놓는 건 너무 불공평해 보인다.

그렇다면 기억을 간직하는 것이 무슨 소용이란 말인가? 아무런 도움도 되지 않는다. 결국은 모두 부질없는 짓이다. 어머니와 아버지, 그리고 잡화점을 보라. 아니면 디나 아주머니의 삶, 기숙사와 아비나시 선배, 그리고 불쌍한 이시바 아저씨와 옴을 보라. 아무리 행복한 시절을 기억한다고 해도, 아무리 그리워하고 동경한다고 해도 불행과 고통은 조금도 바뀌지 않는다. 사랑과 관심과 배려와 나눔은 아무것도, 아무것도 남기는 것이 없다.

울음을 터트린 마넥이 애써 소리를 죽이려고 하자 가슴이 울렁거렸다. 모든 것이 나쁘게 끝나고 만다. 미치거나 자살을 해서 완전히 깨끗해지지 않는 한, 괴롭히고 비웃는 기억 때문에 상황은 악화될 뿐이다. 기억하지 못한다면 더 이상 고통도 없을 것이다.

불쌍한 디나 아주머니는 그것이 행복한 기억이라고 아직도 자신을 속이면서 얼마나 많은 과거를 짊어지고 있는 걸까. 그리고 이제는 재봉, 집세, 식량 같은 문제들 때문에……

그는 화를 냈던 일이 부끄러워졌다. 침대에서 일어나 셔츠를 바지 안으로 집어넣고 눈물을 닦고 난 후, 그는 미완성한 옷들이 가둬져 있는 감옥같은 안쪽 방을 왔다 갔다 하던 그녀에게 갔다.

"언제까지 납품해야 돼요?" 그가 퉁명스럽게 물었다.

"오, 돌아왔니? 모레 열두 시까지." 그가 한 시간 정도 토라져 있을 줄 예상했던 그녀는 속으로 웃었다. 마넥은 30분 만에 돌아왔다. "눈에 물기가 있어 보이는데, 감기라도 걸렸니?"

그는 고개를 가로저었다. "그냥 피곤해서요. 모레면 딱 이틀 남았네요. 시간은 많군요."

"숙련된 재봉사 두 명에겐 그렇지. 나 혼자서는 못해."

"제가 도와드릴게요."

"웃기지 마. 네가 재봉을 한다고? 그리고 난 눈이 이래서 바늘귀에 실을 꿰기는커녕 결혼반지를 손가락에 끼지도 못해."

"농담으로 하는 말이 아니에요."

"옷이 자그마치 60벌이야, 60벌. 감침질하고 단추만 달면 되지만 그래도 일이 많아." 그녀가 옷 한 벌을 들었다. "여기 허리에 주름 잡힌 거 보이지? 허리가……" 그녀가 줄자를 폈다. "26인치야. 하지만 주름 때문에 치맛단은, 어디 보자, 65인친데 손으로 직접 감치는 작업을 해야 돼. 그러면 시간이 굉장히 많이 걸리는……"

"기계로 하면 표시가 나서 그래요?"

"하늘과 땅 차이지. 거기다가 옷에다가 단추 여덟 개를 달아야 돼. 앞에다가 여섯 개, 소매에다가 하나씩. 나 같은 사람이 옷 한 벌 작업하는 데는 한 시간이 걸려. 그러면 총 60시간이지."

"납품 기한까지 48시간 남았어요."

"먹지도 않고 자지도 않고 화장실도 가지 않는다면 그렇지."

"시도해 볼 수는 있잖아요. 완성된 것들은 납품하고 재봉사들이 병에 걸렸다거나 다른 이유를 들면 되잖아요."

"네가 정말 돕겠다고 한다면……"

"그럼요."

그녀가 준비를 했다. "넌 정말 착한 아이구나. 네 부모는 너 같은 아들이 있어서 정말 행운이다." 그때 그녀가 갑자기 마넥을 쳐다보았다. "잠깐, 학교는?"

"오늘은 강의가 없어요."

"음." 실을 고르면서 그녀는 의심했다. 그들은 옷들을 들고 밝은 거실로 갔다. "단추 다는 법을 가르쳐 줄게. 감침질보다는 이게 너한테 쉬울 거야."

"아무거나 다 괜찮아요. 전 빨리 배우거든요."

"그래, 그럼 어디 보자. 일직선으로 먼저 간격을 재고 분필로 표시를 해야 해. 이게 제일 중요해. 안 그러면 옷이 비뚤비뚤해 보이거든. 저번 달처럼 미끄러운 시폰이 아니라 평범한 포플린 옷이라서 그나마 다행이다." 그에게 시범을 보이면서 그녀는 단추 구멍 네 개의 바느질이 교차되면 안되고 평행이 돼야 한다고 강조했다.

마넥이 단추를 달 준비를 했다. "아이고, 젊었을 때처럼 눈이 좋으면 얼마나 좋을까." 그가 실을 입술에 대고 침을 바르고 바늘귀에 실을 꿰자 그녀가 한숨을 내쉬었다. 옷 뒤에서 단추 구멍을 찾으려면 바늘로 주위를 찔러 봐야 했다. 그는 곧 일을 마치고 의기양양하게 실을 잘랐다.

두 시간 후, 그들은 단추 열여섯 개를 달고 옷 세 벌의 치맛단을 감쳤다. "얼마나 오래 걸리는지 알겠지? 이제 그만하고 점심을 차려야겠구나."

"전 배 안 고파요."

"오늘은 배도 안 고프고 수업도 없고 정말 이상하네."

"하지만 사실인걸요. 점심은 그냥 두세요. 정말 전 배 안 고파요."

"그럼 난 어떡하라고? 어제 온종일 걱정하느라고 아무것도 못 먹었어. 오늘은 좀 먹는 즐거움을 누려야지 않겠니?"

"즐거움보다 일이 먼저죠." 단추를 내려다보며 웃던 그가 곁눈질을 했다.

"네가 지금 사장 노릇을 하려는 거니?" 그녀가 엄숙한 표정을 짓는 척하면서 말했다. "내가 안 먹으면 일도 즐거움도 없어. 바늘하고 실 앞에서 기절할 테니까."

"알았어요. 제가 점심을 만들게요. 계속 바느질하세요."

"살림을 제대로 살겠구나. 메뉴는 뭐니? 버터 바른 빵? 차와 토스트?"

"놀라실 거예요. 금방 만들어 올게요."

아파트를 떠나기 전에 그는 여섯 개의 바늘귀에 미리 실을 꿰매 놓았다. 그녀의 눈이 작은 바늘들과 싸울 필요가 없도록.

"돈을 이렇게 낭비하다니. 네 부모가 음식 값을 부쳐 주는 거 모르니?" 디나가 꾸짖었다.

마넥은 A-1 식당에서 사온 닭똥집과 간을 그릇에 붓고 식탁으로 가져갔다. "제 용돈으로 샀어요. 용돈은 제 마음대로 쓸 수 있잖아요."

걸쭉하고 매운 양념이 발린 닭똥집과 간이 먹음직스럽게 보였다. 그릇 위로 몸을 숙이며 그녀가 코를 쿵쿵거렸다. "음, 러스텀이 제일 좋아하던 음식의 훌륭한 향기구나. A-1 식당만이 이렇게 국물을 넉넉하게 만들 수 있지. 다른 식당들은 너무 뻑뻑하게 만들거든." 숟가락으로 음식을 입에 떠 넣고 그녀가 고개를 끄덕였다. "맛있네. 물을 조금 부어도 맛이 괜찮을 것 같은데. 그러면 저녁에 또 먹을 수 있을 거야."

"알았어요. 그리고 이건 특별히 아주머니를 위한 거예요." 그가 봉지 하나를 건넸다.

봉지 속에 손을 넣은 그녀가 당근을 꺼냈다. "요리해 달라고?"

"저 말고 아주머니만 익히지 않고 드시라고요. 눈에 좋은 거예요. 지금은 눈을 많이 써야 하니까요."

"고맙지만 그러고 싶지 않구나."

"당근 안 먹으면 닭똥집하고 간도 못 드세요. 점심 먹을 때마다 하나씩 드셔야 해요."

"미쳤니, 내가 생당근을 먹게? 우리 어머니도 그렇게 못했지." 그녀가 식탁을 차리는 동안 그는 중간 크기의 당근을 깎아서 양끝을 자르고 그녀의 접시 옆에 놓았다.

"네가 먹을 거지?"

"당근 안 먹으면 닭똥집과 간도 못 드세요." 그는 그릇을 넘겨주지 않았다. "아주머니를 위해서 만든 규칙입니다."

그녀는 웃었지만, 그가 먹기 시작하자 입에서 군침이 돌았다. 그의 머리를 때리기라도 할 것처럼 당근의 끝이 가는 쪽을 쥐더니, 그녀가 당근을 거칠게 으드득 깨물었다. 그가 씩 웃더니 음식 그릇을 넘겼다. "아버지께서는 당근을 꾸준하게 드셨죠. 성한 눈 하나가 보통 사람들의 눈 두 개와 맞먹는다고 하셨어요. 하루에 당근 하나를 먹으면 장님을 면한다고 하셨죠."

식사 내내 그녀는 당근을 씹을 때마다 얼굴을 찡그렸다. "닭똥집과 간이 맛있어서 정말 다행이다. 국물이 없었으면 이 생당근이 내 목에 걸렸을 거야."

"이젠 눈이 좀 나아지셨어요?" 식사가 끝나자 마넥이 물었다.

"네 녀석 얼굴이 보일 만큼은 좋구나."

점심 식사 후 바느질의 속도가 빨라졌지만, 오후 늦게 디나의 눈꺼풀이 무거워졌다. "차나 한 잔 해야겠다. 사장 나리, 괜찮을까요?"

"15분 드릴게요. 그리고 저도 한 잔 부탁해요."

그녀는 웃으면서 고개를 가로저으며 부엌으로 갔다.

일곱 시가 되자 그녀는 저녁 준비를 해야겠다는 생각이 들었다. "닭똥집과 간 요리가 부엌에 저렇게 있으니까 평소보다 배가 빨리 고파지는구

나. 넌 어떠니? 지금 먹을래 아니면 여덟 시까지 기다릴래?"

"전 언제든지 괜찮아요." 마넥이 바늘을 문 입술을 웅얼거리며 말했다. 그는 실패에서 실을 풀었다.

"저런! 바느질을 처음 하는 주제에 벌써 정신 나간 재봉사처럼 구는구나! 어서 입에서 바늘 꺼내지 못해! 잘못해서 삼키기 전에 어서!"

약간 수줍어하면서 그는 바늘을 입에서 뺐다. 그녀가 정곡을 찔렀다. 그는 옴이 멋을 부리며 부드럽고 연약한 입술 사이에 핀, 바늘, 칼날, 가위 같은 날카롭고 위험한 물체들을 무모하게 꽂고 있던 행동을 흉내 냈다.

"목구멍에 바늘이 꽂힌 널 돌려보내면 네 엄마가 뭐라고 생각하겠니?"

"옴이 그러면 절대 소리 지르지 않으셨잖아요."

"너랑 옴이랑 같니? 옴은 훈련을 받았고 재봉사들과 함께 자랐어."

"그렇지 않아요. 옴의 집안은 무두장이었어요."

"마찬가지야. 그런 사람들은 공구를 사용해서 자르고 바느질하는 법을 알고 있어. 하지만 나도 걔가 그러지 못하도록 했어야 했지. 걔 입술에서도 너처럼 피가 날 테니까." 그녀는 부엌으로 갔고, 그는 저녁상이 차려질 때까지 계속 일을 했다.

저녁 식사가 절반쯤 끝났을 때 디나는 그가 한 말이 떠올랐다. "그 사람들이 무두장이였다고? 그런데 왜 바꾼 거야?"

"아무한테도 말하지 말라고 부탁하던데요. 카스트 때문에 부당하게 대우 받는 걸 두려워하거든요."

"나한텐 말해도 괜찮아. 난 그런 멍청한 제도는 안 믿으니까."

그러자 그는 이시바와 옴이 수 주간에 걸쳐서 비쉬람 식당에서 차를 마시는 동안에 조금씩 들려주었던 얘기들을 해주었다. 그들 마을과 차마르들을 평생 못살게 굴던 지주들의 채찍질과 매질 그리고 불가촉천민들이 지켜야 했던 규칙들에 대해서 말이다.

그녀는 식사를 멈추고 포크를 만지작거렸다. 그리고 식탁에 팔꿈치를 대고 턱을 주먹에 괴었다. 그의 이야기가 계속 되자 그녀의 손가락에서 포크가 미끄러져 접시 밖으로 뗑그렁 소리를 내며 떨어졌다. 옴의 부모와 조부모 그리고 동생들의 죽음에 이르자 마넥이 이야기를 서둘러 끝냈다.

디나는 포크를 다시 쥐었다. "난 정말 몰랐는데…… 그런 일이 있을 줄은…… 신문에서나 보던 그런 높고 낮은 카스트에 대한 미친 이야기들이 이렇게 내게 가까이 있었다니. 바로 내 아파트 안에 말이다. 그런 사람들을 실제로 만난 건 처음인데. 세상에, 그런 끔찍한 고통을 당했다니." 그녀는 믿을 수 없다는 듯이 고개를 가로저었다.

그녀는 다시 식사를 하려고 했지만 포기하고 말았다. "그들에 비하면 내 인생은 정말 편하고 행복한 편이구나. 게다가 지금 그 사람들은 더 큰 문제가 생겼으니. 잘 돌아와야 할 텐데. 사람들은 신이 위대하고 공평하다고 하는데, 난 잘 모르겠구나."

"신은 죽었어요. 독일 철학자가 책에 그렇게 썼어요."

그 말에 그녀가 충격을 받았다. "독일 사람들이니까 그렇게 말했겠지." 그녀가 얼굴을 찡그렸다. "그런데 너도 그 말을 믿니?"

"예전에는 그랬죠. 그런데 지금은 신이 거대한 이불을 만드는 사람 같다는 생각이 들어요. 끝없이 다양한 디자인을 가진 이불 말이에요. 그런데 그 이불이 너무 크고 혼란스러워서 디자인을 볼 수가 없고, 사각형과 다이아몬드형 그리고 삼각형이 더 이상 잘 어울리지 않아서 모든 게 무의미해진 거죠. 그래서 신이 그걸 버린 거죠."

"넌 가끔 이상한 소리를 하더라."

그녀가 식탁을 치우는 동안 그는 부엌 창문을 열고 고양이 울음소리를 냈다. 빵 조각 그리고 닭똥집과 간 찌꺼기를 밖으로 던졌다. 고양이들에게 너무 맵지 않기를 바라면서 재봉하는 방으로 돌아간 그는 옷을 하나 들어 보이며 디나에게 서둘자고 말했다.

"얘가 정말 웃기네. 저녁 먹고 나서 5분도 채 안 됐어. 너처럼 젊은 사람도 아니고 늙은이한테 이게 무슨 짓이니."

"아주머니가 무슨 늙은이예요. 얼마나 젊으신데요. 게다가 아름다우세요." 그가 대담하게 마지막 말을 덧붙였다.

"맥 콜라, 너무 머리 쓰는 거 아니니?" 기쁨을 감추지 못하며 그녀가 말했다.

"그런데 한 가지 이해가 안 되는 게 있어요."

"뭐가?"

"그렇게 젊어 보이시는 분이 왜 항상 나이든 말투에 심술궂은 척하시는 거죠?"

"요 녀석, 처음에는 아부를 하더니 이젠 모욕을 주는구나." 그녀는 웃으면서 감친 가두리를 접어서 핀으로 고정시키고 선이 고른지 보려고 옷을 들어 올렸다. 가두리를 매만지면서 그녀가 말했다. "이제 왜 재봉사들이 손톱을 길게 길렀는지 알 것 같구나. 넌 그 사람들하고 정말 친구가 된 거지? 그래서 고향 마을에서 어떻게 살았는지도 너한테 말해 준 거고."

그가 잠시 고개를 들고 어깨를 으쓱했다.

"재봉사들이 매일 여기 앉아서 일했는데 나한테는 그런 말을 안 했어. 왜 그럴까?"

그가 다시 어깨를 으쓱했다.

"자꾸 어깨로 말할 거니? 너의 이불 만드는 신이 입 안에다가 혀를 꿰매기라도 했니? 재봉사들이 너한테는 말을 하고 나한테는 왜 말을 안 했냐니까?"

"아마도 아주머니가 무서웠겠죠."

"날 무서워했다고? 정말 말도 안 되는 소리다. 사실은 내가 그 사람들이 무서웠어. 수출 회사를 찾아서 나를 제쳐놓을까 봐서 말이야. 안 그러면 더 나은 일을 찾을까 봐서. 때로는 실수를 지적하는 일조차 두려웠어. 재봉사들이 가고 나서 나 혼자 밤에 잘못된 것들을 바로 잡았지. 그런데 도대체 무슨 이유로 날 두려워했다는 거지?"

"아주머니가 더 나은 재봉사들을 찾아서 자기들을 버릴지도 모른다고 생각했어요."

그녀는 말을 멈추고 잠시 생각했다. "미리 나한테 말해 주지 그랬니. 그랬으면 안심시켜 줄 수도 있었는데."

그가 다시 어깨를 으쓱했다. "그랬다고 해도 아무것도 바뀌지 않았을 거예요. 재봉사들에게 잠자리를 줬어야지 해결될 수 있는 문제였잖아요."

그녀가 바느질감을 내던졌다. "또 그 얘기니! 계속 그런 말을 하면서 내 기분은 생각지도 않는 거냐! 내가 죄책감으로 눈이 멀 때까지 계속 그럴 거니!"

바늘이 단추를 뚫고 나오며 마넥의 손가락을 찔렀다. "아야!" 그가 엄지손가락을 입으로 빨았다.

"계속 그런 식으로 말해라, 이 무정한 녀석아! 다 내 책임이라고 말이야. 내가 냉혹해서 재봉사들을 거리로 내몰았다고 말이야!"

그는 그녀에게 상처를 입힌 말을 취소하고 싶었다. 그녀는 감친 가두리를 더듬으면서, 마치 목에 뭔가 걸린 듯이 기침을 하기 시작했다. 그것이 주의를 끌려는 듯한 소리로 들려 마넥이 그녀에게 물을 한 잔 갖다 주었다.

물을 마시고 나서 그녀가 말했다. "당근에 대해서 네가 했던 말이 맞구나. 이제 훨씬 더 잘 보인다."

"기적이 일어났도다!" 그가 연기를 하듯이 두 손을 번쩍 치켜들자 그녀의 얼굴에 미소가 번졌다. "이제 내가 당근 수도사의 화신으로 태어났으니 모든 안경점들이 문을 닫게 될 것이다!"

"바보 같은 짓 그만해. 뭐가 잘 보이는지 말해 줄 테니까." 그녀가 물잔을 비웠다. "내가 열두 살 때 아버지께서 전염병이 있는 지역으로 일하러 가기로 하셨어. 어머니께서 무척 걱정하셨지. 어머니는 내가 아버지가 제일 아끼는 자식이었으니까 당신 마음을 돌리기를 원하셨어. 하지만 아버지께서 그곳에서 일하다가 돌아가시고 말았지. 그래서 내가 그 말만 들었더라면 아버지를 구할 수 있었다고 어머니께서 말씀하셨지."

"그건 불공평해요."

"그렇기도 하고 그렇지 않기도 해. 네가 아까 말했던 것처럼."

그는 무슨 말인지 이해했다.

자리에서 일어선 디나가 작업대 위에 쪼그려 앉아 있는 도자기 닭을 들더니 골무, 가위, 바늘을 닭의 배 속으로 집어넣었다.

"어디 가세요?"

"어딜 가다니? 지금 뭐 결혼식에라도 가는 줄 아니? 10시니까 자러 가야지."

"아직 옷을 16벌밖에 못 끝마쳤어요. 오늘 할당량은 스물두 벌이라고요."

"아이고, 사장 나리 납셨구먼."

"오늘 스물두 벌, 내일 서른 벌, 모레 여덟 벌을 마쳐서 모두 그날 정오까지 납품하는 게 제 계획이라고요."

"사장 나리, 잠깐만요. 내일하고 모레 학교는, 그리고 공부는 어떡할 건가요? 단추를 단다고 학교에서 냉장고 관련 수료증을 주지는 않을 텐데요."

"내일하고 모레 강의는 취소됐어요."

"오, 그렇구나. 그럼 난 그 다음 날 복권에 당첨되겠구나."

"그만하세요. 항상 절 의심하시잖아요." 계속 바느질을 하던 그는 마치 실이 쇠사슬이라도 되는 양 바늘로 질질 끌면서 박해받는 것처럼 한숨을 내쉬었다. "전 계속 일할 테니까, 아주머니는 주무세요."

"그러면 네가 하고 있는 아카데미상 받을 연기를 못 보라고?"

단추를 떨어뜨린 그는 신음 소리를 내며 몸을 굽히더니 노인처럼 손을 더듬으며 단추를 찾았다. "어서 가서 쉬세요. 제 걱정 마시고요." 그는 떨리는 손을 흔들어 보였다.

"네가 연기를 잘 한다고 하더니, 이 정도로 잘 하는 줄은 몰랐구나. 그래, 딱 한 벌만 더 하자."

흥정이 시작되자 갑자기 팔팔해진 마넥이 똑바로 앉았다. "오늘 할당량을 채우려면 여섯 벌을 더 해야 돼요."

"할당량은 몰라. 난 한 벌만 더 할 거야."

"그럼 세 벌만 더 해요."

"딱 두 벌만 더하자. 더 이상은 안 돼. 먼저 부엌에 다녀오마."

김이 나는 머그잔을 양 손에 하나씩 쥐고 그녀가 금방 돌아왔다. "뜨거운 홀릭스 한 잔이면 기분까지 상쾌해지지." 그 말을 입증이라도 하듯이, 한 모금 마신 그녀는 어깨를 뒤로 젖히고 의자에 꼿꼿이 앉아서 환한 미소를 지었다.

"무슨 광고를 보는 것 같네요. 그리고 모델도 따로 필요 없겠어요. 디나 아주머니가 너무 예쁘니까요."

"아부를 떨어서 매일 한 잔씩 마시려는 생각은 하지 마. 그럴 돈은 없으니까."

호호 불어가며 차를 한 모금씩 마시면서 그들은 농담을 주고받았다. 그리고 옷 두 벌을 더 작업했다. 자정 무렵이 되자 건물에는 디나의 집만 불켜진 상태로 남았다. 밤이 깊어서 창문 밖 거리는 조용하고 아파트가 암흑에 둘러싸이자, 그들의 행위에 죄가 없음에도 음모의 분위기가 풍겼다.

"이제 열여덟 벌이구나." 자정이 지난 후 일이 끝나자 그녀가 말했다. "이젠 더 이상 바느질도 못하겠다. 사장 나리, 이제 자러 가도 될까요?"

"옷만 제대로 다 접고 나서요."

"맥 콜라 나리, 알겠습니다요."

"제발, 전 그 이름 싫어요."

자신의 방으로 가던 그녀가 마넥을 껴안으며 속삭였다. "잘 자. 그리고 도와줘서 고맙다."

"아주머니도 안녕히 주무세요." 그는 들뜨고 행복한 마음으로 자러 갔다.

해가 뜨기 한 시간 전 한바탕 호각 소리가 나자 어둡고 편안한 밤의 품속으로부터 일꾼들이 끌려 나왔다. 그들은 양철 오두막집들에서 나와 공사장 식당으로 천천히 이동했다. 똥개 두 마리가 사람들의 흙투성이 발을 킁킁거리더니 흥미를 잃고 부엌 주변으로 슬금슬금 사라졌다. 어젯밤에 만든 차파티와 함께 차가 나왔다. 그런 다음 다시 호각 소리가 울려서 작업 시간을 알렸다.

새로 온 사람들은 따로 모여서 현장 감독으로부터 일을 할당받았다. 바퀴 달린 손수레 위의 거지를 제외하고 모든 사람들에게 일이 할당됐다. "거지 넌 여기 있어. 나중에 뭘 시킬지 결정할 테니까." 현장 감독이 말했다.

옴에게는 여섯 명이 한 조를 이루어 도랑 파는 일을 하라고 했다. 이시바는 콘크리트를 섞는 곳에다가 자갈을 운반하는 일을 맡았다. 현장 감독이 지시를 끝내자, 빼빼 마른 사람들이 관리인들을 따라서 각자 맡은 곳으로 흩어졌다. 모두 사라질 때까지 재봉사들은 기다렸다.

"선생님, 뭔가 실수가 있습니다." 이시바가 두 손을 하나로 모으고 현장 감독에게 다가갔다.

"이름?"

"이시바 다르지 그리고 옴프라카시 다르지입니다."

현장 감독이 할당된 일을 다시 한 번 읽었다. "아무 실수 없어."

"저희는 여기로 오면 안 되는데, 저희를…"

"너희 게으른 놈들은 모두 여기 와서는 안 된다고 생각하지. 정부에서 더 이상 용납하지 않는다. 여기서 일을 해. 그러면 음식과 잘 곳을 줄 테니까."

"저희는 일이 있습니다. 재봉사들입니다. 경찰이 선생님과 얘기하라고……"

"내가 할 일은 너희들에게 일을 주고 잘 곳을 주는 거야. 하기 싫으면 경비원들이 잡아 갈 거고."

"저희가 왜 벌을 받아야 됩니까? 저희가 무슨 죄를 졌습니까?"

"뭘 잘못 알고 있군. 이건 죄와 벌의 문제가 아냐. 이건 문제와 해결의 문제지." 그는 카키색 제복을 입고 몽둥이를 들고 순찰하던 남자 두 명을 손짓으로 불렀다. "여기에는 아무런 문제도 없어. 모두들 행복하게 일을 하지. 자, 이제 결정해."

"알겠습니다. 책임자와 말할 기회를 주십시오."

"공사 책임자는 나중에 올 거야. 지금 아침 기도하느라고 바쁘거든."

현장 감독이 직접 재봉사들을 일터로 데리고 갔다. 관리인들에게 그들을 넘기면서 특별히 주의해서 지켜보고 절대로 게으름을 피우지 못하게 하라고 일렀다. 거지가 손수레를 타고 그들과 함께 갔다. 길이 끝나고 울통불통한 곳이 나타나자 그는 더 이상 손수레를 움직일 수가 없었다. 왔던 길을 돌아가면서 거지는 재봉사들에게 손을 흔들었다. 그는 저녁에 오두막집에서 보자고 말했다.

작은 아이들이 언덕 중턱에 웅크리고 앉아 열심히 움직이고 있었다. 처음에는 햇빛 때문에 아이들의 동작이 잘 보이지 않았지만, 망치 소리가 들리면서 그들의 손놀림이 드러났다. 돌을 때려 부숴 자갈을 만들고 있었다. 죽은 풀덤불들이 말라빠진 비탈에 드문드문 보였다. 초록으로 물들이는 비의 손길은 아직 그곳에 닿지 않았다. 때때로 큰 바위가 밑으로 굴러 떨어졌다. 끊임없이 울리는 돌을 깨는 망치 소리, 멀리서 덜커덕거리는 불도저, 기중기, 레미콘, 마치 소리의 벽에다가 리듬을 새기는 듯했다. 하늘에서는 무더위가 쇠망치처럼 사정없이 내리치고 있었다.

한 여자가 자갈 바구니를 채우고 이시바가 머리 위로 들어 올리는 일을 도왔다. 힘이 든 여자의 손이 떨리자 두 팔의 주름진 헐렁한 살이 흔들렸다. 그는 무게에 눌려서 비틀거렸다. 그녀가 손을 놓자 그의 짐이 균형을 잃은 듯했다. 그는 필사적으로 바구니를 움켜쥐고 머리를 반대 방향으로 돌렸지만 바구니는 그의 목을 세게 누르면서 떨어지고 말았다.

"내 평생 이런 일은 처음이요." 두 사람의 발에 무거운 자갈이 비 오듯이 쏟아지자 그가 당황하며 말했다.

아무 말 없이 여자는 바구니를 정강이에 대고 몸을 구부리더니 다시 안을 채우기 시작했다. 희끗희끗하고 적은 숱의 땋은 머리채가 어깨 앞으로 흘러 내렸다. 그녀의 머리털은 라자람에게 별 소용이 없겠다고 이시바가 멍하니 생각했다. 괭이질을 할 때마다 그녀의 플라스틱 팔찌들이 부딪쳐서 둔탁한 소리를 냈다. 돌을 깨는 아이들의 망치 소리가 낮게 울렸다. 땀으로 반짝이는 그녀의 팔뚝이 힘차게 앞뒤로 움직이는 모습을 그는 지켜보았다. 그때 그는 뒤에서 자갈을 기다리는 사람들의 줄이 더 길어진 걸 발견했다. 실수를 만회하려고 그는 무릎을 땅에 대고 그녀를 도왔다. 그는 두 손으로 자갈을 퍼서 바구니에 담았다.

"채우는 건 내 일이고 당신은 옮기기만 하면 돼요." 그녀가 말했다.

"괜찮소. 상관없어요."

"당신이야 상관없지만 관리인은 신경 써요."

자갈 담기를 그만둔 이시바가 그녀에게 이 일을 얼마나 오래했느냐고 물었다.

"어릴 때부터요."

"돈은 많이 줍니까?"

"굶어 죽지 않을 정도로요." 짐을 지기 위해서 머리와 어깨를 어떻게 쓰는지 그녀가 가르쳐 준 다음에, 그들은 바구니를 함께 들어 올렸다. 그는 다시 비틀거렸지만 바구니를 간신히 이고 있었다.

"됐죠? 일단 균형 잡는 법을 알고 나면 쉬워요." 그를 격려하고 그녀는 콘크리트를 섞고 있는 사람들이 있는 곳을 가리켰다. 비틀거리며 몇 번 넘어질 뻔하면서도 그는 목적지에 도착해서 자갈을 부었다. 그런 다음 빈 바구니를 들고 여자에게 돌아갔다. 그 일이 계속 반복됐다.

몇 번 왔다갔다 하자 그의 얼굴에서 땀이 비 오듯이 흘러내렸다. 땅이 빙글빙글 돌자, 그는 물 한 잔 마시러 가도 되겠냐고 물었다. 관리인이 안 된다고 했다. "시간이 되면 물을 나르는 사람이 올 거야."

관리인이 지켜보는 가운데 여자가 되도록 천천히 바구니를 채웠다. 이시바는 조금이라도 더 쉴 수 있어서 고마워했다. 그는 눈을 감고 숨을 깊이 들이쉬었다.

"넘치도록 채워!" 관리인이 소리를 질렀다. "반만 채우고 돈을 받겠다는 거야!" 그녀는 팽이를 네 번 더 채워 담았다. 짐을 들어 올릴 때 그녀가 바구니를 살짝 기울여 무게를 덜어 주었다.

아침 내내 혹사 당한 그는 어지러움과 싸우며 비틀거리면서 왔다갔다 했다. 마음속에는 아무런 생각도 들지 않았다. 공사장 한쪽 끝에서 폭발음이 들리자 먼지 구름들이 자갈밭으로 밀려들었고, 여자가 사리를 당겨 코를 막았다. 그는 돌을 깨는 망치 소리가 없었다면 짙은 먼지 속에서 길을 잃었을 거라고 생각했다. 앞이 보이지 않는 느낌은 먼지가 사라지고 나서도 계속 되었다. 망치 소리의 끈을 꽉 쥐고서 그는 자갈밭과 콘크리트를 섞는 사람들 사이를 맴돌았다.

물을 나르는 사람이 도착하기까지 정말 오랜 시간이 흐른 듯했다. 돌 깨는 망치 소리가 조용해졌다. 마른 혀들이 물을 마시는 소리를 듣고 나서 이시바는 물을 운반하는 사람을 보았다. 물을 담은 부푼 가죽 부대가 짙은 갈색 동물처럼 그의 어깨에 매달려 있었고, 가죽 끈이 그의 살을 깊숙이 파고들었다. 불룩하고 무거운 부대 때문에 발걸음이 불안정했던 장님 남자가 일꾼들 사이를 지나갔다. 목마른 사람은 누구든지 그의 손을 만져 멈춰 세웠다. 장님 남자가 낮은 목소리로 자작곡을 불렀다.

아, 나를 부르시오
그러면 내가 당신의 갈증을 풀어 드리리다
하지만 도대체 누가
목마른 내 눈의 갈증을 풀어 줄 수가 있겠소?

물을 운반하는 남자 앞에 이시바는 무릎을 땅에 대고 앉아서 가죽 물 꼭지에 입을 대고 들이켰다. 입을 떼자 찬물이 고맙게도 얼굴에 튀었다. 관리인이 소리를 질렀다. "아껴 써, 물을 낭비하면 어떡해! 그건 마실 물이야!" 이시바는 서둘러 일어나서 자갈 담는 바구니가 있는 곳으로 돌아갔다.

물을 나르는 남자가 옴이 일하는 곳에 도착했을 때 물을 담은 가죽 부대는 가벼웠다. 그의 발걸음도 마찬가지였다. 도랑 파는 사람 여섯 명이 먼저 물을 마시고, 파낸 흙을 치우던 여자들이 그 뒤를 이었다. 여자들의 어린아이들은 도랑 근처에서 놀고 있었다. 여자들이 손바닥에 물을 담아서 아이들에게 먹였다.

옴은 손가락들을 물에 적셔서 머리를 뒤로 넘겼다. 그런 다음 부러진 빗을 꺼내 머리를 빗어 올렸다. "이 자식아, 지금 멋이나 낼 때냐!" 관리인이 소리를 질렀다. "어서 일하러 돌아가!"

옴은 빗을 치우고 아무런 관심도 없는 도랑 파기를 다시 시작했다. 흙더미를 모으려고 몸을 숙일 때 여자들의 가슴이 흘러내려 촐리에 매달려 있는 광경을 그는 즐겁게 바라봤다. 머리에 짐을 인 여자들은 옷매무새를 바로 하고 팔다리를 유연하고 부드럽게 움직이며 똑바로 서서 걸었다. 놋쇠 단지를 이고 엉덩이를 흔들던 수돗가의 샨티 같았다.

느리고 힘든 시간이 계속 되자, 여자들은 더 이상 옴에게 일의 고통을 덜어 주지 못했다. 가위, 바늘, 실에 익숙한 손에 버거운 곡괭이를 쥐고서 그는 도랑에 허리를 굽히고 단단한 땅과 사투를 벌였다. 여자들의 눈에 약골로 보일지도 모른다는 부끄러움 때문에 그는 일을 멈추지 않았다. 일을 시작한 지 몇 분 만에 생긴 물집들이 이제는 모조리 다 터지고 말았다. 그는 등을 간신히 펼 수 있었고, 어깨에 마치 불이 붙은 듯 화끈거렸다.

도랑 옆에 있던 한 어린아이가 울기 시작했다. 엄마가 바구니를 놓고 갔다. "이 미친 게으른 년아, 어서 일하러 가!" 관리인이 소리쳤다.

"애가 울잖아요." 그녀는 아이를 들어 올렸다. 먼지로 뒤덮인 아이의 두 뺨을 따라서 눈물이 흘러내리자 반짝이는 흔적들이 만들어졌다.

"애들이 우는 건 당연한 거야. 울다가 보면 그치는 거고. 변명하지 마!" 아이를 뺏을 듯이 관리인이 다가갔다. 그녀는 아이를 살며시 땅바닥에 내려놓고 혼자 놀도록 했다.

점심시간을 알리는 호각 소리가 울리자 옴과 이시바는 너무 지쳐서 맹물 섞은 야채들을 먹고 싶은 생각이 없었다. 그러나 남은 하루를 견디기 위해서는 먹어야만 했다. 그들은 재빨리 음식을 삼킨 후 양철 오두막집의 그늘로 들어가 잠시 쉬었다.

호각 소리가 울리고 점심시간이 끝났다. 일터로 돌아간 후, 그들은 구역질을 하기 시작했다. 토사물이 솟아져 나왔다. 배를 채우는 것보다 비우는데 훨씬 짧은 시간이 걸렸다. 어지럼증과 싸우며 그들은 쭈그려 앉았다. 땅에 가까워지자 편안해졌다.

관리인이 그들의 머리를 몇 번 때리더니 멱살을 잡아당기고 어깨를 쥐고 흔들었다. 재봉사들은 신음 소리를 내면서 좀 봐 달라고 했다. 그러자 현장 감독이 달려왔다.

"또 뭐가 문제야? 문제를 일으키려고 작정한 거야 뭐야?"

"몸이 아픕니다." 이시바가 까마귀 한 마리가 살피고 있는 토사물 두 덩어리를 증거물로 가리켰다. "저희는 이런 일에 익숙지가 않습니다."

"익숙해질 거야."

"공사 책임자를 만나게 해 주십시오."

"여기 없어." 현장 감독이 이시바의 겨드랑이로 손을 집어넣고 일으켜 세웠다. 입에 토사물 자국이 있던 이시바가 좌우로 비틀거리다 일어서더니 현장 감독 쪽으로 기울어졌다. 토사물이 묻을까 두려웠던 현장 감독이 그를 잽싸게 뒤로 밀었다. "알았어, 가서 좀 자. 어서 가."

그날 오후 그들은 양철 오두막집에서 아무런 방해도 받지 않고 쉬었다. 해질 무렵에 그들은 사람들이 공사장 식당으로 향하는 소리를 들었다. 이시바가 옴에게 배가 고프냐고 물었다. "네, 배고파요." 옴의 말에 그들은 함께 일어났다. 또다시 어지럽자 그들은 다시 누웠다. 밀려드는 잠을 그들은 거부하지 않았다.

얼마 후 거지가 손수레를 타고 음식을 가져왔다. 잘린 무릎 위에 놓인 음식을 쏟지 않으려고 조심하며 그는 손수레를 아주 천천히 움직였다. "아픈 거 봤어요. 이거 좀 먹어요. 그러면 힘이 날 테니까. 서둘지 말고 잘 씹어서 드세요."

재봉사들이 거지에게 고맙다고 했다. 거지는 그들이 먹는 모습을 흐뭇하게 지켜보았다. "난 벌써 먹었어요."

이시바가 물 잔을 비우자 거지가 물을 더 떠 오려고 손수레를 움직이기 시작했다. "잠깐, 내가 갈게. 이제 괜찮아." 옴이 말했다.

그러나 거지는 물 잔을 가득 채워서 금방 돌아왔다. 차파티를 더 먹겠냐고 거지가 물었다. "부엌에서 일하는 사람하고 친구가 되었지요. 그래서 원하는 만큼 가져올 수 있어요."

"아니, 됐다. 정말 배부르구나. 고맙다." 이시바가 거지에게 이름이 뭐냐고 물었다.

"다들 지렁이라고 부르죠."

"왜?"

"말했잖습니까. 왕초가 바퀴 달린 손수레를 주기 전에는 기어 다녔다고요."

"지금은 손수레를 타고 다니잖아. 진짜 이름이 뭐야?"

"샨카요."

반 시간을 더 재봉사들과 함께 머물면서 이야기를 나누던 거지는 하루 종일 돌아다녔던 관개 공사 현장에 대해서 말해주었다. 그런 다음 그는 재봉사들에게 내일을 위해서 일찍 자라고 했다. 잠시 후 재봉사들이 가볍게 코를 골자 거지는 혼자 기분 좋게 웃으며 손수레를 타고 사라졌다.

9장 막무가내 법

문간에서 웬 여자가 손짓으로 디나를 불러 은밀하게 바구니를 보여 주었다. "토마토 필요해요?" 여자가 속삭였다. "크고 신선한 토마토 살래요?"

디나는 고개를 가로저었다. 토마토가 아니라 재봉사들을 구하는 중이었다. 한참 앞에는 웬 남자가 가죽 지갑들이 든 상자를 들고 구석진 곳에 숨어 있었다. 숨어 있던 또 다른 남자는 두 팔에 바나나를 한 더미 들고 있었다. 모두들 경찰을 경계하고 사방을 살피며 언제든지 도망칠 태세였다. 부서진 노점들의 잔해가 길바닥에 널려 있었다.

그녀는 거리의 일상이 국가비상사태에 휩쓸려 버린 황폐한 거리를 돌아다녔다. 이시바와 옴을 대신할 재봉사들을 찾을 수 있는 가능성이 더크다고 스스로를 위로했다. 길거리 노점에서 장사하던 재봉사들이 다른일을 찾으려 할 수도 있기 때문이다.

오레보아 수출 회사에 마지막 물량을 납품하면서 그녀는 굽타 부인에게 재봉사들이 2주일 동안 휴가를 간다고 대수롭지 않게 말했다. 그러나재봉사들이 없는 2주일이 끝나자 그녀는 자신이 너무 낙관적이었다는걸 깨달았다. 일을 다시 시작하는 것이 더 늦어질 거라고 굽타 부인에게 알려야 했다.

디나는 굽타 부인의 머리 모양을 칭찬하며 이야기를 시작했다. "정말 예뻡니다. 비너스 미장원에서 오시는 길이세요?"

"아뇨. 이상한 델 갔어요." 그녀가 부루퉁하게 말했다. "제노비아한테 실망했어요."

"아니 왜요?"

"급하게 예약을 하려고 했는데 제노비아가 예약이 다 찼다더군요. 제 일 단골손님인 나한테 말이에요."

이런, 대화 주제를 잘못 골랐구나, 하고 디나가 생각했다. "그런데 재 봉사들이 더 늦어질 것 같아서요."

"그러면 정말 곤란한데. 얼마나요?"

"글쎄요, 아마도 2주일은 더 걸릴 것 같은데요. 고향 마을에서 병이 났 답니다."

"그 사람들이야 늘 그렇게 말하죠. 그런 변명 때문에 일할 시간을 너무 많이 까먹어요. 아마 고향에서 술 마시고 춤이나 추고 있겠죠. 발전에서 는 우리가 제3세계지만 무단결근하고 파업하는 데는 일등이에요."

멍청한 여자 같으니라고. 불쌍한 이시바와 옴이 얼마나 열심히 일했고 얼마나 고통 받았는지도 모르면서, 하고 디나는 생각했다.

"걱정 말아요. 국가비상사태가 국가에 좋은 약이 될 테니까. 조만간 모 든 사람들의 나쁜 습관을 고쳐줄 거예요."

그녀의 만성적인 멍청함도 치료되기를 바라며 디나가 맞장구쳤다. "맞아요. 그러면 정말 큰 발전을 이룰 수 있겠네요."

"달랄 부인, 그러면 2주일 더 쉬는 걸로 해요, 하지만 그 이상은 곤란해 요. 지연은 무질서의 부산물이니까. 엄격한 규칙과 강한 지도력만이 성공을 이룰 수 있어요. 규율이 없으면 항상 무질서해져요. 하지만 규율의 열매는 달콤하죠."

그 말을 믿지도 않으면서 다 듣고 난 디나는 작별 인사를 했다. 굽타 부인이 부업으로 혹은 취미로 국가비상사태 구호들을 만드는 게 아닌지 그녀는 궁금했다. 아마도 굽타 부인이 정부 구호와 광고 전단 들을 너무 많이 접해서 정상적으로 말할 능력을 상실했는지도 몰랐다.

굽타 부인의 경고가 디나의 귀에 최후통첩처럼 울리면서 또다시 2주일이 시작되었을 때, 집세 걷는 사람이 정해진 날짜에 도착했다. 그는 고동색 페즈모를 들어 올리려고 오른손을 들려고 했다. 그러나 그는 어깨 통증 때문에 인사를 제대로 하지 못했다. 모자를 들어 올리는 대신에 검정색 세르와니의 옷깃을 손으로 당겼다.

"흥, 집세를 걷으러 왔군요." 그녀가 콧방귀를 뀌었다. "기다려요, 돈을 가져올 테니까."

"고맙소." 이브라힘이 애교 있는 미소를 지었지만 현관문이 그의 면상을 두고 닫혔다. 그는 옷깃에서 손을 떼고 코담배가 묻은 콧구멍을 비볐다. 그러나 하얗고 무성한 턱수염과 대조적으로 면도를 깨끗이 한 윗입술에 쏟아졌던 고운 갈색 가루들을 털어 내지는 못했다.

그는 세르와니 밑으로 손을 집어넣고 손수건 끄트머리를 잡아당겼다. 손수건으로 이마를 닦고, 다시 손수건을 바지 주머니로 쑤셔 넣어서 한쪽 끄트머리만 밖에 매달려 있도록 만들었다.

그는 한숨을 쉬며 벽에 기댔다. 정오밖에 안 됐지만 그는 벌써 기진맥진했다. 비록 수금을 일찍 끝낸다고 하더라도 갈 데가 없었다. 아침 아홉 시부터 밤 아홉 시까지 그의 방은 야근을 하는 공장 노동자에게 세를 주었다. 거리를 방랑할 수밖에 없었던 이브라힘은 집으로 돌아가 노동자의 냄새를 맡으며 잠잘 시간이 될 때까지 공원 벤치나 버스 정류장 난간에 앉아 있거나 거리 구석의 노점에서 차를 마셨다. 이게 사는 건가? 아니면 잔인한 농담인가? 그는 더 이상 운명의 저울이 공평한 균형을 이루리라고 믿지 않았다. 냄비가 비지 않고 며칠 밤낮을 지낼 수 있는 음식이 조금이라도 남아 있다면 그것으로 충분했다. 이제 그는 더 이상 조물주로부터 바라는 것이 없었다.

집 밖에서 기다리는 동안 그는 그녀의 영수증을 찾아보기로 했다. 조심스럽게 고무 밴드를 위로 당겼다. 서류철의 모서리까지 안전하게 끌어당긴 고무 밴드가 그만 툭 하고 빠져나와 코를 세게 때려 그는 서류철을 떨어트리고 말았다.

안에 들어 있던 내용물들이 흩어졌다. 중요한 서류들을 모으려고 그는 무릎을 땅에 대고 앉았다. 그의 두 손이 어눌하게 서류들을 더듬었다. 서류 두 장을 집을 때마다 한 장이 손에서 빠져나갔다. 산들바람이 서류들을 불길하게 스치고 지나가자 그는 당황했다. 종이가 구겨지는 것에 상관없이 그는 손바닥으로 서류들을 쓸어 담았다.

집세를 손에 들고 디나가 현관문을 열었다. 그녀는 잠시 노인네가 쓰러진 줄 알았다. 그를 도우려고 몸을 숙였다. 그때 상황을 알아차린 그녀는 집주인의 간첩으로부터 떨어져서 자신의 적이 당황하는 걸 그냥 지켜보았다.

"미안하오." 그가 올려다보면서 웃었다. "나이가 많아서 손놀림이 엉망이오. 그래도 어쩌겠소." 그는 모든 서류를 비닐 서류철에 집어넣었다. 큰 고무 밴드는 보관하려고 팔목에 둘렀다. 그가 자리에서 일어서며 비틀거렸다. 그를 잡으려고 디나가 반사적으로 손을 내밀었다.

"허허, 걱정 마시오. 아직은 다리가 제대로 움직이니까."

"세어 보세요." 그녀는 엄숙하게 돈을 내밀었다.

불안한 서류철을 두 손으로 꽉 쥐고 있어서 그는 돈을 받을 수가 없었다. 재봉틀 기계 소리를 들어 보려고 그는 귀를 쫑긋 세웠다. 아무 소리도 들리지 않았다. "영수증을 찾게 잠시만 앉아도 되겠소? 안 그러면 전부 또 땅으로 떨어질 거요. 손이 심하게 떨려서요."

의자가 필요한 상황이었고 그가 틀림없이 그것을 악용할 것임을 그녀는 알았다. "그러세요. 들어오세요." 그녀는 현관문을 활짝 열었다. 오늘은 아무것도 숨길 것이 없었다.

흥분한 이브라힘은 피곤으로 인한 떨림이 더 심해졌다. 몇 달간의 노력 끝에 마침내 그는 안으로 들어왔다. "서류들이 죄다 뒤죽박죽이오." 그가 미안해하면서 말했다. "그래도 당신 영수증은 찾을 테니까 걱정 마시오." 다시 그는 안쪽 방에서 무슨 소리가 들리는지 보려고 귀를 쫑긋 세웠다. 그렇지, 당연히 쥐 죽은 듯이 조용히 하고 있겠지.

"아, 여기 있군." 이름과 주소는 이미 적혀 있었다. 그는 금액과 날짜를 기입했다. 그리고 밑에 붙은 수입 인지 위로 구불구불한 서명을 하고 돈을 받았다.

"세어 보세요."

"그럴 필요 없소. 당신처럼 20년을 여기서 산 사람을 못 믿는다면 누구를 믿을 수 있겠소?" 그럼에도 불구하고 그는 돈을 세기 시작했다. "당신 기분을 맞추기 위한 거요." 그가 세르와니 안주머니에서 두꺼운 돈뭉치를 꺼내 디나가 준 돈을 합치자 돈뭉치가 더 두꺼워졌다. 비닐 서류철처럼 돈뭉치는 고무 밴드로 고정되어 있었다.

"자, 여기 온 김에 내가 뭐 도와줄 일이라도 있소? 수도꼭지가 샌다거나, 뭐가 부서졌다거나 한 게 있나요? 안쪽 방의 벽토는 괜찮소?"

"글쎄요." 점검이라도 하겠다는 건가, 하고 그녀가 화를 내며 속으로 중얼거렸다. 세입자들이 불평을 하다가 기진맥진할 지경인데, 여기 이 악당은 가식적인 웃음을 지으며 신경 써 주는 척하고 있다. "직접 확인하세요."

"원한다면 그렇게 하지요."

그는 안쪽 방의 벽을 주먹으로 가볍게 때렸다. "벽토는 괜찮군." 조용한 재봉틀에 실망감을 감추지 못하며 그가 중얼거렸다. 그때 싱어 재봉틀을 처음 보기라도 한 것처럼 그가 말했다. "방에 재봉틀이 두 대나 있군요."

"재봉틀을 두 대 두지 말라는 법이라도 있나요?"

"그런 법이야 없죠. 그냥 물었소. 하지만 요즘은 말도 안 되는 국가비상사태 때문에 무슨 법이 생겼는지 알 수도 없어요. 정부가 매일 우리를 놀래게 만드니까." 그는 공허하게 웃었고, 그녀는 그 말에 무슨 협박이 숨어 있는 건 아닌지 궁금했다.

"하나는 작은 바늘을 쓰고, 다른 하나는 큰 바늘을 쓰는 거예요." 그녀가 즉흥적으로 말했다. "재봉틀 압착기와 압력도 달라요. 전 재봉틀로 커튼, 시트, 옷 같은 작업을 많이 해요. 그걸 하려면 특별한 기계가 필요하죠."

"내 눈에는 다 똑같아 보이는데, 하기야 재봉에 대해서 내가 아는 게 없으니까." 그들이 마넥의 방으로 갔을 때 이브라힘이 직접적으로 물었다. "여기가 바로 젊은 남자가 사는 곳이오?"

"뭐라고요?"

"젊은 남자요. 당신 하숙생 말이오."

"감히 어떻게! 감히 어떻게 내가 젊은 남자를 데리고 산다고 할 수 있어요! 당신한테는 내가 그런 여자로 보여요? 내가 단지……"

"제발, 난 그런 뜻이 아니고……"

"감히 어떻게 나를 모욕하고 거기다가 말까지 끊어요! 내가 단지 가난하고 의지할 데 없는 과부라고 해서 그런 더러운 말을 하고도 무사할 거라고 생각하는 거예요! 힘없고 외로운 과부를 능욕하다니, 당신 정말 뻔뻔하고도 대담하군요!"

"내 말은 그게 아니라……"

"요즘 남자들은 도대체 어떻게 된 거예요? 여자들의 명예를 지켜 주기는커녕 순진한 사람들을 모욕하고 더럽히기만 하잖아요. 그리고 당신도 마찬가지예요! 수염이 하얀 사람이 그런 더럽고 못된 말을 할 수가 있어요! 어머니나 딸도 없어요? 좀 부끄러운 줄 아세요!"

"용서하시오. 난 나쁜 뜻으로 말한 게 아니라 그저……"

"상처를 입히고 나서 나쁜 뜻이 아니었다고 말하기는 쉽죠!"

"아니 상처라니요? 나같이 어리석은 늙은이가 바보 같은 소문을 믿었으니 제발 용서하시오."

이브라힘은 비닐 서류철을 꽉 쥐고 도망쳤다. 작별 인사로 페즈모를 들어 올리려고 했지만 아까처럼 제대로 되질 않았다. 그는 다시 세르와니의 옷깃을 당기며 인사를 대신했다. "고맙소. 그럼 다음 달에 또 오겠소. 언제든 불러만 주면 도와주겠소."

그가 너무 위선적으로 살갑게 굴어서 그녀는 꾸짖고 싶은 생각이 들었다. 그리고 그가 너무 쉽게 빠져나간다는 느낌이 들었다. 그러나 어쨌든 그는 노인네였다. 집주인이 젊은 고용인을 보냈더라면 혼쭐을 냈을 것이다.

오후에 마넥 앞에서 상황을 재현하던 그녀는 그의 요청에 따라서 어떤 부분은 두 번씩 반복했다. 그는 능욕을 당한 여인의 연기를 가장 좋아했다. "괴롭힘을 당한 불쌍한 여인의 포즈 한 번 볼래?" 그녀는 두 손을 어깨에 올리고 팔짱을 끼며 가슴을 감쌌다. "난 이렇게 서 있었어. 그 사람이 날 공격이라도 할 것처럼 말이야. 불쌍한 작자가 부끄러워서 고개를 돌리더군. 내가 너무 짓궂었어. 하지만 그 사람은 그런 대접을 받아도 싸."

잠시 후, 마치 식빵 하나를 아주 얇게 썰어 놓고 빵이 많은 척하는 것처럼, 그들의 웃음에는 절망적인 허세가 띠었다. 갑자기 방에 정적이 찾아들었다. 방세를 걷는 사람의 방문은 마지막 작은 즐거움이었다.

"연극을 하면서 돈을 줬어." 그녀가 말했다.

"적어도 집세는 냈잖아요. 전기세랑 수도세도요."

"전기를 먹을 수는 없잖니."

"제 용돈 쓰세요. 이번 달에는 필요 없거든요." 그가 지갑에 손을 뻗쳤다.

그녀는 몸을 앞으로 숙이고 그의 뺨을 어루만졌다.

행복했던 시절 싱어 재봉틀에서 떠들썩하게 재빨리 쏟아지던 바느질 선들처럼 또다시 2주일이 금방 흘러갔다. 재봉사들과 함께 했던 몇 달간에 벌어진 초조함과 지각, 말다툼과 비뚤어진 솔기들이 자신의 기억 속에서 이미 그리움으로 떠오르는 뭔가 소중한 것으로 바뀌었음을 디나는 아직 알아채지 못했다.

월말에 할부금 걷는 사람이 재봉틀을 살펴보러 왔다. 이시바와 옴의 할부금이 연체되었다. 그에게 싱어 재봉틀이 안전하다는 걸 보여 주면서 그녀는 유예 기간을 달라고 설득했다. "걱정 마세요. 재봉사들이 할부금을 세 번은 거뜬히 낼 수 있을 거예요. 고향에 급한 집안일이 생겨서 늦어지고 있으니까."

그녀는 온종일 새로운 재봉사들을 찾았지만 아무런 소득이 없었다. 이따금 마넥이 동행해주면 그녀는 고마워했다. 그와 함께 다니면 처량한 방랑이 덜 고달팠다. 학교를 빼먹어서 행복했던 그는, 부모님에게 편지를 쓰겠다는 그녀의 협박이 없었더라면 더 자주 함께 갔을 터였다. "나한테 더 많은 문제를 일으키지 마라. 사실, 다음 주까지 재봉사들을 구하지 못하면 누스완에게 집세를 빌려야 해." 그녀는 그러한 생각에 몸서리를 쳤다. "또다시 그의 말도 안 되는 헛소리를 들어야 돼. 저번에 너한테 말했지? 재혼을 하라는 둥, 고집을 부리면 불행해진다는 둥."

"괜찮으시다면 저도 함께 갈게요."

"그거 좋겠구나."

저녁에 그들은 이불을 만드느라 바빴다. 새로운 재료가 없어서 헝겊 조각들이 줄어들자 그녀는 지금까지 사용하지 않았던, 이불 모양에 그다지 어울리지 않는 무른 시폰 조각들을 사용할 수밖에 없었다. 그들은 시폰을 기워 작은 직사각형 주머니들을 만들어서 단단한 천 부스러기들을 채워 넣었다. 시폰을 다 쓰고 나자 이불은 더 이상 커지지 않았다.

"어서 오시오." 현장 감독이 한 트럭의 노숙자들을 새로 공사장에 싣고 온 공무 해결사를 맞았다.

머리를 숙여 인사하고 공무 해결사는 말린 과일이 담긴, 셀로판으로 싼 커다란 상자를 내밀었다. 그는 케사르 경장에게 주는 돈과 현장 감독에게서 받는 돈의 차액으로 상당한 이익을 얻었다. 바퀴는 계속해서 기름을 쳐줘야 한다.

캐슈, 피스타치오, 아몬드, 건포도, 살구 등이 뚜껑 창으로 보였다. "사모님과 아이들 갖다 주십시오. 아이고, 그러지 마시고 제발 받으십시오." 현장 감독이 거절하는 동작을 취하자 그가 말했다. "별거 아닙니다. 그냥 작은 감사의 표시일 뿐입니다."

공사 책임자 역시 노숙자들이 새로 도착하자 매우 기뻐했다. 그러한 제도 때문에 그는 임금을 마음대로 착취할 수 있었다. 공짜 노동력이 효율성에서는 부족했지만 숫자로는 날조하기가 쉬웠다. 관개 공사가 확장되었지만 더 이상 돈을 주고 일꾼들을 고용할 필요가 없었다.

사실, 몇몇 유급 일꾼들이 해고 당하자 남아 있던 날품팔이 노동자들이 위협을 느끼기 시작했다. 그들의 눈에는 밀려드는 배고프고 빼빼 마르고 해골만 남은 사람들이 적군으로 보였다. 처음에는 하찮은 작은 일에 끙끙대던 거지들과 노숙자들을 동정심과 즐거움으로 바라보았지만, 이제는 그들이 자신들의 생계를 빼앗으려고 혈안이 된 침입자들처럼 보였다. 날품팔이 노동자들은 그들에게 분노를 표출하기 시작했다.

새로 온 사람들은 늘 괴롭힘을 당했다. 욕하고 밀고 찌르기는 너무나 흔했다. 삽자루가 도랑에서 튀어나와 발을 걸었다. 발판과 높이 세운 단에서 침이 새똥처럼, 그러나 정확하게 떨어졌다. 식사 시간에는 갑자기 서툴러진 팔꿈치들이 그릇들을 쳐서 뒤집어엎었고, 규칙에 따라 음식을 두 번 가져가지 못했기 때문에 거지들과 노숙자들은 자주 땅바닥에 떨어진 것들을 주워 먹었다. 비록 그들 대부분이 쓰레기를 뒤지는 데 익숙했지만, 묽은 콩 수프는 마른 땅으로 근방 빨려 들어갔다. 차파티나 야채 조각 같은 고체들만 건질 수 있었다.

이런 것들은 현장 감독에게 탄원해도 소용없었다. 위에서 보기에는 관리자들이 간섭할 필요도 없는 순조롭고 경제적인 작업이었다.

첫 주가 끝날 즈음, 이시바와 옴은 지옥에서 끝없이 긴 시간을 보낸 것만 같았다. 그들은 새벽에 울리는 호각 소리에 간신히 일어날 수 있었다. 잠자리에서 일어나면 현기증 때문에 세상이 춤을 추는 듯했다. 오래 끓인 독한 차를 한 잔 마시고 나면 어느 정도 진정되었다. 관리인들과 유급 일꾼들의 당혹스러운 위협과 모욕을 들으면서 그들은 하루 종일 비틀거렸다. 극도로 피곤했던 그들은 앙상한 무릎을 끌어당긴 채 초저녁에 잠이 들었다.

어느 날 밤 그들이 자고 있을 때 가죽 샌들을 도둑맞았다. 혹시나 같은 오두막집에서 사는 사람들 중에 누가 가져갔는지 궁금했다. 남는 샌들을 줄지도 모른다는 희망을 가지고 그들은 맨발로 현장 감독에게 신고를 하러 갔다.

"조심했어야지." 몸을 구부려 자신의 샌들을 신으면서 현장 감독이 말했다. "내가 어떻게 모든 사람들의 샌들을 지켜 주나? 어쨌든 큰 문제는 아니다. 수도승들과 탁발승들 모두 맨발로 다니잖아. 그리고 M. F. 후사인도 마찬가지고."

"선생님, M. F. 후사인이 누굽니까?" 이시바가 겸손하게 물었다. "혹시 정부의 장관입니까?"

"우리나라의 아주 유명한 예술가야. 그 사람은 대지와 맞닿는 걸 유지하려고 신발을 신지 않아. 그러니 당신들이 왜 샌들이 필요하겠어?"

공사 현장에 비축된 물자에는 남는 신발이 없었다. 누가 실수로 샌들을 가져갔을지도 몰라서 재봉사들은 오두막집 안을 한 번 더 살폈다. 그런 다음 그들은 날카로운 돌멩이들을 피하면서 조심스럽게 공사장으로 걸어갔다.

"조만간 어릴 때 발바닥처럼 되겠구나." 이시바가 말했다. "네 할아버지께서는 가죽 샌들을 신지 않으셨어. 그리고 네 아버지와 나도 아시라프 아저씨 밑에서 도제 기간이 끝날 때까지 샌들을 사 신을 여유가 없었고. 그때 우리 발바닥은 가죽과 다름없었어. 마치 차마르들이 무두질을 한 소가죽처럼 거칠었지."

저녁에 이시바는 발바닥이 벌써 딱딱해지고 있다고 했다. 먼지로 뒤덮인 발바닥을 만족스럽게 살피던 그는 손가락으로 거친 살갗을 즐겁게 만졌다. 그러나 옴은 몹시 고통스러웠다. 그는 맨발로 다녀 본 적이 없었다.

둘째 주가 시작됐을 때, 이시바의 어지럼증은 아침에 차를 한 잔 마시고도 계속됐으며 점점 강해지는 열기 때문에 더욱 심해졌다. 태양이 그의 머리를 거대한 주먹으로 내리치는 것 같았다. 정오쯤에 그는 발을 헛디뎌서 자갈 바구니와 함께 도랑에 빠졌다.

"의사에게 데려가." 관리인이 남자 두 명에게 명령했다. 이시바는 그들의 어깨에 팔을 걸치고 한 발로 깡충깡충 뛰면서 공사 현장의 의무실로 갔다.

흰 가운을 입은 의사는 무슨 일이 있었는지 듣기도 전에 유리관과 병들이 늘어선 쪽으로 몸을 돌렸다. 대부분 텅 비어 있었지만 늘어선 모습이 인상적이었다. 그가 연고를 꺼내자, 이시바가 한쪽 다리로 균형을 잡고 다친 발목을 들어 올리며 한 번 살펴봐 달라고 했다. "의사 선생님, 여기가 아픕니다."

의사가 발을 내리라고 했다. "부러진 데는 없으니까, 걱정 마쇼. 연고 바르면 나을 거요."

흰 가운을 입은 남자는 이시바에게 그날은 쉬라는 허락을 내렸다. 이시바와 함께 오두막집에 있던 샨카는 간간이 음식과 차를 가지러 손수레를 타고 나갔다. "아뇨, 그냥 누워 계세요. 필요한 건 말씀만 하세요."

"소변을 봐야 되는데."

샨카가 손수레에서 미끄러져 내리더니 이시바에게 올라타라는 몸짓을 했다. "다친 발에 무리를 가하면 안 돼요." 그가 말했다.

이시바는 다리도 없는 거지가 다른 사람의 다리를 끔찍이 위해 주는 것에 감동했다. 조심스럽게 손수레에 앉아 책상다리를 한 그는, 샨카가 하듯이 손을 이용해서 손수레를 굴렸다. 보기보다 쉽지 않았다. 화장실에서 돌아오자 그의 양팔에서 모든 기운이 빠져나갔다.

"제 손수레 어때요?" 샨카가 물었다.

"아주 편하구먼."

다음 날 이시바는 발목이 붓고 아팠지만 일어나 자갈밭으로 절뚝거리며 가야 했다. 관리인이 그에게 자갈을 나르는 대신에 여자들과 함께 바구니를 채우라고 했다. "앉아서 해도 돼."

이시바보다 더 심한 사고를 당한 사람들도 있었다. 돌을 부수는 일을 하던 장님 여자기 며칠 동안 일을 잘 하다가 어느 날 망치로 자신의 손가락들을 으스러뜨렸다. 어린아이 하나는 비계에서 떨어져 두 다리가 부러졌다. 어깨에 지게를 메고 좌우에 달린 통에 모래를 나르던 팔이 없는 남자는 균형을 잃고 지게가 벗겨지자 목에 부상을 입었다.

주말이 되자 새로 온 사람들 수십 명이 무용지물로 분류됐다. 의사는 자신이 가장 아끼는 연고로 그들을 치료했다. 기분이 좋을 때면 그는 접골용 부목을 대거나 붕대를 감아 주기도 했다. 샨카는 환자들의 음식을 나르는 일을 맡았다. 그 일이 좋아서 식사 시간이 되기만을 간절히 바라던 그는 손수레를 타고 뜨거운 부엌에서 신음 소리가 나는 오두막집들로 새로운 목적의식을 가지고 움직였다. 가는 곳마다 그는 환자들로부터 감사와 축복을 받았다.

그러나 그가 정말로 원했던 것은 의사가 할 수 없었던 그들의 상처를 돌봐 주고 고통을 덜어 주는 일이었다. "그 사람은 똑똑한 의사가 아닌 것 같아요." 그가 이시바와 옴에게 살짝 말했다. "모든 사람들에게 똑같은 약을 써요."

환자들이 길고 무더운 날 내내 도와 달라고 외치면, 샨카가 그들에게 말을 걸고 물로 이마를 적시며 곧 나아질 거라고 위로했다. 배고프고 지친 일꾼들이 저녁에 돌아오면 쉴 새 없는 신음 소리에 짜증을 냈다. 밤늦게까지 신음 소리가 계속 돼서 그들은 잠을 잘 수가 없었다. 그렇게 며칠 밤이 지나자 마침내 누군가가 신고를 하러 갔다.

잠이 깨서 화가 난 현장 감독이 부상자들을 나무랐다. "의사 선생이 너희들을 아주 잘 돌봐 주고 있다. 더 이상 바라는 게 뭐냐? 병원으로 가면 여기보다 나을 줄 알아? 병원은 사람이 너무 많고 제대로 운영이 되질 않아서 간호사들이 너희들을 더러운 복도에 내팽개치고 썩도록 내버려 둘 거야. 여긴 그래도 쉴 수 있는 깨끗한 곳이라도 있잖아."

며칠 후, 일손이 부족했던 현장 감독은 해고 됐던 유급 노동자들을 재고용 할 수밖에 없었다. 그들은 즉각 문제의 해결 방법을 찾았다. 공짜 노동력을 못 쓰게 만들어 버리면 일자리를 되찾을 수 있었다.

거지들과 노숙자들에 대한 적대감은 위험한 수준에 달했다. 날품팔이 노동자들은 그들을 밀어서 난간과 비계에서 떨어트리고 곡괭이들을 함부로 휘두르고 큰 바위들을 언덕 중턱에서 갑자기 굴러 떨어트렸다. 부상자 수가 급격히 증가했다. 샨카는 새로운 환자들을 환영했다. 그는 혼신의 힘을 다해 늘어가는 책임을 맡았다.

이제 공사 책임자가 피해자들의 불만을 다른 눈으로 보기 시작했다. 경비원들의 숫자를 늘렸고, 밤뿐만 아니라 항상 공사장을 순찰하도록 명령했다. 날품팔이 노동자들은 일을 제대로 하지 않으면 해고당할 것이라는 경고를 받았다. 공격은 줄어들었지만 관개 공사 현장은 전쟁터 같았다.

공무 해결사가 노숙자들을 새로 싣고 왔을 때 현장 감독은 공짜 노동력이 형편없는 투자라고 불평했다. 그는 그들이 도착하기 전에 이미 부상당했다고 주장했다. "생산성도 없는 불구자들을 많이 데려와서 먹이고 재우게 하면 도대체 어쩌라는 거요."

공무 해결사가 문제가 되는 인도 날짜로 기록부를 펼치고 노숙자들의 신체 조건에 관한 자세한 사항을 보여 주었다. "몇 명이 상태가 안 좋은 건 인정하지만 그건 제 잘못이 아닙니다. 경찰이 살아 있거나 반쯤 죽었거나 상관없이 아무나 트럭에 집어넣었어요."

"그렇다면 난 이제 더 이상 안 받겠소."

공무 해결사는 현장 감독을 달래며 계약을 지키려고 노력했다. "며칠만 시간을 주십시오. 그러면 제가 문제를 해결하겠습니다. 완전히 손실만 보지 않도록 확실한 조치를 취하겠습니다."

한편, 트럭에서 내리기를 기다리는 새로 온 사람들 중에는 다양한 거리의 연예인들이 포함되어 있었다. 묘기 부리는 사람들, 악사들, 곡예사들, 그리고 마술사들이 있었다. 현장 감독은 그들에게 선택권을 주었다. 다른 노숙자들처럼 일을 하든지, 아니면 먹여 주고 재워 주는 대가로 일하는 사람들을 즐겁게 하라고 했다.

현장 감독이 예상했던 대로 연예인들은 두 번째를 선택했다. 그들은 다른 곳에서 지내며 그날 밤 벌일 쇼를 준비하도록 했다. 공사 책임자도 현장 감독의 제안에 동의했다. 일꾼들의 사기 진작을 위해서 오락이 필요했고 공사 현장에 감돌던 긴장감과 적개심을 완화시킬 수도 있었다.

쇼는 공사장 식당의 불빛 아래에서 저녁 식사 후에 시작되었다. 경비 대장이 사회를 보았다. 공중제비와 나무 방망이 돌리기 요술이 끝나자 곡예사가 줄을 타기 시작했다. 막간의 연주로 애국적인 노래들이 나오자 공사 책임자가 기립 박수를 쳤다. 부부 곡예사 팀은 몸을 자유자재로 뒤틀어 많은 인기를 끌었고, 카드 마술과 묘기가 이어졌다.

이시바와 옴과 함께 앉아서 공연을 보던 샨카는 붕대를 감싼 손바닥으로 둔탁한 박수 소리를 힘껏 내고 흥분해서 손수레에서 펄쩍펄쩍 뛰며 즐거운 시간을 보냈다. "다른 사람들도 함께 봤으면 좋았을 텐데." 양철 오두막집에 있는 환자들을 생각하며 그가 때때로 말했다. 칼과 검으로, 혹은 외줄 위에서 곡예사가 섬뜩한 연기를 해서 관객들이 긴장하는 침묵의 순간에 샨카는 환자들의 신음 소리를 들을 수 있었다.

현장 감독에게 고개를 끄덕이면서 공사 책임자는 좋은 결정이었다며 긍정적인 신호를 보냈다. 마지막 공연자가 어두운 부엌에서 기다리고 있었다. 막 끝난 공연의 소품들이 치워졌다. 경비 대장이 놀라운 곡예 장대 세우기가 대미를 장식할 거라고 발표했다. 공연자가 불빛이 있는 곳으로 걸어 나왔다.

"원숭이 주인이에요!" 옴이 외쳤다.

"그리고 저건 저 사람 여동생의 두 아이들이야. 저번에 말했던 새로운 기술인 것 같은데." 이시바가 말했다.

먼저 원숭이 주인은 아이들 없이 좀 전에 봤던 것과 같은 간단한 공 돌리기 요술을 선보였다. 관객들의 반응이 시원찮았다. 그러자 그가 꼬마 소녀와 소년을 자신의 양손바닥에 각각 한 명씩 올리며 소개했다. 감기에 걸린 아이들이 재채기를 했다. 그는 4.5미터 장대 양끝에 아이들을 하나씩 묶었다. 그런 다음 등을 대고 땅에 누워서 장대를 맨 발바닥 위에 수평으로 놓았다. 장대가 안정되자 그는 발가락으로 돌리기 시작했다. 원시적인 회전목마에서 아이들이 처음에는 천천히 돌았지만 그가 균형감과 리듬감을 잡자 점점 더 빨라졌다. 아이들은 아무런 소리도 없이 흐린 점이 되어 무기력하게 매달려 있었다.

간간이 환호성이 들렸으나, 관객들은 긴장되고 불안했다. 잠시 후, 남자에게 정당한 대우를 해 주면 위험한 곡예가 빨리 끝나거나 적어도 장대의 균형을 유지시켜서 아이들을 안전하게 할 수 있을 것처럼 박수 소리가 급박해졌다.

장대가 속도를 줄이더니 멈췄다. 원숭이 주인은 아이들을 풀고 그들의 입을 닦아 주었다. 원심력 때문에 그들의 코에서 콧물이 줄줄 흘렸다. 그런 다음 그는 아이들이 서로 얼굴을 마주보게 앉혔다. 이번에는 아이들을 장대의 한쪽 끝에 함께 묶고 발을 작은 발판에 얹었다. 그는 잘 묶였는지 확인하고 장대를 세웠다.

아이들은 높이 올라갔다. 그들의 얼굴은 식당의 불빛이 닿을 수 없는 밤하늘로 사라졌다. 관객들의 숨이 멎었다. 그는 장대를 더 높이 올리더니 살짝 던져서 그 끝을 손바닥에 얹었다. 힘줄 투성이인 그의 팔 근육이 떨렸다. 그는 장대를 앞뒤로 움직여 위쪽 끝이 바람 부는 나무 꼭대기처럼 흔들리게 만들었다. 그런 다음 다시 살짝 던지더니 장대 끝을 엄지손가락에 얹었다.

관객들로부터 항의가 폭포수처럼 쏟아졌다. 원숭이 주인을 둘러싼 어둠 속에서 의심과 비난이 소용돌이쳤다. 그는 집중하고 있어서 아무런 소리도 듣지 못했다. 불빛이 비치는 둥근 원 안에서 그는 앞뒤로 걷다가 뛰다가 엄지손가락 두 개로 장대를 주고받았다.

"너무 위험한데, 난 재밌는지 모르겠다." 이시바가 말했다. 샨카도 고개를 가로저었지만 장대가 흔들리는 대로 손수레 위의 몸을 따라 흔들며 두 눈을 떼지 못했다.

"원숭이들을 계속 훈련시켰으면 좋았을 텐데." 하늘 높이 있는 아주 작은 아이들에게 두 눈을 고정시킨 채 옴이 말했다.

그때 원숭이 주인이 고개를 뒤로 젖히고 장대를 이마에 얹었다. 분노한 사람들이 자리에서 일어섰다. "그만해!" 누군가가 소리쳤다. "애들 죽이기 전에 그만해!"

다른 사람들도 외쳤다. "저런 멍청한 빌어먹을 놈! 불쌍한 아이들을 괴롭히다니!"

"니미 씹할 나쁜 놈아! 그딴 짓은 악독한 부자들한테나 해! 우린 그런 거 보는 데 관심 없어!"

고함 소리에 원숭이 주인의 집중력이 흐트러졌다. 사람들의 목소리가 들리기 시작했다. 그는 서둘러 장대를 내리고 아이들을 풀어 주었다. "왜들 그러세요? 내가 아이들을 학대하다니 무슨 소리요. 애들한테 물어보세요. 애들도 재밌어 하는데. 나도 먹고 살아야 할 거 아닙니까."

그러나 사람들의 함성 때문에 그는 제대로 변론도 못했다. 그들은 원숭이 주인보다 잔인한 오락을 준비했던 현장 감독에게 더 화가 났다. "저건 어디서 굴러먹던 괴물이야! 악마보다 더 악질이구나!" 그들이 고함을 질렀다.

경비원들이 즉시 관객들을 오두막집으로 돌려보냈고, 공사 책임자가 화를 냈나. 그는 현장 감독이 얼굴에다 대고 손가락질을 했다. "당신이 잘못 판단한 거야. 이런 사람들은 호의가 필요하지도 고마워하지도 않

아. 저 사람들한테 잘해주면 당신 머리에 앉으려고 한다고. 일을 열심히 시키는 것만이 유일한 해결책이야."

더 이상 공연은 없었다. 다음 날, 거리의 연예인들은 다양한 일을 할당받았다. 관개 공사 현장에서 가장 기피 인물이었던 원숭이 주인은 일주일이 채 지나기 전에 심각한 머리 부상을 당했다. 이시바와 옴은 그가 매우 착하다는 걸 알기에 측은한 마음이 들었다.

"삼촌, 노파의 예언 생각나세요?" 옴이 물었다. "왜 원숭이들이 죽던 날 밤에 한 말 있잖아요."

"그래. 개를 죽이고 더 끔찍한 살인을 저지를 거라고 했었지. 그런데 지금은 저 불쌍한 사람이 살해 당한 것 같구나."

2주일 후 공사 현장을 다시 찾아온 공무 해결사는 현장 감독에게 "불구자 문제 해결사"라면서 함께 온 남자를 소개했다.

공무 해결사의 농담에 현장 감독이 함께 웃었다. 그러나 함께 온 남자는 아주 심각했고 약간 불쾌한 표정을 지었다.

그들은 총 42명의 환자들이 누워 있는 양철 오두막집들을 둘러보러 갔다. 샨카는 손수레를 타고 오두막집들을 돌면서 환자들의 이마를 짚고 등을 두드리고 귓속말을 속삭이며 위로했다. 곪은 상처들과 씻지 않은 몸 냄새가 문밖으로 풍겨 나와 현장 감독은 메스꺼워졌다.

"난 사무실에 가 있겠소." 그는 자리를 떴다.

방문객은 그들의 상처를 보고 가능성을 평가하겠다고 했다. "그래야지 내가 타당한 가격을 제시할 것 아니오."

그들이 따가운 햇빛에서 어두운 첫 번째 오두막집에 들어서자 잠시 앞이 보이질 않았다. 샨카가 손수레를 굴리며 다가와 누군지 살펴봤다. 목을 길게 뺀 그는 누군지 알아보고서 비명을 내질렀다.

"누구냐?" 방문객이 물었다. "지렁이니?" 눈이 아직 실내에 적응되지 않았지만 그는 바퀴가 구르는 익숙한 소리를 들었다. "너 지금 여기에 있는 거냐? 지난 몇 주 동안 무슨 일이 생긴 건지 궁금했었다."

흥분한 샨카는 손바닥으로 땅을 힘차게 밀면서 손수레를 굴려 남자의 발밑으로 갔다. "왕초! 경찰이 날 끌고 왔어요! 오고 싶어서 온 게 아녜요!" 그는 남자의 정강이를 꽉 붙들고 안도감과 불안감이 뒤섞인 울음을 터트렸다. "왕초, 제발 도와주세요! 집에 가고 싶어요!"

갑작스런 소동에 부상자들이 관심을 끌려고 끙끙대고 기침을 하면서 정체모를 이방인이 마침내 자신들을 구원해 주기를 바랐다. 공무 해결사는 신선한 공기를 마시러 문 가까이로 갔다.

"지렁이, 걱정 마라. 내가 널 꼭 데려갈 테니까." 왕초가 말했다. "가장 뛰어난 거지가 없이 내가 어떻게 살 수 있겠니?" 그는 불구자들을 재빨리 살펴보고 자리를 뜨려고 돌아섰다. 샨카도 같이 가고 싶어 했지만 그는 일단 기다리라고 했다. "먼저 내가 절차부터 마무리하마."

밖에서 왕초가 공무 해결사에 물었다. "지렁이도 계약에 포함돼 있소?"

"당연하죠."

"지렁이는 이미 내 것이니까 돈을 내지 않겠소. 우리 아버지로부터 물려받은 거요. 그리고 아버지께서는 지렁이가 어릴 때부터 키웠고."

"제 입장도 좀 생각해 주십시오. 경찰한테 돈을 벌써 냈습니다." 공무 해결사가 협상을 시도했다.

"그건 됐고, 전부 다 해서 2,000루피 주겠소. 지렁이도 포함하고."

공무 해결사가 예상했던 것보다 많은 액수였다. 현장 감독에게 약속한 리베이트를 고려하더라도 그는 상당한 이익을 얻을 수 있었다. "앞으로 같이 해야 할 일이 많으니까 흥정은 하지 않겠습니다." 그는 기쁨을 감추며 말했다. "2,000루피로 하죠. 그리고 지렁이도 데려가십시오. 그리고 원한다면 다른 벌레나 지네도 같이 데려가세요." 그가 낄낄거렸다.

왕초의 얼굴이 굳어지며 어두워졌다. 이번 농담에는 그가 공무 해결사를 나무랐다. "난 사람들이 내 거지들을 놀리는 게 싫소."

"마음 상하게 하려고 했던 건 아닙니다."

"그리고 한 가지 더. 당신 트럭에 실어서 도시로 데려가야 해요. 그것도 가격에 포함된 거니까."

공무 해결사가 동의했다. 그는 거지 왕초를 부엌으로 데려가 물을 한 잔 건네며 기분을 풀어 주려고 했다. 그런 다음 그는 몫을 떼어 줘야 하는 현장 감독을 찾으러 갔다.

기쁜 소식을 전하려고 샨카가 전속력으로 손수레를 굴리며 이시바와 옴에게 갔지만, 관리인이 일의 리듬을 깨지 말라며 앞을 가로막아 섰다. 그는 발을 구르고 돌멩이를 집어 드는 척하면서 거지를 내쫓았다. 샨카는 도망쳤다.

점심시간을 알리는 호각 소리가 날 때까지 기다리던 그는 공사장 식당 근처에서 이시바와 옴을 발견했다. "왕초가 날 찾았어요! 이제 집에 가요!"

옴이 몸을 구부려 그의 등을 두드렸고 이시바도 그를 위로했다. "그래, 샨카, 너무 걱정 마라. 일이 끝나면 언젠가 우리 모두 집으로 돌아갈 테니까."

"정말이에요, 내일 진짜 집에 간다니까요! 왕초가 지금 여기 있어요!"

그가 상세하게 설명하고 나서야 재봉사들은 그의 말을 믿었다.

"그런데 간다고 해서 뭐가 그렇게 좋으냐?" 이시바가 물었다. "넌 우리처럼 노예같이 일을 하는 것도 아닌데. 공짜 음식에다가, 그냥 손수레를 타고 왔다 갔다 하면 되잖아. 구걸하는 것보다 여기가 더 좋지 않니?"

"선생님들과 다른 사람들을 돌보는 게 좋기도 했는데, 이제는 도시가 그리워요."

"넌 운이 좋구나." 옴이 말했다. "우리는 일 때문에 꼭 죽고 말 거야. 우리도 너랑 같이 돌아갈 수 있다면 좋겠다."

"왕초한테 같이 데려가 달라고 부탁할게요. 같이 얘기해요."

"그래, 하지만 우린…… 그래, 한 번 물어나 보거라."

그들은 부엌 근처 벤치에서 차를 홀짝거리고 있는 왕초를 발견했다. 샨카가 손수레를 밀고 가서 그의 바짓단을 당겼다. "지렁이, 왜 그러냐? 오두막집에서 기다리라고 했잖아." 찻잔을 치우고 샨카 옆에 무릎을 꿇고 앉은 왕초는 이야기를 다 듣고 고개를 끄덕이며 거지의 머리를 쓰다듬으면서 웃었다. 그가 재봉사들에게 갔다.

"지렁이가 당신들이 친구라고 하던데. 내가 당신들을 도와줬으면 하더라고."

"아이고, 제발 도와주십시오. 은혜는 결코 잊지 않겠습니다."

그는 두 사람을 의심스럽게 훑어보았다. "경험은 있나?"

"그럼요. 오랜 세월의 경험이 있습니다." 이시바가 말했다.

거지 왕초는 여전히 미심쩍었다. "글쎄, 내 눈에는 일을 잘 할 수 있을 것 같아 보이질 않는데."

옴이 버럭 화를 냈다. "우린 정말 일을 잘해요." 그는 양초를 봉헌하듯이 새끼손가락들을 들어 올렸다. "지금은 험한 일을 하느라 긴 손톱이 다

부러졌어요. 하지만 금방 다시 자랄 거예요. 우린 제대로 훈련을 받았고 손님의 몸에서 바로 치수를 잴 수 있다고요."

왕초가 웃기 시작했다. "몸에서 바로 치수를 잰다고?"

"물론이죠. 우린 노동자들이 아니라 숙련된 재봉사들이……"

"무슨 소릴 하는 거야. 난 당신들이 거지로 일하고 싶어 하는 줄 알았잖아. 난 재봉사는 필요 없어."

그들의 희망이 와르르 무너졌다. "저희는 이곳에서 아무 쓸모도 없습니다. 자꾸 아파서 쓰러져요." 재봉사들이 간청했다. "저희도 데려가 주시면 안 되겠습니까? 수고비는 드리겠습니다." 샨카도 도와 달라고 간청하면서, 경찰이 두 달 전 그 끔찍한 밤에 자신을 트럭에 내던진 순간부터 재봉사들이 매우 잘 대해 주었다고 했다.

왕초와 공무 해결사가 그 문제를 낮은 목소리로 논의했다. 이시바의 접질린 다리는 해당 사항이 아니었으므로 현장 감독이 건강한 두 사람을 내보내도록 구슬리기 위해서는 한 명당 200루피가 필요하다고 공무 해결사가 말했다.

왕초가 찻잔을 꽉 쥐고서 재봉사들에게 돌아갔다. "현장 감독이 동의하면 갈 수 있어. 하지만 돈이 들 거다."

"얼마나요?"

"일반적으로 내가 거지 한 명을 맡으면 일주일에 100루피씩 받는다. 거기에는 구걸하는 장소, 음식, 옷, 그리고 보호까지도 포함되지. 또, 붕대나 목발 같은 특별한 장비도 제공하고."

"예, 샨카한테서 벌써 얘기 들었습니다. 당신을 칭찬하면서 아주 훌륭한 왕초라고 하더군요. 당신이 여기까지 왔으니 샨카는 정말로 행운아입니다."

칭찬을 듣고 기분이 좋아진 왕초는 뜸을 들이지 않고 단도직입적으로 설명했다. "그건 운하고는 상관없는 일이야. 난 도시에서 가장 유명한 거지 왕초다. 그래서 공무 해결사가 나한테 연락을 한 거고. 어쨌든 당신들은 다른 경우니까 그렇게 돌봐 줄 필요는 없겠지. 게다가 당신들이 지렁이에게 잘해 줬다고 하니까, 한 사람당 일 년 동안 일주일에 50루피씩 내면 되겠어. 그 정도면 충분할 것 같다."

재봉사들이 깜짝 놀랐다. "그러면 한 사람당 거의 2,500루피를 내란 겁니까!"

"그래, 그게 내가 제시하는 최소 금액이야."

이시바와 옴은 자기들끼리 계산을 했다. "사흘 동안 재봉일을 하고 받는 걸 매주 저 사람한테 줘야 해." 이시바가 속삭였다. "이건 너무 심해. 우린 그럴 여유가 없어."

"그럼 어쩔 건데요? 삼촌은 이런 잔인한 악마들이 사는 지옥에서 일하다가 죽고 싶은 거예요? 그냥 알았다고 하세요."

"잠깐만, 내가 가격을 좀 낮춰 보마." 이시바가 약삭빠른 표정으로 왕초에게 갔다. "저기, 50루피는 너무 많고 일주일에 25루피씩 드리면 안 되겠습니까?"

"한 가지만 분명히 말하지." 왕초가 냉정하게 말했다. "난 시장에서 양파나 감자를 파는 사람이 아니야. 난 인간의 생명을 돌보는 사업을 한다고. 나하고 흥정할 생각은 하지 마라." 그는 경멸적으로 고개를 돌리고 부엌 옆의 벤치로 돌아갔다.

"삼촌, 무슨 짓을 한 거예요!" 옴이 기겁을 했다. "유일한 기회가 날아갔잖아요!"

이시바가 잠시 후 발을 질질 끌며 거지 왕초에게 다시 갔다. "상의를 했는데, 비싸지만 그렇게 하겠습니다."

"그렇게 할 수 있겠어?"

"예, 물론이죠. 저희는 좋은 정규 직장이 있습니다."

왕초가 엄지손톱을 물어뜯다가 침을 뱉었다. "때로는 내 호의를 입은 고객이 돈을 갚지 않고 사라지지. 그러면 난 항상 그 사람을 찾고 말아. 그때는 큰 문제가 생기는 거야. 명심하도록 해." 그는 차를 다 마시고 공무 해결사와 함께 현장 감독에게 새로운 제안을 했다.

점심시간이 끝났지만 재봉사들은 자갈밭과 도랑 파는 곳으로 돌아가고 싶지 않았다. 구원의 약속이 가까워지자 허리가 부서지도록 힘든 노동에 몸을 맡기고 싶은 생각이 사라졌다. 그들은 온몸이 피곤했다.

"이런 세상에, 조금만 더 참으세요." 샨카가 말했다. "하루만 더 견디면 되는데, 문제를 일으켜선 안 돼요. 그 사람들이 때리면 어떡하려고 그래요. 현장 감독이 동의할 테니까 걱정할 필요 없어요. 왕초는 영향력이 아주 세요."

샨카의 격려 덕분에 재봉사들은 관리인에게 돌아갈 기운이 생겼다. 그날 오후 늦게 그들은 물을 나르는 사람의 노랫소리를 애타게 기다렸다. 그의 도착은 일이 끝날 시간이 두 시간 남았음을 알렸다. 그들은 가죽 부대에서 물을 마시고 남은 시간을 때웠다.

해질 무렵 그들이 비틀거리며 오두막집으로 돌아갔을 때, 흥분한 샨카가 손수레 위에서 몸을 들썩이며 기다리고 있었다. "다 결정 났어요. 내일 아침에 우리를 데리고 간대요. 침구 챙기고 트럭 놓치면 안 돼요. 나도 이제 준비를 해야겠어요."

그는 중장비를 담당하는 정비사를 찾아가서 바퀴에 칠할 기름을 얻었다. 공사 현장의 모래와 먼지 때문에 바퀴의 속도가 줄어들었다. 샨카는 보도로 다시 돌아가기 위해서 손수레가 최상의 상태이기를 원했다. 그는 기름이 든 깡통을 배에 품고 돌아왔다. 느린 바퀴에 기름칠하는 일을 옴이 도왔다.

다음 날 아침 일찍이 경비원이 샨카, 재봉사들, 그리고 부상자들에게 소지품들을 챙겨서 정문에 모이라고 했다. 걸을 수 없는 사람들은 작업을 면제받은 일꾼들이 날랐다. 환자들이 곧 자유를 얻을 데 질투가 난 그들은 화를 내며 일했다. 그러나 가장 분노한 시선을 받은 사람들은 바로 재봉사들이었다.

"옴, 우리가 얼마나 다행인지 알겠지." 트럭에 실린 다친 몸뚱이들을 바라보면서 이시바가 말했다. "운이 좋지 않았다면 우리도 뼈가 부러져서 저렇게 누워 있었을지 몰라."

머리 부상을 당한 원숭이 주인은 여전히 혼수 상태여서 거지 왕초가 데려가기를 거절했다. 그러나 그는 가능성이 큰 아이들을 원했다. 어린 소년과 소녀는 움직임이 없는 그들의 삼촌을 붙들고 울면서 떨어지려고 하지 않았다. 트럭이 떠날 준비가 되었을 때 아이들이 질질 끌려 나왔다.

공무 해결사와 현장 감독은 다음번 인력 납품 리베이트를 포함해서 주고받을 것을 정산했다. 그때 약간 시간을 끄는 일이 발생했다. 현장 감독이 상관들에게 물품 보고를 해야 한다면서 도착할 때 지급했던 옷을 떠나기 전에 모두 벗어야 한다고 고집했다.

"원하는 걸 가져가쇼. 하지만 서둘러요. 난 사원에서 열리는 의식에 늦지 않게 돌아가야 하니까." 거지 왕초가 말했다.

트럭에 실린 환자들은 스스로 옷을 벗을 수가 없었다. 원래 맡은 일을 하러 돌아가려던 일꾼들이 다시 그들을 도우라는 명령을 받았다. 그들은 부상당한 몸뚱이들에서 거칠게 옷을 벗기면서 화풀이를 했다. 왕초는 신경 쓰지 않았다. 그러나 샨카의 차례가 되자 그는 그들에게 속셔츠를 조심해서 벗기라고 했다.

노숙자들은 공사장에 처음 도착한 날처럼 발가벗거나 반쯤 발가벗었다. 정문이 열리고 트럭이 떠났다.

마넥은 누스완의 사무실에 가려면 옷을 차려입어야 한다고 주장했다. "최상의 모습으로 거길 가야 해요. 그러면 그 사람이 아주머니를 더 존경할거라고요. 어떤 사람들에게는 외모가 매우 중요하죠."

지금 같은 상황에서는 조금이라도 현명한 듯한 충고라면 디나는 환영이었다. 그녀는 마넥의 회색 개버딘 바지를 살짝 다림질했다. 자신은 결혼 2주년 기념일에 입었던, 걸음을 걸을 때마다 발랄한 페플럼이 팔랑거리는 가장 눈에 띄는 파란색 원피스를 선택했다. 지금도 옷이 맞을까? 그녀는 궁금했다. 문을 닫고 옷을 입어 보았다. 지퍼를 채우기 위해서 약간 당기기만하면 될 뿐이어서 그녀는 기뻤다. 그런 다음 거실로 나갔다.

"화장도 조금 하시는 게 어때요?"

몇 년 동안 사용하지 않은 립스틱은 그녀가 밑을 돌리자 마지못해서 머리를 쑥 내밀었다. 첫출발을 잘못해서 입술선이 망가졌지만 그녀는 곧 예전처럼 입술을 요리조리 오므리고 팽팽하게 펴는 재주를 부렸다. 원숭이처럼 찡그리는 모습이 거울 속에서 너무나 우스꽝스러웠다.

볼연지는 딱딱하게 굳어 있었지만, 변색된 표면 밑에 그녀의 볼에 바를 만큼 충분한 양이 있었다. 동그란 벨벳 패드는 가죽처럼 질긴 상처 딱지 모양으로 말라 있었다. 언젠가, 러스텀이 화장을 하는 그녀를 놀려서 그의 코를 볼연지 패드로 칠해 보복했던 적이 있었다. 그는 패드가 장미 꽃잎처럼 부드럽다고 했었다.

누스완이 오늘도 결혼 얘기를 꺼낸다면 그녀는 어떻게 해야 할지 몰랐다. 아마도 그의 책상을 엎을지도 몰랐다. 그녀는 거울 속의 자신을 찬찬히 살펴보았다. 거울에 비친 자신의 모습이 만족하며 고개를 끄덕였다. 그녀는 외모와 존경을 연관 짓는 마넥의 이론이 맞기를 바랐다.

"준비됐니?" 그녀가 그의 방에 대고 외쳤다.

"이야! 정말 아름다우세요."

"됐어, 이제 그만해." 그녀가 꾸짖으며 그를 머리부터 발끝까지 살펴보았다. 신발만 빼고 모두 괜찮았다. 떠나기 전에 그녀는 그에게 신발을 닦으라고 했다.

그들에게 복도에서 기다리라고 하고 사환이 사장에게 알리러 갔다. "잘 봐, 누스완이 바쁘다고 할 테니까." 그녀가 예측했다.

사환이 돌아오더니 미안한 목소리로 말했다. "사장님이 지금 바쁘셔서요." 그곳에서 오랫동안 일한 사환이었지만 사장의 거짓말을 거드는 일은 언제나 당혹스러웠다. "잠깐만 앉아 계십시오." 그는 고개를 숙이고 물러났다.

"왜 이렇게 멍청한 방식으로 나한테 잘난 척하는 건지 모르겠어. 정확하게 15분 있다가 바쁜 척이 끝날 거야."

그러나 그녀의 두 번째 예상은 틀렸다. 왜냐하면 사환이 누스완에게 그녀가 오늘은 아름답게 차려입고 누군가와 함께 왔다고 전했기 때문이었다.

"누구?" 누스완이 물었다. "전에 본 여잔가?"

"사장님, 여자가 아니라 남잡니다."

매우 궁금해진 누스완은 그날 아침 면도날에 베인 턱을 어루만졌다.

"젊어? 아님 나이가 많아?"

"젊습니다. 아주 젊습니다."

더욱더 궁금해진 누스완은 상상력을 마음껏 발휘했다. 남자친군가? 디나는 마흔두 살이었지만 여전히 매우 매력적이었다. 20년 전에 그녀가 가난하고 불운했던 러스텀과 결혼했을 때와 거의 다름없이 아름다웠다. 러스텀은 처음부터 끝까지 불행했다. 용모도, 돈도, 수명까지도…….

잠시 생각을 멈추고 천장을 올려다보면서 누스완은 오른손으로 자신의 두 볼을 번갈아가며 경건하게 만지면서 죽은 매제가 편히 쉬기를 기원했다. 죽은 사람을 욕보이고 싶은 생각은 전혀 없었다. 그의 죽음은 너무나 슬펐다. 그러나 그것은 그녀가 새 출발 해서 더 나은 남편을 찾을 수 있도록 신이 주신 두 번째 기회였다. 그녀가 그 기회를 잡을 수 있기를 그는 바랐다.

그녀의 자존심은 끔찍했고, 독립에 대한 그녀의 생각도 이상했다. 쥐꼬리만 한 돈을 벌려고 노예처럼 일하며 온 집안을 창피하게 만들었다. 그리고 이제는 수출 회사와 문제가 생겼다. 그는 천천히 뻔뻔스러워지는 법을 배웠다. 그러나 자신의 의무를 저버리는 것보다 부끄러움을 떨쳐버리는 일이 더 쉬웠다. 그녀는 여전히 자신의 여동생이었고, 그는 그녀를 위해서 최선을 다해야 했다.

그는 정말로 그녀가 인생을 낭비하고 있다고 생각했다. 마치 슬픈 연극을 보는 것 같았다. 세 시간이 아니라 거의 30년 세월이 흘렀으며, 크세르크세스와 자리르는 고모의 사랑과 관심을 못 받고 컸고 그녀도 조카들에 대해서 거의 알지 못해서 가족이 멀어지게 되었다. 너무 슬프고 불행한 일이었다.

그러나 아직도 해피 엔드의 가능성은 있었다. 다시 행복하고 화목한 가족을 이루는 것보다 좋은 일은 없을 것이다. 곧 그는 손자들을 얻을 것이다. 디나가 고모의 역할은 포기했다고 하더라도 고모할머니의 역할은 할 수 있을 것이다.

그리고 오늘 그녀는 남자 친구인 젊은 남자와 함께 왔다. 그들이 진지한 사이고 결혼을 한다면 얼마나 좋겠는가. 비록 남자의 나이가 서른 밖에 안 된다고 하더라도, 너무나 매력적이어서 자신의 나이의 절반밖에 안 되는 여자들이 빛을 잃도록 만드는 디나를 차지하는 건 행운이었다.

디나가 그 남자를 소개하고 오빠인 자신의 승낙을 얻고 싶은 것이 분명했다. 그렇지 않고서야 왜 그를 데리고 왔겠는가? 나이 차이에 대해서는 아무 반대도 하지 않겠다고 누스완은 마지못해 결심했다. 현대에는 열린 마음을 가져야 했다. 그는 그들을 축복하고 그녀의 두 번째 결혼식 비용도 댈 것이다. 손님은 100명 정도, 수수한 꽃 장식에, 작은 악단 등으로 비용이 많이 들지만 않는다면······.

삶을 돌아보며 곰곰이 생각하고 후회하며 되새기다 보니 누스완은 그들이 도착한 지 꽤 오래된 것 같다는 생각이 들었다. 그는 손목시계를 확인했다. 5분도 채 안 지났다. 그는 시계 다이얼을 귀에 갖다 댔다. 시계는 작동하고 있었다. 시간과 마음이 함께 만들어 내는 망상은 얼마나 놀라운가.

그는 사환에게 손님들을 즉시 들여보내라고 했다. 자신의 상상으로 시작했던 축하를 현실로 만들고 싶었다.

"뭐라고? 이렇게 빨리?" 디나가 사환에게 물었다. 그런 다음 그녀가 마넥에게 귓속말을 했다. "봤지, 벌써 너 때문에 행운이 찾아왔구나. 이렇게 빨리 들어오라고 한 적이 없었거든."

누스완은 일어서서 셔츠의 커프스를 소맷부리 밖으로 내놓으며, 자신의 매제가 될 사람에게 따뜻한 인사를 건넬 준비를 했다. 너무 젊은 마넥이 사무실로 들어오는 걸 보고 그의 무릎이 거의 접힐 뻔했다. 정신 나간 여동생 디나가 또다시 일을 저질렀다! 이웃들에게 부끄러움과 창피를 당할지도 모른다는 생각에 하얗게 질린 그는 책상 모서리를 움켜쥐었다.

"누스완 오빠, 유럽 사람으로 변하는 중이에요? 아니면 어디 아픈 거예요?" 디나가 물었다.

"괜찮아." 그가 딱딱하게 대답했다.

"루비 언니랑 아이들은 잘 있어요?"

"잘 있다."

"잘됐군요. 오빠처럼 바쁜 사람을 귀찮게 해서 정말 미안하네요."

"괜찮다." 사무실에 들어온 지 2초도 되지 않아서 그녀가 그를 공격했다. 희망을 가지다니 멍청한 짓이었다. 디나에게는 좌절하는 편이 현명했다. 이번 결혼에 그는 단돈 1파이사도 쓰지 않을 것이다. 어린아이들을 결혼시키는 것이 고대의 끔찍한 재앙이었다면, 어린아이와 어른이 결혼하는 것은 현대의 광기였다. 그는 절대로 그러한 일에 관련되고 싶지 않았다. 그리고 의사가 그에게 혈압에 유의하고 주식 시장에서의 활동을 줄이라고 했지만, 자신의 여동생이 지금 그의 생명을 단축시키는 짓을 하고 있다.

"이런 내 정신 좀 봐. 소개도 하지 않고 떠들었네. 마넥, 이쪽이 내 오빠 누스완이야."

"처음 뵙겠습니다." 마넥이 말했다.

"만나…… 만나서 반갑소." 악수를 한 후 누스완이 의자에 털썩 주저앉았다. 옆방에서 타자기를 세게 두드리는 소리가 들렸다. 천장 선풍기가 삐걱삐걱 소리를 내며 천천히 돌아가고 있었다. 문진 밑의 종이 다발은 날지 못하는 새처럼 퍼덕거렸다.

"내가 마넥에게 오빠 얘기 많이 했어요. 두 사람이 만났으면 해서요. 마넥은 몇 달 전부터 나랑 같이 살기 시작했어요."

"같이 산다고?" 여동생 디나가 드디어 미쳤구나! 얘가 지금 할리우드에 산다고 착각하고 있는 건가?

"그럼요. 같이 살아요. 하숙하는 사람이니까 당연하죠."

"그렇지! 당연하고말고! 그래야지!" 견디기 힘들 정도로 큰 안도감이 밀려들었다. 그는 무릎이라도 꿇고 싶은 심정이었다. 신이시여, 감사합니다! 저를 구해 주셨군요! 전지전능한 신이시여, 고맙습니다!

그때 그는 지평선에 갑자기 등장했던 햇살과 무지개 뒤에 숨어 있는 것이 바로 오물 단지임을 깨달았다. 그렇다, 결혼식은 없을 것이다. 그는 속았다는 기분이 들었다. 잔인하고 냉혹하게 그를 속이고 헛된 희망을 갖도록 만든 것은 과연 그녀다웠다. 몇 분 전만 해도 그는 얼마나 행복했던가. 그녀는 또다시 그를 조롱했다.

"물가가 계속 올라서 도저히 감당을 못하겠어요. 그래서 하숙생을 받았죠. 마넥처럼 훌륭한 아이를 찾아서 정말 다행이에요."

"그래, 잘됐구나. 마넥, 만나서 정말 반갑다. 어디서 일하지?"

"일이라뇨?" 디나가 화를 내며 말했다. "아직 열일곱 살밖에 안됐어요. 대학에서 공부해요."

"그래, 뭘 공부하지?"

"냉장고와 에어컨을 공부합니다."

"아주 현명한 선택이구나. 요즘은 기술 교육을 받아야지 남보다 앞서 가지. 기술과 현대화에 미래가 달렸으니까." 침묵을 말로 채우는 것이 디나가 그의 마음속에 폭발시킨 격정을 다룰 수 있는 한 방법이었다. 자신이 느낀 어리석음을 날려 버리기 위해서라도 공허한 말을 해야 했다.

"그래, 뒤떨어진 이데올로기에 사로잡혀서 국가가 너무 오랫동안 정체됐지. 하지만 우리의 시대가 왔어. 엄청난 변화가 벌어지고 있지. 이게 다 우리 총리 덕분이야. 진정한 르네상스 정신이지."

적어도 그가 결혼 문제를 다시 꺼내지 않은 것만으로도 안심하며 디나는 그의 횡설수설에 신경 쓰지 않았다. "하숙생은 구했지만 재봉사들을 잃었어요."

"저런, 그것 참 안됐구나." 그녀가 끼어들어서 약간 당황했지만 그는 계속 말을 이었다. "중요한 건 우리가 이제 잘못된 이론 대신에 실용적인 정책을 내고 있다는 거야. 예를 들면, 가난과 정면으로 싸우고 있지. 흉측한 판잣집과 빈민굴 들을 모두 없애고 있어. 젊은이는 어려서 이 도시가 한때 얼마나 아름다웠는지 모를 거야. 하지만 훌륭한 지도자와 도시 미화 계획 덕분에 도시가 옛날의 영광을 되찾을 거라고. 그때가 되면 내 말 뜻을 이해하고 감사하게 될 거야."

"마넥이 도와줘서 간신히 마지막 납품을 마무리 할 수 있었어요." 디나가 다시 말을 끊었다. "마넥이 내 옆에서 아주 열심히 일했죠."

"아주 잘됐구나. 정말 잘됐어." 누스완이 말했다. 자신이 말하는 걸 듣기 좋아했던 그는 언제나처럼 수다스러워졌다. "우리에게 필요한 건 마넥처럼 열심히 일하고 교육받은 사람들이야. 게으르고 무식한 수백만 명의 사람들이 아니라고. 그래서 엄격한 가족계획이 필요한 거지. 강제로 불임수술을 한다는 소문들은 도움이 안 돼. 너희들도 그런 헛소리를 들었을 거다."

그러나 디나와 마넥은 동시에 고개를 가로저었다.

"아마도 CIA에 의해서 시작됐을 거야. 외딴 시골 마을 사람들을 끌고 가서 강제로 불임수술을 시킨다고 말이지. 다 거짓말이야. 하지만 내 생각에는, 비록 소문이 사실이더라도 인구문제가 심각한데 그게 뭐가 잘못됐냐는 거야."

"혹시라도 사람들의 의지와는 상관없이 몸을 절단하는 일이 비민주적일 수 있지 않을까요?" 마넥이 반박이라기보다 그의 말에 완전히 동의한다는 듯한 말투로 물었다.

"몸을 절단한다, 하하하." 기발한 농담이라도 들은 듯이 누스완이 삼촌처럼 친근하게 말했다. "모든 건 상대적이지. 아무리 훌륭한 시대라도 민주주의는 완전한 무질서와 견딜 만한 혼란의 시소게임이야. 너도 알다시피 민주주의라는 오믈렛을 만들기 위해서는 민주주의라는 달걀을 몇 개 부숴야 해. 우리나라를 위협하는 파시즘과 다른 악의 세력들과 싸우기 위해서 강력한 조치들을 취하는 건 잘못된 게 없어. 특히 외국의 힘이 우리를 불안정하게 만들려고 항상 개입하는 상황에서는 말이야. 너희들은 CIA가 가족계획 프로그램을 방해하려고 한다는 걸 알고 있었니?"

또다시 마넥과 디나는 표정 하나 바꾸지 않고 동시에 고개를 가로저었다. 거기엔 금방 파악하기 힘든 뭔가 익살스러운 요소가 숨어 있었다.

누스완은 그들을 의심쩍게 보고 나서 말을 이었다. "지금 무슨 일이 벌어지고 있냐면, CIA 요원들이 산아 제한 기구 판매를 간섭하고 종교 단체들 간에 갈등을 부추기고 있어. 그러니 그러한 위험에 반대하는 국가 비상사태 조치가 필요한 거 아니겠어?"

"그럴지도 모르죠." 디나가 대답했다. "하지만 난 정부가 노숙자들이 거리에서 자도록 내버려둬야 한다고 생각해요. 그랬더라면 내 재봉사들이 사라지도 않았을 거고 나두 여기 와서 오빠를 귀찮게 하지도 않았을 테니까요."

누스완이 집게손가락을 들어서 세차게 돌아가는 자동차 와이퍼처럼 흔들었다. "길에서 잠을 자는 사람들 때문에 산업에 지장이 있어. 지난 주에 작은 구멍가게가 아니라 다국적 기업의 중역인 내 친구 왈, 우리가 필요한 것보다 적어도 2억 명이 과잉이기 때문에 제거해야 한다고 하더 군."

"제거요?"

"그래, 없애야 돼. 매년 그 많은 숫자로 실업 통계를 내면 우리는 망할 수밖에 없다는 거지. 통계가 나빠지거든. 그 사람들 삶이라는 게 별 볼일 있나? 그냥 시궁창에 앉아 있는 산송장이나 다름없는데. 차라리 죽는 게 낫지."

"그런데 그 사람들을 어떻게 제거하면 좋을까요?" 마넥이 최대한 공손 하고 상냥하게 물었다.

"그거야 쉽지. 한 가지 방법은 비소나 청산가리 중에서 제일 효과가 좋 은 걸 공짜 음식에 넣어서 먹이는 거야. 그런 사람들이 구걸하려고 많이 모이는 사원 같은 곳으로 트럭들을 보내면 될 거고."

"사업하는 사람들이 많이들 그렇게 생각하나요?" 디나가 궁금해서 물 었다.

"많은 사람들이 그렇게 생각하지. 하지만 지금까지는 그렇게 말할 용 기가 없었어. 국가비상사태로 사람들이 이제는 자유롭게 마음에 있던 말 들을 할 수가 있지. 이게 바로 비상사태의 장점 가운데 하나고."

"하지만 신문들은 검열을 하지 않나요?" 마넥이 물었다.

"아, 그렇지, 그래." 누스완이 마침내 짜증을 냈다. "그래서 그게 뭐가 나쁘다는 거야? 그건 단지 정부가 대중들을 불안하게 만드는 것들이 보 도되지 않기를 바라기 때문이야. 일시적인 거라고. 그래야 거짓말들을 억누르고 국민들이 자신감을 회복할 수가 있어. 민주주의 사회를 유지하기 위해서 필요한 조치들이라고. 새로 산 빗자루를 더럽히지 않고는 청소를 깨끗이 할 수 없는 것과 같아."

"그렇군요." 마넥이 말했다. 괴상한 금언들이 귀에 거슬렸지만, 그는 보잘것없는 반격이라도 가할 정보가 없었다. 아비나시가 여기 있었더라면 좋았을 텐데. 그러면 이 바보를 혼쭐내 줄 수 있을 텐데. 마넥은 아비나시가 정치에 관해서 이야기할 때 좀 더 주의를 기울였어야 했다며 후회했다.

민주주의라는 오믈렛을 만들기 위해서 민주주의라는 달걀을 몇 개 부숴야 한다는 조금 전의 금언을 고민하며, 그는 머릿속에서 민주주의, 독재, 프라이팬, 불, 암탉, 계란 완숙, 식용유를 이리저리 돌리면서 뭔가 다른 말을 찾아보려고 했다. 한 가지가 떠올랐다. 민주주의라는 오믈렛은 민주주의라는 상표만 붙은 포악한 암탉이 낳은 달걀들로는 만들 수 없다는 말이었다. 아니, 그건 너무 복잡했다. 어쨌든 말할 타이밍도 놓치고 말았다.

"중요한 건 국가비상사태의 구체적인 업적들을 봐야 한다는 거야." 누스완이 말했다. "기차가 다시 시간을 잘 지키고 있잖아. 그리고 내 친구가 말했듯이 노사 관계에도 큰 발전이 있어. 이제는 친구가 경찰에 전화만 하면 문제를 일으키는 노조원들을 즉각 잡아간대. 경찰서에서 맛을 보고 나면 그놈들이 버터처럼 고분고분해지지. 내 친구 말로는 생산량이 엄청나게 늘었대. 그러니 이런 걸로 누가 이익을 보겠니? 바로 노동자들, 서민들이라고. 심지어 세계은행과 IMF도 이런 변화들을 칭찬하고 있어. 그래서 돈을 더 빌려주고 있다고."

얼굴 표정을 가능한 진지하게 하고서 디나가 말했다. "오빠, 부탁 하나 해도 될까요?"

"그럼, 물론이지." 그는 이번에는 얼마나 줘야 할지 궁금했다. 200루 피나 300루피 정도면 되려나?

"2억 명을 제거한다는 계획 말이에요. 오빠의 사업하는 친구들하고 중 역들에게 재봉사들한테는 독약을 먹이지 말라고 해 주면 안 돼요? 재봉 사들은 지금도 찾기가 힘들거든요."

마넥이 억지로 웃음을 참았다. 그런 그의 얼굴 표정을 본 누스완이 그 녀에게 화를 내며 말했다. "너한테 진지한 얘기를 해 봐야 소용없지. 내 가 뭣 때문에 이렇게 신경 쓰는지 모르겠다."

"전 말씀 잘 들었습니다." 마넥이 진지하게 말했다.

누스완은 처음에는 그녀에게, 지금은 그에게 배신감을 느꼈다. 두 사 람만 있을 때 자신을 어떻게 조롱하고 비웃을지 그는 궁금했다.

"나도 재밌었어요." 디나가 말했다. "오빠 사무실로 오는 게 내가 누릴 수 있는 유일한 즐거움인 거 잘 알잖아요."

무섭게 노려보면서 그가 책상 위의 서류들을 만지기 시작했다. "필요 한 게 뭔지 말하고 그만 가거라. 할 일이 많다."

"오빠, 조심해요. 눈썹 모양이 웃기잖아요." 그러나 그녀는 더 이상 무 모한 말을 하지 않기로 하고 본론으로 들어갔다. "수출 회사 일을 포기하 지는 않았어요. 새로 재봉사들을 구하는 건 시간문제니까. 하지만 그때 까지는 더 이상 주문을 받을 수가 없어요."

그녀가 증오하는 부탁의 순간은 재빠른 사무적 설명이나 그전의 말장 난에도 불구하고 여전히 불쾌했다. "250루피면 이번 달은 충분히 견딜 수 있을 것 같아요."

누스완은 종을 울리고 사환을 불러서 현금 전표를 작성했다. 디나와 마넥은 볼펜이 종이 위를 사납게 긁고 지나가는 맹렬한 필기를 지켜보았다. 마치 옆방에서 세게 두드리고 있는 타자기와 경쟁이라도 하듯이 그는 세차게 글자의 획을 긋고 점을 찍었다.

사환이 전표를 복도 건너편의 출납원에게 가져갔다. 낡은 천장 선풍기가 시끄러운 작은 공장처럼 힘겹게 돌아가고 있었다. 돈이 많은데도 아직 사무실에 에어컨을 달지 않았구나, 하고 디나가 생각했다. 그녀는 두 눈을 내리고, 봉투를 반쯤 뜯다가 꽂아 둔 백단향나무로 만든 종이 자르는 칼에 고정시켰다. 사환이 돈을 전달하고 밖으로 나갔다.

"이런 일이 왜 필요하겠니, 네가 그냥……" 그는 디나를 흘긋 보았지만 아래를 향한 그녀의 눈을 볼 수가 없어서 마넥을 보다가 그만 말을 멈췄다.

"여기 있다." 그가 돈을 건넸다.

"고마워요." 여전히 눈을 돌린 채 그녀가 말했다.

"천만에."

"가능한 빨리 갚을게요."

그는 고개를 끄덕이며 종이 자르는 칼을 들고 편지를 마저 뜯었다.

"국가비상사태 덕분에 적어도 오늘은 오빠의 귀찮은 잔소리를 안 들었구나. 고마운 일이야." 버스에서 내리면서 디나가 말했다. "'재혼이 뭐가 그렇게 싫은 거냐?' 그녀가 잘난 척하는 그의 목소리를 흉내 내며 말했다. "'넌 아직 예뻐. 내가 좋은 신랑감을 분명히 찾아 주마.' 내가 이런 말을 몇 번이나 들었는지 넌 모를 거다."

"하지만 저도 그렇게 생각해요. 그건 제가 그 사람과 동의하는 유일한 말이고요. 아주머니는 정말 예쁘세요."

그녀가 그의 어깨를 세게 때렸다. "넌 누구 편이니?"

"진실과 아름다움의 편이죠." 그가 당당하게 말했다. "하지만 누스완과 그의 사업하는 친구들이 함께 모여서 헛소리를 한 건 너무 웃겨요."

"내가 사무실에서 무슨 생각했는지 아니? 오빠가 어렸을 때 큰 사냥감들을 사냥하고 싶다고 했어. 표범과 사자 들을 죽이고, 타잔처럼 악어들하고 레슬링을 하는 거 말이야. 어느 날, 작은 생쥐 한 마리가 우리 방으로 들어와서 유모가 오빠한테 저기 무서운 사자가 나타났으니까 한 번 싸워 보라고 했어. 그러자 누스완이 큰 소리로 엄마를 찾으며 도망쳤지."

그녀가 현관문에 열쇠를 꽂고 돌렸다. "그런데 이제는 2억 명을 제거하고 싶다고? 허풍이 절대 그칠 줄을 모른다니까."

집으로 들어간 그들은 침묵하는 재봉틀과 마주했다. 어색해진 그들의 웃음이 재빨리 작아지더니 곧 사라졌다.

10장 한 지붕 아래서 살기

트럭은 자정이 지나서야 공항 도로를 따라 쿵쿵거리며 도시로 진입했다. 잠든 판자촌들이 고속도로 양쪽에 우글거리며 마치 아스팔트로 된 큰길로 금방이라도 뻗어 나올 듯했다. 단지 바퀴가 많이 달린 초대형 트럭들이 굉음을 내며 위협적으로 달리고 있어서 너덜너덜한 집들이 도로변 뒤에 숨어 있을 뿐이었다. 헤드라이트가 차들과 열린 하수구 사이를 지친 귀신들처럼 조심스럽게 걸어가는 야근자들을 비추었다.

"경찰이 빈민굴들을 다 없애라는 명령을 받았다는데, 어째서 여기에는 그대로 있는 겁니까?" 이시바가 물었다.

거지 왕초가 그게 그렇게 간단한 일이 아니라고 설명했다. 빈민굴 주인이 경찰과 맺는 장기 계약에 달린 거라고 했다.

"불공평해요." 옴이 밤의 불쾌한 어둠을 꿰뚫어 보려고 하면서 말했다. 희미한 달빛이 드문드문 비치는 곳에는 썩어가는 대도시의 몸에 섬뜩한 딱지와 물집이 돋는 끔찍한 피부병이라도 생긴 것처럼, 비닐과 판지, 종이와 마포로 지저분하게 덮어 놓은 판잣집들이 끝없이 펼쳐져 있었다. 달빛이 구름에 가려져 빈민굴이 시야에서 사라졌다. 그러나 악취는 계속해서 그것의 존재를 증명했다.

몇 킬로미터를 더 달려 트럭이 도시 내부로 들어섰다. 가로등과 네온
등이 옅은 노란색 불빛의 바다를 이루어 보도를 적셨다. 그 곳에서는, 곧
새벽의 무질서 때문에 깨어나 미화를 간절히 원하는 도시를 위해 열심히
끌고 나르고 들어 올리고 뭔가를 만들, 눈이 휑한 쪼그라든 사람들이 밤
풍경을 이루고 있었다.

"저기 봐요. 사람들이 평화롭게 자고 있어요. 경찰들이 괴롭히지도 않
아요. 국가비상사태가 끝난 거 아녜요?" 옴이 말했다.

"아니, 그렇지 않아. 다른 법들과 마찬가지로 게임이지. 규칙만 알면
게임을 하기가 쉬워." 거지 왕초가 말했다.

재봉사들은 약국 근처에 내려 달라고 부탁했다. "야간 경비원이 출입
구에서 다시 살게 해 줄지도 몰라요."

그러나 거지 왕초는 먼저 그들의 작업장을 봐야 한다고 고집했다. 트
럭은 몇 분을 더 달려 재봉사들이 손으로 가리킨 디나의 아파트 밖에서
멈췄다.

"자, 사장한테 너희들의 직업을 확인해 보러 가자." 거지 왕초가 트럭
에서 뛰어 내렸다. 운전사를 기다리게 하고 그는 현관문으로 성큼성큼
걸어갔다.

"아주머니를 깨우기에는 너무 늦은 시각입니다." 발목을 삐어서 절뚝
이며 걷던 이시바가 부탁했다. "아주머니가 성격이 급해요. 내일 다시 모
시고 오겠습니다. 돌아가신 제 어머니의 이름을 걸고 맹세하겠습니다."

트럭에 있던 거지들과 부상자들은, 여행 동안 그들을 두 팔로 흔들어
편하게 잠재우는 듯했던 차의 흔들림을 갈망하며 몸을 후들후들 떨었다.
엔진이 공회전하는 시끄러운 소리 때문에 밤이 너무 무서웠다. 그들이
울음을 터트리기 시작했다.

거지 왕초는 현관문 앞에 서서 문패를 자세히 살피고 수첩에 기록했다. 그런 다음 그는 집게손가락으로 초인종을 눌렀다.

"아이고, 세상에!" 좌절한 이시바가 손으로 머리를 감쌌다. "이렇게 늦게 침대에서 나오면 정말 화를 낼 텐데!"

"나도 늦었어. 사원 의식을 놓쳤지만 난 불평 안 하잖아." 대답이 없자 그는 초인종을 계속 눌렀다. 서둘러는 신호로 트럭 운전사가 경적을 울렸다.

"제발, 잠깐만요!" 옴이 간청했다. "이런 식으로 하면 우리도 일자리를 잃을 거예요!" 그러나 거지 왕초는 참을성 있게 웃으면서 뭔가를 계속 적었다. 어둠 속에서 글을 쓰는 것이 전혀 문제가 없는 듯했다.

벨소리 때문에 안에서는 디나가 재봉사들만큼이나 안절부절못했다. 그녀는 마넥의 방으로 달려갔다. "빨리 일어나!" 그녀가 몇 번 세게 흔들고 난 후에야 그가 깨어났다. "천사같이 생긴 애가 물소처럼 코를 고는구나! 어서, 일어나! 저 소리 들리니? 집 앞에 누가 왔어!"

"누구요?"

"문구멍으로 봤는데 너도 알다시피 내 눈이 엉망이잖니. 보이는 거라곤 사람 세 명뿐이야. 네가 좀 봐라."

불청객들이 사라지기를 바라며 그녀는 아직 불을 켜지 않았다. 그에게 조심해서 살살 걸으라고 당부하고 그녀는 현관으로 길을 안내한 후 빗장을 꽉 쥐었다. 그가 문구멍을 살짝 들여다보더니 흥분해서 돌아섰다.

"어서 문 여세요! 이시바 아저씨와 옴이 누군가와 함께 있어요!"

밖에서 그의 목소리를 들은 재봉사들이 말했다. "아주머님, 정말 죄송합니다. 용서히 십시오. 오래 걸리지는 않을 것 같은데……" 그들의 목소리가 벌벌 떨리면서 확신이 없이 약해졌다.

그녀는 베란다 불을 켜고 현관문을 조심스럽게 살짝 열었다. 잠시 후 문을 활짝 열었다. "당신들! 어디 있었어요? 어떻게 된 거예요?"

그녀는 안도감을 굳이 감추려고 하지 않았다. 거짓으로 위장되지 않고 혀로 곧장 전달되는 감정을 온전하게 느끼게 되자 그녀 자신도 깜짝 놀랐다.

"어서 안으로 들어와요!" 그녀가 말했다. "세상에, 지난 몇 주 동안 우리가 얼마나 걱정했는지 알아요!"

거지 왕초가 뒤로 물러섰고, 이시바가 절뚝거리며 문간을 넘으면서 억지로 웃음을 지었다. 의사가 발목에 감아 준 더러운 붕대가 질질 끌렸다. 뒤를 바짝 쫓아가던 옴이 서두르다가 붕대를 밟았다. 어두운 출입구를 살금살금 걸어서 그들은 부끄러운 낯으로 빛이 밝은 베란다로 갔다.

"세상에! 어떻게 된 거예요?" 수척한 얼굴, 더러운 옷, 헝클어진 머리를 보고 깜짝 놀란 디나가 물었다. 그녀와 마넥은 잠시 동안 아무 말도 할 수 없었다. 그냥 빤히 보기만 했다. 잠시 후 질문이 마구 쏟아졌고, 대답 역시 마구 급하게 나왔다.

여전히 현관문에서 기다리던 거지 왕초가 이시바와 옴의 혼란스러운 설명에 끼어들었다. "확인만 좀 합시다. 이 두 사람이 여기서 일하는 게 맞습니까?"

"그런데요, 왜요?"

"그럼 됐습니다. 다시 만나서 다들 행복해 하니까 보기 좋소." 트럭이 또다시 경적을 울리자 그가 돌아서서 떠났다.

"잠깐만요. 매주 돈은 어디다가 냅니까?" 이시바가 물었다.

"내가 걷으러 올 거야." 그리고 그는 자신과 연락하기를 원하면 언제든지 지렁이에게 말하라고 했다. 이제부터는 지렁이가 비쉬람 채식주의 식당 밖에서 구걸을 할 거라고 했다.

"무슨 돈이요? 지렁이는 또 뭐예요? 그리고 저 사람은 누구예요?" 현관문이 닫히자 디나가 물었다.

재봉사들은 본론에서 벗어나 거지 왕초가 공사 현장에 도착한 이야기를 하다가, 다시 샨카의 이야기로 돌아갔다가, 다시 앞으로 돌아와서 자신들도 혼동되고 듣는 사람들도 헷갈리게 만들었다. 지옥에서의 끔직한 시간은 끝났지만, 두려움이 사라진 곳에 극도의 피로감이 밀려들었다. 이시바는 붕대를 더듬거리며 발목에 제대로 묶으려고 했다. 그러나 그의 손이 떨려서 옴이 대신 헐렁한 끝 부분을 안으로 집어넣어 주었다.

"현장 감독의 탓이었는데, 그 사람이⋯⋯"

"그건 공무 해결사가 오기 전에⋯⋯"

"어쨌든, 발목을 다치고 나서는 도저히 어떻게 할 수가 없어서⋯⋯"

이시바가 여기서 한마디 하면 옴이 다른 데서 한마디 하는 통에 사건의 줄거리를 제대로 이해할 수가 없었다. 도무지 이야기가 만들어지지 않았다. 이시바의 목소리가 잦아들었다. 그는 두 손으로 머리를 감싸며 말을 끄집어내려고 노력했다. 옴은 말을 더듬거리다가 울음을 터트렸다.

"그 사람들이 우리를 정말 끔찍하게 다루었어요." 그는 머리카락을 쥐어뜯으며 흐느꼈다. "삼촌이랑 거기서 그냥 죽는 줄 알았어요⋯⋯"

마넥이 그의 등을 두드리며 이제 안전하다고 위로했다. 디나는 푹 쉬고 나서 아침에 다시 이야기하는 게 낫겠다고 했다. "침구는 아직 있으니까, 베란다에다가 깔고 자도록 해요."

그러자 이번에는 이시바가 무너졌다. 그는 그녀 앞에 무릎을 꿇고 발을 만섰나. "아이고, 아주머니, 정말 고맙습니다! 이런 친절을 베푸시다니요! 저희는 밖이 너무나 두렵고⋯⋯ 국가비상사태와 경찰도 두려워서⋯⋯"

당황한 그녀가 발을 그의 손에서 뺐다. 그가 너무 세게 잡고 있어서 그녀의 왼발 슬리퍼가 벗겨졌다. 그가 앞으로 와서 살며시 발에 다시 끼워주었다.

"당장 일어나요. 어서요." 당황한 그녀가 엄하게 말했다. "내 말 잘 들어요, 이번 한 번만 말할 테니까. 절대로 사람들 앞에 무릎을 꿇지 마세요."

"알겠습니다." 이시바가 고분고분하게 일어섰다. "용서하십시오. 제가 어리석었습니다. 아주머님, 전 그냥 너무 고마워서 어쩔 도리를 몰랐습니다."

여전히 당혹스러웠던 그녀는 하룻밤 재워 주는 걸로 그만하면 충분한 감사가 됐다고 말했다. 옴은 소맷자락으로 눈물을 닦고 이부자리를 폈다. 자기 전에 손과 얼굴에 묻은 먼지를 씻어도 되는지 그가 물었다.

"물이 많지 않아서 양동이에 담긴 것뿐이니까 아껴 써. 목이 마르면 부엌에 있는 물주전자에서 마시고." 그녀는 현관문을 잠그고 마넥과 함께 안으로 들어갔다.

"전 디나 아주머니가 너무 자랑스러워요." 마넥이 속삭였다.

"지금에서야? 아이고, 영감님, 고맙네요."

아침이 밝았지만 디나는 밤새 고민하던 문제들에 대한 해답을 찾지 못했다. 그녀는 재봉사들을 놓치는 모험을 할 수가 없었다. 하지만 얼마나 엄격해야 하고 얼마나 봐줘야 하나? 동정심과 어리석음, 친절함과 나약함은 어떻게 다른가? 그것은 그녀 자신의 입장일 뿐이었다. 그들의 입장에서 보면 그것은 자비심과 냉혹함, 헤아림과 냉정함으로 구분될 뿐이었다. 그녀가 취하는 행동을 그들은 다르게 볼 수 있었다.

일곱 시에 일어난 재봉사들이 침구를 쌌다. "아주 잘 잤습니다. 베란다가 천국처럼 평화롭더군요." 이시바가 말했다.

여행 가방에서 옷을 꺼내 갈아입고 그들은 기차역 화장실로 떠날 준비를 했다. "비쉬람 식당에서 차를 마시고 곧장 돌아오겠습니다."

"재봉 일을 시작하겠다고요?"

"그럼요, 당연하죠." 옴이 살짝 웃으며 말했다.

그녀가 이시바에게 말했다. "발목은 어쩌고요?"

"아직 아프지만 한쪽 다리로 발판을 구르면 됩니다. 지체할 필요는 없죠."

그녀는 그들의 깨지고 멍 든 발을 보았다. "가죽 샌들은요?"

"도둑맞았습니다."

"술주정뱅이들이 병을 부숴서 거리에 깨진 유리도 있는데. 남은 다리로 모험을 해서는 안 되죠." 그녀는 옴에게 맞는 낡은 슬리퍼를 찾아 주었다. 마넥은 이시바에게 자신의 테니스 신발을 주었다.

"정말 편하네. 마넥, 고맙다." 그런 다음 이시바는 차와 음식을 사는 데 필요한 5루피만 빌려 달라고 부끄러워하며 부탁했다.

"지난번 일로 당신들 몫이 5루피 이상은 되니까 걱정 말아요." 그녀가 말했다.

"예? 정말입니까?" 그들은 뛸 듯이 기뻐하며, 일을 끝마치지 못했으므로 돈을 받을 권리를 상실한 걸로 생각했다고 디나에게 말했다.

"다른 고용주들이 그렇게 하는지 몰라도, 난 정직한 일의 대가는 정직하게 지불해야 된다고 믿어요." 그런 다음 그녀가 농담으로 덧붙여 말했다. "마넥하고 좀 나눠 가져요. 쟤가 일을 많이 했으니까."

"아뇨, 전 그냥 단추 몇 개만 달았을 뿐인데요. 일은 디나 아주머니께서 다 하셨죠."

"대학은 집어치우고, 우리랑 같이 동업하는 게 어때?" 옴이 말했다.

"그럴까? 그러면 가게를 같이 열면 되겠다." 마넥이 말했다.

"나쁜 충고를 하면 어떡해." 그녀가 옴을 꾸짖었다. "사람은 교육을 받아야 돼. 너도 자식이 생기면 꼭 학교를 보내야 된다."

"그럼요, 그럴 겁니다." 이시바가 말했다. "먼저 옴에게 신붓감을 찾아줘야죠."

마넥은 마지못해 학교로 갔고, 디나는 새로운 일감을 찾으러 오레보아 수출 회사로 갔으며, 재봉사들은 비쉬람 식당에서 한가하게 시간을 보냈다. 출납원 겸 웨이터가 단골손님들을 매우 기쁘게 맞았다. 그는 계산대에서 손님들에게 우유 한 잔, 튀김 여섯 개, 요구르트 한 덩어리를 건네주고 나서 테이블에 있던 재봉사들에게로 갔다.

"두 사람 다 살이 빠졌군요? 오랫동안 어디 갔었습니까?"

"정부로부터 특별 다이어트를 받았지." 이시바가 그들이 겪었던 불행에 대해서 들려주었다.

"정말 대단하네요." 주방장이 땀을 뻘뻘 흘리며 풍로 위로 소리쳤다. "어떻게 당신들한테만 그런 일이 일어나는 거죠? 여기 올 때마다 새로운 모험담으로 우리를 기쁘게 해 주네요."

"우리가 아니라, 이 도시예요." 옴이 말했다. "이 도시가 바로 이야기를 만들어 내는 공장이라고요."

"어쨌든 손님들이 다 당신들 같으면 비쉬람 식당에서 현대판 마하바라트를 책으로 낼 수도 있겠소."

"아이고, 이젠 제발 더 이상 모험 같은 건 없었으면 좋겠소." 이시바가 말했다. "고통받는 이야기는 주인공들한테는 전혀 재미가 없으니까."

출납원 겸 웨이터가 그들에게 차와 버터 빵을 가져다주고 새로운 손님들을 위해서 계산대로 갔다. 차에 든 우유가 크림처럼 보드라운 층을 이루었다. 옴이 숟가락으로 떠서 입에 넣더니 입술을 핥았다. 이시바가 자신의 컵을 옴에게 건네자, 그가 위에 뜬 우유를 걷어내 먹었다. 그들은 빵을 반으로 나눠서 버터가 발렸는지 확인했다. 양쪽에 버터가 듬뿍 발려 있었다.

보행자들이 뜸해지자, 재봉사들이 도착했을 때 이미 밖에서 구걸을 하고 있던 샨카가 문 앞으로 손수레를 굴리고 와서 인사를 했다. 이시바가 손을 흔들었다. "어이, 샨카! 다시 돌아와서 열심히 일하니까 좋지?"

"아이고, 세상에, 어쩌겠어요. 왕초가 오늘은 첫날이니까 그냥 쉬면서 자라고 해서 여기서 잤는데, 동전들이 깡통으로 떨어지기 시작하는 거예요. 머리 바로 옆에서 쨍그랑 소리가 어찌나 큰지. 눈을 감을 때마다 놀라서 다시 떴다니까요. 사람들이 그냥 쉽게 내버려두지를 않네요."

오늘 아침 그의 일과는 간단했다. 동전들을 흔들며 애처로운 목소리로 흐느끼거나, 눈물이 뺨을 타고 떨어질 때까지 어느 정도 간격을 두고 쉰 목소리로 기침을 했다. 시각적 관심을 끌기 위해서 그는 때때로 손수레를 왼쪽으로 약간 굴렸다가 다시 오른쪽으로 굴렸다. "제가 특별히 왕초에게 부탁해서 기차역에서 이곳으로 옮겨 온 거 아세요? 이제 더 자주 만날 수 있을 거예요."

"그거 잘됐네." 옴이 손을 흔들어 작별 인사를 했다. "그럼 조만간 또 보자고."

아파트에는 자물쇠가 채워져 있어서 재봉사들은 현관문 옆에서 기다렸다. "그 미친 집세 걷는 작자가 어슬렁거리면 안 되는데." 옴이 말했다. 긴장한 채 10분을 기다리자 택시가 도착했다. 그들은 디나가 옷감을 내리고 안쪽 방으로 운반하는 걸 도왔다.

"발목 조심해요. 너무 무리하지 말아요." 그녀가 이시바에게 말했다. "그런데 공장에 파업이 있을 거라면서 그게 끝날 때까지는 일감이 없을 거래요."

"이런, 세상에. 문제가 끊이지를 않는군요." 갑자기 간밤의 일이 떠오른 이시바는 그녀의 발밑에 꿇어앉았던 일을 다시 한 번 사과했다. "제가 어리석었습니다."

"어제도 똑같은 말을 하더니, 왜 그래요?"

"언젠가 어떤 사람이 저한테도 똑같이 그렇게 했거든요. 그래서 기분이 매우 좋지 않았죠."

"누군데요?"

"아주 긴 이야깁니다." 이시바는 그녀에게 그들의 인생을 모조리 말하고 싶지는 않았다. 그래도 조금은 털어놓고 싶었다. "제 동생, 그러니까 옴의 아버지와 제가 재봉사 밑에서 도제 생활을 했을 때, 우리가 그분을 도와준 적이 있습니다."

"어떻게요?"

"그러니까." 그가 망설였다. "아시라프 아저씨께서는 이슬람교도였고, 힌두교도들과 이슬람교도들이 서로 싸우던 때였죠. 독립 당시에 어땠는지 아시죠? 읍내에서 문제가 생겼는데 저희가 그분을 도왔습니다."

"그래서 아시라프라는 분이 당신 발을 만진 거예요?"

"아뇨." 28년이나 지난 옛날 일이지만 이시바는 여전히 당혹스러웠다. "그분이 아니라 부인인 뭄타즈 아주머니께서 그러셨죠. 마치 제가 아주머니의 불행을 이용하는 것처럼 아주 기분이 나빴습니다."

"저도 어젯밤에 바로 그렇게 느꼈어요. 이제 그만 잊어버려요." 그녀는 더 많은 질문을 하고 싶었지만 그가 꺼리는 것 같아서 그만 두었다. 그들이 원한다면 언젠가 마음의 준비가 됐을 때 그녀에게 더 많은 이야기를 들려줄 것이다.

일단 그녀는 그 이야기를 마넥이 들려준 그들의 삶에 관한 이야기에 추가했다. 그녀가 만드는 이불처럼 재봉사들의 이야기도 점점 더 모양을 갖추어 가고 있었다.

그날 내내 디나는 중요한 말을 어떻게 표현해야 할지 고민했다. 때가 되면 어떻게 말할까? 지낼 곳을 찾을 때까지 베란다에서 자라고 할까? 아니지, 그건 너무 재봉사들과 함께 지내고 싶어 하는 것 같잖아. 오늘밤에 지낼 곳은 있는지 먼저 물어볼까? 하지만 그들이 그럴 곳이 당연히 없기 때문에 그건 너무 위선적이었다. 그냥 오늘밤에 어디서 잘 건지 물어볼까? 그래, 그게 좋겠다. 그러나 그녀는 생각을 바꿨다. 걱정을 너무 많이 드러내고 솔직한 것 같았다. 지난밤에는 쉽게 진실된 말이 저절로 나왔다.

오후 내내 그녀는 재봉사들이 발을 발판에 밀착하고 일하는 모습을 지켜보았다. 집으로 돌아온 마넥이 재봉사들에게 차 마실 시간이라고 알려주었다. 그들이 오늘은 차를 안 마시겠다고 하자 그녀도 거들었다. "그래, 돈 쓰게 만들지 마. 재봉사들이 지난 몇 주 동안 돈을 많이 잃었잖아."

"제가 낼 건데요."

"너도 돈을 함부로 쓰면 안 돼. 내가 만드는 차가 뭐 어때서 그래?" 그녀는 물이 끓는 동안 찻잔들을 꺼내서 분홍색 장미 찻잔들을 따로 놓았다. 주전자에서 물이 끓는 시끄러운 소리가 나기를 기다리면서, 그녀는 무슨 말을 해야 할지 다시 고민했다. 베란다가 편했느냐고 물으면 어떨까? 아냐, 그건 너무 가식적으로 들려.

일을 마칠 시간이 되자 재봉사들은 슬픈 표정으로 재봉틀 위에 덮개를 씌웠다. 그들은 무겁게 일어서며 한숨을 내쉬고 현관문으로 걸어갔다.

디나는 잠시 자신이 마술사가 된 기분이 들었다. 그녀가 무슨 말을 하느냐에 따라서 모든 것이 황금처럼 빛날 수도 있었다. 말 한마디면 충분했다.

"언제 돌아와요?"

"언제든지요." 옴이 말했다. "원하시면 언제라도 오겠습니다." 이시바가 조용히 고개를 끄덕였다.

그러자 그녀가 그 기회를 이용해서 계획을 말했다. "서두를 필요 없어요. 저녁 먹고 나서 돌아와요. 마넥하고 나도 그때쯤이면 식사를 마칠 테니까."

"그럼 저희가……?"

"베란다에서……?"

"지낼 곳을 찾을 때까지 만이에요." 정확하게 선을 그어 중립을 지킬 수 있어서 그녀는 매우 기뻤다.

그들이 고마워하자 마음이 따뜻해졌지만, 그녀는 방세 받기를 단호히 거절했다. "아뇨, 방세는 절대 안 받을 거예요. 난 지금 세를 놓는 게 아니라 당신들을 사악한 경찰들의 손에서 벗어나게만 하고 싶어요."

그리고 그녀는 집주인에게 들킬 위험이 매우 크다면서 그들에게 집을 오고가는 횟수를 줄이라고 했다. 우선, 아침마다 씻으러 기차역에 갈 필요가 없다고 했다. "여기서 씻고 차를 마셔요. 물이 나오기 전에 일찍 일어나기만 하면 돼요. 여기는 욕실이 하나밖에 없다는 걸 명심해요." 그러자 옴은 욕실이 두 개나 있는 집이 어디 있는지 궁금했지만 묻지 않았다.

"그리고 더럽히면 안 돼요."

그들은 그녀가 제시한 모든 조건에 동의하며 말썽을 일으키지 않겠다고 했다. "그런데 공짜로 있으려니까 마음이 좋지를 않습니다." 이시바가 말했다.

"돈 얘기를 한 번만 더 하면 다른 곳에 가야 될 줄 알아요."

다시 한 번 고마움을 전하고 저녁을 먹으러 가던 그들은 여덟 시까지 돌아와서 자기 전에 재봉 일을 한 시간 더 하겠다고 했다.

"그런데 왜 방세를 안 받으시는 거예요? 조금이라도 받으면 재봉사들이 편할 텐데요. 그리고 재정적으로도 도움이 되고요."

"넌 아직도 모르겠니? 내가 돈을 받으면 저 사람들한테 베란다의 점유권이 생기는 거야."

세면기에 몸을 숙이고 디나는 콜리노스 치약으로 양치질을 했다. 이시바가 그녀의 입에서 거품이 떨어지는 것을 지켜보았다. "그 치약이 이빨에 좋은지가 항상 궁금했습니다." 그가 말했다.

그녀는 침을 뱉고 입 안을 헹구고 나서 대답했다. "다른 치약이나 다를 거 없어요. 무슨 치약 써요?"

"저희는 숯가루를 씁니다. 때로는 멀구슬나무의 가지를 쓰기도 하죠."

마넥은 이시바와 옴의 이가 자신보다 낫다고 했다. "어디 한 번 보자." 그녀의 말에 마넥이 이를 드러냈다. "당신들은요?" 그녀가 재봉사들에게 물었다.

거울 앞에 선 세 사람이 모두 입을 벌리고 앞니를 드러냈다. 그녀도 자신의 이를 비교해 보았다. "마넥 말이 맞구나. 당신들 이가 더 하얗군요."

이시바가 숯가루를 조금 주며 한 번 써 보라고 권하자, 그녀는 콜리노스 치약을 약 1.3센티미터 짜서 그의 손가락에 발라 주었다. 그는 치약을 옴과 나누어 썼다. "맛이 좋군요." 재봉사들이 동시에 말했다.

"맞아요. 하지만 음식도 아닌데 맛 때문에 돈을 주고 사는 건 낭비죠. 나도 숯가루로 바꾸고 돈을 아껴야겠어요." 마넥도 그렇게 하겠다고 했다.

사람들이 늘어난 집에서 아침은 마찰이 최소한으로 문제가 없었다. 디나가 맨 먼저 일어났고, 마넥이 맨 마지막이었다. 그녀가 욕실을 쓰고 나면 재봉사들의 차례였다. 그들이 너무 빨리 들어갔다가 나오자, 그녀는 그들의 위생 상태에 결함이 있는 건 아닌지 의심했다. 그러나 그들은 얼굴을 말끔히 씻었고 머리도 감았으며, 그들 가까이에서 숨을 깊이 들이쉬면 새로 씻은 피부의 깨끗한 향기가 났다.

욕실은 상상할 수 없는 사치였지만 재봉사들은 오래 머물지 않았다. 빨리 씻는 습관이 자연스럽게 몸에 배었다. 지난 몇 달 동안 그들은 시간이 촉박한 공공장소에서 그러한 기술을 연마했다. 나와즈의 차양 근처 골목에 있던 수도꼭지, 판자촌 한가운데 있던 수도꼭지, 무너져 가는 혼잡한 기차역 화장실, 관개 공사 현장에 있던 수도꼭지 등. 이 모든 것들로 인해서 그들은 3분 만에 볼일을 마칠 수 있는 기술을 완벽하게 습득했다. 그들은 디나의 물을 끓이는 전열기 대신에 찬물을 사용했고, 정리 정돈하는 습관 덕에 아무것도 어지르지 않았다.

그러나 그들이 자신의 욕실에서 몸을 씻는다는 생각에 그녀는 불편했다. 혹시라도 자신의 비누나 수건을 사용하는 증거를 잡기라도 한다면 혼내 줄 생각으로 그녀는 경계를 늦추지 않았다. 그들이 이곳에서 며칠 지내겠다면 자신의 규칙을 따라야 하고, 거기에는 한 치의 양보도 있을 수 없었다.

이시바가 아침마다 손가락을 목구멍에 집어넣고 억지로 토하는 것을 그녀는 정말 싫어했다. 이웃집들에서 자주 들리는 비통한 신음 소리를 동반하는 구역질을 그렇게 가까이서 듣기는 처음이었다. 그녀는 온몸에 소름이 돋았다.

"세상에, 사람 놀라게 하지 말아요." 계속해서 웩웩 소리가 크게 나자 그녀가 말했다.

이시바가 미소를 지었다. "이렇게 하면 위가 좋아집니다. 상하고 불필요한 담즙을 없애 주거든요."

"삼촌, 좀 조심하세요." 옴이 디나의 편을 들었다. "담즙하고 간이 같이 튀어나오겠어요." 이시바가 옴에게도 그러한 치료법을 가르쳐 주려고 했지만, 도무지 배우려고 하질 않아서 포기하고 말았다.

"배관 작업을 하는 건 어때요?" 마넥이 말했다. "옆구리에다가 작은 수도꼭지를 만들어서 틀기만 하면 불필요한 담즙이 나오도록 말이에요." 이시바가 다시 웩웩거리자 옴과 마넥이 함께 장단을 맞추며 큰 소리로 따라서 웩웩거렸다.

며칠 동안 옴과 마넥이 함께 놀리자 이시바가 자제했다. 웩웩거리는 소리를 줄이고 손가락도 이전처럼 무모하게 너무 깊숙이 쑤셔 넣지 않았다.

옴이 마넥의 몸을 킁킁거렸다. "넌 나보다 냄새가 좋구나. 비누를 써서 그런 거지?"

"활석 가루도 써."

"보여줘."

마넥이 자신의 방에서 통 하나를 들고 나왔다.

"그런데 어디다가 바르는 거야? 온몸에다가?"

"손바닥에 조금 묻혀서 겨드랑이와 가슴에다가 바르지."

다음번 봉급날 옴은 신솔 상표 비누 하나와 락메 상표 활석 가루 한 통을 샀다.

그렇게 첫 주가 지나자 디나는 매일 하루가 끄트머리를 굳이 당기지 않아도 잘 들어맞는 드레스와 같다는 생각이 들었다. 바느질이 곧바르고 깔끔하게 박힌 느낌이었다.

그러나 이시바는 디나를 이용하는 게 아닌가 싶어서 괴로웠다. "방세를 안 받으시고 저희들한테 베란다와 화장실을 쓰게 하시고 차까지 주시다니. 이건 너무 부담스럽습니다."

이시바의 말에 그녀는 죄책감을 느꼈다. 그 모든 것이 단지 자기 보존을 위해서였기 때문이다. 재봉사들이 또다시 경찰들에게 끌려가지 않고, 참견하기 좋아하는 이웃들과 집세 걷는 사람의 눈에 띄지 않게 하기 위한 것이었다. 이시바와 옴이 그녀에게 친절과 아량의 옷을 입히고 있었지만, 자신에게는 속임수, 위선, 꼼수의 옷이 더 어울린다고 그녀는 생각했다.

"그럼 어쩔 건데요?" 그녀가 퉁명스럽게 말했다. "차 한 잔에 50파이사를 내고 나를 모욕할 건가요? 노점의 차 장수처럼 날 대하고 싶은 거예요?"

"아이고, 아닙니다. 그럴 리가요. 혹시 저희가 뭔가 해 드릴 일이 있지 않을까 싶어서요."

그런 일이 생기면 알려 주겠다고 그녀가 말했다.

두 번째 주가 끝날 쯤에도 이시바는 여전히 그녀로부터 아무런 지시도 받지 못했다. 그래서 그는 알아서 일을 했다. 그녀가 목욕을 하는 동안에, 그는 부엌에서 빗자루와 쓰레받기를 가져와 베란다, 거실, 마넥의 방, 그리고 재봉 일을 하는 방을 쓸었다. 그가 방을 쓸고 나면 옴이 부지런히 양동이와 걸레를 가지고 바닥을 닦았다.

그들이 한창 일을 하고 있을 때 디나가 욕실에서 나왔다. "지금 뭐하는 거죠?"

"용서하십시오. 이렇게라도 해야겠습니다." 이시바가 단호하게 말했다. "지금부터는 저희가 매일 청소를 돕겠습니다."

"이렇게까지 할 필요 없는데."

"아뇨, 해야 돼요." 옴이 걸레를 세게 쥐어짜면서 말했다.

감명을 받은 그녀는 그들이 청소를 마칠 때쯤에 차를 따랐다. 그들이 청소 도구들을 부엌에 다시 갖다 놓자, 그녀가 옴에게 찻잔 두 개를 건넸다.

찻잔에 빨간 장미 장식이 있는 걸 발견하고 옴이 뭔가 잘못됐다고 지적했다. "분홍색이 저희 건데요." 그러나 그녀의 얼굴에서 이미 알고 있다는 표정을 읽고서 옴이 말을 멈췄다.

"왜? 뭐가 잘못됐다는 거니?" 그녀가 분홍색 장식 잔으로 차를 마시며 물었다.

"아뇨, 아무것도." 그는 목이 메었다. 그녀가 자신의 눈에 물기가 스미는 것을 눈치 채시 못하기를 바라면서 그가 돌아섰다.

"현관에 누가 당신을 보자고 찾아왔어요. 저번에 한 번 왔던 머리가 긴 사람이에요."

이시바와 옴이 서로를 바라봤다. 이번에는 라자람이 뭘 원하는 걸까? 일에 방해가 된 것에 사과하고 그들은 베란다로 갔다.

"안녕하십니까." 라자람이 두 손을 하나로 모으고 말했다. "일하는 데 귀찮게 해서 미안합니다. 야간 경비원이 더 이상 거기서 자지 않는다고 해서 이렇게 찾아왔습니다."

"아, 다른 데서 지낸다네."

"어디요?"

"이 근처야."

"아, 그렇군요. 나중에 만나서 이야기 좀 할 수 있을까요? 오늘 언제고, 아무 때나 편하신 대로 괜찮습니다." 그는 다급해 보였다.

"그러지. 1시에 비쉬람 식당으로 와. 어딘지 알지?" 이시바가 말했다.

"네, 거기서 보죠. 그리고 가방에 있는 제 머리털도 좀 가지고 와 주십시오."

라자람이 떠나고 나자 디나가 무슨 일인지 물었다. "저 사람이 매주 당신들에게 돈을 뜯어가는 남자와 연관돼 있는 건 아니죠?"

"아이고, 아닙니다. 저 사람은 거지 왕초 밑에서 일하지 않습니다. 친군데 아마 돈을 빌려 달라는 것 같네요." 이시바가 말했다.

"아무튼 조심하세요. 요즘은 친구나 적이 구분이 안 되니까."

비쉬람 식당에는 손님이 많아서, 재봉사들이 도착했을 때 라자람은 밖에서 초조하게 기다리고 있었다. "자네 머리털은 여기 있네." 이시바가 꾸러미를 건넸다. "그럼 뭘 좀 먹을 텐가?"

"아뇨, 배가 불러서요." 그러나 식당에서 나는 냄새로 상상의 음식을 씹고 있던 그의 입은 허기를 드러냈다.

"뭘 좀 먹지 그래. 돈은 우리가 낼 테니까 괜찮아." 그를 불쌍히 여기며 이시바가 말했다.

"그럼 두 사람이 먹는 걸 나눠 먹겠습니다." 그가 억지로 웃음을 보였다. "배가 부른 건 작은 장애일 뿐이니까요."

"야채 빵 세 개하고 바나나 세 개 주시오." 이시바가 출납원 겸 웨이터에게 주문했다.

근처에 무너진 건물로 음식을 들고 간 그들은 반쯤 쓰러진 벽의 그늘진 창턱에 앉았다. 수평으로 쓰러진 문을 식탁으로 삼았다. 건물이 무너진 지 몇 주 정도 지나서, 경첩과 손잡이 들은 이미 털리고 없었다. 자루를 든 어린아이 넷이 잔해 더미를 기어올라 뒤지고 있었다.

"가족계획 권유 일은 어떤가?"

게걸스럽게 음식을 먹으며 라자람이 고개를 가로저었다. "좋지 않습니다." 그는 여러 날을 굶은 사람처럼 먹었다. "2주일 전에 잘렸습니다."

"무슨 일로?"

"성과가 없다고요."

"그렇게 빨리? 두 달 만에?"

"네." 그가 망설이다가 말을 이었다. "사실은 처음부터 문제가 있었어요. 훈련을 받고 나서 그들이 가르쳐 준 대로 따라했죠. 매일 다른 곳을 돌아다니면서요. 정확한 음성으로 친절하고 똑똑하게 보이면서 그들이 가르쳐 준 것을 반복해서 아무도 겁을 먹지 않도록 했어요. 보통 사람들은 인내심 있게 말을 듣고 전단을 가져갔죠. 때로는 웃기도 하고, 젊은 사람들은 외설적인 농담도 하고요. 그런데 수술을 받겠다고 서명하는 사람이 없었어요.

"몇 주 후에 관리자가 사무실로 부르더군요. 고객을 제대로 못 쫓고 있다고 했어요. 벌거벗은 수도승에게 결혼 예복을 팔려고 해 봐야 시간 낭비라더군요. 그래서 정확하게 그게 무슨 말이냐고 내가 물었죠."

라자람은 재봉사들에게 관리자의 대답을 들려주었다. 도시 사람들은 너무 냉소적이어서 모든 것을 의심하기 때문에 동기 유발이 힘들다. 따라서 교외의 빈민굴을 가보는 게 어떠냐고 제안했다. 그곳에는 정부의 도움이 절실히 필요한 무식한 사람들이 산다고 했다. 그러니 공짜 선물과 보상을 지급하는 가족계획은 그들에게 특별히 필요한 것이라고 했다.

"그래서 관리자의 충고를 듣고 도시 외곽으로 갔죠. 그런데 바로 첫날 자전거 타이어에 펑크가 났어요."

"시작이 좋지 않았구먼." 이시바가 고개를 가로저었다.

"펑크는 작은 장애일 뿐이었죠. 진짜 문제는 나중에 찾아왔습니다."

자전거 가게에서 타이어를 고치는 동안, 라자람은 소화전 근처의 버스 정류장에 있던 한 노인과 이야기를 하게 됐다. 노인은 몸을 씻으려고 부랑아들이 소화전을 틀기를 기다리고 있었다.

연습도 하고 사람의 관심을 얼마나 집중시킬 수 있는지 보려고, 라자람이 노인에게 자신을 가족계획이라는 좋은 일을 하는 사람이라고 소개했다. 그는 피임 기구들을 설명하고 불임 수술에 관한 이야기를 하면서 현금 보상에 대해서도 언급했다. 정부에서 최종적이고 돌이킬 수 없는 방법을 선호하기 때문에 난관 절제술을 하면 정관 절제술보다 더 많은 선물을 받게 된다고 설명했다.

그러자 노인이 선물을 많이 주는 난관 어쩌고 하는 게 바로 자기가 원하는 거라고 했다. 그러자 버스 정류장 난간에 앉아 있던 라자람이 하마터면 떨어질 뻔했다. "아뇨, 아뇨, 할아버지, 그건 할아버지가 받는 수술이 아닙니다. 그냥 설명한 겁니다." 그러자 노인이 꼭 그 수술을 받아야겠다고 했다. 하지만 난관 절제술은 여자들한테만 하는 것이고 남자들은 정관 절제술을 받는데, 할아버지 나이에는 그렇게 할 필요가 없다고 라자람이 설명했다. 그럼에도 불구하고 노인은 나이에 상관없이 꼭 수술을 받겠다고 고집을 부렸다.

"트랜지스터라디오가 절실히 필요했나 보네요." 옴이 말했다.

"나도 그렇게 생각했지. 이 할아버지가 라디오를 그렇게 절실히 원한다면 싸울 필요가 없다고 나도 생각했으니까. 음악을 들어서 할아버지가 행복하다면 왜 그렇게 못 해주겠냐고 말이야."

그래서 그는 서류를 꺼내서 지장을 받고, 타이어 수리비를 지불하고 노인을 병원으로 데려갔다. 그날 저녁 그는 처음으로 수수료를 받았다.

그는 타이어에 펑크가 난 것이 행운의 징조였다고 생각했다. 날카로운 운명의 손가락이 타이어에 펑크를 내고 자신의 불운을 종결시켰다고 믿었다. 그의 셔츠에는 불임 수술 권유자 로고가 새겨진 배지가 자랑스럽게 달려 있었다. 자신감에 넘쳐서 교외로 돌아간 그는 더 많은 사람들에게 난관 절제술과 정관 절제술을 시키리라고 다짐했다.

그로부터 일주일 후, 그는 교외를 돌아다니다가 노인의 마을로 들어서게 됐다. 자전거를 타고 판잣집들을 돌면서 사람들에게 수술을 권유하려던 그의 머릿속에서는 같은 말을 다르게 표현해서 불임 수술의 장점과 매력을 홍보하는 표현들이 힌참 떠오르고 있었다. 그런데 갑자기 노인의 가족 중에 한 명이 그를 알아보고 소리쳤다. "여기 수술을 권유한 작자가 나타났다! 이 나쁜 놈이 여길 또 나타났어!"

곧, 뼈를 모조리 부숴 놓고 말겠다고 위협하는 성난 군중들이 라자람을 둘러쌌다. 살려달라고 외치며 그가 공포에 질린 목소리로 이유를 묻자, 수술이 잘못됐다는 대답이 돌아왔다. 노인의 사타구니에 고름이 차서 살이 썩기 시작하자, 병원도 손을 쓸 수가 없어서 노인이 결국 사망했다고 했다.

이시바는 바나나 껍질을 벗기며 동정심에 고개를 끄덕였다. 그는 라자람의 새로운 직업이 위험하다고 생각했었다. "그래, 많이 맞았나?"

라자람이 셔츠를 풀더니 등에 있는 시뻘건 멍 자국들을 보여 주었다. 가슴에는 아물기 시작한 날카로운 도구에 찍힌 깊은 상처가 있었다. 그는 머리를 숙이고 머리털이 한 움큼 뽑혀 나간 곳도 보여 주었다. "그래도 살아서 도망칠 수 있어서 다행이었죠. 그 할아버지가 수술을 받은 이유가 보상금과 선물을 받아서 손녀의 결혼 지참금을 마련하기 위해서였다고 하더군요.

"곧장 관리자에게 가서 따졌죠. 의사들이 환자를 죽이는데 어떻게 성과를 올릴 수 있냐고 물었어요. 그랬더니 노인이 나이가 많아서 죽었다면서 유가족들이 아무것도 모르고 가족계획센터를 비난하는 거라고 하더군요."

"저런 씹할 놈." 옴이 분노했다.

"내 말이 그 말이야. 그런데 그 작자가 또 뭐랬냐면, 정책에 변화가 생겨서 일이 수월해질 거라더군." 관리자에 따르면, 더 이상 개인들로부터 수술 동의서를 받을 필요가 없이 공짜 건강 검진을 해 주기로 바뀌었다고 했다. 그렇게 하면 거짓말이 아니라 삶의 질을 향상시키는 조치로 받아들여질 거라고 했다. 가족들과 친구들의 원시적인 영향력에서 벗어나 일단 병원 안으로 들어오면, 불임 수술의 혜택들을 금방 이해할 거라고 했다.

라자람이 야채빵 부스러기들을 긁어 먹고 봉지를 쓰레기 더미에 던졌다. "새 제도가 마음에 들지는 않았지만 한 번 해 보기로 했어요. 그런데 사람들이 수술을 권유하는 사람들이 거짓말을 한다고 다 알아 버린 거예요. 도시든 교외든 가는 곳마다 사람들이 모욕을 줬어요. 나를 보기만 하면 성기를 위협하는 놈, 불임 수술 제조기, 거세하는 놈, 고자 만드는 놈이라고 불렀죠. 난 그냥 먹고 살려고 정부를 위해서 일하는 건데 말이죠. 매일 그러면 어떻게 살겠어요? 그래서 도저히 안 되겠다 싶더군요."

그는 관리인에게 옛날처럼 사람들을 속이지 않고 그냥 전단을 돌리고 수술 절차를 설명하겠다고 했다. 그러나 할당량을 많이 채우지 못해서 옛날 방식은 더 이상 사용하지 않는다는 대답이 돌아왔다. 또한 음식, 집, 그리고 자전거를 계속 제공받기 위해서는 불임 수술 권유자가 구체적인 실적을 올려야 한다고 했다.

"그래서 지난주에 해고당하고 세 가지를 다 잃었습니다. 지금은 정말 필사적입니다. 옛날 직업으로 다시 돌아갈 수밖에는 없네요."

"머리털 수집 말이야?"

"네, 이것들부터 당장 팔아야겠습니다." 그는 재봉사들이 갖다 준 꾸러미를 가리켰다. "그리고 원래 하던 이발 일도 할 생각입니다. 머리털을 모아 둘 공간이 없으니까 두 가지 일을 같이 해야죠. 그런데 빗, 가위, 이발 기계, 면도기를 사려면 85루피가 필요합니다. 돈 좀 빌려 주시겠습니까?"

"생각해 볼게. 내일 다시 만나세." 이시바가 말했다.

"아주머님, 저희는 정말 그 사람을 돕고 싶습니다." 이시바가 말했다. "판자촌에 살 때 이웃이었고 저희한테 아주 잘해 줬거든요."

"그만한 돈을 선불로 줄 여유가 없어요." 그러나 그녀는 다른 방법을 제시했다. 벽장 뒤에서 제노비아가 오래전에 갖다 준 이발 도구들을 꺼냈다.

"우와, 세상에, 이발사셨어요?" 감동한 옴이 말했다.

"어린아이들 미용사였지."

마넥이 이발 기계를 쥐더니 멋을 부린 옴의 머리를 자르는 척했다. "연습하기에 좋겠는데."

"에어컨 대신에 이발을 전공할 셈이니?" 디나가 말했다. 그녀는 도구들을 이시바 앞에 놓았다. "오래됐지만 아직 쓸 만해요. 원한다면 당신 친구한테 줘도 돼요."

"정말이십니까? 다시 필요하면 어쩌려고요?"

"그럴 것 같진 않군요. 미용하던 시절은 끝났으니까." 이제는 시력도 나쁘고 기술도 다 잊어버려서 아이들의 귀를 자를지도 모른다고 그녀가 말했다.

"문제가 하나 더 생겼습니다." 다음 날 재봉사들을 만난 라자람이 고마워하며 이발 도구들을 챙기며 말했다.

"또 뭔가?"

"머리털 사는 사람이 한 달에 한 번씩 도시에 옵니다. 거리에서 잠을 자니까 모아 둔 것을 보관할 수가 없습니다. 가방에 좀 보관해 주시겠습니까? 좋은 친구인 저를 위해서 좀 봐주십시오."

"한 달 치면 가방에 들어가질 않지." 좋지도 않은 물건을 맡고 싶지 않앉던 이시바가 반대했다.

"들어갈 겁니다. 긴 머리만 전문적으로 모을 테니까, 운이 좋으면 한 달에 많아 봐야 열 묶음 정도밖에는 안 될 거구요. 가방 한 구석이면 충분합니다. 그리고 말일이면 머리털 사는 사람에게 팔 거구요."

"너무 자주 아파트로 찾아오면 주인이 화를 낼 거야." 그는 라자람이 포기하기를 바랐다. 그를 포기시키려고 변명을 하자니 어색했다. "자네도 알다시피, 거기는 우리 집이 아니야. 손님들이 계속 찾아오면 곤란하다고."

"그거야 작은 장애죠. 밖에서 만나면 되니까요. 좋으시다면 여기 비쉬람 식당에서 만나죠."

"우리도 여기는 거의 안 오는데." 잠시 후 이시바가 굴복했다. "알았네, 그러면 밖에 손수레 위에 있는 거지 샨카에게 꾸러미를 맡겨 둬. 우리가 자네를 소개시켜 줄 테니까."

"저 거지가 친굽니까? 이상한 친구를 사귀시네요."

"그래, 별 이상한 친구도 다 있지." 이시바가 비꼬듯이 말했지만, 제 인생의 얽히고설킨 문제를 고민하느라 라자람은 무슨 뜻인지 몰랐다.

* * *

이시바가 손가락으로 담즙을 올려서 디나를 괴롭혔다면, 옴은 머리를 긁는 게 문제였다. 이전에는 여섯 시면 끝날 거라고 생각하고 그가 머리 긁는 것을 참았다. 그러나 이제는 그러한 성가신 모습과 긁어대는 소리 말고도, 혹시나 가려움이 제 신의 머리에 옮지 않을까 그녀는 두려웠다.

그녀는 이시바에게 살짝 말했다. "머릿니는 병이나 다름없어요. 머릿니를 제거하면 조카의 건강이 좋아질 거예요."

"그런데 문제는 돈입니다. 의사에게 데려갈 돈이 없습니다." 이시바가 말했다.

"머릿니 잡는 데는 의사가 필요 없어요. 완벽한 가정 요법이 있으니까." 그녀가 어떻게 하는지 설명하자, 그는 자신의 어머니도 그 방법을 사용했던 것이 기억났다.

풍로에 석유를 가득 채운 후 그녀는 빈 머릿기름 병에도 석유를 채웠다. "차를 마시고 나서 이걸로 마사지를 하고 24시간 동안 그냥 내버려 둬요. 그리고 내일 머리를 씻기면 돼요."

"24시간 만요? 48시간 아닌가요? 저희 어머니께서는 그렇게 하셨던 것 같은데요."

"어머니께서 매우 용감한 분이셨군요. 48시간이면 무슨 일이 벌어질지 몰라요. 설마 조카가 인간 횃불로 변하기를 바라지는 않죠?"

"무슨 얘기들 하세요?" 옴이 어리둥절해했다. 그는 병을 집어서 뚜껑을 열었다. "윅, 석유잖아요."

"장미 향수라도 기대했니? 머릿니를 계속 키울 셈이니 아니면 없앨 거니?"

"그래, 루파 할머니께서도 네 아버지와 내가 어렸을 때 이렇게 했으니까 소란 피우지 마라."

투덜대며 마지못해 세면기에 머리를 숙인 옴은 사람들이 석유가 없어서 요리를 못 한다고 난린데 머리에다가 낭비한다며 불평했다. 이시바는 석유를 한 번에 몇 방울씩 손바닥에 떨어트려서 문질렀다. 백열전구 아래서 석유가 묻은 검은 머리는 무지개 빛깔을 띠었다. "이야, 공작처럼 아름답구나."

"손가락을 깊숙이 넣어서 문질러요. 골고루 발라야 돼요." 디나가 말했다. 그녀의 지시에 이시바가 손을 세차게 움직이자 저항하던 옴이 앞뒤로 밀렸다.

"그만하세요! 핏속으로 들어오면 독이 들어서 죽는다고요."

작업이 끝나고 나자 그녀가 머리를 긁으라고 옴에게 부러진 숟가락 하나를 갖다 주었다. "손가락으로 긁으면 옷에 묻으니까, 이걸 써."

비참하게 재봉틀에 앉은 옴은 코를 찡그리며 숨을 강하게 내쉬어서 냄새를 날려 버리려고 했다. 숟가락으로 긁는 건 손가락으로 긁는 것만큼 시원하지가 못했다. 때때로 이시바와 디나가 놀리면 그가 물에 빠진 개처럼 고개를 가로저었다.

"기분 전환으로 담배나 한 대 피울래?" 이시바가 물었다. "아주머니께서 오늘은 예외로 허락하실 거다."

"그럼, 물론이죠. 성냥 갖다 줄까요?"

"내가 불에 타 죽어도 그렇게들 웃으세요." 옴이 시무룩하게 말했다.

점심시간에 그는 냄새가 심해서 비쉬람 식당에서 밥을 먹을 수 없다고 했다. 그러자 이시바도 함께 남았다.

오후에 집으로 돌아온 마넥이 코를 킁킁거렸다. "부엌에서 나는 냄새가 여기서 나는데." 경찰견처럼 코를 낮게 내리고 그가 냄새를 따라서 옴에게로 갔다. "뭐야, 이제 풍로로 직업을 바꾼 거야?"

"그래, 그렇게 하기로 했어." 디나가 말했다. "오늘밤은 옴의 머리 위에다가 음식을 요리하자꾸나. 항상 성미가 급하니까 화력도 좋을 거야."

처음에는 사신의 농담 때문에 재봉사들에게 저녁을 만들어 줄까 생각해 보았다. 그러자 다른 요소들 때문에 그녀의 생각이 굳어졌다. 재봉사들이 점심은 물론이고 저녁도 먹으러 나가지 않는다면, 악당 이브라힘을 완전히 물리칠 수 있었다. 게다가 석유를 머리에 바르고도 옴이 하루 종일 침착하게 재봉틀에 앉아 있었기 때문에 상을 줄 필요도 있었다.

그래서 그녀는 재봉사들을 위해서 양파를 하나 더 자르고 감자를 세 개 더 삶았다. 해질 무렵에 빵 장수가 도착했다. 그녀는 작은 빵을 두 개가 아니라 네 개를 샀다. "마넥, 잠깐 이리 올래." 그를 부엌으로 부른 그녀는 자신의 계획을 털어놓았다.

"정말이세요? 정말 잘됐네요! 우리랑 같이 먹으면 정말 좋아할 거예요."

"누가 같이 먹는다고 했니? 접시를 베란다에 갖다 줄 거야."

"잘 대해 주시려는 거예요, 아니면 모욕을 주시려는 거예요?"

"모욕이라니, 무슨 소리니? 베란다가 깨끗하고 좋은데."

"좋아요. 그렇다면 저도 베란다에서 먹을게요. 전 그런 모욕을 주는 일에 동참할 순 없습니다. 저희 아버지께서는 똥개들만 현관에서 음식을 먹였어요."

그녀가 얼굴을 찡그리자 마넥은 자신이 이겼다는 걸 알았다.

디나는 식탁이 마지막으로 꽉 찼던 때가 생각났다. 바로 18년 전 러스텀이 죽은 결혼 3주년 기념일 밤이었다. 그녀는 접시 네 개를 놓고 재봉사들을 불렀다. 그들의 얼굴에서 무한한 영광이라는 표정이 금방 드러났다.

"오늘 착하게 치료를 받았으니까 저녁을 맛있게 먹어라." 그녀가 옴에게 말했다. 그런 다음 그녀는 냄비를 식탁으로 가져오고 자신은 껍질을 벗긴 당근을 챙겼다. 그녀가 당근을 깨물자 재봉사들이 호기심어린 눈으로 보았다. "옴, 너 혼자만 가정 요법을 받는 게 아냐. 나도 눈 때문에 이걸 먹으니까. 그렇죠, 맥 박사님?"

"그럼요. 시력을 좋게 만드는 처방이죠."

"난 생당근을 좋아하게 됐어. 하지만 옴이 머리에 바르는 약을 좋아하지는 않아야 할 텐데. 안 그러면 매일 우리가 석유의 악취를 맡아야 하니까."

"그런데 이게 어떻게 작용한다는 거죠? 머릿니들을 독살하나요?"

"내가 가르쳐 줄게." 마넥이 말했다.

"됐어, 넌 거짓말쟁이 챔피언이잖아." 옴이 말했다.

"어허, 무슨 소리야. 잘 들어 봐. 먼저 머릿니의 온몸에 석유가 스며들어. 그런 다음 한밤중에 네가 잠이 들고 나면 디나 아주머니가 모든 머릿니에게 성냥개비를 나눠 주는 거야. 숫자 셋을 세면 머릿니들이 너한테는 상처를 입히지 않고 불을 지르며 자살하는 거지. 그때 네 머리 주위로 아름다운 후광이 만들어질 거야."

"재미없구나." 디나가 말했다.

"자살이니까 재미가 없죠."

"저녁 식사 시간에 그런 얘기는 농담이라도 하지 마라. 그런 말은 아예 입 밖으로 꺼내지도 말고."

그녀가 식사를 시작하자 마넥이 포크를 들고 옴에게 윙크를 했다. 재봉사들은 음식을 바라보며 꼼짝 않고 앉아 있었다. 그녀가 고개를 들자 그들이 긴장된 미소를 보였다. 재봉사들은 서로 흘긋 보면서 불안하게 나이프와 포크를 만지며 집어 들기를 망설였다.

디나가 무슨 일인지 이해했다.

바보같이 나이프와 포크를 내놓다니, 하고 그녀가 생각했다. 나이프와 포크를 치우고 그녀는 손으로 감자 한 조각을 집어서 입에 넣었다. 마넥도 그렇게 하자, 재봉사들이 음식을 먹기 시작했다.

"아주 맛있습니다." 이시바의 말에 옴이 입에 음식을 가득 넣은 채 고개를 끄덕였다. "빵을 매일 드십니까?"

"그럼요. 빵 안 좋아해요?"

"무슨 말씀이십니까, 아주 좋습니다. 전 그냥 매일 빵을 사는 게 비쌀 것 같아서요. 배급표로 밀은 안 받으십니까?"

"받아요. 하지만 방앗간에 가져가서 갈고 밀가루 반죽을 만들어서 차파티를 만드는 건 일이 너무 많아요. 남편이 살아 있을 때는 그렇게 했죠. 그 후로는 안 해요. 혼자서 먹으려고 그렇게 하는 건 최악이죠." 그녀는 빵을 한 조각 떼서 수프에 담갔다. "비쉬람 식당에서 먹으면 비싸지 않아요?"

이시바는 그렇다면서 매주 거지 왕초에게 돈을 내야 돼서 더 힘들다고 했다. "저희가 판자촌에 집이 있고 프라이머스 풍로가 있을 때는 배급표가 없어도 돈을 훨씬 적게 썼습니다. 매일 차파티를 직접 만들었죠."

"원한다면 내 배급표로 밀을 사요. 난 쌀과 설탕만 있으면 되니까."

"그런데 요리를 어디서 하죠?" 이시바가 물었다.

답을 얻기 위한 질문이 아니었지만 마넥에게는 답이 있었다. 잠시 식탁에 침묵이 흐른 뒤 그가 밝게 말했다. "좋은 생각이 떠올랐어요. 이시바 아저씨와 옴이 차파티를 잘 만들고, 디나 아주머니는 배급표로 곡식 할당량을 받잖아요. 그러니까 같이 식사를 하면 식비를 분담할 수가 있어요. 서로 돈을 아낄 수 있죠."

돈보다도 이브라힘을 좌절시켜 집주인과 문제가 생기는 걸 방지할 수 있다고 디나는 생각했다. 하루 종일 밖에서 기다린다고 해도 그는 아무것도 볼 수 없을 것이다. 그에게 고자질하고 아부해서 자신들의 문제를 해결하려는 참견 많은 이웃들 역시 마찬가지일 것이다. 게다가 신선한 차파티와 튀김 요리는 정말 맛있다.

하지만 이것이 재봉사들과 더 가까워지는 충분한 이유가 될 수 있을까? 매우 조심스럽게 그어 놓았던 선을 함부로 지우는 것이 현명한 일인가? "글쎄, 두 사람이 내가 만드는 음식을 매일 먹는 걸 좋아할까?"

"무슨 말씀이세요? 얼마나 맛있는데요!" 옴이 말했다.

그녀는 천천히 음식을 씹으면서 생각했다. "그럼 일주일만 그렇게 해 보죠."

"아이고, 좋습니다." 이시바가 말했다.

"차파티는 제가 만들게요. 제가 차파티 챔피언이거든요." 옴이 말했다.

정부 트럭에서 배급 가게로 물건을 새로 내려놓고 있었다. 짐꾼 두 명이 50킬로그램짜리 포대를 등에 짊어지고 있을 때, 디나와 재봉사들이 줄을 섰다. 포대를 거머쥐려고 휘두르는 큰 쇠갈고리에서 햇빛이 번쩍거렸다. 짐꾼들의 땀이 뚝뚝 떨어져서 베이지색 포대에 닿자 짙은 갈색 점들로 변했다. 가게 안에서 곡식 포대들이 영안실의 시체들처럼 가지런하게 일렬로, 무거운 사슬로 천장에 매달린 저울 옆에 놓였다.

"이 사람들이 너무 느리군요." 이시바가 말했다. "한 번에 하나씩만 날라서 그래요. 옴, 네가 두 개씩 나르는 법을 좀 보여줘라."

"불쌍한 애를 놀리면 어떡해요." 옴이 팔을 걷어붙이는 척하자 디나가 말했다. "그런데 옴이 왜 저렇게 마른 거예요? 몸에 기생충이 없는 게 확실해요?"

"아이고, 절대 없습니다. 저를 믿어 주십시오. 옴이 장가를 가면 새색시가 해 주는 밥을 먹고 살이 찔 겁니다."

"결혼하긴 너무 어리잖아요."

"좀 있으면 열여덟 살입니다. 어리지 않습니다."

"아주머니 말이 맞아요. 제발 그런 이상한 말 좀 하지 마세요." 옴이 얼굴을 찌푸렸다.

"시큼한 라임 열매 씹은 얼굴이구나."

줄이 계속 길어졌다. 그러자 뒤에 있던 누군가가 좀 서두르라고 소리쳐서 가게 주인이 씩씩거리며 나와 떠드는 사람에게 외쳤다. "이 사람아, 생각 좀 하고 말해! 트럭에서 짐을 내려야 뭘 주든지 말든지 할 거 아냐! 지금 돌멩이하고 모래를 달라는 거야 뭐야?"

"우리한테 항상 주는 게 그거잖소!" 남자가 되받아치자 사람들이 웃었다. "당신 불건 맛이나 본 적 있소?" 줄을 선 사람들의 시선을 끈 사내는 목에 큰 혹이 달렸고 몸집이 작았다.

"이런 멍청한 놈아, 꺼져! 누가 너더러 사래!"

남자 주변의 사람들이 더 이상 싸움이 커지는 것을 막았다. 그들은 배급 가게에서 싸워 봐야 음식을 사는 사람들의 입장에서는 불리하고 현명하지 못하다며 남자를 말렸다. 너무 흥분하면 목에 붙은 혹이 터질지도 모른다고 누군가가 경고했다.

"이 혹도 나쁜 장사꾼들 때문에 생긴 거야! 요오드가 없는 나쁜 소금을 팔아서 그런 거라고! 피둥피둥 살찌고 욕심 많은 장사꾼들 때문에 우리가 고통 받는 거야! 암거래하는 놈들, 음식에 이물질을 넣는 놈들, 독을 넣는 놈들 때문이라고!" 사내가 길길이 날뛰었다.

곡물 트럭이 떠났다. 포대에서 조금씩 샌 밀이 차가 주차했던 곳에 쌓여 있었다. 상의로 속셔츠를 걸치고 반바지를 입은 맨발의 한 남자가 재빨리 빈 깡통에다가 쏟아진 곡식을 주워 담고 트럭을 쫓아서 다음 목적지로 달려갔다. 오늘밤 그는 배부르게 먹을 것이다.

가게 종업원이 저울을 달며 곡식을 나눠 주기 시작했다. 디나는 배급표에 알맞은 내용들을 기입했다. 평소에 사던 설탕과 쌀 말고도, 재봉사들의 지시에 따라서 빨간 밀과 하얀 밀, 그리고 매우 맛있고 영양이 풍부하며 비싸지 않다는 곡물들로 할당량을 모두 채워서 샀다.

무게를 달 때마다 그들은 저울을 지켜보면서, 저울대가 수평을 이룰 때까지 바늘을 눈여겨보았다. 종업원이 접시를 기울여 디나의 자루로 곡식을 담을 때 먼지가 구름처럼 피어올랐다. 곡물이 부드러운 폭포수 소리를 내면서 아래로 떨어졌다. 나중에 재봉사들이 자루를 방앗간으로 들고 갔다.

저녁에 옴은 자신이 만들 차파티의 맛에 대해서 약간 긴장했다. 평소보다 더 열심히 밀가루를 섞어서 반죽을 만들고, 차파티를 빚을 때는 매우 집중해서 완벽한 원이 되도록 노력했다. 제대로 둥근 모양이 나오지 않으면 반죽을 찌부러뜨려서 다시 빚었다.

저녁 식사 시간에 모두들 옴의 요리를 칭찬했다. 그가 만든 차파티 여덟 개가 순식간에 사라졌다. 만족한 옴은 다음부터는 열두 개를 만들어야겠다고 다짐했다.

창문이 열리자마자 고양이들이 야옹하고 달려왔다. 마넥은 이시바와 옴에게 자신이 붙인 고양이 이름들을 설명했다. 존 웨인이라는 놈은 으스대면서 길으며 뒷골목을 지배하듯이 행동했고, 마넥이 제일 좋아하는 갈색 줄무늬에 흰색 암코양이 비잔티말라는 마치 영화 노래에 맞춰서 춤을 추듯이 뛰어다녔고, 암고양이 라켈 웰치는 나른하게 앉아서 기지개를 펴며 결코 음식을 향해서 달려오는 추한 모습을 보이지 않았고, 악당 고양이 샤트루건 신하에게는 음식을 멀리 던져 줘야지 다른 고양이들이 피해를 보지 않는다고 설명했다.

"존 웨인이 누구야?" 옴이 물었다.

"아미타브 바찬처럼 영웅이야. 엉덩이에는 치질이, 겨드랑이에는 양파가 낀 것처럼 걸어. 항상 마지막에 가서 승리하지."

"라켈 웰치는?"

"미국 여배우야." 마넥이 가까이 갔다. "가슴이 엄청 커." 그가 속삭였다. 창문 밑에서 고양이들이 야옹하고 계속 울었다.

옴이 씩 웃었다. "오늘은 차파티를 여유 있게 만들어서 다행이다. 고양이가 잘 먹네."

"무슨 일이니?" 디나가 물었다. "재봉사들에게 나쁜 버릇을 가르쳐 주는 거니? 어서 창문 닫아." 요리를 함께 하고 식사를 같이 하면서 뭔가 통제하기 힘든 일이 시작된 건 아닌지 그녀는 궁금했다. 혹시나 너무 가까워진 건 아닌지. 그녀는 후회하지 않기를 바랐다.

마넥과 옴은 계속 대화를 했고, 이시바는 물러났다. "말 못하는 동물들에게 먹이를 주면 축복을 받는다고 하더군요."

"음식을 찾아서 집으로 들어오면 그게 어디 축복받을 일이겠어요? 시궁창에서 더러운 세균들을 옮겨서 우리를 죽일지도 모르는데."

화장실에 깃발처럼 펄럭이던 재봉사들의 소변 냄새가 더 이상 디나의 코에 느껴지지 않았다. 사람의 적응력은 정말 이상하다고 그녀는 생각했다.

그때 그녀는 문득 이런 생각이 들었다. 냄새가 더 이상 나지 않는 이유가 모두 같은 냄새가 나기 때문이라고. 그들은 똑같은 음식을 먹었고, 똑같은 물을 마셨다. 즉, 한 지붕 아래서 살고 있었다.

"오늘은 매운 와다 과자를 만드는 게 어떨까요? 라자람이 가르쳐 준 요리법이 있는데." 이시바가 제안했다.

"난 어떻게 만드는지 몰라요."

"괜찮습니다. 제가 하겠습니다. 아주머님은 쉬세요." 그는 옴과 마넥에게 신선한 코코넛 반쪽, 풋고추, 박하잎, 고수풀을 사오라고 보냈다. 말린 붉은 고추, 쿠민씨, 타마린드 같은 나머지 재료들은 향료 선반에 있었다. "빨리 돌아와. 할 일이 더 있으니까."

"뭐, 내가 도울 일이 있나요?" 디나가 물었다.

"콩이 한 컵 필요합니다."

콩을 계량컵으로 떠서 물에 담근 후 그녀는 솥을 풍로에 올렸다. "하룻밤 물에 담가 뒀으면 끓일 필요가 없지만, 이것도 괜찮습니다." 이시바가 말했다.

옴과 마넥이 돌아오자, 그는 옴에게는 코코넛을 갈고 마넥에게는 양파를 두 개 썰라고 지시했다. 이시바는 풋고추 네 개, 붉은 고추 여섯 개, 고수풀, 박하잎을 썰었다.

"양파가 매운데요." 코를 쿵쿵거리며 소매에 눈을 닦으면서 마넥이 말했다.

"너한테는 좋은 연습이야. 살면서 누구나 울어야 할 때가 있으니까." 이시바가 말했다 식탁 너머로 흘끗 눈을 돌린 그는 칼에 썰리고 있는 하얗고 두꺼운 원들을 보았다. "아이고, 더 얇게 썰어야지."

콩이 준비됐다. 그는 물을 따라 내고 솥에 든 콩을 절구로 옮겼다. 거기다가 쿠민씨 반 찻숟가락과 다진 고추를 넣고 짓이기기 시작했다. 쿵쿵쿵 두드리는 공이 소리에 맞춰 마넥이 심벌즈처럼 칼로 솥을 때렸다.

"밴드 마스터 양반, 양파는 준비됐소?" 이시바가 물었다. 절구의 여러 재료들이 녹색, 빨간색, 갈색으로 뒤섞여 걸쭉한 노란색 반죽으로 변했다. 그는 나머지 재료들을 섞은 후 반죽을 코로 들어 올려 향기를 맡았다. "완벽해. 그럼 이제 프라이팬의 노래를 들어볼까. 내가 와다 과자를 만드는 동안 옴은 처트니를 만들거라. 자 어서, 남은 코코넛하고 고추를 갈아라."

이시바가 탁구공 모양의 반죽들을 반짝이는 식용유에 살짝 담그자, 프라이팬이 쉿 소리와 함께 지글지글 끓었다. 그는 숟가락으로 이리저리 저어서 그것들이 떠다니며 골고루 익도록 만들었다. 한편, 옴은 향료를 가는 둥근 돌로 평석 위를 문질렀다. 잠시 후 마넥이 교대로 그 일을 했다. 그러자 매우 귀한 액체가 한 방울씩 떨어지면서 녹색 처트니가 모습을 드러냈다.

디나는 지글지글 끓는 식용유에서 갈색으로 천천히 변하며 군침 돌게 만드는 와다 과자의 향기를 음미하면서 서 있었다. 그리고 옴과 마넥에게 연마 돌을 말끔히 닦아 놓지 않으면 고양이처럼 핥아먹게 만들겠다고 이시바가 경고하고, 서로 장난을 치고 웃으며 청소를 시작하는 모습도 지켜보았다. 자신의 집에서 가장 슬프고 침울했던 공간이 웃음과 활력으로 넘치는 밝은 곳으로 바뀌다니 얼마나 큰 변화인가 생각했다.

30분 후에 식사가 준비됐다. "자, 따뜻할 때 먹읍시다." 이시바가 말했다. "옴, 가서 물 좀 가져와라."

모두들 와다 과자를 하나씩 쥐고 그 위에 처트니를 발랐다. 이시바가 자랑스럽게 활짝 웃으며 반응을 기다렸다.

"최고예요!" 마넥이 말했다.

디나는 화가 난 척하면서, 그가 단 한 번도 자신이 만든 음식에 최고라는 칭찬을 해 본 적이 없다고 불평했다. 그러자 마넥이 위기를 벗어나고자 했다. "디나 아주머니께서 만든 음식도 최고예요. 그런데 우리 어머니께서 만드시는 파르시 요리와 비슷해서 혀가 미치지 않을 뿐이죠."

이시바와 옴은 겸손했다. "별거 아닙니다. 이런 건 만들기가 아주 쉽습니다."

"정말 맛있네요." 디나도 인정했다. "같이 식사를 하자는 마넥의 생각이 매우 훌륭했어요. 처음부터 음식을 잘 만드는 줄 알았더라면, 재봉사가 아니라 요리사로 고용했을 텐데 말이죠."

"죄송합니다. 저희는 돈 때문이 아니라 우리 자신과 친구들을 위해서만 요리를 합니다." 칭찬을 들은 이시바가 미소를 지으면서 말했다.

그의 말에 그녀에게 남아 있던 죄책감이 되살아났다. 그들 사이에는 여전히 큰 간격이 존재했다. 재봉사들이 그녀를 보듯이 디나는 그들을 볼 수가 없었다.

그 후 몇 주 동안 재봉사들은 차파티, 튀김 차파티, 와다 과자뿐만 아니라 매운 치즈, 야채 볶음, 매운 감자와 같은 채식주의 음식도 만들었다. 저녁이면 부엌에서 항상 네 명, 혹은 적어도 두 명이 바쁘게 움직였다. 이제 디나의 가장 쓸쓸했던 시간이 가장 행복한 순간으로 바뀌었다.

그녀가 쌀밥을 짓는 날이면 재봉사들이 차파티를 만들지는 않았지만, 셋방을 찾으러 밖으로 나가지 않으면 그녀를 돕기 위해서 부엌으로 갔다. "제가 어렸을 때 고향에서 어머니를 위해서 이렇게 하곤 했죠." 이시바가 쌀을 씻고 돌을 건져내면서 말했다. "하지만 그때는 정반대로 해야 했죠. 수확이 끝나고 나면 들판으로 나가서 타작하고 키질하고 남은 곡식들을 건져냈으니까요."

그들이 조금씩 과거를 털어놓는 것만큼 그녀에게 소중한 것은 없었다. 조금씩 더 모이자 재봉사들의 이야기가 점점 더 커졌다.

"그때는 삶에서 기대할 수 있는 건 그게 다라는 생각이 들었습니다. 날카로운 돌멩이들로 뒤덮인 거친 길에서, 운이 좋으면 곡식 알갱이를 조금 건질 수 있는 그런 삶 말입니다."

"그 후에는 어땠어요?"

"나중에는 다른 종류의 길들이 있다는 걸 발견했습니다. 그리고 그에 맞게 다르게 걷는 방법도요."

그녀는 그의 비유법이 마음에 들었다. "표현을 아주 잘하는군요."

그가 흡족하게 웃었다. "재봉 훈련을 받아서 그런 겁니다. 재봉사들은 모양을 살피고 윤곽을 읽을 줄 알아야 하니까요."

"옴, 넌 어떠니? 너도 어머니가 곡식 줍는 걸 도왔니?"

"아뇨."

"쟤는 그런 필요가 없었죠. 옴이 태어났을 때는 제 동생인 쟤 아버지가 재봉 일을 열심히 하고 있었으니까요."

"그래도 아버지가 냄새 나는 가죽 일을 배우라고 보냈어요." 옴이 말했다.

"그런 말은 나한테 안 했잖아." 마넥이 말했다.

"너한테 안 한 얘기가 얼마나 많은데. 넌 나한테 전부 다 말했니?"

"가죽 일을 배운 건 인성을 기르기 위한 거였죠." 이시바가 설명했다.

"그리고 옴에게 자신의 역사와 공동체에 대해서 가르치기 위한 거였고요."

"왜 그래야 했죠?"

"말하자면 아주 깁니다."

"말해 보세요." 디나와 마넥은 의도하지는 않았지만 동시에 말하며 서로 웃었다.

"고향 마을에서 저희는 무두장이였습니다." 이시바가 이야기를 시작했다.

"그러니까 우리 가족은 무두질과 가죽 만드는 일을 하는 차마르 카스트였다는 거지." 옴이 끼어들었다.

"맞습니다." 이시바가 이야기를 이었다. "옛날에, 그러니까 옴이 태어나기도 전에 옴의 아버지 나라얀이 열 살 그리고 제가 열두 살이었을 때, 저희 아버지 둑히께서 재봉사가 되라고 저희를 도제로 보냈는데……"

"어떻게 사용하는지 나한테 가르쳐 줘." 옴이 말했다.

"뭘?"

"나이프하고 포크 말이야."

"좋았어. 먼저 팔꿈치를 식탁 밑으로 내려."

이시바가 고개를 끄덕였다. 그걸 배워 두면 고향으로 돌아가서 옴의 신붓감을 구할 때 그의 가치가 높아지고 사람들이 감명을 받을 거라고 이시바가 말했다. "비싼 도구로 식사를 하는 건 굉장한 기술이지. 악기를 연주하는 거 하고 같아."

디나의 이불이 다시 커지기 시작했다. 오레보아 수출 회사의 주문량을 재봉사들이 열심히 채우자 형겊 조각들이 건강한 강의 충적토처럼 쌓였다. 저녁 식사가 끝나고 나면 그녀는 그것들 가운데서 가장 좋은 것들을 골라서 붙였다.

"옛날 것들 하고 완전히 다른 종류네요. 괜찮을까요?" 마넥이 물었다.

"이불 비평가께서 또 시작이시네." 그녀가 투덜거렸다.

"정사각형에 삼각형 그리고 다각형이라, 헷갈리겠는데요." 옴이 말했다.

"무슨 소리야, 예쁘겠는데." 이시바가 권위 있는 목소리로 말했다. "아주머님, 계속 연결하십시오. 그게 비결입니다. 함께 엮어 놓을 때까지 헝겊 조각들은 모두 별 볼일 없어 보이는 거니까요."

"그럼요. 쟤들은 이해를 못한다니까요. 아 참, 벽장에 헝겊 조각들이 많은데 혹시 만들고 싶은 게 있으면 써요." 디나가 말했다.

이시바는 샨카가 떠올랐다. 샨카에게 새 속셔츠를 선물하면 좋아할 것이다. 그는 디나에게 문제점을 설명했다. 하반신이 잘렸고 손수레에서 항상 꿈틀거리며 움직여서, 허리에 두르는 옷도, 속옷도, 바지도 전혀 그에게 맞지 않았다. 그리고 한 번은 허리에서 옷이 흘러내렸는데, 거지 왕초가 순찰을 하러 올 때까지 어쩔 수 없이 그대로 있었다고 했다.

"이렇게 하면 어떨까요." 디나가 학창시절에 입던 원피스 수영복을 꺼내 와서 디자인을 설명했다. 그 모양에다가 소매와 옷깃을 달고 앞면에 단추를 붙이기만 하면 쉽게 만들 수 있었다.

"정말 훌륭한 생각이십니다." 이시바가 말했다.

그는 연한 갈색 포플린 헝겊 조각들을 챙겨 뒀고, 다음 날 오후에 비쉬람 식당으로 줄자를 가져갔다. 받침 접시에 입 바람을 불면서 옴과 이시바는 창밖을 내다봤다. 샨카가 보도에서 새로운 기술을 선보이고 있었다.

언제나 새로운 생각이 넘쳤던 거지 왕초가 작은 손수레의 길이를 늘여 주었다. 등을 대고 누운 샨카는 허공에다가 잘린 무릎들을 흔들었다. 그

와중에 그의 불알 두 쪽이 몸을 감은 천에서 삐져나왔다. 그는 처음에는 불알을 다시 안으로 집어넣으려고 했지만, 너무 힘들게 손을 뻗어야 했기 때문에 잠시 후에는 그냥 내버려두었다.

"아이고, 선생님, 1파이사만 주십쇼!" 첫 음절과 셋째 음절에 박자를 맞춰서 그는 깡통을 흔들며 노래를 불렀다. 손가락이 잘린 손바닥 사이에 쥔 깡통은 그의 이마 위에 놓여 있었다. 그는 힘이 빠지자 깡통을 머리 옆에 놓고 두 손바닥을 잘린 허벅지들처럼 자유롭게 흔들었다.

재봉사들이 차를 다 마셨을 때쯤에 샨카는 똑바로 앉아 있었다. 등을 대고 누운 자세에서 본 풍경은 새로웠지만, 누군가가 자신을 밟을까 봐 두려움에 떨면서 잠깐 동안만 그렇게 할 수 있었다. 사람들이 보도로 밀려드는 혼잡한 시간이면 정말 무서웠다.

이시바와 옴이 가게에서 나오는 걸 보고 그는 말을 걸려고 손수레를 굴려 다가왔다.

"샨카, 손수레가 새 걸로 바뀌었네?"

"어쩌겠어요. 사람들을 기쁘게 해야 하니까요. 왕초가 변화를 줘야 할 때라고 생각했거든요. 우리가 그 끔찍한 곳에서 돌아온 이후부터 왕초가 아주 잘 대해 줘요. 이전보다 훨씬 더요. 그리고 나를 더 이상 지렁이라고 부르지도 않고, 당신들처럼 샨카라고 불러요."

재봉사들이 몸에 맞는 속셔츠를 만들어 주겠다고 하자 샨카는 매우 흥분했다. 세 사람은 비쉬람 식당의 뒷골목으로 들어갔고, 이시바가 샨카의 치수를 쟀다.

"일하면서 잘 수도 있고 너한텐 정말 잘됐구나." 옴이 말했다.

"이건 완전히 천국이에요. 사흘밖에 안 됐는데 치마가 내 머리 위로 다니니까 뭘 봤겠어요?" 샨카가 음흉하게 말했다.

"뭐? 뭘 봤는데?" 옴이 부러워했다.

"눈으로 즐기는 잘 익은 육감적인 것들을 말로 어떻게 표현해요."

"옴이 하루나 이틀 정도 너 대신에 손수레 위에 누워 있고 싶어 하는 것 같구나." 이시바가 빈정대며 말했다.

"그러려면 먼저 다리를 어떻게 해야 해요. 한 가지 방법이 있어요. 왕초한테 돈을 내지 않으면 돼요. 그러면 자동으로 다리가 부러지니까." 샨카가 블랙 유머를 즐기며 말했다.

선물은 다음 날 준비됐고, 재봉사들이 지낼 곳을 알아보려고 저녁에 밖으로 나갔을 때 샨카에게 들렀다. 그들은 거지를 뒷골목으로 데려가서 속셔츠가 맞는지 입혀 보고 싶었지만, 그는 망설였다. "왕초가 좋아하지 않을 거예요."

"왜?"

"새 옷이 너무 좋으니까요." 그는 승낙을 받을 때까지 새 옷을 입지 않기로 했다.

실망한 재봉사들은 샨카의 손수레 밑에서 머리털 꾸러미를 집어 들었다. 얼마 동안 아무것도 맡겨 놓지 않았던 라자람이 지난 며칠 동안 꾸준히 머리털을 갖다 놓았다. 그들의 여행 가방이 가득 차기 시작했다.

"긴 머리가 아주 귀하다는데 라자람이 어떻게 갑자기 이렇게 많이 구했을까요?" 옴이 물었다.

"그 작자의 머리털로 내 머리를 복잡하게 하지 마라."

그 다음 주, 재봉사들은 마침내 거지가 그들의 선물을 입고 있는 것을 보았다. 거지 왕초가 갈색 포플린 옷을 바꿔 놓아서 처음에는 그 옷을 알아보기가 힘들었다. 앞은 찢어서 구멍을 내고 옷 전체를 더럽혀 놔서 이제 샨카한테 잘 어울렸다.

"빌어먹을 거지 왕초가 우리가 만든 걸 망가뜨려 놨어요." 옴이 말했다.

"옷으로 사람을 평가하면 안 돼. 아주머니를 위해서 일할 때 넌 넥타이를 매거나 커다란 결혼 터번을 쓰지는 않잖니, 그렇지?"

11장 밝은 미래에 낀 먹구름

베란다의 안락함과 편안함으로 새로운 거처에 대한 절박함이 무뎌져서, 이시바는 저녁에 셋방을 찾으러 다니는 일에 그다지 적극적이지 못했다. 이시바는 죄책감이 들었고 석 달째로 접어드는 디나의 배려를 이용한다는 생각마저 들었다. 양심의 가책을 덜기 위해서 그는 셋방을 구하지 못한 것에 대해 그녀에게 상세히 설명하는 습관이 생겼다. 그들이 찾아간 장소, 둘러본 판잣집과 쪽방과 헛간, 그리고 간발의 차이로 방을 놓친 이야기를 자세히 들려주었다.

"정말 아깝습니다. 저희가 거기 도착하기 딱 10분 전에 누군가가 그 방을 차지했답니다. 정말 좋은 방이었는데." 그는 여러 번 그런 말을 했다.

그러나 시간이 지나면서 디나의 집주인에 대한 걱정은 수그러들었다. 재봉사들이 베란다에서 자는 것에 그녀는 상당히 만족했다. 어느 날 저녁 디나의 집에 들렀다가 그들의 가방과 침구를 발견하고 깜짝 놀란 제노비아조차도 그만두라고 설득할 수 없었다.

"이건 너무 위험해. 넌 지금 불장난하는 거라고." 제노비아가 말했다.

"아, 괜찮아. 아무 일도 없을 테니까." 디나는 자신 있게 말했다. 그녀는 누스완으로부터 빌린 돈을 갚았고, 집세 걷는 사람으로부터도 더 이상 괴롭힘을 당하지 않았으며, 재봉 작업은 그 어느 때보다도 빨리 진행되고 있었다.

오레보아 수출 회사의 무서운 파업 문제 역시 해결됐다. 굽타 부인은 그것을 악에 대한 선의 승리라고 축하했다. "회사도 이제 폭력단원들을 갖췄어요." 그녀가 디나에게 설명했다. "그들의 폭력단원들과 우리의 폭력단원들 간의 싸움이죠. 노조 악당들이 문제를 일으키거나 불쌍한 노동자들을 속이기 전에 회사의 폭력단원들이 제압하는 거죠. 경찰들조차도 우리를 지지한다는 걸 명심하세요. 골칫덩어리 노조에는 모두들 질렸으니까."

디나가 좋은 소식을 들려주자 재봉사들이 기뻐했다. "우리의 운이 제자리를 찾았군요." 이시바가 말했다.

"그래요. 하지만 바느질이 제자리를 찾는 게 더 중요한 거 알죠?"

이시바와 옴은 주로 저녁 식사 후에 셋방을 찾으러 출발했고, 때때로 그들이 요리를 하지 않는 날이면 그 전에 떠나기도 했다. 그녀는 행운을 빈다고 했지만 항상 이런 말을 덧붙였다. "그럼 나중에 봐요." 그리고 그 말은 진심이었다. 마넥은 자주 그들과 함께 갔다. 혼자 남은 그녀는 그들이 돌아오기를 기다리며 계속 시계를 쳐다보았다.

그리고 나중에 저녁 동안 돌아다녔던 일을 보고 받으면 그녀는 이렇게 충고했다. "서두르지 말아요." 불법으로 지어 철거될 곳에 집세를 내는 건 어리석은 짓이라고 했다. "돈을 모았다가 아무도 쫓아낼 수 없는 괜찮은 방을 얻어요. 서두르지 말고 천천히요."

"저희한테 방세를 안 받으시는데, 어떻게 이렇게 오래 부담을 드릴 수가 있겠습니까?"

"난 부담 안 느껴요. 그건 마넥도 마찬가지고. 마넥, 그렇지?"

"물론이죠. 큰 부담이라면 시험이 다가오고 있다는 거예요."

"또 다른 문제는 저희가 방을 얻을 때까지 옴이 결혼을 할 수 없다는 겁니다."

"그건 나도 어쩔 수 없네요." 디나가 말했다.

"누가 결혼하고 싶대요?" 옴이 얼굴을 찌푸리자 디나와 이시바가 부모처럼 웃었다.

북쪽 교외에 반쪽짜리 방이 있다는 정보를 듣고 그들은, 재봉사들이 맨 처음 도시에 도착했을 때 일감을 구했던 지역에 도착했다. 그곳에 도착했을 때 방은 이미 나가고 없었다. 그들은 우연히 고급 재봉 가게를 지나갔고, 지반에게 인사나 하기로 했다.

"오, 내 옛 친구들이 돌아왔구먼." 지빈이 그들을 반겼다. "못 보던 얼굴인데, 재봉산가?"

마넥이 미소를 지으며 고개를 가로저었다.

"걱정 마. 곧 재봉사로 만들어줄 테니까." 그런 다음 지반은 그들이 함께 보궐선거에 맞춰서 밤낮으로 일했던 때를 생각하며 추억에 잠겼다. "그 작자의 뇌물을 위해서 셔츠하고 도티를 백 개씩 만들었던 거 기억나지?"

"천 개는 만들었던 것 같은데요." 옴이 말했다.

"그 작자가 재봉사 수십 명에게 똑같은 일을 나눠 준 걸 나중에 알았지. 셔츠와 도티 총 오천 장을 나눠 줬다더군."

"빌어먹을 정치인들은 돈이 어디서 나는 거죠?"

"어디긴 어디야, 특혜를 바라는 기업인들부터 검은 돈을 받는 거지. 그렇게 해서 면허-허가권-할당량 시스템이 움직이는 거야."

그러나 그 후보는 중요한 유권자들에게 옷을 돌리고도 야당의 재치 있는 유세 때문에 선거에서 패하고 말았다. 투표할 때만 머리를 현명하게 사용한다면, 가진 게 없어서 좋은 선물들을 받는 건 범죄가 아니라고 야당은 주장했다.

　　"선거에서 졌다고 날 탓하려고 했지. 옷을 제대로 만들지 않아서 유권자들이 자신을 찍지 않았다고 하더군. 그래서 내가 옷을 가져와서 보여 달라고 했지. 그 후로 다시는 찾아오지 않았어." 지반은 계산대에서 일감을 치우고 셔츠에 묻은 보풀을 떼어 냈다. "자, 이리 와 앉아서 차나 한잔 들 하세."

　　앉으라는 말은 수사적인 표현일 뿐이었다. 작은 가게가 난장판이었기 때문에 그 말을 액면 그대로 받아들이기는 힘들었다. 재봉사들이 지난번에 왔을 때와는 달리 가게는 수리가 돼서, 칸막이를 쳐서 커튼을 단 탈의실이 뒤편에 만들어져 있었다. 이시바는 계산대에서 받침 접시에 부은 차를 받았고, 지반은 컵으로 차를 마셨다. 옴과 마넥은 바깥 계단으로 가서 차를 나눠 마셨다.

　　저녁이 되자 재봉 가게는 바빴다. "당신들이 행운을 가지고 왔구먼." 지반이 말했다. 한 가족이 세 딸의 옷을 맞추러 왔다. 어머니는 자랑스럽게 겨드랑이에 옷감을 끼고 있었고, 아버지는 얼굴을 사납게 찡그리고 있었다. 디왈리 축제에 맞춰서 아이들에게 상의와 긴 치마를 맞춰주고 싶어 했다.

　　손가락 하나로 오므린 입술을 만지면서 지반은 주문 대장을 살피는 척했다. "한 달 밖에 시간이 없군요." 그가 불평을 했다. "모두들 서둘러 달라고 해서." 그는 말을 우물거리고 더듬기리며 혀를 차더니 가까스로 가능할 것 같다고 했다.

어린 소녀들이 안심하며 흥분해서 팔짝팔짝 뛰었다. 무서운 아버지가 조용히 있지 않으면 머리통을 부숴버리겠다고 쏘아붙였다. 가족들은 그의 협박에 신경 쓰지 않았다. 그들은 그의 이상한 말버릇에 익숙한 듯했다.

지반은 공작 무늬 폴리에스테르 천의 치수를 쟀다. 얼굴을 찡그리고 다시 재더니 그는 입술을 만지면서 윗옷 세 벌과 긴 치마 세 벌을 만들기에는 천이 부족하다고 했다. 아이들이 울음을 터트리기 일보 직전이었다.

"저 안짱다리 녀석이 거짓말하는 것 좀 봐." 옴이 마넥의 귀에다가 속삭였다. "지금부터 잘 봐."

그는 세 번째로 치수를 재더니 박애주의자인 척하면서 다른 방법이 있다고 했다. "매우 어렵겠지만 무릎까지 오는 원피스를 세 벌 만들 수는 있을 것 같습니다."

소녀들의 부모는 지반에게 꼭 그렇게 해달라고 사정했다. 그는 허공에다가 줄자를 튕기며 소녀들에게 치수를 재도록 앞으로 나오라고 했다. 아이들은 꼭두각시 인형처럼 뻣뻣하게 서서 부자연스럽게 몸을 돌리고 고개를 들며 팔을 들었다.

"저 사기꾼이 적어도 2.7미터, 많으면 3.6미터까지 천을 떼먹을 거야." 그들이 지나가도록 계단을 비켜 주면서 옴이 중얼거렸다. 소녀들은 긴 치마를 정말 갖고 싶다고 작은 목소리로 불평했다. 아버지가 그들을 사랑스럽게 껴안더니, 말을 듣지 않으면 이빨을 몽땅 부러트려 버리겠다고 협박했다. 나름대로 행복해 보이는 가족은 보도를 따라 걸으며 사라졌다.

지반은 천을 포개고 소녀들의 치수가 적힌 종이를 그 안에다가 챙겨 넣었다. "재봉사들도 먹고 살아야지, 안 그래?" 그가 자신의 행동에 동의를 구했다.

이시바가 애매모호하게 고개를 끄덕였다.

"손님들은 항상 우리한테 너무 많은 걸 기대하잖아." 그는 다시 한 번 상투적인 말로 서툰 변명을 했다.

손님이 또 한 명 나타나자 그는 어색한 순간을 벗어날 수 있었다. 여자는 가봉이 된 비단 촐리를 입어 보기로 돼 있었다. 그녀는 탈의실로 가더니 커튼을 닫았다.

마넥이 옴을 팔꿈치로 슬쩍 찌르자 두 사람은 돌아서서 탈의실 쪽을 지켜봤다. 흔들리던 커튼이 바닥에서 몇 센티미터 위에서 멈췄고, 여자의 사리 샌들을 신은 발을 어루만지고 있는 것이 보였다. 지반이 마넥과 옴에게 손가락질을 하더니, 곧 자신도 탈의실을 짓궂게 바라봤다.

"커튼이 얇았더라면 내 인생에 활력이 생겼을 텐데." 옴이 말했다. 그들은 여자의 팔찌들이 부딪쳐서 낮게 딸랑딸랑거리는 소리를 들었다.

"쉿!" 지반이 경고했다. "너희들 때문에 단골손님을 잃겠다."

여자가 다시 나오자 그들은 죄책감 때문에 침묵했다. 그들은 머리를 숙이고 곁눈질로 여자를 몰래 살펴봤다. 지반이 가봉된 촐리를 살펴볼 수 있도록 그녀는 사리를 어깨에서 살짝 내렸다. "팔을 조금만 올려 주십시오." 지반이 줄자를 그녀의 겨드랑이 밑으로 넣었다. 그의 목소리는 마치 의사가 환자의 혀를 보자고 말하는 것처럼 딱딱했다.

촐리와 허리 사이의 배가 드러나 있었다. 최신 유행하는 사리를 입고 있던 그녀는 배꼽을 드러내놓고 있었다. 등을 두 번 접고 목선을 약간 더 깊이 파야겠다고 지반이 설명하는 동안, 마넥과 옴은 계속 지켜보고 있었다. 그녀가 다시 탈의실로 들어갔다.

아주머니를 위해서는 송이 본보기 디자인으로 일하기 때문에 가장 아쉬운 부분이 바로 이 장면이라고 옴이 마넥에게 속삭였다. "여자들 치수를 잴 기회가 없으니까."

"치수를 재면 마음대로 뭘 할 수라도 있니?"

"뭘 할 수 있는지 넌 모르지?" 옴은 저렇게 몸에 꽉 끼는 촐리를 만들 때가 최고라고 했다. 왜냐하면 줄자를 브래지어 컵 위로 움직이기 때문이었다. 한 손으로 줄자를 뒤로 돌리고 다른 손으로 그것을 앞으로 당기면, 여자들에게 매우 가까이 서 있게 된다. 이것만으로도 흥분이 되었다. 그런 다음 손가락으로 가슴 사이의 우묵한 곳에 줄자를 대면, 비록 여자들을 만지는 것은 아니지만 살짝 스치는 것은 항상 가능했다. 그러나 조심해서 줄자를 눌러야 한다고 했다. 줄자를 대는 순간에 여자들이 몸을 움츠린다면 뭔가를 시도하기는 위험했다. 어떤 여자들은 전혀 개의치 않았는데, 손가락을 이리저리 움직여도 안전한지는 그들의 눈과 젖꼭지를 보면 알 수 있다고 했다.

"해 봤어?"

"많이 해 봤지. 아시라프 할아버지의 재봉 가게에서."

"정말 학교를 집어치우고 재봉사나 될까?"

"그래, 이게 훨씬 재밌어."

마넥이 웃었다. "사실은 1년 후에도 학교를 계속 다닐까 생각 중이야."

"뭐라고? 학교가 싫다면서."

마넥은 손등을 두드리면서 잠시 침묵했다. "부모님한테서 편지를 받았어. 1년이 지나기를 얼마나 고대하고 있는지, 내가 없어서 얼마나 외로운지, 항상 하는 그런 말들이 적혀 있었지. 집에 있을 때는 부모님이 계속 가라고 했거든. 1년짜리 수료증이 아니라, 3년 더 학교를 다녀서 학위를 따겠다고 편지를 쓸 작정이야."

"왜 멍청한 짓을 하려고 그래? 내가 너 같으면 재빨리 부모님에게 돌아가겠다."

"그래 봐야 무슨 소용이야? 아버지랑 또 싸우기만 하라고? 그리고 난 여기가 재밌어."

옴이 손톱을 살펴보다가 멋을 부린 머리를 손으로 쓸었다. "계속 있으려면 전공을 재봉으로 바꿔야지, 안 그래? 냉장고로는 여자들의 치수를 못 재잖아." 그가 낄낄거렸다. "뭐라고 할래? '부인, 선반이 얼마나 깊으세요?'라고 물을래?"

마넥이 웃었다. "그럼 '부인의 압축기를 좀 살펴봐도 될까요?'라고 물으면 어떨까? 아니면 '부인의 구멍에 온도 조절 장치를 새로 다셔야겠습니다'라고 할까?"

"'부인, 온도 조절 장치의 손잡이들을 조절해야겠습니다'는 어때?"

"'부인의 고기 넣는 칸이 제대로 작동되질 않네요'도 있잖아."

그들이 한참 떠들고 있을 때 여자가 떠났고, 이시바가 말했다. "이제 그만 가자. 너희는 뭘 그렇게 웃고 떠드니?"

"이 녀석들아, 너희들이 무슨 얘기하는지 모를 줄 아냐." 지반이 그들에게 행운을 빌며 작별 인사를 했다. "빨리 방을 얻기를 바랄게."

시험을 앞둔 마넥이 공부하고 있을 때 집세 걷는 사람이 갑자기 오후에 찾아왔다. 초인종 소리에 재봉사들이 재봉틀을 멈췄다.

"잘 지냈소?" 손을 모자 쪽으로 올리며 이브라힘이 말했다.

"왜 찾아온 거죠?" 디나가 그를 막으며 물었다. "이번 달 방세는 벌써 냈잖아요."

"방세 문제가 아니오." 그는 몸을 움츠리면서 다음 내용을 한 문장으로 말했다. 몇 달 전의 경고에도 불구하고 그녀가 아파트를 상업적인 목적으로 사용하고 있다는 증거를 잡았으며, 30일 내로 방을 빼라는 최후 통첩을 사무실에서 보냈다고 했다.

"그게 무슨 말이에요! 무슨 증거가 있다는 거죠?"

"나한테 화내지 마시오." 주머니에 든 수첩을 두드리면서 그가 부탁했다. "날짜, 시간, 오고 간 것, 택시, 옷 등이 여기 다 기록돼 있소. 그리고 더 많은 증거는 안쪽 방에 앉아 있잖소."

"안쪽 방요? 어디 한 번 봅시다." 그녀가 비켜서며 그에게 안으로 들어오라는 몸짓을 했다.

그녀의 대담함에 그가 깜짝 놀랐다. 그녀의 말을 따를 수밖에 없었다. 머리를 숙이고 들어온 그는 재봉틀이 있는 방으로 갔다. 싱어 재봉틀에 움츠리고 있던 재봉사들은 긴장했고, 마넥은 자기 방에서 지켜보고 있었다.

"여기 이렇게 문제가 있잖소. 재봉사들을 고용해서 여기서 장사를 하면 안 돼요." 그는 긴장된 두 손을 들어서 다른 방도 가리켰다. "그리고 거기다가 하숙생까지 들이면 어떡합니까? 이건 정말 미친 짓이에요. 사무실에서 분명히 당신을 쫓아낼 겁니다."

그러자 그녀가 반격에 나섰다. "무슨 말도 안 되는 소리예요! 여기 이 사람은 내 남편이에요." 그녀가 이시바를 가리키면서 말했다. "그리고 이 애들은 둘 다 우리 아들이구요. 여기 옷들은 다 내 거라고요. 올해 내가 구입한 새 옷들이란 말예요. 그러니까 당신 사장한테 가서 아무 일도 없다고 전해요."

그러한 의심스러운 폭로에 누가 더 충격을 받았는지는 말하기 힘들었다. 이시바는 얼굴을 붉히며 가위를 만지작거렸고, 이브라힘은 두 손을 쥐어짜면서 한숨을 내쉬었다.

최후의 일격을 가하려는 듯이 그녀가 물었다. "뭐, 더 할 말이 남았어요?"

이브라힘이 등을 구부리며 간청하는 모습을 보였다. "혼인증명서 좀 볼 수 있겠소? 출생증명서도 좀 보여 주시오."

"내가 슬리퍼로 당신 입을 후려쳐야겠어요! 어떻게 감히 나를 이렇게 모욕할 수가 있어요! 우리 가족을 계속 괴롭히면 법대로 하겠다고 당신 주인에게 전해요!"

그는 물러나면서 사무실에 그대로 보고하겠다고 중얼거리며, 세입자들과 마찬가지로 자신도 그 일을 즐기지 않는데 왜 자꾸 자기를 괴롭히는지 모르겠다고 했다.

"즐겁지 않으면 일을 그만둬요. 당신 나이에 무슨 일을 한다고 그래요. 자식들도 없어요?"

"난 혼자라서 일을 해야 되오." 현관문이 닫힐 때 그가 말했다.

그러자 승리의 달콤함이 사라졌다. 밖에서 숨을 헐떡이던 그가 숨을 가다듬고 떠날 때까지 그녀는 기다렸다. 그 말을 듣는 순간 그녀는 외롭고 힘들었던 시절이 다시 떠오르며, 지난 몇 달 동안 누렸던 행복이 얼마나 낯설며 언제 사라질지도 모른다는 생각이 들었다.

안쪽 방에 있던 이시바는 그녀와 결혼했다는 말을 듣고 받은 충격에서 벗어났다. 마넥과 옴은 그의 얼굴 표정을 놀리면서 큰소리로 웃었다. "삼촌은 나한테 만날 신붓감을 찾아 준다더니, 대신에 자기 신붓감을 찾았네요."

"디나 아주머니, 정말 멋진 생각이었어요. 미리 생각해 두신 거예요?" 마넥이 물었다.

"넌 신경 쓰지 말고 시험공부나 해라."

디왈리 축제를 맞아서 3주 동안 방학이 시작되자, 디나는 마넥에게 여행할 것을 권했다. "지금까지 계속 집에서 학교로 학교에서 집으로만 다녔잖아. 이 도시에 둘러볼 게 얼마나 많은데. 박물관, 수족관, 그리고 조각물로 장식된 동굴들을 보면 깜짝 놀랄 거다. 빅토리아 정원, 공중 정원도 가 볼만 하고."

"옛날에 다 봤어요."

"언제? 오래전에 네 엄마랑 본 거 아니니? 넌 그때 어린아이였는데, 기억이 나니? 그리고 외갓집에도 가 봐야지."

"알겠어요." 대충 그렇게 말하고 마넥은 아파트에서 꼼짝도 하지 않았다.

그 주에 디왈리 축제 불꽃놀이가 시작됐다. "이런, 세상에. 무슨 소리가 이렇게 큽니까." 이시바가 말했다.

"이건 아무것도 아녜요. 축제날이 가까워질수록 더 시끄러워지니까." 디나가 말했다.

시끄러운 소리 때문에 매일 밤 잠자는 시간이 두 시간 정도 지체되었고, 마넥의 방학은 더욱더 길어지고 공허해지는 듯했다. 그러한 느낌을 지우려고 그는 늦게 일어나려고 했지만, 종을 울리는 우유 장수들과 시끄러운 까마귀들로 떠들썩한 새벽을 이겨낼 수는 없었다.

디나는 그를 위해서 버스 번호와 약도를 적어 주었다. "이렇게 하면 관광지들을 찾기가 쉬울 거다. 길도 안 잃어버릴 거고." 그녀는 마넥이 겁이 나서 나가지 못하는 것이라고 생각했다. 그러나 그는 꿈쩍도 하지 않았다.

그가 집에서 어슬렁거리는 데 지친 그녀는 야단을 치기 시작했다. "똥

한 노인네처럼 계속 안에만 있을 거니? 젊은 애한테 어울리지 않게 왜 그래? 네가 하루 종일 왔다 갔다 하니까 우리가 다 미칠 지경이다."

마넥이 한가하게 어슬렁거리자 옴의 집중력이 흐트러졌고, 마넥과 비쉬람 식당에서 오랫동안 차를 마시거나 베란다에서 카드놀이를 하는 날이 많아져 그는 일에는 별 신경을 쓰지 않게 되었다. 이시바와 디나가 옴을 나무랐지만 아무 소용도 없었다.

주말에 그들은 다른 방법을 생각해냈다. 차라리 옴에게 휴가를 주는 게 낫겠다고 결정한 것이다. 마넥이 어슬렁거리고 있는데 옴이 아무렇지 않게 일을 하도록 바라는 것은 비현실적이었다. 마넥처럼 대학을 가야 할 나이에 돈을 벌어야 하는 것만으로도 충분히 안됐다는 생각이 들었다.

그래서 옴에게 아침 여덟 시부터 열한 시까지만 일을 하도록 했다. "지난 몇 달간 일을 아주 열심히 했으니까 휴가를 가져도 돼." 디나가 말했다.

그러자 이제는 마넥과 옴을 집에 붙어 있게 할 수 없었다. 옴이 아침에 일을 마치자마자 그들은 저녁 식사 시간이 될 때까지 나타나지 않았다. 두 사람은 재밌는 이야기가 너무 많아서 저녁을 먹으면서도 쉴 새 없이 이야기를 했고, 잠이 들 때까지도 말을 멈추지 않았다.

"바닷물이 너무 거칠어서 배가 야생마처럼 뛰어다녔어요. 정말 무서웠어요." 옴이 말했다.

"디나 아주머니의 하숙생인 저와 재봉사 한 명이 부두에서 하마터면 물에 빠져 죽을 뻔했어요."

"그런 불길한 말은 하는 거 아니다." 이시바가 말했다.

"배를 타고 나서는 물로 둘러싸인 수족관에서도 머리가 어질어질 하던데요."

"그래도 물고기들은 아름다웠잖아. 얼마나 멋지게 수영을 하던지. 마치 산책을 하거나 시장에서 쇼핑을 하거나 토마토를 밟거나 경찰이 도둑을 뒤쫓는 것 같더라고."

"어떤 물고기들은 오레보아 수출 회사의 옷감처럼 정말 화려했어요. 그리고 톱상어의 코도 진짜 톱 같더라고요." 마넥이 말했다.

"내일은 해변에서 마사지를 받을 거예요. 오일, 로션, 수건을 들고 다니는 안마사들을 오늘 봤어요." 옴이 말했다.

"조심해. 안마사들은 사기꾼들이야. 마사지를 잘 해서 사람들이 편하게 잠이 들면 돈을 훔쳐가니까." 디나가 말했다.

그러나 그 후 사흘 동안 그들은 박물관에서 시간을 보냈다. 집으로 돌아온 옴은 건축가들이 돔 지붕을 이시바의 배를 본떠서 만든 것 같다고 했다. "이 녀석아, 그랬으면 돈을 얼마나 많이 벌었겠냐." 이시바가 말했다. 사흘 동안 저녁이면 디나와 이시바는 중국 미술, 티벳 미술, 네팔 미술, 사모바르, 차 단지, 상아 조각, 옥으로 만든 코담배 상자, 비단에 관한 이야기를 들었다.

정말 재밌었던 것은 무기 전시실이었다. 갑옷, 손잡이에 옥이 달린 단도, 언월도, 끝이 톱니 모양인 칼들(옴에 따르면 코코넛 가는 판처럼 생겼다고 했다), 보석이 박힌 의식용 칼, 활과 화살, 곤봉, 곡괭이, 창, 그리고 끝이 뾰족한 철퇴 들 등이 있었다.

"옛날 영화 무굴의 왕에 나오는 무기들 같았어요." 마넥의 말에 옴이 마을에 있는 차마르들을 모두 무장시켜서 지주들과 카스트가 높은 사람들을 학살하는 데 유용할 거라고 하자, 아이들이 웃음을 터트려서 안심이 될 때까지 이시바가 얼굴을 찌푸렸다.

그들은 젊음의 혈기로 휴일을 신나게 보냈다. 그들의 혀를 통해서 들은 도시의 놀라운 구경거리들을 이시바는 간접적으로 즐겼고, 그들의 거침없는 열정으로 인해서 디나는 학창시절의 뭔가를 되찾은 듯한 느낌이었다.

방학이 반쯤 지났을 때 뒤늦게 장마철이 찾아와 하늘이 어두컴컴해졌다. 폭우가 쏟아져서 마넥과 옴은 계속 집 안에 있어야 했다. 지겹기도 하고 안절부절못했던 마넥은 체스 게임이 생각났다. 체스말들을 한 번도 본 일이 없었던 옴은 플라스틱 모양들에 마음을 빼앗겼다. 그가 체스를 가르쳐 달라고 했다.

마넥이 말들의 이름을 가르쳐 주었다. "왕, 여왕, 비숍, 나이트, 성장, 그리고 졸이야." 익숙한 단어들이 자신의 귀에도 부드럽게 들렸다. 말들을 고동색 합판 상자에서 꺼내 전투 대형으로 정사각형 안에 놓으면서 오랜만에 손가락 사이에 끼고 만지니 기분이 좋았다.

그때 갑자기 자신의 목소리가 멀리서 울리는 다른 사람의 목소리로 들렸다. 한때 대학 기숙사에서 마넥에게 체스말들의 이름을 가르쳐 주던 바로 그 목소리였다. 더 이상 게임을 설명할 수 없었던 그는 말을 멈췄다. 그 목소리로 인해서 자신이 잊고자 노력했고 반쯤은 잊었으며 다시는 보고 싶지 않았던 과거의 유골들이 다시 모습을 드러내기 시작했다. 그들의 끔찍한 모습이 재빨리 나타났다.

정사각형 속의 모든 말들이 추억을 품고 있는 체스판을 그는 노려보았다. 서른두 개의 유령들이 움직이기 시작하자, 추억들이 춤을 추고 충돌히고 비우으면서 마넥의 망각하고자 하는 의지와 전투를 벌였다. 춤을 추던 체스말들이 파트너를 바꾸자, 64개의 정사각형들에서 그를 보고 웃는 아비나시의 얼굴이 나타났다.

마넥은 힘겹게 체스판에서 눈을 떼고 창문으로 갔다. 거리에는 비가 세차게 내리고 있었다. 시끄럽게 비가 떨어지는 방수포에 오토바이 한 대가 덮여 있었다. 주위의 물웅덩이들은 진창이었고 보기 흉했다. 뛰어 놀거나 물장구를 치는 아이들도 없었고, 비가 오랫동안 맹렬히 내린 거리는 쓸쓸했다. 그는 체스판을 열지 말았어야 했다고 생각했다.

"왜 그래?" 옴이 물었다.

"아무것도 아냐."

"빨리, 시간 낭비하지 말고 어떻게 하는지 가르쳐 줘."

"바보 같은 게임인데 뭐. 그만 하자."

"바보 같은 걸 왜 가지고 있는 거니?"

"누가 빌려 준 거야. 곧 돌려줘야 돼." 하수구 소용돌이 속으로 빈 담뱃갑들과 음료수 뚜껑들이 빨려 들어가는 걸 그는 지켜봤다. 콜라 가문의 콜라는 그곳에 없었다. 아버지가 계속 고집을 부리는 한 그럴 수밖에 없다. 그 사업은 큰 성공을 거둘 수도 있었다. 그랬더라면 자신은 빌어먹을 대학에 오지 않아도 됐다. 인생에서 뭔가 잘못된 수를 둬서 외통수에 걸려든 게 틀림없다고 그는 생각했다.

"가르쳐 주기 싫은 거지?" 말들을 상자로 쓸어 넣으면서 옴이 말했다. 요란한 소리를 내면서 말들이 떨어졌다. 마넥이 무슨 말을 하려는 듯이 입을 열었다. 뚜껑을 닫고 있던 옴은 눈치 채지 못했다.

마넥은 조금 더 창가에 있다가 체스판으로 돌아갔다. "널 귀찮게 하기는 싫어. 정말 가르쳐 주고는 싶은 거니?" 옴이 빈정거리면서 말했다.

마넥은 아무 말도 하지 않고 다시 체스판을 차리고 규칙을 설명했다. 오토바이의 방수포 위로 비가 세차게 내리고 있었다.

그 후 이틀 동안 옴은 말들을 어떻게 움직이고 빼앗는지를 배웠지만 외통장군의 개념은 좀처럼 이해하기가 힘들었다. 체스판에서 마넥이 예를 보여 주면 사로잡힌 왕의 무기력함을 뼛속 깊이 느낄 수 있었다. 그러나 혼자 힘으로 그러한 결말에 도달하기는 힘들어서, 옴은 화가 났다.

마넥은 그것이 자기 탓인 것 같았다. 그는 아비나시처럼 훌륭한 선생이 아니었다. 수가 막히고 비기는 상황을 설명하기도 마찬가지로 힘들었다. "때로는 양쪽에 말이 충분히 남아 있지 않아서 왕이 끝없이 장군을 피하게 되지." 그는 반복해서 설명했다.

또다시 옴은 체스판에서 설명하면 이해하다가도, 왕과 군대에 대한 비유를 들면 만족스럽지 못한 듯이 더 이상 진도를 내지 못했다. "이해가 안 되네. 너와 네 군대가 서로 싸우다가 병사들이 다 죽었잖아. 그래서 이제는 둘밖에 안 남은 거고. 그렇다면 둘 중에서 힘센 사람이 이겨야 되는 거 아냐?"

"그럴지도 모르지. 하지만 체스 규칙은 달라."

"누군가가 이기도록 하는 게 규칙이지." 옴이 주장했다. 그는 논리의 붕괴로 괴로워했다.

"때로는 승자가 없기도 해." 마넥이 말했다. "네 말이 맞다. 이건 정말 바보 같은 게임이구나."

닷새 동안 비가 오고도 그치지를 않았다. 집 안에 있는 마넥과 옴은 큰 골칫거리였다. 그들은 일을 하고 있는 이시바와 디나를 지켜보면서 즐거워했다. "저기 봐." 마넥이 귓속말을 했다. "이시바 아저씨는 재봉틀을 움직일 때마다 혀로 뺨을 찔러." 그리고 두 사람은 디나가 치수를 잴 때면 두 입술을 무는 버릇이 있다는 길 발견하고 재밌어했다.

"저건 너무 느리잖아." 이시바가 재봉틀의 밑실을 감는 걸 보고 옴이 말했다. "난 30초면 다 감을 수 있는데."

"넌 젊지만 난 나이가 많잖니." 이시바가 농담처럼 말했다. 그는 밑실을 새로 끼고 쇠뚜껑을 위에 덮었다.

"난 항상 밑실을 여섯 개는 준비해 둬. 그러면 옷을 만드는 도중에 멈추지 않고 금방 바꿀 수 있거든." 옴이 말했다.

"디나 아주머니도 이시바 아저씨처럼 새끼손가락 손톱을 기르는 게 어때요? 보기에 좋을 텐데요."

그녀의 인내심이 곧 한계점에 도달했다. "너희들은 정말 큰 골칫거리다. 휴가라고 거기 앉아서 우리한테 말도 안 되는 소리나 하면 되겠니? 밖으로 나가든지 아니면 다시 일을 시작해."

"비가 오잖아요. 설마 저희가 비에 젖기를 바라시는 건 아니죠?"

"비가 조금 온다고 해서 온 도시가 머리에 담요를 뒤집어쓰고 있는 줄 아니? 네 방 벽장에 걸려 있는 우산을 가지고 나가."

"그건 여자 우산인데요."

"그러면 비를 맞든가. 아니면 우리를 괴롭히지 말든가."

"알겠어요. 오후에 다른 데로 갈게요." 옴이 말했다.

그들은 베란다로 갔다. 마넥이 수족관에 다시 가자고 했다. 옴은 더 좋은 생각이 있다면서 지반의 재봉 가게로 가자고 했다.

"재미없잖아. 거기 가서 뭘 하겠다고 그러니."

옴은 지반을 설득해서 여자 고객들의 치수를 재도록 허락을 받을 거라고 했다.

"좋았어, 그렇다면 가자." 마넥이 이를 드러내며 웃었다.

"이번에는 내가 어떻게 하는지 가르쳐 줄게. 여자의 가슴 치수를 재는 게 체스를 두는 것보다 쉬우니까. 당연히 훨씬 더 재밌고."

그들이 도착했을 때 가게는 조용했다. 지반은 계산대 뒤 바닥에 몸을 뻗고 낮잠을 자고 있었다. 그의 머리 옆 의자 위에서 트랜지스터라디오가 나지막한 악기 연주를 들려주고 있었다. 옴이 볼륨을 높이자 지반이 깜짝 놀라서 일어났다.

그는 눈을 동그랗게 뜨고 잠시 숨을 꿀꺽 삼켰다. "무슨 짓이야? 지금 장난하는 거야 뭐야? 이러면 오후 내내 머리가 아프다고."

그는 옴이 공짜로 도와주겠다는 제안을 거절했다. "손님들 치수를 잰다고? 쓸데없는 소리 하지 마. 네 꿍꿍이 셈이 뭔지 다 알고 있다. 네 다리 사이가 불룩해지면 이 가게의 이름에 먹칠을 하는 거야."

옴은 제대로 일을 해서 손가락을 함부로 놀리지 않겠다고 약속했다. 그는 종이 본보기로 일을 해서 기술이 녹슬고 있다고 했다. "진짜 재봉을 해 보고 싶어서 그래요."

"젖이나 만지고 싶겠지. 난 못 속여. 경고하는데 내 여자 손님들 건드릴 생각하지 마."

마넥이 커튼 뒤에 있는 탈의실로 들어갔다. "옷을 갈아입으러 들어올 때 여기 숨어 있으면 재밌지 않을까?"

옴도 안을 살펴보았다. 옷걸이 세 개와 거울 하나를 발견했지만 숨을 만한 곳은 찾지 못했다. "완전히 불가능한데."

"그래? 그럼 내가 뭔가를 보여 주지." 지반이 말했다. 그는 두 사람을 계산대 뒤의 탈의실과 이어지는 칸막이 끝 부분으로 데려갔다. "저기다가 눈을 대 봐." 그가 구석에 난 틈새를 가리켰다.

옴은 숨이 막혔다. "여기서 다 보여!"

"어디 보자." 마넥이 옴을 밀었나. "이야 대단한데!"

지반이 입술을 만지며 능글맞게 웃었다. "그렇지, 그래도 엉뚱한 생각하지 마. 내가 미치지 않고서야 너희들을 이곳에 들여놓지는 않을 테니까."

"제발요, 부탁할게요! 위에서 아래까지 완벽하게 볼 수 있는 공짜 쇼잖아요!" 옴이 말했다.

"완벽하지만 공짜는 아니야. 모든 건 대가를 치러야 하니까. 영화를 보러가도 돈을 내고 표를 사야지. 기차를 타도 마찬가지고."

"얼만데요?" 옴이 물었다.

"무슨 소리야. 그렇다고 가게의 명예를 더럽힐 수는 없어."

"제발요!"

지반이 약해졌다. "사고 안 칠거지? 벗은 몸을 보고 미치면 안 된다, 알겠지?"

"시키는 대로 다 할게요."

"좋아. 한 번에 2루피씩이다."

옴은 마넥이 호주머니를 만지는 걸 보았다. "네, 돈은 충분해요."

"한 번에 한 사람만 들어가야 돼. 숨소리는 물론이고 절대 소리를 내면 안 돼, 알았지?" 마넥과 옴이 고개를 끄덕였다. 지반이 주문 장부를 살펴보았다. 그날 저녁 각각 상의와 바지를 입어 보러 여자 두 명이 올 예정이었다. "누가 뭘 볼래?"

마넥이 동전을 던지자고 제안했다. "앞면이다." 옴이 이겼다. 그는 눈을 감고 웃으면서 바지를 선택했다. 손님들이 다섯 시 이후에나 올 테니 앞으로 적어도 한 시간은 기다려야 할 거라고 지반이 말했다. 비가 약해져서 두 사람은 산책이나 하기로 했다.

산책은 기대감으로 가득 차서 긴장되고 조용했다. 여자들이 일찍 올지도 모르니 돌아가야 한다고 동의한 것이 대화의 전부였다. 15분도 채 지나지 않았다.

가게에서 긴장한 채 기다리던 그들은 지반의 신경을 건드렸다. 수선한 옷을 찾아가는 사람들이 네 번이나 왔다 갔다. 마침내 6시 45분에 그들의 인내가 결실을 거두게 되었다.

"네, 부인, 한 번 입어 보시죠." 지반이 옴과 마넥에게 고개를 끄덕였다. 그는 옷더미를 뒤지면서 마넥에게 계산대 뒤의 어두운 공간으로 몰래 들어갈 수 있는 시간을 벌어 주었다. 그런 다음 그는 상의를 찾아서 여자에게 커튼을 가리켰다. "부인, 저기로 들어가십시오. 고맙습니다."

마넥은 가슴이 너무 쿵쾅거려서 칸막이가 무너질지도 모른다는 생각이 들었다. 하이힐로 돌바닥을 날카롭게 찍으며 안으로 들어간 그녀는 새 옷을 옷걸이에 걸고 커튼을 쳤다. 그에게 등을 보인 여자는 치마 속에 잘 집어넣은 상의를 끌어올려서 단추를 풀었다. 그녀의 앞모습이 거울에 비쳤다.

여자가 상의를 벗자 그는 숨을 멈췄다. 흰 브래지어가 보였다. 그녀는 엄지손가락들을 끈 밑에 넣고 이리저리 움직였다. 어깨에 빨간 선 두 개가 표시됐다. 그런 다음 그녀는 손을 뒤로 가져가서 브래지어의 걸쇠를 풀었다.

그 순간 그는 그녀가 브래지어를 벗는 줄 알았다. 그는 주먹을 불끈 쥐었다. 그러나 그녀는 걸쇠를 너덜너덜한 탄력 밴드의 다음 칸으로 옮겨 채웠을 뿐이었다. 그녀는 어깨를 몇 번 움직여서 브래지어 컵을 위로 올려 몸에 맞도록 조절하고 나서 새 옷을 입었다.

땀방울들이 마넥의 이마를 타고 내려와 눈을 찔렀다. 여자가 탈의실에서 나왔다. 그 틈을 타서 그는 숨을 깊이 들이쉬었다. 열린 커튼으로 지반이 옷을 살피고 있는 모습이 보였다. 옴이 갑자기 돌아서더니 손을 가슴에 얹고 주무르며 그에게 윙크를 했다.

만족한 여자가 다시 탈의실로 들어와 옷을 갈아입고 나가는 데는 1분도 채 걸리지 않았다. 그러나 마넥은 기다렸다. 지반이 여자에게 고맙다는 인사를 하고 언제 찾으러 와야 될지 말했다. 계단을 내려가는 하이힐 소리가 들리자 마넥이 은밀한 장소에서 나왔다.

그는 소매로 이마를 닦고 겨드랑이 밑에 달라붙은 셔츠를 흔들어서 뗐다. "칸막이 뒤가 왜 이렇게 더워요."

"그게 칸막이 때문이냐? 네 아랫도리에서 열이 나서 그런 거지." 지반이 웃었다. 그가 돈을 달라는 몸짓을 하자 마넥이 지불했다.

"어땠어? 뭘 봤니?" 옴이 물었다.

"굉장했어. 그런데 브래지어를 입고 있었어."

"도대체 뭘 바란 거니? 내 고객들이 급이 낮은 시골 여자들이라도 되는 줄 아니? 다들 큰 사무실에 일하는 비서들, 접수 담당들, 타자수들이라고. 립스틱에 볼연지, 그리고 최고급 속옷을 입는다고."

옴이 30분을 더 기다리자 또 한 여자가 나타났다. 지반이 옷을 찾아서 여자에게 탈의실로 들어가라고 하기 전에, 옴은 태연하게 계산대를 지나서 어디론가 사라졌다.

탈의실에서 나온 여자를 본 마넥은 후회가 됐다. 새 바지가 그녀의 허벅지에 꽉 끼고 가랑이에 딱 달라붙은 모습에 마넥은 목이 메었다. 지반이 그녀 앞에 무릎을 꿇고 앉아서 가랑이쪽 솔기를 살피자 그는 침을 꿀꺽 삼켰다.

그녀가 탈의실로 돌아갔다. 잠시 후, 둔탁한 쿵 소리와 함께 비명 소리가 났다.

지반이 깜짝 놀랐다. "부인! 무슨 일이십니까?"

"뒤에서 무슨 소리가 났어요!"

"부인, 아무 일도 아닙니다. 괜찮습니다." 그는 침착하고 재빨리 노련하게 몸을 조아렸다. "쥐 때문에 그런 거니까 아무 걱정 않으셔도 됩니다."

얼굴이 벌게진 그녀가 탈의실에서 나와서 바지를 계산대에 내동댕이쳤다. 지반이 공손하게 바지를 옷걸이에 걸었다. "부인, 죄송합니다. 많이 놀라셨죠? 도시에는 쥐가 항상 문젭니다."

"뭔가 조치를 취해야죠. 손님들한테 이게 뭐예요." 그녀가 화를 내면서 말했다.

"네, 알겠습니다. 쥐가 때때로 칸막이 뒤의 상자에 숨어서 소리를 냅니다. 쥐약을 더 놓겠습니다." 그는 다시 한 번 사과하고 그녀를 배웅했다.

수줍은 미소를 지으면서 나온 옴은 바지 속에 든 쥐에 대해서 놀림을 받을 각오가 돼 있었다. 지반이 그의 머리를 세게 때렸다. "이런 멍청한 놈! 너 때문에 큰 문제가 생길 뻔했잖아! 무슨 짓을 했기에 그런 소리가 난 거냐?"

"죄송해요. 미끄러졌어요."

"미끄러져? 무슨 더러운 짓을 했기에 미끄러졌냐? 둘 다 가게에서 나가! 다시는 찾아오지 마!"

지반을 달래려고 마넥이 옴 대신에 2루피를 건넸지만, 그는 더욱 화를 냈다. 그는 마넥의 손을 치우더니 때릴 기세였다. "돈은 무슨 놈의 돈! 이 문제아 놈을 당장 가게에서 데리고 나가!" 그는 마넥과 옴을 문밖의 계단으로 밀어냈다.

큰길로 이어지는 골목길을 그들은 차분하게 걸었다. 창턱에서 까마귀한 마리가 큰소리로 울었다. 어둠의 가장자리를 핥는 저녁 불빛 때문에 지반이 화를 내 진지해진 그들의 마음이 더욱 무거워졌다. 환한 불빛의 도착을 알리며 가로등들이 노란 꽃봉오리처럼 깜빡거리며 켜지기 시작했다. 그때 뭔가가 재빨리 그들 앞을 지나 뒷골목으로 달아났다.

"저기, 그 여자의 쥐가 간다!" 병든 쥐의 더럽고 이가 바글거리는 털 사이로 분홍색 살갗이 보였다.

"지반의 재봉 가게를 찾고 있는 모양인데." 옴이 말했다. "새 옷을 주문하려고 말이야." 그들이 웃었다. 쥐는 하수구가 콸콸 소리를 내는 뒷골목의 어두운 구석으로 사라졌다. 날카롭게 찍찍거리는 소리와 물이 튀기는 소리가 들렸다. 그들은 버스 정류장으로 갔다.

"그 안에서 도대체 뭘 한 거야?" 마넥이 물었다.

쓴 웃음을 지으면서 옴이 주먹을 쥐고 위아래로 움직였다. 마넥이 헛기침처럼 짧은 웃음소리를 냈다.

창분에서 뭔가가 사람들이 많은 보도로 떨어졌다. 오물이 묻은 보행자들이 건물에다 대고 고함을 질렀다. 오물을 뿌린 작자가 어느 창문 뒤에 숨어 있는지도 모르면서 그들은 계단을 뛰어올라갔다.

"어디까지 봤어?" 마넥이 물었다.

"전부 다. 새 바지가 하도 쪼여서, 그 여자가 바지를 내릴 때 팬티가 따라 내려왔어."

마넥이 돌멩이를 발로 차자 하수구로 굴러 들어갔다. "털도 봤어?"

옴이 고개를 끄덕였다. "털이 정말 무성하더라." 설명을 위해서 양손을 사용하던 그는 무성한 털을 강조하기 위해서 손가락들을 꿈틀거리며 피어오르게 만들었다. "넌 한 번도 못 봤니?"

"옛날에 딱 한 번. 어릴 때 보모가 목욕을 할 때 의자 위로 올라가서 문위의 환기창을 통해서 들여다봤지. 그땐 정말 무서웠어. 털이 날 물어뜯을 것처럼 사납게 보였거든."

옴이 웃었다. "이젠 절대로 안 무서울 거다. 보자마자 바로 달려 들어
갈 거야."

"그런 기회가 와야 말이지."

그들은 길을 건너려고 신호등이 바뀌기를 기다렸다. 보도 양쪽 끄트머
리에 경찰 두 명이 줄을 팽팽하게 들고 서서 사람들이 못 들어가도록 막
고 있었다. 마치 해안선을 침범하는 파도처럼 사람들이 장애물에 부닥쳤
다. 경찰들이 고함을 질러대면서, 집으로 가고 싶어서 안달인 사람들에
게 물러서지 않고 그들을 힘겹게 막았다.

"쥐가 칸막이 뒤에 있지 않은 게 정말 다행이다." 마넥이 말했다. "그
랬더라면 네 작은 고추를 금방 베어 먹었을 거야."

"작다니? 무슨 소리야? 이렇게 섰는데." 옴이 팔뚝을 힘차게 휘둘러 보
였다.

금지를 알리는 신호등의 **빨간** 손이 사라지고, 녹색의 사람 모양이 둥
근 유리를 밝게 비췄다. 경찰들이 재빨리 비키며 줄을 치우자 사람들이
우르르 길을 건넜다.

디왈리 축제 전날 밤에 불꽃놀이가 절정에 이르렀다. 자정이 훨씬 지
났지만 잠을 자기가 쉽지 않았다. 폭죽이 터질 때마다, 특히 원자 폭탄이
라고 부르는 빨간색 입방체가 터질 때면 이시바가 "아이고, 세상에"하고
한숨을 내쉬며 두 손으로 귀를 막았다.

"터지고 나서 귀를 막으면 무슨 소용이에요?" 옴이 물었다.

"그럼 무슨 다른 방법이 있냐? 빛과 축제의 시간이 고통과 귀앓이의 날
로 변해서 완전히 미칠 지경이다. 숲에서 귀양살이를 끝내고 아요디아로

돌아온 람신을 이렇게 환영하라고 배운 건가?"

"문제는 이 도시에 돈이 너무 많다는 거죠." 디나가 말했다. "사람들이 꼭 돈을 연기로 날려 보내고 싶다면 좀 예쁘게 했으면 좋겠어요." 원자 폭탄 폭죽이 또 하나 터지자 그녀가 움찔했다. "내가 힘이 있다면 거품이 나는 폭죽, 분수 폭죽, 아지랑이 폭죽만 사용하도록 허락할 거예요."

"옳으신 말씀입니다. 하지만 위대한 종교 전문가들이 그걸로는 악령들을 쫓을 수 없다고 할 걸요." 이시바가 빈정대며 말했다.

"원자 폭탄 폭죽은 신들도 다 쫓아버릴 걸요." 베란다를 떠나며 그녀가 말했다. "내가 람신이라면 이런 광적인 불꽃놀이를 보느니 차라리 숲으로 곧장 다시 달려 가버릴 거예요."

귀에다가 솜 마개를 하고 그녀는 이불 작업을 하기 시작했다. 잠시 후 이시바가 두 손으로 귀를 막고 옆에 앉자 그녀가 탈지면을 건넸다. 폭죽 소리가 다시 나자 그는 웃음을 보이며 솜 마개가 제 역할을 하고 있음을 알렸다.

베란다에 남아 있던 마넥과 옴은 빨간색 입방체들이 터질 준비를 하면 손가락으로 귀를 틀어막았다. "우리가 여기서 보고 있어서 정말 미안한데. 안 그러면 분명히 침대로 뛰어들었을 텐데."

"누구 말하는 거야?"

"디나 아주머니랑 우리 삼촌이지 누구긴 누구야?"

"넌 더러운 생각만 하는구나."

"그래, 맞아. 그러면 너한테 수수께끼를 하나 낼 테니까 맞춰 봐. 딱딱하고 곧게 세우기 위해서 여자는 이걸 문질러야 돼. 그리고 매끄럽게 안으로 집어넣기 위해서 여자는 이걸 핥아야 돼. 자, 그럼 여자가 하는 일이 뭔지 맞춰 봐." 질문을 끝내기도 전에 옴이 웃자, 마넥이 손가락을 그의 입에 갖다 대며 조용히 시켰다.

"빨리, 여자가 뭘 하는지 맞춰 봐"

"섹스지 뭐긴 뭐야!"

"틀렸어. 모르겠어? 여자는 바늘에 실을 끼우고 있는 거야." 옴이 우쭐대며 말하자 마넥이 손바닥으로 이마를 쳤다. "자, 이래도 내가 더러운 생각을 하는 거니?"

개강하기 전까지 엿새가 남았을 때 옴은 좋은 생각이 있다고 했다. 욕실 문은 낡고 습기가 차서, 닫혀 있을 때면 뒤틀어져 큰 틈이 생겼다. 그는 디나가 목욕할 때 돌아가면서 훔쳐보자고 했다. 그리고 이시바가 눈치 채지 못하게 한 명이 망을 봐야 한다고 했다.

"네가 보모 이야기를 하는 걸 듣고 영감이 떠올랐지. 어떻게 생각해?"

"너 미쳤구나! 난 그런 짓 안 해." 마넥이 말했다.

"뭐가 무서운 거야? 아주머닌 절대 모를 거야."

"그런 짓 하기 싫어."

"알았어, 나 혼자서 하면 되지 뭐." 옴이 일어섰다.

"안 돼. 그러지 마." 마넥이 그의 팔을 잡았다.

"이거 놔! 네가 뭔데 이래라 저래라 간섭이야?" 옴이 팔을 잡아 빼자 마넥이 그의 어깨를 잡고 밀어서 의자에 다시 주저앉혔다. 그들이 격렬하게 맞붙었다. 옴이 발버둥치자 마넥이 의자 뒤로 가서 그를 눌렀다. 옴은 몸을 움직이지 못하자 포기하고 말았다.

"넌 정말 이기적인 놈이야." 그가 낮은 목소리로 말했다. "아주머니랑 둘이서 살 때 매일 아침마다 벗은 몸을 훔쳐본 거 다 알아. 그런데 왜 나한테만 못 보게 하는 거야?"

"그런 적 없어!" 마넥이 위자 뒤에서 사납게 말했다. "절대 그런 적 없어!"

"거짓말 마. 어서 인정해. 나한테 못 보게 할 거면 아주머니 몸매가 어떤지 설명해 봐. 젖가슴은 어때? 젖꼭지는 예쁘고 끝은 뾰족해? 그리고……."

"닥쳐!"

"젖꼭지 주위의 갈색 원은 얼마나 크니?"

"경고한다. 입 닥쳐!"

"그리고 아줌마 보지는 어때? 크고 육감적이고 털이 무성……."

마넥이 의자 앞으로 오더니 옴의 뺨을 때렸다. 충격을 받은 옴이 잠시 아무 말 없이 뺨을 감쌌다. 그의 두 눈이 고통으로 가득 찼다. "이 더러운 새끼야!" 정신을 차린 옴이 주먹을 마구 휘두르면서 마넥에게 달려들었다.

의자가 넘어졌다. 마넥의 머리에 주먹 한방이 날아들었지만 나머지는 아무런 해도 끼치지 못하고 그의 팔에 부딪쳤다. 옴을 다치게 하지 않고 제압하기 위해서 마넥은 그의 셔츠를 잡고 가까이 끌어안았다. 그러자 주먹을 휘두를 공간이 없어졌다. 그때 뭔가 찢어지는 소리가 났다. 마넥이 쥐고 있던 호주머니가 뜯겼고, 셔츠의 어깨 밑이 찢어졌다.

"이 자식! 너 때문에 셔츠가 찢어졌잖아!" 옴이 더 거세게 반항했다.

싸움이 점점 더 시끄러워지자 이시바가 재봉틀을 멈추고 베란다로 왔다. "이런 세상에! 지금 이게 무슨 깡패 짓거리냐?"

그가 나타나자 마넥과 옴은 싸우려는 의지가 갑자기 사라졌다. 그들을 떼어 놓기는 쉬웠다. 이제 그들의 얼굴 표정에만 살기가 등등했다. 잠시 동안 서로를 노려보다가 그들은 등을 돌렸다.

"쟤가 내 셔츠를 찢었어요!" 옴이 터진 호주머니를 내려다보며 외쳤다.

"싸우다 보면 그렇게 되는 거고. 그런데 왜 싸운 거냐?"

"쟤가 내 셔츠를 찢었다니까요!" 옴이 다시 외쳤다.

그동안 소란한 소리를 들은 디나가 목욕을 하다 말고 나왔다. "이게 무슨 일이야. 무슨 길거리의 깡패들도 아니고. 너희들 도대체 왜 그런 거야?" 이시바의 설명을 들은 그녀가 물었다.

"쟤한테 물어보세요." 그들은 서로 중얼거렸다.

"마넥이 셔츠를 찢었어요. 보세요." 옴이 찢어진 호주머니를 그녀 앞에서 흔들어 보였다.

"셔츠, 셔츠, 셔츠! 넌 그 말 밖에 할 줄 모르냐?" 이시바가 꾸짖었다. "셔츠는 고치면 돼. 지금 왜 싸웠냐고 묻고 있잖아!"

"난 쟤처럼 부자가 아니라고요. 셔츠가 두 벌밖에 없어요. 그런데 쟤가 한 벌을 찢었다니까요."

자신의 방으로 급히 들어간 마넥이 맨 먼저 눈에 띄는 셔츠를 들고 돌아와서 옴에게 던졌다. 그러자 셔츠를 잡은 옴이 다시 마넥에게 내던졌다. 그는 셔츠를 떨어진 곳에 그냥 내버려두었다.

"너희들 정말 아기들처럼 구는구나." 디나가 말했다. "이시바 씨, 어서 일이나 합시다." 그녀는 그냥 내버려두면 체면을 구할 필요 없이 빨리 화해할 거라고 생각했다.

마넥은 하루 종일 자신의 방에 있었고 옴은 베란다에 그냥 앉아 있었다. 이시바가 그들의 표정이 시큼한 라임 열매를 먹은 것 같다며, 꼭 속 좁은 골목대장 같다고 농담을 했지만 소용없었다. 디나는 그들의 휴가가 좋지 않게 끝나는 것 같아서 기분이 씁쓸했다.

"쟤들 좀 보세요. 침울한 올빼미 두 마리가 우리 집에 둥지를 틀고 있네요." 그녀가 올빼미 같은 표정을 아이들에게 지어 보이자 이시바 혼자서만 웃었다.

다음 날 아침 옴은 순교자의 표정으로 다시 하루 종일 일을 하고 싶다고 선언했다. "휴가가 너무 길었어요." 마넥은 못 들은 척했다.

옴의 재봉일은 서툴렀고 완전히 재앙이었다. 그러자 디나가 경고했다. "이런 건 회사에서도 안 받아. 기분이 나쁘다고 재봉을 이렇게 하면 어떡해?"

비록 수선하는데 10분도 걸리지 않았지만 옴은 순교의 상징으로 호주머니가 헐렁하게 매달린 찢어진 셔츠를 계속 입고 다녔다. 식사 시간이면 그는, 이제는 사용법을 터득한 포크와 나이프 대신 일부러 손가락을 사용했다. 그들은 말을 하는 대신에 소리로 전쟁을 치렀다. 마넥의 포크와 나이프가 접시에 부딪쳐 시끄러운 소리를 냈다. 감자를 자를 때는 마치 히말라야 삼목을 베는 것 같았다. 그러면 옴은 손가락을 쩝쩝 핥고 빨면서 응수했다. 마치 자루걸레로 바닥을 닦는 것처럼 열심히 핥아댔다. 마넥은 사자에게 돌진하는 검투사처럼 포크로 고기를 찔렀다. 옴은 손바닥에 붙은 음식을 후루룩 쩝쩝 빨면서 복수했다.

식탁에서 확연히 느낄 수 있는 불행이 아니었더라면 그들의 엉뚱한 행동은 유쾌했을지도 모른다. 디나는 본인에게 찾아왔다고 생각했던 행복한 가족의 분위기를 강탈당한 기분이 들었다. 대신에 비참한 슬픔이 불청객처럼 식탁에 앉아 있었고 자신의 집에 허락도 없이 머물고 있었다.

디왈리 축제가 끝난 후에도 2주일 동안 간헐적으로 밤하늘에 구멍을 내던 불꽃놀이가 마침내 완전히 사라졌다. "드디어 평화와 고요가 찾아왔구먼." 침구 옆에 조심스럽게 보관하고 있던 솜 마개를 버리면서 이시바가 말했다.

마넥은 첫 학기 성적표를 받았지만 결과가 그다지 좋지 않았다. 디나는 학교 공부를 등한시해서 그런 거라고 했다. "지금부터 적어도 하루에 두 시간은 공부를 해라. 내가 지켜볼 테니까 저녁 먹고 나서 매일 밤 그렇게 해."

"어머니께서도 그렇게 엄격하게는 안 하셨어요." 그가 투덜댔다.

"네 엄마가 이 성적표를 봤다면 그렇게 할 거야."

그에게 공부를 시키는 일은 생각했던 것보다 쉬웠다. 달리 할 일이 없었기 때문에 그의 저항은 형식적이었을 뿐이었다. 싸움이 있고 나서 옴과 마넥은 서로 말도 잘 하지 않았다. 이시바가 나서서 그들의 우정을 되살리려고 했지만 별 소득이 없었다. 마넥이 공부를 열심히 하도록 만들려는 디나의 계획에 이시바도 동참했다.

"네 부모님께서 얼마나 자랑스러워하시겠니." 그가 말했다.

"네 부모가 아니라 너 자신을 위해서 공부를 해야 해." 디나가 말했다. "옴 너도 명심해. 나중에 아버지가 되면 반드시 자식들을 대학까지 보내라. 내가 교육을 못 받아서 지금 얼마나 힘들게 사는지 봐라. 교육보다 더 중요한 건 없어."

"맞는 말씀입니다." 이시바가 맞장구를 쳤다. "그런데 아주머님께서는 어째서 교육을 못 받으신 겁니까?"

"얘기하자면 정말 길어요."

"말해 보세요." 이시바, 마넥, 옴이 동시에 말했다. 서로 동시에 말한 것에 마넥과 옴이 불쾌해하면서 얼굴을 찌푸리자 디나가 웃었다.

그녀가 이야기를 시작했다. "난 내 삶, 그리고 내 어린 시절을 후회하거나 슬퍼하면서 되돌아보는 걸 좋아하지 않아요."

이시바가 고개를 끄덕였다.

"하지만 때때로 내 의지와 무관하게 과거에 대한 생각들이 떠오르곤 하죠. 그러면 난 디나 쉬로프라는 이름으로 학교를 다닐 때 모든 사람들이 예측했던 나의 밝은 미래에 먹구름이 끼도록 만든 그런 일들이 왜 생겼는지 질문해 보고……"

베란다에서 재봉사들이 잘 준비를 하는 소리가 들렸다. 침구를 펴고 털었다. 곧, 옴이 이시바의 발을 주물렀다. 만족스러운 낮은 신음 소리를 듣고서 마넥은 알 수 있었다. 그때 이시바의 말소리가 들렸다. "그렇지, 거기 좀 더 세게 문질러라. 발꿈치가 많이 아프구나." 방에서 책을 보고 있던 마넥은 그들의 친밀함에 질투가 났다.

그는 하품을 하고 시계를 보았다. 모두들 각자의 자리에 떨어져 있었다. 함께 지내며 걷고, 저녁 식사가 끝나면 거실에 모여서 디나는 이불을 만들고, 그들은 구경을 하며 다음 날의 일이나 저녁 요리를 계획하며 잡담을 나누던 때가 마넥은 그리웠다. 그러한 간단한 일상이 모두의 삶을 질서정연하고 의미 있게 만들었었다.

안쪽 방에는 아직도 불이 켜져 있었다. 마넥의 공부가 끝날 때까지 땡땡이를 피우지 못하도록 디나는 자지 않고 있었다.

그때 초인종이 울렸다.

재봉사들이 이불에서 벌떡 일어나 셔츠에 손을 뻗쳤다. 디나가 베란다로 와서 밖에 누군지 물었다. "누구세요?"

"귀찮게 해서 미안하오."

집세 걷는 사람의 목소리였다. 이 시간에 오다니 뭔가 이상하다고 그녀는 생각했다. "이렇게 늦게 무슨 일이죠?"

"귀찮게 해서 미안하오. 사무실에서 보냈소."

"지금 이 시간에요? 내일 아침에 오면 안 돼요?"

"급박하다고 해서요. 난 시키는 대로 할 뿐입니다."

재봉사들에게 어깨를 으쓱해 보이며 그녀는 현관문을 열고 손잡이를 붙들고 있었다. 그러자 이브라힘 뒤에 있던 남자 두 명이 큰 저항에라도 부딪친 듯이 그녀와 문을 세게 밀치고 들어왔다.

한 명은 거의 대머리였고 나머지 한 명은 검은 더벅머리였다. 둘 다 콧수염이 멋대로 나 있고 두 눈은 차가웠으며 몸집이 크고 구부정해서 위협적인 쌍둥이처럼 보였다. 마치 영화에 등장하는 악당들의 행동거지를 흉내 내는 것 같다고 마넥은 생각했다.

"미안하오." 이브라힘이 습관적인 웃음을 지어 보였다. "사무실에서 최후통첩을 말로 전하라고 해서 왔소. 잘 들으시오. 지금부터 48시간 내에 이 집을 비워야 합니다. 임차 계약과 법률을 위반했기 때문이오."

깃털처럼 가볍게 얼굴을 스쳐 지나가는 두려움을 그녀는 곧 날려 버렸다. "깡패들을 데리고 떠나지 않으면 지금 당장 경찰을 부르겠어요! 집주인이 문제가 있다고 했어요? 그럼 법정에서 보자고 전해요!"

대머리 남자가 낮은 목소리로 달래듯이 말했다. "깡패라니 무슨 그런 모욕적인 말씀을 하시오? 우린 집주인의 직원들일 뿐이오. 여기 재봉사들이 당신 직원인 것처럼."

또 다른 남자가 말했다. "우린 법원과 변호사들 대신에 일하고 있어. 그 사람들은 시간 낭비, 돈 낭비일 뿐이거든. 지금 같은 세상에서는 우리가 더 빠른 실과를 낼 수 있지." 빠을 씹고 있어서 입을 열기 힘들어하는 남자의 입가로 검붉은 액체가 조금씩 새어 나왔다.

"이시바 씨, 어서 도망쳐요! 경찰을 불러와요!" 디나가 말했다.

대머리가 길을 막았다. 도망치려던 이시바가 베란다 구석에 처박혔다.

"제발, 제발, 싸우면 안 돼!" 이브라힘의 흰 수염이 떨렸다.

"떠나지 않으면 도와달라고 소리치겠어요." 디나가 말했다.

"당신이 소리치면 우리가 멈추도록 만들 거요." 대머리가 차분하게 말했다. 그가 현관문을 지키고 있는 동안에 빤을 씹고 있던 남자가 안쪽 방으로 성큼성큼 걸어 들어갔다. 이브라힘, 디나, 그리고 재봉사들이 무기력하게 따라 들어갔다. 마넥은 자신의 방에서 지켜보고 있었다.

남자는 꼼짝 않고 서서 감탄하듯이 방을 둘러보았다. 그는 갑자기 폭력적으로 변했다. 의자 하나를 집어 들고 재봉틀들을 마구 때려 부수기 시작했다. 나무 의자의 다리가 떨어져 나가자 그는 다른 의자를 집어 들어 또다시 부서질 때까지 내리쳤다.

의자를 옆으로 내동댕이치고 싱어 재봉틀들을 걷어차고 나서 그는 작업대 위에 있던 완성된 옷들의 솔기를 잡아당겨 찢기 시작했다. 그러나 새 옷의 바느질이 쉽게 뜯어지지 않았기 때문에 힘이 들었다. "이런 씹할, 좀 찢어져라!" 그가 옷들에 대고 투덜거렸다.

그때까지 얼어붙어 있던 이시바와 옴이 정신을 차리고 달려가서 그들이 만든 옷들을 구하려고 했다. 그들은 둘 다 옷 더미처럼 내던져졌다.

"어서 저 사람 좀 말려요!" 디나가 이브라힘의 팔을 잡고 방으로 끌고 갔다. "당신이 깡패들을 데리고 왔잖아요! 무슨 조치를 취해요!"

긴장해서 양손을 쥐어짜고 있던 이브라힘은 찢어진 옷들을 모으기 시작했다. 빤을 씹고 있던 남자가 옷들을 내던지자마자, 그는 그것들을 접어서 살며시 작업대 위에 올려놓았다.

"좀 도와줄까?" 문에 서 있던 대머리가 물었다.

"아뇨, 괜찮습니다." 완성된 옷들을 다 찢고 난 남자가 천 꾸러미도 찢으려고 했지만 한데 뭉쳐 있어서 불가능했다.

"그냥 불 질러버려." 대머리가 라이터를 건넸다.

"안 돼!" 이브라힘이 고함을 질렀다. "건물 전체가 불에 탈거야! 집주인이 뭐라고 하겠어?"

빤을 씹고 있던 남자는 이브라힘의 말이 무슨 뜻인지 알아들었다. 그러자 바닥에 천 더미를 펼치더니 입에서 빤 즙을 내뱉기 시작했다. "하하하, 시뻘건 즙이 불길처럼 타오르는구먼." 그가 이브라힘을 보며 씩 웃었다.

잠시 방을 살피던 남자는 아시라프가 재봉사들에게 선물로 주었던 핑킹 장식용 가위를 발견했다. 그는 가위를 살펴봤다. "좋은데." 그는 칭찬을 하고는 창문 밖으로 가위를 던지려고 손을 들었다.

"안 돼!" 옴이 비명을 질렀다.

깡패는 웃으면서 재봉사들이 가장 아끼는 물건을 밖으로 던졌다. 가위가 땅에 떨어지는 소리가 창 밖에서 들렸다. 옴이 남자에게 달려들었다. 하잘 것 없는 공격에 즐거워하던 깡패는 옴의 뺨을 두 번 때리고 배를 가격했다.

"이 나쁜 놈아!" 마넥이 벽장에 걸려 있던 탑 모양의 우산을 움켜쥐고 옴을 때리는 남자에게 달려들었다.

"제발, 싸우지 마! 싸울 필요가 뭐가 있어!" 이브라힘이 애원했다.

등을 세게 맞은 남자가 우산대의 뾰족한 무서운 끝을 발견하고 넘어진 재봉틀 뒤로 숨었다. 유리한 위치를 십분 활용해서 마넥이 공격하는 척하자 남자가 몸을 뒤로 뺐다. 다시 공격하는 척하면서 마넥은 남자의 머리를 두 번 세게 내렸다.

대머리가 조용히 방으로 들어왔다. 그들 뒤에 서서 그가 칼을 빼내더니 천장을 가리켰다. 그가 영화배우 같다고 생각하며 마넥이 몸을 부들부들 떨었다.

"자, 아가야, 이제 장난은 그만 쳐야지." 대머리가 낮은 목소리로 말했다.

모두들 그 장면을 지켜봤다. 칼을 본 디나가 비명을 질렀고 이브라힘이 매우 화를 냈다. "저리 치워! 그리고 당신 둘 다 여기서 나가! 당신들일은 끝났으니까 내가 알아서 할 거야!"

"입 닥쳐!" 대머리가 말했다. "우리가 뭘 해야 되는지는 우리가 더 잘알아." 그때 그의 동료가 우산을 낚아채고 마넥의 얼굴을 주먹으로 갈겼다. 마넥이 벽에 부딪쳤다. 남자의 입술에서 흘러나오는 빤 즙과 마넥의입에서 고통스럽게 새어 나오는 피가 대조를 이루었다.

"그만 해! 당신들이 명령을 받았을 때 나도 있었어! 때리고 칼을 사용하라는 말은 없었어!" 이브라힘이 발을 구르며 주먹을 휘둘렀다.

그의 무기력한 분노에 대머리가 즐거워했다. "발로 바퀴벌레라도 잡는 건가?" 칼을 다시 집어넣기 전에 그는 손가락으로 칼날을 만지면서웃었다. 그런 다음 다시 칼을 꺼내서 디나의 베개들과 매트리스를 베었다. 그는 그것들을 내던지며 안에 든 내용물이 흩어지는 것을 지켜봤다. 거실에 있던 소파위의 쿠션들도 마찬가지로 베고 흩트려 놓았다.

"자, 이제 부인께서 알아서 하시오. 우리가 또 통지서를 들고 찾아오기를 원치는 않겠죠?"

빤을 씹고 있던 남자가 지나가면서 마넥의 정강이를 걷어찼다. 빤을마지막으로 씹고 나서 그는 즙을 침대와 그 주변에 가능한 많이 뱉었다. "갈 거요, 안 갈 거요?" 그가 이브라힘에게 물었다.

"먼저 가. 난 할 일이 남았어." 그들에게 얼굴을 사납게 찌푸리면서 그가 말했다.

현관문이 닫혔다. 경멸하는 눈초리로 이브라힘을 본 디나는 마넥에게 갔다. 이시바가 마넥의 머리를 안고 괜찮은지 묻고 있었다. 이브라힘이 그녀를 바짝 뒤따르며 기도하듯이 계속 중얼거렸다. "제발, 용서하시오."

마넥은 코에서 피가 나고 윗입술이 찢어졌다. 그는 혀로 입 안을 살폈다. 이빨은 부러지지 않았다. 그들은 재봉틀 주변에 떨어져 있던 헝겊 조각들로 피를 닦았다. 마넥이 뭐라고 중얼거리면서 비틀거리며 일어섰다.

"말하면 안 돼. 그러면 피가 더 나와." 기력을 회복한 옴이 말했다.

"칼을 쓰지 않아서 천만다행이다." 디나가 말했다.

유리가 박살나는 소리가 거실에서 들렸다. 이브라힘이 베란다로 달려갔다. "이런 멍청이들아, 그만둬! 이게 무슨 짓이야? 집주인한테 돈만 더 들게 할 거야?" 돌멩이가 몇 개 더 날아들어서 남아 있는 창유리들을 모두 깨고 나서야 조용해졌다.

그들은 마넥이 세면기로 가서 얼굴을 씻는 것을 도왔다. "혼자 걸을 수 있어요." 그가 중얼거렸다. 대충 씻고 난 마넥은 그들의 부축을 받으며 소파로 가서 코에 옷감을 집어넣었다.

"입술에 얼음찜질을 좀 해야겠다." 디나가 말했다.

"비쉬람 식당에 가서 얼음을 좀 사올게요." 옴이 자청했다.

"그럴 필요 없어." 그러나 그들은 마넥의 말을 무시했다. 10파이사짜리 얼음 한 덩어리면 충분할 거라고 그들이 말했다. 이브라힘이 재빨리 세르와니 호주머니에서 동전을 꺼내 옴에게 주었다.

"그 사람 돈은 쓰대지 마!" 디나가 호통을 치며 지갑을 가져왔다. 이브라힘이 제발 돈을 받으라고 간청했지만 다시 동전을 호주머니에 집어넣어야 했다.

옴이 돌아오기를 기다리면서 그들은 피해를 얼마나 입었는지 살펴보았다. 찢어진 쿠션에서 나온 보풀들이 떠돌아다니다가 살며시 바닥에 앉았다. 찢어진 덮개를 들어 올린 디나는 마치 깡패들이 자신을 욕보인 것처럼 더러운 기분이 들었다. 찢어진 옷들과 빤으로 더럽혀진 옷감들이 그녀를 무겁게 짓누르기 시작했다. 오레보아 수출 회사에 뭐라고 설명할 것인가? 굽타 부인에게는 뭐라고 말할 것인가?

"이제 난 끝났어." 그녀는 울음을 터트리기 일보 직전이었다.

"아주머님, 옷은 고칠 수 있을 겁니다." 이시바가 그녀를 위로했다. "그리고 빨갛게 묻은 것들도 씻으면 될 거구요."

하지만 그 말은 자신에게조차도 너무나 허황되게 들려서, 그는 대신에 이브라힘을 질책했다. "당신은 염치도 없소? 왜 이 불쌍한 부인을 파괴하려는 거요? 당신은 도대체 사람이오, 아니면 괴물이오?"

미안해 하면서 서 있던 이브라힘은 비난을 당연하게 받아들였다. 그는 죄책감을 덜기 위해서는 욕을 먹어도 싸다고 생각했고, 오히려 더 많은 비난을 듣기를 바랐다.

"수염이 하얀 사람이 마음은 완전히 썩었구면." 이시바가 말했다.

"당신은 사악하고 죄 많은 사람이에요!" 디나가 소리쳤다. "나이 값 좀 하세요!"

"제발, 용서하시오! 난 그 사람들이 그렇게까지 할 줄은……"

"당신이 이렇게 한 거잖아요! 당신이 그 깡패들을 데리고 왔잖아요!" 디나는 두려움과 분노로 몸을 떨었다.

이브라힘은 더 이상 자신을 통제할 수 없었다. 그는 손으로 얼굴을 감싸고 이상한 소리를 냈다. 그가 조용히 울고 있다는 걸 금방 알아채기 힘들었다. "이제 다 소용없어. 더 이상 이런 짓은 못해. 절대로 못해!" 그의 목소리가 갈라졌다. 그는 세르와니 밑으로 손을 집어넣어 손수건을 꺼내서 코를 풀었다.

"용서하시오." 그가 흐느껴 울며 말했다. "그 사람들을 데려왔을 때는 이런 짓을 하리라는 것을 몰랐소. 난 오랜 세월 동안 집주인의 명령을 따랐어요. 마치 힘없는 어린아이처럼 말이오. 그 사람이 협박하라면 그대로 협박을 했소. 그 사람이 간청을 하라면 또 그렇게 했소. 그 사람이 세입자를 쫓아내야 한다고 고함을 지르면 난 그대로 세입자의 집에다가 대고 그렇게 외쳤소. 난 그 사람의 노예나 다름없어요. 모두들 내가 사악한 사람이라고 생각하지만 그렇지 않아요. 나도 나 자신과 당신, 그리고 모든 사람들에게 정의가 이루어지기를 원하는 사람이오. 하지만 세상은 사악한 사람들에 의해서 통제되고, 우린 아무런 가능성도 없고 단지 고통과 슬픔만······"

그는 완전히 무너졌다. 그의 팔을 잡고 의자로 데려간 이시바는 화가 누그러졌다. "여기 앉아요. 그리고 그만 울어요. 보기에 좋지 않습니다."

"우는 것 말고 내가 뭘 할 수 있겠소? 내가 줄 수 있는 건 눈물뿐인데. 디나 씨, 날 용서하시오. 당신에게 해를 끼쳤소. 이제 깡패들이 48시간 후면 돌아올 거요. 당신 가구와 물건들을 길바닥에다가 내던질 거예요. 불쌍한 사람, 어디 갈 데라도 있소?" "문을 절대 열지 않을 거예요."

그녀의 유치한 대답에 마음이 약해진 이브라힘이 다시 울기 시작했다. "그렇다고 그 사람들을 막을 수가 있나. 경찰들을 데려와서 자물쇠를 부숴 버릴 텐데."

"설마 경찰들이 돕겠이요."

"국가비상사태라서 끔찍하지. 돈이면 필요한 경찰 병력도 살 수가 있소. 가장 비싼 값을 지불하는 사람에게 정의가 팔리고 있소."

"그런데 재봉사들하고 내가 여기서 일을 한다고 해서 집주인이 무슨 상관이죠?" 그녀의 목소리가 갑자기 커졌다. "그것 때문에 도대체 누가 해를 입었다는 거예요?"

"집주인은 핑계가 필요하오. 여기 아파트들은 값이 엄청나요. 임대법에 따라서 집주인은 옛날의 낮은 집세만 받을 수 있으니까……"

이브라힘이 잠시 말을 끊고 눈물을 닦았다. "당신도 알잖소. 당신 혼자만 당하는 게 아니라 힘없고 의지할 데 없는 다른 세입자들도 당하고 있어요."

옴이 얼음 한 덩어리를 들고 돌아왔지만, 입술에 갖다 대기에는 너무 컸다. 그래서 그는 얼음을 천에 싸서 바닥에 두드렸다. "넌 정말 영웅처럼 나를 구했어." 옴이 씩 웃으면서 얼굴이 백지장처럼 창백한 마넥의 기운을 북돋우려고 했다. "꼭 아미타브 바찬처럼 뛰어들더라."

그는 얼음 조각들을 펼치며 다른 사람들에게 말했다. "다들 봤죠? 그 씹할 놈이 마넥의 우산 때문에 한동안 정말로 겁먹었잖아요."

"말조심해." 디나가 말했다.

마넥이 웃자 찢어진 입술이 벌어졌다. 그는 입을 닫고 얼음 한 조각을 집었다.

"그래, 너한텐 이제 새 이름이 어울리겠다. 우산 바찬이라고 불러야겠어." 옴이 말했다.

"그런데 당신은 왜 여기 계속 있는 거죠?" 디나가 다시 화를 내며 이브라힘을 보았다. "집주인에게 전해요. 난 여기서 안 떠날 거라고. 절대로이 아파트를 포기하지 않을 거라고."

"아무리 그래도 소용없을 거요. 그래도 당신에게 행운을 빌겠소." 이브라힘은 슬프게 말하고 떠났다.

마넥은 자기 때문에 디나에게 문제가 생기는 걸 원치 않는다고 했다. "전 걱정 마세요." 입술을 최소한 움직이며 그가 말했다. "전 언제든지 집으로 돌아가면 되니까요."

"그게 무슨 말이니? 몇 달 동안 공부하고, 이제 수료증을 받으려면 반도 채 안 남았는데. 부모님을 실망시킬 작정이니?"

"아주머님, 마넥의 말이 옳습니다." 이시바가 말했다. "저희들 때문에 아주머님께서 이렇게 고통을 겪는 건 옳지 않습니다. 저희도 야간 경비원에게 돌아가겠습니다."

"다들 헛소리 집어치워요. 생각 좀 할 테니까." 디나가 화를 냈다. 잠시 후 그녀는 그들이 핵심을 간파하지 못하고 있다고 했다. "이브라힘이 하는 말 들었죠? 집주인은 단지 핑계를 원할 뿐이라고 했잖아요. 당신들이 떠난다고 해서 이 아파트를 구할 수 있는 게 아니란 말이에요."

그녀는 지금 의지할 수 있는 것이라곤 누스완에게 부탁해서 돈이건, 사탕발림이건, 혹은 그의 어떤 사업 수단이라도 이용해서 사태를 해결하는 것이라고 했다. "다시 한 번 내 자존심을 누르고 오빠에게 도움을 청해야겠어요. 지금 할 수 있는 건 그것뿐이니까."

12장 운명의 흔적

아침이 되자 그들은 늘 하던 대로 씻고 청소하고 차를 만들었다. 옴은 지난밤에 맞았던 배가 아직도 아팠지만 이시바에게 말하지 않았다. 그들은 마넥의 방으로 몰래 들어가 그의 상태를 살폈다. 그는 아직 자고 있었다. 간밤에 또 입술과 코에서 피가 나서 그의 베개에 얼룩이 남아 있었다. 재봉사들은 디나를 불러서 보도록 했다.

마음속으로 누스완과의 만남을 연습하던 그녀는 오빠의 잘난 척하는 얼굴 표정을 상상하던 중이었다. 몸을 숙이고 마넥을 본 그녀는 그가 너무나 순진무구하게 자고 있어서 이마를 만지고 싶을 정도였다. 피가 응고되어서 입술이 시커멓게 변해 있었다. 코에서 흘러내린 마지막 피 역시 굳어 있었다. 그들은 조용히 방에서 나왔다. "마넥은 괜찮아요. 상처에서 피가 멈췄으니까 그냥 자게 내버려둡시다."

그녀가 누스완의 사무실로 출발할 준비를 하고 있을 때, 거지 왕초가 서류 가방을 왼쪽 손목에 쇠사슬로 감은 채 현관에 도착했다. 그가 돈을 걷는 날이었다. 이시바는 지난주 봉급에서 떼어 둔 돈을 디나의 벽장에 안전하게 보관해 두었다.

디나는 이시바에게 다음번 할부금은 힘들 거라고 사실대로 말하라고 일렀다. "나중에 몽둥이를 들고 당신을 찾으러 오게 하는 것보다 지금 말하는 게 나을 거예요."

거지 왕초는 못 믿겠다는 표정을 지었다. 자신의 경험으로 미루어 보건대 깡패들이 밤에 습격을 했다는 이야기는 너무 과장되게 들렸다. 그는 재봉사들이 계약을 파기할 목적으로 이야기를 꾸며냈는지 의심했다.

그러자 그들이 그를 안으로 데려가서 박살난 창문들, 부서진 재봉틀들, 더럽혀진 옷감들을 보여 주자, 그제야 그들의 말을 믿었다. "이런 세상에. 정말 끔찍하군. 이런 식으로 행동하다니 아마추어가 틀림없어."

"난 이제 끝장이에요." 디나가 말했다. "그리고 다음 주에 재봉사들이 당신에게 돈을 못 내도 그건 이 사람들 탓이 아니에요."

"걱정 마시오. 돈을 낼 테니까." 거지 왕초가 굳은 표정으로 말했다.

"하지만 어떻게요? 우리가 쫓겨나서 일을 못하게 되면 어떻게 합니까? 제발 좀 자비를 베푸십시오!" 이시바가 애원했다.

그 말에는 아랑곳하지 않고, 거지 왕초가 방을 둘러보며 작업대를 두드리고 작은 수첩에다가 뭔가를 적었다. "피해본 걸 다 고치는 데 얼마가 들죠?"

"지금 그게 무슨 소용이에요?" 디나가 울부짖었다. "우리가 집을 나가지 않으면 그 깡패들이 내일 다시 돌아올 텐데! 그런데 당신은 돈 문제에나 시간을 낭비하고 싶은 거예요? 난 지금 살 곳을 마련해야 하는 절박한 상황이라고요!"

약간 놀란 표정으로 거지 왕초가 수첩에서 얼굴을 들었다. "이미 여기서 살고 있지 않소. 바로 여기 말이오. 여기가 당신 아파트 아닌가요?"

그녀는 그런 어리석은 질문에 짜증스럽다는 듯 고개를 끄덕였다.

"그 깡패들이 큰 실수를 저질렀소. 당신들을 위해서 내가 바로잡아 주겠소."

"그럼 깡패들이 찾아오면 어떡하죠?"

"안 올 거요. 재봉사들은 돈을 꼬박꼬박 냈으니 걱정할 필요가 없어요. 내 보호 아래 있으니까. 내가 다 알아서 하겠소. 하지만 내가 피해액을 알지 못하면 어떻게 돈을 갚도록 하겠소? 재봉 사업을 다시 하고 싶은 거요, 아님 말 거요?"

그러자 이번에는 디나가 못 믿겠다는 표정을 지었다. "당신이 뭐 보험 회사라도 된다는 말이에요?"

거지 왕초가 대답 대신에 살짝 웃었다.

아무것도 잃을 게 없다는 생각이 든 디나는, 1야드 당 가격으로 오레보아 수출 회사에서 가져온 옷감의 피해액을 산출했다. 피해액은 세금을 포함해서 950루피에 달했다. 이시바는 재봉틀 수리비용으로 약 600루피가 들 거라고 했다. 벨트와 바늘이 부서졌고 속도 조절 바퀴와 발판도 전반적으로 손을 보고 교체하거나 조정해야 했다.

거지 왕초가 액수를 받아 적고 찢어진 매트리스, 베개, 나무 의자, 소파, 쿠션, 창문의 비용도 더했다. "다른 건 더 없소?"

"우산요." 그들의 목소리에 잠이 깬 마넥이 말했다. "그리고 내 갈비뼈들도 부러졌어요."

그것까지 다 받아 적고 나서 거지 왕초는 집주인의 사무실 주소와 깡패들의 생김새를 기록했다. "됐소. 이거면 충분해요. 집주인이 곧 당신들이 내 고객이라는 걸 알게 될 거요. 내가 일단 방문하면 그가 피해액을 물어 주게 될 거요. 그러니 걱정 말고 오늘 저녁에 내가 돌아올 때까지 기다리시오."

"경찰에 신고할까요?" 디나가 물었다.

그가 지친 표정으로 그녀를 바라봤다. "원한다면 그렇게 하시오. 하지만 당신 창문에 앉아 있는 저 까마귀한테 그러는 편이 나을 거요." 그의 말이 옳다는 듯 까마귀가 까악까악 울더니 날아갔다.

거지 왕초의 확신도 디나의 의심을 완전히 가라앉히지는 못했다. 상황을 알리기 위해 그녀는 누스완의 사무실로 갔다. 혹시라도 그의 도움이 나중에 필요할지도 몰랐고, 만약 지금 알리지 않는다면 나중에 그가 불난 집에 우물을 판다고 야단칠 수도 있었기 때문이었다.

사환은 누스완이 모임 때문에 출장을 갔다고 슬프게 말했다. 그는 항상 사장의 여동생에게 미안해했다. "내일 밤이 돼야 돌아오십니다."

사무실에서 나온 디나는 비너스 미장원에 들러서 제노비아와 이야기를 나누고 싶어졌다. 그러나 무슨 소용인가? 공허한 위로는 아무런 문제도 해결할 수 없었다. 게다가, 제노비아는 노발대발하면서 "그러게 내가 뭐라고 했어? 내 말을 안 듣더니 이렇게 됐잖아"라고 할 것이다.

디나는 그냥 아파트로 돌아와서 거지 왕초가 성공하기를 기도했다. 집 안에 들어서자 악취가 풍겨와 그녀는 그게 무슨 냄새인지 의문스러웠다. "무슨 냄새 안 나요?" 그녀가 이시바에게 물었다.

그들은 방들을 살피고 부엌과 화장실도 점검했다. 모습이 드러나지 않는 악취가 그들을 따라다녔다. "밖에 있는 시궁창에서 나는 냄새 같은데요." 옴이 말했다. 그러나 그들이 창문 밖으로 머리를 내밀어보니 악취는 사라진 듯했다.

"그 더러운 깡패들 냄샌가 봐요." 디나의 말에 이시바도 동의했다. 그때 옴이 바닥에 무릎을 꿇고 앉아서 부서진 유리 조각들을 줍다가, 디나의 신발에서 악취가 나는 걸 알아냈다. 길에서 뭔가를 밟은 모양이었다.

그녀는 밖으로 나가 밑창에 붙은 갈색 덩어리를 떼고 신발을 씻었다.

그날 거의 내내 마넥은 머리가 깨질 듯 아파서 침대에 누워 있었다. 디나와 재봉사들은 난장판이 된 아파트를 치웠다. 보풀을 쓸어다가 다시 안으로 집어넣고 찢어진 부분들을 꿰맸지만, 쿠션들은 여전히 바람이 빠진 것 같았다. 불룩하게 만들고 가볍게 두드려 봤지만 무기력함을 없앨 수는 없었다. 그런 다음 그들은 사방에 빤 때문에 생긴 얼룩들을 없애려고 했다.

"세상에 우리가 왜 이렇게 힘을 낭비하는지 모르겠네. 거지 왕초가 허풍을 떤 거라면 우린 내일 밤에 쫓겨날 텐데." 디나가 말했다.

"괜찮을 겁니다. 거지 왕초가 영향력이 아주 세다고 샨카가 항상 말했거든요." 이시바가 말했다.

그날 늦게까지 이시바가 네 번씩이나 똑같은 말을 반복해서 디나가 화를 냈다. "그래서 지금 가난하고 다리 없는 거지가 당신이 가진 지혜와 조언의 보고라도 된다는 거예요, 뭐예요?"

"아닙니다. 하지만 샨카가 거지 왕초를 오랫동안 알았고. 그러니까 제 말은…… 그 사람이 공사장에서도 저희를 도와줬거든요."

"그런데 왜 거지 왕초가 나타나지 않는 거죠? 저녁이 거의 다 지나가는데."

"거지 왕초가 우릴 배신한 거예요." 옴이 말했다. 이시바는 그의 말을 반박하지 못했다.

그들의 희망은 땅거미와 함께 사라졌다. 깊은 밤 네 사람은 아무 말없이 앉아, 과연 어떤 모습으로 내일이 밝을지 궁금해 했다. 디나는, 이로써 오랫동안 지키고자 발버둥 쳤던 독립이 끝나고 만다는 생각이 들었다. 누스완에게 희망을 가져 봐야 아무런 소용도 없었다. 깡패들이 가구를 길바닥에 내버린다고 해도 그의 변호사들조차 어쩔 도리가 없다. 점유권이 판결의 90퍼센트를 좌우한다던 변호사들의 말은 어떻게 된 건가? 어쨌든 독립이란 생각은 망상이었다. 모두들 누군가에게 의지한다. 비록 누스완이 아니더라도 그녀는 재봉사들이나 오레보아 수출 회사에 계속 의지해야 한다. 누스완이 트럭을 불러서 그녀의 짐을 이제는 자기 집이라고 부르는 부모님의 집으로 옮기도록 도와줄 것이다. 여동생을 돌보는 것이 자신의 의무라고 입에 달고 살았으니까. 이제 원하기만 한다면 그의 소원이 이루어질 것이다.

고양이 한 마리가 부엌 창문 밖에서 날카롭게 울어서, 그들은 깜짝 놀라 똑바로 앉았다. 더 많은 고양이들이 따라서 울었다. "뭣 때문에 고양이들이 겁을 먹은 걸까." 이시바가 불안하게 말했다.

"고양이들은 가끔 아무 이유 없이 울부짖어요." 마넥이 말했다. 그러나 그가 살펴보러 갔고 다른 사람들도 뒤를 따랐다. 뒷골목에는 별다른 징후가 없었다.

"오늘밤에 깡패들이 다시 올까요?" 옴이 물었다.

"이브라힘이 48시간이라고 했어." 디나가 말했다. "그러니까 온다면 내일 밤이겠지. 다들 잘 들어요. 내가 오빠에게 도움을 청하겠지만 가능성은 높지 않아요. 시간이 너무 급박하니까. 무슨 일이 일어날지 누가 알겠어요? 난 더 이상 여기서 싸움이 일어나기를 바라지 않아요. 내일 아침에 다들 짐을 들고 여기를 떠나요. 나중에 상황이 나아지면 다시 돌아오면 되니까."

"저도 같은 생각입니다." 이시바가 말했다. "저희들은 야간 경비원에게 기겠습니다. 그리고 마넥은 기숙사에 가 보고요."

"하지만 계속 연락을 취해야 돼요." 옴이 말했다. "아주머니의 오빠 집에서 재봉 일을 할 수 있을지도 모르잖아요. 이번 일이 안 돼도 다른 회사에서 일감을 줄지도 모르고요."

"그래, 그렇게 하자." 그녀는 차마 누스완이 그런 일을 못하게 할 거라고 말할 수 없었다. "그래도 나한테만 의지해서는 안 돼. 다른 데 일감이 있는지 알아보도록 해."

그들이 생계를 잇는 이런저런 이야기를 하는 동안에도 마넥은 침묵했다. 바늘과 실로 그들이 아무리 재주를 부려 봐야 원상 복구는 불가능할 거라는 생각이 들었다. 삶은 사람들을 이렇게 무자비하게 다루며, 좋은 것들은 갈기갈기 찢어 놓고 나쁜 것들은 냉장되지 않은 음식의 곰팡이처럼 계속 자라도록 만드는 걸까? 원고 교정자 바산트라오 발믹은 이것이 삶의 일부라면서 희망과 절망의 균형을 찾고 변화를 받아들이는 것이 살아남는 비결이라고 했다. 하지만 불행과 파괴도 받아들여야 할까? 그렇지 않다. 충분히 큰 냉장고만 있다면, 이 아파트의 행복했던 시절을 담아서 상하지 않도록 만들 수 있을 것이다. 그리고 너무 빨리 상했던 아비나시도 체스도 구할 수 있을 것이다. 또한 눈 덮인 산들과 잡화점이 불행해지기 전, 아버지가 변하기 전, 그리고 어머니가 아버지의 자발적인 노예가 되기 전의 모습도 구할 수 있을 것이다.

그러나 이 세상은 냉장이 불가능했다. 결국 모든 것은 상하고 만다. 그렇다면 할 수 있는 것은 무엇인가? 기숙사를 생각하니 너무 역겨웠다. 집으로 돌아간다면 아버지와 또 싸움이 시작될 것이다. 빠져나갈 수 있는 방법이 없었다. 그는 외통수에 걸려들었다.

"어, 고양이들이 울음을 멈췄네. 이젠 조용한데." 이시바가 말했다. 그들이 귀를 쫑긋 세웠다. 침묵은 고양이 울음소리만큼이나 마음을 불안하게 만들었다.

이른 아침 재봉사들은 수돗물이 끊기기 전에 재빨리 씻었다. 언제 또 다시 욕실에서 그런 사치를 누릴 수 있을지 알 수 없었다. 가까운 미래에 그들이 접할 수 있는 것이라고는 골목길 그리고 급수탑 밖에는 없을 것이다.

마넥은 서두르지 않았다. 붓기가 가라앉아서 입술도 괜찮고 두통도 사라졌다. 그는 힘없이 앉아 있거나, 마치 뭔가를 찾듯이 이 방 저 방을 돌아다녔다.

"마넥, 서둘러." 디나가 말했다. "늦겠다. 짐을 빨리 싸야지. 아니면 기숙사에 먼저 가서 방이 있는지 알아보든가."

그는 자기 방으로 돌아가서 침대 밑에 있던 여행 가방을 꺼내서 열었다. 잠시 후 그녀가 들여다보니 그가 체스 판을 놓고 말들을 노려보고 있었다.

"너 미쳤니?" 그녀가 고함을 질렀다. "시간이 얼마 안 남았는데 아무것도 안 하고 뭐하니!"

"제가 하고 싶을 때 할게요. 비록 아주머니께서는 포기하시지만 전 독립적인 사람이니까요." 그는 일부러 그녀가 이전에 사용했던 독립이라는 말을 썼다.

그 말에 마음이 아팠지만 그녀는 무시했다. "허풍 떨기는 쉽지. 깡패들이 돌아와서 네 머리통을 박살내면 얼마나 독립적인지 한 번 보자. 한 번 맞고도 정신을 못 차린 거니?"

"무슨 상관이세요? 짐 싸서 떠나면서 후회도 안 하시잖아요."

"후회는 내게 사치야, 그런데 넌 왜 그렇게 얼굴이 죽을상이니? 넌 학교만 마치면 언제든지 가 버리면 되잖아. 지금이 아니더라도 6개월 후면 떠날 수 있잖아." 그녀가 화를 내며 방을 나갔다.

싸고 있던 여행 가방을 베란다에 두고 이시바가 방으로 들어왔다. 그는 침대에 앉더니 마넥을 안았다. "마넥, 인간의 얼굴은 공간이 제한돼 있단다. 우리 어머니께서 말씀하시기를 웃음으로 얼굴이 가득 차면 울 수 있는 공간은 없다고 하셨지."

"정말 좋은 말씀이군요." 그가 비꼬듯이 말했다.

"지금 당장은 디나 아주머니의 얼굴, 옴의 얼굴, 그리고 내 얼굴이 모두 꽉 차 있단다. 일과 돈, 그리고 오늘밤에 어디서 잘 것인지 걱정하느라고 말이야. 하지만 그렇다고 해서 우리가 슬프지 않다는 건 아니다. 슬픔이 얼굴에 나타나지는 않지만, 여기 이 안에 있지." 그가 손을 가슴에 얹었다. "바로 이 안에는 끝없는 공간이 있단다. 행복, 친절, 슬픔, 분노, 우정, 이 모든 게 여기 다 들어갈 수 있지."

"네, 알았어요." 마넥이 체스 말들을 치우기 시작했다. "지금 야간 경비원을 만나러 가실 건가요?"

"그래, 만나보고 다시 돌아오마. 아주머니가 짐 싸는 걸 도와드려야 하니까."

"기숙사 주소 주고 가는 거 잊지 마. 거기로 찾아갈 테니까." 옴이 말했다.

마넥은 벽장에 있던 물건들을 다 꺼내고 옷들도 가방에 담았다. 디나가 들여다보더니 일을 빨리 끝냈다고 칭찬했다. "마넥, 좀 도와줄래?"

그가 고개를 끄덕였다.

"현관문에 달린 문패 알지? 부엌 선반에 있는 드라이버로 좀 떼 줄래? 갖고 갈 거야."

그가 다시 고개를 끄덕였다.

이시바와 옴이 나쁜 소식을 가지고 돌아왔다. 야간 경비원이 교체돼서 새 사람이 그곳에서 자도록 허락하지 않았다. 그는 재봉사들이 옛날 일을 들먹이면서 자신이 경험이 부족한 걸 이용하려 한다고 생각했다.

"이제 어떻게 해야 될지 모르겠습니다. 다시 거리를 뒤져야겠어요." 이시바가 맥없이 말했다.

"내가 또 저 큰 가방을 메고 다녀야겠군요." 옴이 말했다.

"아냐, 그러지 마." 디나가 말했다. "그러면 또 팔을 다칠 거야." 그녀는 가방을 누스완의 집으로 가져가서 자기 물건인 척하겠다고 했다. 재봉사들이 옷이 필요하면 언제든지 뒷문으로 오면 된다고 했다. 집이 커서 누스완은 가방을 못 볼 것이고, 화가 나서 집을 구석구석 살피는 일이 없으면 그는 부엌으로 오는 일이 없다고 했다.

"두 사람이 잘 수 있는 곳이 생각났어." 마넥이 말했다.

"어디?"

"내 기숙사 방. 밤에 몰래 들어와서 아침 일찍 빠져나가면 돼. 가방도 거기다가 둬도 되고."

그들이 마넥의 제안이 타당한지 생각하고 있을 때 초인종이 울렸다. 거지 왕초였다.

"이런 오셨군요!" 이시바와 디나가 마치 구세주라도 본 것처럼 환영하러 달려갔다.

옴은 그가 공사장에 나타났을 때 샹카가 울먹이면서 아첨하던 일이 생각났다. 그 기억 때문에 그는 불편했다. 그때는 이시바와 그가 거지 왕초에게 그들은 거지가 아니라 재봉사라고 얼마나 자랑스럽게 말했던가.

"무슨 일 있었어요?" 디나가 물었다. "어젯밤에 오겠다고 했잖아요."

"미안하오. 비상사태 때문에 늦었소." 그는 자신에게 쏠린 관심을 즐기고 있었다. 거지들로부터 신격화되는 것에는 익숙했지만, 일반인들의 숭배를 받는 것은 훨씬 더 즐거웠다.

"야비한 국가비상사태로 모든 사람들에게 문제가 생기는군요."

"아뇨, 국가비상사태 때문이 아니라 일 때문에 그런 거요. 어제 아침에 여길 떠난 다음에 내 거지들 중에서 남편과 아내로 구성된 팀이 살해된 채 발견됐다는 소식을 들었소. 그래서 그곳으로 달려갔죠."

"살인이요! 어떤 사악한 사람이 불쌍한 거지들을 죽여요?" 디나가 물었다.

"때로는 그런 일이 일어나죠. 구걸로 얻은 돈 때문에 살해를 당하죠. 그런데 이번 경우는 아주 특이해요. 돈은 손도 안 댔어요. 미치광이가 틀림없어요. 머리채만 잘라갔거든요."

이시바와 옴이 깜짝 놀라서 침을 꿀꺽 삼켰다.

"머리채요?" 디나가 물었다. "머리에서 머리카락만 잘라 갔단 말이에요?"

"그렇소. 완전히 싹둑 잘라갔어요. 그 부부는 모두 머리카락이 곱고 길었소. 매우 예외적이었죠. 그러니까, 거지들 대부분이 머리는 길지만 그걸 깎을 돈이 없어서 항상 더럽거든요. 그런데 이 두 사람은 달랐어요. 서로를 위해서 여러 시간 동안 머리를 닦아 주고 머릿니를 잡아 주고 빗으로 빗어 주고, 비가 오거나 수도관이 길에서 터질 때마다 씻어 주었죠."

"두 사람이 정말 다정했군요." 거지 부부에 대한 친절한 설명에 디나가 고개를 끄덕였다.

"거지들이 일반인들과 별다를 게 없다는 걸 알면 깜짝 놀랄 겁니다. 거지 부부가 열심히 돌본 결과가 바로 아름다운 머리채였죠. 하지만 사업에는 별 도움이 안 됐소. 그래서 내가 자주 그들에게 머리를 더럽혀서 불쌍하게 보이라고 했죠. 하지만 그들이 머리채 말고는 이 세상에서 자신들이 자랑스러워 할 게 없다고 하기에, 어떻게 해야 되나 고민했었죠."

그는 잠시 말을 멈추고 생각에 잠겼다. "어쩌겠소? 마음이 약해서 그냥 그렇게 하라고 했소. 하지만 그 아름다운 머리채 때문에 그들은 목숨을 잃은 거요. 그리고 나도 유능한 거지 두 명을 잃었고."

그가 재봉사들을 보았다. "왜 그래? 둘 다 화가 난 얼굴인데."

"아닙니다. 화가 나다니요. 그냥 너무 놀라서요."

"맞아. 경찰도 깜짝 놀랐지. 이상하게도 긴 머리와 뒤로 한 줄로 땋은 머리채가 사라진다는 신고가 경찰에 몇 번 들어왔다고 하더군. 여자들이 시장에서 장을 보고 집에 가서 거울을 보면 머리가 사라져 있다는 거야. 하지만 이번처럼 사람이 죽거나 다친 경우는 없었지. 그래서 형사들이 이번 사건을 아주 흥미로워 해. 형사들은 다양한 걸 좋아하니까. 그들은 이번 사건을 머리채에 굶주린 살인 사건이라고 부르지."

그는 손목에 달아 놓은 서류 가방을 열고 두꺼운 돈 뭉치를 꺼냈다. 그가 돈을 세자 쇠사슬이 쩔그렁거렸다. "그럼 사업으로 돌아가서, 여기 피해보상금이오. 다시 일을 시작할 수 있을 거요."

이시바는 디나에게 돈을 받으라고 했다. 그의 두 손이 심하게 떨리고 있었다.

손에 2,000루피를 쥔 디나는 거지 왕초가 집주인을 물리쳤다는 사실을 믿을 수 없었다. "그럼 여기서 계속 살 수 있는 건가요? 정말 안전한 거예요?"

"물론이오. 아무런 문제도 없을 거라고 했잖소. 그 작자들이 실수한 거요."

재봉사들이 고개를 세차게 끄덕이며 거지 왕초에 대한 믿음을 디나에게 보였다. "그런데 한 가지 문제가, 집주인이 깡패들을 다시 보내면 어쩌죠?" 이시바가 물었다.

"당신들이 나한테 돈을 내는 동안에는 집주인이 이곳으로 보낼 사람을 찾지는 못할 거야. 내가 다 조치해 뒀어."

"그러면 돈을 다 내고 나면요?"

"그건 당신들한테 달렸지. 계약은 항상 갱신될 수 있어. 당신들이 샨카의 친구니까 좋은 가격으로 해 주지. 그리고 참, 샨카가 안부를 전하더구먼. 요즘 통 못 봤다고 하던데."

"집주인 문제 때문에 며칠 동안 비쉬람 식당엘 가지 못했습니다. 내일 만나보죠. 참, 원숭이 주인과 두 아이들은 어떻게 지내나요?" 이시바가 물었다.

"아이들은 아주 잘 지내. 일을 아주 빨리 배우고 있지. 원숭이 주인은 나도 그 후론 못 봤어. 공사장에는 갈 일이 없었거든. 너무 심하게 맞아서 지금쯤은 죽었을 것 같은데."

"노파의 예언이 거의 실현됐군요." 옴이 말했다.

"무슨 예언?" 거지 왕초가 물었다.

재봉사들은 판자촌에서 남자의 원숭이들이 개에게 죽고 나서 노파가 이상한 말을 했던 밤의 상황을 설명했다. "노파가 했던 말이 정확히 기억나요." 옴이 말했다. "'원숭이 두 마리를 잃은 것으로는 그가 겪을 최악의 손실이 끝나지 않아. 그리고 개를 죽이는 것으로 그가 저지를 가장 끔찍한 살인이 끝나지는 않는다.' 나중에 그 사람이 라일라와 마즈누의 복수로 티카를 죽였어요."

"정말 끔찍한 이야기구나." 디나가 말했다.

"우연의 일치일 뿐이야. 난 예언이나 미신은 안 믿어." 거지 왕초가 말했다.

이시바가 고개를 끄덕였다. "그러면 그 아이들은 삼촌 없이도 행복하게 살고 있습니까?"

그런 걸 누가 알 수 있겠냐는 몸짓으로 거지 왕초가 쇠사슬이 감겨 있지 않은 손을 뒤집어 보였다. "익숙해져야지. 인생이 행복을 보장해 주는 건 아니니까." 그는 자유로운 손을 들어 작별 인사를 하고 현관을 걸어 나가다가 멈췄다.

"혹시 거지로 일할 사람 두 명을 발견하면 나한테 알려 주게. 새로 일할 거지들이 필요하니까."

"그러죠. 잘 찾아보겠습니다." 이시바가 말했다.

"뭔가 뚜렷한 특징이 있어야 돼. 내가 보여 주지." 거지 왕초가 서류 가방에서 구걸의 연출과 관련된 설명과 그림이 담긴 큰 스케치북을 꺼냈다. 제본이 너무 닳아서 종이 모서리들이 꼬불꼬불 말려 있었다.

그는 스케치북을 펴서 '협동 정신'이라는 제목이 붙은 오래된 연필 그림을 찾았다. "여기, 이게 바로 내가 오랫동안 구상했던 거야."

그들이 그림을 보려고 모였다. "이걸 위해서는 절름발이 거지와 장님 거지가 필요해. 장님 거지가 절름발이 거지를 목말 태우는 거야. 바로 우정과 협동에 관한 고전적인 이야기가 살아 숨쉬는 모습이지. 사람들이 동정심과 경건함뿐만 아니라 존경심에서도 돈을 줄 테니까, 분명히 돈을 엄청 벌게 될 거야." 문제는 아주 튼튼한 장님 거지와 아주 가벼운 절름발이 거지를 찾는 것이었다.

"샨카는 안 되나요?" 마넥이 물었다.

"다리도 없고 무릎도 거의 없어서 어깨 위에서 균형을 맞출 수가 없어.

등으로 바로 떨어져 버릴 거야. 다리가 잘리지는 않았지만 기력이 없고 병신이 된 거지가 필요해. 그래야 다리가 목말을 태우는 사람의 가슴에 매달릴 수가 있거든. 어쨌든 샨카는 지금 손수레를 타고도 아주 일을 잘 하고 있으니까, 굳이 바꿀 필요가 없어."

그들은 거지 왕초가 찾는 조건을 가진 사람들이 있는지 알아보겠다고 했다. 그는 어떤 제안이라도 환영한다고 했다. "그건 그렇고, 집세 걷는 사람과 함께 온 그 깡패들 알죠?"

"그런데요?"

"자기들이 저지른 일을 깨끗이 치우지 못하게 돼서 미안하다고 하더군 요."

"정말요?"

"그럼요. 불행한 사고를 당해서 손가락들이 모두 부러졌어요. 혹시 모르죠, 좀 더 사고를 많이 당하면 내 밑에서 거지로 일하게 될지." 그는 자신의 재치에 흐뭇해했고, 그들은 희미하게 웃었다.

"아이고, 이제 정말 가야겠네. 살해당한 거지들을 처리해야 되니까."

"오늘 화장하실 건가요?"

"아니, 화장은 너무 비싸. 시체 보관소에서 가지고 가서 거래처 사람에게 팔 거야." 그들의 놀란 표정을 본 거지 왕초는 자신의 행동을 정당화할 필요성을 느꼈다. "물가는 오르고 인플레이션이 심하니까 나도 어쩔 수가 없어. 게다가 옛날처럼 시체들을 공무원들이 거둬 가도록 길거리에 버리는 것보다는 낫잖아."

"그럼요, 맞아요." 디나가 마치 매일 시체들을 사고파는 것처럼 대답했다. "그런데 거래처 사람은 그 시체들을 가지고 뭘 하는 거죠?"

"어떤 것들은 대학에 팔아서 의사가 되고자 하는 학생들의 교재로 쓰이죠. 내 거지들이 학문 탐구에 참가한다고 한 번 생각해 보시오." 창밖의 끝없는 지평선을 바라보던 그의 얼굴에서 미래에 대한 기대감이 엿보였다. "그리고 어떤 것들은 주술사들에게 팔리죠. 그리고 뼈들은 대부분 수출하고요. 아마 비료로 쓰일 겁니다. 관심이 있다면 좀 더 알아봐 줄까요?"

디나는 고개를 가로저었다.

거지 왕초가 떠나자 한기가 느껴졌다. "저 사람 조심해야겠다. 정말 이상한 사람이네. 팔목에 쇠사슬로 가방을 매달아 놓은 걸 보니 돈의 노예야. 보아하니 우리 뼈도 팔아먹을 사람처럼 보이네."

"손익 계산에 충실한 현대 사업가일 뿐이에요. 우리 아버지를 만나서 사업을 넘기라고 압력을 가하던 콜라 사업가들도 저 사람 같았어요." 마넥이 말했다.

이시바가 슬픈 표정으로 고개를 가로저었다. "사업가들은 왜 저렇게 냉혹한 거죠? 돈이 많아도 항상 불행해 보여요."

"치료 방법이 없는 병이죠. 암 같은 거예요. 게다가 저런 사람들은 병에 걸린 줄도 모르죠." 디나가 말했다.

"어쨌든, 옴은 거지 왕초를 무서워해야겠다. 걸어 다니는 해골이라고 오해를 할지도 모르니까." 기분이 좋아진 마넥이 말했다.

"너도 마찬가지야. 히말라야 산의 눈이 녹아내린 깨끗한 물을 마시고, 건강한 산에서 자란 네 뼈들의 킬로그램 당 가격이 나보다 높으니까." 옴이 반격했다.

"이제 그런 끔찍한 얘기는 그만해." 디나가 말했다.

그러나 아파트를 시키게 되어 안심한 마넥은 농담을 멈추지 않았다. "디나 아주머니, 한 번 생각해 보세요. 숯가루를 써서 이제 우리 이들이 반짝반짝 빛나니까 가격이 많이 나갈 거예요. 하나씩 아니면 열두 개씩 팔아도 돼요. 목걸이로 만들어서 팔아도 되고요."

"그만 하라니까. 농담이 아니라 저 사람은 정말 조심해야겠다."

"돈만 제때 주면 걱정할 필요 없습니다." 이시바가 말했다.

"그랬으면 좋겠네요. 저 사람이 나도 보호해 주니까, 지금부터는 내가 당신들 할부금의 반을 낼게요."

"그건 절대로 안 됩니다." 이시바가 화를 내며 말했다. "그러려고 그 말을 한 게 아닙니다. 저희한테 방세를 안 받으시니까 이건 저희가 내야죠." 그는 그 문제에 관한한 물러서지 않았다.

그들은 방으로 가서 오레보아 수출 회사에 얼마나 변상을 해야 될지 계산했다. 마넥과 옴이 다시 웃으면서 농담을 하게 되어 다행이라고 이시바가 낮은 목소리로 말했다.

"맞아요. 이틀 동안 우리 모두 정말 비참했어요." 그녀는 마넥과 옴에게 현관문에 문패를 다시 달아 달라고 부탁했다.

"삼촌, 이제 라자람을 다시는 못 보겠죠." 그날 밤 침구를 펴면서 옴이 말했다. "그가 만약 살인범이라면 말이에요."

"그놈이 틀림없어." 이시바가 말했다. 베란다 창문으로 가로등을 바라보면서 그는 한때 친구였던 라자람을 생각했다. "정말 믿기지가 않아. 그렇게 착해 보이던 사람이 거지를 두 명이나 죽이다니. 판자촌에서 첫날 아침부터 조심해야 했어. 기차선로에서도 온갖 더러운 소리를 해댔잖아. 그리고 어떤 제정신인 사람이 머리털을 모으면서 생계를 유지하겠니?"

"그게 문제가 아니잖아요. 사람들이야 온갖 물건들을 모으고 파니까. 쓰레기, 종이, 비닐, 유리. 그리고 뼈도요."

"내가 너한테 머리를 길게 기르지 못하게 해서 기쁘지 않니? 그 살인자가 네가 옆집에서 자고 있을 때 머리털을 가져가려고 널 죽였을지도 모르니까 말이다."

옴이 어깨를 으쓱했다. "난 아주머니가 걱정되는 걸요. 아주머니가 라자람에게 준 머리 깎는 도구들을 경찰이 발견하면 어떻게 되겠어요? 아주머니 지문과 우리 지문이 거기 묻어 있을 텐데. 우리 모두 붙잡혀서 교수형에 처해 질 거예요."

"넌 마넥하고 이상한 영화를 너무 많이 봤어. 그런 건 영화에서나 일어나는 일이야. 난 그 작자가 도움을 청하러 또 우릴 찾아올까 봐 걱정이다. 그땐 어쩔래? 경찰을 부를래?"

라자람에 대한 생각을 멈출 수가 없어서 이시바는 오랫동안 잠을 이루지 못했다. 그들은 판자촌에서 살인자의 옆집에 살았고, 그의 음식을 먹었으며 그들의 음식을 나눠 주기도 했다. 그런 생각을 하니 그는 등골이 오싹했다.

옴은 이시바가 잠들지 못하는 걸 알았다. 그는 한쪽 팔꿈치로 몸을 일으켜 어둠 속에서 낄낄 웃었다. "삼촌, 비쉬람 식당의 주방장과 웨이터가 우리가 들려주는 이야기를 좋아하잖아요? 이 이야길 들으면 정말 좋아할 텐데, 안 그래요?"

"그런 농담 하지도 마라. 그랬다가는 경찰들 문제에 끊임없이 말려들 테니까." 이시바가 경고했다.

* * *

아침에 거리는 하인들, 학생들, 사무실 직원들, 장사치들로 혼잡하고 바빴다. 재봉사들은 샹카가 비쉬람 식당 뒷골목으로 손수레를 타고 올 수 있는 한가한 시간이 되기를 기다렸다. 그가 계속 그들에게 손을 흔들어 대자 이시바는 불안했다. 손수레에 있는 소름끼치는 물건 때문에 사람들의 관심을 끌어 봐야 좋을 게 없었다.

잠시 후, 조바심이 난 샹카가 많은 보행자들 사이를 뚫으며 보도를 달렸다. "아이고, 선생님! 조심하십시오!" 그는 무수히 많은 다리와 발 들을 피하면서 외쳤다.

작은 손수레가 누군가의 정강이와 부딪혔다. 욕이 비 오듯이 쏟아지자 샹카가 겁에 질려 위를 올려다 봤다. 남자가 그의 머리를 차려고 했다. "이런 빌어먹을 거지야, 길거리를 전세라도 냈냐! 한쪽 구석에 처박혀 있지 못해!"

샹카는 용서를 구하고 재빨리 빠져나왔다. 서두르다 보니 손수레에서 꾸러미가 떨어졌다. 재봉사들은 감히 그를 도우러 가지 못하고 걱정스럽게 지켜봤다. 샹카는 힘들게 방향을 바꾸고 돌아서서 용케도 꾸러미를 구했다.

"잘했다." 이시바가 말했다. 이시바는 붐비는 교차로에서 교통경찰이 의심스러운 눈으로 그들을 바라보고 있을지도 모른다고 상상했다. 이리로 와서 그들에게 봉지를 열어 보라고 하면 어떻게 할 것인가? "그래, 머리가 긴 친구가 언제 이걸 배달했지?" 이시바는 가능한 차분한 목소리로 물었다.

"이틀 전에요." 샹카의 대답에 하마터면 이시바가 꾸러미를 내던질 뻔했다. "아뇨, 아닌 것 같아요." 샹카가 붕대를 맨 손바닥으로 이마를 문지르며 말을 바꿨다. "이틀 전이 아니라, 우리가 마지막으로 만나고 난 다음 날이니까 나흘 전이네요."

이시바는 안심하며 옴에게 고개를 끄덕였다. 꾸러미에 든 것은 그 머리채가 아니었다. "이제부터는 그 친구가 널 찾아오지 않을 거야."

"네?" 샨카는 실망한 듯했다. "그 사람 꾸러미를 가지고 놀면 재밌었는데. 정말 좋은 머리털이었거든요."

"뭐가 있는지 들여다봤어?"

"잘못했나요?" 그가 불안하게 물었다. "아이고, 전 아무것도 망가트리지 않았어요. 그냥 볼에 갖다 대면 기분이 좋아서 그랬던 거예요. 정말 부드럽고 좋았거든요."

"그렇고말고. 그 사람은 최고의 머리털만 모으니까." 옴이 말했다.

샨카는 옴의 비꼬는 말을 알아듣지 못했다. "그런 머리 다발이 하나 있어서 얼굴에 대고 잤으면 좋겠어요. 하루 종일 심술궂은 사람들을 상대하고 나면 정말 큰 위안이 될 거예요. 동전을 던지는 사람들조차도 내가무슨 강도짓을 하는 것처럼 바라본다니까요. 머리털이라도 있으면 정말큰 위로가 될 텐데."

"그럼 그렇게 해." 옴이 충동적으로 말했다. "자, 이거 가져. 그 사람은더 이상 이게 필요하지 않으니까."

이시바가 말리려다 그만뒀다. 옴이 옳았다. 이제 그 머리털은 아무런소용도 없었다.

샨카의 감사하는 마음이 라자람의 잔혹함을 누그러뜨렸고, 그들은 아파트로 돌아갔다. "가방에서 그 작자의 쓰레기를 치워 버리자. 그게 어디서 난 건지, 그 작자가 얼마나 많은 사람들을 죽였는지 아무도 모르니까." 이시바가 말했다.

그날 밤, 디나와 마넥이 자고 있을 때 이시바가 가방에서 머리털을 다꺼내서 작은 골판지 상자에 넣었다. 그들의 옷이 더 이상 미치광이의 머리털로 오염되지 않아서 그는 기분이 나아졌다.

　부엌에서 나는 시끄러운 소리 때문에 디나는, 수돗물이 나오기 훨씬
전, 하늘이 여전히 밤처럼 어두울 때 잠이 깼다. 거지 왕초가 조치를 취하
고 두 달 동안은 평화로운 시간이 흘렀고 아파트는 정상으로 돌아왔다.
그러나 잠결에 솥과 냄비 들이 달그락거리는 소리를 들은 그녀는 집주인
이 다시 깡패들을 보냈다고 생각했다. 가슴을 졸이던 그녀는 홑이불을
걷으려고, 잠이 덜 깨서 무거운 손가락들을 까딱거렸다.

　그러나 그냥 누워서 눈을 감고 있으면 사라질 악몽일지도 몰랐다.

　시끄러운 소리가 잠잠해졌다. 그래, 맞아, 깡패들이 아니구나, 그냥 꿈
이었어. 거지 왕초가 이 아파트를 지켜 주고 있잖아. 아무런 걱정도 할 필
요가 없어. 그녀는 잠의 문턱을 오락가락 거렸다.

　결국, 끊임없는 고양이 울음소리 때문에 그녀는 완전히 잠을 깼고 놀
라서 똑바로 앉았다. 뭐야, 성가신 고양이였잖아! 홑이불을 걷고 침대를
빠져나온 그녀는 나무 의자들에 부딪쳤다. 의자 하나가 쿵하고 넘어지
자, 솥과 냄비 들 소리에도 깨지 않았던 옆방의 마넥이 일어났다.

　"디나 아주머니, 괜찮으세요?"

　"그래, 부엌에 고양이 한 마리가 있어. 그놈 머리를 부숴 놔야겠다. 넌
어서 자."

　호기심에서 뿐만 아니라 그녀가 정말로 고양이를 해칠까봐서 그는 슬
리퍼를 신고 따라갔다. 그녀가 불을 켜자 고양이 한 마리가 창문 밖으로
재빨리 달아났다. 마넥이 제일 아끼는 갈색 줄무늬에 흰색 암고양이 비
잔티말라였다.

　"저 나쁜 고양이!" 그녀가 성이 나서 씩씩거렸다. "저 더러운 입으로

뭘 핥았는지 아무도 모르잖아!"

마넥은 부서진 창유리에 쳐 놓은 철망이 떨어진 것을 보았다. "얼마나 필사적이었으면 이렇게까지 했을까요. 다치지나 않았으면 좋겠어요."

"넌 내가 겪는 문제보다 그 더러운 동물을 더 걱정하니?" 그녀는 바닥에 떨어져서 다시 깨끗이 씻어야 하는 부엌세간을 집어 들기 시작했다.

"잠깐만." 그녀가 멈췄다. "이게 무슨 소리지?"

아무 소리도 나지 않자 그들은 계속 부엌을 정리했다. 잠시 후, 그녀는 또다시 멈췄다. 이번에는 낮게 울먹이는 소리가 침묵을 뚫고 흘러나왔다. 틀림없이 부엌에서 나는 소리였다.

옛날에 석탄을 피워서 요리하던 우묵한 공간에 갈색 줄무늬에 흰색 새끼고양이 세 마리가 누워 있었다. 디나와 마넥이 몸을 숙이고 살피자 새끼고양이들이 작은 목소리로 야옹하고 합창으로 인사했다.

"이런 세상에!" 그녀는 숨이 멎었다. "아이고, 귀여워라!"

"비잔티말라가 요즘 뚱뚱해 보인 이유가 있었군요." 마넥이 싱긋 웃었다.

새끼고양이들이 일어서려고 안간힘을 쓰는 게, 그녀는 그렇게 무기력한 모습은 처음 보는 것 같았다. "여기다 새끼고양이들을 낳은 건가?"

그가 고개를 가로저었다. "며칠은 된 것 같은데요. 간밤에 여기로 옮긴 것 같아요."

"왜 그랬지? 와, 정말 귀엽구나."

"아직도 고양이로 바이올린 줄을 만들고 싶으세요?"

그녀가 꾸짖는 표정을 지었다. 그러나 그가 새끼고양이들을 부드럽게 어루만지자 그녀가 그를 뒤로 당겼다. "만지면 안 돼. 병균이 옮을지도 몰라."

"새끼고양인걸요."

"그래서? 그래도 병균을 옮겨." 그녀는 오래된 신문의 한 면을 펴고 가운데를 쥐었다.

"지금 뭐 하세요?" 마넥이 놀라서 물었다.

"손을 보호하는 거야. 새끼고양이들을 모두 창문 밖에 두려고. 그래야 어미고양이가 볼 수 있지."

"그러시면 안돼요!" 어미고양이가 새끼고양이들을 버린 거라면 그들은 굶어 죽을 거라고 그가 주장했다. 그렇지 않다면, 까마귀와 쥐 들이 먼저 공격해서 눈알을 빼먹고 몸을 찢어서 내장을 꺼내고 연약한 뼈들을 갉아먹을 거라고 했다.

"그렇게 상세하게 설명할 필요 없다." 그녀가 말했다. 그의 섬뜩한 시나리오에 동의하듯이 새끼고양이들이 계속해서 불쌍하게 울부짖었다. "그래서 어쩌자는 거니?"

"먹이를 줘야죠."

"그렇게는 절대 못해." 그녀가 단호하게 말했다. 일단 먹이를 주면 새끼고양이들이 절대 떠나지 않을 거라고 했다. 그리고 어미고양이가 혹시 돌아올 생각이 있더라도 자신의 의무를 방기할 거라고 했다. "이 세상의 모든 집 없는 생물들을 떠맡을 순 없어."

결국 마넥은 새끼고양이들을 일시적으로 돌보기로 하는 데 성공했다. 그녀는 당분간 새끼고양이들을 그곳에 둬서 어미고양이가 데려가기를 기다리는 데 동의했다. 새끼고양이들이 계속 울면 어미고양이가 돌아올지도 몰랐다.

"보세요! 동이 텄어요." 마넥이 창밖을 가리켰다.

"하늘이 정말 아름답구나." 그녀는 잠시 꿈을 꾸듯 창밖을 바라보았다.

수돗물이 나오기 시작해서 그녀의 공상도 끝이 났다. 그녀는 서둘러 욕실로 갔고, 마넥은 혹시나 잠자는 고양이들이 있는지 밖을 내다봤다. 그는 시선을 더 멀리 골목길들이 밀집한 곳으로 옮겼다. 희망에 찬 아침 첫 빛 속에서 변화의 약속이 잠든 도시를 밝게 비추고 있었다. 그러한 느낌이 오래 지속되지 못할 것임을 그는 알았다. 그것은 강한 햇빛이 등장하면 항상 사라졌다.

그럼에도 불구하고 그는 그 순간에 감사했다. 재봉사들이 일어나자 그는 새끼고양이들에 대해서 알려 주고 부엌으로 데려갔다. 그들이 다가가자 울음소리가 더 커졌다.

디나가 그들을 밖으로 밀어냈다. "이렇게 많은 사람들이 지켜보면 어미고양이가 절대 돌아오지 않아요." 그리고는 차를 만든다는 구실로 부엌으로 간 그녀는 새끼고양이들이 뒤뚱거리며 서로 몸 위로 기어오르다가 다 함께 쓰러지는 모습을 지켜보며 미소를 짓고 한숨을 내쉬었다. 벽난로 공간이 깊숙해서 새끼들이 밖으로 빠져나와 돌아다니지 못했으므로 어미고양이가 장소는 잘 선택했다고 생각했다.

그날 아침에는 작업이 제대로 되지 않았다. 마넥은 정오까지 수업이 없다고 했다. "학교가 참 편리하구나." 디나가 말했다. 그는 부엌문에 붙어 서서 새끼고양이들에 관한 새로운 소식들을 전했다. 재봉사들은 자주 재봉틀을 멈추고 새끼고양이들의 소리를 들었다.

얼마 후 새끼고양이 울음소리가 재봉틀 소리보다 커졌다. "왜 이렇게 울죠? 배가 고픈 모양이에요." 옴이 말했다.

"아기들하고 마찬가지야. 규칙적으로 먹여 줘야 돼." 마넥이 말했다. 그는 곁눈길로 디나를 보았다. 고양이 울음소리를 그녀가 성가셔 한다는 걸 알았다. 그렇게 작은 생물체들도 소젖을 먹을 수 있는지, 그녀가 무관심하게 물었다.

"그럼요." 마넥이 재빨리 대답했다. "하지만 물을 타야 돼요. 안 그러면 너무 진하거든요. 며칠 지나면 우유에 적신 빵 조각들도 먹을 수 있어요. 저희 아버지께서 강아지들과 새끼고양이들에게 그렇게 먹이셨죠."

부엌에서 들리는 애원하는 울음소리를 무시하며 한 시간을 더 버티다가 그녀는 마침내 포기했다. "아이고, 도저히 안 되겠다. 마넥 선생, 네가 전문가시니까 어떻게 좀 해 보렴."

그들은 우유와 물을 섞어서 데운 다음 알루미늄 받침 접시에 부었다. 몸부림치는 새끼고양이들을 벽난로의 우묵한 곳에서 꺼내 바닥에 깐 신문지 위로 옮겼다. "나도 옮길게." 옴이 거들었다. 마넥이 그에게 마지막 새끼고양이를 옮기도록 했다.

신문지 위에 웅크리고 있던 새끼고양이 세 마리가 계속해서 몸을 와들와들 떨었다. 우유 냄새에 끌린 그들이 조금씩 다가와서 받침 접시 주위를 혀로 살짝 몇 번 핥았다. 곧, 그들은 받침 접시로 몰려들어 맹렬히 핥기 시작했다. 접시가 비자 그들은 발을 안에 담그고 서서 위를 올려다봤다. 마넥이 받침 접시를 다시 채우고 좀 더 먹인 다음에 접시를 치웠다.

"왜 그래? 좀 더 줘." 디나가 말했다.

"두 시간 후에 줄 거예요. 한꺼번에 너무 많이 먹으면 탈이 나요." 그는 자신의 방에서 빈 골판지 상자를 가져와 바닥에 새 신문지를 깔았다.

"고양이들을 절대로 부엌에 두면 안 돼! 비위생적이야." 그녀가 반대했다.

옴이 상자를 베란다에 두겠다고 했다.

"그렇게 해." 그녀가 말했다. 그러나 밤이 되면 새끼고양이들을 다시 벽난로 안으로 갖다 놓으라고 했다. 어미고양이가 새끼들을 데리러 올지도 모른다고 했다. 어미고양이를 위해서 부서진 창유리는 고치지 않고 그냥 내버려두었다.

일주일 동안 밤마다 디나는 부엌에서 솥과 냄비를 치우고 찬장을 꼭 잠그고 부엌문을 잠갔다. 그리고 새벽마다 일어나자마자 벽난로로 가서 그곳이 비어 있기를 바랐다. 그러나 새끼고양이들이 아침밥을 기다리면서 그녀를 행복하게 맞았다.

이제 그녀는 새끼고양이들과의 아침 조우를 기대하기 시작했다. 주말이 되자 그녀는 잠자리에 들면서 걱정이 들었다. 오늘밤에 어미고양이가 새끼들을 데려가면 어떡하지? 잠에서 깨자마자 부엌으로 달려간 그녀는 안심했다. 새끼고양이들이 그대로 있었다.

밤마다 새끼고양이들을 상자에서 벽난로로 옮기는 일은 끝났다. 재봉사들은 고양이들과 함께 베란다에서 지내게 되자 기뻤다. 빠른 속도로 자라는 고양이들이 베란다를 돌아다니기 시작하자, 혹시나 재봉 일을 하는 방으로 들어가서 옷감을 망쳐놓을까 봐서 문을 닫아 놓았다. 곧, 그들은 베란다 창문의 창살을 통해서 바깥출입을 하기 시작했다.

"어미고양이가 아주머니께 아주 큰 존경을 표시했습니다. 새끼들을 여기다 둔 건 이 집을 신뢰한다는 뜻이니까 영광이죠." 저녁 식사가 끝난 어느 날 이시바가 말했다.

"그건 말도 안 돼요." 그녀는 그런 감상에 빠져들고 싶지 않았다. "마음 약하고 어리석은 세 사람이 규칙적으로 창문으로 음식을 던져 주니까 어미고양이가 당연히 새끼들을 데리고 여기로 온 거죠."

그러나 이시바는 뭔가 도덕적이고 수준 높은 진실을 추구하고자 안간힘을 썼다. "어쨌든 이 집은 축복받은 겁니다. 이 집이 행운을 가져다줄 겁니다. 아무리 사악한 집주인이라도 여기 사는 우리는 못 건드립니다. 그리고 새끼고양이들은 좋은 징조입니다. 옴도 건강한 아이들을 많이 낳을 수 있다는 뜻이죠."

"그건 결혼부터 해야죠." 그녀가 비꼬듯이 말했다.

"맞는 말씀입니다. 그 문제에 대해서 심각하게 생각해 봤습니다. 더 이상 기다리면 안 될 것 같네요." 그가 진지하게 말했다.

"아니 무슨 말도 안 되는 소리예요? 옴은 지금 막 자리를 잡기 시작했는데. 돈도 없잖아요. 그리고 아직 지낼 곳도 없고. 그런데도 옴을 결혼시키겠다고요?" 그녀가 짜증을 내면서 말했다.

"다 잘 될 겁니다. 그러리라는 믿음을 가져야죠. 중요한 건 옴이 곧 결혼을 해서 가정을 꾸려야 한다는 겁니다."

"옴, 네 삼촌 말 들었니?" 그녀가 베란다를 향해서 말했다. "네 삼촌이 널 곧 결혼시켜서 가정을 갖게 해 준단다. 우리 집 부엌에서 그러지는 마라, 알겠지?"

"부디 저희 삼촌을 용서하십시오. 가끔 삼촌께서 나사가 느슨해져서 이상한 소리를 하시거든요." 옴이 어른스러운 말투를 흉내 내며 말했다.

"무슨 짓을 하든 간에 나한테는 재워 달라고 하지 마. 남는 골판지 상자가 더 이상 없으니까." 마넥이 말했다.

"뭐야? 난 또 네가 상자 두 개를 쌓아서 이층짜리 집이라도 만들어 줄 줄 알았는데."

"경사스러운 일을 가지고 장난치면 안 돼." 약간 화가 난 이시바가 말했다. 그는 자신의 제안이 놀림감이 되기를 원치 않았다.

정확하게 식사 시간이 되면 새끼고양이들이 바깥출입을 마치고 베란다 창문의 창살을 통해서 돌아왔다. "쟤들 좀 봐. 여기가 마치 호텔인 것처럼 왔다갔다 하네." 디나가 기뻐하며 말했다.

곧 고양이들이 사라지는 횟수가 점점 더 늘어났고, 다른 고양이들과 함께 골목길을 돌아다니며 먹이를 구하는 법을 배웠다. 시궁창이나 쓰레기 더미에서 풍기는 거역할 수 없는 냄새의 유혹에 그들은 달려 나갔다.

고양이들이 막무가내로 사라지자 모두들 슬퍼했다. 마넥과 옴은 계속해서 접시에 음식 찌꺼기를 조심스럽게 놓아두었다. 고양이들이 나타나기를 매일 바랐다. 밤늦게까지 기다려도 나타나지 않으면 그들은 벌레들이 모여들기 전에 음식 찌꺼기를 치웠다. 그런 다음 부엌 창밖에서 어슬렁거리며 알 수 없는 눈빛을 어둠 속에서 반짝이는 아무 고양이에게나 음식을 던져 주었다.

새끼고양이들이 다시 나타나면 모두들 기뻐했다. 적당한 음식 찌꺼기가 없을 때는 마넥이나 옴이 달려 나가 비쉬람 식당에서 빵과 우유를 사왔다. 때로는 고양이들이 음식을 먹고 나서도 떠나지 않고 재봉틀 옆의 헝겊 조각들을 갖고 놀았다. 그러나 대개 그들은 곧장 떠났다.

"이 집 주인인 것처럼 먹기만 하고 그냥 가버리는구나." 디나가 말했다.

점점 더 그들의 방문 횟수는 줄어들었고 머무는 시간도 짧아졌다. 새끼고양이 시절에 보이던 모든 것에 대한 호기심도 이제는 사라졌다. 우유와 빵에는 전혀 관심이 없었다. 밖에서 먹이를 찾아다니더니 입맛이 더 대담해진 게 틀림없었다.

그들의 관심을 끌어 보려고 옴과 마넥은 그릇 옆에서 손발을 바닥에 대고 앉았다. "야옹!" 그들이 함께 외쳤다. "야-옹!" 옴이 그릇 테두리를 쿵쿵거리자 마넥이 혀를 날름거리며 미친 듯이 핥는 시늉을 했다. 고양이들은 시큰둥했다. 그들은 옴과 마넥의 쇼를 별 관심 없이 지켜보다가 하품을 하고 혀로 몸을 핥기 시작했다.

고양이들이 벽난로 안에서 발견된 지 석 달 만에 그들은 완전히 사라
졌다. 두 주 동안 고양이들이 전혀 모습을 드러내지 않자 디나는 그들이
차에 치인 게 틀림없다고 했다. 마넥은 미친 똥개한테 공격을 당했을지
도 모른다고 했다.

"아니면 큰 쥐들한테 당했을지도 몰라. 다 큰 고양이들도 큰 쥐들을 무
서워하니까." 옴이 말했다.

그런 우울한 생각에 그들은 침울했지만, 이시바는 그래도 고양이들이
안전하다고 믿었다. 똑똑하고 강한 녀석들이라서 거리의 생활에 잘 적응
할 거라고 말했다. 그러나 아무도 그의 생각에 동의하지 않았다. 그들은
마치 이시바가 소름끼치는 말이라도 한 것처럼 그에게 화를 냈다.

슬프고 우울한 그들에게 거지 왕초가 돈을 걷으러 왔다. 가로등불이
아직 켜지지 않아서 평소보다 땅거미가 짙어 보였다. "무슨 일이오? 집
주인이 또 괴롭히기라도 하나요?" 그가 물었다.

"아뇨. 우리 귀여운 어린 고양이들이 사라졌어요." 디나가 말했다.

그러자 거지 왕초가 웃었다. 그가 웃는 걸 처음 본 그들은 깜짝 놀랐다.
"뭘 그렇게 슬퍼들 해요. 깡패들이 왔을 때도 그렇게 속상해하지 않았잖
아요." 그가 다시 웃었다. "내가 도와주지 못해서 미안하오. 난 고양이 왕
초가 아니니까. 그건 그렇고 기쁜 소식이 있소. 당신들 기분이 나아질 거
요."

"뭡니까?" 이시바가 물었다.

"샨카에 관한 얘기요." 그는 좋아서 입이 귀에 걸렸다. "지금 당장은
걔한테 이 소식을 전할 수가 없어서 당신들한테 먼저 이야기를 해야겠

소. 당신들이 샨카의 유일한 친구들이니까. 아직은 샨카에게 내가 하는 말을 전하면 안 돼, 알겠소?"

모두 고개를 끄덕였다.

"이 일은 내가 샨카와 당신들을 공사장에서 데리고 나오고 몇 주 후에 생겼소. 내 밑에서 일하던 여자 거지가 매우 아팠는데, 자신의 어린 시절에 대해서 이야기하면서 샨카의 어린 시절도 들려줬지. 내가 돈을 걷으러 갈 때마다 여자가 추억에 잠겼어. 여자는 나이가 마흔 쯤 돼서 구걸하기에는 너무 늙었지. 결국 지난주에 죽었소. 그러나 여자가 죽기 전에 자신이 샨카의 엄마라고 내게 말했소."

거지 왕초는 그건 놀랄 일이 아니라고 설명했다. 자신도 그럴지도 모른다고 의심했기 때문이었다. 어릴 때 자신의 아버지와 함께 수금을 할 때면 그 여자가 아기에게 젖을 먹이는 모습을 자주 보았다. 그녀는 얼굴에 코가 없어서 모두들 그녀를 '코주부'라고 불렀다. 그때 그녀는 열다섯 살이었고, 얼굴이 흉하지만 않았더라면 매음굴 포주들이 상당한 돈을 벌겠다고 인정할 만큼 몸매가 완벽했다. 아들이 아니라 딸이 태어나자 실망한 아버지가 술에 취해서 홧김에 그녀의 코를 베어 버렸다고 했다. 흉한 얼굴이 딸의 유일한 신부 지참금이 됐으니 그냥 죽도록 내버려두라는 남편의 말에도 불구하고, 그녀의 어머니는 상처를 치료해서 갓난아이의 목숨을 구했다. 계속 못살게 학대하는 아버지 때문에 그녀는 결국 거지 왕초의 아버지에게 팔렸다.

"정확하게 몇 살 때 아버지가 그 여자를 샀는지는 모르겠소." 거지 왕초가 말했다. "난 그 여자가 아기와 함께 있는 걸 본 기억 밖에는 없으니까." 몇 달 후에 샨카라는 이름의 아기는 그녀와 헤어져 구걸을 위해서 불구로 만들어졌다.

아기는 그녀에게 돌려주지 않았다. 여러 구역에 있던 여자 거지들에게 그를 돌리는 것이 돈벌이가 더 잘됐다. 그에게 젖을 물리는 낯선 여자들이 얼굴에 처절함을 더 잘 표현할 수 있어서 구걸은 성공적이었다. 그러나 '코주부'가 아들을 하루 종일 가슴에 달고 다녔더라면 아무리 작은 즐거움이라도 눈에 드러나는 걸 막을 방법이 없었으므로 돈벌이에 부정적이었다.

"그렇게 샨카는 자라서 스스로 구걸을 하게 됐고 손수레를 갖게 됐지만 자신의 어머니가 누군지는 몰랐지. 그리고 내가 사업을 물려받았을 때는 그가 '코주부'의 아들일지도 모른다는 어릴 적의 의심도 잊어버렸고. 최근까지는 말이오."

보도에 누워서 죽어가던 바로 그 여자가 거지 왕초에게 그 사실을 들려주었다. 그뿐만 아니라, 여자는 왕초의 아버지가 바로 샨카의 아버지라고 주장했다. 처음에 왕초는 여자가 그렇게 무례한 말을 할 정도로 뻔뻔한 것에 깜짝 놀랐다. 당장 사과하지 않으면 자기 밑에서 일하지 못하게 만들겠다고 했다. 그녀는 다 죽어가는 마당에 그게 무슨 상관이냐고 했다.

그녀의 말을 믿을 수 없었던 그는 왜 그런 거짓말을 하는지 궁금했다. 도대체 뭘 얻고자 하는 걸까? 화가 난 그는 보행자들이 그녀의 깡통에 동전을 던지는 것을 멍하니 지켜봤다. 무슨 일이 벌어지고 있는지 몰랐던 보행자 몇 명이 멈춰서 그를 의심스럽게 바라봤다.

"그 여자한테서 도둑질을 하려고 기다린다고 생각했겠군요." 마넥이 말했다.

"맞아. 그래서 너무 화가 났지. 씹할, 엿이나 먹으라고 소리치고 싶더군."

그 말에 움찔한 디나는 하마터면 말조심하라고 그를 나무랄 뻔했다. 거실이 어두워져서 그녀는 불을 켰다. 모두들 눈을 깜빡거리며 잠시 손으로 눈을 가렸다.

"그래도 참았어. 이런 일을 하는 사람들이 늘 하는 말이 있지. 적선하는 사람이 왕이라고 말이야."

간섭하는 구경꾼들을 무시하고 그는 여자의 주장을 곰곰이 생각했다. 분노가 가시자 불안해졌다. 그는 여자에게 거짓말쟁이라고 하고, 죽음의 문턱을 넘으면서도 나쁜 장난을 쳐서 자신이 영원히 진실을 알 수 없도록 만들려 한다고 비난했다.

그러자 그녀가 조용히 이야기를 들어 보라고 했다. 싫든 좋든 간에 자신이 그의 계모라고 했다. 그리고 증거도 있다고 했다. 아버지의 등과 어깨를 마사지 해 본 적이 있냐고 그녀가 물었다.

착한 아들이어서 아버지가 돌아가시기 직전까지 언제나 마사지를 해 드렸다고 그가 대답했다.

그렇다면 돌아가신 아버지의 등뼈가 시작되는 목덜미에 큰 혹이 있는 걸 잘 알 거라고 그녀가 말했다.

"그 여자가 어떻게 그걸 알고 있는지 놀랐소. 그곳에 혹이 있는지 없는지를 계속 나한테 물었죠. 내가 대답을 안 하면 한마디도 안 할 작정이었지. 그래서 난 할 수 없이 아버지 목덜미에 큰 혹이 있다고 인정했소. 그제야 그 여자가 이야기를 계속 하더구먼."

옛날에 그녀가 어리고 몸에서 막 생리가 시작됐을 때 벌어진 일이었다. 어느 날 밤 거지 왕초의 아버지가 그녀의 얼굴에 개의치 않을 만큼 너무 술에 취해서, 그녀가 있던 보도 구석에 와서 함께 잠을 잤다. 술 냄새가 심하게 나서 거절하고 싶었지만 그녀는 얼굴을 돌린 채 참았다. 마지

죽은 듯이 꼼짝 않고 그의 밑에 누워서 그가 하고 싶은 대로 하도록 내버려두었다. 그가 내려오고 나서 일어나 앉은 그녀는, 코를 골며 씩씩거리며 자는 그의 옆에 토하고 말았다. 밤중에 잠이 깬 그가 그녀의 토사물 위에다가 더 많은 양을 토해 냈다. 나중에 쩝쩝거리는 소리에 잠에서 깬 그녀가 눈을 떴다. 쥐들이 그들의 뒤섞인 토사물을 먹고 있었다.

그녀는 술에 취하지 않은 밤에도 그가 계속 찾아오자, 그가 자신의 몸을 즐긴다고 생각했다. 그러자 그녀의 혐오감도 덜해졌다. 술기운 없이 그녀의 몸 위에서 그가 자신의 얼굴을 바라볼 때면 그녀도 좋았다. 몸이 원하는 대로 그녀는 그와 하나가 되었다. 그녀의 손이 그의 몸을 더듬다가 목덜미에 큰 혹이 있는 걸 발견했다. 그녀가 킥킥대며 뭔지 물었다. 그는 큰 걸 두 개 가지고 놀면 그녀가 즐거워할 것 같아서 하나 더 크게 만들었다고 농담했다.

자신의 소름끼치는 얼굴을 보고도 사랑할 수 있는 그 남자가 그녀의 마음속에 자리 잡았다. 그는 의사가 자신의 특별한 등뼈에 대해서 설명해 준 이야기를 들려주었다. 그는 정상적인 척추 33개가 아니라 34개로 태어났다. 그 하나가 척추 맨 위에 자리 잡고 있어서 항상 등이 아팠다.

내가 지금 설명하고 있는 게 당신 아버지가 아닌가? 아직도 의심이 남았나? 그녀가 거지 왕초에게 물었다.

거지 왕초는 모두 사실이라고 했다. 하지만 그건 아버지가 술에 취해서 간음을 한 증거일 뿐이라고 했다.

술에 취했을 때뿐만 아니라 맨 정신일 때도 그렇게 했다고 그녀가 자랑스럽게 말했다. 그건 그녀의 인생에서 가장 소중했고, 죽음의 문턱에 서조차도 가장 중요했다.

그는 마지못해 인정했다. 그러나 그렇다고 해서 그것이 샨카가 아버지의 아들이고 자신의 이복동생이라는 증거가 될 수는 없다고 주장했다. 그러나 그녀는 샨카 역시 목덜미에 혹이 있다는 게 증거라면서 금방 확인할 수 있다고 했다. 물론, 그가 우연의 일치라고 할 수 있겠지만 마음속으로는 뭐가 진실인지 알 거라고 그녀가 말했다.

"그녀가 옳았소. 진실은 내 마음속에 있었으니까. 그리고 내 마음속에서 절망적이면서도 아주 좋은 감정이 뒤섞였소. 난 화가 나고 무섭고 혼란스러웠죠. 하지만 한편으로는 행복했소. 왜냐하면 이 세상에 부모 없이 홀로 남겨진 외아들에게 갑자기 동생이 생겼으니까. 그리고 비록 거의 나와 나이가 비슷했고 죽음에 가까웠지만 의붓어머니도 생겼고."

진실을 받아들이고 나자 죽어가는 여자에 대한 그의 모든 분노와 원한이 고마움으로 바뀌었다. 그는 왜 더 일찍 말하지 않았냐고 물었다. 그런 비밀 때문에 화가 나거나 부끄러워진 그가 자신과 샨카를 죽이거나, 그들이 한 번도 가 본 적 없는 먼 곳으로 나쁜 주인에게 팔아 버릴까 봐 두려웠다고 그녀가 대답했다. 그녀의 가장 큰 두려움은 어릴 때부터 살아온 익숙한 보도를 떠나는 것이었다.

그러나 이제 자신은 곧 죽을 것이므로 그런 건 더 이상 중요하지 않다고 했다. 그녀는 왕초가 그 비밀을 간직한 유일한 사람임으로 하고 싶은 대로 하라고 했다. 샨카에게 말하고 안 하고는 그에게 달린 것이다.

그는 그녀의 고백으로 행복하다고 했다. 지금 시급한 문제는 그녀를 좋은 병원으로 데려가는 것이었다. 남은 시간이 얼마가 됐건 간에 그녀를 편하게 만들어 주고 싶었던 그는 택시를 불렀다.

택시 기사들은 아픈 거지를 보자 차의 실내를 더럽힐까 봐 승차를 거부했다. 결국, 거지 왕초가 두꺼운 돈 뭉치를 흔들어서 택시를 세웠다. 그 택시는 헤드라이트가 부서졌고 범퍼가 덜커덕거렸다. 거지 왕초는 그녀를 두 팔에 안고 뒷좌석에 앉았다. 택시 운전사는 그 주에 주차 뇌물 봉투를 늦게 건넨 죄로 경찰이 차를 악랄하게 부순 불행한 사건에 대해서 들려주었다.

병원에는 줄이 길게 늘어서 있었다. 그녀는 치료를 기다리는 가난한 사람들로 혼잡한 복도 바닥에서 기다렸다. 사람의 악취 속에 바닥 타일의 페놀 소독약 냄새가 희미하게 났다. 거지 왕초는 최선을 다해서 담당자들을 설득하고 마음씨 좋아 보이는 의사와도 이야기해 보았다. 의사의 흰색 가운은 청진기를 쑤셔 넣은 큰 아랫주머니가 찢어져 있었다. 거지 왕초는 제발 서둘러 어머니를 진찰해 달라며 수고에 대해 꼭 보답을 하겠다고 했다. 의사는 부드러운 목소리로 걱정 말라며 모든 환자들을 돌볼 거라고 했다. 그런 다음 그는 찢어진 호주머니에 손을 집어넣고 황급히 사라졌다.

그는 대부분의 사람들과는 달리, 고상한 직업에 종사하는 의료인들은 자신의 땀에 전 돈 뭉치에 현혹되지 않는구나, 하고 생각했다. 통계상 타당한 결론에 도달하기 위해서 더 많은 의사와 간호사 들을 상대할 시간이 없었다. 의붓어머니는 치료를 받기도 전에 세상을 떠나고 말았다. 그는 병원비 대신에 장례식을 잘 치러서 스스로를 위로했다.

"그런 다음에 샨카를 만나러 갔소." 거지 왕초가 한숨을 내쉬었다. "물론 그 소식을 당장 전하지는 않았소. 먼저 그 여자가 들려준 이야기를 혼자서 조용히 생각해 보고 싶었으니까."

그는 샨카에게 구걸은 잘되는지, 손수레는 잘 굴러가는지, 바퀴는 새로 기름칠을 해야 되는지 등, 늘 하던 질문을 했다. 샨카는 사람들이 너무 인색하고 구두쇠들이어서 적선이 제대로 걷히지 않는다고 불평했다. 거지 왕초는 그의 옆에 무릎을 굽히고 앉아서 그의 어깨에 손을 얹었다. 그건 어디서나 마찬가지의 문제라고 왕초는 말했다. 인간 본성의 심각한 위기 때문에 사람들의 마음에 혁명이 필요하다고 했다. 그러나 그는 그 문제를 살펴보고 샨카에게 새로운 구역을 배당할지를 생각해 보겠다고 했다. 그는 샨카의 등을 두드리며 걱정 말라며 옷깃 밑으로 손을 넣어 목 덜미를 만졌다.

"내 손가락 밑에 바로 내 아버지의 등뼈가 있었소. 똑같은 혹이었지. 감격해서 내 손이 떨렸소. 흥분으로 온 몸이 떨려서 몸을 제대로 가누지도 못할 지경이었지. 내 앞에 바로 동생이 있었던 거요. 그리고 내 아버지가 그 등뼈에 살아 있었소. 샨카를 품에 꼭 안고 모든 걸 털어 놓고 싶었소."

그러나 초인적인 노력으로 그는 참을 수 있었다. 성급하게 고백한다면 엄청난 고통을 야기할 수도 있었다. 먼저 그는 샨카를 위해서 최선의 길이 무엇인지 찾아야 했다. 동생을 집으로 데려가서 여생을 편하게 해 주고 둘이서 함께 행복하게 사는 것이 가장 편리한 방법이었다. 그것은 모든 사람들이 꿈꾸는 평범한 소망이었다.

그러나 만약 샨카가 새로운 삶에 적응하지 못한다면? 그러한 삶이 아무런 의미도 없거나 그보다도 못한 것이라면? 불구의 몸이 거리에서 구걸할 때와는 달리 아무런 소용도 없고 그저 거북하기만 할 뿐이라면? 그리고 더 중요한 것은 어린 시절에 대한 끔찍한 비밀이 샨카의 마음에 종양으로 자라서 그를 내부로부터 갉아먹고, 남은 인생 동안 왕초와 아버지를 신랄하게 비난하게 된다면? 그러한 사실을 알고도 과연 그들을 용서할 수 있을까?

"일단은 그녀가 들려준 진실을 마음속에 담아 두고 내 영혼과 심각한 고민을 하기로 했소. 나 자신의 편안함을 위해서 불행한 동생을 더 비참하게 만드는 건 너무 이기적이라고 생각했소." 샨카의 삶은 어릴 때 망가졌지만, 그는 그러한 파괴와 함께 사는 법을 배웠다. 따라서 그의 삶을 또다시 파괴하는 건 용서할 수 없는 일이라고 거지 왕초는 생각했다.

"그래서 기다리기로 했소. 기다렸다가 그에게 어린 시절에 대한 이야기를 들려주기로. 조금씩 이야기를 들려주면서 그의 반응을 살펴볼 수 있겠지. 조만간 우리에게 가장 좋은 길이 뭔지 알 수 있을 거요. 그러기 위해서는 당신들의 도움이 필요하지."

"어떻게요?" 이시바가 물었다.

"샨카에게 질문을 해서 과거에 대해서 말하도록 하는 거지. 그러면 그가 어떤 추억을 가지고 있는지 알 수 있으니까. 걔가 나를 조금 무서워하니까 당신들에게 더 잘 말할 거야. 그런 다음에 나한테 좀 알려 주겠나?"

"물론이죠."

"고맙네. 그동안 난 걔가 거리에서 가능한 편하게 살 수 있도록 해 줄 거야. 지금은 매일 걔가 좋아하는 라두, 잘레비 같은 과자들을 사 주고 있어. 그리고 일요일에는 라스말라이 과자를 사 주지. 손수레에는 쿠션을 깔아 줬고, 밤에 자는 곳은 더 좋은 장소를 구해 줬어."

"그렇군요. 그래서 샨카가 당신이 요즘 잘해 준다고 우리에게 말했던 거군요." 이시바가 말했다.

"그건 약과야. 앞으로는 내 개인 이발사를 보내서 머리 깎기, 면도, 얼굴 마사지, 매니큐어 등 모든 걸 포함하는 최고급 서비스를 하도록 할 테니까. 그리고 샨카의 행색이 좋아 보여서 사람들이 돈을 적게 준다면 씹할, 엿이나 먹으라고 하지 뭐."

디나는 말조심하라고 외치고 싶었지만 또다시 참았다. 이번에는 충격을 받을 정도로 크게 놀라지는 않았다. "정말 굉장한 소식이군요. 당신이 샨카에게 말할 날이 오면 얼마나 행복해하겠어요." 그녀가 말했다.

"시간의 문제가 아니라, 과연 그렇게 할 수 있느냐의 문제죠. 정말 내가 그런 용기가 생길지, 올바른 결정을 내릴 수 있을 만큼 내가 지혜로울지의 문제죠."

그런 질문들의 부담감 때문에 그는 갑자기 절망감에 빠졌다. 모두를 기쁘게 만들었어야 할 소식이 해를 가리는 구름으로 변했다.

"곧 알게 될 겁니다." 이시바가 말했다.

"지금까지 알게 된 건 샨카와 나 사이에 아주 가는 선이 존재한다는 거야. 살해당한 불쌍한 거지들의 비단결 같은 머리칼보다 가는 선이지. 그건 내가 그린 게 아니야. 운명의 흔적이지. 하지만 난 그걸 지울 수 있는 힘이 있어." 거지 왕초가 한숨을 내쉬었다. "굉장하고 무서운 힘이지. 그런데 내가 감히 그렇게 할 수 있을까? 일단 그 선이 지워지고 나면 결코 다시 그릴 수 없으니까." 그가 진저리를 쳤다. "내 의붓어머니가 나한테 너무 큰 유산을 남기고 떠났어."

그는 서류 가방을 열어서 스케치북을 꺼내더니 가장 최근에 그린 그림을 보여 주었다. "너무 우울해서 잠을 잘 수가 없어서 어젯밤에 그린 거요."

그림에는 세 사람이 있었다. 첫 번째 사람은 작은 바퀴들이 달린 손수레 위에 앉아 있었다. 그는 두 다리와 손가락이 모두 절단됐고, 넓적다리 토막들만 속이 빈 대나무처럼 몸통에서 튀어나와 있었다. 두 번째 사람은 코가 없는 쇠약한 여자로, 얼굴 정중앙에 큰 구멍이 있었다. 그러나 가장 기괴한 모습을 한 사람은 바로 세 번째였다. 손목에 서류 가방을 쇠사슬로 딜이 놓은 남자는 거미처럼 가는 네 다리로 서 있었다. 그의 네 발은 나침반의 동서남북으로 벌리고 있어서 어느 방향으로 가야 할지 종잡을 수 없는 듯했다. 그의 손에는 각각 손가락 열 개가 쓸모없는 바나나처럼 손바닥에서 자라 있었다. 그리고 그 얼굴에는 코 두 개가 가까이, 그러나 서로의 냄새를 견디기 힘든 듯이 기괴하게 돌려져 있었다.

거지 왕초의 그림에 어떤 반응을 보여야 할지 몰라서 그들은 빤히 보기만 했다. 그가 스스로 그림을 설명하자 그들은 안심했다. "괴물들, 우린 모두 괴물이오."

너무 자책하지 말고 샨카와 그의 어머니의 운명을 혼자서 감당하려고 하지 말라고 이시바가 말하려던 차에, 거지 왕초가 보다 명확하게 설명했다. "그러니까 모든 인류가 그렇다는 거요. 누가 우리를 비난할 수 있겠소? 우리의 시작과 끝이 이렇게 괴물 같은데 어쩌겠소? 출생과 사망, 이것보다 더 끔찍한 괴물이 대체 어디 있소? 우리는 자신을 속이며 그것을 놀랍고 아름답고 장엄하다고 하지만, 사실 그건 괴물 같은 거예요. 그걸 인정해야지."

그는 스케치북을 닫고 서둘러 서류 가방 안으로 집어넣었다. 행복, 불행, 의심, 새로운 발견에 관한 자신의 긴 이야기를 마치고, 인간적 감정들은 치우고, 다시 사업 이야기로 돌아감을 알렸다. "4개월 후면 1년이 되는구먼. 미리 알아야 하니까 물어 보는데, 나와 계약을 다시 맺을 건가?"

"그럼요, 당연하죠." 이시바가 말했다. "안 그럼 집주인이 또 괴롭힐 텐데요."

그들은 베란다까지 나가서 거지 왕초를 배웅했다. 바깥에는 가로등이 켜지지 않아서 밤이 완연했다. 전기 공급에 문제가 있는 듯 모든 가로등이 켜지지 않았다.

"샨카의 가로등은 작동을 해야 할 텐데. 빨리 가서 확인해 봐야겠어. 거리가 어두우면 샨카가 무서워하거든."

흑판의 분필처럼, 흰색 셔츠와 바지를 입은 거지 왕초가 시커먼 아스팔트를 성큼성큼 걸어갔다.

　　"정말 희한한 이야기네. 비쉬람 식당 사람들이 정말 좋아하겠어요. 비극, 낭만, 폭력, 끝나지 않은 긴장되는 결말까지, 모든 게 다 들어 있잖아요." 옴이 말했다.

　　"거지 왕초가 아까 한 말 들었지? 샨카를 위해서 꼭 비밀로 해야 돼. 식당 주방장의 마하바라트 책에 포함시킬 수 없는 이야기가 하나 더 생겼구나."

13장 결혼, 기생충, 수도승

한 달 후에 어린 고양이들이 부엌 창문 밖에 다시 나타났지만 기뻐할 일은 아니었다. 음식을 찾아다니다가 잠시 멈춘 것뿐이었다. 그들이 크게 야옹 소리를 내거나, 한 번 쳐다보거나, 목을 가르랑거리거나, 등을 세우거나 해서 조금이라도 아는 척을 했더라면 옴과 마넥은 기뻤을 것이다. 그러나 고양이들은 생선 머리를 물더니 몰래 먹으려고 달아났다.

"왜 그렇게 놀라니? 배은망덕이 얼마나 이 세상에 흔한데. 언젠가 너희들도 나를 잊을 거야. 너희들 인생을 살고 자리를 잡게 되면 내 생각은 나지도 않을 거니까." 그녀는 마넥을 가리키며 말을 이었다. "그리고 넌 두 달 후면 기말 시험을 치고 짐을 싸서 떠날 거잖아."

"무슨 말씀이세요. 전 항상 디나 아주머니를 기억할 거예요. 찾아오기도 하고 어디에 있든지 편지를 쓸 거라고요." 마넥이 말했다.

"그래? 그럼 어디 두고 보자." 그녀가 말했다. "재봉사들은 언젠가 자기 사업을 시작하려고 떠나겠죠. 물론 그런 일이 생긴다면 나도 기쁘겠지만 말예요."

"아이고, 그런 일이 생긴다면야 아주머님 입에다가 설탕을 듬뿍 담아서 축복해 드리겠습니다." 이시바가 말했다. "하지만 저희 같은 사람들에게 집이 생기고 가게가 생기려면, 먼저 정치인들이 정직해져야죠." 사실, 가장 큰 걱정거리가 옴을 결혼시키려는데 함께 살 곳이 없다는 것이었다.

"결혼할 준비가 되면 틀림없이 무슨 수가 생기겠죠." 디나가 말했다.

"옴은 지금 준비가 됐습니다." 이시바가 말했다.

"난 아닌데요." 옴이 화를 내며 말했다. "삼촌, 왜 자꾸 결혼 얘기를 하세요? 마넥 보세요. 나랑 동갑인데도 아무도 결혼하라고 서두르지 않잖아요. 마넥, 부모님이 결혼하라고 하셔? 말 좀 해 봐. 우리 삼촌이 정신 차리게 무슨 말 좀 해 보라고."

마넥은 어깨를 으쓱거리며 부모님이 전혀 서두르지 않는다고 대답했다.

"그리고 우리 삼촌한테 다른 얘기도 들려줘. 너희 부모님께서는 네가 좋아하는 사람을 만날 때까지 기다리시겠다고 했다면서. 그리고 네가 결혼하기로 하면 그때서야 준비를 하신다고 했고. 나도 그렇게 했으면 좋겠단 말이야."

"옴프라카시! 그게 무슨 말도 안 되는 소리냐?" 터무니없는 말에 이시바가 부글부글 끓었다. "다른 공동체 출신이라서 다른 풍습을 가지고 있는 거다. 그리고 네 부모가 없으니까 신붓감을 찾아 주는 건 내 의무란 말이다."

옴이 얼굴을 찌푸렸다.

"꼭 시큼한 라임 열매를 씹은 얼굴인데." 싸움을 막으려고 마넥이 말했다. "그건 그렇고, 디나 아주머니, 전 두 달 후에도 사라지지 않을지도 몰라요."

"그게 무슨 말이니?"

"대학을 3년 더 다니기로 했어요. 기술자 수료증 대신에 정식 학위를 따려고요."

그녀의 얼굴에 단박에 기쁜 표정이 나타났다. 그러나 그녀는 표정을 숨기려고 했다. "현명한 결정이구나. 학위가 더 귀중한 거니까."

"그러면 디나 아주머니와 계속 함께 지내도 되는 거죠? 그러니까 방학 때 집에 다녀온 다음에 말이에요."

"두 사람은 어떻게 생각해요? 마넥을 여기서 계속 지내도록 할까요?"

이시바가 웃었다. "한 가지 조건이 있습니다. 조카의 머릿속에다가 이상한 생각들을 주입시키지만 않는다면 좋습니다."

이시바는 옴의 결혼 문제를 계속 고심했다. 기회가 있을 때마다 그는 그 문제를 꺼냈지만, 디나는 조심스럽게 피했다. "일이 많아져서 이제 돈을 좀 벌고 있잖아요. 그런데 왜 새로운 책임을 지려고 해요? 상황이 막 나아지고 있는 이때 말이에요."

"그러니까 더 그래야죠. 상황이 다시 나빠질 수도 있으니까요." 이시바가 말했다.

"옴이 결혼하든 안 하든 상황은 나빠질 거예요. 모든 게 나쁘게 끝나니까요. 그게 우주의 법칙이거든요." 마넥이 말했다.

그러자 이시바는 뺨을 한 대 맞은 듯 보였다. "난 네가 우리와 친구라고 생각했는데." 고통스러움 때문에 그의 목소리가 작아졌다.

"네, 친구입니다. 무슨 원한이 있어서 그런 말을 한 건 아녜요. 주변 세계를 둘러보세요. 가끔은 희망이 있어 보이다가도 결국에는……"

"그런 개똥철학은 그만둬." 디나가 말했다. "좋은 말을 못하겠으면 그냥 아무 말도 하지 마. 그런 우울한 생각은 혼자만 하라고. 나도 이시바

씨의 생각에 동의하지는 않지만, 그렇다고 해서 그런 재수 없는 말을 하면 어떡하니?"

"오해하지 마세요. 전 다만……"

"이제 그만 해! 아저씨는 충분히 상처 입었으니까!"

그런 상처에도 불구하고 이시바의 집착은 줄어들지 않았다. 이틀 후 그는 불확실한 목소리로 마음을 정했다고 했다. "지금 최선의 방법은 아시라프 아저씨에게 편지를 써서 우리 차마르 공동체에 소문을 내 달라고 하는 거다."

옴이 재봉틀을 멈추고 그를 경멸하듯이 보았다. "처음에는 돈을 모아 고향으로 돌아가서 작은 가게를 사자는 꿈을 꾸더니, 이젠 새로운 꿈이 생긴 거예요? 삼촌, 이제 꿈 좀 깨는 게 어때요?"

"불가능한 꿈을 가능한 꿈으로 바꾸겠다는데 뭐가 문제냐? 가게를 사는 건 아주 오랜 시간이 걸려. 그러나 결혼은 미룰 수가 없어. 이제 아시라프 아저씨에게 편지를 써야겠다."

"경고하는데요, 삼촌이 결혼하고 싶으면 편지를 쓰세요."

"쟤 말하는 거 좀 보세요! 조카가 삼촌한테 경고를 하다니!" 화를 내자 흉터가 난 왼쪽 뺨 때문에 그의 얼굴 전체가 어두워졌다. "내가 시키는 대로 해, 알았어? 옴프라카시, 내가 너한테 너무 잘해 줬구나. 다른 사람 같았으면 오랜 세월 동안 널 두들겨 패서 뼈를 녹여 놨을 거다."

"삼촌, 그만 하세요. 난 그런 협박은 무섭지 않아요."

"쟤 말하는 거 좀 보게. 몇 달 전에 공사장에서 밤마다 내 팔에 안겨서 눈물을 펑펑 쏟고, 무섭고 아프다고 아기처럼 토하던 녀석이 이젠 튼튼하고 반항적이 된 거냐. 그래 이유가 뭐냐? 내가 너 하나 잘되길 바라서 그런 거냐?"

"누가 그걸 모르겠어요." 디나가 끼어들었다. 그녀는 자신이 반대하면 이시바가 좀 정신을 차리지 않을까 싶었다. "하지만 그렇게 막무가내로 서두르는 건 현명하지 않아요. 옴이 결혼을 원한다면 이야기가 다르겠죠. 도대체 왜 그렇게 서두르는 거죠?"

이시바는 그들이 함께 자신을 공격한다고 생각했다. "이것은 제 의무입니다." 짜증나는 태도로 현자처럼 나직이 말하며 그는 사실상 자신이 승자라고 일방적으로 선언해 버렸다. 그런 다음 그는 다시 일을 시작했다. 멍하니 손을 뻗어서 옷감을 쥐려고 하다가 그만 쌓여 있던 옷 더미를 모두 쓰러트리고 말았다.

그러자 디나가 그 기회를 놓치지 않고 화를 냈다. "대단하군요! 정말 잘 했어요! 아예 그냥 천장을 무너뜨리지 그래요? 당신의 절박한 의무 때문에 이렇게 된 거 보여요? 이건 의무가 아니라 강박관념이에요. 강박관념!" 그가 떨어진 옷들을 줍는 것을 그녀는 도왔다. "그놈의 고양이가 새끼들을 부엌에 버리지만 않았어도 이렇게는 안 됐을 텐데. 그 고양이 때문에 당신이 이런 이상한 생각이 든 거잖아요."

그다음 며칠 동안 이시바는 걱정 때문에 재봉을 제대로 할 수가 없었다. 마술쇼에서 틀린 카드가 튀어나오듯이 그가 자꾸만 실수를 하자, 디나가 문제점을 지적하고 나섰다. "결혼에 대한 강박관념 때문에 우리 사업이 망하겠어요. 접시에서 음식이 사라지겠다고요."

"죄송합니다. 생각이 많아서요. 하지만 걱정 마십시오. 금방 끝날 테니까요." 이시바가 말했다.

"무슨 소리예요? 걱정 말라니? 어떻게 금방 끝이 나요? 일단 결혼을 하면 아이들이 생길 텐데. 그러면 생각이 훨씬 더 많아질 거 아녜요. 어디서 살 거며, 어떻게 먹여 살릴 거며 등등. 얼마나 많은 사람들의 삶을 망칠 셈이에요?"

"아주머님한테야 망치는 걸로 보이겠죠. 전 지금 옴의 행복을 위해서 기초를 닦아 주는 겁니다. 결혼은 한 달이나 두 달 만에 이루어지지 않아 요. 적어도 일 년은 지나야 진척이 있는 겁니다. 신붓감이 너무 어리면 그 쪽 부모들이 더 기다리기를 원할 거고요. 전 지금 좋은 신붓감을 찾아서 조카를 위해 예약해 두려는 겁니다."

"기차표처럼 말이죠?" 마넥이 끼어들자 옴이 웃었다.

"넌 아주 나쁜 습관이 있구나. 네가 이해 못하는 것들은 항상 그렇게 조롱하니?" 이시바가 말했다.

마넥은 달리 무슨 수가 있냐고 묻고 싶었지만 이시바를 더 화나게 만 들까 봐 그냥 조용히 있었다.

아시라프의 답장은 우표에 소인이 찍힌 봉투에 담겨서 왔다. 소인에는 날짜, 관할 우체국, 그리고 끝에 곤봉처럼 위협적인 감탄사가 붙은 규율 의 시대! 라는 구호가 있었다.

그들은 이시바가 봉투를 뜯고 편지를 읽기를 긴장 속에서 기다렸다. 글을 읽는 데 익숙지 않았던 그는 눈을 불안하게 편지지 위로 굴리면서 흔들리는 아시라프의 필체를 더듬더듬 따라갔다. 그는 한 번 활짝 웃더 니 혼란스러워 보였고 끝에 가서는 얼굴을 찡그렸다. 그러자 옴이 매우 긴장했다.

"아시라프 아저씨는 건강하시다는구나. 우리가 보고 싶으셨대. 악마 가 시간을 포로로 잡고 있어서 그런지 시간이 너무 더디게 간다고 하시 네. 네가 결혼할 거라니 기쁘시다는구나. 아저씨께서도 결혼이 지체돼서 는 안 된다고 하셔."

"다른 건요?"

이시바가 한숨을 내쉬었다. "우리 공동체 사람들과 말씀을 나누셨대."

"그래서요?"

"차마르 가족 넷이 관심을 보인다는구나." 그가 다시 한숨을 내쉬었다.

"축하해. 네가 아주 인기가 많구나." 마넥이 옴의 등을 세게 두드렸다. 옴이 그의 손을 치웠다.

"그런데 이시바 씨, 그러면 기뻐해야 되는 거 아닌가요? 왜 그렇게 걱정이에요? 원하던 대로 된 거 아녜요?" 디나가 물었다.

편지가 더 길었으면 좋겠다는 듯이 그는 편지지 두 장을 이리저리 섞었다. "그건 기쁜 일이지만 다른 힘든 일이 있습니다."

그들은 그가 더 말하기를 기다렸다. "삼촌, 오늘 말해 줄 거예요, 아님 내일 말해 줄 거예요?"

이시바가 자신의 굳은 왼쪽 뺨을 만졌다. "관심 보이는 네 가족이 급하다는구나. 결혼할 만한 아들이 있는 다른 집들도 있고. 다행히 아시라프 아저씨께서 우리를 괜찮은 조건으로 만드셨어. 옴이 도시에 있는 큰 수출 공장에서 일한다고 해서 아주 좋은 신랑감으로 만들어 놓으셨대. 그래서 네 가족이 두 달 내로 신붓감을 고르라고 했다는군."

"그건 너무 빠르잖아요. 거절해야겠네요." 디나가 말했다.

옴과 함께 지난 1년 동안 디나를 위해서 일하면서 이시바는 단 한 번도 목소리를 높인 적이 없었다. 그래서 그가 화를 내며 말하자 자신은 물론이고 모두가 놀랐다.

"아주머님이 뭔데 그런 말을 하시는 겁니까! 아주머님이 뭔데 조카의 인생에서 제일 중요한 결정을 하는데 저더러 이래라저래라 하는 겁니까!

아주머님이 저희에 대해서, 옴의 성장 배경에 대해서, 저의 의무에 대해서 뭘 아신다고 이런 문제에 충고하려는 겁니까!"

언제나 중재자 역할을 하며 부드럽고 상냥하게 말하던 이시바가 길길이 날뛰며 두 손을 흔들어 댔다. "아주머님이 저와 조카의 주인이라도 됩니까? 저흰 아주머님의 노예가 아닙니다! 저흰 단지 여기서 일을 할 뿐이라고요! 저희더러 어떻게 살지 언제 죽어야 될지도 명령하실 작정이십니까!"

분노의 감정에 익숙지 않던 그는 터진 울화통을 어떻게 끝맺어야 할지 몰라서 울음을 터트리며 베란다로 뛰어갔다.

"알았어요!" 디나가 그를 향해서 외쳤다. "하고 싶은 대로 해요! 하지만 나더러 신부와 아이들 그리고 손자들의 거처를 달라고는 하지 말아요!"

"아주머님한테 바라는 건 없습니다!" 그가 갈라진 목소리로 되받아쳤다.

무슨 말을 해야 될지 몰랐던 디나는 거실로 갔다. 그녀는 몸을 부르르 떨며 마넥의 소파 옆자리에 앉았다.

"아주머니, 진정하세요. 이시바 아저씨가 한 말은 진심이 아닐 거예요."

"진심이든 아니든 상관없어." 그녀의 목소리가 떨렸다. "너도 봤지? 네 귀로 직접 들었지? 내 집에서 재워 주고 가족처럼 대해 줬는데 나한테 개처럼 고함을 질렀어. 지금 당장 쫓아내야겠다,"

"그래요, 어서 쫓아내십시오!" 이시바가 베란다에서 소리쳤다. "전 상관없습니다!" 이시바가 코를 훌쩍이자 짠 맛이 났다.

손가락을 입에 갖다 대며 마넥이 그녀에게 그냥 무시하라는 신호를 보냈다. "결혼 문제 때문에 완전히 이성을 잃었나 봐요. 왜 논쟁을 벌이세요?" 그가 속삭였다.

"난 그냥 옴이 불쌍해서 그런다. 그래 네 말이 옳아. 이건 옴과 저 사람의 문제니까. 그냥 하고 싶은 대로 하도록 내버려둬야지. 정말 골치 아픈 문제구나."

안쪽 방에서 그들의 말을 들은 옴이 두 손으로 얼굴을 감쌌다.

시간이 있었지만 오후는 마치 정지된 듯했다. 버려진 아시라프의 편지는 식탁 위에 있었다. 시계의 시침이 돌덩이처럼 무겁게 움직였다. 아무도 차를 만들지 않았고, 아무도 차를 마시러 밖에 나가지도 않았다. 이시바는 베란다에, 옴은 안쪽 방에, 마넥과 디나는 거실에 있었고, 집은 얼어붙었다.

해가 지평선 아래로 떨어지자 햇빛의 색깔이 바뀌기 시작했다. 창문마다 미풍이 불어 들어서 식탁 위의 편지가 바스락거렸다. 곧, 차파티를 만들 저녁 시간이었다. 옴은 배가 고팠다.

그는 가죽 샌들을 일부러 퍼덕거리며 걸었다. 그리고 물을 마신 후 잔을 주전자에 부딪쳐서 딸그락 소리를 냈다. 그는 그런 소리가 다른 사람들에게도 들리기를 바랐다. 친밀한 소리가 적대감을 녹일지도 몰랐다. 자리에 앉은 그는 싱어 재봉틀 작업대를 손가락으로 통통 두드렸고 가위를 재깍거렸으며 밑실을 여섯 개 준비했다. 그러고는 거실로 갔다.

옴이 와서 그들은 안심했다. 마넥이 윙크를 했다. "아깐 정말 대단하더라. 아저씨가 디왈리 축제 때 쓰는 원자 폭탄 폭죽처럼 폭발하던데."

옴이 억지로 짤막하게 웃었다. "나도 삼촌을 어떻게 해야 될지 모르겠다." 그가 목소리를 낮추고 고백했다. "사실, 삼촌이 걱정 돼."

조카가 무례하거나 재봉 일을 제대로 하지 않거나 말을 듣지 않던 시절에 삼촌이 달래며 하던 말을 그가 그대로 따라하자 디나가 재밌어하며 거들었다. "옴, 좀 참아라."

"왜 사람들이 결혼 얘기에 미치는 거죠? 이 문제만 나오면 삼촌이 미쳐 버려요."

"그래, 네 말이 맞다. 내 오빠랑 비슷해." 그녀가 얼굴을 찡그리며 말했다.

"잠깐만요. 제가 삼촌을 바로잡아 볼게요." 옴이 베란다로 갔을 때 이시바는 침구 옆에서 가부좌를 틀고 바닥에 앉아 있었다.

"삼촌, 미쳤어요? 우리한테 이렇게 잘해 주는 사람한테 그런 말을 하면 어떡해요?" 옴이 팔짱을 끼고 그를 나무랐다.

이시바가 살짝 웃으며 위를 올려다봤다. 디나와 마찬가지로 그는 옴이 옛날에 자기가 했던 말을 따라 하는 걸 알았다. 미친 듯이 화를 내고 나서 그는 혼란스럽고 바보가 된 느낌이 들어서 화해하고 싶었다.

"어서 가서 아주머니한테 사과하세요. 제정신이 아니었다고, 진심이 아니었다고 하세요. 지금 당장 가세요. 아주머니의 의견을 존중한다고 하고, 아주머니가 우리를 걱정해서 그런 말을 했다는 걸 깨달았다고 하세요. 자, 어서 일어나서 가세요."

이시바가 내민 손을 잡은 옴이 몸을 뒤로 젖히며 그를 일으켜 세웠다. 발을 질질 끌고 거실로 간 이시바는 부끄러워하며 소파 앞에 서서 사과했다. 옴이 베란다에서 잔소리하는 걸 이미 들었던 디나는 같은 말을 또 들은 것과 다름없었다. 그러나 그녀는 딱딱하게 앉아서 오른쪽 벽만 보고 있었다.

더 이상 할 말이 없었던 이시바가 한숨을 내쉬었다. "아주머님, 친절을 베풀어 주셔서 감사합니다. 저의 무례를 용서해 주십시오. 이렇게 아주 머님 발에 무릎을 꿇겠습니다." 그가 몸을 굽히기 시작하자 즉각 효과가 나타났다.

"이게 무슨 짓이에요!" 그녀가 마침내 침묵을 깼다. "이렇게 하지 말라고 전에 말했잖아요. 그리고 이번 일에 대해서는 더 이상 말하지 마세요."

"네, 잘 알겠습니다. 이건 제 문제니까 제가 머릿속으로 잘 해결하도록 하겠습니다."

"그렇게 하세요. 옴은 당신 조카니까, 당신이 아버지의 의무를 해야죠."

다음 날 저녁 이시바는 자신의 약속을 어겼다. 아직 아시라프에게 답장을 쓰지 못한 그는 어떻게 해야 될지 몰라서 몹시 고통스러워했다. "아이고, 세상에"라는 한숨 소리가 그의 입에서 간간이 뿜어 나왔다. 어제 그가 분노로 폭발한 진짜 이유를 모두들 알게 되었다.

"기회는 완벽한데. 조금만 더 시간이 있으면 좋으련만." 그는 마음을 앓고 있었다.

"옴이 잘생겼잖아요. 멋진 머리 모양 좀 보세요. 결혼 예약 같은 건 필요 없어요. 최고의 여자들이 수십 명씩 줄을 설 텐데요." 마넥이 말했다.

이시바가 화를 내며 몸을 돌리더니 마넥의 얼굴에 삿대질을 했다. "이런 심각한 문제를 가지고 자꾸 장난을 칠 테냐?"

잠시 그가 마넥을 때리기라도 할 것 같더니 손을 내렸다. "난 널 아들처럼 생각했고 옴의 형제처럼 생각했다. 그런데 날 이런 식으로 대하니? 나한테 이렇게 중요한 문제를 조롱하고 장난을 쳐?"

이시바의 눈에 눈물이 그렁거려서 마넥은 어찌할 바를 몰랐다. 그러나 그를 달래줄 말을 생각하기도 전에 옴이 끼어들었다. "삼촌, 정말 미쳤군요. 이젠 농담도 못하게 해요? 이젠 완전히 TV 드라마가 따로 없네."

이시바가 고개를 살짝 끄덕였다. "어쩌겠냐. 너무 걱정이 되는 걸. 이제부터는 입을 다물고 조용히 생각만 하마."

그러나 그는 그들의 의견을 절실히 원했고, 제대로 된 논의를 하고 싶었고, 자신의 강박관념을 숨길 수 있는 호의적인 여론을 필요로 했다. 그래서 그는 몇 분 만에 또다시 입을 열었다. "이런 황금 같은 기회가 또 언제 올까? 선택할 수 있는 훌륭한 가족이 넷이나 되는데. 어떤 사람들은 어울리는 짝을 한 번도 찾지 못하고 그냥 인생을 살아가는데 말이야."

"지금 결혼하기는 너무 일러요." 옴이 피곤하다는 듯이 말했다.

"너무 늦는 것보다 아주 빠른 게 낫지."

"파업이나 뭐 다른 일로 재봉 일이 끝나면 어떡해요?" 디나가 물었다. "지금처럼 나쁜 시절에는 그 어떤 것도 당연하게 생각해서는 안돼요."

"그러니까 더욱 결혼을 서둘러야죠. 새 신부의 운명이 우리 모두의 삶을 더 좋게 바꿔 놓을 테니까요."

"그렇다고 해도 이 작은 아파트에 신부를 들일 공간이 어디 있어요?"

"더 많은 공간은 꿈도 꾸지 않습니다. 베란다면 충분하니까요."

"당신, 옴, 그리고 새색시까지요? 셋 다 베란다에서 산다고요?" 너무나 터무니없는 생각이었다. "지금 날 놀리는 거예요?"

"아닙니다, 아주머님. 제가 왜 아주머님을 놀립니까? 다음번에 제가 집을 구하러 갈 때 같이 한 번 가보시죠. 그러면 가족들이 어떻게 사는지 알게 될 겁니다. 작은 방에 여덟, 아홉, 혹은 열 명까지 함께 삽니다. 삼등열차 침대칸처럼 바닥에서 천장까지 큰 선반을 놓고 그 위에서 자는 거죠. 아니면 벽장에서, 혹은 화장실에서 자기도 합니다. 창고의 물건처럼 사는 거죠."

"그런 건 나도 아니까 그렇게 잔소리 할 필요 없어요. 이 도시에서만 평생을 살았으니까." "그런 불행에 비하면 베란다에 세 사람이 사는 건 사치죠." 그가 힘주어 말했다. "하지만 제가 꼭 그렇게 하겠다는 건 아닙니다. 아주머님께서 원치 않으신다면 저흰 고향 마을로 돌아가겠습니다. 중요한 건 옴을 결혼시키는 거니까요. 일단 그렇게 하고 나면 제 의무는 끝나거든요. 나머지는 중요치 않습니다."

아시라프의 편지가 도착하고 일주일 후에 이시바는 용기를 내서 신붓감 네 명을 선보기로 결정했다. 그는 옴과 함께 한 달 후에 도착하겠다고 공들여 답장을 썼다. "어제 가져오신 옷들을 다 만들고 가기에는 충분한 시간입니다." 그가 디나에게 말했다. 답장을 쓰고 나자 그는 이전처럼 침착해졌다. 마치 자기 셔츠를 제대로 찾아 입은 것 같았다.

디나는 당혹스러웠다. 이시바처럼 현명한 사람이 갑자기 이성을 잃다니. 그가 일종의 공갈을 치는 걸까? 재봉 기술이 필요한 디나가 어쩔 수 없이 옴의 신부를 받아들이기를 바라는 걸까?

그러한 그녀의 의심은 커졌다가 가라앉았지만, 새색시가 아파트에 같이 살게 되면 디나의 운명도 바뀔 거라고 이시바가 강조하면 의심이 다시 커졌다. "아주머님, 신부가 문지방을 넘는 순간에 차이점을 아실 겁니다. 며느리가 집안 전체의 운명을 바꾼다고 하거든요."

"새색시는 내 며느리도 당신 며느리도 아니잖아요." 디나가 말했다.

그러나 그는 그런 사소한 차이에 굴하지 않았다. "며느리는 그냥 말일 뿐이죠. 편한 대로 부르시면 됩니다. 행운의 손길은 말에는 까다롭지 않으니까요."

좌절감과 즐거움으로 그녀는 고개를 가로저었다. 이시바에게 속임수란 어울리지 않았다. 그가 본심을 숨기지 못한다는 건 다들 알고 있었다. 그는 마음이 괴로우면 손가락에서 혼란스러움이 확연히 드러났다. 그가 기쁠 때면 얼굴 반쪽에 미소가 활짝 피어났고 마치 두 팔로 세상을 껴안을 듯했다. 그런 솔직한 본성을 지닌 사람에게는 간교한 계략이 나오질 않는다.

그녀는 공갈에 관한 의심을 멈췄다. 누스완 같은 사람을 다룰 때나 그런 의심이 필요했다. 오빠는 이제 어떤 교활한 술수라도 쓸 수 있었다. 그가 어떤 행동을 할지 예측하는 건 미친 짓이었다. 그의 자식들이 결혼하게 되면 어떨지 그녀는 궁금했다. 크세르크세스와 자리르는 이제 다 큰 어른이었다. 그래서 누스완은 그녀에게 신랑감을 찾아 줄 때 썼던 경험을 되살려 그들에게 맞는 신붓감을 고르려고 했다.

그녀는 조카들이 어렸을 때가 떠올랐다. 정말 즐거웠지만 매우 짧은 시간이었다. 누스완과 루비, 그녀가 함께 고함을 치고 비명을 지르며 싸울 때면 조카들은 우울했다. 그들은 누구 편을 들어야 될지 몰랐고, 싸우지 말라고 아버지에게 달려가야 할지 고모에게 달려가야 할지도 몰랐다. 결국, 그녀는 많은 것을 놓쳤다. 그들의 학창시절, 성적표, 상 받는 날, 크리켓 시합, 처음으로 긴 바지를 입는 날 등. 마치 지불해야 할 상처와 후회의 상환 일정처럼, 독립은 많은 대가를 치러야 했다. 그러나 누스완의 지배 아래 놓이는 것은 상상할 수조차 없었다.

늘 그렇듯이 과거를 돌아볼 때마다 디나는 혼자 힘으로 사는 것이 더 낫다고 결론 내렸다. 그녀는 옴이 결혼해서 자신처럼 작고 가냘픈 몸의 신부 옆에 있는 모습을 상상해 보았다. 결혼사진에 옴은 빳빳하게 풀을 먹인 새 옷에 화려한 결혼 터번을 쓰고, 신부는 빨간색 사리에 소박한 목걸이, 코걸이, 귀걸이, 팔찌를 하고 있다. 그리고 그들의 목에 올가미를 씌운 사채업자가 숨어서 행복해하고 있다. 신부는 어떤 사람일까? 이 아파트에서 다른 여자와 함께 산다는 건 어떨까?

그림이 떠오르기 시작하자 디나는 이틀 동안 깊이와 세부 사항, 그리고 색깔과 느낌을 더했다. 옴의 신부가 다소곳이 머리를 숙이고 현관문에 서 있다. 고개를 들자 두 눈이 반짝였고 그녀는 수줍은 미소를 지으며 손으로 입술을 가린다. 시간이 흐른다. 때때로 젊은 여자는 혼자서 창턱에 앉아 떠나온 곳을 생각한다. 디나가 그녀의 옆에 앉아서 지난 삶에 대해서 얘기해 보라고 한다. 그러면 옴의 아내가 마침내 입을 연다. 더 많은 그림들, 더 많은 이야기들이 떠오르고······.

다음 날 디나가 이시바에게 말했다. "정말 베란다가 세 사람이 지내기에 충분하다고 생각한다면 일단 그렇게 해 보세요."

싱어 재봉틀이 쿵쿵거리는 중에 그 말을 들은 이시바는 속도 조절 바퀴를 손바닥으로 내리쳐서 세웠다.

"재봉틀이 아니라 자동차였으면 어떡할 뻔했어요? 승객들을 죄다 저 세상으로 보냈겠어요." 그녀가 말했다.

그는 웃으면서 의자에서 벌떡 일어났다. "옴! 옴! 들었니?" 그가 베란다로 소리쳤다. "아주머님께서 그렇게 하라신다! 어서, 이리 와! 아주머님께 고맙다고 인사드려야지!" 그러자 자신도 아직 고맙다는 말을 못했음을 깨달았다. "아주머님, 고맙습니다!" 그가 두 손을 하나로 모으고 말했다. "다시 한 번 저희를 이렇게 도와주시다니, 이 은혜를 어떻게 갚아야 될지 모르겠습니다!"

"일단 그렇게 해 보세요. 별 문제가 없으면 그때 가서 고맙다고 하고요."

"아이고, 물론이죠! 잘 알겠습니다! 그 고양이에 대한 제 말이 옳았습니다…… 어린 고양이들도 돌아오고…… 그리고 이것도 잘될 겁니다. 절 믿어주십시오." 그는 너무 기뻐서 숨이 가빠졌다. "제일 중요한 건 바로 아주머님께서 도와주시는 겁니다. 바로 아주머님의 축복을 받는 거죠. 그게, 그게 가장 중요합니다."

집 분위기가 바뀌었고, 이시바는 재봉 일을 하면서 환한 웃음을 멈출 수가 없었다. "아주머님, 절 믿으십시오. 완벽할 겁니다. 저희 모두를 위해서 말입니다. 신부가 아주머님께도 유용할 겁니다. 집 청소도 하고 시장도 가고 요리도……"

"옴한테 신붓감을 얻어 주는 거예요, 아니면 하인을 구하는 거예요?" 그녀가 빈정대며 물었다.

"아이고, 하인이라뇨! 절대 그렇지 않습니다." 그가 책망하듯이 말했다. "아내로서 의무를 다하는 것이 어떻게 하인이라고 할 수 있겠습니까? 자신의 의무를 다하지 않고 사람들이 어떻게 행복할 수 있겠습니까?"

"공평하지 않으면 행복할 수 없어요. 옴, 이거 잘 기억해 둬. 누가 아니라고 해도 믿지 말고." 디나가 말했다.

"정말 맞는 말씀이세요." 마넥은 밀려드는 알 수 없는 슬픔을 숨기면서 말했다. "옴, 네가 나쁜 짓을 하면 우산 바찬과 탑 모양의 우산이 널 가만 두지 않을 거다."

베란다를 세 사람이 쓰도록 허락하고 나자 디나는 옴의 결혼에 관여해야 할 정당한 이유와 권리를 부여 받은 기분이 들었다. 옴은 최근 몇 달 동안 아주 깔끔해졌다. 머리에 가려움증이 사라졌고, 더 이상 냄새 나는 코코넛 기름을 뚝뚝 떨어트리지도 않아서 건강해 보였다. 옴이 머릿기름을 더 이상 바르지 않는 이유는 바로 마넥이 싫어해서였다.

서서히 그러나 확실하게, 옴은 머리 모양에서 옅은 콧수염 그리고 옷차림에 이르기까지 마넥의 모습으로 탈바꿈했다. 가장 최근에는 마넥의 바지를 빌려 디자인을 본떠서 나팔바지를 만들었다. 신솔 상표 비누와 락메 상표 활석 가루 때문에 그는 심지어 마넥과 같은 냄새가 났다. 그리고 마넥도 옴으로부터 뭔가를 배웠다. 더운 날 신발과 양말을 신어서 저녁이 되면 발 냄새가 나는 대신에, 이제 그는 가죽 샌들을 신었다.

그러나 둘이 아무리 서로를 모방해도 차이점만 두드러질 뿐이었다. 마넥은 튼튼하고 뼈가 굵었지만, 옴은 새처럼 가냘팠다. 신랑이 되고자 한다면 바싹 여윈 열여덟 살의 옴이 아니라, 마넥이 준비가 된 듯했다.

그녀는 고통스러울 정도로 빼빼 마른 모습이 바쁘게 움직이는 모습을 심각하게 지켜보았다. 특히, 저녁때 부엌에서 옴이 밀가루가 묻은 손을 잽싸게 움직여 반죽하고 차파티를 만드는 모습은 매혹적이었다. 그의 손 밑에서 밀방망이가 마치 마술처럼 움직였다. 그의 기술과 그것을 즐기는 모습은 황홀한 효과를 만들어 냈다. 그녀는 하던 일을 멈추고 그냥 옆에 서서 구경하고 싶었다.

그녀는 옴과 함께 생활한 시간을 곰곰이 생각했다. 그는 음식을 게걸스럽게 많이 먹었는데, 그건 결코 새처럼 가냘픈 사람의 양이 아니었다. 그러므로 그가 제대로 먹지 못해서 바싹 여윈 건 아니란 말이다. 그러자 1년 전에 그녀가 맨 처음 품었던 의심이 다시 꿈틀거렸다.

"이렇게 그냥 놔두면 안 돼요." 이시바와 그 문제를 상의하며 그녀가 말했다. "당신 덕택에 옴이 큰 책임을 지게 되잖아요. 그런데 배에 기생충이 가득하면 어떤 남편이나 아버지가 되겠어요?"

"어떻게 그렇게 확신하십니까?"

"머리가 아프다고 하고 항문이 가렵다고 투덜대잖아요. 먹기는 많이 먹는데 뼈하고 가죽만 남았고. 이건 확실한 표시들이에요."

다음 날, 그녀는 약국에서 구충제를 사서 이시바에게 짙은 갈색 병을 보여 주었다. "내가 줄 수 있는 최고의 결혼 선물이에요."

분홍색 액체는 한 번에 다 마셔야 했다. 이시바가 병을 살피고 뚜껑을 열어서 냄새를 맡았다. 좋은 냄새는 아니었다. 그는 옴이 결혼식 전에 치료될 수 있다면 정말 좋을 거라고 생각했다. "하지만 기생충이 아니라 다른 거면 어떡하죠?"

"그래도 괜찮아요. 약을 먹는다고 해가 되는 건 아니에요. 몸속을 깨끗하게 만들어 주는 거니까. 오늘 저녁은 밥을 굶기고 밤늦게 먹여야 돼요. 보세요, 여기 종이에 쓰여 있죠."

그러나 가슴, 소매, 옷깃, 허리 같은 기초적인 영어만 아는 그에게 약 설명서는 너무 어려웠다. 그는 자기 전에 옴에게 약을 먹이겠다고 약속했다.

더 힘든 문제는 옴에게 저녁을 굶기는 것이었다. "차파티를 만든 사람을 굶기다니 너무 불공평해요." 그가 불평했다.

"네가 먹으면 기생충들도 먹게 돼. 네 배 속에 있는 기생충들이 배가 고파서 입을 크게 벌리고 있어야 한다. 그래야 네가 약을 먹을 때 기생충들이 열심히 받아먹고 죽지."

환자의 몸속으로 들어가 병과 싸우기 위해서 매우 작아진 의사에 관한 영화를 본 적이 있다고 마넥이 말했다. "그러면 나도 작은 총을 들고 네 기생충들을 모조리 쏘아 버릴 수 있는데."

"물론이지. 아니면 작은 우산으로 찔러도 되고. 그러면 내가 이런 이상한 걸 안 마셔도 되잖아." 옴이 말했다.

"뭔가 한 가지를 잊고 있구나." 이시바가 말했다. "네가 배 속에 들어갈 만큼 작아지면 기생충들은 거대한 코브라나 비단뱀만할 거다. 네 주위로 수백 마리가 모여서 화를 내며 씩씩거릴 거야."

"그건 미처 생각 못했네요. 안 되겠다. 옴의 배 속으로 들어가는 건 포기할게요." 마넥이 말했다.

다음 날 아침, 디나는 옴이 일곱 번 화장실에 다녀간 이후로 더 이상 숫자를 세지 않았다. "아이고, 나 죽네. 몸에 있는 게 다 빠져나가는구나." 그가 끙끙댔다.

그날 오후 늦게 그가 놀란 표정으로 그러나 의기양양하게 화장실에서 갑자기 나왔다. "나왔어요! 작은 뱀같이 생겼어요!"

"꿈틀대고 있었어, 아니면 죽었어?"

"미친 듯이 꿈틀거렸어요."

"약도 그놈을 진정시키지 못했구나. 정말 강력한 기생충이네. 얼마나 크디?"

그가 잠시 생각하더니 팔을 내밀었다. "여기서부터 여기까지요." 그는 손끝에서 팔목까지를 가리켰다. "대충 20센티미터 정도 됐어요."

"이제 네가 왜 그렇게 말랐는지 알겠지? 그 사악한 놈과 새끼들이 네가 먹는 음식을 다 먹은 거야. 네 배 속에 위가 수백 개 들어 있었던 셈이지. 내가 기생충이 있다고 말했을 때 아무도 내 말을 안 믿었잖아. 이젠 걱정마. 금방 살이 찔 거다. 너도 곧 마넥처럼 튼튼해질 거야."

"그럼요. 옴을 튼튼한 신랑으로 만들려면 이제 3주가 남았네요." 마넥이 말했다.

"그리고 여섯 아들의 아버지로도 만들어야지." 이시바가 말했다.

"그런 나쁜 충고를 하면 어떡해요?" 디나가 말했다. "아이는 둘이면 충분해요. 아무리 많아도 셋이면 되고. 가족계획 얘기도 못 들었어요? 옴, 아내는 존경심을 가지고 대해야 돼. 고함을 지르거나 소리치거나 때리면 안 된다. 그리고 한 가지 더. 난 베란다에 석유풍로를 놓는 건 절대로 허락 못한다."

이시바는 그녀가 암시하는 바를 알아차렸다. 신부를 불에 태우거나 신부 지참금 때문에 죽이는 일은 카스트가 높은 욕심 많은 사람들이나 하는 짓이지 그들의 차마르 공동체에서는 그런 짓을 하지 않는다고 그가 설명했다.

"정말요? 그러면 아들하고 딸에 대해서는 뭐라고 하나요? 뭘 더 선호하죠?"

"그건 저희가 결정할 수 없죠. 신의 손에 달린 거니까요."

마넥이 옴을 팔꿈치로 슬쩍 찌르며 귓속말로 속삭였다. "신의 손에 달린 게 아니라, 네 바지 속에 든 거에 달렸잖아."

옴이 구충제로부터 회복하는 데 꼬박 하루가 걸렸다. 다음 날 저녁, 그의 식욕이 회복된 걸 축하할 겸 마넥이 해변에 가서 벨푸리 과자와 코코넛 음료를 먹자고 제안했다.

"너 때문에 조카의 버릇이 나빠지겠다." 이시바가 말했다.

"아뇨. 전 처음으로 대접하는 겁니다. 옛날에는 옴이 키우던 기생충이 다 먹었거든요."

이시바는 현관에 있는 남자가 누군지 몰라서 뚫어져라 봤다. 목소리는 익숙했지만 낯이 익지 않았다. 그러나 모습이 완전히 바뀐 라자람을 알아본 순간 이시바는 주춤했다. 라자람의 머리 가죽은 매끄러웠고 빛이 났으며, 콧수염도 완전히 밀어 버렸다.

"자네! 어디 있었어?" 이시바는 그에게 꺼지라고 해야 할지 경찰을 부른다고 협박을 해야 할지 몰랐다.

어깨를 축 늘어뜨리고 고개를 숙인 라자람은 눈을 마주치려고 하지 않았다. "그냥 한 번 와 봤습니다. 너무 오래 돼서 아직도 여기서 일하시는지 알 수도 없고 해서요."

"머리 모양이 왜 그래요?" 옴이 물었다. 그러자 이시바가 못마땅한 듯이 혀를 찼다. 그는 조카가 살인자와 다시 가까워지기를 원치 않았다.

"제 머리에 대해서 물어보는 건데요 뭘. 괜찮습니다." 그가 고개를 들었다. 그의 눈동자는 텅 비어 있었고, 지칠 줄 모르던 사업가적 열정은 소멸됐다. "당신들이 제 유일한 친구잖아요. 당신들의 도움이 필요합니다. 하지만 지난번에 빌린 돈도 아직 못 갚아서 너무 미안해서……"

이시바는 화를 참았다. 상견례를 며칠 남겨 놓고 경찰 일에 휘말리는 건 매우 불길했다. 돈을 좀 줘서 살인사를 쫓아 버릴 수만 있다면 기꺼이 그렇게 하기로 했다. 그는 뒤로 물러서며 라자람에게 베란다로 들어오라고 했다. "그래, 이번에는 뭐가 문제가?"

"정말 끔찍한 문제가 생겼습니다. 판자촌이 파괴된 이후로 내 인생은 거대한 장애물로 가득 찼어요. 이제 그만 세상을 떠날 준비가 됐습니다."

그것 참 잘됐구먼, 하고 이시바가 마음속으로 생각했다.

"실례합니다." 디나가 말했다. "당신을 잘 모르지만, 파르시 사람인 내 종교에 따르면 인간은 죽을 시간을 선택하지 못하게 돼 있어서 자살은 잘못된 겁니다. 그렇게 되면 사람이 태어나는 때도 선택하게 될 테니까요."

그녀의 머리카락을 빤히 보던 라자람이 잠시 후에 대답했다. "끝을 선택하는 것은 시작을 선택하는 것과 아무 상관이 없습니다. 둘은 별개예요. 어쨌든, 제 말을 오해하신 것 같군요. 제가 말하고자 한 건 이 물질 세상을 거부하고 수도승이 돼서 여생을 동굴에서 기도하며 보내겠다는 겁니다."

그녀는 그것이 자살이나 다름없는 도피라고 생각했다. "그게 그거잖아요."

"그렇지 않죠." 마넥이 말했다.

"마넥, 내가 말할 때 끼어들지 마." 그녀는 다시 라자람을 봤다. "그건 그렇고 내가 준 머리 깎는 도구는 어때요? 아직 쓸 만해요? 그거 그래 뵈도 영국제요."

그의 얼굴이 하얘졌다. "네, 네, 아주 좋습니다."

그런 다음 그는 마넥과 디나 앞에서는 더 이상 신상에 관해서 입을 열려고 하지 않았다. "차 한 잔 대접해도 되겠습니까? 자주 가던 식당 이름이 뭐였죠? 무슨 아람인가 하는?"

"비쉬람일세." 이시바가 대답하고 나서 호주머니에 차 마실 돈이 있는지 살펴봤다. 비록 라자람의 제안이었지만 그가 돈을 낼 확률은 거의 없었다.

그들은 조용히 식당 구석으로 가서 하나뿐인 테이블에 둘러앉았다. 주방장이 기름 묻은 손을 흔들었다. "재밌는 이야기 시간이군요!" 그가 소리쳤다. "오늘 주제는 뭡니까?"

재봉사들이 고개를 가로저으며 웃었다. "오늘 이야기는 우리 친구가 자네의 특별한 차를 마시고 싶다는 거네." 이시바가 말했다. "우리를 만나려고 아주 멀리서 왔거든."

라자람이 불안하게 주위를 살폈다. 그는 비쉬람 식당이 매우 작고 주위에 노출돼 있다는 걸 깜빡했다. 그러나 시끄러운 풍로 소리 때문에 그들의 말소리가 밖으로 들리지 않는 것에 감사했다.

"수도승이 되겠다는 건 무슨 헛소리예요?" 옴이 물었다.

"난 심각하다. 정말 세상을 떠나고 싶다니까."

"이발은 어떻게 됐어요?"

"거기서 이 모든 문제가 생긴 거야. 첫날부터 완전 실패였지. 머리털을 모으러 다니느라고 이발 기술이 녹슬었거든."

이시바는 살인자의 입에서 나온 말은 단 한 마디도 믿고 싶지 않았다. "머리를 어떻게 깎는지도 잊어버렸단 말인가?"

"그것보다 훨씬 심각했습니다. 손님이 머리 손질을 원하면 거의 대머리로 만들어 버렸거든요."

"어째서 그런 거지?"

"통제가 안 됐습니다. 머리를 깎고 자르고 모양을 만드는 대신에, 자꾸 싹둑 베어 버리는 겁니다. 우습게도 어떤 사람들은 너무 친절해서 내가 거울을 들어 올리면 '좋소, 아주 좋아요, 고맙습니다'라고 했죠. 아마도 실력 없는 이발사라고 말해서 내 기분을 상하게 하고 싶지 않았던 모양입니다. 하지만 대부분의 손님들은 그렇지 않았죠. 화가 나서 소리치며 돈을 못 내겠다고 하고 나를 때리려고 했습니다. 이발 기계와 가위를 도저히 멈출 수가 없었어요. 머리털을 수집하던 본능이 너무 강해서, 마치 내가 괴물이 된 기분이었습니다."

가위를 든 미치광이에 대한 소문이 퍼지자 아무도 그의 길거리 이발소에 들르지 않았다. 그러자 곧 그는 선택의 여지가 없었다. 다시 머리털을 수집해야 했다. 하지만 문제는 그가 모으는 대부분의 싸구려 머리털을 보관할 장소가 없다는 것이었다. "당신들 가방에도 보관할 수가 없었죠. 작은 창고가 필요했어요. 판자촌 집에다가 바닥에서부터 천장까지 쌓아 둔 걸 보셨잖아요."

라자람은 양손을 쥐어짜면서 고개를 가로저었다. "매주 25센티미터에서 30센티미터짜리 머리채 하나만 구할 수 있다면 먹고 살 수는 있었죠. 매일 밥 한 끼는 먹을 수 있으니까요. 하지만 더 이상 긴 머리를 얻는 행운은 없었습니다."

"샨카한테 맡겨 둔 꾸러미들은 뭐예요? 긴 머리가 들어 있던데." 옴이 말을 끊었다.

"그건 나중에 얻은 거야. 조금만 기다려. 내가 모두 다 고백할 테니까." 마치 긴 머리의 미녀들이 행진하는 것을 구경이라도 하듯이, 그는 시선을 먼 곳에 두고 생각에 잠겼다. "여자들이 왜 그렇게 긴 머리에 집착하는지 난 절대 이해를 못하겠어. 보기에는 아름답지만 관리하기가 너무 힘들거든."

그는 차를 한 모금 마시고 입술을 핥았다. "그때까지 난 포기할 수가 없었어요. 그래서 거지들, 부랑자들, 술주정뱅이들에게 공짜로 머리를 깎아 줬죠." 늦은 밤 야단법석과 술판이 끝나면 그는 머리가 긴 사람들에게 다가갔다. 몇 명은 작은 동전으로 유혹했다. 혼수상태이거나 건강이 너무 나빠서 무슨 상황인지 모르는 사람들의 경우에는 그냥 머리를 깎았다.

그러나 그 일도 실패하고 말았다. 머리털의 질이 매우 나빴다. 거래처 사람은 얽히고 더러운 종류의 긴 머리는 거리 이발사들의 짧은 머리와 다를 바 없다고 했다. 게다가, 경찰이 도시 미화 법률에 의거해서 비상사태를 위한 일제 검거를 실시하고 있어서 머리털 수집도 불규칙적이었다.

배고프고 갈 곳이 없었던 라자람은, 감질나게 매달린 값비싼 머리채를 하고 자신을 놀리듯이 지나가는 여자들을 탐욕스럽게 바라봤다. 때때로 그는, 미용실에서 긴 머리를 자를 것 같은 옷을 잘 차려입은 사교계 여성을 골라서 미행했다. 그러나 그가 쫓아간 여자들은 모두 친구들, 의사들, 점술가들, 신앙 요법가들, 식당들, 사리 옷가게들로 갔지 미용실로는 가지 않았다.

그는 긴 머리의 남자들도 자세히 살펴봤다. 목걸이를 하고 턱수염을 기른 외국인과 인도인 히피들이었다. 외국인 히피들은 인도 사람처럼 가죽 샌들에 쿠르타 셔츠와 통 넓은 바지를 입었지만, 인도인 히피들은 운동화에 나팔바지와 티셔츠를 입었다. 하지만 그들 모두 불쾌한 냄새가 났다. 그는 금발 머리나 빨강 머리가 가격이 얼마나 나갈지 궁금했지만, 그들을 미행하지는 않았다. 왜냐하면 히피들은 결코 이발을 하지 않기 때문이었다.

머리카락이 머리에 단단히 붙어 있어서 훔치기 어렵다는 것은 유감천만이었다. 꽉 쥐고 있는 지갑보다 더 단단하게 고정됐고, 몸에 달라붙는 바지에 넣은 두툼한 지갑보다 더 딱 달라붙어 있었다. 아무리 기술 좋은 소매치기의 손가락들도 이쩔 수 없었다. '머리치기'라고 불러야 맞을까? 머리카락처럼 가늘고 가벼운 것이 그렇게 집요하게 들러붙을 수 있다는 건 정말 놀라운 일이었다. 머리카락 뿌리가 머리 가죽을 꽉 붙들고 있는 모습은 마치 힘센 반얀 나무가 땅에 뿌리를 내리고 박혀 있는 듯했다. 물론, 탈모증이 생겨서 머리털이 빠지지 않는다면 말이다.

시간을 때우기 위해서 그는 최초로 '머리치기' 사업을 시작하는 것을 상상했다. 건강한 머리털의 뽑히지 않으려는 특성을 없애는 방법도 상상했다. 피해자의 머리 가죽에 뿌리면 머리뿌리만 녹이고 머리털은 손상시키지 않는 화학약품을 발명할 수도 있을 것이다. 또는 수도승들이 베다의 주문을 외며 통나무들에서 불길이 치솟고 구름에서 비가 쏟아지도록 하듯이, 사람에게 최면술을 걸어서 머리털이 뽑히도록 만드는 요술 주문을 개발할 수도 있을 것이다.

그런 상상을 하면서 굶주린 시간들을 보내며, 그는 현실에서는 '머리 치기'가 새로운 발명이나 초자연적인 힘을 필요로 하지 않는다는 결론을 내렸다. 현존하는 소매치기 기술들을 응용하면 충분했다. 혼잡한 곳에서는 대략(그리고 부드럽게) 소매치기와 같은 절차를 밟으면 될 것이다. 소매치기들은 날카로운 칼날을 사용해서 닫힌 호주머니를 털었다. 그는 면도 날처럼 날카로운 가위를 가지고 있었다. 한 번만 싹둑 자르면 머리채는 그의 것이 될 것이다.

어디서부턴가 라자람의 공상이 심각한 양상을 띠기 시작했다. 이제 그는 소매치기와 원치 않는 이발 사이에 도덕적 연관성이 없다고 믿게 됐다. 전자는 피해자들에게 돈을 빼앗는 범죄 행위였지만, 후자는 골칫거리를 해결하는 좋은 행동이었다. 머릿니가 득시글거리는 곳을 없애면 샴푸와 머리 크림에 드는 쓸데없는 비용을 없애 줄 뿐만 아니라, 시간과 노력 그리고 가려움증도 덜어 주기 때문이다. 그리고 이런 경우에는 '피해자'라는 말이 정확한 용어가 아니라고 그는 생각했다. '수혜자'라는 말이 훨씬 더 정확했다. 사람들이 허영심 때문에 자신에게 이로운 일을 실행하지 못하므로 도움의 손길이 필요했다. 어쨌든, 머리털은 다시 자라니까 손실은 일시적이다.

"그래서 열심히 훈련하기 시작했죠." 라자람이 빡빡 민 머리를 만지며 말했다. 여기까지 그의 이야기를 듣고 할 말을 잃은 재봉사들이 식당 의사에서 몸을 약간 꿈틀거렸다. "교외를 돌아다니다가 황량한 시골에서 혼자서 연습할 만한 장소를 찾았죠."

사람들의 시선에서 벗어난 그곳에서, 신문지를 가방에 채워 넣어 사람 머리 크기 만한 공 모양으로 만들어 나뭇가지에 실을 매어 달자 매우 가벼워서 조그만 자극에도 흔들렸다. 그는 가방에 실 뭉치들을 많이 매달았다. 그런 다음 가방이 흔들리지 않게 하면서 실 뭉치들을 바싹 붙여 깎는 연습을 했다. 변화를 주기 위해서 그는 실을 땋아서 두 갈래 머리채를 만들거나, 한 줄로 묶어서 굵은 머리채를 만들거나, 또는 실을 묶지 않고 곱슬머리처럼 느슨하게 늘어뜨려 놓았다.

기술이 늘어나자 그는 실제 상황을 연출하려고 변화를 주었다. 가짜 머리채 밑에다가 자루를 갖다 대고 떨어지면 담고 가위도 함께 넣어서 자루를 닫았다. 이 모든 것을 단 한 번에 매끄럽게 했다. 혼잡한 곳에서 일하게 될 손을 익숙하게 단련시키려고 그는 매우 비좁은 공간에서 훈련했다. 훈련이 끝나자 그는 복잡한 도시의 거리와 시장으로 돌아갔다.

"아니, 왜 그렇게 미친 짓을 한 거야?" 이시바가 물었다. "머리털 수집 사업이 망했으면 다른 걸 수집하면 더 낫잖아? 신문지, 상자, 빈 병 같은 거 말이야."

"저도 제 자신에게 그런 질문을 했죠. 맞습니다. 수많은 가능성들이 있었죠. 최악의 경우에는 거지가 될 수도 있었습니다. 새로 시작하려는 끔찍한 짓보다 그게 더 나았을 겁니다. 지금 생각하면 그렇죠. 하지만 뭔가 맹목적인 것 때문에 저도 어쩔 수가 없었습니다. 긴 머리를 수집하는 것이 어려우면 어려울수록 더 절실하게 성공하고 싶었습니다. 마치 거기에 제 인생이 달린 것처럼 말이죠. 그래서 그 계획이 전혀 이상해 보이지 않았던 겁니다."

사실, 일이 시작되자 그는 기가 막힌 방법을 개발했다고 생각했다. 자루와 가위를 들고 군중들 사이를 파고들어가서 피해자(혹은 수혜자)를 조심스럽게 선택했다. 절대 조급하거나 욕심을 부리지 않았다. 두 갈래로 땋은 머리채라도 그는 무리하기보다는 하나만 가져도 만족했다. 그리고 그는 목덜미에 바싹 붙여서 깎고 싶은 욕구를 억제했다. 몇 센티미터 더 깎으려다가 잘못해서 큰일 날 수도 있었기 때문이었다.

시장에서는 아무리 머리가 탐스럽다고 해도 하인들과 함께 장을 보는 여자들은 피했다. 또한, 아이들과 함께인 여자들도 피했다. 아이들은 예측이 불가능했다. 가위의 은총을 받도록 선택된 여자는, 주로 혼자서 초라한 옷차림으로 가족들을 위해 야채 사는 일에 열중하고 비싼 가격에 놀라서 집요하게 흥정하거나 속지 않으려고 장사치의 저울을 보느라 정신이 없었다.

그런 여자는 곧 '머리치기'를 당했다. 많은 사람들 사이에서 라자람의 날카로운 도구가 몰래 나왔다. 재빨리 그리고 깔끔하게, 단번에 싹둑 베었다. 머리채가 자루로 떨어졌다. 또 한 명의 인류에게 자신도 모르게 짓누르고 있던 방해물을 제거해 주고 그는 도망쳤다.

버스 정류장에서 라자람은, 돈지갑을 겨드랑이에 꽉 껴서 그 가죽이나 비닐이 땀투성이 몸에 딱 들러붙은 매우 불안한 여자를 선택했다. 그런 여자의 윗옷에서는 땀이 반원 모양으로 전염병처럼 번졌다. 그는 집으로 돌아가는 지친 일꾼인 척하면서 통근자들에게 합류했다. 버스가 도착하자 줄을 서 있던 사람들이 마구 달려 나갔고, 긴장한 여자가 머뭇거리는 사이에 가위로 작업했다.

그는 같은 시장이나 버스 정류장에서 절대로 두 번 작업하지 않았다. 그건 너무 위험했다. 그러나 그는 자주 빈손으로 범죄(혹은 자선) 현장으로 돌아가서 사람들이 무슨 말을 하는지 들어 보았다.

처음에는 아무 일도 없었다. 그가 생각한 대로, 아마도 여자들이 너무 부끄러워서 소란을 피우지 못한 듯했다. 또는 아무도 그들의 말을 믿지 않았거나 심각한 문제라고 생각지 않았을 것이다.

그러나 결국 잃어버리거나 도난 당한 머리채에 대한 조소와 농담이 떠돌기 시작했다. 빤 가게에서 돌아다니던 농담은, 국가비상사태로 빈민굴들을 없애고 나자 새로운 종류의 도시 쥐들이 출현했는데 이놈들은 썩은 쓰레기가 아니라 여자들의 머리털을 좋아한다고 했다. 배에서 짐을 내리는 부두 일꾼들은 신비한 머리털 사냥꾼의 업적을 찬양하면서, 그것이 수세기 동안 높은 카스트 사람들이 낮은 카스트 여자들의 옷을 벗기고 강간하고 머리를 밀었던 억압에 대한 형제의 복수라고 확신했다. 노상 찻집과 이란인 식당에서는 지식인들이 빈민굴 철거 계획이 관료주의의 실수 때문에 더 큰 일에 봉착하게 됐다고 냉소했다. 즉, 고위층에서 내려온 문서에 오자가 있어서 도시 '미화' 경찰을 도시 '미용' 경찰로 표기하는 바람에 경찰들이 머리채를 빈민굴처럼 잔인하게 다루고 있다고 했다. 또한 외국의 간섭이 있다는 이야기도 필연적으로 등장했는데, CIA 여성 요원들이 국가의 사기를 떨어트리느라 머리채가 사라진다는 소문을 퍼트린다고 했다.

"모두들 농담을 하고 있어서 걱정하지 않았습니다. 자신감이 커져서 일을 더 크게 벌이려고 했죠."

오랫동안 완벽하지만 불가능한 대상이라고 생각했던 히피들도 그의 봉사를 받게 됐다. 이른 새벽, 해시시를 구입한 마약 소굴 주변에서 그들이 약에 취해 누워 있는 것을 발견했다.

정신이 몽롱한 외국인들의 머리채를 자르는 건 식은 죽 먹기였다. 그들 중에 누군가 마침 눈을 떠서 동료의 머리채가 잘리는 걸 본다 해도 헛것을 봤다고 생각했다. 바보처럼 킥킥 웃다가 "와, 죽이는데" 혹은 "와, 멋진 데"라고 중얼거리며 사타구니를 긁적이다가 다시 잠이 들었다. 심지어 한 번은 라자람이 성교 중인 히피 남녀의 머리채를 잘랐다. 위에 있던 남자의 머리채를 먼저 자르고 나서, 얼마 후 여자가 위에 올라탔을 때 그녀의 머리채도 잘랐다. 흔들리고 아래위로 움직이는 것은 숙련된 라자람의 손에 아무런 문제도 되지 않았다. "우와, 세상에! 죽인다! 사랑의 신 카마가 널 열반시키려고 머리 손질을 하는 모양이야!" 자신이 본 것에 흥분한 남자가 말했다. 그러자 여자가 중얼거렸다. "우와, 자기야, 나 지금 다시 태어나는 것 같아!"

라자람은 마침내 일이 잘 풀린다고 생각했다. 타락한 미국인들과 유럽인들이 더러운 습관과 퇴폐적인 풍습을 감수성이 예민한 청소년들에게 전파한다고 불평하는 보수적인 사람들과는 달리, 그는 외국인들의 침입을 환영했다. 외국인들의 머리가 어깨까지 혹은 그보다 길기만 하다면, 라자람은 그들이 도시로 밀려드는 것이 행복했다.

도시 미화법이 정신분열증을 일으키고 수명을 다하자 거지들이 다시 거리로 돌아왔다. 라자람의 전문적인 눈이 번뜩였다. 그러나 사업이 번창하고 있어서 더 이상 거지들의 더럽고 얽힌 머리를 찾아다니지 않았다. 그를 알아보고 공짜로 머리를 깎아달라고 부탁하는 거지들도 무시했다.

"계속 그렇게 거지들을 무시했더라면 지금 내 인생은 완전히 달라졌을 겁니다." 라자람이 한숨을 깊이 내쉬었다. "하지만 우리의 운명은 태어날 때부터 이마에 새겨져 있는 법이죠. 바로 거지들이 나의 몰락을 가져왔습니다. 다가가기를 그토록 무서워했던 시장의 아름다운 여자들도 아니었고, 언젠가 나를 실컷 두들겨 팰지도 모른다고 생각했던 해시시를 피우는 히피들도 아니었습니다. 바로 무기력한 거지 두 명이 그렇게 한 거죠."

그가 말을 멈추더니, 계산대에서 미소를 지으며 아직도 이야기를 함께 듣고 싶어 하는 출납원 겸 웨이터를 노려봤다. 재봉사들은 웨이터를 무시했다. "거지들에 대해서는 다 알고 있네. 그런데 왜 죽였나?" 이시바가 조용히 말했다.

"아니, 그걸 어떻게! 그걸 어떻게 알고 계셨습니까?" 라자람이 외쳤다. "당연히 거지 왕초가 말했겠죠! 하지만 전 죽이지 않았어요! 사실, 죽이긴 했지만…… 그러니까 실수였습니다!" 그는 재봉사들을 똑바로 볼 수가 없어서 탁자 위에 올린 손에다가 얼굴을 묻었다. 그러고는 똑바로 앉아서 코를 비볐다. "탁자에서 악취가 나는군요. 어쨌든 제발 도와주십시오! 부탁입니다! 제발 절대로……!"

"진정하게, 괜찮아." 이시바가 말했다. "거지 왕초는 자네에 대해서 아무것도 몰라. 그냥 거지 두 명이 죽었고 머리채를 훔쳐갔다고 했어. 우린 그 순간 자네가 떠올랐지."

라자람은 상처 받은 듯했다. "다른 머리털 수집가일 수도 있잖습니까. 이 도시에서 수백 명이 그 일을 하는 걸요. 즉시 저를 생각할 필요까지는 없었는데." 그가 침을 꿀꺽 삼켰다. "거지 왕초에게는 아무 말도 안 하셨죠?"

"우리가 상관할 바는 아니니까."

"정말 다행입니다. 전 거지들을 해칠 생각은 전혀 없었어요. 너무나 끔찍한 실수였습니다. 제발 절 믿어 주십시오."

어느 날 밤, 그는 일거리를 찾아다니다가 주린 배를 무릎에 끌어 붙이고 현관 밑에서 잠든 거지 남녀를 발견했다. 가로등이 그들의 머리를 비추지 않았더라면 그냥 지나쳤을 것이다. 정말 아름다웠다. 두 사람의 머리는 깊은 광택으로 빛이 났는데, 그것은 그가 오랫동안 돌아다니면서도 좀체 볼 수 없는 것이었다. 그런 머리채는 광고 회사 중역들이 꿈꾸는 것이었다. 그 광택은 시카카이 비누나 타타의 향수, 코코넛 머릿기름 같은 상품들을 훨씬 더 많이 팔리게 할 수 있을 것이므로, 고객들이 서로 광고에 쓰려고 다툴 것이다.

그러나 그런 보물이 삐쩍 마른 거지 두 명의 머리를 장식하고 있다는 것은 정말 이상했다. 그들 옆에 무릎을 꿇고 앉아서 그는 윤이 나는 머리채를 손가락으로 부드럽게 만져 보았다. 비단처럼 매끄러웠다. 저항할 수 없는 매력에 그는 머리채를 손에 듬뿍 쥐고서 그 감촉을 느꼈다. 비밀스러운 광택과 부드러움을 훔치고 싶은 듯 그의 손가락들이 머리채를 움켜쥐고 관능적인 고통으로 괴로워했다.

거지들이 몸을 움직이자 그는 환상에서 깨어났다. 그는 자신의 직업적 의무가 떠올랐다. 가위를 꺼내서 여자 거지부터 머리채를 자르기 시작했다. 그는 머리털 수집을 시작하고서 처음으로 후회하기 시작했다. 그렇게 아름다운 머리채를 자르는 것은 범죄라는 생각이 들었다. 꽃을 꺾으면 색이 바래듯이 머리채의 마술 같은 광채도 분명히 사라질 것이기 때문이었다.

그는 자른 머리채를 둘둘 감아서 자루에 담았다. 그런 다음 남자 거지의 머리채를 자르기 시작했다. 여자 거지의 머리채와 사실상 구별이 불가능했다.

막 일을 끝마쳤을 때 눈을 뜬 여자 거지가 옆에 웅크리고 있던 라자람과 어둠 속에서 살인 도구처럼 번쩍이는 가위를 보았다. 그녀는 심장이 멎을 것 같은 비명을 내질렀다. 그러자 잠에서 깬 남자 거지가 등골이 오싹하도록 비명을 질렀다.

"그 비명 소리 때문에 정말 무섭더군요." 그 소리가 아직도 귓가에 울리는 것처럼 라자람이 몸을 떨었다. "금방 경찰이 와서 맞아 죽을 것 같다는 생각이 들었습니다. 거지들에게 그만 멈추라고 사정을 했죠. 해치지 않을 테니까 괜찮다고 했어요. 내 머리털을 한 가닥 잘라서 내가 한 일이 아무런 해도 끼치지 않는다는 걸 보여줬죠. 사정도 하고 주머니에서 동전도 꺼내서 그들에게 줬습니다. 하지만 그들은 계속 비명을 질렀죠. 멈추질 않았어요! 정말 미칠 것 같았습니다!"

당황한 그는 가위를 들어서 먼저 여자 거지를, 그런 다음 남자 거지를 내리쳤다. 목, 가슴, 배. 끔찍한 비명을 만들어 내는 기관들과 숨을 쉬게 만드는 곳들을 내리찍었다. 조용해질 때까지 그는 계속 찔렀다.

아무도 살펴보러 오지 않았다. 거리는 외로운 미치광이들의 외침과 환멸을 느낀 알코올중독자들의 울부짖음에 익숙했다. 건너편에서 누군가가 병적으로 흥분해서 웃었고, 개들이 짖었고, 사원에서 종이 울렸다. 라자람은 주의를 끌지 않고 가능한 빨리 걸어서 그곳을 도망쳤다.

나중에 그는 가위, 피 묻은 옷, 그리고 머리채들을 버렸다. 그런 다음 즉시 머리와 콧수염을 빡빡 밀었디. 경찰이 현장에서 탐문 조사를 하면 거지들이 분명히 그곳에 자주 와서 머리를 깎아 주고 수집하던 사람이라고 설명할 것이기 때문이었다.

"하지만 난 안전하지 않아요. 몇 달이 지났지만 범죄수사대가 아직도 날 찾고 있습니다. 매일 수백 건의 다른 범죄가 일어나고 있는데 그들이 왜 내 사건에 그렇게 관심을 갖는지 도무지 모르겠어요." 그의 차는 이미 차갑게 식었다. 그가 차를 삼키며 인상을 썼다. "이제 무슨 불행한 일이 생겼는지 아시겠죠. 제발 도와주십시오."

"하지만 어떻게? 그냥 자수하는 게 최선의 방법 같은데. 가망이 없잖아." 이시바가 말했다.

"가망이 있습니다." 라자람이 잠시 말을 멈추고 몸을 가까이 숙이며 재봉사들을 빤히 보았다. 그의 눈이 약간 밝아졌다. "처음에도 말했듯이 이 고통과 슬픔의 세상을 떠나고 싶습니다. 수도승처럼 소박하게 존재하고 싶습니다. 차갑고 어두운 히말라야 동굴에서 오랜 시간 동안 명상하고 싶어요. 딱딱한 바닥에서 잠을 잘 겁니다. 태양과 함께 일어나고 별과 함께 잠자리에 들 겁니다. 비바람이 아무리 강해도 고행으로 단련된 내 몸에는 아무런 영향도 끼치지 못할 겁니다. 빗을 내던지면 머리털과 턱수염이 길게 얽혀서 자랄 겁니다. 그 속으로 기어들어간 작은 생물들이 평화롭게 숨어 지낼 겁니다. 난 그들을 건드리지 않을 겁니다."

이시바와 옴은 눈썹을 치켜 올리고 눈알을 이리저리 굴렸다. 그러나 라자람은 그들의 표정을 눈치 채지 못했다. 마치 첫 번째 금욕을 실행하기라도 하듯, 그는 찻잔을 조심스럽게 천천히 옆으로 밀어냈다. 수도자의 야성적이고 낭만적인 이미지가 그의 상상력을 자극해서 생생한 모습을 떠올리도록 만들었다.

"발바닥과 뒤꿈치가 갈라지고 찢어지고 수십 번을 다쳐서 피가 나도 연고나 약을 바르지 않고 맨발로 갈 겁니다. 어두운 정글에 숨어 있는 뱀들도 날 무섭게 만들지 못할 겁니다. 낯선 마을과 외딴 마을을 지날 때면 똥개들이 내 발목을 물겠죠. 난 음식을 구걸할 겁니다. 낯선 얼굴과 내면을 들여다보는 나의 열광적인 눈을 두려워하는 아이들, 때로는 심지어 어른들도 나를 조롱하고 돌을 던질 겁니다. 필요하다면 난 굶주리고 발가벗을 겁니다. 바위투성이의 들판을 걷고 가파른 언덕을 내려갈 겁니다. 절대로 불평하지 않을 겁니다."

재봉사들로부터 멀어진 그의 두 눈은 생각에 잠긴 채 먼 곳을 응시하며 이미 인도 아대륙을 여행하고 있었다. 마치 휴가 계획을 세우는 것처럼 그는 즐기는 듯했다. 주방에서는 풍로의 연료가 바닥났다. 풍로의 시끄러운 소리가 사라지자 식당이 조용해졌다.

침묵 때문에 공상에서 깨어난 라자람은 식당의 냄새나는 유일한 테이블로 돌아왔다. 주방장이 식당 뒤로 가서 석유통을 들고 왔다. 그들은 그가 깔때기를 꽂고 풍로에 석유를 채우는 걸 지켜봤다.

"세속적인 삶이 나를 망쳤습니다. 우리 모두 마찬가집니다. 단지 내 경우와는 달리 항상 명확치 않다는 것뿐이죠. 이제 당신들의 도움이 절실히 필요합니다." 라자람이 말했다.

"하지만 우리는 수도승이 되는 법에 대해서는 아는 바가 없는데. 우리한테 뭘 바라는 거지?" 이시바가 물었다.

"돈입니다. 히말라야로 가는 기차표가 필요합니다. 경찰과 범죄수사대로부터 도망칠 수만 있다면 구원받을 수 있는 희망이 있습니다."

그들은 아파트로 돌아갔다. 라자람이 베란다에서 기다리는 동안, 안으로 들어간 이시바가 디나에게 프론티어 메일호 삼등석 표를 구할 수 있는 금액만 저축한 돈에서 빼 달라고 부탁했다.

"어차피 당신들 돈이니까 내가 참견 못하겠죠. 하지만 저 사람은 세상을 떠난다면서 왜 기차표가 필요한 거죠? 다른 수도승들처럼 거기까지 걸어가면 되잖아요." 디나가 말했다.

"옳으신 말씀이십니다. 하지만 그러면 시간이 너무 많이 걸린답니다. 구원을 빨리 받아야 된답니다." 이시바가 말했다.

라자람이 돈을 받고 세어 보더니 머뭇거렸다. "혹시 10루피만 더 빌리면 안 될까요?"

"뭐하게?"

"침대칸은 추가 요금을 내야 하거든요. 긴 기차 여행 동안 앉아 있으면 정말 불편해서요."

"미안하네." 이시바는 하마터면 돈을 다시 뺏을 뻔했다. "우리도 그 이상은 더 못 줘. 언젠가 다시 도시로 오면 들르게. 차나 한 잔 하세."

"그럴 일은 없을 겁니다. 수도승들은 휴가가 없으니까요." 그는 서글프게 웃으며 사라졌다.

옴은 그를 다시 볼 수 있을지 궁금했다. "저 사람 돈 빌리는 습관은 귀찮았지만 재밌었는데. 우리한테 세상 소식을 전해 줬잖아요."

"걱정 마. 라자람처럼 운이 없는 사람이 거기 도착하면 동굴들이 모두 꽉 차 있을 게다. 히말라야에 가니 빈방이 없더라는 이야기를 가지고 우리한테 돌아올 거야."

14장 다시 찾아온 고독

재봉하는 방을 청소하고 정리하던 디나는 먼지와 실밥들 때문에 재채기가 나왔다. 그러자 천 조각들이 들썩거렸다. 오레보아 수출 회사에 마지막 주문 옷들을 납품하고 굽타 부인에게 6주간 쉬겠다고 알렸다.

디나는 다가올 시간의 공허함이 어떤 것일지 궁금했다. 마치 고독에 대한 강의를 다시 듣는 기분이 들었다. 좋은 연습이 될 것이다. 재봉사들과 하숙생 없이 추억들과 홀로 남을 그녀는, 수집한 동전들을 살피듯 추억의 밝은 부분과 흐릿한 부분, 그리고 도드라진 부분을 하나씩 살펴볼 것이다. 고독과 함께 사는 법을 잊어버린다면 언젠가는 매우 힘들게 될 것이다.

그녀는 제일 좋은 헝겊 조각들은 이불 만드는 데 쓰려고 따로 챙기고, 나머지는 맨 아래 선반에 집어넣었다. 싱어 재봉틀들을 구석에 밀어 넣고 의자들을 위로 포개자 침대 주위로 더 많은 공간이 생겼다. 재봉사들의 짐 가방이 베란다에 있었다. 가져가지 않은 물건들은 골판지 상자들에 담겨 있었다.

출발까지 이틀이 남았지만 아무 할 일이 없었던 재봉사들에게, 시간은 마치 바느질이 끊어진 텐트처럼 한 순간 축 늘어졌다가도 어느 순간 부풀어 올라서 헐렁하고 느슨한 기분이 들어 어색했다.

저녁 식사를 마치고 디나가 이불을 만들기 시작했다. 한쪽 끄트머리에 가로 60센티미터 세로 30센티미터 크기의 공간만 채우면, 그녀가 원하는 대로 가로 2.1미터 세로 1.8미터 크기의 이불이 완성될 것이다. 옴은 바닥에 앉아서 이시바의 발을 주물렀다. 그들을 지켜보면서 마넥은 아버지의 발을 주물러 주면 어떨지 상상해 보았다.

"이불 정말 좋은데요. 우리가 돌아올 때쯤이면 완성돼 있겠군요." 옴이 말했다.

"옛날에 쓰던 헝겊을 조금만 더 쓰면 그렇겠지. 하지만 같은 걸 계속 쓰면 싫증이 나니까, 새 헝겊이 생길 때까지 기다려야지." 그들은 이불의 끝을 잡고 펼쳤다. 반듯한 바느질은 마치 개미들이 줄을 지어 종횡으로 움직이는 듯했다.

"정말 아름답습니다." 이시바가 말했다.

"이불이야 아무나 만드는 건데요 뭘. 당신들이 쓰고 남은 헝겊 조각들이에요." 그녀가 별거 아니라는 듯이 말했다.

"그렇지만 이것처럼 조각들을 모으는 게 대단한 기술이죠."

"저거 봐요." 옴이 손가락으로 가리켰다. "우리가 맨 처음 작업했던 포플린 옷감이에요."

"기억나니?" 디나는 기분이 좋아졌다. "처음에 옷을 얼마나 빨리 만들었는지 생각나? 난 정말 재봉 천재 두 명이 나타난 줄 알았단다."

"그때는 배가 고파서 손가락들이 빨리 움직였습니다." 이시바가 웃었다.

"그다음에 저기 오렌지색 줄무늬가 있는 노란색 칼리코 천을 작업했죠. 옴이 그때 날 얼마나 힘들게 했는데요. 사사건건 싸우고 말다툼을 했잖아요."

"제가 언제요? 싸워요? 절대 그런 적 없는데."

"이 파란색, 흰색 꽃들 생각나요. 제가 여기로 이사 왔을 때 아주머니께서 만들던 치마에서 나온 거죠." 마넥이 말했다.

"정말?"

"그럼요. 그날 이시바 아저씨와 옴이 일하러 안 왔잖아요. 총리의 강제 모임에 납치됐던 날이요."

"아, 그래, 맞다. 옴, 이 예쁜 보일 옷감 기억나니?"

얼굴이 빨개진 옴은 생각나지 않는 척했다.

"아니, 생각 안 나? 어떻게 생각이 안 날 수가 있니? 네가 엄지손가락을 가위에 베어서 피를 흘린 천이잖아."

"전 그런 기억이 없는데요." 마넥이 말했다.

"네가 오기 한 달 전에 그랬지. 그리고 시폰도 재밌었는데. 디자인을 맞추기도 힘들고 미끄럽다고 옴이 화를 냈었지."

이시바가 몸을 숙이더니 정사각형의 흰 삼베를 가리켰다. "이거 아시죠? 이 천을 가지고 작업한 첫날에 정부가 우리 집을 부쉈죠. 이걸 볼 때마다 슬퍼집니다."

"가위 가져와요. 잘라 버릴 테니까." 그녀가 농담을 던졌다.

"아닙니다. 그냥 두십시오. 아주 보기 좋습니다." 그는 삼베를 손가락으로 만지며 과거를 떠올렸다. "천 한 조각을 두고 슬프다고 하는 건 의미가 없습니다. 보십쇼. 이 슬픈 조각이 저희가 베란다에서 자기 시작했을 때 작업하던 행복한 헝겊 조각과 연결돼 있잖습니까. 그리고 그다음 조각은 차파티를 만들 때 작업하던 거고요. 그리고 이 보라색 비단은 저희가 매운 양념 와다 과자를 만들고 다 함께 요리를 하던 때 작업하던 거죠. 또 이 조젯 헝겊 조각은 거지 왕초가 저희를 집주인의 깡패들로부터 구해 줬을 때 작업하던 겁니다."

그는 복잡한 법칙을 명쾌하게 설명하기라도 한 듯이 기뻐하며 뒤로 물러섰다. "그러니까 기억해야 할 법칙은, 천 한 조각보다 전체 이불이 훨씬 중요하다는 겁니다."

"우와, 정말 멋지다!" 옴과 마넥이 박수를 치며 외쳤다.

"정말 현명한 말이로군요." 디나가 말했다.

"그런데 그게 무슨 철학이에요, 아니면 헛소리요?"

이시바가 복수를 하려고 옴의 머리를 헝클었다.

"삼촌, 그만해요. 결혼하려면 멋지게 보여야 돼요." 옴이 빗을 꺼내서 가르마를 타고 머리를 뒤로 넘겼다.

"우리 어머니는 실을 모아서 공을 만드셨어. 어릴 때 그걸 풀면서 실이 어디서 나온 건지 맞추는 게임을 하곤 했었지." 마넥이 말했다.

"그럼, 이불을 가지고 그 게임을 해 보자." 옴이 말했다. 그는 마넥과 함께 가장 오래된 헝겊 조각을 찾아서 시간 순서대로 하나씩 훑으면서, 그들의 불행과 승리의 순간들을 재구성했다. 마침내 그들은 완성되지 않은 한쪽 끄트머리에 도달했다.

"여기서 막히네. 막다른 길이에요." 옴이 말했다.

"기다려. 다음 주문 때 무슨 옷감을 받느냐에 달렸으니까." 디나가 말했다.

"그래, 좀 참아라. 그곳을 뭐라고 부르기 전에 우리의 미래가 먼저 과거가 돼야 하니까."

이시바가 가볍게 한 말이 마넥에게는 차가운 비처럼 쏟아졌다. 그의 기쁨이 등불처럼 꺼져 버렸다, 미래가 과거가 되고 모든 것이 공허하게 사라진다면, 뭔가를 구하기 위해서 뒤돌아볼 때 과연 무엇을 움켜쥐어야 할까? 남는 것이라고는 약간의 실, 천 조각들, 황금 같은 시간의 그림자들뿐인가? 시간을 바꿔서 과거를 미래로 만들고, 현재라는 변화무쌍한 선을 넘어서 과거로 변하는 미래를 멈출 수만 있다면 좋으련만······.

"마넥, 듣고 있니?" 디나가 물었다. "넌 기억력이 좋은 모양이구나? 이불을 보지도 않고 1년 동안 일어난 일을 다 기억할 수가 있니?"

"1년은 훨씬 넘은 것 같은데요." 옴이 말했다.

"무슨 바보 같은 소리야. 1년도 안 된 것 같은데." 마넥이 말했다.

"어허, 얘들아, 시간이 어떻게 길어지고 짧아지겠니? 시간은 길이도 없고 넓이도 없어. 중요한 건 시간이 지나면서 무슨 일이 있었느냐는 거란다. 그래, 무슨 일이 있었니? 바로 우리들의 삶이 합쳐졌다는 거야."

"이불의 헝겊 조각들처럼 말이죠." 옴이 말했다.

마넥은 이불의 한쪽 끄트머리가 채워져도 일을 끝내지 말아야 한다고 했다. "아주머니, 계속 헝겊을 붙여서 더 크게 만드실 거죠?"

"쟤가 또 바보 같은 소리를 하네. 그런 괴물 같은 이불을 가지고 나더러 뭘 하라는 거니? 내가 네 말대로 이불 만드는 신이라도 되는 줄 아니?"

분주한 아침이 지나고 디나는 차분해졌다. 수돗물 받기를 끝내고 지난밤에 담가 둔 그릇들을 모두 씻고 빨래도 마쳤다. 싱어 재봉틀이 달각거리며 쿵쿵거리는 소리를 내지 않자 시간이 공허하게 흘러갔다. 그녀는 마넥이 늦은 아침을 먹는 것을 앉아서 지켜보았다.

"이시바 아저씨와 옴과 같이 가시지 그랬어요. 그럼 신붓감 선택하는 걸 도와줄 수도 있었는데 말예요." 마넥이 그녀의 기분을 북돋우려고 했다.

"또 장난치는 거니?"

"아뇨. 아주머니께서 같이 가셨으면 재봉사들도 기뻐했을 거예요. 신붓감 간택 위원회에 포함되셨을 텐데." 갑자기 목이 막힌 마넥은 먹던 토스트가 입 밖으로 튀어나오지 못하게 간신히 막았다.

그가 음식을 제대로 넘길 때까지 그녀가 등을 두드려 줬다. "음식을 입에 넣고 있을 때는 말하지 말라고 안 배웠니?"

"이시바 아저씨가 목에 들어왔나 봐요. 경사스러운 일을 놀린다고 복수를 한 모양인데요."

"불쌍한 사람. 일이 잘돼야 할 텐데. 어떤 신부를 고르든 간에 우리랑 잘 어울리고 함께 잘 살았으면 좋겠다."

"좋은 새색시가 올 테니까 걱정 마세요. 옴은 성격이 나쁘거나 불친절한 여자와는 결혼하지 않을 거예요."

"그건 나도 알아. 하지만 옴은 선택권이 없을지도 몰라. 중매결혼에서는 점성술사들과 가족들이 모든 걸 결정하니까. 그런 다음 여자는 남자 가족의 소유물이 돼서 학대와 괴롭힘을 당하지. 끔찍한 제도 때문에 훌륭한 여자들이 마녀로 변해. 하지만 새색시가 알아야 될 건 바로 여기가 내 집이라는 거야. 그러니 너와 이시바 씨 그리고 옴이 하듯이 내 방식을 따라야 해. 안 그러면 같이 지내는 게 불가능 할 테니까."

잠시 말을 멈춘 그녀는 시어머니 같은 소리를 한다는 걸 깨달았다. "자, 어서 계란이나 마저 먹어라." 그녀는 화제를 바꿨다. "내일부터 기말고사지?"

마넥이 음식을 씹으며 고개를 끄덕였다. 그녀가 식탁을 치우기 시작했다. "닷새 후에 떠나는 거지? 표 예약은 했니?"

"네, 다 했어요." 그는 도서관에 가려고 책을 챙겼다. "곧 돌아올 테니까 아무한테도 방을 주면 안 돼요. 알았죠?"

마넥의 집에서 편지가 도착했다. 그는 봉투를 열어 방세 수표를 디나에게 건넨 다음 편지를 읽었다.

"어머니, 아버지 다 안녕하시지?" 그의 얼굴이 어두워지는 걸 보고 그녀가 물었다.

"네, 다 괜찮으세요. 별다른 건 없고요. 부모님께서 또 불평이세요. '대학은 왜 3년 더 다니려고 하느냐? 수업료가 문제가 아니라 널 보고 싶어서 그런 거란다. 그리고 가게에 할 일이 너무 많아서 우리 둘이서는 힘이 부치니 네가 물려받아야겠다'라고 쓰셨어요." 그는 편지를 내려놓았다. "하지만 집에 돌아가면 매일 아버지와 싸우고 다툴 거예요."

그녀는 주먹을 불끈 쥔 그의 어깨를 만졌다. "마넥, 다른 사람들과 마찬가지로 부모도 인생에서 혼란을 겪는단다. 하지만 굉장히 많은 노력을 하지."

그가 편지를 건네자, 그녀는 나머지 부분을 읽었다. "마넥, 네 엄마가 부탁한대로 하는 게 좋겠다. 외갓집을 꼭 방문하도록 해. 1년 동안 여기 있으면서 한 번도 찾아가지 않으면 어떡하니."

그는 어깨를 으쓱하며 인상을 쓰더니 자기 방으로 들어갔다. 그가 다시 나왔을 때 그녀는 그의 팔에 낀 상자를 보았다. "학교에 체스 판을 가져가려고?"

"제 게 아니라 친구 거예요. 오늘 돌려주려고요."

버스 정류장으로 가면서 그는 부모님의 편지를 곰곰이 생각했다. 아버지의 무기력함과 어머니의 고통, 그들의 회의와 두려움이 편지에서 몸부림치고 있었다. 부모님의 말이 진심이면 어떡하지? 이번에는 잘 될지도 몰라. 내가 없는 1년 동안 아버지가 삶의 변화를 받아들였는지도 모른다.

그는 샨카에게 인사를 하려고 약간 돌아서 비쉬람 식당을 지나갔다.

고개를 쭉 빼고서 골목 모퉁이를 응시하느라 거지는 그를 알아보지 못했다. 마넥이 몸을 숙여서 다시 한 번 손을 흔들자 샨카가 그제야 그를 알아보고 손수레에 깡통을 두드렸다. "아이고, 선생님, 안녕하십니까? 제 친구들은 잘 떠났나요?"

"어제 출발했어."

"정말 좋겠군요. 오늘은 저한테도 좋은 날입니다. 거지 왕초의 이발사가 저를 면도해 주러 오거든요. 재봉사들이 여기 있었으면 좋았을 텐데 말이죠. 면도한 제 얼굴을 볼 수 있었을 텐데."

"걱정 마. 내가 여기 있잖아. 내일 보러 올게." 그런 다음 마넥은 버스 정류장으로 갔다.

샨카는 그가 골목 모퉁이를 돌아서 사라질 때까지 지켜보다가 다시 이발사가 오기를 기다렸다. 손수레는 보도의 연석 옆에 꼼짝 않고 있었다. 깡통은 텅 비었고 구걸하는 노래는 부르지 않았다. 샨카는 행인들의 관심을 끌만한 어떤 행동도 하지 않았다. 그는 거지 왕초의 개인 이발사로부터 빨리 사치스러운 몸단장과 고급 서비스를 받길 원했다.

샨카는 이발사가 그날 아침에 그 제안을 거절했다는 사실을 몰랐다. 이발사는 거지 왕초에게 거리 이발은 하지 않는다고 말했다. 대신에 그는 다른 사람을 추천했다. "이 친구가 라자람입니다. 거리 이발을 하는데 아주 실력 있고 쌉니다."

"안녕하십니까." 라자람이 거지 왕초에게 인사를 했다.

"잘 들으쇼. 샨카가 비록 거지이긴 하지만 난 그를 무척이나 사랑하오. 그러니 최고로 잘해 줘야 해. 당신을 무시해서가 아니라 당신 능력이 궁금해서 그런데, 대머리가 이발에 대해서 제대로 알기나 하는 거요?"

"그건 공평한 질문이 아닙니다. 거지가 돈이 많습니까? 그렇지 않죠.

하지만 거지는 어떻게든 살아가잖습니까."

라자람의 대답이 마음에 든 거지 왕초는 그에게 일을 맡겼다. 즉, 이발 도구들을 가지고 비쉬람 식당 밖에 도착한 것은 바로 라자람이었다.

샨카는 그를 어디선가 본 것 같았다. "선생님, 전에 혹시 절 만난 적이 있습니까?"

"무슨 소리야, 난 생전 처음 보는데." 머리채 수집으로 샨카와 연관됐던 것이 괴로웠던 라자람은 극구 부인했다. 그는 도시에 계속 머무는 건 위험하므로 수도승의 옷을 입고 히말라야로 출발하는 것이 안전하다고 판단했다. 그러나 사프란색 승복, 염주, 손으로 만든 나무 구걸 그릇을 사려면 돈이 필요했다. 이번 일을 하고 거지 왕초로부터 돈을 받으면 큰 도움이 될 것이다.

거지의 목에 흰 천을 둘러 주고 그는 면도솔로 비누통을 휘저어 거품을 일게 했다. 비누거품의 향기를 맡으려고 고개를 숙이다가 샨카는 하마터면 떨어질 뻔했다. 라자람이 그를 뒤로 밀었다. "그냥 가만히 앉아 있어." 그는 대화는 하고 싶지 않는다는 듯 퉁명스럽게 말했다.

사람들로부터 항상 그런 퉁명스러움을 겪는 샨카는 여전히 즐거웠다. "크림 과자 같은데요." 거품이 이는 것을 보고 그가 말했다.

"한 그릇 먹고 싶냐?" 라자람이 그의 뺨과 턱을 물로 적시고 비누거품을 칠했다. 면도솔로 성의 없이 대충 바르자 샨카의 벌린 입으로 거품이 들어갔다. 이발 기술이 녹슨 라자람은 윗입술에 비누거품을 바를 때 콧구멍을 막아 주는 것도 잊어버렸다. 그는 면도기를 열고 번쩍이는 칼날을 가죽숫돌에 갈았다.

샨카는 칼 가는 소리가 듣기 좋았다. "면도칼로 실수한 적 있나요?"

"많이 했지. 어떤 사람들은 목 모양이 이상해서 쉽게 베이거든. 그래도 일을 하다가 생긴 사고이기 때문에 경찰이 이발사들을 체포하지는 못하지. 법에 그렇게 돼 있어."

"제 목에다가는 실수하면 안 돼요. 제 목은 모양이 이상하지 않잖아요! 사고가 생기면 거지 왕초가 가만있지 않을 거예요!"

경고를 하고도 긴장한 샨카는 면도칼이 위험한 여행을 마칠 때까지 꼼짝도 하지 않았다. 라자람은 면도칼이 닿지 않은 비누거품을 닦아 내고 명반 덩어리를 면도 부위에 문질렀다. 면도에 익숙지 않은 피부 곳곳에 심한 칼자국이 나 있었다.

"거울 좀 보여 주세요." 따끔거리고 아팠던 샨카는 면도가 잘못됐는지 걱정스러웠다.

라자람이 거울을 들었다. 샨카가 걱정스런 얼굴로 거울 속의 모습을 봤지만 지혈 작용으로 출혈이 멈춰서 핏자국은 없었다.

"됐지? 다음은 얼굴 마사지다. 거지 왕초가 그렇게 하라고 했으니까." 그는 상자에 든 병에서 크림을 약간 떠서 샨카의 뺨에 발랐다.

그의 억센 손이 무슨 짓을 할지 몰라서 샨카는 바싹 긴장했다. 문지르고 두드리는 움직임 때문에 그의 얼굴이 흔들렸다. 손가락들이 뺨을 주무르고 눈 밑을 비비고 코, 이마 그리고 관자놀이를 문질러서 평생토록 받은 고통과 괴로움을 날려버리자 그는 기쁨의 탄성을 질렀다.

"좀 더 해 주세요." 라자람이 마사지를 멈추고 손을 닦자 그가 부탁했다. "딱 1분만 더요. 선생님, 부탁입니다. 너무 기분이 좋아서요."

"다 끝났어." 라자람이 코를 찡그리며 말했다. 이발사로서 전성기 시절에 그는 중산층 사람들에게조차 얼굴 마사지를 하는 건 좋아하지 않았다. 가위와 빗을 쥐기 전에 그는 손가락들을 펴서 꺾었다. "이젠 머리를 깎을 차례다."

"싫어요. 머린 안 깎을래요."

"거지 왕초가 그렇게 하라고 했어." 빨리 일을 마치고 사라지고 싶었던 그는 샨카의 머리를 누르고 목덜미부터 작업하려고 했다.

"아이고, 선생님! 전 싫습니다!" 샨카가 울부짖기 시작했다. "전 싫다니까요! 전 긴 머리가 좋습니다!" 그는 깡통을 흔들어서 요란한 소리를 내고 싶었지만, 아침에 번 돈이 없어서 아무런 소리도 나지 않았다. 그는 깡통을 땅바닥에 내리쳤다.

행인들이 호기심에 멈춰서 두 사람을 바라보자, 사람들의 관심이 걱정된 라자람이 샨카의 머리를 놓았다. "무서워할 필요 없어. 내가 아주 조심스럽게 멋지게 잘라 줄 테니까."

"멋지게 보이는 거 싫어요! 머리 깎기 싫다고요!"

"제발, 고함 좀 지르지 마. 원하는 게 뭐냐? 내가 다 해줄게. 머리 마사지를 해 줄까? 아니면 비듬을 없애 줄까?"

샨카가 손수레 밑으로 손을 넣더니 꾸러미를 꺼냈다. "머리 전문가시죠? 그렇죠?"

그가 고개를 끄덕였다.

"그럼 이걸 제 머리에 붙여 주세요." 그는 꾸러미를 내밀었다.

꾸러미를 연 라자람은 한 줄로 땋은 아름다운 머리채 두 개를 보고 움찔했다. "이걸 네 머리에 붙여 달라고?"

"그냥 붙이지 말고 영원하도록 만들어 주세요. 머리에서 자라도록 말이에요."

라자람은 당황했다. 이발사 생활을 하면서 그는 특이한 일을 하기도 했다. 턱수염이 난 서커스 여자에게 면도를 했고, 기둥서방의 음모를 조그맣게 여러 갈래로 땋았고, 장관들과 회사 중역들을 대상으로 사업을 시작하는 고급 매음굴을 위해서 음모 모양을 예술적으로 디자인했고, 아내가 스스로 털을 깎으면 천하고 불결하다는 카스트 의식에 젖은 남편의 부탁을 받고 (정숙함을 위해서 눈가리개를 하고) 여자의 가랑이 사이를 깎아 주기도 했다. 이런 모든 어려운 일들을 라자람은 직업적으로 침착하게 처리했었다. 그러나 샨카의 요청은 그의 능력을 벗어나는 것이었다.

"그건 불가능해." 그가 단호하게 말했다.

"왜 안 돼요! 해 주세요! 꼭 해 주세요!" 샨카가 고함을 질렀다. 최근에 거지 왕초의 갑작스럽고 지나친 배려로 인해서 착하고 고분고분하던 샨카는 버릇이 없어졌다. 그는 이발사의 설명을 들으려고 하지 않았다. "장미도 옮겨 심어요! 그러니까 머리도 옮겨 심을 수 있잖아요! 머리 전문가라면서요! 안 그러면 왕초에게 이를 거예요!"

라자람은 그에게 제발 살살 말하고 일단 땋은 머리채들은 치우라고 부탁했다. 그리고 힘든 일을 위해서는 특별한 장비를 가지고 내일 다시 오겠다고 했다.

"오늘 해 주세요! 지금 당장 긴 머리를 붙여 주세요!"

비쉬람 식당의 출납원 겸 웨이터 그리고 주방장이 문간에서 지켜봤다. 더 많은 사람들이 길을 가다가 멈추고 뭔가 흥미진진한 일이 벌어지기를 기대했다. 그때 복권 장수가 몇 달 전에 머리채 때문에 살해당한 거지들에 관한 이야기를 꺼냈다. 저 굵은 머리채 두 개를 샨카가 가지고 있다니 기묘한 우연의 일치라고 그가 말했다.

그러자 온갖 추측이 난무했다. 인간을 제물로 바치는 거지들의 의식과 관련돼 있을지도 모른다고 했고, 샨카가 정신병자일지도 모른다고 했다. 누규가는 몇 년 전에 있었던 라만 락샤브의 섬뜩한 연쇄 살인 사건을 언급하며, 거지들을 살해한 것도 그와 유사한 잔인한 형태를 띠고 있다고 했다.

두려움으로 몸을 떨면서 라자람은 샨카로부터 떨어졌다. 그는 이발 도구들을 챙기고 뒤로 조금씩 물러서서 샨카를 지켜보는 군중 속으로 사라졌다. 그러고는 기회를 틈 타 줄행랑쳤다.

사람들이 점점 더 샨카의 주위로 몰려들었다. 그러자 그는 겁이 났다. 공연히 이발사와 소동을 벌인 것을 후회했다. 그는 구걸의 기본 원칙을 잊은 것도 후회했다. 즉, 거지는 사람들 눈에 띄고 목소리를 낼 수는 있지만 시끄럽게 떠들어서는 안 되며, 특히 구걸 이외의 문제에 대해서는 더욱 그랬다.

자신을 내려다보는 사람들 때문에 해가 보이질 않자 그는 밀실공포증을 느꼈다. 보도가 어두워졌다. 사람들을 진정시키려고 그는 구걸 노래를 불렀다. "아이고, 선생님, 1파이사만 주십시오!" 그는 붕대를 감은 손바닥으로 반복해서 이마를 만졌다. 그러나 아무 소용이 없었다. 위협적인 의견들이 계속 들끓었다.

"이 나쁜 놈아, 저 머리채는 어디서 훔친 거야?" 누군가가 외쳤다.

"친구들이 저한테 준 겁니다." 무섭기도 하고 그러한 비난에 화가 났던 샨카가 우는 소리로 대답했다.

"나쁜 살인자!"

"저건 완전히 괴물이잖아! 정말 대단한 솜씨야! 손가락도 없고 다리도 없는데 어떻게 그런 끔찍한 범죄를 저지를 수 있었을까!" 다른 누군가가 혐오와 감탄이 뒤섞인 감정으로 외쳤다.

"손가락과 다리를 숨기고 있는지도 몰라. 이런 작자들은 몸을 마음대로 바꿀 줄 아니까."

샨카는 나쁜 짓을 절대 하지 않았으며 아무도 괴롭히지 않고 자기 자리만 지킨 착한 거지라고 울부짖었다. "신이 언제나 당신들을 지켜 줄 겁니다! 아이고, 선생님, 제발 제 말 좀 믿어 주십시오! 전 지나가는 사람들에게 항상 인사를 합니다! 아플 때도 당신들을 위해서 미소를 짓습니다! 돈이 적으면 어떤 거지들은 욕을 하지만, 전 돈의 액수에 상관없이 항상 축복을 합니다! 이곳을 지나가는 누구에게라도 물어 보십시오!"

무슨 일인지 보려고 경찰이 왔다. 경찰이 무릎을 굽히고 앉자, 샨카는 다리 숲 사이에서 그의 얼굴을 발견했다. 경찰이 잘 볼 수 있도록 사람들이 길을 비켜 주었다. 샨카는 지금 아니면 기회가 없다고 생각했다. 그는 손수레를 굴려서 뚫린 곳으로 쏜살같이 빠져나갔다.

몸을 낮게 웅크리고 온 힘을 다해서 양팔을 휘저으며 달아나는 그의 모습을 보고 사람들이 웃었다. "손수레가 나가신다!" 누군가가 외치자 그 옛날 영화를 기억하던 사람들이 더 크게 웃었다.

"거지들 중에서 대상을 받겠는걸!" 어떤 사람이 외쳤다.

비쉬람 식당을 지나서 약 90미터쯤 더 가니 샨카가 한 번도 와 보지 않는 지역이었다. 보도가 매우 가팔라서 손수레 바퀴들이 더 빨리 회전했다. 그런 빠른 속도로는 모퉁이를 도는 건 불가능했다. 그러나 샨카는 그런 생각을 할 여유가 없었다. 단지 무서운 사람들을 피하고 싶었다.

막다른 길에 이르자 그는 비명을 내질렀다. 손수레가 붕 떠서 혼잡한 교차로로 날아갔다.

빤 자국으로 얼룩진 난간과 알아보기 힘든 벽의 더러운 낙서를 피하려고 마넥은 계단 가운데로 걸었다. 기숙사 계단을 오르자 오래전의 불쾌함이 되살아났다. 빈 담뱃갑들, 부서진 전구, 새까만 바나나 껍질, 신문에 싼 차파티, 오렌지 껍질로 복도가 어질러져 있었다. 청소부가 아직 안 온 건가? 아니면 아침 청소 후에 쓰레기가 쌓인 건가? 그는 궁금했다.

아비나시가 기숙사에 있지 않을 것 같아서, 그는 체스 세트를 누군가에게 맡겨 두거나 로비의 카운터에 두기로 했다. 화장실을 지나면서 그는 숨을 멈췄다. 악취로 보아하니 파손된 채로 방치되고 있음을 알 수 있었다. 악취가 너무 심해 목구멍에서 느껴질 정도였다.

그의 옛날 방은 비어 있었고 문은 잠겨 있지 않았다. 떠날 때 모습 그대로였다. 그가 떠난 이후로 아무도 사용하지 않았다. 안을 들여다보니 이상한 기분이 들었다. 자신의 반은 여전히 그곳에 살고 있고, 나머지 반은 디나 아주머니와 살고 있는 듯했다. 벽에서 30센티미터 떨어진 침대의 네 다리는 물을 채운 깡통에 담겼었다. 벌레들이 기어오르는 걸 막기 위한 아비나시의 방법이었는데 매우 효과적이었다. 그는 공장에 딸린 집에서 살았기 때문에 바퀴벌레와 빈대에 대해서는 모르는 게 없다고 농담하곤 했다.

혹시나 깡통에 아직 물이 남아 있는지 보려고 마넥은 좀 더 가까이 갔다. 물은 이미 말랐고 깡통들에는 갈색의 바퀴벌레 알들, 죽은 나방 한 마리, 그리고 조는 듯한 거미 한 마리가 들어 있었다. 침대 다리에는 물이 있던 흔적이 둥근 원 모양으로 남아 있었다. 바로 그가 그 방에 살았다는 표시였다. 수많은 체스 게임의 충실한 목격자들인 책상과 의자는 여전히, 햇살을 잘 받으라고 옮겨 뒀던 창문 근처에 있었다. 너무 오래된 일인 듯했다.

그는 방을 나와서 과거의 문을 살며시 닫았다. 바로 그때, 놀랍게도 옆방에서 무슨 소리가 들렸다. 아비나시가 그를 보면 뭐라고 할까? 그는 아비나시에게 무슨 말을 할까? 불안하거나 걱정스럽게 보이고 싶지 않아서 그는 마음을 가라앉혔다.

그는 노크를 했다.

문이 열자 중년 부부가 그를 의심스럽게 바라보았다. 둘 다 머리가 희끗희끗했는데, 볼이 움푹 들어간 남자는 기침을 심하게 했고 여자는 눈이 충혈돼 있었다. 아비나시의 부모님이 틀림없었다.

"안녕하십니까. 저는 아비나시 선배의 친구입니다." 그들이 아들을 기다리고 있다면, 그는 기숙사 건물 어딘가에 있을 것이다. "선배를 기다리시나요?"

"아니오." 남자가 작은 목소리로 말했다. "기다림은 끝났소. 다 끝났어." 보이지 않는 무게에 짓눌린 듯, 그들은 천천히 뒤로 물러서더니 그에게 들어오라는 손짓을 했다. "우린 아비나시의 부모요. 오늘 그 아이를 화장하고 왔소."

"네? 오늘 뭘 하셨다고요?"

"오늘 화장했소. 정말 오랫동안 기다렸지. 몇 달이고 아들을 찾았소. 경찰서라는 경찰서는 모조리 다 가서 도움을 청했지. 아무도 우릴 도와주지 않더구먼."

그는 목소리가 떨려서 잠시 말을 멈췄다. "사흘 전에 시체 보관소에 시신이 있다고 연락이 왔소. 우리더러 확인하라더군."

아비나시의 어머니가 울음을 터트리며 사리 한 구석에 얼굴을 묻었다. 아내를 달래는 남편의 기침이 허공을 찔렀다. 그는 손으로 그녀의 팔을 가볍게 만졌다. 복도 어디선가 문이 꽝하고 세게 닫혔다.

"하지만 어떻게, 그러니까…… 어떻게 그런…… 아무도 그런……" 마넥이 말을 더듬었다. 아비나시의 아버지가 그의 어깨에 손을 올렸다.

마넥은 헛기침을 하고 다시 말했다. "저흰 친구였습니다." 충격 받은 그의 모습에 위안을 얻은 듯 그들이 고개를 끄덕였다. "하지만 전 몰랐습니다……. 어떻게 된 거죠?"

이번에는 아비나시의 어머니가 들릴 듯 말 듯한 목소리로 떨면서 말했다. "우리도 몰라. 우리도 화장을 마치고 곧장 이곳으로 오는 길이니까. 신의 은총으로 화장은 잘됐지. 비가 안 와서 장작이 활활 탔으니까. 밤새 그곳에 있었어."

아비나시의 아버지가 고개를 끄덕였다. "시신은 벌써 오래 전에 기차 선로에서 발견됐는데 신원을 파악하지 못했다더군. 달리는 기차에서 떨어져 사망했다고 합니다. 문에 매달려 있었거나 지붕에 앉아 있었던 게 틀림없다고 하더군. 하지만 아비나시는 신중해서 그런 짓은 절대 하지 않아." 다시 눈물이 나자 그는 말을 멈추고 눈물을 닦았다. 그녀가 손으로 그의 팔을 가볍게 만졌다.

그가 말을 이었다. "그토록 오랫동안 기다려서 마침내 아들을 봤소. 그의 몸의 은밀한 부위에 화상이 많더구면. 그리고 이 사람이 아들의 손을 들어서 이마에 갖다 댈 때 손톱이 다 빠져 있는 걸 봤어. 그래서 시체 보관소에 있는 사람들에게 기차에서 떨어지면 이렇게 되는 거냐고 물었지. 그럴 수도 있다고 하더군. 아무도 우릴 도와주지 않았어."

"신고하셔야죠!" 울음을 참던 마넥이 화를 내며 말했다. "신고하십시오! 장관에게…… 그러니까 주지사에게 말입니다. 아니면 경찰총장한테라도 하십시오!"

"했지. 신고를 했다니까. 경찰이 다 받아 적었어."

그들은 아비나시의 물건들을 다시 챙기기 시작했다. 그들이 옷, 교과서, 서류 등을 여행 가방에 조심스럽게 넣고, 때로는 물건에 입을 맞추는 것을 마넥은 무기력하게 지켜보았다. 그들의 조심스런 발소리 외에 방은 조용했다.

"아비나시가 여동생이 셋 있다고 말하던가?" 그녀가 갑자기 물었다. "동생들이 어렸을 때 걔가 날 도왔지. 동생들한테 밥 먹이는 걸 아주 좋아했어. 때로는 동생들이 아비나시의 손가락을 깨물어서 웃곤 했지. 그런 얘기를 하던가?"

"저한테 다 얘기 했습니다."

잠시 후, 그들은 떠날 준비가 됐다. 고집을 부려서 아래층까지 가방을 들어 준 마넥은 힘을 쓰자 눈물이 흐르지 않아서 기뻤다. 그들이 고마워했지만 그는 그들의 큰 슬픔을 덜어 줄 방법이 마땅찮음을 깨달았다. 아비나시가 플리트 살충제를 들고 나타난 첫 날이 떠올랐다. 그들은 바퀴벌레들을 함께 죽였고, 체스 게임을 했고, 서로의 삶에 대해서 들려주었다. 그러나 지금 아비나시는 죽었다.

그들에게 작별 인사를 하고 그는 공학관으로 갔다. 그때 체스 세트를 아직도 가지고 있음을 깨달았다. 그는 서둘러 정문으로 달려갔다. 그들을 찾을 수 없었다. 아비나시가 고교 체스 대회 우승 기념으로 받은 물건이라 그들에게 소중한 추억거리일지도 모른다는 생각에 그는 자신을 책망했다.

그는 정처 없이 걷다가 기숙사 로비로 다시 들어섰다. 그때 그는 걸음을 멈추고, 반드시 그 물건을 아비나시의 부모님에게 돌려줘야겠다고 생각했다. 그들로부터 위안거리를 훔친 도둑이 된 기분이 들었다. 그것을 더 오래 갖고 있을수록 그들이 더 슬퍼질 것 같았다.

그것을 돌려주는 일이 삶과 죽음의 문제처럼 절박하게 느껴졌다. 계단을 올라가면서 그는 소리 없이 울었다. 몇몇 학생들이 호기심에 쳐다봤다. 누군가가 알아들을 수 없는 경멸적인 말을 외쳤다. 그러자 그들이 다함께 노래를 불렀다. "아가야, 아가야, 울지 마라. 엄마가 고추 튀김을 만들고, 아빠가 나비를 잡고 있다……"

그는 옛날 방으로 들어가서 곰팡내 나는 침대에 앉았다. 아비나시의 방 쓰레기통에 주소가 적힌 오래된 봉투나 편지 같은 것이 있을지도 몰랐다. 찾으러 갔지만 아무것도 없었다. 종이 한 조각도 없었다. 그들에게 체스 세트를 돌려주기 위해서 그는 주소를 찾아야 했다. 같은 층에 있는 사람들에게 물어볼 수도 있었지만, 그가 바보처럼 이 방 저 방을 돌아다니는 걸 보면 복도에 있던 빌어먹을 놈들이 또다시 유치한 장난을 칠지도 몰랐다.

체스 세트를 가슴에 꼭 누르고 그는 눈을 감고 침착하게 생각했다. 그들의 주소? 답은 간단했다. 관리 사무실로 가면 쉬웠다. 거기 가면 주소가 있을 것이다. 그들에게 우편으로 물건을 부치면 된다.

그가 눈을 뜨자 고동색 합판 상자가 눈물 사이로 아른거렸다. 흰색 칸에서 세 수 만에 외통장군을 치는 문제를 학교 식당에서 살펴보고 있을 때 채식주의자들이 음식을 토했던 그날이 떠올랐다. 그 기억에 웃음이 났다. 구토를 통한 혁명이라고 아비나시는 말했었다. 그날 그가 마넥에게 체스 세트를 맡겼다.

그리고 그는 그것을 돌려 달라고 하지 않았다. 그의 선물이었다. 인생이라는 게임에 대한 교훈인 셈이었다. 그것을 돌려주는 건 잘못일지도 모른다. 마넥은 그것을 가지기로 했다. 지금부터 영원히 그것을 지킬 것이다.

* * *

디나는 마넥에게 시험지를 읽기 전에 침착하게 마음속으로 아셈 바후 기도를 암송하고, 답을 쓰기 전에 다시 한 번 암송하라고 일렀다. "나도 그렇게 신앙이 깊은 사람은 아니지만, 그냥 보험을 든다고 생각해. 나한 텐 도움이 됐으니까. 그럼 행운을 비마."

"고맙습니다." 현관문을 열고 나가려던 그는, 집게손가락으로 초인종을 누르려던 거지 왕초와 하마터면 부딪칠 뻔했다.

"미안하네. 아주 나쁜 소식이 있어." 거지 왕초는 기진맥진했고 하도 울어서 눈에 힘이 없었다. "재봉사들 좀 볼 수 있을까?"

"이틀 전에 떠났어요."

"아, 그렇지. 결혼한다는 걸 깜빡했군." 그는 금방이라도 쓰러질 듯했다.

"들어와요." 디나가 말했다.

베란다로 들어선 거지 왕초가 눈물을 삼키며 샨카가 죽었다고 알렸다.

충격을 감당할 시간이 필요했던 마넥은 그 말을 믿지 않았다. "사흘 전에 차를 마시러 갔을 때, 이시바 아저씨, 옴, 나 셋이서 샨카랑 얘기를 나눴어요. 그리고 어제 아침에는 나한테 이발사를 기다리고 있다고 했고요. 평소와 다름없이 씩씩하게 손수레를 굴리고 있었어요."

"어제 아침까지 그랬지."

"그런데 어떻게 된 거죠?"

"끔찍한 사고가 생겼어. 샨카가 손수레를 통제하지 못해서 보도를 날아서…… 그만 이층 버스와 충돌했어." 그는 침을 삼키며 직접 그 장면을 목격한 건 아니지만 시체를 확인했다고 했다. "이 일을 하면서 끔찍한 걸 많이 봤지만 그렇게 섬뜩한 건 처음이야. 샨카와 손수레가 완전히 뭉개져서 둘을 분리하기가 불가능했어. 몸에 박힌 손수레와 바퀴들을 제거하려면 샨카의 불쌍한 몸을 더 절단해야 되니까 같이 화장을 할 거야."

그들은 아무 말 없이 그 끔찍한 장면을 상상했다. 마침내 거지 왕초가 목 놓아 울었다. 울음을 멈추려고 하자 그의 몸이 떨렸다. "우리가 형제라는 걸 진작 말했어야 했는데. 너무 오래 기다리다가 이젠 너무 늦어 버렸어. 손수레에 브레이크를 달았더라면…… 그 생각을 못한 건 아니었는데 우습다는 생각이 들었지. 샨카가 간신히 손수레를 굴리고 다니고…… 빨리 달리는 차도 아니어서…… 그냥 거리에서 데리고 들어왔어야 했는데."

"너무 자책하지 말아요. 샨카에게 최선을 다하려고 했잖아요." 디나가 말했다.

"내가요? 정말 그랬나요? 그걸 어떻게 알 수 있죠?"

"샨카는 정말 좋은 사람이었어요." 마넥이 말했다. "이시바 아저씨와 옴이 공사장에서 아팠을 때 샨카가 간호해 줬대요. 아주머니께서는 샨카를 못 보셨지만 다른 사람들과 다를 바 없었어요. 때로는 재밌는 농담도 하곤 했죠."

"나도 알 것도 같은데. 재봉사들이 그 사람 치수를 들고 와서 생김새를 묘사해 줬거든. 기억나요? 내가 샨카를 위해서 특별 속셔츠를 디자인 했거든요."

"정말 좋은 일을 하셨습니다." 그 옷을 정성스럽게 찢고 더럽혀서 샨카에게 어울리도록 만들어 준 일을 떠올리며 거지 왕초가 또다시 울었다.

"물 한잔 할래요?" 그녀의 물음에 그가 고개를 끄덕이자 마넥이 물을 떠 왔다.

물을 마시고 난 거지 왕초는 침착해졌다. "재봉사들을 샨카의 화장에 초대하고 싶었습니다. 내일 네 시입니다. 그들이 샨카의 유일한 친구였죠. 거지들은 많이 참석하겠지만 이시바와 옴이 왔으면 특별했을 텐데." 그가 빈 잔을 돌려주었다.

"제가 갈게요." 마넥이 말했다.

슬퍼하던 거지 왕초가 깜짝 놀라며 얼굴이 밝아졌다. "정말이냐? 그렇다면 정말 고맙겠구나." 그가 마넥의 손을 잡았다. "장례 행렬은 비쉬람 식당 밖에서 시작될 거야. 샨카를 기념해서 모든 사람들이 모일 수 있는 알맞은 곳이지. 걔가 마지막으로 일했던 곳이니까. 그렇지?"

"네, 거기서 만나요."

"시험은 어쩌고?" 디나가 물었다.

"세 시에 끝나요."

"그래, 하지만 그 다음 날 시험은 어쩌고?" 그녀가 그를 말렸다. 그가 거지의 장례식에 참석한다는 생각에 그녀는 불안했다. "집으로 곧장 와서 시험공부를 해야 되는 거 아니니?"

"화장터에 갔다 와서 할게요."

"잠깐 실례할게요." 거지 왕초에게 말하고 그녀가 안으로 들어갔다. "마넥! 나 좀 보자." 그녀가 안쪽 방에서 불렀다. 마넥이 어깨를 으쓱하더니 방으로 들어갔다.

"이게 무슨 짓이니? 거긴 왜 가는 거야?"

"가고 싶으니까요."

"그게 무슨 시건방진 대답이니! 내가 저 사람을 얼마나 무서워하는지 알잖아. 저 사람을 참고 견디는 유일한 이유는 이 아파트를 지켜 주기 때문이야. 그 이상은 친해질 필요가 없어."

"디나 아주머니, 전 싸우기 싫습니다. 샨카의 화장에 갈 겁니다." 그는 낮은 목소리로 모든 단어에 힘을 주며 말했다.

거지의 장례시에 마넥이 그토록 강하게 나오는 걸 보고 디나는 당황했다. 기말고사 때문에 스트레스를 받아서 그렇다고 생각했다. "좋아. 널 막지는 않겠다. 하지만 네가 간다면 나도 가마." 단지 그를 지키기 위해서 그녀는 그렇게 하겠다고 결심했다.

그들이 베란다로 돌아갔다. "내일 오후에 어떡할 건지 상의했어요. 둘 다 가기로 했어요." 그녀가 말했다.

"오, 그거 잘됐군요. 어떻게 감사를 해야 될지 모르겠습니다. 어떤 면에서는 이시바와 옴이 이틀 전에 떠난 게 잘됐다는 생각이 들어요. 슬퍼서 결혼식을 망쳤을지도 모르니까요. 결혼도 죽음처럼 딱 한 번만 하는 거니까 말입니다."

"맞는 말이에요. 많은 사람들이 그렇게 생각했으면 좋겠어요." 그 문제에 관한 자신의 생각과 그의 말이 완벽히 일치하는 것에 그녀는 깜짝 놀랐다.

거지 왕초는 그날 오후 모든 거지들이 일을 하는 대신에 샨카의 장례식에 참석하도록 했다. 불구들, 장님들, 팔이 없는 사람들, 다리가 없는 사람들, 아픈 사람들, 얼굴이 상한 사람들이 보도에 모이자 구경꾼들이 모여들었다. 사람들은 병원에 공간이 부족해서 야외 진찰을 하는 건지 궁금했다.

디나와 마넥은 비쉬람 식당에서 차를 마시고 있는 거지 왕초에게 갔다. "저기 사람들 좀 보시오. 무슨 서커스라도 하는 줄 아는 모양인데." 그가 화를 내며 말했다.

"그런데 동전을 한 닢도 안 주네요." 디나가 말했다.

"놀랄 일도 아니죠. 동정심이란 조그맣게만 보여 주니까요. 거지들이 한 곳에 많이 모이면 사람들이 저렇게 변하죠." 그는 두 주먹을 쌍안경 모양으로 눈에다가 갖다 댔다. "마치 괴물 공연을 보는 것처럼 말입니다.

셔츠를 입고 신발을 신고 서류 가방을 든 사람들은 자신들이 얼마나 나약한 줄 몰라요. 이 배고프고 잔인한 세상이 모든 것을 빼앗고 내 거지들처럼 만들어 버릴 수 있다는 걸 모르죠."

마넥은 거지 왕초의 과장된 말과 번민을 숨기려는 노력을 자세히 관찰했다. 인간들은 왜 자신의 감정을 그런 식으로 처리하는 걸까? 그것이 분노든 사랑이든 슬픔이든, 사람들은 항상 숨기려고 한다. 또한 어떤 인간들은 그들의 감정이 다른 사람보다 크고 위대한 척한다. 그래서 작은 골칫거리에도 크게 분노하고, 미소와 웃음으로 충분한데도 히스테리를 부리며 웃는다. 모두 정직하지 못한 행동이다.

"또한, 보다시피 사람들의 냉담함이 중요한 점을 보여 주죠. 다른 것과 마찬가지로 이 사업에서 가장 중요한 세 가지는 바로 첫째도 장소, 둘째도 장소, 셋째도 장소입니다. 지금 당장 내가 거지들을 비쉬람 식당에서 큰 사원이나 순례지로 옮겨 놓으면 돈이 굴러 들어오죠."

샨카의 시신은 비쉬람 식당 뒷문 밖에 깨끗한 대나무 상여에 놓여 있었다. 그 옆 창고에는 그릇, 부엌세간, 풍로 들, 그리고 연료가 있었다. 샨카의 얼굴 모습이 너무 흉측해서 조문객들이 볼 수 있도록 덮개를 벗겨 놓지는 않았다고 거지 왕초가 설명했다. 다친 몸을 감싼 천 위로 장미와 백합이 온통 뒤덮여 있었다.

상여를 보면서 마넥은 아비나시의 부모님이 시체 보관소에서부터 장례 행렬을 시작했을지 궁금했다. 아니면 시신을 집으로 가져가서 기도를 할 수 있도록 허락을 받았을까? 부패 정도와 실온에서 얼마나 견딜 수 있을지에 따라 달랐을 것이다. 냉장이 불가능한 이 세상에서 모든 것은 상하고 만다.

"비쉬람 식당에서 장례 전에 상여가 머물도록 해 줘서 고맙군요." 디나가 말했다.

"고마울 것 없습니다. 주방장과 웨이터에게 돈을 많이 줬거든요." 목을 쑥 빼고 창밖을 보던 거지 왕초가 막 도착한 남자 네 명에게 손을 흔들었다.

상여를 짊어지도록 고용된 기차역 짐꾼들이었다. "어쩔 수가 없소. 내가 유일한 혈육이니까. 당연히 이따금씩 내 동생을 어깨로 짊어지고 예를 표하겠지만, 거지들에게 상여를 메게 할 수는 없으니까요. 거지들은 몸이 약해서 상여가 내려앉을지도 모르거든요."

샨카에게 들이는 돈을 아까워하지 않고 그는 가장 좋은 버터기름과 향, 그리고 엄청난 양의 백단향나무를 샀다. 장례식을 거행할 훌륭한 승려와 함께, 그 모든 것들이 화장터에 준비돼 있었다. 긴 행진을 하는 동안 조문객들이 상여에 뿌릴 장미꽃잎들은 많은 바구니들에 담겨 있었다. 그리고 장례식 후에 거지 왕초는 샨카의 이름으로 사원에 기부금을 낼 계획이었다.

"한 가지 걱정되는 게 있소. 혹시나 다른 거지들이 이걸 일반적인 절차인 줄 알고 자기들도 똑같이 화려한 장례식을 맞게 될 거라고 생각하진 않았으면 좋겠어요."

네 시가 지나자, 도시의 거리를 지나는 역사상 가장 느린 장례 행렬이 화장터로 출발했다. 많은 불구자들이 굼벵이처럼 느릿느릿 걸었다. 몸이 위축된 어떤 불구자들은 개구리처럼 웅크린 채 팔을 지렛대로 사용해서 앞으로 나아갔다. 몇몇은 게처럼 옆으로 간신히 발을 끌며 움직였다. 몸이 굽은 거지들이 앞으로 기어가자 엉덩이가 낙타 혹처럼 위로 세워졌다. 암묵적인 동의로 행렬은 최대한 느린 속도로 움직였지만, 새로운 경험을 즐기며 웃고 잡담하던 거지들은 기분이 한껏 좋아서 장례라기보다는 마치 축제 같았다.

"정말 슬픈 일이다." 디나가 불쾌하게 말했다. "사람이 죽었는데 슬퍼하지 않다니. 거지 왕초조차 저들에게 어떻게 행동해야 되는지 가르쳐주질 않으니 원."

"뭘 바라세요? 저 사람들은 아마 샨카가 부러울 거예요." 마넥이 말했다. 그리고 슬퍼해 봐야 무슨 소용인가? 저 상여 속에 있는 게 마넥 자신이었어도 세상은 전혀 상관하지 않을 것이다.

거지 왕초는 검열관처럼 줄을 왔다갔다 하면서 많이 지체되지 않도록 했다. 그가 행렬 끄트머리로 다가오자 디나가 손짓으로 불렀다. "마넥이랑 내가 힌두교 장례식은 처음이라서 그런데, 어떻게 하면 되죠?"

"아무것도 안 해도 됩니다. 그냥 거기 있는 것만으로도 샨카를 존경하는 거니까요. 승려가 기도를 할 겁니다. 그리고 샨카가 아들이 없으니까 내가 장작에 불을 붙이고 나중에 두개골을 부술 겁니다."

"보기에 힘든 거 아닌가요? 냄새가 굉장히 심하다고들 하던데. 살이 불에 타는 것도 진짜 보이나요?"

"그렇습니다. 하지만 걱정 마세요. 아름다운 광경이니까요. 샨카의 여행길을 제대로 배웅하고 나면 좋은 기분으로 집으로 돌아가게 될 겁니다. 더 이상 샨카에게 손수레가 필요 없기를 바라야죠. 불타는 장작을 보고 나면 난 항상 이런 기분이 듭니다. 완벽함과 고요함, 그리고 삶과 죽음의 완벽한 균형 말입니다. 사실, 이런 이유로 난 모르는 사람들의 화장도 찾아갑니다. 장례 행렬을 발견했을 때 시간이 나면 따라가죠."

그런 다음 그는 화기 난 경찰관들을 달래러 앞줄로 달려갔다. 느린 장례 행렬에 짜증이 난 교통경찰들은 속도가 완전히 잘못됐다고 생각했다.

평생 '빨리 움직여'라는 구호를 신조로 삼아 온 그들은, 그것이 차건 수레건 똥개건 사람이건 간에 느리게 움직이는 모든 것을 두려워했다. 때때로 예외가 있다면 그것은 바로 소들이었다. 조문객들을 빨리 움직이게 만들고 싶었던 그들은 손을 흔들었고, 호각을 불었고, 고함을 지르고 사정을 했으며, 몸짓을 했고, 얼굴을 찡그렸으며, 머리를 감쌌고, 주먹을 휘둘렀다. 그러나 이런 검증된 방법들도 소용없었다. 아무리 호각 소리가 귀청을 찢을 듯하고 손을 세게 흔들어도, 팔다리가 없는 거지들은 반응을 할 수가 없었다.

무거운 짐을 지고 빨리 걷는 것에 익숙했던 기차역 짐꾼들도 생소한 속도에 적응하느라 애를 먹었다. 신의 이름은 진실하다!라는 노랫소리가 뒤에서 잘 들리지 않으면, 어느새 너무 빨리 걷고 있다는 걸 깨닫고 간격이 좁혀질 때까지 멈췄다.

한 시간 동안 그렇게 꾸물꾸물 움직여서 화장터에 이르는 길을 절반쯤 갔을 때, 헬멧을 쓴 전경들이 갑자기 장례 행렬에 돌진해 곤봉을 휘둘렀다. 공격을 피하려고 짐꾼들이 옆으로 비키자 샨카의 시신이 상여에서 굴러 떨어졌다. 공포에 질려 비명을 지르던 거지들은 땅바닥에 뒹굴었다. 바구니 여섯 개에서 장미꽃잎들이 흩어져 거리가 옅은 분홍빛 물결을 이루었다.

"봤지? 이래서 내가 널 말렸던 거야." 숨을 헐떡이며 마넥과 함께 안전한 보도로 달려가면서 디나가 말했다. "나쁜 시절이라서 아무런 경고도 없이 문제가 생기지. 그런데 멍청한 전경들이 왜 저러지? 왜 거지들을 때리는 걸까?"

"공사장 같은 데 데려가려고 사람들을 잡는 거 아닐까요? 이시바 아저씨와 옴한테 그랬던 것처럼 말에요."

그 순간 갑자기 전경들이 물러섰다. 지휘관이 거지 왕초를 찾아가 신성한 의식을 방해해서 미안하다고 깊이 사과했다. "나 역시 신앙인이여서 종교적인 문제에 민감합니다. 불행하게도 아주 큰 실수를 저질렀군요. 잘못된 정보 때문에 이렇게 됐습니다."

국가비상사태 법률을 위반하는 일종의 정치적 성명을 목적으로 한 가짜 장례식이 진행 중이라는 보고를 무전으로 받았다고 그가 설명했다. 특히, 아주 많은 거지들이 모였다는 이유 때문에 더욱 의심이 생겼다고 했다. "정부 관료들을 나라를 팔아먹는 사기꾼과 범죄자로 묘사하는 거리 공연을 위해서 의상을 차려 입은 정치 운동가들로 착각했습니다. 무슨 말인지 아시겠죠?"

"알겠소." 거지 왕초가 그의 설명을 받아들였다. 그는 상여를 준비한 사람들에게 더 화가 났다. 샨카의 시신을 제대로 묶지 않아서 쉽게 상여에서 흘러내렸기 때문이었다. 하지만 그는 그것이 전적으로 그들의 잘못이 아님을 알았다. 샨카처럼 망가진 시신을 그들도 다뤄 본 경험이 없었을 것이다.

여전히 당황하며 머뭇거리던 지휘관이 계속 사과를 했다. "시신이 가짜가 아니란 걸 안 즉시 실수였음을 깨달았습니다. 정말 유감입니다." 그가 검정 챙이 달린 모자를 벗었다. "삼가 고인의 명복을 빌어도 될까요?"

"고맙소." 거지 왕초가 그와 악수를 했다.

"이런 실수를 한 사람들은 반드시 목이 날아가도록 조치하겠습니다." 지휘관이 약속했다. 전경들은 상여에서 떨어져 도로로 굴러간 샨카의 머리를 비롯해서 다른 몸 부위들을 허둥지둥 찾고 있었다.

큰 실수를 보상하는 의미에서 지휘관은 화장터에 도착할 때까지 경찰 호송을 제공하겠다고 했다. 전경들은 상여를 조립하고 아스팔트에 뿌려진 장미꽃잎들을 다시 바구니에 담았다. "걱정 마십시오. 곧 모두들 질서 정연하게 화장터로 행진하게 될 겁니다." 지휘관이 거지 왕초를 안심시켰다.

장례 행렬이 다시 움직일 채비를 할 때, 차 한 대가 보도의 연석 옆에 서더니 경적을 울렸다. "이런 세상에! 누스완이야! 사무실에서 집으로 가는 모양이다." 디나가 말했다.

누스완이 뒷좌석에서 손을 흔들며 창문을 내렸다. "너도 장례 행렬을 따라가는 거냐? 네가 힌두교 친구들이 있는 줄은 몰랐구나."

"힌두교 친구들이 있어요." 디나가 말했다.

"누구 장례식이냐?"

"거지요."

그녀의 대답에 웃던 그가 웃음을 멈추고 차에서 내렸다. "이런 심각한 문제를 가지고 농담을 하면 어떡하니." 경찰 호송을 받을 정도면 매우 중요한 사람이 틀림없다고 그는 생각했다. 오레보아 수출 회사의 회장이나 상무쯤 될 거라고 생각했다. "자, 장난치지 말고, 누구냐니까?"

"말했잖아요. 거지라고요."

화가 난 누스완이 무슨 말을 하려다가, 장례 행렬의 주인공이 누군지 알게 되자 소름이 끼쳐서 그만 입을 닫았다. 그녀의 말이 농담이 아님을 깨달았다.

그때 말문이 막힌 그의 입이 쩍 벌어지자 디나가 말했다. "오빠, 그 입 좀 닫아요. 파리 들어가겠어요."

그가 입을 닫았다. 그는 믿을 수가 없었다. "그러면, 이 거지들이 전부 죽은 사람의 친구들이냐?" 그가 천천히 말했다.

그녀가 고개를 끄덕였다.

그의 머릿속에 많은 의문들이 떠올랐다. 거지에게 왜 장례식을 치러 주는 걸까? 경찰 호송은 왜 받는 걸까? 그리고 그녀와 마넥이 왜 장례 행렬에 있는 걸까? 돈은 누가 대는 걸까? 그러나 대답은 나중에 들어도 됐다.

"타." 그가 차문을 열며 명령했다.

"타라니 무슨 말이에요?"

"잔말 말고 둘 다 어서 타. 네 아파트로 데려다 주마." 30년 동안 쌓여 온 불만들이 그의 머릿속을 스치고 지나갔다. 게다가 오늘은 이런 일까지 겪다니. "장례 행렬엔 한 발짝도 더 못 움직여! 다른 것도 아니고 거지의 장례식엘 가다니! 어떻게 이렇게까지 몰락할 수가 있니? 사람들이 내 동생을 보면 뭐라고······"

거지 왕초와 지휘관이 그들에게 다가왔다. "이 사람이 당신을 괴롭히나요?"

"아뇨. 제 오빠예요. 샨카의 죽음에 애도를 표하고 있는 중이었어요."

"고맙습니다. 저희와 함께 하시겠습니까?" 거지 왕초가 물었다.

누스완이 머뭇거렸다. "어····· 난 바빠서. 미안하오. 그럼 이만." 그가 차 안으로 들어가더니 서둘러 문을 닫았다.

누스완에게 손을 흔들고 그들은 행렬을 따라갔다. 행렬은 10미터 정도만 움직였을 뿐이어서 쉽게 따라잡았다. 거지 왕초가 앞줄로 가서 짐꾼들 중 한 명으로부터 상여를 어깨로 넘겨받았다.

"재밌었지? 누스완이 오늘밤에 악몽을 꿀 거다. 화장용 장작더미에서 자신의 명성이 연기처럼 사라지는 악몽 말이야." 디나가 마넥에게 말했다.

마넥은 웃있지만, 사흘 전에 있었던 다른 화장을 생각하고 있었다. 그는 세대 간의 죽음의 순서가 뒤바뀐 그곳에 참석했어야 했다. 볼이 움푹 들어간 아비나시의 아버지가 장작더미에 불을 붙였을 것이다. 딱딱 소리를 내며 불이 붙고, 연기로 눈이 따가웠을 것이다. 불의 손가락들이 시체를 가지고 놀며 간질였을 것이다. 사람들이 영혼이 항의하는 표시라고 말하듯이, 시체가 똑바로 앉기라도 할 것처럼 몸을 활 모양으로 굽혔을 것이다. 체스를 할 때 아비나시는 침대에 등을 대고 누워서 머리를 옆으로 하고 게임을 살피며, 그렇게 몸을 굽히곤 했다. 그는 팔꿈치를 짚고 일어나 말을 쥐고 다음 수를 두었다.

외통장군을 당하고 말았다. 그리고 불이 활활 타올랐다.

마치 세상에 관심을 잃은 듯이 시간은 느리게 흘러갔다. 디나는 가구와 방구석에 있는 싱어 재봉틀들의 먼지를 털었다. 조용한 재봉틀만큼 생기 없는 것이 이 세상에 존재할까?

그녀는 다시 이불 만드는 데 열중했다. 솔기를 바로 잡고 헝겊 조각을 다듬고 어설퍼 보이는 부분을 다시 손질했다. 환기창 유리를 통해서 들어온 오후 햇살이 그녀의 무릎에 놓인 이불 헝겊 조각들을 비췄다.

"이불을 약간 왼쪽으로 옮겨 보세요." 마넥이 말했다.

"왜?"

"노란색 헝겊 조각이 둥근 원 모양의 햇빛을 받으면 어떻게 보이는지 궁금해서요."

그녀는 혀를 차면서도 시키는 대로 했다.

"아름다워요." 그가 말했다.

"네가 맨 처음 이걸 봤을 때 얼마나 회의적이었는지 기억나니?"

그가 쑥스럽게 웃었다. "그때는 색깔이나 디자인에 전혀 경험이 없었잖아요."

"그럼, 지금은 대단한 전문가라도 된 거냐?" 그녀는 이불의 반대쪽을 무릎으로 끌어당겼다.

"다 완성되면 아주머니 침대에 깔 건가요?"

"아니."

"그럼 파실 거예요?"

그녀가 고개를 가로저었다. "비밀 지킬 수 있어? 옴한테 결혼 선물로 줄 거야."

그럴 줄은 미처 상상도 못했던 그는 매우 기뻤다. 그는 감동한 표정이었다.

"너무 슬퍼하지 마. 너도 결혼하면 하나 만들어 줄 테니까."

"슬프긴요. 정말 멋진 생각인걸요."

"그렇다고 이시바 씨와 옴이 돌아왔을 때 떠벌리면 안 된다. 오레보아 수출 회사에서 천을 새로 받고 재봉 일이 시작돼야 끝마칠 수 있으니까. 그때까지는 한마디도 해서는 안 돼."

마넥의 학교 시험이 끝났다. 그는 시험 과목을 대부분 망쳤다는 느낌이 들었다. 3년짜리 학위 과정에 들어갈 수 있을 만큼만 성적이 나오기를 기도했다.

디나가 시험을 잘 봤냐고 물었을 때 그는 "네"라고 대답했다.

그녀는 그의 목소리에 확신이 없다는 걸 느꼈다. "정말 시험을 잘 봤는지는 결과를 기다려 봐야겠구나."

집으로 돌아가기 전날 저녁, 마넥은 디나의 성화 때문에 할 수 없이 어머니가 편지에서 당부한 대로 친척들을 만나러 갔다. 두 시간 동안, 그는 외갓집 사람들의 끊임없는 이야기를 견뎠고 십여 가지 종류의 음식과 시원한 음료수를 사양해야 했다. "고맙습니다만, 벌써 식사를 했습니다."

"다음번엔 굶고 오너라. 널 먹이는 재미를 보고 싶구나." 그들은 음식을 치우고 함께 영화를 보고 야식을 먹고 자고 가라고 했다.

"죄송하지만, 지금 가 봐야겠습니다. 내일 일찍 출발해야 되거든요." 그는 그들과 충분한 시간을 보냈다고 생각했다.

아파트로 돌아온 그는 저녁을 망쳤다면서 디나를 원망했다. "다시는 안 갈 거예요. 그 사람들이 끊임없이 말하고 바보 같은 애들처럼 굴더라고요."

"네 엄마 가족들한테 그게 무슨 말버릇이니?"

그녀는 벽장 위에서 그의 빈 여행 가방을 내리는 걸 돕고 나서 먼지를 털어 주었다. 그가 짐을 싸는 걸 지켜보던 그녀는 잊지 말고, 유의하고, 해야 할 일에 관해서 충고와 주의 그리고 지시를 내리느라 자주 끼어들었다. "그리고 제일 중요한 건 부모님께 잘해야 해. 말다툼을 벌여선 안 돼. 부모님이 1년 동안 널 많이 보고 싶어 했으니까. 방학 즐겁게 보내고."

"고맙습니다. 그리고 고양이들한테 밥 주는 거 잊지 마세요."

"그럼, 잘 먹여 주마. 고양이들이 제일 좋아하는 요리를 해 줄게. 포크하고 나이프도 줘야 되니 아니면 손가락으로도 잘 먹니?"

"포크하고 나이프는 며느리한테 주세요. 3주만 있으면 여기로 올 테니까요."

그녀는 그의 볼기짝을 때리는 시늉을 했다. "네가 어렸을 때 네 엄마가 이렇게 자주 안 해서 문제가 생긴 거야."

다음 날 아침 일찍 그는 그녀와 포옹하고 떠났다.

다시 찾아온 고독은 디나가 예상했던 것과 달랐다. 오랜 세월 동안 고독을 평화와 고요라고 부르며 그녀는 피할 수 없는 현실을 긍정적으로 받아들였다. 그런데, 인생의 대부분을 홀로 살았음에도 불구하고 어떻게 다시 외로움을 느낄 수 있단 말인가? 내 가슴과 머리가 뭔가를 배우지 못했단 말인가? 지난 1년이 나의 강인함에 그토록 큰 피해를 입힌 걸까?

그녀는 달력의 날짜를 끊임없이 살폈다. 이시바와 옴이 돌아오려면 3주가 남았고, 또 3주가 지나면 마넥이 돌아올 것이다.

시간은 질질 느리게 갔다. 그녀는 아파트 대청소를 할 수 있는 좋은 기회라고 생각했다. 부엌을 문질러 닦고, 손잡이가 긴 빗자루로 천장을 쓸고, 창문과 환기창을 닦고, 바닥을 청소할 때 재봉사들의 지칠 줄 모르는 농담 소리가 모든 방에서 들려올 것만 같았다.

그녀는 마넥의 방 벽장에서 친구의 체스 세트를 발견했다. 개학이 되면 돌려줄 모양이라고 생각했다.

그런 다음 그녀는 맨 밑에 서랍만 남기고 자신의 벽장에 있는 모든 것을 끄집어냈다. 안을 닦고 오레보아 수출 회사의 남은 천들을 쌓아 올리고 옷들을 정리했다. 더 이상 입지 않는 옷들은 따로 모았다. 옴의 신부에게 줄 생각이었다. 물론, 신부의 몸 사이즈와 어떤 사람인지에 달렸다.

다음으로 그녀는 1년 동안 매일 재봉 일로 조금씩 모아둔, 집에서 만든 생리대의 속을 채우는 것 외에는 쓸모없는 천 조각들로 가득 찬 맨 밑 서랍을 살폈다. 두 팔을 집어넣자 산처럼 쌓인 천 조각들이 굴러 나와 그녀는 크게 웃었다. 앞으로 50년 동안 더 생리를 해도 그렇게 많은 양을 다 쓰지는 못할 것이다. 가방 하나에 들어갈 만큼만 남기고 나머지는 다 없애려고 했다.

그때 그녀는 옴의 신부가 떠올랐다. 그녀의 젊음과 생명력은 그것을 많이 필요로 할 것이다. 일단 보관하는 것이 좋겠다는 생각에 그녀는 행복하게 천 조각들을 다시 서랍 안으로 밀어 넣었다.

청소를 하자 시간이 빨리 갔다. 그녀는 옴 부부와 그들의 삼촌이 곧 함께 지내게 될 베란다로 관심을 돌렸다. 재봉사들의 침구 하나로는 부족했으므로, 그녀는 오레보아 수출 회사의 남은 천으로 여분의 시트와 담요를 만들기로 했다.

이시바의 싱어 재봉틀 발판은 다루기가 힘들었다. 재봉을 한창 할 때 그녀는 그런 모델을 사용해 본 적이 없었다. 쉬린 숙모의 손잡이가 달린 작은 재봉틀을 사용하니 재밌었다. 솔기를 만들 때마다 그녀는 혼잣말을 했다. 필요한 데 쓸 수 있는 천이 있어서 얼마나 다행인가.

이시바가 옴 부부와 함께 베란다에서 잔다는 생각에 그녀는 신경이 쓰였다. 러스텀과 그녀의 결혼 첫날밤에 다랍 삼촌과 쉬린 숙모가 같은 방에서 함께 잤다면 어땠을까?

그녀가 고안한 유일한 해결책은 베란다 가운데 커튼을 다는 것이었다. 치수를 재고 나서 그녀는 남은 천들 중에서 가장 두꺼운 것들을 바느질해 하나로 엮었다. 아예 없는 것보다는 형식적이라도 벽이 있는 게 나을 것이다.

그녀는 이시바와 옴이 자신의 노력에 만족하기를 바랐다. 그들을 위해서 할 수 있는 최선을 다했다. 새색시가 자신의 노력에 반만이라도 한다면 그들은 잘 지낼 수 있을 거라고 확신했다.

못 두 개를 박고 줄을 치자, 상징적인 칸막이가 완성됐다. 그녀는 뒤로 물러서서 커튼의 양쪽을 살폈다. 가난한 사람들의 삶은 상징이 많은 법이었다.

15장 가족계획

재봉사들이 여행 가방을 객실에서 승강장으로 힘들게 내리고 있을 때 턱수염을 기른 수척한 사람이 서둘러 다가왔다. "드디어 왔구나!" 그가 기뻐하며 손뼉을 쳤다.

"아시라프 아저씨! 가게로 가서 놀라게 해 드릴 참이었는데!" 짐을 한쪽으로 치우고 그들은 악수를 하고 포옹을 하고 다시 만난 즐거움에 함께 웃었다.

이시바와 옴은 그 역에서 하차한 유일한 승객들이었다. 수도꼭지 옆에서 쉬고 있던 짐꾼 두 명은 그대로 웅크리고 앉아 있었다. 도움이 필요하지 않다는 걸 본능적으로 아는 듯했다. 한적한 작은 역은 기차 엔진의 진동 소리에 서서히 깨어났다. 과일, 시원한 음료, 차, 튀김 과자, 얼음과자, 선글라스, 잡지를 파는 행상인들이 기차를 에워싸고 큰소리로 외쳤다.

"자, 피곤할 텐데 어서 집으로 가자. 우선 밥부터 먹고 나서 도시에서 무슨 재미난 일들을 겪었는지 말해 주렴."

무화과가 담긴 작은 바구니를 든 여자가 그들 옆에서 리듬에 맞춰 외쳤다. "무화과 사요!" 처음에는 부탁하던 날카로운 외침이, 그들이 그냥 지나치자 어느새 비난으로 바뀌었다. 그녀는 더 이상 외치지 않았다. 대신에 이동식 초상화 화랑처럼 액자 같은 창문이 달린 기차 승객들에게 갔다. 그녀는 객차들을 따라서 빠르게 걸었다. 허리에 낀 바구니가 마치 아기처럼 튀었다. 경비원이 호각을 불어서 경고를 알리자, 선로 옆에서 꾸벅꾸벅 졸던 크림색 똥개가 화들짝 놀랐다. 면도하는 사람처럼 얼굴을 찡그린 똥개는 귀 뒤를 천천히 긁었다.

"할아버지는 천재시네요. 언제 도착한다고 편지를 쓰지도 않았는데 어떻게 마중을 나오셨어요? 저희가 오늘 오는지 어떻게 아셨어요?" 옴이 물었다.

"나도 몰랐지. 하지만 이번 주라는 건 알았어. 그리고 기차가 매일 같은 시간에 지나가거든."

"그럼 역에서 매일 기다리신 거예요? 가게는 어쩌고요?"

"그렇게 안 바빠." 짐을 드는 걸 도우려고 그가 손을 뻗었다. 정맥들이 굵은 실처럼 튀어나온 그의 손이 심하게 흔들렸다. 호각 소리가 다시 들렸고 기차가 덜컥거리며 지나갔다. 행상인들이 사라졌다. 버려진 집처럼 기차역은 한적하다 못해 쓸쓸했다.

그러나 공허함도 잠시였다. 헛간과 창고의 그늘 밑에서 십여 명의 사람들이 나타났다. 누더기를 걸치고 허기진 사람들은 허약한 몸으로 승강장 가장자리에서 선로로 내려가, 침목을 따라서 체계적으로 움직이며 때때로 몸을 굽혀서 여행객들이 버리고 간 쓰레기들을 줍기 시작했다. 두 사람이 같은 물건을 집으면 싸움이 벌어졌다. 기차 화장실이 멈췄던 곳 밑의 나무와 자갈은 젖어서 악취가 났고 파리가 들끓었다. 누더기를 걸친 사람들은 종이, 음식 찌꺼기, 비닐봉지, 병뚜껑, 부서진 유리 등 지나간 기차에서 버려진, 조금이라도 가치 있는 것은 다 주웠다. 삼베 자루에 물건들을 담고 기차역 그늘 밑으로 서서히 사라진 그들은, 수집한 것들을 정리하며 다음 기차를 기다렸다.

"그래, 도시 생활은 할 만하냐?" 건널목을 건널 때 아시라프가 물었다. "둘 다 아주 좋아 보이는구나."

"아저씨께서 좋게 보셔서 그렇죠." 이시바는 아시라프의 손 떨림이 마음에 걸렸다. 그리고 그들이 없던 틈을 타서 세월이 그의 등을 굽혀 놓았다. "저흰 괜찮은데, 아저씨께서는 어떠세요?"

"내 나이치고는 최고지." 아시라프가 몸을 똑바로 세우고 가슴을 두드렸지만, 금방 다시 등이 굽었다. "옴, 넌 어떠냐? 도시에 가기 싫어했었잖니. 지금 보니까 얼굴이 아주 건강하구나."

"그건 기생충들이 제 몸에서 빠져나가서 그래요." 구충제로 어떻게 기생충들을 퇴치했는지에 대해서 옴이 신나게 설명했다.

"넌 1년 반 만에 아시라프 할아버지를 만나고선 고작 기생충 얘기냐?"

"그게 어때서?" 아시라프가 말했다. "건강이 제일 중요한 거야. 그런 좋은 약을 여기서 구할 수나 있었겠냐? 너희들이 도시에 가서 기쁜 이유가 하나 더 생겼구나, 안 그러냐?"

이시바와 옴은 여인숙 근처 길모퉁이에서 속도를 줄였지만, 아시라프가 가게로 가자고 했다. "뭣하러 벌레들이 가득한 침대에 돈을 낭비해? 나하고 같이 지내자꾸나."

"너무 귀찮게 해드려서요."

"무슨 소리냐? 결혼식 잔치는 우리 집에서 해야지. 날 위해서라도 그렇게 해다오. 지난 1년 동안 너무 외로웠다."

"뭄타즈 할머니가 그 말 들으면 섭섭해 하시겠어요. 할머니도 계신데 왜 그런 말씀을 하세요." 옴이 말했다.

당황한 아시라프의 얼굴에서 웃음이 사라졌다. "편지 못 받았니? 너희들이 떠나고 반 년 후에 뭄타즈가 세상을 떠났단다.”

“뭐라고요?” 그들은 걸음을 멈추고 손에서 짐을 떨어트렸다. 가방이 땅바닥에 세게 부딪쳤다.

“조심해!” 아시라프가 가방을 들려고 몸을 숙였다. “너희들 앞으로 나와즈에게 편지를 보냈는데.”

“그 사람이 저희한테 편지를 전달 안 했군요.” 옴이 화를 내며 말했다.

“아마도 편지가 늦게 도착한 모양입니다. 저희가 판자촌으로 이사하고 나서 말이죠.”

“그러면 우리한테 갖다 줄 수도 있었잖아요.”

“그렇지. 하지만 그 사람이 편지를 받았는지는 아무도 모르잖아.”

이시바와 옴은 추측을 그만두고 차례로 아시라프를 껴안았다. 슬픔을 함께 나누기 위해서 그들은 그의 뺨에 세 번 입을 맞췄다.

“답장이 없어서 걱정했단다. 일을 찾느라 많이 바쁜 줄 알았지.”

“아무리 바빴어도 소식을 알았더라면 답장을 썼을 겁니다. 그리고 찾아뵀을 거고요.” 이시바가 말했다. “아주머니께서는 어머니나 다름없었는데 장례식도 못 보다니요. 도시로 떠나는 게 아니었는데……”

“그게 무슨 바보 같은 소리냐. 아무도 미래는 모르는 법이야.”

다시 걷기 시작하면서, 아시라프가 갑자기 뭄타즈에게 닥쳐서 죽음에 이르게 한 질병에 대해서 들려주었다. 상실감에 대한 그의 이야기를 듣고 있자니 그가 왜 매일 기차역에서 그들을 기다렸는지 이해할 수 있었다. 그는 스스로를 바쁘게 만들어서 힘센 고문 기술자인 시간을 물리치려고 했다.

“참 이상한 일이야. 뭄타즈가 살아 있을 때는 내가 하루 종일 혼자 앉아서 바느질을 하거나 책을 읽었지. 뭄타즈는 혼자서 요리를 하고 청소를 하고 기도를 했고. 시간은 빨리 지나갔고 외로움이라는 게 없었어. 뭄타즈가 거기 있다는 생각만으로 충분했지. 그런데 이젠 뭄타즈가 너무나 보고 싶어. 시간이란 게 얼마나 간사한지. 시간이 어서 빨리 흘러갔으면 좋겠는데 내 옆에 풀처럼 딱 붙어 있거든. 그리고 시간이란 게 얼마나 변덕이 심한지. 시간은 우리 삶을 몇 년 그리고 몇 달로 나눠서 묶어 놓은 끈이야. 아니면 우리가 하는 상상에 맞도록 늘어나는 고무 밴드든지. 또 아니면 어린 여자애의 머리를 묶는 예쁜 리본이든가. 젊은 혈기와 머리카락을 훔쳐가는 우리 얼굴의 주름살이기도 하지." 그가 한숨을 내쉬며 슬프게 웃었다. "하지만 결국 시간은 천천히 조여 오는 목에 감긴 올가미란다."

이시바는 어지럽고 복잡한 심정이었다. 죄책감, 슬픔, 노년의 전조가 자신의 미래도 공격하려고 매복 중인 것만 같았다. 다시는 외롭게 내버려두지 않겠노라고 아시라프를 안심시켜 주고 싶었다. 그 말 대신에 그는 뭄타즈의 무덤을 찾아가고 싶다고 했다.

아시라프는 매우 기뻐했다. "다음 주가 기일이란다. 다 같이 가자꾸나. 하지만 너희들은 경사스런 일을 위해서 먼 길을 왔으니까 우선 그 얘기부터 해야지."

그는 슬픈 소식으로 그들의 기분을 망치고 싶지 않았다. 사흘 후에 신붓감 가족들과 상견례가 예정돼 있다고 했다. "이슬람교도인 내가 너희들을 위해서 준비한다고 처음에 걱정한 사람들도 있었어."

"아니 어떻게 그럴 수가 있죠. 그들이 우리가 한 가족이라는 걸 몰랐나요?" 이시바가 화를 내며 말했다.

"처음엔 몰랐지." 아시라프가 말했다. 그러나 그들의 오래된 관계를 알고 있던 사람들이 걱정할 필요 없다고 안심시켰다. "그래서 문제가 다 해결됐어. 새신랑아, 긴장 되니?" 그가 옴의 배를 장난스럽게 찔렀다. "조금만 더 참아. 알라의 뜻이라면 모든 게 다 잘될 테니까."

"전 아무 걱정 없어요." 옴이 말했다. "읍내에 무슨 새로운 소식은 없나요?"

"특별한 건 없다. 가족계획 센터가 생겼지. 설마 거기에 관심이 있는 건 아니지?" 아시라프가 낄낄 웃었다. "나머지는 좋거나 나쁘거나 다 그대로야."

옛날에 살던 거리가 보이고 무자파 재봉 가게의 간판이 눈에 들어오자 흥분한 옴의 발걸음이 빨라졌다. 그는 앞장서서 걸으면서, 문간에서 내다보며 경사스런 일에 진심으로 축하와 축복을 전하는 철물점 주인, 잡화점 주인, 방앗간 주인, 석탄 장수와 인사를 나눴다.

* * *

"배고프면 말해라. 콩 수프와 쌀밥을 준비해 뒀으니까. 그리고 네가 좋아하는 망고 절임도 만들었다." 아시라프가 말했다.

옴이 입맛을 다셨다. "돌아오니까 정말 좋네요."

"나도 너희들이 돌아오니까 좋구나."

"맞습니다." 이시바가 말했다. "디나 아주머니가 정말 좋아서 아주 잘 지냅니다만, 여긴 달라요. 여긴 저희 집이니까요. 여기서는 훨씬 마음 편하게 쉴 수 있죠. 도시에서는 어딜 가든지 무섭거든요."

"삼촌, 왜 또 그런 골칫거리 때문에 고민하세요. 이젠 그만 잊어버려요. 다 지난 일인데."

"골칫거리라니?"

"별거 아닙니다." 이시바가 말했다. "나중에 말씀드릴게요. 밥이랑 콩 수프가 식기 전에 어서 드시죠."

그들은 가게에 앉아서 밤늦게까지 이야기를 나눴다. 이시바와 옴은 자 신들이 겪은 시련의 구체적인 부분은 두루뭉술하게 넘어갔다. 그들의 이 야기에 몰입해서 움찔하는 아시라프의 고통을 덜어주고 싶어서 직감적 으로 그렇게 했다.

자정 무렵에 옴이 꾸벅꾸벅 졸기 시작해서 아시라프가 그만 자자고 했 다. "나야 이제 늙어서 밤잠이 없어 밤새도록 듣고 있을 수 있지만 너희 들은 그만 쉬어야지."

바닥에 침구를 펼 공간을 만들려고 이시바가 의자들을 옆으로 치웠다. 아시라프가 말렸다. "여기서 자려고? 위층에 나밖에 없다. 올라가자." 그 들은 가게 계단을 밟고 위층 방으로 올라갔다. "한때는 여기가 살맛이 났 었지. 뭄타즈와 딸 넷에 그리고 도제 두 명까지. 재밌었어, 그렇지?"

그는 나프탈렌 냄새가 나는 가방에서 여분의 시트와 담요를 꺼냈다. "딸 넷이 다 결혼해서 떠난 뒤에 뭄타즈가 이렇게 다 치워 뒀어. 뭄타즈 는 해마다 조심스럽게 이걸 다 끄집어내서 환기를 시키고 나프탈렌을 새 로 넣었지."

옴은 머리가 베개에 닿자마자 잠이 들었다. "너랑 나라얀이 생각나는 구나." 아시라프가 귓속말로 속삭였다. "어릴 때 맨 처음 여기 왔던 때가 기억나니? 저녁 먹고 나면 가게로 내려가서 자리를 깔았지. 너희들이 네 집처럼 평화롭게 잠들었잖니. 나한테 그보다 더 큰 칭찬은 없었어."

"아저씨와 뭄타즈 아주머니께서 저희를 잘 돌봐 주셨으니까 저희 집 처럼 느꼈던 거죠." 그들은 잠시 추억에 잠겼다가 불을 껐다.

아시라프는 이시바와 옴에게 새 셔츠를 선물하고 싶었다. "오늘 오후에 나가 보자꾸나."

"아이고, 그렇게까지 하실 필요 없습니다."

"내 선물을 안 받으면 내가 슬퍼지잖니! 나한테도 옴의 결혼은 매우 중요하다. 내가 하고 싶은 대로 하게 내버려 둬." 그들이 상견례를 하러 갈 때 입을 셔츠라고 했다. 결혼 예복은 나중에 신붓감을 고르고 나서 그 가족과 상의해야 한다고 했다.

이시바는 한 가지 조건을 걸고 그렇게 하겠다고 했다. 옴과 함께 자신이 셔츠 만드는 것을 돕겠다고 했다. 아시라프 혼자서 재봉틀로 힘들게 일하도록 할 수는 없다고 했다.

"재봉은 할 필요가 없단다. 시장에 기성복 가게가 있으니까. 우리 가게 손님들을 빼어간 가게 생각나지? 하기야 어떻게 잊을 수가 있겠니. 그 가게 때문에 너희들이 여기를 떠나야 했으니까."

아시라프의 아버지 때부터 고객이었던 사람들을 포함해서 충성스러웠던 단골손님들조차도 하나씩 무자파 재봉 가게에 발길을 끊었다는 이야기를 그가 들려주었다. "두 세대에 걸친 단골들의 충성도가 값싼 약속 때문에 바람 부는 날의 연기처럼 사라지고 말았지. 돈은 너무나 힘센 악마란다. 너희들이 그때 떠난 건 잘한 일이었어. 여기에는 미래가 없단다."

곧, 재봉사들이 도시로 떠난 지금껏 입 밖에 내지 않았던 다른 이유에 대해서 옴이 이야기를 꺼냈다. "타쿠르 다람시는 어떻게 됐어요? 그 도둑놈은 아직 살아 있나요?"

"이 지역에서 그를 가족계획 관리자로 임명했단다."

"그럼 그놈이 어떻게 하는 거죠? 인구를 통제하려고 아기들을 죽이나요?"

이시바와 아시라프가 서로를 불안한 눈빛으로 바라봤다.

"우리 공동체 사람들이 뭉쳐서 그 개 같은 놈을 죽여 버려야 해요."

"옴프라카시, 말도 안 되는 소리 그만해." 이시바가 경고했다. 조카가 불행했던 과거의 분노를 다시 불러오려고 하자 그는 걱정스러웠다.

아시라프가 옴의 손을 쥐었다. "아가, 그 악마는 힘이 너무 세단다. 국가비상사태가 시작되고 나서 그의 영향력이 마을에서 여기까지 뻗쳤어. 그는 이제 국민회의당의 거물이야. 만약에 정부가 선거를 한다면, 다음 선거에서 그가 장관이 될 거라더라. 요즘은 점잖게 보이려고 깡패 짓은 안 하지. 사람을 협박하고 싶으면 깡패들을 보내는 대신에 그냥 경찰에게 말한단다. 그러면 경찰들이 그 불쌍한 사람을 잡아서 두들겨 팬 다음 석방하지."

"왜 그 작자 얘기를 하면서 시간을 낭비하는 거죠?" 이시바가 화를 냈다. "저희는 경사스런 일 때문에 여기에 왔습니다. 저흰 그 작자하고 이제 아무 상관이 없어요. 타쿠르 다람시는 신께서 처리할 겁니다."

"그래, 맞다. 자, 어서 셔츠 사러 가자." 아시라프가 말했다. 그는 가게를 여섯 시에 다시 열겠다는 표지를 내걸었다. "사실 이건 중요하지 않아. 어차피 아무도 안 오니까." 그가 접는 철제문을 닫느라고 힘들어하자 옴이 도왔다. 궤도에 끼인 창살문을 다시 접고 흔들어서 느슨하게 만든 다음에 앞으로 살살 밀어야 했다.

"기름칠을 해야겠구나. 꼭 내 늙은 뼈 같구먼." 아시라프가 숨을 헐떡거렸다.

시장에 이르는 딱딱하고 마른 흙의 비포장도로를 밟으며 그들은 곡식 창고들과 일꾼늘의 헛간들을 지나갔다. 샛들에서 저벅저벅 밟는 소리와 함께 먼지들이 작은 혀를 날름거리며 피어났다.

"도시에는 비가 많이 내리냐?"

"너무 많이 내리죠." 이시바가 말했다. "거리가 물에 잠기는 일이 많습니다. 여긴 어떻습니까?"

"너무 적게 오지. 악마가 우리 머리 위로 우산을 받치고 있나 보다. 올해는 그 우산을 접어야 할 텐데."

옷가게로 가려면 새로 지은 가족계획 센터를 지나야 했다. 옴이 걸음을 멈추고 안을 들여다봤다. "타쿠르 다람시가 여기를 관리한다고요?"

"그래. 이걸로 돈을 많이 벌지."

"어떻게요? 정부에서 수술을 받으라고 환자들에게 돈을 주지 않나요?"

"그 깡패가 돈을 죄다 챙기지. 마을 사람들이야 어쩔 수가 없어. 불평을 하면 고통만 커지니까. 타쿠르의 깡패들이 지원자들을 찾으러 다니면, 불쌍한 사람들이 조용히 스스로 혹은 아내들을 수술 받으러 보내지."

"아이고, 세상에. 그런 악마가 잘 사는 걸 보니 세상이 정말 암흑의 시대인 칼리유가를 지나고 있는 게 틀림없나 봅니다."

"삼촌은 나한테 쓸데없는 소리한다고 하더니." 옴이 비웃으며 말했다. "그런 돼지 같은 놈을 죽이는 게 바로 칼리유가를 끝낼 수 있는 가장 현명한 방법이라고요."

"아가, 진정해라. 천장에다가 뺨을 뱉어 봐야 자신만 더러워 질 뿐이다. 이 세상에서 죄를 지으면 다음 세상에서 벌을 받게 돼 있어." 아시라프가 말했다.

옴이 미심쩍은 듯이 눈알을 굴렸다. "네, 분명히 그래야죠. 그건 그렇고 여기서 그놈이 돈을 얼마나 많이 번다는 거죠? 수술 보너스는 그렇게 크지 않잖아요."

"그렇지. 하지만 그것만이 그놈의 수입원이 아냐. 환자들을 병원으로 데려가면 그놈이 경매에 붙여."

"그게 무슨 말씀이세요?"

"공무원들은 불임 수술을 두 건에서 세 건을 만들어 내야 돼. 할당량을 못 채우면 그 달치 봉급을 못 받아. 그래서 타쿠르가 모든 학교 선생들, 동사무소 직원들, 세무서 직원들, 음식 감독자들을 병원으로 모으지. 그런 다음 마을 사람들을 가지고 경매를 하는 거야. 제일 돈을 많이 부르는 사람이 자기 할당량에 그걸 등록하는 거고."

절망한 이시바가 고개를 가로저었다. "어서 가시죠." 그는 두 손으로 귀를 막으며 말했다. "더 이상은 못 듣겠습니다."

"그래, 네 탓이 아니지. 요즘 일어나는 일들을 듣고 있으면 마치 독약을 마시는 것 같으니까. 나도 마음이 편하질 못해. 우리나라에 악마의 기운이 걷히고 정의가 나쁜 놈들을 다스리기를 난 매일 기도한단다."

그들이 가족계획 센터에서 벗어나려고 할 때, 누군가가 건물 안에서 문간으로 나왔다. "어서 들어오십쇼. 기다릴 필요 없습니다. 의사가 대기 중이니까 즉시 수술을 받도록 해 드리겠습니다."

"내 물건 건드릴 생각하지 마요." 옴이 말했다.

남자는 그건 정관 절제 수술에 대한 오해라면서, 의사는 성기에 손도 안 댄다며 지겨운 듯이 설명하기 시작했다.

"됐소. 우리도 알아요. 얘가 그냥 당신을 놀린 거요." 아시라프가 웃으면서 다정하게 손을 흔들었고, 그들은 가던 길을 계속 갔다.

기성복 가게 밖 차양에는 셔츠와 바지 여러 벌이 머리 없는 허수아비처럼 매달려 철사 옷걸이에서 나부끼고 있었다. 중요한 물건들은 선반에 있는 골판지 상자들에 담겨 있었다. 그들의 사이즈를 보고 점원이 셔츠들을 보여줬다. 옴이 얼굴을 찡그렸다.

"마음에 드세요?"

옴이 고개를 가로저었다. 점원이 상자들을 치우고 다른 물건들을 보여 줬다. 그는 긴장한 눈빛으로 손님들을 지켜봤다.

"저거 괜찮구나." 점원을 배려해서 이시바가 말했다. 그는 체크무늬 반팔 셔츠를 살펴봤다. "마넥이 입은 거랑 같은 건데."

"네. 하지만 단추가 엉망으로 달렸잖아요. 한 번만 빨면 단추가 다 떨 어질걸요."

"그 셔츠가 마음에 들면 사자꾸나. 단추는 내가 널 위해서 다시 달아주 마." 아시라프가 말했다.

"다른 걸 더 보여 드리죠. 여기 이 상자에 자유 의복 회사에서 만든 특 별한 디자인의 최상품들이 들어 있습니다." 점원이 계산대에 셔츠 여섯 장을 쭉 펼쳤다. "줄무늬가 요새 유행입니다."

옴이 짙은 청색 줄무늬가 있는 연한 청색 옷을 집어서 투명 비닐을 벗 겼다. "이것 좀 보세요. 호주머니가 비뚤고 줄무늬도 제대로 연결이 안 됐잖아요."

"그렇군요." 점원이 인정하고 상자를 더 열었다. "전 옷만 팔지 만들지 는 않습니다. 더 이상은 아무도 좋은 기술에 자부심을 가지지 않으니 어 쩌겠습니까."

"맞는 말이오. 요즘은 어디든 다 그렇지." 이시바가 말했다.

시대가 변한 걸 한탄하고 나니 마음에 드는 셔츠를 찾기가 수월해졌 다. 점원이 그들이 선택한 셔츠들을 원래 모양대로 접어서 투명 비닐에 다시 집어넣었다. 셀로판이 요란스럽게 부스럭거렸다. 갈색 종이와 끈으 로 포장을 하니, 가치와 품질에 대한 착각이 회복됐다. 종업원이 이빨을 사용해서 큰 얼레에서 필요한 만큼 실을 끊었다. "또 오십시오. 정성껏 모시겠습니다."

"고맙네." 아시라프가 말했다.

거리로 나온 그들은 다음에 뭘 해야 될지 논의했다. "시장을 돌아다니면서 아는 사람을 찾아보는 건 어때요?" 옴이 말했다.

"더 좋은 생각이 났다. 내일이 장날이니까, 아침에 다시 오자꾸나. 마을 사람들이 다 모이면 친구들을 많이 만나게 될 거다."

"그거 좋은 생각이십니다. 집에 가기 전에 빤을 좀 사드리고 싶어요." 이시바가 말했다.

"설마 빤을 씹는 습관이 생긴 건 아니겠지?" 아시라프가 걱정스럽게 물었다.

"아뇨, 아닙니다. 오늘은 특별한 날이니까요. 오랜만에 아저씨를 봬서 그럽니다."

빈랑나무 열매, 석회수, 담배를 섞어서 만든 빤 때문에 입이 불룩하게 튀어나온 그들이 무자파 재봉 가게로 돌아가기 위해 다시 가족계획 센터 앞을 지날 때, 아시라프가 입 안 가득한 즙을 시궁창에 내뱉고 주차된 차를 가리켰다. "저게 타쿠르 다람시의 새 자동차다. 안에서 피해자들의 숫자를 세고 있을 거야."

이시바가 즉시 그들을 길 건너편으로 데려갔다.

"뭣 때문에 도망쳐요? 우리가 왜 저 개를 두려워해야 되죠?" 옴이 따졌다.

"문제는 피하는 게 상책이야."

"맞다." 아시라프가 동의했다. "피할 수 있다면 뭣하러 저 악마의 얼굴을 보겠니?"

바로 그때 타쿠르 다람시가 건물에서 나오자, 옴이 용감하게 그쪽으로 성큼성큼 걸어갔다. 이시바가 그를 아시라프 옆으로 끌어당겼다. 샌들의 반들반들한 가죽 밑창 때문에 옴이 보도에서 미끄러졌다. 그는 부끄러웠다. 밀고 당기기의 승자는 이시바여서 옴의 도전은 타쿠르 다람시 앞에서 굴욕으로 바뀌었다.

옴이 빤을 내뱉었다.

빨간 반원이 타쿠르 다람시로부터 약 1미터 거리에 떨어졌다. 끈끈한 즙이 두 사람 사이의 땅을 적셨다. 타쿠르 다람시가 멈췄다. 그와 함께 있던 두 남자가 지시를 기다렸다. 근처에 있던 사람들은 무슨 일이라도 생길까봐 두려워서 저무는 햇살처럼 재빨리 사라졌다.

그가 들릴락 말락 한 목소리로 말했다. "네놈이 누군지 알겠다." 그가 차에 타고 문을 세게 닫고서 떠났다.

가게로 돌아가는 내내 이시바는 미친 듯이 화를 내고 걱정했다. "미쳤니! 완전히 돌았구나! 죽고 싶으면 쥐약을 삼키지 그러냐! 결혼하러 온 거냐 장례를 치르러 온 거냐?"

"제 결혼식과 타쿠르 다람시의 장례식을 위해서 왔죠."

"헛소리 집어치워! 손등으로 귀싸대기 맞고 싶냐!"

"삼촌이 안 말렸으면 그놈한테 빤을 뱉었을 거예요. 정확하게 그놈 얼굴에다가요."

이시바가 때리려고 손을 들자 아시라프가 말렸다. "이미 벌어진 일을 어쩌겠니? 지금부터는 그 악마가 있는 곳을 피하자꾸나."

"전 그놈 무섭지 않아요." 옴이 말했다.

"물론이지. 우린 그저 문제가 생겨서 결혼식 준비를 망치고 싶지 않을 뿐이야. 우리의 기쁨이 악마의 그림자 때문에 어두워지면 안 되니까."

아시라프는 이시바의 번민을 달래 주려고 계속 위로했다. 그러나 때때로 갑자기 무서워질 때면 이시바가 옴의 멍청함을 강하게 질책했다. "행동은 영웅처럼 하는 녀석이 생각은 그렇게도 없냐? 너한테 빤을 사 준 내가 잘못이지. 디나 아주머니가 말한 대로 넌 올빼미처럼 성격이 더러워. 웃고 농담하던 기분은 어떻게 된 거냐? 마넥이 없으니까 웃는 법도 인생을 즐기는 법도 잊어버렸냐?"

"마넥이 그렇게 대단하면 여기로 데려오지 그랬어요? 그랬으면 내가 안 왔을 텐데."

"또 말도 안 되는 헛소리냐? 여기 며칠 있으면 일하러 돌아가는데, 그 짧은 시간도 제대로 행동 못하니?"

"삼촌은 도시에서도 그렇게 말했잖아요. 조금만 있으면 곧 고향으로 돌아간다고 말예요."

"그래서? 도시에서 돈을 버는 게 생각보다 힘들었던 게 내 탓이냐?"

그 순간 그들은 이야기를 멈췄다. 계속 싸우다가는 아시라프가 그들이 숨긴 불행의 구체적인 내용을 알게 될 것이기 때문이었다.

가족계획 센터에서 광장에 부스를 차려 놓고 확성기를 최대한 크게 틀어서 불임 수술을 홍보하고 있었기 때문에, 장날은 평소보다 더 시끄러웠다. 불임 수술 캠페인에 협조를 호소하는 플래카드들이 길에 걸려 있었다. 읍민들과 장에 나온 마을 사람들을 꾀어내려고 박람회에서나 볼 수 있는 풍선, 꽃, 비눗방울, 현란한 조명, 간식 등이 준비돼 있었다. 영화 노래들이 연주되는 틈틈이 가족계획의 국가적 필요성, 불임 수술을 받는 사람들에게 찾아오는 번영과 행복, 정관 절제술과 난관 절제술을 받으면 많은 혜택을 받을 수 있다는 등의 광고가 나왔다.

"그런데 수술은 어디서 해요? 바로 여기서 하나요?" 옴이 물었다.

"왜? 구경이라도 하고 싶니?" 이시바가 말했다.

가족계획 센터에서 읍내 외곽에 텐트를 여러 개 세웠다고 아시라프가 말했다. "공장이나 마찬가지야. 여기 자르고, 저기 자르고, 몇 번 꿰매면 완성되는 거지."

"재봉 일 같은 거군요."

"사실 우리 재봉사들이 일에 대한 자부심은 더 크지. 이 괴물들이 사람들한테 보이는 관심보다, 재봉사들이 옷감에 보이는 관심이 더 크니까 말이야. 국가적인 망신이지."

불임 수술 홍보 부스에서 멀리 떨어지지 않은 곳에서 한 남자가 발기부전과 불임 치료약을 팔고 있었다. "정부에서 나온 사람들보다 돌팔이 의사한테 사람들이 더 많이 몰리는군요." 이시바가 말했다.

번쩍이는 까만 머리를 후광처럼 빗어 올린 남자는 어깨에 동물 모피를 걸치고 있었다. 가슴을 드러낸 채, 오른팔에는 가죽 끈을 팽팽하게 묶어서 정맥들이 불끈 튀어나와 팔 전체에 힘이 넘쳐 보였다. 생식에 관한 문제에 생생한 예가 필요할 때마다, 그는 피가 모여서 단단한 근육질의 팔뚝을 휘둘렀다.

약장수 앞의 멍석에는 약초와 나무껍질 덩어리들을 담은 항아리 몇 개가 놓여 있었다. 그러나 항아리들 때문에 혹시나 평범한 약장수라는 오해를 받을까 봐, 그 사이사이에 여러 종류의 죽은 도마뱀과 뱀 들을 끼워 넣어 야생의 생식력과 파충류의 강한 힘을 불어넣었다. 한쪽 구석에는 사람의 두개골이 있었고, 멍석 한가운데에는 눈이 크고 반짝이며 턱을 쩍 벌린 곰의 머리가 자리 잡고 있었다. 곰의 머리는 여기저기 돌아다니다가 상처를 입어서 이빨 두 개가 나갔고, 그 자리를 하얗게 칠한 작은 나무 원뿔들이 대신하고 있었다. 우스운 틀니 때문에 곰의 사나운 눈빛은 사그라졌고 그래서 우스꽝스러워 보였다.

정력제 약장수는 지시봉으로 증상과 치료법을 적은 도표들, 전기 회로도 같은 그림들을 가리켰다. 설명을 하던 도중에 그는 바짓단을 올려서 종아리, 무릎, 마침내 근육질의 넓적다리를 내보였다. 그의 짙은 갈색 피부는 햇빛을 받아서 빛이 났다. 가슴에는 털이 무성했지만 그의 다리는 이상하리만큼 매끈했다. 자신의 말을 강조할 때면 그는 넓적다리의 단단한 살을 몇 번 찰싹 때렸다. 마치 두 손으로 제대로 손뼉을 치는 것처럼 날카로운 소리가 났다.

그의 약 선전은 자문자답의 형식을 취했다. "애를 만드는 데 문제가 있다고요? 무기가 제대로 서지를 않는다고요? 아니면 한 번 잠들면 일어날 생각을 안 한다고요?" 그가 지시봉을 축 늘어뜨렸다. "걱정 마십쇼! 치료법이 있습니다! 차렷 자세의 군인처럼 발딱 일어설 겁니다! 하나, 둘, 셋, 짠!" 그가 지시봉을 재빨리 세웠다.

어떤 사람들은 킬킬거렸고, 또 어떤 사람들은 폭소를 터트렸으며, 몇몇 사람들은 못마땅한 듯 얼굴을 불쾌하게 찡그렸다.

"일어서기는 하는데 곧게 세워지지를 않는다고요? 연장이 굽었다고요? 마르크스-레닌 정당처럼 왼쪽으로 기울었다고요? 잔 상 파시스트들처럼 오른쪽으로 기울었다고요? 아니면 국민회의당처럼 아무 생각 없이 가운데서 왔다리갔다리 한다고요? 걱정 마십쇼! 똑바로 세울 수가 있습니다! 문질러도 마사지를 해도 딱딱해지지 않는다고요? 그렇다면 이 연고를 써 보십시오. 그러면 정부의 마음처럼 딱딱해질 겁니다! 야생 동물들의 장기늘보 만든 이 놀라운 연고를 바르면 여러분들의 문제가 사라집니다! 남자들은 모두 기관차로 변합니다! 국가비상사태 시대의 기차들처럼 시간을 엄수합니다! 매일 밤마다 기차 피스톤 같은 힘으로 앞뒤로 움직이죠! 철길이 당신의 힘을 써 보고 싶어서 안달할 겁니다! 매일 한 번씩 이 연고를 바르면 부인께서 당신을 자랑스러워할 겁니다! 매일 두 번 이 연고를 바르면 부인께서 온 동네 여자들과 당신을 나눠 가져야 할 겁니다!"

약장수의 마지막 말에 젊은 남자들이 크게 웃었다. 여자들은 손으로 웃음을 막았지만 킥킥거리는 소리가 새어 나왔다. 불쾌하게 얼굴을 찡그린 사람들은 역겹다는 듯이 자리를 떴다.

정력제 약장수가 이빨을 드러낸 두개골을 집어서 높이 들어 올렸다. "이 친구의 머리에다가 연고를 바르면 벌떡 서기 시작할 겁니다! 하지만 숙녀 분들이 계시니 정조를 생각해서 참겠습니다!" 구경꾼들이 힘껏 박수를 쳤다.

이런 식으로 좀 더 너스레를 떨다가 약장수는 여자들의 문제로 넘어갔다. 이제 그는 다산의 전도사 역할로 전환했다. "이웃집에 자식들이 더 많아서 인생이 슬프다고요? 들에서 끝이 없는 일을 도와주고 물을 긷고 땔나무를 찾을 일손이 더 필요하다고요? 아들이 없어서 늙어서 의지할 데가 없으면 어떡할지 걱정이 된다고요? 걱정 마십쇼! 이 약을 먹으면 건강한 아이들을 쑥쑥 낳게 됩니다! 하루에 한 숟가락만 먹으면 아들 여섯은 거뜬히 낳습니다! 하루에 두 숟가락을 먹으면 군대를 만들 만큼 아들을 낳을 겁니다!"

약장수 주변에 많은 사람들이 모였지만 실제로 약을 사려는 사람은 얼마 없었다. 대부분 그저 재미로 그곳에 있었다. 또한 대낮에 그런 약을 산다는 것은 정력이 부실함을 공개적으로 인정하는 꼴이었다. 그래서 쇼가 거의 끝나고 재미로 구경하는 사람들이 사라지고 나야 판매가 시작됐다.

"너도 저 약이 필요하냐?" 굉장히 집중해서 듣고 있던 옴의 옆구리를 이시바가 간질였다.

"난 저런 엉터리 약은 필요 없어요."

"물론이지." 아시라프가 옴의 어깨에 팔을 얹었다. "알라의 뜻이라면, 아들딸을 제때 낳게 될 거다."

그들은 다시 시장을 돌아다니다가 차마르들이 장사하는 곳에 도착했다. "아무 말도 하지 말고 그냥 조용히 서 계세요. 얼마만에 우리를 알아보는지 보게요." 옴이 말했다.

그들은 샌들, 물을 담는 가죽 부대, 지갑, 허리띠, 가죽숫돌, 마구 등을 살피는 척했다. 갓 만들어진 가죽의 진한 향기가 깊숙이 풍겨오자 잊었던 기억들이 되살아났다. 그때 고향 마을의 누군가가 그들을 알아봤다.

기쁨의 함성이 터지고 사람들이 함께 기뻐했다. 그들은 매우 반가워했다. 사람들이 주위에 모여서 이야기꽃을 피웠다. 모두들 재봉사들이 오랫동안 떠나 있을 때 생긴 일들을 열심히 들려주었다.

이시바와 옴은 둑히의 평생 친구였으며, 옛날에 뜨거운 납이 귀에 부어졌던 감비르가 최근에 세상을 떠난 걸 알게 됐다. 화상으로 인한 상처가 곪아서 항상 문제였지만, 녹슨 낫에 다리를 베어 패혈증에 걸려서 끝내 사망했다고 했다. 암바, 피아리, 파드마, 사비트리는 모두 건강하게 잘 있다고 했다. 그 노파들이 바로 재봉사들의 가족을 가장 잘 아는 사람들이었다. 그들이 아직도 가장 즐겨 하는 이야기가 바로 루파와 둑히와 함께 수십 명이 버스를 타고 나라얀의 신붓감을 고르러 갔던 일이었다.

세상을 떠난 사람들과 나이 많은 어른들에게 예를 갖추고, 그들은 현새 이야기로 돌아왔다. 옴이 곧 삼견례를 한다는 소식이 이미 차마르 공동체에 퍼졌다. 벌써 결혼이라도 한 것처럼, 남자 두 명이 옴을 목말 태우고 승리를 거둔 영웅처럼 그를 축하했다. 모든 사람들의 축하에 옴은 당황했다. 그는 이번만큼은 건방진 말대꾸를 할 수가 없었고, 지켜보던 이시바가 활짝 웃으며 고개를 끄덕였다.

옴의 아버지를 아는 사람들에게 그의 결혼은 특별한 의미를 지녔다. 카스트 제도에 도전해 차마르에서 재봉사가 된 나라얀처럼 뛰어난 사람의 가계가 사라지지 않게 돼서 그들은 기뻤다. "언젠가는 나라얀의 아들이 돌아오기를 기도했지. 마침내 우리의 기도가 이루어졌구나. 옴이 이제 아버지가 하던 일을 이끌어야지. 그리고 그 후손들도 마찬가지고."

이시바의 귀에 차마르 공동체의 열망은 현명치 못하고 무모한 부추김으로 들렸다. 어제 타쿠르 다람시에게 보인 옴의 어리석은 도전 때문에 그는 여전히 매우 두려웠다. 그는 지지자들의 말을 끊었다. "다시 돌아오는 일은 없을 겁니다. 도시에 아주 좋은 직장이 있으니까요. 옴프라카시의 미래는 도시에서 더 밝답니다."

차마르들은 이시바와 나라얀이 무자파 재봉 가게에 도제 생활을 하러 떠났던 시절에 대해서 얘기했다. 그들이 옴에게 나라얀이 얼마나 뛰어난 재봉사였는지 들려주자, 그의 스승이었던 아시라프가 자랑스럽게 고개를 끄덕이고 웃으며 모두 사실임을 인정했다. "마술을 부리는 것 같았지." 그들이 말했다. "나라얀은 뚱뚱한 지주가 버린 옷을 재봉틀로 고쳐서 우리를 위해 새 옷처럼 만들었어. 그리고 우리의 누더기를 가지고 왕에게나 어울리는 옷으로 바꾸었고. 그런 사람을 다시는 만나지 못할 거야. 정말 관대하고 용감했지."

그런 이야기가 조카에게 안 좋은 영향을 끼칠까 봐 이시바가 또다시 화제를 바꿨다. "저희가 도착하고 나서부터 아시라프 아저씨께서 옛날 얘기는 많이 해 주셨습니다. 그러니 요즘 무슨 일이 벌어지고 있는지 얘기해 주시죠."

사람들은 최근에 개울이 마르고 바닥에서 병을 치료하는 둥근 바위가 발견됐다고 옴과 이시바에게 들려주었다. 다른 마을에서는 수도승이 나무 밑에서 수행을 했는데, 그가 떠나고 나자 나무 몸통에 가네쉬 신의 형상으로 깊은 자국이 남았다고 했다. 또 다른 곳에서는 어머니 신의 순례 행렬 중에 신내림을 받은 사람이 한 여자를 가리켜 마을에 불행을 일으키는 마녀라고 지목했다. 그 여자는 맞아 죽었고 마을에서는 좋은 일이 생기기를 바랐다. 그러나 불행하게도 1년이 지났지만 아무런 변화도 없었다.

대화가 또다시 과거로 빗나가기 전에 이시바가 말했다. "그럼 별일 없으면 결혼식 때 뵙겠습니다." 그들은 환호와 웃음 속에서 자리를 떴다.

야채 행상에게 가서 이시바가 완두콩, 고수풀, 시금치, 양파를 샀다. "오늘 저녁에는 제가 특별 요리를 만들겠습니다."

"그러면 여기 차파티 전문가가 또 실력을 발휘하겠구나." 아시라프가 옴을 살짝 안았다. 그는 아들 같고 손자 같은 그들을 틈만 나면 만지고 껴안았다. 또한, 그는 결혼식이 끝나고 다가올 이별의 두려운 순간을 피하고 싶었다.

"집에 가기 전에 한 군데 더 들를 데가 있습니다." 이시바가 말했다. 그는 그들을 종교 기념품 가게로 데려가서 비싼 묵주를 샀다. "저희가 드리는 작은 선물입니다. 앞으로 오래 사시면서 이걸 사용하십시오." 그가 아시라프에게 말했다.

"알라의 뜻이라면." 아시라프가 호박으로 만든 묵주에 입을 맞췄다. "니한테 꼭 맞는 선물이구나."

"제가 생각한 거예요." 옴이 자랑했다. "할아버지께서 기도를 많이 하는 걸 보고서요.”

“그래. 죽음과 노년을 깨닫게 되면 우리 인간들은 그렇게 된단다.” 묵주를 담으려고 신문지 주머니를 만드는 노점 상인을 아시라프가 말렸다. “그건 필요 없소.” 그는 소중한 묵주를 손가락에 감았다.

근처에서 솜사탕 장수가 외쳤다. “할머니 머리카락처럼 가는 달콤한 솜사탕이오!”

“하나 먹었으면 좋겠다.” 옴이 말했다.

“하나 가지고 되나, 두 개는 먹어야지!” 솜사탕 장수가 작은 놋쇠 종을 딸랑딸랑 울렸다.

이시바가 손가락 하나를 들어 올리자 솜사탕 장수가 기계를 켰다.

윙하고 돌며 바쁘게 움직이는 가운데에서 분홍색 실들이 뿜어 나오는 것을 그들은 지켜봤다. 솜사탕 장수가 막대기 하나를 통 안에 넣고 휘젓자 달콤한 가닥들이 만들어졌다. 솜사탕이 사람 머리통 크기만 해지자 그는 기계를 멈췄다.

“솜사탕을 어떻게 만드는 줄 아니? 기계 안에 큰 거미 한 마리가 앉아서 설탕하고 분홍색 물감을 먹어. 솜사탕 장수가 명령을 하면 거미가 거미줄을 만들어 내는 거지.” 아시라프가 말했다.

“아, 그렇군요. 할아버지 수염도 그렇게 만드신 거죠?” 옴이 아시라프의 턱 밑을 가볍게 치더니 가늘고 흰 턱수염을 만졌다.

정오가 되려면 얼마 남지 않았다. 빈 트럭들이 덜커덕거리며 대로를 달리더니 시장 광장 밖에 멈췄다. 아무도 관심을 기울이지 않았다. 일주일 중 항상 차로 붐비는 날이었다.

“맛 좀 보실래요?” 옴이 솜사탕 막대기를 내밀었다.

이시바는 거절했다. 그러나 아시라프는 수염에도 불구하고 과감하게 솜사탕을 맛보았다. 솜사탕이 수염에 들러붙어서 흰 바탕에 분홍색이 나타나자 옴이 큰소리로 웃었다. 그는 아시라프를 사리 가게 창문으로 데려가 솜사탕 수염을 보여줬다. "할아버지, 정말 멋져요! 새로운 유행을 창조하셨어요."

"솜사탕을 왜 늙은이 머리카락처럼 가늘다고 하는지 이제 알겠지?" 아시라프가 수염에서 솜사탕을 떼며 말했다.

이시바는 행복하게 웃으면서 느긋하게 그 장면을 지켜봤다. 그는 그 모든 것에도 불구하고 인생은 살 만하다고 생각했다. 아시라프와 디나 그리고 마넥 같은 사람들로 축복을 받았는데 그들이 무슨 불평을 할 수 있겠는가.

광장 주위로 더 많은 트럭들이 모여서 시장으로 들어가는 골목길들을 막았다. 뒤가 뚫려 있고 둥근 지붕이 달린 청소 트럭들이었다.

"왜 이렇게 빨리 왔지? 장이 끝나려면 아직 시간이 많이 남았는데. 청소는 저녁이나 돼야 시작되는데." 아시라프가 말했다.

"운전사들도 장을 보고 싶은 모양이죠 뭐."

그때 갑자기 경적을 울리면서 경찰차들이 시장으로 밀고 들어왔다. 인파가 양쪽으로 갈라졌다. 길 한가운데 멈춘 경찰차들에서 경찰들이 몰려나와 광장 안에 자리를 잡았다.

"경찰들이 시장을 지키는 건가요?" 이시바가 말했다.

"뭔가 이상해." 아시라프가 말했다.

장을 보던 사람들이 당황한 채 지켜보았다. 그때 경찰들이 다가와 사람들을 붙잡았다. 어리둥절한 사람들이 소리치고 반항하며 물었다. "이게 뭐요! 우리가 뭘 잘못했는지 먼저 말을 해야 될 거 아니요! 그냥 이렇게 사람을 잡아가면 어떡합니까? 오늘은 장날입니다! 우린 여기 있을 권리가 있다고요!"

경찰들은 가차 없이 사람들을 잡아들였다. 저항하면 경찰봉을 휘둘렀다. 시장은 공포에 휩싸였고, 사람들이 밀고 애원하고 저항하며 경찰 저지선을 뚫으려고 했다. 그러나 광장은 물샐틈없이 경찰들로 둘러싸여 있었다. 저지선 근처까지 온 사람들은 경찰들이 기다리는 곳으로 쫓겨 갔다.

노점과 상점 들이 와르르 무너졌고 바구니들이 뒤집혔으며 상자들이 박살났다. 질서정연했던 주황색, 흰색, 녹색이 무질서하게 뒤섞이면서 순식간에 토마토, 양파, 흙 그릇, 밀가루, 시금치, 고수풀, 고추 등으로 광장이 어질러졌다. 정력제 약장수의 곰은 발에 짓밟혀서 이빨이 더 많이 빠졌고, 죽은 도마뱀과 뱀 들은 다시 한 번 죽었다. 사람들의 비명 속에서도 가족계획 센터 부스의 홍보 음악은 멈추지 않고 크게 울려 퍼졌다.

"빨리 이쪽으로. 여기로 숨자." 아시라프가 말했다. 그는 이시바와 옴을 한때 무자파 재봉 가게로 손님들을 소개해 주던 옷감 가게의 출입구로 이끌었다. 가게가 잠겨 있어서 그는 초인종을 눌렀다. 아무런 대답이 없었다. "괜찮아. 조용해질 때까지 여기에 있자. 경찰들이 범인들을 찾는 모양이야."

그러나 경찰들은 사람들을 마구잡이로 잡아들였다. 노인들, 소년들, 그리고 아이들과 함께 있던 주부들을 트럭으로 끌고 갔다. 몇몇 사람들은 간신히 도망쳤지만, 대부분 닭장 안의 닭들처럼 갇혀서 경찰들에게 끌려가기를 기다릴 수밖에 없었다.

"저기 봐라!" 아시라프가 다급하게 말했다. "저 모퉁이에는 경찰이 한 명밖에 없어. 빨리 뛰어가면 도망칠 수 있을 게다."

"아저씨는 어쩌고요?"

"난 여기 있어도 안전해. 나중에 가게에서 보자꾸나."

"저흰 아무 잘못도 안 했습니다. 도둑놈들처럼 도망칠 필요 없다고요." 이시바는 아시라프를 혼자 남겨 둘 수 없었다.

그들은 문간에서 엎질러진 과일과 곡식, 깨진 유리 사이를 미친 듯이 달아나는 사람들을 경찰들이 뒤쫓는 걸 지켜봤다. 누군가가 발을 헛디뎌 유리 조각들 위로 넘어져 얼굴을 베었다. 그를 쫓아오던 경찰이 흥미를 잃고 다른 목표물을 쫓았다.

"아이고, 세상에!" 이시바가 말했다. "저 피 좀 보세요! 다친 사람을 그냥 방치하다니! 도대체 무슨 일이죠?"

"악마 같은 다람시가 이런 짓을 꾸몄을 거야. 저 청소 트럭들이 그 작자 거니까." 아시라프가 말했다.

트럭들이 차기 시작하자 광장에 있던 사람들의 숫자가 줄었다. 나머지 사람들을 잡기 위해서 경찰들이 더 열심히 움직였다. 이윽고 경찰 여섯 명이 재봉사들을 잡으러 왔다. "거기 세 명! 어서 트럭에 타!"

"경찰 나리, 이유가 뭡니까?"

"따지지 말고 어서 와!" 한 경찰이 윽박지르며 경찰봉을 들어 올렸다.

아시라프가 두 손을 들어 얼굴을 막았다. 경찰이 그의 손가락에 감긴 묵주를 잡아당기자 끈이 떨어졌다. 묵주알들이 바닥을 느리게 굴렀다.

"어!" 다른 경찰 두 명이 작은 호박 알들을 밟고 미끄러졌다. 동료들이 넘어지는 것을 보자 화가 난 경찰이 경찰봉을 마구 휘둘렀다.

아시라프가 신음소리를 내며 바닥으로 천천히 꼬꾸라졌다.

"제발, 때리지 마십시오! 일부러 그런 게 아닙니다!" 이시바가 빌었다. 그와 옴이 무릎을 꿇고 아시라프의 머리를 받쳤다.

"일어서!" 경찰이 말했다. "괜찮아, 노인네가 그냥 아픈 척하는 거야.

살살 때렸어."

"머리에서 피가 납니다."

"피 조금 나는 걸 가지고 뭘 그래. 어서 트럭에 타."

재봉사들은 순경의 말을 무시하고 아시라프를 돌봤다. 그러자 경찰이 그들을 발로 한 번씩 걷어찼다. 그들은 비명을 지르며 갈비뼈를 움켜쥐었다. 경찰이 다시 걷어차려고 발을 뒤로 빼자 그들이 일어섰다. 경찰이 트럭이 있는 곳으로 그들을 밀었다.

"아시라프 아저씨는 어쩌고요? 그냥 저렇게 길거리에 놔두는 거요?" 이시바가 소리쳤다.

"나한테 지금 고함치는 거냐? 내가 네놈 하인인 줄 알아! 이 자식이 좀 맞아야 정신을 차릴래!"

"경찰 나리, 죄송합니다. 용서합시오! 하지만 아저씨께서 다쳤습니다. 제발 도와주게 해 주십시오!"

경찰이 돌아서서 다친 노인을 보았다. 숱이 적은 흰 머리를 타고 흘러내린 피가 보도의 연석으로 천천히 똑똑 떨어졌다. 그러나 경찰은 의식이 없는 사람은 트럭에 태우지 말라는 지시를 받았다. "다른 사람들이 돌봐 줄 거야. 네가 걱정할 필요 없어." 경찰들은 그들을 트럭으로 밀어 올렸다.

개 한 마리가 옴이 보도에 떨어트린 솜사탕을 킁킁거렸다. 솜사탕이 주둥이에 들러붙었다. 개가 분홍색으로 변한 수염을 발로 만지작거리며 장난치는 모습을 보고 트럭에 탄 엄마 무릎에 앉아 있던 아이가 웃었다. 청소 트럭들이 가득 차자 경찰이 일제 검거를 중단했다. 광장에 남아 있던 사람들은 갑자기 찾아온 자유를 놓칠세라 자리를 떴다.

* * *

불임 수술 장소는 읍내에서 가까운 거리에 있었다. 추수가 끝난 지 얼마 되지 않아서 여전히 그루터기들이 남아 있는 들판 변두리에 텐트 열두 개가 세워져 있었다. 시장의 홍보 부스에 있던 것과 똑같은 깃발들, 풍선들, 노래들이 청소 트럭들을 맞이했다. 차들이 텐트 뒤의 공터에 앰뷸런스와 디젤 발전기 옆에 주차하자, 겁에 질린 승객들의 울부짖음이 더 커졌다.

나머지 것들보다 크고 튼튼한 텐트 두 개에는, 비록 음악 소리 때문에 안 들리지만 힘차게 돌아가는 발전기로부터 전기선들이 연결돼 있었다. 밖에는 빨간색 가스통들이 놓여 있었다. 텐트 안에는 비닐로 덮인 사무실 책상들이 수술대를 대신하고 있었다.

수술소의 책임자인 의무관이 청소 트럭들 근처에서 코를 찡그렸다. 쓰레기 악취가 트럭에 배어 있었다. 그가 경찰들에게 말했다. "10분만 기다리쇼. 차를 마시는 중이니까. 그리고 환자는 한 번에 네 명만 들여보내요. 남자 두 명, 여자 두 명." 의사들이 감당할 수 있는 것보다 많은 환자들을 텐트에 들여놓으면 혼란만 커질 뿐이었다.

"우리한테는 차 한 잔 하라는 소리도 안 하네." 경찰들이 자기들끼리 투덜댔다. "그리고 이 멍청한 음악은 또 뭐야. 똑같은 노래만 계속 나오잖아."

반 시간 후에 경찰들에게 일을 시작하라는 신호가 왔다. 가장 가까운 트럭에서 고른, 비명을 지르는 네 사람을 큰 텐트로 끌고 가서 사무실 책상으로 만든 수술대에 강제로 올렸다. "움직이지 말고 가만있어. 칼이 잘못 움직이면 당신만 다치는 거야." 의사의 경고에 사람들이 조용히 복종했다.

경찰들은 지시에 따라서 텐트를 조심스럽게 지켜보며 환자들을 조금씩 들여보냈다. 그러나 어떤 경찰들은 글을 읽을 줄 몰라서 계속 혼동했다. 그들은 여자들을 정관 절제 수술 텐트로 데려갔다. 혼동을 일으킬 만했다. 손으로 쓴 표지판 말고는 텐트 두 개가 똑같았고, 흰색 가운을 입은 의사들도 똑같아 보였기 때문이었다.

"남자들은 왼쪽 텐트로, 여자들은 오른쪽 텐트로 보내라니까." 의사들이 계속 말했다. 혹시 경찰들이 일부러 장난을 치는 건 아닌지 의심이 들어서 그들은 더 화가 났다. 마침내 간호사가 표지판을 개선했다. 검은색 마커펜으로 공중화장실에 붙어 있는 것처럼 남자와 여자의 그림을 그렸다. 게다가 남자의 머리에는 터번을 씌우고 여자에게는 사리와 긴 머리채를 그려서 오해의 소지가 없도록 만들자, 경찰이 훨씬 더 효율적으로 일할 수 있었다.

불임 수술이 시작되자 노파 한 명이 의사를 설득시키려고 했다. "난 늙어서 더 이상 난자가 안 나와서 애를 못 낳아. 나한테는 수술을 해 봐야 소용없어."

의사가 그날 수술 건수를 세고 있던 공무원에게 갔다. "이 노파는 가임기가 지났습니다. 명단에서 지우십시오."

"의학적인 결론이오?"

"아뇨. 여기는 의학적으로 증명할 장비가 없습니다."

"그럼 그냥 수술하시오. 이 사람들은 자주 나이를 속여요. 얼굴 모습만 보면 헷갈리지. 생활양식이 다르니까 이 사람들은 서른 살이라도 예순 살처럼 보여요. 태양 때문에 주름살이 많이 져서 그렇소."

불임 수술 작업이 두 시간쯤 지났을 때, 한 간호사가 경찰에게 새로운 지침을 알렸다. "여성 환자들을 천천히 들여보내세요. 난관 절제 수술 텐트에 기술적인 문제가 발생했습니다."

그때를 이용해서 중년 남자가 간호사에게 호소했다. "제발 부탁입니다. 나는 애가 셋이니 수술을 받아도 상관없지만 내 아들은 이제 열여섯 살이오! 아직 결혼도 안 했다고요! 제발 우리 아들 좀 살려주시오!" 남자가 울면서 말했다.

"전 권한이 없습니다. 의사 선생님께 말하세요." 간호사가 기술적인 문제를 살피러 서둘러 들어갔다. 소독용 고압솥이 작동하지 않아서, 수술 도구를 살균하려면 물을 끓여야 했다.

"봐라, 내 말이 맞지?" 떨리는 팔로 옴을 껴안으면서 이시바가 귓속말을 했다. "의사 선생님이 널 보내 줄 거다. 간호사가 말하는 거 들었지? 의사 선생님한테 네가 아직 아이를 안 낳았다고 말하면 되는 거야."

재봉사들과 트럭과 함께 있던 여자는 주위의 고통에는 아랑곳하지 않고 아이에게 젖을 먹이고 있었다. 아이를 재우려고 낮은 목소리로 자장가를 부르며 그녀는 몸을 이리저리 흔들었다. "제 차례가 오면 우리 아이 좀 안아 주시겠어요?" 그녀가 이시바에게 물었다.

"그러죠. 걱정 마시오."

"전 아무 걱정 안 해요. 전 정말 수술을 받고 싶거든요. 벌써 애가 다섯 인데 남편이 멈추질 않아요. 남편이 어쩔 수가 없으니까 정부라도 나서서 막아 줘야죠." 그녀가 다시 자장가를 불렀다. "나-나-나-나, 나라얀, 잠꾸러기 우리 나라얀……"

이윽고 경찰이 손짓으로 부르자 여자가 아이를 가슴에서 뗐다. 입이 떨어지면서 부푼 젖꼭지에서 '뽁' 소리가 작게 났다. 옴은 여자가 가슴을 촐리 안으로 집어넣는 걸 지켜봤다. 이시바가 팔을 내밀어 아이를 받았다. 엄마가 트럭에서 내리자 아이가 울음을 터트렸다.

그녀를 안심시키려고 이시바가 고개를 끄덕이며 아이를 무릎에 받치고 조심스럽게 흔들었다. 옴이 재밌는 표정을 지으며 아이를 달랬다. 이시바가 자장가를 흉내 내며 불렀다. "나-나-나-나, 나라얀, 잠꾸러기 우리 나라얀."

아이가 울음을 멈췄다. 이시바와 옴이 승리의 눈빛으로 서로를 봤다. 잠시 후, 이시바의 뺨에서 눈물이 흘렀다. 옴은 고개를 돌렸다. 삼촌이 우는 이유를 굳이 물을 필요는 없었다.

소독기가 작동하지 않자 좌절한 의사들은 오후 내내 일을 천천히 했고, 수술 작업은 퇴근 시간인 여섯 시가 넘어서도 계속 됐다. 나머지 소독용 고압솥마저 부서졌다. 일곱 시쯤에 가족계획 센터의 간부가 비서와 함께 도착했다.

간부가 수술소를 둘러보는 동안에 경찰들은 긴장해서 똑바로 서 있었다. 트럭들에 아직 남아 있는 환자 숫자에 그는 불만스러웠다. 가스풍로 옆에서 물이 끓기를 기다리고는 의사들 옆으로 가더니 그가 핀잔을 줬다.

"자꾸 시간만 낭비할 건가." 의사들이 인사를 건네자 그가 쏘아붙였다. "도대체 의무감이 있는 거야 없는 거야? 아직도 수술이 수십 건이나 남았잖아. 그리고 차는 사환이 만들어도 되잖아."

"차를 만드는 게 아닙니다. 수술 도구를 소독하려고 물을 끓이는 중입니다. 소독기가 고장 났습니다."

"수술 도구는 충분히 깨끗하잖아. 도대체 물을 얼마나 오래 끓이는 거야? 불임 수술 업무에서는 효율성이 가장 중요해. 예산 범위 내에서 목표를 이뤄 내야 한다고. 저렇게 많은 가스통 값은 누가 다 낼 거야?" 그는 상부에다가 협조가 부족하다고 보고해서 승진도 못하게 하고 봉급도 동결시켜버리겠다고 협박했다.

의사들이 소독이 덜 된 도구로 수술을 하기 시작했다. 비슷한 이유로 경력에 흠이 생겨 피해를 입은 동료 의사들에 관한 이야기는 잘 알려져 있었다.

간부가 잠시 지켜보며 수술 시간을 재더니 환자 한 명당 평균 소요 시간을 계산했다. "너무 느려. 간단하게 자르기만 하면 되는 걸 뭘 저렇게 복잡하게 하는 거야." 그가 비서에게 말했다.

그곳을 떠나기 전에 그가 마지막으로 경고했다. "나중에 타쿠르 다람시 씨가 숫자를 세러 온다는 걸 명심해. 그 사람 마음에 들지 않으면 다들 사표를 써야 될 거야."

"네, 명심하겠습니다." 의사들이 일제히 말했다.

만족한 간부는 다른 텐트들을 둘러보러 갔다. 간부가 하는 말을 사람들이 이해하지 못하면, 통역사처럼 옆에 딱 붙어 있던 비서가 얼굴 표정으로 무슨 뜻인지 알려 주었다.

"의사들한테는 엄격해야 돼. 인구 폭발의 위험을 그들에게만 맡겨 두면 국가가 익사하고 말 거야. 그러면 우리 문명은 끝이야. 이 전쟁에서 반드시 이기도록 하는 게 바로 우리의 임무야." 그가 비서에게 은밀히 말했다.

"네, 명심하겠습니다. 꼭 그렇게 하도록 하겠습니다." 그의 주옥같은 현명한 충고를 개인적으로 듣게 된 비서가 감격했다.

해가 지평선 아래로 떨어질 무렵 재봉사들의 차례가 됐다. 자신의 팔을 쥔 경찰에게 이시바가 애원했다. "경찰 나리, 뭔가 실수가 있었습니다. 저희는 이곳에 살지 않습니다. 조카의 결혼식을 위해서 도시에서 왔습니다."

"내가 어떻게 할 수 있는 문제가 아냐." 경찰이 발걸음을 재촉했다.

끌려가지 않으려고 이시바가 빨리 걸었다. "담당자를 만날 수 있을까요?" 숨이 찬 이시바의 목소리가 고르지 못했다.

"의사한테 말해."

텐트 안으로 들어간 이시바가 겁에 질려서 의사에게 말했다. "의사 선생님, 뭔가 실수가 있었습니다. 저희는 이곳에 살고 있지 않습니다."

기진맥진한 의사는 아무런 반응도 하지 않았다.

"의사 선생님은 저희 같이 가난한 사람들에게는 부모님 같은 존재이십니다. 훌륭한 일로 저희들을 건강하게 만드시죠. 그리고 저 역시 정관절제 수술이 국가를 위해서 중요하다고 생각합니다. 의사 선생님, 저는 결혼을 하지 않을 테니 수술을 고맙게 받겠습니다. 하지만 제 조카는 좀 빼 주십시오. 제 조카 옴프라카시는 곧 결혼할 예정입니다. 제발, 의사 선생님 이렇게 부탁드립니다."

그들은 책상 수술대로 밀어 올려지고 바지가 벗겨졌다. 이시바가 울기 시작했다. "제발, 의사 선생님! 저는 원하시는 만큼 잘라도 좋습니다! 하지만 제 조카는 봐주십시오! 이제 결혼할 사람입니다!"

옴은 아무 말도 하지 않았다. 그는 비굴한 애원에 귀를 막고 삼촌이 품위 있게 행동하기를 바랐다. 바람이 불자 텐트 천장에 살짝 물결이 일었다. 당김 밧줄이 삐걱거리고 전깃불이 흔들리는 것을 그는 멍하니 바라봤다.

간호사들이 재봉사들을 수술대에서 내렸을 때는 어스름이 밤으로 바뀌어 있었다. "아! 아파요!" 옴이 소리쳤다.

"몇 시간 동안은 욱신거리는 게 정상이야. 걱정할 필요 없어." 의사가 말했다.

절뚝거리는 그들은 컴컴한 들판을 지나서 회복 텐트로 옮겨졌다. "왜 여기다가 가두는 거요? 집에 보내 주시오." 이시바가 울면서 말했다.

"가도 됩니다. 하지만 잠깐 쉬는 게 좋을 겁니다." 간호사가 말했다.

대여섯 걸음을 걷자 통증이 더 심해졌다. 재봉사들은 간호사의 충고에 따라 멍석에 누웠다. 아무도 이시바의 울음에 신경 쓰지 않았다. 슬퍼하며 우는 일은 텐트에서 벌어지는 일상이었다. 환자들은 물과 비스킷 두 개 씩을 지급받았다.

"우린 망했다." 이시바가 울면서 자신의 비스킷을 옴에게 주었다. "이제 아무도 결혼하자고 안 할 거야."

"상관없어요."

"멍청한 놈아. 아직도 무슨 말인지 모르겠냐! 내가 네 죽은 아버지의 뜻을 받들지 못했단 말이다! 우리 가문은 이제 후손이 없어져서 사라진단 말이야! 모든 게 끝장이라고, 다 끝났단 말이야!"

"삼촌이나 그렇겠죠. 전 아직 자존심이 있어요. 아기처럼 울지 않을 거라고요."

바로 옆 멍석에 누워 있던 남자가 그들의 대화를 유심히 들었다. 그가 팔꿈치를 짚고 몸을 일으켰다. "울지 마시오. 수술을 되돌릴 수 있는 방법이 있답니다."

"아니, 어떻게요? 정관을 잘라 버렸잖습니까?"

"가능하다니까요. 대도시에 전문의들은 정관을 다시 연결할 수 있답니다."

"성밀입니까?"

"아, 그렇다니까요. 한 가지 문제는 아주 비싸다는 거죠."

"옴, 너도 들었지? 아직 희망이 있다!" 이시바가 눈물을 닦았다. "값이 얼마든 상관없다. 반드시 수술을 받자! 디나 아주머니를 위해서 밤낮으로 재봉을 하면 되니까! 네가 꼭 수술을 받도록 해 주마!"

그는 다시 희망을 갖도록 만들어 준 은인에게 고개를 돌렸다. "좋은 정보를 주셔서 고맙습니다. 당신도 꼭 연결 수술을 받기를 바랍니다."

"난 됐습니다. 벌써 자식이 넷입니다. 1년 전에 의사한테 스스로 찾아가서 수술을 받았죠. 그런데 이 짐승 같은 놈들이 오늘 두 번째 수술을 한 겁니다."

"죽은 사람을 또다시 죽인 격이로군요. 말을 했는데도 그러던가요?"

"교육 받은 사람들이 야만인들처럼 구는데 어쩌겠소. 무슨 말을 해도 듣지를 않아요. 권력을 가진 사람들이 이성을 잃었으니 희망이 없죠." 가랑이 사이에 통증을 느낀 남자는 팔꿈치를 낮추고 다시 누웠다.

이시바도 눈물을 닦고 누웠다. 그는 옆에 누워 있는 옴의 팔을 만졌다. "조카야, 이제 해결책을 찾았다. 걱정할 필요 없어. 돌아가서 연결 수술을 받고 내년에 결혼하러 다시 오자. 그때쯤이면 관심 있는 다른 가족들이 있을 거야. 그리고 그때쯤이면 진저리나는 국가비상사태도 끝나고 정부도 정신을 차리겠지."

수돗물 같은 소리가 나더니 쉿 소리가 들렸다. 누군가 밖에서 오줌을 누고 있었다. 땅을 세차게 두드리는 오줌 줄기 소리에 정관 절제 수술을 두 번 받은 남자가 화를 냈다. "보세요. 저런 동물 같은 놈들! 경찰 놈들은 저질이라 오줌을 누러 들판 구석까지 갈 생각도 않습니다."

어둠이 깊어졌고, 타쿠르 다람시가 도착했을 때는 의사들이 마지막 남은 수술들을 마치고 있었다. 인사를 하려고 경찰들과 가족계획 직원들이 모여들더니 서로 그의 발을 만지려고 했다. 의사와 간호사 들에게 몇 마디 한 후, 그는 회복 텐트를 천천히 돌면서 환자들에게 손을 흔들며 불임 수술 운동이 성공할 수 있도록 협조한 것에 감사했다.

"옴, 빨리 고개 돌려!" 타쿠르 다람시가 재봉사들이 있는 줄로 다가오자 이시바가 다급하게 속삭였다. "어서 팔로 얼굴을 가리고 자는 척해!"

타쿠르 다람시가 옴의 멍석 앞에 서더니 노려보았다. 그가 옆에 있던 남자에게 몇 마디 중얼거렸다. 남자가 가더니 잠시 후에 의사 한 명을 데려왔다.

타쿠르 다람시가 작은 소리로 뭐라고 말하자 의사가 움찔하며 고개를 강하게 가로저었다. 그가 다시 한 번 귓속말로 속삭였다. 의사의 얼굴이 하얗게 질렸다.

곧, 간호사 두 명이 오더니 옴을 일으켰다. "난 쉬고 싶어요. 아직 아프다고요." 옴이 항의했다.

"의사 선생님이 보자 셔."

"아니 왜요?" 이시바가 고함을 질렀다. "수술이 끝났잖소! 이젠 또 뭐요?"

수술 텐트에서 의사는 출입구를 등지고 서서 물이 펄펄 끓는 것을 지켜봤다. 바닥에 가라앉은 수술 메스가 거품 밑에서 빛나고 있었다. 그는 간호사들에게 환자를 수술대에 눕히라는 신호를 보냈다.

"고환에 종양이 생겨서 타쿠르 씨가 특별히 환자를 위해서 제거 수술을 하라고 했어요." 그는 간호사들에게 설명할 필요가 있다고 생각했다. 그의 떨리는 목소리가 거짓말을 하고 있음을 드러냈다.

옴의 바지가 또 벗겨졌다. 클로르포름을 적신 누더기로 그의 코를 세게 눌렀다. 옴이 잠시 반항하더니 정신을 잃었다. 의사는 재빨리 불알을 제거하고 상처를 꿰맨 후 큰 붕대를 댔다.

"이 환자는 집으로 보내지 말고 오늘밤 여기서 재워요." 의사의 지시가 떨어지자 간호사들이 옴을 담요로 덮고 들것에 실어서 회복 텐트로 옮겼다.

"무슨 짓을 한 거요?" 이시바가 소리쳤다. "두 발로 걸어 나간 애가 왜 의식이 없어서 들려 온 거요! 내 조카한테 무슨 짓을 한 거요!"

"조용히 하세요." 간호사들이 이시바를 타이르며 옴을 들것에서 멍석으로 옮겼다. "환자가 아주 아파서 의사 선생님이 목숨을 살리려고 공짜 수술을 해 줬어요. 고함을 지를 게 아니라 고마워해야 돼요. 걱정 마세요. 깨어나면 괜찮을 겁니다. 의사 선생님께서 아침까지 여기서 쉬라고 하셨어요. 같이 지내세요."

이시바는 직접 확인하려고 조카 옆으로 갔다. 그는 말을 걸어 봤다. 한참 잠들어 있던 옴은 대답하지 않았다. 이시바는 담요를 걷고 옴의 몸을 살폈다. 손, 손가락, 발가락은 모두 제대로 붙어 있었다. 등을 살폈지만 채찍으로 맞은 붉은 자국도 없었다. 그리고 입, 혀, 이빨도 멀쩡했다. 타쿠르 다람시가 건드리지 않고 그냥 보냈을지도 모른다는 생각에 그의 두려움이 가라앉기 시작했다.

그때 그는 바짓가랑이 아래쪽에 핏자국을 발견했다. 정관 절제 수술 때문에 생긴 걸까? 그는 자신의 바짓가랑이를 내려다봤지만 그런 흔적은 없었다. 떨리는 손으로 옴의 바지 단추를 풀자 큰 붕대가 나타났다. 그는 비교해 보려고 자신의 바지 단추를 풀었다. 작은 거즈에 반창고만 붙어 있을 뿐이었다. 그가 옴의 붕대에 손을 대 보자 뭔가가 없었다. 그곳에 있어야 할 것이 없다는 게 믿기지 않아서, 그는 침을 꿀꺽 삼키고 손을 미친 듯이 더듬으며 불알을 찾았다.

이시바가 울부짖었다.

"아이고 세상에! 이것 좀 보소! 이놈들이 무슨 짓을 했는지 좀 보소! 내 조카한테 무슨 짓을 했는지 좀 보소! 세상에, 이놈들이 내 조카를 고자로 만들었소!"

큰 텐트에서 누군가가 와서 그에게 조용히 하라고 했다. "왜 또 소리치는 겁니까? 무슨 말인지 모르겠어요? 환자의 그 부분에 독이 가득한 위험한 종양이 있어서 제거한 거라니까요."

정관 절제 수술을 두 번 받은 남자는 이미 떠나고 없었다. 텐트에 남아 있는 사람들은 자신의 슬픔을 달래고 구토와 어지러움과 싸우느라 바빴다. 기력을 회복한 사람들은 하나씩 일어나서 부끄러운 얼굴로 집으로 돌아갔다. 이시바를 달래 줄 사람은 아무도 없었다.

밤새 혼자서 울부짖던 그는 기진맥진해서 잠시 잠들었다가 깨어나 다시 울었다. 자정이 지나서 클로로포름에서 깨어난 옴이 구역질을 하더니 다시 잠들었다.

* * *

시장 광장에서 일제 검거가 있고 나서 아시라프는 병원으로 옮겨졌고, 저 목장에 있던 그의 친척들도 달려왔다. 그는 몇 시간 후에 죽었다. 병원은 상부 지시에 따라 사인을 사고사라고 기록했다. 발을 헛디뎌 넘어졌고 머리를 보도의 연석에 들이받았다고 했다. 다음 날 친척들이 그를 뭄타즈 곁에 묻었을 때쯤에 이시바와 옴은 불임 수술소를 떠나고 있었다.

이시바는 사타구니가 욱신거리는 것 말고는 불편한 게 없었다. 그러나 옴은 굉장히 고통스러워했다. 몇 걸음 걷자 다시 피가 났다. 이시바가 그를 등에 업으려고 하자 고통이 더욱 심했다. 아기처럼 팔에 안아 주는 것이 옴에게 편한 유일한 방법이었지만 이시바에게는 너무 힘들었다. 몇 미터 걷고 나면 그는 옴을 내려놓아야 했다.

오후쯤 빈 수레를 끌고 지나가던 남자가 멈췄다. "청년이 다쳤소?"

이시바가 자초지종을 설명하며 그에게 도움을 청했다. 그들은 옴을 수레에 눕혔다. 남자가 터번을 벗어서 베개를 만들었다. 이시바와 남자가 함께 수레를 밀었다. 수레는 무겁지 않았지만 길이 울퉁불퉁해서 매우 천천히 움직여야 했다. 수레가 덜컹거릴 때마다 옴이 칼에 벤 것처럼 아파했고, 그때마다 그의 끔찍한 비명소리가 울렸다.

그들이 무자파 재봉 가게에 도착했을 때는 이미 날이 어두웠다. 남자는 돈을 받으려고 하지 않았다. "어차피 같은 방향으로 오던 길이었소." 그가 말했다.

저목장에서 온 아시라프의 조카가 가게를 지키고 있었다. "슬픈 소식이 있습니다. 삼촌께서 사고로 돌아가셨습니다."

그러나 아시라프의 죽음을 애도하거나 상황을 제대로 파악하기에는 재봉사들은 너무 정신이 없었다. 시장 광장에서 어제 벌어진 일은 그들의 비극적인 인생의 단지 일부였을 뿐이다. "알려 줘서 고맙습니다. 장례식에는 반드시 참석하겠습니다. 옴도 내일이면 나을 테니까 꼭 갈 겁니다." 이시바가 기계적으로 반복해서 말했다.

아시라프의 조카가 네 번씩이나 반복해서 설명하고 나서야 재봉사들은 장례식이 이미 끝났음을 깨달았다. "걱정 마세요. 몸이 나을 때까지 여기에 있어도 좋습니다. 아직 가게를 어떻게 해야 될지 결정하지 않았으니까요. 그리고 필요한 게 있으면 알려 주십시오."

식욕도 없어서 재봉사들은 그냥 잘 준비를 했다. 계단을 오르기도 싫어서 이시바가 가게 계산대 옆에 이부자리를 깔았다. 밤에 옴이 헛소리를 하며 몸부림을 쳤다. "안 돼! 아시라프 할아버지가 준 가위란 말이야! 우산 어딨지? 이리 줘, 내가 깡패들을 처치할게!"

이시바가 놀라서 일어나 손을 더듬어 불을 켰다. 시트에 검은 얼룩이 묻어 있었다. 그는 옴의 상처를 닦고, 붕대가 다시 터지지 않도록 밤새 앉아서 조카의 몸을 잡고 있었다.

다음 날 아침 그는 옴을 반쯤 끌고 반쯤 들어서 읍내의 개인 병원으로 데려갔다. 의사는 거세된 부위에 역겨워했지만 놀라지는 않았다. 가끔씩 인근 마을에서 벌어진 카스트 폭력의 피해자들을 치료했던 의사는 정의를 실현키 위해서 법에 호소한다는 희망을 이미 포기했다. 잘린 부위가 손가락이든 손이든 코든 귀든 간에 "고발을 하기에는 증거가 불충분하다"는 대답만 돌아왔다.

"그래도 운이 좋은 편이오. 아주 깨끗하게 잘리고 바느질도 제대로 됐소. 일주일쯤 쉬면 나을 거요." 의사가 상처를 소독하고 새 붕대를 댔다. "걸으면 안 돼요. 걸으면 또 피가 나니까."

결혼 비용으로 진찰료를 지불하고 이시바가 답을 뻔히 알면서도 물었다. "자식은 낳을 수 있을까요?"

의사가 고개를 가로저었다.

"정관을 다시 붙여도요?"

"씨를 만드는 기관이 잘렸소."

의사의 충고대로 이시바는 조카를 팔에 안고 비틀거리며 가게로 가서 자리에 눕혔다. 병과 냄비를 준비해서 옴이 화장실에 갈 필요 없이 볼일을 볼 수 있게 만들었다. 이웃들이 그들을 피했다. 한때 뭄타즈가 여섯 식구와 도세 두 명을 위해 요리를 하던 작은 부엌에서 이시바는 쓸쓸히 식사를 준비했다. 어린 시절의 친근한 기억들도 그를 위로할 수 없었다. 그는 아무 말 없이 옴의 베갯머리에서 밥을 먹었다.

일주일 후, 이시바가 옴을 다시 개인 병원으로 데려갔다. 거리에는 강제 정관 절제 수술의 희생자들이 쉽게 눈에 띄었다. 특히 옷이 한 벌밖에 없는 사람들은 가랑이 사이에 고름 자국이 선명하게 드러났다.

"거의 다 나았구먼. 이젠 걸어도 괜찮소. 하지만 뛰면 안 돼요." 의사는 진료비를 받지 않았다.

병원에서 그들은 조심스럽게 천천히 걸어서 경찰서에 도착해 고발장을 접수하러 왔다고 했다. "내 조카를 고자로 만들었습니다." 고자라는 말을 하면서 이시바는 울음을 참을 수가 없었다.

근무 중이던 경찰이 귀찮아했다. 골칫거리인 카스트 간의 싸움이 또다시 벌어진 건지 궁금했다. "누가 그랬소?"

"불임 수술소에서요. 의사가 텐트 안에서 그랬습니다."

그 대답에 경찰이 안심했다. "그건 경찰 관할이 아니오. 가족계획 센터에 가서 말하시오. 그 사람들이 하는 일은 거기서 처리하니까." 경찰은 아마도 불임 수술을 또 거세로 착각한 모양이라고 생각했다. 가족계획 센터로 가면 해결될 일이다.

재봉사들은 경찰서를 나와서 매우 천천히 가족계획 센터로 걸어갔다. 이시바는 빨리 걷지 않아서 다행이라고 생각했다. 지난 사흘 동안 사타구니 주위가 매우 아팠지만 그는 조카를 돌보느라 고통을 무시했다.

그의 걸음걸이가 이상한 걸 발견하고 옴이 무슨 일이냐고 물었다.

"아무것도 아니다." 통증이 다리를 타고 천천히 밀려 내려오자 이시바가 움찔했다. "수술 때문에 약간 불편해서 그래. 금방 없어질 거다." 하지만 그는 통증이 점점 더 심해지고 있다는 걸 알았다. 그날 아침에 두 다리가 붓기 시작했다.

가족계획 센터에서 이시바가 고자라는 말을 꺼내자마자 그들은 더 이상 들으려고 하지 않았다. "나가! 당신 같은 무식한 사람들한테 질렸어! 얼마나 설명해야 알아듣겠어? 정관 절제 수술하고 거세하고는 아무 상관이 없다니까! 우리가 설명할 때 들은 거야, 안 들은 거야? 우리가 나눠 준 책자를 읽은 거야, 안 읽은 거야?"

"저도 차이점은 압니다. 한 번만 보시면 의사가 무슨 짓을 했는지 아실 겁니다." 이시바가 옴에게 바지를 내리라는 신호를 보냈다.

그러나 옴이 단추를 풀기 시작하자 직원이 달려와 허리띠를 움켜쥐었다. "내 사무실에서 절대 옷을 벗으면 안 돼. 난 의사가 아니야. 바지 속에 뭐가 있는지 난 아무 관심 없어. 당신 말을 믿으면 이 나라의 모든 고자들이 춤을 추며 우리한테 와서 비난하며 돈을 뜯으려고 할 거야. 당신들이 무슨 짓을 꾸미는지 다 알아. 그러면 가족계획 운동은 끝나고 말아. 국가가 망한다고. 통제 불가능의 인구 성장으로 질식한단 말이야. 경찰을 부르기 전에 당장 나가!"

이시바가 다시 한 번 애원하며 제발 한 번만이라도 확인해 달라고 했다. 옴이 그의 귀에 대고 제발 또 울지 말라고 경고했다. 직원이 위협적으로 그들을 밀었다. 재봉사들은 어쩔 수 없이 밀려났다. 그들이 밖으로 나오자 문이 잠겼고 점심 식사 시간이라는 표지판이 내걸렸다.

"정말로 저 작자들이 도와줄 거라고 생각했어요? 아직도 모르시겠어요? 우린 저 작자들한테 짐승보다 못하다고요."

"입 닥쳐! 네가 바보같이 굴어서 이런 일이 벌어진 거야."

"나 때문이라고요? 바보처럼 굴어서 내가 불알을 잃었다고 쳐요. 그런데 삼촌의 징관이 짤린 것도 내 탓이가요? 그건 일어날 수밖에 없었잖아요. 시장에 있던 사람들 전부 다 당했다고요!" 옴이 잠시 말을 멈추더니

다시 화를 내며 말했다. "사실 이건 다 삼촌 탓이에요. 삼촌이 여기로 와서 신붓감을 찾자고 난리를 쳤잖아요. 도시에서 디나 아주머니의 베란다에 그냥 있었더라면 아무 일도 없었을 거라고요."

이시바의 눈에 눈물이 가득 고였다. "그러면 우리가 평생 베란다에서 숨어 살아야 했다는 거냐? 마음대로 오고 가지도 못하는 게 무슨 삶이냐, 그리고 그게 무슨 나라냐? 조카를 결혼시키려고 고향을 찾아오는 것도 죄냐?" 그는 더 이상 걸을 수가 없어서 땅바닥에 주저앉아 몸을 떨었다.

"삼촌, 길거리에서 이러지 마세요. 창피하게 왜 이래요." 옴이 씩씩거렸다.

그러나 이시바가 계속 울자 옴이 옆에 앉았다. "삼촌, 제가 한 말은 진심이 아니었어요. 삼촌 탓이 아니니까 울지 마세요."

"고통이 너무 심해…… 온몸이 너무 아파…… 어쩌지." 이시바가 후들후들 떨었다.

"가게로 가요. 제가 도와드릴게요. 다리를 올리고 쉬어야 해요." 옴이 위로했다.

그들은 일어섰다. 다리를 질뚝거리고 끌면서 고통으로 몸을 떠는 이시바를 도와서 가게에 도착했다. 푹 자고 나면 다리가 나을 거라고 생각했다. 옴이 삼촌을 위해 자리를 깔고 베개들을 받치고 다리를 주물렀다. 옴은 손에 이시바의 발이 쥔 채로 둘 다 잠이 들었다.

일주일 후, 이시바의 두 다리가 기둥처럼 부어올랐다. 그의 몸은 열로 펄펄 끓었다. 사타구니에서 무릎까지 살이 시커멓게 변했다. 그들은 가족계획 센터로 가서 출입구 안을 몰래 들여다봤다. 다행히도 이번에는 의사가 있었고, 지난번에 그들을 쫓아낸 남자는 없었다.

"정관 절제는 잘됐소." 의사가 대충 한 번 보더니 말했다. "다리의 병하고는 상관없소. 당신 몸에 독이 있어서 다리가 부은 거요. 병원에 가 보시오."

말이 통하는 사람이라고 생각하고 이시바가 조카의 거세에 대해서 언급했다. 그러자 의사가 돌변했다. "나가! 말도 안 되는 헛소리를 하려거든 당장 꺼져!"

옴은 병원에 가서 이시바의 알약을 받았다. 2주일 동안 하루에 네 번씩 복용하라고 했다. 약은 열을 가라앉혔지만 다리에는 아무런 효과도 없었다. 2주일 후, 그는 전혀 걸을 수가 없었다. 발가락 끝까지 시커멓게 변하자, 이시바는 어린 시절에 아버지와 차마르들과 일할 때 피부에 스며들던 가죽 염료가 생각났다.

그날 오후, 옴은 시장에서 손수레 남자를 찾아서 도움을 요청했다. "이번에는 삼촌이 걷지를 못해요. 병원에 데려가야 해요."

남자는 수레에서 양파를 내리던 중이었다. 옮기는 도중에 양파 몇 개가 으깨져서 매운 냄새가 진동했다. 그는 눈물을 닦고 자루를 어깨에 짊어지고 창고로 날랐다. 양파 즙이 약간 떨어진 곳에 서 있던 옴의 눈에도 날아들었다.

"자, 이제 됐다." 20분 후에 남자가 일을 끝마쳤다. 그는 수레를 털고 이시바를 데리러 무자파 재봉 가게로 갔다. 그들은 수레를 계단에 바짝 붙이고 이시바를 옮겨 태웠다. 낡은 수레가 병원으로 굴러가는 모습을 이웃들이 커튼 뒤에 숨어서 지켜봤다.

손수레 남자는 병원 밖에서 기다리고 이시바는 출입구에 웅크리고 있을 때, 옴이 응급실을 찾아 들어갔다. "약이 듣질 않았군." 근무 중이던 의사가 살펴보더니 말했다. "피에 든 독이 너무 강해. 독이 위로 올라가는 걸 막으려면 다리를 잘라야 해. 그래야지 목숨을 살릴 수 있어."

다음 날 아침, 이시바의 시커먼 두 다리가 절단됐다. 의사는 독이 완전히 빠져나왔는지 확인하기 위해서 잘리고 남은 부분을 며칠간 지켜봐야 된다고 했다. 결국, 이시바는 두 달간 병원에 입원했다. 옴이 매일 아침 음식을 들고 찾아가 밤늦게까지 함께 있었다.

"아주머니한테 반드시 편지를 써라. 무슨 일이 일어났는지 아주머니한테 전해. 걱정하실 거야." 이시바가 옴에게 계속 당부했다.

"알았어요." 그러나 옴은 감히 그렇게 할 수 없었다. 뭐라고 쓸 건가? 종이 한 장에다가 어떻게 설명한단 말인가?

두 달 후에 손수레 남자가 병원으로 와서 이시바를 재봉 가게로 옮기는 일을 도왔다. "내 인생은 끝났다. 고향 마을 옆에 흐르는 강에다가 그냥 날 던져라. 너한테 짐이 되기 싫구나." 이시바가 울면서 말했다.

"삼촌, 그만하세요. 그게 무슨 소리예요. 인생이 끝났다니 그게 무슨 말이에요? 샹카 기억 안 나세요? 샹카는 손가락도 없잖아요. 삼촌은 아직 두 손이 멀쩡하니까 재봉을 할 수 있다고요. 아주머니한테 옛날 손재봉틀이 있으니까 우리가 돌아가면 그걸 쓰도록 할 거라고요."

"너 미쳤구나. 난 앉지도 못하고 움직이지도 못하는데 무슨 재봉을 한단 말이냐."

"움직일 일이 있으면 연락하쇼." 손수레 남자가 말했다. 그리고 그가 재빨리 덧붙여 말했다. "이제부터는 버스 요금 가격으로 운반해 줄 테니까."

"네, 그럴게요. 걱정 마세요." 옴이 말했다. "삼촌이 병원도 가야 되고, 몇 주 후에 몸이 더 좋아지면 기차역으로 갈 거예요. 조만간 도시로 돌아가야죠."

회복은 느렸다. 그들의 돈이 거의 바닥났다. 제대로 먹지 못했던 이시바는 밤마다 계속 열이 나고 악몽에 시달렸다. 그는 종종 울면서 잠에서 깼다. 옴이 그를 위로하며 뭘 해 줄지 물었다. 그러면 이시바가 항상 이렇게 말했다. "발을 주물러 다오. 발이 너무 아프구나."

어느 날 저녁, 아시라프의 조카가 저목장에서 그들을 찾아왔다. 가게를 살 사람을 찾았다고 전했다. "떠나게 만들어서 정말 죄송합니다. 언제 또 살 사람이 나타날지 알 수가 없어서요." 그는 대신에 저목장 구석에 헛간이나 판잣집을 지어서 지낼 것을 제안했다.

"아닙니다. 저흰 괜찮아요. 도시로 돌아가서 재봉을 다시 시작할 거니까요." 옴이 말했다.

이번에는 이시바도 동의했다. 그는 그들에게 불행만 안겨 준 그곳을 떠나는 게 낫겠다고 생각했다. 그들을 아는 사람들, 특히 이웃들이 병원으로 왔다갔다 하는 그들을 노려보고 자기들끼리 속삭이다가 수레가 오면 피하는 모습에 화가 났다.

"마지막으로 부탁 하나만 해도 될까요?" 옴이 아시라프의 조카에게 물었다. "저목장에 있는 목수에게 삼촌을 위해서 작은 바퀴가 달린 조그만 손수레를 하나 만들어 달라고 해 주시겠습니까?"

그건 쉬운 일이라고 했다. 바로 다음 날 그는 바퀴 달린 작은 손수레를 가져왔다. 앞에는 걸쇠가 달렸고 밧줄이 있어서 옴이 끌 수 있게 돼 있었다.

"밧줄은 필요 없어. 샨카처럼 내 손으로 손수레를 굴릴 거니까. 난 혼자 힘으로 움직일 거야." 이시바가 고집을 부렸다.

"알았어요. 어디 두고 봐요."

밧줄을 제거하고 이시바가 실내에서 연습을 시작했다. 두 다리의 균형

없이 중심을 잡기 위해서 그는 몸을 구부정하게 만드는 법을 배워야 했다. 좌절감만 늘었다. 그는 몸이 허약해져서 작은 손수레를 굴릴 수조차 없었다. 그렇게 거리로 나가는 것은 불가능했다.

"좀 참으세요. 몸이 튼튼해지면 할 수 있을 테니까." 옴이 말했다.

"뭘 참으란 말이냐." 이시바가 울음을 터트렸다. "참는다고 내 다리가 다시 자라기라도 하니?" 절망한 이시바는 밧줄을 다시 손수레 앞에 달라고 했다.

결혼식 준비를 하러 온 지 거의 넉 달이 지나서야, 재봉사들은 도시로 돌아가려고 기차역으로 향했다. 가는 길에 그들은 아시라프와 뭄타즈의 무덤에 들렀다. "아저씨와 아주머니가 부럽구나. 정말 평화로워." 이시바가 말했다.

"또 말도 안 되는 소리군요." 옴이 떠나려고 손수레를 돌렸다.

"여기 조금만 더 있으면 안 되겠니?"

"안 돼요. 가야 해요." 옴이 밧줄을 당기자 바퀴들이 묘지 흙 위로 덜컹거렸다. 손수레를 끄는 것이 전혀 힘들지 않아, 그는 삼촌이 아기처럼 가볍게 느껴졌다.

16장 다시 처음으로

　디나가 현관문을 열었을 때 제노비아가 맨 먼저 본 것은 베란다 가운데 매달린 헝겊 커튼이었다. "이게 뭐니? 빨래 널어놓은 거니? 이젠 세탁소라도 하는 거야?" 제노비아가 킥킥 웃었다.

　"아냐. 이건 신혼부부를 위한 스위트룸이야." 디나가 웃음을 터트리며 말했다. 한 달 동안 고독을 참느라 힘들었던 그녀에게 제노비아의 방문은 큰 위안이었다.

　영문을 모르는 제노비아는 디나의 농담에 즐거워했다. 그들은 거실로 갔다. 다시 웃고 즐기는 사이에 제노비아가 베란다를 커튼으로 나눠 놓은 이유를 알게 됐다.

　"조만간 돌아올 거야. 커튼으로 신혼부부 소리를 막지는 못하겠지만, 이게 내가 할 수 있는 최선이니까."

　제노비아는 더 이상 재밌어하지 않았다. 디나가 혹시 미치지 않았나 싶어서 빤히 봤다. "너 정말 많이 변했다. 지금 네가 무슨 소리하는지 알기나 하니? 1년 전에는 하숙생을 받는 것조차 싫다고 했잖아. 아반 콜라의 아들이 아무 문제없고 아파트를 집어삼키지 않을 거라고 널 설득하는데만 며칠이 걸렸는데."

"네 말이 옳았어. 마넥은 정말 좋은 아이야. 2주일 만 있으면 마넥도 돌아올 거야. 내가 만든 이불 좀 볼래? 이건 옴의 결혼 선물로 줄 거야."

제노비아는 이불을 본체만체하고 말했다. "갑자기 왜 이렇게 용감해져서 재봉사들을 같이 살게 한 거니? 그것까지는 그렇다 치자. 이제는 새색시까지 여기로 데려온다고? 너 분명히 후회할 거야. 그 사람들 가족 모두 여기 베란다에 눌러앉을 테니까. 마을 사람들 절반은 여기로 올 걸. 그러면 넌 절대 그 사람들을 없앨 수가 없어. 그 사람들의 원시적이고 비위생적인 습관 때문에 아파트가 돼지우리로 변할 거야."

제노비아의 무서운 예언이 재밌어서 디나가 혼자 웃었다. 그러나 친구를 달래기 위해서 그녀는 진지한 목소리로 말했다. "재봉사들이 날 절대 나쁘게 이용하지 않을 거야. 이시바 씨는 정말 신사야. 그리고 옴도 마넥처럼 착하고 똑똑하고. 단지 불운할 뿐이지."

반 시간을 더 머물며 애원하고 협박하고 달래면서 제노비아는 친구의 결정을 바꾸려고 최선을 다했다. "바보처럼 굴지 말고 그냥 내보내. 재봉사들은 언제든지 다시 찾으면 되니까. 굽타 부인이 분명히 우릴 도와줄 거야."

"하지만 문제는 그게 아냐. 그 사람들이 날 위해서 일하지 않더라도 이곳에 있도록 할 거니까."

도저히 말이 통하지 않는다는 걸 깨달았을 때 제노비아는 이미 감정적으로 변해 있었다. 자존심이 상했던 그녀는 화를 내며 떠났다.

* * *

마넥의 편지를 여는 디나의 손이 떨렸다. "친애하는 디나 아주머니, 몸

건강히 아무 탈 없이 잘 계시죠? 저희 모두 건강하게 잘 있습니다. 아버지와 어머니께서 안부 전해 달라 십니다. 부모님께서 절 많이 보고 싶었다면서 매우 행복해하셨어요.

대학에서 마침내 연락이 왔습니다. 성적이 좋지 않아서 학위 과정은 입학이 불가하다고 하니 1년짜리 수료증으로 만족해야 할 것 같습니다. 죄송합니다."

무슨 내용인지 짐작이 갔지만 그녀는 명치가 아파 오는 것을 무시하고 계속 읽었다. "그 소식이 왔을 때 무슨 일이 벌어졌는지 디나 아주머니께서 보셨어야 했는데. 처음에 3년 더 공부한다고 했을 때 부모님이 반대하신 거 기억나시죠? 그런데 이젠 정반대의 이유로 저한테 화를 내세요. 아버지께서는 절더러 이제 어쩔 거냐고 하시며 이제 다 끝장났답니다. 절더러 이게 얼마나 끔찍한 재앙인지 모른다고 하세요. 아버지 인생이 재앙의 연속이었다면서 제가 그걸 바꿔 놓을 줄 아셨대요. 손금은 바뀌지 않고 영원하다는 걸 깨닫지 못한 당신의 잘못이라면서 이것이 운명이니 더 이상 싸울 수 없다고 하시는군요.

이시바 아저씨가 옴의 신붓감을 찾겠다고 난리친 거 기억나시죠? 그건 정말 저희 아버지에 비하면 아무것도 아니에요. 멍청한 학위 과정을 공부하겠다고 부모님께 미리 말하지 말 걸 그랬나 봐요.

그 난리가 끝나고 나서 다행히 부모님의 친구 한 분이 좋은 소식을 가져오셨어요. 그레왈 여단장님이 돈이 하늘에서 떨어진다는 중동의 부유한 아랍 국가들에 아는 사람들이 있었거든요. 그분께서 제게 두바이에 있는 냉장고와 에어컨 회사에 좋은 일자리를 약속하셨어요. 여단장님은 정말 대단한 코미디언이세요. 그분 말에 따르면 사막에 사는 모든 사람들은 텐트를 시원하게 하려고 에어컨이 한 대씩 있는데, 사막의 모래 폭풍 때문에 모터와 송풍기가 막혀서 항상 새 에어컨과 그걸 관리하는 일이 필요하답니다.

그레왈 여단장님의 말도 안 되는 농담에도 불구하고 전 그 일을 하기로 결정했습니다. 제가 두바이로 가면 그분 농담을 안 들어도 되거든요. 그리고 봉급이나 여러 가지 혜택, 생활 수당도 환상적이에요. 사람들 말로는 거기서 4~5년 지내면 적지 않은 돈을 모은 답니다. 아마 돌아와서 도시에서 에어컨 사업을 시작할 수도 있을 거예요. 아니면 재봉 사업을 할 수도 있죠. 1년 동안의 모든 경험을 살려서 당연히 제가 사장을 해야죠(하하, 농담입니다)."

눈물이 앞을 가려서 읽기가 점점 더 힘들어졌다. 그녀는 눈을 몇 번 빠르게 깜빡이고 숨을 깊이 들이쉬었다. "3주 후면 제가 두바이로 간다고 어머니께서 준비를 하시는데 다들 미칠 지경입니다. 작년에 제가 대학에 갈 때의 어머니 모습과 똑같아요. 그리고 아버지께서는 이전과 마찬가지구요. 아버지께서 원하시는 대로 했는데도 제가 돌아온 이후로 제대로 말도 안 붙이세요. 이제는 제가 아버지와 잡화점을 버리는 것처럼 말씀하세요. 둘 다 가지는 게 불가능한데도 말이죠. 옛날 방식으로 일을 처리하시는데 뭘 바라시는 건지 모르겠어요. 제가 무슨 제안을 하면 그냥 슬픈 얼굴을 하시거든요. 제가 가고 나면 아버지께서는 기분이 괜찮아지실 거예요. 제가 옆에 있는 걸 좋아하지 않으실 뿐이니까요. 5학년 때 절 기숙학교로 보냈을 때 깨달았죠.

옴한테는 신부를 만나 보지 못해서 미안하다고 전해 주세요. 디나 아주머니처럼 훌륭한 시어머니를 둬서 신부가 매우 행복할 겁니다(하하 농담입니다). 하지만 내년에 제가 중동에서 휴가를 얻어 집에 오면 그곳에 들러서 다들 만나 볼 계획입니다.

끝으로 아주머니 댁에 절 머물게 해 주시고 잘 돌봐 주셔서 정말 고맙습니다." 그다음 문장은 지워져 있었지만 진하게 휘갈겨서 지운 밑에 "인생" 그리고 "가장 행복했던"이라는 단어들이 희미하게 보였다.

그 뒤로는 별다른 내용이 없었다. "재봉 사업에 행운을 빌게요. 사랑하는 이시바 아저씨, 옴, 그리고 디나 아주머니께 올림."

마넥의 이름 밑에 추신이 있었다. "제때 통보를 못해드려서 어머니께 석 달 치 방세를 수표로 동봉해 보내드리라고 부탁했습니다. 받아주세요. 다시 한 번 감사드립니다."

글이 매우 흐릿하게 보였다. 그녀는 안경을 벗고 눈물을 닦았다. 정말 착한 아이야. 마넥 없이 지내는 게 익숙해져야 할 텐데. 비록 마넥이 삶과 죽음에 대해서 다소 우울한 생각을 갖고 있기는 했지만, 그의 장난, 끊임없는 이야기, 항상 도와주려는 성격, 아침 인사를 하면서 짓던 미소, 고양이들과 치던 장난 등이 떠올랐다. 방세까지 이렇게 많이 보내다니. 마넥이 수표를 보내라고 아반에게 압력을 가한 게 틀림없다고 그녀는 생각했다.

마넥이 좋은 기회를 얻은 것에 행복해야 될 때 자신이 슬퍼하는 건 이기적이란 생각이 들었다. 그의 말이 옳았다. 석유 때문에 부유한 나라들에서 일한 많은 사람들이 돈을 많이 벌었다.

마넥의 편지를 받고 이틀 후에 디나는 비너스 미장원에 들렀다. 접수원이 돌아오더니 제노비아가 손님과 함께 있다고 알렸다. "부인, 대기실에서 기다려 주세요."

디나는 시든 화초 옆에 앉아서 오래된 《여성 주간》 잡지를 들며 혼자서 웃었다. 제노비아는 옴의 신부를 들이는 문제에 아직도 화가 난 게 틀림없었다. 그녀는 이런 식으로 자신의 감정을 알렸다. 평소 같았으면 가위와 빗을 들고 숨을 헐떡이며 달려와서 인사를 하고 다시 달려갔을 것이다.

45분이 지난 후에야 제노비아가 손님을 배웅하러 나타났다. 화려한 머리치장을 한 여자는 바로 굽타 부인이었다. "어머나, 달랄 부인을 여기서 만나다뇨. 제노비아한테 머리를 맡기려고 왔나요?" 미소에도 불구하고 굽타 부인은 윗입술의 왼쪽 끝을 삐죽거리며 좋은 생각이 아님을 암시했다.

"아뇨. 제가 어떻게 이렇게 비싼 미용실을 다니겠어요! 그냥 얘기나 하려고 들렀습니다."

"수다를 떠는데 청구하는 비용이 머리하는 비용보다는 비싸지 않았으면 좋겠군요." 굽타 부인이 킥킥거렸다. "하지만 난 불만 없어요. 제노비아는 천재니까요. 오늘 제노비아가 일으킨 기적을 보세요." 그녀는 머리를 천천히 왼쪽에서 오른쪽으로, 다시 왼쪽으로 돌리다가 천장 선풍기에 시선을 고정시킨 채 조각상처럼 멈췄다.

"정말 아름답네요." 디나가 즉시 말했다. 칭찬을 듣지 않으면 굽타 부인은 하루 종일 그렇게 있을 태세였다.

"고마워요." 굽타 부인이 수줍게 머리를 다시 움직였다. "그런데 오레보아 수출 회사에는 언제 올 건가요? 재봉사들이 아직 안 돌아왔어요?"

"다음 주면 다시 시작할 수 있을 것 같은데요."

"결혼식 휴가가 끝났다고 신혼여행 휴가를 달라고 하지나 말아야 될 텐데. 그럼 또 인구가 늘어날 테니까 말예요." 굽타 부인이 또 킥킥거리면서 계산대 뒤에 있는 거울을 흘긋 들여다봤다. 그 거울로 본 각도에 매우 만족한 그녀는 머리를 가볍게 두드리더니 마지못해서 떠났다.

제노비아와 단둘만 남자, 디나는 은밀히 웃으면서 굽타 부인에 대한 의견을 말없이 전달했다. 그러나 제노비아의 반응은 쌀쌀맞았다. "나한테 무슨 할 말이라도 있니?"

"그래. 마넥 콜라한테 편지를 받았거든. 더 이상 방이 필요 없다고 해서 말이야."

"그러면 그렇지. 재봉사들하고 사는 데 질렸을 거다." 그녀가 콧방귀를 뀌었다.

"사실은 마넥하고 재봉사들은 아주 잘 지냈어." 그 말을 하면서 디나는 그 정도 설명으로는 부족하다고 생각했다. 하지만 달리 뭐라고 할 수 있을까? 마넥과 옴이 뗄 수 없는 사이였고, 이시바가 그들을 자기 자식처럼 생각했다는 걸 제노비아에게 어떻게 설명할 수 있을까? 넷이서 함께 요리하고 식사하면서 청소나 설거지, 장보기는 물론이고 기쁨과 즐거움도 함께 나눴다는 걸 어떻게 설명할 수 있을까? 그들로부터 보살핌을 받았고 친척들한테서 받은 것보다 많은 관심을 받았다는 걸, 그리고 지난 몇 달 동안 가족이란 게 무엇인지 깨달았다는 걸 어떻게 설명할 수 있을까?

그 모든 것을 설명하기란 불가능했다. 제노비아는 그녀가 어리석은 공상을 한다면서 돈이 필요해서 하는 일을 감상적으로 생각한다고 할 것이다. 또는 재봉사들의 교묘한 아첨과 아부에 그녀가 속은 거라고 할 것이다.

그래서 디나는 그냥 짤막하게 말했다. "마넥이 중동에서 아주 좋은 일자리를 구했대."

"글쎄, 신짜 이유가 뭐든지 간에 하숙하는 사람을 새로 구해야겠구나."

"맞아. 그래서 여기 온 거야. 혹시 하숙할 만한 사람 있어?"

"지금 당장은 없어. 기억하고 있을게." 제노비아가 일을 하러 돌아가려고 일어섰다. "그런데 힘들 거야. 네 아파트의 총천연색 커튼과 베란다에 사는 재봉사 가족을 보면 사람들이 달아날 테니까."

"걱정 마. 커튼은 치울 테니까." 디나는 제노비아의 화가 곧 풀릴 거라고 기대했다. 친구의 화가 풀리는 데는 며칠이면 충분했다.

디나는 집으로 가서 마넥의 방을 티끌 하나 없이 치웠다. 그러나 이제부터는 그 방이 마넥의 방이라고 생각해서는 안 된다고 그녀는 다짐했다. 먼지를 털고 청소를 하다가 벽장에 있는 체스 세트를 발견했다. 마넥에게 보내야 할까? 그곳에 도착할 때쯤이면 마넥은 이미 중동으로 떠났을 것이다. 그가 편지에 썼던 대로 내년에 찾아올 때까지 보관하고 있는 편이 낫겠다는 생각이 들었다.

디나는 체스 세트를 재봉틀 방의 자신의 옷가지 속에 안전하게 챙겨 넣었다. 그렇게 하고 나니 다가올 마넥의 방문이 보다 확실해지는 듯했다. 또한, 그 집에서 그가 더 이상 살지 않는다는 고통스러운 생각을 잊도록 만드는 위안이 됐다.

밤에 그녀는 부엌 창문으로 가서 마넥이 붙인 이름으로 고양이들을 불러서 먹이를 주었다.

***

6주가 지났어도 인내하고 기다리던 그녀는 초인종이 울릴 때마다 이시바와 옴이 돌아왔다고 생각했다. 어느 날 할부금 걷는 사람이 밀린 싱어 재봉틀 대금을 받으러 왔다.

"재봉사들이 다음 주에 올 거예요." 그녀는 시간을 벌려고 했다. "결혼하면 얼마나 바쁜 줄 알잖아요."

"자꾸 늦어서 말이죠. 회사에서는 제때 할부금을 안 걷는다고 나한테 야단을 치거든요." 일주일만 더 기다리겠다고 그가 약속했다.

그날 아침 늦게 또다시 초인종이 울렸다. 디나는 베란다로 달려갔다.

거지 왕초였다. 그는 작은 결혼 선물을 들고 있었다. "알루미늄 찻주전자입니다." 재봉사들이 아직 돌아오지 않았다는 말을 듣고 그는 실망했다.

"늦어도 다음 주까지는 왔으면 좋겠어요. 회사에서도 안달하니까요." 그녀가 말했다.

"그러면 다음 주 목요일에 선물을 다시 가져오죠."

그녀는 그가 뭘 원하는지 알고 있었다. 재봉틀과 마찬가지로 거지 왕초의 할부금도 밀려 있었다. "재봉사들이 돈을 안 냈다고 해서 집주인과 문제가 생기는 건 아니죠? 원한다면 지금 당장 내가 돈을 좀 줄 수도 있어요."

"전혀 그럴 필요 없습니다. 내가 아파트를 지켜 주고 있으니까 걱정 마시오. 재봉사들처럼 좋은 사람들한테는 잠시 연체되는 건 상관하지 않습니다. 당신도 샨카의 장례식에 왔잖습니까. 잊지 않고 있습니다."

수금 장부에 뭔가를 기록하고 그가 서류 가방을 닫았다. "어제 드디어 샨카의 이름으로 사원에 기부금을 냈습니다. 작은 의식 도중에 승려가 종을 울렸을 때 진정한 평화로움을 느꼈습니다. 나도 이제 이 사업을 접고 기도와 명상에 헌신해야 될 때가 온 건지도 모르죠."

"정말이세요? 그럼 당신 거지들은 어떡하고요? 그리고 재봉사들과 나는요?"

거지 왕초가 피곤하다는 듯이 고개를 끄덕였다. "그게 문젭니다. 세속적인 의무 때문에 정신적인 욕구를 눌러야 하니까요. 걱정 마십시오. 나한테 의지하고 있는 사람들을 버리지는 않을 테니까요." 그가 떠나자 손목에 매달린 서류 가방의 쇠사슬이 작게 덜거덕거렸다. 그녀는 쇠사슬에 녹이 슬기 시작한 것을 보았다.

거지 왕초의 진지한 약속 덕분에 얻은 안도감은 곧 사라졌다. 아침에 두 사람이 다녀간 후, 참아왔던 근심이 밀려와 약탈자처럼 그녀의 주위를 어슬렁거리며 돌아다녔다. 이제 그녀는 재봉사들이 단순히 조금 늦는 것이 아님을 확신했다. 우편엽서 한 장 보내는 성의조차 없다니 도대체 무슨 일이 생긴 걸까? 옴과 새색시가 고향에 살고 싶어서 정착하기로 했다면 미안하다고 몇 마디 써서 보내면 될 텐데. 내가 너무 많은 걸 바라는 걸까? 제노비아가 옳았다. 그런 사람들을 믿은 건 어리석었다. 그들은 그녀를 이용하고 버렸다.

그날 오후 늦게, 끝내 세 번째 초인종마저도 그녀를 우롱했다. 그녀는 보안 사슬을 걸지도 않고 현관문을 열었다. 아직 날이 밝아서 그런 경계는 필요 없다고 생각했다. 그때 열린 문으로 유령처럼 끔찍한 모습이 나타났다.

"아아아악!" 그녀는 너무 무서워서 비명을 내질렀다. 이마에는 상처가 아문 딱지가 앉았고 사나운 눈매를 가진 만신창이의 남자는 마치 죽었다가 살아난 듯 보였다.

그녀는 문을 닫으려고 했다. 그러나 그가 입을 열자 두려움이 수그러들었다. "놀라지 마십시오. 해를 끼치려는 게 아니니까." 그가 숨을 헐떡였다. 손상된 폐가 씨근거리는 다친 사람의 애처로운 말소리였다. "재봉사들이 여기서 일하나요? 이시바와 옴프라카시를 아십니까?"

"네."

안심한 남자는 하마터면 주저앉을 뻔했다. "잠깐 볼 수 있을까요?"

"며칠간 떠났는데요." 디나가 뒤로 물러서며 말했다. 남자의 냄새가 지독했다.

"곧 돌아오나요?" 그가 절박하게 물었다.

"아마도요. 그런데 누구시죠?"

"친굽니다. 정부에서 판자촌을 부수기 전까지 함께 살았죠."

디나는 잠시 혹시 그가 세상을 떠나 수도승이 되고 싶다던 라자람이라는 사람인지 궁금했다. 그녀는 라자람을 한두 번 본 적이 있었다. 수도승의 고행으로 그가 그렇게 많이 변한 걸까? "혹시 머리털 수집가세요?"

그가 고개를 가로저었다. "전 원숭이 주인이라고 합니다. 하지만 원숭이들은 다 죽었죠." 그가 이마에 손가락을 대더니 간지러운지 딱지 부위를 살짝 만졌다. "재봉사들이 이 동네에서 일한다고 말했던 적이 있었죠. 어제부터 동네의 모든 아파트를 찾아다니며 문을 두드렸습니다. 이제야 찾았는데 재봉사들이 없군요." 그는 당장이라도 울음을 터트릴 것 같았다. "이시바와 옴이 아직도 거지 왕초와 연락하나요?"

"그럴걸요."

"혹시 거지 왕초가 어디 사는지 아십니까?"

"아뇨. 거지 왕초가 수금하러 여기로 와요. 사실은 오늘도 여기 왔었어요."

원숭이 주인의 눈에서 빛이 났다. "얼마 전에요? 어디로 갔죠?"

"몰라요. 몇 시간 전 아침에 다녀갔어요." 그러자 그의 얼굴에서 희망이 사라졌다. 전깃불처럼 켜졌나 꺼졌다 하는구나, 하고 그녀가 생각했다.

"그 사람하고 중요한 문제가 있어서 그럽니다. 어떻게 찾을 수 있는 방법이 없을까요?"

그의 절망, 만신창이가 된 몸, 그리고 목소리의 좌절감 때문에 디나는 움찔했다. "다음 주 목요일에 거지 왕초가 다시 올 거예요."

원숭이 주인이 이마를 만지며 허리를 굽혀 인사했다. "저처럼 불쌍한 사람을 돕다니 신의 은총과 함께 만사형통하시길 바랍니다."

다음 주에 할부금 걷는 사람이 다시 찾아와서 더 이상 대금 납부를 기다릴 수 없다고 했다. 디나가 또 변명할 것으로 예상했는지 그가 이번에는 강하게 나왔다.

"그럼 기다리지 마세요. 재봉틀들을 지금 당장 가져가요. 나도 더 이상 여기에 놔두고 싶지 않으니까." 그녀가 쏘아붙였다.

"고맙습니다. 그럼 내일 아침에 차를 보내서 가져가도록 하죠." 남자가 깜짝 놀라며 말했다.

"내 말 못 들었어요? 지금 당장 가져가라니까요. 한 시간 내로 가져가지 않으면 아파트에서 꺼내 길 한가운데 버릴 테니까 그렇게 알아요." 남자가 서둘러 사무실에 전화해서 빨리 트럭을 보내 달라고 했다.

재봉틀들을 없애자 그녀의 기분이 나아졌다. 그 작자들이 돌아오면 재봉틀이 사라진 걸 보도록 만들 생각이었다. 그러면 그들이 인생의 교훈을 배울 것이다.

그런 다음 그녀는 거지 왕초가 결혼 선물을 가지고 오기를 기다렸다. 그녀는 작전을 바꿔서 그가 재봉사들이 사라진 걸 알게 할 작정이었다. 돈을 떼였다는 걸 알면 거지 왕초가 즉시 움직여서 그들을 찾아낼 것이다.

그러나 그날 거지 왕초는 나타나지 않았다. 평소에 그가 시간을 엄수했기 때문에 뭔가 이상하다는 생각이 들었다. 그와 재봉사들이 악랄하게 짜고서 그녀를 없애고 아파트를 차지하려는 속셈일까? 걱정이 된 그녀는 혹시나 나쁜 음모가 도사리고 있는 건 아닌지 온갖 상상을 하면서, 다음 날 아침 노크 소리와 함께 마침내 진실이 밝혀질 때까지 괴로워했다.

실망, 배신, 기쁨, 상심, 희망. 이 모든 것들이 아파트 현관문을 통해서 자신의 삶으로 들어왔다. 그녀는 거지 왕초의 서류 가방에 매단 사슬이 짤랑거리는 소리가 들리는지 귀를 기울였다. 아무런 소리도 들리지 않았다. 그때 노크 소리가 작게 한 번 더 났다. 그게 누구였든지 간에 귀에 거슬리는 초인종을 울리려고 하지 않았다. 그녀는 보안 사슬을 걸고 문을 열었다.

문틈으로 흰 수염이 보이고 목소리가 들렸다. "제발, 날 좀 들여보내 주시오! 사무실 사람이 보면 혼납니다. 여기 오면 안 되거든요!"

그녀는 마지못해 사슬을 내리고 이브라힘을 안으로 들였다. "여기 오면 안 되다니 무슨 소리예요? 당신이 집세 걷는 사람인데."

"더 이상은 아니오. 지난주에 집주인이 날 해고했소. 내가 사무실 재산을 축내고, 특히 서류철을 너무 많이 부쉈대요. 48년 전에 내가 일을 처음 시작한 이후로 기록된 서류철 장부를 보여 주더군요. 가죽 서류철 하나, 버크럼 판지로 만든 서류철 세 개, 비닐 서류철 세 개 등, 총 일곱 개를 썼더군요. 집주인이 일곱 개가 최대라면서 이제 그만두랍니다."

"말도 안 돼요. 항상 조심해서 썼잖아요. 깨끗이 하고 살살 열었다가 닫았잖아요. 몇 년만에 부서지는 값싼 서류철을 준 그 사람들 탓이지 당신 탓이 아니잖아요."

"날 자르려고 그냥 핑계를 댄 겁니다. 진짜 이유는 따로 있죠."

"진짜 이유라뇨?"

그녀에게 말해야 할지를 망설이다가 그가 한숨을 내쉬었다. "진짜 이유는 내가 일을 하는 데 더 이상 열정이 없다는 거죠. 더 이상 세입자들에게 못되게 굴지 않고 그들을 무섭게 협박하지도 않으니까요. 그런 열정이 다 해서 집주인에게 쓸모가 없어진 거죠."

"더 노력하면 되잖아요? 위협적인 말 같은 걸 많이 하면 되잖아요."

그가 고개를 가로저었다. "일단 불이 꺼지고 나면 다시 붙이기가 불가능하죠. 바로 여기 이 아파트에서 꺼졌소. 기억나시오? 몇 달 전에 내가 깡패들을 데려왔던 밤 말이오. 그 일 이후로 난 작은 애기조차도 겁을 먹게 할 수가 없소. 그 점에 대해서는 신께 감사하죠."

그날 밤 그가 가했던 공포가 떠올랐지만, 그녀는 화가 나기보다는 웬일인지 그가 직장을 잃었다는 데 책임감을 느꼈다. "다른 일은 찾았나요?"

"이 나이에 말이오? 누가 날 쓰겠습니까?"

"그럼 생활은 어떻게 해요?"

그가 부끄러워하며 바닥을 내려다봤다. "세입자들 몇 명이 조금씩 도와줍니다. 최근에 그 사람들을 친구로 만들었죠. 아파트 건물 밖에 서 있으면 그들이 도움을 주죠. 그런 건 신경 쓸 필요 없고, 여기 찾아온 진짜 이유를 말하죠. 집주인으로부터 아주 큰 위험에 처해 있다고 경고하러 왔소."

"난 그 작자 겁 안 나요. 거지 왕초가 돌봐 주니까요."

"하지만 거지 왕초가 죽었소."

"무슨 소리예요? 미쳤어요?" "어제 살해됐소. 밖에 서 있다가 모두 다 봤죠. 정말 끔찍했소!" 이브라힘이 벌벌 떨면서 비틀거렸다. 디나가 그를 의자로 데려가 앉혔다.

"먼저 숨을 깊이 들이쉬고 천천히 말해 보세요."

그가 깊은숨을 들이쉬었다. "어제 아침에 깡통을 들고 정문 근처에 서서 세입자들, 그러니까 친구들의 도움을 기다리고 있었소. 그래서 모든 걸 다 봤죠. 경찰에서 내가 가장 중요한 목격자라며 데려가서 진술서를 받았소. 밤까지 질문을 한다고 보내 주질 않았어요."

"거지 왕초를 누가 죽였죠?"

그가 또다시 숨을 깊이 들이쉬었다. "아주 몸이 약한 남자였소. 정문에 있는 돌기둥 뒤에 숨어 있었죠. 거지 왕초가 들어오자 그가 등으로 달려들어 칼로 찌르려고 했소. 하지만 너무 몸이 약했던 남자는 찌르는 힘이 약해서 칼이 들어가질 않았어요. 누구라도 그런 허약한 사람의 공격은 피할 수 있었을 거요."

"그런데 거지 왕초는 왜 죽은 거죠?"

"그날로 거지 왕초의 운이 다했기 때문이죠."

이브라힘에 따르면, 거지 왕초는 거지들에게서 걷은 동전들로 가득 찬 큰 가방을 손목에 사슬로 묶고 있었다. 무거운 가방에 눌린 손 하나가 땅바닥에 고정돼서 그는 도망칠 수가 없었다. 그가 자유로운 손을 휘두르며 몸부림치는 동안에, 그의 등에 걸터앉은 허약한 남자가 천천히 칼로 옷을 뚫고 살을 찌르고 심장을 찔렀다.

"처음엔 너무 우스웠소. 마치 풍선 장수의 접는 플라스틱 칼을 가지고 장난을 치는 것 같았죠. 그런데 칼이 천천히 들어가더니 마침내 거지 왕초가 움직이질 않았소. 힘없는 불구자들이 구걸한 돈으로 살아온 왕초가 그들이 구걸한 돈의 무게에 눌려 숙고 민 기죠. 우주에도 작지만 가끔은 정의가 살아 있다는 걸 보여준 셈이오."

그러나 디나는 샨카의 장례식에서 봤던 거지들이 생각났다. 그들은 이제 자유다. 하지만 그들에게 자유가 무슨 소용인가? 도시의 비참한 거리에 흩어져서 고아가 되고 돌봐 줄 사람이 없는 것보다 거지 왕초의 보호를 받는 것이 더 낫지 않은가?

"거지 왕초가 완전히 나쁜 사람은 아니었어요." 그녀가 말했다.

"선과 악의 문제를 어떻게 똑 부러지게 알 수 있겠소? 내 말은 저울이 일단 공평해 보인다는 거요. 사실, 어제 아침에 거지 왕초가 오는 걸 보고서 나도 도움을 청할까 생각 중이었소. 어디 좋은 위치에다가 자리를 마련해 달라고 말이오. 그런데 살인범이 먼저 그를 해치웠죠."

"그가 돈을 훔쳤나요?"

"아뇨. 그 작자는 돈에 관심이 없었소. 그리고 설령 그랬다고 하더라도 손목을 잘라야 했으니까요. 그런데 그 작자는 칼을 내던지고 자기가 원숭이 주인이라면서 거지 왕초에게 복수를 했다고 외치더군요."

얼굴이 창백해진 디나는 의자에 주저앉았다. 이브라힘이 힘들게 손을 빼서 그녀의 팔을 만졌다. "괜찮소?"

"원숭이 주인이라는 남자의 이마에 큰 상처가 있던가요?"

"그랬던 것 같소."

"지난주에 여기 왔었어요. 볼일이 있다고 거지 왕초를 만나고 싶다고 했죠. 그래서 목요일인 어제 여기 올 거라고 했죠." 그녀가 주먹으로 입을 가렸다. "내가 살인자를 돕다니."

"무슨 그런 말을 하시오. 그 작자가 살인을 할지 몰랐잖소." 그녀의 손을 두드리는 그의 손의 손톱에 때가 낀 것이 보였다. 몇 달 전이었다면 그녀는 역겨웠을 것이다. 그러나 지금은 고마웠다. 해롭지 않은 파충류처럼 주름지고 비늘이 낀 그의 피부에 그녀는 놀라면서도 슬펐다. 왜 그렇게 그를 미워했을까? 사람에 관한한 이치에 맞는 유일한 감정이란, 삶을 인내하는 능력에 대한 놀라움과 결국은 절망하고 마는 슬픔이다. 결국 모든 게 나쁘게 끝나고 만다는 마넥의 말이 옳을지도 모른다.

"자신을 탓할 필요 없소." 그가 그녀의 손을 다시 두드렸다.

"저희 아버지보다 연세가 많으신데 편하게 말씀하세요."

"그래, 그럼 딸처럼 대하마." 그가 웃었다. 이번에는 기계적인 웃음이 아니었다. "원숭이 주인은 네가 도와줬건 도와주지 않았건 간에 거지 왕초를 찾았을 거야. 경찰은 그 사람이 정신병자라더군. 도망가려고 하지도 않고 그냥 거기 서서 온갖 헛소리를 외쳤지. 자기가 무의식 상태였을 때, 거지 왕초가 애들 두 명을 훔쳐가서 손을 자르고 봉사로 만들고 등을 비틀어서 거지로 만들었다고 했어. 그리고 이제 자기가 예언을 이루고 복수를 끝냈다고 하더군. 그 불쌍한 사람의 마음을 어떤 악마가 괴롭히고 있는지 누가 알겠니?"

그가 그녀의 손을 다시 어루만졌다. "이제 거지 왕초가 죽었으니 집주인이 널 쫓아내려고 누군가를 보낼 거야. 그래서 이렇게 경고하러 온 거다."

"깡패들을 보내면 어떻게 할 수가 없잖아요."

"그러기 전에 먼저 행동을 해야지. 아직 시간이 조금 남았어. 하숙생도 재봉사들도 없어졌으니까 집주인이 새로운 구실을 만들어 낼 거야. 변호사를 구하고 나서……"

"돈이 없어서 비싼 변호사는 못 구해요."

"그럼 싼 변호사라도 괜찮아. 변호사가 반드시……"

"어떻게 찾죠?"

"법원으로 가거라. 그러면 변호사들이 먼저 널 찾을 테니까. 정문으로 들어가자마자 그들이 너한테 달려들 거야."

"그런 다음엔 어쩌죠?"

"변호사들을 면접 보고 나서 돈이 허락하는 사람을 하나 골라. 집주인을 상대로 가처분 신청을 내 달라고 하고, 위협적인 행동을 중단하고 일체 괴롭히지 못하게 해서 현재 상태가 계속 유지될 수 있도록 하면 언젠가는……"

"잠깐만요. 좀 적을게요. 기억하지 못할 것 같아서요." 그녀는 종이와 연필을 가져왔다. "정말 효과가 있을까요?"

"일을 빨리 처리한다면 그렇지. 어서 빨리, 지금 당장 가도록 해."

그녀가 지갑을 뒤지더니 5루피짜리 지폐를 꺼냈다. "일을 찾을 때까지 돈이 필요하실 거예요." 그녀는 돈을 그의 비늘이 낀 손에 밀어 넣었다.

"이러면 안 돼. 너한테 이걸 받을 순 없다. 넌 지금 해결해야 될 문제도 많은데."

"딸 같은 사람이 늙은 아버지를 돕지도 못하나요?"

돈을 받은 그의 눈이 젖어 있었다.

정의를 추구하려고 여러 시간을 기다렸고 앞으로도 며칠, 몇 주, 몇 달을 더 기다려야할 사람들이 노점상들로부터 먹을 것을 사느라고 법원 정문 밖에 세워진 즉석 시장은 매우 혼잡했다. 노련한 사람들을 발견하기는 쉬웠다. 그들은 음식을 미리 준비해 와서 한쪽 옆에서 조용히 먹고 있었다. 양파 튀김 장수한테 많은 사람들이 모여 있었다. 맛있는 냄새가 나는 걸 보니 당연하다고 디나는 생각했다. 그 옆 자리에는 큰 얼음 덩어리 위에 파인애플이 놓여 있었다. 톱니 모양으로 둥글고 예쁘게 깎은 파인애플 조각들에 감탄하며, 그녀는 과일 장수가 날카로운 긴 칼로 파인애

플에 금을 새겨 싹을 제거하는 것을 지켜봤다.

법원 밖에서는 노상 타자수들의 활동이 눈에 띄었다. 멋진 언더우드 타자기 앞에 그들은 사원에서처럼 가부좌를 틀고 앉아서 기다리고 있던 원고들과 탄원인들을 위해서 열심히 서류를 작성했다. 또한 그들은 법원 규격에 맞는 종이, 클립, 서류철, 타이핑된 소송 사건을 묶는 진홍색 천 리본, 파란색, 빨간색 연필, 펜과 잉크 등을 팔고 있었다.

검정 양복저고리를 입은 변호사들이 사건 수임을 찾아서 사람들 사이를 배회하고 있었다. 디나는 그들을 조심스럽게 피하며 먼저 법원을 둘러보기로 했다. "고맙지만 사양하겠습니다." 그녀는 도와주겠다는 변호사들을 계속 거절했다.

본관 건물 근처에는 사람들이 너무 많아서 매우 무질서했다. 사람들이 출입구로 밀려들고 밀려나갔다. 건물 안에 있는 사람들은 밖에 있는 지인들에게 미친 듯이 손짓을 했고, 밖에 있는 사람들은 안에 있는 사람들에게 어서 나오라고 고함을 질렀다. 때때로 누군가 중요한 서류를 떨어트려서 찾으려면 드잡이가 벌어져서 손수건, 샌들, 모자, 두파타 등이 분실됐다.

갑자기 사람들이 안으로 밀려들자 디나도 따라 들어갔다. 그녀는 복도에 서서 법원 밖을 내다봤다. 안에서도 사람들은 방향 감각 상실증에 걸린 듯이 끊임없이 움직였고, 복잡한 법정들로 쏟아져 들어가고 나오며 계단을 오르내렸다. 법정과 복도에는 시끄러운 목소리가 계속 울렸다. 때때로, 와자지껄 떠드는 소리 가운데서 간간이 흥분한 고함 소리가 들렸다. 디나는 그런 소음 속에서 어떻게 법정 심리가 가능한지 궁금했다.

그녀는 사건이 진행 중인 법정 문가에 잠시 서 있었다. 판사가 안경다리를 물고 생각에 잠겨 있었다. 변호사가 발언을 했다. 한마디도 들리지 않았다. 그의 단호한 손동작과 불룩 튀어나온 목의 힘줄로 봐서 뭔가를 열심히 변론하고 있었다.

가끔씩, 사람들이 갑자기 복도에 서서 다급하게 이름이나 숫자를 외쳤다. 때로는 탐색조가 흩어져서 사방으로 뛰어다니며 이름이나 숫자를 외쳤다. 사법 제도에 뭔가 문제가 생긴 걸까? 파업이라도 일어난 걸까? 디나는 궁금했다. 아마도 사환들, 사무원들, 비서들이 병가를 내서 법원이 이렇게 엉망인지도 몰랐다.

그녀는 그곳 상황에 익숙해 보이는 한 가족을 면밀히 관찰하기로 했다. 그들이 뛰는 곳으로 달려가고, 그들이 말하는 것을 들으며, 그들의 시선을 쫓았다. 조심스럽게 관찰하고 나자 그녀는 혼란과 무질서 속에 어떤 양식이 있음을 발견했다. 새 옷을 만드는 것과 비슷했다. 종이 본보기들도 체계적으로 하나로 이을 때까지는 무질서하게 보인다.

그러자 그녀는 그 모든 미친 듯한 소동이 법원의 일상임을 깨달았다. 예를 들어서, 복도에서 우르르 몰려가는 사람들은 사건의 심리가 열릴 법정의 위치와 사건 번호를 보여 주는 게시판을 찾으러 가는 것이었다. 어두운 구석에서 웅크리고 있는 의심스러운 사람들은 뇌물을 협상하는 브로커들이었다. 이름을 외치는 사람들은 사건 심리가 시작될 예정이어서 의뢰인들을 찾는 변호사들이거나, 혹은 그 반대였다. 여러 달 또는 여러 해를 기다린 의뢰인들의 열광은 이해할 만했다. 그 중요한 시간에 변호사가 사무원에게 아무 말도 없이 화장실을 가거나 차를 마시러 가서 법원이 심리를 연기하기라도 하면 낭패였다.

혼란 속에서 약간의 질서를 발견하자 디나는 자신감이 생겼다. 그녀는 법원 건물 밖으로 나와서 쓸 만한 변호사를 물색했다. 어떤 변호사들은 제공하는 서비스와 전문 분야를 열거한, 손으로 쓴 광고판을 펼치고 있었다. 이혼 전문, 유서 및 유언 검증, 신장 판매 주선, 빠르고 명료하게 좋은 영어로 진술서 초안 작성.

어떤 변호사들은 시장의 장사치들처럼 소리쳤다. "공증, 5루피요! 진술서, 15루피요! 모든 사건 변론을 싼 가격에 해 드립니다!"

그녀는 광고판 맨 위에 집세 분쟁, 500루피라고 쓰인 곳에 멈췄다. 그녀가 변호사에게 말을 걸려고 하자 기회를 감지한 많은 다른 변호사들이 검정 양복저고리를 펄럭이며 달려들었다. 양복저고리는 물이 빠져서 거의 회색이나 다름없었다.

변호사들은 그녀의 관심을 끌려고 경쟁했지만 감정을 드러내지 않음으로써 체면을 지켰다. 그들의 얼굴에는 직업적 경쟁심이 드러나지 않았다. 얼굴을 찡그리거나 서로 말다툼하지 않았다. 관심을 호소하면서도 다른 사람들의 존재를 잊고 있는 듯했다.

변호사 한 명이 앞으로 나오더니 그녀에게 증명서를 들이댔다. "부인! 이것 좀 보십시오. 좋은 대학에서 받은 학위입니다! 많은 사기꾼들이 변호사를 사칭합니다! 누구를 선택하든 간에 조심하십시오! 자격증을 확인하는 걸 잊지 마십시오!"

"특별 제안입니다!" 뒤에 서 있던 사람이 외쳤다. "서류를 타이핑하는 데 드는 비용은 따로 받지 않겠습니다! 싼 수임료에 모두 포함시키겠습니다!"

변호사들이 그녀를 완전히 에워쌌다. 원치 않는 관심에 곤란했던 그녀는 혼잡한 곳에서 빠져나가려고 했다. "실례하지만 난……"

"부인, 무슨 내용입니까?" 누군가가 발끝으로 서서 외쳤다. "저는 형사와 민사 모두를 다룹니다!"

그의 침이 그녀의 안경과 뺨에 튀었다. 그녀가 움찔하며 다시 빠져나가려고 했다. 그때 몸이 부딪치는 틈을 타서 손 하나가 그녀의 엉덩이를 꽉 쥐었고, 또 다른 손 하나가 그녀의 가슴을 만졌다.

"이 나쁜 놈들아! 이런 파렴치한 놈들아!" 그녀가 팔꿈치를 휘두르며 정강이를 한두 번 걷어차자 그들이 흩어졌다. 끝이 뾰족한 탑 모양의 우산을 가져왔더라면 혼쭐을 내줬을 것이다.

손이 떨렸지만 그녀는 넘어지지 않도록 집중해서 발을 한 걸음씩 떼서 옮겼다. 그녀는 법원 건물 옆의 다소 한가한 곳으로 갔다. 변호사들이 없어서 조용했다. 나무 벤치들이 법원 울타리에 늘어서 있었다. 잔디에서 쉬고 있던 사람들은 샌들을 베개 삼아 머리 밑에 두고 안전하게 지키면서 낮잠을 자고 있었다. 어떤 사람들은 번쩍이는 스테인리스강 도시락밥을 먹고 있었다. 한 엄마는 주머니칼로 치쿠를 깎아서 달콤한 갈색 과일을 아이에게 먹였다. 소리가 약한 트랜지스터라디오에서 흘러나오는 노래가 무더운 오후를 잠자리처럼 윙윙거리며 날아다녔다.

이런 평온한 환경에서 한 남자가 부서진 벤치에 앉아서 망고 나무를 올려다보고 있었다. 작은 남자 아이 셋이서 단단한 녹색 과일을 떨어트리려고 돌을 던지고 있었고, 그들의 부모는 잔디에서 졸고 있었다. 그때 망고 하나가 떨어졌다. 아이들이 차례로 한 입씩 베어 물자, 시큼한 과육 때문에 입이 오그라들었다. 기쁨으로 몸서리치면서 눈을 질끈 감은 아이들은 이를 꽉 깨물며 신맛을 즐겼다.

부서진 벤치에 앉아 있던 남자는 웃으면서 고개를 끄덕이며, 아이들로 인해서 떠오른 추억을 회상하는 듯했다. 남자의 셔츠 호주머니는 클립으로 고정된 펜들이 가득한 독특한 플라스틱 통 때문에 불룩했다. 그의 발에는 가로 38센티미터, 세로 25센티미터의 직사각형 판지로 만든 광고판이 벽돌로 받쳐져 있었다.

궁금해진 디나는 가까이 가서 광고판을 읽었다. 바산트라오 발믹, 법학과 졸업이라고 쓰여 있었다. 변호사가 거기에 수동적으로 앉아서 만족한다는 게 이상하다고 그녀는 생각했다. 게다가 검정 양복저고리도 입지 않고 사업을 할 노력조차 하지 않았다.

"부인, 변호사들을 대신해서 제가 출입문 근처에서 벌어진 불미스러운 일에 대해서 사죄드리겠습니다." 바산트라오가 말했다.

"고맙습니다." 디나가 말했다.

"무슨 그런 말씀을요. 사과를 받아주셔서 제가 고맙죠. 그 사람들이 부인을 둘러싸고 한 짓은 정말 부끄럽습니다. 여기서 다 봤습니다." 그가 꼰 다리를 풀자 광고판이 발끝에 살짝 부딪쳐 넘어졌다. 그는 광고판을 바로 세우고 벽돌로 다시 받쳤다.

"여기 벤치에 앉아 있으면 매일 일어나는 일들을 볼 수 있죠. 그리고 그것 때문에 대부분 저는 절망합니다. 판결은 야만적인 짐승들에게 맡겨지고, 이 나라의 지도자들이 지혜와 올바른 통치를 비겁함과 자기 욕심으로 맞바꿔 버렸으니 뭘 기대하겠습니까? 우리 사회가 위에서부터 아래로 썩어가고 있습니다."

그는 낡은 벤치의 끝으로 옮겨가서 덜 부서진 쪽에 그녀가 앉을 수 있는 공간을 만들어 주었다. "부인, 앉으십시오."

그의 말과 예절에 좋은 인상을 받은 그녀가 자리에 앉았다. 그녀는 그가 법원 같은 곳에 어울리지 않는다고 생각했다. 마호가니 책상과 가죽 덮개를 씌운 의자, 그리고 책으로 가득 찬 책장이 있는 잘 꾸민 사무실이 그에게 어울렸다. "법원의 이쪽은 모든 게 아주 고요하군요." 그녀가 말했다.

"그렇습니다. 가족들이 평화롭게 쉬면서, 정의의 물레바퀴가 사건을 느리고 힘들게 해결할 때까지 시간을 보내죠. 이렇게 아름다운 곳이 사실은 깊은 원한과 복수를 위한 비열한 무대이며, 비극과 희극이 공연되는 하잘것없는 장소라는 걸 누가 믿겠습니까? 여기 있으면 전쟁터라기보다는 소풍을 나온 것 같죠. 몇 달 전에는 바로 여기서 한 여자가 산통이 오자 망설임 없이 출산하는 걸 목격했습니다. 그녀는 더 이상 사건이 지연되는 걸 원치 않아서 병원으로 가려고 하지 않았죠. 그 여자가 바로 제 의뢰인이었습니다. 우리가 이겼죠."

"그럼 당신도 개업 변호사로군요?"

"네, 그럼요." 그가 광고판을 가리켰다. "완전한 자격을 갖췄죠. 옛날에 제가 대학 1학년일 때 친구들이 절더러 공부할 필요가 없다고 했습니다. 제가 이미 판사나 다름없다고 말이죠."

"왜요?"

"절더러 심판의 왕이라고 불렀습니다." 바산트라오가 웃으며 말했다. "제가 항상 교실 맨 뒤에 앉아서 상황을 잘 판단하다고 해서 그런 명예로운 별명을 붙여 줬죠. 사실 저는 대학 교수들의 강의보다는 뒷자리에 앉아서 인간의 본성과 정의에 대해서 더 많은 걸 배웠습니다."

마치 모두 다 무사한지 살펴보려는 듯, 그가 셔츠 호주머니에 든 펜 한 다발을 두드렸다. 화살통에 든 화살들처럼 플라스틱 통 안에는 펜들이 굉장히 많이 꽂혀 있었다. "전 이제 여기서 부서진 벤치의 왕이라는 새로운 타이틀을 얻었습니다. 그래도 계속 진화하는 셈이죠." 그가 웃자 디나도 예의상 따라 웃었다. 낡은 벤치가 흔들렸다.

"그런데 왜 다른 변호사들처럼 앞에 나가서 의뢰인들을 구하지 않는 거죠?"

그가 망고 나무를 응시하면서 말했다. "그런 행동이 매우 천한 인프라디그니테이텀이라고 생각해서죠." 잘난척하려고 라틴어를 사용했다고 생각할까 봐 그가 재빨리 덧붙여 말했다. "그러니까 품격을 떨어뜨리는 일이란 말이죠."

"하지만 여기 그냥 앉아 있으면 어떻게 먹고 살아요?"

"그럭저럭 먹고 삽니다. 부인처럼 저런 무식한 사람들과 저속한 장사꾼들에 싫증난 사람들이 결국 저를 찾아오죠. 물론 저 사람들이 다 나쁜 사람들은 아닙니다. 그저 일을 애타게 찾을 뿐이니까요." 지나가는 법원 사무원에게 다정하게 손을 흔들며 그가 펜들을 다시 만졌다. "저런 저속한 행동을 하고 싶어도 저는 성대에 장애가 있어서 시끄럽게 떠드는 일로는 경쟁할 수가 없습니다. 제가 목에 심각한 문제가 있거든요. 소리를 높이면 목소리가 완전히 나가 버리죠."

"저런, 정말 안 됐군요."

"아뇨, 사실 그렇지 않습니다." 바산트라오가 그녀를 안심시켰다. 진실한 동정심이 매우 중요하다고 생각했지만, 그는 그것이 낭비되는 걸 보고 싶지는 않았다. "저한테는 그게 조금도 중요치 않거든요. 요즘은 법정에서 낭랑하게 울려 퍼지는 목소리로 판사와 배심원을 유창한 웅변으로 매료시키는 변호사들을 많이 찾지 않습니다." 그가 낄낄 웃었다. "이곳에서는 클래런스 대로우 같은 변호사를 필요로 하지 않으니까요. 그리고 스콥스의 원숭이 재판도 벌어지지 않죠. 비록 모든 법정이 바나나와 땅콩을 위해서라면 기꺼이 공연을 할 원숭이들로 가득하긴 하지만 말입니다."

그가 한숨을 깊이 내쉬자 빈정거림이 슬픔으로 바뀌었다. "국가가 지금 이 꼴인데 무슨 말을, 무슨 생각을 할 수 있겠습니까? 이 나라의 대법원이 총리의 유죄를 무죄로 바꾼 마당에, 저기 있는 건……" 그가 위풍당

당한 석조 건물을 가리켰다. "사회를 튼튼하게 만드는 살아 있고 숨 쉬는 법의 전당이 아니라 싸구려 속임수의 박물관으로 전락한 거죠."

그의 슬픔의 무게에 감동한 디나가 물었다. "대법원이 왜 그렇게 한 거죠?"

"그 이유를 누가 알겠습니까? 왜 질병이나 기아, 고통이 생기냐고 묻는 거나 마찬가지죠. 우린 단지 어떻게, 어디서, 언제에 관해서만 대답할 수 있습니다. 총리가 선거에서 부정을 저질렀는데 그와 관련된 법이 즉시 고쳐졌습니다. 그러므로 죄가 성립하지 않는다는 거죠. 우리 불쌍한 인간들은 지난 일들을 어쩔 수 없이 받아들여야 하지만, 총리는 과거를 가지고 마술을 부리죠."

손님이 옆에 앉아 있는데 엉뚱한 말만 하고 있는 걸 깨달은 바산트라오가 이야기를 갑자기 멈췄다. "부인은 어떤 일로 여기 오셨습니까? 이곳을 잘 알고 계신 듯한데요."

"아뇨, 법원엔 처음 왔어요."

"아, 그러시다면 아주 축복 받은 삶을 사셨군요." 그가 중얼거렸다. "실례지만 혹시 변호사가 필요하신가요?"

"네, 아파트 때문에요. 남편이 세상을 떠난 19년 전에 문제가 시작됐죠." 러스텀이 결혼 3주년에 사망하고 몇 달 후에 집주인이 첫 번째 통지서를 보낸 일부터 시작해서, 그녀는 재봉사들, 하숙생, 집세 걷는 사람의 지속적인 괴롭힘, 깡패들의 위협, 거지 왕초의 보호와 그의 죽음에 이르기까지 모든 것을 말했다.

바산트라오는 손끝을 뾰족하게 세우고 이야기를 들었다. 그는 단 한 번도 움직이지 않았고 사랑스런 펜들을 만지지도 않았다. 말을 할 때와 마찬가지로 그가 정성껏 귀를 기울여 듣는 걸 보고 그녀는 깜짝 놀랐다.

그녀가 말을 마치자 그가 두 손을 내렸다. 그런 다음 그가 목이 쉬기 시작한 소리로 살살 말했다. "정말 어려운 상황이군요. 부인께서도 아시겠지만, 때로는 법정 밖의 해결이 신속할 수도 있습니다." 그녀가 의아한 표정을 짓자 그가 덧붙였다. "그러니까 서로 합의를 하는 게 편할 겁니다. 하지만 결국에는 더 큰 문제가 생기죠. 사실, 지금처럼 혼란한 시대에는 깡패들이 넘쳐나죠. 결국 깡패들이 통치하는 시대라고나 할까요. 그러니 부인께서 그렇게 한다고 해서 누가 비난할 수 있겠습니까? 그것을 지켜야 할 사람들에 의해서 살해된 정의의 시체가 누워 있는 타락한 정의의 사원에 누가 들어가고 싶겠습니까? 그리고 지금은 정의의 살인범들이 성스러운 절차를 우습게 만들고, 차별 없는 정의를 가짜로 만들어서 돈을 가장 많이 내는 사람에게 팔고 있어요."

디나는 그가 그런 과장된 표현으로 말하지 않기를 바랐다. 잠시 동안은 재밌었지만 점점 걱정스러웠다. 사람들은 정말 말하기를 좋아한다고 그녀는 생각했다. 장관들에서부터 변호사들, 집세 걷는 사람들, 그리고 머리털 수집가들에 이르기까지 과장된 말과 화려한 언변이 국가를 감염시켰다.

"그러면 희망이 없다는 건가요?" 그녀가 그의 말을 끊었다.

"희망이야 항상 있죠. 우리의 절망에 균형을 맞출 만큼 충분한 희망이 있습니다. 그렇지 않다면 우린 끝장이죠."

서류 가방에서 종이를 꺼낸 그는 두둑한 호주머니에서 사랑스럽게 펜 하나를 골라 뭔가를 쓰기 시작했다. "아마도 정의의 유령이 아직도 배회하고 있어서 우릴 도와줄지도 모릅니다. 괜찮은 판사가 우리의 탄원을 받아들여서 가처분 신청을 내린다면, 사건이 심리될 때까지는 안전하실 겁니다. 부인 성함이 어떻게 되시죠?"

"달랄이요. 디나 달랄입니다. 그런데 수임료는 얼마죠?"

"낼 수 있으신 만큼만 내십시오. 그 문제는 나중에 걱정하셔도 됩니다." 그가 집주인의 이름과 사무실 주소, 사건 내용에 관한 구체적 사항들을 적었다. "제가 지금 드릴 수 있는 충고는 아파트를 비워 두지 말라는 겁니다. 점유권이 판결의 90퍼센트를 좌우합니다. 그리고 깡패들은 원래 겁쟁이들입니다. 부인과 함께 있어 줄 친척이나 친구가 있습니까?"

"아뇨."

"괜찮습니다. 꼭 필요할 때 그런 친척이나 친구를 찾긴 힘들죠. 제가 괜한 질문을 했군요." 그가 잠시 말을 멈추더니 갑자기 무섭게 기침을 해 댔다. "실례합니다." 그가 쉰 목소리를 냈다. "아무래도 목을 너무 많이 사용한 것 같습니다."

"세상에, 정말 그렇군요."

"치료를 받았는데도 이렇습니다." 그가 자랑하는 듯한 목소리로 말했다. "1년 전에 제 목소리를 들어 보셨어야 했는데. 낼 수 있는 소리라곤 쥐처럼 찍찍거리는 것뿐이었죠."

"그런데 목이 왜 그렇게 상한 거죠? 사고라도 당한 건가요?"

"그렇다고도 할 수 있죠." 그가 한숨을 쉬며 말했다. "사실, 우리 삶이란 게 사고의 연속이죠. 우연한 일들이 쨍그렁하고 연속해서 일어나거든요. 우연이든 의도적이든 선택의 연속이 바로 우리가 인생이라고 부르는 큰 불행으로 이어지죠."

그녀는 또 시작이구나, 하고 생각했다. 그러나 그 말은 진짜처럼 들렸다. 그 말을 자신의 경험에 비춰 보았다. 그녀가 열두 살 때 아버지가 사망하자 우연한 사건들이 모든 것을 좌우했다. 그리고 재봉사들의 인생을 보라. 마넥도 다시 돌아오겠다고 했다가 두바이로 간다고 하지 않았던

가. 마넥이나 이시바와 옴을 다시는 만나지 못할지도 모른다. 그들은 갑자기 그녀의 인생에 나타났다가 불현듯 사라졌다.

　그녀의 질문에 대답하기에 앞서 바산트라오가 소중한 펜들을 어루만지다가 이야기를 시작했다. 디나는 그의 습관이 약간 외설적이라고 생각했다. 그러나 펜을 만지는 것은 어떤 남자들처럼 성기를 왼쪽이나 오른쪽으로 옮기려고, 혹은 아무 이유 없이 가랑이를 만지는 것보다는 나았다.

　그는 쉰 목소리로 교수들에게 미래를 인정받던 열성적인 법학도에서 변호사가 된 후에 평화와 고독을 갈망해서 신문사에서 원고 교정을 했다는 이야기를 들려주었다. "25년 동안 저는 단어들과의 교양 있는 교제를 즐겼습니다. 하지만 어느 날 갑자기 눈에 알레르기가 생겨서 저의 세상이 뒤집어졌죠."

　그의 쉰 목소리가 너무 심해서 디나는 무슨 말인지 알아듣기 힘들었다. 그러나 곧 그의 독특한 음색과 기괴한 진동음에 귀가 익숙해졌다. 비록 바산트라오가 인생을 우연의 연속이라고 표현했지만, 그의 숙련된 말솜씨는 전혀 우연이 아님을 그녀는 깨달았다. 완벽한 접합선처럼 술술 쏟아져 나오는 문장들로 엮인 그의 이야기는 바느질을 확인할 필요가 없는 한 벌의 옷 같았다. 그녀를 위해서 그는 의식적으로 사건들을 정리해 주는 것일까? 아마도 그렇지 않을 것이다. 아마도 말을 하는 행위 자체가 자연스러운 질서를 만들어 냈을 것이다. 아마도 그것은 인간들이 자신의 어수선한 존재를 정리하는 재주일지도 모른다. 피 속의 항체처럼 인간들의 숨겨진 생존 무기일지도 모른다.

　이야기를 하다가 그는 멍하니 만년필을 꺼내더니 뚜껑을 열고 펜촉을 코에 갖다 댔다. 그가 콧구멍을 하나씩 막으며 차례대로 잉크 향기를 깊숙이 들이마시는 것을 그녀는 당혹스럽게 지켜봤다.

감청색 잉크의 향을 들이마시고 기운을 차린 그는 말을 이었다. "그래서 그다음엔 먹고 살기 위해서 시위대를 조직하고 이끌면서 시끄러운 세상과 싸워야 했죠. 구호를 만들고 구호를 외치는 게 저의 새로운 직업이된 겁니다. 그래서 제 성대가 파괴되기 시작했습니다."

변호사의 이야기는 옴의 결혼 선물로 만들다가 멈춘 헝겊 이불을 연상시켰다. 바산트라오는 자신의 문장들로 이불을 만들어서 그녀에게 들려주었다. 마치 입에서 비단 스카프를 끝없이 끄집어내는 마술사 같았다.

"결국 제가 특무 상사를 만난 것도 우연한 사건이었죠. 고함을 지르는게 그 사람의 본성이나 다름없었죠. 그럴 필요가 없는데도 고함을 질렀으니까요. 그의 생생한 목청이 열심히 일을 하면 제 목은 쉴 수 있었답니다."

그가 말을 멈추고 목 사탕을 건넸지만 그녀는 사양했다. 그는 사탕 한알을 입에 털어 넣었다. "대도시마다 지점을 열어서 사업을 확장할 계획을 갖고 있었습니다. 헬리콥터 한 대를 사서 공수 구호대를 훈련시킬 생각도 했죠. 파업이나 소요 사태가 발생하거나, 시위대의 행진이 필요할때 전화 한 통이면 직원들이 구호 깃발들을 준비해서 하늘에서 낙하할수 있도록 말이죠."

그의 눈에서 사업가적인 번득임이 아쉬워하며 사라졌다. "불행하게도국가비상사태 때문에 정부에서 시위를 금지시켰습니다. 그래서 작년부터 이 부서진 벤치에 법학 학위를 들고 나앉았죠. 다시 처음으로 돌아온거죠."

왼쪽, 오른쪽 볼로 사탕을 굴리는 데 지친 그는 반쯤 빨아 먹은 사탕을우지직 씹었다. "이렇게 처음으로 다시 돌아오기까지 제가 얼마나 많은것을 잃었습니까? 야망, 개인적 자유, 글, 시력, 성대. 사실, 상실이 바로 제 인생 이야기의 주제입니다. 하지만 다른 인생 이야기도 마찬가지 아닌가요? 상실이 바로 본질이죠. 인생이라는 피할 수 없는 불행의 가장 중요한 부분이 바로 상실입니다."

완전히 동의할 순 없었지만 그녀는 고개를 끄떡였다.

"하지만 제가 불평하는 건 아닙니다. 그런 납득할 수 없는 우주의 섭리 덕분에 우리는 허물을 벗는 뱀처럼 쓸모없는 것들을 없애니까요. 상실에 상실을 거듭하는 것이 인생의 근본이고, 결국은 인간 존재의 벌거벗은 본질만 남게 되죠."

디나는 더 이상 참을 수 없었다. 그의 마지막 말은 지겨운 헛소리로 들렸다. "뱀은 새 살이 돋아서 허물을 벗는 거죠." 그녀가 그의 말을 끊었다. "새 아파트가 그 자리에 생겨나지 않는 한, 난 아파트를 잃고 싶지 않아요."

바산트라오는 명치를 세게 얻어맞은 듯이 보였다. 그러나 재빨리 회복한 그는 미소를 보이며 그녀의 말에 동의했다. "그렇고말고요. 지당한 말씀입니다. 제가 예를 잘못 들었군요. 부인께서 절 한방 먹이셨습니다. 정말 잘하셨습니다. 유머 감각이 아주 뛰어나십니다. 제 직업의 단점 중에 하나가 바로 유머 감각이 없다는 겁니다. 법이라는 건 엄숙하고 근엄하거든요. 하지만 정의는 다릅니다. 정의는 재치 있고 변덕스럽고 친절하며 관심을 기울일 줄 알죠."

그는 광고판을 집어 들어 챙기며 다음번에 쓰려고 벽돌을 벤치 밑으로 넣었다. 손에 묻은 붉은 벽돌 가루를 털며 그가 시적으로 말했다. "나 이제 일어나 가리, 탄원서를 쓰러 가리. 정열을 쏟아 단어들을 엮어 설득력 있는 탄원서를 만들리."

그의 괴상한 말투 때문에 그녀는 그를 이상하게 쳐다봤다. 자신이 변호사를 제대로 고른 건지 의문이 들었다.

"부인, 절 이상하게 쳐다보지 마십시오. 시인 예이츠에게서 영감을 얻었을 뿐이니까요. 지금처럼 부끄러운 국가비상사태 시기에 시인의 글이 매우 마음에 와 닿습니다. 사물들이 무너진다, 중심이 유지될 수 없다, 오직 무질서만이 세상에 풀어졌다. 뭐 그런 내용이죠."

"맞아요. 모든 게 나쁘게 끝나고 말죠."

"아, 그건 너무 비관적이군요. 예이츠는 그런 말을 한 적은 없거든요. 어쨌든 모레 제 사무실로 오십시오. 진행 상황을 알려 드리겠습니다."

"사무실이요? 어디죠?"

"바로 여깁니다." 그가 웃었다. "이 부서진 벤치가 제 사무실이죠." 그는 플라스틱 통에 다시 집어넣은 펜을 부드럽게 어루만졌다. "달랄 부인, 제 이야기를 들어주셔서 고맙습니다. 요즘은 제 말을 들어줄 여유가 있는 사람들이 많질 않거든요. 마지막으로 그런 기회를 가졌던 게 1년 전에 대학생을 만났을 때였죠. 아주 긴 기차 여행을 함께 했거든요. 부인, 다시 한 번 감사드립니다."

"천만에요."

그가 자리를 뜨자 새로운 아이들이 망고 나무의 얼마 남지 않은 귀한 녹색 열매를 따는 데 열중했다. 아이들의 노력과 흥분을 지켜보는 일은 재밌었다. 디나는 몇 분 더 그곳에 앉아 있다가 아파트로 돌아갔다.

* * *

경찰 경장과 순경이 현관문의 자물쇠 문제로 남자 두 명과 티격태격하고 있었다. 마음속으로 그런 장면을 자주 연습해 뒀던 디나는 전혀 위기감을 느끼지 않았다. 삶의 한 단계가 끝이 나고 새로운 국면이 전개됐다. 새 연재물이 시작되고, 이불에 새 헝겊 조각을 대는 것 같았다.

집주인이 이전에 보냈던 깡패들이었다. 거지 왕초 때문에 그들의 손 모양이 바뀌어 있었다. 아이들이 그린 그림처럼 손가락들이 기괴하게 굽었고 일그러졌으며 길이가 일치하지 않았다. 거지 왕초는 죽었지만 그의 작품은 살아 있었다.

"뭐예요? 여기서 무슨 짓들이에요?" 그녀가 허세를 부리며 말했다.

"저는 케사르 경장이라고 합니다." 깡패들을 다루느라 허리띠 안으로 무섭게 쑤셔 넣고 있던 엄지손가락들을 빼면서 그가 말했다. "문제가 생겨서 매우 유감입니다. 이 아파트에 퇴거 명령이 떨어졌습니다."

"그럴 순 없어요. 방금 변호사를 만나고 오는 길입니다. 변호사가 가처분 신청을 할 거예요."

대머리가 씩 웃었다. "미안합니다. 우리가 먼저 왔소."

"먼저라니 무슨 말이에요?" 그녀가 케사르 경장을 바라봤다. "이게 무슨 경주도 아니고. 난 법원에 호소할 권리가 있다고요."

경장이 슬프게 고개를 가로저었다. 깡패들을 오랫동안 알아 온 그는, 그들을 감옥에 집어넣을 날을 기다리고 있었다. "부인, 사실 제가 할 수 있는 일이 없습니다. 때로는 법이 숟가락에 레몬 올리고 달리기 시합처럼 작동합니다. 퇴거가 이뤄져야 하고, 그런 다음에 법원에 호소할 수 있습니다."

"벽에다가 머리라도 찧고 싶군요."

깡패들이 공감하며 고개를 끄덕였다. "법원에 가 봐야 아무 소용없소. 말싸움에 휴정, 증언, 증거로 언제 끝날지 모르지. 국가비상사태 하에선 그런 멍청한 일들은 불필요하거든." 대머리의 동료 깡패가 자물쇠를 흔들며 어서 법대로 하자는 신호를 보냈다.

"부인, 문을 열어 주시겠습니까?" 케사르 경장이 물었다.

"거절하면요?"

"그러면 자물쇠를 부술 수밖에 없습니다." 그가 슬프게 말했다.

"문을 열면 어떻게 되죠?"

"아파트에 있는 모든 짐을 들어낼 겁니다." 그가 부끄러움으로 웅얼거리자 말이 제대로 들리지 않았다.

"뭐라고요?"

"다 들어낸다고요." 그가 약간 더 크게 말했다. "아파트에 있는 짐을 모두 들어낼 겁니다."

"길바닥에 들어낸다고요? 왜죠? 왜 동물처럼 구는 거죠? 적어도 하루나 이틀의 시간은 줘야 나도 준비를 할 거 아녜요."

"부인, 사실, 그건 집주인한테 달린 겁니다."

"시간 다 됐소." 대머리가 말했다. "집주인의 대리인으로서 우린 더 이상 시간을 벌려는 수작을 허락할 수 없소."

케사르 경장이 디나에게 말했다. "부인, 걱정 마십시오. 가구는 안전할 겁니다. 제가 조심스럽게 다루도록 조치하겠습니다. 여기 순경이 잘 지킬 겁니다. 원하신다면 순경을 보내서 트럭을 구해 오도록 하겠습니다."

그녀는 지갑에서 열쇠를 찾아 현관문을 열었다. 문이 다시 닫히기라도 할까 봐, 깡패들이 서둘러 들어가려고 했지만 케사르 경장의 팔에 막혔다. 교통경찰처럼 그는 팔을 들어서 그들의 진입을 막았다.

"부인께서 먼저 들어가시죠." 그가 경례를 하고 뒤따랐다.

맨 먼저 눈에 들어온 것은 베란다 한쪽 구석에 쌓인 재봉사들의 종이 상자들이었다. 깡패들이 상자들을 밖으로 들어내기 시작했다.

"그건 내꺼 아녜요. 난 그 물건들 필요 없어요." 그녀는 부재중인 재봉사들에게 화가 났다. 그들은 그녀를 버렸고, 그녀는 혼자서 이 상황을 맞이해야 했다.

"당신 게 아니라고요? 잘됐군요. 그럼 우리가 가지겠소."

깡패들이 가구를 밖으로 들어내려고 하자, 그녀는 몇 발짝 먼저 움직이며 옷가지들과 장신구들을 서랍과 벽장에 집어넣었다. 케사르 경장이 그녀를 도우려고 어기적거리며 따라다녔다. "부인, 물건은 어디로 옮길지 결정하셨나요?"

"비쉬람 식당으로 가서 오빠에게 전화할 거예요. 그러면 오빠가 사무실 트럭을 보낼 겁니다."

"잘됐군요. 제가 저 작자들을 잘 지키겠습니다. 다른 건 뭐 도와드릴게 없나요?"

"범법자를 도와줘도 되나요?"

그가 고개를 슬프게 가로저었다. "사실, 범법자들은 저 두 놈과 집주인이죠."

"그런데도 내가 쫓겨나는 건가요."

"우리가 미친 세상에 살고 있는 거죠. 먹여 살릴 가족만 없다면 제가 이런 일을 하겠습니까? 더군다나 일 때문에 위궤양까지 생겼는데요. 국가비상사태가 시작되고 나서 위궤양이 시작됐습니다. 처음에는 그냥 위산 과다라고 생각했죠. 하지만 의사가 진단을 하고 곧 수술을 받아야 된다고 하더군요."

"정말 안 됐군요." 그녀는 부엌 선반에서 드라이버를 찾아서 그에게 건넸다. "괜찮다면 현관문에 붙어 있는 문패를 좀 떼 주세요."

그는 기뻐하면서 공구를 거머쥐었다. "물론이죠. 기꺼이 해 드리겠습니다." 죄책감이 약간 가신 그는 밖으로 나가더니, 숨을 헐떡이며 녹슨 황동 문패와 씨름을 벌이다가 나사를 푸느라고 땀을 뻘뻘 흘렸다.

"뭐?" 누스완이 전화에 대고 비명을 질렀다. "퇴거 명령을 받았다고? 가구가 길바닥에 나오고 나서 나한테 전화를 하는 거냐? 지금 불난 집에 우물 파는 거니?"

"일이 갑자기 벌어졌어요. 트럭을 보내 줄 거예요, 말 거예요?"

"내가 별수 있겠냐? 이게 내 의무인 걸. 내가 널 돕지 않으면 누가 돕겠니?"

디나가 아파트로 돌아오자 깡패들은 거의 일을 끝마친 상태였다. 부엌에 있는 솥과 냄비 들 그리고 풍로를 마지막으로 밖으로 들어냈다. 순경이 보도에서 짐들을 지키고 있었다. 그렇게 쌓아 놓으니 그녀의 살림살이는 많진 않아서, 방 세 개를, 혹은 21년 동안 함께 한 세월을 다 채울 수 있을 것 같지 않았다.

케사르 경장은 트럭이 오고 있다는 소식에 안심했다. "적어도 갈 곳이 있어서 정말 다행입니다. 사람들이 길바닥을 집으로 삼게 되는 경우를 매일 보거든요. 지치고 갈 곳 없고 실패한 채 보도에 누워 있죠. 놀랍게도 그들은 정말 빨리 판지와 비닐 그리고 신문지를 사용하는 법을 배우죠."

그는 디나에게 집을 넘기기 전에 방들을 꼼꼼히 살펴보라고 요청했다. "베란다에 있는 물건들은 정말 안 가지고 가실 겁니까?" 그가 귓속말로 속삭였다.

"내 게 아니라니까요. 나한테는 쓸모없는 쓰레기예요."

"아시다시피 이곳에 남아 있는 모든 것은 자동적으로 집주인의 재산이 됩니다."

"우리 거라니까요." 깡패들이 상자들을 차지했다. 그들은 현관문을 닫고 문고리에 새 자물쇠를 달았다. 케사르 경장이 등사된 서류 세 통에 서명을 하고 형식적인 절차를 마쳤다.

그러자 깡패들이 상자들에 관심을 가지며 망외의 소득을 살폈다. "잠깐." 대머리가 검은 머리채를 들어 올렸다. "이건 무슨 쓰레기지?"

"쓰레기라니. 당신한테 꼭 필요한 거 같구먼."

대머리는 기분이 좋지 않았다. "다른 상자에는 뭐가 있는지 보자."

그들을 잠시 지켜보던 케사르 경장이 엄지손가락들을 허리띠에 꽂았다. 그는 행동할 준비가 됐다. 거지 두 명이 살해된 악명 높은 머리채에 굶주린 살인 사건이 생각났다. 이제 그가 기다리던 기회가 온 것이다. 만일을 대비해서 그는 권총의 가죽 케이스 단추를 풀고 순경에게 귓속말로 지시 사항을 전달했다.

"실례하겠습니다." 그가 깡패들에게 공손히 말했다. "두 사람을 살인죄로 체포하겠습니다."

깡패들이 웃었다. "하하하. 케사르 경장님께서 농담도 잘 하시네." 순경이 민첩하게 그들의 손목에 수갑을 채우자, 그들은 농담이 지나치다고 항의했다. "무슨 소리요? 우린 아무도 죽이지 않았어요!"

"사실, 당신들이 나이 많은 거지 두 명을 살해했어. 이건 명백한 사실이야. 살해당한 거지들의 머리채를 잘라서 훔쳐갔으니까. 지금 그 머리채가 당신들 손에 있잖아. 그걸로 모든 얘기가 끝난 거지."

"하지만 머리채는 여기서 발견한 겁니다! 우리가 상자를 여는 걸 보셨잖습니까!"

"사실, 난 아무것도 보지 못했어."

"우리가 살인을 했다는 증거도 없잖습니까! 이게 그 머리채라는 걸 어뗗게 아십니까?"

"그런 건 걱정하지 마. 아까 당신들이 말했듯이 증거 같이 멍청한 건 더 이상 필요치 않으니까. 그리고 요즘은 국가비상사태와 국보법 같은 좋은 것들이 있거든."

"국보법이 뭐죠?" 디나가 물었다.

"국가보안법이라는 겁니다. 아주 편리하죠. 재판 없이도 2년까지 구금이 가능합니다. 요청을 하면 연장도 가능하죠." 그가 행복하게 웃으며 깡패들을 다시 바라봤다. "하마터면 잊을 뻔했구먼. 당신들은 묵비권을 행사할 수 있지만, 그렇게 하면 경찰서의 내 부하들이 자백을 하도록 뼈를 분질러 놓을 거야."

깡패들에게 수갑을 찬 손을 머리 위로 올리고 쪼그려 앉으라고 했다. 케사르 경장은 아직 그들을 데려갈 준비가 안 됐다. 그는 머리채를 다시 상자 안으로 집어넣었다. "증거 1번입니다." 그가 디나에게 말했다. "부인, 걱정 마십시오. 트럭이 올 때까지 제가 여기서 기다리겠습니다. 제가 떠나면 물건이 없어질지도 모르니까요. 일단 부인께서 안전하게 떠나시는 걸 보고, 이 개들을 경찰서로 끌고 가겠습니다."

"정말 고맙습니다." 디나가 말했다.

"천만에요. 부인 덕분에 오늘 큰 성과를 거뒀습니다." 그는 권총의 가죽 케이스 단추가 잠겼는지 확인했다. "클린트 이스트우드 영화 좋아하십니까? 혹시 〈더티 해리〉 보셨나요?"

"아뇨. 재밌나요?"

"정말 재밌습니다. 고강도 액션 드라마죠." 그가 동경하듯 미소를 지었다. "더티 해리는 일류 형사죠. 법 때문에 정의가 불가능할 때도 그는 정의를 이뤄 내고 맙니다." 그런 다음 그는 귓속말로 물었다. "부인, 그건 그렇고 머리채가 어떻게 베란다에 있었던 거죠?"

"글쎄요, 잘 모르겠어요. 내 밑에서 일하던 재봉사 두 명이 머리털 수집가를 친구로 됐어요. 무슨 영문인지 모르겠네요. 다들 사라졌거든요."

"국가비상사태로 많은 사람들이 사라졌죠." 그가 고개를 가로저으며 말했다. "부인께서는 자신도 모르게 살인 미치광이들과 어울리신 것 같군요. 다치지 않고 벗어나셨으니 다행입니다."

"그러니까 저 깡패들이 죄를 지은 건 아니죠?"

"사실, 저 놈들은 다른 죄를 저질렀습니다. 반드시 죄 값을 치러야죠. 복식 기입 장부의 채무, 채권표 같은 거죠. 어떤 면에서 더티 해리도 회계사라고 할 수 있습니다. 그에게는 대차 대조표의 최종 결과가 중요하니까요."

그녀는 고개를 끄덕이며 까마귀 떼가 길 건너편의 질척한 시궁창에 보이는 것을 지켜봤다. 음식 찌꺼기들을 먹으려고 까마귀들이 서로 밀치고 싸웠다. 그때 트럭이 도착했다.

"아이들이 있으세요?" 누스완의 직원들이 가구를 싣는 동안에 그녀가 케사르 경장에게 물었다.

"네, 그럼요." 그녀의 질문에 기뻐하며 그가 자랑스럽게 말했다. "딸이 둘 있습니다. 하나는 다섯 살이고, 나머지 하나는 아홉 살이죠."

"학교에 다니나요?"

"물론이죠. 큰애는 학교가 끝나고 일주일에 한 번씩 시타르 교습을 받죠. 돈이 너무 많이 들지만 아이를 위해서 제가 초과 근무를 합니다. 아이들이 우리의 보배 아닙니까, 그렇죠?"

트럭이 떠날 채비를 하자, 그녀는 운전사 옆 자리에 앉으며 케사르 경장에게 도와줘서 고맙다고 했다. "영광입니다. 부인께서 하시는 모든 일이 잘되기를 바랍니다."

"당신도요. 위궤양 수술이 잘됐으면 좋겠네요."

길이 좁아서 운전사가 후진하는 데 시간이 약간 걸렸다. 건물 정문을 빠져나갈 때 그녀는 이브라힘이 기둥 뒤에서 행인들에게 깡통을 내미는 것을 보았다.

트럭이 지나가자 그가 작별 인사를 하려고 손을 페즈모로 올리려고 했다. 그러나 어깨 통증 때문에 그의 손은 올라가지 못했다. 대신에 그는 세르와니의 옷깃을 당기며 손을 흔들었다.

"늦어서 미안해." 누스완이 루비의 뺨에 입을 맞추고 디나를 포옹했다. "회의가 끝나질 않아서 말이야." 그가 이마를 문질렀다. "트럭으로 안전하게 다 싣고 온 거지?"

"네, 고마워요." 디나가 말했다.

"거지들, 재봉사들, 하숙생 모두 너한테 오레보아를 외쳤겠구나." 그가 자신의 농담에 스스로 웃었다.

"여보, 그만해요. 아가씨가 얼마나 힘든 일을 당했는데." 루비가 말했다.

"농담한 거야. 디나가 다시 돌아와서 얼마나 행복한데."

그의 목소리가 부드러워지고 감정적으로 변했다. "오랫동안 내가 신께 너를 집으로 데려와 달라고 기도했다. 네가 혼자 살기로 했을 때 내가 얼마나 마음이 아팠는데. 온 세상이 너한테 등을 돌리면 결국에는 가족이 힘이 되는 법이지."

그가 목이 메어서 침을 꿀꺽 삼키자 디나가 감동했다. 그녀는 루비가 식사 준비를 하는 걸 도우며 물통과 잔들을 날랐다. 그들은 이전에 부엌에서 함께 일할 때와 똑같은 자리에 섰다. 디나는 많은 세월이 흘렀지만 변한 게 없다고 생각했다.

"더 이상 재봉사들이나 거지들 때문에 부끄러운 일은 하지 마라. 더 이상 돈 걱정은 할 필요 없어. 난 네가 그냥 집에서 쓸모 있기만 바란다."

"여보! 불쌍한 아가씨가 항상 날 도왔잖아요. 아가씨는 절대 게으르지 않아요."

"그래, 나도 알아. 고집이 세지 게으르지는 않지." 그가 낄낄 웃었다.

저녁 식사가 끝나고 그들은 아파트에서 가져온 물건들을 살펴봤다. 누스완이 소스라치게 놀랐다. "이런 고물들은 다 어디서 났냐?"

그녀는 어깨를 으쓱했다. 말로 하는 대답이 항상 필요한 건 아니었다. 그녀가 마넥에게서 배운 유용한 행동이었다.

"그런 걸 여기 둘 공간은 없다. 저 보기 흉한 식탁 좀 봐라. 그리고 저 소파는 바와 아담 시절에 만든 거 같구나." 그는 며칠 내로 고물상을 불러서 처리하겠다고 했다.

그녀는 따지지 않았다. 자신의 보잘것없는 물건들에 생명력을 불어넣었던 추억들을 지키고자 간청하지도 않았다.

누스완은 동생에게 무슨 변화가 생긴 건지 궁금했다. 옛날과는 다르게 디나가 너무 유순하고 온순하며 조용했다. 그래서 그는 약간 불안했다. 그냥 그런 척하는 걸까? 그가 전혀 예상치 못할 때 갑자기 무슨 계획을 꺼내려는 걸가?

그들은 서랍에 든 디나의 물건들을 그녀가 옛날에 쓰던 방의 옷장으로 옮겼다. "아버님이 쓰시던 옷장이 아가씨를 기다리고 있었어요. 난 아가씨가 돌아와서 너무 기뻐요." 루비가 속마음을 털어놨다.

디나가 미소를 지었다. 그녀는 매트리스에 있던 이불을 벗겨서 옷장

안에 집어넣었다. 그런 다음 침대 끝에다가 자신이 만든 이불을 접어서 올려놓았다.

"정말 아름다워요!" 루비가 이불을 펴면서 감탄했다. "정말 예뻐요! 그런데 저쪽 구석은 어떻게 된 거예요? 왜 비어 있는 거죠?"

"옷감이 다 떨어져서 그래요."

"이런 세상에." 루비가 잠시 생각했다. "아가씨, 나한테 예쁜 옷감이 있어요. 그걸 사용하면 완벽하게 마무리 될 거예요. 그걸로 이불을 완성해요."

"고마워요." 그러나 디나는 더 이상 이불을 늘리지 않기로 이미 결심했다.

밤에 침대에 누워 이불을 덮을 때면, 디나는 바늘과 실과 애정으로 헝겊 조각들을 튼튼하게 엮을 때 일어났던 많은 사건들을 하나씩 열거했다. 제대로 기억이 나지 않으면 이불이 그녀를 도와주었다. 열린 창문으로 들어오는 가로등 불빛은 이불의 다양한 헝겊 모양을 알아볼 수 있을 만큼 충분히 밝았다. 그녀의 옛날이야기는 그렇게 시작됐다.

한번은 자정이 지나서 그녀가 옛날이야기를 반쯤 마쳤을 때 누스완과 루비가 방문을 두드리고 들어왔다. "디나, 무슨 일 있니?"

"아뇨."

"괜찮니?"

"그럼요."

"목소리가 나는 걸 들었어요." 루비가 말했다. "아가씨가 악몽을 꾸거나 해서 잠꼬대를 하는 줄 알았어요."

디나는 조용히 말하다가 그만 큰소리를 낸 걸 깨달았다. "그냥 기도를 하던 중이었어요. 방해해서 미안해요."

"괜찮다. 그런데 무슨 기도 구절인지 전혀 모르겠던데. 불의 사원에 새로 온 사제한테서 교습을 좀 받지 그러냐." 누스완의 농담에 함께 웃고 잠자리로 돌아갔다.

그가 루비에게 귓속말로 속삭였다. "러스텀이 죽고 나서 쟤가 어땠는지 생각나? 쟤가 거의 매일 밤 러스텀의 이름을 불러댔잖아."

"맞아요. 하지만 그건 아주 옛날이잖아요. 아직도 그것 때문에 그런 거겠어요?"

"여전히 극복하지 못한 지도 모르지."

"그럴지도 모르죠. 당신도 절대 극복하지 못하는 것들이 있잖아요."

디나는 이불을 접었다. 그 이불 때문에 침묵이 원치 않는 말들로 바뀌었다. 그녀는 이불을 옷장에 챙겨 넣었다. 이불이 마음에 부린 이상한 요술이 무서웠으며, 이불의 헝겊 모양이 자신을 어디로 데려갈지도 무서웠다. 혹시라도 그 경계선을 넘어서 영원히 돌아오지 못할까 봐 두려웠다.

디나가 반격을 하지 않자 재미가 없어진 누스완은 더 이상 놀리지 않았다. 때때로 방에 혼자 앉아서 그는 고집불통이던 여동생이 그렇게 무기력해진 걸 안타까워했다. 삶의 교훈을 귀담아 듣지 않는 사람들을 때려 부수고 정신을 망가뜨리는 것이 바로 인생이라며 그는 한숨을 내쉬었다. 그러나 적어도 디나의 끝없는 고생 시절은 이제 끝났다. 가족이 그녀를 잘 보살피고 먹여 살릴 것이다.

곧, 아침에 청소하고 걸레질하고 가구 먼지를 털던 하인이 해고됐다. "빌어먹을 여자가 돈을 더 달라는군." 누스완이 설명했다. "집에 식구가 한 사람 더 있으니까 쓸고 닦는 데 일이 너 많아졌다고 말이야. 항상 그런 변명을 하지."

무슨 말인지 알아들은 디나는 허드렛일을 맡았다. 마치 거대한 스펀지처럼 그녀는 모든 것을 빨아들였다. 혼자 있을 때 그녀는 자신을 꽉 쥐어짜서 더 많이 빨아들일 수 있는 준비를 했다.

이제 루비는 거의 대부분 시간을 밖에서 보냈다. 그러나 떠나기 전에 그녀는 항상 디나에게 도와 줄 일이 없는지 물었다. 디나는 혼자 있는 게 좋았기 때문에 걱정 말고 나갔다 오라고 했다.

"여보, 아가씨 덕분에 마침내 윌링턴 클럽 회원권을 쓸 수 있게 됐어요. 이전에는 회비만 날렸잖아요." 저녁에 루비가 누스완에게 말했다.

"디나는 최고야. 내가 항상 그렇다고 했잖아." 그가 동의했다. "비록 결혼 문제 같은 일로 많이 싸우기도 했지만 난 항상 디나의 힘과 결단력을 존경했어. 불쌍한 러스텀이 결혼 3주년에 세상을 떠났을 때 디나가 얼마나 용감하게 행동했는지 난 결코 잊지 못할 거라고."

"여보! 당신은 꼭 저녁 식사 시간에 그런 얘기를 해서 아가씨를 괴롭게 해야겠어요?"

"이런, 미안. 정말 미안해." 그가 순순히 화제를 국가비상사태로 돌렸다. "문제는 열기가 식었다는 거야. 처음에는 두려움 때문에 사람들이 기강이 바짝 들어서 시간을 잘 지키고 열심히 일했지. 그런데 그런 두려움이 사라졌어. 정부에서 활력을 불어넣으려면 뭔가를 해야 해."

결혼 문제는 저녁 식사 시간에 더 이상 거론되지 않았다. 디나가 마흔세 살이었으므로 결혼은 너무 늦었고 힘들다고 누스완이 루비에게 몰래 말했다.

일요일 저녁이면 그들은 카드놀이를 했다. "자, 다들 어서 모여!" 다섯 시가 되자 누스완이 즉시 그들을 불렀다. "카드놀이 시간이야."

그는 그 시간을 철저히 지켰다. 화목한 가정을 이루고자 하는 꿈을 카드놀이를 통해서 조금이라도 실현할 수 있었기 때문이다. 때때로 친구가 찾아와서 네 명이 되면 그들은 브리지 게임을 했다. 그러나 대개는 세 명뿐이어서 누스완은 러미 게임으로 함께 시간을 보내며 가족의 행복을 끈질기게 찾고자 했다.

"카드놀이가 인도에서 처음 시작된 거 알고 있어?" 그가 물었다.

"정말요?" 루비가 놀랐다. 누스완이 그런 얘기를 할 때마다 그녀는 매우 감동했다.

"그럼, 그렇고 말고. 체스도 인도에서 유래된 거야. 사실, 카드가 체스에서 시작됐다는 이론이 있지. 13세기에 중동을 거쳐서 유럽으로 전파됐어."

"세상에!" 루비가 감탄했다.

그가 패를 다시 배열하더니 카드 한 장을 엎어서 버리고 외쳤다. "러미!"

같은 종류의 카드를 다 모은 걸 보여 주고 그는 다른 사람들이 무슨 실수를 했는지 분석해 주었다. "거기서 하트의 잭을 내면 어떡하니. 그래서 네가 진 거야." 그가 디나에게 말했다.

"모험을 해 봤어요."

그가 카드를 모아서 섞었다. "자, 그럼 누가 패를 돌릴 차례지?"

"나예요." 디나가 카드를 받았다.

에필로그 1984년

지연 출발한 걸프 항공편이 마넥을 수도에 내려준 때는 아침이었다. 기내에서 그는 좀 자고 싶었지만 일반석 객실에서 상영되는 영화가 고장 난 형광등 불빛처럼 짜증스럽게 깜박이며 눈앞에 어른거렸다. 피곤한 눈으로, 그는 줄을 서서 세관 검문을 기다렸다.

공항 확장 공사가 진행 중이어서, 승객들은 골함석으로 만든 가건물에 가득 들어찼다. 그는 8년 전 그가 두바이로 떠날 때 공사가 막 시작되었던 걸 기억해냈다. 태양을 빨아들인 반짝이는 골함석 지붕에서 튕겨져 내려오는 열기가 사람들을 매섭게 공격했다. 땀 냄새, 담배 연기, 불쾌한 향수 냄새, 소독약 냄새 따위가 공기 사이를 배회했다. 사람들은 여권이나 세관 신고서로 부채질을 했다. 한 남자가 기절했다. 일꾼 두 명이 세관원의 책상 선풍기 바람 속으로 남자를 데려갔다. 물을 가지러 사람을 보냈다.

잠시 중단되었던 수화물 검색이 다시 시작되었다. 뒤에 서 있던 사람이 시간이 오래 걸린다고 불평하자, 마넥이 어깨를 으쓱하며 말했다. "거물급 밀수꾼이 오늘 두바이에서 온다는 첩보라도 받은 모양이죠."

"아뇨, 늘 이 모양이에요." 그 남자가 말했다. "중동에서 오는 비행기는 다 이래요. 저 작자들이 보석이나 금덩어리, 전자제품 같은 걸 찾거든요." 그의 말에 따르면 최근에 정부는 세관이 압수한 것들 중 일부를 특별 보너스로 지급하는 방침을 세웠고, 그래서 세관원들이 더욱 혈안이라고 했다. "그래서 요즘 우리를 더 괴롭히죠."

"조심해서 개어 넣은 사리들이 다 구겨지겠어요." 남자의 아내가 투덜댔다.

마넥의 여행 가방을 살펴보던 세관원이 옷 밑으로 손을 집어넣고 더듬었다. 마넥은 가방 안에 쥐덫을 설치하면 벌금감인지 궁금했다. 한참 뒤지고 나서야 손을 꺼낸 세관원이 마지못해서 그를 보내 줬다.

마넥은 가방을 꽉 쥐고 밖으로 달려 나와 택시 운전사에게 기차역으로 가자고 했다. 운전사는 내켜 하지 않았다. "거긴 지금 폭동이 한창입니다. 너무 위험해요."

"무슨 폭동이요?"

"몰라요? 사람들이 얻어맞고 학살되고 산 채로 태워지고 있는데."

그와 입씨름하는 대신에 마넥은 다른 택시들을 찾았다. 모든 택시 운전사가 똑같은 말을 하며 거절했다. 어떤 운전사는 공항 가까운 호텔에 들어가서 사태가 진정될 때까지 기다리라고 충고했다.

좌절한 마넥은 한 택시 운전사에게 요금을 더 주겠다고 제안했다. "미터기에 나온 요금의 두 배를 주겠소. 아버지께서 돌아가셔서 고향에 가야해요. 기차를 놓치면 아버지의 장례식에 갈 수가 없어요."

"선생님, 미터기 요금을 걱정하는 게 아닙니다. 선생님 생명과 제 생명이 그것보다는 훨씬 귀하지 않습니까. 하지만 일단 타십시오. 최선을 다해 보죠." 택시 운전사가 미터기의 '빈 차' 표시기를 당겨서 꺾자 땡그렁 소리가 났다.

차들로 꽉 찬 공항 도로를 빠져나온 택시는 곧 간선도로를 달렸다. 교통을 확인하면서 택시 운전사는 틈틈이 백미러로 승객을 관찰했다. 마넥은 운전사의 눈길을 느낄 수 있었다.

"선생님, 수염을 깎으셔야겠습니다. 시크교도로 오해 받을 수도 있습니다."

턱수염에 자부심이 있는 마넥은 시크교도로 오해받아도 상관없다고 생각했다. 2년 전부터 기르기 시작해서 지금의 모습처럼 만드는 데 많은 공을 들였다. "터번도 안 둘렀는데 어떻게 시크교도로 오해를 받죠?"

"지금 많은 시크교도들이 터번을 안 두릅니다. 면도를 깨끗하게 하면 선생님이 훨씬 더 안전하실 겁니다."

"더 안전하다니요? 그게 무슨 말이죠?"

"정말 모르십니까? 폭동 때문에 시크교도들이 학살당하고 있습니다. 사흘 동안 시크교도들의 가게와 집 들이 불타고 아이와 어른 들이 학살당했습니다. 경찰은 여기저기 뛰어다니며 사람들을 보호하는 척만 하고요."

군용 트럭들이 줄을 지어 택시 뒤를 따라오자 운전사가 길 왼쪽 구석에 차를 세웠다. 트럭들이 쿵쾅거리며 지나가자 택시 운전사가 어깨 너머로 마넥에게 큰소리로 말했다. "저건 국경 수비대예요! 신문에서 오늘 국경 수비대가 투입된다고 했거든요!"

트럭들이 다 지나가고 나자 운전사의 목소리가 본래대로 돌아왔다. "최고 정예인 국경수비대 군인들이죠. 적군 침략의 제1방어선입니다. 그런데 이제는 도시 내의 경계를 지켜야 하는군요. 정말 온 나라에 수치스러운 일입니다."

"그런데 왜 시크교도들에게만 난리죠?"

"네?"

"시크교도들만 공격을 받는다면서요."

택시 운전사가 못 믿겠다는 듯이 백미러를 들여다봤다. 모른 척하는 걸까? 일단 정말 몰라서 그런 거라고 생각하기로 했다. "사흘 전에 총리가 살해됐을 때 시작된 일입니다. 시크교도 경호원들의 총에 맞았죠. 그래서 보복이 시작된 겁니다."

그때 운전사가 얼굴을 돌리고 마넥을 똑바로 봤다. "선생님은 어디 계셨던 겁니까? 무슨 일이 생겼는지 못 들으셨나요?"

"암살에 대해서는 알고 있었지만 폭동에 대해서는 몰랐군요." 마넥은 앞 의자의 비닐 시트커버에 난 구멍들과 등받이 위로 보이는 운전사의 닳은 옷깃을 자세히 관찰했다. 운전사의 목에는 아직 터질 준비가 안 된 작은 종기들이 나 있었다. "아주 바쁘게 지내다가 아버지의 장례식에 맞춰서 돌아가는 길입니다."

"그러시군요. 아주 힘드시겠습니다." 운전사가 동정하며 말했다. 그때 그는 핸들을 꺾어서 더럽고 바싹 마른 누런 똥개를 피했다.

마넥은 똥개가 안전한 곳으로 갔는지 보려고 뒤 창문을 내다봤다. 택시 뒤에 따라오던 트럭이 똥개를 치고 깔아뭉갰다. "난 이 나라를 8년이나 떠나 있었습니다."

"정말 오랫동안 나가 계셨군요. 그러면 국가비상사태가 해제되고 선거가 있기 전에 여길 떠나셨군요. 물론 일반인들한테는 아무것도 변한 게 없죠. 정부는 계속 가난한 사람들의 집과 판자촌 들을 부숩니다. 시골 마을에다가는 불임 수술을 아주 많이 해야만 우물을 파 주겠다고 하죠. 농부들한테도 불임 수술을 받아야만 비료를 주겠다고 하고요. 하루하루 살아가는 게 비상사태를 계속 겪는 거나 다름없습니다." 운전사가 갓길을 터벅터벅 걸어가는 사람을 향해 경적을 울렸다. "황금사원을 공격한 얘기는 들으셨습니까?"

"그럼요. 그런 일이야 못 들을 수가 없죠." 마넥이 말했다. 내가 무슨 달 나라에라도 갔다 온 줄 아는 건가? 이어진 침묵 속에서 그는 떠나 있는 동안 벌어진 일들에 대해서 잘 모른다는 걸 깨달았다. 뜨거운 사막 공기를 차갑게 만드는 동안 어떤 비극과 희극 들이 전개됐는지 그는 궁금했다.

마넥은 운전사가 계속 말을 할 수 있도록 질문을 했다. "황금사원의 일에 대해서는 어떻게 생각하세요?"

질문을 받자 운전사가 기뻐했다. 차는 뉴델리 교외 근처에서 간선도로를 벗어났다. 바퀴가 뒤집힌 채 다 타버린 차를 지나갔다. "선생님, 기차역으로는 아무래도 돌아가야겠습니다. 몇몇 도로는 피하는 게 낫거든요." 그런 다음 그는 마넥의 질문에 답했다. "총리는 시크교도 테러리스트들이 황금사원 안에 숨었다고 했죠. 군대가 공격한 건 겨우 몇 달 전이었습니다. 하지만 중요한 건 얼마나 오래전에 그 문제가 시작됐느냐 아니겠습니까?"

"그렇죠. 어떻게 된 건가요?"

"총리의 다른 문제들과 마찬가지로 시작됐습니다. 스스로의 흉계 때문에 벌어진 일이죠. 스리랑카, 카슈미르, 아삼, 타밀나두와 마찬가지로 말입니다. 총리는 펀자브의 한 단체가 주 정부에 문제를 일으키는 걸 도왔습니다. 나중에 매우 강력해진 그 단체가 분리 독립과 함께 칼리스탄 수립을 요구하며 싸우자, 그 여자가 곤란해진 거죠. 그 여자가 총과 폭탄을 먼저 용인했고, 결국은 그런 사악하고 폭력적인 수단들이 그 여자의 정부를 공격하기 시작한 거죠. 이럴 때 뭐라고 표현하죠? 자득자업인가요?"

"자업자득." 마넥이 중얼거렸다.

"그렇죠, 자업자득입니다. 그 여자가 군대를 동원해서 황금사원을 공격하고 테러리스트들을 체포하라고 명령하자 문제가 더 심각하게 됐습니다. 탱크와 큰 총 들로 무장하고 폭력단처럼 쳐들어갔죠. 사원이 엄청나게 파괴됐습니다. 시크교도들에게 가장 성스러운 곳을 그렇게 만들어 놨으니 모든 사람들의 마음이 아팠습니다."

운전사가 슬픈 이야기를 침착하게 들려주자 마넥은 가슴이 뭉클했다. 운전사가 말을 이었다. "그 여자가 괴물을 만들어 낸 거죠. 그리고 그 괴물이 그 여자를 집어삼킨 겁니다. 이젠 그 괴물이 죄 없는 사람들을 집어삼키고 있습니다. 사흘 동안 정말 끔찍한 학살이 벌어졌습니다." 운전대를 꽉 쥔 그의 목소리가 떨렸다. "시크교도들에게 석유를 뿌리고 불을 지릅니다. 남자들을 잡아서 수염을 뜯거나 칼로 자르고 나서 죽입니다. 일가족들이 불에 타서 몰살당하기도 하죠."

운전사는 손으로 입을 훔치고 숨을 깊이 들이쉬며 직접 목격한 학살을 계속 설명했다. "선생님, 이 모든 일이 우리나라의 수도에서 벌어지고 있습니다. 그동안에 경찰은 부끄러운 행동을 했고 정치인들은 사람들이 화가 나서 지도자의 죽음에 복수를 하는 것뿐이라고 하니 어쩌겠습니까? 그런 구역질나는 개들에게 저는 이렇게 말하고 싶습니다. 에라이 퉤!" 운전사가 창밖으로 침을 뱉었다.

"그런데 사람들이 총리를 별로 좋아하지 않는 줄 알았는데요. 왜 이렇게들 화를 내는 거죠?"

"선생님 말이 맞습니다. 그 여자가 흰색 사리를 입고 여신처럼 돌아다녔지만 일반인들은 좋아하지 않았습니다. 하지만 그 여자가 사랑을 받았다 하더라도 일반인들이 이렇게 행동하겠습니까? 이건 그 여자의 정당으로부터 돈을 받는 깡패들의 짓입니다. 어떤 장관들은 깡패들을 도와서 시크교도들의 집안과 기업 들의 명단을 제공하고 있죠. 안 그러면 살인자들이 이런 대도시에서 이렇게 효과적으로 정확하게 작업을 할 수가 있겠습니까?"

그들은 연기 나는 잔해와 막돌이 늘어선 거리를 통과했다.

여자와 아이 들이 파편 더미 사이에 멍하게 앉거나 울고 있었다. 마넥은 운전사의 얼굴이 일그러진 게 두려워서일 거라고 생각했다. "걱정 마세요. 내 수염 때문에 문제가 생기지는 않을 테니까. 혹시라도 우리를 멈춰 세우면 내가 파르시 조로아스터교도라는 걸 금방 알 거요. 입고 있는 수드라와 쿠스티를 보여줄 테니까 걱정 마세요."

"알겠습니다. 하지만 그들이 제 면허증을 보자고 할지도 모릅니다."

"그래서요?"

"아직도 모르시겠습니까? 전 시크교도입니다. 이틀 전에 수염과 머리를 깎았습니다. 하지만 아직도 카라를 차고 있습니다." 그가 손목에 찬 철제 팔찌를 들어 보였다.

마넥이 운전사의 얼굴을 유심히 살펴보는 순간 증거가 명백히 드러났다. 면도날에 익숙지 않은 그의 피부가 여러 군데 베여 있었다. 사지 절단, 폭행, 참수, 그리고 깡패들이 뼈를 부러뜨리고 칼로 찌르고 피를 흘리도록 만든 수많은 사건들을 운전사가 설명할 때도 마넥은 침착하게 듣고 있었다. 그러나 면도날에 벤 자국들 때문에 그 모든 것이 갑자기 끔찍한 현실로 다가왔다. 턱과 뺨에 응고된 붉은 핏자국들은 운전사의 면도된 창백한 피부와 너무나 대조적이어서 마치 피의 강물처럼 보였다.

메스꺼워진 마넥의 얼굴에서 한기가 돌고 식은땀이 났다. "나쁜 놈들!" 그는 목이 메었다. "그런 놈들은 다 잡아다가 목을 매달아야죠!"

"진짜 살인범들은 절대 벌을 받지 않을 겁니다. 투표와 권력을 위해서 그들은 인간의 목숨과 장난을 치죠. 지금은 시크교도들 차례일 뿐입니다. 작년에는 이슬람교도들이었죠. 그전에는 불가촉천민들이었고요. 언젠가는 선생님의 수드라와 쿠스티도 안전하지 못할 겁니다."

택시가 기차역에 도착했다. 마넥이 미터기를 확인하고 지갑에서 요금을 두 배로 꺼냈지만, 운전사는 정상 운임만 받고자 했다. "제발, 그러지 말고 받으세요." 그 돈으로 운전사가 불행을 이겨낼 수 있기를 바라는 것처럼 마넥이 계속 고집을 부리자, 운전사가 마침내 승낙했다.

"그런데 카라는 당분간 떼서 숨기는 게 어때요?" 마넥이 제안했다.

"빠지질 않습니다." 운전사가 손목을 들어 올려서 철제 팔찌를 세게 당겼다. "팔찌를 자르려는데, 그러려면 못된 놈들한테 고자질하지 않을 믿을 만한 사람을 찾아야 합니다."

"어디 봅시다." 마넥이 운전사의 손을 꽉 쥐고 카라를 당기고 비틀었다. 엄지손가락 밑 부분에 걸려서 빠지질 않았다.

운전사가 미소를 지었다. "수갑처럼 튼튼하죠. 전 종교에 속박된 행복한 죄수입니다."

"그럼 긴 소매 옷이라도 입어요. 손목을 보이지 않도록 가리면 되니까."

"하지만 방향을 바꿀 때는 손을 내밀어야 합니다. 안 그러면 난폭 운전으로 경찰에 붙잡히거든요."

마넥이 포기하고 카라를 놓았다. 운전사가 두 손으로 마넥의 손을 잡고 꽉 쥐었다. "선생님, 조심해서 가십시오."

마넥을 보자 아반이 울기 시작했다. 다시 만나서 정말 기쁘다며. 그러나 왜 8년씩이나 떨어져 있었는지, 뭐에 화가 난 건지, 집에서 반기지 않는다고 생각한 건지 물으면서 그를 껴안고 볼을 쓰다듬고 머리를 어루만졌다.

"네 턱수염이 맘에 드는구나. 더 잘생겨 보인다." 그녀가 의무적으로 말했다. "우리한테 사진이라도 보내주지 그랬어. 네 아버지가 봤어야 했는데. 그래도 괜찮다. 하늘에서 우릴 지켜보고 계실 테니까."

마넥은 아무 말 없이 듣기만 했다. 오랫동안 객지에 살면서 그는 단 하루도 집과 부모님을 생각지 않은 적이 없었다. 두바이에서 그는 덫에 빠진 느낌이었다. 냉장고를 수리하러 갔다가 만난 젊은 여자에게서처럼 덫에 빠진 듯했다. 그녀는 받기로 한 돈의 유혹을 뿌리치지 못하고 중동에서 하녀로 살았다.

"마넥, 왜 그러니? 여기서 더 이상 살기 싫은 거니? 그런 거야? 이곳이 너무 따분해서 그러니?"

"아뇨, 여긴 아름다운 곳입니다." 그는 멍하니 어머니의 손을 어루만졌다. 그 하녀가 어떻게 됐을지 궁금했다. 쉴 새 없이 혹사당하고 그 집 남자들에게 성추행 당하던 여자는 여권을 빼앗기고 밤에는 방에 갇혀 지냈다. 집주인이 알아듣지 못하도록 그녀는 힌디어로 그에게 도움을 청했다. 그러나 마넥이 대답하기도 전에 그녀는 부엌에서 불려 나갔다. 그런 일에 끼어드는 게 불안해서 그는 인도 영사관에 익명으로 전화 제보만 했을 뿐이다.

그 불쌍한 여자에 비하면 그는 얼마나 행운인가. 그런데 지금 집에까지 와서도 그 여자처럼 무기력한 기분이 드는 이유는 뭘까?

어머니가 눈물을 흘리는 동안 어머니 말에 대답할 게 떠오르길 바랐다. 하지만 어머니에게도, 자신에게도 설명할 수 없었다. 할 수 있는 말이라고는 고작 틀에 박힌 습관적인 변명뿐이었다. 일이 힘들고 스트레스가 많고 시간이 부족하다는, 1년에 한 번 어머니에게 보내던 편지에 썼던 바로 그 공허한 말들을 반복했다.

"아니, 진짜 이유를 말해 보렴. 그래 네가 좀 쉬고 나서 나중에 얘기하자. 불쌍한 네 아버지가 얼마나 널 보고 싶어 했는데. 그런데도 불평 한마디 없으셨단다. 하지만 마음속으로는 그게 아버지를 갉아먹고 있던 거야."

"아버지가 암에 걸린 게 제 탓이라는 건가요?"

"아니다! 그런 말이 아냐! 절대로 그런 뜻이 아냐!" 아들의 얼굴을 두 손으로 쥐고 그가 자신을 믿는다고 확신할 때까지 그녀는 계속해서 부인했다. "그레왈 여단장이 너한테 맞는 직장이 중동에 있다고 한 말에 넘어간 게 생에서 가장 최악의 일이었다고 네 아버지가 언젠가 내게 말했다."

현관에 앉아 있는 동안, 아반이 다음 날 아침에 있을 장례식 절차를 설명했다. 그곳에서는 가장 가깝지만 그래도 상당히 먼 불의 사원에서 사제들이 올 예정이었다. 장례식을 거행할 사제 두 명을 찾느라 애를 먹었다고 했다. 시신을 화장한다는 이유로 대부분의 사제들이 일을 거절했다. 그들은 기차로 얼마나 걸리든 침묵의 탑으로 가는 조로아스터교도들에게만 장례 의식을 거행한다고 했다.

"정말 속 좁은 사람들이지." 그녀가 고개를 가로저으며 말했다. "우리야 네 아버지의 유언이었으니까 화장을 하는 거지만, 시신을 운반할 돈이 없는 사람들은 어떡하겠니? 그런 사람들한테도 기도를 해 줄 수 없다는 건가?"

그녀는 야외에서 화장용 장작을 사용하지는 않을 거라고 설명했다. 그것보다는 깔끔하도록 계곡의 전기 화장장을 예약했다고 했다. 마넥의 아버지가 그 일에 대해서 특별히 언급한 바가 없었으므로 아무 문제 없었다.

그가 사망한 이후로 잡화점은 열지 않았다. 다음 주에 다시 열어서 평소대로 계속 장사할 계획이라고 그녀가 말했다. "혹시 이곳에서 다시 살고 싶은 생각이 있니?" 마넥의 일에 너무 참견하는 것 같아서 그녀가 조심스럽게 물었다.

"그 문제는 아직 생각해 보지 못했습니다."

사위가 어두워지기 시작했다. 그는 돌담에 꼼짝 않고 붙어 있는 도마뱀 한 마리를 지켜봤다. 때때로 도마뱀이 파리를 잡으려고 마른 몸을 쏜살같이 앞으로 내밀었다.

"두바이에서는 행복하니? 일은 재밌어?"

"괜찮아요."

"이야기 좀 더 해 보렴. 지난번 편지에 이제 매니저가 됐다면서."

"관리자요. 중앙 에어컨 시스템 정비팀을 맡고 있습니다."

그녀가 고개를 끄덕였다. "두바이는 어떠냐?"

"괜찮아요." 뭔가 더 할 말을 찾았지만, 그는 두바이에 대해서 잘 몰랐고 알고 싶지도 않았다. 8년 전에 그곳에 도착했을 때와 마찬가지로, 그곳 사람들과 풍습과 언어는 여전히 그에게 낯설었다. 그의 타지 생활은 끝이 없는 듯했다. "큰 호텔들이 많습니다. 그리고 수백 군데의 가게에서 금 장신구, 스테레오, 텔레비전을 팔죠."

그녀는 고개를 끄덕였다. "정말 아름다운 곳이겠구나." 그의 불행이 손으로 만져질 것 같아서 그녀는 괴로웠다. 그녀는 집으로 돌아오는 문제를 다시 꺼낼 기회라고 생각했다. "너도 알겠지만 이제 가게는 네 거다. 돌아와서 가게를 하고 싶으면 현대화시켜도 되고. 네가 하고 싶은 대로 해도 돼. 팔아서 그 돈으로 냉장고와 에어컨 사업을 시작하고 싶으면 그렇게 해도 괜찮아."

그녀의 조심스러운 목소리를 듣자 그는 비참해졌다. 어머니가 아들에게 말하는 것을 두려워하다니, 정말 그가 그토록 무서운 걸까? "그 문제는 아직 생각해 보지 못했습니다."

"시간을 가지고 천천히 생각하렴. 서두를 필요 없다. 네가 원하는 대로 하려무나."

자신을 달래려는 어머니의 노력에 마넥은 움찔했다. 아들의 행동에, 아들의 오랜 부재에, 아들의 게으른 형식적인 편지에 화가 난다고 어머니는 왜 말하지 않는 걸까? 그리고 어머니가 그렇게 말한다면 그는 변명을 할 것인가? 무슨 이유를 대면서 그런 노력들이 무의미하다고 설명할 것인가? 아니, 그런 설명은 하지 않을 것이다. 만약 그렇게 한다면 어머니는 울음을 터트릴 것이고, 그는 바보처럼 굴지 말라고 할 것이며, 어머니는 자세한 이야기를 듣고 싶다고 할 것이고, 그는 자기 일에 간섭하지 말라고 할 것이기 때문이다.

그녀는 화제를 약간 가벼운 쪽으로 돌렸다. "내 생각에는 네가 몇 년 만에 왔으니까, 이참에 친척들을 만나 보는 것도 괜찮을 것 같은데. 외갓집에서 널 굉장히 보고 싶어 한단다."

"너무 멀어요. 시간도 없고요."

"2, 3일도 시간을 못 내니? 또 대학 다닐 때 하숙했던 아주머니한테 인사도 하고 말이야. 널 보면 아주 기뻐할 거다."

"세월이 이렇게 흘렀는데 그 아주머니께서 절 기억하겠어요?"

"기억할 거야. 디나가 아니었다면 네가 수료증을 받았겠니? 대학 기숙사가 싫어서 집으로 그냥 돌아오고 싶어 했던 거 기억나지? 디나 달랄과 그 아파트 덕분에 네가 성공한 거야."

"저도 기억합니다." 어머니가 '성공'이라는 말을 쓰자 그는 진저리가 났다.

땅거미가 내리자 마넥이 지켜보던 도마뱀이 돌담과 합쳐지기 시작했다. 도마뱀이 몸을 움직이자 다시 눈에 띄었다. 도마뱀은 실컷 먹어서 배가 불렀는지 더 이상 파리를 향해 돌진하지 않았다.

"마넥." 그녀는 그가 고개를 돌릴 때까지 기다렸다. "마넥, 왜 그렇게 넌 멀리 있는 거니?" 평소에 어머니는 그런 우둔한 질문을 하지 않았으므로 마넥은 눈을 가늘게 뜨고 그녀의 얼굴을 살폈다. "그거야 제 직장이 두바이에 있기 때문이죠."

"마넥, 내 말은 그런 뜻이 아니야."

그녀의 대답에 그는 겸연쩍었다. 그의 어깨를 부드럽게 만지며 그녀가 말했다. "저녁 식사 준비를 해야겠구나." 아반은 안으로 들어갔다.

어머니의 말소리처럼 조심스런 부엌 소음이 현관까지 들렸다. 솥과 냄비 소리, 그리고 어머니가 뭔가를 썰자 칼이 도마에 연속으로 부딪쳤다. 싱크대에서는 수돗물이 흘렀다. 저녁 한기를 막으려고 어머니가 창문을 닫자 쿵하는 소리와 함께 빗장을 채우는 소리가 들렸다.

의자에 앉아 있던 마넥은 불안하게 꼼지락거렸다. 음식을 만드는 소리, 어스름의 쌀쌀함, 계곡에서 피어나는 안개 등이 그의 혼란스러운 마음에 많은 기억들을 불러일으켰다. 어릴 적 아침에 잠을 깨면 방의 큰 창문 앞에 서서 태양이 뜨고 안개가 춤을 추는 눈 덮인 산 정상들을 바라보노라면, 어머니는 아침을 만들고 아버지는 가게 문 열 준비를 했다. 토스트와 계란 프라이 냄새 때문에 배가 고파진 그는, 온몸에 번지는 오한을 즐기며 차가운 슬리퍼에 따뜻한 발을 밀어 넣고 양치질을 하고 서둘러 아래층으로 내려가 어머니에게 아침 인사로 포옹을 한 후 의자에 파고들었다. 곧, 아버지가 손을 비비며 들어와 큰 컵으로 차를 꿀꺽꿀꺽 마시며 서서 계곡을 내다보고는 자리에 앉아 아침을 먹고 차를 더 마셨다. 그리고 어머니는…….

"마넥, 바깥 날씨가 쌀쌀하다. 스웨터 가져다줄까?"

갑자기 끼어든 말 때문에 기억이 난폭하게 뒤흔들리자, 그의 생각이 카드로 지은 집처럼 무너졌다. "아뇨, 금방 들어갈게요." 마치 시간이 좀 더 있었더라면 행복했던 시절을 되찾아 재구성해서 회복할 수 있었던 것처럼, 그는 방해받은 것에 화가 났다.

도마뱀은 돌과 같은 색으로 위장한 채 여전히 돌담에 붙어 있었다. 마넥은 빛이 완전히 사라져 도마뱀이 보이지 않게 되면 안으로 들어가기로 결심했다. 그는 도마뱀의 모양, 색깔, 못생긴 코가 싫었다. 사악한 혀를 날름거리는 모습과 파리를 삼키는 무자비함도 싫었다. 마치 인간의 노력과 기쁨을 집어삼키는 시간 같았다. 시간은 절대로 외통장군을 당하지 않는 최고 챔피언이다. 시간의 불룩한 배에서 빠져나올 방법은 없었다. 그는 그 끔찍한 놈을 죽이고 싶었다.

그는 현관 구석에 세워져 있던 지팡이를 들고 살금살금 다가가 도마뱀에게 휘둘렀다. 지팡이가 돌담에 부딪쳐 둔탁한 소리를 냈다. 그는 재빨리 뒤로 물러서 발아래 땅을 살피며 여차하면 한 번 더 지팡이를 휘두를 준비를 했다. 그러나 그곳에는 아무것도 없었다. 그는 돌담을 보았다. 아무것도 없었다. 헛방이었다.

그러자 그는 도마뱀을 죽이지 않아서 다행이라고 생각했다. 자신에게 헛것을 상상하도록 만든 도마뱀이 언제 사라진 건지 궁금했다. 그는 벽 표면을 자세히 들여다봤다. 그 자리를 찾으려고 그는 손으로 표면을 더듬었다. 돌담 어딘가에 자신의 눈을 속였던 튀어 나온 곳, 틈새, 혹은 움푹 꺼진 곳 같은 이상한 표시가 있어야 했다.

그러나 그 모양은 자취를 감췄다. 아무리 노력해도 그는 그 모습을 기억할 수가 없었다. 상상의 도마뱀도 진짜 도마뱀처럼 흔적 없이 달아났다.

* * *

화장이 끝난 다음 날 아침, 마넥은 어머니와 함께 나무 상자를 들고 아버지의 뼛가루를 뿌리러 생전에 즐겨 찾던 산중턱으로 출발했다. 파록은 멋진 광경을 볼 수 있도록 가능한 멀리 그리고 넓게 여러 곳에 뿌려 달라고 부탁했다. 필요하다면 셰르파 사람을 고용해도 좋다고 농담하면서 한 곳에다가 버리지 말라고 했다.

"네 아버지가 긴 산책을 가자고 조르시는구나." 뼛가루를 뿌릴 손가락들을 적시지 않으려고 아반이 손등으로 눈물을 훔치며 말했다.

마넥은 아버지를 따서 산책을 더 자주 나가지 못한 게 아쉬웠다. 아버지가 그를 가장 필요로 할 때, 어릴 적에 보였던 기쁨과 열의를 끝까지 간직하지 못한 게 아쉬웠다. 마을 사람들이 개울물, 새들, 꽃들에게 격정을 토로하고, 돌을 쓰다듬고 나무를 어루만지는 아버지의 이상한 행동에 대해서 수군대기 시작하자 마넥은 당황했다.

그날 아침 하늘은 잠잠했다. 뼛가루를 흩날리는 것을 도와 줄 산들바람도 없었다. 마넥과 아반은 차례로 상자 안에 손을 집어넣어 회색 가루를 뿌렸다.

뼛가루를 반쯤 뿌렸을 때 아반이 남편의 유언을 제대로 따르지 못하고 있다며 강렬한 죄의식을 느꼈다. 그녀는 접근하기 힘든 곳으로 가서 뼛가루 한줌을 작은 폭포에 던지고, 닿을 수 없는 야생화 덤불로 흩날리고, 절벽에서 자라는 나무 주위에 뿌렸다.

"여기가 바로 네 아버지가 제일 좋아하셨던 곳이란다. 이 나무에 대해서 자주 얘기하시면서 참 신기하게도 자란다고 하셨지."

"어머니, 조심하세요. 어디다가 뿌리고 싶은지 저한테 말씀하세요. 끄트머리에서 몸을 너무 숙이시면 안 돼요."

남편의 유언을 그대로 따르고 싶었던 그녀는 기어이 가파른 길을 아슬아슬하게 내려갔다. 결국 마넥이 우려했던 일이 현실로 나타났다. 아반이 발을 헛디뎌서 비탈에서 미끄러지고 말았다.

그녀가 웅크리고 무릎을 주무르는 곳으로 마넥이 달려갔다. 그녀가 일어서서 걸으려고 했다. "아아아!"

"움직이지 마세요. 그냥 여기서 기다리세요. 제가 가서 사람들을 불러올게요."

"아니다. 괜찮다. 나 혼자 올라갈 수 있어." 두 발자국을 걷더니 그녀가 다시 땅바닥에 주저앉았다.

뼛가루 상자를 큰 바위 뒤에 안전하게 숨기고, 그는 서둘러 뛰어가 지나가는 사람에게 어머니가 다쳤다고 소리쳤다. 반 시간도 채 되지 않아서 여장부 그레왈 부인이 친구들과 이웃들을 이끌고 구조하러 도착했다.

그레왈 여단장이 죽고 난 이후로 그레왈 부인은 점점 더 강력한 지도력을 발휘했다. 무슨 일을 하든지 그녀는 항상 지도자 역할을 했다. 저녁 파티를 계획하든 소풍을 준비하든 그녀 덕분에 일이 줄어들었으므로 대부분의 친구들도 이를 환영했다.

아반의 상태를 확인한 다음, 그레왈 부인이 5성급 호텔에서 일하는 전직 가마꾼들을 데리러 사람을 보냈다. 옛날에 그들은 산길과 오솔길을 따라서 늙고 허약한 관광객들을 긴 채가 달린 가마에 태우고 경치를 구경시켜 줬다. 관광차들이 지나다닐 만큼 넓은 새 도로가 건설되자 그들은 그 일을 접었다.

그러나 두 사람은 아반을 위해서 기꺼이 창고에서 가마를 꺼냈다. 그들이 오랫동안 호텔 부엌과 식당을 오가는 쉬운 일만 했기 때문에 혹시나 가마를 제대로 들 수 없는 건 아닌지 마넥은 걱정이 됐다.

"선생님, 걱정 마십쇼. 이 일은 조상 대대로 해 오던 일입니다." 비록 잠시 동안이지만 옛날 기술을 다시 사용할 수 있는 기회에 두 사람은 몹시 흥분했다.

"마넥, 여기 남아서 상자에 든 걸 마저 뿌려 주겠니?" 가마에 태워지던 아반이 부탁했다.

"그럼, 마넥이 그렇게 할 거야." 그레왈 부인이 대신 결정했다. "마넥, 뼛가루를 다 뿌리고 나중에 만나자꾸나. 네 어머니는 우리랑 안전하게 있을 테니까."

그레왈 부인이 신호를 보내자 가마꾼들이 가마를 어깨에 올리고 발을 맞춰서 재빨리 걸었다. 그들의 다리와 팔은 기름칠이 잘된 기계처럼 움직이며, 울퉁불퉁한 길 위에서 매끄러운 리듬을 타며 승객이 불필요하게 흔들리지 않도록 만들었다. 마넥은 옛날에 아버지가 아주 가까이서 보여 줬던 증기 기관차가 생각났…… 기차역에서 아버지가 그를 들어 올렸고 기관차 운전사가 경적을 울렸다…… 연결봉, 크랭크, 피스톤이 큰소리로 철커덕거렸고 좌우 대칭을 이루며 쏜살같이 움직이며 달렸다…….

"세상에, 파룩이 이걸 봤어야 했는데." 아반이 웃다가 울면서 말했다. "내가 뼛가루를 뿌리다가 넘어져서 멋지게 가마를 타고 집으로 가는 모습을 봤더라면 파룩이 웃었을 텐데."

가마꾼들이 굽은 길을 돌아서 사라지는 걸 보고 마넥이 큰 바위 뒤에 숨겨 뒀던 상자를 다시 들었다. 그는 뼛가루를 뿌리기 시작했다. 곧, 바람이 일었다. 한가하게 떠다니던 게으른 구름들이 갑자기 하늘을 난폭하게 질주하기 시작했고, 그들의 그림자들이 비를 내릴 듯 아래의 계곡을 위협했다. 그는 뼛가루를 손에서 조금씩 떨어트려 바람이 부는 대로 실려가도록 내버려뒀다. 안을 긁고 상자를 뒤집어 겉을 두드렸다. 마지막 뼛가루들이 광활한 곳으로 날아갔다.

가마꾼들 바로 뒤에서 성큼성큼 걷던 그레왈 부인이 때때로 지시를 내렸다. "조심해, 저쪽 나뭇가지가 아주 낮으니까. 콜라 부인의 머리가 부딪치게 하면 안 돼."

"부인, 걱정 마십시오. 잘 알고 있습니다." 가마꾼들이 숨을 헐떡거렸다.

"흠." 그레왈 부인은 여전히 미심쩍었다. "조심해, 거기 아주 큰 돌이 있어. 넘어질라."

그러자 아반이 가마꾼들을 대신해서 안심시켰다. "걱정 마. 이 사람들은 전문가들이니까. 난 아주 편해."

가마가 산길을 벗어나 도로를 따라서 읍내로 들어서자, 뒤를 따르던 친구들과 이웃들이 가마꾼들에게 박수를 보냈다. 가마가 길거리를 지나가는 것은 참으로 오랜만이었다. 가마를 본 모든 사람들이 기뻐하며 과거의 모습을 환영했다. 많은 사람들이 뒤를 따르자 자발적인 축하 행렬이 점점 길어졌다.

때때로 가마꾼들은 길가에 멈춰 트럭들과 버스들이 먼저 지나가도록 했다. 그렇게 다섯 번을 멈추고 나자 그레왈 부인이 화를 냈다. "말도 안 되는 짓 그만해! 자, 다들 어서 길 한가운데로 나가자고! 이제부터는 절대 비키면 안 돼! 오늘은 콜라 부인에게 통행권이 있어. 오늘은 콜라 부인에게 특별한 날이니까 차들도 기다려야 돼!"

모두들 그레왈 부인에게 동의하고 35분 동안 결연한 태도로 읍내를 영광스럽게 행진하자, 뒤에 늘어선 차들의 성급한 운전사들이 경적을 울리며 고함을 질렀다. 그레왈 부인은 대개 그냥 무시하고 그들의 질 낮은 불협화음에 고상한 말대꾸를 하지 않았다. 그러나 때때로 그녀는 화를 내며 소리쳤다. "예의를 좀 지켜요! 이 여자는 미망인이오!"

한 시간쯤 후에 구조대는 안전하게 집에 도착했고, 아반은 얼음주머니를 무릎에 두르고 안락의자에 편하게 앉았다. 맞은편에는 그레왈 부인이 등이 곧은 의자에 초병처럼 꼿꼿이 앉았다. 그녀는 다른 사람들과 함께 떠나기를 거절하며 단호하게 선언했다. "장례식 다음 날 혼자 남겨둘 순 없어."

아반은 그녀의 태도가 재밌기도 했고 같이 있어 줘서 고맙기도 했다. 그들은 잡화점, 풍요로웠던 옛 시절, 차를 마시고 저녁을 함께 먹던 일, 영국군 병영 시절 등에 관한 추억을 회상했다. 그때는 정말 삶이 훌륭했다. 공기가 정말 상쾌하고 건강에 좋았다. 몸이 아프거나 지치면 그냥 밖으로 나가서 숨을 깊이 들이쉬면 즉시 나았기 때문에 약이나 비타민을 먹을 필요가 없었다. "요즘은 공기가 완전히 변했지." 그레왈 부인이 말했다.

그때 마넥이 들어왔고 어색한 침묵이 흘렀다. 그는 그들이 무슨 얘기를 하던 중인지 궁금했다.

"빨리도 왔구나." 그레왈 부인이 말했다. "하기야 젊은 사람들은 다리가 튼튼하니까. 뼛가루는 잘 처리했니?"

"네. 고맙습니다."

"마넥, 정말 제대로 잘 한 거지?" 아반이 물었다.

"네."

또다시 잠시 침묵이 흘렀다.

"그래 두바이에서는 어떻게 지냈니? 수염 기른 거 말고 말이야." 그레왈 부인이 물었다.

그가 대답 대신에 미소를 지었다.

"비밀이 많구나. 돈은 많이 벌었겠지?"

그가 또 미소를 지었다. 잠시 후, 그레왈 부인은 더 이상 있을 필요가 없겠다면서 일어섰다. "지금부터는 네가 어머니를 잘 보살펴라." 그녀가 의미심장하게 말했다.

마넥은 얼음주머니를 점검하고 점심으로 치즈 샌드위치를 만들겠다고 했다.

"아들이 8년 만에 왔는데 내가 음식을 차려 주지 못하다니." 아반이 한탄했다.

"샌드위치를 누가 만들건 그게 중요한가요?"

아들의 목소리에 담긴 경고에 그녀는 잠시 망설였다가 다시 말했다. "마넥, 화내지 마라. 왜 그렇게 불행해하는지 이유라도 좀 말해 다오."

"할 말이 없습니다."

"아버지가 돌아가셔서 우리 둘 다 슬퍼. 하지만 그것만이 유일한 이유는 아닌 것 같구나. 네 아버지가 대장암이라는 진단이 나왔을 때부터 이런 일은 예상했잖니. 하지만 네가 슬퍼하는 건 뭔가 달라. 난 느낄 수 있단다."

빵을 자르는 그를 지켜보면서 그녀는 기다렸지만, 그의 얼굴에는 아무런 표정도 없었다. "아버지가 살아 계실 때 찾아보지 못해서 그러니? 그렇게 미안해 할 필요 없다. 네가 오기 힘들다는 걸 아버지도 알고 있었으니까."

그는 칼을 내려놓고 돌아섰다. "정말 이유를 알고 싶으세요?"

"그래."

그는 다시 칼을 들고 빵을 조심스럽게 자르며 침착하게 말했다. "어머니와 아버지께서 절 보내셨잖아요. 그래서 전 돌아올 수 없었습니다. 어머니와 아버지께서는 절 잃으셨고, 전 모든 걸 잃었습니다."

그녀는 절뚝거리며 그의 곁으로 걸어가 손을 잡았다. "마넥, 날 봐!" 아반이 눈물을 흘리며 말했다. "네가 생각하는 건 진실이 아니다. 넌 나와 네 아버지에게 전부야! 우리가 한 모든 일은 다 널 위해서였어! 제발 날 믿어다오!"

그는 팔을 살며시 빼고 계속 샌드위치를 만들었다.

"그렇게 상처 주는 말을 하고 어떻게 입을 다물 수가 있니? 넌 항상 아버지가 별것도 아닌 걸 가지고 야단법석을 떤다고 불평했지. 하지만 지금은 네가 꼭 그 모양이구나."

그는 더 이상 그 문제를 거론하고 싶지 않았다. 그녀는 부엌에서 절뚝거리며 그를 따라다니면서 애원했다.

"어머니께서 그런 다리로 계속 걸어 다니시면 제가 샌드위치를 만드는 게 아무런 소용도 없잖습니까?" 그가 화를 내며 말했다.

그가 점심상을 차릴 때까지 그녀는 고분고분하게 앉아 있었다. 식사를 하면서 그녀는 몰래 그의 얼굴을 틈틈이 살폈다. 하늘이 어두컴컴해지기 시작했다. 그는 설거지를 하고 그릇을 말리려고 식기걸이에 올렸다. 우르르 천둥치는 소리가 계곡에 울렸다.

"오늘 아침에는 우리가 운이 좋았구나." 가랑비가 내리기 시작하자 그녀가 말했다. "난 좀 쉬어야겠다. 비가 치면 창문들을 닫아 줄래?"

마넥은 고개를 끄덕이고 아반이 계단을 오르는 걸 도왔다. 기뻐하면서 마넥의 어깨에 기댄 아반은 아들의 단단하고 튼튼한 어깨가 자랑스러워 다리가 아팠지만 웃었다. 어머니를 침대에 눕히고 아래층으로 내려온 마넥은 창가에 서서 번개 치는 모습을 지켜보며 천둥소리를 즐겼다. 두바이에서 그는 비가 그리웠다. 짙은 안개 속으로 계곡이 사라지고 있었다. 그는 집 안을 서성거리다가 가게로 갔다.

그는 선반을 살피며 단지나 상자에 든, 오랫동안 못 보던 물건들을 둘러보았다. 그러나 가게가 너무 작고 초라하다는 생각이 들었다. 한때는 그에게 우주의 중심과 같던 그 가게에서 이제는 너무 멀리 떨어져 있었다. 너무 멀어서 돌아오기가 불가능할 것 같았다. 무엇이 그를 그토록 멀어지도록 만든 건지 궁금했다. 깨끗하고 번쩍번쩍 빛나는 두바이는 분명히 아니었다.

그는 계단을 내려가 청량음료를 채우는 기계가 잠들어 있는 지하실로 갔다. 거미줄들이 패배한 기계를 덮고 있었다. 콜라 가문의 콜라를 찾는 사람들은 최근에 거의 사라졌다고 부모님이 편지에 썼었다. 단지 하루에 여섯 병 정도만 친한 친구들과 이웃들에게 팔린다고 했다.

그는 빈 병과 나무 상자 들 사이를 어슬렁거렸다. 지하실 한쪽 구석에는 포대 꾸러미에 살짝 가려진 썩어가는 신문 더미가 쌓여 있었다. 거친 삼베 포대를 만지자 무는 듯한 감촉이 느껴졌고, 나무와 초목의 강한 푸른 향기가 풍겼다. 10년 전까지 거슬러 올라가는 신문의 날짜들은 마구잡이로 뒤섞여 있었다. 보통은 아버지가 가게에서 물건을 싸거나 포장을 채울 때 신문지를 사용했기 때문에 뭔가 이상하다는 생각이 들었다. 그것들을 빠뜨린 게 틀림없었다.

그는 신문 더미를 위층으로 가져가서 훑어보기도 했다. 옛날 신문을 읽으면서 우울하고 비 내리는 오후를 보내는 것도 괜찮은 방법인 듯했다.

창가 의자에 앉은 그는 맨 위에 놓인 먼지 쌓인 누런 신문을 펼쳤다. 국가비상사태 이후에 벌어진 선거에서 총리가 연립 야당에 패배한 시기였다. 국가비상사태 동안 발생한 권력 남용, 고문 피해자들의 증언, 경찰 구금으로 인한 수많은 사람들이 죽음에 대한 분노 등을 다룬 기사들이 있었다. 총리가 집권할 당시에 침묵을 강요받았던 사설들은 특별위원회를 만들어 범죄를 조사하고 책임자들을 처벌하라고 요구했다.

기사가 반복되자 그는 참을 수 없어서 다음 신문으로 넘어갔다. 전임 총리의 처리 문제에 관한 새 정부의 망설임은 흥미로운 읽을거리는 아니었지만, 각료 한 명을 인용한 기사가 눈에 띄었다. "그 여자는 반드시 벌을 받아야 합니다. 클레오파트라처럼 사악한 끔찍한 여자입니다." 무력한 정부가 유일하게 만장일치를 본 건 비밀 제조법과 경영 이득의 포기를 거부한 코카콜라를 추방한 것이었다. 약간의 책략으로 그러한 행위는 연립 정부의 모든 정파적 이해에 부합했다.

신문을 몇 개 더 넘기자 연립 정부가 끝없는 내분으로 와해되고 선거가 다시 치러졌다. 전임 총리가 전임이라는 딱지를 떼고 권력으로 복귀할 준비를 했다. 그러자 그녀에 대한 공격은 줄어들고 국가비상사태 시절을 연상시키는 비굴한 논조의 사설이 등장했다. 한 언론인은 이렇게 아첨했다. "총리는 도대체 얼마나 많은 신으로 환생할 수 있는가? 그녀의 척추 끝에 똬리를 틀고 잠든 쿤달리니 샤크티의 힘이 이제 깨어나 그녀를 초월로 이끌고 있다." 비꼬는 말이 아니라 긴 찬사의 일부였다.

짜증이 난 마넥은 스포츠 면을 살폈다. 크리켓 경기 사진들과 "제3세계 거지들도 크리켓을 할 줄 안다고 생각하는 모양이다"라는 호주팀 주장의 언급이 실려 있었다. 거지들이 테스트 시리즈에서 호주를 물리치고는 환희에 들끓고 불꽃놀이와 축하연을 벌였다.

그는 더 빠르게 신문을 훑어보았다. 잠시 동안은 사진들이 다 똑같아 보였다. 열차 탈선, 우기의 홍수, 다리 붕괴, 그리고 장관들이 화환을 받고 연설을 하고 자연 재해나 인재를 당한 지역을 방문했다. 그는 창밖의 날씨를 흘끗흘끗 보면서 신문을 넘겼다. 비가 세차게 몰아치고 히말라야 삼목들이 바람에 흔들리고 번개가 쳤다.

그때 신문의 뭔가가 그의 시선을 끌었다. 그는 신문을 다시 넘겼다. 젊은 여자 세 명의 사진이었다. 촐리와 치마를 입은 여자들이 천장 선풍기에 목이 매달려 있었다. 사리의 한쪽 끝은 천장 선풍기 걸쇠에, 다른 쪽 끝은 그들의 목에 감겨 있었다. 그들의 머리는 기울어져 있었다. 팔은 헝겊 인형처럼 축 늘어져 있었다.

함께 실린 기사를 읽으면서도 소름 끼치는 장면을 담은 사진에 계속 눈길이 갔다. 각각 열다섯 살, 열일곱 살, 열아홉 살의 자매들이었는데, 부모가 집을 비운 사이에 목을 매달았다고 했다. 그들은 자살의 이유를 설명하는 유언을 남겼다. 신부 지참금을 마련할 수가 없어서 아버지가 불행하다는 걸 그들은 알았다. 많은 논쟁과 걱정 끝에, 그들은 미혼의 딸들 때문에 부모님이 겪을 수치심을 덜어 주기 위해서 자살을 결심했다고 했다. 그들은 슬퍼할 부모님에게 용서를 구했다. 다른 대안이 없다고 했다.

사진 속에 또렷하게 담긴 속상하고 가엾고 화나는 장면을 마넥은 또다시 응시했다. 세 자매는 실망한 듯이 보였다. 그들은 목을 매달음으로써 뭔가 다른 것을 기대한 듯했다. 죽음 그 이상의 것을 기대했지만 죽음 밖에 없는 걸 발견한 듯한 표정이었다. 그는 그들의 용기에 감탄했다. 사리를 몸에서 풀고 매듭을 만들어 목에 묶는 데 얼마나 많은 용기가 필요했을까? 일단 그러한 행동도 논리로 단장하고 분별력의 무게를 갖추게 되면 쉬웠을지 모른다.

그는 사진에서 눈을 떼고 기사를 마저 읽었다. 세 자매의 부모를 만난 기자는 그들이 너무나 많은 슬픔을 겪었다고 적었다. 국가비상사태 때 그들은 납득할 수 없는 이유로 큰아들을 잃었다. 경찰은 철도 사고라고 주장했지만 부모는 시체 보관소에서 아들의 몸에 난 상처들을 봤다고 했다. 기자는 그 상처들이 고문으로 확인된 다른 사건들과 일치한다고 했다. "또한, 국가비상사태 동안의 정치적 분위기와 그들의 아들 아비나시가 학생회 활동을 했다는 사실로 미루어 볼 때 경찰의 구금으로 인한 또 다른 불법 사망 사고로 보인다."

그 기사는 계속해서 국가비상사태 동안 벌어진 폭력에 관한 의회 위원회 조사에 대해서 언급했지만 마넥은 더 이상 읽지 않았다.

아비나시.

비가 지붕을 세차게 두드리며 창문들을 통해 안으로 들어왔다. 빛바랜 신문을 금을 따라 곱게 접으려고 했지만, 그의 손이 떨려서 신문이 펄럭거리며 무릎 위에서 헝클어졌다. 방 안은 숨이 막힐 듯했다. 그는 가까스로 의자에서 일어났다. 곰팡이가 피고 썩어 가는, 지하실 냄새가 나는 신문이 바스락거리며 바닥으로 떨어졌다. 그는 현관으로 나가 비에 흠뻑 젖은 진한 공기를 깊이 들이쉬었다. 열린 문을 통해 바람이 안으로 불어 들었다. 떨어진 신문지들이 바람에 날려 방 안을 돌아다녔고 커튼이 창문에 부딪쳤다. 그는 문을 닫고 축축한 현관을 몇 번 오가다가 눈물을 쏟으며 빗속으로 걸어 들어갔다.

그의 옷이 금방 흠뻑 젖었다. 젖은 머리카락이 이마에 들러붙었다. 그는 집 주위를 돌았다. 비탈을 내려가 뒤뜰로 갔다가 조금 더 내려가서 반대 방향으로 올라왔다. 장대 빗속에서 집을 절벽에 잡아매고 있는 강철 밧줄들이 보였다. 4대 동안 튼튼하게 지켜 준 충실한 강철 밧줄들이었다. 그러나 그가 떠나 있는 동안에 집은 틀림없이 움직였을 것이다. 마치 자살을 하려는 집 같구나. 아비나시가 했던 말이 떠올랐다. 조금씩, 조금씩. 그러다 결국은 밧줄이 끊어져 집은 언덕 밑으로 곤두박질칠 것이다. 그게 맞는 것 같았다. 모든 것은 의지할 곳을 잃고 미끄러지고 있으며, 돌이킬 수 없게 되니까.

읍내 광장에서, 그는 도로를 거의 뛰다시피 했다. 자신을 응시하는 사람들을 눈치 채지도 못했다. 보이는 것이라고는 오직 그 사진뿐이었다. 가냘픈 목들을 꽉 쥐고 있던 사리 세 개…… 아비나시가 즐겁게 음식을 먹여 주면 재미로 그의 손가락을 깨물었던 어린 여동생들…… 그리고 불쌍한 그의 부모님…… 이 세상은 도대체 무슨 의미가 있는 걸까? 빌어먹을 멍청한 신은 도대체 어디 있는 걸까? 신은 공평함과 불공평함의 개념이 있는 걸까? 신은 간단한 대차 대조표조차도 읽지 못하는 걸까? 마넥이 만났던 하녀, 뉴델리에서 죽은 수천 명의 시크교도들, 그리고 손목에서 빠지지 않는 카라를 차고 있던 불쌍한 택시 운전사에게 생긴 일들을 볼 때, 신이 회사의 경영자였다면 오래전에 해고 됐을 것이다.

마넥은 고개를 들어 하늘을 봤다. 아침에 뿌린 아버지의 뼛가루는 비에 젖어 쓸려 내려갔을 것이다. 그렇게 되면 아무것도 남지 않을 것이고…… 어머니가 완전히 혼자라는 생각이 들자 그는 견디기 힘들었다.

어느새 질퍽하고 미끄러워진 산길을 그는 재빨리 달렸다. 달리다가 미끄러지고 발을 헛디디면서도, 그는 건장하고 자신만만한 아버지가 아들의 어깨에 팔을 올리고 걸었던 여전히 싱싱하고 상쾌하며, 행복하고 고요한 그 장소를 찾고자 했다.

그는 진창을 철벅거리며 뛰다가 미끄러섰다. 재빨리 두 팔을 옆으로 벌려서 쓰러지지 않았다. 그 순간, 계곡이 파괴되어 흉측해지고 숲들이 없어져서 익숙한 세계가 주위에서 사라졌을 때 아버지가 느꼈을 절망감이 느껴졌다. 언덕들이 죽어간다는 아버지의 말이 옳았으며, 언덕들이 영원히 변치 않으며 아버지가 영원히 젊을 것이라고 믿었던 자신이 정말 어리석었음을 깨달았다. 아버지와 제대로 이야기해 볼 수 있었더라면. 아버지와 좀 더 가깝게 지낼 수 있었더라면……

그러나 아버지의 뼛가루는 차갑게 휘몰아치는 빗속에 있을지도 몰랐다. 그는 아침에 나무 상자를 비웠던 곳으로 달려갔다. 숨을 헐떡이면서 그는 어머니가 머물렀던 익숙한 모든 곳에 멈췄지만 회색 가루는 흔적조차 없었다. 숨을 내쉬고 흐느껴 울면서 그는 나뭇잎들을 걷어 내고 돌멩이를 걷어차고 부러진 큰 나뭇가지를 치웠다.

아무것도 없었다. 너무 늦었다. 그는 비틀거리며 무릎을 꿇고 주저앉아 손을 진창에 떨어트렸다. 비가 무자비하게 쏟아졌다. 그는 일어설 수가 없었다. 진흙투성이의 두 손으로 얼굴을 가리고 그는 한없이 울었다.

개 한 마리가 진창을 또닥또닥 가볍게 걸으며 마넥에게 다가왔다. 시끄러운 빗소리 때문에 그는 아무 소리도 듣지 못했다. 개가 더 가까이 다가와 코를 킁킁거렸다. 개의 주둥이가 손에 닿자 깜짝 놀란 마넥이 얼굴에서 두 손을 뗐다. 개가 그의 뺨을 핥았다. 그는 개를 쓰다듬었다. 아버지가 현관에서 먹을 걸 주던 개들 가운데 한 마리일까? 개의 궁둥이 부분에 곪은 종기가 있는 걸 발견하자, 그는 아버지가 똥개들을 치료할 때 쓰던 집에서 만든 연고가 아직도 계산대 아래 선반에 있는지 궁금했다.

빗줄기가 약해졌다. 그는 일어서서 젖은 소매로 얼굴을 훔치고 언덕 중턱을 바라봤다. 구름이 서서히 걷히기 시작하고, 계곡이 안개로부터 조금씩 모습을 드러내기 시작했다.

비가 거의 멈출 때까지 그는 그냥 그곳에 있었다. 이제, 사람의 숨결보다 가는 보슬비가 피부에 느껴졌다. 그는 절벽에서 자라는 나무가 있는 곳으로 갔다. 개가 잠시 따라왔다. 종기 때문에 절뚝거리는 걸로 봐서 뼈까지 감염된 듯했다. 단지 몇 주밖에 살지 못할 불쌍한 개를 보살펴 주고 치료해 줄 사람이 없었다. 아버지가 살아 계시지 않으니 누가 신경 쓰겠는가?

또다시 눈물이 난 그는 집으로 걸어가기 시작했다. 비 때문에 생긴 수많은 작은 개울들이 언덕을 따라 흘러내렸다. 그 때문에 산의 개울물이 불어나고 일시적으로 폭포들이 생겨났다. 내일이면 모든 것이 푸르고 싱싱하게 피어날 것이다. 그는 뼛가루들이 반짝이는 모든 물과 함께 산중턱을 마음대로 여행하는 모습을 상상했다. 아버지는 자신의 소원을 이루었다. 인간의 힘으로 할 수 있는 것보다, 그는 더 철저하고 충분히 골고루 뿌려지고 있었다. 자연의 위대하고 정직한 힘 덕분에 그는 자신이 그토록 사랑했던 곳으로부터 격리되지 않고 모든 곳에 존재하고 있었다.

아반은 카슈미르 숄을 두르고 도로를 응시한 채 초조하게 기다렸다. 마넥이 보이자 그녀는 미친 듯이 손을 흔들었다. 그가 걸음을 재촉했다.

"마넥, 어딜 갔다 오는 거니? 잠에서 깨니까 네가 없어졌어! 비까지 세게 내려서 걱정했다." 그녀가 그의 팔을 잡았다. "이런, 다 젖었잖아! 얼굴하고 옷에는 진흙이 묻었고! 무슨 일이니?"

"아무 일 없어요. 전 괜찮습니다. 산책을 하고 싶었어요." 그가 부드럽게 말했다. "그만 넘어졌습니다." 진흙이 묻은 걸 설명하려고 그가 덧붙여 말했나.

"그런 이상한 짓을 하다니, 꼭 네 아버지 같구나. 아버지도 빗속을 산책하는 걸 좋아하셨지. 어서 가서 옷 갈아입어라. 차를 끓이고 토스트를 만들어 놓으마.” 비는 세월을 돌려놓았다. 그녀에게 마넥은 비에 흠뻑 젖은 무기력한 어린아이였다.

“무릎은 어떠세요?”

“훨씬 낫구나. 얼음주머니가 효과가 있어.”

그는 방으로 올라가서 씻고 옷을 갈아입었다. 아래층으로 내려오자 차가 준비돼 있었다. 아반이 설탕 두 스푼을 그의 차에 넣고, 자신의 차에는 한 스푼을 넣었다. 그의 차는 아버지의 컵에 담겨 있었다. 찻잔을 건네기 전에 그녀가 저어 주었다. “아버지가 항상 부엌을 돌아다니면서 첫 번째 차를 마신 거 기억나지?”

그가 고개를 끄덕였다.

그녀가 미소를 지었다. “내가 제일 바쁠 때 방해를 했었지. 하지만 지난 몇 년 동안은 아버지가 그렇게 하지 않았어. 그냥 와서 조용히 앉으셨지.” 아반은 의자에서 몸을 옆으로 굽혀 마넥의 머리를 손으로 가볍게 만졌다. “이것 봐라. 머리에서 아직도 물이 떨어지는구나.”

그녀는 리넨을 보관하는 벽장에서 작은 수건을 꺼내 와 그의 머리를 말려 주었다. 그녀가 짧고 빠른 손놀림으로 힘껏 닦자 그의 머리가 앞뒤로 움직였다. 그는 그만 하라고 말하고 싶었지만 편안한 기분이 들어서 그냥 내버려뒀다. 그는 두 눈을 감았다. 8년 전 도시에서 옴과 함께 해변에 갔다가 안마사들이 백사장에 앉아 있는 사람들의 머리를 주무르고 비비며 두드리는 장면을 보았다. 멀리서 파도가 부서지고 석양의 부드러운 산들바람이 불었다. 여자들 머리에 묶는 우윳빛 꽃 장식을 파는 노점상들에게서 재스민 향기가 풍겨 왔다.

“친척들을 만나 봐야겠어요. 그리고 디나 아주머니도요.” 아반이 그의 젖은 머리를 힘차게 말리고 있어서 그의 목소리가 이상하게 떨렸다.

"너한테서 재밌는 소리가 나는구나. 말을 하면서 동시에 양치를 하는 것 같다." 그녀가 웃으며 수건을 치웠다. "널 보면 기뻐할 거야. 언제 갈 거니?"

"내일 아침에 가겠습니다."

"내일?" 혹시나 자신에게서 벗어나려는 구실이 아닌지 그녀는 궁금했다. "그러면 여기는 언제 돌아오는 거니?"

"거기서 두바이로 바로 떠나겠습니다. 그게 더 편리하니까요."

아반의 고통스러운 얼굴을 마넥은 모르는 듯했다. 이미 먼 곳으로 떠나고 있는 아들의 말이 그녀의 귀에 잘 들리지 않았다.

"빨리 돌아가서 통보하고 얼마나 빨리 회사에서 저를 놔 줄지 알아 봐야죠."

"그러니까 회사를 그만둔다는 말이니? 그런 다음엔?"

"여기 돌아와서 살 겁니다."

그녀는 숨이 가빴다. "정말 좋은 생각이다." 온 몸으로 밀려드는 감정을 최대한 억제하면서 그녀가 말했다. "가게를 팔아서 네 사업을 시작해도 되고⋯⋯"

"아뇨. 전 가게 때문에 돌아오는 겁니다."

"아버지가 좋아하실 거다."

그는 식탁을 떠나 창가로 갔다. 항상 나쁘게만 끝나는 법은 아니란 걸, 그는 자신에게 증명해 보일 것이다. 먼저, 그는 친구들을 만날 것이다. 행복한 결혼 생활을 하는 옴과 그의 신부. 지금쯤이면 자식도 둘이나 셋쯤은 낳았을 것이다. 아이들의 이름은 뭐라고 지었을까? 사내애면 분명히 나라얀이라고 지었을 것이다. 작은 할아버지가 된 당당한 이시바는 재봉을 하면서 환하게 웃고, 돌아가는 재봉틀 바퀴와 맹렬히 움직이는 바늘에 아이들이 너무 가까이 오면 혼을 내고 주의를 줄 것이다. 그리고 디나 아주머니는 작은 아파트에서 재봉 일을 감독하고 집을 관리하며 부엌에서 바쁘게 지시를 내리겠지.

그는 이 모든 것을 두 눈으로 직접 확인할 것이다. 이 세상에는 많은 불행이 있지만 기쁨 또한 충분하다. 그것을 어디서 찾을 수 있는지 알기만 하면 된다. 곧, 그는 콜라 가문의 콜라와 잡화점을 맡으러 돌아올 것이다. 강철 밧줄들을 새로 손볼 것이다. 집도 새로 단장할 것이다. 그리고 청량 음료를 채우는 기계도 새로 들여올 것이다. 그는 충분히 많은 돈을 모았다.

아반이 창가로 가서 그의 옆에 섰다. 창턱을 꽉 쥔 그의 손마디가 하얗다. 남편처럼 튼튼한 손이었다.

"또 구름이 끼기 시작하네요. 오늘밤에는 비가 더 많이 내릴 거예요."

"그래. 그러면 내일은 모든 게 푸르고 싱싱해지겠지. 아름다운 날이 될 거야."

그는 어머니를 팔로 감싸고, 비록 저녁이었지만 아침 인사를 하듯이 포옹했다. 그녀의 입에서 만족스러운 한숨 소리가 거의 들리지 않게 새어 나왔다. 어깨 위에 올려 진 아들의 손을 그녀는 꽉 단단히, 그리고 따듯하게 쥐었다.

마넥이 32시간 동안 남행 열차를 타고 언덕과 벌판을 지나며 여행하는 동안 비는 줄곧 따라다녔다. 읍내 광장에서 역으로 가는 버스가 진흙 사태로 지연되는 바람에, 그는 하마터면 기차를 놓칠 뻔했다. 해가 떠서 모든 게 푸르고 싱싱해지리라는 어제의 약속은 실현되지 않았고, 비바람은 여전히 몰아쳤다. 목적지에 도착한 마넥이 시끌벅적한 기차역 대합실을 빠져나왔을 때, 도시의 거리는 폭우에 젖어서 빛이 났다.

택시 승차장은 텅 비어 있었다. 물웅덩이들에 둘러싸인 채 그는 보도의 연석에서 택시를 기다렸다. 여행 가방을 땅에 놓을 수가 없어서 그는 다른 손으로 옮겨 쥐었다.

그때 그는 뒤에 있는 보도블록들에서 갈라진 틈을 발견했다. 검붉은 지렁이들이 쏟아져 나와 비에 젖어 매끄러운 보도를 미끄러지듯 기어가고 있었다. 환형동물들이었다. 몇 마리는 행인들의 발에 짓밟혀 있었다. 수십 마리들이 계속해서 기어 나와 죽은 동료들 위를 넘어서 젖은 보도를 미끄러지듯이 움직였다.

그 장면을 지켜보던 마넥에게 어느덧 시간이 거꾸로 돌아가더니 그 분주한 보도가 디나의 욕실로 바뀌었다. 아파트에서 지내던 바로 첫날, 밖에서 디나가 부르는 소리가 들렸고 그는 얼어붙은 채로 구물구물 기어가는 지렁이 떼를 지켜보고 있었다. 나중에 그녀가 얼마나 그를 놀렸던가. 기억이 떠오르자 그는 미소를 지었다. 마지막 낙오자들이 안전한 시궁창을 향해 기어가자 보도블록들 틈에서 지렁이들이 거의 사라졌다.

그는 귀찮았지만 저녁에 외갓집을 방문할 계획이었다. 그러면 내일은 하루 종일 디나 아주머니와 이시바 아저씨 그리고 옴과 함께 지낼 수 있을 것이다.

택시 한 대가 달려와 옆에 섰다. 돈 냄새를 맡은 운전사가 팔을 창밖으로 내걸고 기다렸다.

"그랜드 호텔로 갑시다." 마넥이 차문을 열며 말했다.

씻고 옷을 갈아입은 마넥은 끝없는 애정을 견딜 각오를 하고 외갓집으로 갔다. 그날 저녁 친척들이 그를 맥이라고 부르며 껴안고 어루만지며 대접할 때마다 그는 몸을 움찔거렸다. 마치 애견 콘테스트에서 우승한 듯한 기분이었다.

"네 아버지가 세상을 떠났다는 소식을 듣고 정말 놀랐다. 너무 멀리 떨어져 있으니까 장례식도 못 가보고, 정말 미안하구나."

"괜찮습니다. 이해합니다." 그는 아버지가 외갓집 친척들에 대해서 하던 말이 떠올랐다. 김빠진 청량음료처럼 시들해서 자기들 스스로도 지겨워 죽을 거라고 했다. 결국은 아버지도 거품이 이는 활력을 잃고 말았다.

갑자기 마넥은 답답해졌고 지쳤다. 그곳에 더 있다가는 쓰러질 것 같았다. 그는 일어서서 손을 내밀었다. "다시 뵙게 돼서 정말 반가웠습니다."

"좀 더 있다가 자고 가렴. 그러면 정말 좋을 텐데. 아침에 오믈렛하고 신선한 새우 요리를 먹자꾸나."

그는 단호히 거절했다. "저녁 식사 약속이 있습니다. 그리고 아침 일찍 조찬 모임도 있고요. 지금 호텔로 가 봐야 합니다."

조찬 모임이라는 말에 감동한 친척들이 알았다고 했다. 그들은 또 놀러오라는 말과 함께 축복과 행운을 빌며 그를 배웅했다. "너무 오랫동안 보고 싶게 하지 말고, 알았지?" 그들이 말했다.

호텔로 돌아가는 길에 그는 항공사 사무실에 들러서 예약을 확인했다. "모레로 예약 확인됐습니다. 출발 시각은 밤 11시 35분입니다. 아홉 시 전까지는 공항에 도착하셔야 합니다."

"고맙습니다."

그랜드 호텔 식당에서 그는 양고기 브리야니 볶음밥을 먹었다. 그러고는 로비에서 신문을 잠시 보다가 열쇠를 받아서 방으로 갔다. 이시바 아저씨와 옴이 행방불명됐을 때 디나 아주머니와 함께 밤늦게까지 오레보아 수출 회사에 납품할 옷을 만들던 정말 힘들었던 그 시절을 생각하다 가 그는 잠이 들었다.

* * *

보수공사 때문에 건물을 알아볼 수 없자 마넥은 잠시 주소를 잘못 찾아 온 게 아닌지 궁금했다. 계단에는 대리석이 깔리고 경비원이 있었고 현관 벽은 번쩍이는 화강암 처리가 돼 있었으며, 아파트마다 에어컨이 달리고 옥상에는 정원이 있었다. 싸구려 건물이 고급 아파트로 탈바꿈했다.

그는 출입구에 있는 거주자 이름들을 확인했다. 빌어먹을 집주인이 끝 내 디나 아주머니를 쫓아내고 말았다. 결국 나쁘게 끝나고 말았다. 그렇 다면 재봉사들은 어떻게 된 걸까? 지금은 어디서 일하는 걸까?

햇볕이 내리쬐는 밖으로 나온 그는 또다시 깊은 좌절감을 느꼈다. 디 나 아주머니는 재봉사들이 어디 있는지 알고 있을지 모른다. 그녀가 갈 만한 곳은 한 군데 밖에 없다. 바로 그녀의 오빠 누스완의 집이다. 하지만 마넥은 집주소를 몰랐다. 무슨 상관이람? 그를 보면 그녀가 기뻐하기나 할까? 그는 전화번호부를 뒤져보기로 했다. 그런데 성이 뭐였더라?

그는 디나의 결혼 전 이름을 떠올리려고 재빨리 기억을 더듬었다. 그 녀가 딱 한 번 그 이름을 말했던 적이 있었다. 오래전 어느 날 저녁, 이시 바와 옴, 마넥이 함께 그녀의 인생 이야기를 들었다. 저녁 식사를 마치고 이불을 무릎에 올려놓고 헝겊 조각을 바느질로 붙이고 있었다. 후회하면 서 과거를 돌아보지 않는다고, 학교를 다닐 때 밝은 미래를 놓친…… 아 니 빼앗겨 버린 것에 관한 이야기를 들려주었다. 그리고 학창시절 이름 이 디나 쉬로프라고 했다.

그는 약국에 들러서 전화번호부를 살폈다. 쉬로프라는 성을 가진 사람이 몇 명 있었지만 누스완 쉬로프는 단 한 명뿐이었다. 그는 주소를 적었다. 점원이 멀지 않다고 했다. 그는 걸어가기로 했다.

옛날에 살던 동네를 벗어나자 길이 낯설었다. 마넥은 연장을 자루에 담고 보도의 연석 옆에 앉아 있는 목수에게 길을 물었다. 목수의 엄지손가락에 큰 붕대가 감겨 있었다. 그는 크리켓 구장을 지나 다음 교차로에서 오른쪽으로 가라고 했다.

크리켓 경기는 열리지 않았지만 운동장 한쪽 끝에 큰 천막이 차려져 있었다. 궁금해 하는 사람들이 천막 주위를 에워싸고 안을 들여다보고 있었다. 입구 위의 간판에 성스러운 대머리 바바를 찾아온 모든 사람들을 환영합니다. 아침 10시부터 오후 4시까지 상담 가능. 일요일과 은행 공휴일에도 일함이라고 쓰여 있었다.

마넥은 정말 열심히 일하는 점쟁이가 틀림없다고 생각했다. 그의 주특기가 무엇일지 궁금했다. 아무것도 아닌 것에서 금시계를 만들어 낼까? 동상의 눈에서 눈물이 흐르게 할까? 아니면 여성의 유방 사이에서 장미 꽃잎을 끄집어낼까?

이름을 보아하니 헤어스타일에 뭔가 속임수가 있는 듯했다. 그는 입구에 있는 사람에게 물었다. "대머리 바바가 누구죠?"

"대머리 바바께서는 매우 성스러운 분이십니다." 안내원이 말했다. "히말라야에 있는 동굴에서 오랫동안 도를 닦고 돌아오셨습니다."

"여기서 뭘 하는 거죠?"

"아주 특별하고 거룩한 능력을 지니셨습니다. 사람들이 알고 싶어 하는 모든 걸 알려 주시죠. 당신의 머리털을 대머리 바바께서 성스러운 손가락으로 10초 동안만 잡고 있으면 됩니다."

"돈은 얼마나 내야 되죠?"

"대머리 바바께서는 돈을 받지 않습니다." 안내원이 화를 내며 말했다. 그러나 사근사근하게 웃으면서 그가 덧붙여 말했다. "대머리 바바 재단에서는 기부금을 환영합니다. 액수에 상관하지 않습니다."

호기심이 생긴 마녁은 안으로 들어갔다. 옴이 욕하곤 하던 도시의 사기꾼이 최근에는 어떤 식으로 사람들을 속이고 있는지 잠시 보기로 했다. 재봉사들에게 들려주면 재밌어 할 것이다. 8년 후에 함께 웃을 거리가 생길 것이다.

천막 안에 있는 사람들의 수는 바깥보다 적었다. 매우 성스럽다는 대머리 바바가 앉아 있는 칸막이 근처에서 사람들이 기다리고 있었다. 마녁은 한 사람당 10초 간격으로 상담을 하니까 오래 걸리지는 않을 거라고 생각했다. 점쟁이의 상담을 위한 공장 작업 줄 같았다.

그는 줄을 섰고, 곧 차례가 왔다. 칸막이 뒤에서 사프란색 도복을 걸치고 앉아 있는 남자는 대머리에 면도를 깨끗이 한 모습이었다. 심지어 눈썹과 속눈썹도 깨끗이 뽑았다. 그의 얼굴에는 터럭하나 찾아 볼 수 없고, 도복 밖으로 드러난 피부도 마찬가지였다.

얼굴이 기괴하게 매끄럽고 빛이 났지만 마녁은 그가 누군지 알아봤다. "당신은 머리털 수집가 라자람 씨 아닙니까!"

"뭐?" 대머리 바바가 깜짝 놀라서 움찔하더니 성인답지 않게 소리를 내질렀다. 곧 평정을 되찾은 그는 머리를 쳐들고 손을 우아하게 움직이며 미사여구를 나열해가며 큰소리로 말했다. "머리털을 수집하던 라자람은 이 세상을 떠났고, 그의 기쁨과 슬픔, 그의 선과 악도 이 세상을 떠났느니라. 왜냐고? 대머리 바바로 환생해서 보잘것없는 재능으로 인류를 영생으로 이끌기 위함이니라."

그러한 선언을 마치자 그의 과장된 행동이 끝났다. 그는 머리를 갸우뚱거리며 정상적인 목소리로 물었다. "그런데 당신은 누구요?"

"이시바 아저씨와 옴 알죠? 머리털이 많던 당신의 전생에 돈을 빌려 주던 재봉사들 기억나요? 난 그들과 함께 같은 아파트에 살았습니다." 그가 생각하는 동안 마넥이 덧붙여 말했다. "수염 때문에 날 알아보지 못하는 모양이군요."

"절대 그렇지 않소. 이 세상의 어떤 머리모양이나 수염도 대머리 바바를 속일 순 없으니까." 그가 거만하게 말했다. "자, 나한테 묻고 싶은 게 뭐요?"

"지금 농담하는 거죠?"

"무슨 소리야. 못 믿겠다면 시험해 봐. 자, 어서 물어봐. 직장, 건강, 결혼 전망, 아내, 자식, 그리고 교육, 아무 거나 다 물어 봐. 대답해 줄 테니까."

"나에겐 이미 답이 있어요. 난 질문을 찾는 중입니다."

그런 종류의 수수께끼 같은 말은 자신의 전문 분야였으므로, 대머리 바바는 마넥을 흘겨보면서 반들반들한 얼굴에 살며시 짜증을 드러냈다. 그러나 그는 불쾌함을 애써 감추고 깨달음을 위해서 필수적인 미소를 지었다.

"다시 생각해 보니 질문이 하나 있군요. 당신처럼 대머리들은 어떻게 도와주죠?" 마넥이 물었다.

"그건 작은 장애일 뿐이지. 대머리 바바 재단에서는 우편 요금과 기타 취급 요금만 받고 실비로 특별 발모제를 판매하오. 희귀한 히말라야 약초로 만들어서 마술 같은 효과가 있어. 몇 주 후면 대머리가 머리털로 가득해 지지. 그 사람이 여기를 방문하면 내가 새로 자란 머리털을 잡고 명상을 하면서 질문에 대답을 하오."

"머리털을 수집하려고 자르고 싶은 기분은 안 드나요?"

대머리 바바가 격노했다. "그건 다른 삶, 다른 사람이야. 그건 다 끝났다니까. 이해가 안 되나?"

"그렇군요. 그런데 동굴에서 돌아온 후로 이시바 아저씨와 옴은 만나봤나요? 재봉사들이 당신한테 질문이 많을 텐데요."

"대머리 바바는 누구를 방문할 여유가 없어. 여기 이곳에서 꼼짝 않고 사람들을 만나야 하니까."

"알겠습니다. 그렇다면 내가 이렇게 시간을 낭비하도록 하면 안 되겠군요. 밖에 수천 명이 기다리고 있으니까요."

"만족의 기쁨을 곧 찾기를 바라오." 대머리 바바가 한 손을 들어 신비롭게 작별 인사를 했다. 그의 눈은 여전히 매우 화가 나 있었다.

마넥은 내일 아침에 옴과 이시바를 데리고 다시 오기로 했다. 공항으로는 밤에 출발하면 된다. 굉장한 농담거리일 뿐만 아니라, 대머리 바바의 거만함을 꺾는 건 아주 재밌을 것이다. 그의 콧대를 꺾어서 과거를 돌아보도록 만들 것이다.

큰 천막 뒤로 난 출구에서는 한 남자가 편지지와 봉투 들이 쌓인 불안정한 책상에 앉아서 뭔가를 쓰고 있었다. 마넥이 어디선가 만난 듯한 남자를 눈을 크게 뜨고 빤히 보았다. 그때 남자의 셔츠 주머니에서 펜과 볼펜 들로 가득한 플라스틱 통이 보였다. 곧 기차 여행을 함께 했던 목이 쉰 사람이었음을 알아챘다.

"실례합니다만, 혹시 원고 교정하는 분 아니신가요?"

"옛날에 그랬죠. 바산트라오 발믹이라고 합니다. 무엇을 도아 드릴까요?"

"수염 때문에 절 기억 못하시는 모양이군요. 오래전에 제가 학생일 때, 선생님이 목에 문제가 있어서 특별 치료를 받으러 여행할 때 기차를 함께 탔습니다."

"더 말 안 해도 알겠소." 바산트라오는 매우 기뻐하며 웃었다. "당연히 기억하지. 단 한 번도 잊은 적이 없소. 그때 우리가 함께 여행하면서 얼마나 많은 이야기를 했소." 그가 낄낄 웃으며 펜의 뚜껑을 닫았다. "이야기를 잘 듣는 사람을 찾기란 하늘에 별 따기죠. 낯선 사람이 인생을 이야기하면 대부분 불안해하거든요. 하지만 당신은 정말 열심히 들었죠."

"별말씀을요, 오히려 제가 즐거웠는걸요. 덕분에 기차 여행이 지루하지 않았죠. 게다가 선생님 인생 이야기가 재밌잖습니까."

"정말 고맙소. 왜 그런지 비밀을 가르쳐 줄까요? 재미없는 인생이란 없는 법이오."

"그럼 제 얘기 한 번 들어 보실래요?"

"그거 좋죠. 언젠가 무삭제로 완전하게 모든 이야기를 해 주시오. 꼭 그래야 해요. 시간을 따로 잡아서 만납시다. 아주 중요한 일이니까."

마넥이 미소를 지었다. "그게 왜 중요하죠?"

바산트라오의 눈이 동그래졌다. "정말 몰라서 묻는 거요? 인생 이야기를 하면 자신이 어떤 사람인지 알 수 있게 도와주니까 매우 중요한 겁니다. 그래야 항상 변화하는 세계에서 자신을 잃지 않고 앞으로 나갈 수 있죠."

그가 말을 멈추고 펜이 든 호주머니를 만졌다. "난 내 모든 이야기를 두 번이나 할 수 있었으니 정말 복 받은 거죠. 처음은 기차에서 당신에게 했고, 두 번째는 법원 구내에서 한 친절한 아주머니에게 했죠. 그것도 벌써 오래전이군요. 이야기를 들어줄 사람을 애타게 찾고 있는 중이오. 이야기를 함께 나누면 모든 걸 보상받을 수 있으니까요."

"어떻게요?"

"나도 정확하게는 모르겠소. 하지만 여기서 느낌이 오죠." 그는 다시 손을 셔츠 호주머니에 갖다 댔다.

그걸 펜으로 느낀다는 말인가? 그때 마넥은 그가 가슴을 가리키고 있음을 깨달았다. "요즘은 무슨 일을 하시는 겁니까?"

"대머리 바바의 통신 판매를 담당하고 있소. 우편으로도 점을 보거든요. 사람들이 머리카락을 잘라서 보내죠. 난 봉투를 열고 머리카락은 버리고 수표를 현금으로 바꾸는 일과 질문에 대한 답장을 쓰죠."

"재밌으세요?"

"아주 재밌소. 영역이 무한하니까요. 에세이 형식, 산문시, 시적인 산문, 격언 같은 다양한 방법으로 답장을 쓸 수가 있죠." 그는 펜들이 든 호주머니를 어루만지며 말을 이었다. "이 작고 귀여운 녀석들한테서 문장이 술술 나와서 소설을 쓰다 보면, 그게 수취인들의 슬픈 현실보다 더 사실적이게 되죠."

"다시 만나 뵙게 돼서 반가웠습니다."

"그럼 언제 또 만나겠소? 나한테 당신 이야기를 꼭 해 줘야 해요."

"아마, 내일요. 대머리 바바의 친구 두 명을 여기로 데려올 계획입니다."

"좋소. 잘됐군요. 그럼 곧 다시 봅시다."

출구에서 안내원이 잔돈이 담긴 놋쇠 그릇을 내밀었다. "액수에 상관없이 기부를 환영합니다."

마넥은 동전 몇 개를 던져 넣으며 충분한 가치가 있있다고 생각했다.

마넥이 초인종을 울렸고 문이 열리는 데는 얼마간의 시간이 걸렸다. 나뭇가지처럼 팔목이 얇은 여자는 8년 전에 마넥이 마지막으로 봤던 디나 아주머니와 전혀 닮지 않았다. 8년이라는 세월이 영향을 끼쳤겠지만, 그건 치러야 될 희생 그 이상이었다. 완전히 날강도 같은 짓이었다.

"무슨 일이죠?" 그녀가 몸을 앞으로 숙이며 물었다. 그녀의 두 눈은 마넥이 기억하는 것보다 두 배나 더 두꺼운 안경 렌즈 뒤에 묻혀 있었다. 흰머리가 검은 머리를 완전히 압도했다.

"디나 아주머니." 그는 목이 메어서 말을 제대로 할 수가 없었다. "마넥입니다."

"뭐라고?"

"아주머니 하숙생이었던 마넥 콜라입니다."

"마넥?"

"제가 수염을 길러서 알아보지 못하시는군요."

그녀가 더 가까이 왔다. "그렇군. 턱수염을 길렀구먼."

그는 그녀의 목소리가 차갑게 느껴졌다. 뭔가 다른 걸 기대했다니 어리석었다. "아주머니 아파트에 갔는데…… 아주머니께서 안 계시더군요."

"당연하지. 이젠 거기 살지 않으니까."

"디나 아주머니를 다시 뵙고 싶었습니다. 그리고 재봉사들도……"

"더 이상 재봉사들은 없다. 안으로 들어와." 문을 닫고 그녀는 벽과 가구를 짚으며 어두운 복도를 조심스럽게 작은 걸음으로 앞장서 걸었다.

"앉아." 거실에 이르자 그녀가 말했다. "갑자기 나타났구나. 난데없이."

그녀의 비난에 마넥은 고개를 끄덕였다. 변명의 여지가 없었다.

"그 수염은 밀어 버려야겠다. 꼭 화장실에서 쓰는 솔 같구나."

그가 웃자 그녀도 살짝 웃었다. 그녀의 맑은 웃음소리를 들은 마넥은 안심했지만, 차가운 분위기를 없애기에는 충분치 못했다. 그들이 앉은 거실은 고급스러웠다. 귀한 고가구, 진열장의 골동품 도자기, 그리고 벽에는 아름다운 페르시아 비단 카펫이 걸려 있었다.

"디나 아주머니께서 다음번에 절 보시면 턱수염이 꼭 없어져 있을 겁니다. 약속드릴게요."

"그러면 널 더 빨리 알아볼 수 있겠구나." 그녀는 머리핀을 힘겹게 밑으로 눌렀다. "눈이 이제 정말 나빠. 네가 억지로 먹인 당근도 다 쓸모없더라. 이제 아무것도 소용없어."

그가 살짝 웃었지만 그녀는 웃지 않았다.

"넌 정말 오랜만에 왔구나. 몇 년 만 더 있다가 왔더라면 널 아예 볼 수도 없었을 거다. 지금도 거실에 있는 네가 그림자처럼 보여."

"중동에서 일하느라 멀리 있었습니다."

"그래, 거긴 어떠냐?"

"거긴…… 거기는 공허합니다."

"공허하다고?"

"공허합니다…… 사막처럼요."

"하지만 거긴 사막의 나라잖아." 그녀가 잠시 말을 멈췄다. "넌 거기서 나한테 편지도 안 썼지."

"죄송합니다. 하지만 편지는 아무한테도 쓰지 않았어요. 너무…… 너무 부질없는 짓 같아서요."

"맞아. 부질없지. 어쨌든 내 주소도 바뀌있으니까."

"아파트는 어떻게 된 거죠?"

그녀가 설명했다.

마넥이 몸을 앞으로 숙이고 속삭였다. "여기서는 잘 지내세요? 누스완이 잘해 주나요?" 그는 목소리를 더 낮추고 덧붙여 물었다. "먹을 건 충분히 줍니까?"

"작은 목소리로 말할 필요 없어. 집에는 우리 둘밖에 없으니까." 그녀는 안경을 벗어서 치마 끝으로 닦고 다시 썼다. "음식은 먹기 싫을 정도로 많아."

마넥이 몸을 거북하게 움직였다. "그런데 이시바 아저씨와 옴은 어떻게 됐죠? 지금은 어디서 일하나요?"

"일하지 않아."

"그러면 어떻게 먹고 살아요? 옴은 아내에다가 애들까지 있을 텐데요."

"아내도 없고 애들도 없어. 재봉사들은 거지가 됐다."

"네? 아주머니, 뭐라고요?"

"지금 둘 다 거지가 됐다고."

"그럴 리가요! 말도 안 돼요! 제 말은 염치없이 어떻게 구걸을 하냐는 거죠? 재봉 일이 아니면 다른 일을 할 수도 있잖아요. 그러니까……"

"제대로 알지도 못하면서 그 사람들을 판단하겠다는 거냐?" 그녀가 그의 말을 가로막았다.

그녀의 날카로운 말에 그는 감정을 가라앉혀야 했다. "무슨 일이 있었는지 말씀해 주십시오."

그녀의 설명을 듣는 동안 칼날 같은 한기가 그의 내장을 후벼 팠다. 유리를 앞에 댄 장식장에 놓인 거실의 작은 조각상처럼, 그는 얼어붙은 채 앉아 있었다.

그녀가 이야기를 마칠 때쯤에도 그는 여전히 꼼짝하지 않았다. 그녀가 몸을 앞으로 숙여 그의 무릎을 흔들었다. "듣고 있니?"

그는 고개를 살짝 끄덕였다. 그러자 그 미세한 움직임을 보지 못했던 그녀가 화를 내며 다시 물었다. "듣고 있니? 아니면 내가 시간만 낭비한 거니?"

이번에는 마넥이 입을 열었다. "네, 아주머니. 듣고 있습니다." 목소리에 힘이 없었다.

그의 얼굴처럼 공허한 목소리라고 그녀는 생각했다. "그 사람들을 봐도 넌 못 알아 볼 거다. 이시바 씨는 다리가 없을 뿐 아니라 온 몸이 줄어들었고, 옴은 뚱뚱해졌거든. 거세의 부작용 중에 하나지."

"그렇군요."

"우리가 함께 요리했던 거 기억나니?"

그가 고개를 끄덕였다.

"새끼고양이들도 생각나?"

그가 다시 고개를 끄덕였다.

그녀는 다시 한 번 그가 제대로 반응을 하도록 만들고 싶었다. "지금이 몇 시니?"

"12시 30분입니다."

"바쁘지 않으면 이시바 씨와 옴을 만날 수 있을 게다. 한 시에 여기로 오거든."

그의 목소리에 다시 감정이 살아났지만, 그녀가 기대했던 종류의 것은 아니었다. "죄송합니다. 그만 가 봐야겠습니다." 그가 서둘러 내뱉은 거절의 말에는 공포감이 배어 있었다. "내일 비행기가 떠나기 전에…… 할 일이 너무 많아서요. 공항에 가기 전에 외갓집도 가야 되고 쇼핑도 해야 해서요. 다음번에 오면 그때 볼 수 있을지도 모르겠네요."

"그래, 다음번에 보려무나. 다음번에는 우리 모두 널 기다리고 있으마."

그들은 일어서서 복도를 걸었다. "잠깐만." 현관문에 도착하자 그녀가 말했다. "너한테 줄 게 있다."

조심스럽게 작은 걸음으로 그녀가 돌아왔다. "네가 아파트에 이걸 두고 갔더구나."

아비나시의 체스 세트였다.

"고맙습니다." 그의 몸이 흔들렸지만 목소리는 침착했다. 그는 체스판과 고동색 합판 상자를 받으려고 손을 내밀었다. 그때 그가 말했다. "사실 전 이거 필요 없습니다. 아주머니가 가지세요."

"내가 이걸 가지고 뭘 하라고?"

"다른 사람 주세요…… 조카들한테 주세요."

"크세르크세스와 자리르는 체스를 안 해. 둘 다 아주 바쁘거든."

마넥이 고개를 끄덕였다. "고맙습니다."

"천만에."

망설이던 그는 두 손으로 상자를 이리저리 돌리다가 모서리를 어루만졌다. "그럼 아주머니, 안녕히 계십시오."

그녀는 조용히 고개를 끄덕였다. 그는 몸을 앞으로 숙이고 그녀의 뺨에 재빨리 가볍게 입을 맞췄다. 손을 흔들 것처럼 살짝 들어 올리더니 그녀는 뒤로 물러서서 현관문을 닫기 시작했다. 그는 돌아서서 서둘러 자갈이 깔린 마당 통로를 걸었다.

문이 닫히는 소리를 듣고 그는 멈췄다. 마당 통로 끝의 나무 밑이었다. 새 한 마리가 나무에서 노래하고 있었다. 그는 손에 들고 있던 체스판과 상자를 응시하며 새의 노랫소리를 들었다. 뭔가가 머리에 떨어지자 그는 두 번째 새똥을 피하려고 재빨리 옆으로 비켜섰다. 손가락에 끈적끈적한 오물이 만져졌다. 그는 나뭇잎으로 머리를 닦고 위를 올려다봤다. 노래하던 새는 날아가고 까마귀 한 마리가 있었다. 누구의 똥이 머리에 떨어진 건지 그는 궁금했다. 아버지는 평범한 까마귀의 똥이 비범한 행운을 가져다준다고 말하곤 했다.

그는 손목시계를 흘긋 보았다. 12시 40분이었다. 이시바와 옴이 곧 도착할 것이다. 그곳에 몇 분만 더 있으면 그들을 볼 수 있을 것이다. 그리고 그들도 그를 보게 될 것이다. 하지만 무슨 말을 할 수 있을까?

집 밖의 조용한 거리로 나와 그는 보도를 어슬렁거렸다. 거리 끝까지 걸어갔다가 다시 디나의 집으로 돌아왔다. 그러기를 몇 번 반복했을 때 그는 거지 두 명이 큰길에서 모퉁이를 도는 걸 봤다.

한 명은 바퀴가 달린 낮은 손수레에 구부정하게 앉아 있었다. 그는 다리가 없었다. 나머지 한 명은 밧줄을 어깨에 메고 손수레를 끌고 있었다. 마치 너무 커서 안을 덧댄 옷처럼, 그의 부푼 살이 어색하게 몸에 붙어 있었다. 그의 겨드랑이에는 찢어진 우산이 들려 있었다.

뭐라고 해야 할까? 마넥은 자신에게 절망적으로 물었다.

거리가 가까워지자, 손수레에 앉은 사람이 깡통에 든 동전들을 흔들었다. "아이고, 선생님, 1파이사만 주십시오!" 그는 부끄러워하면서도 올려다보며 구걸을 했다.

이시바 아저씨, 저 마넥입니다! 저 모르시겠어요! 그 말들은 머릿속을 부질없이 맴돌 뿐 출구를 찾을 수가 없었다. 뭐라고 말을 해! 뭐라고 말을 하란 말이야! 그는 자신에게 명령했다.

손수레를 끌던 거지도 구걸을 했다. "아이고, 선생님, 1파이사만 주십시오!" 그의 목소리는 크고 도전적이었으며, 똑바로 바라보는 얼굴 표정은 조롱하는 듯했다. 뭔가를 기대하며 멈춘 그들은 손을 내밀고 깡통을 흔들었다.

옴! 시큼한 라임 열매를 씹은 저 표정! 날 잊은 거니!

그러나 그의 사랑과 슬픔과 희망의 말들은 돌덩이처럼 벙어리였다.

다리가 없는 거지가 기침을 하며 침을 내뱉었다. 마넥이 가래침을 흘긋 봤다. 피로 물들어 있었다. 손수레가 옆을 지나갈 때 마넥은 이시바가 앉아 있는 쿠션을 보았다. 아니, 쿠션이 아니었다. 쿠션의 크기로 접힌 더럽고 너덜너덜한 것이었다. 헝겊 조각들을 모아서 만든 이불이었다.

잠깐만, 잠깐만 기다리라고 그는 소리쳐 부르고 싶었다. 서둘러 쫓아가 그들과 함께 디나 아주머니에게 가서 마음이 바뀌었다고 말하고 싶었다.

그러나 그는 그냥 서 있었다. 두 사람은 자갈이 깔린 마당 통로로 사라졌다. 고르지 못한 자갈들 위로 바퀴가 덜걱거리는 소리가 들렸다. 그 소리가 사라지자 마넥은 가던 길을 계속 갔다.

크리켓 구장을 지나고, 대머리 바바의 큰 천막을 지나고, 보도의 연석 옆에 앉아 있는 목수를 지나서, 마넥은 익숙한 환경이 나올 때까지 재빨리 걸었다. 비쉬람 채식주의 식당의 새 네온사인이 보였다. 양 옆에 있던 가게들을 집어삼키고 확장됐으며 대낮에도 간판의 불이 윙윙거리며 쓸데없이 깜빡이는 걸 보면 식당은 번창하는 듯했다. 네온사인 밑의 작은 간판에는 '에어컨이 가동 중이니 편하게 먹고 마시며 즐기세요'라고 쓰여 있었다.

그가 안으로 들어서자 유리를 덮은 반들반들한 테이블로 안내했다. 유니폼을 말쑥하게 차려입은 웨이터가 광택지로 만든 큰 메뉴판을 들고 나타났다. 마넥은 옆에 있는 빈 의자에 체스 세트를 내려놓고 커피를 주문했다.

점심시간이라서 식당은 분주했다. 웨이터가 물 잔을 들고 서둘러 돌아왔다. "선생님, 신선한 커피를 만들고 있습니다. 2분만 기다려 주십시오."

마넥은 고개를 끄덕였다. 계산대 뒤에 높은 선반의 확성기에서 흘러나오는 지루한 기악 연주는 식당의 부산함 때문에 제대로 들리지 않았다. 주위에서는 부시 셔츠, 넥타이, 양복저고리를 입은 사무직원들이 나이프와 포크를 덜걱거리며 열심히 식사를 하면서 열띤 대화를 나누고 있었다. 사무실, 경영진의 배신과 물가 상승 수당, 예산과 진급 등에 관한 이야기였다. 옛날에 그 식당에서 식사를 하던 가난한 사람들과 땀투성이의 노동자들과는 전혀 다른 새로운 고객들이었다.

커피가 도착했다. 마넥은 설탕을 넣고 충분히 저은 다음 한 모금 마셨다. 웨이터가 근처에 있다가 곧장 다가왔다. "선생님, 커피 맛이 괜찮으십니까?"

"네, 고맙소."

웨이터는 소금통과 후추통을 점검하고 재떨이를 힘차게 닦았다. "선생님, 총리의 아들이 그 자리를 물려받았습니다. 훌륭한 통치자가 될 것 같습니까?"

"누가 알겠소. 지켜보는 수밖에요."

"맞습니다. 말하고 행동이 다르니까요." 웨이터는 식사가 끝난 테이블을 치우러 갔다. 마넥은 접시들을 쌓아 올린 웨이터가 다음 테이블에서 더 많이 쌓아 올리고나서 비틀거리며 부엌으로 가는 모습을 지켜봤다.

웨이터가 곧 돌아와서는 마넥의 반쯤 빈 컵을 살폈다. "선생님, 뭘 좀 드시겠습니까?"

마넥이 고개를 가로저었다.

"아주 맛있는 아이스크림이 있습니다."

"고맙지만 사양하겠소." 지나친 관심에 마넥은 짜증이 나기 시작했다. 새로워진 비쉬람 식당에서 친절한 미소는 새로운 장식의 일부인 듯했다. 그는 혼자였다. 옛날 비쉬람 식당에서는 늘 이시바, 옴과 함께였다. 오후가 되면 그들은 냄새나던 유일한 테이블에 앉았다. 그리고 밖에서는 손수레 위의 샨카가 손가락이 없는 두 손과 잘린 무릎들을 흔들고 웃으면서 깡통을 짤랑거렸다. 샨카를 화장할 때 승려가 기도문을 외웠고, 백단 향나무가 타면서 향기로운 연기를 피웠다. 완전한 느낌이었다. 아버지를 화장할 때는 그런 기분이 들지 않았다. 야외에서 화장용 장작을 사용하는 것이 훨씬 나았다. 산 사람들을 위해서 더 나은……

손님들 한 무리가 시끄럽게 의자를 뒤로 밀며 일어섰다. 새로 들어온 손님들이 그 자리에 앉았다. 그들은 직원의 이름을 부르며 인사를 건넸다. 단골손님들이 틀림없었다. 마넥은 고동색 합판 상자를 집어 들어 미닫이 뚜껑을 열고 무작위로 체스 말 하나를 꺼냈다. 졸이었다. 엄지와 다른 손가락들 사이로 졸을 굴리던 마넥은 밑바닥을 댄 초록색 펠트가 벗겨진 것을 봤다.

웨이터도 봤다. "선생님, 낙타표 풀을 바르면 튼튼하게 붙어 있을 겁니다."

마넥이 고개를 끄덕였다. 그는 남은 커피를 마시고 졸을 다시 상자에 집어넣었다.

"제 아들 녀석도 체스를 둡니다." 웨이터가 자랑스럽게 말했다.

마넥이 그를 쳐다봤다. "그래요? 체스 세트가 있나요?"

"아닙니다. 너무 비싸서요. 학교에서만 체스를 합니다." 컵이 빈 것을 발견한 웨이터가 다시 메뉴를 건넸다. "선생님, 두 시입니다. 곧 부엌을 닫습니다. 닭튀김이나 브리야니 볶음밥이 아주 맛있습니다. 아니면 좀 양이 적은 걸로 드시겠습니까? 양고기 밀전병, 처트니를 곁들인 튀김, 소스를 얹은 빵도 있습니다."

"아뇨. 커피나 한 잔 더 주시오." 마넥은 일어서서 화장실을 찾으러 뒤로 갔다.

화장실은 사용 중이었다. 그는 통로에서 기다리며 바쁘게 돌아가는 부엌을 관찰했다. 주방장 조수가 땀을 뻘뻘 흘리면서 썰고, 튀기고, 젓고 있었고, 빼빼 마른 소년 하나가 더러운 접시들을 닦아 싱크대에 담갔다.

크롬 도금과 유리, 형광등에도 불구하고, 비쉬람 식당은 옛날 모습이 남아 있었다. 여전히 석유와 석탄으로 풍로에 불을 땠다. 그때 화장실 문이 삐걱거리며 열리자 마넥은 안으로 들어갔다.

그가 화장실에서 나왔을 때, 부엌에서 가장 가까운 테이블이 비어 있었다. 그는 그곳에 앉았다. 웨이터가 재빨리 와서 두 번째 커피가 원래 테이블에 준비돼 있다고 알렸다.

"여기서 마시겠소." 마넥이 말했다.

"선생님, 여기는 좋은 자리가 아닙니다. 부엌에서 나는 소음과 냄새가 여기로 다 옵니다."

"괜찮소."

웨이터가 커피와 체스 세트를 가져왔고, 안 보이는 데로 가더니 다른 웨이터에게 손님들의 변덕과 특이한 성격에 대해서 불평을 했다.

누군가가 큰소리로 부엌에다가 내온 께밥을 주문했다. 주방장 조수가 석탄에 불을 지폈고, 불이 붙자 석탄 몇 개를 화로에 담았다. 양고기와 간

덩어리들을 꼬챙이에 꽂아서 화로에 얹었다. 부채질을 하자 석탄이 빨갛게 타올랐다.

석탄이 타오르는 모습은 마치 살아 있는 생물이 숨을 쉬고 맥박이 뛰는 것처럼 보였다. 조그만 불씨로 시작해서 강력하고 벌건 불꽃으로 커져 딱딱 소리를 내며 불을 내뿜고, 온 힘과 열정을 다해 불길을 날름거리며 이글이글 타올라 변화를 일으키고 위협하고 집어삼킨다. 그런 다음 불길은 가라앉는다. 부드럽고 따뜻하고 고분고분하다가, 마침내 완벽한 침묵으로……

비쉬람 식당의 점심시간이 끝났다. 세 시가 지나자 웨이터가 미안해하면서 농담 삼아 슬쩍 말했다. "선생님, 다들 오래전에 사무실로 뛰어 돌아갔습니다. 사장님들이 무섭거든요. 선생님은 정말 높으신 사장님이신 모양입니다. 지금 식당에 선생님밖에 없습니다." 웨이터가 미소를 지었다.

그렇군, 나밖에 없구나, 하고 마넥은 생각했다. 굼벵이는 뒤처지는 법이다.

"휴가 중이십니까?"

"그렇소. 계산서 주시오." 마넥은 다시 부엌 안을 흘긋 보았다. 풍로들은 꺼져 있었고, 주방장 조수들은 저녁 손님들을 맞으려고 청소를 하고 있었다. 화로에 담긴 석탄들은 재로 변해 있었다.

커피 두 잔에 총 6루피였다. 마넥은 받침 접시에 10루피를 놓고 출입문으로 걸어갔다.

"선생님, 잠깐만요!" 웨이터가 뛰어서 뒤따라오며 불렀다. "선생님, 의자에 지갑과 체스 세트를 두고 가셨습니다!"

"고맙소." 마넥은 지갑을 바지 뒷주머니에 밀어 넣고 나서 체스 세트를 받았다.

"선생님께서 오늘 죄다 잃어버리시는군요. 조심하십시오." 웨이터가 살짝 웃었다.

미소를 지으며 고개를 끄덕인 후, 마넥은 에어컨 바람으로 으스스한 비쉬람 식당을 나와서 오후의 잔인한 태양의 품으로 걸어 들어갔다.

마넥은 보도를 따라 걷기가 점점 더 힘들어지는 걸 느꼈다. 그때, 밀려오는 사람들과 정반대로 걷고 있음을 깨달았다. 도시의 거리를 헤매는 동안 어느새 저녁이 되어, 사람들이 다급하게 사무실 건물들에서 쏟아져 나와 집으로 향했다. 그의 손목시계가 6시 15분을 가리켰다. 그는 기차역 방향으로 몸을 돌리고 사람들의 물결에 몸을 맡겼다.

혼잡한 시간이 지났지만, 천장이 높은 대합실은 우레 같은 기차 소리가 계속 울려 퍼졌다. 기차표 창구에 줄이 늘어서 있었다. 그는 옛날에 들었던 무임승차에 관한 이야기가 떠올랐다.

줄 서기를 포기하고 그는 사람들을 헤치고 승강장으로 갔다. 표지판은 다음 기차가 그곳에 정차하지 않는 급행열차임을 알렸다.

그는 주위에서 기차를 기다리는 사람들을 보았다. 그들은 신문을 읽거나 가방을 만지거나 차를 마셨다. 한 엄마는 아이의 귀를 비틀며 야단쳤다. 멀리서 덜커덕거리는 소리가 들리자 마넥은 승강장 앞쪽으로 나갔다. 그는 선로를 노려보았다. 선로는 삶에 대한 희망처럼 반짝이면서 양 방향으로 끝없이 뻗어 있었고, 그 은빛 리본은 자갈 바닥 위를 미끄러지듯 지나가며 검고 낡은 침목들을 하나로 엮었다.

선글라스를 낀 한 노파가 그의 옆에 서 있었다. 그는 노파가 장님인지 궁금했다. 승강장 끝에 너무 가까이 서 있는 건 노파에게 위험할 수도 있었다. 노파가 안전한 곳으로 피하도록 그가 도와야 할지도 몰랐다.

노파가 미소를 지으며 말했다. "급행열차라 여기는 안 멈춰요. 게시판을 확인했소." 그녀는 한 걸음 뒤로 물러서며 그에게도 물러서라는 손짓을 보냈다.

노파는 장님이 아니라 멋을 부리려고 선글라스를 낀 것이었다. 답례로 웃음을 보이고 그는 체스 세트를 꼭 껴안은 채 그곳에 그냥 서 있었다. 그때 선로의 굽은 길을 돈 급행열차가 멀리서 모습을 드러냈다. 덜커덕 소리가 커졌고 가까이 다가올수록 더 큰소리가 났다. 맨 앞 객차가 역에 들어서자, 그는 승강장 가장자리를 넘어서 반짝이는 은빛 선로 속으로 걸어 들어갔다.

선글라스를 낀 노파가 맨 먼저 비명을 질렀다. 열차의 날카로운 공기 브레이크 소리가 다른 소리들을 집어삼켰다. 급행열차는 몇 백 미터를 지나고 나서야 멈췄다.

마넥의 마지막 생각은 자신이 아직도 아비나시의 체스 말들을 가지고 있다는 것이었다.

자갈이 깔린 동로와 보도가 서로 만나는 나무 밑에서 옴은 이시바를 끌던 밧줄을 놓았고, 두 사람은 자리를 잡고 기다렸다. 잎이 무성한 나무에 있던 새가 깜짝 놀랐다. 그들은 구걸하면서 행인들의 손목시계를 계속 흘끗거렸다.

한 시가 되자 그들은 보도를 떠나 자갈 위를 터벅터벅 걸었다. 그 집의 관목 숲과 정원의 담 덕분에 이웃들의 눈을 피할 수 있었다. 그들은 집의 측면에 바짝 붙어 곧장 뒷문으로 가 살며시 노크했다.

디나가 그들을 안으로 들였다. 그녀는 물 잔을 채웠고, 그들이 물을 마시는 동안에 식기 찬장에 있는, 루비가 매일 사용하는 접시들에 콩 수프를 내왔다. 루비와 누스완에게 들키지 않고 몇 년이나 더 그렇게 할 수 있을지 그녀는 궁금했다. "혹시, 누가 봤어요?"

그들이 고개를 가로저었다.

"빨리들 먹어요. 올케가 오늘은 평소보다 빨리 돌아오니까."

"정말 맛있습니다." 접시를 조심스럽게 무릎에 올리고 있던 이시바가 말했다.

옴은 삼촌의 말에 동의하면서도 한마디 덧붙였다. "그런데 차파티가 약간 굳었어요. 어제처럼 좋지를 못해요. 아주머니, 제가 가르쳐 준 방법대로 안 한 거죠?"

"얘가 또 잘난 척이네." 그녀가 이시바에게 불평했다.

"어쩌겠습니까." 이시바가 웃으면서 말했다. "옴이 세계 차파티 챔피언인걸요."

"어젯밤에 만든 거라서 그래. 손님이 와서 새로 차파티를 못 만들었거든. 누가 왔는지 상상이나 가요?"

"마넥요." 그들이 동시에 대답했다.

"반 시간 전쯤에 마넥이 지나가는 걸 봤습니다. 수염을 길렀어도 알아봤습니다." 이시바가 말했다.

"마넥한테 말도 안 걸었어요?"

그들은 고개를 가로저었다.

"우릴 못 알아봤어요. 아니면 우릴 그냥 못 본 척했던가. 마넥의 관심을 끌려고 '선생님, 1파이사만 주십시오'하고 외치기도 했어요." 옴이 말했다.

"마넥이 알던 모습에서 네가 너무 많이 변해서 그럴 거야." 그녀가 차파티 접시를 내밀었다. "하나 더 먹어요." 이시바가 차파티 하나를 쥐고 반으로 찢어서 옴과 나눴다.

"당신들이 한 시에 온다고 마넥에게 말했어요. 기다리겠냐고 물었더니 늦어서 안 된다더군요. 다음에 보겠대요."

"그랬으면 좋겠군요." 이시바가 말했다.

옴이 화를 내며 어깨를 으쓱거렸다. "우리가 알던 마넥이었다면 오늘 기다렸을 텐데."

"그러게." 이시바가 접시에 남은 콩을 박박 긁으며 말했다. "마넥이 너무 멀리 떨어져 있어서 그런 거야. 사람은 멀리 떠나면 변하거든. 거리라는 건 힘든 거지. 마넥을 탓해선 안 돼."

디나도 그의 말에 동의했다. "그리고 내일이 토요일이라는 거 명심해요. 다들 집에 있을 테니까 이틀 동안은 여기 오면 안 돼요." 그녀는 접시들을 싱크대에 담고 그들이 나갈 수 있도록 문을 열었다.

"아이고, 세상에." 이시바가 말했다. "이게 뭐람?" 그가 앉아 있던 이불에서 실이 한 가닥 풀어져 손수레 바퀴에 뒤엉켜 있었다.

"어디 봐요." 옴이 이불을 빼내려고 몸을 숙이자, 이시바가 두 팔로 받치고 몸을 살짝 들었다. 그들은 실이 풀어진 헝겊 조각을 발견했다.

"그걸 발견해서 다행이군요. 안 그랬더라면 그 조각이 완전히 떨어져 나갔을 텐데." 디나가 말했다.

"이건 고치기 쉽습니다." 이시바가 말했다. "아주머님, 잠깐 바늘 좀 빌려 주시겠습니까?"

"지금은 안 돼요. 올케가 일찍 돌아온다고 했잖아요." 하지만 그녀는 자기 방으로 들어가 바늘이 꽂혀 있는 실패를 가져왔다. "이거 가져가요." 그녀가 다시 문을 열어 줬다. "옴, 우산 가져가야지." 그녀는 우산을 옴의 겨드랑이에 꽂아 줬다.

"어젯밤에 이 우산이 굉장히 쓸모가 있었어요. 동전들을 훔치려는 도둑을 패 줬거든요." 옴이 밧줄을 들어 손수레를 끌어당겼다. 이시바가 소달구지를 모는 사람처럼 혀를 길게 찼다. 그러자 옴이 땅을 발로 차며 머리를 뒤로 젖혔다.

"무슨 짓들이에요. 길에서 그딴 식으로 행동하면 아무도 동전 한 닢 안 줄 텐데." 디나가 꾸짖었다.

"자, 이놈아, 착하지. 이랴, 어서 가자. 안 그러면 아편을 먹일 테다." 이시바가 말했다. 그러자 옴이 낄낄 웃으며 뚱뚱한 몸으로 재빨리 걸었다. 거리로 들어서자 그들은 장난을 멈췄다.

디나는 고개를 가로저으며 문을 닫았다. 두 사람 덕분에 그녀는 매일 웃을 수 있었다. 한때는 마넥 때문에 매일 웃었다. 그녀는 접시들을 씻어서 누스완과 루비가 저녁 식사 때 사용할 수 있도록 식기 찬장에 다시 넣었다. 그런 다음 그녀는 손을 닦고, 저녁 식사를 준비하기 전에 낮잠을 좀 자기로 했다.

추천의 말 『적절한 균형』, 내 인생 최고의 책

피코 아이어 Pico Iyer *

위대한 소설을 읽고 난 후 행복한 경험 가운데 하나는 그 소설을 다른 사람에게 추천하고, 많은 밤을 지새운 그가 눈물을 흘리며 찾아와 마치 우주를 여는 열쇠라도 얻은 것처럼 떨면서 내게 감사의 인사를 전할 때이다. 물론 가장 행복한 경험은 바로 나 자신이 그러한 경험을 할 때이다. 이런 경험은 흔하지 않다. 주위 사람들에게 책을 권할 때면 서로의 취향이 얼마나 다른지 항상 깨닫곤 한다.

그러나 내가 언제라도 자신 있게 추천할 수 있는 책이 바로 지금 당신이 손에 쥔 『적절한 균형』이다. 당신의 인생을 바꿔줄 위대한 소설이다. 충격 속에 소설을 읽고 지금껏 자신의 내면에 이런 감정이 있는 줄 몰랐다면서 세상을 다르게 보게 됐고 앞으로는 좀 더 사려 깊은 삶을 살겠노

* 여행 작가, 수필가, 소설가, 기자, 문학 평론가이다. 《타임》, 《뉴요커》, 《뉴욕타임스》 등에 20년 넘게 글을 써 오고 있다.

라 다짐하는 수많은 사람들을 나는 보았다. 어떤 사람들은 내게 슬며시 다가와 『적절한 균형』을 읽어 봤냐고 물었다. 로힌턴 미스트리의 이전 작품들을 접하지 못한 뉴욕의 한 영화 제작자는 찰스 디킨스를 새로 발견한 기분이 들었다고 고백했다.

지난 10년 동안 출판된 소설 중에 아주 빼어난 작품을 꼽으라면 나는 토머스 핀천의 『메이슨과 딕슨』을 든다. 나는 그 작품을 꾸준히 추천해 왔지만 실제로 읽은 사람은 거의 없다. 설령 읽었다 하더라도 대부분이 몇 쪽 넘기지 못하고 포기했다. 필립 로스의 『사바스의 극장』 또한 내 상상력을 자극하고 감동시킨 책이지만 냉정히 말해서 이 소설은 50년이나 100년 후 사회에나 어울릴 법한 작품이다.

『적절한 균형』이야말로 내 인생 최고의 소설이라 단언한다. 나 자신 혹은 내가 아는 많은 사람들이 살아생전 더 이상 이 책을 추천하지 못한다고 하더라도 어떤 문화적 배경을 가진 이들이라도 이 책을 읽고 뭔가를 깨닫고 울 수 있는 소설이라고 확신하며 또 그러기를 희망한다.

맨 처음 이 책을 읽었을 때 나는 소설의 사회적, 정치적 배경과 무관하게 우리의 삶과 관련된 근본적인 질문들이 떠올랐다. 우리는 얼마나 쉬이 불의에 체념하는가? 이해할 수 없는 운명 혹은 신의 질서에 쉽게 몸을 맡기는가? 과연 그것들에 맞서 투쟁하다가 목숨을 바칠 수 있는 사람은 몇이나 될까? 삶을 친구라고 여길 수 있는 올바른 태도이자 희망과 현실의 적절한 균형은 어떻게 찾을 수 있을까? 정녕 동정심은 오만함의 또 다른 얼굴일 뿐인가?

물론 이러한 고상한 질문들은 이 소설에서 절대 추상적이지 않다. 이런 질문에 대해 소설은 우리를 찔리서 피가 나도록 만든다. 죽은 소를 달구지에 싣고, 구걸하고, 머리털을 모으는 따위의 가슴 아프도록 상세하고 구체적인 묘사들 가운데 이런 질문들은 자리하고 있다. 또한 다리 없는 이가 절망하는 사람들을 돕고, 여자들의 얼굴에 염산이 뿌려지고, 카스트가 낮다는 이유로 똥을 먹어야 하고 나무에 목이 매달리는 사람들에 대한 담담한 묘사들 가운데에도 그 질문은 있다. 정교하고 역설적인 줄거리에서 우리는 살인을 동정하게 되고 박애주의자들을 불신하게 된다.

이 책이 출간된 전후로 서양에 인도아대륙의 많은 소설들이 봇물처럼 쏟아졌다. 마치 인도아대륙이 세계문학의 종착역이 된 듯했다. 개성적이고 매력적이며 말 잘하고 똑똑한 이들이 끊임없이 책을 쏟아내 마술적 리얼리즘의 우화, 금지된 사랑 이야기, 혹은 관능적이고 문란한 힌두교 신들의 이야기들로 다른 세계에서 살아가던 사람들을 매혹시켰다. 봄베이나 콜카타에 사는 사람들에게는 평범한 일상이지만, 수도승이나 코끼리를 타고 결혼식에 등장하는 새신랑을 한 번도 본 적 없는 사람들에게는 저항할 수 없는 매력이었다.

그러나 『적절한 균형』은 인도에 관해서 내가 읽은 책 가운데 단연 최고다. 이 소설에는 단순히 인도라는 것보다 훨씬 더 깊은 뭔가가 있다. 이국적인 것을 다루고 있지는 않지만, 소설이 폭로하는 내용은 봄베이에 사는 사람뿐만 아니라 런던이나 뉴욕에 사는 누구에게라도 충격적이다. 셰익스피어는 『오셀로』에서 구체적으로 베니스를 그리지 않았고, 멜빌은 『모비딕』에서 뉴잉글랜드에 대해 쓰지 않았다. 로힌턴.미스트리의 책들에 등장하는 정치적인 분노에도 불구하고 그는 이 소설을 통해서 국가 비상사태가 수많은 사람들의 일상적 현실과 연관돼 있음을 공들여 보여준다. 현실이 사람들의 삶을 비웃고 있는데 어떻게 그저 인내하고 희망을 꿈꾸며 존엄을 유지할 수 있겠는가?

글로벌리즘을 외치며 세계가 그 차이점을 점점 잃어가고 있는 지금,

작가들은 상표들과 유행 그리고 일상의 특별함에만 점점 함몰돼 가는 듯하다. 지극히 중립적이고 이국적이지 않은 책 제목에서도 알 수 있듯이 『적절한 균형』에는 그런 내용이 전혀 담겨 있지 않다. 특정한 독자들을 대상으로 하지 않으며 특정한 사고방식의 결과물도 아니다. 소설은 특정한 이름도 주소도 없는 곳에서 벌어지고 있다. 그곳은 바로 고통과 희망으로 가득 찬, 불가능하면서도 일상적인 순간들에 맞부딪친 인간의 마음이다. 너무나 상세하고 구체적이어서 소설은 우리가 인간이라는 것을 일깨워 주는 우화라는 생각이 들 정도다.

이 책을 읽지 않은 사람들은 책 소개가 너무 거창하다고 생각할지 모른다. 그러나 이미 소설을 읽은 이들은 이것만으로는 부족하다고 느낄 것이다. 당신이 지금 손에 쥐고 있는 이 책의 가장 뛰어난 점이지만, 비평가이자 동료 작가며 팬이기도 한 내가 섣불리 꺼내기 힘든 말이 바로 이 소설로 인해서 당신의 가슴이 찢어질 듯이 아플 거라는 사실이다.

이 책을 처음 읽고 난 후로 몇 년이 흘렀지만 나는 아직도 그때의 감동을 잊지 못한다. 숨을 멈추고서 신에게 제발 주인공들이 행복하게 해 달라고 기도했다. 이 책을 다른 사람들에게 추천하게 돼서 영광이며, 여러분들도 내가 그랬던 것처럼 잊지 못할 깊은 감동을 맛보기를 희망한다. 그리하여 위대한 소설을 읽었다는 행복한 독서 경험과 더불어 다시 누군가에게 이 책이 권해지기를 희망한다.

김별아*

  1995년에 한 번, 2000년에 다시 한 번 인도 여행을 다녀왔다. 첫 번째는 불교 성지를 순례하는 단체여행으로 20일 동안 북인도를 헤맸는데 그때 못다 푼 숙제 같은 의문이 있어 배낭을 들쳐 메고 한 달 일정으로 두 번째 여행을 떠난 것이었다.

  뭄바이에서 바라나시까지 28시간을 열차 삼등칸에서 입석으로 실려 가며, 갠지스 강변 화장터에서 일주일 동안 검은 연기를 바라보며, 델리 영화관에서 알아들을 수 없는 힌디어에 넋을 놓고 입안이 얼얼해지도록 '빤'을 씹으며, 나는 끊임없이 솟아오르는 질문들에 시달렸다.

  "사람이란 무엇인가? 삶이란 무엇인가? 무엇이 이토록 사람의 삶을 고단하고, 벅차고, 열렬하게 만드는가?"

---

* 소설가. 대표작으로 장편소설 『미실』 『논개』 『꿈의 부족』 등이 있으며 세계문학상, 의암주논개상, 허균문학작가상 등을 수상했다.

명상 서적에 흔히 등장하는 수행자 천국을 기대했던 건 아니었다. 잔존해 있는 가혹한 신분제도, 핵무기로 상징되는 국가주의, 종교적 분열, 대저택에서 하인을 거느리며 사는 부자들과 거리에서 노숙하고 구걸하며 살아가는 빈자들 간 격차가 어마어마한 삶의 지독한 모순을 피부로 느끼고 싶었던 것이었다. 고통스러운 삶의 환부가 너무도 적나라하게 드러나기에 그곳에 다녀온 이들은 대개 두 패로 갈린다. 노골적인 삶을 더 가까이에서 들여다보려 하는 사람과 차라리 고개 돌려 외면하고픈 사람.

내게 해답 없는 수많은 질문을 던졌던 인도를 영연방 작가상 수상자인 로힌턴 미스트리 소설 『적절한 균형(A Fine Balance)』에서 다시 만나며, 여전히 풀리지 않는 사람과 삶의 수수께끼를 확인한다.

전근대적 신분제도에 얽매인 사람들은 서로 죽고 죽이며 증오를 쌓는다. 조금이라도 더 동냥하기 위해 신체를 훼손하는 걸인 조직이 있는가 하면 신부 지참금을 마련하지 못해 스스로 목숨을 끊는 소녀들이 있다.

끊임없이 이어지는 비극에 짐짓 책을 덮어버리고 눈을 감아 모르쇠하고 싶은 기분이 들기도 한다. 진실은 때로, 어쩌면 자주 불편할 수밖에 없다. 소설에 인용된 시인 T.S. 엘리엇의 말대로 "우리는 너무 많은 진실을 견뎌낼 수 없는 존재들"이기 때문인지도 모른다.

우연히 이 책을 읽지 않았더라면 나는 인디라 간디가 선포한 국가비상사태 체제하의 1970년대 중후반 인도를 몰랐을 것이다. 야만적인 국가권력과 불화하는 가운데 만신창이가 되어버린 개인에 대해서도 이해하지 못했을 것이다. 의문사를 당한 학생운동가, 철거되는 빈민굴 판잣집, 마구잡이로 불임수술을 강요하는 관리의 폭압까지. 파란만장한 인도 현대사가 펼쳐지는 가운데 내가 만났지만 알지 못했던 인도인들의 맨얼굴이 말갛게 드러난다. 많은 아시아 국가들이 20세기부터 대물림한 뜨거운 질문들이 고스란히 펼쳐지는 것이다.

세계화는 단순히 국가 브랜드 경쟁력 지수를 높이자는 구호로 완성되지 않는다. 타자의 고통은 우리 환부를 다시금 들여다보게 만들고, 역사는 과거의 거울로 현재를 비춘다. 책 제목처럼 21세기 초입에서 과연 '적절한 균형'이란 무엇인가를 생각한다. 개인과 역사, 개인과 국가, 개인과 조직, 과거 역사와 현재 역사, 구세대와 신세대, 성장과 분배 사이의 '적절한 균형'이란?

어쩌면 그 질문은 너무 어려워 영영 해답을 얻을 수 없을지도 모른다. 하지만 상처받아 너덜너덜해진 소설 속 인물이 묻는다. "그러면 희망이 없다는 건가요?" 그에 대해 지혜로운 누군가가 답한다.

"희망이야 항상 있죠. 우리의 절망에 균형을 맞출 만큼 충분한 희망이 있습니다. 그렇지 않다면 우린 끝장이죠."

희망과 절망 사이에 '적절한 균형'은 이미 이루어져왔고 이루어질 것이다. 그 균형이 있었기에 사람들은 절망 속에서도 살아왔고 살아갈 것이기 때문이다.

휘청거리는 세상을 살다 때로 사람의 숲에서 길을 잃어도 한 가지만은 잊지 말기로 다짐한다. 희망으로 절망을 견디는 위태롭지만 끈질긴 균형 감각을.

옮긴이의 말

　몇 해 전 인도 서쪽 구자라트 지방을 여행하다가 아라비아해와 마주한 듀(Diu)라는 작은 섬에 들른 적이 있다. 오랫동안 포르투갈의 지배를 받다가 1961년에야 인도인들에게 넘겨진 섬이었다. 그 섬 어느 해안으로 천 년도 훨씬 전에 페르시아의 조로아스터교도들이 배를 타고 도착했다는 흥미로운 이야기가 떠올랐다. 그들은 신흥 이슬람교의 박해를 피해서 페르시아를 탈출한 사람들이었다.

　그들은 듀 섬에 19년 동안 머물다가 다시 항해를 시작해 마침내 현재의 뭄바이 북쪽 산잔(Sanjan) 지방에 도착했다. 당시 그 지역을 다스리던 왕은 이방인들의 출현에 화들짝 놀라서 우유를 그릇에 가득 채워 보냈다. 이미 자신이 다스리는 땅이 가득차서 더 사람들을 받을 수 없다는 완곡한 거부의 표시였다. 그러자 조로아스터교도들의 지도자는 우유 그릇에 설탕을 타서 왕에게 되돌려 보냈다. 왕은 가득 담아 보낸 우유가 흘러넘치지 않은 채 고스란히 돌아오고 그 맛 또한 달콤해진 데 놀랐다. 서로간에 이 얼마나 재치 있는 응수인가! 낯선 땅에 짐이 되기보다는 현지인들의 삶을 달콤하고 풍요롭게 만들겠다는 이방인들의 기지에 왕은 기뻐했고, 기꺼이 그들을 받아들였다. 그 후로 조로아스터교도들은 뭄바이를 중심으로 정착해 살게 된다. 이들이 바로 지금도 조로아스터교를 믿고 사는 인도의 소수 인종 파르시인들의 조상이다. 현재 파르시인들은 인도에 약 7만 명, 전 세계에 10만 명 정도가 살고 있는 것으로 알려져 있다.

로힌턴 미스트리는 바로 이 멸실의 위기에 놓인 파르시 인종 출신이다. 그러나 미스트리는 소수 인종으로서의 정체성에 매몰되어 파르시인들의 삶과 처지를 인류학적 측면에서 흥미 위주로 다루지 않는다. 종교적, 인종적 소수자의 위치를 뛰어 넘어 그는 대담하고 극사실적인 필치로 격변의 인도 현대사에 휩쓸린 개인들의 삶을 조망하는 데 소설적 지향점을 두고 있다.

그의 또 다른 대표 장편소설 『그토록 먼 여행』과 『가족 문제』가 파르시 공동체를 중심 무대로 삼아 역사적, 정치적 사건에 휘말리는 평범한 개인들의 삶에 초점을 맞췄다면, 『적절한 균형』은 조로아스터교, 힌두교, 이슬람교, 시크교 등 다양한 종교는 물론이고, 계층과 종족 그리고 성장 배경이 확연히 다른 등장인물들을 통해서 인도 현대사의 문제들을 정면으로 파헤친 수작으로 평가받는다. 또한, 이 소설은 여러 개인들이 역사의 자장에 휩쓸려 맞게 되는 비극을 담담하게 그리면서도, 이러한 인도인들의 비극이 어느 한 시절에 국한된 게 아니라 독립 훨씬 이전부터 존재한 비극임을 보여준다.

인도라는 대국은 다양한 종교, 문화, 인종 들로 다종다양한 얼굴을 지니고 있다. 그러해야만 하고 그럴 수밖에 없는 나라이다. 이러한 인도를 역사 혹은 국가라는 하나의 잣대로만 판단하는 일은 불가능하다. 더구나 인도는 중국과 더불어 강력한 국가주의로 무장한 채 근대화와 산업화를 위해 맹렬하게 돌진하고 있디. 한국의 경험에서도 확인했지만 이런 국가에서 개인성을 묻고 지키는 일은 너무나 지난하다.

소설은 인디라 간디가 선포한 국가비상사태 체제인 1975년에서 1977년을 주요 역사적 배경으로 삼고 있다. 카스트 제도에 항거해 재봉사가 되는 불가촉천민들, 새로 그어진 국경선으로 큰 사업을 잃고 마는 파르시 기업가, 국가비상사태로 의문의 죽음을 당하는 가난한 학생 운동가, 신부 지참금 문제로 스스로 목숨을 끊는 소녀들, 구걸의 수익 증대를 위해서 아이들의 신체를 훼손하는 거지 왕초, 빈민굴 판잣집조차도 빼앗기고 노숙자로 전락하는 가난한 사람들, 국가라는 이름으로 개인의 생식력마저도 용납하지 않는 폭압적인 관리 등 많은 인물이 등장하여 독립을 전후한 파란만장한 인도 현대사를 증언한다. 디나, 마넥, 이시바, 옴프라카시는 이런 엄혹한 역사 앞에서, 특히 국가의 폭력 앞에서 개인은 도무지 온전하게 존재할 수 없다는 것을 온몸으로 보여준다.

 야만적인 국가권력과 불화하는 개인들의 삶은 비극적일 수밖에 없다. 거대한 폭력 앞에서 만신창이가 된 개인들이 살아남기 위해 몸부림치는 모습을 로힌턴 미스트리만큼 실감나고 감동적으로 그려내는 인도의 현대 작가는 드물 것이다. 살만 루슈디가 마술적 리얼리즘과 포스트모던한 방식으로 그려내는 인도와, 로힌턴 미스트리가 전통적 리얼리즘을 복원해 보여 주는 인도의 모습은 그 글쓰기 방식의 차이만큼이나 확연히 다르다. 『적절한 균형』을 통해서 독자들은 역사와 국가의 폭력에 굴하지 않는 개인들의 끈질긴 생명력에 진정한 인도의 힘을 느낄 수 있을 것이다. 만일 인도에 어떤 환상적인 신비가 존재한다면, 우리가 눈여겨봐야 할 것은 오리엔탈리즘에 근거한 이국적인 삶의 방식이 아니라 인도인들의 생명력이 아닐까.

 디아스포라 작가들을 경원시하는 현지 평론가들의 주장대로 로힌턴 미스트리가 그려내는 '인도'가 진정한 인도의 모습이 아닐는지도 모른다. 옳고 그름을 가려야 하는 역사적 사실들은 논쟁이 될 수 있다. 많은 논란에도 불구하고 미스트리는 자신이 알고 있는 인도를 있는 그대로 그려낼 뿐이라면서 "우리는 너무 많은 진실을 견디어 낼 수 없는 존재들"이라는 T. S. 엘리어트의 말을 인용하며 진실을 받아들이기를 두려워하는 독자들을 질타한다.

궁극적으로 『적절한 균형』은 개인과 역사, 개인과 국가가 어떠한 관계를 맺어야 하는지 묻는다. 그 적절한 균형 감각은 무엇일까? 소설의 제목은 역설적이게도 그 균형을 이루기가 쉽지 않다는 것을 웅변한다. 우유를 넘치게 하지 않고도 삶을 달콤하고 풍요롭게 만드는 설탕 같은 존재가 국가여야 하지만 현실의 국가 권력은 그렇지 못하다. 인류가, 특히 아시아 국가들이 20세기 이래 대물림한 이 뜨거운 질문과 곤욕 앞에 이 소설은 가장 정직하게 맞서 있다.

끝으로 이 모든 일을 사랑으로 가능하게 만들어 준 아내 캐서린과 책을 번역하는 중에 태어난 아들 지홍에게 무한한 감사를 전한다. 아직 내 모국어를 모르는 아내와 아들에게 이 소설이 큰 힘이 되어 주기를 간절히 바란다. 멀쩡한 직장을 그만두고 뒤늦게 공부를 하겠다는 아들을 먼 이국까지 묵묵히 보내준 부모님께도 이 자리를 빌어서 감사의 말을 전한다.

2009년 10월
뉴델리에서 손석주

〈아시아 문학선〉을 펴내며

우리는 무엇보다 언어에 주목한다.

지난 오 백 년 동안, 우리에게 알려진 세계의 언어들 중 거의 절반이 사라졌다고 한다. 에트루리아어, 수메르어, 컴브리아어, 메로에어, 콘월어, 음바바람어……지금 이 순간에도 지구 곳곳에서 수많은 언어들이 사라지고 있다. 소멸의 속도도 점점 빨라진다. 대신 그 자리를 영어와 또 하나의 언어, 그러나 기왕에 존재했던 어떤 언어와도 전혀 다른 종류의 기계어 '비트'가 메워 나가는 중이다.

한 가지 언어가 사라진다는 것은 무슨 뜻일까. 그것은 한 집단의 기억이 최후를 맞이한다는 뜻이다. 물론 성실한 언어학자들의 노력으로 운 좋게 몇몇 단어가 살아남을 수도 있다. 그렇지만 엄밀한 의미에서 그것은 살아 있는 언어가 아니다. 언어는 언어학자의 노트에 적히는 것만으로 생명을 보장받을 수 없다.

이제 우리는 이와 같은 일방통행의 역사에 작으나마 흠집을 내고자 한다. 그 출발이 바로 〈아시아 문학선〉이다.

우리는 서구가 주도했던 지난 시기의 근대화 과정에서 수많은 문명의 유전자가 흔적도 없이 사라졌고, 지금도 아시아 어딘가에서 어떤 기억의 보살핌도 받지 못한 채 속절없이 사라져가는 것들이 많다는 사실을 잘 알고 있다. 그러나 우리는 겸손해야 한다. 소멸은 대개 슬프지만, 때로는 자연스럽게 권장되어야 할 어떤 것이기도 하다. '불멸의 신화'가 지닌 폭력성을 흔히 목격하지 않았던가. 우리는 서구 근대의 가치를 대체하는 아시아 담론을 창출하겠다는 다부진 야심을 갖고 있지 않다. 우리는 다만 아시아의 수많은 언어가 제각기 품어 온 기억의 서사들을 존중하려 할 뿐이다.

특히 문학에 관한 한, 아시아는 이른바 세계화가 가장 덜 진척된 영토로 존재한다. 아시아 문학은 대다수 서구인들에게 여전히 낯설고 어색하면서도 이따금 신기하고 흥미로운 존재다. 가상공간과 더불어, 빈약한 서사를 보충해 줄 최후의 영토로 간주되기도 한다. 그런 시선 속에서, 지난 몇 세기 동안, 아시아는 수없이 발명되고 발견되었다. 그 결과 논과 밭, 구릉과 숲으로 이루어진 아시아의 주름진 대지는 이차원의 매끈한 평면으로 아주 쉽게 왜곡되었다. 거기에서 소수와 은유는 묵살되고, 틈과 사이는 간단히 메워졌다.

이제 우리는 다시 주름들을 기억하려 한다. 고속도로와 지름길이 길의 다가 아니듯, 표준어와 다수만 아시아의 입체를 구성하지는 않는다. 그러나 놀랍게도, 서구인에게 낯설고 어색한 것 이상으로, 우리 스스로 아시아를 얼마나 낯설고 어색하게 생각하고 있는지! 불행히도 우리 주변에는 읽고 싶어도 읽을 아시아조차 많지 않다. 우리의 기획은 이런 경이로운 무관심과 태만을 반성하는 데서 출발한다. 동시에 우리는 혹 '미지의 세계' 아시아를 또 하나의 개척영역, 흔히 말하듯 '미래의 먹거리' 쯤으로 상정하는 것은 아닌가, 우리 안의 유혹을 끊임없이 경계한다.

이렇게 경계선을 넘으려 한다.

바라건대, 서 너머에는 새로운 세계문학이!

〈아시아 문학선〉 기획위원회

〈아시아 문학선〉 기획위원
전승희(문학평론가, 미국 하버드대학교 한국학연구소)
김남일(소설가, 아시아문화네트워크)
자카리아 모하메드(팔레스타인, 시인·신화 연구)
A. J. 토마스(인도, 시인·번역가·영문학자·전《인도문학》편집장)
자밀 아흐메드(방글라데시, 연극연출가·평론가·다카대학교 교수)
하리 가루바(나이지리아, 문학평론가·남아프리카 케이프타운대학교 교수)

옮긴이 손석주
동아대학교 영어영문학과를 졸업한 후《코리아타임스》《연합뉴스》기자로 일했다. 제34회 한국현대
문학번역상, 제4회 한국문학번역신인상을 받았고, 2007년 대산문화재단 한국문학번역지원금을 수혜
했다. 인도 자와할랄네루대학교에서 영문학 석사 학위를 받았으며 호주 시드니대학교에서 포스트식
민지 영문학 연구로 박사 과정을 마쳤다. 로힌턴 미스트리의 장편소설『가족문제』『그토록 먼 여행』을
우리글로 옮겼으며 김인숙의『바다와 나비』, 김원일의『어둠의 혼』, 신상웅의『돌아온 우리의 친구』
등을 영문으로 옮겼다.

개정증보판

적절한 균형

2009년 10월 23일 초판 1쇄 펴냄
2017년 9월 13일 초판 6쇄 펴냄
2020년 4월 27일 개정증보판 1쇄 펴냄

지은이 로힌턴 미스트리 | 옮긴이 손석주
펴낸이 김재범 | 편집 김지연, 강민영 | 관리 홍희표, 박수연
펴낸곳 (주)아시아 | 출판등록 2006년 1월 31일 제319-2006-4호
주소 서울시 동작구 서달로 161-1 3층(흑석동 100-16)
전화 02-821-5055 | 팩스 02-821-5057
홈페이지 www.bookasia.org

ISBN 979-11-5662-451-6 04840
     978-89-94006-46-8(세트)

*값은 뒤표지에 표시되어 있습니다.